Né à New York dans les années 1920, Robert Ludlum a grandi dans le New Jersey. Se destinant très tôt au théâtre, mais attiré également par une carrière militaire, il s'engage avant sa majorité dans les Marines pendant la Seconde Guerre mondiale. Après la victoire, il reprend des études à la Wesleyan University puis devient comédien et metteur en scène. À quarante ans, il se tourne vers l'écriture. *L'Héritage Scarlatti*, publié en 1971, remporte un succès immédiat et l'impose comme un maître du genre.

Il publie ensuite une série de romans qui sont autant de succès, parmi lesquels *Le Week-end Osterman* (1972), *L'Échange Rhinemann* (1974), *Le Duel des gémeaux* (1976), *Le Manuscrit Chancellor* (1977), *La Mosaïque Parsifal* (1982) et *La Route d'Omaha* (1992). Entre espionnage et thriller, ses romans, lus dans 40 pays et traduits en 33 langues, nous entraînent au cœur des tensions du pouvoir et des enjeux stratégiques du monde contemporain.

Grand voyageur, Robert Ludlum aimait séjourner dans les capitales de la « vieille Europe » où se situent nombre de ses intrigues. Il est décédé à la suite d'une crise cardiaque en Floride en mars 2001.

L'AGENDA ICARE

DU MÊME AUTEUR
CHEZ POCKET

LE WEEK-END OSTERMAN
LA CONSPIRATION TREVAYNE
L'ILLUSION SCORPIO

SUR LA ROUTE DE GANDOLFO
LA ROUTE D'OMAHA

L'AGENDA ICARE

LA VENGEANCE DANS LA PEAU
Une aventure de Jason Bourne

ROBERT LUDLUM

L'AGENDA ICARE

POCKET

Titre original :
THE ICARUS AGENDA
traduit de l'américain
par Patrick Berthon

ISBN 978-2-266-21018-8

Pour James Robert Ludlum
Salut l'ami,
Bienvenue à bord.

PRÉFACE

La silhouette d'un homme se découpa dans l'embrasure de la pièce sans fenêtre, au sol recouvert de vinyle noir. Il referma la porte et s'avança rapidement dans l'obscurité pour aller allumer une lampe de bureau en bronze. L'ampoule de faible puissance jetait des zones d'ombre sur les murs lambrissés de la petite pièce à l'atmosphère confinée. C'était une pièce assez exiguë dont la décoration n'était pas composée d'objets d'art ni de meubles anciens, mais d'un matériel flambant neuf, à la pointe de la technologie.

La lumière diffuse se réfléchissait sur l'acier inoxydable du mur de droite de la pièce où un bloc de climatisation antipoussière assurait une parfaite propreté. L'unique utilisateur du local alla s'installer sur un siège placé devant un ordinateur. Il appuya sur un bouton et l'écran s'alluma. Puis l'homme tapa un code et des caractères verts apparurent aussitôt.

Sécurité maximale
Aucune interception possible
Continuez

L'homme se pencha sur le clavier et commença fébrilement à saisir son texte.

Je commence ce journal aujourd'hui, car j'ai la conviction que les événements qui vont se produire peuvent changer le destin de la nation. Un homme vient de faire son apparition, tel un messie ingénu ne soupçonnant aucunement ni sa vocation ni le sort qui lui est réservé.

Il est destiné à accomplir des choses qui dépassent son entendement et, si mes prévisions se révèlent justes, ce journal sera le récit de son ascension. Je ne puis qu'imaginer comment tout cela a commencé, mais je suis sûr d'une chose : ce fut dans la plus grande confusion.

LIVRE 1

1

Mascate, sultanat d'Oman. Moyen-Orient.
Mardi 10 août, 18 h 30.

L'agitation des eaux du golfe d'Oman était un signe avant-coureur de la tempête qui traversait le détroit d'Ormuz en direction de la mer d'Oman. Le soleil commençait à se coucher et, du haut des minarets des mosquées de la capitale, les muezzins entonnaient d'une voix nasillarde leur appel à la prière. Dans le ciel assombri s'amoncelaient de gigantesques nuages noirs lourds de menaces. À l'orient, des éclairs de chaleur déchiraient de loin en loin l'horizon au-dessus des monts du Makran, sur la rive pakistanaise du golfe, à trois cents kilomètres de là. Au nord, au-delà de la frontière de l'Afghanistan, une guerre cruelle et insensée s'éternisait. À l'occident faisait rage une autre guerre, encore plus cruelle et insensée, dans laquelle des enfants iraniens par milliers étaient poussés à la mort par un vieillard malade dont l'unique préoccupation était d'étendre son influence malfaisante. Et il y avait encore le Liban, où des hommes s'entre-tuaient sans scrupule, chacune des différentes factions accusant les autres de terrorisme, quand toutes, sans exception, s'adonnaient à un terrorisme barbare.

Le Proche-Orient tout entier était à feu et à sang, et il devenait impossible de circonscrire les foyers d'incendie. En ce début de soirée, le spectacle des rues de Mascate, la capitale du sultanat d'Oman, faisait pendant aux eaux bouillonnantes du golfe d'Oman et aux nuages menaçants charriés par le ciel de tempête. Dès la fin de la prière, une foule hystérique se déversant des impasses et des ruelles, et brandissant des torches, convergea vers les grilles de fer forgé, violemment éclairées, de l'ambassade des États-Unis. Devant la façade de stuc rose patrouillaient de très jeunes gens chevelus et dépenaillés, le regard halluciné, le doigt crispé sur la détente de leur arme automatique. Cette détente était synonyme de mort, mais leur fanatisme aveugle les empêchait d'établir un tel rapport, car on leur avait inculqué que la mort n'existait pas, qu'il ne fallait pas croire ce que leurs yeux leur montraient. Seules comptaient les récompenses du martyre et, plus le sacrifice était douloureux, plus glorieux était le martyre. La douleur de l'ennemi n'avait aucune réalité. Aveuglement ! *Folie !*

Cette folie en était à son vingt-deuxième jour. Vingt et un jours s'étaient déjà écoulés depuis que le monde civilisé avait une nouvelle fois été contraint de faire face à une explosion de violence incohérente. La lame de fond de Mascate, surgie on ne savait d'où, avait tout submergé et nul ne savait pourquoi, sauf peut-être ces hommes et ces femmes, experts en analyse des insurrections violentes, qui consacraient dans l'ombre leurs jours et leurs nuits à tout analyser et disséquer jusqu'à ce qu'ils découvrent enfin les racines de la révolte orchestrée. Car le mot clé était « orchestrée ». Par qui ? Dans quel but ? Que voulaient-ils réellement et comment les empêcher d'arriver à leurs fins ?

Les faits : deux cent quarante-sept Américains étaient retenus dans les locaux de l'ambassade sous la menace des armes. Onze otages avaient déjà été tués et leurs corps lancés par les fenêtres de l'édifice, chacun par une fenêtre différente, dans un grand fracas de verre brisé. On avait expliqué aux enfants hallucinés comment chaque exécution devait être accompagnée d'un violent effet de surprise. De l'autre côté des grilles de fer forgé, des parieurs fascinés par le sang se lançaient dans des discussions frénétiques. Quelle serait la prochaine fenêtre ? Le cadavre serait-il celui d'un homme ou d'une femme ? Es-tu sûr de toi ? *Combien veux-tu parier ?*

Sur le toit de l'ambassade, autour de la luxueuse piscine

à ciel ouvert, entourée d'un treillis qui n'était assurément pas destiné à assurer une protection contre les balles, les otages étaient agenouillés sous la garde d'un groupe de tueurs braquant sur eux des pistolets-mitrailleurs. Deux cent trente-six Américains terrifiés, à bout de forces, attendaient l'heure de leur exécution.

De la folie !

Les décisions : malgré leurs propositions de bons offices, tenir impérativement les Israéliens à l'écart ! Leur compétence n'était pas en cause, mais ce n'était pas Entebbe, et le sang qu'ils avaient versé au Liban ferait apparaître toute intervention de leur part comme une abomination aux yeux des Arabes qui considéreraient que les Américains avaient financé des terroristes pour combattre d'autres terroristes. Inacceptable ! Le déploiement d'une force d'intervention rapide ? Comment escalader quatre étages ou se faire larguer d'un hélicoptère sur le toit de l'ambassade pour arrêter les exécutions quand les tueurs étaient tout disposés à mourir en martyrs ? Un blocus naval avec un bataillon de Marines prêt à envahir le sultanat ? En dehors d'une démonstration de puissance, à quoi cela pourrait-il bien servir ? Le sultan et son gouvernement redoutaient par-dessus tout une explosion de violence à l'ambassade. La police royale à l'esprit pacifique faisait de son mieux pour contenir l'hystérie, mais elle était incapable de contrôler les bandes d'agitateurs. Les longues années de calme qu'avait connues la capitale ne l'avaient pas préparée à faire face à un tel chaos. Rappeler les forces armées royales des frontières du Yémen risquait de créer de très graves problèmes. Les troupes chargées de la protection de ce sanctuaire de tueurs internationaux étaient aussi sauvages que leurs ennemis. Leur retour dans la capitale déclencherait inéluctablement un carnage aux frontières et le sang coulerait certainement dans les rues de Mascate, et les cadavres des coupables aussi bien que des innocents s'entasseraient sur les trottoirs.

C'était l'impasse.

Solutions : céder aux exigences des terroristes ? Impossible ! Et les vrais responsables le savaient, mais pas ceux dont ils tiraient les ficelles, ces enfants qui croyaient de toute leur âme à ce qu'ils chantaient et aux slogans qu'ils hurlaient. Il était inconcevable que les gouvernements de différents pays d'Europe et du Moyen-Orient acceptent de remettre en liberté plus de huit mille terroristes appartenant à des organisations telles que les Brigades Rouges, l'O.L.P., le groupe Baader-Meinhof et l'I.R.A., sans parler de dizaines de turbulents groupuscules qui s'étaient inspirés de leur exemple. Continuer de supporter les interminables reportages, le regard indiscret des caméras et les monceaux d'articles qui fixaient l'attention de la planète tout entière sur ces fanatiques avides de publicité ? Pourquoi pas ? La présence permanente des médias évitait assurément que de nouveaux otages soient tués : les exécutions avaient été « provisoirement reportées » afin de donner aux « oppresseurs » le temps de réfléchir. Mettre fin à la couverture de la presse internationale ne servirait qu'à enflammer l'esprit des jeunes fanatiques. Le silence des médias engendrerait la nécessité de créer un choc psychologique. Pour l'opinion publique, aucune émotion ne pouvait être plus forte que celle qu'engendrait un massacre !

Qui ?

Comment ?

Dans quel but ?

Qui ?... C'était la question cruciale, celle dont la réponse permettrait d'arriver à une solution... une solution qui devait impérativement être trouvée dans les cinq jours. Les exécutions avaient été suspendues pendant une semaine et deux jours s'étaient déjà écoulés dans une atmosphère fiévreuse tandis que les experts les mieux informés des services de renseignements de six nations étaient réunis à Londres. Ils étaient tous arrivés en supersonique quelques heures à peine après la décision prise par leurs gouvernements de mettre leurs ressources en commun, car ils redoutaient tous que leur propre ambassade soit la prochaine cible. N'importe où sur la planète. Les experts avaient travaillé pendant quarante-huit heures d'affilée. Résultat : l'affaire d'Oman demeurait une énigme totale. Considéré comme un îlot de stabilité dans l'Asie du Sud-Ouest, le sultanat avait un régime politique éclairé, aussi proche d'un gouvernement représentatif qu'il était possible de l'être à une dynastie islamique de droit divin. Les sultans appartenaient à une famille privilégiée qui, en cette fin du XXe siècle, semblait respecter ce qu'Allah lui avait donné et qu'elle ne considérait pas seulement comme un droit, mais comme une charge à assumer.

Conclusions : l'insurrection avait été téléguidée de l'extérieur. Sur les deux cents jeunes gens hystériques et débraillés qui occupaient l'ambassade, une vingtaine tout au plus avaient été formellement identifiés comme des Omanais. Les officiers des opérations clandestines disposant de sources dans les diverses factions extrémistes du Bassin méditerranéen et des nations arabes étaient aussitôt entrés en action, établissant des contacts, ne reculant devant aucune promesse, aucune menace.

— Qui sont-ils, Aziz ? Il n'y a qu'une poignée d'Omanais, des demeurés pour la plupart. Parle, Aziz ! Tu n'as pas envie de vivre comme un sultan ? Dis-moi ton prix ! Vas-y, Aziz, mets-moi à l'épreuve !

— Six secondes, Mahmet ! Dans six secondes, ta main droite va rouler par terre ! Et après, ce sera au tour de la gauche ! Tu vas me le donner, ce renseignement, ordure ! *Six, cinq, quatre... Une mare de sang.*

Rien. Absolument rien. *De la folie.*

Et soudain, une lueur d'espoir vint d'un vieux muezzin, un saint homme à la voix chevrotante, dont la mémoire était aussi chancelante que son long corps décharné aurait pu l'être sous l'assaut furieux des vents soufflant du détroit d'Ormuz.

— Ne cherchez pas dans la direction où la logique voudrait que vous le fassiez. Cherchez ailleurs.

— Où ?

— Là où les ressentiments ne sont pas nés de la misère ni d'un sentiment d'abandon. Là où Allah a dispensé ses faveurs en ce monde, même s'il n'en va pas ainsi dans l'autre.

— Soyez plus clair, je vous en prie, très révéré muezzin.

— Allah ne désire pas la clarté... Que sa volonté soit faite ! Peut-être préfère-t-il ne pas prendre parti.

— Mais vous avez certainement de bonnes raisons pour affirmer ce que vous affirmez !

— C'est Allah qui me l'a soufflé... Que sa volonté soit faite !

— Pouvez-vous répéter ce que vous nous avez dit ?

— Ce ne sont que des rumeurs qui circulent discrètement dans les recoins les plus sombres de la mosquée. Des murmures destinés à être surpris par mes vieilles oreilles. Mon ouïe est si mauvaise que je n'aurais rien dû entendre, si Allah n'en avait décidé autrement.

— Essayez d'être plus précis !

— Ces murmures ont trait à ceux à qui le sang profitera.

— Qui ?

— Aucun nom n'est jamais prononcé, aucun personnage en vue n'est mentionné.

— Un groupe, une organisation ? Je vous en conjure ! Une secte, un pays, un peuple ? Les shiites, l'Arabie Saoudite... l'Irak, l'Iran... les Russes ?

— Non. On ne parle ni de croyants ni d'infidèles... seulement de « ils ».

— *Ils ?*

— C'est ce que j'ai entendu murmurer au fond de la mosquée, ce qu'Allah a voulu que j'entende... Que sa volonté soit faite. Rien d'autre que « ils ».

— Pourriez-vous identifier ceux dont vous avez surpris les conversations.

— Je suis presque aveugle et il fait toujours très sombre quand ces quelques voix murmurent au milieu de celles de centaines de fidèles. Non, je ne pourrais identifier personne. Tout ce que je sais, c'est qu'il est de mon devoir de transmettre ce que j'ai entendu, car telle est la volonté d'Allah.

— Pourquoi, *muezzin murderris* ? Pourquoi est-ce la volonté d'Allah ?

— Le sang doit cesser de couler. Le Coran nous enseigne que, lorsque le sang versé est justifié par les passions de la jeunesse, il convient d'examiner de près ces passions, car la jeunesse...

— Bon, bon ! Deux de nos hommes vous accompagneront dans la mosquée. Faites-leur signe dès que vous entendrez quelque chose.

— Dans un mois, *ya Shaikh.* Je me prépare à entreprendre mon dernier pèlerinage à La Mecque. Vous n'êtes qu'une étape de mon voyage. Telle est la volonté...

— Nom de Dieu !

— De votre dieu, *ya Shaikh.* Pas du mien. Pas du nôtre.

2

Washington, D.C.
Mercredi 11 août, 11 h 50.

Le soleil à son zénith tapait sur les trottoirs de la capitale écrasée par une chaleur oppressante. Les piétons marchaient d'un pas décidé, mais plus lourd qu'à l'accoutumée, le col de chemise ouvert, la cravate dénouée. Attachés-cases et sacs à main pesaient au bout des bras tandis que leurs possesseurs attendaient patiemment aux carrefours que les feux de signalisation leur permettent de traverser. Ces dizaines d'hommes et de femmes, au service du gouvernement, et donc du peuple, pour la plupart, avaient sans doute des problèmes urgents à résoudre, mais il était difficile de trouver de l'énergie dans la torpeur ambiante engourdissant tous ceux qui s'aventuraient hors des bureaux et des automobiles climatisés.

Un accident de la circulation venait de se produire à l'angle de la 23e Rue et de Virginia Avenue. Les dommages matériels étaient minimes, mais les esprits s'échauffaient. Un taxi était entré en collision avec une limousine sortant d'un parking souterrain du Département d'État. Persuadés d'être dans leur bon droit, aussi énervés l'un que l'autre et redoutant des réprimandes de leurs supérieurs, les deux chauffeurs, debout devant leur véhicule, s'accusaient mutuellement avec véhémence dans la chaleur accablante en attendant l'arrivée de la police qu'un passant s'était chargé de prévenir. En quelques minutes, un embouteillage monstre se forma, des coups de klaxon rageurs retentirent et des cris furieux sortirent par les vitres entrouvertes des voitures.

Le client du taxi ouvrit la portière arrière avec impatience et descendit du véhicule. C'était un homme grand et mince d'une quarantaine d'années, dont l'accoutrement semblait déplacé au milieu des complets d'été et des robes légères en tissu imprimé. Il était vêtu d'un pantalon kaki tout froissé, de brodequins et d'une veste de chasse en coton qui faisait office de chemise. Il n'avait assurément pas l'air d'un citadin, mais plutôt d'un guide professionnel descendu de ses montagnes et égaré dans la ville. Mais son visage démentait sa tenue négligée. Rasé de près, les traits fins et bien dessinés, il avait des yeux bleu pâle, très vifs et très mobiles, prompts à évaluer une situation et à prendre une décision. L'homme posa la main sur l'épaule du chauffeur gesticulant qui pivota sur lui-même et vit les deux billets de vingt dollars qu'on lui tendait.

— Désolé, dit le client, mais je dois vous laisser.

— Hé ! Pas si vite ! Vous êtes témoin ! Ce salaud a débouché du parking sans prévenir, pas un coup de klaxon, rien !

— Je ne peux vous être d'aucune aide. Je n'ai rien vu ni entendu avant la collision.

— Bon Dieu ! C'est pas possible ! Il a rien vu, rien entendu ! On ne veut pas se mouiller, hein ?

— Si, répliqua posément le passager en sortant un troisième billet de vingt dollars. Mais pas ici.

L'homme à l'accoutrement bizarre se fondit rapidement dans la foule des badauds et s'engagea dans la 23e Rue, dans la direction des imposantes portes vitrées du Département d'État. Il était le seul à courir sur le trottoir.

La salle du complexe souterrain du Département d'État portait l'inscription *OHIO-Quatre-Zéro* qui, traduite en langage courant, signifiait : « Oman. Alerte maximum. » Derrière les portes blindées, une batterie d'ordinateurs cliquetaient sans relâche et, de loin en loin, une des machines, après vérification auprès de la banquc centrale de données, émettait un signal perçant pour annoncer qu'elle venait de recevoir des informations nouvelles ou non encore répertoriées. Des hommes et des femmes étudiaient gravement les sorties d'imprimantes et s'efforçaient d'évaluer les résultats.

Rien. Absolument rien. *De la folie.*

À l'intérieur de cette vaste salle bourdonnante se trouvait une autre porte blindée, plus petite et qui n'ouvrait pas sur le couloir. Elle donnait accès au bureau de l'officier de renseignements chargé de la crise de Mascate. La pièce était occupée par le sous-directeur des Opérations consulaires, la branche des activités clandestines du Département d'État. Il avait à portée de la main une console téléphonique reliée à tous les centres de décision et d'information de Washington. Cet homme entre deux âges, déjà grisonnant, se nommait Frank Swann et il sommeillait sur son bureau, la tête posée sur ses bras repliés. Il était midi, mais cela ne changeait rien pour lui, car il n'avait pas vu la lumière du jour depuis longtemps. Frank Swann n'avait pas eu une vraie nuit de sommeil depuis près d'une semaine et devait se contenter de petits sommes comme celui qu'il était en train de faire.

La sonnerie du téléphone le réveilla en sursaut et il tendit machinalement le bras. Il enfonça le bouton clignotant et décrocha le combiné.

— Oui ? Qu'y a-t-il ?

Swann secoua la tête et respira profondément, quelque peu soulagé de reconnaître la voix de sa secrétaire qui l'appelait du même bâtiment, cinq étages plus haut.

— Qui ? demanda-t-il d'une voix lasse après l'avoir écoutée. Un membre de la Chambre des représentants ? Mais je n'ai aucune envie de recevoir un membre du Congrès ! Et, d'abord, comment a-t-il bien pu me trouver ?... Non, épargnez-moi les explications. Dites-lui que je suis en conférence... avec Dieu, si cela vous chante ! Ou même que je suis occupé avec une jolie secrétaire !

— Je l'ai préparé à une réponse de ce genre. C'est pourquoi j'appelle de votre bureau. Je lui ai dit que je ne pouvais vous joindre que sur cet appareil.

— Pour un cerbère, vous ne ménagez pas vos efforts, Ivy la Terrible ! Pourquoi faites-vous tout cela ?

— À cause de ce qu'il m'a dit, Frank. C'est tellement incompréhensible que j'ai dû l'écrire.

— Dites-moi tout.

— Il m'a dit que la raison de sa visite était le problème qui vous préoccupe...

— Mais *personne* ne sait... Tant pis, continuez.

— Il m'a demandé de vous dire ceci et j'ai dû l'écrire phonétiquement : *Ma efham zain.* Vous avez une idée de ce que cela signifie, Frank ?

Abasourdi, le sous-directeur secoua lentement la tête. Il essaya de mettre de l'ordre dans ses idées, mais il savait déjà que le visiteur qui attendait cinq étages plus haut n'avait pas besoin d'autres recommandations. Le député inconnu venait de lui faire savoir en arabe qu'il pouvait lui être utile.

— Appelez un garde et faites-le descendre, dit Swann.

Sept minutes plus tard, la porte du petit bureau souterrain fut ouverte par un sergent des Marines. Le visiteur entra et remercia d'un signe de tête le garde qui refermait déjà la porte. Swann se leva avec une certaine appréhension. L'apparence du parlementaire ne correspondait guère à l'image que l'on pouvait se faire de celle d'un membre du Congrès... tout au moins à Washington. Il était vêtu d'un pantalon kaki, de chaussures de montagne et d'une veste de chasse couverte de taches de graisse. Était-ce une plaisanterie de mauvais goût ?

— Monsieur... commença le sous-directeur d'une voix traînante en tendant la main au visiteur dont il ignorait le nom.

— Evan Kendrick, monsieur Swann, acheva l'homme en s'approchant du bureau pour lui serrer la main. Je suis le nouvel élu de la neuvième circonscription du Colorado.

— Bien sûr. La neuvième du Colorado. Je suis absolument désolé de ne pas...

— Vous n'avez pas à vous excuser. Si quelqu'un doit le faire, c'est moi... Pour ma tenue. Il n'y a aucune raison pour que vous sachiez qui je suis.

— Permettez-moi de vous faire remarquer, l'interrompit Swann d'un ton plein de sous-entendus, qu'il n'y a aucune raison non plus pour que vous sachiez qui je suis.

— Je comprends bien votre point de vue, mais ce ne fut pas très difficile à trouver. Même les nouveaux élus ont accès... du moins, c'est le cas de la secrétaire dont j'ai hérité. Je savais à peu près où m'adresser et il me suffisait d'affiner mes recherches. Un responsable des Opérations consulaires...

— Ce n'est pas un service très connu, monsieur Kendrick, lança Swann en martelant ses mots.

— Moi, je l'ai bien connu... pendant quelque temps. Quoi qu'il en soit, je ne cherchais pas seulement un agent pour le Moyen-Orient, mais un expert pour les affaires de l'Asie de Sud-Ouest, quelqu'un qui parle couramment arabe et maîtrise parfaitement une douzaine de dialectes. L'homme que je cherchais doit posséder tout cela... Et je vous ai trouvé, monsieur Swann.

— Vous n'avez pas chômé.

— Vous non plus, dit le parlementaire en indiquant de la tête la porte qui donnait sur la vaste salle remplie de batteries d'ordinateurs. Je suppose que vous avez compris mon message. Sinon, je ne serais pas là.

— Exact, dit Swann. Vous m'avez fait savoir que vous pouviez m'être utile. Qu'en est-il réellement ?

— Je ne sais pas. Tout ce que je sais, c'est que j'ai une proposition à vous faire.

— Une proposition ? En quoi consiste-t-elle ?

— Puis-je m'asseoir ?

— Je vous en prie. Pardonnez mon impolitesse, mais je suis très fatigué.

Kendrick prit un siège et Swann reprit place dans son fauteuil en regardant bizarrement le politicien de fraîche date.

— Je vous écoute, monsieur. Le temps nous est compté, chaque minute est précieuse et nous essayons de résoudre ce « problème » qui, pour employer vos propres termes, nous « préoccupe » depuis déjà plusieurs semaines angoissantes. J'ignore ce que vous avez à me dire et j'ignore si cela peut nous être d'une utilité quelconque, mais j'aimerais bien savoir pourquoi vous avez attendu si longtemps avant de vous manifester.

— Je n'étais pas au courant des événements d'Oman. J'ignorais qu'il s'était passé quelque chose..., qu'il se passe encore quelque chose.

— J'ai énormément de mal à vous croire. Le député de la neuvième circonscription du Colorado fait-il retraite pendant les vacances parlementaires dans un couvent de bénédictins ?

— Pas exactement.

— Ou bien se pourrait-il, poursuivit rapidement Swann avec une pointe d'acrimonie, qu'un homme politique ambitieux et débutant ayant quelques notions d'arabe ait prêté l'oreille à des bruits de couloir faisant allusion à un service de notre ministère et qu'il ait décidé de tenter sa chance dans l'espoir d'en tirer quelque profit politique ? Ce ne serait pas la première fois, vous savez.

Kendrick demeura immobile, le visage impassible, mais son regard scrutateur trahissait la colère.

— Je trouve vos propos choquants, dit-il.

— Croyez-vous que la situation ne me choque pas ? répliqua Swann. Onze citoyens américains ont été exécutés et parmi eux il y avait trois femmes ! Deux cent trente-six autres attendent qu'on leur fasse sauter la cervelle ! Et, quand je vous demande si vous êtes réellement en mesure de m'aider, vous me répondez que vous ne savez pas, mais que vous avez une proposition à me faire ! Tout cela m'évoque le sifflement d'un serpent et je regarde où je pose le pied. Vous débarquez ici en me faisant transmettre quelques mots que vous avez certainement appris en faisant fortune dans une compagnie pétrolière et vous vous imaginez que cela vous donne droit à un traitement de faveur. Vous voulez peut-être devenir un de nos « consultants »... C'est un mot qui sonne bien. Un nouveau venu en politique se retrouve consultant auprès du Département d'État à l'occasion d'une crise internationale. Quelle qu'en soit l'issue, vous êtes gagnant. Vos électeurs du Colorado vous tireraient sans doute leur chapeau.

— Sans doute, mais à condition qu'ils soient au courant.

— Que voulez-vous dire ? demanda le sous-directeur des Opérations consulaires en fixant sur le parlementaire un regard où l'irritation avait cédé la place à la perplexité : *connaissait-il cet homme ?*

— Je ne tiens pas à vous rendre les choses encore plus difficiles qu'elles ne le sont déjà, mais si ce que vous pensez de moi doit être un obstacle à notre collaboration, réglons tout de suite ce problème. Si vous décidez que je puis vous être utile, je n'accepterai de travailler pour vous qu'à la condition d'avoir la garantie écrite de conserver l'anonymat. Personne ne doit savoir que je suis venu ici. Je ne vous ai jamais parlé, ni à vous ni à personne d'autre.

Totalement dérouté, Frank Swann s'enfonça dans son fauteuil et se frotta pensivement le menton.

— Je suis sûr de vous connaître, dit-il doucement.

— Nous ne nous sommes jamais rencontrés.

— Dites ce que vous avez à dire, monsieur. Commencez par où vous voudrez.

— Revenons huit heures en arrière, commença Kendrick. Je descendais le Colorado depuis près d'un mois et je me trouvais en Arizona... Voilà le couvent de bénédictins dans lequel je faisais retraite. Après avoir traversé Lava Falls, je venais d'atteindre un camp de base. Il y avait déjà quelqu'un, bien sûr, et, pour la première fois depuis quatre semaines, j'eus l'occasion d'écouter la radio.

— Quatre semaines ? répéta Swann. Vous avez disparu dans la nature pendant tout ce temps ? Cela vous arrive souvent ?

— À peu près une fois par an, répondit Kendrick. C'est devenu une sorte d'habitude, ajouta-t-il posément. Je pars seul.

— Drôle de politicien, dit Swann en tripotant distraitement un stylo. Vous pouvez oublier le monde, mais vos électeurs ne vous oublient pas.

— Je ne suis pas un politicien, dit Evan Kendrick en s'autorisant un léger sourire, et je vous assure que mon élection fut purement accidentelle. J'ai donc entendu les nouvelles et j'ai fait aussi vite que possible. J'ai pris un avion pour rejoindre Flagstaff en essayant d'affréter un jet pour Washington. Mais il était trop tard pour faire établir un plan de vol et j'ai dû continuer jusqu'à Phoenix, d'où j'ai pris le premier vol pour la capitale. Ces téléphones dont les avions sont équipés sont une véritable merveille. Je crains d'en avoir monopolisé un pour m'entretenir longuement avec une secrétaire très expérimentée et un certain nombre d'autres personnes. Je suis désolé d'avoir une tenue si négligée. J'ai pu me raser dans l'avion, mais j'ai préféré ne pas perdre de temps pour passer me changer chez moi. Je suis là, monsieur Swann, et vous êtes celui que je voulais voir. Peut-être ne vous serai-je d'aucun secours et, si c'est le cas, je suis sûr que vous me le direz. Mais je tenais absolument à me mettre à votre disposition.

Tout en écoutant le visiteur, Swann avait griffonné son nom sur le bloc-notes du bureau. Il l'avait même écrit plusieurs fois et souligné. *Kendrick. Kendrick. Kendrick.*

— À ma disposition pour quoi faire ? demanda-t-il, le front plissé, en relevant la tête. Pour quoi faire ?

— Pour vous communiquer tout ce que je sais sur la région et les différentes factions qui y opèrent. Oman, les Émirats, Bahreïn, Qatar... Mascate, Dubaï, Abu Dhabi... jusqu'au Koweit et Riyad. J'ai vécu là-bas. J'y ai travaillé. Je connais très bien tout cela.

— Vous avez vécu, vous avez *travaillé* dans toute l'Asie du Sud-Ouest ?

— Oui. J'ai passé dix-huit mois à Mascate. Sous contrat avec la famille royale.

— Le sultan ?

— Feu le sultan ; il est mort il y a deux ou trois ans. Oui, sous contrat avec lui et ses ministres. Ils étaient durs en affaires, mais compétents. Il fallait connaître son boulot.

— Vous avez donc travaillé pour une entreprise, dit Swann.

C'était une affirmation et non une question.

— Oui, dit Kendrick.

— Laquelle ?

— La mienne, répondit le parlementaire.

— La vôtre ?

— Absolument.

Le sous-directeur des Opérations consulaires écarquilla les yeux, puis il les baissa sur la feuille de son bloc où il avait inscrit à plusieurs reprises le nom de l'étrange visiteur.

— Bon Dieu ! souffla-t-il à mi-voix. Le groupe Kendrick ! Voilà le lien que je n'arrivais pas à trouver ! Je n'avais pas entendu votre nom depuis... quatre ou cinq ans. Peut-être six.

— Votre première réponse était la bonne. Quatre ans pour être tout à fait précis.

— Je savais bien que votre visage ne m'était pas inconnu. Je vous l'avais dit.

— Vous me l'aviez dit, mais nous ne nous sommes jamais rencontrés.

— Votre groupe construisait à peu près tout... ponts, systèmes d'irrigation, champs de courses, lotissements, clubs de loisirs, aéroports... Tous les équipements.

— Nous construisions tout ce que l'on nous demandait de construire.

— Je m'en souviens. C'était il y a dix ou douze ans. Une bande d'enfants prodiges qui accomplissaient des miracles dans les Émirats ! Vous aviez tous une trentaine d'années et vous étiez férus des nouvelles technologies.

— Nous n'étions pas tous aussi jeunes...

— C'est vrai, le coupa Swann, le front plissé par la réflexion. Vous aviez une arme secrète, un homme d'un âge beaucoup plus avancé. Un vieil Israélien qui était un as de l'architecture. Oui, un Israélien qui concevait des projets dans le style arabe et qui était à tu et à toi avec tous les richards du coin.

— Il s'appelait — il s'appelle toujours — Emmanuel Weingrass, dit Manny. Il est originaire de Garden Street, dans le Bronx, et s'il est parti en Israël c'est pour éviter des complications juridiques avec sa deuxième ou sa troisième femme. Il a maintenant près de quatre-vingts ans et il vit à Paris. Fort bien, si j'en juge par ce qu'il m'en a dit au téléphone.

— Je crois me souvenir, poursuivit Swann, que vous avez vendu à Bechtel pour trente ou quarante millions de dollars.

— Pas à Bechtel. C'était à Trans-International et ce n'était pas trente ou quarante millions, mais vingt-cinq. Ils ont fait une bonne affaire et j'ai retiré mes billes. Tout le monde était content.

Swann étudiait le visage de Kendrick, et plus particulièrement les yeux bleu clair au regard énigmatique.

— Non, dit le fonctionnaire d'une voix très douce d'où toute hostilité avait disparu. Les détails me reviennent à l'esprit. Un accident s'est produit sur l'un de vos chantiers, à proximité de Riyad. Un effondrement de terrain dû à l'explosion d'une conduite de gaz défectueuse. Il y eut plus de soixante-dix victimes : vos associés, tous vos employés et même des enfants.

— Leurs enfants, ajouta calmement Evan. Tous, leurs épouses et tous leurs enfants. Nous étions en train de fêter l'achèvement de la troisième tranche. Tout le monde était là. L'équipe au complet, avec femmes et enfants. Tout s'est effondré quand ils étaient à l'intérieur. J'étais dehors avec Manny... Nous étions en train de nous déguiser en clowns...

— Mais une enquête a dégagé le groupe Kendrick de toute responsabilité. Il a été démontré que l'entreprise qui équipait le chantier avait installé une conduite de qualité inférieure dont le certificat de conformité avait été falsifié.

— En gros, c'est bien cela.

— Et c'est à ce moment-là que vous avez décidé de tout laisser tomber ?

— Peu importe, répondit le parlementaire. Nous perdons du temps. Comme vous savez maintenant qui je suis, ou du moins qui j'étais, puis-je vous être utile ?

— Me permettez-vous de vous poser une question ? Je ne crois pas que ce soit une perte de temps et je pense qu'elle est pertinente. Je ne tiens pas à prendre de risques et il faudra trancher. J'étais très sérieux tout à l'heure. Il y a des tas de gens fréquentant le Capitole qui s'adressent à nous en espérant en tirer quelque profit politique.

— Quelle est votre question ?

— Pourquoi êtes-vous au Congrès, monsieur Kendrick ? Avec votre fortune et votre réputation professionnelle, vous n'avez pas besoin de cela. Et je n'arrive pas à comprendre ce que cela peut vous rapporter en regard de ce que vous pourriez gagner dans le secteur privé.

— Tous ceux qui sollicitent un mandat parlementaire le font-ils uniquement par intérêt personnel ?

— Bien sûr que non, répondit Swann. Pardon, ajouta-t-il en secouant la tête après un instant de silence, je crois que j'ai parlé trop vite. À question piège, réponse convenue... Eh oui, monsieur Kendrick, de mon point de vue, sans doute quelque peu partial, la plupart des ambitieux, aussi bien les femmes que les hommes, qui sollicitent un mandat le font pour être sous les feux de la rampe et pour l'influence que cela leur apportera. Une notoriété qui leur permettra dans tous les cas de mieux se vendre. Pardonnez-moi cette vision cynique des choses, mais je vis ici depuis longtemps et je ne vois aucune raison de tempérer ce jugement. Vous savez que vous me déroutez. Je connais vos antécédents, mais je n'ai jamais entendu parler de la neuvième circonscription du Colorado. Une chose est certaine, ce n'est pas Denver !

— Vous la trouverez difficilement sur une carte, dit Kendrick d'un ton détaché. À la pointe sud-ouest des Rocheuses et très loin de tout. C'est pour cela que j'ai choisi de m'installer là-bas, hors des sentiers battus.

— Mais pourquoi ? Pourquoi la politique ? Le petit prodige des Émirats a-t-il cherché à se tailler un fief dans une circonscription perdue ? À établir une rampe de lancement pour sa carrière politique, peut-être ?

— Jamais cela ne m'est venu à l'idée.

— C'est une affirmation, pas une réponse.

Les yeux rivés sur son interlocuteur, Evan Kendrick garda le silence pendant quelques instants. Puis il haussa les épaules et Swann perçut une certaine gêne chez le politicien.

— Très bien, commença Kendrick d'une voix ferme. Disons qu'il s'agit d'un moment d'égarement qui ne se reproduira pas. Mon prédécesseur était un homme stupide et arrogant qui se remplissait les poches dans l'indifférence générale. J'avais du temps libre et une grande gueule. J'avais aussi tout l'argent nécessaire pour l'enfoncer. Je ne suis pas particulièrement fier de ce que j'ai fait ni des moyens que j'ai employés, mais il a disparu de la scène politique, et moi je n'en ai plus que pour deux ans au maximum. D'ici là, j'aurai trouvé quelqu'un de plus qualifié pour me remplacer.

— Deux ans ? demanda Swann. Votre élection remonte au mois de novembre dernier, non ?

— Absolument.

— Et vous avez commencé à siéger à la rentrée de janvier ?

— Oui. Et alors ?

— Je suis désolé de vous contredire, mais votre mandat a une durée de *deux* ans. Il vous reste donc soit un an, soit trois, mais en aucun cas deux au maximum.

— Il n'y a pas véritablement de parti d'opposition dans ma circonscription, mais, afin de m'assurer que ce siège ne sera pas récupéré par un appareil politique, je me suis engagé à me faire réélire, puis à démissionner un peu plus tard.

— Quel engagement !

— Cela me coûte. Je ne désire qu'une chose : abandonner mon siège.

— Vous ne mâchez pas vos mots, mais vous négligez la possibilité d'un effet secondaire.

— Je ne vous suis pas.

— Imaginez qu'au cours des vingt et quelques mois qu'il vous reste vous vous rendiez compte que la vie de parlementaire vous convient. Que se passera-t-il ?

— Ce n'est pas possible et cela ne se produira pas. Mais revenons à Mascate. Vous êtes dans un sale pétrin, si les résultats de cet interrogatoire me permettent d'avancer une telle opinion.

— Oui, ils sont satisfaisants, et vous êtes reçu à votre examen de passage, dit le fonctionnaire du Département d'État en hochant sa tête grisonnante. Nous sommes en effet dans un sale pétrin et nous avons la conviction que toute l'affaire est téléguidée de l'extérieur.

— Je ne crois pas qu'on puisse en douter, dit Kendrick.

— Avez-vous des idées ?

— Quelques-unes, répondit le visiteur. La première chose qui me vient à l'esprit est qu'il s'agit d'une tentative organisée de déstabilisation. On ferme les frontières et on ne laisse plus entrer personne.

— Un coup d'État ? dit Swann. Un putsch dans le style de celui de Khomeiny ?... Cela ne marcherait pas ; la situation est différente. Il n'y a pas d'étalage de luxe, pas de rancune tenace, pas de SAVAK. Pas de shah entouré d'une armée de voleurs, ajouta-t-il pensivement, ni d'ayatollah entouré d'une armée de fanatiques. Ce n'est pas la même chose.

— Je ne pensais pas à cela. Je crois qu'Oman n'est qu'un début. Celui ou ceux qui sont derrière cette opération ne cherchent pas à prendre le pouvoir. Ils veulent simplement éviter que l'argent n'aille dans d'autres poches.

— Comment cela ? Quel argent ?

— Des milliards de dollars. Sous la forme de projets à long terme, qui sont à l'étude dans le golfe Persique, en Arabie Saoudite et dans toute l'Asie du Sud-Ouest, les seules régions de cette partie du monde où l'on peut tabler sur une certaine stabilité, car les gouvernements, y compris ceux qui nous sont hostiles, en ont absolument besoin. Ce qui se passe en ce moment à Oman reviendrait à peu de chose près à paralyser chez nous les transports et la construction, ou bien à fermer les ports de New York, La Nouvelle-Orléans, Los Angeles et San Francisco. Rien n'est réglé par des grèves ou des conventions collectives ; il n'y a que la terreur brute et la menace d'une terreur encore plus implacable de la part de ces fanatiques. Et tout s'arrête. Les gens qui travaillent dans les bureaux d'études et tous ceux qui sont sur le terrain n'ont plus qu'une idée en tête : foutre le camp aussi vite que possible.

— Et, dès qu'ils sont partis, ajouta vivement Swann, ceux qui tiraient les ficelles apparaissent et la terreur cesse. Comme par enchantement. Bon Dieu ! On dirait une opération de la mafia !

— C'est le style arabe, dit Kendrick. Et, pour reprendre vos paroles, ce ne serait pas la première fois.

— Vous êtes sûr que cela se passe de cette manière ?

— Oui. Notre société a été menacée à plusieurs reprises, mais, pour reprendre encore une fois vos propres paroles, nous avions une arme secrète. Emmanuel Weingrass.

— Weingrass ? Mais que pouvait-il faire en pareille situation ?

— Mentir avec une conviction extraordinaire. Tantôt il était général de réserve de l'armée israélienne et il pouvait lancer une attaque aérienne contre tout groupe arabe qui nous harcèlerait ou aurait pris notre place, tantôt il était un agent haut placé du Mossad qui n'hésiterait pas à envoyer des commandos pour éliminer ceux qui nous menaçaient. Comme beaucoup d'hommes de génie d'un certain âge, Manny avait souvent un comportement excentrique et c'était un personnage très théâtral. Il s'amusait beaucoup, mais ses épouses successives ne s'amusaient malheureusement jamais très longtemps en sa compagnie. Quoi qu'il en soit, personne ne tenait à se frotter à un Israélien cinglé. Cela leur rappelait trop de mauvais souvenirs.

— Êtes-vous en train de me conseiller de le recruter ? demanda Swann.

— Non. Sans même parler de son âge, il achève ses jours à Paris avec les plus belles femmes qu'il puisse s'offrir et les cognacs les plus coûteux. Il ne pourrait vous être utile... Mais il y a quand même quelque chose que vous pouvez faire.

— Allez-y.

— Écoutez-moi bien, dit Kendrick en se penchant vers Swann. J'ai beaucoup réfléchi à cette affaire depuis que j'ai entendu les nouvelles, et je suis de plus en plus convaincu d'avoir une explication possible. Le problème est que nous ne disposons que de très peu de faits — presque aucun, en réalité —, mais il y a un schéma qui recoupe certaines choses dont nous avons eu connaissance il y a quatre ans.

— Quel schéma ? Quelles choses ?

— De simples rumeurs, pour commencer, puis des menaces. Pas des menaces en l'air... Il convenait de les prendre très au sérieux.

— Allez-y. Je vous écoute.

— Tout en écartant ces menaces à sa manière, en général avec l'aide de quelques caisses de whisky prohibé, Weingrass eut vent de quelque chose qui semblait assez sensé pour ne pas être seulement des élucubrations d'ivrogne. On l'informa qu'un consortium était en train de se former en secret. Un cartel industriel, si vous préférez, qui prenait discrètement le contrôle de dizaines d'entreprises, accroissant progressivement ses ressources humaines, matérielles et technologiques. L'objectif devenait évident et, si ces renseignements sont exacts, il l'est encore plus aujourd'hui. Des inconnus essaient de s'approprier le monopole du développement industriel en Asie du Sud-Ouest. D'après ce que Weingrass a entendu dire, le siège de cette fédération clandestine se trouverait à Bahreïn. Cela n'a rien d'étonnant, mais ce qui nous surprit et nous amusa beaucoup, c'est que, parmi les mystérieux administrateurs, se trouvait un homme qui se faisait appeler le « Mahdi »... comme le musulman fanatique qui chassa les Anglais de Khartoum, il y a cent ans.

— Le Mahdi ? Khartoum ?

— Exactement. Le symbole est évident, à cela près que ce nouveau Mahdi se fiche pas mal de l'islam et encore plus de ses partisans fanatiques. Il se sert d'eux pour chasser ses concurrents et les empêcher de revenir. Tout ce qui l'intéresse, c'est que les contrats et les bénéfices restent dans des mains arabes..., plus particulièrement les siennes.

— Attendez un peu, dit pensivement Swann en saisissant le combiné et en enfonçant un bouton de la console. Cela semble concorder avec quelque chose que le MI-6 nous a transmis de Mascate dans la nuit, poursuivit-il rapidement en tournant la tête vers Kendrick. Nous n'avons pas pu l'exploiter, car il n'y avait aucune piste à suivre, mais c'était quelque chose d'assez extravagant. Passez-moi Gerald Bryce, s'il vous plaît... Allô, Gerry ? Cette nuit, vers deux heures du matin, nous avons reçu un message 00 des Anglais. Je voudrais que tu le retrouves et que tu me le lises lentement, parce que je vais noter tout le texte.

Frank Swann couvrit le microphone et se retourna vers son visiteur dont l'attention était en éveil.

— S'il y a un fond de vérité dans ce que vous venez de me dire, nous allons peut-être enfin avoir quelque chose de concret.

— C'est pour cela que je suis ici, monsieur Swann, en train d'infester votre bureau d'une odeur de poisson fumé.

Le sous-directeur des Opérations consulaires eut un petit hochement de tête en attendant avec impatience le retour de l'homme qu'il avait appelé Bryce.

— Une douche ne vous ferait pas de mal, c'est vrai. Oui, Gerry, je t'écoute !... *Ne cherchez pas dans la direction où la logique le voudrait. Cherchez ailleurs.* Oui, je m'en souviens. Et je crois que juste après... *Là où les ressentiments ne sont pas nés de la misère ni d'un sentiment d'abandon.* C'est ça ! Et il y a encore autre chose, un peu plus loin... *Là où Allah a dispensé ses faveurs en ce monde, même s'il n'en va pas ainsi dans l'autre.* Très bien ! Et maintenant, encore plus loin... Quelque chose à propos de murmures, c'est tout ce dont je me souviens... Voilà ! Parfait. Peux-tu répéter ? *Les murmures ont trait à ceux à qui le sang profitera.* Merci, Gerry, j'ai tout ce qu'il me fallait. Je crois me souvenir que le reste ne valait pas tripette. Pas de noms, pas d'organisations, rien que des boniments... C'est bien ce que je pensais... Non, je ne sais pas encore. Si nous découvrons quelque chose, tu seras le premier à le savoir. En attendant, fais travailler tes machines et dresse-moi une liste de toutes les entreprises de construction de Bahreïn. Et s'il existe une liste des entreprises industrielles, fais-la-moi parvenir aussi... Pour quand ? Pour hier, bien sûr !

Swann raccrocha, relut les notes qu'il venait de prendre et releva la tête.

— Vous avez entendu, ou voulez-vous que je répète ?

— Inutile. Je suppose que ce n'est pas *kalam faregh.*

— Non, ce ne sont pas des conneries. C'est au contraire extrêmement pertinent et j'aimerais bien savoir ce qu'il faut faire.

— Recrutez-moi, monsieur Swann. Envoyez-moi à Mascate par le moyen de transport le plus rapide que vous ayez à votre disposition.

— Pourquoi ? demanda Swann en scrutant le visage du parlementaire. Que pouvez-vous faire de mieux que nos propres agents sur place ? Non seulement ils parlent couramment l'arabe, mais ils sont arabes pour la plupart.

— Et ils travaillent pour les Opérations consulaires.

— Que voulez-vous dire ?

— Ils sont grillés. Ils étaient déjà grillés il y a quatre ans et ils le sont encore. S'ils font une fausse manœuvre, vous risquez d'avoir une douzaine d'exécutions sur les bras.

— Voilà qui est alarmant, dit lentement Swann en plissant les yeux. Ils sont *grillés* ? Auriez-vous l'obligeance de vous expliquer ?

— Je vous ai dit il y a quelques minutes que j'avais bien connu le service des Opérations consulaires, pendant quelque temps. Puis vous m'avez accusé d'avoir prêté l'oreille à des bruits de couloir y faisant allusion. Mais ce n'est pas vrai. Je ne vous ai pas menti.

— Je vous écoute.

— C'était devenu un sujet de plaisanterie. Un ex-ingénieur de l'armée et Manny Weingrass ont même fait une bonne blague à vos agents.

— Une blague ?

— Vous devriez pouvoir trouver cela dans vos dossiers. Un jour, des émissaires du gouvernement jordanien sont venus nous demander de dresser les plans d'un nouveau terrain d'aviation dès que nous aurions achevé la construction de celui de Qufar, en Arabie Saoudite. Dès le lendemain, deux de vos agents sont venus nous poser tout un tas de questions d'ordre technique en insistant sur le fait qu'en tant qu'Américains il était de notre devoir de leur transmettre ces renseignements, sachant que le roi Hussein s'entretenait fréquemment avec les Russes. C'était parfaitement stupide, car un aérodrome est toujours un aérodrome, et il suffit au premier imbécile venu de survoler le site pour avoir une idée précise de la configuration du terrain.

— Et la blague ?

— Manny et l'ingénieur leur ont affirmé que les deux pistes principales faisaient onze kilomètres de long et qu'elles étaient manifestement destinées à l'atterrissage d'avions de transport très particuliers. Vos deux hommes sont repartis ventre à terre, comme s'ils étaient poussés par un besoin pressant.

— Et alors ? demanda Swann en se penchant en avant.

— Le lendemain, les émissaires d'Hussein nous ont téléphoné pour nous informer que le projet était abandonné. Nous avions eu la visite d'agents des Opérations consulaires et cela ne leur avait pas plu.

Swann s'enfonça dans son fauteuil avec un sourire las.

— Tout cela semble parfois bien futile, dit-il.

— Je ne trouve pas que la situation présente donne un sentiment de futilité, objecta Kendrick.

— Non, bien sûr, dit Swann en se redressant promptement. Ainsi, d'après vous, toute cette affaire n'est qu'une question de gros sous ? Une sale question de fric ?

— Si nous ne parvenons pas à régler ce problème, la situation va empirer et elle deviendra critique.

— Comment cela ?

— C'est une recette éprouvée de prise de contrôle économique. Quand ils auront réussi à paralyser le gouvernement d'Oman, ils utiliseront la même tactique ailleurs. Dans les Émirats, à Bahreïn, au Qatar et même en Arabie Saoudite. Ceux qui contrôlent les fanatiques obtiennent les contrats et, toutes ces opérations d'envergure étant réalisées par une seule et même entité — même si elle agit sous plusieurs noms —, ils constituent dans la région une dangereuse force politique dont nous n'apprécierons certainement pas l'influence.

— Bon Dieu ! Vous avez vraiment réfléchi à fond !

— Je n'ai fait que cela depuis huit heures.

— Et si je vous envoyais là-bas, que pourriez-vous faire ?

— Tant que je ne serai pas sur place, je n'en sais rien. Mais j'ai quelques idées. Je connais un certain nombre d'Omanais influents, d'importants personnages qui savent à quoi s'en tenir et qui sont totalement étrangers aux événements. Pour différentes raisons, probablement la même défiance que celle que nous avons éprouvée envers vos sous-fifres des Opérations consulaires, ils refuseront de parler à des étrangers, mais pas à moi. Ils me font confiance. J'ai passé des soirées, des week-ends dans leur famille. J'ai vu leurs femmes dévoilées et je connais leurs enfants.

— Les femmes dévoilées et les enfants, répéta Swann. La marque suprême de confiance. Le plus grand témoignage d'amitié.

— En effet, dit le représentant du Colorado. Ils accepteront de travailler avec moi, mais peut-être pas avec vous. Je connais aussi la plupart des fournisseurs du port et les responsables des bureaux de fret, y compris ceux qui se méfient de tout ce qui est officiel, parce qu'ils gagnent de l'argent sur ce que l'on ne peut se procurer officiellement. Je veux remonter jusqu'à la source de l'argent et des instructions qui l'accompagnent, et qui aboutissent à l'intérieur de l'ambassade. Il y a quelque part quelqu'un qui envoie à la fois de l'argent et des instructions.

— Qu'entendez-vous par fournisseurs ? demanda Swann d'une voix inquiète, en haussant les sourcils. Vous voulez parler d'approvisionnements, de fournitures médicales, ce genre de choses ?

— Ce n'est qu'une partie...

— Êtes-vous complètement cinglé ? s'écria le fonctionnaire. Ces otages sont des Américains ! Nous avons ouvert les coffres-forts ; ils ont tout ce qu'il leur faut, tout ce que nous pouvons leur faire parvenir !

— Des armes, des munitions et des pièces de rechange pour les armes ?

— Bien sûr que non !

— D'après ce que j'ai lu, dans les journaux que j'ai pu trouver dans les kiosques à Flagstaff et à Phoenix, il semble que tous les soirs, après le coucher du soleil, il y ait un feu d'artifice de quatre ou cinq heures. Des milliers de coups de feu, des pans de mur de l'ambassade criblés de balles de fusil et de pistolet-mitrailleur.

— Cela fait partie de leur foutue terreur ! explosa Swann. Vous imaginez ce que cela peut être pour ceux qui sont à l'intérieur ! Alignés devant un mur, sous le feu des projecteurs, quand la mitraille crépite tout autour d'eux et qu'ils se disent : mon Dieu, je vais mourir d'une seconde à l'autre ! Si jamais nous réussissons à sauver ces malheureux, il leur faudra des années d'analyse avant de pouvoir chasser ce cauchemar de leur esprit !

Kendrick lui laissa le temps de se calmer avant de poursuivre.

— La bande d'exaltés qui occupe l'ambassade ne dispose pas d'un arsenal, monsieur Swann. Je ne pense pas que ceux qui les manipulent le permettraient. On les approvisionne en armes, comme on approvisionne vos machines à polycopier, car elles ne savent pas faire fonctionner vos photocopieuses ni vos ordinateurs pour les bulletins quotidiens qu'elles préparent pour les caméras de la télévision. Essayez de comprendre, je vous en prie ! Il n'y a pas un sur vingt de ces cinglés dont le quotient intellectuel ne soit ridiculement bas, sans parler d'une position idéologique réfléchie. C'est la lie de l'humanité à qui l'on a permis de donner libre cours à son hystérie sous les feux de l'actualité. Peut-être est-ce de notre faute, je ne sais pas, mais ce que je sais, c'est qu'ils ont été programmés. Et vous le savez aussi ! Derrière eux, il y a quelqu'un dont l'objectif est de mettre la main sur toute l'Asie du Sud-Ouest.

— Ce Mahdi ?

— Oui, quelle que soit son identité.

— Croyez-vous être en mesure de le démasquer ?

— J'aurai besoin d'aide. Pour sortir discrètement de l'aéroport. Il me faudra aussi des vêtements arabes ; je vous ferai une liste.

Le sous-directeur s'enfonça de nouveau dans son fauteuil et se frotta le menton.

— Pourquoi ? demanda-t-il. Pourquoi un parlementaire accepte-t-il de faire quelque chose d'aussi dangereux ? Pourquoi Evan Kendrick, chef d'entreprise multimilliardaire, accepte-t-il de risquer sa précieuse vie ? Vous n'avez plus rien à faire là-bas. Alors, *pourquoi* ?

— Je suppose que la réponse la plus simple et la plus honnête est que je pense pouvoir être utile. Comme vous l'avez dit, j'ai gagné énormément d'argent là-bas. Peut-être le moment est-il venu de payer un peu de ma personne en retour.

— S'il ne s'agissait que d'argent, ou de payer « un peu » de votre personne, je n'aurais aucune inquiétude, dit Swann. Mais, si je vous laisse partir, je lâche dans un champ de mines quelqu'un qui n'a reçu aucune formation aux techniques de survie. Cela vous est-il venu à l'esprit, monsieur Kendrick ?

— Je n'ai pas l'intention de prendre l'ambassade d'assaut, répliqua Evan Kendrick.

— Vous n'en aurez peut-être même pas l'occasion. Il vous suffira de poser la mauvaise question à la mauvaise personne pour arriver au même résultat.

— Tout comme je peux avoir un accident dans un taxi, par exemple à midi, à l'angle de la 23e Rue et de Virginia Avenue.

— Je présume que c'est ce qui vous est arrivé.

— Oui, mais je ne conduisais pas. J'étais simplement

dans le taxi. Je suis prudent, monsieur Swann, et, à Mascate, je suis capable de me débrouiller dans la circulation qui est beaucoup moins dense qu'à Washington.

— Avez-vous fait votre service ?

— Non.

— Il me semble pourtant que vous deviez avoir l'âge de partir au Viêt-nam. Il y a une explication ?

— Comme j'étais encore étudiant, j'ai bénéficié d'un sursis qui m'a permis d'y échapper.

— Avez-vous déjà eu une arme à feu entre les mains ?

— Mon expérience est limitée.

— Ce qui signifie que vous savez où se trouve la détente et de quel côté il faut viser ?

— J'ai dit limitée, pas nulle. Quand nous avons commencé à travailler dans les Émirats, nous étions armés sur les chantiers. Par la suite, cela nous est aussi arrivé en quelques occasions.

— Avez-vous déjà eu à utiliser votre arme ? insista le sous-directeur.

— Assurément, répondit calmement Kendrick sans mordre à l'hameçon. Cela m'a permis d'apprendre où se trouvait la détente et de quel côté il fallait viser.

— Très drôle ! Ce que je voulais savoir, c'est s'il vous est déjà arrivé de tirer sur un homme.

— Je suis obligé de répondre ?

— Oui. Il faut que je me fasse une opinion.

— Alors, c'est oui.

— En quelle occasion ?

— En quelles occasions, rectifia Kendrick. Au nombre de mes associés et de notre personnel américain se trouvaient un géologue, un responsable des moyens logistiques et plusieurs transfuges du génie militaire qui faisaient office de contremaîtres. Nous partions fréquemment visiter des sites potentiels pour effectuer des prospections géologiques ou pour préparer nos installations. Nous utilisions un camping-car et nous fûmes attaqués à plusieurs reprises par des bandits... des bandes de nomades à la recherche de voyageurs isolés. Ces bandits sévissent depuis plusieurs années et les autorités mettent en garde tous ceux qui s'aventurent dans les terres. C'est à peu près la même chose que dans nos métropoles et c'est là que j'ai utilisé un revolver.

— Pour faire peur ou dans le but de tuer, monsieur Kendrick ?

— En général pour faire peur, mais en quelques occasions il nous fallut tuer. C'est notre vie qui était en jeu. Mais nous avons toujours informé les autorités de ces incidents.

— Je vois, dit le sous-directeur des Opérations consulaires. Et êtes-vous en bonne condition physique ?

Le visiteur ne put retenir un geste d'agacement.

— Je fume de temps en temps un cigare ou une cigarette après un repas, *docteur,* et je bois modérément. Je ne fais pas de musculation et je ne cours pas le marathon, mais, dès que j'en ai l'occasion, je descends des rapides et je fais de la randonnée en montagne. Je dois ajouter que je considère tout cela comme de la foutaise !

— À votre gré, monsieur Kendrick, mais le temps presse. Des questions simples et directes peuvent nous permettre de jauger quelqu'un avec autant d'exactitude qu'un rapport psychiatrique ampoulé d'une de nos cliniques en Virginie.

— C'est la faute des psychiatres.

— Parlez-moi donc de la psychiatrie, lança Swann avec un ricanement méchant.

— Non, répliqua Kendrick, c'est à vous de m'en parler. Les petits jeux sont terminés. Je veux savoir si je pars, ou non, et, si c'est non, pourquoi !

— Vous partez, monsieur le représentant, dit Swann en relevant la tête. Non pas parce que vous êtes le candidat idéal, mais parce que je n'ai pas le choix. Je dois tout essayer, y compris envoyer un salopard arrogant, ce que, sous vos dehors flegmatiques, vous êtes probablement.

— Vous avez certainement raison, dit Kendrick. Avez-vous des instructions ou des documents à me communiquer ?

— Ils vous seront remis avant le décollage de la base aérienne d'Andrews. Mais ils ne doivent pas sortir de l'avion et vous ne pourrez pas prendre de notes. Quelqu'un sera chargé de vous surveiller.

— Compris.

— Êtes-vous sûr ? Nous vous apporterons clandestinement toute l'aide que nous pourrons dans les conditions qui nous sont imposées, mais le politicien n'existera plus et vous ne serez plus qu'un simple citoyen livré à lui-même. En un mot, si vous tombez aux mains d'éléments ennemis, nous ne vous connaissons pas ! Nous ne pourrons rien faire pour vous. Nous ne mettrons pas en péril la vie de deux cent trente-six otages pour sauver la vôtre. C'est bien compris ?

— Parfaitement. Cela va dans le sens de ce que j'ai tenu à vous préciser dès mon arrivée. Je veux que vous me garantissiez l'anonymat par écrit. Je ne suis jamais venu ici, vous ne m'avez jamais reçu, je ne vous ai jamais parlé. Envoyez une note officielle au secrétaire d'État pour l'informer que vous avez reçu un appel téléphonique d'un de mes amis politiques au Colorado qui vous parlait de mes antécédents et vous suggérait d'entrer en contact avec moi. Dites-lui que vous avez décliné sa proposition, estimant qu'il s'agissait encore d'un politicien cherchant à se faire mousser.

Kendrick sortit un carnet de la poche de sa veste et se pencha pour prendre le stylo de Swann.

— Voici l'adresse de mon avocat à Washington, dit-il. Faites-lui remettre par porteur une copie de cette note avant le départ de l'avion. Dès qu'il m'informera qu'il l'a reçue, je monterai à bord.

— Notre objectif commun est si limpide que je devrais m'en féliciter, dit Swann. Pourquoi ai-je donc encore une réticence ? Pourquoi ai-je le sentiment persistant que vous me cachez quelque chose ?

— Parce que vous êtes soupçonneux par nature et par profession. Si ce n'était pas le cas, vous ne seriez pas dans ce fauteuil.

— La discrétion sur laquelle vous insistez tellement...

— Vous aussi, apparemment, dit Kendrick sans le laisser achever sa phrase.

— Je vous en ai donné la raison. Il y a deux cent trente-six personnes retenues dans l'ambassade. Nous tenons à éviter de donner aux fanatiques un prétexte pour appuyer sur la détente. Mais vous, si vous sortez vivant de cette aventure, vous avez beaucoup à y gagner. Pour quelle raison tenez-vous tant à garder l'anonymat ?

— Mes raisons ne sont pas très différentes des vôtres, dit Kendrick. Je me suis fait de nombreux amis dans toute cette partie du monde et j'entretiens toujours de bons rapports avec un certain nombre d'entre eux. Nous nous écrivons et ils me rendent fréquemment visite... Nos relations n'ont rien de secret. Si mon identité était révélée, je redoute le *jaremat thaar* de la part de certains fanatiques.

— Le châtiment de l'amitié, traduisit Swann à voix haute.

— Les conditions s'y prêtent, ajouta Kendrick.

— Je suppose que c'est une raison suffisante, dit le sous-directeur sans grande conviction. Quand voulez-vous partir ?

— Dès que possible. Il n'y a plus rien à régler ici. Je vais sauter dans un taxi, rentrer chez moi et me changer.

— Pas de taxi ! Dorénavant et jusqu'à votre arrivée à Mascate, vous êtes un agent de liaison du gouvernement voyageant sous une identité d'emprunt dans un transport militaire. Vos déplacements doivent rester secrets.

Swann se pencha et tendit le bras vers le téléphone.

— Je vais vous faire escorter jusqu'au parking d'où un véhicule banalisé vous emmènera chez vous, puis à Andrews. Pendant les douze prochaines heures, vous serez sous la responsabilité du gouvernement et vous ferez ce que nous vous dirons de faire.

Assis à l'arrière de la voiture banalisée du Département d'État, Evan Kendrick regardait par la vitre la végétation luxuriante qui bordait le Potomac. Le véhicule allait bientôt tourner à gauche et s'engager dans une longue allée boisée, à cinq minutes de son domicile. Une maison isolée, songea Kendrick, trop isolée malgré le couple de vieux amis qui y étaient logés et nourris, et malgré le défilé discret et aucunement excessif de femmes élégantes qui partageaient sa couche. Des amies, elles aussi.

Quatre ans et toujours rien de permanent. Le sentiment de permanence se réduisait pour lui à un souvenir de l'autre bout du monde, quand rien d'autre n'était permanent que la nécessité constante de changer de lieu de travail, de dénicher les meilleurs logements pour tout le monde et de s'attacher les services de précepteurs qualifiés pour les enfants de ses associés. Des enfants qu'il aurait parfois aimé être les siens, des enfants pas comme les autres. Mais il n'avait jamais eu le temps de songer au mariage ni à fonder une famille. Il vivait ses histoires d'amour avec des idées et n'avait pour rejetons que des projets. Peut-être était-ce pour cela qu'il était le chef ; il n'avait pas de vie familiale pour le distraire de son travail. Les femmes avec qui il faisait l'amour étaient pour la plupart des femmes d'action. Tout comme lui, elles cherchaient un plaisir passager, le bien-être d'une brève liaison, mais le mot clé était « passager ». Tout au long de ces années merveilleuses, il avait connu la fièvre et les rires, les heures d'angoisse et les moments d'exultation quand les résultats dépassaient les espérances. Ils édifiaient un empire, modeste assurément, mais qui se développerait et, comme l'affirmait Weingrass, les enfants du groupe Kendrick pourraient bientôt fréquenter les meilleures écoles de Suisse, à quelques heures d'avion seulement.

— Avec leur bonne éducation et les langues qu'ils parleront, ils rempliront les cabinets ministériels ! rugissait Manny. Nous veillons sur la destinée de la plus belle collection d'hommes et de femmes politiques depuis Disraeli et Golda Meir !

— Oncle Manny, demandait immanquablement un jeune porte-parole du petit groupe de conspirateurs aux yeux brillants, pouvons-nous aller pêcher ?

— Bien sûr, David... Quel nom glorieux ! La rivière n'est qu'à quelques kilomètres. Nous allons prendre des baleines ! Je te le promets !

— Je t'en prie, Manny, protestait tout aussi immanquablement l'une des mères. Et leur travail ?

— Ce travail-là peut attendre, mais pêcher la baleine, c'est un travail qui n'attend pas !

Telle était la stabilité pour Evan Kendrick. Mais tout avait brutalement volé en éclats, une infinité de miroirs brisés en plein soleil, dont chaque fragment ensanglanté réfléchissait l'image d'une merveilleuse réalité et d'espoirs fabuleux. Tous les miroirs étaient devenus noirs et ne réfléchissaient plus rien que l'image de la mort.

— Ne fais pas cela ! hurla Emmanuel Weingrass. Je souffre autant que toi ! Mais ne comprends-tu pas que c'est ce qu'ils veulent que tu fasses, que c'est ce qu'ils attendent de toi ? Ne leur donne pas — ne lui donne pas — ce plaisir ! Bats-toi contre eux, bats-toi contre lui ! Je t'aiderai ! Je veux te voir en position de combat !

— Pour qui, Manny ? Contre qui ?

— Tu le sais aussi bien que moi ! Nous sommes les premiers, mais d'autres suivront. Il y aura d'autres « accidents », d'autres êtres chers disparaîtront, d'autres projets seront abandonnés. Veux-tu laisser faire cela ?

— Je m'en fous.

— Tu veux le laisser gagner ?

— Qui ?

— Le Mahdi !

— Ce ne sont que des racontars d'ivrognes.

— C'est lui le responsable ! C'est lui qui les a tués ! Je le sais !

— Il n'y a plus rien pour moi ici, mon vieux Manny, et je n'ai pas l'intention de traquer des ombres. La vie n'a plus d'intérêt. Laisse tomber, Manny, je ferai de toi un homme riche.

— Je ne veux pas de ton fric de dégonflé !

— Tu n'en veux pas ?

— Bien sûr que si ! Mais je ne t'aime plus !

Suivirent quatre années de vie futile, d'angoisse et d'ennui, pendant lesquelles il s'était demandé si le vent chaud de l'amour ou le vent glacial de la haine ranimerait les braises encore fumantes de son cœur. Il s'était interminablement répété que le jour où l'incendie éclaterait, sous quelque forme que ce fût, il serait prêt. Et il était prêt. Mû par une haine si forte que nul n'aurait pu l'arrêter.

Le Mahdi.

Tu as ôté la vie à mes amis les plus chers aussi sûrement que si tu avais posé toi-même cette conduite de gaz. Il m'a fallu identifier tant de corps, les corps brisés, disloqués, ensanglantés de tous ces gens qui comptaient tant pour moi. La haine subsiste en moi, froide et profonde, et elle ne me quittera pas avant que tu sois mort. Il faut que je reparte et que je rassemble tous les éléments pour pouvoir me retrouver et achever ce que nous avions commencé à bâtir ensemble.

Manny avait raison. J'ai pris la fuite en mettant ma lâcheté sur le compte du chagrin, en oubliant les rêves que nous avions partagés. Mais je vais revenir et régler mes comptes. Je vais te débusquer, Mahdi, où que tu sois, qui que tu sois ! Et personne ne saura que c'était moi.

— Monsieur ? Nous sommes arrivés, monsieur.

— Pardon ?

— Nous sommes arrivés chez vous, dit le chauffeur des Marines. Désolé d'interrompre votre petit somme, mais nous avons un horaire à respecter.

— Je ne dormais pas, caporal, mais vous avez raison, dit Kendrick en ouvrant la portière. J'en ai pour une vingtaine de minutes... Vous pouvez m'accompagner, si vous voulez. On vous préparera un casse-croûte ou une tasse de café.

— Je ne peux pas quitter cette voiture, monsieur.

— Pourquoi ?

— Vous faites partie d'OHIO. On pourrait me fusiller pour cela.

Un pied posé par terre, l'autre encore dans la voiture, Evan Kendrick se retourna, l'air abasourdi. Il n'y avait pas une autre maison en vue, mais, au bout de la rue déserte et bordée d'arbres, une voiture était garée le long du trottoir. Il distingua à l'intérieur deux silhouettes immobiles sur le siège avant.

Pendant les douze prochaines heures, vous serez sous la responsabilité du gouvernement et vous ferez ce que nous vous dirons de faire.

La silhouette se découpa dans l'embrasure de la porte et se glissa rapidement dans la pièce stérile. L'homme referma la porte et avança dans l'obscurité jusqu'à la petite lampe de cuivre posée sur la table. Il alluma et se dirigea aussitôt vers les appareils couvrant tout le mur de droite. Il prit place devant l'ordinateur, le mit en marche, attendit que l'écran s'allume et entra le code.

Sécurité maximale
Aucune interception possible
Continuez

Les doigts tremblant d'excitation, il reprit la rédaction de son journal.

Tout s'est mis en branle. Le sujet est en route, le voyage a commencé. Il va de soi que je ne suis pas en mesure d'imaginer les obstacles qu'il aura à franchir ni de savoir s'il va réussir ou échouer. Je sais seulement grâce à mes instruments sophistiqués qu'il est le plus qualifié pour cette mission. Un jour, il nous sera possible d'intégrer le facteur humain, mais ce jour n'est pas encore venu. Cependant, s'il survit, la foudre frappera : mes prévisions, qui prennent en compte des centaines de variables différentes, vont toutes dans le même sens. Le petit groupe de responsables autorisés a été informé par modem avec sécurité maximale. Un jeu d'enfant pour mes instruments.

3

Le temps de vol estimé entre Andrews et la base de l'U.S. Air Force en Sicile était d'un peu plus de sept heures. L'atterrissage était prévu à cinq heures, heure de Rome, soit huit heures du matin à Oman, qui était à quatre ou cinq heures de vol, selon les vents dominants sur la Méditerranée et l'itinéraire qu'ils suivraient en fonction des impératifs de sécurité. Ils s'étaient enfoncés dans les ténèbres de l'Atlantique juste après le décollage de l'appareil militaire, un F-106 Delta dans lequel avait été aménagée une cabine pourvue de deux sièges accolés et de tablettes faisant à la fois office de bureau miniature et de support pour la nourriture et les boissons. Des lampes pivotantes suspendues au plafond permettaient d'orienter à volonté un faisceau lumineux sur la portion choisie d'un manuscrit, d'une photographie ou d'une carte. L'homme assis à la gauche de Kendrick lui faisait passer les pages d'OHIO-Quatre-Zéro, l'une après l'autre et pas avant qu'il ait rendu la précédente. Il fallut deux heures et douze minutes à Evan pour achever la lecture du dossier.

Il s'apprêtait à recommencer quand son voisin, un séduisant jeune homme aux yeux noirs, qui s'était simplement présenté comme un assistant du Département d'État, leva la main pour l'arrêter.

— Pouvons-nous prendre le temps de manger un morceau ? demanda-t-il.

— Bien sûr, dit Kendrick en se redressant dans son siège. Franchement, il n'y a pas grand-chose d'utile là-dedans.

— Le contraire m'aurait étonné, monsieur, dit le jeune homme à la tenue impeccable.

Evan se tourna vers son compagnon et, pour la première fois depuis le décollage, le considéra avec attention.

— Ne le prenez surtout pas en mauvaise part, dit-il, mais je trouve que vous êtes assez jeune pour une opération ultra-secrète du Département d'État. Vous ne devez même pas avoir trente ans.

— Presque, répondit le jeune homme. Mais ce que j'ai à faire, je le fais bien.

— Et que faites-vous ?

— Désolé, je ne peux rien dire, dit l'assistant. Si nous mangions un peu, maintenant ? Le vol est assez long.

— Peut-être pourrions-nous boire quelque chose.

— Nous nous sommes spécialement ravitaillés pour les civils, dit le jeune brun avec un petit sourire en faisant signe au steward, un caporal de l'armée de l'air assis à l'arrière sur un strapontin.

Le caporal se leva et s'approcha d'eux.

— Un verre de vin blanc et un whisky canadien avec des glaçons, s'il vous plaît.

— Canadien ? dit Kendrick.

— C'est bien ce que vous buvez ?

— Vous n'avez pas perdu votre temps.

— Nous n'avons pas de temps à perdre, dit l'assistant avec un signe de la tête au caporal qui s'éloigna vers la petite cuisine.

— Je crains que nous ne puissions sortir du menu standard, poursuivit le jeune homme d'OHIO. En conformité avec les restrictions des dépenses du Pentagone... et le lobby de la viande et des produits alimentaires. Filet mignon sauce hollandaise, accompagné d'asperges et de pommes vapeur.

— Drôles de restrictions !

— Drôle de lobby, ajouta en souriant le compagnon d'Evan. Et, comme dessert, une omelette norvégienne.

— Non ?

— Il ne faut pas oublier le lobby des produits laitiers !

Le steward leur apporta les apéritifs et se dirigea vers un téléphone mural où clignotait une lumière blanche.

— À votre santé, dit l'assistant du Département d'État en levant son verre.

— À la vôtre, dit Kendrick. Avez-vous un nom ?

— Choisissez celui que vous voulez.

— Est-ce que Joe vous convient ?

— Allons-y pour Joe. Ravi de vous connaître.

— Comme, à l'évidence, vous savez qui je suis, cela vous donne un avantage sur moi. Vous pouvez m'appeler par mon nom.

— Pas pendant ce vol.

— Alors, qui suis-je ?

— Vous êtes officiellement un expert du service du chiffre du nom d'Axelrod, qui se rend dans notre ambassade à Djeddah, en Arabie Saoudite. Ce nom n'a aucune importance ; il figurera seulement dans le journal de bord du pilote. Si quelqu'un désire attirer votre attention, il se contentera de vous appeler « monsieur ». Sur les vols de ce type, il est interdit de prononcer un nom.

— Docteur Axelrod ?

La voix du caporal fit sursauter l'assistant du Département d'État.

— Docteur ? dit Evan en lançant un regard légèrement étonné à « Joe ».

— Jouez le jeu, murmura son compagnon de voyage.

— Très bien, dit Kendrick à voix basse avant de relever la tête vers le steward. Oui ?

— Le pilote aimerait vous parler, monsieur. Si vous voulez bien me suivre jusqu'au poste de pilotage.

— Certainement, dit Kendrick en repoussant la petite table et en tendant son verre à « Joe ». Vous avez raison sur au moins un point, jeune homme, souffla-t-il au fonctionnaire du Département d'État. Il m'a appelé « monsieur ».

— Je n'aime pas du tout cela, répliqua « Joe ». Toutes les communications vous concernant doivent passer par moi.

— Vous voulez faire un esclandre ?

— Fermez-la ! Il se fait plaisir ; il veut voir de plus près la cargaison spéciale.

— La *quoi* ?

— Aucune importance, docteur Axelrod. Mais n'oubliez pas qu'aucune décision ne doit être prise sans mon accord.

— Vous êtes un dur à cuire, jeune homme.

— Tout à fait, monsieur le rep... docteur Axelrod. Et voulez-vous cesser de m'appeler « jeune homme » !

— Dois-je faire part au pilote de vos sentiments ?

— Vous pouvez lui dire que je lui couperai les ailes et... autre chose, s'il recommence ce petit jeu.

— Comme je suis monté le dernier, je ne l'ai pas vu, mais je crois qu'il est général de brigade.

— Pour moi, ce n'est qu'un général de merde !

— Bon sang ! gloussa Kendrick. Une rivalité entre services à douze mille mètres d'altitude ! Je me demande s'il faut s'en réjouir.

— Monsieur ? insista le steward de l'armée de l'air d'un ton inquiet.

— J'arrive, caporal.

Le poste de pilotage du F-106 Delta était rempli de lumières vertes et rouges, de cadrans et d'instruments de mesure. Le pilote et son copilote étaient assis à l'avant et, sur la droite, le navigateur, un écouteur pressé contre l'oreille gauche, avait les yeux rivés sur un écran de contrôle. Evan fut obligé de se courber pour faire dans l'espace exigu les quelques pas qui le séparaient du pilote.

— Mon général ? dit-il. Vous avez demandé à me voir ?

— Je ne veux même pas voir votre visage, docteur, répondit le pilote sans détourner les yeux du tableau de bord. Je vais juste vous lire un message d'un certain S. Vous connaissez quelqu'un dont le nom commence par un S ?

— Je crois, répondit Kendrick, supposant que le message avait été envoyé par Swann, du Département d'État. De quoi s'agit-il ?

— D'une saloperie pour cet appareil ! s'écria le général de brigade. Jamais je ne me suis posé là-bas ! Je ne connais pas la piste et je parie que les foutus Ritals de ce coin perdu sont plus à l'aise pour préparer un plat de spaghetti que pour donner des instructions pour l'approche !

— C'est une de nos bases aériennes, objecta Kendrick.

— Certainement pas ! rugit le pilote tandis que son copilote secouait énergiquement la tête. Nous allons en Sardaigne ! Plus en Sicile, mais en Sardaigne ! Je vais faire exploser les moteurs pour pouvoir m'arrêter sur cette piste ! Si jamais nous réussissons à la trouver !

— Que dit le message ? demanda calmement Kendrick au pilote. Quand un plan est changé au dernier moment, il y a en général une raison.

— Alors, expliquez-moi ! Non, ne m'expliquez rien ! Je suis assez énervé et inquiet comme cela !

— Le message, s'il vous plaît.

— Il est là.

Le pilote prit une feuille perforée et commença à lire d'une voix vibrante de colère.

Changement de programme. Djeddah annulé. Tous A. M. sous surveillance où atterrissage permis...

— Qu'est-ce que cela signifie ? demanda vivement Evan.

— Ce qui est écrit.

— Voulez-vous me traduire en anglais ?

— Excusez-moi, je n'y avais pas pensé. Qui que vous soyez, vous n'êtes certainement pas celui dont l'identité figure sur le journal de bord. Cela signifie que tous les appareils militaires sont sous surveillance en Sicile et à Djeddah, ainsi que tous les terrains que nous utilisons. Ces fumiers d'Arabes s'attendent à quelque chose et ils ont posté des psychopathes partout pour signaler tout mouvement inhabituel.

— Tous les Arabes ne sont pas des fumiers ou des psychopathes, mon général.

— Pour moi, si !

— Tant pis pour vous. Voulez-vous me lire le reste du message.

Le pilote fit un geste obscène du bras sans lâcher la feuille perforée.

— Lisez-le vous-même, arabophile ! Mais il ne sortira pas de cette cabine.

Kendrick prit le papier, l'inclina vers la lumière du navigateur et lut la totalité du message.

Changement de programme. Djeddah annulé. Tous A. M. sous surveillance où atterrissage permis. Se rabattre sur terrain civil île sud. Nouvel itinéraire via Chypre et Riyad. Pris dispositions. Heure d'arrivée estimée vers deuxième pilier d'el Maghreb. Désolé. S.

Evan tendit le bras, fit passer le message par-dessus l'épaule du général de brigade et le lâcha.

— Je présume qu'« île sud » signifie la Sardaigne, dit-il.

— On ne peut rien vous cacher.

— D'où j'en conclus qu'il va me falloir rester encore une dizaine d'heures dans un avion, ou dans plusieurs, en passant par Chypre et l'Arabie Saoudite avant d'arriver à Mascate.

— Je vais vous dire une bonne chose, monsieur l'arabophile, dit le pilote. Je préfère que ce soit vous qui voyagiez dans ces vieux coucous que moi. Un conseil : choisissez le siège le plus proche d'une sortie de secours et, si c'est possible, n'hésitez pas à faire l'acquisition d'un parachute. Et d'un masque à gaz aussi... Il paraît que ces appareils puent.

— J'essaierai de ne pas oublier vos généreux conseils.

— Et maintenant, poursuivit le général, à vous de m'expliquer quelque chose. Qu'est-ce que c'est que cette histoire de deuxième pilier ?

— Allez-vous à l'église ? demanda Evan.

— Et comment ! Quand je suis à la maison, c'est toute la famille qui y va ! Et pas de tire-au-flanc ! Une fois par mois au minimum, c'est la règle !

— Eh bien, c'est ce que font aussi les Arabes. Mais pas une fois par mois, cinq fois par jour ! Leur foi est aussi forte que la vôtre, au moins aussi forte, semble-t-il ! Le deuxième pilier d'el Maghreb fait allusion à la prière du coucher du soleil. Bougrement gênant, non ? Ils se crèvent le cul toute la sainte journée, tout ça pour des nèfles, et quand arrive le soir, pas d'apéro, rien que des prières à leur dieu ! C'est peut-être tout ce qu'ils ont. Un peu comme les spirituals des nègres de nos plantations !

Le pilote se retourna lentement. Kendrick fut stupéfait par le visage qu'il découvrit dans les ombres du poste de pilotage. Le général de brigade était un Noir.

— Vous m'avez bien eu, dit-il posément.

— Je suis sincèrement désolé, dit Kendrick. Je n'avais pas remarqué. Mais vous l'avez bien cherché.

Le coucher du soleil. Mascate. Sultanat d'Oman. Le contact du vieil appareil à turboréacteur avec la piste d'atterrissage fut si violent que plusieurs passagers se mirent à hurler, leur instinct d'hommes du désert les avertissant qu'ils couraient le risque de partir en fumée. Puis ils comprirent qu'ils étaient arrivés sains et saufs, qu'ils allaient enfin pouvoir trouver du travail, et ils commencèrent à psalmodier frénétiquement. Qu'Allah soit loué pour sa bienveillance ! On leur avait fait miroiter des rials pour les basses besognes que les Omanais refusaient d'accomplir et c'était beaucoup mieux que ce qu'ils avaient laissé derrière eux.

Les hommes d'affaires en complet, assis à l'avant de l'appareil, se précipitèrent vers la porte, un mouchoir sur le nez, agrippant leur attaché-case, impatients de respirer l'air d'Oman. Kendrick se leva et suivit la file des passagers en se demandant quelles pouvaient être les dispositions dont Swann avait parlé dans son message.

— Venez avec moi ! cria un Arabe en robe dans la foule qui commençait à s'agglutiner autour du guichet de l'immigration. Il y a une autre sortie, docteur Axelrod.

— Ce n'est pas le nom qui figure sur mon passeport.

— C'est justement pour cela que vous venez avec moi.

— Et le service de l'immigration ?

— Gardez vos papiers dans votre poche. Personne ne veut les voir, et surtout pas moi !

— Mais comment...

— Suffit, *ya Shaikh* ! Donnez-moi votre valise et restez quelques mètres derrière moi. Venez !

Evan tendit à son contact piaffant d'impatience la valise souple qu'il avait gardée comme bagage à main et il le suivit. Ils tournèrent à droite, atteignirent l'extrémité du bâtiment ocre et blanc à un seul étage, et se dirigèrent aussitôt vers la haute clôture derrière laquelle les fumées d'échappement de plusieurs dizaines de taxis, d'autobus et de camions s'élevaient dans l'air brûlant. À l'extérieur, une foule grouillante courait en tous sens au milieu de la masse des véhicules dans un tourbillon de robes, hurlant des avertissements, criant à tue-tête pour se faire entendre dans le tumulte. Le long de la clôture, sur vingt-cinq ou trente mètres, des dizaines d'autres Arabes, le visage plaqué contre les mailles métalliques, contemplaient cet univers de pistes asphaltées, de carlingues et d'ailes luisantes qui leur était totalement étranger et formait la substance de songes au-delà de leur entendement. Un peu plus loin, Kendrick vit un grand bâtiment préfabriqué en tôle. C'était l'entrepôt de l'aéroport, dont il se souvenait fort bien pour y avoir passé avec Manny Weingrass de longues heures à attendre du matériel promis depuis longtemps sur un vol ou sur le suivant et qui n'arrivait toujours pas, s'emportant parfois contre les douaniers qui ne comprenaient pas toujours les formulaires qu'ils devaient remplir avant de remettre enfin le matériel.

Les hautes portes de l'entrepôt étaient ouvertes pour laisser le passage à un chapelet de conteneurs remplis de caisses déchargées des entrailles de plusieurs appareils. Des gardes tenant en laisse des chiens policiers étaient postés de chaque côté du tapis roulant de la douane qui acheminait le fret à l'intérieur du bâtiment où attendaient impatiemment grossistes et détaillants, mais aussi les contremaîtres perpétuellement frustrés des entreprises de construction. Une arme à répétition au poing, les gardes surveillaient attentivement toute cette activité frénétique. Ils n'étaient pas seulement là pour maintenir un semblant d'ordre dans le tohu-bohu général et pour prêter main-forte aux douaniers si une dispute trop violente éclatait, mais surtout pour s'assurer que des armes et des stupéfiants n'entraient pas en fraude dans le sultanat. Avec force aboiements et grondements, les chiens flairaient longuement chacune des caisses avant qu'elle soit hissée sur le tapis roulant.

Le contact d'Evan s'immobilisa et il fit de même. L'Arabe se retourna et lui indiqua d'un signe de la tête une petite grille surmontée d'un panneau portant une inscription en arabe. *Stop. Réservé au personnel autorisé. Tout contrevenant sera abattu.* C'était une sortie utilisée par les gardes et les fonctionnaires. La grille était munie d'une grosse plaque de métal sur laquelle se trouvait habituellement la serrure. C'est bien une serrure, songea Kendrick, mais une serrure dont la commande électronique était située à l'intérieur de l'entrepôt. Le contact hocha la tête à deux reprises pour signifier à Evan qu'il faudrait se diriger à son signal vers la grille où les contrevenants étaient abattus. Kendrick haussa les sourcils d'un air interrogateur et il sentit une boule se former dans son estomac. Mascate vivant en état de siège, les gardes devaient avoir la gâchette facile. L'Arabe perçut le doute dans son regard et hocha encore une fois la tête, lentement, d'une manière rassurante. Puis il se retourna et regarda vers la droite, dans la direction de la file de conteneurs. Il leva la main droite d'un geste presque imperceptible.

Une bagarre éclata aussitôt près de l'un des conteneurs. Des injures crépitèrent, des mouvements menaçants furent esquissés et des coups furent échangés.

— *Contrebande !*

— *Menteur !*

— *Ta mère n'est qu'une salope !*

— *Ton père couche avec des putains ! Regarde le résultat !*

Deux corps roulèrent au sol dans un nuage de poussière, bientôt suivis par d'autres exaltés prenant parti pour les deux combattants. Les chiens se mirent à aboyer furieusement et, tirant sur leur laisse, entraînèrent leurs maîtres vers la mêlée. Il ne resta plus qu'un seul garde, à qui le contact d'Evan donna le signal convenu. Les deux hommes se dirigèrent au pas de course vers la sortie réservée au personnel.

— Bonne chance, monsieur, murmura le garde tandis

que l'animal en laisse reniflait avec un grondement menaçant le pantalon de Kendrick.

Puis l'homme leva son arme et donna quelques coups rapides sur la plaque métallique de la grille. Une sonnerie retentit et la grille s'ouvrit. Kendrick et son contact s'engouffrèrent dans l'ouverture et longèrent en courant le mur de tôle de l'entrepôt.

Dans le parking situé derrière le bâtiment se trouvait un vieux camion déglingué dont les pneus semblaient à moitié dégonflés. Le moteur rugit et le pot d'échappement percé commença à pétarader.

— *Besuraa !* cria l'Arabe à Kendrick en lui faisant signe de se dépêcher. Voilà le véhicule qui vous attend.

— J'espère, grogna Kendrick d'un ton dubitatif.

— Bienvenue à Mascate, *Shaikh*-je-ne-sais-qui.

— Vous savez très bien qui je suis ! s'écria Evan. Vous m'avez repéré dans la foule ! Combien êtes-vous à me connaître ?

— Très peu, monsieur. Et je jure par Allah que je ne sais pas qui vous êtes.

— Je suis bien obligé de vous croire, dit Kendrick en le regardant au fond des yeux.

— Je n'aurais pas prononcé le nom d'Allah s'il n'en était pas ainsi. Mais dépêchez-vous, je vous en prie !

— Merci, dit Evan en reprenant son bagage à main et en se précipitant vers la cabine du camion.

Mais le conducteur lui fit signe par la vitre ouverte de la portière de monter à l'arrière, sous la bâche qui protégeait l'antique véhicule. Deux bras le hissèrent à l'intérieur tandis que le camion se mettait en marche avec une violente secousse.

Allongé sur le plancher, Kendrick leva les yeux vers l'Arabe qui se tenait au-dessus de lui. L'homme lui sourit et lui montra la longue robe appelée *aba* et le *thobe,* la chemise descendant jusqu'à la cheville, suspendus sur un cintre à l'avant du camion bâché. À côté, accrochés à un clou, Evan découvrit la coiffure traditionnelle, la *ghotra,* et le pantalon bouffant qui complétaient la tenue de ville locale. Tels étaient les vêtements que Kendrick avait demandé à Frank Swann de mettre à sa disposition. Mais il avait également demandé autre chose, d'une importance capitale.

L'Arabe le lui tendit. C'était un tube de gel qui, appliqué généreusement sur le visage et les mains d'un Occidental, donnait à sa peau claire l'aspect basané de celle d'un Sémite du Proche-Orient, exposé toute l'année durant aux rayons brûlants d'un soleil tropical. La substance assurait la pigmentation souhaitée pendant une période de dix jours avant que ses effets ne s'estompent. Dix jours. Une éternité... pour lui, ou pour le monstre qui se faisait appeler le Mahdi.

La femme se tenait dans l'enceinte de l'aéroport, à quelques centimètres de la clôture métallique. Elle était vêtue d'un pantalon blanc légèrement évasé et d'un chemisier de soie vert foncé, froissé par la bandoulière de cuir de son sac à main. De longs cheveux noirs encadraient son visage aux traits fins, en partie dissimulés par de grandes lunettes de soleil de marque. Un chapeau de soleil blanc à large bord, orné d'un ruban de soie verte, lui couvrait la tête. Rien ne la distinguait de prime abord des touristes fortunées en provenance de Rome ou de Paris, de Londres ou de New York. Mais un examen plus approfondi permettait de découvrir une légère singularité : son teint olivâtre, révélant une origine nord-africaine. Cette différence était confirmée par l'objet qu'elle tenait à la main et que, quelques secondes auparavant, elle avait appuyé contre la clôture métallique. C'était un appareil photo miniaturisé, long d'à peine cinq centimètres et muni d'un minuscule objectif prismatique et convexe conçu pour la photographie télescopique, du matériel utilisé par les membres des services de renseignements. Le camion bringuebalant ayant quitté le parking de l'entrepôt, la femme glissa dans son sac à main l'appareil photo devenu inutile.

— Khalehla ! cria un gros homme chauve, aux yeux écarquillés, en courant vers elle.

Il portait deux lourdes valises, et la sueur qui trempait sa chemise humectait son costume noir à rayures venant d'un tailleur de Savile Row.

— Mais qu'est-ce qui t'a prise de disparaître comme cela ?

— Oh ! chéri ! J'en avais assez de faire la queue, répondit la femme avec un accent britannique mâtiné d'italien, ou peut-être de grec. J'ai eu envie de faire quelques pas.

— Mais, bon Dieu, tu ne peux pas faire ça, Khalehla ! En ce moment, c'est l'enfer dans ce pays !

L'Anglais s'avança vers elle, son visage à la mâchoire carrée cramoisi d'indignation et couvert de sueur.

— Quand je suis arrivé devant cet abruti de l'immigration, j'ai regardé partout autour de moi et tu avais disparu ! Alors, je suis parti à ta recherche et trois cinglés armés d'un fusil se sont jetés sur moi et m'ont emmené dans une pièce où ils ont fouillé tous nos bagages !

— J'espère que tu ne transportais rien de compromettant, Tony.

— Ces fumiers m'ont confisqué mon whisky !

— Il faut savoir faire quelques sacrifices quand on a du succès. Cela ne fait rien, chéri, je t'en achèterai d'autre.

L'homme d'affaires britannique parcourut avidement du regard le visage et le corps de Khalehla.

— N'en parlons plus, dit l'obèse avec un clin d'œil appuyé. Il est temps de partir d'ici... J'ai réservé une chambre dans un hôtel merveilleux. Cela te plaira beaucoup, ma chérie.

— Une chambre ? Avec toi ?

— Bien sûr.

— Oh ! Je ne peux pas faire cela !

— Quoi ? Mais tu m'avais dit...

— Qu'ai-je donc dit ? demanda Khalehla en haussant les sourcils au-dessus de ses lunettes de soleil.

— Tu m'avais laissé entendre, en termes non équivoques, que si je réussissais à te trouver une place dans cet avion nous nous donnerions du bon temps à Mascate.

— Du bon temps, bien sûr. Prendre un verre au bord du Golfe, aller aux courses, dîner à El Quaman... ce genre de choses. Mais une chambre avec toi !

— Mais enfin... Il y a certaines précisions qui n'ont pas à... être précisées.

— Oh ! mon cher Tony ! Comment me faire pardonner un tel malentendu ? C'est mon ancien professeur d'anglais à l'université du Caire qui m'a suggéré d'entrer en contact avec toi. C'est une des meilleures amies de ta femme. Non, vraiment, je ne pourrais pas !

— Merde ! explosa l'homme d'affaires prospère du nom de Tony.

— *Miraya !* hurla Kendrick en essayant de couvrir le bruit assourdissant du camion qui faisait des bonds sur la petite route défoncée menant à Mascate.

— Vous n'avez pas demandé de miroir, *ya Shaikh,* répondit d'une voix forte à l'accent prononcé l'Arabe qui l'accompagnait à l'arrière du véhicule.

— Arrachez un des rétroviseurs extérieurs ! Demandez-le au conducteur.

— Il ne peut pas entendre, *ya Shaikh.* C'est un vieux camion, comme tant d'autres ici, que personne ne remarquera. Je ne peux pas parler au conducteur.

— Bon Dieu ! s'écria Kendrick, le tube de gel à la main. Alors, c'est vous qui me servirez de miroir, *ya sahbee,* poursuivit-il en appelant l'Arabe son ami. Approchez-vous et regardez bien. Vous me direz quand cela ira. Soulevez donc un peu cette bâche.

L'Arabe commença à enrouler la bâche, laissant la lumière percer la pénombre. Il s'avança prudemment, en se retenant aux sangles de cuir, et s'arrêta à quelques centimètres de Kendrick.

— C'est l'*iddahwa* ? demanda-t-il en montrant le tube.

— *Iwah,* acquiesça Evan, car le gel était bien le remède dont il avait besoin.

Il commença à l'étaler sur ses mains. Il fallait à peine trois minutes pour que le changement devienne visible. Les deux hommes attendirent en silence.

— *Arma !* s'écria brusquement l'Arabe en tendant la main droite.

La peau de Kendrick était devenue à peu près de la même couleur que la sienne.

— *Kwiyis,* dit Evan en essayant de retrouver pour son visage la proportion de gel utilisée sur ses mains.

De toute façon, il n'avait pas le choix. Il en étala une

couche sur son visage et attendit avec anxiété la réaction de son compagnon.

— *Mahool !* s'écria l'Arabe avec un sourire triomphant. *Delwatee anzur !*

Il avait réussi. Son teint était maintenant aussi basané que celui d'un Arabe.

— Voulez-vous m'aider à passer l'aba et le thobe, dit Evan à son nouveau compagnon tout en commençant à se dévêtir dans le véhicule cahotant.

— Très volontiers, répondit l'Arabe dans un anglais beaucoup plus pur que celui qu'il avait parlé jusqu'alors. Nous allons bientôt nous quitter. J'espère que vous ne m'en voudrez pas d'avoir joué au naïf, mais on ne peut faire confiance à personne, y compris au Département d'État. Vous prenez des risques, *ya Shaikh,* beaucoup plus que moi. Mais j'ai des enfants et c'est votre affaire, pas la mienne. Nous allons vous déposer au centre de Mascate et vous serez livré à vous-même.

— Merci de m'avoir amené jusqu'ici, dit Evan.

— Merci d'être venu, *ya Shaikh.* Mais n'essayez pas de retrouver ceux qui vous ont aidé. Nous vous tuerions avant que l'ennemi ait eu le temps de programmer votre exécution. Nous sommes discrets mais très actifs.

— Qui êtes-vous ?

— Des croyants, *ya Shaikh.* Vous n'avez pas besoin d'en savoir plus.

— *Alfshukre,* dit Evan en remerciant le réceptionniste et en lui glissant un pourboire pour la discrétion qu'il lui avait garantie.

Il signa le registre de l'hôtel d'un faux nom arabe et prit la clé de sa chambre sans demander un chasseur. Kendrick prit l'ascenseur jusqu'à l'étage au-dessus du sien et attendit au bout du couloir pour s'assurer qu'il n'était pas suivi. Puis il redescendit par l'escalier et gagna sa chambre.

Le temps. Le temps est précieux et chaque minute compte, avait dit Frank Swann. La prière vespérale était terminée ; la nuit tombait lentement et le délire commençait à l'ambassade. Evan lança sa valise dans un coin de la chambre, sortit son portefeuille des plis de sa robe et y prit une feuille de papier pliée sur laquelle il avait inscrit le nom et le numéro de téléphone — déjà vieux de près de cinq ans — de ceux avec qui il voulait prendre contact. Il se dirigea ensuite vers le bureau sur lequel était posé le téléphone et déplia la feuille de papier.

Trente-cinq minutes plus tard, après des salutations chaleureuses suivies d'une impression persistante de gêne, rendez-vous était pris avec trois amis du passé. Evan avait sélectionné sept noms parmi ceux des hommes les plus influents qu'il avait connus à Mascate. Deux étaient morts, un troisième était en voyage à l'étranger. Le quatrième lui déclara sans ambages que le moment était mal choisi pour qu'un Omanais rencontre un Américain. Les trois qui, non sans une certaine réticence, avaient accepté de le voir arriveraient séparément dans l'heure qui venait et monteraient directement dans sa chambre, sans passer par la réception.

Trente-huit minutes s'écoulèrent, que Kendrick mit à profit pour déballer les quelques affaires qu'il avait emportées et pour commander trois bouteilles de whisky de différentes marques. L'abstinence exigée par la tradition islamique souffrait quelques entorses et, en face de chaque nom, était inscrite la boisson préférée de chacun. C'était une des leçons de l'irascible Emmanuel Weingrass. *Rien de tel pour faciliter les relations d'affaires, mon garçon. Si tu te souviens du nom de sa femme, un homme sera content, mais si tu n'as pas oublié sa marque préférée de whisky, il sera aux anges.*

Les coups légers frappés à la porte résonnèrent dans le silence de la chambre comme des coups de foudre. Kendrick respira longuement à deux ou trois reprises, traversa la pièce et fit entrer le premier visiteur.

— C'est bien toi, Evan ? Mon Dieu, tu ne t'es pas converti, tout de même ?

— Entre, Mustapha. Cela me fait plaisir de te voir.

— Dis-moi, c'est bien *toi* que je vois ? demanda Mustapha. Qu'est-il arrivé à ta peau ? Tu es au moins aussi basané que moi !

— Je vais tout t'expliquer, dit Kendrick en refermant la porte et en faisant signe à son ami de prendre un siège.

Veux-tu boire un verre ? J'ai ta marque préférée de whisky.

— On sent encore l'influence de Manny Weingrass, dit Mustapha en se dirigeant vers le long canapé de brocart où il prit place. Ce vieux filou !

— Allons, Musty ! protesta Evan avec un petit rire en se dirigeant vers le bar sans alcool. Manny ne t'a jamais roulé.

— C'est vrai. Ni lui ni toi ni aucun des vôtres... Comment supportes-tu leur disparition, mon ami ? Quatre ans plus tard, il nous arrive encore souvent d'en parler.

— Ce n'est pas toujours facile, répondit franchement Kendrick en remplissant les verres. Mais il faut faire avec.

Il apporta son scotch à Mustapha et s'installa dans l'un des trois fauteuils disposés devant le canapé.

— À des jours meilleurs, dit-il en levant son verre.

— Les temps sont malheureusement difficiles, mon vieil ami. Comme l'a dit Dickens.

— Attendons l'arrivée des autres, dit Evan.

— Ils ne viendront pas, dit Mustapha en goûtant son scotch.

— Qu'est-ce que tu dis ?

— Nous avons parlé ensemble. Disons, pour reprendre l'expression si couramment utilisée dans le monde des affaires, que je représente ici certains intérêts. De plus, nous avons estimé qu'en ma qualité de membre du cabinet du sultan j'étais le mieux placé pour te faire part du consensus du gouvernement.

— De quoi parles-tu ? Tu vas beaucoup trop vite pour moi.

— C'est toi qui es allé beaucoup trop vite pour nous en débarquant ici, Evan, et en prenant contact avec nous. Un ou deux, passe encore, trois, à la rigueur... mais sept ! C'était très imprudent de ta part, mon vieil ami, et dangereux pour tout le monde.

— Pourquoi ?

— T'es-tu imaginé un seul instant, poursuivit vivement l'Omanais, que trois hommes — sans parler de sept — aussi connus que nous pouvaient se présenter dans le même hôtel à quelques minutes d'intervalle pour rencontrer un étranger sans que la direction en soit aussitôt informée ? *Ridicule !*

Kendrick plongea son regard dans celui de Mustapha avant de répondre.

— Où veux-tu en venir, Musty ? Nous ne sommes pas à l'ambassade, ici, et ni un homme d'affaires ni le gouvernement n'ont rien à voir avec les atrocités qui s'y commettent.

— Assurément, dit l'Arabe d'une voix ferme. Mais ce que j'essaie de te faire comprendre, c'est que les choses ont beaucoup changé par ici... et certains de ces changements échappent à beaucoup d'entre nous.

— Cela aussi tombe sous le sens, dit Kendrick. Vous n'êtes pas des terroristes.

— Non, nous ne le sommes pas, mais aimerais-tu savoir ce que disent les gens... des gens responsables ?

— Je t'écoute.

— « Cela passera, disent-ils. Ne vous en mêlez pas ; cela ne ferait qu'attiser leur folie. »

— Ne vous en mêlez pas, répéta Evan d'un ton incrédule.

— Et ils ajoutent : « Laissez les politiciens régler cette affaire. »

— Les politiciens en sont bien incapables !

— Mais ce n'est pas tout, Evan. Ils disent aussi : « Il y a une certaine justification à leur colère. Pas les exécutions, bien entendu, mais dans le contexte général des événements. » Oui, j'ai également entendu ce genre de discours.

— Quel contexte ? Quels événements ?

— Les problèmes d'actualité, mon vieil ami. Ils réagissent contre la politique des États-Unis au Moyen-Orient, qu'ils jugent très partiale. « Tout pour Israël et rien pour eux. » C'est ce qu'on entend partout. « Ils sont chassés de leur terre, de leur patrie et on les oblige à vivre dans des camps de réfugiés immondes et surpeuplés pendant qu'en Cisjordanie les juifs ricanent. » Voilà ce que j'entends dire, Evan.

— Foutaises ! s'écria Kendrick. Sans parler du fait qu'il y a un revers tout aussi douloureux à cette vérité sectaire, je voudrais bien savoir en quoi cela concerne les deux cent trente-six otages survivants ou les onze qui ont déjà été assassinés ! Ils ne font pas de politique, qu'elle soit partiale ou pas ! Ce ne sont que des êtres humains innocents terrifiés, maltraités et poussés à bout par des brutes sanguinaires ! Comment des gens *responsables* peuvent-ils dire des choses pareilles ? Ce n'est pas le cabinet du président qui est retenu à l'ambassade, ni des faucons de la Knesset ! Ce sont des fonctionnaires et des touristes ! Je le répète : foutaises !

— Nous le savons, toi et moi, dit posément Mustapha sans dérober son regard, mais en se raidissant sur le canapé. Et ils le savent aussi, mon ami.

— Alors, pourquoi ?

— Je vais tout te dire, poursuivit l'Arabe sans hausser la voix. Il y a eu deux événements qui ont tristement contribué à sceller ce consensus... si je puis utiliser le mot dans un sens quelque peu différent de celui de tout à l'heure. La raison pour laquelle on dit tout cela est que personne n'a envie de devenir une cible vivante.

— Une cible vivante ?

— Prenons deux hommes que nous appellerons Mahmoud et Abdul... Ce n'est pas leur vrai nom, bien sûr, car il vaut mieux que tu l'ignores. Mahmoud avait une fille... Elle fut sauvagement violée et défigurée. Abdul avait un fils... On l'a retrouvé dans une ruelle du port, à quelques mètres du bureau de son père, la gorge tranchée. Les autorités crièrent au viol et à l'assassinat, mais, nous, nous savons tous à quoi nous en tenir. Ce sont Abdul et Mahmoud qui ont essayé de susciter un mouvement d'opposition aux cris de : « Aux armes ! Prenons nous-mêmes l'ambassade d'assaut ! Que Mascate ne devienne pas un nouveau Téhéran ! » Mais ce n'est pas eux qui ont souffert. C'est la chair de leur chair, la prunelle de leurs yeux. Tels furent les avertissements, Evan. Pardonne-moi de te poser cette question, mais, si tu avais une femme et des enfants, accepterais-tu de courir ces risques ? Je ne le crois pas. Nos biens les plus précieux en ce monde ne sont pas faits de pierreries, mais de chair. Ce sont nos familles. Le véritable héros surmontera sa peur et risquera sa vie pour ce en quoi il croit, mais il reculera si la vie de ses proches est en jeu. N'est-ce pas, mon vieil ami ?

— Bon Dieu, murmura Evan. Tu ne veux pas m'aider... Tu ne peux pas m'aider !

— Il y a quelqu'un qui accepte de te rencontrer et de t'écouter. Mais cette réunion n'aura lieu qu'avec des précautions extraordinaires, dans le désert, au pied du Djebel Sham.

— Qui est-ce ?

— Le sultan.

Kendrick garda le silence et baissa les yeux sur son verre. Au bout d'un long moment, il releva la tête et regarda Mustapha.

— Je dois éviter toute rencontre officielle, dit-il, et le sultan est pour le moins un personnage officiel. Je ne représente pas mon gouvernement, il faut que ce soit bien clair.

— Tu veux dire que tu n'as pas envie de le rencontrer ?

— Au contraire, j'en ai très envie, mais je tiens à ce que ma position soit très claire. Je n'ai rien à voir avec les services de renseignements, le département d'État ou la Maison-Blanche... surtout pas la Maison-Blanche.

— Je crois que c'est parfaitement clair ; tes vêtements et la couleur de ta peau ne laissent aucun doute là-dessus. Et le sultan ne désire pas plus que Washington avoir avec toi des rapports officiels.

— Je ne suis plus au parfum, dit Evan en buvant une gorgée de whisky. Son père est mort environ un an après mon départ, si je ne me trompe, et je crains de ne pas avoir suivi de très près ce qui se passait ici. Une réaction qui paraîtra sans doute naturelle.

— Tout à fait compréhensible. Le sultan actuel est son fils. Son âge est plus proche du tien que du mien ; il est même plus jeune que toi. Après avoir fait la majeure partie de ses études en Angleterre, il les a achevées dans ton pays, à Dartmouth et Harvard, pour être précis.

— Il s'appelle Ahmat, dit brusquement Kendrick en retrouvant le prénom du jeune sultan. Je l'ai rencontré deux ou trois fois. Économie et relations internationales, ajouta-t-il après quelques instants de réflexion.

— Qu'est-ce que tu dis ?

— C'étaient ses deux matières. Diplômes du deuxième et troisième cycle.

— Il est intelligent et cultivé, mais il est encore jeune. Très jeune pour les tâches qui l'attendent.

— Quand puis-je le voir ?

— Ce soir. Avant que l'on remarque ta présence. Dans trente minutes, tu quitteras l'hôtel et tu te dirigeras vers le nord. Deux pâtés de maisons plus loin, un véhicule militaire t'attendra au carrefour. Tu y monteras et il te conduira dans les sables du Djebel Sham.

L'Arabe filiforme dans son aba tachée s'enfonça dans l'ombre de l'entrée de la boutique qui faisait face à l'hôtel. Il se rapprocha de Khalehla qui, cette fois, était vêtue d'un tailleur noir ajusté, comme en portent les femmes d'affaires, qui avait l'avantage de se fondre dans l'obscurité. Khalehla essayait nerveusement de fixer un objectif sur son appareil photo miniaturisé. Soudain, deux sifflements aigus retentirent dans l'ombre.

— Dépêchez-vous, fit l'Arabe. Il est en route. Il vient d'arriver dans le hall.

— Je fais ce que je peux, répliqua la femme en jurant tout bas sans cesser de tripoter l'objectif. Je ne demande pas grand-chose à mes supérieurs, mais qu'on me fournisse au moins un matériel qui fonctionne !... Ça y est ! Il est en place.

— Le voilà !

Khalehla leva l'appareil muni de l'objectif télescopique à infrarouge et prit rapidement trois photos de Kendrick en tenue locale.

— Je me demande combien de temps ils vont attendre avant de l'éliminer, murmura-t-elle. Il faut que je trouve un téléphone.

Sécurité maximale
Aucune interception possible
Continuez

Suite du journal.

Les nouvelles en provenance de Mascate sont renversantes. Le sujet s'est transformé en Omanais, avec vêtements arabes et peau brunie. Il se déplace dans la ville comme un autochtone et semble renouer des contacts

avec d'anciens amis et relations. Mais les rapports sont sommaires, car la personne qui a pris le sujet en filature expédie tout à Langley et je n'ai pas encore réussi à pirater les codes d'accès de la C.I.A. pour les pays du Golfe. Qui sait ce que Langley dissimule ? J'ai demandé à mes instruments de s'atteler à la tâche ! En comparaison, le Département d'État n'est qu'une vaste rigolade ! Qui s'en étonnera ?

4

Le vaste désert s'étendait à perte de vue dans la nuit. Au loin, la masse menaçante de l'inaccessible Djebel Sham se découpait sur l'horizon à la clarté fugace de la lune brillant entre les nuages. Sur l'immensité d'une platitude absolue, mélange de sable et de terre aride, aucune de ces dunes mouvantes, formées et détruites par le vent, l'image qui vient aussitôt à l'esprit dès que l'on évoque le Sahara. La piste dure et sinueuse menant au lieu de rendez-vous fixé par le sultan était à peine praticable, et la conduite intérieure brune de l'armée cahotait et faisait des embardées dans les virages. Comme on le lui avait ordonné, Kendrick avait pris place à côté du chauffeur en uniforme et armé. Un autre homme était assis à l'arrière, un officier, armé lui aussi. Au moindre faux mouvement, Evan se serait trouvé sous leurs feux croisés. Après l'avoir courtoisement salué, aucun des deux militaires n'avait plus ouvert la bouche.

— Nous roulons dans le désert, dit Kendrick en arabe. Pourquoi y a-t-il autant de virages ?

— Il y a de nombreux embranchements, répondit l'officier. Si nous roulions en ligne droite sur le sable, nous laisserions des traces trop visibles.

Le sultan ne laisse rien au hasard, songea Evan sans rien ajouter.

Après avoir roulé vingt-cinq minutes plein ouest, ils prirent un nouvel embranchement et aperçurent la lueur d'un feu à plusieurs kilomètres sur leur droite. Quand ils furent assez près, Kendrick distingua un groupe de gardes en uniforme disposés en cercle autour du feu auquel ils tournaient le dos, couvrant les quatre points cardinaux. Au loin, la silhouette de deux camions militaires se profilait en noir sur le ciel sombre. La conduite intérieure s'arrêta. L'officier bondit de la banquette arrière et vint ouvrir la portière de l'Américain.

— Voulez-vous marcher devant moi, dit-il en anglais.

— Bien sûr, dit Evan en essayant de reconnaître le jeune sultan à la lumière des flammes.

Mais il ne voyait que des uniformes. Il essaya de se remémorer les traits du jeune homme qu'il avait rencontré plus de quatre ans auparavant, à l'époque où, encore étudiant, il était revenu passer chez lui les vacances de Noël ou de Pâques, il ne savait plus très bien. Tout ce dont Evan se souvenait, c'est que le fils du sultan régnant était un jeune homme affable, aussi bien informé que passionné par tous les sports américains. Mais c'était tout. Le visage ne lui revenait pas à la mémoire ; il se rappelait seulement le prénom du jeune souverain, Ahmat, ce que Mustapha lui avait confirmé. Trois soldats s'écartèrent devant lui pour lui laisser le passage et il franchit le cordon de protection.

— Avec votre permission, monsieur ? demanda un deuxième officier en s'avançant vers Kendrick.

— Ma permission pour faire quoi ?

— Nous avons coutume dans des circonstances de ce genre de fouiller les visiteurs.

— Allez-y.

Avec des gestes vifs et précis, l'officier palpa la robe d'Evan et releva la manche droite de l'aba au-dessus de la région où l'Américain avait appliqué le gel colorant. En découvrant la chair pâle, il laissa retomber le tissu et fixa sur Kendrick un regard impénétrable.

— Avez-vous une pièce d'identité sur vous, *ya Shaikh* ?

— Aucune pièce d'identité.

— Je vois, dit l'officier en lâchant la manche. Vous n'avez pas d'arme non plus ?

— Bien sûr que non.

— C'est ce que vous affirmez, mais c'est à nous de le

vérifier, dit l'officier en sortant de sa ceinture un petit appareil plat et noir de la taille d'un paquet de cigarettes, muni d'un bouton rouge sur lequel il appuya. Ne bougez pas d'ici, s'il vous plaît, ajouta-t-il.

— Où voulez-vous que j'aille ? demanda Kendrick en regardant les soldats, l'arme au poing.

— Nulle part, *ya Shaikh*, répondit l'officier en se dirigeant vers le feu.

Evan se retourna vers le premier officier, celui qui l'avait escorté depuis Mascate.

— Ils ne prennent aucun risque, dit-il d'un ton détaché.

— C'est la volonté d'Allah, répondit le militaire. Le sultan est notre lumière, notre soleil. Vous êtes *Aurobbi*, un Blanc. Notre souverain est un homme de bien. Il est encore tendre, mais la sagesse est déjà en lui. Nous avons pu le vérifier.

— Il va vraiment venir ?

— Il arrive.

Le ronflement sourd du moteur d'une puissante limousine couvrit les craquements du feu. Le véhicule aux vitres teintées vira devant le cordon de gardes et freina brusquement. Avant que le chauffeur ait eu le temps de sortir, la portière arrière s'ouvrit et le sultan descendit. Il portait le costume traditionnel, mais, dès qu'il eut posé le pied par terre, il se débarrassa de son aba qu'il lança à l'intérieur de la limousine et franchit d'un pas décidé le cordon formé par les soldats de sa garde royale. De taille moyenne, mince et musclé, large d'épaules, il avait gardé la ghotra sur sa tête, mais était maintenant vêtu à l'occidentale, d'un pantalon de gabardine ocre et d'un tee-shirt représentant un personnage comique coiffé du tricorne révolutionnaire qui sortait d'un ballon de football américain. La légende disait : *New England Patriots.*

— Cela fait bien longtemps, Evan Kendrick, *ya Shaikh*, dit en souriant le jeune sultan avec un léger accent britannique. J'aime bien votre costume, mais il ne vient certainement pas de chez Brooks Brothers.

— Le vôtre non plus, à moins qu'ils ne fassent maintenant des tee-shirts, rétorqua Evan sur le même ton.

Les deux hommes se serrèrent la main et Kendrick apprécia la fermeté de la poigne du sultan.

— Merci d'avoir accepté de me rencontrer, Ahmat... Pardon, j'aurais dû dire Votre Altesse Royale. Toutes mes excuses.

— Vous m'avez connu quand j'étais Ahmat et, pour moi, vous étiez *Shaikh.* Dois-je toujours vous appeler « monsieur » ?

— Je pense que ce serait inopportun.

— Très bien. Je vois que nous nous comprenons.

— Vous êtes différent de l'image que j'avais gardée de vous, dit Kendrick.

— J'ai été obligé de grandir très vite... contre mon gré. D'étudiant, je suis directement devenu professeur, sans avoir, je le crains, toutes les qualifications requises.

— Si j'en crois ce que j'ai entendu, on vous respecte.

— C'est la fonction qu'on respecte, pas l'homme. Je dois encore apprendre pour être à la hauteur de ma charge. Et maintenant, parlons..., mais éloignons-nous un peu.

Le sultan prit le bras de Kendrick et les deux hommes s'avancèrent vers les gardes. Mais l'officier qui avait fouillé Evan se précipita vers eux.

— Votre Altesse ! s'écria-t-il. Notre vie dépend de votre sécurité ! Restez à l'intérieur du cordon, je vous en prie !

— Pour que la lumière du feu fasse de moi une belle cible !

— Nous entourons Votre Altesse et les gardes seront continuellement en mouvement. Le sol est plat tout autour de nous.

— Demandez plutôt à vos hommes de pointer leurs armes vers l'ombre, mon ami, dit Ahmat. Nous ne nous éloignerons que de quelques mètres.

— Nous en aurons le cœur serré, Votre Altesse, dit l'officier.

— Cela passera, dit Ahmat à Kendrick en le poussant entre deux gardes. Mes compatriotes ont un certain penchant pour le mélodrame facile.

— Ce n'est pas si facile d'accepter le risque de recevoir une balle destinée à autrui.

— Il n'y a rien d'extraordinaire là-dedans, Evan, et puis, pour ne rien vous cacher, je ne connais pas tous les hommes qui sont sous ces uniformes. Il se peut que ce que nous avons à nous dire ne doive en aucun cas tomber dans des oreilles indiscrètes.

— Je n'avais pas pensé à cela, dit Kendrick en regardant le jeune sultan d'Oman qui continuait d'avancer dans l'obscurité. Vos propres gardes ?

— Tout est possible en ces temps de folie. On peut scruter le regard d'un soldat de métier sans découvrir les rancunes et les tentations qui sont peut-être cachées derrière. Bon, nous sommes assez loin.

Les deux hommes s'arrêtèrent sur le sol sablonneux.

— Parlons-en, de cette folie, dit calmement Kendrick à la lueur diffuse du feu tandis que la lune disparaissait derrière un nuage.

— C'est pour cela que vous êtes venu ?

— Oui, dit Kendrick, c'est pour cela.

— Et que diable voulez-vous que je fasse ? souffla Ahmat d'une voix rauque. Au moindre geste, un nouvel otage sera criblé de balles et un cadavre de plus sera balancé par une fenêtre ! Je sais que vous avez fait du bon travail avec mon père, reprit-il d'une voix plus calme. Et nous-mêmes, nous avons discuté de quelques projets en deux ou trois occasions, mais vous avez sans doute oublié.

— Je m'en souviens parfaitement, dit Kendrick. Vous veniez d'achever votre deuxième année à Harvard et vous vous teniez toujours à la gauche de votre père, la place de l'héritier.

— Merci beaucoup, Evan. Je sais que j'ai de la chance d'être celui que je suis. C'est pour cela que je n'ai pas le droit à l'erreur. Je peux rappeler l'armée de la frontière du Yémen et reprendre l'ambassade en faisant tout sauter. Mais cela reviendrait à signer l'arrêt de mort de deux cent trente-six Américains et je vois d'ici les gros titres de vos journaux, du genre : « Le sultan arabe ordonne le carnage ! » *Arabe !* Jour de liesse à la Knesset ! Pas question, cher ami. Je ne suis pas un de vos cow-boys qui vivent le doigt sur la gâchette et n'hésitent pas à risquer la vie d'innocents. De plus, je ne tiens pas à être catalogué comme un antisémite. Washington et les Israéliens semblent avoir oublié que nous sommes *tous* des Sémites, que tous les Arabes ne sont pas des Palestiniens et que tous les Palestiniens ne sont pas des terroristes ! Et je refuse de donner à ces Israéliens arrogants et pontifiants un nouveau prétexte pour envoyer leurs F-14 *américains* massacrer d'autres Arabes tout aussi innocents que vos otages ! Vous me suivez, Evan *Shaikh* ?

— Parfaitement, dit Kendrick. Et maintenant, voulez-vous vous calmer et m'écouter ?

Le jeune sultan laissa échapper un long soupir et hocha la tête.

— Bien sûr que je vais vous écouter, mais écouter ne signifie pas consentir à quoi que ce soit.

— D'accord, dit Evan.

Il tourna vers Ahmat un regard brûlant du désir de bien se faire comprendre malgré l'étrangeté de ce qu'il avait à lui dire.

— Vous avez déjà entendu parler du Mahdi ? commença-t-il.

— Khartoum, les années 1880.

— Non. Bahreïn, les années 1980.

— Comment ?

Kendrick répéta l'histoire qu'il avait racontée à Frank Swann dans son bureau du Département d'État. L'histoire de ce financier inconnu qui se faisait appeler le Mahdi et était en proie à une idée fixe : chasser les Occidentaux du Proche-Orient afin que les énormes capitaux de l'expansion industrielle dans la région restent entre des mains arabes, de préférence les siennes. Il lui raconta comment cet homme, qui avait répandu son message empoisonné de pureté islamique dans les milieux du fanatisme religieux, avait édifié parallèlement un cartel clandestin composé de plusieurs dizaines, voire plusieurs centaines de sociétés chapeautées par sa propre organisation secrète. Evan lui expliqua ensuite comment Emmanuel Weingrass, le vieil architecte israélien, avait discerné les grandes lignes de cette incroyable conspiration économique, d'abord à cause de menaces reçues par le groupe Kendrick, menaces auxquelles il avait répliqué en promettant à son tour de terribles représailles, et comment

Manny avait progressivement acquis la conviction que cette conspiration était bien réelle, qu'elle prenait une ampleur croissante et qu'il convenait de faire toute la lumière sur elle.

— Réflexion faite, je ne suis pas fier de ma réaction, poursuivit Evan à la clarté revenue de la lune, mais je peux le justifier par ce que j'ai vécu. Comme j'étais incapable de rester au Moyen-Orient, j'ai vendu ma société et j'ai esquivé l'affrontement qui, selon Manny, était devenu inéluctable. Je lui ai affirmé qu'il avait trop d'imagination, qu'il ajoutait foi à des racontars d'ivrognes irresponsables. Je me souviens encore très précisément de ce qu'il m'a répondu : « Est-ce que mon imagination, aussi débridée soit-elle, et surtout la leur, aurait pu créer un personnage tel que ce Mahdi ? Ce sont des assassins... le Mahdi est un assassin ! » Manny avait déjà vu juste à l'époque et il est toujours dans le vrai. Si on donne l'assaut à l'ambassade, des innocents seront massacrés par des fous sanguinaires et ce sera un nouvel avertissement pour nous : « Tenez-vous à l'écart, vous, les Occidentaux. Si vous venez vous installer chez nous, vous deviendrez à votre tour un cadavre balancé par une fenêtre. » Vous ne comprenez donc pas, Ahmat, que le Mahdi existe et qu'il chasse systématiquement tout le monde par le biais de la terreur abjecte que font régner ceux qu'il manipule ?

— Ce que je comprends, c'est que vous êtes convaincu de son existence, répondit le sultan d'un air sceptique.

— Il y en a d'autres qui le sont, à Mascate même. Mais ils ne comprennent pas. Ils ne parviennent à trouver ni schéma d'ensemble ni explication, mais ils ont si peur qu'ils ont refusé de me rencontrer. Moi, un ami de si longue date, avec qui ils ont travaillé et en qui ils avaient confiance.

— La terreur engendre l'angoisse. Qu'espériez-vous d'autre ? Mais ce n'est pas tout ; vous êtes un Américain déguisé en Arabe. Il y a là de quoi leur faire peur.

— Ils ne savaient pas comment j'étais habillé ni à quoi je ressemblais. Je n'étais qu'une voix au téléphone.

— Une voix américaine. C'est encore plus effrayant.

— Un Occidental ?

— Il y a de nombreux Occidentaux dans notre pays.

Mais le gouvernement américain, et c'est parfaitement compréhensible, a décidé d'évacuer tous ses ressortissants et de suspendre tous les vols commerciaux en provenance des États-Unis. Vos amis se demandent comment vous êtes arrivé ici et ce que vous venez y faire. Avec tous ces fous en liberté, ils n'ont sans doute guère envie, et, là encore, on ne peut leur donner tort, d'être mêlés à l'affaire de l'ambassade.

— En effet, dit Kendrick. Car des enfants ont été tués, les enfants de deux hommes qui, eux, voulaient s'en mêler.

Ahmat se raidit, ses yeux de braise agrandis par la colère.

— Il est vrai qu'il y a des crimes et la police fait ce qu'elle peut, mais je n'ai pas entendu parler de cela... des enfants assassinés ?

— Une jeune fille a été violée et sauvagement défigurée ; un jeune homme a eu la gorge tranchée.

— Si vous mentez, prenez garde ! J'ai peut-être les mains liées pour l'ambassade, mais pas à l'extérieur ! Qui étaient ces jeunes gens ? Je veux des noms !

— On ne m'en a pas donné. Pas les vrais, en tout cas ; je ne devais rien savoir.

— C'est Mustapha qui a dû vous raconter cela. Personne d'autre n'aurait pu le faire.

— Oui.

— Il me révélera les noms, vous pouvez m'en croire !

— Comprenez-vous maintenant ? demanda Evan d'une voix presque implorante. Comprenez-vous, Ahmat, que tout cela procède d'un plan, qu'un cartel clandestin est en train de se former ? Que le Mahdi et son entourage se servent des terroristes pour éliminer toute concurrence existante ou potentielle ? Ils veulent contrôler toute l'économie, ils veulent faire main basse sur tous les capitaux !

Le jeune sultan demeura pensif pendant quelques instants, puis il secoua la tête.

— Je regrette, Evan, dit-il enfin, mais je ne peux pas accepter cette explication. Jamais ils n'oseraient agir ainsi.

— Pourquoi ?

— Parce que nos ordinateurs retrouveraient la trace de paiements versés au pivot autour duquel s'est constitué ce cartel. Comment croyez-vous que Cornfeld et Vesco se soient fait prendre ? Quelque part, il y a nécessairement un lien, une convergence.

— Je ne vous suis plus.

— C'est parce que vous n'avez pas suivi les progrès de l'analyse informatique, répliqua Ahmat. Imaginons qu'il y ait cent mille données éparpillées pour vingt mille projets différents. Alors qu'il fallait auparavant plusieurs mois, voire plusieurs années, pour établir les liens cachés entre, disons, une centaine de sociétés, fictives ou autres, un ordinateur peut maintenant le faire en deux heures.

— Très instructif, dit Kendrick, mais vous oubliez quelque chose.

— Quoi ?

— La découverte de ces liens n'aurait lieu qu'après que le cartel se serait mis en place, après que le renard aurait déjà dévoré pas mal de poules dans le poulailler. Pardonnez-moi ces métaphores, mais je ne pense pas qu'il y ait grand monde pour lui tendre un piège ou pour lâcher les chiens dans les circonstances présentes. Tout le monde s'en fout. Les trains respectent leurs horaires et personne ne les fait sauter. Cela marque bien sûr l'émergence d'un pouvoir d'un type nouveau, ayant ses propres règles, qui n'hésitera pas à vous remplacer, vous et votre gouvernement, si vous ne le soutenez pas. Encore une fois, tout le monde s'en fout. Tous les matins, le soleil se lève et il faut aller au boulot.

— Vous rendez cette perspective presque attrayante.

— C'est toujours attrayant, les premiers temps. Sous Mussolini, les trains respectaient leurs horaires et on ne peut nier que le Troisième Reich ait donné un coup de fouet à l'industrie.

— Je vois où vous voulez en venir et vous pensez que c'est le contraire qui pourrait se produire ici. Un trust monopoliste pourrait se placer en position de force et renverser mon gouvernement parce qu'il représente la stabilité et la croissance.

— Deux points pour le sultan, dit Evan en inclinant la tête. Il a gagné un nouveau joyau pour son harem.

— Parlez-en à ma femme. C'est une presbytérienne de New Bedford, dans le Massachusetts.

— Comment avez-vous pu la faire accepter ici ?

— Mon père est mort et elle a le sens de l'humour.

— Je ne vous suis plus.

— Je vous raconterai une autre fois. Admettons que vous ayez raison et que ce soit un ballon d'essai pour voir si leur tactique tient le coup. Washington veut que nous poursuivions les négociations pendant que vous élaborez un plan associant une infiltration et une intervention musclée. Mais il faut regarder les choses en face : les États-Unis et leurs alliés espèrent qu'une solution diplomatique sera trouvée, car toute stratégie reposant sur la violence pourrait être désastreuse. Ils ont ameuté tous les cinglés du Moyen-Orient et, malgré leurs vertueuses déclarations, ils sont capables de tout, sauf de faire élire Arafat maire de New York. Qu'avez-vous à proposer ?

— La même chose que ce que vos ordinateurs pourront faire dans deux ans, quand il sera trop tard. Remonter jusqu'à la source de ce qui entre dans l'ambassade. Pas la nourriture ni les médicaments, mais les armes et les munitions... et retrouver les instructions qui accompagnent ces envois. En d'autres termes, démasquer le manipulateur qui se fait appeler le Mahdi et le supprimer.

À la lueur dansante du feu, le sultan plongea son regard dans celui de Kendrick.

— Vous n'ignorez pas qu'une partie de la presse occidentale a émis l'hypothèse que j'étais personnellement derrière cette affaire, prétextant que je refusais le développement de l'influence occidentale dans mon pays et affirmant que, si ce n'était pas le cas, j'aurais tenté quelque chose.

— Oui, je suis au courant, mais, tout comme le Département d'État, je pense que cela ne tient pas debout. Il faudrait être demeuré pour ajouter foi à des élucubrations de ce genre.

— Le Département d'État..., dit Ahmat d'un air pensif, sans cesser de fixer Evan. J'ai déjà eu affaire à eux, en 1979, quand tout a explosé à Téhéran. J'étais étudiant à l'époque. Je ne sais pas ce que ces deux types s'attendaient à trouver, mais ce n'était certainement pas moi. Sans doute un bédouin en costume traditionnel, assis en tailleur et fumant du kif. Si au moins j'avais eu le costume, ils m'auraient peut-être pris au sérieux.

— Je ne vous suis pas.

— Excusez-moi, je vais être plus clair. Quand vos deux envoyés comprirent que ni mon père ni personne de la famille ne pouvait rien faire, que nous n'avions aucun lien avec les mouvements traditionalistes, ils commencèrent à s'énerver. L'un d'eux se fit presque suppliant. Il m'affirma que j'avais l'air d'un Arabe *raisonnable,* ce qui voulait dire que je parlais couramment anglais, avec une pointe d'accent britannique, et me demanda ce que je ferais si j'étais aux leviers de commande à Washington... Ils voulaient en fait me demander mon avis... Et, nom de Dieu, j'avais raison !

— Que leur avez-vous conseillé de faire ?

— Je m'en souviens très bien. Je leur ai dit : « C'est ce que vous auriez dû faire depuis le début. Il est peut-être déjà trop tard, mais vous avez encore une chance de réussir. » Je leur ai conseillé de mettre sur pied une force d'intervention aussi puissante que possible et de l'expédier non pas à Téhéran, mais à Qom, le quartier général de Khomeiny. D'envoyer en reconnaissance d'ex-agents de la SAVAK ; ces fumiers trouveraient bien un moyen de réussir si on leur garantissait une puissance de feu et des avantages suffisants. « Emparez-vous de Khomeiny à Qom, leur ai-je dit. De lui et de tous les mollahs incultes qui l'entourent. Faites-les sortir sains et saufs du pays et montrez-les sur les chaînes de télévision du monde entier. » Khomeiny aurait été un atout maître dans les négociations, et la bande de fanatiques chevelus qui le vénèrent auraient prouvé à l'opinion publique à quel point ils sont tous ridicules. On aurait pu parvenir à un accord.

Kendrick observa le jeune homme vibrant de colère.

— Cela aurait pu marcher, dit-il doucement, sauf si Khomeiny avait préféré jouer les martyrs.

— Jamais il n'aurait fait cela, vous pouvez me croire. Il aurait négocié ; on serait arrivé à un compromis, proposé par quelqu'un d'autre, bien sûr, mais qu'il aurait lui-même élaboré. Il n'a aucune envie de connaître ce paradis dont il chante les louanges ni le martyre qu'il impose à des gamins de douze ans en les envoyant dans les champs de mines.

— Comment pouvez-vous en être si sûr ? demanda Evan d'un ton dubitatif.

— J'ai rencontré cet imbécile à Paris. Loin de moi l'idée de défendre le shah, la SAVAK — sa police secrète — et son insatiable famille, mais Khomeiny n'est qu'un fanatique sénile qui croit dur comme fer à sa propre immortalité et fera tout ce qui est en son pouvoir pour faire partager cette conviction. Je l'ai entendu dire à un groupe d'abrutis pâmés d'admiration qu'il avait vingt fils, peut-être trente, ou même quarante, alors qu'il n'en a que deux ou trois. « J'ai répandu ma semence et je continuerai de la répandre ! proclamait-il. La volonté d'Allah est que ma semence soit dispersée de tous côtés. » Ce n'est qu'un vieux gâteux qui aurait sa place à l'asile ! Imaginez-vous notre malheureuse planète peuplée de petits ayatollahs ? J'ai aussi conseillé aux deux types du Département d'État de le filmer en vidéo à son insu, à travers un miroir sans tain, par exemple, en train de prêcher la bonne parole devant ses lourdauds de mollahs. Son image de marque exploserait en mille morceaux dans un éclat de rire universel.

— Vous êtes en train d'établir une sorte de parallèle entre Khomeiny et le Mahdi, n'est-ce pas ?

— Je n'en sais rien... Je suppose. Si votre Mahdi existe, ce dont je doute fort. Mais si vous avez vu juste, il ne peut venir que de l'autre bord ; ce ne peut être qu'un esprit pratique, irréligieux. Mais celui qui a décidé de faire renaître aujourd'hui le spectre du Mahdi doit avoir une ou plusieurs cases en moins... Je ne suis toujours pas convaincu, Evan, mais vous êtes persuasif et je ferai tout ce qui est en mon pouvoir pour vous venir en aide, pour *nous* venir en aide. Mais ce sera à distance, dans l'ombre. Je vais vous donner un numéro de téléphone, un numéro qui ne figure nulle part et que seules deux autres personnes connaissent. Vous pourrez me joindre à ce numéro, mais moi *seul.* Vous comprenez, *Shaikh* Kendrick. Je ne vous connais pas.

— Décidément, je suis très populaire. Washington non plus ne me connaît pas.

— Rien de plus normal. Nous ne voulons ni les uns ni les autres avoir le sang des otages sur les mains.

— J'aurai besoin de pièces d'identité et probablement aussi d'une liste des transporteurs aériens et maritimes dans les zones que je vous indiquerai.

— Tout vous sera donné oralement, sauf les papiers d'identité, bien sûr. Vous irez les prendre chez quelqu'un dont on vous communiquera le nom et l'adresse.

— Merci. À propos, on m'a dit la même chose au Département d'État. Rien par écrit.

— Pour les mêmes raisons.

— Ne vous en faites pas. Tout cela convient parfaitement à ce que j'ai en tête. Vous voyez, Ahmat, je préfère aussi ne pas vous connaître.

— Vraiment ?

— C'est le marché que j'ai conclu avec le Département d'État. Il n'y a aucune trace de moi dans leurs dossiers et je veux qu'il en aille de même avec vous.

Le jeune sultan réfléchit quelques instants sans détacher son regard de celui d'Evan.

— J'accepte ce que vous me dites, mais je ne vous comprends absolument pas. Si vous perdez la vie, tout sera réglé, mais si jamais vous réussissez ? Pourquoi agissez-vous ainsi ? On m'a dit que vous étiez devenu un politicien, que vous aviez été élu à la Chambre des représentants.

— Je vais mettre fin à cette brève carrière politique, Ahmat, et je compte revenir m'installer ici. Je vais repartir de zéro et revenir travailler là où j'ai fait le meilleur boulot, mais je ne veux pas qu'un excédent de bagages puisse faire de moi une cible. De moi ou de quiconque sera à mes côtés.

— Très bien. Je pense que vous êtes dans le vrai. Mon père affirmait que vous et votre équipe étiez les meilleurs. Un jour, je l'ai entendu dire : « Ces dromadaires attardés n'ont jamais un dépassement de coût. » C'était un grand compliment dans sa bouche.

— Nous n'étions pas si attardés, puisqu'on nous confiait en général le projet suivant. Notre politique était de travailler avec une marge raisonnable et nous parvenions assez bien à maîtriser les coûts... Ahmat, il ne nous reste que quatre jours avant que les exécutions reprennent. Je devais savoir si je pouvais compter sur vous en cas de besoin, et maintenant je suis fixé. J'accepte vos conditions et vous acceptez les miennes. Nous n'avons plus une minute à perdre. Quel est ce numéro auquel je pourrai vous joindre ?

— Il ne doit pas être écrit.

— D'accord.

Le sultan donna le numéro à Kendrick. Au lieu du 745, l'indicatif habituel pour Mascate, il commençait par 555 et était suivi de trois 0 et d'un quatrième 5.

— Vous vous en souviendrez ?

— Ce n'est pas difficile, dit Kendrick. Il faut passer par le standard du palais ?

— Non. C'est une ligne directe qui aboutit à deux appareils, tous deux enfermés dans un tiroir métallique, l'un dans mon bureau, l'autre dans ma chambre. Au lieu d'une sonnerie, c'est une petite lumière rouge qui clignote. L'une est encastrée dans le pied droit de mon bureau, l'autre est fixée dans ma table de nuit. Après dix sonneries, les deux appareils se transforment en répondeur.

— Pourquoi dix ?

— Pour me laisser le temps de me débarrasser des gens qui sont avec moi et pour pouvoir parler confidentiellement. Quand je sors du palais, un signal m'annonce qu'il y a eu un appel à ce numéro. Dès que j'en ai la possibilité, j'appelle le répondeur à distance qui me passe le message... brouillé, bien entendu.

— Vous m'avez dit que deux autres personnes seulement étaient en possession de ce numéro. Puis-je savoir de qui il s'agit, ou bien cela ne me regarde-t-il pas ?

— Aucune importance, dit Ahmat dont le regard sombre était rivé sur l'Américain. L'une de ces personnes est mon ministre de la Sûreté, l'autre ma femme.

— Merci pour cette marque de confiance.

— Vous avez vécu ici une expérience horrible, Evan, poursuivit le jeune souverain sans détourner les yeux de ceux d'Evan. Tant de morts, des êtres proches ; une tragédie affreuse, insensée, d'autant plus qu'elle fut engendrée par la cupidité. Mais j'ai une question à vous poser. La situation actuelle à Mascate a-t-elle remué chez vous des souvenirs douloureux au point que vous puissiez vous leurrer et vous lancer sur la piste d'un fantôme ?

— Ce n'est pas un fantôme, Ahmat. J'espère pouvoir vous le prouver.

— Peut-être réussirez-vous... si vous survivez.

— Je vais vous répéter ce que j'ai déjà dit à mon interlocuteur du Département d'État : je n'ai nullement l'intention de me lancer tout seul à l'assaut de l'ambassade.

— Si vous faisiez cela, on vous considérerait peut-être comme assez fou pour vous laisser la vie sauve. Les fous se reconnaissent entre eux.

— Vous vous faites des illusions.

— Sans doute, dit le sultan d'Oman au parlementaire du Colorado. Mais avez-vous réfléchi à ce qui pourrait se passer, non pas si vous étiez démasqué et que vous tombiez aux mains des terroristes — dans ce cas, votre sort ne fait malheureusement aucun doute —, mais si ceux que vous vouliez rencontrer exigeaient de savoir quel dessein vous poursuivez en venant ici ? Que leur diriez-vous ?

— La vérité, ou quelque chose qui s'en approchera de très près. J'agis pour mon compte personnel, en tant que simple citoyen, et je n'ai aucun lien avec mon gouvernement, ce qui peut facilement être vérifié. J'ai gagné beaucoup d'argent ici et je suis revenu. Si je puis me rendre utile d'une manière ou d'une autre, c'est dans mon propre intérêt.

— Vos motivations sont donc profondément égoïstes. Vous avez l'intention de revenir vous installer ici et, si l'on peut mettre fin à cette folie meurtrière, vous avez tout à y gagner. Si c'est impossible, vous n'aurez plus rien à faire chez nous.

— En gros, c'est bien cela.

— Faites attention, Evan. Peu de gens vous croiront et, si la peur dont vous m'avez parlé est aussi forte chez vos amis que vous me l'avez laissé entendre, ce n'est peut-être pas le Mahdi qui essaiera de vous liquider.

— On m'a déjà mis en garde, dit Kendrick.

— Qui ?

— Un homme dans un camion, un *sahbee* qui m'a aidé.

Kendrick était allongé sur son lit, les yeux grands ouverts. Les pensées se bousculaient dans sa tête et il passait rapidement en revue toutes les possibilités ; un nom dont il avait à peine gardé le souvenir, un autre, un visage et encore un autre, un bureau et une rue... le port, les quais. Il revenait sans arrêt aux quais. De Mascate et, plus au sud, d'Al Qurayyat et de Ra's al Hadd. *Pourquoi ?*

Puis la lumière se fit dans son esprit. Combien de fois avait-il pris des dispositions avec Manny pour que le matériel soit acheminé en surcharge sur des cargos en provenance de Bahreïn ou des Émirats ? Cela s'était produit en d'innombrables occasions. Les cent cinquante kilomètres de littoral s'étirant au sud de Mascate et de Matrah étaient sans surveillance, plus particulièrement à partir de Ra's al Hadd. Mais, dans cette région et jusqu'au détroit de Masira, les routes étaient à peine carrossables, et ceux qui se dirigeaient vers l'intérieur risquaient de se faire détrousser par les *haramaya,* des bandits de grand chemin à cheval attaquant tous les voyageurs, en général d'autres voleurs transportant des marchandises de contrebande. Compte tenu de l'ampleur des efforts déployés par les services de renseignements d'au moins six nations occidentales, la côte méridionale du sultanat aurait dû être placée sous une surveillance intensive. Les États-Unis, soutenus par l'Angleterre, la France, l'Italie, l'Allemagne et sans doute quelques autres pays déterminés à trouver une solution à la crise de Mascate, n'avaient certainement pas négligé cette portion du littoral omanais, mais les vedettes d'observation américaines, véritables torpilles flottantes, patrouillant dans les eaux du Golfe, étaient en très petit nombre. Les équipages des embarcations d'autres pays qui s'y trouvaient ne songeaient certainement pas à se dérober à leur devoir, mais sans doute n'étaient-ils pas animés par la même rage de réussir que ceux qui savaient que l'on massacrait leurs compatriotes. Il y avait peut-être même chez eux une certaine réticence à engager le combat avec des terroristes, de crainte d'être rendus responsables de toute nouvelle exécution d'innocents... d'une autre nationalité que la leur. Oui, la côte sud d'Oman méritait sans doute une surveillance attentive.

Le bruit déchira le silence de la chambre d'hôtel avec la violence d'un hurlement de sirène. C'était la sonnerie du téléphone, réglée à l'intensité maximale. Evan décrocha.

— Allô ?

— Quittez votre hôtel, dit une voix basse et nerveuse.

— Ahmat ? demanda Evan en s'asseyant sur le bord de son lit.

— Oui. Nous sommes sur un brouilleur direct. Si votre ligne est sur écoute, tout ce que je dis sera inintelligible.

— Je viens de prononcer votre nom.

— Il y a des milliers de gens qui s'appellent comme moi.

— Que se passe-t-il ?

— Mustapha. À cause de ces enfants dont vous m'avez parlé, je lui ai téléphoné pour lui ordonner de venir immédiatement au palais. Mais, dans ma colère, je lui ai malheureusement fait part de mes inquiétudes. Il a dû appeler quelqu'un d'autre et dire quelque chose qu'il n'aurait pas dû dire.

— Pourquoi dites-vous cela ?

— Il a été abattu dans sa voiture sur la route du palais.

— Mon Dieu !

— Si mon hypothèse est fausse, la seule autre raison pour laquelle on l'a assassiné est qu'il vous a rendu visite.

— Mustapha ! Ce n'est pas possible !

— Quittez l'hôtel tout de suite, mais ne laissez aucune trace derrière vous. Cela pourrait être dangereux. En sortant, vous verrez deux policiers. Ils vous suivront dans la rue pour vous protéger et, à la première occasion, l'un d'eux vous donnera le nom de celui qui vous fournira vos papiers.

— Je pars, dit Kendrick en se levant.

Il commença à réfléchir à la meilleure manière de faire disparaître son passeport, son portefeuille, ses billets d'avion et tout ce qui pouvait permettre de remonter jusqu'à un Américain arrivé sur un vol en provenance de Riyad.

— Evan *Shaikh,* reprit au bout du fil la voix grave et

ferme. Je suis convaincu, maintenant. Votre Mahdi existe et il a des fidèles. Traquez-les ! Traquez-le !

5

— *Hasib !*

Une voix venant de derrière lui cria de faire attention. Il pivota sur lui-même et fut plaqué contre un mur de l'étroite rue du bazar par l'un des deux policiers qui l'escortaient. Le visage collé contre la pierre, dissimulé par la ghotra, il tourna légèrement la tête et aperçut deux jeunes gens barbus, à la tignasse hirsute, vêtus d'un treillis, qui traversaient la rue grouillante en brandissant de lourdes armes à répétition. Ils donnaient de grands coups de pied dans les éventaires des marchands et piétinaient les nattes sur lesquelles étaient accroupis des vendeurs à la sauvette.

— Regardez, monsieur ! murmura le policier en anglais d'une voix rauque, mais vibrante d'une joie contenue. Ils ne nous ont pas vus !

— Je ne comprends pas, dit Evan en regardant s'approcher les deux jeunes terroristes.

— Restez contre ce mur ! ordonna le policier en repoussant Kendrick dans l'ombre tout en le protégeant de son corps.

— Pourquoi...

Les deux voyous avançaient en écartant sans ménagement du canon de leur arme les passants qui les gênaient.

— Ne bougez pas ! poursuivit le policier. Ils sont ivres, soit des alcools interdits, soit du sang qu'ils ont versé. Mais, Allah soit loué, ils sont *à l'extérieur* de l'ambassade.

— Que voulez-vous dire ?

— Pas un uniforme ne doit se montrer à proximité de l'ambassade, mais s'*ils* en sortent, c'est une autre histoire ! Nous avons les mains libres !

— Que se passe-t-il ?

Devant eux, un des terroristes venait d'écraser la crosse

de son arme sur la tête d'un Omanais et son compagnon braquait son fusil sur la foule d'un air menaçant.

— Soit ils s'exposeront au courroux de ce dieu qu'ils outragent, murmura le policier, les yeux brillant de rage devant cette scène, soit ils iront rejoindre les autres salopards trop imprudents ! Restez où vous êtes, *ya Shaikh* ! Restez caché dans le bazar. Je vais revenir ; j'ai un nom à vous donner.

— Les autres... Quels autres salopards... ?

La question d'Evan resta sans réponse. L'officier de la police du sultan s'éloigna d'un bond et rejoignit son collègue qui venait de surgir de l'océan mouvant d'abas multicolores. Kendrick remit sa ghotra en place et s'élança derrière eux.

Ce qui suivit fut aussi rapide et déroutant pour un œil non exercé que de voir le scalpel d'un chirurgien s'enfoncer dans un organe sanguinolent. Le second policier se tourna vers son collègue et ils échangèrent un petit signe de la tête. Tous deux se rapprochèrent des deux terroristes qui marchaient en plastronnant. À quelques mètres devant eux, une ruelle s'ouvrait sur la droite. Comme obéissant à quelque mystérieux signal, la foule de marchands et d'acheteurs qui remplissait le bazar s'éparpilla en quelques instants, et la ruelle se vida pour devenir une sorte de tunnel sombre et désert.

Les deux policiers plongèrent brusquement leur couteau dans la partie supérieure du bras droit des deux tueurs arrogants. Des cris couverts par le brouhaha de la foule en mouvement accompagnèrent le bruit métallique des armes tombant sur le trottoir et le sang se mit à gicler de la chair lacérée. L'arrogance se transforma en rage impuissante et des yeux incrédules s'écarquillèrent devant la vision d'une mort sans doute préférable au déshonneur.

Les deux terroristes furent poussés dans la ruelle obscure par les deux fidèles policiers du sultan tandis que des mains anonymes y lançaient les armes effrayantes. Kendrick se fraya un passage dans la foule et se précipita à son tour dans la ruelle où il découvrit à une dizaine de mètres de la rue les deux jeunes tueurs aux yeux exorbités, étendus sur le dos, le couteau des policiers sur la gorge.

— *Là !* s'écria l'ange gardien d'Evan en lui faisant

signe de ne pas avancer. Tournez-vous ! ajouta-t-il en anglais, de crainte de n'avoir pas été compris. Cachez-vous le visage et ne dites rien !

— J'ai quelque chose à vous demander ! cria Kendrick en se retournant, mais incapable de garder le silence. De toute façon, ils ne parlent probablement pas anglais...

— Au contraire, *ya Shaikh*, intervint le second policier, il est probable qu'ils comprennent. Ce que vous avez à dire, vous le direz plus tard ! Mes instructions sont de me faire obéir sans discussion ! C'est compris, monsieur ?

— Compris, dit Evan en acquiesçant d'un signe de la tête et en repartant vers le bazar.

— Je vais revenir, *ya Shaikh*, dit l'ange gardien d'Evan, toujours penché sur son prisonnier. Nous allons faire sortir ces salopards par l'autre extrémité de la ruelle et je reviendrai vous...

Il fut interrompu par un hurlement retentissant, presque inhumain. Sans réfléchir, Evan tourna vivement la tête et regretta aussitôt de l'avoir fait. Le terroriste de gauche avait refermé la main sur la longue lame du couteau du policier et l'avait brutalement plongée dans sa gorge offerte. Devant l'horrible spectacle, Kendrick fut secoué par un violent haut-le-cœur et il se demanda s'il pourrait jamais oublier cette image.

— Idiot ! rugit le second policier, moins de colère que d'anxiété. Abruti puéril ! Pourquoi m'as-tu fait ça ?

Mais il était trop tard. Le terroriste était mort, son visage barbu aux traits encore juvéniles couvert de sang. Evan se dit que la scène dont il venait d'être témoin était un microcosme de la violence, de la douleur et de la futilité qui avaient cours au Moyen-Orient.

— Changement de programme, dit le premier officier en se redressant, le couteau à la main, devant son prisonnier béant d'étonnement.

Il posa la main sur l'épaule de son collègue qui secoua la tête, comme pour chasser l'image du cadavre sanglant, puis fit rapidement signe qu'il comprenait.

Le premier policier revint vers Kendrick.

— Cela va nous retarder, dit-il. La nouvelle de cet incident ne doit pas se répandre et il va nous falloir agir très vite. L'homme que vous cherchez et qui vous attend est connu sous le nom de El-Baz. Vous le trouverez dans le marché du port, derrière le vieux fort du sud. Il y a une pâtisserie où l'on vend du baklava à l'orange. Demandez à l'intérieur.

— Le marché du port... Le fort du sud.

— Il y a deux forts bâtis par les Portugais il y a plusieurs siècles. Le Mirani et le Jalili...

— Oui, je m'en souviens, dit Kendrick qui commençait à retrouver son calme, mais demeurait incapable de regarder le corps mutilé étendu sur le sol de la ruelle sombre. Ces deux forts, qui sont maintenant en ruine, ont été construits par les Portugais pour protéger le port des raids des pirates. Et une pâtisserie qui vend du baklava à l'orange...

— Allez-y tout de suite, il n'y a plus de temps à perdre ! Sortez par l'autre extrémité de la ruelle ! Il ne faut pas qu'on vous voie ici ! Vite !

— Vous allez d'abord répondre à une question, dit Kendrick au policier qui commençait à perdre patience. Sinon, je reste ici et vous vous expliquerez avec votre sultan.

— Quelle question ? Allez-vous-en !

— Vous avez dit que ces deux-là iraient rejoindre les autres salopards trop imprudents. Ce sont vos propres paroles. Quels autres salopards ? Où sont-ils ?

— Nous n'avons pas le temps !

— Répondez-moi !

Le policier poussa un long soupir en frémissant d'impatience.

— Très bien, dit-il. Il y a déjà eu un certain nombre d'incidents comme celui-ci. Nous avons fait des prisonniers qui sont interrogés sans relâche. Il ne faut pas parler de...

— Combien ?

— Trente ou quarante, peut-être une cinquantaine, maintenant. Ils disparaissent de l'ambassade, mais il y en a toujours d'autres pour les remplacer !

— Où sont-ils ?

L'officier regarda fixement Evan et secoua la tête.

— Non, *ya Shaikh*, cela, je ne peux pas vous le dire. Allez-vous-en !

— Je comprends. Merci.

Le représentant du Colorado rassembla les plis de son aba et partit en courant vers le fond de la ruelle. Quand il passa devant le corps inerte du terroriste dont le sang remplissait maintenant les interstices entre les pavés, il détourna la tête.

Evan déboucha dans la rue et leva la tête vers le ciel pour s'orienter. Direction la mer et le vieux fort en ruine qui s'élevait au sud du port. Il trouverait ce El-Baz et recevrait les papiers dont il avait besoin, mais, pour l'instant, il avait l'esprit ailleurs. Il ressassait ce qu'il venait d'apprendre : *trente ou quarante, peut-être une cinquantaine, maintenant.* Entre trente et cinquante terroristes étaient enfermés dans un lieu isolé, à l'intérieur ou à l'extérieur de la ville, et ils étaient soumis à des interrogatoires plus ou moins musclés par les différents services de renseignements. Mais si sa théorie était exacte, si ces apprentis bouchers étaient la lie de l'islam manipulée par un financier de haut vol installé à Bahreïn, toutes les techniques utilisées pour arracher des aveux, depuis l'époque des pharaons jusqu'aux camps de Hoa-Binh, en passant par l'Inquisition, se révéleraient inutiles. À moins que... à moins qu'un nom évoquant les passions les plus violentes, murmuré à l'oreille d'un des prisonniers, ne l'incite à révéler ce qu'autrement il aurait préféré taire, quitte à en perdre la vie. Il faudrait trouver un fanatique très différent des autres, bien entendu, mais il y avait une petite chance que cela réussisse. Evan avait dit à Frank Swann que, si sa théorie était juste, pas plus d'un terroriste sur vingt n'était assez intelligent pour répondre à cette description. Un sur vingt, soit pas plus de dix ou douze tueurs sur la totalité de ceux qui occupaient l'ambassade. Se pouvait-il que l'un d'entre eux se trouve parmi les trente à cinquante prisonniers de ce camp isolé ? Les chances étaient minces, mais quelques heures, une nuit au plus, dans cette enceinte lui permettraient de le savoir. Cela valait la peine d'essayer si on le lui permettait. Pour commencer, il lui fallait quelque chose, un nom, un lieu, un endroit sur la côte, un code secret établissant un lien avec Bahreïn. N'importe quoi ! Il devait pénétrer dans le camp de prisonniers dès cette nuit. Les exécutions reprendraient trois jours plus tard, à partir de dix heures du matin.

Mais, d'abord, se procurer les papiers chez ce El-Baz.

La silhouette déchiquetée du vieux fort se dressait dans la nuit comme un vestige de l'énergie et de la volonté des aventuriers des siècles passés. Evan traversa rapidement le quartier d'Harat Waljat et se dirigea vers le marché Sabat Aynub, dont le nom, traduit librement, signifiait la hotte de raisin. C'était un marché beaucoup plus structuré qu'un bazar, disposé autour d'une place bordée d'échoppes bien entretenues, à l'étonnante architecture, amalgame de style arabe, persan et indien, auquel se mêlait une influence occidentale beaucoup plus récente. Tout cela disparaîtra un jour au profit d'un style purement omanais, songea Kendrick, ce qui confirmera que toute conquête est éphémère, qu'elle soit militaire, politique ou terroriste. C'est cette dernière qui, pour l'instant, occupait son esprit tout entier. Le Mahdi !

Il s'engagea sur la vaste place. Une fontaine romaine projetait des jets d'eau au-dessus d'un bassin circulaire au centre duquel s'élevait la statue d'un sculpteur italien représentant un cheikh vêtu d'une robe flottante, marchant dans le désert. Mais c'est la foule qui retint l'attention d'Evan. Elle était composée en majeure partie d'hommes, des marchands satisfaisant les désirs de riches et téméraires Européens, indifférents au drame de l'ambassade, reconnaissables à leurs vêtements occidentaux et à la profusion de bracelets et de chaînes en or qu'ils arboraient comme autant de symboles de provocation dans une ville en proie à la folie. Les Omanais, eux, se conduisaient comme des robots animés, s'obligeant à concentrer leur esprit sur des futilités pour rester sourds au fracas de mitraille qui leur parvenait de l'ambassade distante de moins d'un kilomètre. Evan voyait tout autour de lui des yeux plissés, mobiles sous les paupières à demi closes, et des visages dont les crispations trahissaient l'incrédulité et la réprobation. Ce qui se passait dans leur paisible cité les dépassait totalement et ils s'efforçaient de chasser de leur esprit le drame si proche auquel ils ne voulaient prendre aucune part.

Il vit la boutique. *Balawa bohrtooan.* Baklava à

l'orange, la spécialité de la pâtisserie. C'était une petite boutique de style turc, au-dessus de la vitrine de laquelle était peinte une succession de minarets. Elle était coincée entre une grande bijouterie vivement éclairée et une maroquinerie de luxe affichant dans sa devanture le nom *Paris* en lettres noir et or devant des empilements d'articles de voyage et d'accessoires de cuir. Kendrick traversa la place en diagonale, passa devant la fontaine et s'approcha de la pâtisserie.

— Vos renseignements étaient bons, dit la jeune femme brune vêtue d'un ensemble noir en sortant de l'ombre, son appareil photo miniaturisé à la main.

Elle déclencha l'obturateur et l'appareil, réglé sur fonctionnement automatique, prit plusieurs photos de Kendrick au moment où il poussait la porte de la pâtisserie du marché Sabat Aynub.

— A-t-on remarqué sa présence dans le bazar ? demanda la femme en noir à l'Arabe trapu en aba qui se tenait à ses côtés.

— Le bruit a couru qu'un homme avait suivi les policiers dans la ruelle, répondit l'informateur sans quitter des yeux la porte de la boutique. Il a été démenti, d'une façon convaincante, j'espère.

— Comment, puisqu'on l'a vu ?

— Dans l'affolement général, personne ne l'a vu en sortir, serrant contre lui le portefeuille que les voyous lui avaient dérobé. C'est la version fournie aux badauds, avec force détails, par notre agent qui était tout à fait catégorique. D'autres ont naturellement confirmé ses dires, car une foule hystérique fera toujours étalage devant de nouveaux arrivants de ce qu'elle a cru remarquer. Cela leur permet de se mettre en valeur.

— Tu es très efficace, dit la femme avec un petit rire. Et tes hommes aussi.

— C'est dans notre intérêt, *ya anisa* Khalehla, répondit l'Arabe en utilisant la formule de respect omanaise. Si nous ne l'étions pas, je ne donnerais pas cher de notre peau.

— Mais pourquoi cette pâtisserie ? demanda Khalehla. Avez-vous une idée ?

— Aucune. Je déteste le baklava, avec ce miel qui dégouline. Mais les juifs en raffolent.

— Moi aussi.

— Alors, vous avez tous oublié ce que les Turcs vous ont fait subir.

— Je ne crois pas que notre sujet soit entré dans cette pâtisserie pour déguster du baklava ni pour suivre un exposé historique sur la lutte des Turcs contre les tribus d'Égypte et d'Israël.

— C'est une descendante de Cléopâtre qui parle ainsi ? demanda l'informateur en souriant.

— La descendante de Cléopâtre ne comprend rien à ce que vous racontez. Elle essaie simplement d'y voir un peu plus clair dans cette affaire.

— Commencez donc par le véhicule militaire dans lequel est monté votre sujet à quelques centaines de mètres au nord de son hôtel, juste après la prière du soir. C'est un élément d'une importance considérable.

— Il a peut-être des amis dans l'armée.

— Il n'y a que la garnison du sultan à Mascate.

— Et alors ?

— Les officiers changent d'affectation deux fois par mois, entre la capitale et les postes de Djeddah et de Marmul, ainsi qu'une douzaine de garnisons échelonnées le long de la frontière avec le Yémen du Sud.

— Où voulez-vous en venir ?

— À deux choses, Khalehla. Il me semble tout d'abord que ce serait une extraordinaire coïncidence pour notre sujet de retrouver par hasard, et après quatre ans d'absence, un ami faisant justement partie du petit groupe d'officiers stationnés à Mascate pendant cette quinzaine.

— Une étonnante coïncidence, j'en conviens, mais ce n'est nullement impossible. Quelle est votre deuxième point ?

— En fait, il réduit à rien le premier. Dans la situation présente, jamais un véhicule militaire de la garnison de Mascate ne s'arrêterait comme cela s'est passé pour prendre un étranger déguisé comme votre sujet sans en avoir reçu l'ordre de l'autorité suprême.

— Du sultan ?

— Qui d'autre ?

— Jamais il n'oserait ! Il est coincé. À la moindre fausse manœuvre, il sera rendu responsable de toute nouvelle exécution. Et si cela se produit, il sait bien que les Américains mettront Mascate à feu et à sang !

— Mais il n'ignore sans doute pas non plus qu'il sera rendu responsable aussi bien de ce qu'il fait que de ce qu'il ne fait pas ! Dans une telle situation, il vaut mieux savoir ce que font les autres, ne fût-ce que pour donner un conseil... ou pour mettre un terme à une opération stérile par une exécution supplémentaire.

Khalehla braqua un regard dur sur son informateur, dans la pénombre de la lisière de la place du marché.

— Si ce véhicule militaire a transporté le sujet jusqu'à un lieu de rendez-vous fixé par le sultan, il a dû le ramener.

— En effet, dit l'Arabe d'un ton catégorique, comme s'il avait parfaitement compris l'allusion.

— Ce qui implique, poursuivit-elle, que ce que le sujet a proposé n'a pas été rejeté tout de go.

— Apparemment, *ya anisa* Khalehla.

— Et il nous incombe de découvrir la teneur de cette proposition, n'est-ce pas ?

— Il serait extrêmement dangereux pour nous tous de rester dans l'ignorance, répondit l'Arabe en inclinant la tête. Il ne s'agit pas seulement de la vie de deux cent trente-six Américains. Il s'agit du destin d'un pays ! De *mon* pays, pour être plus précis, et je ferai tout ce qui est en mon pouvoir pour qu'il demeure le *nôtre.* Vous me comprenez, ma chère Khalehla ?

— Parfaitement, *ya sahib el Aumer.*

— Mieux vaut un nullard mort qu'une catastrophe nationale.

— Je comprends.

— En êtes-vous sûre ? Vous aviez beaucoup plus d'intérêts stratégiques sur les rives de la Méditerranée que nous n'en avons jamais eu dans notre misérable Golfe. Mais maintenant notre heure est venue. Et nous ne laisserons personne se mettre en travers de notre chemin.

— Je sais que votre heure est venue, mon cher ami. Nous le savons tous.

— Alors, faites ce que vous avez à faire, *ya sahbitee Khalehla* !

— Ne vous inquiétez pas.

La jeune femme élégamment vêtue de noir fouilla dans son sac à main et en sortit un automatique à canon court. Le faisant passer dans sa main gauche, elle plongea l'autre dans son sac pour prendre un chargeur qu'elle enfonça avec un bruit sec à la base de la crosse avant de refermer le magasin. L'arme était prête à tirer.

— Partez, maintenant, *adeem sahbee,* dit-elle en faisant passer sur son épaule la bandoulière du sac, à l'intérieur duquel elle garda la main refermée sur la crosse de l'automatique. Nous nous comprenons parfaitement et vous ne devez pas rester ici. Vous devez vous rendre dans un endroit où votre présence sera remarquée.

— *Salaam aleikum,* Khalehla. Qu'Allah vous protège !

— C'est plutôt *lui* qu'Allah devra protéger. Faites vite, il sort de la pâtisserie ! Je vais le suivre et je ferai ce qu'il faut faire. Il vous reste dix à quinze minutes pour être loin d'ici, avec des témoins.

— Finalement, vous nous protégez, chère Khalehla. Vous êtes merveilleuse. Mais soyez prudente.

— C'est plutôt à *lui* qu'il faudrait conseiller d'être prudent. Il se mêle de ce qui ne le regarde pas !

— Je vais aller à la mosquée Zawadi et m'entretenir avec les vieux mollahs et les muezzins. On ne met pas en doute la parole d'un saint homme. La mosquée n'est pas loin d'ici, à peine cinq minutes.

— *Aleikum salaam,* dit la femme brune en s'engageant sur la place, le regard rivé sur l'Américain qui venait de passer devant la fontaine et se dirigeait d'un pas vif vers les ruelles sombres et étroites, à l'est du marché Sabat Aynub. *Mais que fait donc cet imbécile ?* songea-t-elle en arrachant son chapeau et en le froissant dans sa main gauche avant de le glisser dans son sac à main, à côté de l'automatique sur lequel elle avait toujours l'autre main crispée. *Il se dirige vers le Shari el Mishkwiyis,* poursuivit-elle intérieurement dans un mélange d'arabe et d'anglais, en faisant allusion au quartier le plus mal famé de la ville, où les étrangers évitaient prudemment de pénétrer. *Ils avaient raison. C'est un amateur et je ne peux pas aller là-*

bas dans cette tenue ! Et pourtant il le faut ! Mon Dieu ! Il va nous faire tuer tous les deux !

Evan Kendrick dévala les degrés raboteux de pierre qui constituaient le pavage de l'étroite ruelle bordée de maisons basses et délabrées, pressées les unes contre les autres, et de constructions inachevées et branlantes, dont les fenêtres, éventrées pour la plupart, étaient bouchées par des toiles ou des peaux d'animaux. Celles qui demeuraient intactes étaient protégées par des volets de bois rafistolés. Les fils électriques dénudés pendaient partout ; des épissures avaient été faites aux boîtes de dérivation et l'électricité détournée. Les effluves âcres de la cuisine arabe se mélangeaient à d'autres odeurs plus fortes, les odeurs caractéristiques de haschisch ou de feuilles de coca brûlées, débarquées en contrebande dans une crique déserte, mais aussi à la puanteur de tas d'ordures. Les habitants de ce ghetto se déplaçaient lentement, prudemment et avec suspicion dans le dédale sinueux de ruelles à peine éclairées, mais ils semblaient se sentir chez eux au milieu des dégradations et des dangers ; ils semblaient s'accommoder de leur statut de parias, ce que confirmaient de brusques éclats de rires fusant des fenêtres closes. Abas et ghotras voisinaient avec des jeans déchirés, des mini-jupes prohibées et des uniformes de marin et de soldat d'une douzaine de nationalités. On ne voyait que des uniformes tachés et froissés d'hommes de troupe, mais le bruit courait que les officiers n'hésitaient pas à emprunter l'uniforme d'un subordonné pour s'aventurer dans le quartier réservé et goûter aux plaisirs interdits.

Des hommes étaient blottis devant l'entrée des maisons, au grand déplaisir d'Evan qui avait le plus grand mal à distinguer les numéros inscrits sur les murs de grès. Mais ce qui l'agaçait encore plus, c'était le fait que les ruelles malodorantes coupant la rue qu'il suivait semblaient inexplicablement faire sauter les numéros d'une portion de la rue à la suivante. *El-Baz. 77 Shari el Balah.* La rue des dattes. Mais où était-ce donc ?

Il trouva enfin la maison, dans un renfoncement. Elle avait une porte massive, munie d'épaisses barres d'acier fixées devant une fente ménagée à la hauteur des yeux.

Un homme vêtu d'une aba dépenaillée était adossé au mur, au milieu du passage voûté, et interdisait l'accès à la porte.

— *Esmahlee ?* dit Kendrick pour s'excuser, en arrivant devant lui.

— *Lay ?* dit l'homme accroupi en lui demandant ce qu'il voulait.

— J'ai rendez-vous avec quelqu'un, poursuivit Evan en arabe. On m'attend.

— Qui vous envoie ? demanda l'homme sans faire mine de bouger.

— Cela ne vous regarde pas.

— C'est une réponse dont je ne peux me satisfaire.

L'Arabe se redressa et les plis de son aba s'écartèrent légèrement, faisant apparaître la crosse d'un pistolet glissé dans sa ceinture.

— Je répète, dit-il, qui vous envoie ?

Evan se demanda si l'officier de la police du sultan avait oublié de lui communiquer un nom ou un mot de passe indispensable pour entrer. Il n'avait vraiment pas de temps à perdre avec des obstacles de ce genre !

— Je sors d'une pâtisserie du Sabat Aynub, lança-t-il en espérant que cette explication suffirait. J'ai parlé à...

— Une pâtisserie ? répéta l'homme accroupi en haussant les sourcils. Mais il y a au moins trois pâtisseries dans le Sabat Aynub !

— Et merde ! s'écria Kendrick avec agacement. Le baklava à l'orange !

— Cela me suffit, dit l'Arabe en se relevant brusquement et en arrangeant les plis de sa robe. Je ne demandais qu'une réponse simple à une question simple. C'est un pâtissier qui vous envoie.

— Bon, d'accord ! Je peux entrer, maintenant ?

— Il faut d'abord savoir à qui vous rendez visite. Qui venez-vous voir, monsieur ?

— Mais, bon Dieu, l'homme qui habite ici ! Qui travaille ici !

— Cet homme n'a pas de nom ?

— Êtes-vous habilité à le savoir ? demanda Evan d'une voix basse et vibrante qui couvrit les bruits de la rue.

— C'est une bonne question, monsieur, répondit

l'Arabe en hochant pensivement la tête. Mais comme j'étais au courant pour le pâtissier du Sabat Aynub...

— Bon Dieu de bon Dieu ! explosa Kendrick. Il s'appelle El-Baz, voilà ! Et maintenant, laissez-moi entrer ! Je suis très pressé !

— Je vais me faire un plaisir de prévenir l'occupant de cette maison, monsieur. Il vous fera entrer s'il le juge bon. Vous devez comprendre que nous ne pouvons...

L'imposant gardien n'acheva pas sa phrase. Il tourna vivement la tête vers la rue où éclatait un vacarme d'enfer. Un homme se mit à hurler et d'autres cris s'élevèrent, des voix stridentes se répercutant sur les murs de pierre.

— *Elhahoonai !*

— *Udam !*

Puis, couvrant le chœur de protestations, retentit une voix de femme.

— *Siboni fihalee !* s'écria-t-elle avec fureur, exigeant qu'on la laisse tranquille. Bande de salauds ! ajouta-t-elle quelques secondes plus tard en excellent anglais.

Evan et le gardien se précipitèrent vers l'angle du mur de pierre au moment où deux coups de feu couvraient la cacophonie de voix, le sifflement des balles ricochant sur la pierre se mêlant aux résonances caverneuses des détonations. L'Arabe fit demi-tour et se jeta par terre tandis que Kendrick s'accroupissait sur place. Il devait absolument savoir ce qui se passait ! Trois silhouettes en robe accompagnées d'un homme et d'une femme débraillés et vêtus à l'européenne passèrent en courant. L'homme en pantalon kaki tenait d'une main son autre bras blessé. Evan se releva et passa prudemment la tête à l'angle du mur de pierre. Ce qu'il vit le stupéfia.

Dans la pénombre de la rue encaissée se tenait une femme nu-tête, un couteau à large lame dans la main gauche, un pistolet automatique dans la droite. Kendrick fit quelques pas sur les pavés inégaux de la chaussée et leurs regards se croisèrent. La femme leva son arme. Evan s'immobilisa en s'efforçant désespérément de penser à ce qu'il fallait faire et à quel moment précis le faire. Puis, à sa profonde stupéfaction, il vit la femme reculer sans cesser de le menacer de son arme et s'enfoncer lentement dans l'ombre. En entendant une clameur de voix surexcitées, ponctuée de coups de sifflet stridents, la femme fit demi-tour et s'enfuit en courant. En quelques secondes, elle s'évanouit dans l'obscurité de la petite rue. Elle l'avait suivi ! Était-ce pour le tuer ? Pourquoi ? Qui était-elle ?

— Par ici ! cria le gardien d'une voix angoissée.

Evan tourna la tête et vit l'Arabe, debout devant la porte massive, qui lui faisait signe d'approcher.

— Faites vite, monsieur ! Vous pouvez entrer, mais dépêchez-vous ! Il ne faut pas qu'on vous voie ici !

La porte tourna lentement sur ses gonds. Evan se précipita à l'intérieur et fut aussitôt tiré sur la gauche par la poigne de fer d'un tout petit homme.

— Fiche le camp d'ici ! cria le nabot au gardien avant de refermer violemment la porte.

Il poussa deux gros verrous de fer tandis que Kendrick plissait les yeux pour s'habituer à la pénombre. Ils se trouvaient dans une sorte de vaste vestibule tout le long duquel s'ouvraient plusieurs portes. Le plancher de bois était couvert d'un grand nombre de petits tapis persans — des tapis qui se vendraient un bon prix dans n'importe quel pays occidental, songea Evan — et les murs décorés d'autres tapis, de plus grande taille, qui, eux, valaient une petite fortune. C'était un véritable trésor que possédait El-Baz. Ceux qui s'y connaissaient devaient être fort impressionnés et ils savaient qu'ils avaient affaire à un homme important. Les autres, y compris sans doute la plupart des représentants de l'autorité, devaient se dire que cet homme secret recouvrait le sol et les murs de sa demeure d'objets fabriqués pour les touristes afin d'éviter de faire les réparations nécessaires. L'artiste du nom de El-Baz connaissait les ficelles du métier.

— Je m'appelle El-Baz, dit en anglais le petit Arabe légèrement voûté en tendant à Kendrick une forte main aux veines saillantes. Vous vous appelez comme vous voulez et je suis ravi de faire votre connaissance, de préférence sous un nom autre que celui que vos parents vénérés vous ont donné. Venez par ici, je vous en prie. La deuxième porte à droite. Il nous reste à accomplir une seule formalité, mais primordiale. Tout le reste est déjà exécuté.

— Exécuté ? demanda Evan. Qu'est-ce qui est déjà exécuté ?

— L'essentiel, répondit El-Baz. Les papiers ont été préparés conformément aux renseignements que l'on m'a fournis.

— Quels renseignements ?

— Qui vous pouvez être, ce que vous pouvez être et d'où vous pouvez venir. C'est tout ce dont j'avais besoin.

— Qui vous a communiqué ces renseignements ?

— Je n'en ai pas la moindre idée, répondit le vieil Arabe en prenant le bras de Kendrick pour l'inviter à avancer dans le vestibule. Une inconnue m'a donné ses instructions au téléphone, d'un endroit que j'ignore. Elle a prononcé les paroles qu'il fallait et j'ai su que je devais obéir.

— Une femme ?

— Peu importe le sexe, *ya Shaikh.* Seules comptent les paroles. Entrez donc.

El-Baz ouvrit une porte donnant sur un petit studio de photographie équipé d'un matériel quelque peu démodé. Le regard dubitatif de Kendrick n'échappa pas à El-Baz.

— L'appareil de gauche est capable de reproduire le grain du papier des documents officiels, expliqua le vieil Arabe. Il va de soi que ces caractéristiques sont toujours dues autant au traitement effectué par les laboratoires gouvernementaux qu'à l'objectif de l'appareil photo. Veuillez prendre place sur ce tabouret, devant l'écran. Ce sera rapide et indolore.

El-Baz travaillait vite et, comme il utilisait une pellicule sans négatif et à développement instantané, il ne lui fallut pas longtemps pour choisir une épreuve positive. Après avoir brûlé les autres, l'Arabe mit une paire de gants de chirurgien puis, l'épreuve à la main, il fit signe à Evan de se diriger vers un grand rideau tendu derrière le tissu gris clair qui faisait office d'écran. Il écarta la tenture derrière laquelle se trouvait un mur blanc, sillonné de fissures. Puis il posa le pied droit sur une ébréchure de la plinthe et tendit la main droite pour atteindre un endroit déterminé du mur. Il appuya simultanément sur les deux points, une lézarde s'ouvrit et la partie gauche du mur coulissa et disparut lentement derrière la tenture, laissant un passage d'une soixantaine de centimètres. Le petit faussaire se glissa dans l'ouverture et fit signe à Kendrick de le suivre.

Evan découvrit une installation aussi moderne et plus perfectionnée que celle qu'il avait dans son bureau du Congrès. Il vit deux gros ordinateurs, chacun relié à sa propre imprimante, et quatre téléphones de couleur différente, alignés sur une longue table d'une propreté méticuleuse, le long de laquelle se trouvaient quatre sièges de dactylo.

— Voilà, dit El-Baz en montrant l'ordinateur de gauche dont l'écran était couvert d'inscriptions d'un vert acide. Voyez à quel point vous êtes privilégié, *ya Shaikh*. On m'a demandé de vous fournir tous les renseignements nécessaires et toutes leurs sources, mais de ne vous remettre aucun autre document écrit que les papiers que vous êtes venu chercher. Prenez un siège et étudiez votre nouvelle identité.

— Ma nouvelle identité ? demanda Kendrick.

— Vous vous nommez Amal Bahrudi et vous êtes un Saoudien, originaire de Riyad. Vous êtes ingénieur et vous avez un peu de sang européen... par un grand-père, je crois. Vous trouverez tout cela sur l'écran.

— Du sang européen ?

— Pour expliquer vos traits assez irréguliers, si jamais quelqu'un devait s'en étonner.

— Une seconde, dit Evan en se penchant vers l'écran qu'il étudia attentivement. C'est l'identité d'un homme vivant ?

— Il était vivant. Il a été tué la nuit dernière à Berlin-Est... Téléphone vert.

— Tué... la nuit dernière ?

— Les services secrets est-allemands, contrôlés bien entendu par les Russes, cacheront sa mort pendant plusieurs jours, et peut-être plusieurs semaines, pendant que leurs bureaucrates mèneront une enquête minutieuse en essayant naturellement d'aider le plus possible le K.G.B. L'arrivée de M. Bahrudi à Oman a été dûment enregistrée par les services de l'immigration — c'est le téléphone bleu — qui lui ont délivré un visa de trente jours.

— De sorte que s'il vient à l'idée de quelqu'un de vérifier, acheva Kendrick, ce Bahrudi est officiellement dans le sultanat au lieu d'être mort à Berlin-Est.

— Exactement.

— Et qu'arrivera-t-il si je tombe aux mains de l'ennemi ?

— Vous serez mort avant d'avoir eu le temps de le découvrir.

— Mais les Russes pourraient nous créer des ennuis. Ils ne savent pas que j'ai pris l'identité de Bahrudi.

— Croyez-vous vraiment qu'ils puissent faire quelque chose ou qu'ils en aient envie ? demanda le vieil Arabe avec un petit haussement d'épaules. Il ne faut jamais laisser passer une occasion d'embrouiller les idées du K.G.B., ou de le mettre dans une situation difficile, *ya Shaikh.*

— Je crois que je comprends ce que vous voulez dire, fit Evan après quelques instants de réflexion. Mais comment avez-vous pu trouver tout cela ? Un Saoudien tué à Berlin-Est, dont la mort sera tenue secrète, son dossier... et même un grand-père européen ! C'est incroyable !

— Croyez-le, mon jeune ami, vous que je ne connais pas, que je n'ai jamais rencontré. Il est évident qu'un homme comme moi doit avoir des complicités un peu partout, mais ce n'est pas votre affaire. Contentez-vous d'étudier les faits marquants : nom des parents, études secondaires et supérieures... deux universités, s'il m'en souvient bien, dont une aux États-Unis. C'est la mode chez les Saoudiens. Vous n'aurez pas besoin de plus de détails. Si ce devait être le cas, cela n'aurait plus d'importance : vous seriez déjà mort.

Kendrick quitta le quartier réservé et contourna le parc de l'hôpital Waljat qui s'étendait au nord-est de la ville. Il se trouvait maintenant à cent cinquante mètres des grilles de l'ambassade des États-Unis. Dans l'avenue qui y menait se massaient encore de nombreux badauds à la curiosité insatiable. La lumière des torches et les crépitements de la fusillade faisaient paraître la foule beaucoup plus importante et hystérique qu'elle ne l'était en réalité. Les badauds ne cherchaient en fait qu'un moyen de se distraire et leurs rangs s'amenuisaient à mesure que la fatigue les gagnait. Un peu plus loin, à environ quatre cents mètres de l'hôpital, s'élevait en bordure du Golfe le palais Alam, la résidence du jeune sultan. Evan regarda sa montre : l'heure et l'endroit étaient appropriés. Il disposait de si peu de temps et Ahmat devait agir vite. Il chercha du regard une cabine téléphonique, se souvenant vaguement qu'il y en avait plusieurs près de l'entrée de l'hôpital. Il songea avec un petit sourire que c'était encore une fois grâce à Manny Weingrass. Le vieil architecte s'était fait hospitaliser à deux reprises en affirmant que le cognac qu'il avait bu était empoisonné et, un jour, une Omanaise avait si méchamment mordu sa main par trop baladeuse qu'il avait fallu lui poser plusieurs points de suture.

La lumière des lampadaires se reflétait au loin sur le toit blanc de trois cabines téléphoniques. Serrant dans sa main le tissu de la poche de son aba où il avait caché ses faux papiers, Kendrick s'élança en courant dans leur direction, mais il ralentit aussitôt le pas. Son instinct lui commandait de ne pas se faire remarquer, ni d'avoir une attitude menaçante. Il entra dans la première cabine, glissa dans la fente une pièce d'une valeur plus grande qu'il n'était nécessaire et composa le numéro inusité qui restait gravé dans son esprit. *555-0005*.

Des gouttes de sueur commencèrent à perler sur son front tandis que s'égrenaient les sonneries, de plus en plus lentement. Huit. Plus que deux et un répondeur prendrait le relais de la voix humaine. Vite !

— *Iwah ?* demanda simplement la voix. Allô ?

— En anglais, dit Evan.

— Vous avez fait vite, dit Ahmat, manifestement étonné. Que se passe-t-il ?

— Commençons par le plus important... Une femme m'a suivi. L'éclairage était mauvais, mais, d'après ce que j'ai pu voir, elle était de taille moyenne, avec de longs cheveux bruns, et elle était bien habillée, à l'occidentale. Elle parle couramment l'arabe et l'anglais. Cela vous dit quelque chose ?

— Si vous parlez de quelqu'un qui vous aurait suivi jusque chez El-Baz, absolument rien. Pourquoi ?

— Je pense qu'elle voulait me tuer.

— Quoi ?

— Et c'est une femme qui a donné à El-Baz tous les renseignements me concernant... Au téléphone, bien entendu.

— Je le sais.

— Pourrait-il y avoir un lien entre ces deux faits ?

— Comment cela ?

— Quelqu'un qui passe à l'attaque, qui cherche à voler de faux papiers.

— J'espère bien que non, répondit Ahmat d'une voix ferme. C'est ma propre femme qui a téléphoné à El-Baz. Je n'ai voulu révéler votre présence à personne d'autre.

— Je vous en remercie, mais quelqu'un d'autre sait pourtant que je suis ici.

— Vous avez parlé à quatre hommes, Evan. L'un d'entre eux, notre ami commun, Mustapha, a été tué. Il est évident que quelqu'un d'autre est au courant de votre présence à Mascate. C'est pourquoi les trois autres ont été placés sous surveillance vingt-quatre heures sur vingt-quatre. Vous devriez peut-être vous cacher, disparaître de la circulation pendant au moins une journée. Je peux arranger cela, et nous apprendrons peut-être quelque chose. Et il y a autre chose dont je dois discuter avec vous à propos d'Amal Bahrudi. Restez caché pendant une journée, je crois que c'est la meilleure solution.

— Non, dit Kendrick, d'une voix légèrement tremblante. Je veux bien disparaître de la circulation, mais pas me cacher.

— Que voulez-vous dire ?

— Je veux être arrêté, emprisonné comme un terroriste. Je veux être incarcéré dans la prison où sont retenus les autres. Il faut que cela se passe dès cette nuit !

6

Un homme en aba courait au milieu de la chaussée de l'avenue Wadi Al Kabir. Il avait jailli de l'obscurité, près de la massive porte Mathaib, à plusieurs centaines de mètres du Mirani, l'un des vieux forts portugais qui gardaient le port. Sa robe était souillée par les eaux grasses et huileuses du port et il avait les cheveux trempés. Pour les observateurs présents — et ils étaient encore nombreux malgré l'heure tardive —, l'homme qui courait à perdre haleine sur l'avenue était sans doute un pauvre hère, un étranger ayant sauté d'un bateau pour pénétrer illégalement dans ce havre de paix qu'avait été le sultanat jusqu'à une époque récente, ou bien peut-être s'agissait-il d'un fugitif, ou d'un terroriste.

Les hurlements stridents d'une sirène à deux tons déchirèrent la nuit et une voiture de police déboucha en dérapant de Wadi Al Uwar pour s'engager à toute allure sur Al Kabir. La poursuite était engagée. Un informateur avait dû prévenir les autorités et les forces de police étaient prêtes. Ces derniers temps, elles étaient toujours sur le qui-vive, avides de passer à l'action. La lumière aveuglante provenant d'un projecteur mobile installé sur la voiture de police illumina d'un coup l'avenue chichement éclairée. Le fuyard fut pris dans son faisceau. Paniqué, il bifurqua à gauche et se trouva devant une succession de boutiques dont la devanture était protégée par un rideau de fer, protection impensable trois semaines plus tôt. L'homme pivota sur lui-même et commença à descendre le trottoir de l'avenue. Il s'arrêta brusquement en se trouvant face à face avec un groupe de promeneurs. Ils se tenaient très près les uns des autres et, si la crainte n'était pas absente de leur regard, on pouvait aussi y lire un ras-le-bol collectif. Ils voulaient retrouver leur ville. Un petit homme en complet-veston mais portant la coiffure arabe fit un pas en avant... un pas prudent, certes, mais résolu. Deux autres en aba, et plus costauds, l'imitèrent après un instant d'hésitation, mais avec tout autant de détermination. D'autres firent de même et tout le petit groupe rassemblé sur le trottoir forma timidement une chaîne qui devint un véritable mur humain, constitué d'hommes en robe et de femmes voilées, qui bouchait toute la rue et puisait son courage dans l'exaspération. Il fallait que cela cesse !

— Éloignez-vous ! Écartez-vous ! Il a peut-être des grenades !

Un officier de police avait bondi de la voiture de patrouille et, pistolet au poing, se précipitait vers l'homme traqué.

— Dispersez-vous ! rugit un autre policier en courant sur la gauche de l'avenue. Ne restez pas dans notre ligne de tir !

Les promeneurs du premier rang et le reste de la foule agglutinée derrière eux s'éparpillèrent dans toutes les directions, cherchant à s'abriter dans les portes des maisons ou à mettre le plus de distance possible entre le fugitif et eux. Comme s'il obéissait à un signal, l'homme saisit le tissu trempé de sa robe et plongea la main entre les plis dans un geste menaçant. Le crépitement d'une arme automatique retentit dans l'Al Kabir. Le fugitif poussa un hurlement de douleur et appela sur les policiers la colère d'Allah et la vengeance d'El Fatah, puis il roula par terre en se tenant l'épaule. Il restait inerte, mais l'éclairage de la rue était trop faible pour que l'on pût avoir une idée précise de la gravité de ses blessures. Puis il poussa un nouveau cri, le rugissement d'un fauve blessé, et implora Allah de châtier toute l'armée des infidèles. Les deux policiers se jetèrent sur lui tandis que la voiture de patrouille s'arrêtait dans un grand crissement de pneus. Un troisième policier descendit de l'arrière du véhicule et commença à hurler des ordres.

— Désarmez-le et fouillez-le ! hurla l'officier supérieur à ses deux subordonnés qui ne l'avaient pas attendu pour le faire. C'est peut-être *lui,* ajouta-t-il d'une voix tonnante en se baissant pour examiner de plus près le fugitif. Regardez ! Il y a un étui attaché à sa cuisse ! Donnez-le-moi !

Les curieux se rapprochèrent lentement dans la pénombre, irrésistiblement attirés par la scène qui se déroulait au milieu de l'Al Kabir, à la lumière diffuse des lampadaires.

— Je crois que vous avez raison ! cria le policier qui se tenait à la gauche du blessé. Regardez cette marque ! C'est peut-être ce qui subsiste de la cicatrice qu'il avait sur le cou !

— *Bahrudi !* rugit l'officier supérieur d'une voix triomphante tout en étudiant les papiers qu'il venait de sortir de l'étui de toile cirée. *Amal Bahrudi !* Le fidèle entre les fidèles ! Je le croyais à Berlin-Est, mais, par Allah, nous le tenons !

— Que tout le monde recule ! hurla le policier agenouillé à la droite du fugitif en s'adressant à la foule pétrifiée. Fichez le camp, tous ! Cet enfant de salaud est peut-être protégé ! C'est l'infâme Bahrudi, le terroriste d'Europe de l'Est ! Nous avons demandé des renforts de la garnison du sultan... Ne restez pas ici, vous risquez de vous faire tuer !

Les témoins prirent la fuite et ce fut une débandade éperdue vers le sud de l'Al Kabir. Ils avaient fait appel à tout leur courage pour revenir une première fois, mais la perspective d'une bataille rangée les frappait de panique. Tout était incertitude et la mort planait. La seule certitude qu'ils avaient, c'est qu'un terroriste international du nom de Bahrudi avait été capturé.

— La nouvelle se répandra comme une traînée de poudre dans notre petite ville, dit l'officier de police dans un anglais irréprochable en aidant le « prisonnier » à se relever. Et, s'il le faut, nous y contribuerons.

— J'ai une ou deux questions à poser, dit Evan en remettant sa coiffure en place. Peut-être même trois. Que signifie tout ce baratin sur « le fidèle entre les fidèles » et « le terroriste d'Europe de l'Est » ?

— Il semble que ce soit la vérité, monsieur.

— Je ne comprends toujours pas.

— Dans la voiture, s'il vous plaît. Le temps nous est compté et il faut partir d'ici.

— J'exige des réponses !

Les deux autres policiers s'approchèrent du représentant du Colorado, le saisirent par les bras et l'escortèrent jusqu'à la portière arrière du véhicule de police.

— J'ai accepté de jouer cette comédie comme on m'a conseillé de le faire, poursuivit Evan en montant dans la voiture de police verte, mais on a oublié de me signaler que celui dont j'ai pris l'identité est un tueur qui s'amuse à faire exploser des bombes en Europe !

— Je ne puis vous dire que ce que l'on m'a demandé de vous dire, répliqua l'officier en prenant place à côté de lui, et, en toute franchise, je n'en sais pas plus long. On vous donnera toutes les explications au laboratoire du complexe de sécurité.

— Mais je ne sais rien sur ce Bahrudi !

— Il existe, monsieur...

— Cela, je le sais, mais pas tout le reste...

— Dépêchez-vous ! ordonna l'officier au chauffeur. Les deux autres resteront ici.

La voiture de patrouille démarra brusquement en marche arrière, fit demi-tour et repartit à toute allure vers le Wadi Al Uwar.

— Bon, d'accord, il existe, insista Kendrick d'une voix haletante. Mais je répète que personne ne m'a jamais dit que c'était un terroriste !

— Attendez d'être arrivé au laboratoire, monsieur.

L'officier alluma une cigarette au papier brun, tira goulûment dessus et exhala la fumée par les narines. Son rôle était terminé dans cette étrange mission.

— L'ordinateur d'El-Baz est loin de tout vous avoir dit, fit le médecin omanais en examinant l'épaule nue d'Evan.

Ils étaient seuls dans la salle du laboratoire médical. Kendrick était assis sur la table d'examen capitonnée, les pieds posés sur un tabouret.

— J'ai l'honneur d'être le médecin personnel d'Ahmat... pardon, de notre grand sultan, depuis sa huitième année, et je serai désormais votre *unique* intermédiaire avec lui, si, pour une raison quelconque, vous ne pouviez le joindre en personne. Est-ce bien compris ?

— Et comment puis-je vous joindre, vous ?

— À l'hôpital ou à un numéro personnel que je vous donnerai dès que nous aurons fini. Vous devez vous déshabiller entièrement, *ya Shaikh,* et passer la teinture sur tout votre corps. Les détenus sont fouillés au moins une fois par jour et parfois toutes les heures. La couleur de votre peau doit être uniforme et il n'est pas question de conserver sur vous une ceinture pleine de billets.

— Pouvez-vous me la garder ?

— Bien sûr.

— Revenons-en à Bahrudi, si vous voulez bien, dit Kendrick en étendant une couche de gel sur ses cuisses et son bas-ventre tandis que le praticien effectuait la même opération sur ses bras, sa poitrine et son dos. Pourquoi El-Baz ne m'a-t-il pas tout dit ?

— Il avait reçu des instructions d'Ahmat qui pensait que vous pourriez vous faire tirer l'oreille et qui préférait tout vous expliquer lui-même.

— Je lui ai parlé au téléphone, il y a à peine une heure, et il m'a simplement dit qu'il voulait me parler de ce Bahrudi.

— Mais vous étiez très pressé et il avait de nombreux détails à régler pour mettre au point votre soi-disant arrestation. Voilà pourquoi il m'a chargé de vous donner les explications. Pouvez-vous lever le bras un peu plus haut... Merci.

— Qu'avez-vous à m'expliquer ? demanda Kendrick, qui sentait le calme revenir en lui.

— Tout simplement que si vous tombez aux mains des terroristes vous aurez une position de repli, au moins provisoire, et cela vous donnera peut-être un peu plus de temps pour recevoir de l'aide... s'il n'est pas trop tard.

— Quelle position de repli ?

— Vous serez considéré comme l'un d'eux. Jusqu'à ce qu'ils apprennent la vérité.

— Bahrudi est mort...

— Son corps est entre les mains du K.G.B., lança vivement le médecin personnel du sultan sans laisser Evan achever sa phrase. Le Komitet est toujours très indécis et redoute les complications.

— El-Baz m'a déjà parlé de cela.

— Si quelqu'un sait à quoi s'en tenir, c'est bien lui.

— S'ils acceptent l'arrivée de Bahrudi à Oman, s'ils m'acceptent comme Bahrudi, je serai donc tranquille pendant quelque temps. À condition que les Russes ne vendent pas la mèche...

— Ils prendront toutes leurs précautions. Ils ne peuvent être sûrs de rien ; ils redouteront un piège et attendront la suite des événements. L'autre bras, s'il vous plaît. Levez-le bien haut.

— Encore une question, dit Kendrick d'une voix ferme. Si Amal Bahrudi est censé être passé devant les services de l'immigration, pourquoi n'a-t-il pas été arrêté ? Vous avez des effectifs impressionnants, ces temps-ci.

— Combien existe-t-il de John Smith dans votre pays, *ya Shaikh* ?

— Où voulez-vous en venir ?

— Bahrudi est un nom très répandu chez nous, peut-être un peu moins à Riyad qu'au Caire, mais quand même assez courant. Quant à Amal, c'est l'équivalent de vos Joe, Bill ou John.

— Mais El-Baz l'a fait enregistrer par les ordinateurs de l'immigration. Cela pourrait éveiller des soupçons...

— ... qui s'apaiseraient rapidement, fit précipitamment l'Omanais, les fonctionnaires de l'immigration lui ayant fait subir un interrogatoire de routine, mais sans concession.

— Parce que je n'ai pas de cicatrice ? poursuivit Evan. Un des policiers de l'Al Kabir a mentionné une cicatrice que je devrais... que Bahrudi devrait avoir au cou.

— Je ne suis pas au courant, mais je suppose que c'est possible : vous n'avez effectivement pas de cicatrice. Cela dit, il y a des raisons plus sérieuses.

— À savoir ?

— Un terroriste n'annonce généralement pas son arrivée dans un pays étranger, surtout si la situation est tendue, et il utilise des faux papiers. C'est ce que cherchent les services de sécurité, et non une simple coïncidence, comme ce fut le cas pour un certain John W. Booth, un pharmacien de Philadelphie, qui portait le même nom que l'assassin de Lincoln.

— Je vois que l'histoire de mon pays n'a pas de secrets pour vous.

— J'ai fait mes études de médecine à l'université Johns Hopkins, à Baltimore, monsieur *Bahrudi.* Grâce au père de notre sultan qui s'est intéressé à un jeune Bédouin aspirant à autre chose qu'à une existence nomade.

— Comment cela s'est-il passé ?

— C'est une tout autre histoire. Vous pouvez baisser le bras, maintenant.

— Je suppose que vous avez beaucoup d'affection pour le sultan, dit Kendrick en plongeant les yeux dans ceux du praticien.

— Je n'hésiterai pas à tuer pour la famille royale, répondit doucement l'Omanais. Sans employer la violence ; peut-être le poison, ou un diagnostic erroné, ou encore un coup de scalpel malheureux... Je trouverai bien un moyen de rembourser ma dette.

— Je vous fais confiance. Et je peux donc en conclure que vous êtes de mon côté ?

— Évidemment. La preuve que je vais vous en donner est une suite de chiffres que l'on ne m'a révélée que très récemment. 555-0005.

— Cela me suffit. Comment vous appelez-vous ?

— Faisal. Docteur Amal Faisal.

— Je vois..., monsieur John Smith.

Kendrick se leva et se dirigea dans le plus simple appareil vers le fond de la salle où se trouvait un petit lavabo. Il se savonna soigneusement et vigoureusement les mains pour faire disparaître les marques de gel de ses doigts, puis il examina son corps dans le miroir du lavabo. La peau encore blanche était en train de brunir et, en quelques minutes, elle serait assez sombre pour qu'il puisse rejoindre les terroristes incarcérés.

— Comment est-ce, dans cette prison ? demanda-t-il à l'image du médecin qu'il voyait dans le miroir.

— Ce n'est pas un endroit pour vous.

— Ce n'est pas ce que je vous ai demandé. Je veux savoir comment cela se passe à l'intérieur. Y a-t-il des rites de passage, ou des brimades pour les nouveaux prisonniers ? J'espère que vous avez branché des micros ?

— Oui, il y en a, mais nous pensons qu'ils s'en sont rendu compte. Ils se rassemblent autour de la porte où sont placés la plupart et ils font un vacarme épouvantable. Le plafond est trop haut pour que la transmission soit audible et le reste des micros est dissimulé dans les réservoirs des chasses d'eau qui équipent les toilettes... Une réforme humanitaire instaurée par Ahmat il y a deux ou trois ans, pour remplacer les latrines à la turque. Ils ne nous ont jamais rien appris d'intéressant, comme si les détenus savaient où ils étaient placés. Mais le peu que nous entendons n'est pas très encourageant. Les prisonniers, comme tous les extrémistes, rivalisent de zèle et, comme il y a sans arrêt de nouveaux arrivants, un grand nombre d'entre eux ne se connaissent pas. En conséquence les interrogatoires sont précis et rigoureux, et les méthodes souvent brutales. Ce sont des fanatiques, mais pas des imbéciles, *ya Shaikh*. La vigilance est leur credo et ils vivent dans la hantise d'une infiltration.

— J'en ferai donc également mon credo, dit Kendrick en revenant d'un pas décidé vers la table d'examen, à côté de laquelle était posée un uniforme de prisonnier soigneusement plié. Je serai aussi vigilant et aussi fanatique que n'importe lequel d'entre eux. Il faut que j'obtienne le nom des principaux chefs de l'ambassade, ajouta-t-il en se tournant vers le médecin. On ne m'a pas permis de prendre des notes sur le dossier que j'ai eu en main, mais je me souviens de deux noms, parce qu'ils étaient mentionnés à plusieurs reprises. L'un est Abu Nassir, l'autre Abbas Zaher. Cela vous dit quelque chose ?

— Personne n'a vu Nassir depuis plus d'une semaine et l'on suppose qu'il est parti. Quant à Zaher, il n'est pas vraiment considéré comme un chef ; il n'est là que pour la frime. Ces derniers temps, c'est une femme qui semble avoir été le plus en vue, une certaine Zaya Yateem. Elle parle couramment anglais et regarde les bulletins d'information télévisés.

— Comment est-elle physiquement ?

— Impossible de le savoir. Elle porte le voile.

— Qui d'autre ?

— Un jeune homme qui se tient généralement derrière elle et qui semble être son compagnon. Il a une arme soviétique... Je ne sais pas de quel modèle.

— Son nom ?

— On l'appelle simplement Azra.

— Bleu ? Comme la couleur ?

— Oui. Et à propos de couleurs, il y en a un autre, un homme aux cheveux prématurément gris..., ce qui est assez inhabituel pour un Arabe. On l'appelle Ahbyahd.

— Blanc, dit Evan.

— Il a été identifié comme un des membres du commando qui a détourné l'avion de la TWA à Beyrouth. Seulement sur une photographie ; son nom n'a jamais été révélé.

— Nassir ; Yateem, la femme ; Bleu et Blanc. Cela devrait suffire.

— Pour quoi ? demanda le praticien.

— Pour ce que je compte faire.

— Réfléchissez bien à ce que vous comptez faire, dit doucement le médecin en regardant Evan enfiler le pantalon flottant à ceinture élastique. Ahmat est tiraillé, car nous pourrions en apprendre beaucoup grâce à votre sacrifice, mais vous devez garder présent à l'esprit que vous risquez votre vie. Le sultan tient à ce que vous le sachiez.

— Je ne suis pas complètement idiot, dit Kendrick en mettant la chemise grise de l'uniforme de la prison et les sandales de cuir rigide. Si j'ai le sentiment que ma vie est en danger, j'appellerai au secours.

— Si vous faisiez cela, ils se jetteraient sur vous comme des bêtes sauvages ! Vous n'auriez pas dix secondes à vivre ; les secours ne pourraient pas arriver à temps !

— Très bien, dit Evan, convenons d'un code.

Tout en boutonnant la chemise de grosse toile, il fit des yeux le tour de la salle et son regard s'arrêta sur quelques radiographies accrochées à un fil.

— Si les gens de la table d'écoute m'entendent dire que des films sont sortis clandestinement de l'ambassade, intervenez tout de suite et faites-moi sortir. Vous avez bien compris ?

— Des films sortis clandestinement de l'ambassade.

— Très bien. Je ne le dirai, ou ne le crierai que si j'ai l'impression d'être en danger... Et maintenant, faites circuler la nouvelle de ma capture. Dites aux gardes de narguer les prisonniers en leur annonçant qu'Amal Bahrudi, le chef des terroristes islamiques pour l'Europe de l'Est, vient d'être arrêté à Oman. La brillante stratégie du sultan pour m'assurer une couverture provisoire peut m'être très utile. C'est mon passeport pour entrer dans leur univers abject.

— Elle n'a pas été conçue dans ce but.

— Mais elle est bien pratique, vous en conviendrez. On dirait presque qu'Ahmat y avait réfléchi avant moi. D'ailleurs, c'est possible. Pourquoi pas ?

— Ridicule ! protesta le médecin en levant les mains, les paumes tournées vers Evan. Écoutez-moi, nous pouvons multiplier à l'infini les théories et les hypothèses, mais nous ne pouvons rien garantir. Cette prison est gardée par des soldats et nous ne pouvons pas savoir ce qui se passe dans l'âme de chacun. Supposons que les terroristes aient des sympathisants. Regardez le spectacle de la rue, avec ces animaux qui attendent impatiemment la prochaine exécution et qui font des paris devant les grilles ! Tous les hommes en aba et toutes les recrues en uniforme ne portent pas les États-Unis dans leur cœur. Il y a trop d'histoires qui courent sur les préjugés anti-arabes dans votre pays.

— Ahmat m'a dit la même chose à propos de la garnison stationnée à Mascate. Mais au lieu de leur âme, il a parlé de leurs yeux.

— Les yeux sont le miroir de l'âme, *ya Shaikh,* et notre sultan avait bien raison. Nous vivons dans la crainte permanente de la trahison. Ces soldats sont jeunes, impressionnables, prompts à porter des jugements sur des offenses réelles ou imaginaires. Supposons encore, mais ce n'est qu'une supposition, que le K.G.B. décide, afin de rendre la situation encore plus explosive, d'envoyer un message disant : « Amal Bahrudi est mort. L'homme qui prétend être lui n'est qu'un imposteur ! » Vous n'auriez plus le temps de lancer une phrase codée ni un appel au secours. Et votre mort ne serait certainement pas des plus douces.

— Ahmat aurait dû penser à cela...

— Vous êtes injuste ! s'écria Faisal. Vous lui imputez des pensées qu'il n'a jamais eues ! Le nom d'emprunt de Bahrudi ne devait être utilisé que comme une tactique de diversion, comme dernière extrémité ! Le fait que de simples citoyens puissent affirmer publiquement avoir assisté à l'arrestation d'un terroriste dont ils avaient même entendu prononcer le nom devait créer la confusion : telle était la stratégie ! La confusion, la perplexité, l'indécision ! Ne fût-ce que pour retarder votre exécution de quelques heures, afin de nous donner le temps de vous faire sortir... Voilà quelles étaient les intentions d'Ahmat. Il ne s'agissait pas d'infiltration.

Evan s'appuya sur la table, les bras croisés, et considéra longuement le médecin.

— Dans ce cas, docteur, il y a quelque chose que je ne comprends vraiment pas. Je ne cherche pas la petite bête, mais il y a une lacune dans votre explication.

— Laquelle ?

— Si le fait de m'approprier l'identité d'un terroriste, un terroriste mort, devait me fournir une position de repli, pour reprendre vos propres termes...

— Une couverture provisoire, comme vous l'avez si justement dit, rectifia Faisal.

— Supposons maintenant — ce n'est qu'une supposition — que je n'aie pas été là, cette nuit, pour participer à la mise en scène de l'Al Kabir...

— Ce n'était pas prévu, répondit posément le médecin. Vous avez précipité les choses. Cela devait se produire non pas à minuit, mais au lever du jour, juste avant la prière du matin, tout près de la mosquée de Khor. La nouvelle de l'arrestation de Bahrudi devait se répandre dans les souks comme celle de l'arrivée d'une cargaison de marchandises de contrebande. C'est quelqu'un d'autre qui devait jouer le rôle de l'imposteur. Tel était le plan.

— Voilà une convergence d'objectifs propre à satisfaire toutes les parties, comme on dirait dans le jargon juridique. C'est le genre de charabia qu'on entend sans arrêt à Washington. Très profond.

— Je suis médecin, *ya Shaikh,* pas juriste.

— C'est certain, dit Evan avec un petit sourire. Mais je m'interroge sur notre ami commun du palais. Il voulait me parler d'Amal Bahrudi. Je me demande bien où cette discussion aurait pu nous mener.

— Il n'est pas juriste non plus.

— Pour diriger un pays, il faut avoir des connaissances dans tous les domaines, rétorqua Kendrick. Surtout par les temps qui courent... Mais nous perdons du temps, docteur. Abîmez-moi donc un peu le portrait. Pas les yeux ni la bouche, mais les joues et le menton. Et puis vous me tailladerez l'épaule et vous me mettrez un bandage. Mais laissez le sang couler...

— Je vous demande pardon !

— Vous ne vous imaginez pas que je vais le faire moi-même !

La pesante porte d'acier tourna lentement sur ses gonds, tirée par deux soldats qui placèrent aussitôt leur arme devant la plaque blindée, comme s'ils s'attendaient à un assaut des détenus. Un troisième gardien poussa violemment le prisonnier dont la blessure saignait encore à l'intérieur du gigantesque hall de béton faisant office de cellule collective. L'éclairage était parcimonieusement dispensé par des ampoules de faible puissance protégées par un treillis métallique boulonné au plafond. Un groupe de détenus se précipita aussitôt vers le nouvel arrivant et plusieurs d'entre eux prirent par les épaules l'homme défiguré et couvert de sang qui essayait maladroitement de se relever. D'autres se rassemblèrent devant l'imposante porte blindée et se mirent à discuter bruyamment, et à crier à tue-tête pour couvrir tout ce qui pourrait se dire dans l'immense salle.

— *Khaleebalak !* rugit en arabe le nouveau venu en agitant le bras droit pour se dégager avant d'écraser son poing sur la figure d'un jeune détenu dont la grimace de douleur découvrit une rangée de dents cariées. Par Allah, je brise le cou du premier imbécile qui pose la main sur moi ! poursuivit Kendrick en se redressant de toute sa taille, dépassant de dix bons centimètres le plus grand des terroristes.

— Nous sommes nombreux et tu es tout seul ! siffla le jeune homme humilié en se pinçant le nez pour empêcher le sang de couler.

— Vous êtes peut-être nombreux, mais vous aimez les boucs ! Vous êtes trop bêtes ! Écartez-vous de moi et laissez-moi réfléchir !

Sur ce, Evan repoussa du bras gauche ceux qui le tenaient encore, puis il donna un violent coup de coude dans la gorge du détenu le plus proche. Le poing droit encore serré, il pivota sur lui-même et projeta ses phalanges dans les yeux du prisonnier qui ne se méfiait pas.

Il ne se rappelait plus quand il avait frappé quelqu'un

pour la dernière fois, quand il avait physiquement donné des coups à un autre être humain. Si ses souvenirs confus étaient exacts, ce devait être au collège. Un garçon nommé Peter avait caché la boîte contenant le déjeuner de son meilleur ami, une boîte en fer-blanc sur laquelle étaient dessinés des personnages de Walt Disney. Comme son ami était petit et que ce Peter, dont il avait oublié le nom, était beaucoup plus grand, il l'avait provoqué. Emporté par la colère, il lui avait donné une telle raclée que le principal avait convoqué son père et les deux adultes s'étaient efforcés de lui expliquer qu'il avait eu tort. Un garçon de son gabarit ne devait pas se battre avec ses petits camarades. Ce n'était pas juste... Mais, monsieur ! Papa !... Rien à faire ; il avait été sévèrement puni. Mais quand ils avaient été seuls, son père lui avait dit : « Si cela doit t'arriver une autre fois, fiston, fais la même chose ! »

C'était le cas, maintenant ! Evan sentit derrière lui un bras se refermer autour de son cou. *La méthode de secourisme !* Pincer le nerf situé au-dessous du coude pour faire lâcher prise à un homme en train de se noyer. Comment cela lui était-il venu à l'esprit ? *Brevet supérieur de secourisme de la Croix-Rouge. L'argent de poche qu'il gagnait en été, au bord du lac.* Sentant la panique monter en lui, il glissa la main le long du bras de son agresseur jusqu'à la chair plus tendre qui se trouvait au-dessous du coude et il appuya de toutes ses forces. Le terroriste hurla de douleur. Evan baissa les épaules et fit passer par-dessus sa tête le détenu qui s'écrasa sur le sol cimenté.

— Quelqu'un en veut encore ? murmura le nouveau détenu d'une voix rauque en se ramassant sur lui-même. Vous n'êtes qu'une bande d'abrutis ! C'est à cause de vous que j'ai été capturé ! Je vous méprise, tous autant que vous êtes ! Et maintenant, laissez-moi tranquille ! Il faut que je réfléchisse !

— Qui es-tu pour nous insulter et nous donner des ordres ? hurla une sorte d'adolescent attardé, affligé d'un bec-de-lièvre.

C'était une scène digne de Kafka, avec ces prisonniers à moitié fous, portés à la violence, mais redoutant confusément un châtiment encore plus brutal de la part des gardiens. Les murmures se transformèrent en ordres gutturaux et les injures étouffées en cris provocants, tandis que des têtes se tournaient sans cesse vers la porte pour s'assurer que le brouhaha de voix empêchait tout ce qui se disait de tomber dans des oreilles ennemies.

— Je suis qui je suis ! Les chèvres que vous êtes n'ont pas besoin d'en savoir plus !

— Les gardiens nous ont donné ton nom ! bredouilla un barbu d'une trentaine d'années, aux cheveux longs et graisseux, en mettant ses mains en porte-voix, comme pour assourdir ses paroles. « Il s'appelle Amal Bahrudi ! Le fidèle entre les fidèles ! Il vient de Berlin-Est et nous l'avons capturé ! » Et après ? Que représentes-tu pour nous ? Je n'aime pas ta gueule, Bahrudi ! Elle me paraît bizarre, ta gueule ! Nous n'avons rien à faire ici d'un Amal Bahrudi !

Kendrick tourna les yeux vers la porte et le groupe de détenus jacassant avec animation. Il fit un pas en avant et poursuivit de la même voix rauque :

— Je suis envoyé par des gens beaucoup plus importants que ceux qui sont ici ou à l'intérieur de l'ambassade. Beaucoup, beaucoup plus importants ! Et maintenant, pour la dernière fois, laissez-moi réfléchir ! J'ai des renseignements à faire sortir d'ici...

— Si tu essaies de faire cela, nous allons tous nous retrouver devant un peloton d'exécution ! s'écria d'une voix sifflante un jeune détenu trapu et très soigné de sa personne, mais dont le pantalon était bizarrement souillé de taches d'urine.

— Et cela t'ennuie ? demanda Evan d'une voix basse et vibrante de mépris en se tournant vers le terroriste et en se disant que le moment était venu d'établir son credo. Dis-moi, mon mignon, as-tu peur de mourir ?

— Seulement parce que je ne pourrais plus servir notre cause ! rétorqua vivement le jeune homme pour se justifier tout en jetant autour de lui des regards nerveux.

Il y eut quelques murmures d'approbation et quelques hochements de tête, réflexe de ceux qui étaient assez près pour avoir entendu. Kendrick se demanda si un tel écart par rapport aux règles du fanatisme était courant.

— Ne parle pas si fort, idiot ! dit-il d'un ton tranchant. Ton martyre sera suffisant !

Puis il se retourna et se fraya un passage au milieu des détenus qui s'écartaient en hésitant. Il se dirigea vers l'endroit où une fenêtre rectangulaire munie de barreaux de fer scellés dans le béton perçait le mur de l'immense cellule.

— Pas si vite !

La voix rude, à peine audible dans le vacarme, venait des derniers rangs de la foule. Un homme massif et barbu s'avança. Ceux qui se trouvaient devant lui s'écartèrent avec la désinvolture dont on fait montre à l'égard d'un contremaître ou d'un sous-officier, mais pas d'un officier supérieur ni d'un directeur. Evan se demanda si quelqu'un d'autre détenait une plus grande autorité dans la cellule collective. Quelqu'un qui l'observait attentivement et donnait discrètement des ordres.

— Qu'y a-t-il ? demanda Kendrick d'un ton mordant.

— Moi non plus, je n'aime pas ta tête ! Je n'aime pas ta dégaine ! Et cela me suffit !

— Te suffit pour quoi ? demanda Evan avec un haussement d'épaules dédaigneux en se penchant vers le mur et en refermant les mains sur les barreaux d'acier de la petite fenêtre qui donnait sur une cour éclairée par des projecteurs.

— Tourne-toi ! ordonna le sous-officier derrière sa nuque.

— Je me tournerai quand j'en aurai envie, répondit Kendrick en se demandant si l'autre l'avait entendu.

— Tout de suite, riposta l'homme sans hausser la voix plus que lui.

L'avertissement fut aussitôt suivi par le choc d'une main vigoureuse s'écrasant sur l'épaule droite d'Evan et pétrissant la chair tout autour de sa blessure.

— Ne me touche pas, c'est un ordre ! cria Kendrick sans se retourner, mais en serrant de toutes ses forces les barreaux d'acier pour ne pas montrer sa douleur.

Tous ses sens étaient à l'affût d'une réaction... Et elle vint. Les doigts qui pressaient sa chair relâchèrent brusquement leur étreinte. La main s'écarta une fraction de seconde, puis revint se poser en hésitant sur son épaule. Evan avait appris ce qu'il voulait : le sous-officier-chef savait donner des ordres avec brusquerie, mais il savait aussi en recevoir et les exécutait avec promptitude quand ils étaient lancés par une voix autoritaire. Il n'était donc pas le véritable chef de la cellule. Il était haut placé dans la hiérarchie, mais pas au sommet. Y avait-il quelqu'un d'autre ? Une autre expérience était nécessaire.

Kendrick restait raide. Puis, sans que rien le laisse prévoir, il pivota brusquement sur sa droite, dégageant son épaule et déséquilibrant brutalement le terroriste.

— Très bien ! souffla-t-il d'un ton accusateur. Explique-moi ce qui ne te plaît pas chez moi ! Je transmettrai ton jugement à qui de droit. Je suis sûr que cela les intéressera, car ils aimeraient bien savoir qui porte des jugements à Mascate ! Des jugements qui, pour beaucoup, ne sont que des conneries, poursuivit-il d'une voix menaçante après quelques secondes de silence. Qu'y a-t-il, imbécile ? Qu'est-ce qui ne te plaît pas chez moi ?

— Je ne porte pas de jugement ! s'écria le terroriste musculeux avec la même note d'inquiétude dans la voix que le jeune homme redoutant le peloton d'exécution.

Mais, aussi brusquement qu'il avait perdu son sang-froid, le sous-officier, craignant d'avoir parlé trop fort, retrouva son calme soupçonneux.

— Tu es un beau parleur, reprit-il d'une voix basse et rauque, en plissant les yeux, mais cela n'impressionne personne. Nous ne savons ni qui tu es ni d'où tu viens. Tu n'es même pas comme nous. Tu as l'air différent.

— Je fréquente des milieux où tu ne seras jamais accepté. Où tu ne peux pas être accepté.

— Il a les yeux clairs !

Le cri étouffé venait du barbu aux cheveux longs qui penchait légèrement la tête sur le côté pour mieux voir.

— C'est un mouchard ! Il est venu pour nous espionner !

Les autres se rapprochèrent, le regard rivé sur le nouveau venu dont la présence devenait soudain plus menaçante. Kendrick tourna lentement la tête vers son accusateur.

— Tes yeux seraient peut-être de la même couleur si tu avais un grand-père européen. Si j'avais voulu en changer la couleur pour vous satisfaire, quelques gouttes d'un produit auraient suffi pour une semaine. Mais il va de soi que vous n'avez jamais entendu parler de ce genre de techniques !

— Tu as réponse à tout, hein ? ricana le sous-officier. Les menteurs ont la langue bien pendue, car les mots ne coûtent pas trop cher.

— Ils peuvent coûter la vie, répliqua Kendrick en passant en revue les visages qui l'entouraient. Mais je n'ai nullement l'intention de perdre la mienne.

— As-tu donc peur de mourir, toi aussi ? lança le jeune terroriste au pantalon taché.

— Tu as répondu toi-même à cette question. Je n'ai pas peur de mourir, pas plus qu'aucun d'entre nous, mais j'ai peur de ne pas pouvoir accomplir ce dont j'ai été chargé. Et ce serait très grave... pour notre cause sacrée.

— Encore des mots ! souffla le sous-officier, agacé de constater qu'un nombre croissant de détenus écoutaient l'inconnu à la langue trop bien pendue. Qu'est-ce que tu as donc à accomplir à Mascate ? Puisque nous sommes si bêtes, explique-nous, éclaire-nous !

— Je ne parlerai qu'à ceux que l'on m'a demandé de trouver. À personne d'autre.

— Moi, je crois que tu devrais me parler, poursuivit d'un ton menaçant le terroriste à la silhouette massive en s'approchant de l'Américain. Nous ne te connaissons pas, mais, toi, tu nous connais peut-être. Cela te donne un avantage qui ne me plaît pas.

— Moi, c'est ta stupidité qui ne me plaît pas, riposta Kendrick en levant une main vers son oreille et en tendant l'autre dans la direction du groupe bruyant rassemblé devant la porte. Tu ne comprends donc pas ! souffla-t-il au visage du Palestinien. On pourrait t'entendre ! Reconnais que tu es stupide !

— Bien sûr que nous sommes stupides, dit l'homme en tournant la tête vers un visage invisible, caché quelque part à l'intérieur de l'immense cellule.

Evan essaya de suivre la direction de son regard. Il distingua par-dessus les têtes des prisonniers une rangée de toilettes, tout au fond de la salle. Plusieurs étaient occupées par des détenus qui ne perdaient pas une miette du spectacle. D'autres prisonniers, mus par la curiosité, faisaient d'incessantes allées et venues entre le groupe vociférant rassemblé devant la porte et celui qui entourait le nouvel arrivant.

— Tu es sans doute un être supérieur, mais nous avons des méthodes pour vaincre notre stupidité, reprit le robuste terroriste d'un ton railleur. Il faut savoir reconnaître les mérites des inférieurs pour ce genre de choses.

— Je ne reconnais les mérites que lorsque je le juge bon...

— Eh bien, moi, je juge que le moment est venu de régler nos comptes !

Le terroriste leva brusquement son bras gauche. C'était un signal et plusieurs voix s'élevèrent, entonnant un chant islamique, imitées aussitôt par une douzaine d'autres, puis par l'ensemble des détenus. La vaste cellule s'emplit de l'écho d'une cinquantaine de voix chantant les louanges d'Allah. Puis tout se précipita. Un sacrifice allait s'accomplir.

Evan sentit plusieurs corps s'abattre sur lui et des poings lui marteler le ventre et le visage. Il ne pouvait crier, car une main s'était refermée sur sa bouche et des doigts tiraient sur sa peau avec une telle violence qu'il crut qu'on allait lui arracher la bouche. La douleur était atroce. Puis, tout aussi brusquement, l'étreinte se relâcha et sa bouche fut libérée.

— Parle ! aboya dans l'oreille de Kendrick le terroriste dont le cri fut noyé dans le chant islamique qui allait crescendo. Qui es-tu ? De quel pays maudit viens-tu ?

— Je suis qui je suis ! hurla Evan en grimaçant et en s'obligeant à résister le plus longtemps possible.

Connaissant l'âme arabe comme il la connaissait, il savait que, par respect pour la mort d'un ennemi, il se ferait quelques secondes de silence avant que le coup mortel lui soit assené. Ce serait suffisant. L'islam révérait la mort, celle d'un ami tout comme celle d'un ennemi, et il aurait besoin de ces précieuses secondes ! Il fallait absolument avertir les gardiens ! Bon Dieu ! Ils allaient le tuer ! Un poing s'écrasa sur ses testicules... Quand allaient-ils arrêter, quand disposerait-il enfin de ces quelques secondes de répit ?

Un visage flou lui apparut soudain, qui se penchait sur

lui pour l'observer de plus près. Il reçut un coup de pied dans les reins, mais parvint à contenir un cri de douleur. Il ne pouvait pas se permettre de crier.

— Arrêtez ! ordonna la voix de l'homme aux traits indistincts. Enlevez-lui sa chemise. Je veux regarder son cou. On dit qu'il a une marque qui ne s'en ira jamais.

Evan sentit qu'on tirait sur le tissu de sa chemise et il retint son souffle, sachant que le pire était à venir. Il n'avait pas de cicatrice au cou.

— C'est bien Amal Bahrudi, déclara l'homme penché sur lui.

À moitié assommé, Kendrick fut stupéfait en entendant ces mots.

— Que cherches-tu ? demanda avec fureur le terroriste râblé.

— Ce qui n'est pas là, répondit la silhouette floue. Le signalement de Bahrudi qui circule dans toute l'Europe mentionne une cicatrice sur la gorge. Toutes les polices sont en possession d'une photographie où l'on distingue mal son visage, mais où l'on voit très clairement sur son cou la marque laissée par un coup de couteau. C'est sa meilleure couverture, un déguisement ingénieux.

— Je n'y comprends rien ! hurla le terroriste trapu au milieu des chants assourdissants. Quel déguisement ? Quelle cicatrice ?

— Une marque qui n'a jamais été faite, une cicatrice qui n'a jamais existé. Tout le monde cherche un leurre. Voici Bahrudi, l'homme aux yeux bleus qui supporte la douleur en silence, le fidèle entre les fidèles qui court les capitales occidentales en passant inaperçu grâce aux gènes de son grand-père. La police d'Oman a dû être avertie de son arrivée, mais il sera relâché demain matin, et avec des excuses officielles. Tu vois, il n'a pas de cicatrice sur la gorge.

Malgré la douleur atroce qui lui brouillait les idées, Evan sentit que le moment de réagir était venu. Il força ses lèvres en feu à esquisser un sourire et ses yeux à se fixer sur la silhouette aux contours flous.

— Voilà enfin un homme sain d'esprit, articula-t-il avec une grimace de douleur. Aidez-moi à me lever et éloignez-les de moi avant qu'il ne soit trop tard.

— C'est Amal Bahrudi qui parle ? demanda l'inconnu en tendant la main. Laissez-le se relever.

— Non ! rugit le terroriste râblé en plaquant les épaules de Kendrick au sol. Ce que tu dis n'a ni queue ni tête ! Il serait celui qu'il prétend être à cause d'une cicatrice qui n'existe pas ! Qu'est-ce que ça veut dire ?

— Je saurai s'il ment, répondit l'inconnu dont Evan commençait à distinguer le visage avec plus de netteté.

Le visage émacié était celui d'un homme d'une vingtaine d'années, avec des pommettes hautes, des yeux noirs et ardents exprimant l'intelligence, et un nez droit et pointu. Il avait un corps mince, presque maigre, mais il émanait de lui une impression de souplesse et de grande vigueur. Il était légèrement penché sur Kendrick et les muscles de son cou saillaient comme des cordes.

— Laisse-le se relever, répéta le jeune terroriste d'une voix froide et autoritaire. Et demande aux autres de cesser de chanter, petit à petit, mais dis-leur de continuer à discuter entre eux. Tout doit sembler normal, même ces discussions incessantes qu'il n'y a pas besoin d'encourager.

Furieux, le sous-officier plaqua une dernière fois les épaules de Kendrick contre le sol de ciment, si violemment que sa blessure se rouvrit et que le sang se remit à couler. Puis il se releva et s'éloigna pour transmettre les ordres.

— Merci, dit Evan dans un souffle.

Il s'agenouilla en tremblant et en grimaçant. Tout son corps le faisait horriblement souffrir et semblait n'être qu'une immense plaie.

— Une minute de plus et j'aurais rejoint Allah, dit-il.

— Comme cela peut encore arriver, je ne me donnerai pas la peine d'empêcher le sang de votre épaule de couler, dit le jeune Palestinien en aidant Kendrick à s'adosser au mur et à étendre les jambes. Je ne sais pas si vous êtes véritablement Amal Bahrudi ou non. J'ai simplement agi d'instinct. D'après les descriptions que l'on m'a faites de lui, c'est possible, et l'arabe que vous parlez semble le confirmer. De plus, vous avez su résister à un traitement particulièrement violent, alors qu'un seul geste de soumission de votre part aurait signifié que vous étiez disposé à répondre à ce que l'on vous demandait. Mais vous êtes resté intraitable et vous saviez que vous pouviez mourir étranglé... Ce n'est pas l'attitude d'un mouchard, car il tient trop à sa vie terrestre. C'est plutôt celle de l'un des nôtres, qui refuse de faire quoi que ce soit contre notre cause, car elle est sacrée, comme vous l'avez dit. Elle est éminemment sacrée !

Bon Dieu ! songea Kendrick en prenant l'expression résolue d'un partisan dévoué. Comme tu te trompes ! Si j'avais pensé... si j'avais été en état de penser...

— Comment vous convaincre définitivement ? demanda-t-il. Je vous répète que je refuse de révéler ce que je ne dois pas révéler.

Il s'interrompit et porta la main à sa gorge serrée.

— Vous pouvez même reprendre le passage à tabac et m'étrangler, si cela vous chante.

— Je n'en attendais pas moins de vous, dit le jeune terroriste au regard pénétrant en s'accroupissant devant Evan. Mais vous pouvez quand même me dire pourquoi vous êtes venu ici. Pourquoi vous a-t-on envoyé à Mascate ? Qui vous a-t-on demandé de trouver ? Votre vie dépend de vos réponses, Amal Bahrudi, et je serai seul juge.

Il avait donc vu juste. Il avait si peu de chances d'avoir raison, et pourtant il avait vu juste.

Et maintenant s'évader. Il devait s'évader en compagnie de ce jeune tueur dévoué à sa cause sacrée.

7

Kendrick fixa le Palestinien comme s'il avait vraiment la conviction que les yeux étaient le miroir de l'âme. Mais les siens étaient trop tuméfiés pour révéler autre chose qu'une insupportable douleur physique. *Le reste des micros est dissimulé dans le mécanisme des chasses d'eau des toilettes,* lui avait dit le docteur Faisal.

— On m'a envoyé vous avertir que parmi ceux qui occupent l'ambassade il y a des traîtres.

— Des traîtres ?

Le terroriste accroupi devant Evan demeura immobile ; seule une légère tension des muscles du visage trahit son émotion.

— C'est impossible, déclara-t-il après avoir longuement scruté le visage d'Amal Bahrudi.

— Je crains que non, dit Kendrick. J'en ai vu les preuves.

— En quoi consistaient-elles ?

Evan grimaça et porta à son épaule blessée une main qui fut aussitôt couverte de sang.

— Si vous ne vous occupez pas de ma blessure, je vais le faire moi-même, dit-il en commençant à se redresser contre le mur.

— Ne bougez pas ! ordonna le jeune Palestinien.

— Pourquoi devrais-je vous obéir ? Comment savoir si vous n'êtes pas un de ces traîtres qui amassent de l'argent sur notre dos ?

— De l'argent ?... Quel argent ?

— Vous ne le saurez pas avant que je sois certain d'avoir le droit de vous le révéler.

Evan s'appuya de nouveau contre le mur et, les mains posées par terre, essaya de se remettre debout.

— Vous parlez comme un homme, mais vous n'êtes qu'un enfant, dit-il.

— J'ai grandi vite, répliqua le terroriste en le forçant à se rasseoir. Comme beaucoup d'entre nous.

— Eh bien, prouvez-le ! Si vous me laissez me vider de mon sang, vous n'apprendrez rien !

Kendrick déchira l'étoffe imbibée de sang et regarda son épaule.

— C'est dégueulasse, dit-il en secouant la tête. La plaie va s'infecter, grâce à ces animaux que sont vos amis !

— Ce ne sont pas des animaux et ce ne sont pas des amis. Ce sont mes frères.

— Vous ferez de la poésie quand vous serez seul ; moi, je n'ai pas de temps à perdre. Il y a de l'eau ici... de l'eau *propre* ?

— Dans les toilettes, répondit le Palestinien. Il y a un lavabo.

— Aidez-moi à me lever.

— Non ! Quelle preuve avons-nous ? Qui êtes-vous venu chercher ?

— Idiot ! s'écria Kendrick. Bon... Où est Nassir ? Tout le monde se demande où il est passé.

— Il est mort, répondit le jeune homme en conservant un visage impassible.

— *Quoi ?*

— Un Marine a sauté sur lui, l'a désarmé et l'a abattu. L'Américain est mort tout de suite après.

— Personne ne l'a su...

— Qu'aurions-nous pu dire d'utile ? riposta le terroriste. Faire un martyr d'un homme tué par un seul ennemi ? Révéler que l'un des nôtres s'était fait surprendre ? Nous ne faisons pas étalage de la faiblesse.

— Nassir était faible ? demanda Kendrick en percevant une pointe de tristesse dans la voix du jeune tueur.

— C'était un théoricien. Il n'a pas su se montrer à la hauteur de sa tâche.

— Un théoricien ? répéta Evan en haussant les sourcils.

— Il était incapable de déterminer quand la discussion stérile doit céder le pas à l'action concrète, quand la force doit se substituer à la parole. Nassir parlait trop, expliquait trop.

— Pas vous ?

— Ce n'est pas de moi qu'il s'agit, mais de vous ! Quelle preuve d'une trahison détenez-vous ?

— Yateem, dit Kendrick sans répondre à la question. Zaya Yateem. On m'a dit que...

— Yateem, nous trahir ? s'écria le terroriste d'un ton furieux.

— Je n'ai pas dit cela.

— Qu'alliez-vous dire ?

— On m'a dit qu'elle était digne de confiance...

— Beaucoup plus que cela, Amal Bahrudi ! souffla le Palestinien en saisissant Evan par ce qui restait du col de sa chemise. Elle est dévouée corps et âme à notre cause !

Elle est infatigable et se dépense plus que n'importe lequel d'entre nous !

— Elle parle anglais, dit Kendrick qui avait senti une émotion nouvelle dans la voix du jeune homme.

— Moi aussi, je parle anglais ! s'écria le terroriste en lâchant son prisonnier.

— Eh bien, moi aussi, dit calmement Evan en faisant du regard le tour des détenus rassemblés par petits groupes et, pour la plupart, tournés vers lui. Nous pouvons peut-être parler anglais, maintenant, ajouta-t-il en baissant de nouveau les yeux sur son épaule. Je ne suis évidemment pas en mesure de vous fournir la preuve que vous exigez, mais je peux vous raconter ce que j'ai vu de mes propres yeux... à Berlin. Ce sera ensuite à vous de décider si je dis la vérité ou non... Puisque vous êtes si fort. Mais je ne veux pas que les animaux que vous appelez vos frères comprennent ce que je dis.

— Vous êtes trop arrogant et votre situation ne se prête pas à l'arrogance !

— Je suis qui je suis...

— Vous l'avez déjà dit ! ricana le Palestinien. D'accord, parlons l'anglais, ajouta-t-il avec un petit signe de la tête. Vous avez cité Yateem. Qu'avez-vous à dire sur elle ?

— Vous avez cru que je voulais l'accuser de vous trahir.

— Qui ose prétendre... ?

— C'est le contraire que je voulais dire, affirma Kendrick avec une nouvelle grimace en portant la main à son épaule. On lui fait confiance, on peut même dire qu'on la porte aux nues. Elle donne toute satisfaction. Après Nassir, c'est elle que je devais trouver.

Evan étouffa un petit cri de douleur.

— Si elle aussi avait été tuée, poursuivit-il dans un souffle, je devais chercher un certain Azra. Et, si lui aussi avait disparu, un homme aux cheveux grisonnants nommé Ahbyahd.

— Je suis Azra ! s'écria le Palestinien au regard de braise. Je suis celui que l'on appelle Bleu !

Dans le mille ! songea Kendrick en fixant sur le jeune terroriste un regard perplexe.

— Mais vous êtes prisonnier... Vous n'êtes pas à l'ambassade...

— C'est une décision de notre conseil opérationnel. Dirigé par Yateem.

— Je ne comprends pas.

— Nous avons été prévenus que certains des nôtres avaient été arrêtés et maintenus en isolement... qu'ils étaient torturés, soudoyés ou brisés d'une manière quelconque afin de livrer des renseignements à l'ennemi. Nous avons donc décidé lors d'une réunion du conseil que le plus déterminé d'entre nous se laisserait capturer pour organiser la résistance des détenus.

— Et c'est vous qu'ils ont choisi ? C'est vous qu'*elle* a choisi ?

— Elle savait ce qu'elle faisait. Zaya est ma sœur ; je suis son frère de sang. Elle est aussi certaine de ma dévotion à la cause que je le suis de la sienne. Nous lutterons ensemble jusqu'à la mort, car la mort est notre passé.

J'ai tiré le gros lot, se dit Evan en se cambrant. Sa tête heurta le mur de béton et il laissa son regard courir le long du plafond où s'alignaient les ampoules nues derrière leur treillis métallique.

— J'ai donc découvert celui que je cherchais dans le lieu le plus invraisemblable qui soit. Peut-être Allah nous a-t-il abandonnés, après tout.

— Qu'Allah aille au diable ! s'écria Azra, au grand étonnement de Kendrick. Vous serez relâché demain matin : vous n'avez pas de cicatrice à la gorge.

— N'en soyez pas si sûr, répliqua Evan en faisant une nouvelle grimace. Disons simplement que l'on a réussi à établir que la photo qui me représentait a été prise à Rome, dans une cellule du Jihad, et que l'on met en doute l'authenticité de la cicatrice. Ils sont à la recherche de mes médecins et de mes dentistes à Riyad et à Manâma. S'ils découvrent quelque chose, je me retrouverai devant un bourreau israélien... Mais ce n'est pas votre affaire et, pour être franc, cela ne me préoccupe pas beaucoup en ce moment.

— Je dois reconnaître que votre courage égale votre arrogance.

— Je vous ai déjà demandé d'attendre d'être seul pour

faire de la poésie, rétorqua Kendrick. Si vous êtes bien Azra, le frère de Yateem, vous avez besoin de renseignements. Vous devez savoir ce que j'ai vu à Berlin.

— La preuve d'une trahison ?

— Sinon d'une trahison, au moins d'une effrayante stupidité, ou même d'une impardonnable cupidité. Ce qui n'est rien de moins que de la trahison.

Evan essaya encore une fois de se relever en s'appuyant au mur, mais, cette fois, le jeune terroriste le laissa faire.

— Aidez-moi, bon Dieu ! Comment voulez-vous que je réfléchisse ? Il faut que je nettoie cette blessure et que je me lave le visage.

— Très bien, dit Azra après un instant d'hésitation et malgré la vive curiosité qui brillait dans ses yeux. Appuyez-vous sur moi, ajouta-t-il sans enthousiasme.

— Je vous ai simplement demandé de m'aider à me relever, dit Kendrick en dégageant son bras dès qu'il fut debout. Je peux marcher tout seul, merci. Je n'ai pas besoin de l'aide de gamins ignorants.

— Vous aurez peut-être besoin de plus d'aide que je ne suis disposé à vous en offrir...

— J'avais oublié, dit Kendrick en se dirigeant d'un pas chancelant vers la rangée de toilettes et le lavabo. Notre étudiant est un juge tout-puissant, il est le bras droit de cet Allah qu'il envoie au diable !

— Comprenez bien ceci, homme de foi, dit Azra d'une voix ferme sans s'écarter de l'arrogant étranger. La guerre que je mène n'est ni pour ni contre Allah, Abraham ou le Christ. C'est un combat pour survivre, pour obtenir le droit de vivre comme un être humain malgré ceux qui veulent me détruire avec leurs armes et avec leurs lois. Je parle au nom d'un grand nombre d'entre nous quand je dis : réjouissez-vous de votre foi, vivez-la, mais ne m'écrasez pas avec elle. J'ai assez à faire en essayant simplement de rester en vie, ne fût-ce que pour combattre un jour de plus.

Kendrick tourna la tête vers le jeune terroriste exalté.

— Je me demande si je dois continuer de parler avec vous, dit-il en plissant ses yeux gonflés. Je me demande si vous êtes bien celui que l'on m'a demandé de trouver.

— Croyez-le, répondit le Palestinien. Dans notre lutte,

des arrangements se font entre des individus très différents, dont les objectifs sont très divers, mais qui, tous, avec des motivations très égoïstes, essaient de prendre tout ce qu'ils peuvent. Ensemble, nous pouvons accomplir beaucoup plus pour nos différentes causes que nous ne le ferions séparément.

— Nous nous comprenons, dit Kendrick d'une voix neutre.

Ils arrivèrent devant le lavabo de fer rouillé. Evan ouvrit en grand l'unique robinet d'eau froide, puis, se rendant compte du bruit que faisait l'eau en coulant, il le referma à moitié et plongea ses mains et son visage sous le jet. Il s'aspergea tout le haut du corps en insistant sur la plaie de son épaule et laissa longuement l'eau couler sur son visage. Il sentait croître l'impatience d'Azra et voyait du coin de l'œil le Palestinien se balancer d'une jambe sur l'autre. Il savait que le moment allait venir. *Le reste des micros est dissimulé dans le mécanisme des chasses d'eau des toilettes.* Le moment était venu.

— Ça suffit ! gronda le terroriste excédé en refermant la main sur l'épaule valide de Kendrick et en l'écartant du lavabo. Dites-moi ce que vous savez, ce que vous avez vu à Berlin ! Tout de suite ! Quelle est la preuve de la trahison... de la stupidité... ou de la cupidité ? Quelle est cette preuve ?

— Plusieurs personnes sont certainement impliquées, commença Evan.

Il s'interrompit et se mit à tousser, de plus en plus violemment, et à trembler de tous ses membres.

— Ceux qui partent les font sortir...

Il se plia brusquement en deux, porta la main à sa bouche et se précipita vers le premier cabinet à gauche du lavabo crasseux.

— Je vais dégueuler ! cria-t-il en s'agrippant des deux mains au bord de la cuvette.

— Qu'est-ce qu'ils font sortir ?

— Des films ! cria Evan en tournant la tête vers le réservoir de la chasse. Des films qui sortent clandestinement de l'ambassade !... Et ils les vendent !

— Des films ? Des pellicules photographiques ?

— J'ai mis la main sur deux rouleaux ! Je les ai achetés ! Il y a des visages, les méthodes employées...

Des sonneries stridentes couvrirent la fin de sa phrase. Le signal assourdissant d'une alerte se répercuta sur les murs de béton de la gigantesque cellule, tandis que des gardiens armés jusqu'aux dents se précipitaient à l'intérieur et tournaient fébrilement la tête de tous les côtés. En quelques secondes, ils découvrirent ce qu'ils cherchaient et six d'entre eux se ruèrent vers les toilettes.

— Jamais ! hurla le détenu incarcéré sous le nom d'Amal Bahrudi. Tuez-moi si vous voulez, mais vous ne saurez rien, car vous n'êtes rien !

— Il se jeta sur les deux premiers gardiens surpris, qui pensaient voler au secours d'un mouchard sur le point d'être liquidé. Kendrick lança ses deux bras en avant et ses poings s'écrasèrent sur le visage des deux militaires pétrifiés.

Par bonheur, un troisième fracassa aussitôt la crosse de son fusil sur le crâne d'Amal Bahrudi.

Tout n'était encore que ténèbres, mais il savait qu'il était étendu sur la table d'examen du laboratoire de la prison. Il sentait les compresses froides sur ses yeux et des poches de glace sur différentes parties de son corps. Il leva la main et enleva les épaisses compresses humides. Il discerna plusieurs visages penchés sur lui, des visages qui exprimaient l'incompréhension et la colère. Mais il n'avait pas de temps à perdre en explications.

— Faisal ? demanda-t-il en arabe d'une voix étranglée. Où est Faisal, le médecin ?

— Je suis là, répondit l'Omanais en anglais. Devant votre pied droit. Je suis en train de nettoyer une drôle de plaie. On dirait que vous avez été mordu.

— Je vois encore ses dents, dit Evan dans la même langue. On aurait dit celles d'un poisson-scie. Mais en plus jaune.

— L'alimentation n'est pas toujours satisfaisante dans notre région.

— Faites sortir tout le monde, docteur. Tout de suite. Nous devons discuter et nous n'avons pas de temps à perdre !

— Après ce que vous avez fait dans la cellule, je doute qu'ils aient envie de sortir et je me demande si j'ai envie de les voir partir. Êtes-vous complètement fou ? Ils sont intervenus pour vous sauver la vie et vous avez fracturé le nez d'un gardien et fait sauter le bridge d'un autre.

— Il fallait que je sois convaincant. Dites-leur que... Non, ne leur dites rien. Pas encore. Faites-les sortir. Dites-leur ce que vous voulez, mais nous devons rester seuls. Et puis vous appellerez Ahmat... Je suis là depuis combien de temps ?

— Près d'une heure.

— Bon Dieu ! Quelle heure est-il ?

— Quatre heures et quart.

— Dépêchez-vous ! Faites-les sortir, vite !

Faisal renvoya les soldats avec quelques paroles apaisantes en leur disant qu'il y avait certaines choses qu'il ne pouvait leur expliquer. Au moment où le dernier franchissait la porte du laboratoire, il se retourna, sortit son automatique de son étui et le tendit au médecin.

— Faut-il que je vous tienne en joue pendant que nous parlons ? demanda Faisal quand le soldat eut refermé la porte.

— Je veux en effet qu'avant le lever du soleil un certain nombre d'armes soient braquées sur moi, dit Kendrick en écartant les poches de glace et en se mettant péniblement sur son séant avant de balancer les jambes sur le côté de la table. Mais il faut que leur tir soit imprécis.

— Qu'est-ce que vous racontez ? Vous ne parlez pas sérieusement ?

— Je vais m'évader. Ahmat doit organiser une évasion.

— Quoi ? Mais vous êtes fou !

— Je n'ai jamais été plus sain d'esprit, docteur, et jamais plus sérieux. Choisissez deux ou trois de vos meilleurs hommes, c'est-à-dire des hommes en qui vous avez une confiance absolue, et mettez au point un transfert de prisonniers.

— Un transfert ?

Evan secoua la tête et plissa des yeux encore gonflés malgré les compresses froides. Il cherchait les mots qu'il fallait pour convaincre le médecin du sultan.

— En d'autres termes, reprit-il, disons que quelqu'un

a décidé de transférer quelques prisonniers d'ici à un autre lieu de détention.

— Mais qui ferait cela ? Et pourquoi ?

— Personne ! Vous organisez le transfert, c'est tout. Vous n'avez pas d'explications à donner. Avez-vous des photos des détenus ?

— Bien sûr. Cela fait partie de la procédure normale d'arrestation, mais les noms ne veulent rien dire. Quand ils acceptent d'en donner un, il est toujours faux.

— Montrez-moi toutes les photos. Je vous dirai lesquels choisir.

— Choisir ? Pour quoi faire ?

— Pour le transfert. Ceux que vous allez transférer ailleurs.

— Mais où ? Je ne comprends rien à ce que vous racontez !

— C'est parce que vous n'écoutez pas. Pendant le trajet, dans une ruelle, ou sur une route mal éclairée à l'extérieur de la ville, nous maîtriserons les gardiens et nous nous évaderons.

— Pourquoi dites-vous « nous » ?

— Parce que je ferai partie des prisonniers qui s'évaderont. Je vais retourner dans la cellule.

— C'est de la folie furieuse ! s'exclama Faisal.

— Au contraire, répliqua Evan. Il y a parmi les détenus un homme qui peut me conduire là où je dois aller. Qui peut *nous* conduire là où *nous* devons aller ! Allez me chercher les photos de la police et appelez Ahmat au 555. Racontez-lui tout ce que je viens de vous dire... Il comprendra. Il comprendra d'autant plus facilement que c'est ce que son esprit tortueux a dû manigancer depuis le début !

— Peut-être en va-t-il de même pour vous, *ya Shaikh.*

— Peut-être. Mais peut-être avais-je juste envie d'en rejeter la responsabilité sur quelqu'un d'autre. Je ne suis pas coulé dans ce moule.

— Alors, il y a quelque chose en vous qui vous pousse, qui remodèle celui que vous étiez. Ce sont des choses qui arrivent.

Evan surprit le regard empreint de douceur du médecin omanais.

— Oui, dit-il, ce sont des choses qui arrivent.

Une image s'imposa soudain à son esprit. Celle d'une silhouette ténébreuse sortant d'un enfer souterrain. Des tourbillons de fumée enveloppaient l'apparition immobile au milieu d'une pluie de décombres dont le fracas couvrait les hurlements des victimes ensevelies. *Le Mahdi.* Assassin de femmes et d'enfants, d'amis si chers, partageant la même vision, sa famille... la seule famille qu'il eût jamais voulue. Tous disparus, tous morts. Leur vision commune emportée dans le nuage de fumée de l'explosion, jusqu'à ce qu'il ne subsiste plus que le froid et les ténèbres. *Le Mahdi !*

— Oui, répéta doucement Evan en passant la main sur son front, ce sont des choses qui arrivent. Allez me chercher les photos et appelez Ahmat. Je veux être de retour dans la cellule dans vingt minutes et en ressortir dix minutes plus tard. Faites vite !

Ahmat, sultan d'Oman, encore vêtu de son pantalon et du tee-shirt des New England Patriots, était assis dans un fauteuil à haut dossier. Sur le pied droit de son bureau clignotait la lumière rouge indiquant qu'il était en communication sur sa ligne privée.

— Ainsi donc cela s'est réalisé, Faisal, dit-il d'une voix calme. Allah soit loué !

— Il m'a dit que vous vous y attendiez, poursuivit le médecin d'un ton perplexe.

— C'est un peu trop fort, mon vieil ami. Disons plutôt que je l'espérais.

— Je vous ai opéré des amygdales, puissant sultan, et j'ai soigné toutes vos petites maladies, y compris une grande peur qui s'est révélée sans fondement.

Ahmat ne put contenir un petit rire à cette évocation.

— Une folle semaine à Los Angeles, Amal. J'aurais pu attraper quelque chose.

— J'ai respecté le pacte que nous avions fait et je l'ai toujours caché à votre père.

— Ce qui signifie que vous pensez que je vous cache quelque chose maintenant.

— C'est une idée qui m'a traversé l'esprit.

— Très bien, mon vieil ami...

Le sultan tourna brusquement la tête en entendant s'ouvrir la porte de son bureau. Deux femmes entrèrent. La première, qui ne pouvait dissimuler une grossesse bien avancée, était blonde et ne portait qu'un peignoir. C'était une Américaine du Massachusetts, son épouse. La seconde était une jeune femme très brune, au teint olivâtre, en élégante tenue de ville. Elle était simplement connue sous le nom de Khalehla.

— J'ai des sources sûres, mon bon docteur, dit le sultan en reprenant sa conversation téléphonique. Notre ami commun avait besoin d'aide, et qui est mieux placé pour lui en fournir que le souverain d'Oman ? Nous avons laissé transpirer auprès des animaux de l'ambassade des informations selon lesquelles des prisonniers incarcérés dans un lieu tenu secret étaient soumis à des interrogatoires sévères. Il leur fallait y envoyer quelqu'un pour maintenir l'ordre et la discipline... Et Kendrick a trouvé ce quelqu'un. Accordez à l'Américain tout ce qu'il demande, mais retardez son programme de quinze à vingt minutes afin de laisser le temps à mes deux officiers de police de se rendre sur place.

— L'Al Kabir ? Vos cousins ?

— Contentons-nous de dire deux officiers de la police spéciale.

Il eut quelques instants de silence et le médecin reprit d'une voix hésitante :

— Les rumeurs sont donc vraies, Ahmat ?

— Je ne sais pas de quoi vous parlez. Les rumeurs ne sont guère que des ragots et tout cela ne m'intéresse pas.

— On dit à votre propos que la valeur n'attend pas le nombre des années...

— Vous voilà bien pédant, mon cher.

— *Il* a dit que ce devait être vrai... pour tenir ce pays en main, poursuivit le médecin. C'est difficile pour quelqu'un qui vous a soigné quand vous aviez les oreillons.

— Ne revenez pas sans cesse sur le passé, docteur. Contentez-vous de me tenir informé de la situation.

Ahmat plongea le bras dans le tiroir où se trouvait le cadran du téléphone et composa un numéro.

— Désolé de vous déranger de nouveau, chers cousins, dit-il au bout de quelques secondes d'attente. Je sais que vous vous reposez, mais j'ai encore besoin de vous. Allez tout de suite à la prison. Amal Bahrudi veut s'échapper. Il a ferré un gros poisson.

— Que se passe-t-il ? demanda la jeune épouse du sultan en se précipitant vers le bureau dès qu'il eut raccroché.

— Je t'en prie, Bobby, ne marche pas si vite, dit Ahmat en baissant les yeux sur le ventre de sa femme. Il ne te reste plus que six semaines.

— Il est incroyable ! dit Roberta Aldridge Yamenni en se tournant vers Khalehla. Mon athlète de mari a dû terminer deux millième du marathon de Boston et il voudrait m'expliquer ce qu'il faut faire pour porter un bébé !

— L'héritier du trône, Bobby, dit Khalehla en souriant.

— Du trône, mon œil ! Tout le monde est logé à la même enseigne quand il s'agit de changer une couche ! Demande à ma mère qui a eu quatre enfants en six ans ! Tu ne veux pas me dire ce qui se passe, mon chéri ?

— Notre parlementaire américain a réussi à établir un contact dans la prison de sécurité. Nous allons organiser un simulacre d'évasion.

— Cela a marché ! s'écria Khalehla en s'approchant à son tour du bureau.

— C'était ton idée, dit Ahmat.

— Oublie cela, je t'en prie. Je suis ici officieusement.

— Peu importe, répliqua le jeune sultan d'une voix ferme. Malgré les apparences et malgré les risques, nous avons besoin de toute l'aide que nous pouvons trouver, de tous les conseils que nous pouvons recevoir... Excuse-moi, Khalehla, je ne t'ai même pas saluée. Comme je viens de le dire à mes cousins de la police, je suis désolé de te tirer du lit à cette heure indue, mais j'ai pensé que tu aimerais être présente.

— Tu as bien fait.

— Mais comment as-tu réussi à quitter l'hôtel à quatre heures du matin ?

— Tu peux remercier Bobby. Mais je dois préciser que notre réputation en a quelque peu souffert.

— Ah ! dit le sultan en se tournant vers sa femme.

— Mon doux seigneur, commença Bobby avec l'accent de Boston en joignant les mains et en faisant mine de se prosterner. Cette belle dame est une courtisane du Caire... Cela sonne bien, non ? Compte tenu de mon état...

La sultane posa en souriant les deux mains sur son ventre rebondi.

— Les privilèges du rang ont du bon, poursuivit-elle. Il paraît qu'Henri VIII avait recours à ce palliatif quand Anne Boleyn était trop souffrante pour satisfaire son royal époux.

— Mais, bon sang, Roberta, je ne suis pas le roi d'Angleterre !

— Fais comme si tu l'étais, mon chéri !

La femme d'Ahmat se retourna en riant vers Khalehla.

— Et toi, fais bien attention, dit-elle. Si tu le touches, je t'arrache les yeux !

— Tu n'as rien à craindre, ma chère, répliqua Khalehla d'un ton faussement sérieux. Pas après ce que tu m'as dit.

— Ça suffit, vous deux, lança Ahmat avec un regard de reconnaissance envers les deux femmes.

— Il faut bien rire de temps en temps, dit Bobby. Sinon, il y aurait de quoi devenir complètement cinglé.

— Oui, dit lentement Ahmat en se tournant vers Khalehla, complètement cinglé. As-tu des nouvelles de ton homme d'affaires anglais ?

— Il noie sa déception dans l'alcool, répondit-elle. La dernière fois qu'on l'a vu, il titubait dans le bar de l'hôtel en me traitant de tous les noms.

— Ce n'est pas ce qui pouvait arriver de pire à ta couverture.

— Assurément. Il est maintenant bien établi que je me vends au plus offrant.

— Et que deviennent nos patriotes de choc, ces princes du commerce qui préféreraient me voir plier bagage et fuir à l'Ouest. Ils sont toujours persuadés que tu es de leur côté ?

— Oui. Mon « ami » m'a confié au marché Sabat Aynub qu'ils étaient sûrs que tu avais rencontré Kendrick. Sa logique était si rigoureuse que j'ai été obligée de l'approuver et de reconnaître que tu te conduisais comme un parfait imbécile et que tu allais au-devant des pires ennuis. Tu ne m'en voudras pas ?

— Quelle logique ? demanda le sultan.

— Ils savent que Kendrick est monté dans une voiture de l'armée à quelques centaines de mètres de son hôtel. Je n'ai pas pu discuter ; j'ai assisté à la scène.

— Alors ils devaient surveiller cette voiture, car il y a des véhicules militaires qui circulent dans toute la ville.

— Je suis désolée, Ahmat, mais ce n'était pas très adroit. J'aurais pu te le dire si j'avais pu te joindre. Le cercle a été brisé, tu comprends. Ils savaient que Kendrick était là...

— *Mustapha !* s'écria le jeune sultan dans un accès de colère. Je pleure sa disparition, mais au moins il n'ouvrira plus sa grande gueule.

— C'était peut-être lui, mais ce n'est pas sûr. La responsabilité en incombe peut-être à Washington. J'ai remarqué que trop de gens étaient au courant de l'arrivée de Kendrick. Si j'ai bien compris, c'était une opération du Département d'État. Il y a des services qui ont beaucoup plus d'expérience dans ce domaine.

— Nous ne savons même pas qui est l'ennemi ni où chercher ! s'exclama Ahmat en serrant le poing et en frottant ses jointures contre ses dents. Cela peut être n'importe qui, n'importe où... Là, devant notre nez ! Bon Dieu, que pouvons-nous faire ?

— Fais ce qu'il a proposé, répondit la femme du Caire. Laisse-le s'infiltrer encore plus profondément. Il a découvert celui qu'il cherchait. Attends qu'il reprenne contact avec toi.

— Attendre ! Je ne peux donc rien faire d'autre qu'attendre ?

— Si, dit Khalehla, tu peux faire quelque chose. Donne-moi l'itinéraire du transfert et mets une voiture rapide à ma disposition. J'ai apporté ma tenue de courtisane dans une valise. Pendant que je me change, tu peux mettre au point les détails de l'évasion avec tes cousins et ce médecin que tu appelles ton ami.

— Holà ! protesta le sultan. Je sais que Bobby et toi vous vous connaissez depuis bien longtemps, mais cela ne t'autorise pas à me demander de mettre ta vie en danger. Pas question !

— Ce n'est pas ma vie qui est en cause, répliqua Khalehla d'un ton glacial en braquant les yeux sur le sultan. Ni la tienne, d'ailleurs. Il s'agit de terrorisme aveugle et de tout l'avenir du Proche-Orient. Ce qui se passe cette nuit ne débouchera peut-être sur rien, mais mon rôle est de m'en assurer et le tien de me laisser le faire. N'est-ce pas à cela que nous avons été formés tous les deux ?

— Donne-lui aussi le numéro où elle pourra te joindre, ajouta calmement Roberta Yamenni. Où elle pourra *nous* joindre.

— Va te changer, dit le jeune sultan en secouant la tête, les yeux fermés.

— Merci, Ahmat. Je vais faire vite, mais il faut d'abord que j'appelle mes supérieurs. Comme je n'ai pas grand-chose à dire, ce ne sera pas long.

L'homme au crâne dégarni, en complet rayé fripé, sortit complètement ivre de l'ascenseur. Il était soutenu par deux de ses compatriotes et sa corpulence et son poids étaient tels qu'ils avaient toutes les peines du monde à le maintenir sur ses jambes.

— C'est une honte ! déclara l'Anglais de gauche en essayant de tourner la tête pour apercevoir une clé de chambre de l'hôtel qu'il tenait du bout des doigts, sous les aisselles de l'ivrogne.

— Allons ! Dickie ! protesta son compagnon. On dirait que tu n'as jamais bu quelques verres de trop.

— Jamais dans un pays qui peut exploser d'une seconde à l'autre à cause d'une bande de barbares ! S'il lui était venu à l'idée de déclencher une bagarre, on nous aurait retrouvés pendus à un lampadaire ! Où est sa chambre ?

— Au bout du couloir. Il pèse lourd, le bougre !

— C'est tout du lard et du whisky, si tu veux mon avis.

— J'en sais rien. Il avait l'air d'un gars plutôt sympathique qui s'était fait avoir par une putain. Tu sais, il y a de quoi mettre quelqu'un en rogne. À propos, tu as pigé pour qui il travaillait ?

— Une boîte de textile de Manchester. Twillingame, ou Burlingame... Quelque chose comme ça.

— Jamais entendu parler, dit l'homme de droite en haussant les sourcils. Tiens, passe-moi la clé. On est arrivés.

— On va le jeter sur son lit et le laisser se débrouiller.

— Tu crois que le gars du bar va nous attendre ? Il serait capable de fermer pendant que nous faisons notre devoir de chrétiens.

— Ce petit salaud n'a pas intérêt ! s'exclama le nommé Dickie tandis que les trois hommes avançaient en titubant dans la chambre sombre où seuls les contours du lit étaient éclairés par la lumière du couloir. Je lui ai filé vingt livres pour qu'il garde le bar ouvert, même si nous sommes les seuls clients. Si tu t'imagines que je vais fermer l'œil une seule seconde avant de monter dans l'avion, tu es fou à lier ! Je n'ai pas l'intention de me faire trancher la gorge par un des ces idéalistes mystiques ! Allez, soulève-le !

— Fais de beaux rêves, mon gros, dit l'autre Anglais. Tu vas sans doute voir des éléphants roses !

Le gros homme en complet rayé souleva lentement la tête et la tourna vers la porte. Il entendit le bruit des pas décroître dans le couloir. Il roula lourdement sur lui-même et se leva. À la lueur des lampadaires de la rue, il enleva sa veste et la suspendit dans l'armoire après l'avoir défroissée de la main. Puis il entreprit de défaire la cravate de son régiment, déboutonna sa chemise qui empestait le whisky et la lança dans la corbeille à linge. Il se rendit ensuite dans la salle de bains, ouvrit les deux robinets du lavabo et se passa un gant de toilette sur le torse. Satisfait, il déboucha une bouteille d'eau de Cologne et s'en aspergea généreusement. Après s'être séché, il repartit dans la chambre et alla chercher sa valise qu'il ouvrit et dans laquelle il prit une chemise de soie noire. Après l'avoir boutonnée, il la rentra sous la ceinture qui contenait tant bien que mal son estomac. Puis il se dirigea vers une fenêtre en sortant une pochette d'allumettes de son pantalon. Il craqua une allumette, laissa la flamme prendre et fit de la main trois demi-cercles devant la vitre. Il attendit dix secondes, puis repartit vers le bureau et alluma la lampe qui s'y trouvait. Il alla ensuite entrouvrir la porte et repartit vers le lit, remonta les deux oreillers contre le mur pour lui servir d'appui-tête et s'allongea. Il regarda sa montre et attendit.

Trois grattements distincts se succédèrent sur le bois de la porte, chacun d'eux produit, pour qui savait écouter, par un ongle dessinant un demi-cercle.

— Entrez, dit l'homme en chemise noire, allongé sur le lit.

Un Arabe à la peau très sombre entra en hésitant, visiblement impressionné par le cadre et par la personne qui s'y trouvait. Il portait une aba blanche qui, pour n'être pas neuve, n'en était pas moins immaculée et une ghotra, blanche elle aussi. Cette mission était pour lui un privilège.

— Vous avez fait le signe sacré du croissant, monsieur, dit-il d'une voix lente et respectueuse, et je suis à votre service.

— Merci beaucoup, dit l'Anglais. Entrez et refermez la porte, je vous prie.

— Bien sûr, *Effendi.*

L'Arabe fit ce qu'on lui avait ordonné et demeura à une distance respectueuse du lit.

— M'avez-vous apporté ce que j'avais demandé ?

— Oui, monsieur, tout est là. Le matériel et les renseignements.

— Le matériel d'abord, dit le gros Anglais.

— Tout de suite.

L'Arabe fouilla sous sa robe et en sortit un gros pistolet équipé d'un cylindre perforé fixé sur le canon. Un silencieux. De l'autre main, le messager sortit une petite boîte grise qui contenait vingt-sept balles, puis il s'avança respectueusement vers le lit et tendit l'arme en la tenant par le canon.

— Il est chargé, monsieur. Neuf cartouches. Ce qui fait trente-six en tout.

— Merci, dit l'Anglais obèse en prenant le pistolet tandis que l'Arabe reculait obséquieusement. Et maintenant, les renseignements.

— Oui, monsieur. Mais il faut d'abord que je vous dise que la femme a été conduite en voiture de son hôtel au palais, il y a quelques minutes...

— Quoi ? hurla l'Anglais en se redressant d'un bond sur le lit et en posant lourdement les jambes par terre. Vous en êtes sûr ?

— Certain, monsieur. Une limousine du palais est venue la chercher.

— Quand ?

— Il y a dix à douze minutes. J'en ai été immédiatement informé. Elle doit être arrivée, maintenant.

— Et les « vieillards », les « commerçants » ? poursuivit d'une voix basse et tendue le gros homme qui semblait avoir beaucoup de mal à se contenir. Elle est entrée en contact avec eux ?

— Oui, monsieur, répondit l'Arabe d'une voix chevrotante, comme s'il redoutait d'être puni en répondant par la négative. Elle a pris le café avec un importateur du nom d'Hajazzi qu'elle a retrouvé beaucoup plus tard au marché Sabat Aynub. Elle a pris des photos... Elle suivait quelqu'un...

— Qui ?

— Je ne sais pas, monsieur. Il y avait énormément de monde et elle est partie en courant. Je n'ai pas réussi à la suivre.

— Le palais, murmura l'Anglais obèse d'une voix rauque en se levant lentement. Incroyable !...

— C'est la vérité, monsieur. Mes renseignements sont sûrs, sinon je ne les aurais jamais transmis à votre auguste personne... Soyez assuré, *Effendi,* que je louerai Allah jusqu'à mon dernier souffle de m'avoir donné la chance de rencontrer un vrai disciple du Mahdi !

L'Anglais releva brusquement la tête et scruta le visage du messager.

— Ainsi vous êtes au courant, dit-il d'une voix douce.

— J'ai le privilège d'avoir été choisi entre tous mes frères.

— Qui d'autre est au courant ?

— Personne, monsieur ! Je le jure sur ce que j'ai de plus cher ! Cette rencontre est pour moi un pèlerinage accompli dans le silence et la discrétion absolus. J'emporterai dans la tombe le secret de votre présence à Mascate !

— Excellente idée, dit l'Anglais obèse en levant son pistolet dans la pénombre de la chambre.

Les deux détonations qui se succédèrent furent assourdies par le silencieux, mais, à l'autre bout de la pièce, l'Arabe fut violemment projeté contre le mur et le sang éclaboussa sa robe immaculée.

Dans le bar de l'hôtel, la seule lumière était celle des tubes fluorescents placés sous le comptoir. Le barman en tablier blanc était affalé dans un coin de son domaine. Il lançait de loin en loin un regard las dans la direction des deux hommes assis devant une fenêtre d'où la vue sur la rue était partiellement bouchée par le store baissé, aux lamelles presque verticales. Les Anglais sont des imbéciles, songea le barman. Ils n'avaient certes pas tort de nourrir certaines craintes... Que l'on soit étranger ou omanais, nul ne pouvait vivre sans crainte en cette époque de folie. Mais ces deux-là seraient beaucoup moins exposés à une attaque des fous furieux derrière la porte de leur chambre d'hôtel. En suis-je tout à fait sûr ? s'interrogea le barman en continuant à réfléchir. Il avait personnellement averti la direction que les deux Anglais avaient décidé de rester où ils étaient. La direction, ignorant ce que les Anglais avaient sur eux et si quelqu'un pouvait les connaître et les chercher, avait posté trois gardes armés dans le hall de l'hôtel, près de l'unique entrée du bar. Quoi qu'il en soit, conclut le barman en bâillant, prudents ou non, intelligents ou non, ces Anglais étaient extrêmement généreux. Et c'est tout ce qui comptait. Cela et l'arme qu'il avait placée sous le bar et recouverte d'une serviette. C'était un pistolet-mitrailleur de fabrication israélienne qu'il s'était procuré sur le port par l'intermédiaire d'un juif accommodant. Ah ! les juifs ! Eux, ils étaient vraiment très forts ! Depuis le début du chaos, ils avaient déjà armé la moitié de la ville.

— Dickie ! Regarde ! souffla le plus tolérant des deux Anglais en écartant deux lamelles du store.

— Qu'est-ce qu'il y a, Jack... ?

Dickie releva brusquement la tête en clignant des yeux pour chasser le sommeil qui était en train de le gagner.

— Regarde dehors ! On dirait notre sac à vin !

— Qui ? Où ça ? Bon Dieu ! Mais tu as raison !

Dans la rue déserte et plongée dans la pénombre, le gros homme, très agité, allait et venait le long du trottoir en jetant des regards nerveux en tous sens. D'un seul coup, il craqua une allumette, puis plusieurs autres. Il levait et baissait la petite flamme, lançait rageusement l'allumette sur le trottoir au moment où elle allait s'éteindre et en allumait aussitôt une autre. Une minute plus tard, une conduite intérieure de couleur sombre s'approcha à vive allure. Elle freina brusquement et ses phares s'éteignirent. Dickie et son compagnon regardèrent avec stupéfaction leur compatriote ventru faire le tour du capot avec une agilité et une détermination étonnantes. Quand il arriva devant la portière avant droite, un Arabe portant la coiffure traditionnelle mais vêtu d'un complet sombre descendit prestement du véhicule. L'Anglais commença à parler rapidement en agitant vivement son index tendu devant le visage de l'autre homme. Pour conclure, il fit pivoter son torse massif, leva sa face joufflue et montra du doigt une des fenêtres de l'hôtel. L'Arabe se retourna et s'éloigna en courant. Puis, sans se cacher, l'homme d'affaires ventripotent sortit un gros pistolet de sa ceinture, ouvrit complètement la portière de la voiture d'un geste furieux et se glissa à l'intérieur.

— Mon Dieu ! s'écria Dickie. Tu as vu cela ?

— Oui. Il s'est changé.

— Comment cela, il s'est changé ?

— Je t'assure. La rue est mal éclairée, mais cela n'échappe pas à un œil averti. Il a enlevé sa chemise blanche et son complet à rayures. Il porte maintenant une veste sombre, et sa chemise et son pantalon sont d'un noir mat. Probablement de la pure laine, ce qui n'est pas très adapté au climat.

— Mais qu'est-ce que tu racontes ? demanda Dickie, l'air ahuri. Moi, je te parlais du pistolet !

— C'est normal, mon vieux. Tu travailles dans les métaux ferreux et moi dans le textile.

— Alors, là, je n'en reviens pas ! Ce gros plein de soupe qui, il y a un quart d'heure, était tellement bourré qu'il nous a fallu le transporter dans sa chambre... nous venons de le voir donner des ordres à un type et brandir un énorme pistolet en montant dans une voiture à qui il a manifestement fait des signaux... et tout ce que tu trouves à dire, c'est qu'il s'est changé !

— Non, il n'y a pas que ça. J'ai vu son arme, bien sûr,

et l'Arabe qui est parti en courant comme un lapin, et puis cette voiture, conduite par un fou du volant... Mais c'est justement à cause de tout cela que j'ai remarqué qu'il était curieusement vêtu. Tu comprends ?

— Absolument rien !

— Peut-être que curieusement n'est pas le mot juste...

— Essaie de trouver le mot juste, Jack.

— Bon, je vais essayer... Ce gros lard a peut-être fait semblant d'être plein comme une barrique, mais, en tout cas, c'était un véritable dandy. Un complet ultra-léger en worsted, une chemise Angelo d'East Bond, un foulard de soie de chez Harrods et des chaussures Bénédictine... cuir du veldt, cousues main en Italie. Quelle élégance ! Et tout cela parfaitement adapté au climat.

— Et alors ? demanda Dickie d'un ton exaspéré.

— Eh bien, là, dans la rue, il portait une veste et un pantalon d'une qualité très ordinaire, beaucoup trop chauds, et dans lesquels il était très mal fagoté. Tout à fait le genre de tenue qui permet de passer inaperçu dans une foule, mais très mal choisie pour des mondanités matinales ou un petit déjeuner chic. Pendant que j'y suis, je connais toutes les firmes de textile de Manchester et il n'y en a aucune qui s'appelle Twillingame, ou Burlingame, ou quoi que ce soit d'approchant.

— Sans blague !

— Sans blague.

— C'est extraordinaire, non ?

— Je te propose de ne pas prendre l'avion du matin.

— Mais pourquoi ?

— Je pense que nous devrions passer à notre ambassade et essayer de réveiller quelqu'un pour les mettre au courant.

— Qu'est-ce que tu... ?

— Dickie, j'ai l'impression que notre gros plein de soupe a des intentions aussi noires que sa nouvelle tenue.

Sécurité maximale
Aucune interception possible
Continuez

Le journal se poursuivait ainsi :

Le dernier rapport est déconcertant et, comme mes instruments n'ont toujours pas réussi à pirater les codes d'accès de Langley, je ne sais même pas si des faits ont été dissimulés ou non. La personne qui suit le sujet comme son ombre parle d'une option à haut risque qui était inévitable — inévitable ! — mais extrêmement dangereuse.

Que fait-il et comment le fait-il ? Quelles sont ses méthodes et qui sont ses contacts ? Il me faut absolument des détails ! S'il survit, j'aurai besoin d'un maximum de détails, car ce sont eux qui rendent crédible toute réalisation extraordinaire, et c'est cette réalisation qui propulsera le sujet dans la conscience collective de la nation.

Mais survivra-t-il, ou ne sera-t-il qu'une ligne de plus dans les statistiques des événements cachés au public ? Mes instruments ne sont pas en mesure de me le révéler. Tout ce qu'ils peuvent faire, c'est m'assurer de son potentiel, ce qui n'aura plus aucune valeur s'il meurt. Dans ce cas, tout mon travail aura été inutile.

8

Menottes au poing, les quatre détenus étaient assis deux par deux sur les banquettes du fourgon de police bringuebalant. Comme prévu, Kendrick était à côté du jeune fanatique au regard halluciné dont les glapissements rageurs étaient déformés par le bec-de-lièvre. Azra était assis en face de lui, avec le tueur plus âgé qui avait défié et assailli Evan, celui qu'il avait surnommé le sergent-contremaître. Devant la porte de métal cliquetante, un policier se retenait d'une main à une barre fixée au plafond. Son autre main serrait le pistolet-mitrailleur MAC-10 qu'il portait à la bretelle. D'une seule rafale de son arme, il savait qu'il pouvait transformer les quatre prisonniers en cadavres sanglants écrasés contre les parois du fourgon filant à toute allure. Comme il avait également été prévu, le garde avait un trousseau de clés accroché à la ceinture, les clés des menottes des détenus. Cela avait été une véritable course contre la montre, car le temps était extrêmement précieux. Les minutes qui s'égrenaient devenaient des heures et chaque heure les rapprochait du lendemain.

— *Vous savez que vous êtes complètement fou !*

— *Mais, docteur, nous n'avons pas le choix ! Cet homme est Azra ! C'est Bleu !*

— *Impossible ! Absolument impossible ! Azra porte le bouc et il a les cheveux longs... Tout le monde l'a vu à la télévision !*

— *Il a rasé son bouc et il s'est coupé les cheveux.*

— *Maintenant, je vous pose une question : êtes-vous Amal Bahrudi ?*

— *Je le suis devenu.*

— *Non, ce n'est pas vrai ! Vous n'êtes pas plus Bahrudi qu'il n'est Azra ! Cet homme a été capturé dans un bazar du Waljat et amené ici il y a cinq heures à peine. Ce n'est qu'un ivrogne, un clown prétentieux. Le compagnon de cet abruti s'est tranché la gorge avec le couteau d'un policier.*

— *Je sais, Faisal, j'y étais. Mais c'est bien Azra, le frère de Zaya Yateem.*

— *C'est ce qu'il vous a dit !*

— *Oui, mais je lui ai parlé et je l'ai écouté. Sa guerre sainte à lui n'est pas pour ou contre Allah, Abraham ou le Christ. Elle est pour la survie en ce monde, sur cette terre.*

— *C'est de la folie ! Nous vivons dans un univers de folie !*

— *Qu'a dit Ahmat ?*

— *De faire ce que vous avez demandé, mais d'attendre l'arrivée des policiers qu'il vous envoie. Ce sont deux hommes en qui il a une confiance absolue... Je suppose que ce sont vos instructions.*

— *Les deux flics en uniforme qui m'ont escorté du bazar à l'Al Kabir ?*

— *Ils font partie des forces spéciales. L'un conduira le fourgon de police et l'autre vous servira de gardien.*

— *Bien vu ! Je respecte parfaitement le scénario prévu par Ahmat, n'est-ce pas ?*

— *Vous êtes injuste, monsieur Kendrick.*

— Ce n'est pas un mauvais scénario... Mais il y a deux autres détenus qui seront transférés en même temps qu'Azra et moi.

— Qui ? Pourquoi ?

— L'un est un cinglé qui vomira encore des injures sur son peloton d'exécution, mais l'autre... l'autre est le bras droit d'Azra. Il fait tout ce que Bleu lui ordonne. Si ces deux-là s'en vont aussi, il n'y aura plus personne pour garder la maison.

— Je vous trouve très sibyllin.

— Les autres sont vulnérables, docteur. Ils ne savent pas grand-chose, mais ils sont vulnérables. Je vous suggère de les enfermer par groupes de trois ou quatre dans de petites cellules, puis de faire tirer quelques salves contre les murs d'enceinte de la prison. Vous découvrirez peut-être que certains de ces fanatiques ne sont pas si impatients que cela d'être exécutés.

— Vous entrez dans la peau d'un personnage très différent de votre vraie nature, Shaikh Kendrick. Vous êtes en train de plonger dans un univers dont vous ignorez tout.

— J'apprendrai, docteur. Je suis là pour ça.

C'était le signal ! Le garde qui se tenait près de la porte arrière se cala contre la paroi et baissa la main gauche qu'il agita quelques instants pour rétablir la circulation du sang. Puis il la releva et la referma sur la barre métallique. Il allait renouveler ce mouvement moins d'une minute plus tard et ce serait le moment pour Evan de passer à l'action. La tactique avait été rapidement mise au point dans le laboratoire de la prison. L'attaque devait être simple et fulgurante. La réaction du garde était la clé de la réussite. Vingt-deux secondes plus tard, le garde baissa de nouveau la main gauche en un geste de lassitude.

Kendrick bondit sur lui comme une fusée et la violence du choc fut telle que la tête de l'homme s'écrasa contre la porte et qu'une expression égarée eut à peine le temps de se peindre sur son visage avant qu'il s'affaisse comme une masse.

— Vite ! ordonna Evan en se tournant vers Azra. Aidez-moi ! Prenez ses clés !

Le Palestinien bondit à son tour de la banquette, suivi

par le sergent-contremaître. Malgré leurs mains entravées par les menottes, ils réussirent à repousser le pistolet-mitrailleur et à arracher le trousseau de clés de la ceinture du garde.

— Je vais le tuer tout de suite ! hurla le fanatique au bec-de-lièvre en saisissant le MAC-10 et en essayant de braquer l'arme automatique sur la tête du garde malgré les cahots qui lui faisaient perdre l'équilibre.

— Occupe-toi de lui ! ordonna Azra.

— Abruti ! hurla le sergent-contremaître en arrachant l'arme des mains du jeune fanatique. Tu veux que le chauffeur nous entende !

— C'est un ennemi à éliminer dans notre combat sacré !

— C'est surtout le moyen de sortir vivant d'ici, pauvre connard ! lança Azra en ouvrant les menottes de Kendrick et en lui tendant les clés pour qu'il fasse la même chose avec les siennes.

Quand il eut fini, le représentant du Colorado se tourna vers le sergent-contremaître qui lui tendait ses poignets.

— Je m'appelle Yosef, dit le terroriste. C'est un nom hébreu, car ma mère était juive, mais nous ne faisons pas partie des juifs d'Israël. Vous êtes brave, Amal Bahrudi.

— Je n'avais pas envie de me retrouver dans le désert, devant un peloton d'exécution, dit Kendrick en lançant ses menottes sur le plancher. Je ne sais pas si je dois te libérer ou non, ajouta-t-il en se tournant vers le jeune terroriste qui n'aurait pas hésité à tuer le garde assommé.

— Pourquoi ? glapit l'adolescent. Parce que je suis prêt à tuer et à mourir pour notre cause sacrée ?

— Non, jeune homme, mais parce que vous seriez capable de nous tuer et que notre vie a plus de valeur que la vôtre.

— Amal ! s'exclama Azra en prenant Evan par le bras, autant pour conserver son équilibre que pour attirer l'attention de Kendrick. Je reconnais qu'il se conduit comme un imbécile, mais il a des circonstances atténuantes. Des colons de Cisjordanie ont fait sauter la maison de sa famille et la boutique de son père. L'explosion a coûté la vie à son père et les Israéliens ont tout vendu à de nouveaux colons pour une bouchée de pain.

Azra baissa la voix et se pencha vers Evan pour lui murmurer à l'oreille :

— Je sais bien qu'il a le cerveau dérangé, mais il n'a personne d'autre que nous vers qui se tourner. Nous le surveillerons, Yosef et moi. Enlève-lui ses menottes.

— Tu es responsable de lui, poète, dit Evan d'un ton bourru en ouvrant les bracelets métalliques du jeune terroriste.

— Pourquoi as-tu parlé d'une exécution dans le désert ? demanda Yosef.

— Tu n'as donc pas senti qu'il y a déjà du sable sur la route que nous suivons ? dit Kendrick qui connaissait l'itinéraire du fourgon. Comme cela, on nous fait juste disparaître, criblés de balles ou enterrés dans le désert.

— Mais pourquoi nous ? poursuivit Yosef.

— C'est plus facile à expliquer pour moi que pour vous. Comme ils ne savent pas quoi faire d'Amal Bahrudi, pourquoi ne pas se débarrasser tout simplement de lui ? Si je suis dangereux, ou si j'ai de l'influence, c'est le meilleur moyen de mettre fin à ces menaces.

Evan s'interrompit quelques instants, puis il hocha lentement la tête.

— À la réflexion, reprit-il, cela explique probablement la présence de Yosef et du gamin. Ils étaient ceux qui parlaient le plus fort et leurs voix ont sans doute pu être identifiées... Elles sont toutes les deux faciles à reconnaître.

— Et moi ? demanda Azra en regardant fixement Kendrick.

— Tu dois être capable de répondre tout seul à cette question, dit Kendrick avec une pointe de mépris dans la voix en affrontant le regard du Palestinien. Quand ils sont venus me chercher dans les toilettes, j'ai essayé de m'éloigner de toi. Mais tu n'as pas réagi très vite.

— Tu veux dire qu'ils nous ont vus ensemble ?

— L'étudiant n'aura qu'une mention passable. Nous étions non seulement ensemble, mais à l'écart de tous les autres. Pour organiser ce genre d'entretien privé, il faut être une huile !

— Le fourgon ralentit ! s'écria Yosef tandis que le camion freinait pour aborder une courbe en descente.

— Il faut sortir, maintenant, dit Evan. Tout de suite ! Si nous arrivons dans une vallée, il y aura des soldats. Vite ! Nous devons rester sur les hauteurs. Sinon, nous ne pourrons jamais remonter !

— La porte ! cria Azra. Elle doit être cadenassée de l'extérieur !

— Comment veux-tu que je le sache ? dit Kendrick.

Il mentait et s'en tenait au scénario tel qu'il avait été réglé dans le labo de la prison. Les rivets de deux plaques métalliques avaient été enlevés ou desserrés.

— Je n'ai jamais voyagé dans un fourgon de ce type, poursuivit-il, mais peu importe. C'est de la tôle d'acier soudée et, si nous nous y mettons tous les quatre, nous pouvons faire céder une plaque. Au centre. C'est là que ce sera le moins résistant.

Evan prit l'adolescent au bec-de-lièvre par l'épaule et le plaça à sa droite.

— Vas-y de toutes tes forces ! Imagine que c'est le mur des Lamentations. Et maintenant, tous ensemble !

— Attendez ! dit Azra en faisant quelques pas mal assurés à cause des cahots. N'oublions pas l'arme.

Il ramassa le pistolet-mitrailleur et fit passer la bretelle par-dessus son épaule.

— C'est bon, dit-il en rejoignant les autres.

— Allez ! cria Kendrick.

Les quatre prisonniers percutèrent la porte du fourgon qui cahotait violemment dans la descente. La plaque de tôle céda et les soudures éclatèrent. Un rayon de lune s'engouffra par les ouvertures.

— Encore une fois ! rugit Yosef, le regard flamboyant.

— Si nous passons à travers, dit l'homme qui était maintenant accepté comme étant Amal Bahrudi, n'oubliez pas de ramener les genoux sur votre ventre et de faire un roulé-boulé en touchant le sol. Il ne doit pas y avoir de blessé !

Ils se ruèrent derechef contre la porte à moitié défoncée. Les rivets sautèrent et la plaque de tôle s'envola tandis que les quatre détenus se laissaient tomber sur la route sinueuse qui menait à une vallée du désert. À l'intérieur du fourgon, le garde fut projeté vers l'avant par un cahot du véhicule qui dévalait la pente. Le visage couvert de sueur d'avoir vu la mort de si près, il rampa vers la cabine du chauffeur et tambourina sur la paroi. Un seul coup étouffé lui répondit. La moitié de leur mission était accomplie.

Les fugitifs roulèrent eux aussi sur la route, mais, quand la pesanteur commença à les attirer dans la pente, le mouvement s'arrêta et ils s'efforcèrent de reprendre leur équilibre. Azra et Yosef furent les premiers à se relever en secouant instinctivement la tête et en vérifiant si leurs diverses meurtrissures ne cachaient pas quelque chose de plus grave. Kendrick les imita quelques instants plus tard, l'épaule en feu, les jambes affreusement douloureuses et les mains couvertes d'écorchures. Il ne regrettait pas de s'être astreint à la rude discipline des longues marches en montagne et des descentes de rapides. Tout son corps était endolori, mais il n'avait pas de mal. Le Palestinien au bec-de-lièvre n'avait pas eu autant de chance. Étendu sur le bas-côté, il gémissait sur les cailloux parsemés d'herbe rase et se tortillait désespérément pour se relever, mais en pure perte. Yosef s'élança vers lui et, tandis qu'Evan et Azra observaient la vallée qui s'étendait en contrebas, il examina le blessé.

— Le gamin a la jambe cassée, annonça-t-il à ses supérieurs.

— Achève-moi tout de suite ! implora le jeune homme. J'irai rejoindre Allah et vous poursuivrez notre lutte !

— Ferme-la ! ordonna Azra en saisissant le pistolet-mitrailleur avant de se diriger en compagnie de Kendrick vers le jeune terroriste.

— Ton impatience à mourir devient lassante et tu nous casses les oreilles avec ta voix de crécelle ! Découpe sa chemise en lanières, Yosef. Attache-lui les mains et les pieds et installe-le sur le bord de la route. Le fourgon va revenir dès qu'il aura atteint le camp et que ces abrutis se rendront compte de ce qui s'est passé. Ils le trouveront facilement.

— Vous me livrez à nos ennemis ? hurla le jeune fanatique.

— Vas-tu la fermer ? riposta Azra d'une voix où perçait la colère tout en faisant passer la bretelle du pistolet-mitrailleur par-dessus son épaule. Nous te donnons la possibilité de te faire soigner dans un hôpital. On ne tue pas les enfants... sauf à l'aide de bombes ou de missiles — trop souvent, hélas ! —, mais c'est une autre histoire.

— Je ne révélerai rien !

— Tu ne sais rien, répliqua l'homme appelé Bleu. Attache-le, Yosef. Fais en sorte qu'il souffre le moins possible de sa jambe. Il y a de meilleures manières de combattre qu'en mourant inutilement, ajouta-t-il en se penchant sur le gamin. Laisse l'ennemi te soigner pour pouvoir reprendre notre lutte. Et reviens-nous, brave combattant de la liberté, nous avons besoin de toi. Fais vite, Yosef !

Tandis que Yosef exécutait les ordres de son chef, Azra et Kendrick repartirent observer le paysage. La vaste étendue désertique de sable blanc qui commençait à leurs pieds formait une nappe d'albâtre sous les ténèbres du firmament. Au loin, comme une tache sur la nappe blanche, un petit point jaune scintillait. C'était un feu dans le désert, le lieu de rendez-vous qui faisait partie intégrante de l'« évasion ». Il était trop loin pour qu'il fût possible de distinguer les silhouettes qui l'entouraient, mais elles étaient là et il s'agissait effectivement de membres des forces de l'ordre du sultanat, même si ce n'étaient pas les exécuteurs auxquels songeaient les compagnons d'Amal Bahrudi.

— Tu connais beaucoup mieux le terrain que moi, dit Evan en anglais. À quelle distance sont-ils, à ton avis ?

— Dix kilomètres, peut-être douze, mais pas plus. Après la descente, la route est toute droite. Ils seront ici dans peu de temps.

— Alors, allons-y.

Kendrick se retourna et observa Yosef qui transportait le jeune blessé. Il commença à se diriger vers eux, mais Azra ne bougea pas.

— Amal Bahrudi ! cria-t-il. Où allons-nous ?

Evan tourna vivement la tête.

— Où ? répéta-t-il d'un ton chargé de mépris. Loin d'ici, pour commencer. Le jour va bientôt se lever et je ne crois pas me tromper en disant que dans quelques minutes une dizaine d'hélicoptères vont sillonner le ciel à basse altitude pour nous repérer. Nous pouvons disparaître dans la ville, pas ici.

— Et après, que ferons-nous ? Où irons-nous ?

Evan ne le voyait pas distinctement, mais il sentait peser sur lui le regard pénétrant et interrogateur d'Azra. C'était une nouvelle épreuve.

— Après, nous prévenons l'ambassade. Ta sœur, Yateem, ou celui qu'on appelle Ahbyahd, pour qu'ils fassent cesser le trafic de photos et qu'ils se débarrassent des voleurs.

— Et comment faisons-nous cela ? Comment prévenons-nous l'ambassade ? Est-ce que ceux qui t'envoient te l'ont dit, Amal Bahrudi ?

Evan s'attendait à cette question. Elle était inévitable.

— Pour ne rien te cacher, ils ne savaient pas avec certitude où se trouvait le passage et ils supposaient que vous auriez l'intelligence d'en changer tous les jours. Je devais faire passer un message à travers les grilles pour demander à votre conseil opérationnel de me laisser entrer... en m'indiquant où se trouvait le passage à ce moment-là.

— Un message transmis de cette manière aurait pu être un piège. Pourquoi aurions-nous accepté le vôtre ?

Kendrick garda le silence pendant quelques instants. Quand il répondit, ce fut d'une voix basse et calme, lourde de signification.

— Parce qu'il était signé de la main du Mahdi.

Azra écarquilla les yeux. Puis il hocha lentement la tête en levant la main.

— Qui est-ce ? demanda-t-il.

— L'enveloppe portait un cachet de cire qui ne devait être brisé sous aucun prétexte. J'ai trouvé cela dur à avaler, mais moi-même je suis obligé de m'incliner devant la volonté de ceux qui paient la cargaison. Tu vois ce que je veux dire...

— Ceux qui fournissent l'argent qui nous permet de poursuivre notre lutte.

— Si un code quelconque garantissait l'authenticité du message, c'était à toi, ou à quelqu'un du conseil, de le savoir, pas à moi.

— Donne-moi ce message, dit Azra.

— Imbécile ! lança le représentant du Colorado. Quand j'ai vu que je ne pouvais pas échapper à la police, je l'ai déchiré en mille morceaux que j'ai éparpillés le long de l'Al Kabir ! Tu n'aurais pas fait la même chose ?

— Si, répondit le Palestinien, c'est évident. Mais nous n'en aurons pas besoin : je peux nous faire entrer dans l'ambassade. Le passage est bien au point dans les deux sens.

— Tellement bien que l'on fait circuler des films au nez et à la barbe de tes gardes ! Avertis ta sœur de changer tous les gardes et de faire fouiller tout le monde pour découvrir l'appareil photo. Quand elle l'aura trouvé, qu'elle se débarrasse de son possesseur et de tous ceux qui sont proches de lui. Qu'elle les tue tous !

— Sur des indices aussi superficiels ? protesta Azra. Nous risquons de sacrifier des innocents et de perdre des combattants de valeur.

— Trêve d'hypocrisie ! répliqua Bahrudi en riant. Nous n'avons pas ce genre de scrupules devant l'ennemi. Ce ne sont plus des combattants de valeur que nous tuons, mais des innocents ! Pour que le monde dirige son attention vers nous, ce monde aveugle et sourd à nos malheurs, à notre combat pour la survie !

— Par ton tout-puissant Allah, riposta Azra avec fureur, c'est toi qui es devenu aveugle et sourd ! Tu crois la presse occidentale, tu ne remets pas ses affirmations en question ! Sur les onze victimes de l'ambassade, quatre étaient déjà mortes, dont deux femmes... L'une d'elles s'est suicidée, car elle avait une peur panique d'être violée... violée par des *Arabes* ! L'autre, qui était beaucoup plus forte, s'est jetée sur un jeune idiot dont la seule réaction a été d'appuyer sur la détente de son arme. Les deux hommes étaient vieux et malades et ils sont morts d'un arrêt du cœur. Cela ne nous excuse pas d'avoir causé la mort d'innocents, mais nous ne les avons jamais menacés d'une arme. Zaya a expliqué tout cela à la presse, mais personne ne l'a cru. Personne ne le croira jamais !

— Peu importe, nous savons à quoi nous en tenir. Mais les autres, les sept autres ?

— Condamnés par notre conseil, condamnés à juste titre. Des officiers des services de renseignements qui mettaient sur pied des réseaux dans tout le Golfe et le Bassin méditerranéen ; des membres des Opérations consulaires — et, parmi eux, deux Arabes qui avaient vendu leur âme pour nous faire tomber dans l'oubli. À la solde des sionistes et de leurs pantins américains. Ils méritaient la mort, car ils voulaient tous nous voir mourir, mais seulement après nous avoir déshonorés, après avoir fait de nous des caricatures du mal, alors que le mal n'est pas en nous ! Notre unique désir est de vivre sur notre terre !

— Suffit, poète, dit sèchement Kendrick en tournant la tête vers Yosef et le jeune fanatique qui aspirait à se réfugier dans les bras d'Allah. Je n'ai pas le temps d'écouter tes discours. Nous devons partir.

— À l'ambassade, dit Azra en inclinant la tête. Nous emprunterons le passage.

Kendrick se retourna vers le Palestinien et s'approcha lentement de lui.

— D'accord pour l'ambassade, dit-il, mais seulement devant les grilles. De là, tu feras passer un message à ta sœur pour lui indiquer ce qu'il faut faire. Ainsi ma mission sera terminée... La tienne aussi, au moins pour un ou deux jours.

— Qu'est-ce que tu racontes ? demanda Azra, l'air perplexe.

— Mes instructions sont de ramener l'un de vous à Bahreïn dans les meilleurs délais ; et c'est toi que j'ai choisi. J'ai déjà été arrêté et je me suis évadé. Je ne peux plus courir le moindre risque.

— À Bahreïn ?

— Pour voir le Mahdi. Cela ne prendra que quelques heures, mais c'est très urgent. Il a de nouvelles instructions pour vous, des instructions qu'il ne veut communiquer qu'à l'un des membres du conseil. Tu en fais partie et nous sommes déjà tous deux à l'extérieur de l'ambassade.

— L'aéroport est surveillé, objecta vivement Azra. Il y a des rondes, avec des chiens de police. Il est impossible d'y entrer ou d'en sortir sans subir un interrogatoire. Jamais nous ne réussirons à passer. Et c'est la même chose pour le port. Tous les bateaux sont arraisonnés, fouillés de fond en comble et coulés s'ils refusent d'obtempérer.

— Toutes ces mesures ne vous ont pas empêchés d'entrer et de sortir de l'ambassade. J'ai vu les résultats à Berlin.

— Mais tu m'as dit que c'était urgent et il faut vingt-quatre à quarante-huit heures pour utiliser le passage.

— Pourquoi est-ce si long ?

— Nous ne nous déplaçons que la nuit, avec des uniformes de la police des frontières stationnée à la frontière du Yémen. En cas de contrôle, nous prétendons être en patrouille le long de la côte. Puis nous rejoignons les bateaux rapides... fournis par Bahreïn, bien entendu.

— Bien entendu.

J'avais raison, songea Kendrick. Le littoral sud jusqu'à Ra's al Hadd et au détroit de Masira était un territoire sans surveillance, une région désolée, à la côte hérissée de rochers et à l'intérieur inhospitalier, la providence des bandits, des contrebandiers et des terroristes de tout poil. Et quel meilleur déguisement pouvait-il y avoir que l'uniforme de la police des frontières, cette unité dont les membres étaient choisis pour leur loyauté et surtout pour leur brutalité, largement comparable à celle des hors-la-loi ayant trouvé refuge au Yémen ?

— C'est parfait, poursuivit Amal Bahrudi du ton froid d'un professionnel. Mais comment avez-vous pu vous procurer ces uniformes ? Je crois me souvenir qu'ils sont différents des autres... un peu plus clairs, une autre forme d'épaulettes, des chaussures conçues pour le désert et pour l'eau...

— Je les ai fait faire, répondit Azra en scrutant le fond de la vallée. À Bahreïn, bien sûr. Ils sont tous mis sous clé quand on ne les utilise pas. Bon, tu as raison, il faut partir, maintenant. Le fourgon va arriver au camp dans deux minutes. Nous continuerons à parler en marchant. Allez, viens !

Yosef avait installé le jeune terroriste blessé sur le bord de la route. Il l'avait calmé et lui avait donné ses instructions d'une voix douce mais ferme.

— Nous avancerons plus vite en suivant la route, dit Evan quand ils eurent rejoint les deux autres Palestiniens.

Nous ne nous en écarterons que lorsque les phares arriveront au pied de la côte. Dépêchons-nous !

Après un dernier mot d'encouragement à leur compagnon blessé, les trois fugitifs commencèrent à remonter en courant la côte qui ne débouchait sur un plateau que plusieurs centaines de mètres plus haut. La végétation était composée d'arbustes rabougris qui s'entrelaçaient sur le sol aride et de petits arbres noueux, bénéficiant de l'humidité nocturne apportée par le vent soufflant du Golfe, mais stoppés dans leur croissance par la chaleur accablante, suffocante de la journée. Aussi loin que portait le regard à la clarté laiteuse de la lune, la route était droite. Le souffle court, la poitrine haletante, c'est Yosef qui parla le premier.

— À trois ou quatre kilomètres au nord, dit-il, les arbres sont plus hauts... Il nous sera plus facile de nous cacher.

— Tu sais où nous sommes ? demanda Kendrick, désagréablement surpris, car il pensait être le seul à le savoir.

— Je ne connais peut-être pas cette route-là, répondit le terroriste massif, mais il n'y en a pas beaucoup et elles se ressemblent toutes. Quand on part du désert pour aller vers le Golfe, la végétation change. Tout devient plus vert et il y a de petites collines. Et, d'un seul coup, on se retrouve dans les faubourgs de Mascate. C'est très rapide.

— Yosef faisait partie du groupe de reconnaissance sous la conduite d'Ahbyahd, expliqua Azra. Ils sont arrivés cinq jours avant la prise de l'ambassade.

— Je vois. Mais je vois aussi que toute la Forêt-Noire ne serait pas suffisante quand le jour sera levé ; et Oman n'est pas la Forêt-Noire. Il y aura des soldats, des chiens et des hélicoptères qui passeront tous les environs au peigne fin. Le seul endroit où nous pouvons nous cacher, c'est dans la ville. Je suppose que tu as des contacts à Mascate, demanda-t-il en se tournant vers Azra.

— Beaucoup.

— Qu'est-ce que cela représente ?

— Entre dix et vingt, dont certains sont haut placés. Mais ils vont et viennent.

— Quand nous serons à Mascate, réunis-les et amène-les-moi. J'en choisirai un.

— Tu en *choisiras* un ?

— Il m'en faut un seul, mais ce doit être le bon. Il portera un message de ma part et nous serons à Bahreïn trois heures plus tard.

— Auprès du Mahdi ?

— Oui.

— Mais tu as dit... tu as laissé entendre que tu ne savais pas qui il était.

— Non, je ne le sais pas.

— Mais tu sais comment le joindre ?

— Non, répondit Evan en sentant une boule se former dans son estomac. C'est encore une chose difficile à avaler, mais plus facile à comprendre. Le théâtre de mes opérations n'est pas ici, mais en Europe. Je croyais simplement que tu saurais où le trouver à Bahreïn.

— C'était peut-être indiqué dans le message que tu as été obligé de détruire, un code ou autre chose...

— Mais il y a *toujours* des procédures d'urgence, lança Kendrick d'une voix rauque en s'efforçant de contenir son anxiété.

— Oui, il y en a, dit pensivement Azra. Mais aucune qui s'applique directement au Mahdi. Tu dois savoir que son nom n'est connu que de peu de gens et qu'il n'est jamais prononcé à voix haute.

— Non, je ne sais pas ! Je t'ai déjà dit que je ne travaille pas dans cette partie du monde. Et c'est pour cela que l'on m'a choisi. Cela paraît évident.

— Oui, dit Azra, c'est évident. Tu es loin de tes bases... Le messager que personne n'attend.

— C'est invraisemblable ! s'écria Kendrick. Vous recevez des instructions, non ? Des instructions quotidiennes ?

— Oui, dit le jeune Palestinien en lançant un regard en coin à Yosef. Mais, tout comme toi, je ne suis qu'un messager.

— Comment cela ?

— Je fais partie de notre conseil, je suis jeune, robuste et je ne suis pas une femme. Mais je ne suis pas non plus un des chefs ; mon âge ne me le permet pas. Les chefs du conseil étaient Nassir, Zaya et Ahbyahd. Jusqu'à la mort de Nassir, ils ont partagé tous les trois la responsabilité de l'opération. Quand nous recevions une enveloppe contenant des instructions, je la leur remettais, mais sans briser le cachet. Zaya et Ahbyahd sont maintenant les seuls à savoir comment joindre le Mahdi. Pas personnellement, mais par une série de contacts qui mènent à lui, qui lui font passer les messages.

— Peux-tu établir un contact radio avec ta sœur ? Sur une fréquence sûre, ou à un numéro de téléphone stérile ? Elle te dirait ce qu'il faut faire.

— Impossible. Le matériel de détection de l'ennemi est trop performant. Nous ne disons rien, ni à la radio ni au téléphone, que nous ne pourrions dire en public. Pour nous, c'est la même chose.

— Et tes contacts à Mascate ! poursuivit Evan d'un ton insistant en sentant des gouttes de sueur se former à la racine de ses cheveux. L'un d'entre eux ne pourrait-il pas aller chercher les renseignements à l'intérieur de l'ambassade ?

— Si Zaya voyait quelqu'un lui poser des questions, même très générales, sur le Mahdi, elle le ferait exécuter sur-le-champ !

— Mais nous avons absolument besoin de ces renseignements ! Je dois t'emmener à Bahreïn, auprès de lui, cette nuit même ! Et je ne veux pas mettre en danger nos sources de financement en Europe sous prétexte que l'on m'impute ici la responsabilité d'un échec qui n'est pas le mien !

— Je ne vois qu'une seule solution, poursuivit Azra. Celle que j'ai envisagée tout à l'heure. Nous pénétrons dans l'ambassade.

— Nous n'avons pas de temps pour toutes ces complications ! s'écria Evan avec véhémence. Je connais Bahreïn. Je choisirai un lieu et nous ferons prévenir ta sœur pour qu'elle ou Ahbyahd trouve le moyen de joindre un des intermédiaires du Mahdi. Il faudra bien entendu éviter de parler de nous deux... Nous leur ferons dire qu'il y a une urgence. Oui, c'est cela, une urgence : ils comprendront ! Je fixerai le lieu de rendez-vous ; une rue, une mosquée, une portion des quais, les alentours de l'aéroport... Quelqu'un viendra. Il le faut !

Le jeune et mince terroriste étudia en silence le visage

de celui qu'il croyait être son homologue pour l'Europe de l'Est.

— Je vais te poser une question, Amal Bahrudi, dit-il enfin. Serais-tu aussi désinvolte, aussi indiscipliné avec tes sources de financement à Berlin ? Est-ce que Moscou, les banques de Sofia ou les financiers clandestins de Zagreb toléreraient un tel laisser-aller dans les communications ?

— En cas d'urgence, ils comprendraient.

— Si tu laissais la situation en arriver là, ils te trancheraient tout simplement la gorge et mettraient quelqu'un d'autre à ta place.

— Occupe-toi de tes sources et je m'occuperai des miennes !

— Très bien. Je m'occupe des miennes ! Nous allons à l'ambassade !

Le vent soufflant du golfe d'Oman, qui balayait les herbes rases et les arbustes rabougris, leur porta le hululement lointain d'une sirène de police venant de la vallée désertique. C'était le signal que Kendrick attendait. *Ils devaient se cacher.*

— Vite ! hurla Yosef en écrasant la main sur l'épaule d'Azra et en le poussant vers l'avant. Courez, mes frères, courez comme vous n'avez jamais encore couru !

— À l'ambassade ! cria Bleu. Avant que le jour ne se lève !

Le cauchemar qui ne le quitterait plus jusqu'à la fin de sa vie allait commencer pour Evan Kendrick, représentant de la neuvième circonscription du Colorado.

9

Khalehla étouffa un petit cri. Son regard avait soudain été attiré par le rétroviseur... Un éclat de lumière, une forme sombre sur le noir du ciel, quelque chose... Maintenant, elle savait. Loin derrière elle, sur la route surplombant Mascate, une voiture suivait la sienne ! Il n'y avait pas de phares, juste une ombre mouvante à une certaine distance. Elle aborda un virage sur la route déserte qui allait plonger en sinuant dans la vallée où commençaient les sables du Djebel Sham, là où l'« évasion » devait avoir lieu. La vallée n'ayant qu'un seul accès et une seule sortie, son plan avait été de quitter la route en dissimulant la voiture et de suivre Evan Kendrick et les autres fugitifs quand ils auraient réussi à descendre du fourgon. Mais ce plan venait de tomber à l'eau !

Mon Dieu ! Il ne faut pas que je tombe entre leurs mains ! Ils tueraient tous les otages ! Mais qu'ai-je fait ? Vite ! Va-t'en !

Elle tourna violemment le volant et la puissante voiture mordit sur le bas-côté de terre sablonneuse, rebondit sur quelques ornières et repartit en sens inverse. Khalehla écrasa l'accélérateur et, quelques secondes plus tard, les phares allumés, elle croisa à toute allure la voiture qui la suivait. L'homme assis à l'avant, à côté du conducteur, se baissa pour essayer de dérober à la vue son visage et son corps, mais trop tard...

Khalehla n'en crut pas ses yeux !

Puis la lumière se fit brusquement dans son esprit et tout lui devint évident, limpide... parfaitement limpide. *Tony !* Ce maladroit, ce balourd bégayant d'Anthony MacDonald ! Ce raté dont la situation était assurée parce que la boîte pour laquelle il travaillait appartenait au père de sa femme, mais qu'on avait quand même expédié au Caire, car c'est là qu'il pouvait faire le moins de dégâts. Un représentant dont l'unique occupation consistait à organiser des dîners au cours desquels il s'enivrait invariablement, tout comme sa femme, aussi stupide et assommante que lui. Comme si une note de service avait été gravée sur leur front : *Indésirables en Grande-Bretagne, sauf pour les obsèques de famille. Billet de retour obligatoire.* Quelle merveilleuse ingéniosité ! Le gros dandy à l'esprit lent, dont la mise élégante ne parvenait pas à dissimuler les excès, avait trouvé une étonnante couverture, car Khalehla était maintenant persuadée qu'il s'agissait bien d'une couverture. En en bâtissant une pour elle-même, elle avait obligé un maître du genre à dévoiler la sienne !

Elle fit appel à ses souvenirs pour essayer de retrouver comment elle avait pu se faire prendre au piège. Mais tout était très flou, car elle n'avait absolument rien soupçonné sur le moment. Elle n'avait jamais eu aucune raison de douter que ce minable de Tony MacDonald était vraiment mort de peur à l'idée de se rendre seul à Oman. Il lui avait raconté à plusieurs reprises d'une voix gémissante que sa firme avait des intérêts à Mascate et qu'on lui avait demandé d'aller s'en occuper malgré les horreurs qui s'y passaient. Elle avait eu beaucoup de peine à le calmer en lui expliquant que seuls les Américains et les Israéliens étaient visés et que, en tant que sujet britannique, il ne risquait rien. C'était comme s'il avait su qu'elle allait être envoyée à Mascate et, lorsqu'elle en avait reçu l'ordre, elle s'était souvenue de ses craintes et lui avait téléphoné, estimant qu'il était l'homme idéal pour l'escorter. Idéal, en effet !

Il devait disposer d'un extraordinaire réseau de complicités. Une heure plus tôt, on l'avait vu se donner en spectacle dans le bar d'un hôtel, complètement abruti d'alcool, et maintenant, à cinq heures du matin, il la suivait tous feux éteints sur une route déserte ! Une seule conclusion s'imposait : il l'avait fait placer sous une surveillance permanente et l'avait suivie à sa sortie du palais, ce qui impliquait que les informateurs de Tony avaient découvert ses liens avec le sultan d'Oman. Mais pour le compte de qui le rusé MacDonald jouait-il cette brillante comédie ? Qui mettait à sa disposition un réseau d'informateurs aussi efficace et, en pleine nuit, une puissante automobile avec chauffeur dans un pays en état de siège où les faits et gestes de tous les étrangers étaient examinés à la loupe ? De quel côté était-il ? Et, si l'omniprésent Tony MacDonald était du mauvais côté, depuis combien de temps jouait-il à ce jeu dangereux ?

Qui était derrière l'Anglais ? Son voyage à Oman avait-il un rapport avec la présence d'Evan Kendrick ? Ahmat n'avait parlé qu'avec prudence et d'une manière très floue de l'objectif secret de l'Américain à Mascate et il s'était contenté de dire qu'aucune hypothèse, aussi invraisemblable qu'elle pût paraître, ne devait être écartée. Il avait seulement révélé que l'ancien entrepreneur de travaux publics au Proche-Orient croyait que la prise sanglante de l'ambassade *pouvait* avoir été organisée par un homme à la tête d'une conspiration industrielle dont les premières activités avaient été décelées quatre ans auparavant, en Arabie Saoudite. Décelées, mais pas prouvées. C'était déjà beaucoup plus que ce que le propre service de Khalehla avait pu lui apprendre. Et un Américain intelligent et fortuné n'allait pas risquer d'infilter un groupe de terroristes sans être mû par une conviction extraordinairement forte. Pour Ahmat, sultan d'Oman et supporter des New England Patriots, c'était suffisant. Washington s'était contenté d'assurer discrètement le transport, niait son existence et refusait de l'aider. « Mais, moi, je peux l'aider ! » s'était écrié Ahmat. Et maintenant, Anthony MacDonald apportait un élément nouveau et très déroutant dans l'équation terroriste.

L'instinct professionnel de Khalehla la poussait à se retirer, à prendre la fuite, mais elle ne pouvait s'y résoudre. Il s'était passé quelque chose. Quelqu'un avait détruit le fragile équilibre de la violence passée et imminente. Il n'était pas question de demander une évacuation en avion jusqu'au Caire. Pas encore. Non, pas encore ! Elle avait encore tellement à apprendre et si peu de temps pour le faire ! Elle ne pouvait plus revenir en arrière !

— Ne t'arrête pas ! aboya MacDonald en tirant sur la sangle de cuir fixée au-dessus de la portière pour se redresser péniblement. Si elle se trouve là à l'heure qu'il est, ce n'est certainement pas pour le plaisir. Il doit y avoir une raison.

— Elle vous a peut-être vu, *Effendi.*

— C'est peu probable, mais, si elle m'a reconnu, je ne suis qu'un client qui s'est fait avoir par une putain. Continue à rouler et allume les phares. Quelqu'un les attend peut-être et nous devons savoir qui est ce quelqu'un.

— Ce n'est peut-être pas un ami, monsieur.

— Dans ce cas, je ne serai qu'un infidèle porté sur la boisson et, toi, tu es payé par la firme pour me protéger de mon inconduite scandaleuse. Comme au bon vieux temps.

— Comme vous voulez, *Effendi,* dit le chauffeur en allumant les phares.

— Qu'est-ce qu'il y a devant nous ? demanda MacDonald.

— Rien, monsieur. Rien qu'une vieille route qui mène au Djebel Sham.

— Qu'est-ce que c'est que ça ?

— Le début du désert. Il s'étend jusqu'aux montagnes qui forment la frontière avec l'Arabie Saoudite.

— Y a-t-il d'autres routes ?

— À plusieurs kilomètres à l'est, monsieur, mais moins praticables. Très difficiles.

— Quand tu me dis qu'il n'y a rien devant nous, qu'est-ce que cela signifie exactement ?

— Rien d'autre que ce que j'ai dit, monsieur. Il n'y a que la route du Djebel Sham.

— Mais cette route, insista l'Anglais, celle sur laquelle nous roulons, où va-t-elle ?

— Nulle part, monsieur. Elle tourne à gauche pour rejoindre la route du...

— Du Djebel machin... J'ai compris ! Il n'y a donc pas deux routes différentes, mais une seule qui tourne à gauche et mène à ton foutu désert.

— Oui, monsieur.

— Un rendez-vous..., murmura pour lui-même l'envoyé du Mahdi. J'ai changé d'avis, mon vieux, poursuivit-il à voix haute à l'adresse du chauffeur. Tu peux éteindre les phares. La clarté de la lune est suffisante pour que tu voies la route, non ?

— Bien sûr, répondit le chauffeur sans essayer de dissimuler sa satisfaction. Je la connais comme ma poche. Je connais très, très bien toutes les routes de Mascate et de Matrah. Même celles qui sont impraticables, à l'est et au sud. Mais je dois avouer, *Effendi,* que je ne comprends pas.

— C'est très simple, mon garçon. Si notre petite putain très occupée n'est pas allée retrouver celui ou ceux qui l'attendaient, quelqu'un d'autre va bientôt arriver. Avant le lever du jour, je suppose, ce qui ne saurait tarder.

— Le ciel commence à s'éclaircir, monsieur.

— Je vois.

MacDonald posa son pistolet au-dessus du tableau de bord, puis il plongea la main dans la poche de sa veste et en sortit de petites jumelles aux lentilles bombées. Il les approcha de ses yeux et scruta les bords de la route à travers le pare-brise.

— Il fait encore trop sombre, *Effendi,* dit le chauffeur.

— Pas pour ces petites merveilles, répliqua l'Anglais obèse au moment où la voiture abordait un nouveau virage. Même par une nuit d'encre, elles me permettraient de compter tous les arbustes à une distance d'un kilomètre.

Les yeux plissés, le chauffeur négocia la courbe en freinant et la grosse conduite intérieure déboucha sur une longue ligne droite qui se perdait dans l'obscurité.

— Nous aborderons dans deux kilomètres la descente vers le Djebel Sham, monsieur. Je vais être obligé de rouler très lentement, car il y a beaucoup de virages et des rochers.

— Bon Dieu ! s'écria MacDonald, les yeux toujours collés à ses jumelles. Quitte la route ! Vite !

— Quoi ?

— Fais ce que je te dis ! Arrête le moteur !

— Mais, monsieur...

— Coupe le contact et avance aussi loin que possible sur le bas-côté !

Le chauffeur braqua à droite et s'engagea sur le sol caillouteux et sillonné d'ornières, les mains crispées sur le volant qu'il actionnait sans cesse pour éviter les petits arbres à peine visibles dans l'obscurité. La conduite intérieure parcourut ainsi une bonne vingtaine de mètres, puis elle s'immobilisa brusquement, un arbuste coincé sous le châssis.

— Monsieur... ?

— Tais-toi ! souffla l'Anglais obèse en remettant les jumelles dans sa poche avant de reprendre son arme.

De sa main libre, il saisit la poignée de la portière, puis arrêta brusquement son geste.

— Est-ce que la lumière s'allume quand on ouvre la portière ? demanda-t-il

— Oui, monsieur, répondit le chauffeur en lui montrant le plafonnier. C'est celle-ci.

MacDonald fracassa la lampe d'un coup de crosse.

— Je vais sortir, dit-il dans un murmure. Reste ici, ne

bouge pas et surtout pas de coup de klaxon. Si j'entends le moindre bruit, tu es un homme mort. C'est compris ?

— Parfaitement, monsieur. Mais puis-je vous demander pourquoi ?

— Il y a des hommes sur la route. Trois ou quatre, je n'ai pas bien vu. Ils étaient trop loin. Mais ils courent et ils viennent par ici.

L'Anglais ouvrit doucement la portière et, gêné par son embonpoint, se glissa rapidement à l'extérieur. Tout courbé, rasant le sol, invisible dans sa tenue noire, il s'avança rapidement jusqu'à six ou sept mètres de la route. Puis il s'accroupit derrière un arbre rabougri, posa son arme à droite du tronc noueux et sortit ses jumelles à infrarouges. Il les braqua sur la route, dans l'axe des silhouettes qui arrivaient en courant. Et il découvrit leurs visages.

Bleu ! C'était Azra ! Sans barbe, mais parfaitement reconnaissable. Le plus jeune membre du conseil, le frère de Zaya Yateem. Et celui qui se trouvait à sa gauche... MacDonald avait oublié son nom, mais il avait soigneusement étudié les photos, comme si elles étaient son passeport pour la fortune — ce qui était le cas ! —, et il savait que c'était *lui.* Un homme plus âgé que les autres, terroriste depuis vingt ans, qui portait un nom juif. *Yosef !* Oui, c'était bien Yosef. Formé dans les camps d'entraînement de Libye après avoir fui les hauteurs du Golan... Mais l'homme qui était à la droite d'Azra lui posait un problème. À cause de son physique, MacDonald pensait qu'il aurait dû le reconnaître. Il régla les jumelles à infrarouges sur le visage couvert de sueur. L'homme était presque aussi âgé que Yosef, et les rares terroristes de plus de trente ans qui se trouvaient dans l'ambassade y avaient pour la plupart été envoyés par Bahreïn. Les autres n'étaient que des imbéciles et des têtes brûlées..., des fanatiques exaltés, faciles à manipuler. C'est à ce moment-là seulement que MacDonald remarqua ce qu'il aurait dû voir depuis le début : les trois hommes portaient un uniforme de prisonnier. Ils venaient de s'évader ! MacDonald n'y comprenait plus rien. Était-ce avec eux que Khalehla avait rendez-vous ? Dans ce cas, c'était doublement incompréhensible. La salope du Caire était au service de l'ennemi. Bahreïn l'avait confirmé d'une manière irréfutable. C'est pour cette raison qu'il avait pris soin de la cultiver, qu'il lui avait parlé des intérêts de sa firme à Oman et des craintes qu'il avait de s'y rendre seul en cette période troublée. Elle avait mordu à l'hameçon et accepté sa proposition, lui confiant même qu'elle ne pouvait quitter Le Caire qu'un jour déterminé, à une heure déterminée et, par voie de conséquence, sur un vol déterminé. Il avait téléphoné à Bahreïn et on lui avait donné l'ordre de se plier à ces conditions. Et de la tenir à l'œil ! Elle n'avait rencontré personne, n'avait échangé aucun signal. Mais, à l'arrivée à Mascate, profitant du désordre engendré par les mesures de sécurité draconiennes imposées par le service de l'immigration, elle s'était éloignée quelques minutes. Bon Dieu de bon Dieu ! Elle était sortie du terminal sur un coup de tête et il l'avait retrouvée à l'extérieur, seule devant la clôture de l'aéroport ! Était-elle entrée en contact avec quelqu'un, avait-elle transmis des instructions à l'ennemi ? Et tout cela avait-il un rapport quelconque avec les prisonniers évadés qui arrivaient maintenant à sa hauteur ?

Un lien entre les deux faits semblait indiscutable. Et totalement incompréhensible !

Quand les trois hommes furent passés devant lui, MacDonald se redressa en ahanant et en jurant. Sans enthousiasme, sans aucun enthousiasme, car une fortune colossale était en jeu et dépendait de ce qui allait se passer dans les heures à venir, il tira la conclusion des derniers événements : l'énigme représentée par Khalehla devait impérativement être résolue et les réponses dont il avait le plus urgent besoin se trouvaient à l'intérieur de l'ambassade. S'il ne trouvait pas ces réponses, non seulement la fortune risquait de s'envoler, mais, si la salope du Caire jouait un rôle clé dans quelque coup tordu et s'il ne pouvait l'arrêter à temps, c'est sa propre vie qui était menacée. Bahreïn n'hésiterait pas à le faire liquider : le Mahdi ne supportait pas l'échec.

Il devait absolument pénétrer dans l'ambassade, avec tous les risques que cela comportait.

Le Lockheed C-130 Hercules portant les insignes israéliens volait à trente et un mille pieds au-dessus du désert d'Arabie Saoudite, à l'est d'Al Ubaylah. Le plan de vol au départ d'Hébron était le suivant : cap au sud, en survolant le Néguev, le golfe d'Akaba et la mer Rouge, puis, toujours au sud, à mi-distance des côtes d'Égypte, du Soudan et d'Arabie Saoudite. À Hamdanah, changement de cap au nord-nord-est afin d'éviter le réseau de radars disposés entre les aéroports de La Mecque et de Qal Bishah, puis plein est à Al Khurma, au-dessus du Rub' al Khali, le grand désert du sud. L'appareil avait été ravitaillé en vol à l'ouest de Djeddah par un avion basé au Soudan et la même opération serait effectuée au retour lorsqu'il aurait déposé ses cinq passagers.

Les cinq soldats en civil, des volontaires de la Brigade Masada, une force d'intervention d'élite spécialisée dans la destruction, le sauvetage, le sabotage et l'assassinat, étaient assis dans la soute de l'appareil. Aucun d'eux n'avait plus de trente-deux ans et tous parlaient couramment hébreu, yiddish, arabe et anglais. C'étaient de superbes athlètes, très bronzés après une longue période d'entraînement dans le désert et imprégnés d'une discipline leur permettant de prendre en une fraction de seconde des décisions dépendant d'une réaction instantanée. Ils avaient tous un quotient intellectuel très supérieur à la moyenne et tous étaient motivés au plus haut point, car tous avaient profondément souffert, soit dans leur chair, soit indirectement, par leurs proches. Ces hommes étaient capables de rire, mais c'est poussés par la haine qu'ils étaient les meilleurs.

Légèrement penchés en avant, ils étaient assis sur un banc, tripotant distraitement le harnais de leur parachute dorsal. Ils parlaient entre eux à voix basse... Tous, sauf un, dont le regard était perdu dans le vague. L'homme taciturne était leur chef. Âgé d'à peine trente ans, il avait les cheveux et les sourcils décolorés par le soleil implacable du désert, de grands yeux bruns, des pommettes hautes et un nez de type sémite. Il n'était ni le plus vieux ni le plus jeune des cinq hommes, mais il était leur chef et cela se lisait sur son visage et dans ses yeux.

Leur mission à Oman avait été décidée par les plus hautes instances du ministère de la Défense. Leurs chances de réussite étaient minimes, les possibilités d'échec et de mort beaucoup plus grandes, mais le jeu en valait la chandelle. Au nombre des deux cent trente-six otages encore détenus dans l'ambassade américaine se trouvait un officier du Mossad, l'inégalable service de renseignements israélien. Si sa véritable identité était découverte, il serait expédié dans l'une de ces « cliniques » spéciales où des injections intraveineuses de produits chimiques se révélaient beaucoup plus efficaces que la torture traditionnelle. D'innombrables secrets pouvaient être dévoilés, des secrets qui risquaient de mettre en péril l'État d'Israël et d'affaiblir dramatiquement le Mossad dans tout le Moyen-Orient. L'objectif du commando était simple : *Faites-le sortir, si c'est possible. Sinon, tuez-le.*

Le chef du commando de la Brigade Masada s'appelait Yaakov. L'agent du Mossad retenu dans l'ambassade était son père.

— *Adonim*, annonça en hébreu une voix calme et respectueuse dans le haut-parleur de l'appareil. Messieurs, nous allons commencer notre descente. Nous atteindrons la cible dans six minutes et trente-quatre secondes, à moins qu'un vent contraire au sommet des montagnes ne fasse passer la durée du vol à six minutes et quarante-huit secondes, ou, dans le pire des cas, à six minutes et cinquante-cinq secondes. Mais tout le monde s'en fout...

Quatre hommes s'esclaffèrent. Yaakov battit des paupières sans quitter du regard la cloison placée en face de lui.

— Nous allons d'abord tourner une fois autour de la cible, à huit mille pieds, poursuivit la voix du pilote, ce qui vous laisse le temps de vous préparer moralement et de vous habituer à ces bouts de drap ridicules qu'on a fixés sur votre nageoire dorsale. Personnellement, je ne prendrais aucun plaisir à sortir faire un tour à huit mille pieds d'altitude, mais, moi, je sais lire et écrire !

Un sourire se dessina sur les lèvres de Yaakov tandis que les autres s'esclaffaient de plus belle.

— La trappe de départ sera ouverte à huit mille cinq cents pieds par notre frère Jonathan Levy, qui, comme tous les portiers de Tel-Aviv, attend de chacun de vous un bon pourboire. Les reconnaissances de dette ne sont pas acceptées ! Quand la lumière rouge commencera à clignoter, il vous faudra quitter cet hôtel aérien de luxe, mais sachez que les employés du parking du rez-de-chaussée refusent, compte tenu des circonstances, de vous rapporter vos véhicules. Eux aussi savent lire et écrire, et ils sont tous sains d'esprits, contrairement à certains des touristes de cette croisière aérienne dont je tairai le nom.

Un bruyant éclat de rire se répercuta sur les parois de la soute et Yaakov étouffa un petit gloussement. Puis le pilote reprit la parole, d'une voix aux intonations plus douces.

— Que notre patrie bien-aimée survive éternellement grâce au courage de ses fils et de ses filles. Et que Dieu soit avec vous, mes chers, très chers amis. Sautez !

L'un après l'autre, les cinq parachutes s'ouvrirent en claquant dans le ciel obscur et, l'un après l'autre, les cinq commandos de la Brigade Masada se posèrent dans un rayon de cent cinquante mètres autour de la lumière ambrée qui brillait au milieu du sable. Chacun des hommes était équipé d'une radio miniaturisée lui permettant de rester en contact avec les autres. Chacun d'eux creusa un trou à l'endroit où il avait touché le sol et y enfouit son parachute, plaçant sa pelle à large fer à côté de la voilure et du harnais avant de reboucher le trou. Puis tous se dirigèrent vers la lumière qui s'éteignit et fut remplacée par le faisceau lumineux d'une torche électrique tenue par un homme venu de Mascate, un officier de renseignements du Mossad.

— Laissez-moi vous regarder, dit-il en dirigeant successivement sur chacun des membres du commando le pinceau lumineux de sa torche. Pas mal. Vous avez vraiment l'allure patibulaire de mauvais garçons du port.

— Conformément à vos instructions, dit Yaakov.

— Elles ne sont pas toujours suivies, répliqua l'homme du Mossad. Vous devez être...

— Nous n'avons pas de nom ! lança sèchement Yaakov.

— Vous avez raison, reconnut l'officier du Mossad. En fait, je ne connais que le vôtre, ce qui est compréhensible.

— Oubliez-le !

— Alors, comment vais-je vous appeler ?

— Nous sommes des couleurs, rien que des couleurs. De droite à gauche, vous avez Orange, Gris, Noir et Rouge.

— Très heureux de vous connaître, dit l'agent du Mossad en éclairant chacun des visages. Et vous ? demanda-t-il en braquant sa torche sur Yaakov.

— Je suis Bleu.

— Naturellement. Le drapeau.

— Non, répondit le fils de l'otage de l'ambassade. Sachez seulement que bleu est la couleur du feu le plus ardent.

— L'étude de la réfraction nous apprend que c'est aussi celle de la glace la plus froide, jeune homme, mais peu importe. Mon véhicule est à quelques centaines de mètres au nord et je me vois obligé de vous demander, après vos grisantes acrobaties aériennes, de le rejoindre à pied.

Le véhicule en question était une version japonaise de la Land Rover, l'agrément de la conduite en moins, dont la carrosserie était suffisamment cabossée et rayée pour passer inaperçue dans un pays où la vitesse était une notion toute relative et où les collisions étaient fréquentes. Le trajet d'une bonne heure jusqu'à Mascate fut brusquement interrompu quand, à quelques kilomètres de la ville, apparut une lumière jaune clignotante.

— Je n'aime pas cela, dit l'agent du Mossad à Yaakov, assis à l'avant, à côté de lui. Il ne devait pas y avoir d'arrêt à proximité de Mascate. Les troupes du sultan patrouillent tous les environs. Sortez votre arme, jeune homme. Quelqu'un peut avoir trop parlé, on ne sait jamais.

— Qui aurait pu parler ? interrogea Yaakov d'un ton agressif en faisant jaillir son arme de la gaine fixée sous son aisselle. Nous sommes totalement en sécurité. Personne n'est au courant de notre arrivée... Ma propre femme croit que je suis en manœuvres dans le Néguev !

— Il faut conserver certains contacts clandestins, Bleu, et il arrive parfois que l'ennemi creuse trop profondément... Demandez à vos compagnons d'être prêts à faire usage de leurs armes.

Yaakov donna un ordre bref et chaque membre du

commando se rapprocha d'une vitre, l'arme à la main. Mais ces préparatifs belliqueux se révélèrent inutiles.

— C'est Ben-Ami ! s'écria l'officier du Mossad en arrêtant son véhicule dans un grand crissement de pneus sur la route défoncée. Ouvrez la portière !

Un petit homme vêtu d'un jean, d'une ample chemise de coton blanc et coiffé d'une ghotra bondit à l'intérieur et poussa Yaakov pour s'asseoir.

— Continue à rouler, dit-il à l'agent du Mossad. Lentement. Il n'y a pas de patrouilles par ici et nous ne courons aucun risque d'être arrêtés pendant au moins dix minutes. As-tu une lampe électrique ?

Le conducteur tendit la main pour prendre sa torche. Le nouvel arrivant la saisit avidement et se retourna aussitôt pour inspecter les passagers de l'arrière.

— Parfait ! s'écria-t-il. Vous avez de belles gueules de voyous ! Si jamais nous sommes arrêtés, exprimez-vous en mauvais arabe et vantez-vous d'avoir tiré un bon coup. C'est compris ?

— *Amen,* répondirent trois commandos d'une même voix.

Mais le quatrième, Orange, ne fut pas aussi docile.

— Le Talmud exige que l'on dise toujours la vérité, commença-t-il. Si vous me trouvez une houri avec de gros nichons, je marche avec vous.

— Ferme-la ! ordonna Yaakov, le visage fermé.

— Qu'est-ce qui t'amène ici ? demanda l'agent du Mossad à Ben-Ami.

— Une histoire de fous. Quelqu'un de chez nous a appelé de Washington une heure après votre départ d'Hébron. Il avait des révélations à nous faire à propos d'un Américain. Pas n'importe quel Américain, un parlementaire ! Il paraît qu'il est ici clandestinement et qu'il infiltre l'ennemi. Incroyable, non ?

— Si c'est vrai, dit le conducteur en crispant les mains sur le volant, tous les soupçons d'incompétence qu'il m'est jamais arrivé de nourrir envers les différents services secrets américains se trouvent confirmés de la manière la plus éclatante qui soit. S'il se fait prendre, les Américains seront traités en parias par le monde civilisé ! C'est un risque énorme !

— Un risque qu'ils ont pris. Il est là.

— Où ?

— Nous ne savons pas.

— En quoi cela nous concerne-t-il ? demanda Yaakov d'un ton rogue. Un Américain seul. Un imbécile. Quelles sont ses références ?

— Je suis au regret de dire qu'elles sont excellentes, répondit Ben-Ami. Et que nous devons l'aider de notre mieux.

— Quoi ? hurla le chef du commando. Et pourquoi ?

— Parce que, quoi qu'en pense mon estimé collègue, Washington a pleinement conscience des risques et des éventuelles conséquences et qu'ils le laissent se débrouiller tout seul. S'il est capturé, il ne pourra pas faire appel à son gouvernement, car les Américains nieront l'avoir envoyé. Il agit à titre purement personnel.

— Je repose ma question, insista Yaakov. Si les Américains refusent de l'aider, pourquoi le ferions-nous ?

— Parce qu'ils ne l'auraient jamais laissé s'embarquer dans cette aventure si quelqu'un de très haut placé n'avait estimé qu'il a flairé quelque chose d'extraordinaire.

— Mais pourquoi nous ? Nous avons notre mission !

— Peut-être parce que nous pouvons faire quelque chose... et pas eux.

— Sur le plan politique, c'est suicidaire ! lança le conducteur avec virulence. Washington met le feu aux poudres, puis se met frileusement à l'abri et nous colle cela sur les bras ! C'est une décision qui a dû être prise par les éléments pro-arabes du Département d'État ! Si nous échouons, ou plutôt s'il échoue malgré notre aide, et si de nouvelles exécutions ont lieu, on fera encore porter le chapeau aux juifs ! Les assassins du Christ ont encore frappé !

— Rectification, dit posément Ben-Ami. Washington ne nous a rien « collé » sur les bras, pour la simple raison que personne à Washington ne sait que nous sommes au courant. Et si nous faisons correctement ce que nous avons à faire, nous resterons dans l'ombre. Nous nous contenterons, si besoin est, de lui apporter un soutien très discret.

— Vous ne m'avez toujours pas répondu ! cria Yaakov. Pourquoi ?

— Je vous ai répondu, jeune homme, mais vous ne m'avez pas écouté. Vous deviez avoir l'esprit ailleurs. J'ai dit que si nous le faisons c'est parce que nous le pouvons. Peut-être, rien n'est moins sûr ! Il y a deux cent trente-six personnes qui sont retenues dans l'enfer de l'ambassade et qui endurent des souffrances que notre peuple ne connaît que trop bien. Parmi eux se trouve votre père, un homme d'une très grande valeur. Si ce parlementaire américain est en mesure de trouver une solution, notre devoir est de l'aider, ne fût-ce que pour savoir s'il a raison ou non. Mais d'abord, il faut le trouver.

— Qui est-ce ? demanda le conducteur d'une voix teintée de mépris. A-t-il au moins un nom, ou bien les Américains gardent-ils aussi le secret là-dessus ?

— Il s'appelle Kendrick...

La Land Rover fit une brusque embardée et la phrase de Ben-Ami resta en suspens. L'agent du Mossad avait eu une réaction si violente en entendant le nom de l'Américain que son véhicule avait failli quitter la route.

— *Evan* Kendrick ? demanda-t-il, les yeux écarquillés, en redressant la voiture.

— Oui.

— Le groupe Kendrick !

— Qu'est-ce que c'est ? demanda Yaakov en observant attentivement le visage du conducteur.

— La compagnie qu'il dirigeait au Proche-Orient.

— Son dossier est expédié de Washington, dit Ben-Ami. Nous l'aurons demain matin.

— Nous n'en avons pas besoin ! s'écria l'agent du Mossad. Nous avons déjà sur lui un dossier aussi épais que les Tables de la Loi ! Et nous en avons aussi un sur Emmanuel Weingrass... même si nous préférerions souvent ne rien avoir du tout !

— Tu vas trop vite pour moi.

— Je n'ai pas le temps, Ben-Ami. Il nous faudrait des heures et énormément de vin... Ce vieux salaud de Weingrass, que ne me ferait-il pas dire ?

— Peux-tu essayer d'être plus clair ?

— Je peux être plus bref, mais pas nécessairement plus

clair. Si Kendrick est revenu, c'est qu'il est sur une piste et qu'il tient à régler un compte vieux de quatre ans... Une explosion qui a causé la mort de plus de soixante-dix personnes, y compris des femmes et des enfants. Ils étaient ses amis les plus chers, sa famille... Pour comprendre cela, il faut le connaître.

— Parce que tu l'as connu ? demanda Ben-Ami en se penchant vers le conducteur. Tu le connais ?

— Pas très bien, mais assez pour comprendre. Son meilleur ami, celui qui le connaissait le mieux... à la fois père adoptif, confesseur, conseiller, compagnon de beuverie..., c'est Emmanuel Weingrass.

— L'homme que vous semblez condamner, lança Yaakov sans quitter des yeux le visage du conducteur.

— Que je condamne sans restriction, reconnut l'officier de renseignements. Mais qui n'est pas totalement dépourvu d'utilité. Je le déplore, mais c'est ainsi.

— D'utilité pour le Mossad ? demanda Ben-Ami.

Le conducteur donna soudain l'impression d'être gêné et il déglutit avant de répondre en baissant la voix.

— Nous l'avons utilisé à Paris. Il évolue dans des milieux bizarres, il a des contacts avec des marginaux. Et je dois avouer, même si cela me fait mal au ventre, qu'il s'est montré très efficace. Nous avons réussi grâce à lui à retrouver la trace des terroristes qui avaient fait exploser une bombe dans le restaurant kascher de la rue du Bac. Nous avons résolu le problème nous-mêmes, mais un abruti lui a permis d'assister à l'exécution. Quelle connerie ! Je dois ajouter, poursuivit de mauvaise grâce l'agent du Mossad, qu'il a également fourni à Tel-Aviv des renseignements permettant d'éviter cinq autres attentats du même genre.

— Il a sauvé la vie de nombreux juifs, dit Yaakov, et malgré cela vous le condamnez.

— Vous ne le connaissez pas ! Vous comprenez, personne ne prête attention à un bon vivant septuagénaire qui aime à parader sur l'avenue Montaigne au bras d'un mannequin parisien — quand ce n'est pas de deux — qu'il a habillé de pied en cap rue du Faubourg-Saint-Honoré avec l'argent du groupe Kendrick !

— En quoi cela enlève-t-il quoi que ce soit à sa valeur ? demanda Ben-Ami.

— Il nous envoie la facture de ses repas à La Tour d'Argent ! Trois mille, quatre mille shekels ! Comment pouvons-nous refuser ? Il continue de nous renseigner et il a été témoin de représailles particulièrement sanglantes ! Il nous le rappelle de loin en loin, quand les remboursements se font un peu trop attendre !

— Je trouve qu'il est en droit de le faire, dit Ben-Ami en hochant la tête. C'est un agent du Mossad à l'étranger et il doit préserver sa couverture.

— Il nous prend à la gorge, il nous étrangle, murmura le conducteur comme pour lui-même. Et le pire est encore à venir...

— Que voulez-vous dire ? demanda Yaakov.

— Si quelqu'un est capable de trouver Evan Kendrick à Oman, ce ne peut être qu'Emmanuel Weingrass. Dès que nous serons arrivés à Mascate, je téléphonerai à Paris. Quelle poisse !

— Je regrette, dit la standardiste de l'hôtel du Pont-Royal, mais M. Weingrass est absent pour quelques jours. Cependant, il a laissé un numéro de téléphone à Monte-Carlo...

— Je suis désolée, dit la standardiste de L'Hermitage, à Monte-Carlo, M. Weingrass n'est pas dans sa chambre. Il devait dîner à l'hôtel de Paris, en face du casino.

— Avez-vous le numéro de téléphone ?

— Bien sûr, répondit affablement la jeune femme. M. Weingrass est un homme tout à fait charmant. Ce soir, il nous a apporté un énorme bouquet de fleurs ! Quel homme merveilleux ! Vous pouvez le joindre à ce numéro...

— Désolé, dit le standardiste de l'hôtel de Paris d'une voix onctueuse. La salle à manger est fermée, mais le généreux M. Weingrass nous a informés qu'il serait au casino, à la table onze, pendant au moins deux heures et que, s'il recevait un appel téléphonique, son correspondant pouvait demander M. Armand, au casino. Je vous donne le numéro...

— Je suis absolument désolé, susurra Armand, obscur employé du casino de Monte-Carlo, mais comme M. Weingrass et la délicieuse jeune femme qui l'accompagnait n'avaient pas de chance à la roulette, ils se sont rendus dans la salle de jeu du Loew's. C'est un établissement qui n'a pas la classe du nôtre, cela va sans dire, mais les croupiers y sont compétents. Les croupiers français, naturellement, pas les Italiens. Demandez Luigi, le Crétois. Il est presque illettré, mais il saura où trouver M. Weingrass. Présentez-lui mes respects et rappelez-lui que je l'attends demain... quand la chance aura tourné. Voici le numéro...

— *Naturalmente !* rugit Luigi d'une voix triomphante. Signor Weingrass ! Le meilleur ami que j'aie eu de toute ma vie ! Mon frère juif qui parle la langue de Côme et du lac de Garde comme un enfant du pays... Il est là, devant mes yeux !

— Auriez-vous l'obligeance de lui demander de venir au téléphone. C'est urgent.

— Il est très occupé pour l'instant. La jeune femme qui l'accompagne gagne beaucoup d'argent. Cela ne lui portera pas chance si je les dérange.

— Dites à ce vieux machin de venir tout de suite au téléphone, sinon je lui fais bouillir les testicules dans du lait de chèvre !

— *Che cosa ?*

— Faites ce que je vous dis ! Annoncez-lui que c'est de la part de *Mossad* !

— *Pazzo !* marmonna Luigi en posant le combiné. *Instabile !* ajouta-t-il en se dirigeant prudemment vers la table de craps en effervescence.

Avec sa moustache parfaitement lustrée, son nez aquilin témoignant d'une ascendance aristocratique et sa chevelure blanche ondulée surmontant un front patricien, Emmanuel Weingrass demeurait rigoureusement immobile au milieu de l'excitation frénétique des joueurs. Dans sa veste jaune canari avec un nœud papillon à carreaux rouges, il faisait des yeux le tour de la table, plus intéressé par les joueurs que par le jeu lui-même. Il surprenait de temps en temps le regard d'un joueur ou d'un curieux posé sur lui, et il comprenait, comme il comprenait à peu près tout ce qui avait trait à sa personne, approuvant quelquefois, désapprouvant la plupart du temps. Ils regardaient son visage, sans doute plus compact qu'il n'aurait dû l'être, le visage d'un vieil homme qui n'avait pas perdu ses linéaments enfantins, un visage encore jeune malgré les stigmates des ans et dont la jeunesse était accentuée par la tenue vestimentaire aussi élégante qu'excentrique. Mais ceux qui le connaissaient voyaient autre chose. Ils voyaient que ses yeux étaient verts et vifs, même au repos, les yeux d'un voyageur, aussi bien intellectuellement que géographiquement, jamais satisfait, jamais en paix, toujours rêvant de paysages nouveaux à explorer ou à créer. Son excentricité était flagrante, mais il était impossible de savoir jusqu'où elle allait et quelle était en lui la part de l'artiste et de l'homme d'affaires. Il s'efforçait avant tout d'être lui-même et il avait accepté son génie architectural comme un élément parmi d'autres de ce grand jeu un peu idiot qu'était la vie. Un jeu qui, malheureusement, s'achèverait bientôt pour lui, pendant son sommeil, de préférence. Mais il y avait encore tellement de choses à découvrir pendant qu'il était en vie. Sachant qu'il allait sur ses quatre-vingts ans, il lui fallait bien être réaliste, ce qui l'agaçait profondément et lui faisait très peur. Il tourna la tête vers la beauté lascive, vibrante et futile qui l'accompagnait. Il se coucherait à côté d'elle, lui caresserait peut-être la poitrine... puis il s'endormirait. *Mea culpa.* À quoi bon tout cela ?

— *Signor Weingrass ?* murmura Luigi à l'oreille du vieux juif. Il y a un appel téléphonique pour vous, de quelqu'un pour qui je ne pourrai jamais avoir de respect.

— Étrange remarque, Luigi.

— Il vous a insulté, mon cher ami et très distingué client. Si vous le désirez, je vais me débarrasser de lui tout de suite. Et je serai aussi ordurier qu'il le mérite.

— Tout le monde ne m'aime pas autant que toi, Luigi. Qu'a-t-il dit ?

— Ce qu'il a dit, je ne le répéterais pas devant le plus grossier de nos croupiers français !

— Tu es un ami très loyal, Luigi. T'a-t-il donné son nom ?

— Oui. Un certain Signor Mossad. Et, croyez-moi, il a le cerveau dérangé, *pazzo !*

— Ils sont presque tous comme cela, dit Weingrass en se dirigeant rapidement vers le téléphone.

10

Les premiers feux du jour menaçaient d'embraser le ciel. Azra leva la tête et jura tout bas, englobant Yosef dans ses imprécations, pour s'être trompé de route près de la tour Kabritta et leur avoir fait perdre de précieuses minutes. Les trois fugitifs avaient déchiré leurs jambes de pantalon à mi-mollet et arraché leurs manches. Tant que le soleil ne serait pas levé, ils pourraient passer pour des ouvriers venus du Liban ou des bidonvilles d'Abu Dhabi qui avaient dépensé leurs rials de la seule manière qui leur fût accessible : les putains et le whisky bon marché qu'on trouvait dans le Shari el Mishkwiyis, le quartier réservé de la capitale.

Ils étaient tapis dans le renfoncement de l'entrée du personnel de l'hôpital Waljat, à moins de deux cents mètres des grilles de l'ambassade américaine. Sur leur droite, une ruelle donnait sur l'avenue. À l'angle se trouvait une rangée de boutiques, toutes semblables derrière leur rideau de fer tiré. Depuis le début de la prise d'otages, le commerce s'était arrêté. Au loin, derrière les grilles de l'ambassade, de petits groupes de jeunes gens dépenaillés et léthargiques déambulaient lentement, les épaules et les bras pendant sous le poids de leurs armes. Ils faisaient ce qu'on leur avait ordonné de faire pour le Jihad, leur guerre sainte. Mais cette léthargie disparaîtrait avec les premiers rayons du soleil et une énergie farouche renaîtrait en eux avec la venue de la première vague de curieux et, plus encore, avec l'arrivée des équipes de radio et de télévision. Dans moins d'une heure, les jeunes gens en colère seraient de nouveau sous la lumière des projecteurs.

Azra étudia l'esplanade qui s'étendait devant l'ambassade. Au nord s'élevaient trois immeubles de bureaux de deux étages. Les rideaux étaient tirés à toutes les fenêtres et pas une seule lumière n'était allumée, ce qui était d'ailleurs sans importance. Si des guetteurs étaient installés à l'intérieur, ils seraient de toute façon trop loin pour entendre ce qu'il murmurerait à travers la grille et la lumière du jour était encore trop faible pour qu'on pût l'identifier formellement... dans le cas où la nouvelle de leur évasion se serait déjà répandue. Et même si c'était le cas, l'ennemi ne lancerait pas un assaut à partir d'une vague possibilité, car les conséquences pouvaient être dramatiques. En fait, il n'y avait pas âme qui vive sur l'esplanade, à l'exception de quelques mendiants en haillons alignés devant le mur de grès de l'ambassade, leur sébile posée devant eux. Certains étaient assis à côté de leurs excréments. Les plus pouilleux de ces parias n'étaient assurément pas des agents du sultan ou d'une puissance étrangère, mais pour les autres, ce n'était pas impossible. Azra les passa lentement en revue, guettant le mouvement trop brusque qui trahirait un homme n'ayant pas l'habitude de conserver la posture figée d'un mendiant. Seul quelqu'un dont les muscles étaient accoutumés à rester très longtemps dans la même position accroupie pouvait demeurer parfaitement immobile pendant une période assez longue. Mais aucun d'eux ne bougeait, aucun d'eux ne remuait la jambe. Cela ne prouvait rien, mais il ne pouvait espérer mieux. Azra claqua des doigts pour attirer l'attention de Yosef, puis il sortit le MAC-10 de dessous sa chemise et le lança à son compagnon.

— J'y vais, dit-il en arabe. Couvre-moi. Si un de ces mendiants fait un geste un peu trop brusque, je compte sur toi.

— Vas-y. Je vais avancer derrière toi en restant dans l'ombre du mur de l'hôpital et je me glisserai de porte en porte. Je suis un tireur infaillible et si un mendiant fait ce qu'il ne faut pas, il l'apprendra à ses dépens !

— Pas de précipitation, Yosef ! Ne t'avise pas de tirer sans nécessité ! Il faut absolument que j'entre en contact avec un de ces imbéciles de l'ambassade. Je vais avancer en titubant, comme un fêtard rentrant chez lui au petit matin. Toi, Bahrudi, ajouta-t-il à voix basse et en anglais à l'intention de Kendrick, tapi derrière les maigres plantations bordant le mur de l'hôpital, tu attends que Yosef ait atteint le premier de ces bâtiments, puis tu sors lentement et tu le suis. Mais surtout n'attire pas l'attention sur toi. Arrête-toi de temps en temps pour te gratter, crache au moins une fois tous les dix pas et n'oublie pas que ton apparence est celle d'un homme qui se tient plutôt mal !

— Je sais tout cela ! répliqua Kendrick d'un ton faussement agacé, impressionné au fond de lui-même par tout ce qu'il découvrait sur les terroristes. Ne crois-tu pas que j'ai utilisé ces méthodes dix fois plus souvent que toi ?

— Je ne sais pas quoi penser, répondit simplement Azra. Je sais seulement que je n'ai pas aimé la manière dont tu es passé devant la mosquée Zawawi. C'était l'heure où les mollahs et les muezzins se rassemblaient... Peut-être es-tu plus à l'aise dans les capitales raffinées de l'Europe.

— Je t'assure que je ferai ce qu'il faut, dit Kendrick d'un ton glacial, sachant qu'il lui fallait exprimer sa force à la manière arabe, par la mesure et le détachement.

Mais sa comédie tomba à plat, car le jeune terroriste se mit aussitôt à sourire. Un franc sourire, le premier qu'il eût jamais vu s'épanouir sur les lèvres de Bleu.

— J'en suis sûr, dit Azra en hochant la tête. La meilleure preuve en est que je suis ici et non un cadavre dans le désert. Je t'en remercie, Amal Bahrudi. Et maintenant, ne me quitte pas des yeux et fais ce que je t'ai dit.

Bleu pivota rapidement sur lui-même, se redressa et traversa d'une démarche titubante la petite pelouse de l'hôpital qui donnait sur une large voie débouchant sur l'esplanade. Quelques secondes plus tard, Yosef s'élança en courant à quatre-vingt-dix degrés à droite et traversa la ruelle à vingt mètres de l'angle, puis continua d'avancer, collé au mur, invisible dans le jour encore hésitant.

Quand la silhouette solitaire et zigzagante d'Azra s'engagea sur l'esplanade en direction des grilles de l'ambassade, Yosef tourna l'angle et la dernière image qu'eut Kendrick fut celle du pistolet-mitrailleur tenu à bout de bras par le massif sergent-contremaître. Evan savait que le moment était venu de se mettre en route à son tour et il eut une brusque bouffée de nostalgie en songeant qu'il pourrait être au Colorado, au sud-ouest de Telluride, au pied des montagnes Rocheuses, en paix avec le monde et avec lui-même. Mais, tout aussi brusquement, les images d'un enfer l'assaillirent une nouvelle fois. Un bruit de tonnerre, une série d'explosions assourdissantes. Une épaisse fumée. Des parois s'effondrant au milieu des hurlements de terreur des enfants qui allaient mourir. *Des enfants !* Et puis des mères... de jeunes *mères* poussant des cris d'horreur en voyant des tonnes de décombres dégringoler sur elles de trente mètres de hauteur. Et des hommes frappés d'impuissance... des amis, des maris, des *pères,* hurlant sans même essayer de se protéger de la pluie de pierres et de terre remplissant ce qui allait être leur tombeau. *Le Mahdi !*

Evan se redressa, prit une longue inspiration et se dirigea vers l'esplanade. Il arriva devant la rangée de boutiques barricadées, la démarche lente, les épaules voûtées, s'arrêtant fréquemment pour se gratter ou pour cracher par terre.

— Elle avait raison ! murmura l'Arabe à la peau très sombre, vêtu à l'occidentale, qui regardait entre deux planches de la palissade protégeant un café qui, trois semaines plus tôt, était un lieu animé où l'on dégustait du café à la cardamome accompagné d'un cake ou de fruits. Le vieux terroriste est passé si près de moi que j'aurais pu le toucher ! Tu peux être sûr que j'ai retenu mon souffle !

— Chut ! souffla l'autre Arabe en costume traditionnel, qui se trouvait à deux ou trois mètres de lui. Voilà l'Américain ! C'est sa taille qui le trahit.

— Il y en a d'autres qui le trahiront. C'est un condamné en sursis.

— Comment s'appelle-t-il ? demanda l'Arabe en aba d'une voix à peine audible.

— Nous n'avons pas à le savoir. Tout ce qui compte, c'est qu'il risque sa vie pour nous. Nos ordres sont simplement d'obéir aux directives de la femme.

La haute silhouette voûtée passa devant le café et s'arrêta pour cracher tout en se grattant distraitement l'aine. Plus loin, de l'autre côté de l'esplanade, une autre silhouette s'approchait des grilles de l'ambassade dans la lumière laiteuse de l'aube.

— C'est la femme, reprit le premier Arabe sans détourner les yeux de la fente de la palissade, qui nous a demandé de surveiller le port, plus particulièrement les petits bateaux, les routes au nord et à l'est de la ville, et même l'ambassade, à tout hasard. Tu peux la prévenir que, contre toute attente, ils sont ici. Et puis tu appelleras les autres pour leur dire qu'ils peuvent rentrer se coucher.

— D'accord, dit l'homme en aba en se dirigeant vers l'arrière du café déserté où les tables disparaissaient sous une profusion de chaises, comme si la direction attendait de mystérieux clients dédaignant de s'asseoir au niveau du sol.

Puis il s'arrêta brusquement et revint vers son compagnon.

— Et après, que ferons-nous ? demanda-t-il.

— La femme te le dira. Dépêche-toi ! L'autre pourri est en train de faire des signes à travers la grille. C'est là qu'ils vont ! Dans l'ambassade !

Azra s'agrippa aux barreaux de fer en levant les yeux au ciel : le jour gagnait à l'orient de minute en minute. La clarté grisâtre de l'esplanade céderait bientôt la place à la lumière éclatante du soleil de Mascate. Et cela se produirait en quelques instants, comme tous les matins qu'Allah faisait ; une véritable explosion de lumière se répandant par toute la ville. *Vite ! Tournez la tête vers moi, bande de crétins, de demeurés ! L'ennemi est partout ! Il guette, il surveille, il n'attend que l'instant propice pour attaquer et je suis devenu un gibier auquel il attache un prix extraordinaire ! L'un d'entre nous doit prévenir Bahreïn, doit prévenir le Mahdi ! Pour l'amour d'Allah, quelqu'un va-t-il venir par ici ? Je ne peux pas crier !*

Et quelqu'un vint. Un jeune homme en treillis maculé

de taches se sépara en hésitant des quatre autres membres de sa patrouille, les yeux plissés dans la lumière incertaine, le regard attiré par le spectacle de l'homme bizarrement accoutré qui s'accrochait aux barreaux de l'énorme grille fermée par une chaîne. Il accéléra progressivement le pas et l'expression de son visage passa lentement de la perplexité à la stupéfaction.

— Azra ? s'écria-t-il. C'est toi ?

— Parle tout bas ! répondit Bleu dans un murmure en passant les deux mains à travers les grilles pour lui signifier de ne pas crier si fort.

L'adolescent qui s'avançait vers lui faisait partie de la douzaine de jeunes recrues qu'il avait initiées au maniement d'armes automatiques et, si sa mémoire était bonne, il n'avait pas été un de ses meilleurs élèves.

— On nous a dit que tu étais parti en mission secrète, une mission sacrée pour laquelle il fallait prier le Tout-Puissant de te donner sa force !

— J'ai été capturé...

— Allah soit loué !

— Pourquoi cela ?

— De t'avoir permis de tuer les infidèles ! Si tu ne t'étais pas débarrassé d'eux, tu serais maintenant dans les bras d'Allah !

— Je me suis évadé...

— Sans massacrer les infidèles ? interrogea le jeune terroriste avec une pointe de tristesse dans la voix.

— Ils sont tous morts ! répondit Bleu avec une exaspération à peine masquée. Maintenant, écoute-moi...

— Allah soit loué !

— Vas-tu te taire et m'écouter ! Il faut que j'entre dans l'ambassade... le plus vite possible. Va chercher Yateem ou Ahbyahd ! Cours comme si ta vie en dépendait !

— Ma vie n'est rien !

— La mienne, si ! Demande à quelqu'un de revenir ici avec des instructions ! Plus vite que ça !

L'attente faisait tambouriner le cœur d'Azra qui contemplait le ciel ; il regardait le soleil levant s'apprêtant à éclabousser de ses rayons le point minuscule sur la carte qu'était Mascate. Il savait que lorsque le soleil apparaîtrait, lui, Azra, serait un homme mort et qu'il n'aurait plus la possibilité de lutter contre les salauds qui lui avaient volé sa vie, qui avaient donné à son enfance la couleur du sang, qui les avaient privés, Zaya et lui, de leurs parents, emportés par une rafale d'arme automatique lâchée par les tueurs d'Israël.

Ses souvenirs et sa douleur étaient encore si vifs ! Son père était un homme doux et brillant qui avait entrepris des études de médecine à Tel-Aviv, études interrompues dans le courant de la troisième année par les autorités estimant qu'il était plutôt fait pour devenir pharmacien, ce qui leur avait permis de libérer une place en faculté de médecine pour un juif immigré. C'était une pratique courante, la politique israélienne étant de chasser tous les Palestiniens des professions les mieux considérées. Mais, au fil du temps, leur père était devenu le seul « docteur » de leur village de Cisjordanie. Les médecins venus de Be'er Sheva étaient des incapables obligés de gagner leur vie dans les bourgades et les camps de réfugiés. L'un de ces médecins itinérants se plaignit de la situation et ce fut comme si ses paroles s'étaient inscrites sur le Mur des Lamentations. Quelques jours plus tard, la pharmacie fut fermée.

— Quand nous laisseront-ils mener comme nous l'entendons notre pauvre existence ? avait demandé le père désespéré.

La réponse était venue sous la forme d'une fille nommée Zaya et d'un fils devenu Azra le terroriste. La Commission israélienne des affaires arabes pour la Cisjordanie s'était prononcée. Leur père était un fauteur de troubles et la famille avait reçu l'ordre de quitter le village.

Ils avaient fui vers le nord, vers le Liban, vers n'importe quel lieu susceptible de les accueillir. Sur le trajet de leur errance, ils avaient fait halte dans un camp de réfugiés, le camp de Shatila.

Sous les yeux du frère et de la sœur cachés derrière le petit mur de pierre d'un jardin, le père et la mère avaient été sauvagement assassinés, avec tant d'autres, coupés en deux par des rafales meurtrières, le sang coulant des yeux et de la bouche. Et plus haut, dans les collines, les grondements de tonnerre de l'artillerie israélienne résonnèrent dans les oreilles des enfants comme d'insupportables rugissements de triomphe. L'opération de Shatila avait reçu l'approbation sans réserve d'Israël.

C'est ainsi que grandirent Zaya et Azra, devenus pour le monde entier la froide stratège et le nouveau prince héritier du terrorisme.

En voyant accourir vers lui, de l'autre côté des grilles, un homme dont il distingua les cheveux poivre et sel dans la lumière déjà plus forte, Azra chassa d'un seul coup ses souvenirs douloureux.

— Bleu ! souffla Ahbyahd d'une voix rauque où perçait l'étonnement. Au nom d'Allah, que s'est-il passé ? Ta sœur est folle de joie, mais elle sait qu'elle ne peut pas sortir... pas une femme, pas à cette heure-là, pas avec toi. L'ennemi a des yeux partout ! Mais raconte-moi ce qui s'est passé...

— Je te raconterai tout quand nous serons à l'intérieur. Nous n'avons pas le temps maintenant.

— Qui, nous ?

— Moi, Yosef et un certain Amal Bahrudi... un envoyé du Mahdi ! Dépêche-toi ! Le jour est presque levé ! Par où passons-nous ?

— Un envoyé du Mahdi !

— Ahbyahd ! Je t'en prie !

— Le mur est. À une quarantaine de mètres de l'angle sud, il y a une ancienne conduite d'égout...

— Je sais ! Nous avons travaillé pour la dégager. C'est fait maintenant ?

— Il faut se courber en deux et on avance très lentement, mais le passage est dégagé. Il y a une entrée...

— Juste au-dessous des trois gros rochers, en bordure de mer, acheva Azra avec un petit hochement de la tête. Envoie quelqu'un là-bas. Nous faisons une course contre la lumière du jour !

Bleu s'éloigna de la grille et accéléra progressivement le pas en abandonnant petit à petit sa démarche titubante. Il tourna rapidement l'angle du mur de l'ambassade et s'arrêta pour examiner la rangée de boutiques closes. Yosef se montra à moitié, sortant de l'ombre d'un renfoncement d'où il avait suivi tous les gestes de son chef. Il siffla doucement et, quelques secondes plus tard, Amal Bahrudi déboucha d'une allée entre les bâtiments. Il les longea en prenant soin de demeurer dans l'ombre et rejoignit Yosef. Azra agita le bras gauche en leur montrant une petite rue aux pavés disjoints qui courait parallèlement au mur de l'ambassade. La ruelle se trouvait derrière la rangée de boutiques et, de l'autre côté, il n'y avait que quelques gravats et de rares touffes d'herbe. Au loin, vers l'orient ensanglanté, se dessinait la côte déchiquetée du golfe d'Oman. L'un derrière l'autre, Azra ouvrant la marche, les fugitifs en uniforme de prisonnier déchiré et en sandales de cuir s'engouffrèrent dans la petite rue au moment où perçaient les premiers rayons du soleil. Ils longèrent en courant le mur latéral de l'ambassade jusqu'à un petit promontoire s'avançant en saillie au-dessus des flots rageurs. D'un pied sûr et avec une grande agilité, le jeune prince des terroristes commença à dévaler les énormes blocs de pierre, s'arrêtant de temps en temps pour indiquer du doigt les endroits recouverts de mousse sur laquelle les autres pouvaient glisser avant de se fracasser tout en bas sur les rochers à fleur d'eau. En moins d'une minute, ils atteignirent une petite échancrure au pied de l'escarpement, où trois énormes rochers formaient un curieux triangle à la base duquel se trouvait une cavité dont l'ouverture, large de moins d'un mètre, était battue par le ressac.

— Nous y sommes ! s'écria Azra avec un mélange de joie et de soulagement. Je savais bien que je retrouverais l'endroit !

— Qu'est-ce que c'est ? hurla Kendrick pour se faire entendre dans le déferlement des vagues.

— Une vieille conduite d'égout ! cria Bleu. Des toilettes collectives construites il y a plusieurs siècles, qui étaient constamment nettoyées avec de l'eau de mer transportée par des esclaves.

— Ils ont creusé dans la roche ?

— Non, Amal. Ils ont juste égratigné le sol à la surface et disposé les rochers comme il convenait. La nature s'est chargée du reste. Une sorte d'aqueduc inversé, si tu préfères. La pente est raide, mais ceux qui l'ont bâti ont laissé de petites marches pour les pieds. Des pieds d'esclaves... Un peu comme nos pieds de Palestiniens, non ?

— Et comment y entrons-nous ?

— En marchant dans l'eau. Si le prophète Jésus a réussi à marcher *sur* l'eau, le moins que nous puissions faire est de marcher *dans* l'eau ! Viens ! À l'ambassade !

Dégoulinant de sueur, le gros Anthony MacDonald gravissait l'escalier branlant adossé au vieil entrepôt. Les craquements insistants des marches sous son poids se mêlaient aux bruits du bois et des cordages montant des quais où les coques et les filins frottaient sur les cales de halage. Les premiers rayons du soleil jouaient sur les eaux du port sillonnées par des barques et d'antiques boutres. De loin en loin, l'un d'eux était arraisonné par les forces maritimes qui procédaient à une visite.

Tony avait ordonné à son chauffeur de regagner Mascate et ils avaient roulé tous feux éteints sur la route déserte jusqu'à ce qu'ils trouvent une petite rue de l'As Saada qui menait au port. Ce n'est qu'en voyant les premiers lampadaires qu'il avait demandé au chauffeur d'allumer les phares. Il n'avait pas la moindre idée de l'endroit où les fugitifs pouvaient se rendre ou se cacher en plein jour, avec toute la police du sultanat aux trousses, mais il supposait que ce devait être chez l'un des agents les plus insoupçonnables du Mahdi. Il allait faire en sorte de les éviter ; il y avait encore trop à apprendre, trop d'éléments contradictoires à mettre en place avant de risquer de rencontrer fortuitement le jeune et ambitieux Azra. Mais il y avait au moins un endroit où il pouvait aller, un homme qu'il pouvait voir sans crainte de se faire remarquer. Un tueur à gages qui exécutait aveuglément les ordres qu'on lui donnait, un être vil, le rebut du genre humain, qui n'entrait en contact avec ses clients potentiels que dans les ruelles les plus sordides du Shari el Mishkwiyis. Rares étaient ceux qui savaient où il habitait.

Tony hissa péniblement sa pesante carcasse en haut de la dernière volée de marches et s'arrêta, le souffle court, les yeux exorbités, deux marches avant la petite porte donnant sur la tanière de l'homme qu'il était venu voir. La porte tourna brusquement sur ses gonds huilés et le tueur à demi nu bondit sur la petite plate-forme, un long couteau tranchant comme un rasoir dans la main gauche, un petit pistolet dans la droite. La lame se posa sous la gorge de MacDonald et le canon du pistolet s'écrasa sur sa tempe gauche. Le souffle coupé, l'Anglais obèse s'agrippa des deux mains à la rampe pour ne pas dégringoler les marches.

— C'est vous ! dit l'homme au visage émacié en écartant son pistolet, mais en laissant le couteau sous la gorge de Tony. Vous ne devez pas venir ici ! En aucun cas, vous ne devez venir !

MacDonald déglutit et, sans bouger le petit doigt, sentant le contact froid de la lame sur son cou, il parla d'une voix étranglée.

— Il est bien évident que je ne serais jamais venu si la situation n'était critique.

— Ce qui est évident, répliqua le tueur en remuant légèrement son couteau, c'est qu'on s'est foutu de moi ! J'ai tué le fils de l'importateur comme je pourrais vous tuer maintenant. J'ai tailladé la figure de la fille et je l'ai laissée sur le trottoir, la jupe sur la tête, mais on s'est foutu de moi !

— Ce n'était pas intentionnel...

— Je m'en fous !

— Je vous dédommagerai. Il faut que je vous parle. C'est très urgent.

— Vous pouvez parler ici. Vous n'entrerez pas. Personne n'entre !

— Très bien, mais j'aimerais pouvoir lâcher cette rampe et ne pas risquer de me fracasser le crâne en bas des marches.

— Parlez !

Tony posa les deux pieds sur la deuxième marche et sortit un mouchoir pour s'éponger le front.

— Il est vital que j'entre en contact avec les chefs des terroristes de l'ambassade, commença-t-il. Et comme ils ne peuvent pas en sortir, c'est à moi d'y pénétrer.

— C'est trop dangereux. Surtout pour celui qui vous fait entrer, car lui reste dehors.

Le tueur au visage décharné écarta légèrement son couteau de la gorge de MacDonald puis, d'un geste vif du poignet, il avança de nouveau son arme dont il plaça la pointe sur la pomme d'Adam de l'Anglais.

— Vous pouvez téléphoner, c'est ce que tout le monde fait.

— Ce que j'ai à leur dire, ou plutôt à leur demander, ne peut être dit au téléphone. Il est essentiel que je ne m'entretienne qu'avec les chefs.

— Je peux vous vendre un numéro qui ne se trouve pas dans l'annuaire.

— Même s'il n'est pas dans l'annuaire, il est enregistré quelque part et, si vous le connaissez, d'autres doivent le connaître. Je ne peux pas courir un tel risque. Il faut que j'entre dans l'ambassade.

— Vous êtes exigeant, dit le psychopathe, les pupilles dilatées, la paupière gauche agitée d'un tic nerveux. Pourquoi êtes-vous si exigeant ?

— Parce que je suis immensément riche et pas vous. Parce qu'il vous faut beaucoup d'argent pour vous procurer ce dont vous avez besoin.

— Vous m'insultez, à présent ! lança le tueur à gages d'une voix stridente, mais pas très forte, pour ne pas attirer l'attention des pêcheurs et des dockers passant au pied de l'escalier pour se rendre à leur travail.

— Je suis réaliste, c'est tout, répliqua MacDonald. Entrons. Combien voulez-vous ?

Le tueur souffla son haleine fétide en plein visage de l'Anglais, puis il écarta son couteau de la gorge de son bienfaiteur et le considéra de son œil chassieux.

— Cela vous coûtera très cher, dit-il enfin. Beaucoup plus que ce que vous avez payé jusqu'à présent.

— Je suis disposé à accepter une augmentation raisonnable, dit MacDonald, mais rien d'exorbitant. Nous aurons toujours du travail pour vous...

— Il y a une conférence de presse à l'ambassade, à dix heures, le coupa le toxicomane. Comme d'habitude les journalistes et les reporters seront choisis à la dernière minute et leurs noms seront criés à travers les grilles. Soyez-y. Mais laissez-moi un numéro de téléphone où je pourrai vous joindre et vous donner un nom.

Tony lui donna le numéro de son hôtel et celui de sa chambre, puis il demanda d'une voix douce :

— Combien ?

Le tueur à gages baissa son couteau et lui annonça en rials omanais une somme équivalant à cinq mille dollars.

— J'ai des frais, dit-il. Il faut payer pour avoir des renseignements ; celui qui ne paie pas est un homme mort.

— C'est scandaleux ! s'écria MacDonald.

— N'en parlons plus.

— C'est d'accord, dit l'Anglais.

Khalehla faisait les cent pas dans sa chambre d'hôtel en allumant cigarette sur cigarette, bien qu'elle eût déjà pris six fois la décision d'arrêter de fumer. Son regard ne cessait de revenir se poser sur le téléphone. Il était maintenant absolument exclu d'opérer du palais. À cause de ce salopard de Tony !

Anthony MacDonald... Ce minable, cet ivrogne qui était en réalité l'envoyé extraordinaire d'un mystérieux personnage disposait à Mascate d'un réseau de renseignements très efficace. Mais elle-même n'était pas sans ressources, grâce à une ancienne camarade de chambre devenue la femme du sultan... par l'entremise de Khalehla qui, il y avait déjà un certain nombre d'années, lui avait présenté un jour un de ses amis arabes. Comme le monde était petit ! Sa mère, une Californienne pure souche, avait rencontré son père, un étudiant de Port-Saïd venu achever ses études à Berkeley. Elle étudiait l'égyptologie, lui préparait un doctorat de civilisation occidentale et tous deux se destinaient à l'enseignement. La blonde Californienne et l'Égyptien au teint olivâtre étaient tombés amoureux l'un de l'autre et ils s'étaient mariés.

À la naissance de Khalehla, les grands-parents, aussi bien paternels que maternels, figés dans un refus de nature raciste, avaient découvert que l'amour que l'on peut porter à un petit enfant dépasse le souci de la pureté de la race et toutes les barrières étaient tombées. Quatre individus d'âge mûr, deux couples prédisposés à se détester, avaient su passer outre les différences de culture, de race et de religion pour s'unir dans l'amour d'un enfant. Le banquier de San Diego et sa femme, le riche exportateur de Port-Saïd et son unique épouse étaient devenus inséparables.

Mais qu'est-ce qui me prend ? se demanda Khalehla.

L'heure n'était pas à évoquer le passé ; seul le présent comptait. Puis elle comprit pourquoi elle avait laissé son esprit battre la campagne et elle trouva deux raisons. Tout d'abord, la tension était devenue trop forte et elle avait eu besoin de quelques minutes rien qu'à elle, pour penser à ceux qu'elle aimait, ne fût-ce que pour essayer de comprendre le pourquoi de cette haine qui détruisait tout. Mais la seconde raison était sans doute la plus importante. Il venait de lui revenir en mémoire les paroles échangées pendant un dîner, près d'une quinzaine d'années auparavant, des paroles qui avaient lentement fait leur chemin dans son esprit et produit une forte impression sur la jeune fille de dix-huit ans près de partir pour les États-Unis qu'elle était à l'époque.

— Il y a bien peu à dire en faveur des monarques du passé, avait dit ce soir-là son père, dans la maison du Caire où toute la famille était réunie. Mais ils avaient compris quelque chose dont nos dirigeants actuels ne tiennent pas compte, ne peuvent tenir compte, à moins d'essayer de devenir eux-mêmes des monarques, ce qui ne se fait plus guère par les temps qui courent.

— À quoi pensez-vous, jeune homme ? demanda le banquier californien. Je n'ai pas tout à fait renoncé à l'espoir d'une monarchie. Républicaine, bien entendu.

— Eh bien, en commençant par nos pharaons et en poursuivant par les grands prêtres de la Grèce antique, les empereurs de Rome et toutes les têtes couronnées de la vieille Europe, on remarque qu'ils arrangeaient des mariages dans le but de regrouper les différentes nations au sein de leur famille. Quand les gens se sont rencontrés dans certaines circonstances, un dîner, un bal, une chasse, il est plus difficile de continuer à entretenir des clichés et des préjugés.

Des regards furent échangés tout autour de la table et quelques sourires bienveillants étaient apparus.

— Mais, mon cher fils, avait objecté l'importateur de Port-Saïd, les choses ne se passaient pas toujours pour le mieux. Je ne suis pas un historien érudit, mais il y avait des guerres, des rivalités intestines et des ambitions contrariées.

— C'est vrai, mon père, mais cela n'aurait-il pas été bien pis sans ces mariages arrangés ?

— Je refuse d'être utilisée comme un instrument géopolitique ! s'était exclamée en riant la mère de Khalehla.

— Je dois t'avouer, ma chérie, que tout a été sournoisement arrangé entre nous par nos parents. Tu n'as aucune idée de ce que notre alliance a pu leur rapporter !

— Le seul profit que j'en ai retiré est ma charmante petite-fille, dit le banquier.

— Mais, mon ami, dit l'exportateur, elle part aux États-Unis et vos profits risquent fort de s'amenuiser.

— Alors, ma petite chérie, comment vois-tu ce changement de vie ? Ce doit être une grande aventure pour toi.

— Ce ne sera pas la première fois, grand-mère. Nous sommes souvent allés vous voir aux États-Unis et j'ai déjà eu l'occasion de visiter un certain nombre de villes.

— Ce ne sera pas la même chose, cette fois, dit quelqu'un.

Khalehla ne se rappelait plus qui avait prononcé cette phrase, mais elle ouvrait l'un des chapitres les plus étranges de son existence.

— Maintenant tu vas y vivre, ajouta cette même personne.

— Je meurs d'impatience ! Tout le monde est si gentil avec moi là-bas. J'ai l'impression d'être acceptée et aimée partout !

De nouveaux regards furent échangés autour de la table et c'est le banquier qui rompit le silence.

— Tu n'auras peut-être pas toujours cette impression, dit-il doucement. Il t'arrivera de ne pas être acceptée ni aimée et cela te perturbera, cela te fera souffrir.

— J'ai peine à le croire, grand-père, rétorqua la jeune fille exubérante dont Khalehla n'avait conservé qu'un souvenir très flou.

Le banquier californien avait lancé un regard attristé à son gendre.

— Quand j'y repense, ma petite, moi aussi j'ai de la peine à le croire. Mais si tu as des problèmes ou des difficultés quelconques, n'hésite surtout pas à me passer un coup de fil. J'arriverai par le premier avion.

— Oh ! grand-père, jamais je n'oserai faire cela !

De fait, elle n'avait jamais téléphoné, mais, à plusieurs reprises, il lui avait fallu faire appel à tout son orgueil pour ne pas décrocher le récepteur. *Shvartzeh Arviyah !* Nègre-Arabe ! Tel avait été son premier contact avec la haine raciste. Non pas la haine aveugle et irrationnelle de bandes surexcitées parcourant les rues en brandissant des pancartes et en scandant des slogans injurieux envers un ennemi invisible, derrière des frontières lointaines, mais la haine de jeunes gens tout comme elle, appartenant tout comme elle à une communauté pluraliste partageant salles de cours et cafétérias, où la valeur individuelle était souveraine, de l'admission à l'obtention du diplôme. Chacun faisait partie d'un ensemble, mais à titre individuel, et non comme un simple rouage, sauf peut-être sur les terrains de sport. Mais, là aussi, la performance individuelle était prise en compte, plus encore dans la défaite que dans la victoire, ce qui ne manquait pas d'être attendrissant.

Mais pendant très longtemps, elle avait perdu son identité et s'était fondue par la force des choses dans une abstraction insidieuse portant le nom d'*Arabe.* Sale Arabe ; Arabe fourbe et sanguinaire ; Arabe, Arabe, *Arabe !* Incapable de le supporter, elle s'était cloîtrée dans sa chambre, déclinant toutes les propositions qu'on lui faisait d'aller courir les bars de l'université. Deux douloureuses expériences l'avaient échaudée.

La première aurait dû suffire. Un jour, elle avait trouvé la porte des toilettes pour dames bloquée par deux étudiants. Ils étaient juifs, certes, mais ils n'en étaient pas moins américains.

— Je croyais que les Arabes ne buvaient pas ! éructa le jeune homme de gauche à l'haleine avinée.

— C'est un choix que l'on peut faire, répondit la jeune Khalehla.

— Il paraît que vous, les Arabes, vous pissez sur le tapis de votre tente ! lança à son tour l'autre étudiant avec un regard mauvais.

— On vous a mal renseigné. Nous sommes très propres, au contraire. Je peux entrer, maintenant ?

— Non, l'Arabe, pas ici. On ne sait pas ce que tu pourrais laisser sur le siège des toilettes et nous avons deux petites amies juives. Tu piges, l'Arabe ?

Mais le point de rupture avait été atteint à la fin du second semestre. Elle avait eu de bonnes notes dans une matière enseignée par un professeur juif réputé, des notes assez bonnes pour que ce professeur lui décerne le premier prix. La récompense était un exemplaire dédicacé de l'un des ouvrages du maître. Cette remise des prix avait attiré de nombreux étudiants, juifs ou non, et Khalehla avait été chaleureusement félicitée. Mais, en sortant du bâtiment, elle s'était fait arrêter sur le chemin bordé d'arbres qui menait au dortoir par trois étudiants dont les traits étaient déformés par un bas.

— Comment as-tu fait ? demanda le premier. Tu as menacé de faire sauter sa maison ?

— Ou tu as peut-être chatouillé ses enfants avec un couteau bien effilé ?

— Mais non ! Elle a simplement menacé d'appeler Arafat !

— Nous allons te donner une bonne leçon, l'Arabe !

— Si ce bouquin a tellement de valeur pour vous, vous pouvez le prendre !

— Non, l'Arabe, c'est toi que nous allons prendre !

Et ils l'avaient violée, tous les trois. « En souvenir de Munich ! » « Pour les enfants des kibboutz du Golan » « Pour mon cousin que vous avez assassiné sur la plage d'Ashdod ! » Ses agresseurs n'y avaient pris aucun plaisir ; seule comptait pour eux la satisfaction de châtier une Arabe.

Khalehla s'était traînée jusqu'au dortoir et c'est en y arrivant qu'elle avait fait la connaissance de celle qui allait occuper une place de choix dans son existence. Roberta Aldridge, la fille des Aldridge du Massachusetts.

— Ordures ! hurla Bobby l'iconoclaste en direction des arbres du campus.

— N'en parlez à personne ! implora la jeune Égyptienne. Vous ne pouvez pas comprendre !

— Ne t'en fais pas, dit Bobby. Nous avons une expression à Boston, qui dit : « Celui qui donne reçoit ! » Et, crois-moi, ces pourritures auront ce qu'elles méritent !

— Non ! Ils me persécuteront !... Ils ne comprendront

pas, eux non plus ! Je ne hais pas les juifs... Ma meilleure amie d'enfance est la fille d'un rabbin. Non, je ne hais pas les juifs ! C'est ce qu'ils affirment, parce que, pour eux, je ne suis qu'une sale Arabe, mais ce n'est pas vrai ! Ma famille n'est pas comme ça... Il n'y a pas de haine chez nous !

— Calme-toi, ma petite. C'est toi qui parles des juifs, pas moi. Je les ai simplement traités de pourritures, ce qui est un terme très général.

— C'est fini pour moi ici... Je vais partir.

— Certainement pas ! Tu vas aller voir mon médecin, qui a intérêt à bien s'occuper de toi, et puis tu viendras t'installer avec moi.

Que Dieu, Allah et toutes les autres déités soient loués ! J'ai une amie.

C'est ainsi, dans la souffrance et la haine de cette époque, qu'une idée se forma dans la tête de la jeune Égyptienne de dix-huit ans et qu'elle comprit à quoi elle allait employer le reste de sa vie.

La sonnerie du téléphone retentit. *Oublie le passé, seul le présent compte !* Khalehla se précipita vers le récepteur et décrocha.

— Oui ? dit-elle.

— Il est là.

— Où ?

— À l'ambassade.

— Mon Dieu ! Que s'est-il passé ? Que fait-il ?

— Il est avec deux autres...

— Ils ne sont que trois ? Pas quatre ?

— Nous n'en avons vu que trois. L'un est devant les grilles, à côté des mendiants. Il parle avec les terroristes qui sont à l'intérieur.

— Et l'Américain ? Où est-il ?

— Avec le troisième homme. Ils sont restés tous les deux dans l'ombre. Un seul s'est montré. C'est lui qui prend les décisions, pas l'Américain.

— Que voulez-vous dire ?

— Nous croyons qu'il est en train de prendre des dispositions pour les faire entrer tous les trois dans l'ambassade.

— Non ! s'écria Khalehla. Ils ne peuvent pas... Il ne peut pas faire cela ! Il ne faut pas ! Empêchez-les de le faire !

— Un tel ordre ne peut venir que du palais, madame...

— C'est moi qui vous donne vos ordres ! On vous l'a dit, non ? La prison, passe encore, mais pas l'ambassade ! Surtout pas l'ambassade pour lui ! Empêchez-les d'y entrer ! Tuez-les si c'est nécessaire ! Tuez-le !

— Vite ! cria l'Arabe en aba en rejoignant au pas de course son collègue dissimulé derrière la palissade du café. Nous avons reçu l'ordre de les arrêter, de les empêcher de pénétrer dans l'ambassade, ajouta-t-il en actionnant la culasse mobile de son arme automatique. De le tuer, s'il le faut...

— De le tuer ? demanda avec stupéfaction le fonctionnaire du palais du sultan.

— Ce sont nos ordres. Nous devons le tuer !

— Ces ordres sont arrivés trop tard. Ils sont déjà partis.

Sécurité maximale
Aucune interception possible
Continuez

Dans la salle stérile, la silhouette de l'homme se pencha sur le clavier et enfonça les touches avec rage.

J'ai enfin réussi à pirater les codes d'accès de Langley et c'est de la folie ! Pas la C.I.A., car elle ne peut rien me cacher ; c'est le sujet qui est fou ! Il est entré dans l'ambassade ! Il n'a aucune chance de s'en sortir. On découvrira la supercherie... aux toilettes, pendant un repas avec ou sans couverts, par une simple réaction qu'il ne pourra maîtriser. Il est parti depuis trop longtemps ! J'ai analysé toutes les possibilités et mes instruments ne me laissent guère d'espoir. Peut-être avons-nous porté un jugement trop hâtif. Peut-être notre Messie n'est-il qu'un imbécile, mais les Messies n'ont-ils pas été considérés de tout temps comme des imbéciles et des illuminés ? C'est ce que j'espère, c'est la prière que je fais.

11

Les trois fugitifs remontèrent en rampant dans l'obscurité le vieil égout couvert de mousse jusqu'à une grille ouvrant dans le sol de la cour est de l'ambassade. Les mains et les pieds écorchés, ils se hissèrent dans la lumière éblouissante du soleil et découvrirent une scène qu'Evan Kendrick aurait préféré ne jamais voir. Une soixantaine d'otages étaient descendus du toit de l'édifice pour prendre un maigre repas et faire des ablutions sommaires dans la cour. Les latrines de fortune consistaient en une rangée de planches percées de trous circulaires et posées sur des bacs à fleurs. Les hommes et les femmes étaient séparés par une grande bâche transparente arrachée à l'une des fenêtres de l'ambassade. L'avilissement était d'autant plus complet que des terroristes des deux sexes paradaient devant les otages en riant et en échangeant de grasses plaisanteries sur les difficultés fonctionnelles de leurs prisonniers. Le papier hygiénique, des feuilles d'imprimante des ordinateurs de l'ambassade, était longuement agité hors de portée des mains tremblantes des otages avant de leur être finalement tendu.

Juste en face des latrines et de leurs occupants terrifiés et humiliés, le reste des otages formait une file menant à trois longues tables étroites sur lesquelles étaient disposées des gamelles contenant du pain rassis et du fromage d'une fraîcheur douteuse, ainsi que quelques brocs crasseux remplis d'un liquide d'un blanc grisâtre, vraisemblablement du lait de chèvre dilué, qui était versé avec parcimonie dans les bols des prisonniers par un groupe de terroristes en armes. De temps en temps, ils refusaient arbitrairement à un otage sa gamelle ou sa louche de lait. Toute supplication était vaine et ne valait à la victime de la brimade qu'une gifle, un coup de poing ou même la louche de lait dans la figure quand elle criait trop fort.

Les yeux de Kendrick avaient encore du mal à s'habituer à la vive lumière du jour quand il entendit soudain un adolescent d'une quinzaine d'années, le visage baigné de larmes et les traits déformés par la colère, invectiver un des gardiens.

— Espèce de salaud ! Ma mère est malade ! Elle vomit toutes vos saloperies ! Vous n'avez donc rien de mangeable à lui donner, bande de pourris...

Le canon d'un pistolet-mitrailleur qui lui ouvrit une pommette le fit taire, mais, au lieu de le calmer, le coup le mit en fureur. Il plongea vers la table et, saisissant la chemise de l'homme qui l'avait frappé, il la déchira en faisant voler en tous sens les brocs et les gamelles. En quelques secondes, plusieurs terroristes se jetèrent sur lui pour lui faire lâcher le barbu qu'il avait réussi à jeter au sol, puis ils s'acharnèrent à coups de crosse et de pied sur le petit corps qui se tortillait désespérément par terre. Quelques prisonniers dont le courage et la colère avaient été attisés par la bravoure du gamin s'avancèrent en poussant de petits cris rauques, battant pathétiquement l'air de leurs bras nus devant leurs tortionnaires en armes. En quelques instants, l'embryon de révolte fut écrasé et les otages furent assommés et frappés à grands coups de pied comme des carcasses d'animaux au sortir de l'abattoir.

— Sales brutes ! rugit un homme âgé sortant des latrines et s'avançant avec dignité en tenant son pantalon d'une main. Vous n'êtes que des animaux ! Des sauvages ! Vous n'avez donc pas la décence la plus élémentaire des êtres civilisés ? Est-ce en tabassant de pauvres bougres sans défense que vous deviendrez des héros de l'Islam ? Si cela doit vous valoir une décoration de plus, faites de moi ce que vous voulez, mais, pour l'amour de Dieu, laissez ces pauvres gens tranquilles !

— Quel Dieu ? demanda un terroriste debout devant le corps inanimé du gamin. Votre Jésus dont les adorateurs arment nos ennemis afin qu'ils puissent écraser nos enfants sous la mitraille et sous les bombes ? Ou votre Messie dont les fidèles volent nos terres et massacrent nos pères et nos mères ?

— Assez ! ordonna Azra en s'avançant d'une démarche résolue. Kendrick lui emboîta aussitôt le pas. Il était hors de lui et avait dû faire un violent effort pour ne pas arracher le MAC-10 de l'épaule de Bleu et tirer rageusement dans le groupe de terroristes. Azra s'arrêta devant le gamin au visage ensanglanté.

— Ils auront retenu la leçon, dit-il d'une voix très

calme. Mais n'allez pas trop loin si vous voulez qu'elle porte ses fruits. Emmenez-les tous à l'infirmerie, le médecin américain s'occupera d'eux... Et allez chercher la mère de ce garçon. Amenez-la ici et donnez-lui un vrai repas.

— Mais pourquoi, Azra ? protesta un Palestinien. Ma mère n'a pas eu droit à autant d'égards !

— La mienne non plus ! répliqua Azra d'un ton impérieux en posant la main sur le bras du terroriste. Et regarde ce que nous sommes devenus. Conduis l'enfant auprès de sa mère. Que quelqu'un leur explique que ce n'était qu'un excès de zèle et fasse semblant de se préoccuper de leur santé.

Révolté, Kendrick regarda les Palestiniens emmener les otages claudicants et maculés de sang.

— Tu as fait ce qu'il fallait, dit-il à Azra avec toute la froideur d'un technicien. Il faut savoir s'arrêter à temps, même si on n'en a pas vraiment envie.

— J'étais sincère, dit le prince des terroristes en posant sur Evan un regard impénétrable. Regarde ce que nous sommes devenus. La mort de ceux qui nous étaient chers a fait de nous des êtres différents. Nous sommes passés directement de l'enfance à l'âge adulte et nous sommes passés maîtres dans l'art de donner la mort, car les souvenirs nous collent à la peau.

— Je comprends.

— Non, Amal Bahrudi, tu ne comprends pas, car la guerre que tu mènes est une guerre idéologique. Pour toi, la mort est un acte politique. Je suis convaincu que tu es un croyant passionné, mais c'est à la politique que tu crois. Ta guerre n'est pas la mienne ; je n'ai d'autre idéologie que la survie. Extraire la mort de la mort... et survivre.

— Mais dans quel but ? demanda Kendrick sans dissimuler son intérêt.

— Aussi étrange que cela puisse paraître, pour vivre en paix, ce qui a été refusé à mes parents. Pour que nous puissions tous vivre sur cette terre qui nous a été arrachée, remise à nos ennemis et payée par les nations les plus riches pour apaiser un sentiment de culpabilité engendré par les crimes commis contre une race. Des crimes commis par d'autres que nous. C'est maintenant à notre tour d'être les victimes ; devrions-nous nous laisser spolier sans combattre ?

— Et tu t'imagines que ce n'est pas de la politique ? Tu seras toujours un poète, Azra.

— Un poète qui écrit ses plus beaux vers avec un couteau et un fusil, Bahrudi.

Un autre mouvement se fit brusquement dans la cour et Evan vit deux silhouettes sortir en courant d'une porte : une femme voilée et un homme aux cheveux bruns mêlés de blanc. Zaya Yateem et Ahbyahd, songea-t-il en se raidissant. Les retrouvailles entre le frère et la sœur furent curieuses. Ils commencèrent par échanger une poignée de main en se regardant au fond des yeux, puis ils se jetèrent dans les bras l'un de l'autre. Au-delà des races et des idéologies, les rapports entre une sœur aînée et un frère cadet, si souvent maladroit et trop impulsif aux yeux de sa sœur plus mûre, ces rapports étaient toujours les mêmes. Le garçon se muait inéluctablement en homme et devenait le gardien de la famille, mais la grande sœur était toujours là pour veiller sur lui et pour le guider. Ahbyahd fut beaucoup moins guindé. Il passa spontanément les bras autour du cou du plus jeune des membres du conseil opérationnel et l'embrassa sur les deux joues.

— Tu dois avoir beaucoup de choses à nous raconter, dit le terroriste surnommé Blanc.

— En effet, dit Azra en se tournant vers Kendrick. Et c'est grâce à cet homme. Il s'appelle Amal Bahrudi, il vient de Berlin-Est et il est envoyé par le Mahdi.

Les yeux de Zaya scrutèrent le visage d'Evan par-dessus le voile avec une intensité confinant à la violence.

— Amal Bahrudi, répéta-t-elle. J'ai déjà entendu ton nom, bien sûr. Le pouvoir du Mahdi s'étend très loin et, toi aussi, tu es loin de ton théâtre d'opérations habituel.

— Un peu trop à mon goût, répondit Evan dans le dialecte châtié de Riyad. D'autres sont sous surveillance et leur moindre mouvement est observé et décortiqué. On a pensé qu'il valait mieux envoyer quelqu'un qui n'était pas surveillé et Berlin-Est est un endroit bien commode pour prendre un avion. Il y a des gens qui jureront que je m'y trouve en ce moment. Quand le Mahdi a fait appel à moi, j'ai accepté. En réalité, c'est moi qui l'ai appelé pour le mettre au courant d'un problème dont ton frère te parlera. Nos objectifs sont peut-être différents, mais nous avancerons en coopérant... d'autant plus facilement que tout est payé.

— Mais comment a-t-on pu trouver le Bahrudi de Berlin-Est, celui qui se déplace sans se faire remarquer et qui est partout à la fois ? demanda Ahbyahd.

— Il est vrai que j'ai la réputation de passer inaperçu, répondit Evan en ébauchant un sourire, mais elle risque de souffrir de ce qu'il m'est arrivé ici.

— Tu as sans doute été trahi, dit Zaya Yateem.

— Oui. Je sais par qui et on retrouvera un corps flottant dans les eaux du port...

— C'est Bahrudi qui nous a fait évader, le coupa Azra. Pendant que je réfléchissais, il passait à l'action. Sa réputation est on ne peut plus méritée.

— Nous serons mieux à l'intérieur pour discuter, mon cher frère, dit Zaya.

— Il faut que tu saches qu'il y a des traîtres dans l'ambassade, poursuivit Azra. C'est ce qu'Amal est venu nous apprendre. Et ce n'est pas tout : ils prennent des photos, ils les font sortir en cachette et ils les vendent ! Si nous nous en tirons, nous serons traqués pendant des années... Le monde entier connaîtra nos visages et nos méthodes !

— Des photos ? dit Zaya en lançant un regard interrogateur à son frère par-dessus son voile. Prises par des appareils miniaturisés et assez sophistiqués pour que personne ne se rende compte de rien ? Y a-t-il parmi nos frères et nos sœurs qui, pour la plupart, savent à peine lire quelqu'un capable d'utiliser ce genre de matériel ?

— Il a vu ces photos ! À Berlin !

— Allons discuter à l'intérieur.

Les deux Anglais étaient assis devant un grand bureau derrière lequel l'attaché d'ambassade qui les avait reçus en peignoir luttait de toutes ses forces pour garder les yeux ouverts.

— Oui, messieurs, dit-il en étouffant un bâillement, ils vont arriver d'un instant à l'autre, mais j'espère pour vous qu'il y a du vrai dans ce que vous nous avez raconté. Le MI-6 est sur les dents et cela ne les enchante pas de se faire voler quelques précieuses heures de sommeil, même par deux de nos compatriotes.

— Mon ami Dickie était dans les grenadiers ! s'écria Jack d'un ton protecteur. S'il pense que nous avons quelque chose à vous dire, je crois que vous pouvez nous consacrer un peu de temps. Pourquoi sommes-nous ici, à votre avis ?

— Pour gagner de l'argent pour les firmes qui vous emploient, suggéra l'attaché.

— Bien sûr, reconnut Jack, cela en fait aussi partie. Mais nous sommes avant tout des Anglais, ne l'oubliez pas. Nous ne voulons pas voir notre empire sombrer dans l'oubli. N'est-ce pas, Dickie ?

— C'est déjà fait, dit l'attaché d'ambassade en réprimant un nouveau bâillement. Depuis quarante ans.

— Si mon ami Jack, ici présent, travaille dans les métaux ferreux, moi, je suis dans le textile, dit Dickie. Et je peux vous affirmer que de la manière dont ce gros plein de soupe était habillé, lui si élégant quelques minutes plus tôt, il mijotait un mauvais coup. La tenue vestimentaire définit non seulement l'individu, mais ses activités... Il en va ainsi depuis le filage des premières fibres de lin, sans doute dans cette partie du monde...

— Le MI-6 a tous les renseignements, le coupa l'attaché d'ambassade avec l'expression d'un homme hébété par des répétitions continuelles. Ils ne vont pas tarder.

De fait, quelques secondes plus tard, deux hommes au col de chemise déboutonné, le menton couvert d'une barbe naissante et l'air renfrogné, pénétrèrent dans le bureau. Un des deux hommes portait une grosse enveloppe de papier bulle.

— C'est à cause de vous, messieurs, que nous sommes là ? demanda l'autre en s'adressant à Dickie et Jack.

— Richard Harding à ma gauche, dit l'attaché d'ambassade, et John Preston à ma droite. Puis-je me retirer maintenant ?

— Désolé, mon vieux, dit l'agent du MI-6 en s'approchant du bureau et en ouvrant, mais c'est vous qui nous avez fait venir. Cela vous donne le droit de rester.

— C'est trop aimable à vous, dit l'attaché d'ambassade avec une grimace. Mais je ne vous ai pas fait venir, comme vous dites. Je me suis contenté de transmettre les renseignements que deux citoyens britanniques m'ont demandé avec insistance de transmettre. Cela me donne le droit, n'ayant rien à voir avec vos activités, de prendre quelques heures de repos.

— En fait, commença Jack Preston, c'est Dickie qui a insisté pour que nous venions, mais j'ai toujours eu le sentiment que, dans une situation difficile, il ne fallait rien négliger, surtout pas ce que nous souffle l'intuition. Et Dickie Harding, un ancien grenadier, comme vous le savez peut-être, a souvent eu de bonnes intuitions... autrefois.

— Mais, bon sang, Jack, cela n'a rien à voir avec l'intuition ! Il s'agit de ses vêtements ! Ce que je veux dire, messieurs, c'est qu'on étoufferait de chaleur en plein hiver avec ce qu'il portait et, si le brillant de sa chemise était le signe qu'elle était en soie ou en polyester, le pauvre homme devait suffoquer ! Il faut du coton ! Seul un vêtement léger en pur coton est supportable sous ce climat. Et je ne dirai rien de la coupe de son complet...

Le premier agent du MI-6 leva les yeux au plafond d'un air découragé.

— Excusez-moi, dit-il en interrompant le monologue et en lançant entre Preston et Harding plusieurs photographies qu'il venait de sortir de l'enveloppe. Voudriez-vous avoir l'amabilité de les regarder et de me dire si vous reconnaissez quelqu'un ?

Dix secondes plus tard, un cri s'éleva.

— C'est lui ! s'exclama Dickie.

— Pour sûr, dit Jack.

— Et vous êtes deux petits rigolos ! dit l'agent du MI-6. Ce type s'appelle MacDonald et c'est un alcoolique mondain qui vit au Caire. Son beau-père est le propriétaire de la boîte pour laquelle il travaille, une société fournissant des pièces détachées d'automobiles. On l'a expédié au Caire parce qu'il est incapable de rien faire et c'est son adjoint qui fait tourner la boîte. Je vous félicite pour vos intuitions ! Puis-je vous demander où vous avez passé la nuit ?

— Tu vois, Dickie, je t'avais bien dit que tu agissais un peu à la légère...

— Un instant, dit l'autre agent en saisissant l'agrandissement de la photographie d'identité et en l'examinant attentivement. Il y a à peu près un an, un conseiller militaire en poste à Mascate était entré en contact avec nous et nous avait demandé d'organiser une réunion avec quelqu'un qu'il soupçonnait d'être en train d'organiser une E.M.

— Une quoi ? demanda l'attaché, l'air ahuri.

— Une « Évaluation du matériel », ce qui signifie une opération d'espionnage dans notre jargon. Il n'avait pas dit grand-chose au téléphone, mais avait quand même signalé que l'on tomberait des nues en découvrant l'identité du suspect. « C'est un Anglais du Caire, un poussah qui boit comme une éponge... » ou quelque chose d'approchant. Je me demande si ce n'est pas notre homme.

— Mais, vous savez, poursuivit imperturbablement Jack, j'ai incité Dickie à aller jusqu'au bout et à ne pas se dégonfler.

— Alors, là, mon vieux, tu n'étais quand même pas enthousiaste... Tu sais que nous avons encore une chance de prendre ce fichu avion du matin...

— Et que s'est-il passé lors de cette réunion ? demanda l'attaché, les yeux rivés sur le visage de l'agent du MI-6.

— Elle n'a jamais eu lieu. On a retrouvé le cadavre de notre militaire devant un entrepôt du port. Il avait la gorge tranchée. Comme on lui avait fait les poches, l'affaire a été classée comme vol à main armée.

— Je crois que nous ferions mieux de prendre cet avion, Dickie.

— Le Mahdi ! s'écria Zaya Yateem, assise derrière le bureau à la place précédemment occupée par l'ambassadeur des États-Unis. Et tu dois emmener l'un de nous à Bahreïn dès ce soir ?

— Comme je l'ai expliqué à ton frère, répondit Evan assis dans un fauteuil à côté d'Ahbyahd, les instructions se trouvaient probablement dans l'enveloppe que je devais vous remettre.

— Oui, oui, dit Zaya avec agacement. Il m'en a parlé tout à l'heure, quand nous étions seuls. Mais tu te trompes, Bahrudi. Je n'ai aucun moyen d'entrer directement en contact avec le Mahdi. Personne ne sait qui il est.

— Je suppose que tu passes par quelqu'un qui sait comment le joindre.

— Naturellement. Mais cela peut prendre un ou deux jours. C'est extrêmement compliqué. Il faut donner cinq coups de téléphone, chaque correspondant en donne à son tour dix à Bahreïn et un seul numéro permet de joindre le Mahdi.

— Que se passe-t-il en cas d'urgence ?

— Il n'y a pas de cas d'urgence, intervint Azra, adossé au mur près d'une fenêtre. Je te l'ai déjà expliqué.

— C'est ridicule, mon jeune ami, répliqua Kendrick. Nous ne pouvons faire efficacement ce que nous faisons sans être en mesure de parer à toute éventualité.

— Il y a du vrai là-dedans, dit Zaya Yateem en hochant lentement la tête, mais mon frère n'a pas tort. Nous sommes censés être capables de faire face à n'importe quelle situation, pendant plusieurs semaines, s'il le faut. Sinon, on ne nous confierait pas les responsabilités qui sont les nôtres.

— Très bien, dit le représentant de la neuvième circonscription du Colorado, qui sentait la sueur couler dans son cou malgré l'air frais pénétrant par les fenêtres du bureau de l'ambassadeur. Alors, tu expliqueras au Mahdi pourquoi nous n'allons pas à Bahreïn. Moi, j'ai accompli ma mission et, en prime, j'ai sauvé la vie de ton frère.

— Pour cela, Zaya, il a raison, dit Azra en s'écartant du mur. Sans lui, je ne serais plus à l'heure actuelle qu'un cadavre dans le désert.

— Je t'en suis reconnaissante, Bahrudi, mais tu me demandes l'impossible.

— Tu devrais quand même essayer, poursuivit Kendrick dont le regard se posa un instant sur Ahbyahd avant de revenir se fixer sur le visage voilé de la jeune femme. Le Mahdi n'a ménagé ni ses efforts ni son compte en banque pour me faire venir jusqu'ici et je suppose que cela signifie que, pour lui, la situation est grave.

— La nouvelle de ton arrestation sera une explication suffisante, dit Ahbyahd.

— Tu imagines que les forces de sécurité d'Oman vont

répandre la nouvelle de mon arrestation pour reconnaître aussitôt après que je me suis évadé ?

— Bien sûr que non, dit Zaya.

— C'est le Mahdi qui tient les cordons de votre bourse, dit Kendrick. Et il pourrait intervenir auprès de ceux qui tiennent les cordons de la mienne.

— Notre approvisionnement est insuffisant, intervint Ahbyahd. Nous avons absolument besoin des bateaux à moteur envoyés par les Émirats, sinon tout ce que nous avons fait ne servira à rien. Si cela continue, d'assiégeants nous allons bientôt devenir assiégés.

— Il y a peut-être une solution, déclara soudain Zaya en se levant et en posant les mains sur le bureau. Nous avons prévu de donner une conférence de presse dans la matinée, poursuivit-elle, le regard fixé droit devant elle, le front plissé par la réflexion. Tout le monde pourra la suivre à la télévision et sans doute le Mahdi le fera-t-il en personne. Je pourrais mentionner dans le courant de ma déclaration que nous envoyons un message urgent à nos amis. Un message qui demande une réponse immédiate.

— À quoi cela servirait-il ? demanda Azra. Tu sais bien que l'ennemi est à l'écoute de toutes les communications. Jamais les amis du Mahdi ne prendront le risque d'entrer en contact avec nous.

— Ce ne sera pas indispensable ! lança Evan en se penchant en avant. Je comprends ce que ta sœur veut dire. La réponse ne sera pas verbale, car aucune communication ne sera nécessaire. Nous ne demandons pas d'instructions, nous en donnons ! C'est ce dont nous avons déjà parlé, Azra. Je connais bien Bahreïn. Je choisirai un lieu où nous attendrons et l'un de vos contacts à Mascate transmettra l'information au Mahdi en lui disant que c'était le message urgent dont ta sœur a parlé pendant la conférence de presse. C'est bien à cela que tu pensais ? demanda-t-il en se tournant vers la jeune femme.

— Je n'avais pas réfléchi aux détails, dit Zaya, mais c'est réalisable. Je songeais seulement à trouver un moyen de joindre plus rapidement le Mahdi.

— Oui, s'écria Ahbyahd, c'est la solution ! Merci, Amal Bahrudi.

— Rien n'est encore résolu, objecta la jeune femme voilée en se rasseyant. Il reste à savoir comment mon frère et Bahrudi vont pouvoir se rendre à Bahreïn. Quelqu'un a une idée ?

— Cela ne devrait pas poser de problèmes, dit Evan d'un ton détaché.

Son cœur battait la chamade et il s'étonnait de pouvoir conserver un tel calme apparent. *Il se rapprochait ! Il était de plus en plus près du Mahdi !*

— J'ai dit à Azra que j'avais un numéro de téléphone à Mascate. Je ne peux pas vous le communiquer, bien entendu, mais quelques mots suffiront pour que l'on mette un avion à notre disposition.

— C'est aussi simple que ça ? demanda Ahbyahd.

— Notre bienfaiteur dispose à Mascate de moyens que vous ne pouvez soupçonner.

— Mais tous les appels téléphoniques sont interceptés, objecta Azra.

— On pourra entendre ce que je dis, mais pas ce que dira mon correspondant. J'en ai l'assurance.

— Un brouilleur ? demanda Yateem.

— Cela fait partie de notre équipement, en Europe. Un simple appareil en forme de cône plaqué sur le microphone provoque une distorsion des sons, sauf sur la liaison directe.

— Vas-y, dit Zaya en se levant et en faisant rapidement le tour du bureau.

Kendrick vint prendre sa place et composa le numéro d'appel en prenant soin de dissimuler les chiffres de la main.

— Oui ? répondit la voix d'Ahmat avant la deuxième sonnerie.

— Un avion, dit Kendrick. Deux passagers. Où et quand ?

— Mon Dieu ! s'écria le jeune sultan d'Oman. Laissez-moi réfléchir... À l'aéroport, bien sûr. La route fait un coude à environ quatre cents mètres de la zone de fret. Un véhicule militaire vous prendra pour vous faire passer les contrôles. Dites-leur qu'il a été volé.

— Quand ?

— Il faut un peu de temps. Les mesures de sécurité

sont rigoureuses et il convient de prendre certaines dispositions. Pouvez-vous me donner une destination ?

— La vingt-deuxième lettre coupée en deux.

— Un V... coupé en deux. Un I incliné... L'Iran ?

— Non. Les chiffres.

— Vingt-deux... Deux ! Un B ?

— Oui.

— Bahreïn !

— Oui.

— Voilà qui est utile. Je vais donner quelques coups de téléphone. A quelle heure voulez-vous partir ?

— Quand l'attention générale sera tournée vers nous. Nous profiterons de la confusion.

— Vers midi.

— Si cela vous convient. À propos, voyez donc le médecin... Il a quelque chose pour moi.

— Votre ceinture porte-billets ? On vous la fera passer.

— Très bien.

— Le dernier virage avant la zone de fret. Soyez-y.

— Nous y serons, dit Evan en raccrochant. Nous devons être à l'aéroport à midi, annonça-t-il en levant la tête.

— À l'aéroport ! s'écria Azra. Mais nous allons nous faire prendre !

— Sur la route, un peu avant l'aéroport. Un véhicule militaire volé.

— Je vais demander à l'un de nos contacts de vous y conduire, dit Zaya Yateem. C'est à lui que vous révélerez le lieu de rendez-vous à Bahreïn. Vous avez au moins cinq heures devant vous.

— Il nous faudra des vêtements, dit Azra, et puis prendre une douche et nous reposer un peu. Je ne sais pas depuis combien de temps je n'ai pas dormi.

— J'aimerais faire un tour dans l'ambassade, dit Kendrick en se levant. J'apprendrai peut-être quelque chose sur vos méthodes.

— Fais tout ce que tu as envie de faire, Amal Bahrudi, dit Zaya en s'approchant de lui. Tu as sauvé la vie de mon frère bien-aimé et je n'ai pas de mots pour exprimer ma reconnaissance.

— Fais simplement en sorte que nous soyons à l'aéroport à midi, dit Evan d'une voix sans chaleur. Pour ne rien te cacher, j'ai hâte de retourner en Allemagne.

— Tu y seras à midi, dit la jeune terroriste.

— Weingrass sera ici à midi ! s'écria l'agent du Mossad en se tournant vers Ben-Ami et les cinq commandos de la Brigade Masada.

Ils se trouvaient dans la cave d'une maison du Djebel Sa'ali, à quelques minutes des tombes où, plusieurs siècles auparavant, avaient été inhumés quelques dizaines de corsaires anglais. Le sous-sol avait été aménagé en centre de contrôle par les services de renseignements israéliens.

— Comment fera-t-il pour passer l'immigration ? demanda Ben-Ami qui avait enlevé sa ghotra et se trouvait beaucoup plus à son aise en jean et chemise noire. Son passeport a été délivré à Jérusalem. Il y a mieux pour ne pas attirer l'attention.

— On ne pose pas de questions à Emmanuel Weingrass, dit l'agent du Mossad. Il possède sans doute plus de passeports qu'on ne vend de *bagels* sur la place Jabotinsky, à Tel-Aviv. Il nous a demandé de ne rien faire jusqu'à ce qu'il arrive. *Absolument* rien, pour reprendre ses propres paroles.

— Vous avez l'air moins réprobateur que tout à l'heure, dit Yaakov, nom de code Bleu, fils d'un otage de l'ambassade et chef du commando.

— C'est parce que je n'aurai pas à signer ses notes de frais ! Il n'y en aura pas ! Il a suffi que je mentionne le nom de Kendrick pour qu'il me crie qu'il sautait dans le premier avion !

— Cela ne signifie pas qu'il ne présentera pas de notes de frais, lança Ben-Ami en étouffant un petit rire.

— J'ai été très clair, poursuivit l'agent du Mossad. Je lui ai demandé à combien nous reviendrait son assistance et sa réponse fut sans équivoque : « Va te faire voir, c'est pour moi ! »

— Nous perdons du temps ! lança Yaakov. Nous devrions déjà être à l'ambassade. Nous avons étudié le plan des lieux et il y a une demi-douzaine de possibilités d'y pénétrer et d'en ressortir avec mon père !

Toutes les têtes se tournèrent d'un seul mouvement vers le jeune chef du commando.

— Nous comprenons, dit l'agent du Mossad.

— Excusez-moi... Ce n'est pas ce que je voulais dire.

— Vous êtes parfaitement en droit de le dire, fit Ben-Ami.

— Non, je n'aurais pas dû. Excusez-moi encore. Mais pourquoi devrions-nous attendre ce Weingrass ?

— Parce que, grâce à lui, nous pourrons peut-être sauver Kendrick.

— Je vois ! Le Mossad est en train de changer de batteries. C'est maintenant l'Américain que vous voulez aider ! Tant pis pour notre objectif initial ! Tant pis pour mon père !

— Ces deux objectifs ne font qu'un, Yaakov...

— Il n'y a pas de Yaakov ! Pour vous, je ne suis que Bleu ! Le fils d'un homme qui a vu ses parents séparés de force à Auschwitz pour prendre chacun de son côté la direction des chambres à gaz ! Je veux que mon père sorte de là sain et sauf, et je peux réussir ! Croyez-vous qu'il n'a pas assez souffert ? Une enfance horrible, où il a vu pendre des gamins de son âge qui avaient chapardé dans les tas d'ordures, où des pourris de la Wehrmacht ont abusé de lui, où il a vécu, traqué, mourant de faim dans les forêts de Pologne jusqu'à l'arrivée des Alliés ! Et, plus tard, il a eu trois fils, dont deux ont été tués, *massacrés* à Sidon par des fumiers de terroristes arabes ! Et maintenant, je devrais songer à la précieuse vie d'un Américain, un cow-boy d'opérette, un politicien qui joue au héros pour devenir une vedette de cinéma et avoir sa photo sur des boîtes de corn-flakes !

— D'après ce que je sais, intervint doucement Ben-Ami, rien de tout cela n'est vrai. Cet Américain risque sa vie sans l'appui de son gouvernement et sans espérer la moindre récompense s'il s'en sort vivant. Comme notre ami nous l'a dit, ses mobiles ne sont pas très éloignés des nôtres. Il risque sa vie pour se venger du mal qu'on lui a fait, pour se venger de l'anéantissement de sa seule famille.

— Je m'en fous ! Ce n'était qu'une famille, pas un peuple ! Allons à l'ambassade !

— Nous n'en ferons rien, dit l'officier du Mossad en sortant lentement son pistolet et en le posant sur la table. Vous êtes maintenant sous les ordres du Mossad et vous obéirez à nos instructions.

— Salauds ! hurla Yaakov ! Vous n'êtes que des salauds, tous, tant que vous êtes !

— C'est cela, dit Ben-Ami. Tous, tant que nous sommes.

10 h 48. Heure d'Oman. La conférence de presse venait de s'achever. Les reporters et les équipes de techniciens de la télévision étaient en train de ranger leurs carnets et leur matériel, et ils s'apprêtaient à sortir du bâtiment pour gagner les grilles gardées par une centaine de jeunes gens, y compris des femmes voilées, l'arme automatique en position de tir. À l'intérieur, un homme de forte corpulence réussit à convaincre les gardes de le laisser pénétrer dans la salle de conférence où il s'approcha de la table derrière laquelle Zaya Yateem était encore assise. Plusieurs fusils braqués sur la tête, il s'adressa à la jeune femme.

— Je viens de la part du Mahdi, murmura-t-il. Celui à qui vous devez tout ce que vous avez.

— Vous aussi ? Décidément, on est très inquiet à Bahreïn.

— Je vous demande pardon...

— On l'a fouillé ? demanda Zaya aux gardes qui acquiescèrent d'un signe de tête. Vous pouvez baisser vos fusils.

— Merci, madame. Mais que se passe-t-il à Bahreïn ?

— Nous ne savons pas. L'un des nôtres y sera ce soir et il reviendra nous dire de quoi il s'agit.

MacDonald plongea les yeux dans ceux de la jeune femme et il sentit une grosse boule se former douloureusement dans sa poitrine massive. *Que se passait-il ? Pourquoi avait-on décidé à Bahreïn de le tenir à l'écart ? Pourquoi ? La putain du Caire y était-elle pour quelque chose ?*

— Madame, reprit l'Anglais d'un ton mesuré, si Bahreïn nourrit des inquiétudes, ce n'est que depuis peu de temps et je ne suis pas au courant. La raison de ma visite est un autre problème, tout aussi grave. Notre bienfaiteur aimerait avoir des éclaircissements, des éclaircissements immédiats, sur la présence à Mascate d'une certaine Khalehla.

— Khalehla ? Il n'y a personne de ce nom parmi les nôtres, mais les noms ne veulent pas dire grand-chose, comme vous le savez.

— Pas ici, pas dans l'ambassade. Elle est à l'extérieur et en contact avec certains des vôtres... avec votre propre frère, pour être précis.

— Avec mon frère ?

— Exactement. Trois détenus en fuite couraient à sa rencontre sur la route du Djebel Sham. À la rencontre de l'ennemi !

— Mais que racontez-vous ?

— Je ne raconte rien, madame, je demande une explication. *Nous* exigeons une explication. Le Mahdi insiste de la manière la plus pressante pour l'obtenir.

— Je n'ai pas la moindre idée de ce que vous voulez dire ! Il est vrai que trois prisonniers se sont évadés. Mon frère, Yosef, son bras droit, et l'autre émissaire de notre bienfaiteur, un homme du nom de Bahrudi, venant de Berlin-Est.

— De Berlin-Est... Je ne vous suis plus, madame.

— Si vous venez réellement de la part du Mahdi, je m'étonne que vous ne soyez pas au courant de sa présence.

Yateem s'interrompit et laissa le regard pénétrant de ses grands yeux noirs courir sur le visage de MacDonald.

— Mais vous pouvez être envoyé par quelqu'un d'autre, reprit-elle après un silence. Par n'importe qui.

— Je suis le *seul* porte-parole du Mahdi à Mascate ! Appelez Bahreïn, on vous le confirmera, madame !

— Vous savez parfaitement qu'un appel de ce genre est impossible !

Zaya claqua des doigts et plusieurs gardes se précipitèrent vers la table.

— Emmenez cet homme dans la salle du conseil, dit-elle. Puis réveillez mon frère et Yosef, et allez chercher Amal Bahrudi. Il faut organiser une autre conférence. Plus vite que ça !

Les vêtements qu'Evan avait choisis étaient un mélange des uniformes des terroristes : pantalon kaki froissé, veste de treillis et chemise noire ouverte jusqu'au milieu de la poitrine. Si l'on exceptait son âge, atténué par son teint sombre, et ses yeux, dont la clarté était dissimulée par la visière d'une casquette, il ressemblait en tout point à la majorité des fanatiques débraillés qui s'étaient emparés de l'ambassade. Pour compléter cette image, il avait glissé un couteau dans sa ceinture et la bosse d'un revolver déformait la poche droite de sa veste. Le « fidèle entre les fidèles » avait gagné la confiance des occupants de l'ambassade. Il avait sauvé la vie d'Azra, le prince des terroristes, et circulait librement dans l'ambassade, découvrant une suite de scènes plus révoltantes les unes que les autres et observant des groupes d'otages terrifiés, à bout de forces et d'espoir.

L'espoir. C'est tout ce qu'il avait à leur offrir, sachant qu'en dernière analyse, il était sans doute illusoire. Mais il devait le faire, il devait leur donner quelque chose à quoi s'accrocher, quelque chose à quoi penser aux moments les plus sombres des heures terrifiantes qu'ils vivaient.

— *Je suis américain,* murmurait-il en passant devant les petits groupes de trois ou quatre otages prostrés, sans quitter une seconde des yeux les terroristes en haillons qui croyaient le voir insulter leurs prisonniers en poussant de temps en temps quelques cris de colère audibles. *On ne vous a pas oubliés ! Nous faisons tout notre possible pour vous sortir de là ! Ne m'en veuillez pas si je vous lance des insultes. Je ne peux pas faire autrement.*

— *Dieu soit loué !* était invariablement la première phrase des otages, suivie par des larmes et la description de scènes d'horreur, dont les plus frappantes semblaient avoir été les exécutions publiques de leurs sept compagnons d'infortune. Ils vont tous nous tuer ! Ils se fichent de tout ! Ces êtres abjects se fichent de la mort... de la nôtre comme de la leur !

— *Essayez surtout de toujours garder votre calme. Essayez de ne pas montrer que vous avez peur. C'est très, très important ! Ne les provoquez pas, mais ne rampez pas non plus devant eux. Votre peur est comme une drogue pour eux. N'oubliez pas cela !*

Kendrick se redressa brusquement et se mit à agonir d'injures le petit groupe de cinq otages à qui il adressait quelques mots d'encouragement. Il venait de repérer l'un des gardes du corps de Zaya qui se dirigeait vers lui d'un pas vif.

— Hé ! Bahrudi !

— Oui ?

— Zaya veut te voir tout de suite. Dans la salle du conseil. Viens vite !

Evan suivit le garde jusqu'à l'autre extrémité du toit, puis ils descendirent trois étages et s'engagèrent dans un long couloir. Kendrick enleva sa casquette trempée de sueur et pénétra dans un grand bureau à la suite du garde. Quatre secondes plus tard, il faillit tomber de saisissement en entendant les mots qu'il aurait souhaité ne jamais entendre dans ces circonstances.

— Mais, bon Dieu ! C'est *Evan Kendrick !*

12

— *Meen ir rah-gill da ?* s'écria Evan, l'esprit paralysé, en se forçant à faire quelques pas de plus, tandis qu'il demandait à Zaya qui était le gros homme qui venait de pousser cette exclamation en anglais.

— Il prétend être l'émissaire du Mahdi, répondit Azra qui se tenait entre Yosef et Ahbyahd.

— Et qu'est-ce qu'il a dit ?

— Tu l'as entendu comme moi. Il dit que tu t'appelles Kendrick.

— Qui est ce Kendrick ? demanda Evan à Anthony MacDonald d'un ton aussi détaché que possible, tout en s'efforçant désespérément de ne pas laisser la panique le gagner et de masquer la stupéfaction qu'il éprouvait en retrouvant au milieu des terroristes un homme qu'il n'avait pas vu depuis cinq ans. MacDonald ! Cet ivrogne invétéré, ce pilier de la colonie britannique du Caire !

« Je m'appelle Amal Bahrudi. Et vous ?

— Vous savez très bien comment je m'appelle ! rugit l'Anglais en levant la main et en agitant l'index tandis que son regard passait successivement d'un Palestinien à l'autre, pour finalement se poser sur Zaya Yateem. Cet homme ne s'appelle pas Amal je-ne-sais-quoi et il n'est pas envoyé par le Mahdi ! C'est un Américain dont le véritable nom est Evan Kendrick !

— J'ai effectivement suivi des études dans deux universités américaines, riposta Evan en souriant, mais jamais on ne m'a traité de Kendrick. On m'a traité de tous les noms, mais jamais de Kendrick !

— Vous mentez !

— De nous deux, c'est vous qui êtes le menteur, si vous prétendez travailler pour le Mahdi. On m'a montré les photos de tous les Européens qui travaillent, disons clandestinement, pour lui et vous n'en faisiez pas partie. Je m'en souviendrais, car vous avez une tête et une stature assez particulières...

— Menteur ! Imposteur ! Vous travaillez avec la putain Khalehla, avec nos ennemis ! Vous aviez rendez-vous avec elle juste avant le lever du jour !

— Mais qu'est-ce qu'il raconte ? demanda Kendrick en se tournant vers Azra et Yosef. Je ne connais pas de Khalehla, putain ou pas, et, juste avant le lever du jour, j'étais avec mes amis et nous courions sur la route pour essayer de sauver notre peau. Je puis vous assurer que nous n'avions pas de temps à consacrer à un rendez-vous galant.

— Je vous jure qu'il ment ! J'étais sur la route et je l'ai vue, elle ! Je vous ai tous vus !

— Vous nous avez vus ? demanda Evan en haussant les sourcils. Comment est-ce possible ?

— J'avais garé ma voiture sur le bas-côté...

— Et vous n'avez rien fait pour nous aider ? le coupa Kendrick d'un ton furieux. Et vous vous prétendez être envoyé par le Mahdi ?

— Alors, l'Anglais, demanda Zaya, qu'en dites-vous ? Pourquoi ne les avez-vous pas aidés ?

— Parce que j'avais un certain nombre de choses à apprendre... Et maintenant, je sais à quoi m'en tenir ! Khalehla... et lui !

— Décidément, dit Evan, vous avez des idées bien confuses et beaucoup d'imagination, monsieur dont j'ignore le nom. Mais c'est un problème facile à régler. Nous partons pour Bahreïn, où nous allons rencontrer le Mahdi. Nous allons vous emmener avec nous. Notre bienfaiteur sera certainement enchanté de vous revoir, puisque vous êtes si important pour lui.

— Je suis d'accord, dit Azra d'un ton décidé.

— Vous allez à Bahreïn ? rugit MacDonald. Et comment diable allez-vous faire ?

— Vous voulez dire que vous ne le savez pas ? demanda Kendrick avec un petit sourire.

Sa poitrine creuse déchirée par une quinte de toux, Emmanuel Weingrass descendit de la limousine devant le cimetière du Djebel Sa'ali. Il se tourna vers le chauffeur qui tenait la portière et s'adressa à lui avec un accent britannique exagéré.

— Je vais dire une prière sur la tombe de mes ancêtres anglais. Il n'y a plus grand monde qui se donne cette peine de nos jours. Revenez dans une heure, voulez-vous ?

— *Iss'a ?* demanda le chauffeur en levant un doigt.

— Oui, mon ami musulman, une heure. C'est un pèlerinage que je fais tous les ans. Vous comprenez cela, je suppose.

— Yes ! *El sallah. Allah Akbar !* répondit le chauffeur en hochant vigoureusement la tête.

Il tenait plusieurs billets dans sa main droite, bien plus que ce qu'il espérait, et il savait qu'il recevrait sans doute encore de l'argent s'il revenait une heure plus tard.

— Laissez-moi, maintenant, dit Weingrass. Je désire rester seul. *Sibni fihahlee.*

Le chauffeur referma la portière, s'installa derrière le volant et démarra rapidement. Manny fut secoué par un spasme, un nouvel accès de toux qui le laissa tout tremblant. Il regarda autour de lui pour s'orienter et traversa le cimetière en se dirigeant vers la maison de pierre qui s'élevait dans un champ, à quelques centaines de mètres. Dix minutes plus tard, il arrivait dans le sous-sol de la maison où les services secrets israéliens avaient établi leur poste de commandement.

— Weingrass ! s'écria l'officier du Mossad. Cela fait plaisir de vous revoir !

— Mais non. Jamais vous n'êtes content de me voir ni d'entendre ma voix au téléphone. Vous ne connaissez rien à votre boulot, vous n'êtes qu'un comptable... Et pingre, de surcroît.

— Manny, ne commençons pas à...

— Si, nous allons commencer tout de suite, le coupa Weingrass en se tournant vers Ben-Ami et les membres de la Brigade Masada. Est-ce que l'un de vous a du whisky ?

— Pas même du vin, répondit Ben-Ami. Ce n'était pas inclus dans notre paquetage.

— C'est sans doute lui qui l'a préparé, dit Manny en se retournant vers l'agent du Mossad. Très bien, monsieur le comptable, dites-moi tout ce que vous savez. Où est mon fils, Evan Kendrick ?

— Ici, mais nous ne savons rien de plus.

— C'est normal. Vous avez toujours eu trois jours de retard sur le sabbat.

— Manny...

— Calmez-vous. Vous allez faire un arrêt du cœur et je ne voudrais pas qu'Israël perde son plus mauvais comptable. Qui peut m'en dire un peu plus long ?

— Moi, je peux ! hurla Yaakov. Nous devrions être en ce moment, et depuis plusieurs heures, aux abords de l'ambassade ! Nous avons une mission à accomplir, qui n'a rien à voir avec votre Américain !

— Non seulement vous avez un comptable, mais aussi un exalté, dit Manny. C'est tout ?

— Kendrick est venu sans l'approbation de son gouvernement, dit Ben-Ami. Il a été transporté dans un appareil militaire, mais maintenant il est livré à lui-même. S'il se fait prendre, les Américains dégageront leur responsabilité.

— Comment avez-vous obtenu ces renseignements ?

— Par un de nos hommes à Washington. Je ne sais pas qui c'est ni par quel service il l'a appris.

— Il faudra vous procurer un annuaire, dit Weingrass. Ce téléphone est-il sûr ? demanda-t-il en prenant place à la table.

— Aucune garantie, répondit l'agent du Mossad. Il a été installé à la hâte.

— En limitant le coût au maximum, je suppose.

— Manny !

— Oh ! Ça va !

Weingrass sortit un carnet de sa poche, le feuilleta rapidement et trouva le nom et le numéro de téléphone qu'il cherchait. Il décrocha et composa le numéro.

— Je vous remercie, mon cher ami du palais, pour votre courtoisie, dit-il au bout de quelques secondes. Mon nom est Weingrass. Peut-être ne signifie-t-il rien pour vous, mais il est bien connu de notre grand sultan. Il va de soi que je ne tiens nullement à déranger Son Altesse, mais si vous aviez l'amabilité de lui faire part de mon appel, peut-être me ferait-il le plaisir de me rappeler. Puis-je me permettre de vous laisser un numéro ? Merci, mon cher ami, ajouta Manny après avoir communiqué le numéro inscrit sur l'appareil. Puis-je respectueusement ajouter que c'est une affaire extrêmement urgente et que le sultan vous félicitera pour votre diligence. Merci encore.

L'ancien architecte raccrocha et s'enfonça dans son siège en respirant profondément.

— Il ne nous reste plus qu'à attendre, dit-il. Et à espérer que le sultan aura plus de cervelle et de moyens que vous... Quand je pense qu'il est revenu ! Quatre ans après, mon fils m'a entendu et il est revenu !

— Pourquoi ? demanda Yaakov.

— Le Mahdi, dit posément Weingrass en baissant les yeux et en serrant les poings.

— Qui ?

— Vous comprendrez bientôt, tête brûlée.

— Ce n'est pas votre vrai fils, Manny.

— Il est le seul fils dont j'aie jamais rêvé...

Dès la première sonnerie du téléphone, Weingrass décrocha et colla le combiné contre son oreille.

— Oui ?

— Emmanuel Weingrass ?

— Tu étais beaucoup moins cérémonieux autrefois, quand nous faisions la noce à Los Angeles.

— Jamais je n'oublierai cette virée, Manny. Je me suis fait faire un examen médical complet à mon retour.

— Dis-moi, jeune fumiste, as-tu fini par décrocher cette thèse d'économie ?

— Oui, Manny, mais je n'ai obtenu qu'une mention bien. J'aurais dû t'écouter. Tu m'avais dit de faire beaucoup plus compliqué... qu'ils aimaient la complication.

— Peux-tu parler librement ? demanda Weingrass d'un ton beaucoup plus grave.

— Moi, oui, mais probablement pas toi. De mon côté, tout est brouillé. Tu comprends ?

— Oui. Et notre ami commun, où se trouve-t-il ?

— Il est en route vers Bahreïn avec deux autres personnes de l'ambassade. Il ne devait y en avoir qu'une, mais il y a eu un changement de dernière minute. Je ne sais pas pourquoi.

— C'est probablement une piste menant à quelqu'un d'autre. C'est tout ce que tu peux me dire ?

— Non, Manny, dit Ahmat après un silence. Il y a une autre personne qu'il faudra laisser agir à sa guise. C'est une femme et elle s'appelle Khalehla. Je ne te révèle cela que parce que j'ai confiance en toi et parce qu'il est normal que tu sois au courant de sa présence, mais jamais personne d'autre ne devra le savoir. Sa présence doit rester aussi secrète que celle de notre ami. Ce serait une véritable catastrophe si elle était découverte.

— Tu ne mâches pas tes mots, mon jeune ami. Et comment saurai-je que c'est elle, si je la rencontre ?

— J'espère que cela ne se produira pas. Elle est cachée dans le poste de pilotage dont la porte restera fermée jusqu'à l'arrivée de leur appareil à Bahreïn.

— Tu n'as rien d'autre à me dire ?

— À son sujet, non.

— Il va falloir que je me déplace. Que peux-tu faire pour moi ?

— T'expédier là-bas sur un autre avion. Dès qu'il sera en mesure de le faire, notre ami appellera pour me tenir au courant de la situation. Quand tu arriveras là-bas, appelle-moi à ce numéro.

Ahmat donna au vieil architecte le numéro de téléphone dont la ligne était équipée d'un brouilleur.

— Ce doit être un nouveau central, dit Manny.

— Ce n'est pas un central, répondit le jeune sultan. Pourrai-je te joindre au numéro que tu m'as communiqué ?

— Oui.

— Je te rappelle dès que j'aurai pris les dispositions nécessaires. S'il y a un vol commercial qui part bientôt, il sera sans doute plus facile de te caser dessus.

— Je regrette, mais c'est impossible.

— Pourquoi ?

— Motus, bouche cousue. Je suis accompagné de sept paons.

— Sept paons... ?

— Oui, et si tu redoutes des ennuis, voire une catastrophe, tu peux faire confiance à ces oiseaux d'une *intelligence* supérieure, au plumage bleu et blanc...

Ahmat, sultan d'Oman, étouffa un petit cri.

— Le Mossad ? murmura-t-il.

— Bien vu.

— Nom de Dieu, il ne manquait plus que cela ! s'exclama Ahmat.

Le petit Rockwell à six passagers survolait les Émirats arabes unis à une altitude de trente-quatre mille pieds, cap au nord-ouest, destination : la principauté de Bahreïn. Anthony MacDonald, étrangement calme et confiant, était assis seul à l'avant, Azra et Kendrick côte à côte à l'arrière. La porte du poste de pilotage était fermée et, d'après l'homme qui les avait pris dans la voiture militaire « volée » et leur avait permis de traverser la zone de fret jusqu'au bout de l'aéroport où se trouvait leur appareil, elle resterait fermée jusqu'à ce que les passagers soient descendus de l'avion. Nul ne devait voir leur visage. Ils seraient attendus à l'aéroport international d'al-Muharrak par quelqu'un qui les aiderait à passer les contrôles de l'immigration.

Evan et Azra avaient revu leur programme à plusieurs

reprises et, comme le jeune terroriste n'était jamais allé à Bahreïn, il prenait des notes, essentiellement des noms de lieux. Il était vital pour Kendrick de pouvoir se débarrasser du jeune Palestinien, au moins pendant une heure, à cause d'Anthony MacDonald, le plus inattendu des agents du Mahdi. L'Anglais pouvait permettre à Evan de gagner du temps pour trouver son employeur et, si cela se vérifiait, Evan abandonnerait le prince des terroristes.

— N'oublie pas que nous nous sommes évadés ensemble. Il est probable qu'Interpol et tous les services de renseignements occidentaux sont sur les dents, et qu'ils ont fait circuler des photos de nous deux. Nous ne pouvons courir le risque de rester ensemble en plein jour ; nous serions trop facilement repérés. Après le coucher du soleil, les risques seront moindres, mais il nous faudra prendre des précautions.

— Quelles précautions ?

— Changer de vêtements, pour commencer. Ceux que nous portons sont des vêtements de prolétaires, parfaits pour Mascate, mais pas pour Bahreïn. Tu prendras un taxi pour Manama, la capitale, de l'autre côté du pont, et une chambre à l'hôtel Aradous. Il y a une boutique de vêtements pour hommes dans le hall. Tu t'achèteras un complet-veston et tu te feras couper les cheveux. Note donc tout cela !

— C'est ce que je fais, dit Azra en écrivant à toute vitesse.

— Inscris-toi sous le nom de... Yateem est un nom assez commun à Bahreïn, mais il vaut mieux ne pas prendre de risques.

— Le nom de ma mère, Ishaad ?

— Il doit figurer dans la mémoire de leurs ordinateurs. Prends donc Farouk, comme tout le monde. T. Farouk. Je t'appellerai une ou deux heures plus tard.

— Et toi, que vas-tu faire ?

— Que veux-tu que je fasse ? Je vais rester avec ce gros menteur qui prétend travailler pour le Mahdi. Si par hasard c'était vrai, il serait facile d'arranger une rencontre pour ce soir. Mais, très franchement, je n'en crois rien, et s'il nous a menti, je tiens à découvrir pour qui il travaille.

— Tu vis dans un univers plus compliqué que le mien,

Amal Bahrudi, dit doucement Azra. Nous, nous connaissons nos ennemis, nous braquons nos armes sur eux et nous essayons de les tuer avant qu'ils nous tuent. Mais il me semble que tu n'as pas ces certitudes, qu'au lieu d'appuyer sur la détente dans le feu du combat, tu dois d'abord découvrir *qui* est ton ennemi.

— Tu as aussi à infiltrer les rangs de l'ennemi et à te défier des traîtres ; les précautions à prendre ne sont pas si différentes.

— L'infiltration n'a rien de difficile quand des milliers d'hommes s'habillent comme nous. C'est essentiellement une question d'attitude et nous copions celle de l'ennemi. Pour ce qui est des traîtres, nous avons échoué à Mascate, comme tu nous l'as révélé, Bahrudi.

— Moi ?

— Les photographies !

— Bien sûr. Pardonne-moi, j'avais l'esprit ailleurs.

C'était vrai, mais cela ne devait pas se reproduire. Le jeune Palestinien le regardait bizarrement. Il lui fallait chasser tous les doutes, et vite !

— À propos de ces photos, dit Evan, ta sœur devra fournir la preuve qu'elle a totalement démantelé le réseau de traîtres. Pourquoi pas avec d'autres photos ? Des cadavres devant un appareil photos piétiné et puis des aveux enregistrés...

— Zaya sait ce qu'elle a à faire. Elle est la plus forte de nous tous, la plus zélée. Elle ne sera satisfaite que lorsque chaque pièce aura été passée au peigne fin et que chacun de nos frères et de nos sœurs aura été méthodiquement fouillé.

— Ce ne sont que des mots, poète ! lança Evan d'un ton âpre. Je crois que tu n'as pas bien compris. Ce qui s'est passé à Mascate, ce que vous avez laissé se produire à Mascate par négligence, risque de nuire à nos opérations dans le monde entier ! Si la nouvelle se répand et si les coupables ne sont pas châtiés, l'ennemi enverra des nuées d'agents bardés d'appareils photos et de magnétophones pour nous infiltrer !

— D'accord, d'accord, soupira Azra, refusant d'écouter plus longtemps les critiques de Bahrudi. Ma sœur réglera tout cela au mieux de nos intérêts. Je l'ai sentie réticente jusqu'à ce que je lui explique ce qui s'était passé sur la route du Djebel Sham et jusqu'à ce qu'elle voie ce que tu étais capable de faire avec un seul appel téléphonique. Mais je t'assure qu'elle prendra très vite toutes les mesures nécessaires.

— Très bien. Repose-toi maintenant, poète. L'après-midi et la nuit seront longues.

Kendrick se renversa dans son siège comme s'il se disposait à sommeiller, mais ses yeux mi-clos ne quittaient pas l'arrière du gros crâne dégarni d'Anthony MacDonald, assis deux rangs devant lui. Les événements s'étaient tellement précipités et il y avait tant de choses à prendre en compte qu'il n'avait pas encore trouvé le temps d'analyser la situation. Mais il avait maintenant la certitude que le Mahdi existait. Pas celui qui, en 1885, avait assiégé Khartoum et tué le général Gordon, mais un autre, qui, un siècle plus tard, manipulait les combattants fanatisés de l'Islam et faisait régner la terreur depuis Bahreïn. Et pour atteindre ce monstre, il fallait remonter toute une chaîne secrète, quasi impénétrable, constituée d'une manière très professionnelle, mais qui existait ! Il avait découvert un tentacule, aussi modeste fût-il, de la pieuvre terroriste ! Le tueur assis à côté de lui était le fil conducteur qui pourrait lui permettre de remonter à la source. *Il faut donner cinq coups de téléphone. Chaque correspondant en donne à son tour dix à Bahreïn et un seul numéro permet de joindre le Mahdi.* C'est ce qu'avait dit Zaya Yateem, et elle savait de quoi elle parlait. Cinquante appels, cinquante numéros de téléphone et un seul parmi les cinquante correspondants savait où trouver le Mahdi, savait qui il était !

Il avait créé une situation d'urgence en suivant le conseil de Manny qui lui avait toujours recommandé de feindre une situation d'urgence lorsqu'il traitait avec des clients potentiels qui ne pouvaient ni ne voulaient communiquer entre eux. *Dis au premier type qu'il te faut une réponse avant mercredi, sans quoi nous partons à Riyad. Dis au second que nous ne pouvons attendre au-delà de jeudi, car on nous propose un contrat mirifique à Abu Dhabi.*

Ce n'était pas tout à fait la même chose, bien entendu, mais, somme toute, il ne s'agissait que d'une variante de cette tactique. Les chefs des terroristes de l'ambassade étaient persuadés qu'il y avait une urgence pour leur bienfaiteur, puisqu'il avait fait venir Amal Bahrudi de Berlin afin qu'il accompagne un des leurs à Bahreïn. Simultanément, les agents du Mahdi avaient appris par la télévision qu'un « message urgent » était envoyé à des « amis » et qu'une « réponse immédiate » était demandée. *Situation d'urgence.*

Ai-je fait les choses comme il le fallait, Manny ? Il faut absolument que je le démasque, que je l'affronte et que je le tue pour tout le mal qu'il nous a fait !

Devant ses yeux alourdis par le sommeil apparut le visage d'Emmanuel Weingrass. Il eut un petit rire silencieux en songeant à leur premier voyage à Bahreïn.

— *Et surtout n'oublie pas que nous allons traiter avec les dirigeants d'un archipel et non d'un État continental ayant une frontière commune avec un autre État continental. C'est une principauté composée d'une trentaine d'îles et d'îlots éparpillés dans le golfe Persique. Il ne s'agit pas de mesurer leur superficie... D'ailleurs, ils le refusent, et c'est ce qui fait leur force.*

— *Où veux-tu en venir, Manny ?*

— *Essaie donc de comprendre, espèce de bricoleur à la petite semaine ! C'est ce sentiment de force qu'il faudra adroitement flatter. Bahreïn est un émirat indépendant, un chapelet d'îles volcaniques qui protège les ports des tempêtes du Golfe et se trouve idéalement situé entre la presqu'île de Qatar et les champs pétrolifères de la plaine côtière de Hassa, en Arabie Saoudite.*

— *Mais quel rapport avec un foutu parcours de golf sur une île ? Tu joues au golf, Manny ? Moi, j'ai toujours trouvé que cela revenait trop cher.*

— *Essayer de suivre une petite balle blanche au milieu de plusieurs hectares d'herbe quand on souffre d'arthrite et qu'on a le cœur qui menace d'exploser à tout instant n'a jamais été ma conception d'une activité civilisée. Mais je sais ce que représentera leur saleté de parcours.*

— *Dis-le-moi.*

— *Un témoignage de leur passé. Un lieu qui rappellera à tous la force de leur présent.*

— *Veux-tu redescendre sur terre, s'il te plaît ?*

— Lis donc les chroniques des Assyriens, des Perses, des Grecs et des Romains. Jette un coup d'œil sur les premiers dessins des cartographes portugais et sur les journaux de bord de Vasco de Gama. À une époque ou à une autre, ils ont tous essayé de prendre le contrôle de l'archipel et les Portugais l'ont même occupé pendant un siècle. Pourquoi, à ton avis ?

— Je suis sûr que tu vas me le dire.

— À cause de sa situation géographique dans le Golfe, de son importance stratégique. L'archipel a toujours été un centre commercial et financier extrêmement convoité.

Evan s'était redressé dans son siège, comprenant enfin où le vieil architecte voulait en venir.

— C'est ce qu'il est en train de redevenir. L'argent afflue de toute la planète ! Bahreïn est un État indépendant qui, dans le monde d'aujourd'hui, n'a plus à redouter une occupation étrangère, précisa Manny, et qui peut donc se permettre d'avoir des partenaires commerciaux de tous bords. Le magnifique club-house que nous allons édifier sur leur méchant parcours de golf sera le miroir de leur passé. Nous allons le décorer avec des peintures murales. Quand un homme d'affaires regardera les peintures du bar, il se dira : « Bon Dieu ! Il s'en est passé des choses ici ! Tout le monde a voulu mettre la main sur ces îles ! Et ils n'ont pas regardé à la dépense pour la décoration ! » Et il aura encore plus envie de travailler là-bas. Tout le monde sait, et tu devrais le savoir aussi, que les affaires se traitent souvent sur un parcours de golf. Pourquoi crois-tu donc qu'ils aient décidé d'en construire un ?

Après l'achèvement des travaux d'un club-house quelque peu prétentieux pour un parcours de cette qualité, le groupe Kendrick signa des contrats pour la construction de trois banques et de deux bâtiments administratifs. Et Manny Weingrass fut absous par le ministre de l'Intérieur en personne après avoir troublé l'ordre public dans un café de la rue Al Zubara.

Le ronronnement des moteurs du jet engourdit l'esprit d'Evan et il ferma complètement les yeux.

— Je m'oppose à cette opération accessoire et j'exige que ce soit consigné dans un rapport, déclara Yaakov, nom de code Bleu, de la Brigade Masada, tandis que les sept hommes montaient à bord du jet, en bout de piste de l'aéroport de Mascate.

Emmanuel Weingrass gagna immédiatement le poste de pilotage et s'installa sur le siège voisin de celui du pilote, secoué par une violente quinte de toux tandis qu'il attachait sa ceinture. L'agent du Mossad ne les accompagnait pas ; il avait encore beaucoup à faire à Oman. Il avait remis son pistolet au petit Ben-Ami qui ne le lâcha que lorsque les cinq membres du commando furent installés dans leur siège.

— Ce sera consigné, dit Ben-Ami, tandis que l'appareil prenait de la vitesse sur la piste d'envol. Mais essayez de comprendre que, dans l'intérêt général, on ne peut pas tout nous dire. Nous sommes les hommes de terrain, les soldats, mais les décisions sont prises par le haut commandement. Ils font leur boulot et nous faisons le nôtre, qui est de suivre les ordres.

— Vous me permettrez de m'élever contre ce parallèle, déclara le nom de code Gris. Je ne trouve pas l'expression « suivre les ordres » particulièrement agréable à l'oreille.

— Puis-je vous rappeler, monsieur Ben-Ami, intervint Orange, que nous avons suivi pendant trois semaines un entraînement intensif pour une mission bien précise que nous sommes persuadés de pouvoir accomplir malgré les doutes que nourrissent nos supérieurs. Nous nous sommes parfaitement préparés à cette mission et, d'un seul coup, elle est annulée et nous nous retrouvons dans un avion en partance pour Bahreïn, sur la piste d'un homme que nous ne connaissons pas et avec un plan dont nous ignorons tout !

— Si plan il y a ! lança Noir. Et s'il ne s'agit pas seulement d'une dette du Mossad envers un vieillard désagréable tenant à toute force à retrouver un Américain qui n'est même pas son véritable fils.

Weingrass se retourna. L'avion prenait rapidement de l'altitude et le bruit sourd des moteurs l'obligea à hausser la voix.

— Écoutez-moi, têtes de pioches ! hurla-t-il. Si cet Américain est parti à Bahreïn avec un terroriste palestinien, c'est qu'il a une excellente raison de le faire ! Ce n'est probablement pas venu à l'esprit borné des tas de muscles que vous êtes, mais la prise de l'ambassade n'a certainement pas été organisée par ces *minus habens* qui jouent au yo-yo avec leurs armes automatiques. Le cerveau, si vous me pardonnez une référence qui vous échappe peut-être, se trouve à Bahreïn et c'est lui que *mon* Américain veut démasquer !

— Votre explication, même si elle est exacte, ne fait aucune référence à un plan, monsieur Weingrass, dit Blanc. Ou bien sommes-nous aussi trop bornés pour qu'on nous en fasse part ?

— Cela pourrait être pire, gros malin, mais il est vrai que nous n'avons pas de plan. Quand nous aurons atterri et que nous nous serons installés, je téléphonerai à Mascate tous les quarts d'heure jusqu'à ce que j'aie obtenu les renseignements dont nous avons besoin. Après cela, nous élaborerons un plan.

— Comment ? demanda Bleu d'un ton soupçonneux.

— Nous improviserons, tête brûlée.

L'Anglais obèse se figea et, l'air incrédule, regarda Azra s'éloigner en compagnie du fonctionnaire en uniforme. L'homme attendait l'arrivée du Rockwell derrière le dernier hangar de l'aéroport d'Al-Muharrak et il n'avait pas encore ouvert la bouche.

— Attendez ! cria MacDonald en lançant un regard égaré dans la direction d'Evan. Arrêtez ! Vous ne pouvez pas me laisser seul avec cet homme ! Je vous ai dit qu'il n'est pas celui qu'il prétend être ! Il n'est pas des nôtres !

— C'est vrai, dit le jeune Palestinien en s'arrêtant et en regardant par-dessus son épaule. Il vient de Berlin et il m'a sauvé la vie. Si vous ne nous avez pas menti, vous ne risquez rien.

— Vous ne pouvez pas...

— Je suis obligé, dit Azra en se retournant vers le fonctionnaire avec un petit signe de la tête.

— Mon collègue qui est en train de sortir du hangar, dit le Bahreïni en s'adressant à Kendrick d'une voix totalement inexpressive, va vous escorter jusqu'à une autre sortie. Bienvenue dans notre pays.

— Azra ! hurla MacDonald dont la voix fut couverte par le rugissement des réacteurs d'un avion.

— Du calme, Tony, dit Evan en regardant le second fonctionnaire qui se dirigeait vers eux. Nous entrons illégalement dans ce pays et vous risquez de nous faire fusiller tous les deux.

— Je savais bien que c'était vous ! Vous êtes Evan Kendrick !

— Bien sûr, mais si l'un de nos agents à Bahreïn apprenait que vous connaissez mon nom, votre chère et ravissante Cecilia — c'est bien Cecilia, je ne me trompe pas ? — deviendrait veuve avant d'avoir eu le temps de commander un autre verre.

— Bon Dieu, je n'arrive pas à le croire ! Vous avez vendu votre entreprise et vous êtes reparti aux États-Unis ! Je me suis même laissé dire que vous faisiez de la politique !

— Avec l'aide du Mahdi, qui sait si je ne me présenterai pas à la présidence ?

— Bon Dieu de bon Dieu !

— Souriez, Tony. Ce type n'aime pas ce qu'on lui a demandé de faire et je ne voudrais pas qu'il nous prenne pour des ingrats. Souriez, gros lard !

Vêtue d'un pantalon beige et d'un blouson militaire, coiffée d'une casquette d'officier à longue visière, Khalehla se tenait près de la queue de l'avion et observait les mouvements du petit groupe de passagers. Le jeune tueur palestinien surnommé Bleu venait de disparaître. Kendrick et MacDonald étaient en train de s'éloigner en compagnie d'un autre homme en uniforme qui les guidait à travers un dédale de passages réservés au fret pour éviter les contrôles de l'immigration. Malgré son conformisme apparent, ce Kendrick était meilleur qu'elle ne l'avait imaginé. Non seulement il était sorti sain et sauf de l'enfer de l'ambassade, ce qu'elle n'aurait jamais cru possible quelques heures plus tôt et qui l'avait fait paniquer, mais il venait de réussir à séparer le terroriste et l'émissaire du manipulateur. Qu'allait-il faire maintenant ? Quel but poursuivait-il ?

— Dépêchez-vous ! cria-t-elle au pilote qui s'entretenait avec un mécanicien devant une aile de l'appareil. Il faut y aller !

Le pilote hocha la tête et leva les bras au ciel, puis ils se dirigèrent tous les deux vers la sortie réservée au personnel autorisé. Le jeune sultan d'Oman avait mis en œuvre depuis Mascate tous les moyens dont il disposait. Les trois passagers du jet devaient être conduits jusqu'à une sortie du hall de l'aéroport, à l'opposé de la station de taxis du terminal. Des panneaux mobiles avaient été placés sur le trottoir et tous les taxis en stationnement devant ces panneaux étaient conduits par des membres de la police secrète de Bahreïn, qui n'étaient au courant de rien et avaient pour seule directive de signaler la destination de leurs clients.

Khalehla et le pilote prirent rapidement congé l'un de l'autre et se séparèrent. Tandis qu'il se dirigeait vers le centre de contrôle pour recevoir ses instructions pour le vol de retour vers Mascate, la jeune femme gagnait l'endroit du hall qu'on lui avait indiqué pour retrouver Kendrick et le prendre en filature. Il lui faudrait déployer tous ses talents pour filer l'Américain et MacDonald sans se faire repérer. Tony la reconnaîtrait tout de suite et Kendrick n'avait peut-être pas oublié la ruelle sombre et crasseuse du Shari el Mishkwiyis, et la jeune femme brune tenant un pistolet à la main. Un homme dans une situation aussi périlleuse que la sienne aurait sans doute beaucoup de mal à accepter le fait que l'arme n'avait pas été braquée sur lui, mais dirigée vers quatre rôdeurs qui, profitant de l'obscurité, avaient essayé de la dévaliser, et peut-être pis encore. La détermination et la paranoïa n'étaient jamais très éloignées l'une de l'autre dans un esprit en proie à une tension extrême. L'Américain était armé et cette image surgissant devant ses yeux pouvait déclencher une réaction de violence. Khalehla ne craignait pas pour sa vie ; huit années d'expérience, dont quatre passées au milieu de la poudrière du Moyen-Orient, lui avaient appris à prendre les devants, à tuer avant d'être tuée. Elle songea avec tristesse que cet homme courageux ne méritait pas de mourir pour ce qu'il faisait, mais elle n'excluait pas la possibilité d'être obligée de l'abattre. Une possibilité qui se renforçait de minute en minute.

Khalehla atteignit la sortie avant les passagers du jet d'Oman. Une invraisemblable confusion régnait au niveau « Arrivée », sous l'auvent de béton : limousines aux vitres teintées, taxis, voitures particulières, camionnettes de toutes sortes formaient un enchevêtrement inextricable au milieu des hurlements des klaxons et des gaz d'échappement. Dans l'assourdissante cacophonie, elle parvint à trouver un îlot de calme relatif entre deux conteneurs et attendit.

Le premier à sortir fut le terroriste surnommé Bleu. Il était toujours accompagné du fonctionnaire en uniforme qui héla un taxi. Le jeune Palestinien à la tenue négligée sortit un papier de sa poche et indiqua sa destination au chauffeur avant de monter dans la voiture.

Quelques minutes plus tard le grand Américain et le gros Anthony MacDonald s'avancèrent à leur tour jusqu'au bord du trottoir. Sans réfléchir, rien qu'en les observant, Khalehla sentit aussitôt que quelque chose n'allait pas. Tony se conduisait comme l'alcoolique mondain du Caire qu'elle connaissait ! Chacun de ses mouvements traduisait un état de vive excitation ; une énergie bouillonnante sollicitait l'attention ; ses yeux étaient exorbités, les expressions perpétuellement changeantes de son visage étaient celles d'un ivrogne implorant le respect. Tout cela était en contradiction flagrante avec l'exceptionnelle maîtrise de soi requise par une taupe de son envergure dans une situation aussi explosive. Décidément, il y avait quelque chose qui clochait !

Khalehla comprit trop tard qu'elle avait vu juste ! Au moment où le taxi suivant s'approchait à bonne allure du bord du trottoir, MacDonald projeta toute la masse de son énorme carcasse contre l'Américain, le poussant sur la voie couverte, devant le taxi qui n'avait pas encore freiné. Kendrick heurta violemment le capot de la voiture et rebondit au milieu du flot compact de véhicules. Des freins hurlèrent, des coups de sifflets retentirent et le corps du représentant de la neuvième circonscription du Colorado s'enroula autour du pare-brise fracassé d'une petite voiture de marque japonaise et se laissa lentement glisser à terre. *Mon Dieu ! Il est mort !* songea Khalehla en s'élançant vers le lieu de l'accident. Puis elle le vit bouger ! Elle vit bouger les deux bras de l'Américain qui essayait de se remettre debout, mais s'affaissa aussitôt.

Khalehla se rua vers la voiture japonaise, franchissant un barrage improvisé de policiers en uniforme et de membres de la police secrète de l'Émirat, faisant éclater au passage la rate d'un badaud pétrifié d'un coup de poing vicieux et précis. Tout en se jetant sur le corps agité de mouvements convulsifs, elle sortit son pistolet de la poche de son blouson.

— Je m'appelle Khalehla et vous n'avez pas à en savoir plus, dit-elle au policier en uniforme le plus proche d'elle en braquant l'arme sur sa tête. Cet homme est sous ma responsabilité et il va rester avec moi. Avertissez vos supérieurs et faites-nous partir d'ici, sinon je vous fais éclater la cervelle !

L'homme qui se précipita dans la pièce stérile était si agité qu'il fit bruyamment claquer la porte en la refermant et qu'il faillit trébucher dans l'obscurité en se dirigeant vers son installation. D'une main tremblante, il mit l'ordinateur en marche.

Sécurité maximale
Aucune interception possible
Continuez

Il s'est passé quelque chose ! Percée ou revers ? Chasseur ou proie ? Les derniers rapports mentionnent Bahreïn, mais ne donnent aucun détail. Ils précisent seulement que le sujet a demandé avec la plus vive anxiété un moyen de transport pour s'y rendre. Cela implique à l'évidence soit qu'il a réussi à s'enfuir de l'ambassade, soit qu'on l'en a fait sortir grâce à un subterfuge, soit enfin qu'il n'y a pas mis les pieds. Mais pourquoi Bahreïn ? Tout est beaucoup trop fragmentaire, comme si l'ombre du sujet tenait à embrouiller les événements pour des raisons qui lui sont propres. Une possibilité qu'il ne faut pas écarter, compte tenu de ce qui s'est passé ces dernières années et du pouvoir octroyé au Congrès

et à différents procureurs de citer des témoins à comparaître.

Qu'a-t-il bien pu se passer ? Que se passe-t-il en ce moment ? Mes instruments réclament des détails, mais je n'ai rien à leur fournir. Entrer un nom sans références spécifiques déclenche aussitôt un flot de données encyclopédiques, mémorisées depuis longtemps et soigneusement tenues à jour. J'ai parfois le sentiment que mon propre talent causera ma perte, car je vois au-delà des données et des équations, et je découvre des visions.

Et pourtant il est l'homme que je cherche ! C'est ce que m'affirment mes fidèles instruments et je leur fais confiance.

13

Evan sentit d'abord la bande trop serrée qui lui emprisonnait l'épaule gauche, puis il perçut la douleur irradiant dans tout le haut de sa poitrine. Une odeur âcre d'alcool flottait dans l'air. Il ouvrit les yeux et découvrit avec stupéfaction qu'il était assis dans un lit, la tête soutenue par des oreillers. C'était une chambre de femme. Sur la gauche du lit, il vit une chaise basse à dossier doré, adossée au mur, à côté d'une coiffeuse munie d'un grand miroir à trois faces et couverte de flacons contenant des lotions et des parfums. La coiffeuse était encadrée par de hautes fenêtres dont les rideaux couleur pêche, tout comme l'ensemble de l'ameublement rococo, portaient la marque raffinée d'un décorateur. Une chaise longue recouverte de satin était placée devant la fenêtre du fond, près d'une table de téléphone en marbre rose. Le mur qui faisait face au lit, à environ sept mètres, était entièrement occupé par une rangée d'armoires à glace. Sur la droite d'Evan, derrière la table de nuit, se trouvaient un secrétaire ivoire et une autre chaise à dossier doré. Plus loin, il découvrit le bureau le plus long qu'il eût jamais vu. Le meuble, enduit d'une laque couleur pêche qui eût ravi Manny, occupait toute la longueur du mur. Le sol était couvert d'une épaisse et moelleuse moquette blanche. Le seul élément de décoration qui manquât était un miroir au-dessus du lit.

La porte sculptée était fermée, mais il entendait des voix derrière : la voix d'un homme et celle d'une femme. Il tourna le poignet pour regarder sa montre, mais elle avait disparu.

Où était-il ? Comment était-il arrivé là ? Bon Dieu ! L'aéroport ! Il avait été projeté contre une voiture... non, contre deux voitures. Un attroupement s'était formé autour de lui et on l'avait soutenu pendant qu'il repartait en boitant. Azra ! Azra l'attendait à l'hôtel Aradous !... Et MacDonald ! Disparu ! Tout s'écroulait !

Evan sentit la panique monter en lui et, remarquant à peine le soleil de la fin de l'après-midi qui brillait à travers les fenêtres, il rabattit le drap et posa le pied par terre en grimaçant et en serrant les dents. Chaque mouvement le faisait horriblement souffrir, mais il était capable de bouger et c'est la seule chose qui comptait. Au moment où il se rendait compte qu'il était complètement nu, la porte s'ouvrit.

— Je suis contente de voir que vous pouvez vous lever, dit la jeune femme à la peau olivâtre tandis que Kendrick se jetait d'un bond sous le drap de lit, couleur pêche, lui aussi. Cela confirme le diagnostic du médecin qui vient juste de partir. Il m'a dit que vous étiez bien amoché, mais que les radios ne révélaient aucune fracture.

— Quelles radios ? Mais, d'abord, où sommes-nous et qui êtes-vous, madame ?

— Vous ne vous souvenez donc pas de moi ?

— Si cet appartement, dit Kendrick en faisant un grand geste du bras, est votre modeste pied-à-terre à Bahreïn, soyez assurée que c'est la première fois que j'y viens. Ce n'est pas un lieu que l'on peut facilement oublier.

— Nous ne sommes pas chez moi, dit Khalehla en esquissant un sourire et en s'avançant vers le pied du lit, mais chez un membre de la famille royale, un cousin de l'émir. C'est un homme âgé qui se trouve en ce moment à Londres avec la plus jeune de ses épouses. Comme sa santé est très mauvaise, il a fait installer au sous-sol un équipement médical très sophistiqué. Le rang et la fortune offrent les mêmes privilèges dans le monde entier, mais c'est encore plus vrai à Bahreïn qu'ailleurs. C'est votre ami, le sultan d'Oman, qui a tout arrangé.

— Mais, pour qu'il ait pu arranger tout cela, quelqu'un a dû le mettre au courant de ce qui s'était passé !

— C'est moi, bien entendu...

— Mais si, dit Kendrick, le front plissé par la réflexion, je vous connais ! Et pourtant je ne me rappelle plus ni où ni dans quelles circonstances nous nous sommes rencontrés.

— Je n'étais pas du tout habillée comme cela et nous nous sommes vus dans un cadre beaucoup moins agréable. À Mascate, dans une ruelle sombre et sordide...

— Le quartier réservé ! s'écria Kendrick en redressant la tête et en écarquillant les yeux. El-Baz... Vous êtes la femme qui braquait une arme sur moi ! Vous avez essayé de me tuer !

— Pas du tout. Je cherchais seulement à me protéger contre quatre voleurs qui m'avaient agressée. Trois hommes et une jeune fille.

— Je m'en souviens, dit Evan en plissant les yeux. Il y avait un gamin en vêtements kaki, qui se tenait le bras.

— Ce n'était pas un gamin, protesta Khalehla. C'était un toxicomane aux abois, tout comme sa petite amie, et ils n'auraient pas hésité à me tuer pour pouvoir acheter leur saloperie. Moi, je ne faisais que vous suivre. J'étais chargée de vous filer.

— Par qui ?

— Ceux pour qui je travaille.

— Comment avez-vous appris qui j'étais ?

— Je ne répondrai pas à cette question.

— Pour qui travaillez-vous ?

— Disons, en gros, pour un organisme qui s'efforce de trouver des solutions aux multiples horreurs du Moyen-Orient.

— Israël ?

— Non, répondit Khalehla d'une voix calme. J'ai des origines arabes.

— Cela ne m'apprend rien de nouveau, mais je me sens encore moins rassuré.

— Pourquoi ? Est-il impossible à un esprit américain

de concevoir que les Arabes puissent chercher des solutions équitables ?

— J'arrive de l'ambassade des États-Unis à Mascate, et ce que j'y ai vu n'était pas très joli. Ce n'était pas à l'honneur des Arabes...

— C'est bien notre avis. Mais puis-je me permettre de citer un membre du Congrès des États-Unis qui a déclaré à la tribune de la Chambre des représentants : « On ne naît pas terroriste, on le devient. »

Evan braqua un regard stupéfait sur la jeune femme.

— C'est la seule déclaration que j'aie jamais faite à la tribune, dit-il. La seule.

— Vous avez prononcé ces mots après un discours particulièrement violent d'un représentant de la Californie qui avait pratiquement appelé au massacre de tous les Palestiniens.

— Il n'y connaissait rien ! C'était un minable qui avait le sentiment de perdre son électorat juif à Los Angeles. Il me l'avait avoué lui-même la veille. Il s'était mépris sur moi et s'imaginait que je le soutiendrais... Il est allé jusqu'à m'adresser un clin d'œil pendant son discours !

— Croyez-vous encore à votre formule ?

— Oui, répondit Kendrick après un instant d'hésitation, comme s'il avait un doute. Quiconque a vu dans quelles conditions atroces vivent les réfugiés des camps sait bien qu'il ne faut rien attendre de normal de leur part. Mais les scènes auxquelles j'ai assisté à Mascate dépassaient toute mesure. Je ne parle pas des hurlements et des chants qu'ils psalmodient, mais d'une brutalité froide et méthodique qui se suffit à elle-même et que ces animaux prennent manifestement plaisir à exercer.

— Ces *jeunes* animaux ne savent pas, pour la plupart, ce qu'est une maison. Leurs premiers souvenirs sont ceux d'errances sans fin dans les tas d'ordures des camps pour essayer de trouver quelque chose à manger ou de vieux vêtements pour leurs frères et sœurs en bas âge. Ils ne savent rien faire, ils sont presque tous sans instruction. Jamais on ne leur a rien appris. Ils ont toujours été des parias sur leur propre terre.

— Racontez cela aux enfants d'Auschwitz et de

Dachau ! lança Evan avec une colère rentrée. Ces gens sont vivants. Ils font partie de la race humaine.

— Échec et mat, monsieur Kendrick. Je n'ai pas de réponse à vous proposer, mais j'ai honte.

— Je ne veux pas de votre honte. Tout ce que je veux, c'est sortir d'ici.

— Vous n'êtes pas en état de continuer. Regardez-vous ! Vous êtes à bout de forces et vous venez d'être sérieusement abîmé.

Le drap remonté jusqu'au ventre, Evan prit appui sur le bord du lit.

— J'avais un pistolet, un couteau, une montre et plusieurs autres objets auxquels je tiens, dit-il lentement. J'aimerais les récupérer.

— Je pense que nous devrions discuter de la situation...

— Il n'y a rien à dire, fit sèchement Kendrick. Absolument rien.

— Et si je vous annonçais que nous avons découvert où se cache Tony MacDonald ?

— Tony ?

— Je viens du Caire. J'aimerais pouvoir vous dire que nous étions sur sa piste depuis plusieurs mois ou plusieurs années, mais ce serait mentir. Ce n'est que ce matin que j'ai eu les premiers soupçons. Juste avant le lever du jour, pour être très précise. Il m'a suivie dans une voiture qui roulait tous feux éteints...

— Sur la route du Djebel Sham ? demanda Evan.

— Oui.

— Alors, vous devez être celle qu'il appelle Cawley, ou quelque chose comme cela. Celle qu'il appelle aussi l'ennemie...

— Je m'appelle Khalehla. Les deux premières syllabes se prononcent exactement comme la ville de Calais. Je suis son ennemie, c'est vrai, mais pas tout le reste... que je n'ai aucune peine à imaginer.

— Vous me suiviez, dit Kendrick.

C'était une affirmation, pas une question.

— Oui.

— Vous étiez donc au courant de notre « évasion ».

— Oui.

— Par Ahmat ?

— Il m'honore de sa confiance. Nous nous connaissons depuis très longtemps.

— Fait-il également confiance à ceux qui vous emploient ?

— Encore une question à laquelle je ne puis répondre. J'ai dit que c'est en moi qu'il a confiance.

— Vous avez l'esprit tortueux.

— Croyez-vous que la situation ne le soit pas ?

— Où est Tony ?

— Il se terre dans une chambre de l'hôtel Tylos, avenue du Gouvernement, sous le nom de Strickland.

— Comment avez-vous retrouvé sa trace ?

— Par la compagnie de taxis. Il s'est arrêté en route pour aller dans un magasin soupçonné de vendre illégalement des armes, et tout nous porte à croire qu'il est maintenant armé... Disons que le chauffeur de taxi s'est montré coopératif.

— Pourquoi « disons » ?

— Restons-en là pour l'instant. Mais dès que MacDonald fera le moindre mouvement, vous en serez aussitôt informé. Il a déjà donné onze coups de téléphone.

— À qui ?

— Les numéros ne figurent pas dans l'annuaire. Nous enverrons quelqu'un au central téléphonique quand il aura cessé d'appeler. On vous les communiquera dès que possible, d'un téléphone public.

— Merci. J'en ai absolument besoin.

Khalehla tira la petite chaise rococo devant la coiffeuse et prit place en face de Kendrick.

— Expliquez-moi ce que vous faites, monsieur le représentant. Laissez-moi vous aider.

— Pourquoi le ferais-je ? Vous refusez de me rendre mon pistolet, mon couteau, ma montre... et autre chose que vous avez sûrement déjà vendu. Vous ne voulez même pas me dire pour qui vous travaillez.

— Votre pistolet, votre couteau, votre montre, *plus* votre portefeuille, une ceinture contenant cinquante mille dollars, votre briquet en or massif... et aussi un paquet écrasé de cigarettes américaines interdites à l'exportation, ce qui est aussi stupide que dangereux. Je vous rendrai peut-être tout cela, si vous réussissez à me convaincre que ce que vous faites n'entraînera pas le massacre des deux cent trente-six otages de Mascate. Nous autres, les Arabes, ne pouvons accepter cela. Nous sommes déjà suffisamment méprisés pour toutes les horreurs dont nous ne sommes aucunement responsables. Quant à savoir pour qui je travaille, en quoi cela peut-il avoir plus d'importance pour vous que pour Ahmat, notre ami commun ? Vous avez confiance en lui et il a confiance en moi. Vous pouvez donc avoir confiance en moi. A égale B, B égale C, donc A égale C. À propos, vos vêtements ont été désinfectés, lavés et repassés. Ils sont dans la première penderie à gauche.

Les lèvres entrouvertes, assis en équilibre sur le bord du lit, Evan fixa la jeune femme à l'attitude si décidée.

— Joli discours, dit-il, mais je dois réfléchir à votre logique mathématique.

— Je ne connais pas votre programme, dit Khalehla, mais vous n'avez certainement pas de temps à perdre.

— Entre onze heures trente et minuit, dit Kendrick qui n'avait pas l'intention de donner plus de détails, je dois retrouver un jeune homme qui m'accompagnait dans l'avion. C'est un des terroristes de l'ambassade.

— Il se trouve à l'hôtel Aradous, sur le Wadi Al Ahd, où il s'est inscrit sous le nom de T. Farouk.

— Mais comment...

— Disons un autre chauffeur de taxi coopératif, répondit Khalehla avec un sourire.

— Ceux pour qui vous travaillez ont décidément le bras long, par ici.

— Aussi curieux que cela puisse paraître, ceux pour qui je travaille n'y sont pour rien. Ils n'oseraient pas aller si loin.

— Mais vous l'avez fait.

— Il le fallait. Raisons personnelles... que je préfère garder pour moi.

— Vous êtes une drôle de femme, Cawley.

— Khalehla ! Mais pourquoi n'appelez-vous pas votre ami à l'Aradous ? Il a acheté des vêtements à l'hôtel et il s'est fait couper les cheveux. Je suppose que telles étaient vos instructions. Appelez-le donc ; cela le rassurera.

— Vous êtes presque trop coopérative... comme vos chauffeurs de taxi.

— C'est parce que je ne suis pas votre ennemie et que j'ai envie de coopérer. Appelez Ahmat, si vous voulez. Il vous dira la même chose. À propos, je suis, tout comme vous, en possession du numéro commençant par 555.

Evan eut l'impression qu'un voile venait de se lever du visage de l'Arabe. Un visage d'une beauté saisissante, songea-t-il en scrutant les grands yeux bruns remplis de sollicitude et d'intérêt. Mais il se reprocha intérieurement de n'être qu'un amateur, d'être incapable de discerner le vrai du faux. *Entre vingt-trois heures trente et minuit.* C'était l'heure zéro, l'espace de temps pendant lequel s'établirait un contact... un contact avec le Mahdi ! Pouvait-il se fier à cette femme terriblement efficace, mais qui lui cachait trop de choses ? Mais était-il capable de réussir seul ? Elle était en possession du numéro à trois 5... Comment l'avait-elle obtenu ? Tout commença brusquement à tourner autour de lui et la lumière du soleil pénétrant par les fenêtres se transforma en grosses taches orange aux contours diffus. Mais où étaient donc les fenêtres ?

— Non, Kendrick ! hurla Khalehla. Pas maintenant ! Ne tombez pas dans les pommes maintenant ! Je vais vous aider à donner ce coup de téléphone ; votre ami doit être sûr que tout va bien. C'est un terroriste, seul à Bahreïn où il ne connaît personne... Vous devez l'appeler !

Evan sentit les gifles qui lui cinglaient les joues, il sentit le sang qui remontait à son visage et il se retrouva la tête dans le creux du bras droit de Khalehla qui, de l'autre main, prenait un verre sur la table de nuit.

— Buvez ! ordonna-t-elle en portant le verre aux lèvres de Kendrick.

Il obéit et il eut aussitôt la bouche et la gorge en feu.

— Une eau-de-vie à 68 degrés, dit Khalehla en souriant. C'est un membre du MI-6 britannique, un certain Melvyn, qui me l'a offerte. Il m'a dit que si je réussissais à en faire boire trois verres à quelqu'un, je pourrais lui vendre absolument n'importe quoi ! Puis-je vous vendre quelque chose, monsieur Kendrick ? Un coup de téléphone, par exemple ?

— Je ne suis pas acheteur. D'ailleurs, je n'ai plus d'argent.

— Je vous en prie, donnez ce coup de téléphone, dit Khalehla en lâchant son prisonnier et en se levant. C'est extrêmement important.

Kendrick secoua la tête en essayant de fixer son regard sur le téléphone.

— Je n'ai pas le numéro, dit-il.

— Moi, je l'ai, dit Khalehla en fouillant dans la poche de son blouson d'où elle sortit un bout de papier. C'est le 59 591.

— Merci, dit Evan, vous êtes une excellente secrétaire.

Il tendit le bras, prit l'appareil et le posa sur ses genoux. Il avait l'impression d'avoir le corps brisé de partout. La fatigue ralentissait tous ses gestes et il eut de la peine à composer le numéro.

— Azra ? dit-il dès qu'il entendit la voix du Palestinien. As-tu étudié le plan de Manama ? Bien. Je passe te prendre à ton hôtel à vingt-deux heures.

Evan s'interrompit, le temps de lancer un rapide coup d'œil à Khalehla.

— Si pour une raison quelconque j'avais du retard, reprit-il, je te retrouverais à l'angle nord de la mosquée Juma, à l'endroit où elle rejoint la rue Al Khalifa. Tu as compris ? Parfait.

Et il raccrocha en tremblant.

— Vous avez un autre coup de fil à donner, dit Khalehla.

— Laissez-moi me reposer deux minutes, murmura Kendrick en laissant retomber sa tête sur les oreillers.

— Je pense qu'il vaudrait mieux le faire tout de suite. Vous devez informer Ahmat de l'endroit où vous êtes et de ce qui s'est passé. Il attend votre appel. Vous ne trouvez pas que vous pouvez faire cela pour lui ?

— Bon, d'accord !

Au prix d'un violent effort, Evan parvint à se mettre sur son séant et à saisir le téléphone qu'il avait laissé sur le lit.

— C'est direct, de Bahreïn ? J'ai oublié. Et quel est l'indicatif de Mascate ?

— 968, répondit Khalehla, mais faites d'abord le 001.

— Je ferais mieux de téléphoner en P.C.V., dit Kendrick en composant lentement le numéro.

— Quand avez-vous dormi pour la dernière fois ? demanda Khalehla.

— Il y a deux ou trois jours.

— Et à quand remonte votre dernier repas ?

— Je ne m'en souviens plus. Et le vôtre ? Vous n'avez pas dû avoir plus de temps que moi pour vous détendre.

— Je ne m'en souviens pas non plus... Ah ! si ! En sortant du Shari el Mishkwiyis, je me suis arrêtée dans cette boulangerie de la place et j'ai acheté du baklava à l'orange. C'était plus pour voir qui s'y trouvait que parce que j'avais faim...

Evan leva la main pour lui demander le silence. La sonnerie retentissait sur la ligne privée du sultan.

— *Iwah ?*

— Ahmat ? C'est Kendrick.

— Je me sens soulagé !

— Et moi, j'en ai marre de toutes ces cachotteries !

— Mais de quoi parlez-vous ?

— Pourquoi ne m'avez-vous jamais parlé d'elle ?

— De qui ?

Evan tendit le combiné à Khalehla, la prenant au dépourvu.

— C'est moi, Ahmat, commença-t-elle d'une voix où perçait l'embarras.

Kendrick entendit des éclats de voix à l'autre bout du fil tandis que Khalehla écartait légèrement l'appareil.

— Si je n'avais pas fait cela, reprit-elle au bout de quelques secondes, toute la presse aurait appris qu'un parlementaire américain armé d'un pistolet et muni de cinquante mille dollars en liquide était arrivé à Bahreïn sans passer devant les services de l'immigration. Combien de temps aurait-il fallu avant que le bruit se répande qu'il avait atterri à bord d'un appareil de la maison royale d'Oman ? Et combien de temps avant que l'on commence à s'interroger sur sa mission à Mascate ?... Je me suis servie de ton nom avec un des frères de l'émir que je connais depuis très longtemps et il nous a trouvé un logement... Merci, Ahmat. Oui, je te le passe...

— Elle est impitoyable, dit Kendrick en prenant le

combiné, mais je suppose que je suis mieux ici qu'où je pourrais être. Je vous demande simplement de ne pas me faire d'autres surprises... Pourquoi ne dites-vous rien ?... Bon, je vous communique le programme, mais surtout pas d'autre intervention sans que je le demande ! Le gars de l'ambassade est à l'hôtel Aradous, quant à MacDonald... Je suppose que vous êtes au courant...

Khalehla le confirma d'un signe de la tête et Evan poursuivit rapidement.

— Très bien. On l'a repéré au Tylos et nous aurons une liste des numéros qu'il a appelés dès qu'il laissera le téléphone en paix. Entre parenthèses, ils sont armés l'un et l'autre.

Repoussant la fatigue qui l'assaillait par vagues, Kendrick entreprit de donner tous les détails sur le lieu de rendez-vous, tels qu'ils avaient été communiqués aux agents du Mahdi.

— Il nous suffit d'un seul homme, Ahmat. Un seul homme pour nous mener jusqu'à lui. Je tiens à le cuisiner moi-même jusqu'à ce que j'aie tous les renseignements.

Evan raccrocha et se laissa tomber sur les oreillers.

— Vous avez besoin de manger quelque chose, dit Khalehla.

— Commandez donc de la nourriture chinoise, dit Evan. C'est vous qui avez les cinquante mille dollars.

— Je vais demander à la cuisine de vous préparer quelque chose.

— Et vous ? demanda Kendrick.

Les yeux mi-clos, il regarda la jeune femme assise sur la ridicule chaise rococo à dossier doré. Le blanc de ses grands yeux soulignés par de larges cernes bleutés était injecté de sang et les traits de son visage étaient creusés par la fatigue.

— Moi, je ne compte pas, dit-elle. Vous, si.

— Si vous continuez comme cela, vous allez tomber de votre trône lilliputien.

— Je me débrouillerai, merci, dit Khalehla en se redressant sur sa chaise, les yeux plissés dans un regard de défi.

— Comme vous ne voulez pas me rendre ma montre, je vais être obligé de vous demander l'heure.

— Quatre heures dix.

— Tout est en ordre, dit Kendrick en soulevant les jambes pour les glisser sous le drap, et je suis sûr qu'un établissement d'un luxe aussi tapageur assurera le service du réveil. J'ai lu quelque part que le repos est une arme. Bien plus de batailles ont été perdues à cause du manque de sommeil qu'à cause d'une puissance de feu insuffisante... Si vous voulez bien détourner chastement les yeux, je vais aller prendre une serviette dans ce qui est assurément la plus grande salle de bains de Bahreïn et me trouver un autre lit.

— Si nous sortons de cette chambre, il nous faudra quitter la maison.

— Pourquoi ?

— C'est ce qui a été convenu. L'émir n'a aucune sympathie pour la jeune épouse de son cousin et le dérangement causé par votre présence doit se limiter à sa chambre. Derrière la porte, il y a des gardes chargés de faire respecter cet ordre.

— C'est invraisemblable !

— Ce n'est pas moi qui ai fixé ces conditions. Je me suis contentée de vous trouver un refuge.

Kendrick sentait ses yeux se fermer. Il roula jusqu'au bord du lit en soulevant le drap.

— À moins que vous ne préfériez glisser de cette chaise ridicule et vous fracasser le nez par terre, je vous propose la moitié du lit. Je vous laisse réfléchir, mais je vous demande deux choses : ne ronflez pas et réveillez-moi à huit heures et demie.

Vingt minutes plus tard, incapable de garder les yeux ouverts et après être déjà tombée deux fois de sa chaise, Khalehla se glissa dans le lit.

L'incroyable se produisit. Incroyable, parce que ni l'un ni l'autre ne s'y attendait, parce qu'aucun d'eux ne l'avait prémédité ni même simplement envisagé. Ces deux êtres inquiets, épuisés, perçurent la présence de l'autre et, dans un demi-sommeil, se rapprochèrent puis, lentement, avec des gestes hésitants, commencèrent à se toucher, à se caresser et à s'étreindre fébrilement. Leurs lèvres gonflées s'ouvrirent en cherchant avidement le contact qui leur permettrait de chasser provisoirement leurs peurs. Ils firent l'amour avec frénésie, non comme des inconnus s'accouplant à l'image des animaux, mais comme un homme et une femme qui avaient déjà communiqué et qui savaient que, dans leur univers en folie, il devait y avoir quelque part un îlot de chaleur et de réconfort.

— Je devrais sans doute dire que je regrette ce que j'ai fait, dit Kendrick, la tête calée sur les oreillers, la poitrine encore haletante.

— Non, je t'en prie, dit doucement Khalehla. Moi, je ne regrette rien. Nous avons tous besoin qu'on nous rappelle de temps en temps que nous sommes des êtres humains. N'est-ce pas ce que tu as dit ?

— Le contexte était différent.

— Pas vraiment, si on y réfléchit bien. Dors, maintenant, Evan... Je t'ai appelé une fois par ton prénom, mais je ne le referai plus.

— Que veux-tu dire ?

— Dors...

Trois heures plus tard, à la minute près, Khalehla se leva, ramassa ses vêtements éparpillés sur la moquette blanche et s'habilla en silence après avoir lancé un regard dans la direction de l'Américain endormi. Elle écrivit un petit mot sur une feuille arrachée à un bloc de papier à lettres aux armes de l'émir et la posa sur la table de nuit. Puis elle se dirigea vers la coiffeuse et ouvrit un tiroir d'où elle sortit toutes les affaires de Kendrick. Elle posa le tout par terre, à côté du lit, mais garda le paquet de cigarettes qu'elle écrasa avant de le fourrer dans la poche de son blouson. Elle traversa ensuite la chambre, ouvrit la porte et la referma derrière elle sans faire de bruit.

— *Esmah !* murmura-t-elle au garde en uniforme, lui signifiant par ce seul mot de se conformer à ses ordres. Il faudra le réveiller à vingt heures trente précises. J'appellerai personnellement pour m'en assurer. C'est bien compris ?

— *Iwah, iwah !* répondit le garde, la nuque raide, avec un petit mouvement de la tête.

— Il y aura peut-être un appel téléphonique pour lui. On demandera « le visiteur ». Il faudra répondre, prendre en note tous les renseignements et mettre la feuille dans une enveloppe que vous glisserez sous sa porte. Je réglerai tout cela avec vos supérieurs. Il s'agit d'une liste de noms et de numéros de téléphone de clients de sa firme. Vous avez compris ?

— *Iwah, iwah !*

— Bien, dit Khalehla en glissant dans la poche du garde l'équivalent en dinars de cinquante dollars. L'homme allait lui vouer une reconnaissance éternelle... pendant au moins cinq ou six heures. Khalehla descendit le large escalier tarabiscoté, traversa l'immense hall et s'arrêta devant la porte d'entrée sculptée qu'un autre garde ouvrit après s'être cérémonieusement incliné devant elle. Elle se retrouva dans la rue, sur un trottoir grouillant de robes et de complets, et chercha des yeux une cabine téléphonique. Elle en vit une à l'angle de la rue et pressa le pas dans sa direction.

— Je vous assure, mademoiselle, que cet appel sera accepté ! dit Khalehla qui avait composé le numéro qu'on lui avait demandé d'appeler en cas d'extrême urgence.

— Oui ?

À huit mille kilomètres de là, la voix qui répondit enfin était dure et sèche.

— Je m'appelle Khalehla. Je crois que vous êtes celui que je devais contacter.

— En effet. La standardiste m'a dit que vous appeliez de Bahreïn. Vous le confirmez ?

— Oui. Il est là. Je viens de passer plusieurs heures avec lui.

— Où en êtes-vous ?

— Il doit retrouver quelqu'un entre vingt-trois heures trente et minuit, près de la mosquée Juma. Il faudrait que je sois présente. Il n'a pas les compétences nécessaires ; jamais il ne réussira.

— Pas question !

— Ce n'est qu'un enfant de chœur à côté d'eux. Je pourrais l'aider.

— Vous pourriez aussi nous impliquer dans cette affaire ! Il n'en est pas question et vous le savez fort bien ! Quittez la ville tout de suite !

— Je m'attendais à cette réaction..., monsieur. Mais

permettez-moi de vous expliquer les risques de cette opération...

— Je ne veux pas écouter vos salades ! Quittez Bahreïn !

Khalehla fit la grimace en entendant le déclic au bout du fil. À Washington, Frank Swann venait de raccrocher.

— L'Aradous et le Tylos ! dit Emmanuel Weingrass qui téléphonait d'un petit bureau de l'aéroport d'al-Muharrak. Oui, je les connais tous les deux. T. Farouk et Strickland... Bon Dieu, je n'arrive toujours pas à y croire !

Weingrass nota les renseignements que lui transmettait de Mascate un jeune homme pour qui il commençait à éprouver un grand respect. Il connaissait des hommes deux fois plus âgés qu'Ahmat et trois fois plus expérimentés que lui qui auraient déjà craqué sous la pression imposée au sultan d'Oman et à laquelle contribuait la presse occidentale qui n'avait pas la moindre idée de son courage. Le courage de prendre des risques qui pouvaient entraîner sa chute, voire sa mort.

— Voilà, reprit-il, j'ai tout noté, gamin. Et je tiens à te dire une chose : tu es devenu un homme, un vrai. C'est probablement moi qui t'ai tout appris...

— Tu m'as appris une chose, Manny, une vérité essentielle. C'est de voir les choses telles qu'elles sont et de ne pas chercher à se dérober. Dans la joie comme dans la douleur, disais-tu. Tu me disais aussi qu'on peut vivre avec un échec, mais pas avec les excuses qu'on a alléguées, car elles suppriment le droit à l'échec. Il m'a fallu longtemps pour le comprendre.

— Tu me fais très plaisir, Ahmat. Essaie simplement de transmettre cela à l'enfant que tu vas avoir. Ce sera l'amendement Weingrass aux dix commandements.

— Manny...

— Oui ?

— J'espère que tu ne portes pas un de tes célèbres nœuds papillons à pois rouges ou jaunes... Ils sont assez reconnaissables, tu sais.

— Tu te prends pour mon tailleur, maintenant ? Bon, je te tiendrai au courant... Tu peux nous souhaiter une bonne chasse.

— C’est ce que je vous souhaite. Et sache que j’aimerais être des vôtres.

— Je sais. Je ne serais pas là si je n’en étais pas sûr... Et notre ami non plus.

Weingrass raccrocha et se retourna vers les six hommes juchés sur la table et les chaises du petit bureau. Certains tenaient à la main leur arme d’appoint, d’autres vérifiaient les accus de leur poste émetteur-récepteur, mais l’attention de tous était dirigée sur le vieil architecte.

— Nous allons nous séparer, dit Manny. Ben-Ami et Gris viendront avec moi au Tylos. Bleu, tu emmèneras les autres à l’hôtel Aradous...

Une violente quinte de toux l’obligea à s’interrompre ; son visage devint cramoisi et il se mit à trembler de tout son corps. Ben-Ami et les membres du commando échangèrent des regards inquiets, mais personne ne fit un geste. D’instinct, ils savaient que Weingrass repousserait leur sollicitude. Mais, pour eux, une chose était claire : l’homme qu’ils avaient devant les yeux était condamné à brève échéance.

— Un peu d’eau ? demanda Ben-Ami.

— Non, répondit sèchement Manny, encore agité de tremblements. Saleté de rhume de poitrine... saleté de temps en France. Bon, où en étions-nous ?

— Je devais partir avec les autres à l’hôtel Aradous, dit Yaakov, nom de code Bleu.

— Procurez-vous des vêtements corrects pour ne pas vous faire expulser de l’hôtel. Un veston propre suffira ; vous trouverez cela dans une des boutiques de l’aéroport.

— C’est notre tenue de travail, protesta Noir.

— Mettez-la dans un sac en papier.

— Et que devons-nous faire à l’Aradous ? demanda Bleu en se levant de la table.

Manny lança un coup d’œil sur ses notes, puis releva la tête.

— Dans la chambre 201, dit-il, se trouve un homme du nom d’Azra.

— « Bleu » en arabe, dit code Rouge en tournant la tête vers Yaakov.

— Il fait partie du conseil opérationnel des terroristes de Mascate, lança Orange. Il paraît qu’il était à la tête du commando qui a attaqué le kibboutz de Teverya, en bordure de la Galilée, massacrant trente-deux colons, dont neuf enfants.

— C'est lui qui a placé des bombes dans trois implantations de Cisjordanie, ajouta Gris, et lui aussi qui a fait sauter une pharmacie après avoir peint son nom sur un mur. Après l'explosion, le mur a été reconstitué comme un puzzle et l'inscription était parfaitement lisible : *Azra*. Je l'ai vu à la télévision.

— L'ordure, fit calmement Yaakov en ajustant son arme sous sa veste. Et que faudra-t-il faire quand nous serons à l'Aradous ? Lui apporter une tasse de thé et des petits gâteaux ou juste lui remettre une médaille en récompense de ses gestes d'humanité ?

— Ne vous montrez surtout pas ! lança Weingrass d'un ton impérieux. Mais ne le perdez pas de vue. Deux d'entre vous prendront une chambre aussi près que possible de la sienne et surveilleront sa porte. Pas question de boire un verre d'eau ni d'aller aux toilettes : il ne faudra pas quitter sa porte des yeux une seule seconde. Les deux autres se posteront dans la rue, l'un près de l'entrée principale, l'autre devant l'entrée de service. Restez en contact radio et choisissez des codes simples... Un seul mot, en arabe. S'il sort, vous le suivez, mais il ne faut pas qu'il soupçonne votre présence. N'oubliez pas que c'est un professionnel, lui aussi, et que, tout comme vous, il lui a fallu apprendre à survivre.

— Notre mission est-elle donc de l'escorter discrètement jusqu'à l'endroit où il est invité à un souper fin ? demanda Bleu d'un ton sarcastique. Ce plan est dépourvu de la moindre idée directrice !

— C'est Kendrick qui vous la fournira, dit Manny en s'abstenant pour une fois de tout propos insultant. S'il en a une, ajouta-t-il doucement, d'une voix où perçait l'inquiétude.

— Comment ? s'écria Ben-Ami en bondissant de son siège, l'air stupéfait.

— Si tout se passe comme prévu, il doit venir prendre l'Arabe à dix heures, à son hôtel. Grâce à la caution du terroriste, il espère entrer en contact avec un des agents du Mahdi, quelqu'un qui pourra soit les mener directement au Mahdi, soit à un autre intermédiaire.

— Qu'est-ce qui lui permet de croire cela ? demanda Ben-Ami d'un air incrédule.

— Son raisonnement n'est pas si mauvais que cela, dit Manny. Les agents du Mahdi pensent qu'il y a une urgence à Mascate, mais ils ne savent pas de quoi il s'agit.

— C'est un amateur ! hurla le nom de code Rouge de la Brigade Masada. Il y aura des hommes en couverture et d'autres hommes en couverture de ceux-là ! Mais qu'est-ce qu'on est venu foutre ici ?

— Vous êtes là pour les éliminer ! hurla Weingrass. Si c'est à moi de vous expliquer cela, autant retourner à Tel-Aviv et tout reprendre de zéro chez les scouts ! Vous le filez, vous le protégez, vous éliminez les méchants. Vous déblayez le terrain pour cet amateur qui joue sa vie. Le Mahdi est la clé de tout et si vous ne l'avez pas encore compris, je ne peux rien faire pour vous. Un seul mot de lui, de préférence avec le canon d'un pistolet pointé sur la tempe, et tout s'arrête aussitôt à Oman.

— Ce raisonnement ne manque pas d'intérêt, dit Ben-Ami.

— Mais il ne tient pas debout ! s'écria Yaakov. En admettant que ce Kendrick réussisse à voir le Mahdi, que fera-t-il ? Que dira-t-il ? *Dis-moi, mon gars,* poursuivit-il en caricaturant l'accent américain, *j'ai un marché à te proposer. Tu rappelles tes tueurs bornés et moi, je te file mes bottes neuves ! Ça marche ?* C'est ridicule ! Il va recevoir une balle dans la tête dès qu'on lui demandera d'expliquer quel est le problème à Mascate !

— Ce n'est pas sans intérêt non plus, dit Ben-Ami.

— Assez de discours ! hurla Manny. Vous prenez mon fils pour un demeuré ? Croyez-vous qu'il ait bâti un empire sur du vent ? Dès qu'il aura quelque chose de concret — un nom, un lieu, une entreprise —, il appellera Mascate et le sultan préviendra les Américains, les Anglais, les Français, tous ceux qui sont en place à Mascate et en qui il a confiance. Et ce sera à eux de transmettre à leurs agents à Bahreïn pour qu'ils passent à l'action !

— Intéressant, dit Ben-Ami avec un petit hochement de tête.

— Assez, murmura code Noir.

— Et vous ? demanda le chef du commando d'un ton plus calme, mais encore provocant. Qu'allez-vous faire ?

— Je vais mettre en cage un renard bien gras qui a déjà dévoré beaucoup trop de poulets sans qu'on y prenne garde, répondit Weingrass.

Kendrick ouvrit brusquement les paupières. Un son ténu, un frôlement dans le silence de la chambre, qui n'avait rien à voir avec les bruits de la circulation montant de la rue. C'était quelque chose de plus proche, plus personnel, presque intime. Mais ce n'était pas Khalehla : elle était partie. Il considéra un moment en clignant des yeux l'oreiller écrasé à côté de lui et il sentit la tristesse monter en lui. Les quelques heures passées avec Khalehla lui avaient laissé le souvenir d'une précieuse tendresse, une tendresse partagée sans laquelle ils n'auraient jamais fait l'amour.

Quelle heure était-il ? Il leva son poignet, mais il n'avait pas sa montre. La salope ! Elle ne la lui avait pas rendue ! Il roula sur le lit et posa les pieds par terre en écartant le drap. Il sentit des objets durs sous la plante de ses pieds et baissa les yeux vers la moquette aussi épaisse qu'une peau d'ours polaire. Tout le contenu de ses poches était là. Tout, sauf le paquet de cigarettes... Et il en aurait bien fumé une. Puis son regard fut attiré par une feuille blanche bordée d'un filet doré qui était posée sur la table de nuit. Il la prit et lut les quelques lignes qui y étaient écrites.

Je pense que nous avons été tendres l'un avec l'autre à un moment où nous avions tous deux besoin de tendresse. Je n'ai qu'un seul regret : nous ne nous reverrons pas. Adieu.

Pas de nom, pas d'adresse où la joindre ! Comme il ne subsiste plus à la surface de l'eau que le sillage de deux bateaux qui viennent de se croiser, ce petit mot était tout ce qu'il restait de la rencontre de deux êtres à bout de nerfs et de forces, une fin d'après-midi, à Bahreïn. Puis Evan se rendit compte que ce n'était plus l'après-midi ; par les hautes fenêtres n'entraient plus que les derniers feux orangés du soleil couchant. Il se baissa pour prendre sa montre et vit qu'il était huit heures moins cinq. Il avait dormi près de quatre heures. Il se sentait affamé et sa longue expérience du désert et de la montagne lui avait appris à ne rien entreprendre de difficile avec l'estomac vide. Khalehla lui avait dit qu'il y avait un garde derrière la porte. Il tira complètement le drap, l'enroula autour de sa taille et se dirigea vers la porte. Il s'arrêta en voyant une enveloppe par terre. C'était donc cela qu'il avait entendu, le froissement de l'enveloppe glissée sous la porte, difficilement à cause de l'épaisseur de la moquette. Il la ramassa, l'ouvrit et en sortit une feuille de papier qu'il parcourut avidement. C'était une liste composée de seize noms, adresses et numéros de téléphone. *MacDonald !* Tous les numéros d'appel qu'il avait composés de son hôtel. Un pas de plus vers le Mahdi !

Evan ouvrit la porte et salua rapidement en arabe le garde en uniforme.

— Vous êtes réveillé, monsieur. Je ne devais pas vous déranger avant vingt heures trente.

— Vous ne me dérangeriez vraiment pas en m'apportant quelque chose à manger, dit Kendrick. Mon amie m'a dit que je pourrais demander quelque chose à la cuisine.

— Tout ce que vous voulez, monsieur.

— Ce que vous trouverez. Un peu de viande, du riz, du pain... et du lait. Oui, j'aimerais du lait. Aussi vite que possible, s'il vous plaît.

— Très vite, monsieur !

Le garde s'éloigna à grands pas dans le couloir en direction de l'escalier. Evan referma la porte et demeura quelques instants sur le seuil pour se repérer dans la vaste pièce gagnée par la pénombre du crépuscule. Il alluma une lampe sur le long bureau, puis traversa la chambre vers la porte qui ouvrait sur une luxueuse salle de bains.

Quand, dix minutes plus tard, il en sortit, il était douché, rasé et vêtu d'un court peignoir. Il se dirigea vers la penderie où Khalehla avait dit qu'il trouverait ses vêtements « désinfectés, lavés et repassés ». Il ouvrit le battant muni d'une glace et eut de la peine à reconnaître l'uniforme confectionné au hasard de ce qu'il avait trouvé dans l'ambassade. On eût dit une tenue paramilitaire tout à fait présentable. Il décrocha les cintres et posa le tout sur le dossier de la chaise longue, puis il repartit vers le lit et regarda ses affaires abandonnées sur la moquette. Il fut tenté de vérifier si les gros billets se trouvaient toujours dans sa ceinture, mais décida de n'en rien faire. Si Khalehla était une voleuse, il préférait ne pas le savoir, du moins pour l'instant.

La sonnerie du téléphone retentit et le fit sursauter. Il fixa l'appareil pendant quelques secondes en se demandant qui pouvait bien appeler. Il était en possession de la liste de MacDonald et Khalehla lui avait dit qu'il ne devait attendre aucun autre appel. *Khalehla ?* Avait-elle changé d'avis ? Le cœur battant, il tendit le bras vers l'appareil et porta le combiné à son oreille. Huit secondes plus tard, il regretta amèrement son impulsion.

— *Amrikanee,* dit une voix d'homme monocorde et chargée de haine, si tu quittes cette demeure royale avant demain matin, tu es un homme mort. Demain, tu repartiras tranquillement d'où tu viens, là où tu es chez toi.

14

Emmanuel Weingrass porta la radio de Gris à ses lèvres.

— Allez-y et n'oubliez pas de garder le contact radio. Je veux tout entendre !

— Ne m'en veuillez pas, Weingrass, répondit Ben-Ami qui était dissimulé dans l'ombre, de l'autre côté de la rue, mais je crois que je me sentirais plus en sécurité si Gris était lui aussi à l'écoute. Nous ne sommes ni vous ni moi aussi compétents que ces jeunes gens dans ce genre de situation.

— C'est tout juste si, à eux cinq, ils ont le cerveau d'un homme normal, répliqua Manny. Nous, nous en avons un chacun.

— Ce n'est pas un jeu, Emmanuel. Nous sommes sur

ce qu'il est convenu d'appeler le terrain et cela peut être très déplaisant.

— J'ai toute confiance en vous, mon vieux Benny, à partir du moment où vous me garantissez que l'on peut entendre votre petit joujou à travers de l'acier.

— C'est un micro à la pointe de la technologie électronique et qui est doté d'une fonction supplémentaire, la transmission directe. Il suffit d'appuyer sur la bonne touche.

— J'espère que vous ne vous tromperez pas. Allez-y. Nous suivrons dès que nous aurons entendu ce que dit ce MacDonald-Strickland.

— Envoyez d'abord Gris, s'il vous plaît.

Ben-Ami sortit de l'ombre de l'auvent de l'hôtel Tylos et se fondit dans la foule qui s'agitait autour de l'entrée. Des gens entraient et sortaient, des hommes en majorité, habillés à l'occidentale pour la plupart, ainsi que quelques femmes, toutes vêtues à l'occidentale. Une nuée de taxis déchargeaient et chargeaient des clients, accompagnés par un portier en uniforme chamarré, complètement débordé, qui ouvrait et fermait les portières, empochait des pourboires, appelait de temps en temps d'un coup de sifflet strident un groom pour transporter des bagages. Ben-Ami se fondit dans la cohue. Quelques instants plus tard, par-dessus le brouhaha du hall, Manny l'entendit enfoncer des touches. L'oreille tendue, le front plissé, le vieil architecte leva la radio pour que Gris, beaucoup plus grand que lui, puisse également entendre. Les premiers mots prononcés dans la chambre 202 furent inintelligibles, puis ce fut à l'agent du Mossad de parler.

— *Shaikh Strickland ?*

— *Qui est à l'appareil ?*

La voix sourde et méfiante de l'Anglais devint parfaitement audible. Ben-Ami avait réglé la radio.

— *Je suis en bas... Anah hénah littee gahrah...*

— *Putain d'Arabe !* s'écria MacDonald. *Je ne comprends rien à votre charabia ! Pourquoi m'appelez-vous du hall de l'hôtel ?*

— *Je vous mettais à l'épreuve, monsieur Strickland,* répondit vivement Ben-Ami. *On se trahit facilement quand on a les nerfs à vif. Vous auriez pu me demander où me menait mon voyage d'affaires et peut-être une autre réponse codée. Et j'aurais su que vous n'étiez pas l'homme que...*

— *Oui, oui, je comprends ! Eh bien, il vous en a fallu du temps pour arriver ! Cela fait déjà une demi-heure que je vous attends. Vous deviez me dire quelque chose. Je vous écoute !*

— *Pas au téléphone,* répliqua fermement l'agent du Mossad. *Jamais au téléphone, vous devriez le savoir.*

— *Si vous vous imaginez que je vais vous laisser monter comme cela dans ma chambre...*

— *Nous savons que vous êtes armé,* dit Ben-Ami.

— *Comment le savez-vous ?*

— *Nous sommes au courant de toutes les ventes d'armes clandestines.*

— *Oui... Bien sûr.*

— *Ouvrez votre porte à l'entrebâilleur. Si ce que j'ai à dire ne vous satisfait pas, vous pourrez me tuer.*

— *Très bien. Je suis sûr que nous n'en arriverons pas là, mais, qui que vous soyez, sachez qu'au premier mot de travers, je vous abattrai !*

— *Je vais soigner mon anglais, Shaikh Strickland.*

Une lumière verte se mit brusquement à clignoter sur le petit appareil que tenait Weingrass.

— Qu'est-ce que c'est que ça ? demanda-t-il.

— Transmission directe, répondit le commando de la Brigade Masada. Passez-le-moi.

Il prit l'appareil et enfonça une touche.

— À vous, dit-il.

— Il est seul, annonça Ben-Ami. Il faut faire vite. Nous pouvons le surprendre maintenant !

— Nous ne faisons rien du tout, crétin du Mossad ! lança Manny en saisissant la radio. Même les mutants des Opérations consulaires sont capables de comprendre ce qu'on vient de leur dire, mais ce n'est apparemment pas le cas des agents du glorieux Mossad ! Ils n'entendent que leur propre voix et peut-être celle d'Abraham, s'il a une sonnerie codée pour se faire annoncer !

— Je n'ai pas mérité cela, Manny, dit lentement Ben-Ami, d'une voix douloureuse.

— Vous méritez de vous faire déboucher les oreilles, *ganza macher !* Ce gros porc attend un contact du Mahdi d'une minute à l'autre... Quelqu'un qui n'appellera pas du hall, mais se rendra directement dans sa chambre. Quelqu'un qui sait ce qu'il faut dire pour que MacDonald lui ouvre sa porte... et c'est à ce moment-là que nous interviendrons et que nous les neutraliserons tous les deux. Qu'aviez-vous l'intention de faire ? Enfoncer sa porte avec l'aide de l'homme de Neandertal qui est à côté de moi ?

— Euh... Oui.

— Je n'ai pas mérité cela non plus, murmura calmement Gris.

— Voulez-vous hisser votre cul d'agent secret jusqu'au deuxième étage ! Nous arrivons dans deux minutes, n'est-ce pas, petite tête !

— Monsieur Weingrass, dit Gris, la mâchoire serrée, en martelant ses mots, vous êtes sans conteste l'homme le plus vexant qu'il m'ait jamais été donné de rencontrer.

— Oh ! Tout de suite les gros mots ! Dans le Bronx, vous auriez pris une raclée pour cela... en admettant qu'une dizaine de mes potes irlandais ou italiens aient suffi pour vous maîtriser. Dépêchons-nous !

Manny traversa la rue du Gouvernement, suivi par Gris qui secouait vigoureusement la tête, non pour manifester sa réprobation, mais pour se purger de ses idées de meurtre et retrouver son calme.

Le couloir du deuxième étage était long et la moquette était usée. C'était l'heure du dîner et la plupart des clients étaient sortis. Weingrass resta au bout du couloir. Il avait allumé une gauloise, mais le branle-bas qu'elle avait provoqué dans sa poitrine l'avait obligé à écraser la cigarette dès les premières bouffées et il avait fait un trou dans la moquette. Ben-Ami se trouvait au fond du couloir, près de l'un des ascenseurs ; l'inévitable client attendant avec un agacement croissant cette fichue cabine qui n'arrivait jamais. Gris était le plus près de la chambre 202. Négligemment appuyé contre le mur du couloir, à cinq mètres de la porte de « M. Strickland ». C'était un professionnel et il avait adopté l'attitude d'un jeune homme attendant avec impatience une femme qui ne semblait pas vouloir sortir.

Soudain, les choses se précipitèrent et Weingrass fut

impressionné. Le portier en livrée qu'il avait vu devant l'entrée de l'hôtel sortit de la cabine d'un ascenseur, sa casquette galonnée à la main. Il se dirigea vers la chambre 202. Arrivé devant la porte, il frappa, attendit que la porte retenue par la chaîne de l'entrebâilleur s'entrouvre et prononça quelques mots. Au moment où on ôtait la chaîne de l'intérieur, Gris s'écarta du mur avec la vitesse et la puissance d'un félin et se rua d'un bond vers les deux silhouettes qui se tenaient sur le seuil de la porte. Ayant sorti une arme à feu dans le même mouvement, il heurta violemment ses deux ennemis et, à une vitesse folle, à l'aide de ses mains et de ses pieds, il parvint à les projeter tous deux à terre. Il y eut deux détonations assourdies et l'automatique que tenait MacDonald vola en l'air ainsi que deux de ses doigts.

Weingrass et Ben-Ami se précipitèrent vers la porte et la claquèrent derrière eux.

— Mon Dieu ! hurla l'Anglais obèse en se tortillant par terre et en serrant contre lui sa main droite couverte de sang. Qu'est-ce que vous avez fait ? Je n'ai pas...

— Allez chercher une serviette dans la salle de bains, ordonna calmement Gris en s'adressant à Ben-Ami qui obéit sans un mot.

— Je ne suis qu'un messager ! cria le portier terrorisé en rampant vers le lit. J'étais simplement chargé d'un message !

— Un messager ? dit Weingrass qui se tenait au-dessus de lui. Mon œil ! Vous êtes l'homme idéal, espèce de salopard ! Vous voyez tous ceux qui entrent et qui sortent ! Vous êtes les yeux de ces salauds ! Je crois que nous avons beaucoup de choses à nous dire !

— Je n'ai plus de main, gémit l'Anglais obèse dont le sang dégoulinait le long du bras replié.

— Voilà, dit Ben-Ami en s'agenouillant et en commençant à enrouler la serviette autour de la main de MacDonald.

— Ne faites pas ça, ordonna Gris en saisissant la serviette et en la lançant derrière lui.

— Mais c'est vous qui m'avez demandé de l'apporter, protesta Ben-Ami.

— J'ai changé d'avis, dit Gris d'une voix glaciale en

forçant MacDonald à baisser le bras, précipitant l'écoulement du sang. Vous n'avez pas de chance, poursuivit-il très calmement en regardant l'Anglais, c'est le bras droit, et votre sang, chassé par le cœur, ne peut plus maintenant que se répandre par terre. Vous m'avez bien compris, infâme porc ? Dites-nous ce que nous voulons savoir, ou vous allez vous vider de votre sang comme un goret ! Qui est ce Mahdi ? Où est-il ?

— Je n'en sais rien ! hurla MacDonald tandis que des larmes roulaient sur ses bajoues. Je téléphone, comme tout le monde... et on me contacte ! Je ne peux rien vous dire d'autre !

Le commando redressa brusquement la tête. Ses sens exercés étaient capables de percevoir des sons et des vibrations échappant au commun des mortels.

— Couchez-vous ! lança-t-il d'une voix basse et pressante à Weingrass et Ben-Ami. Roulez jusqu'au mur ! Cachez-vous derrière les fauteuils !

La porte de la chambre vola en éclats. Trois Arabes en robe blanche, le visage dissimulé par un voile, se précipitèrent dans l'ouverture, leurs pistolets-mitrailleurs aussitôt braqués sur leurs cibles : MacDonald et le portier. Les deux hommes allongés se mirent à hurler, le corps tressautant sous l'impact des balles, jusqu'à ce que plus un son ne sorte de leur bouche d'où coulait le sang. D'un seul coup, les tueurs perçurent des présences étrangères dans la chambre et ils firent pivoter leurs armes pour trouver une nouvelle cible. Mais ils n'étaient pas de taille contre l'implacable code Gris de la Brigade Masada. Le commando s'était jeté sur la gauche de la porte défoncée, le dos plaqué contre le mur, les mains serrées sur le pistolet-mitrailleur Uzi qu'il avait sorti de dessous sa veste en arrachant les bandes de Velcro. Une longue rafale suffit pour faucher instantanément les trois tueurs qui s'effondrèrent, le crâne fracassé.

— Dehors ! hurla Gris en s'avançant vers Weingrass et en tirant le vieil architecte par le bras pour le relever. L'escalier, à côté des ascenseurs !

— Si nous rencontrons quelqu'un, ajouta Ben-Ami en se précipitant vers la porte, nous sommes trois clients paniqués par la fusillade.

Tandis qu'ils reprenaient leur souffle dans une ruelle menant de la rue du Gouvernement au boulevard Shaikh Hamad, Gris se mit soudain à jurer à voix basse.

— Merde de merde ! Il a fallu que je les tue !

— Vous n'aviez pas le choix, dit l'agent du Mossad. Si l'un d'eux avait pressé la détente le premier, nous serions sans doute tous morts à présent.

— Mais si un seul des trois était resté en vie, nous aurions pu apprendre tellement de choses, répliqua le commando.

— Nous avons déjà appris quelque chose, petite tête, dit Weingrass.

— Arrêtez, Manny !

— C'est plutôt affectueux, vous savez.

— Bon. Qu'avons-nous appris ?

— MacDonald parlait trop. La panique lui avait fait dire au téléphone certaines choses qu'il n'aurait jamais dû dire. On a donc décidé de le tuer pour lui fermer la bouche.

— Mais pourquoi supprimer le portier ? demanda Gris.

— On l'a sacrifié. Il a servi à ouvrir la porte de MacDonald pour le peloton d'exécution du Mahdi. C'est votre arme qui a fait tout le bruit, pas les leurs... Et maintenant que nous savons à quoi nous en tenir sur l'exécution de MacDonald, deux faits essentiels apparaissent clairement. Ils s'apparentent à l'effort qui s'exerce sur un balcon en saillie construit sur un mur en porte à faux.

— Je ne comprends rien à ce que vous racontez, Manny.

— Mon fils a sans doute fait un bien meilleur boulot qu'il ne l'imagine. Le Mahdi a pris peur. Il n'a aucune idée de ce qui se passe et, après avoir fait liquider ce bavard de MacDonald, plus personne ne peut rien lui apprendre. Il a commis une erreur et c'est inespéré. Le Mahdi a commis une erreur !

— Si vos plans sont aussi abscons que vous-même, monsieur Weingrass, dit Gris, j'espère vivement qu'aucune de vos réalisations architecturales ne verra le jour en Israël.

— Le vocabulaire de ce garçon ! Vous êtes sûr de ne

pas avoir fait vos études à l'université du Bronx ? Oublions cela... Je pense qu'il est temps d'aller faire un tour du côté de la mosquée Juma. Dites-moi, petite tête, vous est-il jamais arrivé de commettre une erreur ?

— Je crois que j'en ai fait une en venant à Bahreïn...

Mais Emmanuel Weingrass n'entendit pas la réponse. Plié en deux par une quinte de toux, il se tordait contre le mur de la ruelle.

Evan Kendrick regarda le combiné d'un air abasourdi. Puis il raccrocha violemment, dans un geste où se mêlaient la peur et la colère. *Si tu quittes cette demeure royale avant demain matin, tu es un homme mort... Demain, tu repartiras tranquillement d'où tu viens, là où tu es chez toi.* S'il avait besoin d'une ultime confirmation qu'il se rapprochait du Mahdi, maintenant il l'avait. Et cela lui faisait une belle jambe : il était pratiquement prisonnier. S'il s'avisait de sortir de la luxueuse résidence, il serait aussitôt abattu par les tueurs qui l'attendaient. Ses vêtements, frais lavés et repassés, ne pourraient même pas faire illusion ; on reconnaîtrait tout de suite la tenue nettoyée d'un terroriste. Et il ne pouvait pas prendre au sérieux l'ordre qu'on lui avait donné de repartir chez lui. Certes, l'ennemi hésiterait à exécuter de sang-froid un parlementaire américain, même si sa présence à Bahreïn pouvait facilement être liée aux horreurs de Mascate. La fraction de l'opinion publique américaine qui réclamait le bombardement de l'ambassade était de plus en plus importante et, si cela devait se réaliser, ce ne serait pas dans l'intérêt du Mahdi, mais ce dernier ne pouvait pas non plus laisser le représentant Kendrick retourner à Washington. Même en l'absence de preuves concrètes, Evan savait quelle solution choisirait son ennemi. L'Américain trop curieux serait une victime de plus de ces temps troublés, mais il ne serait qu'un mort parmi d'autres. Un massacre dans un aéroport, un avion explosant en plein vol, une bombe dans un café... Les possibilités étaient innombrables. L'important étant qu'au nombre des victimes se trouve un homme qui en savait beaucoup trop.

En fin de compte, tout se passait comme il l'avait envisagé depuis le début. C'était lui face au Mahdi, lui *ou* le

Mahdi. Et maintenant, il avait perdu, aussi sûrement que s'il s'était trouvé à l'intérieur de la carcasse d'un bâtiment en train de s'effondrer, sous des milliers de tonnes de béton et d'acier.

On frappa un coup sec à la porte.

— Entrez, dit-il en arabe tout en se baissant instinctivement pour prendre son pistolet sur la moquette. Le garde entra, soutenant adroitement un plateau sur la paume de sa main gauche. Evan glissa son arme sous l'oreiller et se releva tandis que le militaire posait le plateau sur l'immense bureau laqué.

— Tout est prêt, monsieur ! s'écria le garde sans essayer de masquer un accent de triomphe. J'ai choisi personnellement chacun des aliments pour sa qualité. Ma femme me dit toujours que j'ai raté ma vocation et que j'aurais dû devenir cuisinier...

Kendrick n'entendit pas la suite du discours du garde. Toute son attention se porta brusquement sur la silhouette de l'homme : près d'un mètre quatre-vingt-cinq, une belle carrure et la taille bien prise. La finesse de la taille mise à part, ils avaient à peu près les mêmes mensurations. Kendrick tourna légèrement la tête vers ses vêtements posés sur le dossier de la chaise longue, puis son regard revint se poser sur l'uniforme bleu et rouge du garde à la vocation culinaire contrariée. Sans vraiment réfléchir, Evan plongea la main sous l'oreiller pour y prendre son arme pendant que le garde disposait les plats fumants sur le bureau en fredonnant comme un cuisinier italien. L'esprit de Kendrick était obsédé par cette seule pensée : sa tenue de terroriste serait la cible attendue par les tueurs du Mahdi, mais certainement pas un uniforme de la Garde royale de Bahreïn, surtout si celui qui le portait sortait d'une résidence royale. De toute façon, il n'avait pas le choix. S'il ne faisait rien, il mourrait très vite... Tous les moyens seraient bons pour l'abattre, n'importe où. Il lui fallait donc agir. Evan contourna le grand lit, s'arrêta derrière le garde et écrasa de toutes ses forces la crosse de son arme sur la nuque du militaire qui chantonnait doucement.

L'homme s'affaissa comme une masse. Toujours sans réfléchir, Kendrick s'installa au bureau et avala toute la nourriture plus vite qu'il n'avait jamais mangé. Douze minutes plus tard, ayant ligoté et bâillonné le garde sur le lit, Evan se contemplait dans la glace de l'une des penderies. L'uniforme rouge et bleu froissé aurait assurément pu être ajusté par la main experte d'un tailleur, mais, dans l'obscurité, cela passerait.

Kendrick mit les armoires sens dessus dessous jusqu'à ce qu'il trouve un sac en plastique dans lequel il fourra ses vêtements. Il regarda le téléphone, mais décida qu'il était trop dangereux d'utiliser cet appareil. S'il parvenait à échapper à l'embuscade, il appellerait Azra d'une cabine téléphonique.

Sa veste posée sur le lit, l'étui de son pistolet sous l'aisselle, Azra tournait en rond dans sa chambre de l'hôtel Aradous, assailli par des soupçons de trahison. Où était donc Amal Bahrudi... ou bien l'homme aux yeux bleus qui se faisait appeler Amal Bahrudi et qui était peut-être en réalité quelqu'un d'autre ? Quelqu'un que ce gros abruti d'Anglais avait appelé « Kendrick » ? S'agissait-il d'un piège ? Un piège destiné à capturer un membre du conseil opérationnel de l'ambassade, un piège qui devait se refermer sur le terroriste connu dans le monde entier sous le nom de Bleu ? « Terroriste ! » Cela ressemblait bien aux assassins sionistes de l'Irgoun et de la Haganah ! Avec quelle facilité ils effaçaient le souvenir des massacres de « Jephthah » et de Deir Yassin, sans parler de ceux qui s'étaient substitués à eux dans les camps de Sabra et de Shatila ! Ils volent des terres, ils vendent ce qui ne leur appartient pas, ils vont jusqu'à tuer un enfant, parce qu'il porte un drapeau palestinien. Un excès de zèle, comme ils disent. Et c'est nous qu'on traite de terroristes ! S'il s'agissait vraiment d'un piège, il ne devait pas rester enfermé dans sa chambre ; mais si ce n'en était pas un, il fallait que l'on puisse le joindre. Le Mahdi était tout, son appel un ordre impérieux. Il leur fournissait les moyens matériels d'entretenir la flamme de leur espoir, de répandre leur message de légitimité. Quand le monde les comprendrait-il enfin ? Quand l'existence d'un Mahdi n'aurait-elle plus de raisons d'être ?

La sonnerie du téléphone retentit et Azra décrocha précipitamment.

— Oui ?

— Il y a des complications. Tu peux sortir, mais pas par le hall. Il y a un escalier qui mène à une sortie de secours. Je crois qu'il se trouve à l'extrémité sud du hall. Sud ou nord, je ne sais plus très bien. Tu descends, tu traverses la cuisine et tu arrives à la sortie des employés qui donne sur le Wadi Al Ahd. Je t'attends de l'autre côté de la rue.

— Tu es bien Amal Bahrudi ? Je peux avoir confiance en toi ?

— Nous n'avons le choix ni l'un ni l'autre, Azra.

— Ce n'est pas une réponse !

— Je ne suis pas ton ennemi, mentit Evan Kendrick. Nous ne serons jamais très liés, mais je ne suis pas ton ennemi. Ce serait trop risqué. Allons, poète, tu perds ton temps et tu me fais perdre le mien. Je serai en bas dans cinq minutes. Dépêche-toi !

— J'arrive.

— Sois prudent.

Azra raccrocha et alla prendre ses armes qu'il avait méticuleusement nettoyées et alignées sur le secrétaire. Il saisit d'abord le petit automatique Heckler and Koch P9S, s'agenouilla, remonta la jambe gauche de son pantalon et glissa l'arme derrière son genou, là où s'entrecroisaient des bandes de tissu élastique. Puis il se releva pour prendre son parabellum Mauser, une arme beaucoup plus puissante, qu'il plaça ainsi que son couteau de chasse dans la gaine qu'il portait sous l'aisselle. Il enfila ensuite la veste du complet dont il avait fait l'acquisition quelques heures plus tôt, se dirigea vers la porte et se glissa silencieusement dans le couloir.

Azra n'eût sans doute rien remarqué si toute son attention n'avait été concentrée sur la recherche de l'escalier, dans son désir de ne pas perdre de temps... ce temps qui se comptait maintenant en minutes, voire en secondes. Il tourna à droite, se dirigeant vers l'extrémité sud du couloir, et remarqua du coin de l'œil une porte qui se refermait. Une porte non pas ouverte, mais à peine entrebâillée. Sans importance : un client négligent, une

Occidentale chargée de paquets... Comme il ne voyait aucune indication de l'existence d'un escalier, Azra pivota brusquement sur lui-même pour regarder vers l'autre bout du couloir. Une seconde porte, entrouverte cette fois de quelques centimètres, se referma lentement, silencieusement. Cela changeait tout et la première porte n'était plus sans importance. Ils l'avaient trouvé ! Sa chambre avait été placée sous surveillance ! Mais par qui ? Azra continua de marcher du même pas, mais dès qu'il eut dépassé la seconde porte, il se plaqua contre le mur du couloir et plongea la main à l'intérieur de sa veste pour saisir son couteau de chasse. Il attendit. Quelques secondes plus tard, la porte s'ouvrit doucement. Il bondit et se trouva nez à nez avec un homme qu'il sut instantanément être son ennemi. Un homme de son âge, trapu et hâlé, dont l'apparence et le physique portaient la marque d'un entraînement intensif dans le désert... Un commando israélien ! Le juif, surpris, n'avait qu'une radio à la main ; il n'était pas armé !

Azra visa la gorge de l'Israélien qui, vif comme l'éclair, détourna la lame. Mais le Palestinien fit décrire un arc de cercle à son arme qui ouvrit le poignet du commando. La radio tomba sur la moquette tandis qu'Azra refermait la porte d'un coup de pied.

Tout en serrant son poignet blessé, l'Israélien lança son pied droit qui toucha violemment Azra sous la rotule gauche. Le terroriste mit un genou à terre et reçut aussitôt sur le côté du cou un autre coup de pied assené avec précision, puis encore un dans les côtes. Mais l'Israélien fut déséquilibré et Azra plongea, le couteau pointé devant lui comme un prolongement de son bras. La lame pénétra dans l'estomac de l'Israélien et le sang jaillit, éclaboussant le visage d'Azra, tandis que le commando de la Brigade Masada, nom de code Orange, tombait à la renverse.

Azra se relevait péniblement, des élancements aigus lui déchirant les côtes et le genou, les tendons du cou presque paralysés, quand la porte fut brutalement enfoncée sans qu'il eût entendu le moindre grattement ou bruit de pas dans le couloir. Le deuxième commando, un homme plus jeune, aux bras nus et musclés et au regard de feu, jaugea la situation en une fraction de seconde et lança la main derrière sa hanche droite pour dégainer une arme. Azra se jeta contre l'Israélien, le repoussant contre la porte qui se referma une nouvelle fois. Le pistolet de code Bleu vola en l'air, libérant sa main droite qui bloqua le bras du Palestinien tenant le couteau couvert de sang. Le commando leva un genou qui s'écrasa sur la cage thoracique du terroriste tandis que sa main droite, refermée sur le bras armé du couteau et le poussant vers le sol, obligeait Azra à se baisser. Mais le Palestinien n'avait toujours pas lâché son arme ! Les deux hommes s'écartèrent l'un de l'autre, échangeant des regards brûlants de mépris et de haine.

— Puisque tu aimes tuer les juifs, essaie donc avec moi, ordure ! cracha Yaakov.

— Pourquoi pas ! riposta Azra en fendant l'air de son couteau pour repousser le commando. Toi, tu massacres les Arabes ! Tu as tué mon père et ma mère aussi sûrement que si tu avais toi-même appuyé sur la détente !

— Tu as tué mes deux frères à Sidon !

— Peut-être ! Je l'espère ! J'y étais !

— Tu t'appelles Azra !

Les deux hommes se jetèrent l'un sur l'autre. Incarnation de la violence aveugle ; la haine et la mort pour seule raison de vivre ; sang coulant des chairs lacérées, ligaments arrachés, os brisés, cris rauques de haine et de vengeance ; un dénouement aussi violent que l'explosion initiale, conclu par la victoire de la force brute.

Le couteau fiché dans la gorge du terroriste fut retourné et enfoncé jusqu'à la garde par le commando de la Brigade Masada.

Épuisé, couvert de sang, Yaakov s'écarta du corps inerte de son ennemi. Il tourna la tête vers son compagnon mort et ferma les yeux.

— *Shalom,* murmura-t-il. J'espère que tu trouveras la paix à laquelle nous aspirons tous, mon ami.

Il rouvrit brusquement les yeux en songeant que l'heure n'était pas à l'affliction. Il fallait déplacer le corps de son compagnon ainsi que celui de l'ennemi et il devait appeler les autres pour décider de ce qu'ils allaient faire. Azra, le tueur, était mort ! Ils pouvaient — ils devaient — maintenant repartir à Mascate ! Voler au secours de son père !

Bleu se traîna jusqu'au lit et tira le couvre-lit, découvrant le pistolet-mitrailleur Uzi du commando mort. Il prit l'arme, fit passer en grimaçant la bretelle sur son épaule et repartit vers la porte pour vérifier que la voie était libre. Son père, maintenant !

Tapi dans l'ombre des arbustes bordant le trottoir du Wadi Al Ahd, Kendrick savait qu'il ne pouvait plus ni attendre ni téléphoner une nouvelle fois. Et il ne pouvait pas non plus rester sans rien faire devant l'entrée de l'Aradous ! Le temps s'écoulait trop vite et le contact du Mahdi ne se manifesterait pas au lieu fixé pour le rendez-vous en l'absence du prince des terroristes, le pantin Azra. Tout lui parut soudain très clair. L'ennemi avait découvert le pot aux roses, soit à la suite des événements de l'aéroport, soit par une fuite à Mascate : les hommes terrifiés à qui il avait parlé au téléphone, mais qui, contrairement à Mustapha, avaient refusé de le rencontrer et l'avaient peut-être trahi pour assurer leur sécurité. L'un d'eux avait bien liquidé Musty pour cette même raison. *Nous ne pouvons être mêlés à cette affaire ! C'est de la folie ! Ce serait condamner nos familles à mort ! Nos enfants seront violés, défigurés, assassinés !*

La stratégie du Mahdi était limpide. Isoler l'Américain et attendre que le terroriste se présente seul au rendez-vous. Désamorcer le piège en s'emparant du Palestinien, car, sans l'Américain, il n'y avait plus de piège, mais seulement un jeune tueur égaré, nullement irremplaçable. Se débarrasser de lui, mais pas avant d'avoir appris ce qui s'était réellement passé à Mascate.

— Mais où était donc Azra ? Il s'était écoulé trente-sept minutes depuis leur conversation téléphonique ; Bleu avait trente-deux minutes de retard ! Evan regarda sa montre pour la dixième fois en pestant intérieurement, partagé entre l'impuissance et la colère. Il fallait qu'il bouge, qu'il fasse quelque chose ! Qu'il retrouve Azra, car, sans le terroriste, le piège destiné au Mahdi se refermait dans le vide. L'émissaire du Mahdi ne se montrerait jamais à quelqu'un qu'il ne connaissait pas. Être à la fois si près dans l'espace et si loin de l'accomplissement !

Kendrick cacha le sac en plastique contenant ses vêtements de Mascate sous les buissons qui bordaient le trottoir et, de la démarche raide et arrogante d'un membre de la Garde royale en mission officielle, il traversa l'avenue en se dirigeant vers l'entrée des employés. En remontant l'allée qui menait à la porte de service, il croisa plusieurs employés qui lui firent des courbettes, espérant visiblement ne pas être arrêtés et fouillés. Tous ou presque emportaient de petits trésors dérobés à l'hôtel : savon, papier hygiénique, assiettes de nourriture récupérées sur la table d'Occidentaux, trop assommés par le décalage horaire ou l'abus d'alcool pour toucher à leur repas. C'était une pratique courante, qu'Evan connaissait bien pour être déjà descendu à l'Aradous. C'est pour cette raison qu'il avait choisi cet hôtel, où il était venu avec Manny. Le vieil architecte et lui-même avaient été obligés de sortir par les cuisines, à cause d'un demi-frère de l'émir qui avait appris que Weingrass avait promis la citoyenneté américaine à l'une de ses sœurs si elle acceptait de coucher avec lui... Un privilège que Manny s'était attribué quelque peu abusivement.

Evan traversa les cuisines, arriva au pied de l'escalier et monta avec précaution jusqu'au deuxième étage. Il prit son pistolet et ouvrit la porte donnant sur le couloir. Il était vide, car, à ce moment de la soirée, tous les touristes aisés se trouvaient dans les cafés et les salles de jeu clandestines de Bahreïn. Kendrick longea le mur jusqu'à la porte de la chambre 202, posant lentement chaque pied sur la moquette usée. Arrivé devant la porte, il tendit l'oreille, mais n'entendit rien. Il frappa doucement.

— *Odkhuloo,* dit lentement une voix en arabe.

C'était une invitation à entrer, destinée non pas à une personne, mais à plusieurs. Il y a quelque chose qui cloche, se dit Evan en avançant la main vers le bouton de la porte. Pourquoi ce pluriel, pourquoi plusieurs personnes ? Il tourna le bouton tout en reculant pour se plaquer contre le chambranle et il poussa violemment la porte du pied.

Le silence qui régnait dans la chambre était celui d'une pièce vide, comme si la voix étrange qu'Evan avait entendue n'avait été qu'un enregistrement magnétique. La main crispée sur la crosse du pistolet dont il se serait bien passé, mais qui était pourtant indispensable, il se glissa lentement le long du chambranle et fit un pas dans la chambre. Le spectacle qu'il découvrit le pétrifia d'horreur. Le corps inerte d'Azra était tassé contre le mur, un couteau plongé jusqu'à la garde dans la gorge, les yeux écarquillés, un filet de sang dégoulinant encore sur sa poitrine.

— Votre ordure d'ami ne tuera plus personne, articula lentement une voix derrière lui.

Evan pivota sur lui-même et se trouva face à face avec un jeune homme aussi couvert de sang qu'Azra. Le tueur blessé, incapable de se tenir debout, était appuyé au mur et il braquait sur lui un pistolet-mitrailleur.

— Qui êtes-vous ? demanda Kendrick sans élever la voix. Regardez ce que vous avez fait ! ajouta-t-il en se retenant de hurler.

L'homme se dirigea en boitillant vers la porte et la referma sans cesser de tenir Kendrick dans sa ligne de mire.

— J'ai tué un homme qui n'aurait pas hésité un instant à tuer autant des miens qu'il aurait pu le faire, un homme qui n'aurait pas hésité à me tuer.

— Bon Dieu ! Vous êtes israélien !

— Et vous, vous êtes l'Américain.

— Mais pourquoi avez-vous fait cela ? Et qu'est-ce que vous foutez ici ?

— Ce n'est pas moi qui ai décidé de venir.

— Ce n'est pas une réponse !

— Mes ordres sont de ne pas donner de réponse.

— Vous étiez vraiment obligé de le tuer ? s'écria Kendrick en grimaçant à la vue du cadavre désarticulé du Palestinien.

— Ils massacrent bien nos enfants dans les écoles ! Ils font sauter des avions et des autobus remplis de civils, ils exécutent nos athlètes à Munich, ils liquident des vieillards d'une balle dans la tête... Tout cela parce que ce sont des juifs. Ils vont surprendre et assassiner sur la plage nos enfants, nos frères et nos sœurs... Pourquoi ? Parce que nous sommes juifs, parce que nous vivons enfin sur une minuscule parcelle de terre aride que nous avons réussi à rendre fertile. Nous et personne d'autre !

— Jamais il n'a eu la chance d'avoir...

— Épargnez-moi vos sermons ! Je sais déjà tout ce que vous allez dire et cela me remplit de dégoût. En fin de compte, rien n'a changé ; le monde entier continue tacitement à condamner les juifs ! Après tout ce que nous avons subi, nous sommes toujours les fauteurs de troubles ! Vous n'êtes qu'un amateur qui se mêle de ce qui ne le regarde pas et nous ne voulons pas de vos jugements, de votre pitié ni de votre sentiment de culpabilité ! Nous ne voulons que ce qui nous revient de droit ! Nous avons survécu aux camps de concentration, aux fours crématoires et aux chambres à gaz pour revendiquer la terre qui est la nôtre !

— Pauvre type ! rugit Evan en montrant le cadavre du terroriste. Vous êtes exactement comme lui ! Comme lui ! Mais quand vous arrêterez-vous ?

— Qu'est-ce que cela change pour vous ? Vous allez retrouver votre pavillon de banlieue et votre club de golf ! Laissez-nous régler nos problèmes et retournez d'où vous venez !

Evan eût été incapable de dire si c'est parce qu'on venait de lui répéter mot pour mot ce qu'une autre voix lui avait dit au téléphone deux heures plus tôt ou bien parce qu'il se rendait compte que le Mahdi qu'il haïssait tant était en train de lui échapper, mais des larmes de rage roulèrent sur ses joues et il se jeta sur l'Israélien blessé.

— Vous n'êtes qu'un salopard plein d'arrogance ! hurla-t-il en arrachant l'arme des mains du commando et en la lançant à l'autre bout de la chambre avant de projeter contre le mur l'homme affaibli par ses blessures.

— De quel droit me dites-vous ce que j'ai à faire ? cria-t-il en secouant l'Israélien. Nous vous regardons vous massacrer mutuellement et mettre toute la région à feu et à sang au nom de dogmes aveugles ! Nous consacrons des vies humaines, des fortunes et des quantités d'énergie à tenter de vous insuffler un minimum de raison, mais ni les uns ni les autres vous n'acceptez de faire un geste de conciliation ! Oui, nous devrions sans doute vous laisser vous entre-tuer, laisser les fanatiques des deux camps s'entre-tuer jusqu'au dernier, en espérant qu'il y aura un grain de bon sens chez ceux qui resteront !

Kendrick lâcha brusquement le commando et partit au fond de la chambre pour ramasser l'Uzi. Il revint vers le blessé en braquant le pistolet-mitrailleur sur sa tête.

— Qui êtes-vous et que faites-vous ici ? demanda-t-il d'une voix coupante.

— Mon nom de code est Bleu. C'est tout ce que vous apprendrez de moi...

— Quel nom de code avez-vous dit ?

— Bleu.

— Mon Dieu ! murmura Evan en tournant une nouvelle fois la tête vers le cadavre d'Azra.

Puis son regard revint se fixer sur l'Israélien à qui, sans ajouter un mot, il tendit le pistolet-mitrailleur.

— Continuez donc, dit-il après un silence au commando stupéfait. Détruisez toute la planète... Après tout, je m'en fous !

Sur ce, Kendrick ouvrit la porte et quitta la chambre.

Yaakov regarda la porte qui s'était refermée sur l'Américain, puis il tourna les yeux vers le corps du terroriste affaissé contre le mur. Il baissa son arme en la gardant dans la main gauche tandis que, de la droite, il tirait la radio miniaturisée de sa ceinture. Il enfonça une touche.

— *Itklem,* dit la voix de Noir, en faction devant l'hôtel.

— Des nouvelles des autres ?

— Code *R* est parti les rejoindre. Ils arrivent... je les vois marcher le long de l'Al Ahd. Notre collègue est avec *R*. *G* est avec le vieux, mais il semble y avoir un problème ; *G* le soutient. Et toi ?

— Je ne suis plus bon à rien pour l'instant. Cela s'arrangera peut-être...

— Et Orange ?

— C'est fini pour lui...

— Quoi ?

— Pas le temps de t'expliquer. La pourriture d'Arabe y est resté aussi. Le sujet va sortir ; il porte un uniforme rouge et bleu. Suis-le. Il est en train de craquer. Tu peux m'appeler dans ma chambre.

Evan traversa l'avenue comme un somnambule et se

dirigea tout droit vers les buissons où il avait dissimulé le sac en plastique. Peu lui importait qu'il s'y trouvât encore ou non, mais il avait l'impression qu'il se sentirait plus à l'aise dans ses vieux vêtements de Mascate, qu'il pourrait se déplacer plus vite et qu'il risquait moins maintenant d'être une cible pour les tueurs du Mahdi. Il était allé trop loin pour faire demi-tour. *Un seul homme,* ne cessait-il de se répéter. Il lui suffisait de le trouver dans le périmètre du lieu fixé pour le rendez-vous. Il devait le trouver !

Le sac en plastique était à l'endroit où il l'avait caché. S'accroupissant au plus épais du feuillage des buissons, il se changea lentement et complètement. Puis il regagna le trottoir et s'éloigna vers l'ouest, dans la direction de la rue Shaikh Isa et de la mosquée Juma.

— *Itklem,* dit Yaakov en portant la radio devant sa bouche.

Il était étendu sur le lit de sa chambre. Il avait enroulé des serviettes autour de ses blessures et plusieurs gants de toilette imprégnés d'eau chaude étaient posés sur le couvre-lit.

— C'est *G,* dit code Gris. Tes blessures sont graves ?

— Superficielles pour la plupart. J'ai perdu un peu de sang, mais ça ira.

— En attendant, tu es d'accord pour que je te remplace ?

— C'est ce qui était prévu.

— Je voulais l'entendre de ta bouche.

— Tu l'as entendu.

— Il y a autre chose que je voudrais savoir. Puisque ce salopard est liquidé, veux-tu arrêter et rentrer à Mascate. Si ta réponse est oui, je te soutiendrai.

Le regard de Yaakov se perdit au plafond. Il était écartelé entre des aspirations contraires et les paroles acerbes de l'Américain résonnaient encore dans sa tête.

— Non, répondit-il d'une voix hésitante. Il a fait trop de chemin et il risque trop gros. Restez avec lui.

— Autre chose encore, à propos de W. J'aimerais me débarrasser de lui. Peut-être le laisser avec toi...

— Jamais il ne se laissera faire. N'oublie pas que c'est son « fils » qui est là.

— Tu as sans doute raison. Mais c'est vraiment un type impossible.

— Parle-moi plutôt de ce que je ne sais pas...

— Justement, dit Gris, j'ai du nouveau. Le sujet s'est débarrassé de son uniforme et il vient de traverser l'avenue devant nous. *W* l'a repéré. Il marche comme un zombi.

— Cela ne m'étonne pas du tout.

— Terminé.

Kendrick changea d'avis et modifia son itinéraire. Son instinct lui soufflait de ne suivre que des voies aussi fréquentées que possible pour se rendre à la mosquée. Après avoir pris la large avenue Bab Al Bahrain, il tournerait à droite pour suivre la rue Al Khalifa. Les pensées tourbillonnaient dans sa tête, mais elles étaient fragmentaires, décousues, incohérentes. Il savait qu'il avançait dans un labyrinthe, mais il savait aussi qu'au milieu de ce dédale un ou plusieurs hommes étaient aux aguets et attendaient l'arrivée d'Azra. C'était son seul atout, mais il était de taille. Il savait qui ces hommes cherchaient, mais eux ne le connaissaient pas. Tel le faucon s'apprêtant à se poser, il allait décrire des cercles autour du lieu de rendez-vous, jusqu'à ce qu'il repère quelqu'un. Quelqu'un qui commencerait à craindre pour sa vie s'il ne conduisait pas le jeune prince des terroristes auprès du Mahdi. Cet homme se trahirait ; peut-être l'anxiété le pousserait-elle à dévisager ouvertement les passants. Evan allait trouver cet homme, il le tirerait à l'écart... et il le ferait parler. Mais peut-être, aveuglé par sa quête obsessionnelle, se berçait-il d'illusions. Peu lui importait, plus rien d'autre ne lui importait que de poser un pied après l'autre sur le trottoir en se frayant un chemin dans la foule encore compacte.

La foule... Il perçut quelque chose d'anormal. Des hommes se serraient autour de lui. Une main se posa sur son épaule. Il pivota et lança le bras pour se dégager. Mais soudain, il sentit la pointe d'une aiguille pénétrer dans sa chair, vers la base de sa colonne vertébrale. Et les ténèbres s'épaissirent autour de lui.

Yaakov fut réveillé en sursaut par la sonnerie du téléphone. Il saisit le combiné en tâtonnant.

— Oui ?

— Ils ont embarqué l'Américain ! annonça code Gris. Cela prouve au moins qu'ils existent !

— Où cela s'est-il passé ? Comment ?

— Peu importe ! De toute façon, je ne connais pas le nom des rues. Ce qui compte, c'est que nous savons *où* ils l'ont emmené !

— C'est vrai ? Comment ? Et ne me dis pas que cela importe peu !

— Weingrass. Eh oui, c'est grâce à Weingrass ! Comme il ne se sentait plus capable de continuer à pied, il a donné *dix mille dollars* à un Arabe pour son vieux taxi ! L'autre ne va pas dessoûler pendant six mois ! Nous nous sommes entassés dans le tacot, ce qui nous a permis de suivre le sujet et d'assister à toute la scène ! Dire que c'est grâce à ce vieux débris !

— Maîtrise tes envies de meurtre, répliqua Yaakov sans pouvoir réprimer un sourire fugace. Où le sujet — et merde ! — Kendrick a-t-il été emmené ?

— Dans un immeuble de la rue Tujjar, le Sahalhuddin...

— À qui appartient-il ?

— Accorde-nous un peu de temps, Bleu. Accorde un peu de temps à Weingrass. Il appelle en ce moment tous ceux qui ont une dette envers lui à Bahreïn et je préfère ne pas penser à ce qui nous attend à Jérusalem si la Commission de la Moralité apprend nos liens avec lui.

— Tu ne m'as pas répondu !

— Il semble que l'immeuble soit occupé par six entreprises. Il va maintenant falloir les éliminer l'une après l'autre jusqu'à ce qu'il n'en reste plus qu'une...

— Que l'un de vous vienne me chercher ! ordonna Yaakov.

— Vous avez donc fini par découvrir le Mahdi, monsieur le représentant, dit l'Arabe à la peau très sombre, vêtu d'une robe d'un blanc immaculé et coiffé d'une ghotra de soie semée de saphirs sur le sommet de la tête.

Ils se trouvaient dans une vaste pièce au plafond voûté, recouvert de mosaïque. Les fenêtres étaient hautes et étroites, les meubles en bois sombre et poli. L'énorme bureau en ébène ressemblait plus à un autel ou à un trône qu'à une table de travail. L'atmosphère de la pièce n'était pas sans évoquer celle d'une mosquée, ou les appartements du grand prêtre de quelque étrange et puissante secte, en un lieu isolé du monde.

— Êtes-vous satisfait, maintenant ? poursuivit le Mahdi en s'asseyant à son bureau. Ou bien un peu déçu de découvrir que je ne suis qu'un homme, comme vous... Non, pas comme vous ni comme personne d'autre, mais un homme quand même ?

— Vous n'êtes qu'un assassin, espèce d'ordure ! hurla Evan en bondissant de sa chaise.

Mais les deux gardes qui l'encadraient le tirèrent aussitôt en arrière et l'obligèrent à se rasseoir.

— Vous avez assassiné soixante-dix-huit innocents, parmi lesquels il y avait des dizaines de femmes et d'enfants ! Vous êtes le rebut du genre humain !

— C'était le début d'une guerre, Kendrick, et, comme dans toute guerre, les pertes ne se limitent pas aux seuls combattants. Il était vital pour moi de remporter cette première bataille. Vous avez disparu pendant quatre ans et, pendant ces quatre années, mon ascension fut extraordinaire. Elle n'aurait certainement pas été aussi impressionnante si vous étiez restés, vous et votre abominable juif au vocabulaire ordurier !

— Manny... Il n'a pas cessé de me mettre en garde contre vous.

— Les bavards de son espèce, je les passe au fil de l'épée ! Disons que, de nos jours, une balle dans la tête fait l'affaire ! Dès que j'ai su que vous étiez revenu, Kendrick, j'ai compris que vous vouliez vous venger de votre défaite et je dois reconnaître que vous êtes un fin limier, *Amal Bahrudi.*

Evan ne put retenir un cri de surprise.

— Même chez les Russes, poursuivit le Mahdi, il se trouve des gens qui ont besoin d'arrondir leurs fins de mois. Bahrudi a été tué il y a déjà plusieurs jours, à Berlin-Est... mais un homme aux yeux bleus, ayant les traits d'un Occidental, débarque à Mascate en se faisant passer pour Bahrudi. C'est alors que le nom de Kendrick me vient à l'esprit. Le lien était extrêmement difficile à faire ; l'hypothèse était presque incroyable, mais elle tenait debout. Vous avez dû recevoir de l'aide, car vous manquez d'expérience dans ce domaine.

Evan considéra le visage singulier, aux pommettes saillantes et aux yeux ardents.

— Ces yeux, dit-il lentement en secouant la tête pour chasser de son esprit les dernières vapeurs de la drogue qu'on lui avait injectée. Ce visage plat... Je vous ai déjà vu.

— Bien sûr, Kendrick. Réfléchissez.

Le Mahdi fit lentement glisser sa ghotra en arrière, découvrant un crâne aux cheveux frisés en touffes serrées qui grisonnaient de place en place. Le front haut et lisse surmontait des sourcils noirs et incurvés. C'était le visage d'un homme enclin à des idées fixes et ne reculant devant rien pour arriver à ses fins.

— Peut-être sous une tente, en Iraq, ou bien dans un arsenal du Middle West...

— Bon Dieu ! murmura Kendrick, les souvenirs remontant à sa mémoire. Vous êtes venu nous voir à Basra, il y a sept ou huit ans de cela, pour nous proposer une fortune si nous refusions de réaliser un projet. Vous nous avez révélé qu'un complot se préparait en Iran pour destituer le shah et que vous ne vouliez pas d'un aéroport ultramoderne en Iraq.

— J'ai réussi ! Ils ont maintenant un gouvernement islamique !

— Mon cul ! Vous devez spéculer sur leurs gisements pétrolifères ! Et vous êtes à peu près aussi musulman que mes ancêtres écossais ! Vous êtes originaire de Chicago — oui, de Chicago, cela me revient — d'où vous vous êtes fait chasser il y a vingt ans ! Même vos électeurs noirs, que vous aviez saignés à blanc, ne pouvaient plus supporter vos imprécations et vos théories fascisantes ! Vous avez empoché des millions de dollars et vous avez atterri ici pour répandre vos théories de merde et pour continuer à amasser une fortune ! Weingrass savait à quoi s'en tenir sur votre compte et il vous a ordonné de décamper. Il vous a traité de crapaud, de crapaud visqueux, si ma mémoire est bonne, et vous a dit que si vous ne fichiez pas immédiatement le camp, il vous balancerait de l'eau oxygénée sur la tête pour pouvoir affirmer ensuite qu'il n'avait fait qu'éliminer un néo-nazi blanc !

— Weingrass est, ou plutôt était un juif, répliqua posément le Mahdi. S'il me haïssait, c'est parce que, moi, je suis à la hauteur de mes ambitions. Les juifs ne supportent la réussite que chez les leurs. C'est pourquoi ils sont les éternels fauteurs de troubles que nous connaissons...

— Vous me prenez pour un idiot ? Il vous a traité de sale *Shvartzeh* et cela n'a rien à voir avec la couleur de la peau ! Vous êtes vil et haineux, Al Falfa, si je me souviens bien de votre nom, et que vous soyez noir ne change rien à l'affaire ! Depuis Riyad — cette bataille vitale pour vous ! — combien d'autres personnes avez-vous tuées... avez-vous assassinées ?

— Seulement ce qu'exigeait notre guerre sainte pour conserver la pureté de la race, de la culture et de la foi dans cette partie du monde, dit le Mahdi de Chicago dont les lèvres s'entrouvrirent lentement en un sourire de mépris.

— Sale hypocrite ! hurla Kendrick, incapable de se maîtriser.

Il bondit sur ses pieds en lançant les deux mains en avant comme des serres, visant la gorge de l'assassin. Mais il n'eut pas le temps d'atteindre le Mahdi. Il fut jeté au sol et frappé à coups de pied dans l'estomac et dans les reins. Le souffle coupé, il essaya de se relever, mais un des deux gardes le saisit par les cheveux et lui renversa la tête en arrière tandis que l'autre lui posait un couteau sous la gorge.

— Vos gestes sont aussi pathétiques que vos injures, dit le Mahdi en se levant. L'établissement de notre royaume est en bonne voie, dit-il, et l'Occident paralysé ne peut rien faire pour nous en empêcher. Nous dressons les gens les uns contre les autres, en utilisant des forces qu'ils ne peuvent maîtriser, nous divisons systématiquement pour conquérir sans partage et sans tirer nous-mêmes un seul coup de feu. Et vous, Evan Kendrick, vous nous avez rendu un grand service. Nous vous avons photographié à l'aéroport, à votre arrivée d'Oman, et nous avons également des photographies de votre arme, de vos faux papiers et de votre ceinture qui semble contenir plusieurs centaines de milliers de dollars. Nous détenons des documents prouvant qu'à Mascate, un parlementaire américain ayant usurpé l'identité d'Amal Bahrudi a réussi à pénétrer dans l'ambassade et qu'il a tué un des chefs palestiniens les plus modérés, un théoricien du nom de Nassir, ainsi qu'un jeune combattant appelé Azra, deux assassinats commis durant la trêve décidée dans l'intérêt de tous. Vous étiez assurément envoyé par votre gouvernement. Comment pourrait-il en aller autrement ? Une vague de réprobation unanime dressera les prétendues démocraties contre le belliqueux géant américain qui, une fois de plus, a prouvé son incapacité et son mépris pour la vie de ses ressortissants.

— Espèce de...

Evan écarta le poignet qui tenait le couteau tout en dégageant ses cheveux de l'étreinte de l'autre garde. Mais un poing s'écrasa sur sa nuque et il roula par terre où il fut roué de coups.

— Les exécutions reprendront plus tôt que prévu, poursuivit imperturbablement le Mahdi. Dès demain matin, et ce à cause de vos agissements insidieux qui seront rendus publics. L'effusion de sang qui résultera de l'imprudence et de l'arrogance des Américains ne prendra fin que lorsqu'une solution sera trouvée, notre solution, *ma solution.* Mais cela ne vous concernera plus, monsieur le représentant du Colorado. Vous aurez disparu de la circulation, avec la bénédiction probable de votre gouvernement qui, tout en publiant des démentis indignés, ira peut-être jusqu'à punir les responsables de ce fiasco. Le corps du délit aura disparu et il ne restera plus la moindre trace de vous. Demain, aux premières lueurs du jour, on vous attachera nu, avec un porc écorché, et vous serez largué d'un avion dans les eaux infestées de requins des hauts fonds du Qatar.

15

— Il n'y a rien là-dedans ! s'écria Weingrass en se redressant.

Il venait d'étudier les documents étalés sur la table de la salle à manger d'un haut dignitaire religieux de Bahreïn, un homme qu'il avait connu à l'époque où le groupe Kendrick construisait un club de loisirs sur une île de l'archipel.

— Après tout ce que j'ai fait pour toi, Hassan, avec tout l'argent qui a fini dans ta poche, c'est tout ce que tu as à me proposer ?

— J'attends d'autres documents, Emmanuel, répliqua nerveusement l'Arabe.

Il était nerveux, car les paroles de Weingrass n'échappaient pas à Ben-Ami et aux quatre commandos assis dans le séjour meublé à l'occidentale de la villa du faubourg résidentiel de Manama. Un médecin avait été appelé pour soigner les blessures de Yaakov qui refusait obstinément de s'aliter et s'était installé dans un fauteuil. Hassan tourna la tête vers lui et s'adressa au vieil architecte en changeant de sujet.

— Ton ami n'a pas bonne mine, Manny.

— Que veux-tu, il passe son temps à se battre. On vient encore d'essayer de lui voler ses patins à roulettes. Qu'est-ce que tu attends d'autre et quand l'auras-tu ? Ce n'est qu'une liste de sociétés et les produits ou les services qu'elles vendent... Ce que je veux, ce sont des noms !

— C'est cela que j'attends. Tu sais, ce n'est pas très facile de convaincre le ministre de la Réglementation industrielle de quitter son domicile à deux heures du matin et de repartir à son bureau pour commettre un acte illégal.

— Réglementation et industrie sont deux mots incompatibles à Bahreïn.

— Mais ce sont des documents confidentiels !

— Une nécessité, chez vous.

— Ce n'est pas vrai, Manny !

— Oh ! tais-toi et sers-moi plutôt un whisky.

— Tu es incorrigible, mon vieil ami !

— Ne m'en parlez pas, dit Gris qui venait de reprendre sa place dans un fauteuil de la salle de séjour après avoir téléphoné, comme il le faisait régulièrement tous les quarts d'heure, avec la permission du maître de maison.

— Voulez-vous boire quelque chose, messieurs ? demanda Hassan en franchissant l'arcade séparant les deux pièces.

— Le café à la cardamome sera amplement suffisant, répondit Ben-Ami. Il est délicieux.

— Il y a de l'alcool, si cela vous tente... Comme M. Weingrass vient de vous l'apprendre. Vous êtes dans la maison d'un croyant, mais nous n'imposons pas nos convictions à autrui.

— Voudriez-vous écrire cela ? demanda Noir en étouffant un petit rire. Je le montrerai à ma femme en lui disant que ce sont les paroles d'un mollah. Il faut que je traverse toute la ville pour avoir du bacon avec mes œufs !

— Non, pas d'alcool, monsieur Hassan, je vous remercie, dit Gris en donnant une petite tape sur le genou de Noir. Avec un peu de chance, nous aurons peut-être du travail cette nuit.

— Avec un peu plus de chance, on ne me coupera pas les mains, dit calmement Hassan en se dirigeant vers la cuisine.

Il s'immobilisa en entendant la sonnette de la porte d'entrée. Les autres documents arrivaient.

Quarante-huit minutes plus tard, Weingrass étudiait attentivement deux feuilles parmi toutes celles qui jonchaient la longue table et son regard passait successivement de l'une à l'autre.

— Que savez-vous sur cette société Zareeba ? demanda-t-il.

— C'est un nom qui vient du soudanais, répondit le haut fonctionnaire en robe qui avait refusé d'être présenté à quiconque. On peut traduire en gros par camp retranché, entouré de rochers ou de feuillage dense.

— Le Soudan...

— C'est un pays d'Afrique...

— Je sais ce que c'est... Khartoum.

— C'est la capitale.

— Tiens ! fit sèchement Weingrass. Je croyais que

c'était Buffalo ! Mais comment se fait-il qu'il y ait autant de filiales ?

— Il s'agit d'un holding dont les activités sont très diversifiées. Si une société a besoin d'une licence d'importation ou d'exportation pour différents produits, tout est réglé beaucoup plus rapidement par une maison mère aux structures plus solides.

— Mon cul !

— Pardon ?

— C'est l'expression du Bronx qui remplace « Bonté divine ! » Qui est le patron de cette boîte ?

— Il y a un conseil d'administration...

— Il y a toujours un conseil d'administration ! Je vous ai demandé qui était le patron.

— Pour ne rien vous cacher, on ne sait pas très bien. J'ai eu l'occasion de prendre le café avec le directeur général. C'est un type charmant, mais pas très combatif, si vous voyez ce que je veux dire.

— Il y a donc quelqu'un derrière lui.

— Je n'en sais rien...

— Où est la liste des administrateurs ?

— Juste devant vous. Au-dessous de la feuille de droite.

Weingrass souleva la feuille et saisit celle qui était au-dessous. Il était arrivé depuis deux heures, mais n'avait pas encore pris le temps de s'asseoir. La feuille sous les yeux, il prit place dans un fauteuil et commença à parcourir la liste de noms tout en répétant à voix basse : *Zareeba... Khartoum.* De temps en temps, il fermait les yeux en grimaçant, comme s'il essayait désespérément de retrouver quelque chose qui lui échappait et les rides de son visage semblaient encore plus creusées par la réflexion. Il demanda un stylo et entoura un nom, puis il poussa la feuille devant le haut fonctionnaire qui n'avait pas bougé et se tenait raide devant la table.

— C'est un Noir, dit l'Arabe.

— Qui est noir et qui est blanc par ici ?

— On en juge en général par les traits. Mais il est vrai que plusieurs siècles de métissage afro-arabe compliquent souvent le problème.

— Parce que c'est un problème ?

— Pour certains. Pas pour la majorité des gens.

— D'où vient-il ?

— Si c'est un immigré, son pays d'origine doit figurer sur votre feuille.

— Il y est écrit : « Confidentiel. »

— Cela signifie en général que cette personne a fui un régime autoritaire, le plus souvent fasciste ou communiste. Nous protégeons ces immigrés s'ils contribuent au développement de notre nation, ce qui, à l'évidence, est le cas.

— *Sahibe al Farrahkhaliffe ?* demanda Weingrass en détachant chaque syllabe. Quel est son pays d'origine ?

— Aucune idée. Peut-être un pays africain, ou, plus vraisemblablement, un pays arabe. Cela me paraît logique.

— Tout faux ! s'écria Manny d'une voix de stentor, faisant sursauter tout le monde. Cet imposteur est un pur Américain ! S'il s'agit bien de qui je pense, c'est un fumier de nègre originaire de Chicago qui s'est fait blackbouler par ses frères ! Ils se sont débarrassés de lui parce qu'il avait fait virer tout leur argent, une vingtaine de millions de dollars, entre parenthèses, dans des banques européennes et arabes assez accommodantes. Il y a dix-huit ou vingt ans de cela, Al Farrah était un fanatique au ton dictatorial et aux théories sulfureuses. Son ego boursouflé ne lui a pas permis de renoncer à cette partie de son passé ! Nous savions que cette pourriture siégeait au conseil d'administration d'une grosse société, mais nous ignorions laquelle. Et nous ne cherchions pas dans la bonne direction. Khartoum ? Mais non, c'était Chicago ! Nous le tenons, votre Mahdi !

— Es-tu certain de ce que tu avances ? demanda Hassan en se rapprochant. C'est une accusation très grave !

— Oui, j'en suis certain, dit posément le vieil architecte. J'aurais dû descendre cette ordure quand je l'ai rencontré à Basra.

— Je vous demande pardon ? dit le haut fonctionnaire, encore ébahi par ce qu'il venait d'entendre.

— Oubliez cela, dit Weingrass.

— Personne n'a encore quitté l'immeuble Sahalhuddin, déclara Gris en s'avançant sous l'arcade.

— Vous en êtes sûr ?

— J'ai trouvé un chauffeur de taxi tout à fait disposé à accepter une grosse somme d'argent pour me rendre service sans poser de questions. Je l'appelle tous les quarts d'heure, dans une cabine téléphonique. Les deux voitures sont encore là-bas.

— Tu as confiance en lui ? demanda Yaakov de son fauteuil.

— J'ai pris son nom et relevé le numéro de sa licence.

— Vous êtes bien avancé, avec ça ! lança Manny.

— Je lui ai affirmé que s'il me mentait, je le retrouverais et le tuerais sans hésitation.

— Je retire ce que j'ai dit, petite tête.

— Voulez-vous arrêter...

— Ça va, ça va... Savez-vous, ajouta Weingrass en se tournant vers le haut fonctionnaire, dans quelle partie du Sahalhuddin se trouvent les bureaux de la société Zareeba ?

— Les deux étages supérieurs, si ma mémoire est bonne. Les étages inférieurs sont loués par les différentes filiales. L'immeuble appartient à la Zareeba.

— C'est pratique, dit Weingrass. Pouvez-vous vous procurer les plans du bâtiment, y compris le plan d'évacuation et celui des systèmes de sécurité ? Ce sont des documents que je sais assez bien interpréter.

— À l'heure qu'il est ? s'écria l'Arabe. Il est plus de trois heures du matin ! Comment voulez-vous que...

— Essayez avec un million de dollars, suggéra Manny d'une voix douce. Je les enverrai de Paris. Vous avez ma parole.

— Quoi ?

— Répartissez la somme comme vous voulez. C'est mon fils qui est là-bas. Il me faut ces plans !

La pièce était sombre et exiguë. Le seul éclairage était dû à la clarté de la lune pénétrant par une petite ouverture pratiquée dans le haut du mur, trop haut pour qu'Evan puisse l'atteindre, car il n'y avait pas d'autre meuble qu'un lit de camp à la toile crevée. Un garde lui avait laissé une bouteille de mauvais whisky de fabrication locale, voulant sans doute lui faire comprendre qu'il valait mieux être abruti d'alcool pour affronter le sort qui lui était réservé. Evan était tenté ; il avait peur, tellement peur que sa chemise était trempée et que la sueur dégoulinait de ses cheveux. Seul un reste de colère le retenait de déboucher la bouteille et de la vider, cela et une dernière action qu'il tenait à accomplir. Il était résolu à se battre de toutes ses forces, jusqu'au bout, espérant peut-être au fond de lui-même qu'une balle dans la tête précipiterait sa fin.

Mais comment avait-il pu s'imaginer qu'il réussirait ? D'où lui était donc venue cette conviction qu'il était capable de mener à bien une opération qui, de l'avis de gens beaucoup plus expérimentés que lui, était suicidaire ? Il ne voyait qu'une réponse à ces questions. S'il n'avait rien tenté, la haine qui le consumait aurait fini par le détruire. Et il n'avait pas totalement échoué. Il allait perdre la vie, mais uniquement parce qu'il était en partie arrivé à ses fins : il avait apporté la preuve de l'existence du Mahdi ! Il avait ouvert une voie dans la jungle presque impénétrable du mensonge et de la manipulation. D'autres s'y engageraient à leur tour et c'était une pensée réconfortante.

Son regard se posa de nouveau sur la bouteille, sur le liquide ambré qui pouvait lui apporter l'oubli. Il secoua lentement la tête d'avant en arrière. Le Mahdi lui avait dit que ses gestes étaient aussi pathétiques que ses paroles. Tout cela n'aurait plus aucune importance quand l'avion survolerait la côte du Qatar.

Chacun des commandos de la Brigade Masada savait à quoi s'en tenir depuis le début et chacun d'eux vérifia l'état du ruban adhésif collé sur son poignet gauche pour s'assurer que la capsule de cyanure se trouvait toujours en place. Aucun d'eux n'avait sur lui de papiers ni quoi que ce fût pouvant permettre de l'identifier. Tout ce qu'ils portaient, jusqu'aux chaussures et aux boutons d'écaille de leur pantalon, avait été acheté en Libye par des agents du Mossad, à Benghazi, la plaque tournante du terrorisme. Avec les injections de produits chimiques, amphétamine, scopolamine et autres sérums de vérité, les membres de la Brigade Masada ne devaient pas tomber vivants aux mains de l'ennemi en un lieu où leur présence pouvait être liée, d'aussi loin que ce fût, aux événements d'Oman. Israël ne pouvait se permettre d'être rendu responsable de la mort de deux cent trente-six otages et le spectre d'une intervention israélienne devait être écarté à tout prix, même à celui de la mort volontaire de tous les membres du commando. Ils avaient tous accepté et, sur la piste d'envol de l'aéroport d'Hébron, tous avaient tendu sans hésiter leur bras gauche au médecin qui y avait fixé le ruban adhésif avant de lever lui-même la main pour approcher de sa bouche la petite boule contenant le cyanure. Un coup de dents et c'était la mort instantanée.

La rue était déserte et les lampadaires enveloppés dans des nappes de brume venues du golfe Persique. Seules quelques fenêtres du Sahalhuddin étaient éclairées au dernier étage. Le grand hall du rez-de-chaussée baignait dans une clarté diffuse derrière les portes vitrées. Un homme assis au bureau de la réception lisait un journal. Une petite conduite intérieure bleue et une limousine noire étaient garées le long du trottoir. Deux vigiles en uniforme montaient la garde devant les portes avec une nonchalance indiquant qu'ils avaient certainement des collègues à l'arrière de l'immeuble. C'était vrai, mais il n'y avait qu'un seul garde. Gris, Noir et Rouge rebroussèrent chemin jusqu'au vieux taxi stationné deux cents mètres plus loin, au carrefour de la rue Al Mothanna. Yaakov était assis sur le siège arrière. À l'avant se trouvaient Ben-Ami et Emmanuel Weingrass. Le vieil architecte étudiait les plans de l'immeuble à la lumière du tableau de bord. Gris leur communiqua tous les renseignements utiles par une vitre ouverte et Yaakov donna ses instructions.

— Noir et Rouge, vous éliminez les gardes et vous entrez dans le bâtiment. Gris, tu les suis avec Ben-Ami et vous vous occupez du système d'alarme...

— Une seconde ! lança Weingrass en se retournant. Ce vieux débris du Mossad ne connaît absolument rien aux systèmes d'alarme et il serait tout juste bon à le déclencher...

— Manny, vous exagérez, protesta faiblement Ben-Ami.

— Vous seriez capable de repérer les fils trafiqués, reliés à un dispositif spécial... un système de sécurité conçu pour des gens comme vous ? Vous allez déclencher un véritable feu d'artifice ! Il faut que je les accompagne !

— Monsieur Weingrass, rétorqua Yaakov de l'arrière du taxi, imaginez que vous vous mettiez à tousser, que vous ayez une de ces quintes de toux si spectaculaires...

— Je n'en aurai pas, répondit simplement l'architecte. N'oubliez pas que c'est mon fils qui est là.

— Je lui fais confiance, déclara Gris par la vitre ouverte. Et, si je me trompe, c'est moi qui en subirai les conséquences.

— Tu deviens raisonnable, petite tête.

— Je vous en prie...

— D'accord, d'accord... Allez, en route !

S'il s'était trouvé cette nuit-là, dans la rue Tujjar, un observateur impartial, les minutes qui suivirent lui auraient certainement évoqué la transmission du mouvement de quelque mécanisme d'horlogerie géant dont chacune des roues dentées s'engrène harmonieusement sans qu'un seul rouage ralentisse ou arrête le mouvement d'ensemble.

Noir et Rouge se débarrassèrent des vigiles de l'entrée sans que les deux hommes aient eu le temps de soupçonner une présence hostile. Rouge enleva sa veste, enfila la tunique de l'un des gardes qu'il boutonna difficilement, baissa la visière de la casquette sur ses yeux et s'avança devant une des portes vitrées sur laquelle il frappa quelques petits coups pour attirer l'attention du garde en faction à l'intérieur. En prenant soin de laisser son visage dans l'ombre, le commando se tenait le derrière, demandant avec des gestes expressifs à entrer pour aller se soulager. La diarrhée étant une calamité universelle, le garde du hall éclata de rire en posant son journal et il appuya sur un bouton commandant l'ouverture électrique de la porte. Rouge et Noir se précipitèrent à l'intérieur et, avant que le gardien de nuit ait eu le temps de revenir de sa surprise, il gisait sur le sol de marbre. Gris entra à son tour, traînant le corps inanimé d'un des deux vigiles de l'entrée, et retint la porte avant qu'elle se referme devant Weingrass qui tenait à la main la veste de Rouge. Noir ressortit pour chercher le second vigile tandis que Manny tenait la porte ouverte. Quand tout le monde fut à l'intérieur, Rouge et Gris ligotèrent et bâillonnèrent les trois membres du service de sécurité après les avoir alignés derrière le grand bureau de la réception. Noir sortit une longue seringue de sa poche, retira l'embout en plastique, vérita le niveau du contenu et fit une injection à la base du cou des trois Arabes évanouis. Puis les trois Israéliens traînèrent les corps jusqu'au fond du hall immense.

— Ne restez pas dans la lumière ! ordonna brusquement Rouge à Weingrass. Avancez dans le couloir, près des ascenseurs !

— Pourquoi ?

— J'ai entendu du bruit dans la rue.

— Vraiment ?

— Deux ou trois personnes, je pense. Dépêchez-vous !

Quelques secondes de silence, puis, de l'autre côté des épaisses portes vitrées, apparurent deux Américains tanguant sur le trottoir et fredonnant un air bien connu d'une voix basse et fort peu mélodieuse. *To the tables down at Mory's, to the place we love so well...*

— Ça alors ! souffla Weingrass, manifestement impressionné. Vous les aviez entendus ?

— Va t'occuper de l'arrière du bâtiment, ordonna Gris à Noir. Tu connais le chemin ?

— Bien sûr... J'ai étudié le plan. Je vais attendre ton signal pour me débarrasser du dernier. Il reste encore la moitié de mon élixir magique.

Noir disparut dans un couloir tandis que Gris traversait le hall du Sahalhuddin au pas de course pour rattraper Weingrass qui se dirigeait vers la porte blindée donnant accès au sous-sol de l'immeuble.

— Merde ! s'écria Manny. Elle est fermée à clé !

— Il fallait s'y attendre, dit calmement Gris en sortant de sa poche une petite boîte noire qu'il ouvrit. Mais ce n'est pas un problème.

Le commando prit dans la boîte une sorte de gelée ressemblant à du mastic qu'il appliqua autour de la serrure avant de placer une mèche longue de deux à trois centimètres.

— Reculez, je vous prie. Il n'y a pas d'explosion, mais la chaleur est intense.

Weingrass regarda avec stupéfaction la gelée devenir

d'abord d'un rouge vif, puis du bleu le plus intense qu'il eût jamais vu. L'acier se mit à fondre devant ses yeux et tout le dispositif de la serrure tomba sur le marbre du sol.

— Là, vous m'en bouchez un coin, petite...

— Non !

— Bon, dit Manny. Allons-y !

Ils découvrirent le système d'alarme qui était enfermé dans un énorme coffre en acier, tout au fond du sous-sol du Sahalhuddin.

— C'est un Guardian perfectionné, annonça l'architecte en sortant une pince coupante de sa poche. Deux fils électriques sur six sont piégés. Chaque fil couvre une zone de quinze cents à deux mille mètres carrés. Vu la surface totale de l'immeuble, il ne devrait pas y avoir plus de dix-huit fils.

— Dix-huit fils, répéta Gris d'une voix hésitante. Il y en a donc six qui...

— Très bien, petite tête ! Pardon.

— Merci.

— Si nous coupons par erreur un de ces six fils, nous allons provoquer un raffut de tous les diables, qui s'entendra à des kilomètres !

— Mais comment pouvez-vous les reconnaître ? Vous avez dit que ces fils étaient trafiqués pour des amateurs comme Ben-Ami. Comment, vous, pouvez-vous les reconnaître ?

— Grâce aux électriciens, mon ami. Comme les cossards qui installent ces circuits détestent lire les diagrammes, ils facilitent leur travail et celui des équipes d'entretien en faisant une marque sur les fils factices, en général avec une pince, tout près du tableau de distribution. Quand ils ont fini d'installer le système, cela leur permet de dire qu'ils ont perdu une heure pour retrouver les fils factices, parce que le diagramme n'était pas clair...

— Et si vous vous trompiez, monsieur Weingrass ? Imaginons que les électriciens responsables de l'installation dans cet immeuble aient été des ouvriers honnêtes...

— Impossible, répliqua Manny en prenant dans sa poche droite une petite torche électrique et un ciseau. C'est une race pratiquement éteinte ! Allez, il faut ouvrir cette porte. Nous aurons ensuite quatre-vingts à quatre-vingt-dix secondes pour couper douze fils. Vous vous rendez compte ? Et ce fumier de Hassan m'a dit que les piles de la torche sont faibles. Il faudra faire vite !

— Nous pouvons utiliser du plastic, suggéra Gris.

— Pour que la chaleur déclenche des sonneries d'alarme dans tout l'immeuble ? Sans parler du système d'extinction automatique d'incendie ! *Meshuga !* Je vais vous renvoyer à l'école !

— Vous me vexez, monsieur...

— Taisez-vous et faites votre boulot ! Je vous ferai obtenir une médaille.

L'architecte tendit à Gris le ciseau qu'il avait emprunté à Hassan après avoir minutieusement étudié les plans de l'installation de sécurité du Sahalhuddin.

— Faites vite. Ces machins sont très sensibles.

Le commando engagea le ciseau sous la serrure et, avec la force de trois hommes normaux, il pesa de tout son poids jusqu'à ce que le panneau d'acier cède.

— Passez-moi la torche, dit l'Israélien. Vous, occupez-vous des fils électriques !

De droite à gauche, Emmanuel Weingrass commença anxieusement à compter les gaines de couleur des fils électriques éclairés par le faisceau lumineux de la torche. *Huit, neuf, dix... onze...*

— Où est le douzième ? hurla Manny. J'ai repéré tous les fils factices, mais il me manque un des autres ! Si on ne le trouve pas, l'alarme va se déclencher !

— Là ! s'écria Gris en posant le doigt sur le septième fil électrique. À côté du troisième fil trafiqué ! Vous l'aviez oublié !

— Ça y est ! eut le temps de dire Weingrass avant d'être plié en deux par une violente quinte de toux.

Il se laissa glisser par terre, crachant ses poumons, incapable de maîtriser cette nouvelle crise.

— Allez-y, monsieur Weingrass, il faut que ça sorte, dit Gris en effleurant de la main l'épaule fluette de l'architecte. Personne ne peut vous entendre.

— J'avais promis de ne pas...

— Il y a des promesses qu'il ne nous est pas toujours possible de tenir.

— Voulez-vous laisser tomber cette foutue politesse !

Manny fut secoué par un dernier spasme, puis il se releva péniblement devant le commando qui préféra s'abstenir de lui proposer son aide.

— Ça va, petit soldat, dit Weingrass en respirant profondément. Maintenant, nous sommes tranquilles... Allons au secours de mon fils.

Mais Gris ne parut aucunement disposé à bouger.

— Malgré votre manque total de générosité, dit le commando, j'ai beaucoup de respect pour vous. Et, dans l'intérêt général, je ne peux pas vous permettre de nous accompagner.

— Qu'est-ce que vous racontez ?

— Nous ne savons pas ce que nous pouvons trouver au dernier étage.

— Moi, je le sais, espèce de crétin ! C'est mon fils qui est là-haut ! Donnez-moi une arme, petite tête, ou j'envoie un télégramme au ministre de la Défense d'Israël pour lui dire que vous possédez un élevage de porcs !

Sur ces mots, il lança brusquement un grand coup de pied dans le tibia du commando.

— Incorrigible, murmura Gris sans tressaillir. Vraiment impossible.

— Allez, *Bubbelah,* juste un petit pistolet. Je sais que vous en avez un.

— Ne vous en servez pas avant que je vous aie fait signe, dit le commando en relevant la jambe gauche de son pantalon pour prendre le petit revolver maintenu derrière son genou.

— Au fait, poursuivit Weingrass, je ne vous ai jamais dit que j'avais fait partie de la Haganah ?

— La Haganah ?

— Absolument. J'ai souvent fait le coup de poing avec Menahem...

— Mais Menahem n'a jamais été membre de la Haganah !

— Ha ! bon ! J'ai dû le confondre avec un autre crâne déplumé. Alors, on y va ?

Tapi dans l'ombre de l'entrée du Sahalhuddin, les mains serrées sur le pistolet-mitrailleur Uzi, Ben-Ami était resté en contact radio.

— Mais pourquoi vous a-t-il accompagné ? demanda l'agent du Mossad.

— Parce qu'il est impossible ! répondit Gris sans dissimuler son agacement.

— Ce n'est pas une réponse, insista Ben-Ami.

— Je n'en ai pas d'autre ! Terminé ! Nous sommes arrivés au sixième étage. Je vous rappelle dès que possible.

— Bien reçu.

Deux des commandos se placèrent de chaque côté de la porte à deux battants, sur la droite du palier du dernier étage. Le troisième s'avança jusqu'au bout du couloir, devant la seule autre porte qui laissait filtrer de la lumière. Emmanuel Weingrass accepta en rechignant, la poitrine serrée par l'angoisse, de rester dans l'escalier de marbre.

— Allez-y ! ordonna Gris à voix basse.

Les deux commandos enfoncèrent la porte d'un grand coup d'épaule et roulèrent aussitôt à terre tandis que deux Arabes tiraient sur eux du fond de la pièce avec des armes à répétition. Mais ils ne pouvaient lutter contre les Uzi des Israéliens et ils furent fauchés par la première rafale des pistolets-mitrailleurs. Deux autres hommes essayèrent de s'enfuir. L'un se trouvait sur la gauche de la vaste pièce, l'autre, tout de blanc vêtu, derrière un énorme bureau.

— Ne bougez plus ou vous êtes morts ! hurla Gris.

L'homme à la peau noire, vêtu d'une luxueuse aba, s'immobilisa en braquant sur l'Israélien un regard étincelant de haine.

— Vous rendez-vous compte de ce que vous avez fait ? demanda-t-il d'une voix menaçante. Le système de sécurité de cet immeuble est le plus perfectionné de Bahreïn. La police va arriver dans quelques minutes. Posez tout de suite vos armes ou vous serez abattus comme des chiens !

— Salut, pourriture humaine ! s'écria Emmanuel Weingrass en pénétrant dans la salle de la démarche engourdie d'un vieillard que ses jambes ne portent plus aussi bien qu'avant, surtout dans un état de vive excitation. Votre système de sécurité n'est pas si bon que cela, surtout pour quelqu'un qui en a sous-traité cinq ou six cents.

— Vous !

— Oui, c'est bien moi. Vous êtes le rebut du genre humain et mon seul regret est de ne pas vous avoir fait sauter la cervelle à Basra, mais je savais que mon garçon reviendrait pour vous démasquer. Ce n'était qu'une question de temps. Où est-il ?

— Ma vie contre la sienne !

— Vous n'êtes pas en situation de marchander...

— Qui sait ? répliqua le Mahdi. Il est en ce moment en route vers un terrain d'aviation clandestin pour prendre un avion à destination des hauts fonds du Qatar.

— Les requins ! souffla Weingrass en sentant une colère froide l'envahir.

— Absolument. La nature a ses avantages. Vous refusez toujours de marchander ? Je suis le seul a pouvoir arrêter cet avion.

Le vieil architecte à la frêle carcasse affronta le regard du grand Noir en robe blanche.

— Nous allons marchander, dit-il d'une voix légèrement tremblante après avoir pris une longue inspiration. Et je jure sur ce que j'ai de plus cher au monde que s'il ne revient pas sain et sauf, je vous traquerai d'un bout à l'autre de la planète avec une armée de mercenaires !

— Vous avez le goût du mélodrame, comme tous les juifs, dit le Mahdi en regardant sa montre. Nous avons un peu de temps devant nous. Pour une mission de ce genre, il n'est pas question d'établir un contact radio en vol. Le décollage est fixé au lever du jour. Je téléphonerai dès que je serai sorti d'ici. L'avion ne bougera pas, mais vous et votre petite armée, vous partirez.

— Ne vous avisez pas de nous jouer un de vos tours de salaud... C'est d'accord !

— Non ! s'écria Gris en brandissant son couteau et en se jetant sur le Mahdi qu'il renversa sur le bureau. Pas de marchandage, pas de négociation, pas de marché ! Rien ! Il n'y a que votre vie dans la balance !

La pointe du couteau s'enfonça dans la peau du Noir, juste au-dessous de son œil gauche. Le Mahdi se mit à hurler et le sang coula le long de sa joue et dans sa bouche ouverte.

— Vous téléphonez tout de suite, ou bien vous perdez d'abord cet œil, puis l'autre ! Après quoi, peu importe où ira la lame de mon couteau ; vous ne verrez plus rien !

Le commando tendit le bras, souleva le téléphone et le reposa violemment à côté de la tête du Mahdi.

— Le voilà, votre marché, pourriture ! Donnez-moi le numéro... Je vais le faire pour vous ! Juste pour m'assurer que c'est bien celui d'un terrain d'aviation et non d'une caserne quelconque ! Le numéro !

— Non... non, je ne peux pas !

— La lame pénètre dans la chair...

— Arrêtez ! Il n'y a pas de terrain d'aviation, pas d'avion !

— Menteur !

— Non, attendez ! Attendez !

— Tu vas perdre un œil, sale menteur !

— Il est ici ! Arrêtez, je vous en prie ! Il est ici !

— Où ? rugit Manny en se précipitant vers le bureau.

— Dans l'aile gauche du bâtiment... Il y a un escalier dans le couloir, sur la droite. Une petite réserve... sous le toit...

Emmanuel Weingrass n'entendit pas la fin. Il se rua hors de la pièce en hurlant à pleins poumons.

— Evan ! Evan !

C'est absolument hallucinant, songea Kendrick, étendu sur le lit de camp. Un ami très cher, un ami du passé m'appelle en ce moment pour m'insuffler du courage. C'est sans doute le privilège du condamné à mort.

Il leva les yeux vers la petite fenêtre. La lune était en train de se coucher et la clarté diminuait. Jamais plus il ne reverrait la lune. Il n'y aurait bientôt plus pour lui que les ténèbres.

— Evan ! Evan !

Cela ressemblait tout à fait à Manny ; toujours présent quand son jeune ami avait besoin de lui. Et, à sa dernière heure, il était encore là pour lui apporter un peu de réconfort.

Oh ! Manny ! J'espère que, d'une manière ou d'une autre,

tu apprendras que je suis revenu, que je t'ai enfin écouté. Je l'ai trouvé, Manny ! D'autres le trouveront aussi, j'en ai la certitude ! J'espère encore que tu seras un tout petit peu fier de moi...

— Nom de Dieu ! Où es-tu, Kendrick ?

Mais... Cette voix ! Ce n'était plus une hallucination ! Pas plus que le bruit de pas précipités dans le petit escalier ! Et derrière, il y avait d'autres pas ! Était-ce possible ? Était-il déjà mort ?

— Manny ? cria-t-il. Manny !...

— Il est là ! Dans cette pièce ! Vas-y, tas de muscles, enfonce la porte !

La porte de la petite pièce vola en éclats dans un fracas de tonnerre.

— Eh bien, mon garçon ! s'écria Emmanuel Weingrass en voyant Kendrick se lever de son lit de camp avec des gestes hésitants. Est-ce une manière de se conduire pour un respectable parlementaire ? Moi qui croyais t'avoir appris les bonnes manières !

La larme à l'œil, les deux hommes se jetèrent dans les bras l'un de l'autre, comme un père et un fils.

Tout le monde était réuni dans la salle de séjour de la villa de Hassan. Ben-Ami monopolisait le téléphone depuis que Weingrass le lui avait abandonné après une longue conversation pleine de verve avec le jeune sultan d'Oman. Dans la salle à manger contiguë, sept représentants officiels des gouvernements de Bahreïn, d'Oman, de la France, du Royaume-Uni, de l'Allemagne fédérale, d'Israël ainsi que de l'O.L.P. étaient assis autour de la grande table. Comme convenu, aucun représentant de Washington n'était là, mais les Américains avaient reçu toutes les assurances que le secret sur la présence clandestine d'un membre de leur Chambre des représentants serait préservé. Emmanuel Weingrass avait également pris place à la table, entre l'Israélien et le délégué de l'O.L.P.

Les deux plus mal en point, Evan et Yaakov, étaient installés dans un fauteuil.

— J'ai beaucoup réfléchi à ce que vous m'avez dit à l'Aradous, dit lentement code Bleu. Beaucoup réfléchi.

— Je ne vous en demande pas plus.

— C'est difficile, Kendrick. Nous avons tellement souffert... Pas moi, bien sûr, mais nos pères et nos mères, nos grands-pères et nos grands-mères...

— Et de nombreuses générations auparavant, ajouta Evan. Quiconque a un minimum d'intelligence et de sensibilité ne peut le nier. Mais, d'une certaine manière, il en va de même pour eux. Les Palestiniens n'ont aucune responsabilité dans les pogroms ni dans l'holocauste, mais, comme le monde libre était étouffé, à juste titre, par un sentiment de culpabilité, ils sont devenus les nouvelles victimes, sans comprendre pourquoi.

— Je sais, dit Yaakov en hochant lentement la tête. J'ai entendu les fanatiques de Cisjordanie et de Gaza. J'ai écouté les partisans du rabbin Meir Kahane et ils me font très peur...

— Peur ?

— Absolument. Leur discours est le même que celui qui fut prononcé contre nous pendant des générations, comme vous l'avez si justement dit... Mais les autres sont des tueurs ! Ils ont tué mes deux frères et combien d'autres !

— Il faudra bien que cet épouvantable gâchis s'arrête un jour.

— Il faut que je continue à réfléchir.

— C'est un début.

Les hommes assis autour de la table de la salle à manger se levèrent brusquement. Ils se saluèrent d'un petit signe de la tête et, l'un après l'autre, sans lancer un regard à ceux qui y étaient assis, ils traversèrent le séjour pour gagner la porte et sortir dans la rue où les attendaient leurs voitures officielles. Hassan s'avança à son tour dans la salle de séjour et s'adressa à ceux qui restaient. Ses premiers mots furent inaudibles, car, dans l'autre pièce, Emmanuel Weingrass, agrippé à la table, avait un nouvel accès de toux. Evan commença à se lever, mais Yaakov lui prit le bras en secouant la tête. Evan comprit et se laissa retomber dans son fauteuil.

— L'ambassade des États-Unis à Mascate sera libérée dans trois heures, déclara Hassan. Les terroristes seront escortés jusqu'au port où ils monteront à bord d'un navire fourni par Sahibe al Farrahkhaliffe.

— Et lui, demanda Kendrick en contenant difficilement sa colère, quel sort lui réserve-t-on ?

— Je vais vous répondre, mais ce que je vous dirai ne doit pas sortir de cette pièce. Le gouvernement m'a demandé d'exiger de vous le secret absolu. Acceptez-vous de respecter cet engagement ?

Toutes les têtes s'inclinèrent en silence.

— Sahibe al Farrahkhaliffe, également connu sous le nom de Mahdi, sera exécuté sans autre forme de procès, car les crimes qu'il a commis contre l'humanité sont si monstrueux qu'il ne mérite pas d'être jugé par un tribunal. Nous le ferons « à notre manière », comme disent les Américains.

— Puis-je parler ? demanda Ben-Ami.

— Naturellement.

— Des dispositions ont été prises pour que mes camarades et moi-même soyons rapatriés en Israël. Comme nous n'avons ni passeports ni pièces d'identité, l'émir nous a fait préparer un avion spécial à bord duquel nous embarquerons sans formalités. Nous devons être à l'aéroport dans moins d'une heure et je vous prie d'excuser notre départ précipité. Allons-y, messieurs.

— C'est à nous de nous excuser, dit Hassan, de ne pouvoir vous remercier comme il convient.

— Avez-vous du whisky ? demanda code Rouge.

— Tout ce que vous voulez.

— Tout ce que vous pouvez nous laisser. Le voyage sera affreusement long et je déteste prendre l'avion. J'ai peur.

Assis côte à côte dans la salle de séjour d'Hassan, Evan Kendrick et Emmanuel Weingrass attendaient les instructions de l'ambassadeur des États-Unis, complètement dépassé par les événements, qui n'avait été autorisé à les joindre que par téléphone. Les deux vieux amis — le professeur véhément et l'élève si souvent dérouté — avaient l'impression de ne s'être jamais quittés. Mais c'est l'élève qui était le chef, le meneur, et le professeur l'acceptait.

— Ahmat doit être au septième ciel, dit Evan en prenant une gorgée de brandy.

— Il y a encore deux ou trois problèmes qui l'ont empêché de décoller.

— Ah ?

— Il semble qu'une poignée de factieux ait cherché à se débarrasser de lui et à le renvoyer aux États-Unis, sous prétexte qu'il était trop jeune et inexpérimenté pour gérer les affaires du sultanat. Il les appelait les princes des marchands. Il les a convoqués au palais pour les remettre dans le droit chemin.

— Voilà pour le premier problème. Qu'y a-t-il d'autre ?

— Eh bien, il se trouve qu'un autre groupe voulait prendre les choses en main, faire sauter l'ambassade si nécessaire... n'importe quoi pour rétablir l'ordre dans leur pays. Ils ont la gâchette facile... Mais tu as déjà eu affaire à eux. Ce sont eux qui ont été recrutés par les Opérations consulaires pour te faire sortir discrètement de l'aéroport.

— Que compte faire Ahmat ?

— Pas grand-chose, à moins que tu ne veuilles que tes exploits soient chantés du haut des minarets. S'il décide de sévir, ils révéleront le rôle joué par le Département d'État et tous les cinglés du Moyen-Orient se jetteront sur cette nouvelle cause.

— Ahmat ne commettra pas une telle erreur. Il vaut mieux les laisser tranquilles.

— Il y a un troisième problème qu'Ahmat a tout intérêt à résoudre. Il faut qu'il fasse sauter le navire transportant les terroristes, de sorte que pas un seul de ces salopards n'en réchappe.

— Non, Manny, ce n'est pas comme cela qu'il faut s'y prendre. Les massacres ne feront que continuer...

— Absolument pas ! rétorqua Weingrass. C'est là où tu te trompes ! Il faut faire des exemples, les traquer sans relâche jusqu'à ce qu'ils sachent à quel point le prix à payer est élevé !

Le vieil architecte fut brusquement secoué par un accès de toux prolongé, une toux caverneuse qui semblait venir du plus profond de ses poumons. Son visage devint cramoisi et les veines de son front et de son cou saillaient comme des cordes.

— Nous en reparlerons plus tard, dit Evan en tapotant l'épaule de son ami. J'aimerais que tu viennes avec moi, Manny...

— À cause de *ça* ? demanda Weingrass en secouant la tête avec véhémence. Ce n'est qu'un mauvais rhume. Il faisait un temps dégueulasse en France.

— Non, je ne pensais pas à cela, mentit Kendrick d'un ton qu'il espérait convaincant. Mais j'ai besoin de toi.

— Pour quoi faire ?

— J'ai plusieurs projets en vue et j'aimerais avoir ton avis.

C'était un autre mensonge, encore moins crédible que le précédent.

— Et puis, ajouta-t-il vivement, je voudrais remodeler entièrement la maison.

— Mais tu viens juste de la faire construire.

— Je me consacrais à autre chose et j'avais l'esprit ailleurs. Elle a été très mal dessinée et je ne vois pas la moitié de ce que j'étais censé voir. La montagne, les lacs...

— Tu n'as jamais rien compris à l'architecture d'extérieur.

— J'ai besoin de toi. Je t'en prie !

— J'ai à faire à Paris. Il faut que j'envoie de l'argent. J'ai donné ma parole.

— Je peux t'en donner.

— Un million de dollars ?

— Dix, si tu veux. Tu vois, je suis assis à côté de toi au lieu d'être dans l'estomac d'un requin. Je ne vais pas me mettre à genoux pour te le demander, Manny, mais, viens, je t'en prie... J'ai besoin de toi.

— Bon, d'accord pour une ou deux semaines, dit le vieil architecte irascible. Mais on a besoin de moi à Paris aussi !

— Il va y avoir des dizaines de malheureuses, dit doucement Evan en dissimulant son soulagement.

— Quoi ?

Par bonheur, le téléphone sonna à cet instant précis, ce qui évita à Kendrick d'avoir à répéter sa phrase. Leurs instructions venaient d'arriver.

Evan était dans une cabine téléphonique de la base aérienne d'Andrews, en Virginie.

— Je suis celui que vous n'avez jamais rencontré, à qui vous n'avez jamais parlé, dit-il à son correspondant. Je pars descendre des rapides dans la montagne que je n'ai pas quittée ces cinq derniers jours. Vous avez bien compris ?

— Parfaitement, répondit le sous-directeur des Opérations consulaires du Département d'État. Je ne vais même pas chercher à vous remercier.

— Surtout pas.

— D'ailleurs, ce serait impossible, dit Frank Swann. Je ne connais même pas votre nom.

Sécurité maximale
Aucune interception possible
Continuez

L'homme était penché sur son clavier, les yeux vifs et l'esprit alerte, mais tout le reste du corps brisé de fatigue. Il respirait profondément, comme si seules de longues inspirations pouvaient permettre à son cerveau de continuer à fonctionner. Il n'avait pas dormi depuis quarante-huit heures, dans l'attente du dénouement à Bahreïn. Toutes les communications avaient été interrompues et le silence rigoureusement gardé... Le black-out complet. Même au plus haut niveau du Département d'État et de la C.I.A., on devait commencer à respirer, mais pas depuis longtemps. Tout le monde avait longuement retenu son souffle. Bahreïn était l'étape irréversible de toute l'opération, le point de non-retour. Mais tout était terminé et le sujet se trouvait dans un avion, sain et sauf. Il avait réussi. Les doigts de l'homme s'approchèrent des touches du clavier.

Notre homme a réussi. Mes instruments sont dans le ravissement, car, même s'ils avaient refusé de s'engager, ils m'avaient indiqué que c'était possible. À leur manière inanimée, ils ont partagé ma vision.

Le sujet est arrivé clandestinement ce matin. Il croit que tout est terminé, que sa vie va reprendre sa normalité

anormale, mais il se trompe. Tout est en place, tout est enregistré. Il suffit maintenant de trouver le moyen d'arriver à nos fins et nous le trouverons. La foudre éclatera et il sera l'éclair qui transformera la nation. Pour lui, ce n'est que le commencement.

LIVRE 2

Sécurité maximale
Aucune interception possible
Continuez

Nous avons découvert le moyen ! Comme dans les antiques textes védiques, un dieu de feu est arrivé, pour porter un message au peuple. Il s'est fait connaître et je me suis fait connaître. Le dossier d'Oman est maintenant au complet. Tout y est ! J'ai réussi à tout obtenir de lui à force de perspicacité et je lui ai tout donné. C'est un homme remarquable, comme, d'une manière réaliste, je crois l'être aussi, et son dévouement est aussi entier que le mien.

Le dossier étant achevé et saisi dans sa totalité, ce journal est terminé. Un autre va commencer.

16

Un an plus tard.
Dimanche, 20 août. 20 h 30.

L'une après l'autre, tels des carrosses silencieux aux formes élégantes, les cinq limousines avaient déposé leurs passagers au pied du perron de marbre donnant accès à l'entrée à colonnades de la propriété située sur la rive de la baie de Chesapeake. Les arrivées avaient été espacées afin qu'aucune animation anormale n'éveille l'attention d'éventuels curieux, que ce fût sur l'autoroute ou dans la traversée du village résidentiel de la côte du Maryland. Ce ne devait être qu'une réunion mondaine et discrète parmi d'autres entre gens immensément riches, un spectacle ordinaire dans cette enclave réservée aux puissants de ce monde. Si quelque prospère banquier local apercevait les limousines par sa fenêtre, il pourrait rêver fugitivement au jour où il aurait le privilège d'écouter la conversation des hommes autour d'un billard, un verre de vieux brandy à la main, mais ses réflexions ne devaient pas aller plus loin.

Les gens immensément riches savaient être généreux avec les habitants du voisinage. Des miettes de leur table permettaient d'améliorer l'ordinaire. Il y avait des armées de domestiques et de jardiniers dont les employeurs ne songeaient jamais à réduire les effectifs, pourvu que la propriété soit dans un état impeccable à leur retour de Londres, de Paris, ou de Gstaad. Quant à ceux qui occupaient une position plus élevée sur l'échelle sociale, ils bénéficiaient de loin en loin, dans la pittoresque taverne du village, d'un conseil amical sur l'évolution des cours de la Bourse. Banquiers, négociants et autres résidents étaient fiers de ces grands seigneurs dont ils préservaient l'intimité avec une fermeté tranquille. Et s'il fallait pour cela tourner de temps en temps la loi, ce n'était pas bien méchant... et même presque moral quand on voyait de quelle manière les colporteurs de ragots et les échotiers des journaux à sensation déformaient tout pour vendre leurs méprisables feuilles de chou. Le commun des mortels pouvait bien prendre une cuite monumentale, tabasser sa femme, se battre avec son voisin, ou même être victime d'un accident de la route sans que sa photo s'étale en première page des journaux à gros tirage. Pourquoi la vie privée des riches était-elle toujours livrée en pâture à la curiosité malsaine de ceux qui n'avaient pas une once de talent ? Parce que les riches étaient différents. Ils procuraient des emplois, versaient de généreuses contributions aux œuvres de bienfaisance qui les sollicitaient et rendaient souvent un peu plus facile la vie de ceux qu'ils croisaient. Alors, pourquoi les persécuter ?

Telle était la logique des résidents du village. La police locale se faisait un devoir d'omettre de noter un certain nombre de choses sur ses registres, ce qui contribuait à maintenir des relations harmonieuses. Cela expliquait aussi certains secrets bien gardés dans cette enclave privilégiée de la baie de Chesapeake.

Mais tout secret est relatif et il arrive souvent qu'on en fasse des gorges chaudes. Combien de dossiers soi-disant « confidentiels » n'ont-ils pas été publiés dans la presse ? Les goûts sexuels d'hommes politiques en vue ne doivent-ils pas être essentiellement cachés à leur épouse ? « Croix de bois, croix de fer, si je mens, je vais en enfer ! » est une promesse faite par des enfants de tous les âges, incapables de tenir parole. Mais lorsqu'il s'agit de jongler avec des vies humaines, le secret doit être impénétrable. C'était le cas ce soir-là, quand les cinq limousines traversèrent silencieusement le village de Cynwid Hollow en direction de la baie de Chesapeake.

L'aile de la vaste demeure située du côté de la baie abritait une bibliothèque au raffinement très masculin.

Cuir et bois poli, hautes fenêtres donnant sur le jardin aux pelouses éclairées par des projecteurs, rayonnages s'élevant presque jusqu'au plafond et remplissant tout l'espace disponible sur les murs. De moelleux fauteuils de cuir fauve étaient posés entre les fenêtres et un grand bureau en merisier, derrière lequel était placé un fauteuil pivotant de cuir noir, occupait tout l'angle droit, au fond de la pièce. La touche finale était apportée par une grande table ronde autour de laquelle prenaient place les participants à des réunions tenues dans la plus grande discrétion.

À cette décoration et cette atmosphère se limitaient les apparences ordinaires. Ensuite commençait l'inhabituel, pour ne pas dire l'étrange. Sur la table ronde, devant chacun des participants aux réunions, se trouvait une lampe de cuivre dont la lumière était dirigée sur un bloc-notes jaune. Comme si les petits cercles de lumière vive avaient été destinés à faciliter la concentration des participants sur les notes qu'il leur plaisait de prendre et à leur éviter d'être distraits par un visage ou un regard vivement éclairé devant eux ou sur les côtés. Il n'y avait aucune autre lumière dans la vaste pièce ; les visages qui sortaient de l'ombre y retournaient aussitôt, et les expressions n'étaient perceptibles que très fugitivement. À l'extrémité occidentale de la bibliothèque, fixé à la moulure du plafond, se trouvait un long tube noir commandé électroniquement, d'où se déroulait un écran argenté descendant jusqu'à mi-hauteur du mur. Cet écran complétait un appareillage hautement sophistiqué dont la présence dans une bibliothèque, fût-elle aussi luxueuse, était pour le moins insolite.

Encastrée dans le mur oriental, se trouvait une console audiovisuelle permettant de projeter des images de télévision en direct ou enregistrées, des films, des diapositives et des bandes magnétiques. Grâce à une antenne parabolique et télescopique installée sur le toit, la console pouvait recevoir des transmissions par satellite et sur ondes courtes venant de la planète entière. Une petite lumière rouge brillant dans la pénombre indiquait qu'un carrousel de diapositives était engagé et prêt à fonctionner.

Un équipement aussi sophistiqué dans une bibliothèque prenait une autre dimension : celle d'une salle de stratégie, loin de la Maison-Blanche, du Pentagone ou de l'Agence nationale de sécurité. Il suffisait d'appuyer sur un bouton et le monde passé et présent était examiné à la loupe, des jugements étaient rendus dans le clair-obscur.

Mais, dans l'autre angle droit de cette extraordinaire bibliothèque, se trouvait un appareil profondément anachronique. À deux ou trois mètres du mur tapissé de livres, il y avait un vieux poêle en fonte dont le tuyau s'élevait jusqu'au plafond. À côté du poêle était posé un seau rempli de charbon. Le plus étonnant était que le poêle fonctionnait et que son ronflement se mêlait au bruit assourdi de la climatisation rendue nécessaire par la chaleur humide de la nuit, sur les rives de la baie de Chesapeake.

Ce poêle était un élément indispensable à la conférence qui allait se tenir à Cynwid Hollow. Toutes les notes devaient être brûlées, jusqu'aux blocs-notes eux-mêmes, car rien de ce qui se disait dans cette pièce ne pouvait être communiqué au monde de l'extérieur. C'était une tradition engendrée par des nécessités internationales. Les participants avaient le pouvoir de décréter la chute d'un gouvernement, l'effondrement ou le redressement de l'économie d'un pays étranger. Leurs décisions pouvaient précipiter une guerre ou l'éviter. Ils étaient les héritiers de la plus puissante organisation secrète du monde libre.

Ils étaient cinq.

Et ils étaient humains.

— Le président sera réélu dans un peu plus de deux ans, à une écrasante majorité, déclara l'homme aux cheveux blancs et aux traits aristocratiques. Nous n'avons pas besoin d'analyses particulières pour en avoir la certitude. Il tient le pays dans le creux de sa main et, à moins de commettre des erreurs catastrophiques, ce que ses conseillers les plus éclairés lui permettront d'éviter, personne, pas même nous, ne peut s'opposer à sa réélection. Nous devons donc nous résigner à l'inéluctable et à préparer notre homme.

— « Notre homme », répéta son voisin, un septuagénaire au crâne dégarni, aux joues creuses et aux grands yeux empreints de douceur, en hochant lentement la tête. C'est une curieuse expression... Mais il faut faire vite. Et bien des choses peuvent changer. Le Président est un homme si charmant, si séduisant, si désireux d'être apprécié... aimé, peut-être.

— Si superficiel, le coupa posément et sans la moindre animosité dans la voix un Noir âgé d'une quarantaine d'années, qui portait un complet d'excellente coupe dont la veste était tendue à craquer par les larges épaules.

— Je n'ai rien contre lui personnellement, car je pense qu'il est foncièrement honnête. Peut-être même a-t-il de la bonté. C'est ainsi que le peuple le perçoit et il doit avoir raison. Non, ce n'est pas de lui qu'il s'agit, mais des pourris qui s'agitent derrière lui. Si loin derrière lui qu'il ne se rend probablement pas compte de leur présence, si ce n'est lorsqu'ils remplissent les caisses de son parti avant les élections.

— Non, il ne s'en rend pas compte, dit le quatrième participant à la réunion.

C'était un homme replet, à la face de chérubin surmontée d'une tignasse rousse et au regard fébrile de chercheur. Les coudes de cuir de sa veste de tweed le cataloguaient comme un universitaire.

— Et je veux bien parier dix de mes brevets qu'il commettra une erreur irréparable avant la fin de son premier mandat.

— Tu perdrais, affirma la cinquième personne, une femme d'un certain âge, à la voix distinguée et aux cheveux argentés, vêtue d'une élégante robe de soie noire. Pas tellement parce que tu le sous-estimes, ce qui est le cas, mais parce que ceux qui le soutiennent feront en sorte de consolider le consensus qui est en train de s'établir sur son nom et qui le rendra politiquement invincible. Leurs discours seront partisans, mais aucune décision d'importance ne sera prise avant que l'opposition soit pratiquement réduite au silence. En d'autres termes, ils garderont la grosse artillerie pour le second mandat.

— Tu penses donc, tout comme Jacob, que nous devons faire vite, dit Samuel Winters, l'homme à la tête chenue, en tournant légèrement la tête vers Jacob Mandel, son voisin de droite.

— Bien sûr, Sam, répondit Margaret Lowell en arrangeant d'un geste désinvolte une mèche argentée.

Puis elle se pencha soudain en avant et posa les coudes sur la table en joignant les mains. C'était un geste d'une brusquerie toute masculine chez une femme extrêmement féminine, mais personne ne sembla y prêter attention. Seul ce qui se passait dans sa tête intéressait les autres.

— Il faut être réaliste, dit-elle vivement, mais d'une voix posée. Je me demande si nous pourrons agir assez vite. Il nous faudra peut-être envisager une méthode plus brutale.

— Non, Peg, protesta Eric Sundstrom, l'universitaire rouquin assis à sa gauche. Tout doit se passer le plus normalement du monde, pour pouvoir être accepté par un gouvernement ayant le vent en poupe et capable de tout tourner à son avantage. Nous ne devons pas dévier de cette stratégie. Toute déviation du principe de l'évolution naturelle — la nature étant imprévisible — ferait clignoter tous les signaux d'alarme. Le consensus dont tu as parlé se ferait autour de cette affaire, et les pourris mentionnés par Gideon jetteraient de l'huile sur le feu. Nous en arriverions à un régime policier.

Gideon Logan hocha sa grosse tête crépue en signe d'acquiescement, un sourire aux lèvres.

— Oh ! Ils feront un vacarme de tous les diables pour ameuter tous les bien-pensants ! Non, Margaret, reprit-il après un silence, il n'y a pas moyen de précipiter les choses. Eric a raison.

— Je ne songeais pas à créer une situation de crise, dit Margaret Lowell. Pas de coups de fusil à Dallas, pas de gamins à l'esprit dérangé. Je songeais seulement à gagner du temps. Avons-nous réellement le temps ?

— Si nous l'utilisons au mieux, la réponse est oui, dit Jacob Mandel. Le facteur clé, c'est le candidat.

— Alors, venons-en à lui, dit Samuel Winters. Comme vous le savez tous, M. Varak a terminé ses recherches et il a la conviction d'avoir trouvé l'homme que nous cherchons. Je ne vais pas vous barber en vous présentant la liste de ceux qu'il a éliminés, mais je tiens à dire que si son choix ne fait pas l'unanimité, nous les passerons tous en revue. Varak a suivi la ligne directrice que nous avions fixée, à savoir les atouts que nous recherchions et les faiblesses que nous tenions à éviter ; le talent qui, par essence, nous semble indispensable. Il a, à mon avis, déniché un candidat tout à fait exceptionnel, même si son choix n'est pas celui que nous aurions pu attendre. Je ne veux pas m'exprimer à la place de notre ami, il le fait très bien lui-même, mais je tiens à préciser que, lors de nos nombreuses réunions, il a fait montre d'un dévouement aussi total à notre cause que celui de son oncle, Anton Varak, à nos prédécesseurs, il y une quinzaine d'années.

Winters s'interrompit et posa successivement sur les quatre autres personnes le regard pénétrant de ses yeux gris.

— Peut-être faut-il un Européen privé de ses libertés individuelles pour comprendre le sens de notre action, reprit-il. Pour comprendre notre raison d'être. Nous sommes les héritiers d'Inver Brass, ressuscité grâce à ceux qui nous ont précédés. Nous avons été choisis par eux, à la condition que leurs représentants légaux s'assurent que la voie que nous suivions n'avait pas changé. Quand chacun de nous a reçu l'enveloppe scellée, il a tout de suite compris. Nous n'attendions ni avantage ni profit supplémentaire de la société dans laquelle nous vivons, nous ne convoitions aucune position autre que celle qui est déjà la nôtre. Nos capacités, avec un coup de pouce de la chance, un héritage bien venu ou le malheur d'autrui, nous ont permis d'accéder à une liberté dont nous sommes très peu à jouir dans ce monde affreusement troublé. Mais à cette liberté s'attache une responsabilité que nous acceptons, à l'exemple de nos prédécesseurs. Cette responsabilité consiste à faire usage de toutes nos ressources pour rendre notre pays meilleur en contribuant ainsi, espérons-le, à rendre le monde plus humain.

Winters s'enfonça dans son fauteuil. Il leva les mains et, les paumes tournées vers le ciel, poursuivit d'une voix hésitante, presque interrogative :

— Nous n'avons été élus par personne, nous n'avons pas été touchés par la grâce divine et jamais un éclair n'a déchiré le ciel pour nous apporter un message de l'Olympe. Nous faisons ce que nous faisons parce que nous en avons les moyens et nous le faisons aussi parce que nous croyons à la force collective et à l'impartialité de notre jugement.

— On dirait que tu es sur la défensive, Sam, glissa doucement Margaret Lowell. Nous sommes peut-être privilégiés, mais nous sommes aussi très différents. Nous ne représentons pas une seule couleur du spectre.

— Je ne sais pas très bien comment je dois prendre cela, Margaret, lança Gideon Logan, les sourcils arqués, en feignant l'étonnement.

— Mon cher Gideon, répliqua Margaret Lowell au milieu des rires des membres d'Inver Brass, je n'avais pas fait attention. Palm Beach à cette saison ? Tu es délicieusement bronzé.

— Il fallait bien que quelqu'un s'occupe de votre jardin, madame.

— Si c'est vous qui vous en êtes chargé, il ne doit pas rester grand-chose de la propriété.

— Ce n'est pas impossible, madame. Un groupe de familles portoricaines s'y est installé. Une communauté, pour être plus précis... Désolé, Samuel, la légèreté n'est pas de mise ici.

— Au contraire, dit Jacob Mandel. C'est un signe d'équilibre et de recul. Si nous devons un jour renoncer au rire, surtout en ce qui concerne nos petits travers, nous n'aurons plus rien à faire ici... C'est une leçon des anciens des pogroms d'Europe. Pour eux, c'était un des principes de la survie.

— Et ils étaient dans le vrai, ajouta Sundstrom en souriant. Cela permet de mettre une certaine distance entre soi-même et les difficultés de la vie. Mais, si nous en revenions à notre candidat ? Je suis extrêmement impatient de savoir de qui il s'agit. D'après Sam, c'est donc un homme exceptionnel, même si ce n'est pas le choix que nous aurions pu attendre. Cela m'étonne un peu, compte tenu du facteur temps. Je pensais plutôt que notre homme maîtriserait parfaitement les arcanes de la politique.

— Il faudra vraiment que je lise un de ses livres, dit Mandel de sa voix douce. Il parle parfois comme un rabbin et je ne comprends pas tout ce qu'il dit.

— Je ne te conseille pas d'essayer, dit Winters avec un sourire complice à Sundstrom.

— Alors, ce candidat ? insista Sundstrom. Dois-je supposer que Varak va nous faire une présentation ?

— Avec l'attention qu'il apporte toujours au détail, répondit Winters en tournant la tête vers la gauche pour montrer la lumière rouge sur la console murale. Dans le courant de ses recherches, il a découvert quelque chose d'absolument extraordinaire, en rapport avec des événements qui ont eu lieu il y a un an, presque jour pour jour.

— Oman ? demanda Sundstrom en plissant les yeux pour se protéger de la lumière de sa lampe de cuivre. Une messe commémorative a été célébrée la semaine dernière, dans une douzaine de villes.

— Laissons M. Varak nous expliquer tout cela, dit l'historien à la tête chenue en appuyant sur un bouton encastré dans la table.

Le bourdonnement d'un interphone se fit entendre et, quelques secondes plus tard, la porte de la bibliothèque s'ouvrit et la silhouette d'un homme blond et râblé, âgé de trente-cinq à quarante ans, s'encadra dans le chambranle, occultant la lumière du couloir. Il portait un complet beige dont la veste était tendue sur ses épaules carrées et une cravate rouge.

— Nous sommes prêts, monsieur Varak, dit Samuel Winters. Entrez, je vous en prie.

— Merci, monsieur.

Milos Varak referma la porte et s'avança jusqu'au fond de la pièce. Il s'arrêta devant l'écran argenté et salua les membres d'Inver Brass d'un petit signe de la tête. La lumière des lampes de cuivre sur la table luisante se reflétait sur son visage, accentuant la saillie des pommettes et le renflement du large front sous la chevelure blonde soigneusement peignée. Les yeux très légèrement bridés trahissaient une ascendance slave ; des yeux calmes, remplis d'assurance, presque froids.

— Puis-je me permettre de dire que cela me fait plaisir de vous revoir ? commença-t-il dans un anglais impeccable, mais teinté d'un léger accent d'Europe de l'Est.

— Nous aussi, Milos, cela nous fait plaisir de vous

revoir, dit Jacob Mandel, en accentuant, comme il se devait, la première syllabe du prénom tchécoslovaque.

— Bonjour, Varak, dit Sundstrom en s'enfonçant dans son siège.

— Vous avez l'air en pleine forme, Milos, dit Gideon Logan avec un petit hochement de tête.

— Il a la carrure d'un joueur de football, fit Margaret Lowell en souriant. Si les recruteurs des Redskins de Washington vous voient, ils vous font tout de suite signer dans leur équipe.

— C'est un sport auquel je ne comprends pas grand-chose, madame.

— Eux non plus, rassurez-vous.

— J'ai mis tout le monde au courant de l'évolution de vos recherches, dit doucement Winters, mais, avant de révéler l'identité de l'homme que vous allez proposer à notre choix, je vous demanderais de bien vouloir reprendre les grandes lignes qui vous ont guidé.

— Bien sûr, monsieur, dit Varak en laissant son regard courir autour de la table tout en réfléchissant. Pour commencer, notre homme devait être séduisant, sans être ni « mignon » ni efféminé. Il fallait trouver quelqu'un qui satisfasse aux exigences des faiseurs d'image, sans quoi, compte tenu du temps qui nous reste, il y aurait eu trop d'obstacles à surmonter. Il fallait donc un homme en qui les hommes puissent retrouver les vertus masculines de notre société et que les femmes trouvent attirant. Il ne devait pas être un idéologue rejeté par certaines fractions bruyantes de l'électorat. De plus, il devait apparaître comme un homme indépendant, impossible à acheter par des intérêts particuliers et dont le passé étayait ce jugement. Il va de soi qu'il ne devait avoir aucun secret compromettant à cacher. Pour finir, ce qui peut sembler superficiel était un des critères essentiels de mes recherches. Notre homme devait être pourvu de qualités personnelles susceptibles de l'aider à garder les projecteurs de la politique braqués sur lui grâce à des passages en public répétés. Son image devait être celle d'un homme paisible et chaleureux, au passé marqué par des actes de courage faciles à prouver, mais qui ne seraient pas exploités pour faire de l'ombre au Président.

— Son entourage ne l'aurait jamais accepté, dit Eric Sundstrom.

— De toute façon, ils n'auront pas le choix, répliqua Varak d'une voix douce et persuasive. L'opération comprendra quatre phases. Pendant les trois premiers mois, notre homme sortira de l'anonymat et se fera rapidement connaître ; dans les trois mois suivants, il commencera à être relativement connu ; à la fin de la première année, son taux de notoriété sera comparable à celui des principaux membres du Sénat et de la Chambre des représentants, pour les mêmes tranches de la population. Ces trois premières phases constitueront la première partie de l'opération. La quatrième, qui débutera plusieurs mois avant les conventions, sera parachevée par une apparition sur la couverture de *Time* et de *Newsweek*, ainsi que par la parution d'éditoriaux louangeurs dans les principaux quotidiens nationaux et des commentaires flatteurs à la télévision. Tout cela peut être garanti en ouvrant notre bourse à bon escient et, bien entendu, à condition d'avoir trouvé le bon candidat. Ce dont je suis persuadé, ajouta-t-il après un instant de silence.

— Si c'est bien le cas, dit Margaret Lowell, et s'il descend sur terre, je veux bien l'épouser.

— Moi aussi, dit Gideon Logan. Et vive le mariage mixte !

— Excusez-moi, dit Varak en les interrompant, mais je crois que vous voyez du romanesque là où il n'y en a pas. C'est un homme tout à fait normal et les qualités que je lui ai attribuées résultent essentiellement d'une assurance reposant sur sa fortune personnelle, acquise au prix d'un labeur acharné et en sachant prendre des risques au bon moment. Il se sent bien dans sa peau et il est à l'aise avec autrui, parce qu'il n'attend rien de personne et qu'il sait ce dont il est capable.

— Qui est-ce ? demanda Mandel.

— Permettez-moi de vous montrer quelques photographies, dit Varak d'un ton respectueux, mais sans répondre à la question.

Il sortit un boîtier de télécommande de sa poche et s'écarta de l'écran.

— Il est possible que certains d'entre vous le

reconnaissent, reprit-il. Dans ce cas, je retirerai ce que j'ai dit à propos de son anonymat.

Un pinceau lumineux jaillit de la console et le visage d'Evan Kendrick remplit l'écran. La diapositive était en couleur, ce qui accentuait le hâle d'Evan et permettait de distinguer une barbe naissante et des mèches décolorées par le soleil sur ses oreilles et sur sa nuque. Les yeux plissés pour se protéger de la lumière du soleil, il se tenait devant une rivière, et l'expression de son visage trahissait à la fois la concentration et l'appréhension.

— On dirait un hippie, murmura Margaret Lowell.

— Les circonstances peuvent expliquer votre réaction, dit Varak. Cette photographie a été prise la semaine dernière, à la fin d'une expédition qu'il effectue tous les ans dans les Rocheuses. Il part seul, sans même un guide pour l'accompagner.

Le Tchèque projeta plusieurs diapositives, les laissant quelques secondes sur l'écran avant de passer à la suivante. Les vues montraient Kendrick dans différentes scènes de descente des rapides et il semblait parfois avoir le plus grand mal à contrôler son canot qui donnait dangereusement de la bande au milieu des rochers déchiquetés et dans les bouillonnements d'écume. Les sommets boisés visibles à l'arrière-plan accentuaient encore l'impression de la petitesse de l'homme et de son embarcation dans l'immensité écrasante de la nature.

— Une seconde ! s'écria Samuel Winters qui avait chaussé des lunettes d'écaille. Gardez celle-ci, poursuivit-il en étudiant la diapositive. Vous ne m'aviez jamais parlé de cela, Varak. N'est-ce pas le dernier coude avant le camp de base situé juste au-dessous de Lava Falls ?

— Parfaitement, monsieur.

— Alors, il a déjà dû franchir les rapides de Classe 5 qui sont en amont ?

— Oui, monsieur.

— Sans guide ?

— Oui.

— Il est cinglé ! Il y a plusieurs dizaines d'années de cela, j'ai descendu ces rapides avec *deux* guides et je n'ai jamais eu aussi peur de ma vie ! Comment ose-t-il faire cela ?

— Il le fait depuis plusieurs années... chaque fois qu'il revient aux États-Unis.

— Comment cela, qu'il revient ? demanda Jacob Mandel.

— Il y a cinq ans, il a vendu l'entreprise de construction qu'il dirigeait. Il travaillait jusqu'alors essentiellement dans la partie orientale de la Méditerranée et autour du golfe Persique, une région où, comme vous pouvez l'imaginer, les montagnes et les torrents devaient lui manquer. Je pense que le changement de décor était une détente pour lui. À son retour, il travaillait pendant une ou deux semaines, puis il partait dans la montagne.

— Toujours seul ? demanda Eric Sundstrom.

— Pas à cette époque, monsieur. Il emmenait souvent une femme avec lui.

— Il n'est donc pas homosexuel, dit la seule femme d'Inver Brass.

— Je n'ai jamais laissé entendre qu'il l'était, madame.

— Vous n'avez rien dit non plus d'une épouse ou d'une famille, ce qui, je pense, est un élément important. Vous avez simplement dit que maintenant il partait seul en vacances.

— Il est célibataire, madame.

— Cela pourrait être un handicap, glissa Sundstrom.

— Pas nécessairement, monsieur. Il nous reste deux ans pour remédier à cette situation et, compte tenu des probabilités, un mariage pendant l'année des élections pourrait être un argument de poids.

— Cela ne fait aucun doute, sachant que le président en exercice est le plus populaire de toute notre histoire ! lança Gideon Logan avec un petit rire.

— C'est dans le domaine des possibilités, monsieur.

— Un instant, Milos, dit Mandel en ajustant ses lunettes. Vous avez dit qu'il travaillait au Moyen-Orient il y a cinq ans, n'est-ce pas ?

— Il avait la responsabilité de grands chantiers. Puis il a vendu son entreprise et a quitté la région.

— Pourquoi donc ?

— À la suite d'une catastrophe qui a coûté la vie à une grande partie de ses employés et à leurs familles tout entières. Cet accident l'a profondément affecté.

— En était-il responsable ? poursuivit l'agent de change.

— Pas le moins du monde. Une société a été reconnue coupable d'avoir fourni du matériel défectueux.

— A-t-il tiré un profit quelconque de cette tragédie ? demanda Mandel, le regard soudain plus dur.

— Bien au contraire, monsieur, et j'ai vérifié très méticuleusement. Il a vendu son entreprise pour la moitié de sa valeur marchande, au grand étonnement des mandataires du conglomérat qui l'a rachetée. Ils étaient autorisés à payer le triple.

Toutes les têtes se retournèrent vers l'écran sur lequel se trouvait toujours l'homme dans sa frêle embarcation, au milieu des rapides.

— Qui a pris ces photos ? demanda Logan.

— C'est moi, répondit Varak. Je l'ai suivi, mais il ne m'a jamais repéré.

La projection reprit, mais, quelques diapositives plus loin, il y eut un brusque changement. Le « candidat » n'apparaissait plus en tenue de toile imperméable ou en treillis et tee-shirt devant un feu de camp sur lequel il faisait cuire son repas solitaire. Les diapositives le montraient maintenant rasé de près, les cheveux bien peignés, en complet sombre, marchant, un attaché-case à la main, dans une rue familière.

— C'est Washington, dit Eric Sundstrom.

— C'est l'escalier menant au Capitole, ajouta Logan en découvrant la vue suivante.

— Il est sur la Colline ! lança Mandel.

— Je le connais ! s'écria Sundstrom en pressant les doigts de sa main droite sur son front. Je connais ce visage, un visage derrière lequel il y a une histoire... mais je n'arrive pas à la retrouver.

— Ce n'est pas celle que je vais vous raconter, monsieur, dit Varak.

— Très bien, Milos, dit Margaret Lowell d'une voix tranchante. Cela suffit maintenant. Dites-nous comment il s'appelle.

— Son nom est Kendrick. Evan Kendrick. C'est le représentant de la neuvième circonscription du Colorado.

— Un parlementaire ! s'exclama Jacob Mandel. Je n'ai

jamais entendu parler de lui et pourtant je croyais connaître tout le monde. De nom, bien entendu... Pas personnellement.

— Il n'est pas là depuis longtemps, dit Varak, et son élection n'a pas retenu l'attention des médias. Il s'est présenté avec l'étiquette du parti du Président, car, dans cette circonscription, l'opposition est inexistante. Celui qui remporte les primaires est assuré d'obtenir le siège. Si je mentionne cela, c'est parce que le représentant Kendrick ne semble pas approuver une grande partie du programme politique de la Maison-Blanche. Pendant sa campagne, il a soigneusement évité de nombreuses questions d'intérêt national.

— Un homme nouveau, un homme discret et une circonscription des plus modestes, dit Sundstrom. De ce point de vue, l'anonymat est en effet garanti. Peut-être trop d'ailleurs. Il n'y a rien de plus anodin en période d'effervescence politique qu'un parlementaire totalement inconnu, remplissant son premier mandat et élu dans une circonscription dont nul n'a jamais entendu parler. Je sais que la première circonscription est celle de Denver, la deuxième celle de Boulder, la cinquième celle de Colorado Springs... Mais où se trouve la neuvième ?

— Au sud-ouest de Telluride, tout près de l'Utah, répondit Jacob Mandel.

Il haussa les épaules, comme pour s'excuser de ses connaissances.

— Il y avait une émission d'actions minières, des valeurs spéculatives, qui avaient retenu notre attention il y a quelques années. Mais l'homme que nous voyons sur cet écran n'est pas le représentant que nous avions rencontré à l'époque et qui avait désespérément essayé de nous convaincre d'y souscrire.

— L'avez-vous fait, monsieur ? demanda Varak.

— Non, répondit Mandel. Les risques spéculatifs étaient trop grands.

— Vous pensez qu'il s'agissait d'une magouille ?

— Nous n'en avons pas eu la preuve, Milos. Nous nous sommes simplement retirés.

— Mais le représentant de cette circonscription a mis le paquet pour arracher votre participation ?

— Absolument.

— C'est pour cela qu'Evan Kendrick est le nouvel élu, monsieur.

— Ah ?

— Eric ? dit Gideon Logan en tournant sa tête massive vers le brillant spécialiste de technologie spatiale. Tu as dit que tu le connaissais, ou plutôt que tu connaissais son visage.

— Oui, j'en suis sûr. Et maintenant que Varak nous a dit qui il était, je pense l'avoir déjà rencontré à l'occasion d'un de ces interminables cocktails, soit à Washington, soit à Georgetown, et je me souviens parfaitement avoir entendu quelqu'un dire que de drôles d'histoires couraient sur son compte. C'est tout... Je n'ai jamais su de quoi il s'agissait.

— Mais Milos nous a dit que l'histoire à laquelle tu pensais n'était pas la même que celle qu'il allait nous raconter, dit Margaret Lowell. C'est bien ce que j'ai entendu ? demanda-t-elle à Varak.

— Oui, madame. La remarque du professeur Sundstrom devait se rapporter à l'élection de Kendrick. Sous l'empire de la colère, il a littéralement acheté son siège. Il a enseveli son adversaire sous une avalanche de propagande dans les journaux locaux et de coûteux meetings tenant plus du cirque que de la réunion politique. Il paraît que lorsque le représentant en exercice s'est plaint de la violation des lois électorales, Kendrick lui a envoyé ses avocats, non pas pour discuter du déroulement de la campagne, mais pour parler de ce que son adversaire avait accompli dans l'exercice de ses fonctions. L'autre n'a plus rien dit et Kendrick l'a emporté haut la main.

— Voilà quelqu'un qui n'hésite pas à mettre la main à la poche quand il est indigné, fit observer Winters d'une voix douce. Mais vous avez quelque chose d'encore plus passionnant à nous raconter, monsieur Varak, quelque chose que j'irai même jusqu'à qualifier d'extraordinaire. Je vous laisse la parole.

— Merci, monsieur.

Le Tchèque actionna la télécommande et, avec un petit déclic, une nouvelle diapositive se mit en place. Kendrick et les marches du Capitole disparurent et furent remplacés par la vue d'une foule hystérique dans une rue étroite bordée de bâtiments dont le caractère architectural et les enseignes des boutiques révélaient qu'il s'agissait sans contredit d'un pays arabe.

— Oman, murmura Eric Sundstrom en cherchant le regard de Winters. L'an dernier.

L'historien acquiesça d'un petit signe de la tête.

Les diapositives qui se succédaient rapidement montraient toutes des scènes de confusion et de violence : corps criblés de balles, murs éventrés, grilles arrachées, otages frappés de terreur, agenouillés sur un toit entouré d'un treillage. Il y avait des gros plans de jeunes gens brandissant des armes automatiques, le visage déformé par la haine ou par un rictus de triomphe, le regard égaré. Les scènes d'horreur cessèrent brusquement et l'attention des membres d'Inver Brass se fixa sur une vue qui ne semblait guère avoir de rapport avec les précédentes. Elle montrait un homme à la taille élancée et au visage hâlé, vêtu d'une longue robe blanche et coiffé d'une ghotra, qui sortait d'un hôtel. Puis l'écran fut divisé en deux et une autre image apparut, celle du même homme passant devant une fontaine, au milieu d'un bazar. Les deux vues demeurèrent sur l'écran et c'est Milos Varak qui rompit le silence chargé de perplexité.

— Cet homme est Evan Kendrick, dit-il simplement.

La perplexité se mua en stupéfaction. À l'exception de Samuel Winters, tous les autres se penchèrent vers l'écran, s'écartant de la lumière de leur lampe de cuivre pour scruter le visage en gros plan.

— Ces photos ont été prises par un agent Quatre-Zéro de la C.I.A., dont la mission était de surveiller Kendrick d'aussi près que possible. Elle a fait du très bon boulot.

— Elle ? répéta Margaret Lowell avec un haussement approbateur des sourcils.

— C'est une spécialiste du Moyen-Orient, de père égyptien et de mère californienne. Elle parle arabe à la perfection et elle est fréquemment utilisée dans la région par la C.I.A., dans des situations de crise.

— Dans la région ? répéta Mandel, l'air hébété. Mais qu'est-ce qu'il faisait là-bas ?

— Attendez un peu, dit Logan en plongeant les yeux

dans ceux de Varak. Vous m'arrêterez si je me trompe, mais, si mes souvenirs sont bons, j'ai lu l'an dernier dans le *Washington Post* un article laissant entendre qu'un Américain dont l'identité n'a jamais été révélée avait joué un rôle important dans l'affaire de Mascate. Un certain nombre de gens ont pensé sur le moment qu'il s'agissait peut-être de Ross Perot, le Texan, mais je n'en ai plus jamais entendu parler par la suite.

— Non, monsieur, vous ne vous trompez pas. Il y avait bien un Américain et c'était Evan Kendrick. La Maison-Blanche a fait pression pour que l'histoire soit étouffée.

— Mais pourquoi ? Il aurait pu en tirer un profit politique énorme ! Si son intervention a réellement contribué au règlement de l'affaire...

— C'est grâce à son intervention que l'affaire a pu être réglée.

— Alors, je ne comprends pas, dit Gideon Logan en tournant la tête vers Samuel Winters.

— Personne ne comprend, dit l'historien. Il n'y a aucune explication. Juste un dossier enfoui dans les archives et que Milos a réussi à se procurer. À part ce dossier, absolument rien ne permet de prouver qu'il y ait un lien quelconque entre Kendrick et les événements de Mascate.

— Il existe même une note envoyée au secrétaire d'État pour le nier, ajouta Varak. Une note qui discrédite le représentant et laisse entendre, en substance, qu'il a agi en égoïste, en politicien opportuniste, désireux de favoriser ses intérêts et de se faire de la publicité en se servant de la crise des otages, sous prétexte qu'il avait travaillé dans les pays du Golfe et, plus particulièrement à Oman. Cette note recommande d'éviter tout contact avec lui afin de préserver la sécurité des otages.

— Mais ils sont entrés en contact avec lui ! s'exclama Sundstrom. Et ils se sont servis de lui ! Jamais il n'aurait pu arriver là-bas par ses propres moyens. Tous les vols commerciaux étaient suspendus ! Ils ont dû le transporter clandestinement...

— Et il va de soi qu'il n'a agi ni par égoïsme ni par opportunisme, ajouta Margaret Lowell. Nous l'avons devant les yeux, sur cet écran, et Milos nous a dit qu'il avait contribué à résoudre la crise. Or, il ne s'en est jamais ouvert à personne. Cela se saurait s'il en avait parlé...

— Et il n'y a vraiment aucune explication ? demanda Logan en s'adressant à Varak.

— Aucune explication acceptable, monsieur, et je suis remonté à la source.

— La Maison-Blanche ? demanda Mandel.

— Non. L'homme qui était nécessairement au courant de son recrutement, celui qui dirigeait le centre d'opérations à Washington. Un certain Frank Swann.

— Comment avez-vous fait pour le trouver ?

— Moi, je n'ai rien fait, monsieur. C'est Kendrick qui l'a trouvé.

— Mais comment avez-vous découvert que c'était Kendrick ? demanda Margaret Lowell.

— Comme M. Logan, je me suis souvenu de cette rumeur qui a couru sur la présence d'un Américain à Mascate, mais qui a brusquement cessé. Pour des raisons que je serais bien en peine d'expliquer, j'ai décidé de faire une enquête, estimant sans doute, s'il fallait ajouter foi à cette histoire, qu'il pouvait s'agir de quelqu'un de haut placé, quelqu'un dont nous pouvions prendre la candidature en considération.

Varak s'interrompit et un de ces petits sourires qu'il ne se permettait que très rarement joua sur ses lèvres.

— Il arrive souvent, poursuivit-il, que les mesures de sécurité les plus élémentaires se retournent contre ceux-là mêmes qui les ont instaurées. Dans le cas qui nous intéresse, ce furent les registres d'admission du Département d'État. Depuis la vague d'attentats qui ont eu lieu il y a quelques années, tous les visiteurs, sans la moindre exception, sont tenus de signer un registre en entrant et en sortant, et de se soumettre au contrôle d'un détecteur magnétique. Parmi les milliers de noms figurant sur les registres à l'époque de la crise de Mascate, je découvris avec étonnement celui d'un représentant du Colorado fraîchement élu qui demandait à être reçu par un certain M. Swann. Ces deux noms ne me disaient rien, mais nos ordinateurs étaient beaucoup mieux informés. M. Swann était l'expert le plus en vue du Département d'État pour le Moyen-Orient, et le représentant était un homme qui avait fait fortune dans les Émirats, à Bahreïn et en Arabie Saoudite. Dans la panique engendrée par la crise, on avait oublié de faire disparaître le nom de Kendrick des registres.

— Vous êtes donc allé voir ce M. Swann, dit Mandel en enlevant ses lunettes à monture métallique.

— En effet.

— Que vous a-t-il dit ?

— Que c'était une méprise. Qu'ils avaient rejeté la proposition de Kendrick, parce qu'il n'avait rien de concret à leur apporter. Il a ajouté que Kendrick n'était qu'une personne parmi plusieurs dizaines qui, ayant travaillé dans le golfe Persique, s'étaient mises à leur disposition pendant la crise de Mascate.

— Mais vous ne l'avez pas cru ? interrogea Margaret Lowell.

— J'avais une excellente raison pour cela. Après sa visite au Département d'État, le représentant Kendrick n'a jamais signé de registre de sortie. C'était le mercredi 11 août et son nom ne figure nulle part. Il semble évident que des dispositions particulières ont été prises pour le faire sortir discrètement, ce qui, en général, est l'indice d'une prise en charge par les services spéciaux.

— Les Opérations consulaires, dit Sundstrom. Le lien clandestin du Département d'État avec la C.I.A.

— Un compromis accepté de mauvais gré, mais indispensable, ajouta Winters. On risque trop de se faire marcher sur les pieds dans l'obscurité. Inutile de vous dire que Varak a poursuivi ses recherches aussi bien au Département d'État qu'à Langley.

— L'identité du héros d'Oman enfin révélée, dit doucement Gideon Logan, le regard braqué sur l'écran. Quel scoop !

— Un représentant sans peur et sans reproche qui part en croisade ! lança Mandel. Un homme qui a un dégoût viscéral pour la corruption !

— Un homme de courage, ajouta Margaret Lowell, qui n'a pas hésité à risquer sa vie pour sauver plus de deux cents compatriotes qui lui étaient totalement inconnus et qui n'a rien demandé pour lui-même...

— ... alors qu'il aurait pu obtenir tout ce qu'il voulait, acheva Sundstrom. Au moins dans le domaine politique.

— Dites-nous tout ce que vous avez appris d'autre sur Evan Kendrick, M. Varak, dit Samuel Winters, tandis que toutes les mains se tendaient vers les blocs-notes jaunes.

— Avant de le faire, dit le Tchèque en marquant un instant d'hésitation, je dois vous informer que je me suis rendu en Californie la semaine dernière et que je me suis trouvé devant une situation que j'ai été incapable de m'expliquer sur le moment. Un homme âgé vit dans la maison de Kendrick, à proximité de Mesa Verde. J'ai appris que cet homme s'appelle Emmanuel Weingrass, que c'est un architecte possédant la double nationalité américaine et israélienne et qu'il a subi une grave intervention chirurgicale, il y a quelques mois. Depuis cette époque, il est en convalescence chez le représentant.

— Comment expliquer cela ? demanda Eric Sundstrom.

— Je n'en sais rien, mais il y a trois faits qui méritent d'être notés. Primo, j'ai découvert que ce Weingrass est apparu comme par enchantement peu après le retour de Kendrick d'Oman. Secundo, les deux hommes sont à l'évidence étroitement liés et tertio — ce qui est assez troublant — l'identité du vieil homme et sa présence à Mesa Verde sont un secret bien mal gardé. La faute en incombe à Weingrass lui-même qui, soit par nature, soit à cause de son âge, fréquente beaucoup les ouvriers, les Sud-Américains en particulier.

— Ce n'est pas nécessairement négatif, fit Gideon Logan en souriant.

— Peut-être a-t-il fait partie de l'opération d'Oman, suggéra Margaret Lowell. Ce ne serait pas négatif non plus.

— Assurément, dit Jacob Mandel.

— Il doit avoir une influence considérable sur Kendrick, murmura Sundstrom en griffonnant quelques notes. Qu'en pensez-vous, Milos ?

— Je suppose, monsieur. Si je vous ai précisé tout cela, c'est que je tiens à ce que vous sachiez quand je ne sais *pas* quelque chose.

— Vous êtes parfait, Varak, dit Samuel Winters. À tout point de vue. Mais poursuivez, je vous en prie.

— Oui, monsieur. Sachant que rien ne doit sortir de cette pièce, j'ai préparé une projection de diapositives pour vous présenter le dossier du représentant Kendrick.

Le Tchèque appuya sur une touche de la télécommande et la double vue de Kendrick dans les rues de Mascate fut remplacée par un texte dactylographié, en gros caractères et à interligne triple.

— Le contenu de l'écran représente à peu près le quart d'une page normale. Tous les négatifs ont naturellement été détruits dans le laboratoire. Je me suis efforcé de vous donner du candidat une image aussi complète que possible, mais il se peut que j'aie omis certains détails susceptibles de vous intéresser. N'hésitez pas à me poser des questions. Je vous observerai et, si vous voulez bien incliner la tête quand vous aurez fini de lire le texte de l'écran et de prendre vos notes, je saurai quand il conviendra de passer à la vue suivante. Vous allez maintenant voir se dérouler devant vous toute la vie du représentant Kendrick, de sa naissance à la semaine dernière.

À chaque vue, Eric Sundstrom était le premier à incliner la tête. Margaret Lowell et Jacob Mandel se disputaient l'honneur d'être le dernier, mais ils prenaient presque autant de notes que Gideon Logan. Samuel Winters, le porte-parole du groupe, n'écrivait presque rien. Son opinion était déjà faite.

Trois heures et quatre minutes plus tard, Milos Varak éteignit le projecteur. Deux heures et sept minutes après cela, il répondit à la dernière question et quitta la pièce.

— Inspirons-nous de la méthode de notre ami, dit Samuel Winters : hochez la tête si vous êtes d'accord et, si votre réponse est négative, secouez-la. Nous allons commencer par Jacob.

Lentement, pensivement, les membres d'Inver Brass hochèrent la tête l'un après l'autre.

— Nous sommes donc tous d'accord, reprit Winters. Le représentant Evan Kendrick sera le prochain vice-président des États-Unis d'Amérique. Il deviendra président onze mois après l'élection du titulaire de la charge. Son nom de code sera Icare, une mise en garde, une prière fervente pour qu'il n'essaie pas, comme l'ont fait tant de ses prédécesseurs, de voler trop près du soleil avant de s'abîmer dans la mer. Et que Dieu ait pitié de notre âme.

17

Assis à son bureau, le représentant de la neuvième circonscription du Colorado regardait sa secrétaire qui, le visage fermé, lui parlait du courrier urgent, de l'ordre du jour de la Chambre et des réunions mondaines auxquelles il devait impérativement assister, quel que soit l'avis de son premier assistant. Ses lèvres s'ouvraient et se fermaient avec la rapidité d'un pistolet-mitrailleur, et sa voix nasillarde produisait un nombre impressionnant de décibels.

— Et voilà, monsieur le représentant, votre emploi du temps pour la semaine.

— Je vous remercie, Annie. Mais ne serait-il pas plus simple d'envoyer une circulaire à tout le monde pour leur signaler que j'ai une maladie honteuse et que je ne tiens pas à les contaminer ?

— Evan, je vous en prie ! s'écria Ann Mulcahy O'Reilly, dont une longue pratique des mœurs du Capitole n'avait fait que renforcer l'opiniâtreté naturelle. Les mauvaises langues commencent à se déchaîner contre vous, et cela ne me plaît pas ! Vous savez ce que l'on dit ? On dit que vous vous en fichez, que vous n'avez dépensé une fortune que pour avoir l'occasion de rencontrer des jeunes femmes aussi riches que vous.

— Vous les croyez, Annie ?

— Mais comment pourrais-je les croire ? Jamais vous n'allez nulle part, jamais vous ne faites rien. Je prie tous les jours pour que vous vous fassiez surprendre en tenue d'Adam avec la plus jolie fille de la capitale ! Au moins, je saurais que vous faites quelque chose !

— Mais j'ai peut-être envie de ne rien faire.

— Il le faudrait, pourtant ! C'est moi qui ai tapé vos positions sur une douzaine de questions d'intérêt national. Je peux vous assurer qu'elles sont autrement plus intéressantes que ce que racontent quatre-vingts pour cent des clowns de la Chambre ! Mais personne n'y prête attention.

— Si on n'en tient pas compte, Annie, c'est parce qu'elles ne sont pas populaires. Parce que je ne suis pas populaire. On ne veut de moi ni dans un camp ni dans l'autre. Les rares parlementaires qui m'ont remarqué m'ont collé tellement d'étiquettes sur le dos qu'elles se contredisent toutes et s'annulent. Comme ils ne peuvent me cataloguer, ils m'enterrent, et ce n'est pas très difficile, puisque je ne proteste pas.

— Dieu sait que je ne suis pas souvent d'accord avec vous, mais je sais reconnaître la valeur d'un homme... Bon, oublions cela. Quelles sont vos réponses au courrier ?

— Plus tard. Manny a-t-il appelé ?

— Oui, je l'ai déjà envoyé balader deux fois. Je tenais à ce que nous ayons notre petite discussion.

Kendrick se pencha en avant et fixa le regard glacial de ses yeux bleus sur sa secrétaire.

— Ne vous avisez jamais de recommencer, Annie. Il n'y a rien au monde qui compte plus pour moi que cet homme.

— Bien, monsieur, dit Annie en baissant les yeux.

— Excusez-moi, fit vivement Evan, je me suis emporté. Vous essayez de faire votre boulot et je ne vous aide pas beaucoup. Désolé.

— Vous n'avez pas à vous excuser. Je sais par quelles épreuves vous êtes passé et ce que M. Weingrass représente pour vous — n'oubliez pas que c'est moi qui ai apporté vos dossiers à l'hôpital. Je n'avais pas le droit de faire cela. Mais, par ailleurs, il faut bien que j'essaie de faire mon travail, et il y a plus coopératif que vous sur la Colline.

— Il y a d'autres collines sur lesquelles je préférerais être...

— Je le sais bien. Nous allons commencer par supprimer toutes les réunions mondaines. De toute façon, vous feriez certainement plus de mal que de bien à votre image.

Annie se leva et vint poser un dossier sur le bureau de Kendrick.

— Mais je pense que vous devriez jeter un coup d'œil à une proposition d'un de vos collègues, un sénateur du Colorado. Je crois qu'il a l'intention de faire raser le sommet d'une colline et d'y faire construire un réservoir. Quand un projet de ce genre arrive jusqu'ici, cela signifie en général qu'il est prévu de construire un lac artificiel et des tours d'habitation de grand standing.

— Il est facile de lire dans le jeu de ce fumier ! s'écria Kendrick en ouvrant le dossier d'un geste rageur.

— Je vais aussi appeler M. Weingrass.

— Vous l'appelez encore « monsieur » Weingrass ? demanda Evan en tournant les pages. Vous êtes inflexible, Annie. Je l'ai entendu vous demander au moins une douzaine de fois de l'appeler Manny.

— Oh, je le fais de temps en temps, mais ce n'est pas facile.

— Pourquoi ? Parce qu'il hurle ?

— Certainement pas ! On ne se formalise pas pour si peu quand on a pour mari un détective irlandais.

— Alors, pourquoi ? demanda Kendrick.

— À cause d'une lubie qui le prend quand il me voit, et surtout quand je l'appelle par son prénom. « Mon petit, me dit-il, je crois que nous sommes faits pour vivre ensemble une belle histoire. Qu'en pensez-vous, Annie ? » Et quand je lui réponds : « Pas grand-chose, Manny », il me dit : « Abandonnez cette brute d'Irlandais qui est mon ami, et partons ensemble au bout du monde. Il comprendra ma passion. » Alors, moi, je lui dis que mon flic de mari n'a pas conscience de sa propre passion.

— Surtout n'en parlez pas à votre mari, dit Evan avec un petit rire.

— Mais je lui en ai parlé. Tout ce qu'il m'a répondu, c'est qu'il était d'accord pour acheter le billet d'avion. Il faut dire qu'il a déjà pris deux ou trois belles cuites avec Weingrass.

— Comment cela ? Je ne savais même pas qu'ils se connaissaient...

— C'est ma faute et je le regretterai jusqu'à la fin de mes jours. C'était il y a à peu près huit mois, quand vous êtes parti à Denver...

— Oui, je m'en souviens. Il y avait une réunion des parlementaires de l'État et Manny était encore à l'hôpital. Je vous avais demandé d'aller le voir et de lui apporter le *Herald Tribune.*

— Comme je n'avais pu aller le voir que le soir, j'avais emmené Paddy. Je ne suis pas particulièrement peureuse, mais je n'aime pas trop me promener dans les rues à la nuit tombée, et il faut bien que cela serve à quelque chose d'avoir épousé un flic.

— Et alors, demanda Evan, que s'est-il passé ?

— Ils se sont tout de suite entendus comme larrons en foire. Un soir de la même semaine, il m'a fallu travailler assez tard, et Paddy a insisté pour aller tout seul rendre visite à Weingrass à l'hôpital.

— Je suis désolé, Annie, dit Evan en secouant lentement la tête. Je ne savais pas. Jamais je n'ai eu l'intention de vous mêler à ma vie privée. Et Manny ne m'en a jamais rien dit.

— Probablement les bouteilles de Listerine.

— De quoi ?

— Un médicament qui a la même couleur que le scotch. Bon, je vais l'appeler.

Emmanuel Weingrass était appuyé contre un gros rocher, au sommet de la colline qui faisait partie du domaine de Kendrick, dont les quinze hectares s'étendaient au pied des montagnes. Il avait déboutonné jusqu'à la taille sa chemisette à carreaux et il prenait le soleil en respirant l'air pur des montagnes Rocheuses. Son regard se posa sur les cicatrices de sa poitrine et il se demanda fugitivement si c'était en Dieu qu'il devait croire ou plutôt en Evan Kendrick. Plusieurs mois après l'opération et les innombrables visites de contrôle, les médecins lui avaient annoncé qu'ils avaient réussi à enlever toutes les saloperies de petites cellules qui le rongeaient de l'intérieur. Ils avaient affirmé qu'il était guéri. Il était guéri, il avait quatre-vingts ans et le soleil jouait sur sa frêle carcasse. Pas si frêle que cela d'ailleurs, car il marchait beaucoup mieux maintenant, il parlait mieux et il ne toussait presque plus. Mais ses Gauloises lui manquaient ainsi que le Monte Cristo dont il raffolait après un bon repas. Qu'est-ce que cela aurait changé ? Sa vie n'aurait été abrégée que de quelques semaines ou de quelques mois avant la fin inéluctable.

Il tourna la tête vers l'infirmière, assise à l'ombre d'un arbre à côté de la voiture de golf dont il ne se séparait jamais. C'était une des trois gardes-malades qui veillaient sur lui nuit et jour. Il se demanda ce qu'elle répondrait s'il lui faisait des propositions. Les réactions à ce genre de situation l'avaient toujours intrigué, mais, en général, la réalité ne faisait au mieux que l'amuser.

— Quelle belle journée ! cria-t-il.

— Merveilleuse, répondit l'infirmière.

— Que penseriez-vous de retirer tous nos vêtements et d'en profiter pleinement ?

L'expression de la garde-malade ne changea pas et sa réponse fut calme, résolue et prononcée d'une voix douce.

— Monsieur Weingrass, je suis ici pour veiller sur vous et non pour provoquer une crise cardiaque.

— Pas mal, pas mal du tout.

Le radio-téléphone dont était équipée la voiture de golf sonna. L'infirmière se leva et alla décrocher. Après une brève conversation ponctuée de petits rires, elle se retourna vers Manny.

— M. Kendrick vous appelle, dit-elle.

— On ne rit pas comme cela avec un parlementaire, dit Manny en s'écartant de son rocher. Je vous parie à cinq contre un que c'est encore Annie qui raconte des salades sur moi.

— Elle m'a juste demandé par quel miracle je ne vous avais pas encore étranglé, dit l'infirmière en tendant l'appareil à Weingrass.

— Annie, cette femme est une sangsue !

— C'est pour ton bien que nous faisons cela, dit Evan Kendrick.

— Mon garçon, je vois que ta secrétaire ne s'attarde pas au bout du fil.

— Une femme avertie en vaut deux, Manny. Tu m'as appelé deux fois. Tout va bien ?

— Pourquoi ? Je ne dois t'appeler que lorsque ça va mal ?

— Tu n'appelles pas très souvent, c'est tout. C'est un privilège qui m'est presque exclusivement réservé. Alors, que se passe-t-il ?

— Est-ce que tu as encore de l'argent ?

— Je ne peux même pas dépenser les intérêts. Pourquoi demandes-tu cela ?

— Tu sais, la véranda que nous avons ajoutée à l'aile ouest de la maison, pour que tu puisses avoir une meilleure vue...

— Bien sûr.

— Je me suis amusé à faire quelques croquis. Je crois qu'on pourrait construire une terrasse au-dessus. Deux poutres métalliques suffiraient, peut-être une troisième si tu te décidais à faire construire contre le mur un bain de vapeur à panneaux vitrés.

— À panneaux vitrés ? Tu as carte blanche...

— Parfait. Les plombiers viennent demain matin, mais je t'assure que dès que ce sera fini, je rentrerai à Paris.

— Comme tu veux, Manny. Mais il me semble que tu m'avais dit que tu travaillerais sur les plans d'un belvédère à l'endroit où les deux ruisseaux se rejoignent.

— Mais, toi, tu m'as dit que tu ne voulais pas marcher si loin.

— J'ai changé d'avis. Je crois que ce serait le lieu idéal pour s'isoler et réfléchir.

— Cela ne concerne donc pas le propriétaire de ce domaine.

— Tu es trop bon. En tout cas, je reviens la semaine prochaine, pour quelques jours.

— Je meurs d'impatience de te voir, dit Weingrass en haussant la voix et en tournant la tête vers l'infirmière. Dès que tu seras là, tu pourras me débarrasser de ces bombes sexuelles qui tournent autour de moi !

Il était un peu plus de vingt-deux heures quand Milos Varak traversa le hall désert du bâtiment des services administratifs, où un rendez-vous tardif lui avait été fixé par Arvin Partridge, le représentant de l'Alabama. Il s'arrêta devant une lourde porte de bois sculptée, ornée en son centre d'une plaque de cuivre et frappa. Quelques secondes plus tard la porte fut ouverte par un jeune homme élancé d'une vingtaine d'années qui le dévisagea avec anxiété derrière ses lunettes à monture d'écaille. Varak ne savait pas de qui il s'agissait, mais ce n'était assurément pas le politicien chevronné et bourru qui était le rapporteur de la « commission Partridge », une commission d'enquête qui s'attachait à découvrir pourquoi l'armée obtenait effectivement si peu par rapport aux crédits énormes qui lui étaient alloués. Des sièges de cabinets à mille deux cents dollars ou des clés anglaises à sept cents dollars étaient des exemples trop criants pour qu'on leur accorde de l'importance, et il pouvait même s'agir de diversions faciles à corriger. Ce qui intéressait les « perdreaux », un autre sobriquet donné aux membres de la commission, c'étaient les cinq cents pour cent de dépassement de crédits et la quasi-absence de prix concurrentiels pour tous les contrats de la défense. Ils commençaient seulement à découvrir l'existence d'un fleuve de corruption formé par des affluents si nombreux qu'il n'y avait pas assez d'éclaireurs pour remonter tous leurs cours jusqu'à la source.

— J'ai rendez-vous avec M. Partridge, dit l'homme blond dont l'accent tchèque n'échappa pas au frêle jeune homme qui tenait la porte ouverte et qui, selon toute vraisemblance, était un assistant parlementaire.

— Est-ce que vous..., commença-t-il. Je veux dire... est-ce que vous, avez vu les gardiens, en bas ?

— Je peux vous rassurer tout de suite en vous disant que l'on m'a fouillé pour vérifier que je n'avais pas d'arme et vous devriez le savoir. Le service de sécurité vous a appelé. Je voudrais voir le représentant Partridge. Il m'attend.

— Bien sûr, monsieur. Il est dans son bureau. Par ici, s'il vous plaît.

Le jeune homme nerveux conduisit Milos jusqu'à une autre porte à laquelle il frappa.

— Monsieur...

— Fais-le entrer..., lança de l'intérieur une voix au fort accent du Sud. Et toi, tu restes dehors et tu prends les communications. Même si c'est le speaker ou le Président en personne, je ne suis pas là !

— Allez-y, dit l'assistant en poussant la porte.

Milos fut tenté de lui dire qu'il était un émissaire du K.G.B. mais il préféra s'abstenir. Si ce jeune homme était là, il y avait une raison : à cette heure tardive, les appels téléphoniques étaient rares. Milos pénétra dans le vaste bureau orné d'une profusion de photographies qui, d'une manière ou d'une autre, attestaient de l'influence, du patriotisme et du pouvoir de Partridge. L'homme lui-même, debout devant une fenêtre encadrée de doubles rideaux, n'avait pas la même prestance que sur les photos. Petit et ventripotent, il avait le visage bouffi et congestionné, les cheveux teints et le crâne dégarni.

— Je ne sais pas ce que vous avez à me vendre, blondinet, lança le représentant en s'avançant vers Milos, mais si c'est ce à quoi je pense, je vais vous écraser si vite que vous n'aurez pas le temps de regretter ce que vous avez fait.

— Non, monsieur, je n'ai rien à vendre, mais plutôt quelque chose à vous donner. Quelque chose d'une valeur considérable.

— Balivernes ! Vous voulez m'amener à des compromissions ou à un scandale, mais je ne me laisserai pas faire !

— Ce n'est pas du tout ce que cherchent mes clients, monsieur, et moi non plus, soyez-en assuré. Mais il est vrai que nous avons de quoi faire éclater un scandale.

— Vous dites des conneries ! Je vous ai bien écouté au téléphone... Vous avez entendu des ragots... Quelqu'un a parlé de drogue... et je ferais mieux de vous écouter ! Alors j'ai aussitôt fait ma petite enquête et je suis arrivé à la conclusion que j'attendais, dont j'étais sûr ! Nous sommes propres ici, aussi propres qu'une rivière de l'Alabama ! Et maintenant, ce que je veux savoir, c'est qui vous envoie ! Quel est l'enfant de salaud qui s'est imaginé pouvoir me faire peur avec des conneries de ce genre ?

— Je ne pense pas que vous aimeriez que ces conneries, comme vous dites, soient rendues publiques. Les documents sont accablants.

— Des documents ! Des mots ! Des insinuations ! Des racontars !

— Non, dit Milos Varak en fouillant dans la poche de son veston, ni des insinuations, ni des racontars. Mais des photographies, ajouta le Tchèque d'Inver Brass en lançant une enveloppe blanche sur le bureau.

— Qu'est-ce que c'est ? rugit Partridge en se jetant sur l'enveloppe.

Il s'enfonça dans son fauteuil et l'ouvrit nerveusement, puis il sortit les photos et les présenta l'une après l'autre à la lumière de sa lampe de bureau. Il écarquilla les yeux et son visage vira au blanc puis au rouge vif. Ce qu'il avait devant les yeux dépassait l'imagination. Par couples ou par petits groupes, des jeunes gens à moitié déshabillés ou totalement nus aspiraient une poudre blanche à l'aide d'une paille. D'autres clichés un peu flous montraient des seringues et des pilules, des bouteilles de bière et de whisky. Sur les dernières photos, beaucoup plus nettes, plusieurs couples faisaient l'amour.

— On fait des appareils de toutes les dimensions maintenant, dit Varak. Des petites choses pas plus grosses que des boutons de manchettes ou de chemise...

— Mon Dieu ! s'exclama Partridge d'un ton horrifié. Mais c'est ma maison à Arlington ! Et là, c'est...

— C'est celle du représentant Bookbinder à Silver Springs, acheva Milos. Et il y a aussi celles de trois autres membres de votre commission. Vos activités vous entraînent souvent loin de Washington.

— Qui a pris ces photos ? demanda Partridge d'une voix à peine audible.

— Permettez-moi de ne pas répondre, mais je peux vous donner ma parole que cette personne est à des milliers de kilomètres d'ici, qu'elle n'a pas les négatifs et qu'elle ne reviendra jamais. Disons qu'elle va poursuivre ses études de sciences politiques dans une université étrangère.

— Nous avions déjà fait tant de choses et maintenant tout tombe à l'eau. Mon Dieu !...

— Pourquoi vous inquiéter ? demanda Varak avec un accent de sincérité. Ces jeunes gens ne sont pas les membres de votre commission. Ce ne sont ni vos avocats, ni vos experts-comptables, ni même vos principaux assistants parlementaires. Ce ne sont que des enfants qui, grisés par l'atmosphère de la plus puissante capitale du monde, ont fait de grosses bêtises. Débarrassez-vous d'eux, dites-leur que, s'ils n'arrêtent pas tout de suite, c'en est fait d'eux et de leur carrière, mais poursuivez les travaux de votre commission.

— Mais plus jamais personne ne nous prendra au sérieux, dit Partridge en fixant le mur d'un regard vide. Nous sommes aussi pourris que ceux que nous traquons. Nous ne sommes que des hypocrites.

— Mais personne ne saura...

— Et merde ! tonna le représentant de l'Alabama en bondissant sur le téléphone et en enfonçant rageusement une touche jusqu'à ce qu'on lui réponde. Viens ici tout de suite ! hurla-t-il.

Dès que le jeune assistant parlementaire poussa la porte, Partridge se leva de son bureau.

— Espèce de petit salopard ! Je t'avais demandé de me dire toute la vérité et tu m'as menti !

— Non, je n'ai pas menti ! s'écria le jeune homme, les yeux brouillés par les larmes. Tu m'as demandé ce qui se passait et je t'ai répondu qu'il ne se passait rien ! Deux ou trois d'entre nous se sont défoncés, il y a quelques semaines, et cela nous a fichu la trouille à tous ! C'est vrai que nous nous sommes conduits comme de jeunes imbéciles, mais nous n'avons fait de mal à personne. Nous avons laissé tomber tout cela, mais vous ne l'avez même pas remarqué. Les petits prétentieux de ton état-major nous font bosser quatre-vingts heures par semaine en nous traitant d'abrutis, mais ils utilisent devant les caméras tous les matériaux que nous leur fournissons. Il y a une chose que tu n'as pas remarquée, c'est que, de notre petit groupe, il ne reste plus que moi. Les autres sont tous partis et tu ne t'en es même pas rendu compte ! Mais moi, je ne pouvais pas partir !

— Tu peux partir maintenant !

— Avec plaisir ! répliqua le jeune homme en sortant et en claquant violemment la porte derrière lui.

— Qui est-ce ? demanda Varak.

— Arvin Partridge Junior, répondit calmement le

représentant en se rasseyant sans quitter la porte des yeux. Il est en troisième année de droit à l'université de Virginie. Ils étaient tous étudiants en droit et nous les avons fait travailler comme des damnés sans même un petit merci de temps en temps. Mais ils ont trahi la confiance que nous avions placée en eux, car nous leur avons quand même apporté quelque chose d'irremplaçable.

— Quoi ? demanda Milos.

— Une expérience qu'ils n'auraient jamais pu acquérir ailleurs qu'ici et certainement pas au palais de justice ni dans les bouquins de droit. Mon fils m'a menti sur un sujet qui aurait pu causer notre perte à tous. Plus jamais je ne lui ferai confiance.

— Je suis désolé.

— Ce ne sont pas vos oignons ! rétorqua Partridge d'un ton qui avait retrouvé tout son mordant. Et maintenant, fouille-merde, que voulez-vous de moi pour que notre commission ne vole pas en éclats ? Vous m'avez dit qu'il n'y aurait rien de compromettant, mais cela peut être interprété d'un tas de manières différentes. Je vais devoir peser le pour et le contre.

— Vous n'avez rien à redouter, monsieur le représentant, dit Varak en sortant de sa poche plusieurs feuilles de papier qu'il déplia et posa sur le bureau.

C'était un curriculum vitae et une petite photographie d'identité était fixée à la première feuille.

— Mes clients souhaitent que cet homme puisse siéger dans votre commission...

— Vous savez quelque chose sur lui ! s'écria Partridge sans le laisser achever sa phrase.

— Absolument rien de compromettant, je vous assure ; il est irréprochable. Je vous répète que mes clients ne cherchent à vous exposer à aucune compromission, à aucun chantage. Ils ne vous demanderont pas d'approuver ni de rejeter un seul projet de loi. Mes clients ne connaissent pas personnellement cet homme ; il ne connaît pas leur identité et ignore tout de notre rencontre.

— Mais alors, pourquoi voulez-vous qu'il fasse partie de notre commission ?

— Parce que mes clients ont la conviction qu'il pourra vous apporter une aide précieuse.

— Vous savez bien qu'un seul homme ne peut rien faire !

— Assurément.

— Si vous voulez nous l'imposer pour obtenir des renseignements de première main, sachez qu'il n'y a jamais eu de fuites chez nous ! Enfin, il n'y en avait jamais eu, rectifia-t-il après avoir lancé un coup d'œil à la pile de photographies qu'il retourna violemment sur le bureau.

— Acceptez, monsieur le représentant, dit Varak en se penchant pour reprendre les photos, faites-le entrer dans votre commission. Sinon, comme vous l'avez dit vous-même, tout votre travail tombera à l'eau. Dès qu'il aura été nommé, les photos vous seront renvoyées avec les négatifs. Acceptez donc.

Partridge ne quittait pas des yeux la main de l'homme blond qui tenait les instantanés.

— Il se trouve qu'une place vient de se libérer. Bookbinder a démissionné hier... pour raisons personnelles.

— Je sais, dit Milos Varak.

— Mais qui êtes-vous ? demanda Partridge en levant les yeux vers le visiteur.

— Quelqu'un de très attaché à sa patrie d'adoption, mais je ne suis pas important. Cet homme l'est.

Partridge baissa de nouveau les yeux vers le curriculum vitae posé devant lui.

— Evan Kendrick, dit-il à voix haute. Neuvième du Colorado. J'ai à peine entendu prononcer son nom et le peu que je sais sur lui n'a rien de très excitant. C'est un rien-du-tout. Un riche rien-du-tout.

— Pas pour longtemps, monsieur le représentant, dit Varak en se retournant et en se dirigeant vers la porte.

— Monsieur le représentant ! hurla le premier assistant parlementaire d'Evan Kendrick en sortant en trombe du bureau et en s'élançant dans le couloir pour rattraper son employeur.

— Que vous arrive-t-il, Phil ? demanda Evan en écartant le doigt du bouton de l'ascenseur sur lequel il s'apprêtait à appuyer tandis que le jeune homme s'arrêtait hors d'haleine devant lui. Cela ne vous ressemble guère de crier ainsi, vous qui d'habitude n'élevez jamais la voix. Ma circonscription a-t-elle été rayée de la carte par un glissement de terrain ?

— Peut-être vient-elle au contraire d'être dégagée après avoir été trop longtemps ensevelie dans l'anonymat. En fait, c'est plutôt de vous qu'il s'agit.

— Expliquez-vous.

— Le représentant Partridge ! Partridge, de l'Alabama !

— Il est un peu bourru, mais il a des qualités. Il n'hésite pas à prendre des risques et j'aime bien cela.

— Il veut que vous vous joigniez à lui.

— Pour quoi faire ?

— En entrant dans sa commission !

— Quoi ?

— C'est une promotion extraordinaire !

— C'est une horrible régression, vous voulez dire. Les membres de sa commission passent au moins une fois tous les quinze jours à la télévision et ils servent de bouche-trous le dimanche matin, quand les nouvelles vedettes de la politique ne sont pas libres. Ce n'est vraiment pas fait pour moi.

— Pardonnez-moi de vous contredire, monsieur, fit l'assistant parlementaire qui commençait à retrouver son calme, mais je pense au contraire que c'est une occasion à saisir.

— Pourquoi ?

Le jeune homme prit Kendrick par le bras et l'entraîna loin des oreilles indiscrètes.

— Vous m'avez dit que vous aviez l'intention de démissionner après votre réélection, et je ne discute pas vos mobiles. Mais vous m'avez également confié que vous aimeriez avoir votre mot à dire dans le choix de votre successeur.

— J'en ai bien l'intention, fit Evan en hochant vigoureusement la tête. Je me suis battu contre la machine électorale et je tiens à la laisser sur la touche. Ils seraient capables de vendre tous les sommets du sud des Rocheuses en faisant croire qu'il s'y trouve un gisement d'uranium. Il leur suffirait de faire courir la rumeur d'une prospection financée par les pouvoirs publics.

— Si vous refusez la proposition de Partridge, vous n'aurez pas voix au chapitre.

— Pourquoi ?

— Parce qu'il tient absolument à vous avoir dans sa commission.

— Je ne comprends toujours pas pourquoi !

— Moi non plus, je ne suis pas tout à fait sûr de comprendre, mais je sais qu'il ne fait jamais rien sans raison. Peut-être désire-t-il étendre son influence vers l'ouest... Je n'en sais rien. Mais il est certain qu'il contrôle un grand nombre de délégations et, si vous refusez sa proposition, il le prendra très mal et vous démolira aussi bien ici que chez vous. N'oubliez pas que Partridge est un de ceux qui font la pluie et le beau temps sur la Colline.

Le front plissé, Kendrick poussa un long soupir.

— Je suppose que je pourrai toujours rester muet, dit-il.

Trois semaines s'étaient écoulées depuis la nomination du représentant Evan Kendrick à la commission Partridge, une promotion totalement inattendue qui, à Washington, n'avait guère enthousiasmé qu'Annie Mulcahy O'Reilly et, par ricochet, son mari Patrick Xavier, un lieutenant de police muté de Boston à la demande des autorités de la capitale fédérale en butte à une forte criminalité. On considérait en général que le rapporteur de la commission préférait que les projecteurs de l'actualité soient braqués sur lui plutôt que sur un des membres de son groupe. Si les mauvaises langues étaient dans le vrai, Partridge n'aurait pu mieux choisir. Le représentant de la neuvième circonscription du Colorado n'ouvrait guère la bouche que pour dire : « Pas de question » quand son tour venait d'interroger un témoin lors des séances télévisées bihebdomadaires. Sa plus longue déclaration à ce jour avait été sa réponse, d'une durée de vingt-trois secondes, au discours de bienvenue du rapporteur. D'une voix calme il avait exprimé son étonnement, avait remercié Partridge de l'honneur qu'il lui faisait et émis le souhait d'être digne de la confiance du représentant de l'Alabama. Les caméras de la télévision qui présentaient son visage en gros plan l'avaient abandonné au bout de douze secondes pour suivre l'arrivée d'un appariteur en uniforme qui venait vider les cendriers.

— Mesdames et messieurs, avait annoncé le commentateur d'une voix feutrée, vous pouvez constater que même pour la session ordinaire d'une commission, le gouvernement ne néglige aucune précaution... Comment ?... Ah ! Le discours du représentant Owen Canbrick est terminé.

Mais, le mardi de la quatrième semaine, il se produisit quelque chose de tout à fait anormal. Cette première séance télévisée de la semaine soulevait un intérêt plus vif qu'à l'accoutumée, car le témoin principal était un représentant du Pentagone. C'était un homme encore jeune, au crâne légèrement dégarni, un colonel à cinq galons qui avait su se faire un nom dans la logistique, un militariste convaincu aux convictions inébranlables. Doté d'un esprit vif, clair et acerbe, il était l'arme maîtresse d'Arlington quand il s'agissait de convaincre les civils à la pingrerie révoltante. L'affrontement entre le colonel Robert Barrish et le rapporteur de la commission Partridge. Tout aussi vif, brillant et acerbe que lui, était attendu avec une vive impatience.

Ce qui était anormal ce matin-là, c'était l'absence du représentant Arvin Partridge de l'Alabama. Le rapporteur n'était pas arrivé et ni les coups de téléphone frénétiques de son secrétariat ni la cohorte d'assistants parlementaires envoyés à sa recherche dans toute la ville n'avaient permis de mettre la main sur lui. Il semblait introuvable.

Mais la présence du rapporteur d'une commission parlementaire n'est pas indispensable, surtout devant les caméras de la télévision, et la séance avait débuté sous la présidence pour le moins hésitante d'un représentant du Dakota du Nord souffrant d'une gueule de bois d'autant plus inexplicable qu'il ne buvait jamais une goutte d'alcool. C'était un homme connu pour sa modération, un ministre du culte reprenant à son compte la recommandation biblique de transformer l'épée en soc de charrue.

Une proie facile pour le lion qu'était le colonel Robert Barrish.

— ... Et pour conclure ma déposition devant ce tribunal civil de l'Inquisition, j'affirme de la manière la plus catégorique que je parle au nom d'une société libre et forte, engagée dans un combat à mort contre les forces du mal... qui n'hésiteraient pas à nous anéantir au premier signe de faiblesse de notre part. Devons-nous avoir les mains liées par des formalités tatillonnes à cent lieues du réalisme de nos ennemis ?

— Laissez-moi vous assurer, dit le suppléant du rapporteur, les yeux larmoyants, que personne ne met en doute votre dévouement à la défense de la nation.

— Je l'espère de tout cœur.

— Mais je ne crois pas...

— Un instant, soldat ! lança Evan Kendrick, assis au bout de l'estrade.

— Je vous demande pardon !

— Je vous ai demandé d'attendre un peu, si cela ne vous dérange pas.

— J'ai le grade de colonel de l'armée des États-Unis et j'entends qu'on me donne mon titre quand on s'adresse à moi, dit l'officier supérieur d'un ton revêche.

Evan darda un regard noir sur le témoin.

— Je m'adresserai à vous comme il me plaira et votre suffisance ne m'impressionne pas, pauvre connard !

Les caméras changèrent de plan et des signaux sonores retentirent dans les studios pour censurer les termes injurieux. Trop tard.

— ... À moins que vous n'ayez personnellement amendé la Constitution, dont je doute que vous ayez lu une seule ligne ! acheva Kendrick en étudiant avec un petit rire silencieux les papiers disposés devant lui. Je vous en foutrai, moi, de l'Inquisition.

— Je proteste contre cette attitude...

— Croyez-vous que les contribuables approuvent la vôtre ? le coupa Kendrick qui, en parcourant les états de service de Barrish, se remémora la question que Frank Swann lui avait posée un an auparavant. Dites-moi, « colonel », avez-vous déjà utilisé une arme à feu ?

— Je suis un soldat !

— Nous sommes bien d'accord. C'est entendu, vous êtes un soldat et c'est nous, les civils de l'Inquisition, qui payons votre solde... à moins que vous n'ayez emprunté cet uniforme.

Des rires étouffés parcoururent la salle de réunions de la commission.

— Ce que je vous ai demandé, reprit Kendrick, c'est si vous aviez déjà utilisé une arme à feu.

— Je ne sais combien de fois ! Et vous ?

— Plusieurs fois. Je ne sais combien... Mais jamais en uniforme.

— Alors, je pense que la question est réglée.

— Pas tout à fait. Vous est-il jamais arrivé d'utiliser une arme dans le but de tuer un être humain dont l'intention était de vous tuer ?

Le silence qui suivit n'échappa à personne, et tout le monde tendit l'oreille pour entendre la réponse formulée à voix basse.

— Si vous voulez savoir si j'ai déjà pris part à un combat, la réponse est non.

— Mais vous venez de nous dire que vous étiez engagé dans un combat à mort, etc. Ce qui donne à penser aux membres de la commission aussi bien qu'au public que vous êtes une sorte de Davy Crockett à Fort Alamo, ou bien encore un nouvel Indiana Jones consacrant tout son temps à exterminer les méchants. Mais ce n'est pas du tout de cela qu'il s'agit, colonel. Vous n'êtes qu'un petit comptable qui s'efforce de justifier la disparition des millions, voire des milliards de dollars des contribuables dans les plis tricolores du drapeau du superpatriotisme.

— Espèce de... ! Comment osez-vous...

Les signaux sonores furent une nouvelle fois émis trop tard et les caméras montrèrent le colonel Barrish bondissant de son siège et frappant du poing sur la table.

— La séance est levée ! hurla le suppléant du rapporteur. La séance est levée !

Assis dans la pénombre de la salle de contrôle de l'une des chaînes de télévision de la capitale, un présentateur aux cheveux grisonnants suivait la retransmission de la séance. D'un geste devenu familier aux téléspectateurs de tout le pays, il fit une moue de réflexion et se tourna vers son assistant.

— Je veux ce représentant sur le plateau dès dimanche prochain.

— Je t'assure, maman, que je ne l'avais jamais vu dans cet état ! pleurnicha la femme au téléphone. Il était complètement ivre ! Heureusement que cet étranger sympathique l'a ramené à la maison ! Il m'a dit qu'il l'avait trouvé devant un restaurant, incapable de marcher. Incapable de marcher, tu te rends compte ? Il l'a reconnu et il a pensé que, dans son état, il valait mieux ne pas le laisser dans la rue. Et moi qui m'imaginais qu'il n'avait jamais bu une goutte d'alcool ! Tu vois comme on peut se tromper. Je me demande maintenant s'il ne m'a rien caché d'autre. Ce matin, au réveil, il prétendait ne se souvenir de rien... absolument rien ! Ah ! maman, je crois qu'il arrive... Oh non, il est en train de vomir sur le tapis !

— Mais où suis-je ? murmura Arvin Partridge en secouant la tête et en essayant d'accommoder dans la chambre de motel minable aux rideaux tirés. C'est un trou à rats !

— Vous n'en êtes pas très loin, dit l'homme blond en s'approchant de lui. Mais les rongeurs qui fréquentent cet endroit n'y restent en général qu'une heure ou deux.

— C'est vous ! s'écria le représentant de l'Alabama, les yeux écarquillés, en reconnaissant le Tchèque. Qu'est-ce que vous m'avez fait ?

— Je ne vous ai rien fait, répondit Varak, mais j'ai fait quelque chose pour vous. J'ai réussi par miracle à vous sauver d'une situation extrêmement embarrassante.

— Quoi ?

Partridge se dressa sur son séant et lança les jambes par-dessus le bord du lit. Ses idées étaient encore assez floues, mais il se rendit compte qu'il était entièrement habillé.

— Qu'est-ce que vous racontez ? Où cela s'est-il passé ?

— Un de mes clients dînait au Carriage House, à Georgetown, là où vous aviez rendez-vous avec le représentant du Dakota du Nord. Dès que la situation est devenue trop compromettante il m'a téléphoné. Et comme il se trouve, par chance, que j'habite tout près, j'ai réussi à arriver avant qu'il ne soit trop tard. À propos, il va de soi que votre nom ne figure pas sur le registre de ce motel.

— Attendez un peu ! hurla Partridge. Cette réunion avec le pasteur était un coup monté ! Son secrétariat a reçu un appel téléphonique prétendant que je voulais le voir pour régler un problème urgent ayant trait à la commission et mon secrétariat a reçu le même appel ! Comme nous devions entendre ce matin ce connard du Pentagone, Barrish, nous nous sommes imaginé chacun de notre côté que nous devions nous voir pour cela. Je lui ai demandé ce qu'il se passait et il m'a posé la même question !

— Je ne suis au courant de rien, monsieur.

— Mon œil ! De quelle situation compromettante parliez-vous ?

— Vous avez trop bu, monsieur.

— Vous vous foutez de ma gueule ? J'ai bu un seul Martini et le pasteur n'a bu que du jus d'orange !

— Si c'est vrai, vous avez tous deux un seuil de tolérance vraiment très bas. Vous vous êtes écroulé sur la table et le révérend a essayé de boire la salière.

Le rapporteur de la commission Partridge foudroya le Tchèque du regard.

— Vous avez drogué nos boissons, articula-t-il lentement.

— Avant-hier soir, je n'avais jamais mis les pieds dans ce restaurant.

— Vous n'êtes qu'un sale menteur... Mais bon Dieu, quelle heure est-il donc ? demanda Partridge en levant le poignet pour regarder sa montre.

— La séance est terminée, dit le Tchèque.

— Merde !

— Le pasteur n'a pas été très brillant, mais votre nouvelle recrue a fait une forte impression, monsieur le représentant. Je suis sûr que les journaux télévisés présenteront ce soir des morceaux choisis de son intervention... expurgée bien entendu.

— Mon Dieu ! murmura le parlementaire en levant les

yeux vers le Tchèque d'Inver Brass. Et qu'a-t-on raconté à propos de mon absence ?

— Votre secrétariat a publié un communiqué tout à fait crédible pour expliquer que vous étiez en train de pêcher au large de la côte du Maryland, que le moteur de votre bateau est tombé en panne et qu'il vous a fallu jeter l'ancre à un mille de la marina. Ces informations ont été confirmées et il n'y aura pas de problème.

— Et qui a donné l'autorisation à mon secrétariat de publier un tel communiqué ?

— Votre fils. C'est un jeune homme extrêmement indulgent. Il vous attend dehors, dans votre voiture.

Le vendeur roux du garage Saab signa les papiers et compta les dix billets de cent dollars sans dissimuler son étonnement.

— La voiture sera prête à quinze heures, dit-il.

— C'est parfait, dit l'acheteur qui, en remplissant le dossier de demande de prêt, avait indiqué à la rubrique profession : barman (actuellement au Carriage House, Georgetown).

18

— L'heure H, monsieur Kendrick, dit le colonel Robert Barrish en adressant un sourire charmeur à la caméra. Nous devons nous y préparer et une escalade préventive nous permet de la repousser de plus en plus loin.

— À moins que, répliqua Kendrick, nos arsenaux nucléaires étant bourrés à craquer, la planète saute à la moindre erreur de calcul.

— Oh ! Je vous en prie ! lança l'officier supérieur d'un ton condescendant. Ce genre de raisonnement n'a plus cours depuis bien longtemps. Nous sommes des professionnels.

— Vous parlez de notre armée ?

— Bien sûr que je parle de notre armée.

— Et nos ennemis ? Ce ne sont pas des professionnels, eux aussi ?

— Si vous essayez de mettre en parallèle les capacités technologiques de l'ennemi et les nôtres, je pense que vous découvrirez que vous êtes aussi mal informé sur ce point que sur la rentabilité de notre système.

— Je suppose que cela signifie qu'ils ne sont pas aussi bons que nous.

— Judicieuse conclusion, monsieur le représentant. Laissons de côté la supériorité de notre engagement moral — un engagement devant Dieu —, mais sachez que la formation technologique des membres de nos forces armées est la meilleure qui soit. Permettez-moi d'ajouter que nous formons une grande famille et que je suis extrêmement fier de tous les jeunes gens et les jeunes femmes qui la composent.

— Moi aussi, colonel, soyez-en persuadé, dit Evan en ébauchant un sourire. Mais permettez-moi à mon tour de vous signaler que vous êtes sorti du sujet, à moins qu'il ne s'agisse de ce que vous appelez une escalade préventive. Il me semblait que vos affirmations sur le professionnalisme de l'armée venaient en réponse à ma remarque sur la possibilité d'une erreur de calcul et les dangers qu'entraîne la surabondance d'armes nucléaires dans nos arsenaux.

— C'est tout à fait cela. Voyez-vous, monsieur Kendrick, ce que je m'évertue à vous expliquer, c'est que le personnel chargé de la garde de nos arsenaux est assujetti à des règles de procédure qui rendent toute erreur de calcul impossible. Nous sommes pratiquement infaillibles.

— Admettons que ce soit vrai en ce qui nous concerne, dit Kendrick. Mais en va-t-il de même pour l'ennemi ? Vous avez affirmé, si ma mémoire est bonne, que nous étions bien meilleurs qu'eux, qu'il n'y avait pas de parallèle à établir. Supposons donc que cette erreur de calcul soit le fait de l'ennemi. Que se passe-t-il ?

— Jamais il n'aurait la possibilité d'en commettre une autre ! Avec un minimum de pertes de notre côté, nous anéantirions aussitôt...

— Une seconde, soldat ! le coupa Kendrick d'un ton

soudain très dur et impérieux. Qu'entendez-vous exactement par : « Avec un minimum de pertes » ?

— Vous n'ignorez certainement pas que je ne suis pas libre d'aborder certains sujets.

— Vous feriez pourtant mieux de développer votre pensée, poursuivit Kendrick. Est-ce que ce minimum de pertes signifie l'agglomération de Los Angeles ou de New York, ou bien seulement l'anéantissement d'Albuquerque ou de Saint Louis ? Puisque tout le monde risque de payer, pourquoi ne nous éclairez-vous pas un peu ?

— Si vous vous imaginez que je vais mettre en péril la sécurité nationale devant les caméras de la télévision... Eh bien, je suis au regret de vous dire que vous êtes indigne de représenter le peuple américain !

— Tout le peuple américain ? Jamais cela ne m'est venu à l'esprit. On m'avait dit que cette émission était un face-à-face, que je vous avais insulté à la télévision et que vous aviez le droit de me répondre dans les mêmes conditions. Cela explique ma présence sur ce plateau. Ce que je vous demande, colonel, c'est une réponse claire et non de nous assener les slogans du Pentagone. J'ai trop de respect pour nos forces armées pour vous laisser vous en sortir aussi facilement.

— Si, dans votre bouche, le mot slogan est une critique implicite des responsables de notre défense, ces hommes désintéressés, ces hommes d'honneur qui tiennent par-dessus tout à ce que notre nation demeure une nation forte, je vous plains infiniment...

— Je vous en prie ! Je ne suis pas à Washington depuis très longtemps, mais parmi les quelques amis que je m'y suis fait, il y a deux ou trois pontes d'Arlington qui doivent faire la grimace en écoutant votre jargon. Ce que je *m'évertue* à vous expliquer, colonel, c'est que vous ne disposez plus d'un chèque en blanc. Pas plus que moi-même ou que n'importe qui. Il faut avoir le sens des réalités...

— Alors, permettez-moi de vous expliquer les réalités ! lança Barrish.

— Et vous, poursuivit Evan en souriant, permettez-moi de terminer.

— Messieurs, je vous en prie ! intervint l'animateur.

— Je ne mets aucunement en doute votre sincérité, reprit Kendrick. Vous faites votre boulot et vous défendez votre territoire. Mais, poursuivit-il en prenant une feuille de papier, lorsque vous avez déclaré devant notre commission parlementaire que vous étiez soumis à des formalités tatillonnes, je me suis demandé ce que vous vouliez dire. Estimez-vous réellement ne pas avoir de comptes à rendre ? Si c'est le cas, qu'en pense M. Joe Smith, lui qui a tant de mal à joindre les deux bouts ?

— Votre Joe Smith nous remerciera à genoux lorsqu'il aura compris que c'est sa survie que nous assurons !

— J'ai bien l'impression d'avoir entendu des grognements de protestation s'élever du côté d'Arlington, colonel. Joe Smith n'a pas à tomber à genoux devant quiconque ! Pas dans notre pays !

— Vous sortez mes déclarations de leur contexte ! Vous savez parfaitement ce que je voulais dire, monsieur Partridge !

— Non, colonel, je ne suis pas le représentant Partridge. Je ne suis, si vous voulez, que son bras droit.

— Son bras *gauche,* vous voulez dire !

— Voilà une remarque intéressante. Pourrai-je vous citer ?

— Je sais tout sur vous, répliqua Barrish d'une voix lourde de menaces. Et n'essayez pas de me faire croire que vous êtes monsieur-tout-le-monde !

Barrish s'interrompit puis, comme s'il ne pouvait plus se contenir, reprit en hurlant :

— Vous n'êtes même pas marié !

— Enfin quelque chose d'exact dans votre bouche. Non, je ne suis pas marié, colonel, mais, si c'est un rendez-vous que vous me demandez, il faudra que j'en parle à ma petite amie !

Victoire par K.O. Le porte-parole du Pentagone se figea, la mâchoire pendante, et le rouge de la honte se répandit sur son visage devant les caméras de la chaîne nationale.

— Mais qui est ce type ? demanda Joseph Smith, demeurant 70 Cedar Street, à Clinton, dans le New Jersey.

— Je ne sais pas, répondit Mme Smith, assise à côté de son mari devant le téléviseur. Mais je le trouve assez mignon.

— Qu'il soit mignon ou pas, je m'en fous, mais il vient de clouer le bec à un de ces pédants qui m'ont tellement emmerdé au Viêt-nam... Et ça, ça me plaît !

— Il est excellent, dit Eric Sundstrom en se levant pour éteindre le récepteur de télévision, dans son appartement de New York donnant sur Gramercy Park.

Il vida son verre de montrachet et se tourna vers Margaret Lowell et Gideon Logan, confortablement installés dans un fauteuil.

— Il a l'esprit vif et il est capable de rester de glace. Je connais ce serpent de Barrish. Il aime que le sang coule sous les projecteurs, mais Kendrick l'a complètement enfoncé.

— Il est assez bel homme, ajouta Margaret Lowell.

— Pardon ?

— Je le trouve assez séduisant, Eric. On ne peut pas dire que ce soit un handicap.

— Moi, je trouve surtout qu'il a de l'humour, dit Gideon Logan, et cela, c'est un énorme avantage. Il possède cette capacité assez rare de passer rapidement de la gravité à l'ironie. Et ce n'est pas accidentel, je l'avais déjà remarqué pendant la séance de la commission. C'est un don que Kennedy possédait au plus haut point : il faisait de l'ironie à tout propos. Les gens aiment cela... Mais je vois un nuage poindre à l'horizon.

— Que veux-tu dire ? demanda Sundstrom.

— Il ne sera pas facile de conserver le contrôle d'un homme doté d'une telle vivacité d'esprit.

— S'il est celui que nous cherchons, dit Margaret Lowell, et tout nous porte à le croire, cela n'aura guère d'importance.

— Et s'il n'était pas cet homme providentiel ? S'il y avait quelque chose que nous ignorons ? C'est l'homme que nous aurions lancé, et non le processus politique.

À Manhattan, dans une maison de six étages, entre la 5e Avenue et Madison, Samuel Winters et son ami Jacob

Mandel discutaient dans le vaste bureau de l'historien. Des tapisseries des Gobelins, d'une facture exquise, étaient placées entre les rayonnages, et le reste de l'ameublement était tout aussi admirable. Mais c'était une pièce confortable, une pièce chaude et vivante. Les chefs-d'œuvre du passé étaient là pour être utilisés et non simplement regardés. L'historien aux cheveux de neige prit le boîtier de la télécommande et éteignit le téléviseur.

— Alors ? demanda Winters.

— Laisse-moi quelques instants pour réfléchir, Samuel, dit Mandel en promenant son regard sur les meubles du bureau. Tu possèdes tout cela depuis que tu es venu au monde, ajouta-t-il lentement, et pourtant tu as travaillé si dur.

— J'ai choisi un domaine où le fait d'avoir de l'argent rendait les choses beaucoup plus faciles, répondit Winters. Il m'est arrivé de temps en temps d'éprouver un certain sentiment de culpabilité. Je pouvais toujours aller où je voulais, avoir accès à des archives interdites aux autres, étudier aussi longtemps que je le souhaitais. Les quelques publications que j'ai pu faire ont été bien inférieures au plaisir que j'ai pris. C'est ce que disait ma femme.

L'historien leva les yeux vers le portrait d'une belle femme brune vêtue à la mode des années 1940. Le tableau était accroché derrière le bureau, entre deux énormes fenêtres donnant sur la 73e Avenue. Quand l'historien était assis à sa table de travail, il lui était loisible de se retourner pour le contempler.

— Elle te manque encore, n'est-ce pas ?

— Affreusement. Je m'approche souvent d'elle et je lui parle.

— Eh bien, vois-tu, moi, je ne crois pas que je pourrais vivre sans Hannah. Et pourtant, sachant tout ce qu'elle a enduré en Allemagne, je prie pour qu'elle parte la première. Je pense que la mort d'un autre être cher serait pour elle une douleur trop forte pour qu'elle puisse la supporter seule. Est-ce que tu trouves cela vraiment horrible ?

— Au contraire, c'est extrêmement généreux de ta part, comme tout ce que tu dis et fais, mon vieil ami. Et je sais à quel point tu souffrirais en restant seul. Mais tu t'en sortirais mieux que moi, Jacob.

— Tu dis n'importe quoi.

— Ce doit être le temple...

— Quand es-tu allé à l'église pour la dernière fois, Samuel ?

— Laisse-moi réfléchir. Quand mon fils s'est marié à Paris, je venais de me casser la jambe et je n'ai donc pu assister à la cérémonie. Quant à ma fille, elle s'est enfuie avec ce charmant hurluberlu qui gagne beaucoup plus d'argent qu'il ne le devrait en écrivant ces films auxquels je ne comprends rien... Cela doit donc remonter à 1945, à mon retour de la guerre. Et c'est elle qui m'a obligé à y aller, alors que je n'avais qu'une idée en tête, la déshabiller.

— Oh ! Ce que tu dis est monstrueux ! D'ailleurs, je ne te crois pas.

— Tu as tort.

— Il pourrait être dangereux, dit Mandel en changeant brusquement de sujet.

Winters comprit que son vieil ami faisait allusion à Evan Kendrick et que, tout en discutant, il n'avait cessé de réfléchir.

— Comment cela dangereux ? Tout ce que nous avons appris sur lui, et je doute qu'il y en ait beaucoup plus à savoir, tout cela semble indiquer qu'il n'a guère d'appétit pour le pouvoir. D'où peut donc venir le danger ?

— Il est farouchement indépendant.

— Tant mieux. Il pourrait même faire un bon président. Aucun goût pour les démagogues, les béni-oui-oui et les flagorneurs. Nous l'avons déjà vu enfoncer un représentant de la première catégorie et les autres sont plus faciles.

— Si je ne suis pas clair, dit Mandel, c'est que les choses ne sont pas encore très claires pour moi.

— Ou c'est moi qui ai l'esprit lent, Jacob. Que veux-tu dire exactement ?

— Imagine qu'il ait découvert notre existence. Imagine qu'il ait appris qu'il portait le nom de code d'Icare et qu'il était le produit d'Inver Brass ?

— C'est impossible.

— Là n'est pas la question. Intellectuellement, et ce jeune homme n'est pas dépourvu d'intelligence, quelle serait sa réaction ? N'oublie pas son indépendance farouche.

Samuel Winters porta la main à son menton et regarda par la fenêtre. Puis son regard glissa vers le portrait de sa défunte épouse. Des images encore floues commençaient à remonter de son passé.

— Je vois où tu veux en venir, dit-il. Il serait furieux, il se dirait qu'il fait partie d'une entreprise de corruption à une grande échelle, et qu'il est irrémédiablement lié à elle parce qu'il s'est laissé manipuler. Il serait fou de rage.

— Et que crois-tu que sa colère le pousserait à faire ? insista Mandel. Révéler notre rôle ne servirait à rien. Ce serait comme ces rumeurs selon lesquelles Jimmy Carter aurait bénéficié du soutien de la Commission trilatérale, sous prétexte qu'un obscur gouverneur de Georgie avait fait la couverture de *Time*. Il y avait du vrai dans ces rumeurs, mais personne n'en a tenu compte... Mais que ferait Kendrick ?

Winters regarda son ami en écarquillant lentement les yeux.

— Mon Dieu, souffla-t-il, il s'enfuirait, complètement dégoûté.

— Cela ne te rappelle rien, Samuel ?

— Il y a si longtemps... La situation était différente...

— Je ne crois pas qu'elle ait été tellement différente. Bien meilleure que maintenant, en fait, mais pas différente.

— Je n'avais pas de fonction politique.

— Il ne dépendait que de toi d'en exercer. Tu étais le recteur de l'université de Columbia, un homme brillant et richissime dont l'avis était recherché par les présidents successifs et dont les apparitions devant les différentes commissions parlementaires influaient sur la politique de la nation. Tu étais candidat au poste de gouverneur de l'État de New York et tu avais les meilleures chances de l'emporter quand tu as appris, quelques semaines seulement avant la convention, qu'une organisation politique dont tu ignorais tout avait minutieusement orchestré le processus menant à ton inévitable élection.

— Je suis absolument tombé des nues. Je n'avais jamais rien soupçonné.

— Et pourtant tu as supposé, à tort ou à raison, que cette machine politique voulait te cantonner dans un rôle subalterne et tu as pris tes cliques et tes claques après avoir dévoilé toute l'affaire.

— J'étais complètement dégoûté. Cela allait à l'encontre de tous les préceptes de transparence politique que j'avais toujours prônés.

— Une indépendance farouche, n'est-ce pas ? reprit le vieil agent de change. Résultat : vacance du pouvoir, désordre politique, le parti en pleine confusion. Des opportunistes ont sauté sur l'occasion et nous avons eu six années de lois draconiennes et une administration corrompue du haut en bas de l'échelle.

— Tu me reproches tout ce qui s'est passé, Jacob ?

— Non, mais ce fut la conséquence de ton attitude. César refusa trois fois la couronne et ce fut le chaos général.

— Es-tu en train de suggérer que Kendrick pourrait refuser de suivre la voie royale qu'on lui prépare ?

— Tu l'as bien fait, toi.

— C'est parce que des gens que je ne connaissais pas ont investi des sommes considérables pour me hisser au pouvoir. Pourquoi ont-ils fait cela ? S'ils étaient sincèrement intéressés par un gouvernement meilleur et non par la défense d'intérêts personnels, pourquoi sont-ils restés dans l'ombre ?

— Pourquoi restons-nous dans l'ombre, Samuel ?

Winters tourna vers son ami un regard empreint de tristesse.

— Parce que nous nous prenons pour Dieu, Jacob. Il le faut, parce que nous savons ce que d'autres ne savent pas. Nous savons ce qui arrivera si nous échouons. Le peuple américain se retrouvera non pas avec un président à sa tête, mais avec un roi, un empereur de tous les États de l'Union. Ce qu'ignore le peuple, c'est ce qu'il y a derrière le roi. On ne peut se débarrasser des chacals qui grouillent dans les coulisses du pouvoir qu'en le remplaçant. C'est le seul moyen.

— Je comprends. Si je demeure méfiant, c'est parce que j'ai peur.

— Il faudra faire preuve d'une extraordinaire prudence pour que Kendrick ne soupçonne jamais notre existence. C'est aussi simple que cela.

— Rien n'est jamais simple, objecta Mandel. Kendrick n'est pas un imbécile. Il va se demander pourquoi l'attention générale se tourne vers lui. La mise en scène de Varak devra être absolument irréprochable. Chaque séquence devra logiquement, inexorablement, amener la suivante.

— Tu as raison, dit doucement Winters en levant une nouvelle fois les yeux vers le portrait de sa femme. C'est ce que me disait Jennie : « C'est trop facile, Sam. Tout le monde se démène pour obtenir quelques lignes dans les journaux et toi, tu as des éditoriaux entiers qui montent en épingle des choses que tu n'es même pas sûr d'avoir faites. » C'est ainsi que j'ai commencé à me poser des questions et que j'ai découvert ce qui s'était passé. Je n'ai jamais su qui était derrière tout cela, mais simplement comment ils avaient procédé.

— Et tu as tout laissé tomber.

— Bien sûr.

— Mais pourquoi ? Quelles ont été tes véritables raisons ?

— Tu l'as dit toi-même, Jacob, j'étais indigné.

— Malgré tout ce que tu aurais pu apporter au pays ?

— Tu l'as bien vu.

— Peut-on aller jusqu'à dire, Samuel, que tu n'étais pas saisi par la fièvre de conquérir ce poste ?

— C'est évident. Aussi étonnant que cela puisse paraître, il ne m'a jamais fallu conquérir quoi que ce soit. Comme l'a dit un jour Averell : « Que l'on considère cela comme un bien ou un mal, jamais je n'ai dépendu de ma situation pour assurer ma subsistance. » Je crois que cette phrase résume bien les choses.

— Cette fièvre, Samuel, la fièvre que tu n'as jamais éprouvée, la soif de pouvoir que tu n'as jamais eue, il faut qu'elle saisisse Kendrick. Il faut qu'il soit possédé par la rage de vaincre.

— Oui, dit l'historien, qu'il soit pris aux tripes. Nous

aurions dû y penser dès le début. Mais nous avons simplement imaginé qu'il sauterait sur l'occasion. Quels imbéciles nous avons été !

— Il n'y a guère qu'une heure que cette idée m'est venue à l'esprit, dit Jacob Mandel. Au moment où je suis entré dans ton bureau. Les souvenirs me sont brusquement remontés à la mémoire... Des souvenirs de toi et de ta farouche indépendance. L'espoir que tu représentais s'est évanoui quand tu as décidé de te retirer en te drapant dans ta dignité et tous les minables aux aguets en ont aussitôt profité.

— Tu as raison... J'aurais dû rester. Il y a des années que je le sais. Un jour, dans un accès de colère, ma femme m'a traité d'enfant gâté. Elle affirmait, comme tu sembles le faire maintenant, que, faute d'accomplir quelque chose, j'aurais pu éviter bien des abus.

— Oui, Samuel, tu aurais pu. Harry Truman avait raison quand il disait que ce sont les chefs qui façonnent l'histoire. Sans Thomas Jefferson, les États-Unis n'existeraient pas et le Troisième Reich n'aurait jamais vu le jour sans Hitler. Mais on ne peut devenir un chef qu'à condition de le vouloir passionnément. Il faut avoir un désir ardent d'arriver au sommet.

— Et tu penses que ce désir ardent, notre Kendrick ne l'a pas ?

— Je le crains. D'après ce que je viens de voir à la télévision et ce que j'ai vu il y a cinq jours, pendant la séance de la commission Partridge, c'est un homme téméraire, capable de bousculer n'importe quel adversaire quand il se sent outragé. Il est intelligent et courageux, c'est certain, et il ne manque ni d'esprit ni de charme, toutes qualités qui nous paraissaient indispensables chez notre candidat idéal. Mais j'ai aussi retrouvé chez lui certains traits existant chez mon ami Samuel Winters, un homme qui a rejeté le système, parce qu'il n'avait pas en lui le mordant nécessaire pour tenter de décrocher le gros lot.

— C'est si grave que cela, Jacob ? Je ne parle pas de mon cas personnel, car, somme toute, je ne compte guère, mais est-il vraiment souhaitable que tous ceux qui aspirent au pouvoir soient possédés par cette fièvre ?

— On n'abandonne pas la boutique entre les mains d'un gérant à temps partiel, pas quand on y a investi toutes ses économies. Avec juste raison, les gens exigent un responsable à plein temps et, quand la vocation profonde n'est pas là, ils le sentent. Ils tiennent à en avoir pour leur argent.

— Bon, dit Winters, qui ne paraissait pas totalement convaincu. Mais je pense que je ne laissais pas les gens complètement indifférents et pourtant, je n'avais pas cette soif de pouvoir. Cela m'a d'ailleurs permis de ne pas faire trop de gaffes.

— Tu n'en as jamais eu l'occasion. Tu as fait une campagne éclair à la télévision, mais je dois reconnaître que tu as été merveilleusement filmé et que tu étais tout à fait à ton avantage.

— J'ai quand même participé à trois ou quatre débats... Trois, s'il m'en souvient bien.

— Avec des tocards, Samuel. Ils ont été écrasés par ta classe naturelle... Le public adore cela. Il a toujours scruté le ciel — et maintenant l'écran de télévision — pour découvrir le roi ou le prince qui descendra vers lui et lui montrera la voie en prononçant les paroles rassurantes dont il a besoin.

— C'est honteux ! Abraham Lincoln passerait pour un péquenaud et ne sortirait jamais de l'Illinois.

— Cela pourrait même être pire, dit Jacob Mandel en étouffant un petit rire. Abraham le juif, de mèche avec les ennemis du Christ et sacrifiant des enfants de gentils !

— Ce qu'il n'aurait fait que confirmer en se laissant pousser la barbe, conclut Winters en souriant. Veux-tu boire quelque chose ? demanda-t-il en se levant.

Sans attendre la réponse de son ami, il se dirigea vers le bar adossé au mur, à côté d'une tapisserie.

— Volontiers, dit Mandel. Comme d'habitude, s'il te plaît.

— Naturellement.

L'historien servit deux verres, l'un de bourbon, l'autre de whisky canadien, et mit deux glaçons dans chaque verre. Il revint vers Mandel et lui tendit le bourbon.

— Je crois que je commence à y voir plus clair, Jacob.

— Je savais bien que tu étais capable de réfléchir en servant l'apéritif, dit Mandel en levant son verre.
— À ta santé.
— *L'chaim,* dit l'historien.
— Alors ?
— Il nous faut maintenant trouver le moyen d'instiller à Kendrick la fièvre dont tu as parlé, l'envie de décrocher le gros lot. Sans cela, il ne sera jamais digne de crédibilité et tous les opportunistes, tous les fanatiques auront le champ libre.
— Oui, je pense que c'est indispensable.
Le regard fixé sur une tapisserie des Gobelins, Winters but une gorgée de whisky.
— Philippe VI de France et ses chevaliers n'ont pas seulement été vaincus à Crécy par les archers anglais et les fantassins gallois, dit-il. Il leur a également fallu combattre ce que, plus de trois siècles plus tard, Saint-Simon a décrit comme une cour saignée à blanc par « la vile bourgeoisie corrompue ».
— Ton érudition me dépasse, Samuel.
— Comment faire pour instiller cette fièvre à Kendrick ? Il faut à tout prix y parvenir.
— Je crois que nous allons commencer par Milos Varak.

Ann Mulcahy O'Reilly était dans tous ses états. Les quatre lignes assurant les communications avec le secrétariat étaient en général utilisées vers l'extérieur et rares étaient les appels destinés au représentant qui occupait ce bureau du Capitole. Ce jour-là, il en allait tout autrement et c'était même de la démence. En l'espace de vingt-quatre heures, le plus petit, le moins sollicité de tous les secrétariats parlementaires de la Colline était devenu le lieu d'une activité frénétique. Annie fut obligée d'appeler à la rescousse ses deux documentalistes qui ne venaient pourtant jamais le lundi.
— Oh ! non, Annie, tu vas nous gâcher tout le week-end !
Puis elle téléphona à Phillip Tobias, le premier assistant parlementaire, un jeune homme brillant mais un peu

frustré, pour lui demander de renoncer à sa partie de tennis hebdomadaire et d'accourir dare-dare.

— Mais que s'est-il passé ?

— Tu n'as pas regardé l'émission de Foxley, hier ?

— Non, je faisais de la voile.

— Je te signale qu'il était invité !

— Quoi ? Il ne peut pas faire cela sans me demander mon avis !

— Ils ont dû l'appeler chez lui.

— Le salaud ! Il ne m'a rien dit !

— À moi non plus, mais j'ai vu son nom dans le programme du *Washington Post.*

— Il faut absolument que tu me trouves un enregistrement de l'émission, Annie ! Je t'en prie !

— À condition que tu viennes nous aider à répondre au téléphone, mon chou.

— Et merde !

— C'est à une femme que tu parles, malotru ! Surveille ton langage !

— Excuse-moi, Annie. Je suis vraiment désolé. Mais, je t'en supplie, n'oublie pas mon enregistrement !

En fin de compte, comme elle se sentait incapable de maîtriser la situation et comme le lundi était le jour de repos de son mari qui travaillait le samedi, jour de prédilection des délinquants, elle se décida à appeler le détective de quatre sous en lui précisant que s'il ne venait pas lui donner un coup de main, elle porterait plainte contre lui pour viol. Elle ajouta toutefois qu'elle prenait sans doute ses désirs pour des réalités. La seule personne qu'elle ne réussit pas à joindre fut le représentant de la neuvième circonscription du Colorado.

— Je suis profondément désolé, lui répondit l'Arabe qui, avec sa femme, gardait la maison de Kendrick et qu'elle soupçonnait d'être un chirurgien ou un président d'université en exil. M. Kendrick a dit qu'il serait absent quelques jours et je n'ai pas la moindre idée de l'endroit où il peut être.

— Je n'en crois pas un mot, monsieur *Sahara*...

— Vous me flattez, madame, en me donnant une dimension que je n'ai pas.

— Arrêtez votre petit jeu et téléphonez à ce crapaud

cornu qui se prétend au service du peuple pour lui dire que nous sommes complètement débordés au secrétariat ! Et tout cela à cause de sa brillante prestation d'hier !

— Il a été très convaincant, n'est-ce pas ?

— Parce que vous êtes au courant ?

— J'ai vu son nom dans le programme donné par le *Washington Post*, madame. Mais aussi dans le *Times* de New York et de Los Angeles ainsi que dans le *Chicago Tribune*.

— Il reçoit tous ces journaux ?

— Non, madame, c'est moi qui les reçois, mais il peut les lire si l'envie lui en prend.

— Dieu soit loué !

Le tapage était devenu insupportable dans la pièce voisine. Annie raccrocha violemment et se précipita vers la porte de son bureau. Elle l'ouvrit et découvrit avec stupeur Evan Kendrick et son mari en train de se frayer un passage au milieu d'une foule de journalistes, d'assistants parlementaires et d'inconnus.

— Venez par ici ! cria-t-elle.

Quand ils eurent enfin réussi à pénétrer dans le bureau de la secrétaire, Patrick Xavier O'Reilly se présenta après avoir difficilement refermé la porte.

— Je suis le Paddy d'Annie, dit-il, le souffle court. Ravi de faire votre connaissance, monsieur le représentant.

— Merci de m'avoir aidé à sortir de cette mêlée, dit Kendrick en lui serrant la main et en étudiant le grand rouquin à la bedaine triomphante et au visage rougeaud dans lequel brillaient deux yeux gris, vifs et intelligents. Je suis content que nous soyons arrivés en même temps.

— Ce n'est pas exactement la vérité, monsieur. Ma douce moitié m'a appelé il y a plus d'une heure et j'ai mis vingt à vingt-cinq minutes pour venir ici. Mais en voyant la cohue dans le couloir, je me suis dit que vous alliez peut-être arriver et je vous ai attendu.

— Tu aurais pu m'avertir ! s'écria Annie. C'était de la folie furieuse ici !

— Pour être accusé de crime, chérie ?

— Tu n'es vraiment qu'un petit flic irlandais de quatre sous...

— Arrêtez, vous deux ! ordonna Kendrick en se tournant vers la porte. Comment allons-nous nous débarrasser de tout ce monde ? Et, d'abord, qu'est-ce qu'ils font là ?

— C'est vous qui avez participé à cette émission, dit Ann O'Reilly. Nous, nous n'y sommes pour rien !

— Je me fais un point d'honneur de ne jamais regarder ces émissions politiques, marmonna Kendrick. Sinon, je suis censé comprendre tout ce qu'ils racontent.

— Il y a pourtant des tas de gens qui les regardent, répliqua Annie. Et maintenant, tout le monde vous connaît.

— Vous avez été très bon, monsieur, ajouta le détective. Deux ou trois collègues m'ont appelé pour me demander de dire à Annie de vous féliciter... Tu t'en souviens, Annie, je te l'ai dit.

— Tu ne m'as rien dit du tout et, même si tu m'en avais parlé, j'aurais sans doute déjà oublié, avec la panique qui règne ici depuis ce matin ! Je crois, Evan, que le seul moyen de vous en sortir avec élégance, c'est de descendre dans l'arène et de faire une déclaration.

— Mais, dites-moi, reprit Kendrick en se retournant vers Patrick O'Reilly, pourquoi des flics tiennent-ils à me féliciter ?

— Parce que vous avez tenu tête à Barrish, monsieur le représentant, et que vous lui avez rivé son clou.

— D'accord, mais que représente donc Barrish pour eux ?

— C'est un de ces petits prétentieux du Pentagone qui a des amis haut placés. Le genre de type qui, lorsqu'on a passé plusieurs nuits en planque, sans fermer l'œil, est capable de vous mettre plus bas que terre.

— Pourquoi des nuits en planque ? Que s'est-il passé ?

— Monsieur Kendrick ! lança Annie d'un ton exaspéré. C'est l'émeute, à côté ! Il faut vous montrer, il faut dire quelque chose !

— Non, je veux connaître le fin mot de cette histoire. Continuez, monsieur... Je peux vous appeler Patrick, ou Pat ?

— Paddy, répondit le policier en se tapotant la panse. C'est en général comme cela qu'on m'appelle.

— Et moi, c'est Evan. Plus de « monsieur le représentant ». Je ne veux plus entendre cela. Allez-y, je vous en prie. Pourquoi Barrish était-il sous surveillance policière ?

— Je n'ai pas dit ça. Lui, personnellement, est plus propre qu'une cornemuse irlandaise... Comme l'intérieur des tuyaux n'est pas vraiment ragoûtant, disons qu'il est plus blanc qu'un drap fraîchement lavé et séchant en plein soleil.

— On n'a pas l'habitude, dans votre branche, de féliciter les gens pour avoir bousillé du linge propre.

— Bon, ce n'est pas une affaire d'État, elle est même tout à fait mineure, mais cela aurait peut-être débouché sur autre chose, si nous avions pu aller jusqu'au bout... Les gars dont je vous ai parlé étaient sur la piste d'un Rital qui blanchissait de l'argent à Miami et dans les îles Caïmans. La quatrième nuit de planque à l'hôtel Mayflower, ils ont cru l'avoir coincé. Un type, le genre officier supérieur, est allé le voir dans sa chambre, à une heure du matin, avec une grande mallette. C'est une drôle d'heure pour commencer sa journée de travail, non ?

— Assurément.

— Eh bien, il s'est révélé que notre officier supérieur faisait une transaction tout à fait légale avec le Rital et les registres du Pentagone ont prouvé qu'il avait participé à une conférence jusqu'à vingt-trois heures trente. Comme il devait en outre prendre un avion pour Los Angeles le lendemain matin, à huit heures, le rendez-vous en pleine nuit s'expliquait.

— Et la mallette ?

— Nous n'avons pas pu y toucher. On nous a fait le coup de la dignité offensée et de la sécurité nationale menacée. Quelqu'un avait passé un coup de fil, vous comprenez.

— Pas à un avocat, dit Evan, mais à un certain colonel Robert Barrish, au Pentagone.

— Tout juste. On nous a traînés dans la boue pour avoir osé mettre en doute les mobiles d'un de ces bons Américains qui contribuent à maintenir la grandeur et la force de notre nation. Je peux vous dire que les gars ont pris un drôle de savon...

— Mais vous pensez qu'ils avaient vu juste et que ce

qui s'est passé dans cette chambre d'hôtel n'est pas très catholique.

— Notre homme voulait se faire passer pour une victime, mais nous savons que c'est un faux jeton.

— Je vous remercie, Paddy... Et maintenant, Annie, qu'est-ce que je vais dire à tous ces énergumènes ?

— Vous savez bien que, quoi que je vous conseille, Phil Tobias s'y opposerait probablement. D'ailleurs, il devrait arriver d'une minute à l'autre.

— Vous lui avez demandé d'annuler son sacro-saint tennis du lundi matin ? C'est une marque de courage qui vous honore.

— Il est très gentil, Evan, et il est intelligent. Mais je ne pense pas que ses conseils puissent vous être utiles dans l'immédiat ; vous êtes livré à vous-même. Et n'oubliez pas que tous ces vautours qui vous attendent sont persuadés que vous avez été en représentation toute la semaine dernière, depuis la séance télévisée de la commission jusqu'à l'émission de Foxley. Si vous aviez été nul, tout le monde s'en ficherait, mais ce n'est pas le cas. Vous avez accepté d'affronter un poids lourd et vous l'avez ridiculisé. Tous les regards sont tournés vers vous et tout le monde veut savoir jusqu'où vous irez.

— Que me suggérez-vous, Annie ? Qu'est-ce que je leur dis ?

— Ce que vous voulez, répondit Ann Mulcahy O'Reilly en plongeant les yeux dans ceux de Kendrick. Soyez sincère, c'est tout.

— Alors, Annie, c'est mon chant du cygne ?

— Il n'y a que vous qui pourrez le dire... quand vous y serez.

Au tumulte régnant dans l'autre bureau s'ajoutèrent brusquement les éclairs de magnésium des flashes et la lumière aveuglante des projecteurs mobiles suivant les caméras portables qui se promenaient dans la foule. Tout le monde hurlait des questions en même temps. Certains journalistes des plus importants quotidiens exigeaient avec arrogance les meilleures places. Voyant cela, le représentant de la neuvième circonscription du Colorado se dirigea droit vers le bureau de la réceptionniste et s'assit dessus après avoir écarté le sous-main et le téléphone.

Il sourit bravement et leva les mains à plusieurs reprises. Le vacarme cessa petit à petit. Seule s'élevait de loin en loin une voix stridente à laquelle répondait un regard faussement étonné et réprobateur de Kendrick. La foule comprit enfin qu'il n'ouvrirait pas la bouche avant que tout le monde puisse l'entendre et le silence se fit.

— Je vous remercie, commença Evan. J'ai besoin de votre aide à tous pour réfléchir à ce que je vais dire... Avant que vous-mêmes ne commenciez à poser vos questions. Et vous avez l'avantage, car vous les avez déjà préparées.

— Monsieur le représentant, cria un ancien présentateur de télévision à l'esprit caustique, manifestement dépité de n'être placé qu'au deuxième rang. Est-il vrai que...

— Un instant, je vous prie ! le coupa Kendrick d'une voix ferme. Laissez-moi le temps de respirer. Vous avez l'habitude de ce genre de situation, pas moi.

— Ce n'est pas l'impression que vous avez donnée à la télévision ! répliqua le journaliste.

— C'était un face-à-face, mais là, je suis seul, tel un gladiateur au milieu de l'arène, contre tous les lions du Colisée. Vous me laissez parler le premier, d'accord ?

— Allez-y.

— Je me réjouis de ne pas m'être trouvé face à vous la semaine dernière, Stan... Vous vous appelez bien Stan ?

— En effet.

— Vous n'auriez fait qu'une bouchée de moi.

— C'est trop aimable à vous.

— Sans blague ? C'est un compliment, alors ?

— Oui, monsieur le représentant, c'est un compliment. C'est notre boulot.

— Je respecte cela et j'aimerais que vous le fassiez plus souvent.

— Comment ?

— Un des membres de mon équipe, poursuivit vivement Kendrick, m'a expliqué qu'il fallait absolument que je fasse une déclaration à la presse. C'est assez effrayant quand on se trouve pour la première fois dans cette situation...

— Mais vous savez ce qu'est une campagne électorale,

l'interrompit une autre journaliste en plaçant ostensiblement sa crinière blonde dans le champ des caméras. Vous avez sans doute été amené à faire des déclarations.

— Ce n'est pas indispensable quand votre adversaire incarne la version locale de *La Planète des singes.* Vous pouvez vérifier ; de mon côté, je ne démentirai pas. Et maintenant, puis-je continuer, ou dois-je simplement prendre la porte ? Très franchement, cela m'est parfaitement égal.

— Allez-y, dit Stan, un large sourire éclairant son visage télégénique.

— Très bien... Le membre de mon équipe auquel j'ai déjà fait allusion m'a également confié qu'au moins une partie d'entre vous avait le sentiment que j'étais en représentation la semaine dernière. En représentation... Si je comprends bien le sens de cette expression, cela signifie se faire valoir de manière à attirer sur soi l'attention des spectateurs. Si cette définition est exacte, je refuse qu'on l'applique à mon cas, car je n'ai jamais cherché l'approbation de quiconque. Encore une fois, cela m'est parfaitement égal.

Devant l'étonnement suscité par ses paroles, Evan Kendrick étendit les deux mains devant lui.

— Je vous parle en toute sincérité, mesdames et messieurs. Je ne pense pas poursuivre très longtemps ma carrière politique...

— Vous avez des ennuis de santé ? cria un jeune homme du fond de la pièce.

— Voulez-vous que je vous prenne au bras de fer ?... Non, à ma connaissance, je n'ai pas d'ennuis de santé.

— J'étais champion de boxe universitaire, ne put s'empêcher de poursuivre le jeune reporter sous les huées amusées de ses confrères. Excusez-moi, monsieur...

— Vous n'avez pas à vous excuser, jeune homme. Si j'avais votre talent, je n'hésiterais pas à défier le directeur des ressources du Pentagone et son homologue du Kremlin, et nous pourrions résoudre tous les problèmes à la manière ancienne. Un combattant de chaque côté et des bataillons entiers seraient épargnés. Mais je n'ai malheureusement pas votre talent, même si ma santé ne me cause aucun souci.

— Alors, que vouliez-vous dire ? interrogea un journaliste estimé du *New York Times*.

— Je suis flatté de vous voir ici, dit Kendrick en le reconnaissant. Je n'aurais jamais imaginé que vous ayez du temps à me consacrer.

— Je pense que vous en valez la peine et mon temps n'est pas si précieux que cela. D'où venez-vous, monsieur le représentant ?

— Je ne suis pas certain de le savoir, mais, pour répondre à votre première question, je me demande simplement si ma place est ici. Quant à votre seconde question, n'étant pas sûr que ma place soit ici, je suis dans une situation enviable qui me permet de dire ce que j'ai à dire sans me préoccuper des conséquences... des conséquences politiques, bien sûr.

— Voilà du nouveau, lança Stan d'un ton acerbe en griffonnant quelques notes. Et maintenant, si nous en venions à votre déclaration ?

— Très volontiers. Je crois que je préfère en finir tout de suite. Comme un certain nombre de gens, je n'aime pas beaucoup ce que je vois autour de moi. J'ai vécu loin d'ici pendant plusieurs années et il est peut-être indispensable d'être loin pour bien comprendre ce qui se passe chez soi... Cela permet en tout cas de faire une comparaison avec ce qui se passe chez les autres. Notre régime politique n'est pas censé être une oligarchie, mais j'ai le sentiment que c'est ce qu'il est devenu. Je serais bien incapable de donner des noms, mais je sais qu'ils sont là, dans les coulisses. Et vous le savez aussi bien que moi. Ils n'ont qu'une seule idée en tête : l'escalade. Ils gardent le doigt pointé vers un ennemi qui a lui-même atteint le dernier échelon de son potentiel économique et technologique. Quand cette escalade va-t-elle cesser ? Quand allons-nous cesser de donner des cauchemars à nos enfants qui n'entendent parler que d'anéantissement ? Quand les mêmes cauchemars cesseront-ils pour leurs enfants ?... Faut-il nous résigner à rester dans cet ascenseur infernal jusqu'à ce que nous ne puissions plus redescendre, ce qui n'aura d'ailleurs plus guère d'importance, puisque à l'extérieur tout sera la proie des flammes... Voilà, je sais que ce n'est pas très correct vis-à-vis de vous, mais je n'ai pas envie de répondre à d'autres questions. Pardonnez-moi. Je retourne dans mes montagnes.

Evan Kendrick se leva brusquement et se fraya rapidement un chemin dans la foule ébahie jusqu'à la porte. Il l'ouvrit et s'éloigna à grands pas dans le couloir.

— Il ne va pas retourner dans ses montagnes, murmura Patrick O'Reilly à sa femme. Je te parie qu'il va rester à Washington.

— Tais-toi ! s'écria Annie, les yeux embués par les larmes. Cet idiot vient de se mettre toute la Colline à dos !

— Toute la Colline, peut-être, mais pas nous, ma chérie. Même s'il manque un peu de tact, il a mis le doigt sur le vrai problème. Ils empochent tout le fric et nous sommes morts de trouille. Veille sur lui, Annie, prends bien soin de lui. C'est une voix que nous sommes nombreux à vouloir entendre.

19

La chemise ouverte, le veston sur l'épaule, Kendrick marchait dans les rues de Washington. La capitale était engourdie par la chaleur et il ne savait pas où il allait. Il essayait simplement de rassembler ses idées en posant un pied devant l'autre. Il s'était fait arrêter à maintes reprises par des inconnus dont l'opinion semblait à peu près partagée, mais penchait légèrement en sa faveur, ce dont il ne savait pas s'il devait se réjouir.

— Bravo, sénateur ! Vous lui avez bien cloué le bec, à ce phraseur !

— Je ne suis pas sénateur, mais membre de la Chambre des représentants. Merci quand même.

— Mais pour qui vous prenez-vous ? A-t-on idée de vouloir ridiculiser un patriote comme le colonel Barrish ? Espèce de tantouse socialiste !

— Je peux vous vendre un peu de parfum ? Le colonel m'en a acheté.

— Répugnant personnage !

— Vous étiez super à la télé ! Vous esquivez bien et vous tapez fort ! Cette salope n'hésiterait pas à renvoyer tous mes frères au Viêt-nam pour en faire de la chair à canon !

— Non, sergent, je ne pense pas. Il n'est même pas raciste... Pour lui, nous sommes tous de la chair à canon.

— Ce n'est pas parce qu'on est intelligent qu'on a raison ! Et ce n'est pas parce qu'il s'est fait piéger qu'il a tort ! Il croit à la force de notre pays et ce n'est manifestement pas votre cas !

— Moi, je crois à la raison, monsieur. Et j'espère que ce n'est pas incompatible avec la force de notre pays.

— Cela ne m'a pas semblé évident.

— Vous avez dû mal écouter.

— Merci, monsieur Kendrick, d'avoir dit tout haut ce que nous sommes si nombreux à penser.

— Mais pourquoi ne le dites-vous pas tout haut, vous aussi ?

— Je ne sais pas. De tous côtés, on exige de nous d'être durs. J'ai fait la guerre à Bastogne, dans les Ardennes. J'étais encore un gamin et personne n'a eu à me dire d'être dur. Je l'étais, et pourtant je crevais de trouille. On ne m'avait pas demandé mon avis ; moi, je voulais vivre, c'est tout. Mais, maintenant, tout est différent. Ce ne sont plus des hommes qui se battent contre d'autres hommes, contre des canons, ou bien des avions. Ce sont des machines qui volent dans le ciel et qui font de grands trous dans la terre. On ne peut pas tirer sur elles, on ne peut pas les détruire. Tout ce qu'on peut faire, c'est attendre.

— J'aurais aimé que ce témoignage soit entendu par la commission. Vous venez d'exprimer les choses beaucoup mieux que moi et vous êtes mieux placé que moi pour en parler.

Il n'avait vraiment plus envie de discuter. Il n'avait plus rien à dire et tous ces inconnus l'empêchaient de trouver la solitude dont il avait besoin. Il lui fallait maintenant réfléchir, mettre de l'ordre dans ses idées et prendre une décision. Une décision rapide, ne fût-ce que pour pouvoir se dire qu'il l'avait fait. Evan avait accepté sa nomination à la commission Partridge pour une raison bien précise : il tenait à avoir son mot à dire dans le choix de son successeur, et Phil Tobias l'avait convaincu que le meilleur moyen de s'en assurer était d'accepter la proposition de Partridge. Mais Evan se demandait si, finalement, il ne s'en souciait pas comme de sa première chemise.

Evan savait bien que ce n'était pas entièrement vrai, mais il ne s'agissait pas non plus de défendre un territoire quelconque. Celui qui venait de faire ses premiers pas, bien modestes, dans l'arène politique était un homme en colère, mais qui avait les yeux bien ouverts. Cet homme pouvait-il tout envoyer promener sous prétexte qu'il était irrité par le battage fait autour de sa personne ? Sans être un parangon de moralité, il avait un dégoût viscéral envers qui manquait à ses engagements pour ne pas avoir à subir un simple désagrément. Par ailleurs, il avait quand même réussi à éjecter la bande de pourris qui pressuraient consciencieusement sa circonscription. Il avait atteint l'objectif qu'il s'était fixé. Que pouvaient lui demander de plus ses électeurs ? Il leur avait ouvert les yeux... En tout cas il l'espérait, et, pour ce faire, il n'avait épargné ni sa salive ni son argent.

Réfléchir. Il lui fallait réfléchir sérieusement. Il conserverait probablement pendant encore quelque temps la propriété du Colorado. Il avait quarante et un ans ; dans dix-neuf ans, il en aurait soixante. Quelle importance ? Si, cela avait de l'importance. Il allait repartir au Moyen-Orient, retrouver son travail et ceux avec qui il savait le mieux travailler, mais, pas plus que Manny, il ne comptait y passer ses dernières années... une ou deux décennies, si tout allait bien. Ah ! Manny ! L'intelligence et le despotisme incarnés, un génie, un être impossible, mais le seul père qu'il eût jamais eu. Son vrai père, il l'avait à peine connu : un homme toujours absent, mort au Népal, en construisant un pont, quand le petit Evan fêtait son huitième anniversaire. Il avait laissé une veuve à l'humour teinté de cynisme, qui affirmait qu'en épousant un très jeune capitaine du génie au beau milieu de la Seconde

Guerre mondiale elle avait eu encore moins d'occasions de connaître la félicité conjugale que Catherine d'Aragon.

— Hé ! s'écria un petit bonhomme replet qui sortait d'un bar de la 16e Rue. Mais je viens de vous voir, vous ! Vous étiez assis sur un bureau, à la télé ! Sur la chaîne d'informations permanentes. Qu'est-ce que c'est barbant ! Je ne sais pas ce que vous avez raconté, mais j'ai vu un tas de types vous applaudir et d'autres qui sifflaient ! Oui, oui, c'était bien vous !

— Vous devez vous tromper, répondit Kendrick en pressant le pas.

Il songea que Cable News n'avait vraiment pas perdu de temps pour diffuser la conférence de presse improvisée. Il avait quitté son bureau depuis moins d'une heure et demie ; certaines personnes n'avaient, à l'évidence, pas de temps à perdre. Il savait que le réseau câblé d'informations devait être alimenté en permanence, mais les nouvelles ne manquaient pas à Washington. Alors, pourquoi lui ? Ce qui le tracassait, c'est une remarque que lui avait faite le jeune Tobias, peu de temps après son arrivée sur la Colline : « Cable News est une sorte d'incubateur, monsieur, et nous pouvons en tirer profit. Les autres chaînes ne vous considèrent peut-être pas comme assez important pour s'intéresser à vous, mais elles ne ratent rien de ce que présente Cable News et elles sont à l'affût de tout ce qui est un peu original ou insolite pour leurs propres bulletins d'informations. Nous pouvons créer certaines situations pour appâter Cable News et, à mon avis, avec votre physique et vos vues assez originales... »

— Surtout, ne commettons jamais l'erreur de contacter Cable News, monsieur Tobias. D'accord ?

L'assistant parlementaire en était resté interloqué, et il n'avait trouvé qu'un maigre réconfort dans la promesse d'Evan que son successeur serait beaucoup plus coopératif. Il avait dit franchement ce qu'il pensait et il le pensait toujours, mais il craignait qu'il ne fût trop tard.

Il prit la direction de l'hôtel Madison, distant d'un ou deux pâtés de maisons seulement et où il avait passé la nuit précédente. S'il avait dormi à l'hôtel, c'est parce qu'il avait eu la présence d'esprit de téléphoner chez lui, en

Virginie, pour savoir si sa prestation télévisée avait provoqué du remue-ménage dans la maison.

— Seulement si l'on a envie d'utiliser le téléphone, Evan, lui avait répondu le docteur Sabri Hassan en arabe, la langue qu'ils parlaient entre eux, par commodité et pour d'autres raisons. Il n'arrête pas de sonner.

— Dans ce cas, je reste à Washington. Je ne sais pas encore où je vais aller, mais je te tiendrai au courant.

— Ce n'est pas la peine. De toute façon, tu ne pourras certainement pas obtenir la communication. Je m'étonne d'ailleurs que tu aies réussi.

— Pour le cas où Manny appellerait...

— Appelle-le toi-même pour lui dire où tu es. Comme cela, je n'aurai pas à mentir. Les journalistes n'attendent que cela : prendre un Arabe en flagrant délit de mensonge. Les Israéliens peuvent mentir effrontément, le lobby juif parviendra toujours à persuader le Congrès qu'ils sont dans le vrai. Il n'en va pas de même pour nous.

— Arrête, Sabri, je t'en prie...

— Nous devons te quitter, Evan. Nous ne pouvons pas t'être utiles, nous ne pourrons jamais t'être utiles...

— Qu'est-ce que tu racontes ?

— Nous t'avons vu sur Cable News, ce matin. Je dois dire que tu étais très convaincant.

— Nous en reparlerons un autre jour, Sabri. À bientôt.

La veille, Evan avait passé l'après-midi à regarder une rencontre de base-ball à la télévision et à boire du whisky. À six heures et demie, il avait regardé les informations sur toutes les chaînes, l'une après l'autre, et il avait vu de très courts extraits de l'émission de Foxley. Dégoûté, il était passé sur une chaîne présentant un film étonnant sur l'accouplement des baleines au large de la Terre de Feu et il s'était endormi.

Son instinct lui conseillait de garder la clé de sa chambre. Il traversa rapidement le hall du Madison et prit l'ascenseur. Quand il fut dans sa chambre, il se déshabilla, ne gardant que son caleçon, et s'allongea sur le lit, puis, cédant à la curiosité ou à une impulsion plus profonde, il prit le boîtier de la télécommande, alluma la télévision et chercha Cable News. Sept minutes plus tard, il se vit en train de quitter son bureau et de s'éloigner à grands pas.

— *Mesdames et messieurs, vous venez d'assister à l'une des conférences de presse les plus insolites qu'il m'ait été donné de suivre. Non seulement insolite, mais unilatérale. Ce nouvel élu du Colorado a soulevé des questions d'intérêt national, mais il a refusé de nous livrer ses conclusions et nous a plantés là. Il faut ajouter, à sa décharge, qu'il nie être en représentation, puisqu'il ne semble pas sûr de vouloir rester à Washington. Quoi qu'il en soit, sa brève déclaration fut pour le moins fracassante.*

L'enregistrement vidéo s'arrêta brusquement et fut remplacé par le visage d'une présentatrice.

— Nous nous rendons maintenant au ministère de la Défense où le sous-secrétaire d'État à la Dissuasion stratégique s'apprête à faire une déclaration. À vous, Steve.

Un autre visage apparut sur le petit écran, celui d'un reporter brun, qui susurra en souriant de toutes ses dents à la caméra :

— Le sous-secrétaire d'État Jasper Hefflefinger, qui ne manque jamais de monter au créneau quand le Pentagone est attaqué, se propose de combler la brèche ouverte par le représentant Henryk, du Wyoming... Comment ?... du Colorado. Voici le sous-secrétaire d'État Hefflefinger.

Encore un nouveau visage. Celui d'un homme séduisant, à la mâchoire carrée et à l'imposante crinière argentée, doté d'une voix qui eût fait le bonheur des plus fameux speakers de la radio, dans les années 1930 et 1940.

— Ce que j'ai à dire à ce représentant, c'est que nous nous réjouissons de ses remarques. Oui, monsieur, nous avons les mêmes aspirations ! Éviter la catastrophe nucléaire, préserver la liberté individuelle et l'indépendance de la nation...

Il continua à dégoiser son discours, parlant de tout et de rien, sans jamais aborder les problèmes de l'escalade et de sa limitation.

Mais pourquoi moi ? se demanda Kendrick. Pourquoi moi ? J'en ai marre de tout cela ! Et merde ! Il éteignit le récepteur, prit le téléphone et appela le Colorado.

— Salut, Manny ! dit-il dès qu'il eut reconnu la voix sèche du vieil architecte.

— Mon garçon, tu m'as épaté ! hurla Weingrass. Je

suis heureux de voir que mon éducation a porté ses fruits !

— Arrête ton char, Manny ! Je vais tout laisser tomber !

— Qu'est-ce que tu racontes ? Tu t'es vu, à la télévision ?

— Oui, et c'est pour cela que je veux tout laisser tomber. On oublie le bain de vapeur à panneaux vitrés et le belvédère devant les ruisseaux. On s'en occupera plus tard. J'ai envie de repartir avec toi dans les Émirats, en passant par Paris, si tu veux. C'est d'accord ?

— Pas du tout, espèce de farceur ! Quand on a quelque chose à dire, on le dit ! Je t'ai toujours enseigné à dire ce que tu croyais être la vérité, même si un contrat devait te passer sous le nez... Bon, on trichait peut-être un peu sur les délais, mais on a toujours terminé les travaux ! Et sans jamais facturer de plus-value, même s'il fallait payer de notre poche !

— Mais, Manny, cela n'a rien à voir avec ce qui se passe ici...

— Oh ! que si ! Tu es en train de construire quelque chose... Tiens, à propos de construire, devine un peu, mon petit goy !

— Quoi ?

— J'ai commencé le bain de vapeur sur la terrasse et j'ai remis les plans du belvédère à l'entrepreneur. Personne ne peut arrêter Emmanuel Weingrass avant que son œuvre soit achevée et qu'elle lui donne toute satisfaction !

— Tu es vraiment impossible, Manny !

— Il me semble avoir déjà entendu cela !

Milos Varak suivait une allée gravillonnée de Rock Creek Park qui menait à un banc dominant un à-pic au pied duquel coulait un bras du Potomac. C'était un lieu écarté et paisible, apprécié par les touristes désireux de s'éloigner de l'asphalte, de la chaleur et du grouillement des rues. Comme le Tchèque s'y attendait, le speaker de la Chambre des représentants était déjà arrivé. Il était assis sur le banc, ses cheveux blancs dissimulés par une casquette irlandaise dont la visière lui couvrait la moitié du visage, sa longue carcasse enveloppée dans un imperméable parfaitement inutile dans la moiteur étouffante de la mi-journée. Le speaker tenait à ne pas être reconnu, ce qui n'était pas dans ses habitudes.

— Je suis très honoré de faire votre connaissance, monsieur, dit Varak en s'arrêtant devant le banc.

— Et, en plus, vous êtes un salaud d'étranger !

Le visage émacié, aux yeux noirs et aux sourcils de neige, exprimait la colère, mais il montrait aussi une expression défensive qui lui répugnait manifestement.

— Si vous n'êtes qu'une ordure de coursier des cocos, vous pouvez remballer votre marchandise. Je ne solliciterai pas un nouveau mandat. En janvier prochain, tout est fini, définitivement terminé, et ce qui s'est passé il y a trente ou quarante ans n'intéresse plus personne ! C'est compris, Boris ?

— Vous avez fait une carrière exceptionnelle et vous avez beaucoup apporté à votre pays... qui est aussi devenu le mien. Si vous me prenez pour un émissaire des Russes ou un agent de l'Est, sachez que depuis dix ans je les combats de toutes mes forces. Un certain nombre de gens qui sont au gouvernement peuvent en témoigner.

Le politicien blanchi sous le harnois considéra Varak d'un regard sans aménité.

— Vous n'auriez pas l'audace ni la bêtise d'affirmer cela si vous ne pouviez en apporter la preuve, articula-t-il avec l'accent âpre du nord de la Nouvelle-Angleterre. Mais vous avez eu le front de me menacer !

— Ce n'était que pour attirer votre attention, afin que vous acceptiez de me rencontrer. Puis-je m'asseoir ?

— Oui, asseyez-vous, dit le speaker du ton qu'il eût employé avec un chien docile.

Varak prit place sur le banc en prenant soin de laisser entre eux une certaine distance.

— Que savez-vous exactement sur ces événements qui ont prétendument eu lieu dans les années 1950 ? interrogea le vieux politicien.

— C'était le 17 mars 1951, pour être précis, répondit le Tchèque. Ce jour-là, un enfant du sexe masculin est venu au monde à la clinique Notre-Dame-de-la-Miséricorde, à Belfast. La mère était une jeune femme ayant émigré aux États-Unis quelques années plus tôt. Elle était revenue en Irlande, expliquant que son mari venait de mourir et qu'elle préférait être chez elle, au milieu des siens, pour mettre leur enfant au monde.

— Et alors ? demanda le speaker, le regard froid et impassible.

— Je pense que vous connaissez cette histoire, monsieur. Il n'y avait pas de mari aux États-Unis, mais seulement un homme qui devait tenir énormément à elle. Un jeune politicien plein de promesses, prisonnier d'un mariage raté dont il ne pouvait se libérer à cause des lois de l'Église et du respect aveugle que vouaient ses électeurs à ces lois. Pendant de longues années, le jeune politicien ambitieux, avocat de profession, envoya de l'argent à cette femme et alla les voir en Irlande, elle et son enfant, aussi souvent que possible. Il se faisait passer pour un oncle d'Amérique, bien entendu.

— Avez-vous une preuve de l'identité de ces gens ? demanda sèchement le speaker. Je ne parle pas de ouï-dire, de rumeurs ou d'identification discutable par un témoin oculaire, mais d'une preuve écrite.

— Oui.

— Quoi ? Quelle preuve ?

— Une lettre.

— Menteur ! lança le vieux politicien. Elle les a brûlées jusqu'à la dernière avant de mourir !

— Toutes, sauf une, dit doucement Varak. Je crois qu'elle avait l'intention de la détruire aussi, mais la mort ne lui en a pas laissé le temps. Son mari a trouvé la lettre cachée au fond de la table de nuit. Il ne sait toujours pas qui est *E* et il préfère ne pas le savoir, mais il est content que sa femme ait refusé votre proposition et qu'elle ait passé les vingt dernières années de sa vie auprès de lui.

Le vieux politicien détourna la tête en s'efforçant de contenir les larmes qui perlaient à ses yeux.

— À cette époque, ma femme m'avait quitté et nos deux enfants étaient à l'université. Il n'y avait plus aucune raison de poursuivre plus longtemps cette odieuse comédie. Les choses avaient changé, l'horizon politique s'était éclairci et ma position était devenue aussi solide que celle d'un Kennedy à Boston. Même les pédants moralisateurs de l'archidiocèse ne pipaient pas... Il est vrai que je leur avais laissé entendre que, à la moindre intervention de l'Église en période électorale, j'inciterais les juifs et les Noirs radicaux à demander à la Chambre la suppression de leur sacro-sainte exonération fiscale. L'archevêque a bien failli avoir une attaque et il était prêt à m'excommunier pour avoir donné au public l'image d'une conduite aussi damnable, mais je lui ai cloué le bec en lui disant qu'avant de me quitter ma femme avait sans doute couché avec lui aussi.

Le vieux politicien au visage creusé de rides s'interrompit, incapable cette fois de retenir ses larmes.

— Bon Dieu ! reprit-il d'une voix bouleversée par l'émotion. Comme j'aurais aimé qu'elle me revienne !

— Je suis sûr que vous ne parlez pas de votre femme.

— Vous savez très bien de qui je parle, vous dont je ne connais même pas le nom. Mais elle n'a jamais pu s'y résoudre. Un brave homme lui avait offert un toit et avait donné un nom à notre fils qui avait déjà quinze ans. Elle était incapable de le quitter... même pour moi. Je dois vous avouer que, moi aussi, j'ai conservé sa dernière lettre. Oui, nous avons gardé chacun de notre côté la dernière lettre de l'autre. Elle m'écrivait : « Nous serons réunis dans l'autre monde, mon chéri, mais jamais sur cette terre. » Mais quelle connerie ! Nous aurions pu vivre ensemble, au moins la dernière partie de notre vie !

— Si vous me permettez, monsieur, je pense que c'était l'expression d'une femme éprise qui avait autant de respect pour vous que pour elle-même et son fils. Vous aviez vos propres enfants et l'intrusion du passé peut ruiner l'avenir. Vous deviez songer à votre carrière, monsieur.

— J'aurais pu tout laisser tomber...

— Elle ne pouvait pas plus vous laisser faire cela qu'elle ne pouvait quitter l'homme qui lui avait offert un toit et un nom.

Le vieil homme sortit un mouchoir de sa poche et s'essuya les yeux.

— Et maintenant, expliquez-moi comment vous avez découvert tout cela, dit-il en retrouvant la sécheresse de son élocution.

— Ce n'était pas très difficile. Vous êtes le président de la Chambre des représentants, le deuxième, par ordre de préséance, pour assurer l'intérim en cas de vacance du pouvoir. Il se trouve que les gens d'un certain âge parlent plus librement que leurs cadets, sans doute, en grande partie, parce qu'ils se donnent inconsciemment de l'importance quand il s'agit de prétendus secrets. Je savais aussi que vous aviez divorcé d'avec votre femme et que vous étiez tous deux catholiques. Compte tenu de votre stature d'homme d'État, de l'époque du divorce et du pouvoir de votre Église, la décision a dû être douloureuse.

— Je vois qu'il est difficile de vous prendre en défaut. Vous avez donc cherché des gens qui, à l'époque, faisaient partie de mon entourage.

— Je les ai trouvés. C'est ainsi que j'ai appris que votre ex-épouse était la fille d'un riche promoteur immobilier qui cherchait à acquérir une influence politique, qu'elle avait financé vos premières campagnes électorales et avait une réputation peu enviable.

— Elle l'avait avant moi et elle l'a conservée. Mais j'ai été le dernier à m'en rendre compte.

— Vous avez quand même fini par vous en rendre compte, poursuivit Varak d'une voix ferme. Sous l'empire de la déception et de la colère, et comme, à l'époque, vous étiez persuadé de ne pouvoir vous dépêtrer de ce mariage, vous avez cherché des compensations extraconjugales.

— En effet, j'ai cherché quelqu'un qui pourrait être à moi.

— Et vous avez trouvé ce quelqu'un dans un hôpital où vous faisiez don de votre sang pendant une campagne électorale. C'était une infirmière irlandaise qui préparait son diplôme aux États-Unis.

— Mais comment diable avez-vous...

— Les vieilles gens ont la langue bien pendue.

— Pee Wee Mangecavallo, murmura le speaker, les yeux brillants, comme si l'évocation de ce nom faisait resurgir en lui les images d'un bonheur enfui. Il tenait un petit bar-restaurant italien où l'on mangeait de bonnes spécialités siciliennes. Jamais personne ne me posait de questions... On ne savait pas qui j'étais. Le vieux salaud, il n'a pas oublié !

— M. Mangecavallo a maintenant plus de quatre-vingt-dix ans, mais il n'a rien oublié. Vous passiez la soirée chez lui, avec votre jolie infirmière, il fermait le bar à une heure du matin et vous laissait tous les deux en vous demandant seulement de ne pas faire jouer trop fort les tarentelles du juke-box.

— Un homme merveilleux.

— Il est doté d'une mémoire extraordinaire pour son âge, mais il n'a malheureusement plus le self-control de ses jeunes années. Il égrène interminablement ses souvenirs — d'aucuns diraient qu'il radote — et il est prêt à dévoiler devant un verre de chianti ce qu'il aurait certainement gardé pour lui il y a encore deux ou trois ans.

— À son âge, on ne peut pas lui en vouloir de...

— Mais vous vous êtes confié à lui, poursuivit Varak sans laisser le vieux politicien achever sa phrase.

— Non, pas vraiment, protesta le speaker. Mais Pee Wee a dû faire le rapprochement... Ce n'était pas très difficile. Quand elle est repartie en Irlande, j'ai continué à aller chez lui, très souvent les deux ou trois premières années. Je buvais un peu plus que de coutume, car personne ne me connaissait, ou bien ils s'en fichaient éperdument, et, grâce à Pee Wee, je suis toujours rentré à la maison sans encombre. Mais je suppose que j'ai un peu trop parlé...

— Vous êtes retourné dans l'établissement de M. Mangecavallo quand elle s'est mariée...

— Oh, oui ! Je m'en souviens comme si c'était hier ! Plus exactement, je me souviens d'y être allé, mais pas du tout d'en être ressorti...

— M. Mangecavallo se rappelle très clairement cette soirée. Des noms, un pays, une ville et une date... de rupture, selon votre propre expression. Je me suis rendu en Irlande.

Le speaker tourna vivement la tête vers Varak et braqua sur lui le regard dur et interrogateur de ses yeux gris.

— Que voulez-vous de moi ? Tout cela est fini... c'est le passé et vous ne pouvez pas me nuire. Expliquez-moi ce que vous voulez !

— Rien que vous puissiez regretter ou dont vous puissiez avoir honte, monsieur. Vous pouvez étudier la recommandation de mes clients avec la plus extrême rigueur, vous ne trouverez rien à y redire.

— La recommandation... de vos clients ? Cela a un rapport avec la Chambre ?

— Oui, monsieur.

— Et pourquoi devrais-je me plier à cette recommandation ?

— À cause d'un fait que j'ai découvert en Irlande et que vous ignorez.

— De quoi voulez-vous parler ?

— Je suppose que vous avez déjà entendu parler d'un tueur du nom de Tam O'Shanter, le chef de l'aile « provisoire » de l'I.R.A. ?

— Une ordure ! Une tache à la réputation de chaque Irlandais !

— C'est votre fils !

Une semaine s'était écoulée, et Kendrick se voyait conforté dans son opinion qu'il n'y avait rien de plus éphémère à Washington que la célébrité. Les retransmissions télévisées des séances de la commission Partridge avaient été suspendues à la requête du Pentagone qui avait publié un double communiqué annonçant d'une part qu'il procédait à des vérifications financières approfondies, d'autre part que le colonel Robert Barrish avait été promu au grade de général de brigade et qu'il avait reçu le commandement d'une base militaire de l'île de Guam, un avant-poste du monde libre, d'une importance stratégique vitale.

Au 70 Cedar Street, à Clinton, dans le New Jersey, M. Joseph Smith, dont le père avait été basé à Guam pendant la guerre, éclata d'un rire tonitruant et frappa violemment le sein gauche de sa femme, assise à côté de lui devant la télévision.

— Il s'est fait balancer ! hurla-t-il. Et c'est grâce à ce politicien ! Il me plaît, celui-là !

Mais, comme toute période d'euphorie a une fin, le sentiment de soulagement qui commençait à gagner le représentant de la neuvième circonscription du Colorado retomba brusquement le jour où Phil Tobias prit une communication téléphonique qui lui était destinée.

— Bon Dieu ! s'écria le premier assistant de Kendrick en plaquant la main sur le combiné. C'est le speaker de la Chambre en personne ! Pas un assistant parlementaire, ni une secrétaire ! C'est *lui* !

— Et si tu passais la communication à Kendrick, suggéra Annie O'Reilly. C'est sur sa ligne qu'il a appelé, pas sur la mienne. Tu ne fais pas de commentaires ; tu te contentes d'appuyer sur la touche adéquate et de lui passer la communication. Cela dépasse ta compétence.

— Mais on ne procède pas de cette manière ! Son secrétariat aurait dû m'appeler d'abord !

— Vas-tu faire ce que je t'ai dit !

Phil Tobias s'exécuta, la mort dans l'âme.

— Kendrick ?

— Oui, monsieur le speaker.

— Pouvez-vous m'accorder quelques minutes ? demanda la voix à l'accent rugueux.

— Bien sûr, monsieur, si c'est important.

— Je n'appellerais pas personnellement un jeune abruti de nouvel élu sur sa ligne directe si ce que j'ai à lui dire ne me paraissait pas important.

— Alors, j'espère que le vieil abruti de speaker a une question importante à débattre, répliqua Kendrick. Sinon, je facture une consultation sur le budget parlementaire de son État ! Est-ce clair ?

— J'aime bien votre style, mon garçon. Nous ne sommes pas du même bord, mais j'aime votre style.

— Vous changerez peut-être d'avis quand je serai dans votre bureau.

— J'aime de plus en plus.

Debout devant le bureau du speaker de la Chambre des représentants, Kendrick considérait d'un regard stupéfait l'Irlandais au visage émacié et à la tête chenue. Au lieu de lui faire une proposition, le vieux routier de la politique venait de lui annoncer une nouvelle sidérante, une véritable bombe sur la route de la retraite qu'il avait tracée.

— La sous-commission de la Surveillance et de l'Évaluation, dit Kendrick en contenant la colère qui montait en lui. En liaison avec les services de renseignements ?

— Exactement, dit le speaker en baissant les yeux sur les papiers disposés sur son bureau.

— Mais comment osez-vous ? Vous ne pouvez pas faire cela !

— C'est déjà fait. Votre nomination a été annoncée.

— Sans mon consentement ?

— Je n'en ai pas besoin. Je dois vous avouer qu'il y a eu quelques grincements du côté de l'appareil de votre parti — vous ne faites pas l'unanimité, loin de là —, mais je pense avoir été assez convaincant et j'ai arraché leur accord. Vous êtes, comment dire, une sorte de symbole de l'indépendance dans le bipartisme.

— Un symbole ? Qu'est-ce que vous me chantez là ? Je ne suis pas un symbole !

— Vous avez un enregistrement de l'émission de Foxley ?

— C'est de l'histoire ancienne. C'est oublié !

— Et la petite mise en scène organisée dans votre bureau le lendemain matin ? Le correspondant du *New York Times* a pondu sur vous un article ronflant où il vous présentait comme... Qu'est-ce qu'il a écrit, déjà ? Je l'ai relu hier... « la voix de la raison dans une cacophonie de hourras frénétiques ».

— Mais cela remonte déjà à plus d'une semaine, personne n'a rien dit d'important depuis. Je me suis effacé du paysage politique.

— Vous venez juste d'y faire un retour éclatant.

— Je refuse cette nomination ! Je n'ai pas la moindre envie d'être informé de secrets intéressant la sécurité nationale. Je n'ai pas l'intention de défendre mon siège et je considère que ce serait me mettre dans une position intenable... une situation dangereuse, à parler franc.

— Si vous refusez, votre parti vous mettra publiquement à l'index. On vous traitera de tous les noms, on vous accusera de n'être qu'un riche incapable, un irresponsable et on exhumera la nullité que vous avez écrasée avec votre fric. On le regrette un peu ici, lui et les intérêts qu'il représentait.

Le speaker s'interrompit avec un gloussement de plaisir.

— Ils ont proposé à tout le monde des petits à-côtés sympathiques, voyages en jet privé ou bien séjours à Hawaii ou dans le midi de la France, dans des appartements appartenant au lobby des mines. Peu leur importe le parti, tout ce qu'ils veulent, c'est quelques amendements à la législation..., qu'ils soient proposés par l'un ou l'autre camp. Si vous refusez, Kendrick, vous nous rendrez service à tous.

— Vous êtes vraiment un pourri, monsieur le speaker.

— Non, jeune homme, je suis pragmatique.

— Vous avez pourtant fait de bonnes choses...

— Ce n'est qu'une question de sens pratique ! le coupa le vieux politicien. On ne fait pas avaler la pilule sans en masquer l'amertume avec un sirop bien sucré.

— Vous rendez-vous compte que, d'une seule phrase, vous cautionnez la corruption politique ?

— Certainement pas ! Je ferme simplement les yeux sur la cupidité inhérente à la condition humaine en échange de lois venant en aide à ceux qui en ont réellement besoin ! Si j'ai réussi à faire passer ces lois, c'est en me refusant à voir certaines faiblesses mineures, mais ceux qui en ont profité savaient que mes yeux n'étaient pas fermés ! Un richard comme vous ne doit pas comprendre cela ! Il y a bien quelques milliardaires parmi vos collègues, mais ils sont loin d'être en majorité ! L'allocation annuelle qui leur est attribuée représente à peine vos dépenses d'un mois et, s'ils renoncent à leur siège, c'est parce que, sans prendre de vacances, ils n'ont pas de quoi payer les études de leurs gamins ! Alors, oui, c'est vrai, je ferme les yeux sur certaines petites compensations !

— Ça va ! hurla Kendrick. J'ai compris ! Mais ce que je ne comprends pas, c'est pourquoi vous me nommez à la Surveillance et à l'Évaluation ! Rien dans mon passé ne me qualifie pour ce poste. Je pourrais vous citer trente ou quarante de mes collègues qui en savent beaucoup plus long que moi... Ce n'est pas difficile, je ne sais rien ! Ils suivent tout cela de près, ils adorent connaître le dessous des cartes de ce jeu stupide. Oui, je répète, de ce jeu stupide ! Nommez plutôt l'un d'eux. Ils s'en lèchent les babines à l'avance !

— Ce n'est pas ce que nous cherchons, mon garçon, répliqua le speaker d'une voix dont plusieurs décennies de subtiles négociations politiques dans la capitale n'avaient pas réussi à gommer l'accent râpeux. Ce qu'il nous faut, c'est un scepticisme de bon aloi, comme celui dont vous avez fait montre à la télévision avec ce pédant de colonel. Vous nous apporterez quelque chose de précieux.

— Vous vous trompez, monsieur, je n'ai rien à apporter et cela ne m'intéresse pas le moins du monde. Barrish usait et abusait des généralités. Il refusait avec condescendance d'aborder franchement les problèmes. C'était totalement différent. Je vous répète que votre sous-commission ne m'intéresse pas !

— Mais vous savez bien, mon jeune ami, que l'intérêt varie selon les situations ; c'est comme pour les banques. Il suffit qu'il se passe quelque chose et le taux d'intérêt augmente ou baisse. De plus, certains connaissent mieux que d'autres des régions « troublées » de la planète... et, dans ce domaine, vous êtes tout à fait qualifié. Un talent qui demeure profondément enfoui dans le sol n'a aucune valeur, mais, si on lui donne de la lumière, il peut s'épanouir d'une manière éclatante. C'est votre cas.

— Si vous voulez parler des quelques années que j'ai passées dans les pays du Golfe, sachez que j'étais un entrepreneur de construction qui ne s'occupait que de contrats et de profits.

— Vraiment ?

— Le touriste moyen en savait plus long que moi sur la politique et la culture de ces pays. Tous les gens de notre profession restaient entre eux et ne voyaient presque personne en dehors de leur milieu.

— J'ai de la peine à vous croire, énormément de peine. J'ai consulté votre dossier parlementaire, jeune homme, et j'en suis tombé sur le cul ! Vous êtes tranquillement là, à Washington, et vous avez construit des aéroports et des bâtiments gouvernementaux pour les Arabes, ce qui implique de nombreuses négociations avec toutes les huiles de la région ! Un aéroport, mon jeune ami, cela intéresse les services de renseignements de l'armée ! Et, là-dessus, je découvre que vous parlez plusieurs langues arabes. Pas une, plusieurs !

— Il n'y a qu'une seule langue, les autres sont des dialectes...

— Vous pouvez nous rendre des services inestimables, croyez-moi. Et il est de votre devoir patriotique de servir votre pays en partageant ce que vous savez avec d'autres experts.

— Je ne suis pas un expert !

— Dans les circonstances présentes, poursuivit le speaker d'un air pensif, en s'enfonçant dans son fauteuil, et compte tenu de votre passé, un refus de votre part semblerait indiquer que vous avez quelque chose à cacher, quelque chose que nous devrions peut-être nous donner la peine de découvrir. Vous avez quelque chose à cacher, monsieur le représentant ?

Le speaker plongea brusquement son regard dans celui d'Evan.

Quelque chose à cacher ? Il avait tout à cacher ! Pourquoi le speaker le regardait-il ainsi ? Personne n'était au courant de ce qui s'était passé à Oman et à Bahreïn. Personne ne le saurait jamais ! Il en avait reçu l'assurance.

— Je n'ai absolument rien à cacher, répondit Kendrick d'une voix ferme, mais vous rendriez un mauvais service à la sous-commission en surévaluant mes capacités. Dans votre propre intérêt, faites appel à quelqu'un d'autre.

— Ce livre merveilleux qu'est la sainte Bible apporte bien des réponses, n'est-ce pas ? demanda le speaker d'un ton profondément détaché, Il nous enseigne, ajouta-t-il l'air songeur, qu'il y a beaucoup d'appelés, mais peu d'élus.

— Oh ! Je vous en prie !

— C'est peut-être le cas, jeune homme, poursuivit le vieil Irlandais en hochant lentement la tête. L'avenir nous le dira. En attendant, la direction du groupe parlementaire de votre parti a décidé que vous étiez l'élu. Ce sera donc vous... à moins que vous n'ayez quelque chose à cacher... Et maintenant, du balai, j'ai à faire !

— Du balai !

— Foutez le camp, Kendrick !

Les deux assemblées du Congrès, le Sénat et la Chambre des représentants, forment différentes commissions qui se font pendant et portent des noms similaires. Il existe une commission des Finances aussi bien au Sénat qu'à la Chambre, une commission sénatoriale des Relations extérieures et une commission des Affaires étrangères, une commission permanente des Renseignements pour le Sénat et une autre portant le même nom pour la Chambre, cette dernière étant épaulée par une puissante sous-commission à la Surveillance et à l'Évaluation. Ce n'est qu'un exemple parmi d'autres du processus de contrôle permanent qui assure l'équilibre des pouvoirs pour l'ensemble du système politique. Le pouvoir législatif, qui reflète d'une manière beaucoup plus réaliste la multiplicité des composantes du corps politique qu'un pouvoir exécutif retranché derrière ses positions idéologiques ou un pouvoir judiciaire nommé à vie, doit réfléchir à chacune des innombrables questions soumises à ces deux assemblées délibérantes et arriver à un consensus. C'est une méthode d'une lenteur exaspérante, mais qui donne d'excellents résultats. Si, dans une société pluraliste, l'art de gouverner consiste à transiger, nul ne le fait mieux ni d'une manière plus horripilante que le corps législatif du gouvernement des États-Unis, avec sa multiplicité de commissions, souvent insupportables et parfois ridicules. Une société pluraliste n'est-elle pas multiple par essence, souvent insupportable aux tyrans en puissance et presque toujours ridicule aux yeux de qui voudrait imposer sa volonté au peuple ? Bien que l'envie n'en manque pas à ceux qui détiennent le pouvoir exécutif et judiciaire, jamais la doctrine politique d'un seul homme ne doit devenir la loi du plus grand nombre. Il n'est pas rare de voir ces doctrinaires s'incliner de mauvais gré devant l'opposition virulente des commissions parlementaires. Malgré quelques rares et inexcusables aberrations, la voix du peuple se fait presque toujours entendre et la nation y trouve son compte.

Mais il existe sur la Colline du Capitole certaines commissions dont la logique exige que les travaux se déroulent dans la discrétion. Ce sont celles qui s'attachent à l'étude de la stratégie adoptée par les différents services de renseignements gouvernementaux. Peut-être à cause de cette discrétion et des procédures rigoureuses de sécurité auxquelles ils sont soumis, les membres *sélectionnés* pour faire partie de ces commissions de contrôle ont une aura particulière. Ils ont le privilège de savoir ce que les autres ignorent, ce qui fait d'eux des êtres différents, appartenant en quelque sorte à une espèce supérieure. Il existe un accord tacite entre le Congrès et les médias pour que ces derniers réfrènent leur curiosité, et que, lorsqu'un parlementaire est appelé à siéger dans l'une de ces commissions, sa nomination ne déclenche pas un tintamarre médiatique. Mais le secret n'est pas non plus de rigueur ; la nomination est annoncée et le choix est justifié, le plus simplement possible. Quand la nomination du représentant de la neuvième circonscription du Colorado fut annoncée, il fut précisé qu'il avait une longue expérience de constructeur au Moyen-Orient, plus particulièrement dans le golfe Persique. Comme personne ou presque ne connaît cette région, on supposa qu'il avait travaillé quelques années plus tôt dans un pays méditerranéen et on trouva cette nomination tout à fait raisonnable.

Mais les journalistes et les commentateurs, aussi bien que les politiciens, sont à l'affût de la reconnaissance sous toutes ses formes, même les plus subtiles, car, dans le district de Columbia, la reconnaissance va de pair avec le pouvoir. Il y a commission et commission. Un parlementaire nommé aux Affaires indiennes n'a pas les mêmes responsabilités que son collègue qui entre à la commission des Voies et Moyens. Le premier fait le minimum pour améliorer la situation d'un peuple marginalisé et privé d'une grande partie de ses droits ; l'autre explore les méthodes et les procédures permettant à l'ensemble du gouvernement de continuer à fonctionner. Il en va de même pour l'Environnement et les Forces armées. Le budget du premier va en s'amenuisant, alors que les dépenses militaires sont en perpétuelle expansion. L'affectation de crédits est la sève nourricière de l'influence. Très rares sont donc les commissions parlementaires qui jouissent d'une considération comparable à celle que confère la fréquentation de l'univers clandestin des services secrets. À chaque nouvelle nomination à l'une de ces commissions quasi mystiques, tous les regards se tournent vers le nouvel élu, des frémissements agitent les couloirs du Congrès, les ordinateurs, les micros et les caméras se mettent en marche. Ce branle-bas n'a en général aucune suite et la nouvelle vedette retombe dans un oubli qui fait tantôt son bonheur, tantôt son désespoir. Mais il n'en va pas toujours ainsi et, si Evan Kendrick avait soupçonné toutes ces subtilités, peut-être aurait-il envoyé au diable le politicien retors qui l'avait embrigadé.

Mais Kendrick ignorait tout cela et, même s'il l'avait su, cela n'aurait pas changé grand-chose. Rien ne pouvait arrêter le processus mis en branle par Inver Brass.

Il était six heures trente, ce lundi matin d'octobre, et le soleil allait se lever sur les collines de Virginie quand Kendrick, nu comme un ver, plongea dans sa piscine. Il espérait que dix ou vingt longueurs dans l'eau froide lui permettraient de se débarrasser des élancements qui lui trouaient le crâne et brouillaient la vue. Dix heures plus tôt, dans sa propriété du Colorado, il avait abondamment arrosé avec Emmanuel Weingrass la construction du belvédère d'un luxe excessif, sous le sol vitré duquel on découvrait les deux ruisseaux coulant en contrebas.

— Tu vas bientôt voir des baleines ! s'était écrié Manny.

— Comme celles que tu avais promises aux gamins, au bord de cette rivière presque tarie, je ne sais plus où ?

— Nous n'avions pas l'appât qu'il fallait. J'aurais dû utiliser une des mères. Cette Noire superbe..., tu te souviens d'elle ?

— Son mari était un officier du génie militaire. Il n'aurait peut-être pas vu cela d'un très bon œil.

— Que leur fille était belle !... Quand je pense qu'elle est morte en même temps que tous les autres...

— Mais pourquoi Manny ? Pourquoi ?

— Allez, Evan, il est temps de partir.

— Je n'ai pas envie.

— Il le faut ! Tu as une réunion demain matin.

— Je peux la sécher. Cela m'est déjà arrivé une ou deux fois.

— Une seule fois, et, moi, j'ai eu du mal à m'en remettre ! Ton jet t'attend à Mesa Verde. Tu seras à Washington dans quatre heures.

Tout en alignant les longueurs de bassin, à une cadence de plus en plus rapide, Evan songeait à la séance matinale à laquelle il allait participer, reconnaissant en son for intérieur que Manny avait eu raison de le pousser à retourner à Washington. Les réunions de la sous-commission le fascinaient. Elles le mettaient hors de lui, le stupéfiaient, le consternaient, mais, avant tout, elles le fascinaient. Il se passait dans le monde tellement de choses, dans ou contre l'intérêt des États-Unis, dont on ne savait rien. Mais il lui avait fallu attendre la troisième réunion pour comprendre l'erreur que commettaient systématiquement ses collègues avec les témoins des différents services de renseignements. Ils cherchaient en effet des failles dans la stratégie employée pour mener à bien certaines opérations sans s'interroger sur le bien-fondé de l'opération elle-même.

C'était compréhensible, car les hommes — exclusivement des hommes — qui défilaient devant la sous-commission pour plaider leur cause étaient des professionnels évoluant dans un univers de violence et de clandestinité, qui cherchaient d'une voix douce à atténuer le côté mélodramatique de cet univers. Ils s'exprimaient calmement, dans leur jargon ésotérique, et il y avait quelque chose de grisant dans le fait d'avoir l'impression d'appartenir à cette communauté clandestine, ne fût-ce qu'à titre de consultant. C'était, pour les hommes d'âge mûr qui composaient la commission, l'occasion d'assouvir des fantasmes d'adolescent. Parmi les témoins qui défilaient devant la sous-commission, il n'y avait pas d'autre colonel Robert Barrish. C'était une procession d'hommes séduisants, élégamment vêtus, réservés et pondérés, qui expliquaient en termes froidement professionnels ce qu'ils pouvaient accomplir si on leur octroyait les fonds nécessaires et en quoi leur objectif était vital pour la sécurité de la nation. Mais, la plupart du temps, on se contentait de leur demander s'ils pouvaient réussir et non si leur action était justifiée, voire si elle avait un sens.

Ces erreurs de jugement étaient assez fréquentes pour troubler le représentant du Colorado après sa brève incursion dans l'univers implacable de ces hommes. Un univers qu'il haïssait trop pour se laisser prendre à son apparence romanesque. La peur atroce, indissociable de ce jeu terrifiant qui consistait à disposer, dans l'ombre, de vies humaines était une survivance de l'âge des ténèbres, quand seule importait la survie. On ne vivait pas dans cet univers, on s'efforçait de le supporter de son mieux, avec des sueurs froides, les tripes nouées par l'angoisse, comme Evan en avait fait la douloureuse expérience. Mais cet univers clandestin existait et certains de ses habitants l'avaient arraché aux mâchoires des requins du Qatar. Pendant les séances qui suivirent, il commença à interroger sans ménagements les témoins et à poser des questions de plus en plus gênantes. Il avait conscience que son nom se répercutait à tous les échos dans les salles du Congrès, dans les bureaux discrets de la C.I.A. et jusqu'à la Maison-Blanche. Qui était cet agitateur, ce fauteur de troubles ? Mais Evan restait de marbre ; il y avait des questions qui lui paraissaient fondées et il continuerait de les poser. Qui pouvait se prétendre intouchable ? Qui se croyait au-dessus des lois ?

Il se fit du remue-ménage au-dessus de lui, des gestes frénétiques et de grands cris qu'il percevait à peine à travers l'eau de la piscine. Il s'arrêta au beau milieu du bassin et reprit pied en secouant la tête. Le responsable de toute cette agitation était Sabri, un Sabri qu'il n'avait jamais vu dans un tel état. Le docteur en philosophie de Dubaï, cet homme si doux, à l'humeur égale, n'était plus lui-même et il avait toutes les peines du monde à contenir son excitation.

— Il faut que tu partes tout de suite ! hurla-t-il dès qu'Evan sortit la tête de l'eau.

— Quoi ? Qu'est-ce qui se passe ?

— Oman ! Mascate ! Toutes les chaînes de télévision, toutes les stations de radio ne parlent que de cela ! Il y a même des photos de toi en costume arabe... à Mascate ! Ils n'hésitent pas à interrompre leurs émissions pour donner les derniers développements de l'affaire ! La nouvelle s'est répandue il y a quelques minutes à peine et les journaux ont retardé leur dernière édition du matin en attendant d'avoir plus de détails !

— Bon Dieu de bon Dieu ! rugit Kendrick en sortant de la piscine tandis que Sabri l'enveloppait dans une sortie de bain.

— Les journalistes et les curieux vont rappliquer d'une minute à l'autre, poursuivit l'Arabe. J'ai décroché le téléphone et Kashi est en train de charger notre voiture... ou plutôt la voiture que tu nous as généreusement offerte...

— Ça va, ça va ! dit Kendrick en se dirigeant vers la maison. Que charge ta femme dans la voiture ?

— Des vêtements pour plusieurs jours, en cas de besoin. On pourrait reconnaître ta voiture alors que la nôtre est toujours dans le garage. Je me suis dit que tu aimerais avoir un peu de temps pour refléchir.

— Pour refléchir à la meilleure manière de commettre deux ou trois meurtres ! lança Evan en franchissant la porte du patio avant de s'élancer dans l'escalier. Mais comment cela a-t-il pu se produire ? cria-t-il en se retournant vers Sabri Hassan qui lui avait emboîté le pas.

— Je crains que ce ne soit que le commencement, mon ami.

— Pourquoi ? demanda Evan en pénétrant dans la vaste chambre qui dominait la piscine.

Il se dirigea vers sa commode dont il ouvrit précipitamment les tiroirs pour en sortir des chaussettes, quelques sous-vêtements et une chemise.

— Toutes les chaînes font appel à toutes sortes de gens pour donner leur avis, poursuivit Sabri. Il va de soi que les commentaires sont très élogieux.

— Que veux-tu qu'ils disent d'autre ? demanda Kendrick en enfilant des chaussettes et un caleçon tandis que Sabri dépliait une chemise et la lui tendait. Qu'ils saluent leurs potes, les terroristes palestiniens ?

Evan mit la chemise et se précipita vers la penderie pour y prendre un pantalon au moment où Kashi pénétrait dans la chambre.

— *Anahasfa !* s'exclama-t-elle pour s'excuser.

— Nous n'avons pas le temps de respecter les traditions, Kashi, dit vivement Kendrick. Comment t'es-tu débrouillée avec les vêtements ?

— Ce ne sont peut-être pas ceux que vous auriez choisis, mon cher Evan, mais ils vous serviront, répondit-elle d'une voix douce et inquiète. J'ai aussi pensé que vous pourriez nous appeler de l'endroit où vous serez et que je vous apporterai ce dont vous avez besoin. Il y a beaucoup de journalistes qui connaissent mon mari, mais aucun d'eux n'a jamais vu mon visage. Je ne me montre jamais.

— Parce que tu le veux bien, répliqua Kendrick en enfilant sa veste avant de repartir vers la commode pour prendre son portefeuille et son briquet. Nous allons peut-être devoir fermer la maison, Kashi, et nous réfugier au Colorado. Là-bas, tu pourras être mon hôtesse.

— Oh ! Evan ! gloussa Mme Hassan. Ne dites pas de bêtises ! Ce ne serait pas correct du tout !

— C'est toi le professeur, Sabri, dit Evan en se donnant un rapide coup de peigne. Quand vas-tu commencer à lui enseigner certaines choses ?

— Quand acceptera-t-elle de m'écouter ? Les femmes arabes doivent avoir des avantages dont nous ignorons tout.

— Allez, en route !

— Les clés sont sur le contact, mon cher Evan...

— Merci, Kashi, dit Kendrick en sortant de la chambre avec Sabri.

Les deux hommes descendirent l'escalier, longèrent le portique et pénétrèrent dans le garage abritant le cabriolet Mercedes d'Evan et la Cadillac Cimarron des Hassan.

— Dis-moi, Sabri, demanda Evan, que savent-ils exactement ?

— Comme tu n'as absolument rien dit, je ne peux me référer qu'à ce que m'a raconté Emmanuel.

— Ce n'est pas que je voulais te cacher quoi que ce soit, mais...

— Je t'en prie, Evan ! Je te connais depuis assez longtemps pour savoir que tu détestes te vanter, même indirectement.

— Me vanter de quoi ! s'écria Kendrick en avançant

dans le garage. J'ai failli tout foutre en l'air ! J'allais être largué d'un avion au-dessus des hauts fonds du Qatar, avec un porc écorché attaché sur le dos ! Si les otages ont été libérés, c'est grâce à ceux qui m'ont sauvé, pas à moi !

— Mais, sans toi, ils n'auraient rien pu faire...

— Laisse tomber, Sabri, dit Kendrick en ouvrant la portière de la Cadillac. Qu'ont-ils découvert exactement ?

— Autant que je puisse en juger, pas grand-chose. Je n'ai pas encore entendu un mot de ce qu'Emmanuel m'a raconté, même en tenant compte de sa propension à l'exagération. Les journalistes cherchent désespérément des détails, mais ils ne semblent pas trouver grand-chose.

— Je ne suis pas beaucoup plus avancé... À propos, pourquoi m'as-tu dit tout à l'heure que ce n'était que « le commencement » ?

— À cause d'un homme que l'on interviewait et qui semblait s'être laissé tirer du lit de très bonne grâce. C'est un de tes collègues de la sous-commission de Surveillance, un certain Mason.

— Mason ? murmura Kendrick en plissant le front. Il est très bien implanté dans sa circonscription... à Phoenix, ou bien Tulsa, je ne m'en souviens plus. Mais c'est un nullard. Il y a quelques semaines, nous avons essayé de nous débarrasser de lui en douceur.

— Ce n'est pas ainsi qu'on l'a présenté, Evan.

— Je m'en doute. Qu'a-t-il déclaré ?

— Que tu étais le plus malin des membres de la sous-commission, celui que tout le monde respectait et écoutait.

— Qu'est-ce que c'est que ces conneries ! J'ai pris deux ou trois fois la parole et j'ai posé quelques questions, mais c'est tout ! Par ailleurs, je ne me souviens pas avoir échangé plus de deux mots avec ce Mason ! Les gens racontent n'importe quoi !

— Oui, mais ce n'importe quoi est retransmis d'un bout à l'autre du pays...

Le crissement des freins d'une puis de deux voitures s'arrêtant devant la maison retentit dans le silence du garage fermé.

— Bon Dieu ! s'écria Kendrick. Je suis coincé !

— Pas encore, dit Hassan. Kashi sait ce qu'elle a à faire. Elle fera entrer les premiers arrivants en leur parlant hébreu et elle les conduira dans le solarium. Elle fera semblant de ne pas comprendre ce qu'ils disent et les retardera pendant quelques minutes. Vas-y, Evan. Prends le chemin vicinal jusqu'à l'embranchement de la grande route. Dans une heure, je raccrocherai le téléphone et tu pourras nous appeler. Kashi t'apportera ce dont tu as besoin.

La ligne était toujours occupée et Kendrick enfonçait rageusement la touche de répétition automatique du numéro d'appel qu'il avait composé. Enfin, à son grand soulagement, il obtint la sonnerie.

— La résidence du représentant Kendrick...

— C'est moi, Sabri.

— Mais comment as-tu fait pour avoir la ligne ? Je suis bien content de t'entendre ; je vais pouvoir décrocher cette saleté de téléphone.

— Comment cela se passe-t-il ?

— C'est catastrophique, mon ami. Aussi bien ici qu'à ton bureau et que dans le Colorado. Ils ont mis le siège partout.

— Comment le sais-tu ?

— Ils refusent de partir d'ici et Emmanuel a réussi, lui aussi, à nous joindre... en jurant comme un charretier. Il prétendait avoir essayé pendant près d'une demi-heure...

— Cela ne fait guère que dix minutes de plus que moi. Bon, qu'a-t-il dit ?

— La maison est cernée. Une meute de journalistes et des équipes de télévision ont débarqué à Mesa Verde, où la plupart sont encore coincés. Il aurait fallu beaucoup plus de trois taxis pour transporter toute cette foule.

— Tout cela doit rendre Manny fou furieux.

— Ce qui le rend fou furieux, c'est le manque d'installations sanitaires.

— Comment cela ?

— Il leur en a refusé l'accès, puis, constatant qu'ils satisfaisaient leurs besoins naturels tout autour de la maison, il s'est rué vers ton râtelier d'armes.

— Merde ! Ils ont pissé sur les pelouses ! Son jardin paysager !

— Je les connais, les diatribes d'Emmanuel, mais je

n'ai jamais rien entendu de si violent dans sa bouche ! J'ai quand même réussi à comprendre, au milieu de ses imprécations, qu'il fallait que tu appelles Mme O'Reilly, à ton bureau, parce qu'elle ne réussissait pas à nous joindre.

— Que lui a-t-elle dit ?

— Qu'il fallait que tu te caches pendant quelque temps, mais surtout que tu ne devais pas manquer de la rappeler.

— Je ne crois pas que ce soit une bonne idée, dit pensivement Kendrick. Moins elle en saura, mieux cela vaudra.

— Où es-tu ? demanda Sabri.

— Dans un motel, près de Woodbridge, en bordure de l'autoroute 95. Il s'appelle Les Trois Ours et j'occupe le bungalow 31. Le dernier sur la gauche, juste avant la forêt.

— Tous ces détails laissent supposer que tu as besoin d'un certain nombre de choses. De la nourriture, sans doute. Tu ne peux pas sortir pour risquer d'être reconnu et on ne sert pas à manger dans les bungalows...

— Non, pas de nourriture. Je me suis arrêté en route pour manger.

— On ne t'a pas reconnu ?

— Il y avait des dessins animés à la télévision.

— Alors, qu'est-ce qu'il te faut ?

— Attends la dernière édition des journaux du matin et envoie Jim, le jardinier, à Washington acheter tout ce qu'il pourra trouver. Surtout les principaux quotidiens ; ils ont dû mettre leurs meilleurs journalistes sur l'affaire.

— Je vais lui faire une liste. Et Kashi te les apportera.

Ce n'est qu'à treize heures trente que la femme de Sabri arriva au motel de Woodbridge, en Virginie. En ouvrant la porte de son bungalow, Evan découvrit avec soulagement qu'elle avait pris le pick-up du jardinier. Il n'avait pas pensé à cette manœuvre de diversion, mais ses deux amis de Dubaï n'avaient pas commis l'erreur de sortir la Mercedes de la maison assiégée. Tandis que Kendrick tenait la porte ouverte, Kashi fit deux autres allers et retours jusqu'au véhicule, car, outre une imposante pile de quotidiens de tout le pays, elle avait apporté de la nourriture. Il y avait des sandwichs sous cellophane, deux litres de lait dans un seau à glace et quatre plats chauds, deux occidentaux et deux arabes, le tout accompagné d'une bouteille de whisky canadien.

— Mais, Kashi, je n'ai pas l'intention de passer une semaine ici, protesta Kendrick.

— C'est pour le déjeuner et le dîner d'aujourd'hui, mon cher Evan. Vous êtes très tendu et il faut manger. Dans la boîte qui est sur la table, vous trouverez des couverts en argent et un petit réchaud. Il y a aussi des sets de table et des serviettes, mais, si vous devez partir précipitamment, je vous demanderais d'avoir la gentillesse de m'appeler pour que je vienne récupérer l'argenterie et le linge.

— Pourquoi ? L'intendant nous jetterait en prison ?

— L'intendante, c'est moi, mon cher Evan.

— Je te remercie, Kashi.

— Vous avez l'air fatigué. Vous ne vous êtes donc pas reposé ?

— Non, j'ai regardé cette foutue télévision. Et plus je la regarde, plus la moutarde me monte au nez. Le sommeil ne vient pas facilement quand on est furieux.

— Mon mari pense, et je suis tout à fait d'accord avec lui, que vous passez très bien à la télévision. Il pense aussi que nous allons devoir vous quitter.

— Mais pourquoi ? Il me l'a déjà dit il y a quelque temps, mais je ne comprends pas pourquoi.

— C'est pourtant facile à comprendre. Nous sommes arabes et vous travaillez dans une ville où l'on n'a que méfiance envers nous. Vous êtes dans une arène politique qui ne nous tolère pas. Et nous ne voulons pas vous nuire.

— Cette arène n'est pas la mienne, Kashi ! Je laisse tomber tout cela, je suis écœuré ! Tu dis que Washington n'a que méfiance envers les Arabes, mais c'est la même chose pour tout le monde ! C'est une ville de menteurs, de bluffeurs et de charlatans qui sont prêts à se marcher sur les pieds avec des crampons pour arriver avant les autres. Ils pervertissent un excellent système politique en suçant le sang de tous ceux qui passent à leur portée et en proclamant leur patriotisme pendant que le pays applaudit leurs déclarations sans savoir que c'est lui qui paie ! Cela ne m'intéresse pas, Kashi ! Je laisse tomber !

— Vous êtes bouleversé par...

— Parlons-en ! rugit Kendrick en se précipitant vers la pile de journaux posés sur le lit.

— Mon cher Evan, lança Kashi d'une voix dont la fermeté était si inattendue que Kendrick se retourna, plusieurs journaux à la main. Ces articles vont vous offenser, poursuivit-elle en le regardant droit dans les yeux, et je vous avoue que certains passages nous ont offensés, mon mari et moi.

— Je vois, dit posément Kendrick en scrutant le visage de Kashi. Tous les Arabes sont des terroristes... Je suis sûr que c'est écrit en toutes lettres.

— En effet, dit-elle.

— Mais ce n'est pas ce que tu voulais me dire ?

— Non. J'ai dit que vous seriez offensé, mais le mot n'est pas assez fort. Vous serez ulcéré, mais, avant de commettre quelque chose d'irréparable, je vous prie de m'écouter.

— Vas-y. Explique-toi.

— Grâce à vous, mon mari et moi-même avons eu la possibilité d'assister à de nombreuses sessions du Sénat et de la Chambre des représentants. Nous avons également eu le privilège, toujours grâce à vous, de suivre les délibérations des juges de votre Cour suprême.

— Elle ne m'appartient pas. Mais continue...

— Ce que nous avons vu et entendu était remarquable. Des questions d'intérêt national, et même des lois, débattues publiquement, non par de simples pétitionnaires, mais par des hommes cultivés. Vous, vous voyez le mauvais côté de tout cela et il y a assurément du vrai dans ce que vous dites, mais n'y a-t-il pas une autre vérité ? Nous avons vu nombre d'hommes et de femmes passionnés défendre ce en quoi ils croient sans craindre d'être critiqués ou réduits au silence.

— Ils peuvent être critiqués, mais pas réduits au silence. Jamais.

— Mais ils prennent des risques pour défendre leur cause. Parfois de grands risques.

— Bien sûr. Ils s'expriment publiquement.

— Pour défendre leurs convictions ?

— Oui..., souffla Kendrick d'une voix à peine audible.

Il voyait où Kashi Hassan voulait en venir. Et il comprenait aussi que c'était une mise en garde contre la fureur qui le consumait.

— Il y a donc des gens de bien dans ce que vous avez qualifié d'excellent système politique. Ne l'oubliez pas, Evan. Ne les diminuez pas, je vous en conjure.

— Comment cela ?

— Pardonnez-moi, je m'exprime mal. Je dois partir, maintenant.

Kashi se dirigea rapidement vers la porte et se retourna sur le seuil.

— Si vous sentez que la colère va vous pousser à des extrémités, *ya sahbee,* je vous demande instamment, au nom d'Allah, d'appeler d'abord mon mari, ou Emmanuel, si vous préférez... J'ajoute, sans préjugé aucun, car j'aime notre frère juif autant que vous, que mon mari sera sans doute plus calme.

— Tu peux compter sur moi.

Kashi sortit et Evan se jeta littéralement sur les journaux et les étala sur le lit de manière à mettre les gros titres en évidence.

Si un cri primal avait pu soulager sa souffrance, il eût fait voler en éclats les vitres des fenêtres du bungalow à l'atmosphère étouffante.

New York Times
New York. Mardi, 12 octobre.

EVAN KENDRICK, LE REPRÉSENTANT DU COLORADO,
AURAIT JOUÉ UN RÔLE ESSENTIEL DANS L'AFFAIRE D'OMAN
D'après une note confidentielle,
il aurait berné les terroristes arabes.

Washington Post
Washington, D.C. Mardi, 12 octobre.

KENDRICK, DU COLORADO,
ÉTAIT L'ARME SECRÈTE DES U.S.A. À OMAN
Il aurait démantelé le réseau de financement
des terroristes arabes.

Los Angeles Times
Los Angeles. Mardi, 12 octobre.

UN DOSSIER RENDU PUBLIC RÉVÈLE QUE M. KENDRICK AURAIT APPORTÉ LA SOLUTION À LA CRISE D'OMAN
Les terroristes palestiniens étaient soutenus par un financier arabe.

Chicago Tribune
Chicago. Mardi, 12 octobre.

LE CAPITALISTE KENDRICK A LIBÉRÉ LES OTAGES DE TERRORISTES COMMUNISTES
Des révélations qui jettent les tueurs arabes dans le désarroi.

New York Post
New York. Mardi, 12 octobre.

EVAN, L'HOMME D'OMAN, S'EST JOUÉ DES ARABES !
À Jérusalem de le faire citoyen d'honneur d'Israël ! New York réclame un défilé !

U.S.A. Today
Mercredi, 13 octobre.

BRAVO AU « COMMANDO » KENDRICK !
Les terroristes arabes veulent sa tête ! Nous voulons une statue !

Evan se tenait devant le lit, passant rapidement en revue les gros caractères d'imprimerie. Il avait la tête vide et une seule question se répercutait dans son crâne : *Pourquoi ?* Mais aucune réponse ne lui venait à l'esprit. Puis, lentement, une autre question commença à se former : *Qui ?*

21

S'il y avait quelque part une réponse à ces deux questions, ce n'est certes pas dans les journaux qu'on pouvait la trouver. Toutes les sources « autorisées, » « sûres » ou même « confidentielles » qu'ils citaient se contentaient de vagues confirmations, du genre : « Nous n'avons rien à déclarer », « Il est encore trop tôt pour affirmer quoi que ce soit » ou « Nous sommes en train d'analyser les événements en question. »

Le coup de tonnerre avait été déclenché par une note interministérielle ultra-confidentielle portant l'en-tête du Département d'État. Le document, non signé, avait été exhumé des dossiers enfouis dans les archives, sans doute subtilisé par quelque fonctionnaire estimant que les exigences draconiennes de la sécurité nationale empêchaient injustement de rendre hommage à un héros, par simple crainte paranoïaque de représailles terroristes. Des copies de la note ultra-confidentielle avaient été envoyées aux journaux, aux agences de presse et aux différentes chaînes de télévision, de manière à leur parvenir entre cinq et six heures du matin, heure de la côte Est. À chaque copie étaient jointes trois photographies différentes du représentant Kendrick à Mascate, qui rendaient tout démenti impossible.

Tout a été organisé dans les moindres détails, songea Kendrick, strictement minuté pour surprendre la nation tout entière à son réveil et pour que les bulletins d'informations y fassent référence toute la journée.

Pourquoi ?

Les faits divulgués retinrent toute son attention. Ce qu'ils laissaient dans l'ombre était aussi révélateur que ce qu'ils exposaient à la curiosité du public. Ils étaient d'une stupéfiante exactitude, dévoilant en particulier qu'il avait été transporté clandestinement à bord d'un appareil militaire et qu'il avait déjoué les mesures de sécurité de l'aéroport de Mascate grâce à des agents secrets locaux qui lui avaient fourni des vêtements arabes et le gel colorant qui lui avait permis de ne pas se faire remarquer sur le théâtre des opérations. *Le théâtre des opérations !*

La note ultra-confidentielle fournissait une liste fragmentaire, souvent hypothétique, des contacts qu'il avait pris sur place avec d'anciennes connaissances. Les noms étaient caviardés, noircis à l'encre, pour d'évidentes raisons de sécurité. Un paragraphe racontait son internement volontaire dans une prison réservée aux terroristes, où il avait failli perdre la vie, mais où il avait appris les noms qu'il devait connaître afin de retrouver la trace de ceux qui étaient derrière les fanatiques palestiniens de l'ambassade. Plus particulièrement le nom — noirci à l'encre — d'un homme qu'il avait traqué et obligé à disperser les terroristes de l'ambassade américaine à Mascate. Cet homme, qui jouait un rôle prépondérant, avait été abattu — tous les détails, le paragraphe entier noirci à l'encre — et le représentant Evan Kendrick s'était fait rapatrier aux États-Unis.

On avait fait appel à des experts pour examiner les photographies qui avaient été soumises à une analyse spectrographique afin d'établir leur authenticité. Il s'agissait de dater les négatifs et de déterminer si un truquage de laboratoire était possible. Tout avait été certifié authentique et la première page d'un journal tenu par un passant dans une rue de Mascate, grossie vingt fois, confirmait la date. Les quotidiens les plus respectables signalaient l'absence de toute autre source susceptible de conférer une crédibilité accrue aux faits encore trop incomplets, mais il n'y avait pas à nier l'authenticité des photos, pas plus que l'identité de celui qu'elles montraient. Or, il était impossible de joindre cet homme, le représentant Evan Kendrick, pour lui demander de confirmer ou de démentir l'incroyable histoire. Le *New York Times* et le *Washington Post* avaient réussi à dénicher quelques rares amis et voisins dans la capitale, en Virginie et au Colorado. Aucun d'eux ne se rappelait avoir vu ou eu des nouvelles du parlementaire pendant la période de la crise de Mascate.

Le *Los Angeles Times* était allé plus loin et, sans révéler ses sources, avait procédé à un contrôle des communications téléphoniques d'Evan Kendrick. Pendant une période de quatre semaines et en excluant les appels à différents fournisseurs locaux et à un jardinier du nom de James Olsen, seules cinq communications pouvaient avoir un rapport avec l'affaire. Trois d'entre elles avaient été reçues par les sections d'Études arabes des universités de Georgetown et Princeton, une autre par le consul de l'émirat de Dubaï et la dernière par un avocat de Washington, qui refusait toute déclaration à la presse. Les chiens étaient à l'arrêt, même si la proie avait disparu.

Les autres quotidiens, à savoir la plupart de ceux qui n'ont pas les ressources nécessaires pour financer des recherches approfondies et tous les tabloïds, qui ne connaissent même pas le sens du mot vérification, s'en donnèrent à cœur joie. Ils se servirent de la note ultra-confidentielle comme d'un tremplin pour se lancer dans d'enivrantes conjectures sur l'épisode héroïque d'Oman, sachant que leurs lecteurs crédules s'arracheraient tous les exemplaires comme des petits pains. Ce qui est imprimé devient trop souvent parole d'évangile pour la frange la moins avertie de l'opinion. Aussi condescendant que puisse paraître ce jugement, il n'en est pas moins juste.

Mais dans tous ces articles certains faits, et des faits de première importance, brillaient par leur absence. Il n'était fait mention nulle part du rôle joué par le brave et jeune sultan d'Oman qui avait mis en péril et sa propre vie, et l'avenir de sa dynastie, en apportant son aide à Kendrick. On ne parlait pas non plus des Omanais qui avaient veillé sur lui à l'aéroport et dans les rues mal famées de Mascate, ni de la femme, mystérieusement sortie de l'ombre, qui, après l'avoir sauvé à l'aéroport de Bahreïn, lui avait trouvé un refuge et l'avait fait soigner. Mais il n'y avait surtout pas un mot sur le commando israélien qui, sous la conduite d'un agent du Mossad, l'avait arraché à une mort dont la seule évocation le faisait encore frémir d'horreur. Ni même sur un autre Américain, un vieil architecte du Bronx, sans qui il aurait fini dans l'estomac d'un requin du Qatar.

Mais Evan retrouvait dans tous ces articles le même thème, plus ou moins ouvertement développé : tout ce qui était arabe était assimilé à la brutalité inhumaine et au terrorisme. Le mot *arabe* lui-même devenait synonyme de cruauté et de barbarie ; un peuple tout entier se voyait refuser le respect le plus élémentaire. Plus Evan avançait dans sa lecture, plus la colère l'étouffait. Incapable de se contenir, il finit par lancer les journaux aux quatre coins de la pièce.

Pourquoi ?

Qui ?

Puis il sentit une violente douleur lui étreindre la poitrine. *Ahmat !* Le jeune sultan comprendrait-il, pourrait-il comprendre ce qui se passait ? Le silence des médias américains condamnait le sultanat en laissant le champ libre à d'insidieuses hypothèses sur son impuissance face au terrorisme, voire sur sa complicité dans les exécutions gratuites et sauvages de citoyens américains.

Il devait tout de suite appeler son jeune ami pour lui dire qu'il n'était aucunement responsable de ce qui se passait. Il s'assit sur le bord du lit et saisit le combiné tout en cherchant son porte-cartes dans la poche de son pantalon. Il coinça le combiné sous son menton pour sortir sa carte de crédit.

Comme il avait oublié l'indicatif du pays et de la ville de Mascate, Evan composa le zéro pour passer par le central. Mais la tonalité d'appel cessa brusquement et il eut un instant de panique. Les yeux écarquillés, il se tourna vers les fenêtres.

— Chambre vingt-trois, j'écoute ! dit une voix éraillée.

— J'essayais d'appeler le central...

— Même si vous faites l'indicatif local, vous êtes obligé de passer par la réception.

— Je... je voudrais un numéro à l'étranger, balbutia Evan.

— C'est pas possible sur votre appareil.

— Et avec une carte de crédit ? Je voudrais obtenir le central et faire passer la communication sur ma carte de crédit...

— Je reste à l'écoute jusqu'à ce que je vous aie entendu donner le numéro et qu'on l'ait accepté. Compris ?

Non, il ne comprenait pas ! Était-ce un piège ? Avait-on retrouvé sa piste dans ce motel minable de Woodbridge ?

— Je ne pense pas pouvoir accepter cela, dit Kendrick

d'une voix hésitante. C'est une communication personnelle.

— Vous m'en direz tant ! ricana la voix rauque. Débrouillez-vous donc pour trouver un taxiphone. Il y en a un dans un petit restaurant, à huit kilomètres d'ici ! Vous savez, ce coup-là, on me l'a déjà fait...

— Attendez ! cria Evan. D'accord, vous restez en ligne, mais, dès que mon appel est accepté, je veux vous entendre raccrocher.

— Bon, je fais le numéro, mais je vais vous dire une chose... Ceux qui passent toute la journée dans leur chambre, c'est qu'ils sont là soit pour baiser, soit pour se piquer !

Loin, très loin, sur les côtes du golfe Persique, une opératrice à l'accent arabe prononcé affirma en anglais que l'indicatif 555 n'était pas celui de Mascate.

— Essayez quand même ! insista Evan avant d'ajouter « s'il vous plaît » d'un ton implorant.

Il lui fallut attendre la huitième sonnerie avant de reconnaître la voix étouffée d'Ahmat.

— *Iwah ?*

— Ahmat ? dit Kendrick en anglais. C'est Evan. Il faut que je vous parle...

— Me parler ! rugit le jeune sultan. Vous ne manquez pas de culot pour oser m'appeler, espèce de fumier !

— Alors, vous êtes au courant ? Au courant de... de ce qu'on raconte sur moi ?

— Quand on a la chance d'être riche, on peut se faire installer des antennes paraboliques pour recevoir tout ce que l'on veut, de n'importe quel coin du monde ! J'ai même une longueur d'avance sur vous, *ya Shaikh* ! Savez-vous de quelle manière on parle de cette affaire au Moyen-Orient, à Bahreïn et à Riyad ? À Jérusalem et à Tel-Aviv ?

— Bien sûr que non. Je n'ai vu que...

— C'est partout le même tissu de conneries ! Vous aurez de quoi vous torcher pendant un bon moment ! Vous faites sans doute ce qu'il faut pour réussir à Washington, monsieur Kendrick, mais ne remettez plus les pieds ici !

— Mais je veux retourner chez vous ! Je suis prêt à partir tout de suite !

— Je ne vous conseille pas de revenir dans la région. Nous aussi, nous avons des yeux pour lire, des oreilles pour entendre et même la télévision ! Ainsi, vous avez tout fait tout seul ! Vous avez bien entubé les Arabes ! Je ne veux plus jamais entendre parler du fils de pute que vous êtes !

— Ahmat !

— Plus jamais, Evan ! Je ne vous aurais pas cru capable de cela. Est-ce ainsi que l'on fait carrière à Washington, en nous traitant tous d'animaux et de terroristes ? Est-ce vraiment le seul moyen ?

— Jamais je n'ai rien fait de tel ! Jamais je n'ai dit cela !

— Les autres l'ont dit ! Et à les entendre le répéter sur tous les tons, il est manifeste qu'ils n'aspirent qu'à une seule chose : nous enchaîner ! Et c'est vous qui leur avez fourni ce joli scénario !

— Non ! hurla Kendrick. Je n'y suis pour rien !

— Lisez donc votre presse ! Regardez votre télévision !

— C'est la presse ! Il ne s'agit pas de vous et de moi !

— Vous n'êtes, vous aussi, qu'un de ces salopards, un de ces hypocrites imbus de leur supériorité judéo-chrétienne... Eh bien, moi, je suis un Arabe musulman. Et je ne vous laisserai pas cracher plus longtemps sur moi !

— Mais jamais je n'ai... jamais je ne pourrais...

— Ni sur moi ni sur mes frères dont vous avez volé la terre, forçant des villages entiers à abandonner leur foyer, leur travail, leur misérable petit commerce. Oui, il peut vous paraître misérable, mais c'est tout ce qu'ils ont, c'est le leur, celui qu'ils ont hérité de leurs parents !

— Mais bon Dieu, Ahmat ! Vous parlez comme eux, maintenant !

— Sans blague ? demanda le jeune sultan d'un ton sarcastique. Par « eux », je suppose que vous entendez l'un des gamins de ces milliers de familles que l'on a regroupées sous la menace des armes dans des camps tout juste bons pour des porcs ! Pour des porcs, pas pour des êtres humains ! Monsieur l'Américain, vous qui êtes omniscient et qui incarnez la justice, sachez que, si je me mets à parler comme eux, je le déplore ! Mais il y a autre chose que je déplore : c'est de m'y être mis si tard. Je comprends beaucoup plus de choses aujourd'hui qu'hier.

— Que voulez-vous dire ?

— Je répète : lisez vos journaux, regardez votre télévision, écoutez vos radios. Votre race supérieure est-elle prête à anéantir tous les sales Arabes pour ne plus avoir affaire à eux ? Ou bien allez-vous laisser le sale boulot à vos petits copains israéliens qui, de toute façon, vous dictent votre conduite ? Il suffit de leur offrir quelques bombes !

— Là, je vous arrête, Ahmat ! s'écria Kendrick. Les Israéliens m'ont sauvé la vie !

— Bien sûr, mais votre vie était tout à fait secondaire pour eux ! Vous n'étiez pour eux qu'un moyen d'atteindre le but qui était le leur en venant ici !

— Qu'est-ce que vous racontez ?

— Je vais vous expliquer... Sinon, personne ne le fera et, en tout cas, personne n'imprimera cela ! Sachez, monsieur le héros, que votre petite personne ne les intéressait pas le moins du monde ! Le commando avait été envoyé pour faire sortir un homme de l'ambassade, un officier de haut rang du Mossad, un stratège se faisant passer pour un Américain naturalisé, sous contrat avec le Département d'État.

— Mon Dieu ! souffla Evan. Weingrass était-il au courant ?

— S'il l'était, il n'en a pas soufflé mot. Il les a obligés à vous suivre jusqu'à Bahreïn, mais ce n'était pas prévu ! Voilà comment ils vous ont sauvé la vie ! Ils se fichent complètement de tout ce qui ne les touche pas directement, vos amis juifs ! Tout comme vous, monsieur le héros !

— Vous allez m'écouter, maintenant ! Je ne suis en rien responsable de ce qui se passe ici ! J'ai été aussi surpris que vous par ce déchaînement des médias...

— Arrêtez vos conneries ! le coupa sèchement le jeune sultan. Rien de tout cela n'aurait été possible sans vous ! Et j'ai appris bien des détails que j'ignorais. Qui sont ces agents secrets qui travaillent impunément dans mon pays ? Qui sont tous ces gens avec qui vous avez pris contact ?

— Mustapha, par exemple...

— Il est mort ! De quel droit a-t-on organisé votre transport clandestin sans m'en informer ? Je suis le chef de ce pays, oui ou merde ? En fait, je ne suis qu'un pion sans importance sur votre échiquier !

— Je ne suis au courant de rien de tout cela, Ahmat. Tout ce que je voulais, c'était arriver à Oman...

— Et moi, je compte pour du beurre ? Ne pouvait-on me faire confiance ? Bien sûr que non... Je ne suis qu'un Arabe !

— Là, vous exagérez, Ahmat ! C'était pour vous protéger.

— De quoi ? D'une opération américano-israélienne ?

— Ça suffit, maintenant ! C'est vous qui venez de me révéler la présence d'un agent du Mossad dans l'ambassade ! Si j'avais été au courant, je vous l'aurais dit ! Et puis, tant que nous y sommes, n'oubliez pas que je n'ai rien à voir avec les camps de réfugiés et l'exode des Palestiniens sous la menace des armes !

— Vous êtes tous responsables ! hurla le sultan d'Oman. Un génocide contre un autre : c'est la vieille loi du talion ! Mais nous, nous n'étions pas responsables du premier ! Adieu, Kendrick !

Evan entendit un déclic. Ahmat avait raccroché. Il venait de perdre un ami, un juste, un homme qui avait contribué à lui sauver la vie. Il venait aussi de perdre la possibilité de retourner dans une région du monde à laquelle il était profondément attaché.

Avant de reparaître en public, il devait absolument découvrir ce qui s'était passé, qui avait tout combiné et dans quel dessein. Comme il lui fallait bien commencer quelque part, ce serait par le Département d'État, plus précisément par un homme du nom de Frank Swann. Il était évidemment hors de question d'attaquer de front. Dès l'instant où il fournirait son identité, l'alarme serait donnée et, comme son visage ne quittait pas le petit écran et que la moitié de la capitale était à sa recherche, il allait devoir éviter soigneusement tout faux pas. Par où commencer ? Comment joindre Swann sans que son secrétariat soit au courant ? Evan se rappela qu'un an plus tôt il s'était adressé à la secrétaire de Swann en lui disant quelques mots en arabe afin de bien marquer l'urgence de sa démarche. Elle avait disparu dans un autre bureau et, dix minutes plus tard, il s'entretenait avec Swann dans le complexe souterrain du Département d'État. Cette secrétaire était non seulement efficace, mais très protectrice, comme cela semblait être le cas de la plupart des secrétaires dans la jungle de Washington. Comme cette femme n'avait certainement pas oublié le représentant du Colorado qu'elle avait reçu l'année précédente, peut-être écouterait-elle une autre voix, désireuse de protéger son patron. Cela valait la peine d'essayer ; d'ailleurs, il n'avait pas d'autre solution. Evan décrocha le combiné, composa l'indicatif de Washington et attendit d'entendre la voix bourrue du directeur du motel des Trois Ours.

— Opérations consulaires, dit une voix de femme. Bureau de Frank Swann.

— Salut, commença Kendrick. C'est Ralph, des Renseignements. J'ai des nouvelles pour Frank.

— Qui est à l'appareil ? demanda la secrétaire.

— Ne vous inquiétez pas, je suis un ami de Frank. Je voulais simplement lui dire qu'il y aura peut-être une réunion de différents services, en fin d'après-midi.

— Encore une ! Il n'a pas besoin de cela !

— Il a un emploi du temps chargé ?

— Surchargé ! Il sera en conférence jusqu'à seize heures.

— Eh bien, s'il préfère ne pas être encore cuisiné pendant des heures, il ferait mieux de prendre sa voiture et de rentrer chez lui après la conférence...

— Lui, prendre sa voiture ? Il préférerait être parachuté au milieu de la jungle du Nicaragua que de se risquer dans la circulation de Washington !

— Vous voyez où je veux en venir. Chez nous, les gars sont sur les nerfs, et Frank risque encore de subir un interrogatoire en règle.

— Depuis six heures du matin, cela n'arrête pas !

— Je voulais seulement lui rendre un service amical.

— En fait, il a rendez-vous chez son médecin, lâcha brusquement la secrétaire.

— C'est vrai ?

— Oui, c'est vrai. Merci, Ralph.

— Je ne vous ai rien dit, hein ?

— Non, vous ne m'avez rien dit. C'était juste quelqu'un des Renseignements qui vérifiait un emploi du temps.

Evan se tenait au milieu de la foule attendant l'autobus à l'angle de la 21e Rue, d'où il voyait distinctement l'entrée du Département d'État. Après sa conversation téléphonique avec la secrétaire de Swann, il avait rapidement pris la route de Washington, ne s'arrêtant que dans une galerie commerciale pour acheter des lunettes de soleil, un chapeau de toile à large bord et une veste de coton. Il était quinze heures quarante-huit. Si la secrétaire de Frank Swann avait conservé son esprit protecteur, le sous-directeur des Opérations consulaires devrait franchir les hautes portes vitrées dans les quinze à vingt minutes qui allaient suivre.

Evan avait vu juste. À seize heures trois, Frank Swann sortit en hâte et s'engagea sur le trottoir de gauche, du côté opposé à l'arrêt de bus. Evan se fraya un passage dans la foule et s'élança à sa poursuite. Il resta une dizaine de mètres derrière Swann en se demandant quel moyen de transport il allait utiliser. Si le fonctionnaire avait décidé de marcher, il l'arrêterait devant un jardin public ou un autre endroit tranquille, où ils pourraient discuter en paix.

Mais Frank Swann n'avait pas l'intention de marcher ; il s'apprêtait à prendre un bus sur Virginia Avenue, en direction de l'est. Il s'arrêta à côté de plusieurs autres personnes attendant le lourd véhicule qui avançait lentement sur l'avenue. Evan hâta le pas ; il ne pouvait pas le laisser prendre ce bus. Il s'approcha de Swann et posa la main sur son épaule.

— Bonjour, Frank, dit-il d'une voix enjouée en ôtant ses lunettes de soleil.

— Vous ! s'écria Swann, faisant sursauter les autres

passagers du bus dont les portières s'ouvraient en grinçant.

— C'est bien moi, dit posément Evan. Je crois que nous avons des choses à nous dire.

— Mais vous êtes complètement fou !

— Vous y êtes pour quelque chose, non ?

Leur conversation fut brusquement interrompue par un grand cri qui se répercuta sur la paroi métallique de l'autobus.

— C'est lui ! hurla un homme débraillé, aux grands yeux protubérants et aux longs cheveux gras tombant sur le front et les oreilles. Regardez-le ! C'est lui ! Commando Kendrick ! Je l'ai vu toute la journée à la télévision... J'en ai sept chez moi ! Je suis au courant de tout ce qui se passe ! Et, vous pouvez me croire, c'est lui !

Sans laisser à Evan le temps d'esquisser un geste, l'homme lui arracha son chapeau de toile.

— Hé ! s'écria Evan.

— Vous voyez bien que c'est lui !

— Fichons le camp d'ici ! cria Swann.

Ils commencèrent à remonter le trottoir en courant, poursuivi par l'énergumène qui battait l'air de ses bras, le chapeau de Kendrick à la main.

— Il nous suit ! dit le sous-directeur des Opérations consulaires en se retournant.

— Il a pris mon chapeau ! dit Kendrick.

Deux pâtés de maisons plus loin, une vieille femme aux cheveux bleutés s'apprêtait à descendre d'un taxi en s'aidant d'une canne.

— Là-bas ! cria Swann. Le taxi !

Ils traversèrent l'avenue en zigzaguant entre les voitures, et Evan ouvrit la portière arrière du taxi tandis que Swann contournait le véhicule pour monter de l'autre côté. Il aida la vieille dame à descendre, mais donna par mégarde un coup de pied dans la canne. La canne tomba sur le trottoir et la vieille dame la suivit dans sa chute.

— Toutes mes excuses ! lança Swann en bondissant sur le siège arrière.

— Roulez ! hurla Kendrick. Dégagez ! Vite !

— On dirait que vous venez de braquer une banque, les gars, dit le chauffeur en passant la première vitesse.

— Plus vous roulerez vite, plus le pourboire sera généreux, dit Evan.

— Je veux bien rouler vite, mais j'ai pas mon brevet de pilote ! Mon taxi peut pas décoller, si vous voyez ce que veux dire...

Comme un seul homme, Kendrick et Swann se retournèrent pour regarder par la lunette arrière. Ils virent le curieux bonhomme aux cheveux et au pantalon flottants, coiffé du chapeau d'Evan, en train d'écrire frénétiquement quelque chose sur un bout de papier.

— Il note le nom de la compagnie et le numéro de la voiture, dit calmement Swann. Nous allons devoir changer de taxi, mais au moins un pâté de maisons après être descendus de celui-ci.

— Pourquoi ? Je veux dire pourquoi un pâté de maisons après être descendus ?

— Pour que notre chauffeur ne voie pas quel autre taxi nous prenons.

— Vous semblez savoir ce que vous faites.

— Vous aussi, j'espère, répliqua Swann en sortant un mouchoir pour éponger son front couvert de sueur.

Vingt-huit minutes et un second taxi plus tard, le représentant du Colorado et le fonctionnaire du Département d'État marchaient d'un pas vif dans une rue d'un quartier crasseux de Washington. En levant les yeux, ils virent une enseigne au néon rouge à laquelle il manquait trois lettres. C'était un bar minable, à l'image des immeubles environnants. Ils échangèrent un signe de tête et poussèrent la porte, surpris par le contraste entre l'obscurité régnant à l'intérieur de l'établissement et la luminosité d'une belle journée d'octobre. L'unique source de lumière provenait d'un récepteur de télévision encastré dans le mur, au-dessus du bar de piètre apparence, auquel étaient accoudés quelques consommateurs à la mise débraillée et au regard vague. Clignant des yeux pour s'habituer à la pénombre, Kendrick et Swann gagnèrent un box obscur sur la droite du bar et s'assirent l'un en face de l'autre.

— Vous tenez vraiment à ce que nous parlions ? demanda Swann, le souffle court, le visage empourpré et encore brillant de sueur.

— J'insiste au point de faire de vous un candidat à la morgue si vous refusez.

— Attention ! Je suis ceinture noire !

— De quoi ?

— Je ne sais pas très bien, dit Swann en faisant la moue, mais ça marche toujours dans les films d'espionnage. Cela dit, je boirais volontiers quelque chose.

— Appelez la serveuse, dit Kendrick. Je préfère rester dans l'ombre.

— Dans l'ombre ? demanda Swann en adressant un petit signe de la main à une grosse serveuse noire, aux cheveux d'un rouge flamboyant. Vous voyez de la lumière quelque part dans ce bouge ?

— Quand avez-vous fait trois pompes consécutives pour la dernière fois ? demanda Evan.

— Dans les années 1960, sans doute... au début.

— C'est à ce moment-là qu'ils ont remplacé les ampoules pour la dernière fois ! Et maintenant, si nous parlions un peu de moi ? Comment avez-vous pu faire ça, sale menteur ?

— Vous croyez vraiment que j'y suis pour quelque chose ? répliqua vivement le fonctionnaire.

Il se tut en voyant la serveuse à l'allure grotesque s'arrêter devant leur table, les poings sur les hanches.

— Qu'est-ce que vous prenez ? demanda-t-il à Evan.

— Rien !

— Ce n'est pas très gentil pour elle. Peut-être même pas prudent... Deux doubles whiskies, s'il vous plaît. Canadien, si vous avez...

— Vous vous croyez où ? dit la serveuse.

— Je me le demande, murmura Swann en la regardant s'éloigner, avant de reporter son regard sur Kendrick.

— Je vous trouve très drôle, monsieur le représentant, reprit-il, vraiment désopilant. Les Opérations consulaires veulent ma tête et ce tocard de secrétaire d'État a donné des directives courageuses pour nier mon existence ! Je ne parle pas des Israéliens qui font du foin parce qu'ils ont peur qu'on découvre l'intervention de leur précieux Mossad ni des Arabes à notre solde qui râlent parce qu'on a passé leur rôle sous silence ! À quinze heures trente, j'ai eu le Président au bout du fil... Oui, le Président en personne, qui m'a passé un savon et m'a accusé de manquement au devoir de réserve ! Il a lancé cette jolie formule comme s'il savait de quoi il parlait... et j'en ai conclu qu'il y avait au moins deux autres personnes sur la ligne. Vous êtes un homme traqué, Kendrick, et moi aussi ! Dire que j'ai passé trente ans à faire ce foutu métier...

— Il me semble que c'est aussi l'expression que j'avais employée, dit vivement Kendrick. Je suis désolé...

— Vous pouvez l'être, poursuivit calmement Swann. Qui accepte de se charger de toutes les sales besognes, sinon nous, de pauvres types encore plus stupides que le système ? N'oubliez surtout pas que vous avez besoin de nous, tous autant que vous êtes ! Le problème est que nous n'avons pas grand-chose à montrer en vitrine. Vous voyez, rien ne m'oblige à rentrer précipitamment chez moi pour vérifier que ma piscine a bien été traitée contre les algues qui se forment pendant les grosses chaleurs : je n'ai pas de piscine et ma femme a gardé la maison après notre divorce... Elle en avait plein le dos de me voir sortir pour acheter du pain et revenir trois mois plus tard, les oreilles encore bourdonnantes des combats furieux en Afghanistan ! Non, monsieur le parlementaire qui joue à l'espion, ce n'est pas moi qui ai vendu la mèche ! J'ai même fait tout mon possible pour l'empêcher de brûler. Il ne me reste pas grand-chose à espérer, mais je tiens à conserver une réputation irréprochable et à me retirer des affaires dans les meilleures conditions.

— Vous avez essayé de ne pas vendre la mèche, dites-vous ?

— Je suis resté très détaché, très distant, très professionnel. Je lui ai même montré une copie de la note dans laquelle je repoussais votre proposition.

— Qui est ce « lui » ?

Swann tourna vers Kendrick un regard accablé tandis que la serveuse posait les consommations et se plantait devant la table. Le sous-directeur des Opérations consulaires fouilla dans sa poche, regarda la note et paya. La serveuse haussa les épaules devant la modicité du pourboire et s'éloigna sans un mot.

— Qui est ce « lui » ? répéta Evan

— Allez-y donc, dit Swann avec résignation en avalant

une grande gorgée de whisky. Vous pouvez remuer le couteau dans la plaie, vous aussi... Qu'est-ce que cela changera. Il ne me reste plus beaucoup de sang.

— Je suppose que cela signifie que vous ignorez son identité !

— Oh ! Il avait bien un nom, un poste et même la meilleure des recommandations.

— Et alors ?

— Il n'existe pas.

— Comment ?

— Vous avez bien entendu.

— Il n'existe pas ? reprit Kendrick d'un ton insistant.

— Si, il y en a un qui existe, mais pas celui qui est venu me voir, dit lentement Swann en finissant son premier verre.

— Je n'arrive pas à le croire.

— Ivy non plus... Ivy la Terrible, c'est ma secrétaire.

— Mais qu'est-ce que vous racontez ? Je ne comprends rien.

— Ivy a reçu un coup de téléphone d'un de ses anciens petits amis qui est devenu le premier assistant parlementaire du sénateur Allison. Il a demandé à Ivy d'arranger un rendez-vous pour un de ses assistants qui faisait des recherches confidentielles pour le sénateur. Elle a accepté et j'ai reçu ce type, un blond, avec un accent que je situerais quelque part en Europe centrale. Mais ce n'était pas un simple assistant. Si vous avez une cicatrice dont seule votre mère connaît l'existence, vous pouvez être sûr que ce mec en a un agrandissement.

— Cela n'a aucun sens, dit doucement Evan. Je ne comprends pas pourquoi.

— Moi non plus. Et les questions qu'il m'a posées prouvaient qu'il connaissait sur le bout du doigt tous vos antécédents. Il m'en a appris presque autant que ce que j'avais à lui révéler. Il était tellement professionnel que j'étais prêt à lui proposer sur-le-champ un poste en Europe.

— Mais pourquoi *moi* ?

— Je me suis, moi aussi, posé la question et j'ai demandé à Ivy de vérifier auprès du secrétariat d'Allison. Et, d'abord, pourquoi un type aussi nonchalant que le sénateur Allison aurait-il dans son entourage un fouineur de cet acabit ?

Swann attaqua pensivement son deuxième whisky.

— Ivy a donc appelé son ancien ami, poursuivit-il, mais il ne savait pas de quoi elle parlait. Jamais il ne lui avait téléphoné et jamais il n'avait eu dans son équipe un type du nom de... Peu importe son nom !

— Mais, bon Dieu, elle doit bien savoir à qui elle a parlé au téléphone ! Le ton de sa voix, le badinage de deux personnes qui se connaissent bien, ce qu'ils se sont dit...

— Son ami est originaire de Georgie et Ivy prétend qu'il avait une laryngite le jour où il l'a appelée. Et celui qui lui a réellement téléphoné connaissait les endroits où ils se retrouvaient... Il avait même le nom de deux ou trois motels au Maryland dont Ivy préférerait que son mari n'entende jamais parler.

— C'est une véritable opération, dit Kendrick en prenant machinalement le verre de Swann. Mais pourquoi ?

— Voulez-vous laisser mon whisky tranquille ? N'oubliez pas que je n'ai pas de piscine, moi ! Je n'ai même pas de maison !

Ils s'interrompirent brusquement en entendant le nom de Kendrick. Les yeux écarquillés, les deux hommes tournèrent la tête d'un même mouvement vers le téléviseur qui beuglait au-dessus du bar.

Flash d'information ! La nouvelle du jour, et peut-être de l'année ! hurla un journaliste entouré d'une foule de curieux, le visage tourné vers la caméra. *Depuis douze heures maintenant, tout Washington s'efforce en vain de mettre la main sur Evan Kendrick, le héros d'Oman ! La crainte de représailles arabes commence à faire son chemin dans tous les esprits et nous avons appris que le gouvernement avait demandé aux forces de police, aux hôpitaux et aux morgues d'exercer une vigilance particulière ! Mais, il y a quelques minutes à peine, Evan Kendrick était aperçu et formellement identifié par cet homme, à l'endroit précis où nous nous trouvons ! D'où venez-vous, monsieur Kasimer Bola... Bolaslawski ?*

— *De Jersey City,* répondit l'homme au regard égaré,

encore coiffé du chapeau de Kendrick. *Mais mon cœur est à Varsovie ! Que Dieu protège cette sainte ville !*

— *Vous êtes né en Pologne ?*

— *Pas du tout. Je suis né à Newark.*

— *Et vous êtes sûr d'avoir reconnu le représentant Kendrick ?*

— *Je suis formel ! Il discutait avec un type aux cheveux gris, devant un arrêt de bus, à deux pâtés de maisons d'ici. Et quand j'ai crié : « Commando Kendrick ! C'est lui ! » ils sont partis ventre à terre ! Vous pensez si je l'ai reconnu ! J'ai un téléviseur dans chaque pièce, même dans les toilettes ! Comme ça, je suis sûr de ne jamais rien rater !*

— *Quand vous dites à deux pâtés de maisons d'ici, vous pensez à un carrefour, à deux rues du Département d'État ?*

— *Et comment !*

— *Il va de soi,* poursuivit d'un ton confidentiel le journaliste, avec un sourire avantageux à la caméra, *que les autorités procèdent à des vérifications pour savoir si un homme correspondant à la description faite par notre témoin pourrait avoir eu rendez-vous avec Kendrick.*

— *Je les ai poursuivis !* hurla l'homme au pantalon flottant. *Je lui ai même pris son chapeau ! Regardez, c'est le chapeau de Kendrick !*

— *Mais revenons à cet arrêt de bus, monsieur Bolaslawski. Avez-vous surpris quelques mots de leur conversation ?*

— *Croyez-moi, les choses ne sont pas toujours ce qu'elles semblent être ! On ne fait jamais assez attention ! Avant de partir en courant, l'autre homme, celui qui a les cheveux gris, a donné un ordre au commando Kendrick. Il me semble bien qu'il avait un accent russe, peut-être même juif ! Les cocos, les youpins... On peut pas faire confiance à ces gens-là ! Vous me comprenez ! Jamais ils ne mettent les pieds à l'église ! C'est des gens qui vont jamais à la messe et...*

Le reportage fut brusquement interrompu par une publicité vantant les mérites d'un déodorant.

— Je renonce, soupira Swann en arrachant le verre de la main de Kendrick et en le vidant d'un trait. Me voilà devenu une taupe, maintenant. Un juif russe du K.G.B.

qui ne met pas les pieds à l'église ! Que pouvez-vous faire de plus pour moi ?

— Je vous crois, maintenant. Mais, vous, vous pouvez faire quelque chose pour moi et dans notre intérêt commun. Il faut absolument découvrir qui est derrière tout cela, qui est à l'origine de ce que l'on vous reproche et quel est leur objectif.

— Et si vous le découvrez, dit Swann en se penchant vers Evan, j'espère que vous me direz tout. Désormais, c'est la seule chose qui compte pour moi. Il faut absolument que je sorte de ce pétrin où l'on m'a fourré.

— Vous serez le premier à le savoir.

— De quoi avez-vous besoin ?

— Il me faut une liste de tous ceux qui ont été informés de mon départ pour Mascate.

— Elle ne sera pas longue, dit Swann en secouant doucement la tête. Seul un groupe restreint est au courant. À cause des otages, nous ne pouvions nous permettre de dévoiler votre présence.

— Ce petit groupe est vraiment très restreint ?

— Tout s'est passé verbalement, vous comprenez ?

— Je comprends. Alors, ce petit groupe ?

— En dehors de ceux qui ont directement participé à l'opération, seuls en ont été informés le porte-parole de la Maison-Blanche, cet emmerdeur d'Herbert Dennison, le secrétaire d'État et le secrétaire à la Défense, ainsi que le porte-parole des chefs d'états-majors. C'est moi qui ai assuré la liaison avec eux et vous pouvez les rayer de la liste. Ils auraient beaucoup trop à perdre et absolument rien à gagner en dévoilant toute l'affaire.

Swann se rejeta en arrière, le front plissé par la réflexion.

— Quant aux services secrets, n'ont été informés que ceux sans qui l'opération eût été impossible. Lester Crawford, qui est l'analyste de la C.I.A. pour les activités clandestines dans la région du Golfe, et le chef de station à Bahreïn, un certain Grayson... James Grayson, cela me revient ! Il a fait un tas d'histoires pour vous laisser repartir, Weingrass et vous. Il avait peur que la C.I.A. soit impliquée dans un nouveau scandale. Et puis il y avait quatre ou cinq Arabes, les meilleurs agents locaux dont la C.I.A. et nous-mêmes disposions. Nous leur avons montré une photographie de vous, mais sans leur révéler votre identité. Ils n'ont donc pu dévoiler ce qu'ils ignoraient. Les deux dernières personnes savaient qui vous étiez. L'une d'elles se trouvait sur place, l'autre au Département d'État, dans la salle des ordinateurs d'OHIO-Quatre-Zéro.

— Les ordinateurs, répéta Kendrick. Peut-être a-t-il eu des documents imprimés ?

— Nous avions retiré toutes les données de l'unité centrale. Cet homme, Gerald Bryce, était le seul à posséder les informations vous concernant et, si c'est lui qui est à l'origine de la fuite, je vais me livrer de ce pas au F.B.I. et avouer que je suis bien une taupe juive travaillant pour les Russes ! C'est un garçon brillant, à l'esprit d'une rare vivacité, un petit prodige de l'informatique. Il sera un jour à la tête des Opérations consulaires, à condition que les filles lui laissent un peu de temps pour travailler.

— C'est un play-boy ?

— Il a vingt-six ans et un charme fou. Il est également célibataire et c'est un vrai tombeur. Certains se vantent de leurs bonnes fortunes ; lui, jamais. Je crois que c'est un peu pour cela que je l'aime bien. Il ne reste plus beaucoup de gentlemen en ce bas monde.

— Je sens qu'il me plairait aussi. Et quelle est donc cette dernière personne, celle qui était sur le terrain ?

Frank Swann se pencha en avant et tripota quelques instants son verre vide avant de relever la tête.

— Je croyais que vous auriez trouvé la réponse tout seul, dit-il enfin.

— Pourquoi ? Je ne comprends pas.

— Adrienne Rashad.

— Cela ne me dit absolument rien.

— Elle utilisait un nom d'emprunt.

— Elle... ? C'est une femme ?

Swann hocha lentement la tête. Kendrick réfléchit un instant, puis il ouvrit de grands yeux.

— Khalehla, murmura-t-il.

Le fonctionnaire du Département d'État hocha derechef la tête.

— Elle travaillait pour vous ?

— Pas pour moi, mais pour nous.

— C'est grâce à elle si j'ai pu quitter l'aéroport de Bahreïn ! Ce sac à vin de MacDonald m'avait poussé au milieu des voitures et j'ai bien failli y passer ! Je ne savais plus où j'étais, mais elle a réussi à me faire sortir de là ! Je me demande bien comment elle s'y est prise !

— Moi, je le sais, dit Swann. Elle a menacé de faire sauter la cervelle des flics qui étaient sur les lieux s'ils ne transmettaient pas un nom de code à leurs supérieurs. Non seulement elle a eu l'autorisation de vous emmener, mais on lui a fourni un véhicule du parc de l'émir.

— Vous avez dit qu'elle travaillait pour nous, mais pas pour vous. Qu'est-ce que cela signifie ?

— Elle travaille pour l'Agence, mais elle a un statut à part. Elle est intouchable. Elle a de nombreux contacts dans toute la région du Golfe et de la Méditerranée et la C.I.A. tient à elle comme à la prunelle de ses yeux.

— Sans elle, ma couverture aurait sauté à l'aéroport.

— Sans elle, vous auriez été une cible facile pour les terroristes de tout poil, y compris les soldats du Mahdi.

Kendrick garda le silence pendant quelques instants. Le regard dans le vide, les lèvres entrouvertes, assailli par les souvenirs.

— Vous a-t-elle dit où elle m'avait caché ?

— Elle a refusé.

— Elle peut se permettre cela ?

— Je vous l'ai dit, elle a un statut à part.

— Je vois, dit doucement Kendrick.

— Moi aussi, dit Swann, je crois que je vois.

— Que voulez-vous dire ?

— Rien. Elle vous a fait sortir de l'aéroport et n'a pris contact avec nous que six heures plus tard.

— C'est inhabituel ?

— Dans ce genre de circonstances, on peut même dire que c'est extraordinaire. Sa mission était de vous tenir sous une surveillance constante et de rapporter sans délai tous vos faits et gestes à Crawford qui devait m'appeler de Langley pour recevoir des instructions. Elle ne l'a pas fait et, dans son rapport de fin de mission, il n'est pas fait mention de ces six heures.

— Il lui fallait garder le secret sur l'endroit où nous étions réfugiés.

— Bien entendu. Ce ne pouvait être qu'une résidence de la famille royale et il vaut mieux ne pas froisser la susceptibilité de l'émir et sa famille.

— Bien sûr.

Kendrick se plongea dans un nouveau silence et son regard se perdit dans la pénombre du bouge.

— C'était une fille bien, reprit-il lentement, avec une hésitation dans la voix. Nous avons discuté. Elle comprenait énormément de choses. Je l'admirais.

— Allons, allons, Kendrick ! dit Swann en se penchant un peu plus sur son verre vide. Vous croyez que ce genre de chose n'arrive jamais ?

— Quoi ?

— Un homme et une femme dans une situation très délicate, qui ne savent ni l'un ni l'autre s'il leur reste quelques jours ou seulement quelques heures à vivre... S'ils se rapprochent l'un de l'autre, quoi de plus naturel ?

— Je trouve vos propos blessants, Frank. Cette fille a compté pour moi.

— Très bien, je vais vous parler franchement : sachez que vous n'étiez rien pour elle. C'est une professionnelle de la clandestinité, qui a vécu de sales moments dans sa zone d'opérations.

— Sa zone d'opérations... Il me semble avoir lu cela dans les journaux.

— Ce n'est pas ma faute. S'il ne tenait qu'à moi, je neutraliserais tous les salopards qui ont écrit ces articles.

— Surtout, ne m'expliquez pas ce que vous entendez par « neutraliser ».

— Je m'en garderai bien. Mais ce que je veux que vous compreniez, c'est que, sur le terrain, il nous arrive de disparaître momentanément quand nous sommes trop fatigués, ou simplement quand la trouille est trop forte. Nous prenons quelques heures de détente bien méritées. Le repos du guerrier, en quelque sorte. Me croirez-vous si je vous dis qu'il y a même des conférences sur ce sujet pour ceux que nous envoyons en mission ?

— Maintenant, je le crois. Et je dois vous avouer que, sur le moment, cela m'était venu à l'esprit.

— Très bien. Oubliez-la. Elle se cantonne à la Méditerranée et n'a rien à voir avec ce qui se passe ici. Si vous vouliez vraiment la voir, il faudrait sans doute aller la chercher quelque part en Afrique du Nord.

— Il ne me reste donc que Crawford à Langley et le chef de station à Bahreïn.

— Non. Tout ce que vous avez, c'est un homme blond, à l'accent d'Europe centrale, qui opère à Washington. Qui opère avec la plus grande discrétion. Il a obtenu des renseignements extrêmement détaillés, mais ni de moi ni d'OHIO-Quatre-Zéro. Trouvez-le.

Swann donna à Evan les numéros de téléphone confidentiels de son bureau et de son domicile, et quitta précipitamment le bar sordide, comme s'il avait un urgent besoin d'air pur. Kendrick commanda un whisky et demanda à la serveuse à la chevelure rutilante s'il y avait un taxiphone dans le café.

— Si vous tapez deux fois sur la gauche de l'appareil, il vous rendra votre pièce, dit-elle après lui avoir montré le taxiphone.

— Si ça marche, je vous la laisse, dit Kendrick.

— Donnez-la plutôt à votre ami, rétorqua la grosse Noire. Les minables en complet-veston ne laissent jamais de pourboire. Blancs ou Noirs, c'est du pareil au même.

Kendrick se leva et se dirigea lentement vers le taxiphone. Il était temps d'appeler son bureau et de soulager Ann Mulcahy O'Reilly qui devait se faire des cheveux blancs. Il plissa les yeux dans la pénombre pour introduire la pièce dans la fente et composa son numéro.

— Bureau du représentant Ken...

— C'est moi, Annie.

— Mon Dieu ! Mais où êtes-vous ? Il est cinq heures passées et on se croirait encore dans une maison de fous !

— C'est bien pour cela que je ne suis pas avec vous.

— Tant que j'y pense ! s'écria Annie d'une voix haletante. Manny a appelé il y a une heure ; il a beaucoup insisté, mais sans hurler au téléphone, ce qui, chez lui, doit signifier qu'il était très sérieux...

— Qu'a-t-il dit ? demanda vivement Kendrick.

— Qu'il ne fallait pas téléphoner au Colorado.

— Pourquoi ?

— Il m'a demandé de vous dire : *allcott massghoul*, mais je n'ai aucune idée de ce que cela veut dire.

— C'est très clair, Annie.

Weingrass l'avait averti en arabe que « la ligne était occupée », un euphémisme signifiant sans doute qu'elle était sur table d'écoute. Si Manny ne se trompait pas, cela voulait dire que l'origine d'un appel pouvait être localisée en quelques instants.

— Je ne téléphonerai pas au Colorado, ajouta Evan.

— Manny m'a également demandé de vous dire que, lorsque la situation serait redevenue plus calme, il irait à Mesa Verde et qu'il m'appellerait de là pour me donner un numéro où vous pourrez le joindre.

— Très bien, je vous rappellerai.

— Et maintenant, Superman, est-ce que tout ce que l'on raconte est vrai ? Avez-vous vraiment fait tout cela à Oman et ailleurs ?

— Une partie seulement. On a laissé dans l'ombre des tas de gens dont il aurait fallu parler. Quelqu'un essaie de me faire passer pour ce que je ne suis pas. Et vous, Annie, comment vous débrouillez-vous de votre côté ?

— Je m'en sors avec quelques formules stéréotypées du genre : « Je n'ai rien à déclarer », ou « M. Kendrick n'est pas à Washington en ce moment. »

— Très bien. Je me sens rassuré.

— Non, ce n'est pas très bien. On peut tenir à l'écart les cinglés et la presse avec des formules de ce genre, mais pas la Maison-Blanche.

— La Maison-Blanche ?

— L'odieux chef d'état-major en personne. On ne peut répondre : « Je n'ai rien à déclarer » au porte-parole du Président.

— Que voulait-il ?

— Il m'a donné un numéro de téléphone auquel vous devez l'appeler. C'est sa ligne privée et il m'a fait comprendre que ce numéro n'était pas connu de dix personnes à Washington...

— Je me demande si le Président en fait partie, rétorqua Kendrick d'un ton sarcastique.

— Il me l'a affirmé et il a même ajouté que c'est sur

l'ordre formel du Président que vous deviez l'appeler, toute affaire cessante...

— Sur *quoi* ?

— Sur l'ordre formel du Président.

— Si ces clowns avaient lu la Constitution, ils sauraient que, dans notre pays, le législatif n'a pas à recevoir d'ordres de l'exécutif, le Président y compris.

— Je vous accorde qu'il s'est exprimé très maladroitement, mais laissez-moi finir de vous raconter ce qu'il m'a dit. Vous serez peut-être mieux disposé envers lui.

— Allez-y.

— Il m'a dit qu'il comprenait que vous préfériez ne pas vous montrer et qu'il prendrait des dispositions pour qu'une voiture banalisée aille vous chercher où vous voulez... Et maintenant, *monsieur,* voulez-vous l'avis de quelqu'un qui connaît cette ville depuis beaucoup plus longtemps que vous ?

— Je vous en prie.

— Vous ne pouvez pas continuer à fuir, Evan. Tôt ou tard, il vous faudra reparaître en public et il est préférable que vous sachiez ce qu'ils pensent avant d'être obligé de le faire. Que cela vous plaise ou non, ils s'intéressent de très près à vous. Pourquoi ne pas chercher à connaître leur position ? Cela pourrait éviter une catastrophe.

— Donnez-moi ce numéro.

22

Herbert Dennison, le porte-parole de la Maison-Blanche, referma la porte de sa salle de bains privée et prit la fiole de Maalox qu'il rangeait toujours sur la droite de la tablette de marbre. Il avala calmement quatre gorgées du liquide d'un blanc laiteux, sachant par expérience que cela calmerait les élancements qui lui déchiraient la poitrine. Bien des années auparavant, à New York, quand les crises avaient commencé, il avait été si terrifié qu'il en avait perdu le sommeil et l'appétit. Il était persuadé qu'après avoir survécu à l'enfer de la Corée il allait mourir d'une crise cardiaque en pleine rue. Sa femme de l'époque, la première des trois, en proie à une vive anxiété, n'arrivait pas à décider s'il valait mieux le conduire à l'hôpital ou le traîner d'abord chez leur assureur pour souscrire une assurance sur la vie. Ce qu'elle avait fait à l'insu d'Herbert qui, une semaine plus tard, s'était résigné à entrer au centre médical de Cornell pour se faire faire un bilan de santé.

C'est avec un indicible soulagement qu'il avait entendu les médecins lui annoncer qu'il avait le cœur d'un jeune homme et lui expliquer que ses malaises avaient pour origine une production excessive d'acidité, très certainement provoquée par la tension nerveuse. De ce jour, il avait toujours eu sur lui, aussi bien au bureau qu'en voiture ou dans sa chambre d'hôtel, plusieurs flacons du liquide bienfaisant. La tension nerveuse faisait partie intégrante de sa vie.

Le diagnostic de ses médecins avait été si juste qu'au fil des ans il en était arrivé à prévoir la prochaine crise, à une ou deux heures près. Pendant l'époque où il travaillait à Wall Street, elles survenaient invariablement lorsque le marché obligataire était en proie à des fluctuations désordonnées, ou bien lorsqu'il lui fallait affronter ses pairs qui ne cessaient de contrecarrer son ascension financière et professionnelle. Un ramassis de minables, selon Dennison, des snobinards appartenant à des associations prétentieuses, qui l'écrasaient de leur mépris et pour qui il n'était pas question d'envisager son adhésion à leurs sacro-saints clubs. Mais il s'en souciait comme de sa première chemise ! Et ces clubs huppés acceptaient maintenant aussi bien les youpins que les nègres et même les Latino-Américains ! Il leur suffisait de parler comme un acteur efféminé et de s'habiller chez Paul Stuart ou chez un couturier parisien. Et c'est lui qui les avait écrasés de son mépris, lui qui les avait enfoncés ! Il avait l'instinct de tueur d'un gamin des rues et il avait fait gagner une telle fortune à sa boîte qu'ils avaient été obligés de le porter à la présidence, faute de quoi il leur aurait claqué la porte au nez en emportant des millions de dollars. Et il s'était attaché à restructurer la firme jusqu'à ce qu'elle devienne la plus dynamique et la plus performante de Wall Street. Il était arrivé à ce résultat en se débarrassant du personnel improductif et de l'armée de stagiaires qui grevaient le budget et faisaient perdre un temps précieux à tout le monde. Herbert Dennison avait deux maximes qui étaient devenues les articles de foi de la firme : *Dépassez les chiffres de l'an dernier ou passez à la caisse*, et une seconde, tout aussi succincte : *Ici on ne reçoit pas de formation, on arrive formé.*

Peu importait à Herbert Dennison d'être aimé ou détesté ; il avait repris à son compte la thèse selon laquelle la fin justifie les moyens. Il avait appris en Corée que les officiers débonnaires recevaient souvent les cercueils de leurs hommes en récompense de leur laxisme. Il savait que les hommes de son unité le haïssaient et il ne relâchait jamais sa vigilance, de crainte d'être déchiqueté par une grenade américaine. Tout en n'hésitant pas à envoyer ses hommes à la mort, il était sûr que les pertes auraient été bien plus lourdes sous le commandement d'un officier plus coulant.

C'était comme les pleurnicheurs de Wall Street : « Nous tablons sur la confiance, Herb, sur la continuité... Le stagiaire d'aujourd'hui est le cadre de demain, un cadre loyal. » *Conneries !* On ne fait pas de profits avec la confiance, la continuité ou la loyauté ! On fait des profits avec l'argent des autres ! Et les chiffres lui avaient donné raison : il avait allongé la liste de clients jusqu'à ce que les ordinateurs soient près d'exploser et débauché les jeunes talents des firmes concurrentes. Et, si la nouvelle recrue ne lui donnait pas aussitôt entière satisfaction, elle prenait elle aussi la porte.

Certes, il était dur et même implacable, comme on le lui avait reproché de vive voix et dans la presse spécialisée, et il est vrai que cela lui avait valu de perdre en route quelques collaborateurs de qualité. Mais, au bout du compte, il avait raison. Il l'avait prouvé aussi bien dans sa vie militaire que civile, mais, dans les deux cas, il s'était fait avoir. En Corée, le général de sa division lui avait pratiquement promis le grade de colonel lorsqu'il serait démobilisé, mais il n'avait jamais rien vu venir. À New York, cela avait peut-être été encore pire. Son nom avait circulé avec insistance lorsqu'une place s'était libérée au conseil d'administration de Wellington-Midlantic Industries, la firme la plus prestigieuse de la haute finance internationale. Là non plus, il n'avait jamais rien vu venir. Dans les deux cas, il avait été évincé par l'influence occulte de l'esprit de corps. Il avait donc ramassé ses millions et était parti en claquant la porte.

Encore une fois, il avait fait le bon choix, car, peu de temps après, il avait croisé la route d'un homme qui avait tout autant besoin de ses vastes ressources pécuniaires que de ses indiscutables talents. C'était un sénateur de l'Idaho dont la voix retentissante et vibrante de passion commençait à se faire entendre, un politicien qui disait des choses auxquelles Herbert Dennison croyait avec ferveur, mais qui avait en même temps la qualité très rare d'amuser et de faire rire des auditoires de plus en plus fournis.

Grand et séduisant, le sénateur de l'Idaho était doté d'un sourire tel qu'on n'en avait pas vu depuis Eisenhower et Shirley Temple. Il disposait d'un stock inépuisable d'anecdotes et de préceptes vantant les valeurs séculaires de la force, du courage, de l'indépendance et surtout de la liberté de choisir. Dennison s'était rendu à Washington et il avait scellé un pacte avec ce sénateur. Pendant trois ans, il avait consacré toute son énergie et plusieurs millions de dollars, sans compter les millions de nombreux sympathisants anonymes qu'il avait aidés à faire fortune, jusqu'à ce qu'il se trouve à la tête d'une caisse électorale qui lui aurait permis d'acheter le Vatican.

Herbert Dennison rota. Le médicament d'un blanc laiteux faisait effet, mais pas assez rapidement à son goût. Il devait être prêt pour accueillir l'homme qui, dans quelques minutes, allait entrer dans son bureau. Il avala deux autres gorgées et se regarda sans complaisance dans le miroir. Ses cheveux gris qu'il coiffait en arrière étaient de plus en plus clairsemés. Il portait la raie à gauche et le sommet de son crâne dégarni symbolisait l'image de politicien sérieux qu'il tenait à donner de lui. Il se rapprocha encore du miroir en regrettant que ses yeux gris-vert ne soient pas plus grands ; il avait beau les écarquiller, cela ne changeait rien à l'affaire. Et ses bajoues lui rappelaient qu'il devrait faire un peu d'exercice, ou manger moins, deux idées qui lui inspiraient une vive répulsion. Et puis pourquoi donc, avec la fortune qu'il dépensait pour s'habiller, ne ressemblait-il pas un peu plus aux modèles des publicités que lui envoyaient ses tailleurs anglais ? Heureusement qu'il lui restait son air imposant, la raideur de son maintien et sa mâchoire énergique.

Il rota de nouveau et avala une autre gorgée de son élixir magique. *Salopard de Kendrick !* jura-t-il tout bas. C'était à cause de cet inconnu devenu célèbre du jour au lendemain qu'il était en rogne et qu'il avait eu ce malaise. Plus exactement, pour être honnête avec lui-même — s'il ne l'était pas toujours avec les autres, il essayait toujours de l'être avec lui-même —, ce n'était pas cette soudaine célébrité qui l'ennuyait, mais l'impression que produisait ce crétin sur Langford Jennings, le Président des États-Unis. *Merde de merde !* Que pouvait bien mijoter le Président ? Son irritation redoubla quand il se rendit compte qu'il avait pensé le « Président » au lieu de « Langford ». C'était une conséquence de la tension, un effet de la distance requise par l'autorité émanant de la Maison-Blanche, ce que Dennison ne supportait pas. Pendant trois longues années, Jennings l'avait appelé par son prénom, puis, peu après la cérémonie d'inauguration, à l'occasion d'une réception, il avait pris à part son porte-parole et s'était adressé à lui de sa voix douce et enjouée, débordante d'humble jovialité.

— Tu sais, Herb, personnellement, cela m'est complètement égal, mais je pense que ma fonction — pas moi, mais ma fonction — exige maintenant que tu m'appelles « monsieur le Président ». Tu n'es pas de cet avis ?

Et voilà comment cela s'était passé !

Que pouvait donc bien mijoter Jennings ? Le Président avait accepté avec détachement tout ce qu'il lui avait proposé en ce qui concernait Kendrick, mais ses réactions avaient été trop détachées, frisant l'indifférence, et cela préoccupait fort le chef d'état-major. Si la voix mélodieuse de Jennings semblait exprimer un désintérêt certain, il n'en allait pas de même de son regard. Langford Jennings ne détestait pas prendre de temps en temps tout son entourage à contre-pied, et Dennison se prit à espérer qu'il n'allait pas bientôt se trouver dans cette situation embarrassante.

La sonnerie du téléphone retentit dans la salle de bains. Le chef d'état-major sursauta et renversa quelques gouttes de Maalox sur le veston de son complet de Savile Row. Il décrocha malhabilement le combiné mural de la main droite tout en ouvrant le robinet d'eau chaude de l'autre main et en humectant un gant de toilette. Il porta le récepteur à son oreille en frottant vigoureusement le tissu sombre pour enlever les taches blanchâtres et constata avec satisfaction qu'elles disparaissaient.

— Oui ?

— Le représentant Kendrick est arrivé à l'entrée est, monsieur. La fouille corporelle est en cours.

— Qu'est-ce que vous dites ?

— On vérifie s'il ne cache pas sur lui des armes ou des explosifs...

— Mais, bon Dieu, je n'ai jamais dit que c'était un terroriste ! Il est arrivé dans un véhicule du gouvernement, escorté par deux membres des services secrets !

— Mais, monsieur, vous aviez clairement manifesté votre appréhension et votre déplaisir...

— Faites-le monter tout de suite !

— Il faut lui laisser le temps de se rhabiller, monsieur.

— Et merde !

Six minutes plus tard, Evan Kendrick, en proie à une colère froide, fut introduit dans le bureau par une secrétaire qui dissimulait mal son inquiétude. Au lieu de la remercier, Kendrick lui fit comprendre d'un seul regard qu'elle ferait mieux de se retirer sur-le-champ et qu'il désirait s'expliquer seul à seul avec son patron. Elle ressortit précipitamment tandis que le chef d'état-major de la Maison-Blanche s'avançait en tendant une main qu'Evan refusa ostensiblement de serrer.

— J'en avais déjà entendu de belles sur vous, Dennison, dit Evan d'une voix basse et glaciale, sans hausser le ton, mais, en vous permettant de faire fouiller un membre de la Chambre venu ici à votre invitation, vous dépassez les bornes ! Et j'espère que c'est bien une invitation, car je n'ai pas d'ordres à recevoir de vous !

— Écoutez, Kendrick, mes instructions ont été très mal interprétées ! J'espère que vous me croyez !

— De votre part, rien ne m'étonnerait ! Trop de mes collègues se plaignent d'avoir eu des accrochages avec vous. Les rumeurs les plus inquiétantes circulent dans les couloirs, en particulier cette histoire qui court, selon laquelle vous auriez boxé un député du Kansas qui, si ce que l'on raconte est vrai, vous aurait étendu sur le carreau.

— C'est faux ! Il a méprisé le protocole de la Maison-Blanche, qu'il est de mon devoir de faire respecter ! J'ai peut-être porté la main sur lui, mais uniquement pour le remettre à sa place, et c'est à ce moment-là qu'il m'a frappé par surprise.

— Je n'en crois rien. Il paraît qu'il vous a traité de « majordome servile » et que vous avez pris la mouche.

— Vous dénaturez les faits ! lança Dennison en grimaçant, car il sentait qu'il allait avoir une nouvelle crise. Écoutez, Kendrick, je vous prie de m'excuser pour cette fouille...

— Ce n'est pas la peine. Il n'y a pas eu de fouille. J'ai accepté d'enlever ma veste, pensant qu'il s'agissait d'une mesure de sécurité de routine, mais quand le garde m'a demandé d'ôter ma chemise et mon pantalon, les anges gardiens qui m'accompagnaient sont intervenus.

— Mais alors, pourquoi diable êtes-vous aussi agressif ?

— Parce que vous êtes responsable de ces brimades et, si vous ne l'êtes pas, vous avez créé un état d'esprit qui les explique.

— Je pourrais réfuter cette accusation, mais à quoi bon ? Nous allons maintenant nous rendre dans le Bureau ovale et je vous supplie de ne pas lui brouiller les idées avec toutes ces conneries arabes ! N'oubliez pas qu'il ignore ce qui s'est passé et cela ne servirait à rien d'essayer de lui expliquer la situation. Je m'en chargerai plus tard.

— Qu'est-ce qui me prouve que vous en êtes capable ?

— Comment ?

— Vous m'avez bien entendu. Qu'est-ce qui me prouve

que vous en êtes capable ou que je puis avoir confiance en vous ?

— Vous vous rendez compte de ce que vous dites ?

— Je pense que vous pourriez lui expliquer ce que vous avez envie de lui expliquer et lui dire ce que vous voulez qu'il entende.

— Pour qui vous prenez-vous pour me parler de la sorte ?

— Pour quelqu'un qui est probablement aussi riche que vous, mais aussi pour quelqu'un qui a l'intention de tout laisser tomber, comme Swann a dû vous le confier, et qui n'a que faire de votre bénédiction politique. Je vais vous dire quelque chose, Dennison : je pense que vous n'êtes qu'un rat ! Pas le gentil Mickey Mouse, non, le rongeur vorace et répugnant, à longue queue, qui transmet une sale maladie, une peste nommée irresponsabilité.

— Vous ne mâchez pas vos mots, monsieur le représentant.

— Pour quoi faire ? Je vais tout plaquer.

— Vous, peut-être, mais pas *lui* ! Et je veux le voir fort et persuasif. Il nous guide dans une ère nouvelle : nous redressons enfin la tête et il était grand temps. Nous disons aujourd'hui à tous les emmerdeurs de la planète qu'ils ont intérêt à marcher droit !

— Votre langage est d'une désolante banalité.

— Pour qui vous prenez-vous donc, vous qui n'avez qu'un misérable diplôme d'anglais ? Et maintenant, Kendrick, sachez que nous nous occupons d'affaires sérieuses ici, et ceux qui travaillent avec nous savent qu'ils ont intérêt à se remuer, sinon ils dégagent. Pigé ?

— J'essaierai de m'en souvenir.

— Pendant que vous y êtes, souvenez-vous aussi qu'il n'aime pas les divergences. On ne hausse pas le ton, on ne fait pas de vagues, pigé ? Tout le monde est content, pigé ?

— Je constate que vous aimez bien vous répéter ?

— Je fais mon boulot, Kendrick. Et je le prends très au sérieux.

— Vous n'êtes qu'une machine sans âme.

— Bon, nous ne nous aimons pas, et alors ? La belle affaire !

— Cela, je l'ai pigé depuis un certain temps, dit Evan.
— Allons-y.

— Pas si vite, répliqua Kendrick en s'écartant de Dennison et en se dirigeant vers une fenêtre, comme s'il se trouvait dans son propre bureau et non dans celui du porte-parole du Président. Quel est exactement le scénario ? C'est bien le terme qu'il convient d'employer, non ?

— Je ne comprends pas.

— Que voulez-vous de moi ? demanda Kendrick en regardant par la fenêtre les pelouses de la Maison-Blanche. Puisque c'est vous le cerveau, dites-moi pourquoi je suis là.

— Parce qu'il serait improductif de ne pas reconnaître votre existence.

— Vraiment ? demanda Kendrick en se retournant vers le porte-parole du Président. Improductif ?

— Il ne peut plus faire semblant d'ignorer votre existence, est-ce assez clair ?

— Je vois. Vous voulez dire que si, à l'occasion de l'une de ses distrayantes mais peu enrichissantes conférences de presse, quelqu'un prononçait mon nom, ce qui semble inévitable, il pourrait difficilement dire qu'il ignore si je joue dans l'équipe des Jets ou des Giants...

— Vous avez tout compris. Allons-y, maintenant. Je donnerai le ton de la conversation.

— Vous voulez dire que vous la contrôlerez ?

— Appelez cela comme vous voulez, Kendrick, mais n'oubliez pas qu'il est le plus grand président du XXe siècle et que mon boulot consiste à maintenir le statu quo.

— Ce n'est pas le mien.

— Bien sûr que si ! C'est notre boulot, à tous ! J'ai fait la guerre, jeune homme, et j'ai vu des hommes mourir pour défendre nos libertés et notre société. Et, croyez-moi, c'était quelque chose ! L'homme que vous allez voir, le Président, a restauré ces valeurs, ces sacrifices auxquels nous attachons tant de prix. Il a remis notre pays dans la bonne voie par la force de sa seule volonté, de sa personnalité, si vous préférez. Il est le meilleur !

— Ce qui ne veut pas dire le plus intelligent, répliqua Kendrick.

— Ce qui ne veut rien dire du tout ! Galilée aurait fait un très mauvais pape et un homme d'État pire encore !

— Il y a du vrai dans ce que vous dites.

— Et comment ! Revenons au scénario, à l'explication, si vous préférez. Elle est simple et n'ajoute rien à ce que vous savez déjà. Un salopard dont vous ignorez l'identité a divulgué l'affaire d'Oman et vous souhaitez qu'on oublie tout cela aussi vite que possible.

— Vraiment ?

Dennison s'interrompit et scruta le visage de Kendrick comme s'il lui trouvait décidément une sale tête.

— C'est directement fondé sur ce que cet abruti de Swann a confié au porte-parole de l'état-major interarmes.

— Pourquoi Swann serait-il un abruti ? Il n'est pour rien dans cette histoire. Il a fait de son mieux pour se débarrasser de celui qui est venu le cuisiner.

— Il a laissé la fuite se produire. Il avait la responsabilité de l'opération et j'aurai sa tête, croyez-moi !

— Pour être bien sûr que nous avons le même scénario, reprit Evan après un silence, pourquoi souhaiterais-je que tout soit oublié aussi vite que possible ?

— Parce que des représailles pourraient être exercées contre vos petits copains arabes du Golfe. C'est ce que vous avez dit à Swann et ce qu'il a répété à ses supérieurs. Vous voulez changer quelques répliques ?

— Non, dit doucement Kendrick. Nous avons bien le même scénario.

— Parfait. Nous allons fixer la date d'une brève cérémonie au cours de laquelle il vous remerciera au nom de la patrie tout entière. Pas de questions, juste quelques photos et vous disparaissez de la circulation.

Dennison tendit le bras devant lui et les deux hommes s'avancèrent vers la porte du Bureau ovale.

— J'ai encore quelque chose à vous dire, monsieur le représentant, ajouta le porte-parole de la Maison-Blanche en posant la main sur la poignée. Savez-vous que votre apparition sur le devant de la scène a réduit à néant l'une des meilleures campagnes de propagande silencieuse dont un gouvernement puisse rêver ?

— Expliquez-vous.

— Plus nous gardions le silence sur cette affaire en invoquant le secret d'État, plus l'opinion publique était persuadée que le Président était parvenu à dénouer seul la crise d'Oman.

— Il a parfaitement réussi à donner cette impression, répliqua Kendrick avec un petit sourire empreint d'indulgence, comme s'il ne pouvait s'empêcher d'admirer ce qu'il n'approuvait pas nécessairement.

— Jennings n'est peut-être pas Einstein, mais, à sa manière, il a du génie, dit Dennison en ouvrant la porte.

— Puis-je vous rappeler, dit Kendrick sans faire mine d'avancer, que onze personnes ont été exécutées à Mascate et que plus de deux cents autres feront des cauchemars jusqu'à la fin de leurs jours ?

— Très juste ! répliqua Dennison. Et il l'a dit... avec de vraies larmes dans les yeux ! Il a dit d'eux qu'ils étaient de véritables héros américains, aussi courageux que ceux qui ont combattu à Verdun et à Omaha Beach, à Panmunjom et à Da Nang ! Il l'a dit, Kendrick, et il était sincère ! Et nous nous sommes tous redressés !

— C'est vrai, reconnut Kendrick, mais, en disant cela, il a réduit le champ des possibilités et son message était clair. Si un homme avait réussi à sauver ces deux cent trente-six otages, ce ne pouvait être que lui !

— Et alors ?

— Peu importe... Finissons-en, voulez-vous ?

— Vous êtes un drôle d'oiseau, Kendrick. Et vous avez raison, cette ville n'est pas faite pour vous.

Evan Kendrick n'avait rencontré qu'une seule fois le président des États-Unis. C'était à l'occasion d'une réception donnée à la Maison-Blanche en l'honneur des nouveaux élus du parti de l'exécutif, et leur rencontre n'avait pas duré plus de cinq à six secondes. Evan avait été vivement poussé à assister à la cérémonie par Ann O'Reilly qui avait pratiquement menacé de faire sauter son bureau s'il se dérobait. Kendrick avait patiemment essayé de lui expliquer qu'il ne trouvait pas Langford Jennings particulièrement antipathique, mais qu'il était en désaccord avec une grande partie, pour ne pas dire la plupart de ses positions. Annie lui ayant demandé pourquoi, dans ces conditions, il avait rallié le parti du Président, tout ce qu'il avait trouvé à répondre, c'est que le candidat de l'autre parti n'avait pas la moindre chance d'être élu.

L'impression dominante qu'avait eue Evan, obscur parlementaire dans la file des nouveaux élus à qui Langford Jennings serrait la main, l'un après l'autre, avait été de l'ordre de l'abstraction plutôt que de la réalité immédiate. Qu'un seul homme pût devenir le dépositaire d'un pouvoir aussi écrasant et effrayant poussait l'entendement humain à ses limites, sachant que la moindre erreur de calcul risquait de provoquer la destruction de la planète tout entière. Mais il y avait autre chose. Malgré le jugement que Kendrick portait sur l'homme, à savoir qu'il n'était pas d'une intelligence exceptionnelle et qu'il avait une fâcheuse propension à simplifier à l'extrême et à tolérer autour de lui la présence de bouffons zélés tels qu'Herbert Dennison, il émanait de Langford Jennings une force quasi surhumaine, une force que tout citoyen attendait et exigeait de son président. Evan avait essayé de comprendre la nature de l'espèce de voile qui semblait protéger le Président de tout examen minutieux et il en était arrivé à la conclusion que cet examen n'avait pas lieu d'être, tant la force d'impact de l'homme était grande. Il en allait assurément de même des Néron, Caligula et autre papes et empereurs autocratiques de l'Antiquité, ainsi que des derniers échantillons de despotes, les Mussolini, Staline et Hitler. Mais l'homme qu'il avait eu en face de lui était loin de posséder la noirceur inhérente à ses prédécesseurs. Il se dégageait tout au contraire de lui un sentiment puissant et pénétrant de loyauté qui semblait émaner du plus profond de son être. Outre son physique robuste et séduisant, Jennings était doté de profondes convictions, dont la pureté était essentielle à ses yeux. Pour finir, c'était un homme charmant... et l'un des plus grands charmeurs qu'il eût jamais été donné à Kendrick de rencontrer.

— Eh bien, cela me fait plaisir de vous revoir, Evan ! Me permettez-vous de vous appeler Evan, monsieur le représentant ?

— Bien entendu, monsieur le Président.

Jennings fit le tour de son bureau et serra vigoureusement la main de Kendrick en le prenant par l'épaule.

— Je viens juste d'achever la lecture des rapports de nos services secrets et je tiens à vous assurer que je suis extrêmement fier...

— Je n'ai pas agi seul, monsieur. Et, sans tous ceux qui m'ont apporté leur aide, je n'aurais pas survécu.

— C'est bien ce que j'avais compris. Mais, je vous en prie, Evan, prenez un siège.

Le Président retourna derrière son bureau et Dennison demeura debout au milieu de l'imposant Bureau ovale.

— Ce que, livré à vous-même, vous avez réussi à faire mérite d'être cité en exemple à toute une génération de jeunes Américains. Vous avez relevé vos manches sans hésiter à vous salir les mains.

— Je n'étais pas seul, monsieur. Il y a une longue liste de gens qui ont accepté de risquer leur vie pour m'aider... et plusieurs l'ont perdue. Je répète que, sans eux, je n'aurais pas survécu. Il y avait au moins une douzaine d'Omanais, y compris le jeune sultan, ainsi qu'un commando israélien qui est intervenu pour me sauver à quelques heures du moment fixé pour mon exécution...

— Oui, je sais tout cela, dit Langford Jennings avec un hochement de tête accompagné d'une grimace de compassion. Je sais aussi que nos amis d'Israël veulent à tout prix éviter d'être mêlés à l'affaire et que les responsables de nos services de renseignements refusent de mettre en péril la vie de nos agents du golfe Persique.

— Du golfe d'Oman, monsieur le Président.

— Je vous fais entièrement confiance, dit Jennings en adressant à Evan le célèbre sourire empreint d'humilité avec lequel il avait su charmer la nation tout entière. Je ne suis pas sûr de savoir les distinguer, mais vous allez m'apprendre. Comme mes caricaturistes ne manqueraient certainement pas de l'écrire en légende de leurs dessins, je n'aurai pas droit à mes cookies et à mon verre de lait tant que cela ne sera pas bien clair dans ma tête.

— Ce serait méchant, monsieur. La géographie de cette région est particulièrement compliquée pour qui n'a jamais eu l'occasion de s'y rendre.

— Avec l'aide de deux ou trois cartes, je suis sûr que j'arriverai à comprendre...

— Mais, monsieur, je ne voulais pas...

— Il n'y a pas de mal, Evan. Il m'arrive, comme à tout le monde, de me tromper. Mais ce qui me préoccupe pour l'instant, c'est de savoir ce que nous allons faire de vous. Quelles solutions nous reste-t-il, compte tenu des restrictions que nous impose la protection de nos agents dans la poudrière du Moyen-Orient ?

— Je dirais que ces restrictions exigent que l'affaire soit étouffée, que le dossier soit classé...

— Il est un peu tard pour cela, Evan, le coupa Jennings. L'alibi de la sécurité nationale a, lui aussi, des limites. Si l'on en abuse, on finit par éveiller la curiosité du public et c'est à ce moment-là que la situation peut devenir délicate, voire dangereuse.

— De plus, intervint Herbert Dennison d'un ton bourru, comme je vous l'ai déjà dit, le Président ne peut pas feindre d'ignorer votre existence. Ce ne serait ni généreux ni patriotique. Voici donc comment je vois les choses, avec l'accord du Président. Nous allons organiser une brève séance de photographies ici même, dans le Bureau ovale, pendant laquelle vous recevrez les félicitations officielles du Président. D'autres photos vous montreront tous les deux dans ce qui apparaîtra comme une conversation confidentielle. Tout cela sera en accord avec la discrétion requise par nos services antiterroristes et la nation le comprendra. On ne dévoile pas sa tactique à ces fumiers d'Arabes.

— Sans l'aide de nombreux Arabes, je n'aurais jamais réussi, et vous le savez pertinemment, rétorqua Evan en foudroyant Dennison du regard.

— Oui, Evan, nous le savons, intervint Jennings, manifestement amusé par la scène. Moi, je le sais, en tout cas. À propos, Herb, j'ai reçu cet après-midi un coup de téléphone de Sam Winters, et je crois qu'il a une merveilleuse idée qui non seulement n'irait pas à l'encontre de nos impératifs de sécurité, mais pourrait même les expliquer.

— Il ne faut pas nécessairement considérer Samuel

Winters comme un ami, répliqua Dennison. Il s'est prononcé contre plusieurs projets de lois.

— C'est parce qu'il n'était pas d'accord avec nous. Mais cela doit-il faire de lui un ennemi ? Si c'est le cas, vous devriez envoyer tout de suite la moitié du corps des Marines chez nos familles respectives. Allons, Herb, vous savez bien que Sam Winters conseille les présidents des deux partis depuis une éternité. Il faudrait être vraiment borné pour refuser de l'écouter au téléphone.

— Il aurait dû passer par moi.

— Vous voyez, Evan, dit le Président en penchant la tête avec un sourire malicieux, on me laisse faire des pâtés de sable, mais je n'ai pas le droit de choisir mes petits camarades de jeu.

— Ce n'est pas du tout ce que...

— Si, Herb, c'est bien de cela qu'il s'agit, mais je ne m'en formalise pas. Vous faites du bon boulot, comme vous ne manquez d'ailleurs jamais de me le rappeler...

— Qu'a donc proposé M. Winters... le professeur Winters ? rectifia Dennison d'un ton sarcastique.

— Oui, Herb, c'est un « professeur », mais pas un petit enseignant banal. Je suppose que, si l'envie lui en prenait, il pourrait s'acheter une ou deux universités d'une certaine importance. Celle dont je suis diplômé ne représenterait certainement pas pour lui un gros sacrifice financier.

— Que vous a-t-il proposé ? insista nerveusement le porte-parole de la Maison-Blanche.

— De décerner à notre ami Evan la médaille de la Liberté, répondit le Président en se tournant vers Kendrick. C'est l'équivalent pour un civil de la médaille militaire conférée par le Congrès.

— Je sais, monsieur. Mais je ne mérite pas un tel honneur et je le refuse.

— Sam m'a fait comprendre un certain nombre de choses, poursuivit Jennings, et je crois qu'il est dans le vrai. Pour commencer, et quoi que vous en pensiez, vous méritez cette décoration, et j'aurais l'air horriblement mesquin si je vous la refusais. Il est absolument hors de question d'encourir ce reproche, n'est-ce pas, mon cher Herb ?

— Oui, monsieur le Président, répondit Dennison

d'une voix sourde. Mais vous devez savoir que, si le représentant Kendrick se représente sans adversaire dans sa circonscription, ce qui vous garantit un siège, il compte se retirer bientôt de la vie politique. Il ne me semble pas indispensable dans ces conditions d'attirer encore plus sur sa personne l'attention des médias.

— La seule chose qui compte, Herbert, c'est de ne pas apparaître comme un homme mesquin ! Par ailleurs, Sam Winters m'a fait remarquer que Kendrick peut passer pour mon frère cadet... et que nous pourrions exploiter cette ressemblance en donnant l'image d'une famille de battants. Pas mal, non ?

— Ce n'est pas indispensable, répliqua Dennison de la voix rauque de celui qui se sait vaincu mais refuse de baisser les bras. M. Kendrick redoute des représailles contre ses amis arabes et ses craintes sont justifiées.

Le Président s'enfonça dans son fauteuil en braquant un regard inexpressif sur son porte-parole.

— Vous ne me ferez pas avaler cela, dit-il enfin. Le monde dans lequel nous vivons est dangereux et nous ne ferons que le rendre plus dangereux encore si nous cédons à ce genre de menace. J'expliquerai donc à la nation, sans peur et avec force, que je n'autorise pas la divulgation de l'ensemble du dossier d'Oman pour des raisons de stratégie antiterroriste. Sur ce point précis, vous avez raison, Herb, et Sam Winters m'a dit la même chose. Et surtout je ne veux pas que l'on m'accuse de mesquinerie ! C'est clair ?

— Oui, monsieur.

— Evan, poursuivit Jennings avec un sourire communicatif, vous êtes le genre d'homme qui me plaît ! Vous avez réussi quelque chose d'extraordinaire et le Président ne ménagera pas ses compliments. À propos, Sam Winters m'a suggéré de dire que nous avons travaillé ensemble... Après tout, ce sont bien les fonctionnaires de mon gouvernement qui vous ont aidé !

— Monsieur le Président...

— Vous pouvez annoncer la cérémonie à la presse, Herb. J'espère que vous ne vous en formaliserez pas, mais j'ai consulté mon agenda et ce sera mardi prochain, à dix heures. Cela nous permettra d'apparaître dans tous les journaux télévisés du soir et le mardi est un jour chargé.

— Mais, monsieur le Président..., commença Dennison, l'air très agité.

— Une dernière chose, Herb. Je veux la fanfare des Marines. Dans la Salle bleue. Pas question de me faire taxer de mesquinerie ! Ce n'est pas mon genre !

Herbert Dennison était absolument fou de rage quand il repartit dans son bureau pour exécuter l'ordre du Président : régler tous les détails de la cérémonie prévue le mardi suivant dans la Salle bleue. Avec la fanfare des Marines. La colère du porte-parole de la présidence était si profonde que, les mâchoires contractées, il se murait dans un silence buté.

— Je vous complique la vie, n'est-ce pas, Herbie ? demanda Kendrick en souriant.

— Vous me compliquez la vie et je ne m'appelle pas Herbie.

— Vous avez vu comme il vous a remis à votre place ?

— Il arrive parfois que le Président se laisse influencer par des avis néfastes.

Kendrick observa avec intérêt le porte-parole de la Maison-Blanche qui arpentait le large couloir comme un taureau furieux. Dennison n'accordait pas un regard aux nombreux fonctionnaires qui, en le croisant, le saluaient d'un geste hésitant. Un certain nombre d'entre eux ouvraient de grands yeux en reconnaissant Kendrick.

— Je ne comprends pas, poursuivit Evan. Notre antipathie mutuelle mise à part, quel est votre problème ? C'est moi qui suis coincé là où je n'ai aucune envie d'être, pas vous ! Alors, pourquoi faites-vous la gueule ?

— Parce que vous parlez beaucoup trop. Je vous ai vu à la télévision dans l'émission de Foxley et dans votre petit numéro du lendemain matin. Vous êtes improductif !

— Décidément, c'est un mot que vous aimez bien.

— J'en ai beaucoup d'autres à ma disposition.

— J'en suis sûr. Mais, vous savez, j'ai peut-être une surprise pour vous.

— Encore une !

— Attendez que nous soyons arrivés dans votre bureau.

Dennison donna l'ordre à sa secrétaire de filtrer tous les appels et de ne lui passer que ceux en *Priorité rouge.* Elle hocha docilement la tête, mais hasarda d'une voix apeurée :

— Vous avez déjà plus d'une douzaine de messages, monsieur... Et ils demandent presque tous une réponse urgente.

— Ils sont *Priorité rouge ?*

— Non, monsieur.

— Qu'est-ce que je viens de vous dire ?

Sur ces paroles courtoises, Dennison poussa Evan dans son bureau et claqua la porte derrière lui.

— Alors, cette surprise ?

— Permettez-moi de vous donner un conseil, Herbie, dit Evan en se dirigeant d'un pas nonchalant vers la fenêtre avant de faire volte-face. Vous pouvez être aussi grossier que vous voulez avec votre personnel, tant qu'il le supportera, mais ne vous avisez plus jamais de poser la main sur un membre du Congrès pour le pousser dans votre bureau comme si vous vous apprêtiez à lui administrer une correction.

— Je ne vous ai pas poussé !

— C'est ainsi que je l'ai interprété et c'est tout ce qui compte. Vous avez la main lourde, Herbie. Je suis sûr que mon honorable collègue du Kansas a eu la même impression quand il vous a étendu sur le carreau.

Au grand étonnement d'Evan, Dennison se mit soudain à rire, d'un rire prolongé, ni méchant ni haineux, un rire trahissant plutôt une sorte de soulagement. Il desserra sa cravate et se laissa tomber dans un fauteuil de cuir placé devant son bureau.

— Comme je regrette de ne pas avoir dix ou douze ans de moins, Kendrick, pour vous flanquer une bonne raclée... Oui, même à cet âge-là. Mais, à soixante-trois ans, on a compris que prudence est mère de sûreté. Je n'ai pas envie de me retrouver une nouvelle fois sur le carreau ; à mon âge, il devient de plus en plus difficile de se relever.

— Alors, ne cherchez pas la bagarre, ne la provoquez pas. Votre attitude est trop provocante.

— Asseyez-vous donc, Kendrick... Oui, dans mon fauteuil, à mon bureau ! Allez-y ! Voilà ! Alors, qu'éprouvez-vous ? Vous ne sentez pas des picotements dans la moelle épinière ? Le sang ne vous monte pas à la tête ?

— Non. C'est un endroit pour travailler.

— Décidément, nous ne sommes pas de la même race. Vous voyez, Kendrick, au bout du couloir se trouve le bureau de l'homme le plus puissant du monde et cet homme se repose sur moi. Je sais que je ne suis pas un génie, moi non plus, mais je fais tourner la boutique. Mon rôle consiste à huiler les rouages de la machine pour éviter le grippage, et l'huile que j'utilise a peut-être trop d'acidité, tout comme moi, mais c'est le seul lubrifiant dont je dispose et il est efficace.

— Je suppose qu'il y a une raison pour que vous me disiez tout cela.

— Il y en a une et je ne pense pas que vous le prendrez mal. Depuis que je suis arrivé ici — que nous sommes arrivés ici —, tout le monde multiplie les courbettes, les sourires et les coups d'encensoir, mais quand je les regarde au fond des yeux je vois qu'ils préféreraient me loger une balle dans la tête. J'ai déjà connu cette situation et je m'en fous. Et puis, d'un seul coup, vous débarquez dans mon bureau et vous m'envoyez promener. Eh bien, voyez-vous, Kendrick, je trouve cela plutôt agréable ! Je veux dire que cela me fait plaisir que vous ne m'aimiez pas... et de ne pas vous aimer ! Vous comprenez ce que je veux dire ?

— Je crois, aussi paradoxal que puisse être votre raisonnement. Mais vous aimez le paradoxe.

— Pourquoi ? Parce que je vous parle franchement ? Sans l'hypocrisie et la flagornerie de tous ces lèche-cul, je perdrais beaucoup moins de temps et j'accomplirais dix fois plus de choses !

— L'avez-vous déjà clairement fait comprendre ?

— Dieu m'est témoin que j'ai essayé, Kendrick ! Mais personne ne m'a cru !

— Auriez-vous réagi autrement, si vous aviez été à leur place ?

— Probablement pas. Et, s'ils l'avaient fait, ce serait peut-être devenu un véritable asile de fous. Vous voyez bien, Kendrick, que le paradoxe est partout.

— Je n'ai pas à me prononcer là-dessus, mais cette conversation me facilite la tâche.

— Ah oui ! Et cette surprise que vous me préparez ?

— Nous y arrivons, dit Evan. J'accepte tout ce que vous voulez de moi, mais à une condition. C'est mon pacte avec le diable.

— Vous me flattez.

— Ce n'était pas mon intention. Moi non plus, je ne supporte pas de passer de la pommade à quiconque, parce que cela me fait aussi perdre mon temps. Si j'ai bien compris, vous me trouvez « improductif » parce que j'ai un peu élevé la voix sur certains sujets qui me tiennent à cœur et que ce que vous en avez vu va à l'encontre de vos idées. C'est bien cela ?

— Vous avez tout compris, jeune homme. Même si votre apparence physique est différente, vous me rappelez les contestataires chevelus d'un passé récent.

— Et vous craignez que, si l'on m'offre une tribune, je continue à répandre des idées subversives. C'est cela qui vous fout la trouille, hein ?

— Très juste ! Je veux qu'aucune autre voix ne s'élève, que rien ne lui fasse de l'ombre ! Il nous a sortis du marasme. Nous avons maintenant le vent en poupe et ça fait du bien !

— Je ne vous suivrai peut-être pas sur ce terrain.

— Vous ne pourriez pas...

— Revenons-en plutôt à ce que vous attendez de moi, poursuivit rapidement Evan. Il y a deux choses. D'abord que je parle aussi peu que possible et que je ne dise rien qui soit susceptible de remettre en question la sagesse émanant du grand homme. Dites-moi si je brûle...

— Si vous dites un mot de plus, ce sont vos ailes que vous allez brûler.

— La deuxième chose, ajouta imperturbablement Evan, c'est que vous souhaitez me voir disparaître de la circulation... aussi vite que possible. Je suis toujours dans la bonne voie ?

— Comme un bon chien de chasse.

— Très bien. J'accepte ces deux choses, mais à une condition. Après la petite cérémonie de mardi prochain, qui nous déplaît autant à l'un qu'à l'autre, mais que nous sommes obligés de subir, mon bureau sera assiégé par les médias. Journaux, radios, télévisions, hebdomadaires..., tout le monde va mettre le paquet. Je fais l'actualité et ils tiennent à vendre leur salade...

— Vous ne m'apprenez rien que je ne sache déjà, le coupa vivement Dennison.

— Je suis prêt à tout refuser, poursuivit posément Kendrick. Je n'accorderai pas d'interview. Je ne ferai pas de déclaration publique et je disparaîtrai aussi vite que possible.

— Je vous embrasserais tout de suite sur les deux joues si vous n'aviez pas mentionné quelque chose d'improductif, du genre : « à une condition ». Que voulez-vous dire exactement ?

— Qu'à la Chambre des représentants je voterai selon ma conscience et que, si l'on m'interroge en séance, je m'expliquerai aussi impartialement que possible. Mais je vous répète qu'en dehors du Capitole je ne ferai aucune déclaration.

— La majeure partie des critiques que nous essuyons ne viennent pas de la Colline, dit pensivement le porte-parole de la Maison-Blanche. Le *Congressional Record* et le réseau câblé de télévision ne nous font pas autant de mal que le *Daily News* et *Dallas.* Dans ces conditions, grâce à ce vieil hypocrite de Sam Winters, votre proposition est si séduisante que je me demande ce qu'elle cache. Car je suppose que vous voulez quelque chose en contrepartie...

— En effet. Je veux savoir qui a vendu la mèche. Qui a dévoilé toute l'affaire d'Oman d'une manière si professionnelle.

— Vous vous imaginez peut-être que je n'aimerais pas le savoir ? hurla Dennison en se redressant dans son siège. Je les ferai jeter à la mer, à cinquante milles au large de Newport News, attachés à une torpille !

— Alors, aidez-moi à le découvrir. C'est le prix de mon silence et, si vous refusez, comptez sur moi pour refaire le coup de Foxley sur les chaînes de télévision de tout le pays et pour proclamer partout ce que je pense sincèrement de vous et de ceux qui vous entourent, à savoir que vous n'êtes qu'une bande de primates, qui ne comprenez rien à un monde trop compliqué pour vous.

— Parce que, vous, vous comprenez tout ?

— Certainement pas, mais je sais que vous ne comprenez rien ! Je vous regarde, je vous écoute et je vous vois rejeter tant de gens qui pourraient vous être utiles, simplement parce qu'il y a chez eux un petit quelque chose qui ne concorde avec vos idées préconçues. Et je viens d'apprendre quelque chose. Le président des États-Unis s'est entretenu au téléphone avec Samuel Winters, un homme que vous n'aimez pas, parce qu'il lui est arrivé de ne pas vous appuyer. Quand vous lui avez expliqué pourquoi, ce que vous a répliqué le Président m'a frappé : il vous a dit que si Sam Winters n'était pas toujours d'accord avec sa politique cela ne faisait pas nécessairement de lui un ennemi.

— Le Président ne comprend pas toujours bien où sont ses ennemis. Il sait reconnaître très vite ceux qui partagent son idéologie et il leur reste fidèle, parfois un peu trop longtemps à mon goût, mais il est souvent trop généreux pour reconnaître ceux qui sont susceptibles de miner sa position.

— C'est le raisonnement le plus faiblard et le plus présomptueux que j'aie jamais entendu, Herbie. De quoi voulez-vous donc protéger le grand homme ? De la diversité des opinions ?

— Si nous en revenions à votre surprise, Kendrick. Je préfère changer de sujet.

— Je n'en doute pas.

— Que savez-vous de plus que nous qui puisse nous aider à découvrir celui ou ceux qui sont à l'origine de la fuite ?

— Essentiellement ce que j'ai appris de la bouche de Frank Swann. En sa qualité de responsable d'OHIO-Quatre-Zéro, il assurait la liaison avec le secrétaire d'État et le secrétaire à la Défense, ainsi que le porte-parole des chefs d'états-majors qui, tous, connaissaient mon identité. Mais il m'a dit que je pouvais les rayer de la liste des suspects, car...

— Et comment ! rugit Dennison sans le laisser achever sa phrase. Ils ont pieds et poings liés, ils sont dans l'incapacité de répondre aux questions les plus anodines, de sorte qu'ils passent pour des idiots finis. Mais ils sont loin d'être idiots et ils ont suffisamment roulé leur bosse pour savoir ce qu'est un dossier ultra-confidentiel et pourquoi il a été classé ainsi. Avez-vous autre chose ?

— En dehors de vous, et, si je vous élimine, c'est uniquement parce que vos cellules grises fatiguées n'auraient rien pu trouver de plus « improductif » que la révélation de mon identité, en dehors de vous, disais-je, il ne reste que trois autres personnes.

— Qui ?

— D'abord, Lester Crawford, de la C.I.A. ; ensuite, James Grayson, leur chef de station à Bahreïn ; enfin une femme, Adrienne Rashad, qui semble avoir un statut privilégié et opère à partir du Caire.

— Et alors ?

— D'après Swann, ils sont les seuls à savoir qui j'étais quand on m'a transporté clandestinement à Mascate.

— Mais ils travaillent tous pour une agence gouvernementale, rétorqua Dennison d'un ton plein de sous-entendus. Si nous parlions plutôt de ceux que vous avez rencontrés sur place ?

— Ce n'est pas impossible, bien sûr, mais je pense qu'il y a très peu de chances qu'ils soient responsables. À l'exception du sultan, les rares personnes que j'aie rencontrées ont si peu de contacts avec Washington qu'on ne peut sérieusement les soupçonner. Quant à Ahmat, que je connais depuis longtemps, il ne peut être à l'origine de la fuite pour plusieurs raisons, les plus importantes étant qu'il tient d'une part à conserver son trône, d'autre part à préserver ses relations avec notre gouvernement. Sur les quatre hommes à qui j'ai téléphoné à Mascate, un seul a accepté de me rencontrer et cela lui coûté la vie, très certainement à cause des autres. Ils étaient morts de peur et ne voulaient pas entendre parler de moi. Ils n'ont pas hésité à éliminer celui qui m'avait rencontré et qui aurait pu faire peser des soupçons sur eux. Pour les comprendre, il faut avoir vécu là-bas. Ils vivent tous avec le syndrome du terrorisme, le couteau sous la gorge... et un autre sous la gorge de chacun des membres de leur famille. Il y avait déjà eu des représailles — un fils assassiné, une fille violée et défigurée — parce qu'un oncle ou un cousin s'était publiquement élevé contre les méthodes des Palestiniens. Pour rien au monde, ces hommes n'auraient prononcé mon nom.

— Mais dans quel monde vivent donc ces foutus Arabes ?

— Dans un monde où la grande majorité d'entre eux s'efforcent de survivre et d'assurer la subsistance de leurs enfants. Et l'attitude sectaire de gens comme vous ne contribue pas à les aider.

— Je pense que je n'ai pas volé cette critique, dit lentement Dennison en penchant la tête sur le côté. Vous savez, il n'y a pas si longtemps, il était de bon ton de se méfier des juifs, de les trouver antipathiques. Maintenant tout a changé, et ce sont les Arabes qui les ont remplacés dans l'inconscient collectif. C'est des conneries, tout ça... Ce que je veux savoir, maintenant, c'est qui a fait sortir votre dossier du tiroir top secret. Vous semblez croire que c'est quelqu'un de chez nous...

— Je ne vois pas d'autre explication. Swann a reçu dans son bureau, sous un faux nom, un homme blond, à l'accent européen, qui possédait sur moi des renseignements très précis... si précis qu'ils ne pouvaient provenir que de documents officiels, sans doute mon dossier parlementaire. Cet homme a essayé de faire avouer à Swann que j'avais été mêlé à l'affaire d'Oman, mais Frank a nié énergiquement et lui a affirmé qu'il avait repoussé mes propositions, sans toutefois avoir l'impression que l'inconnu était convaincu.

— Nous sommes au courant, fit impatiemment Dennison, mais nous n'arrivons pas à mettre la main sur lui.

— Et pourtant l'inconnu a poursuivi ses recherches et il a fini par trouver quelqu'un d'autre, quelqu'un qui, volontairement ou non, lui a confirmé qu'il avait vu juste. Si nous vous rayons de la liste des suspects et si nous faisons de même avec le secrétaire d'État, le secrétaire à la Défense et le représentant du Pentagone, il ne reste plus que Crawford, Grayson et Adrienne Rashad.

— Vous pouvez éliminer les deux premiers, dit le

porte-parole de la Maison-Blanche. Ce matin, j'ai cuisiné Crawford ici même et il était prêt à me défier à la roulette russe pour avoir osé suggérer cette éventualité. Quant à Grayson, je l'ai appelé à Bahreïn il y a quelques heures, et il a failli avoir une attaque d'apoplexie en comprenant où je voulais en venir, avant de me reprocher vivement de l'avoir appelé dans un pays étranger sur une ligne non stérile. Grayson et Crawford sont de vieux routiers des renseignements. Ils ne sont pas hommes à courir le risque de gâcher le travail de toute une vie pour révéler votre rôle dans l'affaire d'Oman ni à se laisser tirer les vers du nez par qui que ce soit.

Kendrick se pencha en avant et posa les coudes sur le bureau de Dennison. Il fixa le mur de la pièce en s'efforçant de mettre de l'ordre dans ses idées. Adrienne Rashad, alias Khalehla, lui avait sauvé la vie, mais ne l'avait-elle fait que pour mieux le trahir ? La jeune femme était également une amie intime d'Ahmat qui pouvait pâtir de ces relations, et Evan avait fait assez de mal au jeune sultan sans qu'il soit besoin d'y ajouter la trahison d'un agent secret. Et pourtant Khalehla avait apporté à Evan la compréhension et la douceur dont il avait besoin au moment où il craignait pour sa vie et où il doutait de ses capacités. Si quelqu'un avait réussi à lui soutirer tous les détails sur l'affaire des otages et si Kendrick révélait qu'elle était à l'origine du scandale, la jeune femme serait définitivement brûlée dans une profession à laquelle elle croyait passionnément... Mais si on ne lui avait rien soutiré, si elle avait vendu la mèche de son plein gré et pour des raisons qui lui étaient propres, c'est sa trahison qu'il mettrait en lumière ! Où était la vérité ? Khalehla avait-elle menti ou bien était-elle la dupe de quelqu'un ? Dans tous les cas, il lui appartenait de le découvrir tout seul, sans le spectre d'une enquête officielle. Avant tout, dupe ou menteuse, il devait savoir avec qui elle était entrée en contact, ou qui avait pris contact avec elle. C'était le seul moyen de découvrir la réponse au pourquoi de toute cette affaire.

— Sur les sept personnes qui étaient au courant, dit pensivement Kendrick, il n'en reste donc qu'une seule dont nous ne pouvons être sûrs.

Dennison acquiesça de la tête.

— Je vais la mettre à la broche et allumer un feu d'enfer ! Elle parlera, croyez-moi !

— Pas question, riposta Kendrick. Personne ne s'approchera d'elle tant que je n'aurai pas donné le feu vert... Si je le donne. Et je vais même plus loin : personne ne doit savoir que vous la faites revenir clandestinement ici. Absolument personne ! C'est bien clair ?

— Mais pour qui vous prenez-vous, pour me parler sur ce ton ?

— Vous n'allez pas recommencer, Herbie ! N'oubliez pas notre petite cérémonie de mardi prochain, dans la Salle bleue, devant tous les reporters et les caméras de la télévision... J'aurai la plus belle tribune qui soit, si l'envie me prend de m'exprimer sur certains sujets. Et, faites-moi confiance, vous serez l'une de mes premières cibles.

— Et merde ! C'est du chantage ! Mais pourrais-je au moins savoir pourquoi votre Mata-Hari a droit à un traitement de faveur ?

— Bien sûr, répondit Evan en affrontant calmement le regard courroucé du porte-parole de la Maison-Blanche. Cette femme m'a sauvé la vie et je ne veux pas vous laisser ruiner sa réputation en effrayant ses supérieurs avec la grosse artillerie de la Maison-Blanche ! Vous avez déjà fait assez de boucan comme cela !

— D'accord ! D'accord ! Mais je veux qu'une chose soit bien claire entre nous : si elle est à l'origine de la fuite, vous me la livrez.

— Cela dépendra, dit Kendrick en s'enfonçant dans le fauteuil profond.

— De quoi, bon Dieu ?

— Du comment et du pourquoi.

— Encore une énigme, Kendrick ?

— Pour moi, c'est très clair, répondit Evan en se levant brusquement. Et maintenant, Dennison, faites-moi sortir d'ici. Et, comme je ne peux pas rentrer chez moi, *ni en* Virginie ni au Colorado, sans être assailli par ces fichus journalistes, quelqu'un de chez vous pourrait-il me louer sous un nom d'emprunt une cabane ou une petite maison à la campagne ? Je paierai ce qu'il faut. Tout ce que je veux, c'est quelques jours pour mettre de l'ordre dans mes idées avant de retourner sur la Colline.

— C'est déjà fait, dit sèchement Dennison. En vérité, c'est Jennings qui a eu l'idée de vous mettre au vert pendant le week-end dans l'une de nos maisons stériles du Maryland.

— Une maison stérile ? Vous ne pouvez donc pas laisser tomber votre jargon !

— Pour exprimer différemment les choses, disons que vous serez l'hôte du président des États-Unis dans un lieu ignoré de tous et réservé à ceux que nous tenons absolument à mettre à l'abri des curieux. Cela rejoint mon opinion, selon laquelle il appartient à Langford Jennings de faire les premières déclarations publiques à votre sujet. On vous a vu dans les couloirs de la Maison-Blanche et, aussi sûr que deux et deux font quatre, les langues iront bon train.

— C'est vous qui écrivez le scénario, fit posément Evan. Alors, qu'allons-nous dire... ou plutôt qu'allez-vous dire, puisque je serai isolé du monde ?

— C'est facile, répondit Dennison. Nous dirons que, après un entretien avec les responsables des services antiterroristes, la préoccupation majeure du Président est votre sécurité. Ne vous inquiétez pas, ceux qui écrivent ses discours trouveront les mots justes pour faire pleurer les ménagères et donner aux hommes l'envie de défiler dans la rue. Comme c'est Jennings qui décide en dernier ressort de ce genre de chose, je suppose que l'on évoquera également l'image d'un preux chevalier de la Table ronde veillant sur son frère cadet, retour d'une périlleuse mission. Le bla-bla habituel, quoi !

— Et si la théorie des représailles doit se vérifier, ajouta Kendrick, je risque d'être une des premières cibles.

— Ce serait bien, dit Dennison en hochant la tête.

— Prévenez-moi dès que vous aurez pris vos dispositions pour le transport d'Adrienne Rashad.

Evan était installé sur le canapé de cuir du bureau de l'imposante maison stérile qui s'élevait sur le territoire de la commune de Cynwid Hollow, sur la côte orientale du Maryland. Dehors, les gardes armés jusqu'aux dents qui patrouillaient dans le grand parc éclairé par des projecteurs sortaient brusquement de l'ombre pour s'y replonger aussitôt.

Kendrick coupa la troisième diffusion de la conférence de presse impromptue donnée par le président Langford Jennings au sujet du représentant Evan Kendrick, du Colorado. C'était un discours encore plus outrancier que l'aperçu que lui en avait donné Dennison, ponctué de pauses déchirantes accompagnées de sourires mécaniques, sous lesquels transparaissaient la fierté et l'angoisse de l'homme qui se forçait à sourire. Comme à son habitude, le Président s'était exprimé en termes très généraux et n'avait fourni aucun détail, sauf dans le cours d'une grande envolée. *Tant que toutes les mesures de sécurité nécessaires ne seront pas prises, j'ai demandé au représentant Kendrick, cet homme dont la nation tout entière est si fière, de rester sous surveillance dans une résidence du gouvernement. Mais j'adresse en même temps une mise en garde solennelle à tous les terroristes et les avertis que, s'ils essaient lâchement d'attenter à la vie de ce collègue et ami à qui je porte l'affection que l'on peut avoir pour un frère cadet, je n'hésiterai pas à mettre en œuvre toute la puissance militaire américaine, aussi bien terrestre que navale ou aérienne, sur le territoire de ceux qui porteront la responsabilité de cette action.*

Kendrick sursauta en entendant la sonnerie d'un téléphone. Il regarda autour de lui et vit l'appareil posé sur un bureau, au fond de la vaste pièce. Il bondit du canapé et se dirigea vers l'instrument importun.

— Oui ?

— Elle est à bord d'un appareil de l'armée et voyage, sous un faux nom que vous n'avez pas à connaître, en compagnie de l'attaché militaire de notre ambassade au Caire, dont elle est censée être la secrétaire. L'arrivée de l'avion est prévue pour sept heures du matin, heure de la côte Est, et elle devrait être dans le Maryland à dix heures, au plus tard.

— Que sait-elle exactement ?

— Rien.

— Il a bien fallu lui dire quelque chose, insista Kendrick.

— On lui a dit qu'elle devait recevoir des instructions urgentes du gouvernement pour une nouvelle mission, des instructions qui ne pouvaient lui être transmises que de vive voix.

— Et elle a avalé ça ?

— On ne lui a pas laissé le choix. Une voiture est passée la prendre à son appartement et, depuis lors, elle est sous bonne garde. Je vous souhaite de faire de beaux cauchemars.

— Merci, Herbie.

Evan raccrocha, à la fois soulagé et effrayé par la perspective de la rencontre du lendemain matin avec cette femme qu'il avait connue sous le nom de Khalehla, cette femme à qui il avait fait l'amour dans un moment de peur intense et d'épuisement. Il lui fallait chasser de sa mémoire l'impulsion à laquelle il avait cédé et le sentiment de détresse qui l'avait poussé à cet acte. Il devait déterminer si c'était une amie ou une ennemie qu'il allait retrouver. Mais il avait au moins quelque chose à faire, ne fût-ce que pour les douze ou quinze heures à venir. Il pouvait donc appeler Ann O'Reilly et, par son intermédiaire, essayer de joindre Manny. Peu importait maintenant de révéler l'endroit où il se trouvait ; il était l'hôte officiel du président des États-Unis.

23

Emmanuel Weingrass était attablé avec le gros cafetier moustachu de Mesa Verde. Les deux heures qui venaient de s'écouler avaient été fort pénibles et n'avaient pas été sans rappeler à Manny l'agitation fébrile de l'époque où il travaillait pour le Mossad, à Paris. Certes, la situation présente était loin d'être aussi dramatique et les adversaires étaient beaucoup moins dangereux, mais ce n'était quand même pas très facile pour un homme de son âge de se déplacer d'un lieu à un autre sans se faire repérer ni arrêter. À Paris, il lui avait fallu échapper à un groupe de terroristes qui l'avaient suivi du Sacré-Cœur au boulevard de la Madeleine. Dans le Colorado il lui avait seulement fallu sortir en douce de la maison de Kendrick en trompant la vigilance de l'escouade d'infirmières affolées par l'activité frénétique régnant dans la propriété.

— Comment vous y êtes-vous pris ? demanda Gonzalez-Gonzalez, le patron du café, en servant un verre de whisky au vieil architecte.

— Il est heureusement possible à l'homme civilisé de préserver son intimité, Gee-Gee. Je suis allé dans les toilettes et je suis sorti par la fenêtre. J'avais pris un appareil photo d'Evan et je me suis mêlé à la foule qui photographiait la maison. Il ne me restait plus qu'à trouver un taxi pour me conduire jusqu'ici.

— Les fumiers ! s'écria Gee-Gee. Ils se font une fortune, ces temps-ci !

— Tous des voleurs ! Dès que je suis monté dans le taxi, cet arnaqueur m'a dit : « Cent dollars pour l'aéroport, monsieur. » Alors, je lui ai répondu en ôtant mon chapeau : « Je pense que la commission de contrôle des taxis sera enchantée de connaître les nouveaux tarifs pratiqués à Mesa Verde. » Et il m'a dit, un peu gêné : « Ah ! c'est vous, monsieur Weingrass ! C'était une blague, vous savez ! » Et, moi, je lui ai dit : « Vous demanderez deux cents dollars à votre prochain client, si vous voulez, mais conduisez-moi tout de suite chez Gee-Gee ! »

Les deux hommes éclatèrent d'un rire bruyant tandis que le taxiphone fixé au mur, à côté de leur box, émettait une sonnerie grelottante. Gonzalez-Gonzalez posa la main sur le bras de Manny.

— Ne bougez pas, dit-il. Garcia va répondre.

— Pourquoi ? Vous m'avez dit qu'Evan avait déjà appelé deux fois.

— Garcia sait ce qu'il faut dire. Je lui ai tout expliqué.

— Eh bien, expliquez-moi aussi !

— Il va donner à M. Kendrick le numéro de mon bureau et lui demander de rappeler dans deux minutes.

— Mais à quoi jouez-vous, Gee-Gee ?

— Un gringo que je ne connais pas est entré deux ou trois minutes après vous.

— Et alors ? Il y a plein de clients que vous ne connaissez pas.

— Il n'est pas d'ici, Manny. Il n'a ni imperméable, ni chapeau, ni appareil photo, mais il n'est pas d'ici. Il porte un complet, avec un gilet.

Weingrass commença à tourner lentement la tête.

— Non, Manny ! ordonna Gonzalez en lui serrant le bras. Il n'arrête pas de se retourner et c'est vous qu'il regarde !

— Qu'allons-nous faire ?

— Attendez ici et ne vous levez pas avant que je vous le dise.

Garcia raccrocha, toussota et se dirigea vers le client roux en complet trois pièces. Il se pencha et lui murmura quelque chose à l'oreille. Le rouquin dévisagea d'un regard dur le messager qui repartit vers le bar en haussant les épaules. Le client se leva lentement, posa discrètement quelques billets sur la table et se dirigea vers la porte qu'il poussa.

— Allons-y ! murmura Gonzalez-Gonzalez en tirant Weingrass par la manche et en lui faisant signe de le suivre.

Dix secondes plus tard, ils pénétraient dans le bureau en désordre du cafetier.

— M. Kendrick va rappeler dans une minute, dit Gee-Gee en indiquant à Weingrass le fauteuil déglingué derrière le bureau couvert de paperasses.

— Vous êtes sûr que c'était Kendrick ? demanda Weingrass.

— Garcia a toussé comme je le lui avais demandé.

— Et qu'a-t-il dit à ce type ?

— Que le message transmis au téléphone devait être pour lui, puisque aucun autre client ne correspondait à la description qu'on lui avait faite.

— Quel message ?

— Très simple, *amigo.* Qu'il était important de joindre ses amis.

— C'est tout ?

— Il est parti, non ? Cela nous apprend un certain nombre de choses, non ?

— Quoi, par exemple ?

— *Uno,* qu'il a des amis. *Dos,* que ses amis se trouvent à l'extérieur de cet honorable établissement, ou bien qu'il peut entrer en contact avec eux par un autre moyen... Pourquoi pas un téléphone dans une voiture ? *Tres,* qu'il n'est pas venu ici dans son joli costume uniquement pour boire une bière Tex-Mex en s'étouffant à chaque gorgée... comme vous le faites souvent en buvant mon excellent vin mousseux. *Cuatro,* que c'est très probablement un *federale.*

— La police fédérale ? demanda Manny avec une pointe d'étonnement dans la voix.

— Il va de soi que je n'ai jamais été mêlé de près ni de loin à des passages clandestins de la frontière de ma patrie bien-aimée vers le sud, mais même un innocent comme moi entend les histoires que l'on raconte. Nous savons ce qu'il faut chercher, mon ami. *Comprende, hombre ?*

— Je l'ai toujours dit, fit Weingrass en prenant place dans le fauteuil éventré. Il suffit de dénicher les meilleurs bistrots parmi les moins prétentieux pour en apprendre beaucoup plus sur la vie que dans tous les égouts de Paris.

— Paris est une ville que vous aimez beaucoup, Manny, non ?

— Un peu moins en ce moment, *amigo.* Je ne sais pas très bien pourquoi, mais un peu moins. Il se passe des tas de choses ici avec mon fils ; je ne comprends pas bien, mais je sais que c'est important.

— Vous l'aimez beaucoup, lui aussi, non ?

— C'est mon fils.

Dès la première sonnerie du téléphone, Weingrass décrocha et porta l'appareil à son oreille tandis que Gee-Gee s'éclipsait.

— C'est toi, tête brûlée ?

— Dis-moi, Manny, on dirait que tu as tout un commando du Mossad pour te protéger.

— J'ai beaucoup mieux encore. Il n'y a pas de comptable, personne pour me reprocher mes dépenses. Mais parlons de toi ! Tu peux m'expliquer ce qui s'est passé ?

— Je n'en sais rien, je te jure que je n'en sais rien !

Evan lui raconta tout par le menu, de la nouvelle stupéfiante que Sabri Hassan lui avait annoncée pendant qu'il se baignait dans sa piscine, en passant par le motel de Virginie dans lequel il s'était réfugié, sa discussion avec Frank Swann, du Département d'État, son arrivée à la Maison-Blanche sous bonne escorte, son entretien aigre-doux avec Dennison et sa présentation au président Langford Jennings en personne, qui avait commencé à tout foutre en l'air en organisant une cérémonie pour lui remettre une médaille en grand tralala le mardi suivant. Puis il aborda le sujet de Khalehla, la femme qui lui avait sauvé la vie à Bahreïn, en réalité un agent de la C.I.A. que l'on faisait revenir d'urgence aux États-Unis pour l'interroger.

— D'après ce que tu m'avais raconté, dit Weingrass, elle n'a rien à voir avec cette histoire.

— Pourquoi ?

— Quand elle t'a dit qu'elle était Arabe et qu'elle avait honte de ce qui se passait chez elle, tu l'as crue, Evan. Et moi qui te connais peut-être mieux que tu ne te connais toi-même, je sais qu'il n'est pas facile de t'en faire accroire. C'est pour cela que le groupe Kendrick marchait si bien. Si cette femme a révélé le rôle que tu as joué dans l'affaire d'Oman, cela ne pourrait qu'ajouter à sa honte et jeter de l'huile sur les feux allumés par les fanatiques de tout poil.

— Mais c'est notre dernière piste, Manny. Les autres n'auraient jamais fait cela, c'est impossible.

— Alors, il y en a d'autres derrière les autres.

— Mais qui, bon Dieu ? Nous avons fait le tour de tous ceux qui savaient que j'étais là-bas.

— Tu viens de me raconter que Swann t'avait dit qu'un blond à l'accent étranger soupçonnait ta présence à Mascate. D'où tenait-il ses informations ?

— Même la Maison-Blanche n'arrive pas à mettre la main sur ce type.

— Je connais peut-être des gens qui pourraient le retrouver, suggéra Weingrass.

— Non, Manny, répliqua fermement Kendrick. Nous ne sommes pas à Paris et il n'est pas question de faire appel aux Israéliens. Je leur dois déjà beaucoup, mais je t'expliquerai un jour pourquoi ils portaient un intérêt particulier à l'un des otages de l'ambassade.

— Je n'ai jamais eu de détails, fit Weingrass. Je savais que le commando avait été entraîné pour accomplir une mission bien précise, et j'en avais conclu qu'elle consistait à délivrer quelqu'un, mais jamais ils n'en ont parlé devant moi. Ces gens-là savent tenir leur langue. Bon, que comptes-tu faire maintenant ?

— Je vois Adrienne Rashad demain matin. Je te l'ai déjà dit.

— Et après ?

— Tu n'as donc pas regardé la télévision ?

— Je suis chez Gee-Gee. Tu sais bien qu'il ne passe que des vidéocassettes. Il y a en ce moment la finale du championnat de base-ball de 1982, et j'ai l'impression que tous les clients du bar s'imaginent suivre celle de cette année en direct. Qu'est-ce qu'il y a donc à voir, à la télé ?

— Le Président. Il a annoncé que j'étais sous surveillance dans une résidence du gouvernement.

— Une prison, en quelque sorte ?

— Si tu veux, mais les conditions d'incarcération sont supportables et les gardiens me fichent la paix.

— As-tu un numéro de téléphone à me donner ?

— Je ne le connais pas. Il n'y a rien d'inscrit sur l'appareil, mais je te tiendrai au courant. Je t'appelle si je pars d'ici. Il est impossible de localiser mon appel et, de toute façon, cela n'aurait pas d'importance.

— Très bien. Mais j'ai une question à te poser : as-tu parlé de moi à quelqu'un ?

— Certainement pas ! Il est possible que ton nom soit mentionné dans le dossier d'Oman, et j'ai insisté sur le fait que je ne devais pas être le seul à recevoir des éloges, mais jamais je ne t'ai désigné nommément. Pourquoi cette question ?

— On me suit.

— Quoi ?

— Je n'aime pas beaucoup cela. D'après Gee-Gee, le rigolo qui me file est un agent fédéral et il a des petits copains.

— C'est peut-être Dennison qui a trouvé ton nom dans le dossier et qui t'a placé sous la protection du F.B.I.

— Pour quoi faire ? Même à Paris, je ne risque rien... Sinon, je serais mort il y a trois ans. Et qu'est-ce qui te fait croire que mon nom figure dans le dossier ? En dehors du commando, personne ne le connaissait et pas un seul nom n'a été prononcé pendant la conférence qui a précédé notre départ de Bahreïn. Et, pour finir, petite tête, si on a décidé de me protéger, il conviendrait peut-être de me mettre au courant, car si je suis assez dangereux pour mériter ce genre de protection, je pourrais bien faire sauter la tête de quelqu'un dont j'ignore qu'il me protège...

— Comme d'habitude, dit Kendrick, il y a peut-être un soupçon de logique noyé dans le flot d'invraisemblances de ton discours. Je vais me renseigner.

— Ce serait très aimable à toi. Il ne me reste peut-être plus beaucoup d'années à vivre, mais je n'aimerais pas me les faire voler par une balle dans la tête... de quelque côté qu'elle vienne. Rappelle-moi demain. Il faut que je rentre au bercail avant qu'on s'aperçoive de ma disparition et qu'on la signale à la police.

— Fais mes amitiés à Gee-Gee, dit Evan. Et rappelle-lui que, lorsque je serai de retour, il aura intérêt à arrêter l'importation. Et remercie-le, ajouta-t-il après un silence.

Evan raccrocha, mais il reprit aussitôt l'appareil et composa le zéro.

— Central téléphonique, répondit une voix de femme hésitante après un nombre anormalement élevé de sonneries.

— Je ne sais pas pourquoi, dit Evan, mais quelque chose me dit que vous n'êtes pas une standardiste ordinaire.

— Mais, monsieur...

— Aucune importance, mademoiselle. Je m'appelle Evan Kendrick et je dois absolument joindre M. Herbert Dennison, le porte-parole de la Maison-Blanche, dans les plus brefs délais. Je vous demande de faire tout votre possible pour le trouver et lui demander de me rappeler dans les cinq minutes. S'il ne m'appelle pas, je me verrai dans l'obligation de téléphoner au mari de ma secrétaire, qui est un lieutenant de la police de Washington, pour l'informer que je suis retenu contre mon gré dans un lieu que je suis en mesure de localiser très précisément.

— Monsieur, je vous en prie !

— Je pense que ce que je vous ai demandé est raisonnable et tout à fait clair, poursuivit Evan. M. Dennison a cinq minutes pour me rappeler. Au revoir et merci, mademoiselle.

Cette fois, Kendrick raccrocha pour de bon, puis il se dirigea vers le bar où il trouva un seau à glace et plusieurs bouteilles de whisky de grandes marques. Il se versa un verre, regarda sa montre et s'avança vers une haute croisée donnant sur l'arrière de la propriété. Il sourit en découvrant un terrain de croquet bordé de tables et sièges de jardin en fer forgé blanc, mais son visage se referma à la vue d'un garde vêtu d'un uniforme paramilitaire. L'homme suivait une allée parallèle au mur d'enceinte, un fusil à répétition à la main. Manny avait vu juste : c'était bien une prison.

Quelques instants plus tard, le téléphone sonna et Kendrick décrocha.

— Allô, Herbie, comment allez-vous ?

— Vous ne manquez pas de culot ! Je suis sous la douche, imaginez-vous ! Je n'ai même pas eu le temps de m'essuyer ! Qu'est-ce que vous voulez ?

— Je veux savoir pourquoi vous faites filer Weingrass. Je veux savoir comment son nom est apparu. Et vous avez intérêt à avoir une bonne explication !

— Tout doux, ingrat ! répliqua sèchement Dennison. Expliquez-moi d'abord ce qu'est un Weingrass !

— Emmanuel Weingrass est un architecte de renommée internationale. C'est aussi mon meilleur ami et il est en ce moment mon invité au Colorado. Pour des raisons que je n'ai pas à expliquer, sa présence doit y être tenue secrète. Je veux savoir à qui vous avez communiqué son identité et dans quelles conditions !

— On ne peut pas communiquer ce qu'on ignore !

— Vous n'oseriez pas me mentir, Herbie ? Parce que, si vous me mentez, je vais faire des semaines qui viennent un véritable enfer pour vous.

— Si cela pouvait me permettre de me débarrasser de vous, je n'hésiterais pas une seconde. Mais je ne saurais même pas quel mensonge inventer à propos de ce Weingrass. Je vous jure que je n'ai jamais entendu prononcer ce nom !

— Vous avez bien lu le rapport de fin de mission de l'affaire d'Oman ?

— C'est un dossier ultra-confidentiel... Bien sûr que je l'ai lu.

— Et le nom de Weingrass n'y figure pas ?

— Non. Je m'en souviendrais, parce que c'est un drôle de nom.

— Pas pour lui, répliqua Evan.

Il s'interrompit pendant quelques secondes, mais pas assez longtemps pour laisser Dennison reprendre la parole.

— Quelqu'un de la C.I.A., de l'Agence nationale de sécurité ou d'un autre service, aurait-il pu placer mon hôte sous surveillance sans vous en référer ?

— Hors de question ! rugit le porte-parole de la Maison-Blanche. Pour tout ce qui touche à vous-même et à votre sale affaire, personne ne lève le petit doigt sans que j'en sois aussitôt informé !

— Une dernière question. Était-il fait mention dans le dossier d'Oman de la personne qui m'accompagnait au retour de Bahreïn ?

— Je vous vois venir, avec vos gros sabots, dit Dennison après un instant d'hésitation.

— Je vous préviens, Dennison, vous vous préparez des moments très difficiles. Si vous ne voulez pas que j'élève le ton devant la presse, je vous conseille de ne pas vous intéresser à cet architecte. Laissez tomber.

— Très bien, soupira Dennison, je laisse tomber. Avec un nom comme le sien, je flaire d'autres liens, et c'est une odeur que je n'aime pas. Une odeur de Mossad.

— Parfait. Et maintenant, je voudrais simplement savoir ce qu'il y avait dans le dossier sur le vol de retour entre Bahreïn et la base d'Andrews.

— Il n'y avait à bord de l'appareil que vous-même et un vieil Arabe vêtu à l'occidentale, un sous-ordre des Opérations consulaires, transporté aux États-Unis pour raisons médicales. Il s'appelait Ali quelque chose... Le Département d'État lui a donné le feu vert et il a disparu dans la nature. Je suis catégorique, Kendrick : pas un seul employé du gouvernement n'a entendu parler de ce M. Weingrass.

— Merci, Herb.

— Merci pour le « Herb ». Puis-je faire autre chose pour vous ?

Le regard d'Evan se tourna vers la croisée par laquelle il apercevait le garde en patrouille dans le parc éclairé et il songea à tout ce que cela représentait.

— Je vais vous demander un service, dit-il doucement. Vous pouvez sans doute me renseigner : ce téléphone est sur écoute, n'est-ce pas ?

— Oui, mais ce n'est pas le dispositif habituel. Il y a une petite boîte noire, comme celles qui sont à bord des avions. Seul le personnel autorisé peut l'enlever et des mesures de sécurité rigoureuses sont prises pour l'écoute des bandes.

— Pouvez-vous interrompre l'écoute pendant... disons une demi-heure, le temps que j'appelle quelqu'un. Je vous donne l'assurance que cela sert vos intérêts.

— Très bien, je vous fais confiance... Il est possible d'interrompre l'enregistrement automatique et c'est ce que font nos agents quand ils occupent ces résidences. Donnez-moi cinq minutes et vous pourrez appeler qui vous voulez... Moscou, si cela vous chante.

— Cinq minutes.

— Je peux finir de prendre ma douche maintenant ?

— Essayez donc avec de l'eau de Javel.

Evan raccrocha et prit son portefeuille. Il glissa l'index sous son permis de conduire délivré dans le Colorado, saisit le bout de papier sur lequel il avait noté les deux numéros de téléphone de Frank Swann et regarda sa montre. Il allait attendre dix minutes en espérant trouver le sous-directeur des Opérations consulaires à l'un de ces deux numéros.

Heureusement, Frank Swann était chez lui. Après un bref échange de politesses, Evan lui expliqua où il se trouvait..., où il pensait se trouver.

— Êtes-vous bien dans votre nouveau palais ? demanda Swann d'une voix lasse. J'ai déjà eu l'occasion de me rendre dans deux ou trois de ces maisons pour interroger des transfuges. J'espère que la vôtre a une écurie et au moins deux piscines, dont une couverte. Elles se ressemblent toutes. Je pense que le gouvernement en fait l'acquisition à titre de récompense politique pour les riches qui se lassent de leur propriété et veulent en changer gratis. J'espère qu'on nous écoute ; moi, je n'ai toujours pas de piscine.

— J'ai vu qu'il y avait un terrain de croquet.

— Une bagatelle. Alors, qu'avez-vous à me dire ? Ai-je une chance de me tirer d'affaire ?

— Peut-être. J'ai fait de mon mieux pour vous disculper. Frank, j'ai une question à vous poser... et nous pouvons parler librement, prononcer n'importe quel nom. Ce téléphone n'est plus sur écoute pour le moment.

— Qui vous a dit cela ?

— Dennison.

— Et vous l'avez cru ? De toute façon, on peut lui communiquer un enregistrement de notre conversation. Je m'en fous.

— Si je le crois, c'est parce qu'il se doute de ce que j'ai à dire et qu'il préfère que ce dont nous allons parler ne tombe pas dans des oreilles indiscrètes. Il m'a affirmé que l'enregistrement automatique était interrompu.

— Il a raison de redouter les indiscrétions et les bavardages. De quoi s'agit-il ?

— De Manny Weingrass et d'un lien que l'on pourrait établir à cause de lui avec le Mossad...

— Je vous ai déjà dit que c'était un sujet tabou... Bon, admettons que nous ne soyons vraiment pas sur écoute. Continuez.

— Dennison m'a appris que, d'après le dossier d'Oman, l'homme qui se trouvait avec moi à bord de l'appareil militaire ayant effectué le vol de retour entre Bahreïn et la base d'Andrews était un vieil Arabe vêtu à l'occidentale, un agent subalterne des Opérations consulaires...

— ... transporté aux États-Unis pour raisons médicales, acheva Frank Swann. Après de longues années de bons et loyaux services, nous avons estimé devoir cela à Ali Saada et à sa famille.

— Vous êtes sûr que le rapport était exactement rédigé en ces termes ?

— Qui pourrait le savoir mieux que moi ? Il est de ma main.

— C'est vrai ? Alors, vous saviez que c'était Weingrass ?

— Ce n'était pas très difficile. Vos instructions, telles qu'elles m'ont été transmises par Grayson, exigeaient — je dis bien exigeaient — qu'une personne, dont l'identité devait être tenue secrète, vous accompagne sur ce vol.

— Je voulais éviter de mêler le Mossad à l'affaire.

— C'est bien ce que j'avais compris et j'ai agi dans le même sens. Vous savez qu'il est contraire à nos règles, et je ne parle pas de la loi, de transporter quelqu'un qui ne soit pas de la maison. Je l'ai donc enregistré sous l'identité d'un autre.

— Mais vous saviez qu'il s'agissait de Weingrass ?

— Rien de plus facile. Je me suis entretenu avec le chef de la garde royale de Bahreïn, qui avait pour mission de vous escorter. La description physique aurait sans doute suffi, mais quand il m'a raconté que l'inconnu avait envoyé un coup de pied dans le tibia de l'un de ses hommes qui vous avait fait trébucher au moment où vous montiez dans la voiture qui devait vous conduire à l'aéroport, j'ai compris que c'était Weingrass. Sa réputation l'a toujours précédé, comme on dit.

— Je vous suis reconnaissant de ce que vous avez fait, dit doucement Evan. Aussi bien pour lui que pour moi.

— C'était le seul moyen que j'avais de vous remercier.

— Je peux donc considérer qu'aucun membre des services de renseignements ne sait que Weingrass a participé à l'opération de Mascate ?

— Absolument. Vous pouvez être tranquille ; pour Washington, Weingrass n'existe pas.

— Dennison ne connaissait même pas son nom.

— Bien entendu.

— Il est sous surveillance, Frank. Il s'est rendu compte au Colorado qu'il était filé.

— Pas par quelqu'un de chez nous.

À trois cents mètres au nord de la maison stérile donnant sur les eaux de la baie de Chesapeake, se trouvait la propriété du docteur Samuel Winters, historien réputé, ami et conseiller des présidents successifs depuis plus de quarante ans. Dans sa jeunesse, le richissime universitaire était considéré comme un sportif de grand talent et les différents trophées de polo, tennis, ski et voile qui garnissaient les rayonnages de son bureau attestaient de ses qualités. Mais, à son âge, il ne lui restait plus maintenant que le croquet, un jeu très prisé depuis plusieurs générations dans la famille Winters où il avait fait son apparition sur la pelouse du manoir d'Oyster Bay dès le début des années 1920. Chaque fois qu'un membre de la famille s'installait dans une nouvelle propriété, l'une de ses priorités était d'aménager une pelouse aux dimensions réglementaires de 22,86 mètres x 12,19 mètres, telles qu'elles avaient été prescrites en 1882 par la National Croquet Association. L'une des premières choses qui s'offrait au regard du visiteur arrivant pour la première fois chez le docteur Winters était donc ce « terrain » de croquet, sur la droite de l'énorme bâtisse dominant la baie. Un spectacle charmant rehaussé par les nombreux meubles de jardin en fer forgé blanc disposés tout autour de la pelouse, lieux de détente pour le joueur réfléchissant à son prochain coup ou simplement désireux de se désaltérer.

Le terrain de croquet jouxtant la maison stérile située à trois cents mètres de la demeure de Winters était identique. Rien d'étonnant à cela, car le terrain sur lequel avaient été bâties les deux habitations appartenait à Samuel Winters. Cinq ans plus tôt, à l'occasion de la renaissance clandestine d'Inver Brass, le docteur Winters avait discrètement fait don au gouvernement de la propriété méridionale, pour en faire une maison « stérile ». Pour décourager la curiosité des voisins et éviter les investigations hostiles d'ennemis potentiels, la transaction n'avait jamais été rendue publique. D'après l'acte de propriété déposé à la mairie de Cynwid Hollow, la maison et le terrain appartenaient toujours à Samuel et feu Martha Jennifer Winters. Le notaire de la famille payait encore annuellement un impôt foncier absolument exorbitant que le gouvernement remboursait secrètement. Quand un curieux, que ses intentions fussent amicales ou hostiles, cherchait à se renseigner sur les activités de cette somptueuse propriété, on lui répondait invariablement que le mouvement ne cessait jamais, qu'un défilé continu de limousines et de camionnettes de fournisseurs assurait le transport et le ravitaillement des grands et des presque grands du monde universitaire et des affaires, qui tous représentaient les différents intérêts de Samuel Winters. Une brigade de jeunes et robustes jardiniers entretenaient impeccablement le domaine et faisaient également office de domestiques, au service des visiteurs qui se succédaient sans relâche. L'impression générale était qu'il s'agissait de la propriété d'un milliardaire servant de lieu de rencontre champêtre pour des experts de différentes disciplines et beaucoup trop ouverte pour être autre chose que ce qu'elle prétendait être.

Afin de préserver cette image, toutes les factures étaient expédiées aux comptables de Winters qui les réglaient rubis sur l'ongle et en envoyaient un double à l'avocat de l'historien qui, à son tour, les faisait remettre par porteur au Département d'État pour se faire discrètement rembourser. C'était un arrangement simple et avantageux pour toutes les parties concernées, comme il avait été simple et avantageux pour le docteur Winters de suggérer au président Langford Jennings de soustraire pendant quelques jours Evan Kendrick à la curiosité des médias en l'installant dans la maison stérile voisine de sa propriété, puisque personne d'autre ne s'y trouvait à présent. Le Président avait aussitôt accepté et chargé Herb Dennison de s'occuper des détails.

Milos Varak enleva les gros écouteurs anti-impédance et éteignit la console électronique posée devant lui. Il fit pivoter son fauteuil sur la gauche, appuya sur un bouton et entendit aussitôt au-dessus de sa tête le bruit du mécanisme commandant la descente de l'antenne parabolique. Puis il se leva et fit quelques pas dans le studio insonorisé, aménagé dans le sous-sol de la maison de Samuel Winters. Il était inquiet. La communication téléphonique qu'il venait d'intercepter à partir de la maison stérile faisait naître bien des questions dans son esprit.

Frank Swann venait de confirmer de la manière la plus formelle qu'aucun responsable des services de renseignements de Washington ne connaissait l'existence d'Emmanuel Weingrass. Personne ne soupçonnait que le « vieil Arabe » qui était revenu de Bahreïn avec Kendrick était

Weingrass. En permettant à l'architecte de quitter clandestinement l'émirat et en lui fournissant un déguisement et une identité d'emprunt, Swann avait voulu remercier Kendrick pour tout ce qu'il avait fait à Oman. Pour l'administration, Weingrass avait disparu dès qu'il avait posé le pied sur le sol des États-Unis, comme s'il n'avait jamais existé. Le sous-directeur des Opérations consulaires était de toute façon obligé de recourir à ce stratagème, car les liens de Weingrass avec le Mossad devaient à tout prix être tenus secrets. Kendrick l'avait bien compris et, de son côté, il avait pris des mesures draconiennes afin de ne pas divulguer la présence et l'identité de son vieil ami. Milos avait appris que l'architecte avait été hospitalisé sous le nom de Manfred Weinstein, dans une chambre particulière à laquelle on accédait par une porte dérobée et qu'à sa sortie de l'établissement, il avait été transporté à Mesa Verde en jet privé.

Tout était privé, secret ; le nom de Weingrass n'apparaissait nulle part. Pendant les longs mois de sa convalescence, l'irascible architecte n'avait que très rarement quitté la propriété de Kendrick et ne s'était jamais rendu dans des lieux où le représentant était connu. Si l'on exceptait les proches de Kendrick, à savoir une secrétaire dévouée, le couple d'Arabes dans sa maison de Virginie et les trois infirmières grassement payées dont le salaire généreux était le gage d'une discrétion absolue, Emmanuel Weingrass n'existait pour personne !

Varak revint vers la console, relâcha la touche d'enregistrement, rembobina la bande et trouva le passage qu'il cherchait.

— *Je peux donc considérer qu'aucun membre des services de renseignements ne sait que Weingrass a participé à l'opération de Mascate ?*

— *Absolument. Vous pouvez être tranquille ; pour Washington, Weingrass n'existe pas.*

— *Dennison ne connaissait même pas son nom.*

— *Bien entendu.*

— *Il est sous surveillance, Frank. Il s'est rendu compte au Colorado qu'il était filé.*

— *Pas par quelqu'un de chez nous.*

Pas par quelqu'un de chez nous... Mais, alors, par qui ?

C'est cette question qui turlupinait Varak. Les seules personnes au courant de l'existence d'Emmanuel Weingrass et de l'affection que lui portait Evan Kendrick étaient les cinq membres d'Inver Brass. Était-il possible que l'un d'eux... ?

Milos préféra s'en tenir là. Il lui était trop pénible pour l'instant de pousser ses réflexions plus avant.

Adrienne Rashad fut réveillée en sursaut par les turbulences que traversait l'appareil militaire. Elle se redressa sur son siège assez inconfortable et regarda de l'autre côté de l'allée. L'attaché de l'ambassade du Caire était manifestement nerveux... La peur, à n'en pas douter. Mais il avait une assez longue expérience de ce genre de voyage pour ne pas s'être embarqué sans biscuit, en l'espèce une flasque de belle taille, dans un étui de cuir, qu'il sortit précipitamment de sa mallette et dont il porta le goulot à sa bouche. Quand il surprit le regard de la jeune femme posé sur lui, il baissa le bras et, l'air penaud, lui tendit le flacon. Mais elle secoua la tête.

— Ce ne sont que des trous d'air, cria-t-elle pour couvrir le bruit des moteurs.

— Désolé pour les trous d'air, annonça le pilote par l'interphone, mais nous allons devoir supporter les turbulences pendant encore une demi-heure. Nous sommes obligés de garder le même cap pour rester à l'écart des couloirs aériens réservés aux vols commerciaux. Accrochez-vous !

L'attaché prit une autre lampée d'alcool, plus longue que la précédente. Adrienne détourna la tête. L'Arabe en elle refusait de regarder un homme en proie à la peur, mais la voix de l'Occidentale habituée à ce type de voyage à bord d'un appareil militaire lui conseillait d'apaiser les craintes de son compagnon. Elle coupa la poire en deux et adressa un sourire rassurant à l'attaché avant de revenir à ses pensées, interrompues au moment où le sommeil l'avait surprise.

Pourquoi avait-elle reçu l'ordre impérieux de rentrer si précipitamment à Washington ? Si elle devait recevoir de nouvelles instructions si délicates qu'elles ne pouvaient être transmises avec un brouilleur, pourquoi Mitchell Payton ne lui avait-il fourni aucun détail ? Cela ne ressemblait pas à « Oncle Mitch » de permettre qu'on lui donne des ordres sans lui en avoir au moins touché un mot. Même pour l'affaire d'Oman — pouvait-il y avoir une situation plus explosive ? —, Mitch lui avait fait parvenir des instructions secrètes par le courrier diplomatique, en lui demandant sans explication de coopérer avec les Opérations consulaires, même si elle devait s'en offusquer. Elle s'était exécutée sans protester. Et maintenant, on la jetait sans préavis et sous bonne escorte dans un avion à destination des États-Unis sans que Mitchell Payton se soit aucunement manifesté.

Le représentant Evan Kendrick. Depuis dix heures, ce nom se répercutait sur toute la surface de la planète comme le grondement annonciateur d'un orage. On pouvait presque se représenter la tête de tous ceux qui avaient été en rapport avec l'Américain, levant vers le ciel de tempête un visage effrayé en se demandant s'ils devaient se précipiter à l'abri ou même prendre leurs jambes à leur cou et disparaître pour de bon. Une vendetta serait lancée contre ceux qui avaient apporté leur soutien à l'Américain. Adrienne Rashad se demanda qui avait bien pu ébruiter cette affaire — non, « ébruiter » était beaucoup trop faible — qui avait pu la faire éclater comme un coup de tonnerre ! Elle faisait les gros titres des journaux du Caire et il était facile de se rendre compte que, dans tout le Moyen-Orient, Evan Kendrick était présenté soit sous les traits d'un saint, soit sous ceux d'un monstre. La canonisation ou une mort atroce l'attendait, selon l'endroit où se trouvaient ses juges, et parfois les deux dans un même pays. *Pourquoi ?* Kendrick avait-il déclenché cela tout seul ? Cet homme qu'elle avait connu vulnérable, ce politicien de circonstance qui avait risqué sa vie pour venger un crime horrible avait-il décidé, après un an d'humilité et d'abnégation, de chercher une récompense politique ? S'il en allait ainsi, ce n'était plus le même homme que celui qu'elle avait connu si peu de temps et si intimement à la fois. Elle n'avait rien oublié de cet élan improbable, mais sans doute inévitable dans ces circonstances, qui les avait jetés dans les bras l'un de l'autre pour faire l'amour avec frénésie. Mais, si on la faisait revenir à Washington à cause d'une tardive flambée d'ambition du parlementaire, elle chasserait définitivement tout cela de sa mémoire.

24

Kendrick se tenait devant la fenêtre dominant la large allée incurvée qui aboutissait devant la maison stérile. Dennison l'avait appelé une heure et demie auparavant pour l'informer que l'avion du Caire était arrivé, qu'Adrienne Rashad était montée dans un véhicule du gouvernement et qu'elle avait pris sous escorte la route de Cynwid Kollow. Le porte-parole de la Maison-Blanche avait ajouté que l'officier de la C.I.A. avait énergiquement protesté en voyant qu'on lui refusait de téléphoner de la base militaire d'Andrews.

— Elle a fait un esclandre et a refusé de monter dans la voiture, avait gémi Dennison. Elle criait qu'elle n'avait reçu directement aucune instruction de ses supérieurs et que l'armée de l'air pouvait aller se faire voir. Non mais, quelle salope ! Je me rendais à la Maison-Blanche et on m'a fait passer la communication dans la voiture. Et vous savez ce qu'elle m'a dit ? Elle m'a dit : « Et vous, qui êtes-vous ? » Et après cela, pour remuer le couteau dans la plaie, elle a écarté l'appareil et demandé à la ronde : « Qui c'est, ce Dennison ? »

— Voilà ce qui arrive quand on a une attitude trop modeste, Herb. Quelqu'un lui a répondu ?

— Les salauds qui étaient là ont tous éclaté de rire ! C'est moi qui lui ai annoncé que c'était un ordre du Président et que si elle ne montait pas tout de suite dans cette voiture, elle allait tirer cinq ans à Leavensworth !

— C'est une prison pour hommes !

— Je sais, merci ! Bon, elle sera chez vous dans une

bonne heure. Et n'oubliez pas que si c'est elle qui a vendu la mèche, elle est pour moi.

— Peut-être.

— J'aurai un ordre écrit du Président !

— Je le lirai en conférence de presse. Et j'ajouterai un post-scriptum.

— Allez vous faire voir !

Kendrick s'écartait de la fenêtre pour aller prendre une autre tasse de café quand une conduite intérieure grise apparut au bout de l'allée. La voiture suivit la courbe et s'arrêta devant les marches de pierre. Un commandant de l'armée de l'air descendit de l'arrière, contourna le véhicule et ouvrit l'autre portière.

La femme qu'Evan avait connue sous le nom de Khalehla apparut dans la lumière du matin, plissant les yeux devant l'éclat du soleil, manifestement inquiète et nerveuse. Elle était nu-tête et ses longs cheveux bruns tombaient sur ses épaules. Vêtue d'une veste blanche et d'un pantalon vert, elle serrait sous son bras droit un grand sac à main blanc. En la regardant, Kendrick sentit affluer à sa mémoire les souvenirs de l'après-midi qu'ils avaient passé ensemble à Bahreïn. Il se souvint de la surprise qu'il avait éprouvée en voyant la jeune femme pénétrer dans l'immense chambre royale, une surprise si forte qu'il s'était rué vers le lit pour se jeter sous les draps. Il se souvint également, malgré l'étonnement, la panique et la douleur, ou peut-être à cause des trois, d'avoir été frappé en la voyant apparaître par la joliesse de son visage aux traits finement dessinés et l'intelligence brillant dans ses yeux.

Il ne s'était pas trompé. Khalehla était une belle femme, et c'est d'une démarche hautaine, presque provocante, qu'elle se dirigea vers la porte massive de la maison stérile où elle allait affronter l'inconnu. Kendrick l'observait avec détachement, avec une curiosité froide et intense, sans laisser les souvenirs influer sur ses perceptions. Elle lui avait menti une fois à Bahreïn, aussi bien dans ce qu'elle lui avait dit que dans ce qu'elle avait tu, et il se demandait si elle allait encore lui mentir.

L'officier de l'armée de l'air ouvrit la porte de l'immense salle de séjour et s'écarta pour laisser passer

Adrienne Rashad. Elle franchit le seuil et s'arrêta, parfaitement immobile, le regard braqué sur Evan, toujours debout devant la fenêtre. Il n'y avait aucun étonnement dans ses yeux, juste l'éclat froid de l'intelligence.

— Je vais me retirer, dit l'officier.

— Merci, mon commandant.

La porte se referma et Kendrick s'avança vers la jeune femme.

— Bonjour, Khalehla. C'était bien Khalehla, n'est-ce pas ?

— Comme vous voulez, répliqua-t-elle d'une voix calme.

— Mais, en réalité, ce n'est pas Khalehla. Vous vous appelez Adrienne... Adrienne Rashad.

— Comme vous voulez, répéta-t-elle.

— C'est un peu répétitif, non ?

— Et toute cette comédie est extrêmement stupide, monsieur le représentant. M'avez-vous fait revenir pour vous apporter un témoignage supplémentaire ? Si telle est votre idée, sachez que je refuse.

— Un témoignage ? C'est bien la dernière chose que je cherche.

— Parfait. J'en suis ravie pour vous. Je suis sûre que le représentant du Colorado a tous les appuis nécessaires. Il n'est donc pas indispensable que quelqu'un dont la vie, ainsi que celle de nombreux collègues, dépend de l'anonymat vienne ajouter sa voix à toutes celles qui chantent vos louanges.

— C'est cela que vous pensez ? Que je cherche des appuis, des louanges ?

— Que suis-je censée penser ? Vous m'avez arrachée à mon travail, exposée aux regards aussi bien à l'ambassade que sur une base aérienne, vous avez probablement compromis une couverture qu'il m'a fallu plusieurs années pour mettre au point et tout cela parce que j'ai couché avec vous. Je l'ai fait une fois, mais je vous assure que cela ne se reproduira plus. Plus jamais !

— Eh ! Attendez une minute ! protesta Evan. Je n'avais rien demandé, moi. Je ne savais ni où j'étais ni ce qui s'était passé ni ce que l'avenir me réservait. Je crevais de peur et je savais que j'avais des choses à faire, mais je ne pensais pas pouvoir réussir.

— Vous étiez à bout de force, ajouta Adrienne Rashad. Et moi aussi, j'étais épuisée. Ce sont des choses qui arrivent.

— C'est ce que Swann m'a expliqué...

— Cette ordure !

— Attendez un peu. Frank Swann n'est pas une ordure...

— Peut-être préférez-vous un autre terme. Maquereau, par exemple ? Un maquereau sans scrupule.

— Vous vous trompez. Je ne sais pas quels étaient vos rapports avec lui, mais il avait une tâche à accomplir.

— Vous sacrifier, peut-être ?

— Peut-être... Je reconnais que l'idée ne me fait guère plaisir, mais il était complètement coincé.

— Peu importe. Pourquoi m'avez-vous fait revenir ?

— Parce que je dois découvrir quelque chose et que vous êtes la seule à pouvoir me renseigner.

— De quoi s'agit-il ?

— Qui a divulgué toute l'affaire ? Qui a rompu l'engagement que j'avais pris ? On m'a expliqué qu'aucun de ceux, et ils étaient très peu nombreux, qui ont été informés de mon départ pour Oman n'avaient la moindre raison de le faire... et toutes les raisons de tenir leur langue. En dehors de Swann et du responsable du service informatique, dont il se porte garant, seules sept autres personnes appartenant au gouvernement ou aux services secrets étaient au courant. Six d'entre elles ont été interrogées et le résultat est négatif. Il n'en reste qu'une et c'est vous.

Adrienne Rashad demeura immobile, le visage impassible, les yeux étincelants de colère.

— Vous n'êtes qu'un amateur ignorant et arrogant, dit-elle lentement en détachant ses mots d'une voix mordante.

— Vous pouvez me traiter de tous les noms, riposta vivement Evan, cela ne m'empêchera pas de...

— Pouvons-nous aller faire un tour dehors, monsieur le représentant ? demanda l'agent de la C.I.A. sans le laisser achever sa phrase.

Adrienne traversa la pièce et se dirigea vers la grande baie vitrée qui donnait sur un bassin et sur la côte rocheuse de la baie de Chesapeake.

— Pourquoi ?

— L'air que l'on respire ici est aussi oppressant que votre compagnie. J'aimerais me promener un peu. Je vous en prie...

Adrienne leva la main et tendit le doigt vers l'extérieur. Puis elle hocha vigoureusement la tête à deux reprises, comme pour donner plus de force à sa requête.

— Très bien, murmura Kendrick, l'air perplexe. Il y a une petite porte sur le derrière de la maison.

— Je la vois, dit Adrienne en se dirigeant vers la porte du fond de la pièce.

Ils sortirent et débouchèrent sur un patio dallé donnant sur une pelouse impeccable traversée par une allée descendant vers le bassin. Si, à la belle saison, des bateaux étaient amarrés aux pieux du bassin ou aux bouées de corps-mort ballottées par les flots, ils avaient été rentrés pour éviter de subir les assauts des vents d'automne.

— Vous pouvez poursuivre votre harangue, monsieur Kendrick, dit l'officier de la C.I.A. Je ne voudrais pas vous priver de ce plaisir.

— Ça suffit, mademoiselle Rashad ! riposta Evan en s'arrêtant sur l'allée cimentée, à mi-chemin de la côte. Si vous croyez que c'est une « harangue » que je veux faire, vous vous trompez lourdement...

— Mais continuez à marcher, bon sang ! Vous aurez tout le temps de discuter, idiot, mais ne restons pas là !

Sur leur droite se découpait le littoral, mélange de sable noir et de rochers ; sur leur gauche s'élevait l'abri à bateaux, un spectacle courant sur le rivage de la baie de Chesapeake. Ce qui l'était moins, c'est la profusion d'arbres qui s'élevaient de chaque côté du bassin et de l'abri à bateaux. Ils procuraient une impression d'intimité, plus apparente que réelle, mais ils semblaient attirer l'agent du Caire. Entraînant Evan, elle se dirigea vers la droite, longea la grève de sable et les rochers sur lesquels venaient mourir les vagues, et franchit la limite des arbres. Ils continuèrent de marcher jusqu'à ce qu'ils arrivent devant un gros rocher s'élevant sur le rivage, d'où la maison était invisible.

— Je crois que cela ira, dit Adrienne Rashad.

— Cela ira ! s'écria Evan. Quel est le but de cette manœuvre ? Et, pendant que nous y sommes, mettons deux ou trois choses au point ! Je n'ai pas oublié que vous m'aviez probablement sauvé la vie, je dis *probablement,* car cela reste à prouver, mais je n'ai pas pour autant à recevoir d'ordres de vous ! D'autre part, je ne suis pas un idiot et, même si, à vos yeux, je ne suis qu'un amateur, c'est vous qui avez des comptes à me rendre, pas l'inverse ! Suis-je assez clair ?

— Vous avez fini ?

— Je n'ai pas encore commencé !

— Alors, avant de vous laisser parler, je voudrais juste répondre à votre première question. Le but de cette manœuvre, comme vous dites, était simplement de nous permettre de sortir. Je suppose que vous savez qu'il s'agit d'une maison stérile.

— Bien entendu.

— Et qu'il y a des micros dans toutes les pièces, y compris les toilettes et la douche.

— Je savais que le téléphone était...

— Merci, monsieur l'amateur, c'est tout !

— Mais je n'ai absolument rien à cacher...

— Pas si fort ! Faites comme moi, parlez en tournant la tête vers l'eau.

— Comment ? Mais pourquoi ?

— Écoute électronique à distance. Comme il n'y a pas de faisceau visuel direct, le son sera déformé par les arbres...

— Qu'est-ce que...

— Grâce au laser, la technologie a fait de gros progrès.

— Mais je ne...

— Pas si fort ! Baissez la voix !

— Je vous répète que je n'ai rien à cacher. Vous, peut-être, mais pas moi !

— Vraiment ? demanda Rashad en s'appuyant contre l'énorme rocher et en baissant la tête vers les vaguelettes qui léchaient le rivage. Vous voulez compromettre Ahmat ?

— J'ai parlé de lui. Au Président. J'ai pensé qu'il devait savoir à quel point l'aide du sultan nous a été précieuse...

— Ahmat appréciera certainement. Et son médecin personnel ? Et ses deux cousins qui vous ont aidé et protégé ? Et El-Baz ? Et le pilote de l'avion qui vous a transporté à Bahreïn ?... C'est leur vie à tous qui est en jeu !

— À l'exception d'Ahmat, je n'ai cité aucun nom !

— Les noms n'ont pas d'importance ! Les fonctions, si !

— Mais, bon Dieu, c'était le président des États-Unis !

— Et, contrairement à ce que l'on prétend, ses conversations ne sont pas enregistrées ?

— Bien sûr que non.

— Mais savez-vous à qui il parle ? Les connaissez-vous personnellement ? Savez-vous jusqu'où l'on peut avoir confiance en eux pour ce qui touche aux dossiers confidentiels ? Le sait-il, lui-même ? Connaissez-vous les hommes qui sont chargés des écoutes de cette maison ?

— Non...

— Et moi ? Je suis un officier de la C.I.A. disposant d'une excellente couverture au Caire. Auriez-vous parlé de ma situation ?

— Oui, mais uniquement à Swann.

— Je ne parle pas de ce que vous avez dit à celui qui savait tout, puisqu'il avait la responsabilité de l'opération. Je parle de là-haut... Si je vous avais laissé le temps de commencer à m'interroger dans cette maison, n'auriez-vous pas cité le nom d'une ou de plusieurs des personnes que je viens de mentionner ? Et pour couronner le tout, monsieur l'amateur, vous auriez même pu parler du Mossad !

— Peut-être, dit doucement Evan en fermant les yeux. Si le ton était monté...

— Le ton serait inévitablement monté et c'est pour cette raison que je vous ai demandé de sortir et que je vous ai amené ici.

— Mais tout le monde est de notre côté, là-haut ! protesta Kendrick.

— Assurément, dit Adrienne. Mais comment pouvons-nous connaître les forces et les faiblesses de gens que nous n'avons jamais rencontrés et que nous ne voyons pas ?

— C'est de la paranoïa !

— Disons de la déformation professionnelle. Je crois donc avoir amplement prouvé que votre naïveté à propos des maisons stériles me permettait de vous traiter d'idiot. Ne nous occupons pas pour l'instant de savoir qui donne des ordres à qui et revenons à votre premier point. Il est plus que vraisemblable que non seulement je ne vous ai *pas* sauvé la vie à Bahreïn, mais que, par la faute de ce fumier de Swann, je vous ai mis dans cette situation intenable que nous et certains pilotes avons coutume d'appeler le point de non-retour. On ne vous accordait aucune chance de survivre, monsieur Kendrick, et je me suis opposé à cela.

— Pourquoi ?

— Parce que vous ne m'étiez pas indifférent.

— À cause de ce qui s'est passé...

— Là n'est pas la question ! J'avais vu en vous quelqu'un de bien essayant de faire quelque chose de bien, mais très mal armé pour réussir. Par la suite, d'autres vous ont aidé beaucoup plus efficacement que je n'aurais pu le faire. Quand j'ai appris que vous étiez dans l'appareil qui vous ramenait aux États-Unis, j'étais dans le bureau de Jimmy Grayson et je puis vous assurer que nous avons tous deux poussé un gros soupir de soulagement.

— Grayson ? C'est l'une des sept personnes qui savaient que j'étais là-bas.

— Il ne l'a appris que quelques heures avant votre retour. Je n'ai rien voulu lui dire avant ; cela devait venir de Washington.

— Dans le langage de la Maison-Blanche, on l'a passé sur le gril hier matin.

— Pour quoi faire ?

— Pour savoir si c'est lui qui a divulgué mon identité.

— Jimmy ? C'est encore plus stupide de soupçonner Grayson que moi ! Il n'a qu'une idée en tête : décrocher un poste de directeur. Et il ne tient pas plus que moi à finir la gorge tranchée et le corps mutilé.

— Vous avez réponse à tout. Les mots vous viennent rapidement, peut-être un peu trop.

— En parlant de Jimmy ?

— Non, de vous.

— Je vois, dit Khalehla en s'écartant du rocher. Vous vous imaginez que j'ai soigneusement répété tout cela. Seule, bien entendu, puisqu'on ne m'a permis de joindre personne. Et puis, je suis à moitié arabe...

— Quand, tout à l'heure, vous êtes entrée dans la salle de séjour, j'ai eu l'impression que vous vous attendiez à me trouver là. Ma présence ne vous a pas étonnée.

— Je m'y attendais et cela ne m'a pas étonnée.

— Pourquoi ?

— Disons que j'ai procédé par élimination... Mais il y a aussi quelqu'un qui me protège des *vraies* surprises. Depuis trente-six heures, votre nom est sur toutes les lèvres au Moyen-Orient, et je connais beaucoup de gens qui tremblent. Moi aussi, je tremble, pas seulement pour ma petite personne, mais pour tous ceux dont je me suis servie pour ne pas vous perdre de vue. Dans ma profession, on bâtit un réseau de relations basées sur la confiance et cette confiance, qui est mon meilleur atout, vient d'être remise en question. Comme vous pouvez le constater, monsieur Kendrick, non seulement vous m'avez fait perdre beaucoup de temps, mais vous avez gaspillé l'argent du contribuable en me faisant venir ici pour me poser une question à laquelle n'importe quel officier de renseignements tant soit peu expérimenté aurait pu répondre.

— Vous auriez pu vendre le secret, contre de l'argent ou autre chose...

— Pour risquer ma vie ? Et celle des gens que j'ai utilisés pour suivre votre piste, des gens importants pour moi et pour mon travail ? Vous croyez vraiment cela ?

— Je ne sais plus ce qu'il faut croire, soupira Evan en secouant lentement la tête. Tout ce que j'avais envie de faire, tout ce que j'avais décidé de faire vient de tomber à l'eau. Ahmat ne veut plus entendre parler de moi. Je ne peux pas retourner à Oman... ni dans aucun des pays du Golfe. Il a les moyens de m'en empêcher.

— Vous vouliez repartir là-bas ?

— C'était mon plus cher désir. Je voulais refaire ma vie là où j'ai connu mes plus belles réussites professionnelles. Mais il me fallait d'abord retrouver la trace et me débarrasser du monstre qui avait tout brisé, qui avait tué tant d'innocents pour le seul plaisir de tuer...

— Le Mahdi, souffla Adrienne en hochant la tête. Vous avez réussi. Ahmat m'a tout raconté ; il est jeune, vous savez, et il changera d'avis. Il finira par comprendre que ce que vous avez fait est dans l'intérêt de tous et il vous en sera reconnaissant... Mais vous venez de répondre à la question que, moi-même, je me posais. Il m'était venu à l'esprit que vous aviez peut-être divulgué vous-même toute l'affaire. Mais je sais maintenant que ce n'est pas vous.

— Moi ? Vous êtes complètement folle ! Je vais quitter ce pays dans six mois !

— Vous n'avez donc pas d'ambition politique ?

— Grand Dieu, non ! Je laisse tout tomber et je fiche le camp ! Mais maintenant je ne sais plus où aller. On essaie de m'en empêcher, on essaie de faire de moi quelqu'un que je ne veux pas être. Je me demande ce qu'il m'arrive !

— Et pourquoi on a décidé d'exhumer votre passé...

— Mais qui est derrière tout cela ?

— Quelqu'un qui estime que l'on vous a négligé, que vous méritez que l'attention générale soit braquée sur vous.

— Mais je ne veux pas ! Et le Président ne fait rien pour me faciliter les choses. Il doit me décerner mardi prochain et en grande pompe la médaille de la Liberté ! Je lui ai dit que je n'en voulais pas et il m'a répondu que j'étais obligé d'accepter, parce qu'il ne tenait pas à se faire accuser de mesquinerie. Quel genre de raisonnement est-ce donc ?

— Un raisonnement très présidentiel...

Adrienne s'interrompit brusquement en voyant apparaître au bout du bassin deux membres en tenue blanche du personnel de la maison.

— Ne vous retournez pas et ayez l'air naturel. Nous allons faire quelques pas le long de ce semblant de plage.

— Je peux parler ? demanda Kendrick en se mettant en mouvement.

— Pas de ce qui nous préoccupe. Attendez que nous soyons un peu plus loin.

— Vous croyez qu'ils peuvent nous entendre ?

— Peut-être. Je n'en suis pas sûre.

Ils suivirent la ligne échancrée de la grève jusqu'à ce que les arbres les dissimulent à la vue des deux hommes.

— Les Japonais ont mis au point des relais directionnels, reprit Adrienne d'un ton détaché, mais je n'en ai jamais vu.

Puis elle s'arrêta et leva la tête vers Kendrick avec un regard pénétrant.

— Vous avez parlé à Ahmat ? demanda-t-elle.

— Hier. Il m'a dit d'aller au diable, si je voulais, mais de ne jamais remettre les pieds à Oman.

— Vous savez que je lui en demanderai confirmation, n'est-ce pas ?

Evan fut d'abord étonné, puis il sentit la colère monter en lui. C'est *elle* qui l'interrogeait, qui l'accusait, qui voulait vérifier ses dires.

— Je me fous complètement de ce que vous allez faire ! La seule chose qui m'intéresse, c'est de savoir ce que vous avez peut-être fait ! Vous êtes très convaincante, Khalehla... pardon, mademoiselle Rashad, et vous êtes peut-être sincère, mais les six hommes qui connaissaient mon identité avaient tout à perdre et rien à gagner en révélant que je me trouvais à Mascate l'an dernier !

— Et moi, je n'avais à perdre que ma vie et celle de ces hommes que je cultive dans toute la région et dont certains me sont très chers. Cessez de le prendre de haut, monsieur le représentant, vous avez l'air parfaitement ridicule ! Non seulement vous n'êtes qu'un amateur, mais vous êtes insupportable !

— Mais il est possible que vous ayez commis une erreur, s'écria Kendrick, à bout d'arguments. Je suis disposé à vous laisser le bénéfice du doute ! C'est ce que j'ai laissé entendre à Dennison et je lui ai dit que je ne le laisserai pas briser votre carrière !

— Vous êtes trop bon !

— Non, je parle sérieusement. Je n'ai pas oublié que

je vous dois sans doute la vie et si vous avez fait une gaffe, si vous avez laissé échapper mon nom...

— Vous aggravez votre cas ! lança sèchement Adrienne Rashad. Il est beaucoup, beaucoup plus vraisemblable que ce genre de gaffe ait été commise par l'un des cinq autres que par Grayson ou moi-même. Nous vivons sur le terrain et nous ne faisons pas cette sorte d'erreur.

— Marchons un peu, dit Evan.

Assailli par les doutes, l'esprit en proie à la confusion, il éprouvait le besoin impérieux de se déplacer. Le problème était qu'il la croyait, qu'il croyait ce que Manny avait dit à son sujet : « Elle n'a rien à voir avec cette histoire... Cela ne pourrait qu'ajouter à sa honte et jeter de l'huile sur les feux allumés par les fanatiques de tout poil. » Et, quand il avait objecté que les autres n'auraient jamais fait cela, Manny avait répliqué : « Alors, il y en a d'autres derrière les autres. » Ils arrivèrent devant un sentier de terre battue qui remontait à travers les arbres en direction du mur d'enceinte de la propriété.

— Voulez-vous explorer ? demanda Evan.

— Pourquoi pas ? répondit froidement Adrienne.

— Vous savez, dit Kendrick tandis qu'ils commençaient de gravir le chemin côte à côte, j'ai envie de vous croire.

— Merci infiniment.

— Bon, disons que je vous crois ! Et, pour vous le prouver, je vais vous confier quelque chose que seuls Swann et Dennison savent. Les autres ne sont pas au courant, du moins je ne pense pas.

— Êtes-vous sûr de devoir le faire ?

— J'ai besoin d'aide et ils ne peuvent rien pour moi. Mais vous, vous pouvez peut-être m'aider... Vous étiez là-bas, avec moi, et vous savez beaucoup de choses que j'ignore. Comment certains événements sont étouffés, comment des renseignements confidentiels sont transmis à ceux qui doivent en être informés, toutes les procédures de ce genre.

— J'en connais quelques-unes, mais certainement pas toutes. N'oubliez pas que je suis basée au Caire et non ici. Allez-y, je vous écoute.

— Il y a quelque temps, un homme est venu voir Swann, un homme blond à l'accent européen qui possédait sur moi une masse d'informations si confidentielles que Frank n'en revenait pas.

— Vous voulez dire des informations provenant des dossiers ultra-confidentiels enfouis dans les archives ?

— Oui. Frank a été profondément impressionné par ce qu'il savait, mais l'autre est allé droit au but. Il lui a déclaré sans ambages que, d'après les éléments en sa possession, il pensait que j'avais été envoyé à Mascate par le Département d'État pendant la prise des otages.

— Quoi ? s'écria Adrienne en posant la main sur le bras de Kendrick. Qui était cet homme ?

— Personne ne le sait. Il est introuvable et il a utilisé un faux nom pour se faire recevoir par Frank Swann.

— Mon Dieu ! murmura Adrienne en levant les yeux vers le haut du sentier bordé d'arbres sur le feuillage desquels jouaient des taches de lumière. Nous allons rester quelques instants ici, reprit-elle d'une voix basse et pressante. Asseyez-vous.

Ils se mirent tous deux sur leur séant au milieu du sentier ombragé.

— Continuez, dit l'officier de la C.I.A.

— Eh bien, Swann a essayé de lui prouver qu'il faisait fausse route. Il lui a même montré une note adressée au secrétaire d'État, dans laquelle il rejetait l'aide que je lui proposais. À l'évidence, l'inconnu blond ne l'a pas cru et il a poursuivi ses recherches jusqu'à ce qu'il découvre la vérité. Ce qui a été publié dans les journaux est si précis que cela ne peut provenir que du dossier d'Oman, le vrai, celui qui était enfoui dans les archives.

— Je le sais bien, dit Adrienne Rashad d'une voix où perçait un mélange de colère et de peur. C'est l'un d'eux qui a parlé...

— L'un des sept... pardon, des six, rectifia vivement Kendrick.

— Qui sont-ils ? Je ne parle pas de Swann et du responsable du programme informatique d'OHIO ni de Dennison et Grayson. Mais les autres ?

— Le secrétaire d'État, le secrétaire à la Défense et le porte-parole de l'état-major interarmes.

— Jamais notre inconnu blond n'aurait pu entrer en contact avec eux. Ils sont trop haut placés.

— Et le petit génie de l'informatique ? Il s'appelle Bryce, Gerald Bryce, et il est très jeune. Frank s'est porté garant de son intégrité, mais cela n'engage que lui.

— Frank Swann est peut-être un salaud, mais il ne se laisse pas avoir aussi facilement. Ce Bryce est la première personne sur qui se sont portés les soupçons, et s'il est assez brillant pour qu'on lui confie d'aussi lourdes responsabilités, il en a conscience. Et il ne doit pas ignorer non plus qu'il risque de passer trente longues années à Leavensworth.

— Je crois que Dennison vous a justement menacée d'y passer cinq ans, dit Evan avec un sourire.

— Je lui ai répondu que c'était une prison pour hommes, dit Adrienne en lui rendant son sourire.

— Moi aussi, poursuivit Kendrick en éclatant de rire. Mais pourquoi avez-vous finalement accepté de monter dans cette voiture ?

— Par simple curiosité. Je n'ai pas d'autre réponse.

— J'accepte celle-là... Où en étions-nous ? La bande des sept est hors de cause et il reste le mystérieux inconnu blond...

— Je ne sais pas, dit pensivement Adrienne. J'ai quelques questions à vous poser, Evan, ajouta-t-elle.

— Evan ? Merci...

— Excusez-moi, monsieur le représentant. Cela m'a échappé.

— Non, ne vous excusez pas. Je pense que nous nous connaissons assez bien pour nous appeler par notre prénom.

— Vous n'allez pas revenir là-dessus !

— Vous me permettez de vous appeler Khalehla ? Cela me sera plus facile.

— À moi aussi. La moitié arabe de moi-même a toujours été gênée par ce prénom d'Adrienne.

— Posez-moi vos questions..., Khalehla.

— Allons-y. Quand avez-vous décidé de vous rendre à Mascate ? Vu l'urgence de la situation, vous avez mis un certain temps à vous décider.

— Je descendais des rapides en Arizona et ce n'est

qu'en arrivant au camp de base de Lava Falls que j'ai écouté la radio pour la première fois depuis trois ou quatre semaines. J'ai tout de suite compris que je devais aller à Washington...

Evan lui raconta en détail les seize heures du voyage mouvementé qui l'avait conduit du cœur d'une région de montagne encore sauvage jusqu'au Département d'État et au complexe souterrain ultramoderne d'OHIO-Quatre-Zéro.

— C'est là où j'ai conclu mon pacte avec Swann et je me suis tout de suite mis en route.

— Revenons quelques heures en arrière, dit Khalehla qui n'avait pas quitté des yeux le visage de Kendrick pendant tout son récit. Vous avez loué un avion pour vous rendre à Flagstaff, d'où vous avez essayé d'affréter un jet à destination de Washington, c'est bien cela ?

— Oui, mais je n'ai pas pu. On m'a dit qu'il était trop tard.

— Vous deviez être énervé, peut-être hors de vous. Vous avez dû vous sentir obligé de faire l'important. Moi, un député du grand État du Colorado...

— Vous êtes très perspicace.

— Puis vous êtes arrivé à Phoenix et vous avez pris le premier vol commercial pour la capitale, poursuivit Khalehla. Comment avez-vous payé votre billet ?

— Avec une carte de crédit.

— Très imprudent, mais vous n'aviez aucune raison de prendre des précautions particulières. Comment saviez-vous quelle personne contacter au Département d'État ?

— Je ne savais pas, mais, comme j'avais travaillé plusieurs années à Oman et dans les Émirats, je savais quel genre d'homme il fallait chercher. Et comme j'avais hérité d'une secrétaire connaissant tout le personnel politique de Washington, je lui ai demandé de se renseigner, en lui précisant simplement qu'il fallait chercher du côté des Opérations consulaires, section Moyen-Orient ou Asie du Sud-Ouest. Tous les Américains qui ont travaillé dans les pays du Golfe savent à quoi s'en tenir.

— Et votre secrétaire a commencé à téléphoner dans tous les azimuts et à poser des tas de questions. Cela a dû provoquer quelques froncements de sourcils. A-t-elle établi une liste des gens qu'elle a appelés ?

— Je n'en sais rien. Je ne lui ai jamais posé la question. Tout était si précipité. Je suis resté en contact téléphonique avec elle dans l'avion qui m'emmenait à Washington et, à l'atterrissage, elle avait réduit les possibilités à quatre ou cinq noms, mais un seul était considéré comme un expert du Golfe. C'était un des sous-directeurs des Opérations consulaires, un certain Frank Swann.

— Il serait intéressant de savoir si votre secrétaire a gardé cette liste, dit pensivement Khalehla en penchant la tête sur le côté.

— Je vais lui téléphoner.

— Pas d'ici, surtout ! Mais je n'ai pas terminé... Vous êtes donc allé voir Swann au Département d'État et vous avez donc signé le registre d'entrée.

— Naturellement.

— Avez-vous signé le registre de sortie ?

— Euh !... Non. Je ne suis pas repassé par le hall. On m'a fait descendre directement dans le parking et on m'a emmené chez moi en voiture.

— Chez vous ?

— Oui. J'allais partir à Oman et il fallait que je prenne quelques affaires...

— Et le chauffeur ? le coupa Khalehla. Vous a-t-il appelé par votre nom ?

— Jamais. Mais il a dit quelque chose qui m'a stupéfié. Je lui ai demandé s'il voulait entrer manger un morceau ou prendre un café pendant que je faisais mes bagages et il m'a répondu : « On pourrait me fusiller si je descendais de cette voiture », ou quelque chose d'approchant. Puis il a ajouté : « Vous faites partie d'OHIO. »

— Ce qui implique que lui n'en faisait pas partie, dit vivement Khalehla. Et vous étiez devant votre domicile ?

— Oui. En sortant de la voiture, j'ai vu un autre véhicule garé le long du trottoir, à une trentaine de mètres derrière nous. Il devait nous avoir suivis, car il n'y a pas une seule autre habitation à proximité.

— Une escorte, murmura Khalehla en hochant la tête. Swann vous a donné une protection dès votre sortie du Département d'État et il a bien fait. Il n'a eu ni le temps ni les moyens d'enquêter sur tout ce qui vous était arrivé à *moins un*.

— Auriez-vous l'obligeance de m'expliquer ? demanda Evan, l'air ahuri.

— Nous appelons *moins un* tout ce qui a précédé votre rencontre avec Swann. Un riche parlementaire ayant affrété un avion jusqu'à Flagstaff fait du raffut pour arriver aussi vite que possible à Washington. Comme on ne peut lui accorder ce qu'il demande, il se rend à Phoenix où il exige certainement de prendre le premier vol commercial et où il paie son billet avec une carte de crédit. Puis il appelle sa secrétaire et lui demande de dénicher un homme dont il ignore le nom, mais qu'il est sûr de trouver au Département d'État. La secrétaire commence à téléphoner fébrilement et contacte un certain nombre de gens qui ne peuvent que se poser des questions. Elle parvient à restreindre le choix d'une manière significative, ce qui implique qu'elle a appelé toutes ses relations susceptibles de lui fournir les renseignements dont elle a besoin. Puis vous arrivez au Département d'État en demandant à voir Frank Swann. Je me trompe ? Je présume que dans l'état d'excitation où vous étiez, vous avez exigé d'être reçu sur-le-champ.

— C'est vrai. On est d'abord resté très évasif et on m'a même affirmé qu'il était absent. Mais je savais qu'il était là ; ma secrétaire me l'avait confirmé. J'ai tellement insisté qu'on a fini par me conduire à son bureau.

— Et après votre conversation, il a pris la décision de vous expédier à Mascate.

— Oui, et alors ?

— Ce petit groupe restreint dont vous m'avez parlé est loin d'être restreint, Evan. Vous avez fait ce que n'importe qui aurait fait dans ces circonstances, mais vous n'êtes pas passé inaperçu tout au long de votre voyage mouvementé de Lava Falls à Washington. Il est facile de retrouver la trace de votre passage à Flagstaff et à Phoenix. Un certain nombre de gens ont dû garder le souvenir de votre nom et de votre insistance à trouver un moyen de transport rapide, d'autant plus que cela se passait à une heure tardive. Puis vous débarquez au Département d'État, où vous vous faites encore remarquer en exigeant avec véhémence de voir Frank Swann et où vous signez le registre d'entrée, mais pas le registre de sortie.

— Bien sûr, mais...

— Laissez-moi achever, poursuivit Khalehla. Vous allez comprendre où je veux en venir et vous aurez une vue d'ensemble de la situation. Vous discutez donc avec Swann, vous vous promettez mutuellement de garder le silence et vous voilà prêt à partir pour Mascate. Pour commencer, vous passez chez vous, accompagné d'un chauffeur qui ne fait pas plus partie d'OHIO-Quatre-Zéro que les gardes du hall. Le chauffeur avait simplement pour mission de vous conduire chez vous puis de vous ramener et les gardes assuraient leur service normal. Ces hommes n'appartiennent pas au gratin de l'administration, ils n'ont jamais accès aux dossiers top secret. Mais ils sont humains : en rentrant chez eux, ils racontent à leur femme et à leurs amis ce qui leur est arrivé d'inhabituel dans le courant d'une journée de travail habituellement morne. Il se peut également qu'ils acceptent de répondre à des questions insidieuses posées d'un air faussement indifférent par un homme qu'ils prennent pour un bureaucrate de haut rang.

— En d'autres termes, ils savaient tous qui j'étais...

— Ils n'étaient pas seuls. Il y avait aussi tous ceux de Flagstaff et de Phoenix qui s'étaient dit : « Tiens, voilà un parlementaire bien pressé », ou encore : « Même les huiles ont parfois des problèmes. » Vous vous rendez compte de la trace que vous avez laissée ?

— Oui, mais qui se serait donné la peine de la suivre ?

— Je n'en sais rien et cela m'inquiète beaucoup plus que vous ne pouvez l'imaginer.

— Cela vous inquiète ! Mais, moi, c'est toute ma vie qu'ils ont foutue en l'air ! Qui a bien pu faire cela ?

— Quelqu'un qui a découvert une brèche, une faille lui permettant de remonter la piste depuis le camp de Lava Falls jusqu'aux terroristes de Mascate. Quelqu'un qui a relevé quelque chose lui donnant envie de chercher plus loin. Peut-être l'un des coups de téléphone de votre secrétaire ; peut-être le tapage que vous avez fait au Département d'État ; peut-être encore cette folle rumeur qui a couru, selon laquelle un Américain inconnu était intervenu à Oman, une rumeur reprise par certains journaux et démentie, mais qui a peut-être donné à réfléchir à quelqu'un. Tout le reste s'est ensuite mis en place et vous êtes apparu au grand jour.

— Il faut que je sache qui c'est, Khalehla, dit Evan en posant la main sur celle de la jeune femme. Il le faut absolument !

— Mais nous le savons, dit-elle d'une voix douce et posée. C'est un homme blond, à l'accent européen.

— Mais dans quel but ?

Evan retira sa main au moment où l'angoissante question franchissait ses lèvres.

Khalehla tourna vers lui un regard dans lequel la compassion ne masquait pas entièrement la froide lucidité de l'agent secret.

— La réponse à cette question doit être votre première préoccupation, Evan, mais il y a un autre problème qui m'effraie.

— Je ne comprends pas.

— Quelle que soit l'identité de l'homme blond et de ceux qu'il représente, il a réussi à pénétrer au plus profond de nos archives et à mettre la main sur ce qu'il n'aurait jamais dû trouver. Je suis abasourdie, Evan, pétrifiée, et ces mots ne sont pas assez forts pour traduire ce que je ressens. Il ne s'agit pas seulement de ce que l'on vous a fait, mais de ce que l'on *nous* a fait. Si l'on peut pénétrer impunément là où ce devrait être impossible, nous sommes tous en péril. Si l'on a eu accès à nos archives les mieux protégées, on peut découvrir énormément d'autres choses qui doivent être tenues rigoureusement secrètes ! Pour tous ceux qui, comme moi, travaillent sur le terrain, cela peut avoir des conséquences dramatiques et coûter de nombreuses vies humaines !

Kendrick considéra son visage tendu et il lut la peur dans ses yeux.

— Vous avez vraiment peur, Khalehla, dit-il doucement.

— Vous aussi, vous auriez peur, si vous connaissiez comme moi les hommes et les femmes qui nous aident, qui ont confiance en nous et qui risquent leur vie pour nous fournir des renseignements. Ils se demandent jour après jour s'ils n'ont pas commis le petit faux pas qui causera leur perte. Un certain nombre se sont suicidés, parce qu'ils ne pouvaient plus supporter la pression, d'autres sont devenus fous et ont disparu dans le désert, préférant mourir dans la paix d'Allah que de continuer à vivre ainsi. Mais la plupart continuent, parce qu'ils croient en nous, parce qu'ils croient que notre cause est juste et que nous voulons la paix. Il leur faut affronter des fanatiques armés jusqu'aux dents et, même si la situation au Moyen-Orient peut vous paraître dramatique, c'est grâce à eux si elle n'est pas encore pire, s'il n'y a pas plus de sang dans les rues de nos villes... Oui, j'ai peur, car un grand nombre de ces gens sont mes amis, ou des amis de mes parents. La seule pensée qu'ils peuvent être trahis, comme vous l'avez été, Evan, me donne envie de m'enfoncer à mon tour dans le désert pour y mourir comme ceux que nous avons rendus fous. Quelqu'un est en mesure de consulter nos dossiers les plus secrets et d'en divulguer le contenu. Il suffisait dans votre cas de découvrir un nom, le vôtre, pour que des gens tremblent pour leur vie à Mascate et à Bahreïn. Combien d'autres noms, combien d'autres secrets peuvent être révélés ?

Evan prit la main de Khalehla et la serra très fort dans les siennes.

— Si c'est ce que vous redoutez, pourquoi ne pas m'aider ?

— Vous aider ?

— Il faut que je découvre qui m'a fait cela et, vous, il vous faut découvrir qui a fait en sorte que cette fuite soit possible. On peut dire que nos objectifs concordent. Je tiens Dennison et je peux vous obtenir le feu vert de la Maison-Blanche pour rester ici. Je pense qu'il est prêt à tout pour découvrir l'origine de la fuite. Cela tourne à l'obsession chez lui !

— Ce n'est pas aussi simple, dit Khalehla en se rembrunissant. Et je ne serais pas de taille. Je fais du très bon travail où je suis, mais si je ne suis plus dans mon élément, mon élément *arabe,* je crains de ne pas être à la hauteur.

— Vous êtes de première force, répliqua fermement Kendrick. D'abord, parce que vous m'avez sauvé la vie, et je considère qu'elle est relativement importante. Ensuite, parce que vous avez des compétences dans un domaine qui m'est totalement étranger : les procédures. Vous m'avez dit à Bahreïn que vous vouliez m'aider. Eh bien, le moment est venu de le faire ! Et vous travaillerez en même temps dans votre propre intérêt !

— Si j'accepte, dit lentement Adrienne Rashad en braquant sur Kendrick le regard froid de ses yeux noirs, il vous faudra m'obéir dans certaines circonstances. Vous en sentez-vous capable ?

— Tant que vous ne me demandez pas de sauter d'un pont ou du haut d'un gratte-ciel...

— Je vous demanderai peut-être de dire certaines choses à certaines personnes que je vous indiquerai. Il y aura peut-être aussi certaines explications que je ne pourrai vous donner. Pouvez-vous accepter tout cela ?

— Oui. Je vous ai observée, je vous ai écoutée et j'ai confiance en vous.

— Merci, dit-elle avec une pression de la main avant de lâcher celle de Kendrick. Il faudra également que je fasse appel à quelqu'un.

— Pourquoi ?

— Primo, c'est indispensable. Il faut que je me fasse détacher ici et il s'en occupera sans avoir à fournir d'explications. Laissons tomber la Maison-Blanche, c'est trop dangereux, trop aléatoire. Secundo, il pourra m'être utile dans certains domaines dépassant ma compétence.

— Qui est-ce ?

— Mitchell Payton, le directeur des Projets spéciaux. Un euphémisme pour des activités dont le sens ne vous échappe certainement pas.

— Vous avez confiance en lui ? Une confiance à toute épreuve, sans restriction ?

— Sans restriction. C'est lui qui m'a fait entrer à l'Agence.

— Ce n'est pas une raison suffisante.

— Le fait que je l'appelle « oncle Mitch » depuis l'âge de six ans en est une. C'était à l'époque un jeune officier de l'Agence, qui travaillait comme maître assistant à l'université du Caire où il s'est lié avec mes parents. Mon père était professeur et ma mère venait de Californie, tout comme Mitch.

— Il vous obtiendra un détachement ?
— Bien entendu.
— Vous en êtes certaine ?
— Il n'aura pas le choix. Quelqu'un s'est mis en tête de vendre une partie de notre âme qui n'est pas à vendre. Cette fois-ci, c'est vous, mais qui est le prochain sur la liste ?

25

Mitchell Jarvis Payton était un sémillant universitaire de soixante-trois printemps, entré trente-quatre ans auparavant à la C.I.A. par un étrange concours de circonstances. Il correspondait au profil défini par quelqu'un et transmis au service du personnel de l'Agence. Ce quelqu'un avait disparu pour se consacrer à d'autres tâches alors qu'aucun poste n'avait été prévu pour Payton. Mais quand ses employeurs potentiels s'étaient rendu compte qu'ils n'avaient rien à lui proposer, il était trop tard : il avait déjà été engagé par les dynamiques recruteurs de l'Agence et expédié à Langley, en Virginie, au quartier général de la C.I.A. La situation était fort embarrassante, car le docteur Payton, dans un grand élan de ferveur personnelle et patriotique, avait envoyé sa démission, avec effet immédiat, au conseil de son université. C'était un bien mauvais départ pour un homme dont la carrière allait être si réussie.

M.J., comme tout le monde le surnommait depuis son enfance, âgé à l'époque de vingt-neuf ans, était titulaire d'un doctorat en études arabes de l'université de Californie, où il enseignait en qualité de maître de conférences. Un beau matin, il avait reçu la visite de deux représentants du gouvernement qui étaient parvenus à le convaincre que la nation avait le plus urgent besoin de ses talents. Ils n'étaient naturellement pas habilités à entrer dans les détails, mais ils pouvaient affirmer que le poste proposé se trouvait à l'étranger, dans la région dont il était un expert. Le jeune diplômé avait sauté sur l'occasion et, lorsqu'il s'était trouvé à Langley en présence de ses supérieurs hiérarchiques qui se demandaient ce qu'ils pourraient bien faire de lui, il leur avait expliqué avoir coupé les ponts avec son université, puisqu'il pensait devoir être envoyé en Égypte. On l'avait donc expédié au Caire, partant du principe qu'il n'y a jamais assez d'observateurs capables de comprendre l'arabe. Dans le courant des études de Payton, la littérature américaine avait été une de ses matières préférées, sans doute parce qu'il estimait qu'elle n'exigeait pas trop d'efforts, et l'agence romaine par laquelle il était passé, en réalité une filiale de la C.I.A., lui avait déniché un poste d'assistant en littérature américaine à l'université du Caire.

C'est là qu'il avait fait la connaissance des Rashad, un couple charmant qui avait rapidement pris une place importante dans son existence. Dès la première réunion du corps enseignant, il s'était trouvé à côté du professeur Rashad et il avait appris que non seulement Rashad avait achevé ses études en Californie, mais qu'il avait épousé une de ses anciennes amies de faculté. Une profonde amitié s'était développée, parallèlement à la réputation de M.J. à l'intérieur de la C.I.A. Il avait découvert en lui des talents qu'il n'avait jamais soupçonnés et qui parfois l'effrayaient, et il s'était ainsi rendu compte qu'il pouvait être un menteur extrêmement convaincant. C'était une époque de bouleversements, d'alliances instables qu'il convenait de contrôler de très près tandis que l'influence croissante des États-Unis devait demeurer aussi discrète que possible. M.J. Payton avait compris qu'une motivation suffisante pouvait être créée par des paroles d'encouragement agrémentées d'une aide pécuniaire et, grâce à sa maîtrise de l'arabe, il avait réussi à mettre sur pied plusieurs factions antagoniques qui lui adressaient des rapports sur les mouvements de leurs adversaires. En échange, il alimentait leurs caisses ; des dépenses minimes pour le budget de la toute-puissante C.I.A., mais essentielles pour les fanatiques privés de ressources. Ce patient travail avait permis à Washington de maîtriser bien des situations explosives. L'esprit de clan ayant force de loi dans la communauté des renseignements, lorsqu'un agent avait d'aussi bons résultats sur le terrain, la règle était de ne tenir aucun compte de la convergence de facteurs spécifiques ayant rendu possible cette réussite et de le rapatrier à Washington pour voir comment il se débrouillerait dans la capitale. M.J. Payton fit exception à une longue série d'échecs et il succéda à James Jesus Angleton, le « renard argenté » des opérations clandestines, au poste de directeur des Projets spéciaux. Mais il n'oublia jamais ce que son ami Rashad lui avait dit en apprenant sa promotion : « Jamais tu n'en serais arrivé là si tu t'étais marié. Tu as l'assurance inestimable de celui qui ne s'est jamais fait manipuler. »

Peut-être avait-il raison.

Mais Payton avait dû faire face à une vigoureuse tentative de manipulation quand la fille entêtée de ses chers amis du Caire avait débarqué à Washington, plus résolue que jamais. Il lui était arrivé quelque chose d'affreux à l'université de Cambridge, dans le Massachusetts, et elle était décidée à consacrer sa vie, tout au moins une partie de sa vie, à lutter contre la haine et la violence qui déchiraient les pays riverains de la Méditerranée. Elle ne raconta pas à son oncle Mitch ce qui lui était arrivé — rien ne l'y obligeait —, mais elle lui demanda avec insistance de l'aider. Elle avait la compétence voulue, parlait aussi couramment l'anglais et le français que l'arabe et apprenait le yiddish et l'hébreu. Quand Payton lui avait suggéré le Peace Corps, elle avait violemment jeté son sac à main par terre, devant son bureau.

— Non, oncle Mitch ! Je ne suis plus une enfant et je n'ai pas le goût du bénévolat et de la bienfaisance ! Si tu ne peux rien me trouver, je m'adresserai ailleurs !

— Ailleurs, cela peut signifier dans l'autre camp, Adrienne.

— Alors, empêche-moi d'y aller ! Engage-moi !

— Il faut d'abord que j'en parle à tes parents...

— Certainement pas ! Il a pris sa retraite... Ils sont en retraite et ils vivent sur la côte, à Baltim ! Si tu les mets au courant, ils s'inquiéteront et cela ne fera que créer des problèmes. Trouve-moi des travaux de traduction, ou un poste de conseillère à l'exportation... Tu peux bien faire cela pour moi, non ? Quand tu n'étais qu'un petit assistant à l'université, nous n'avons jamais rien dit !

— Tu ne savais rien, ma chérie...

— Mon œil ! Et toutes les messes basses que vous faisiez quand un *ami* d'oncle Mitch devait venir à la maison et qu'on m'obligeait à rester cloîtrée dans ma chambre ! Et le soir où ont débarqué trois hommes que je n'avais jamais vus, et qui avaient un pistolet à la ceinture !

— C'était une urgence. Ton père a compris.

— Alors, tu dois me comprendre aujourd'hui, oncle Mitch. Il faut que tu m'aides !

— D'accord, soupira M.J. Payton. Mais il y a quelque chose que tu dois bien comprendre aussi. Tu vas suivre une formation intensive à Fairfax, en Virginie, dans un camp qui ne figure sur aucune carte. Si tu échoues, je ne pourrai rien faire pour toi.

— D'accord, dit Adrienne Rashad en souriant. Tu veux parier que je réussirai ?

— Je ne parie pas avec une jeune tigresse comme toi. Allons déjeuner maintenant. Tu ne bois pas, si mes souvenirs sont bons ?

— Non, je ne bois pas.

— Eh bien, moi, je bois, et je vais le faire avec toi. Mais pas question de parier.

Il avait bien fait de refuser. À l'issue de dix épuisantes semaines de formation intensive à Fairfax, Adrienne Rashad, le candidat n° 1344, arrivait en tête de la promotion. Libération de la femme ou pas, elle devançait vingt-six autres candidats, tous des hommes. Il est vrai que la jeune Adrienne avait une motivation dont ils étaient dépourvus : elle était à moitié arabe.

La scène remontait à près de dix ans. Mais ce jour-là, un vendredi après-midi, Mitchell Jarvis Payton n'était pas encore revenu de sa surprise. L'officier Adrienne Rashad, en service dans le secteur Méditerranée occidentale, en poste au Caire, venait de l'appeler d'un taxiphone, au Hilton de Washington ! Mais que pouvait-elle bien faire là ? Les ordres de mission de tous les officiers attachés au service des Projets spéciaux, et tout particulièrement de l'officier en question, devaient impérativement recevoir son feu vert ! C'était absolument insensé ! Le refus d'Adrienne de se rendre à Langley et son insistance pour le retrouver dans un restaurant discret à Arlington ne contribuaient pas à apaiser les inquiétudes de M.J. Surtout après ce qu'elle lui avait dit : « Il est absolument vital que je ne rencontre aucune personne de connaissance, oncle Mitch. » En soi, cette déclaration ne présageait rien de bon, mais le pire était qu'elle ne l'avait pas appelé « oncle Mitch » depuis de longues années, depuis l'époque où elle était étudiante. Sa « nièce » adoptive était profondément troublée.

Milos Varak descendit de l'avion et traversa le terminal pour se rendre au comptoir de l'agence de location de voitures. Il présenta un faux permis de conduire, paya avec une fausse carte de crédit, signa le contrat de location, prit les clés et se dirigea vers le parking où l'attendait la voiture. Il avait dans sa mallette une carte détaillée du sud-ouest du Colorado comportant une description des merveilles du Parc national de Mesa Verde, ainsi qu'une liste des hôtels, motels et restaurants de la région comprise entre Cortez, Hesperus, Marvel et Durango. La zone la moins détaillée était celle de Mesa Verde, un tout petit point sur la carte, qui ne méritait pas la dénomination de « ville », un de ces lieux que l'on ne fait que traverser, où les seuls centres d'activité se résumaient à un bazar, le salon d'un coiffeur pour hommes, un café et un petit terrain d'atterrissage privé. Seuls s'y retrouvaient quelques fermiers et ouvriers agricoles et un certain nombre de voyageurs égarés sur les itinéraires touristiques menant au Nouveau-Mexique et à l'Arizona. Le terrain d'atterrissage était au bénéfice exclusif d'une douzaine de propriétaires terriens qui s'étaient constitué de vastes domaines isolés et ne pouvaient s'en passer. Ils ne se rendaient presque jamais dans le bourg et se faisaient tout livrer par avion de Denver, Las Vegas ou Beverly Hills. L'exception était Evan Kendrick, élu au Congrès à la surprise générale, qui s'était imaginé à tort que Mesa Verde pouvait lui apporter des voix, ce qui eût été le cas si l'élection avait eu lieu au sud du rio Grande.

Varak tenait absolument à voir de ses propres yeux le petit bout de rue bordé de quelques maisons que les autochtones avaient nommé Mesa Verde, ou tout simplement Verde, comme le disait Emmanuel Weingrass. Il voulait voir comment les hommes étaient habillés, comment ils marchaient, l'empreinte des rudes travaux des champs sur leur corps, leurs muscles, leur démarche. Il allait essayer pendant vingt-quatre heures, quarante-huit au plus, de se fondre dans cet environnement. Milos avait une mission à accomplir, qui l'attristait profondément, mais à laquelle il ne pouvait se dérober. Si l'un des membres d'Inver Brass était un traître, il lui incombait de le démasquer.

Après une heure trente-cinq minutes de route, il vit enfin l'enseigne du café de Gee-Gee. Comme il ne pouvait y aller en complet-veston, il gara la voiture, ôta sa veste et traversa la rue pour entrer dans le bazar.

— Je vous ai jamais vu par ici, dit le vieil épicier en tournant la tête à son arrivée tout en continuant d'empiler des sacs de riz. Ça fait toujours plaisir de voir une nouvelle tête. Vous allez au Nouveau-Mexique ? Je vais vous remettre sur le bon chemin. Et vous n'êtes pas obligé de m'acheter quelque chose... C'est ce que je dis toujours, mais les gens se sentent obligés d'ouvrir leur portefeuille quand ils ont simplement besoin d'un renseignement.

— Vous êtes très aimable, monsieur, dit Milos, mais je crains d'être obligé d'ouvrir mon portefeuille, comme tout le monde. Pas le mien, celui de mon employeur. C'est une amusante coïncidence, mais il faut que j'achète du riz. Denver a oublié de nous en livrer.

— Ah ! Vous travaillez pour un des gros propriétaires du coin. Prenez ce que vous voulez, mon gars, mais, je vous préviens, à mon âge, je pourrai pas vous aider à porter la marchandise...

— Il n'en est pas question, monsieur.

— Vous seriez pas étranger, vous ?

— Scandinave, répondit Varak. Mais je ne suis pas là pour longtemps ; je remplace le chauffeur qui est malade.

Milos prit trois sacs de riz et les porta jusqu'au comptoir tandis que le vieux commerçant se dirigeait lentement vers la caisse.

— Vous travaillez pour qui ?

— Pour M. Kendrick, mais il ne me connaît pas...

— Quel merveilleux jeune homme ! Notre député à nous, le héros d'Oman ! C'est vrai qu'il donne envie de bomber le torse, comme l'a dit le Président ! Il est déjà venu ici deux ou trois fois..., peut-être même quatre. Un garçon charmant, et très simple, avec ça.

— Je n'ai pas encore eu le plaisir de le rencontrer.

— Bien sûr, mais si vous êtes chez lui, vous devez bien connaître le vieux Manny ! Un drôle de pistolet, celui-là, tiens !

— Vous pouvez le dire.

— Bon, ça vous fera six dollars et vingt et un *cents*. Arrondissez à six dollars.

— Non, je dois avoir l'appoint, dit Milos en fouillant dans sa poche. Et il vient souvent, M... Manny ?

— De temps en temps. Deux ou trois fois par mois. Il arrive avec une de ses gardes-malades et, dès qu'elle a le dos tourné, il file chez Gee-Gee. Tenez, mon gars, voilà la monnaie de dix.

— Merci.

Milos prit les sacs de riz et se tourna vers la porte, mais il s'immobilisa en entendant les paroles suivantes du vieil épicier.

— Je crois bien que ces filles l'ont quand même à l'œil, parce qu'Evan doit maintenant surveiller son vieux pote juif d'un peu plus près. Mais je vous apprends rien...

— Non, bien sûr, dit Milos en se retournant, le sourire aux lèvres. Mais quand vous en êtes-vous rendu compte ?

— Pas plus tard qu'hier, répondit le vieux commerçant. Avec toute la bousculade qu'il y avait là-bas, Manny a pris le taxi de Jake pour venir chez Gee-Gee. Comme je l'ai vu descendre, je suis allé jusqu'à la porte pour lui dire que j'avais regardé la télé et que j'avais appris les bonnes nouvelles. Il s'est retourné, m'a fait un petit signe de la main et il est entré chez Gee-Gee. À ce moment-là, j'ai vu arriver l'autre voiture. Elle roulait tout doucement et il y avait un type qui parlait au téléphone... un téléphone dans la voiture, vous savez. Il s'est garé juste en face du café et il a attendu en regardant la porte. Après ça, je l'ai vu parler encore une fois au téléphone, et puis il est descendu de voiture et il est entré chez Gee-Gee. Comme personne d'autre n'était entré, je me suis dit que c'était Manny qu'il devait tenir à l'œil.

— Je leur demanderai d'être un peu plus discrets, dit Milos sans se départir de son sourire. Mais, juste pour être sûr que nous parlons bien du même homme, vous souvenez-vous à quoi il ressemblait ?

— C'était un gars de la ville, pour sûr. Nippé comme un prince, avec des cheveux gominés.

— Des cheveux bruns ?

— Non, plutôt rouquins.

— Ah ! c'est lui ! s'écria Varak. Il a à peu près ma taille ?

— Non, un peu plus grand que vous. Peut-être cinq bons centimètres de plus.

— Oui, vous avez raison, dit le Tchèque en secouant la tête. On se voit toujours plus grand qu'on ne l'est en réalité. Et il est assez maigre, mais c'est peut-être sa taille qui donne cette impression...

— Oui, oui, c'est bien lui ! Maigre comme un coucou... Pas comme vous, mon gars.

— Alors, il conduisait la Lincoln grise.

— Je crois bien qu'elle était bleue. C'était une grosse voiture, mais je pourrais pas vous dire de quelle marque. Pour moi, elles se ressemblent toutes.

— Je vous remercie infiniment, monsieur. Je vais leur demander d'être un peu plus discrets, faites-moi confiance. Nous ne voulons pas froisser Manny.

— Vous pouvez compter sur moi, je lui dirai rien. Je sais qu'il a eu une grave opération, et si Evan pense qu'il faut le tenir à l'œil je suis tout à fait d'accord. Parce que c'est un drôle d'oiseau, ce Manny ! Vous savez que Gee-Gee baptise son whisky dès qu'il en a l'occasion.

— Merci encore une fois. Je ferai savoir à M. Kendrick que vous nous avez bien aidés.

— Ben, je croyais que vous ne le connaissiez pas.

— Dès que j'aurai l'honneur de le rencontrer, cher monsieur. Au revoir.

Milos Varak monta dans le véhicule de location et passa lentement devant le bazar, le salon de coiffure pour hommes et le café de Gee-Gee. *Un rouquin aux cheveux lisses, grand et maigre, au volant d'une grosse conduite intérieure bleue.* La traque avait commencé.

— Je ne peux pas y croire ! souffla Mitchell Jarvis Payton en se penchant sur la nappe à carreaux du petit restaurant italien d'Arlington.

— Il faut le croire, M.J., dit Adrienne Rashad. Que savais-tu exactement sur l'affaire d'Oman ?

— C'était une opération Quatre-Zéro du Département d'État, coordonnée par Lester Crawford qui voulait une liste de nos meilleurs agents disposant des contacts les plus étendus dans la région du Golfe. C'est tout ce que je savais. Certains étaient peut-être plus qualifiés que toi, mais tu avais, et de loin, le plus grand nombre de contacts.

— Tu as dû te douter que cette opération avait un rapport avec les otages ?

— Bien entendu et, pour ne rien te cacher, j'étais très partagé. J'étais au courant de ton amitié avec Ahmat et sa femme, et il me fallait considérer que je n'étais pas le seul à le savoir. Je ne voulais pas donner ton nom à Lester, mais le travail que tu avais fait pour les Projets spéciaux et tes liens avec la famille royale d'Oman l'exigeaient. Et je me suis dit que si tu apprenais un jour que je t'avais éliminée pour des raisons personnelles, tu ne me le pardonnerais jamais.

— Tu as eu raison de penser cela.

— Je t'avoue que j'ai quand même eu un instant de faiblesse. À la fin de l'opération, je suis allé voir Crawford dans son bureau et je l'ai assuré que j'avais compris les règles du jeu, mais je lui ai dit qu'il fallait que je sache si tout s'était bien terminé pour toi. Il a levé la tête, m'a regardé avec ses yeux de merlan frit et m'a dit que tu étais déjà de retour au Caire. On aurait dit qu'il me révélait un secret d'État... Et maintenant tu m'apprends que c'est quelqu'un de chez nous qui a tout rendu public ! Une opération Quatre-Zéro ne peut être dévoilée avant plusieurs années, voire plusieurs décennies ! Certains dossiers remontant à la Seconde Guerre mondiale ne seront jamais mis au jour avant le milieu du XXIe siècle !

— Qui est responsable de ces dossiers ? demanda Adrienne.

— Ils sont emportés dans des dépôts disséminés dans tout le pays, surveillés par des gardes armés et protégés par des systèmes d'alarme à la pointe de la technologie et directement reliés à Washington, de sorte que nous sommes aussitôt alertés, ainsi que le Pentagone, le Département d'État et la Maison-Blanche. Depuis une vingtaine d'années, avec la prolifération d'ordinateurs de plus en plus sophistiqués, ils sont pour la plupart stockés dans des banques de données dont les codes d'accès doivent être composés par un minimum de trois services de renseignements, plus le Bureau ovale. Quand des documents originaux sont considérés comme ayant une importance vitale, ils sont plombés et expédiés dans un de ces dépôts.

Payton eut un petit haussement d'épaules et leva les mains.

— Aux oubliettes, ma chère ! ajouta-t-il. C'est un système infaillible, à toute épreuve !

— Manifestement pas, lança Adrienne.

— Si, répliqua Payton, mais seulement quand les dossiers sont stockés dans les banques de données. Je crois qu'il vaudrait mieux que tu me racontes tout ce que tu sais et tout ce que t'a dit Kendrick. Si ce que tu viens de m'apprendre est vrai, il nous faudra découvrir le salopard qui est intervenu entre la décision de classer le dossier d'Oman sécurité maximale et son stockage dans la banque de données.

Adrienne Rashad s'installa confortablement dans son siège et raconta toute l'histoire à celui qui serait toujours pour elle son oncle Mitch. Elle ne lui cacha rien, pas même l'impulsion qui, à Bahreïn, l'avait jetée dans les bras de Kendrick.

— Et je ne peux pas dire que je le regrette, ni professionnellement ni sur un plan plus personnel. Nous étions tous deux épuisés et effrayés, et je pense sincèrement que c'est un type bien. Un peu dépassé par les événements, mais c'est un type bien ; il me l'a encore prouvé ce matin.

— Au lit ?

— Mais non ! Je parle de ses aspirations, de ce qui l'a poussé à partir à Oman, des raisons qui ont fait de lui un parlementaire célèbre à son corps défendant et qui songe déjà à se retirer de la vie politique. Je suis sûre qu'il est bourré de défauts, mais sa colère est très saine.

— Je crois déceler chez ma nièce certains sentiments que je guette depuis très longtemps.

— Je serais de mauvaise foi si je le niais, mais je doute qu'il y ait quoi que ce soit de durable. D'une certaine manière, nous nous ressemblons. J'extrapole peut-être, mais je pense que nous sommes tous deux beaucoup plus préoccupés par ce que nous avons à faire séparément que par ce que cherche l'autre. Mais je l'aime bien, M.J., oui, je l'aime beaucoup. Il a de l'humour et je ne ris pas seulement de lui, mais avec lui.

— C'est extrêmement important, dit Payton d'un air rêveur et avec un petit sourire triste. Tu vois, je n'ai jamais trouvé une femme avec qui je pouvais rire. C'est sans doute une de mes faiblesses ; il vaut mieux ne pas être trop exigeant ici-bas.

— Non, tu n'as pas de faiblesse ! rétorqua Khalehla avec véhémence. Tu es mon oncle Mitch et je ne veux pas entendre ce genre de discours !

— Malgré tous leurs problèmes, ton père faisait rire ta mère et parfois je les enviais... Oui, il la faisait rire.

— C'était un mécanisme de défense. Maman avait toujours peur qu'il ne la quitte.

— Qu'est-ce que tu racontes ? Il l'adorait.

Aussi adroitement que s'ils ne s'étaient pas écartés de leur sujet, Payton revint à la crise de Mascate.

— Je voudrais bien comprendre pourquoi Kendrick a tellement insisté pour conserver l'anonymat. Je sais que tu me l'as déjà expliqué, mais j'aimerais revenir là-dessus.

— Pourquoi es-tu si soupçonneux ? L'explication est parfaitement logique : il avait l'intention de retourner là-bas et de reprendre la vie à laquelle il avait renoncé cinq ans auparavant. Un projet impossible à l'époque, si son nom avait été lié à l'affaire des otages, et devenu impossible aujourd'hui, car tout le monde a mis sa tête à prix, des fanatiques palestiniens à Ahmat et à tous ceux qui l'ont aidé, car ils crèvent de peur. Ce qui lui est arrivé depuis deux jours montre bien qu'il avait raison. Il veut repartir et il ne peut plus. On ne veut plus de lui !

— Je comprends bien, ma chérie, dit Payton avec une

froide curiosité teintée de doute, mais rien ne prouve qu'il voulait... qu'il veut réellement repartir au Moyen-Orient.

— Je le crois, dit Adrienne.

— Peut-être le croit-il lui-même, maintenant, avança le directeur des Projets spéciaux. Peut-être a-t-il changé d'avis après mûre réflexion.

— Pourrais-tu être plus clair, oncle Mitch ?

— C'est peut-être un point de détail, mais je pense que cela vaut la peine d'y réfléchir. Un homme dont le désir profond est de quitter Washington sans esprit de retour, et non d'ouvrir un cabinet d'avocats ou de lancer une société de relations publiques ou autre sinécure pour les services rendus au gouvernement, un tel homme ne se collette pas avec un porte-parole du Pentagone, il n'accepte pas de participer à une émission dominicale diffusée sur tout le terroire et il ne donne pas une conférence de presse provocante devant un parterre de journalistes piaffant d'impatience. Il ne reste pas dans une sous-commission parlementaire chargée du contrôle des services de renseignements ni de poser des questions gênantes qui, même si elles ne le valorisent pas aux yeux du grand public, contribuent à faire circuler son nom dans les états-majors politiques. Tous ces faits, pris ensemble, n'indiquent pas vraiment que cet homme est désireux de se retirer de l'arène politique. Ils semblent même en contradiction avec ce qu'il affirme.

— Je l'ai interrogé sur tout cela, dit Adrienne en hochant lentement la tête, et je l'ai même accusé de vouloir m'arracher un témoignage de première main, un de plus, pour soutenir ses ambitions politiques. Il a aussitôt pris la mouche et m'a répété avec véhémence que tout ce qu'il voulait, c'était quitter Washington.

— Peut-être est-ce le résultat de ses réflexions, glissa Payton. Je demande cela sans méchanceté, car tout homme raisonnable aurait la même réaction. Supposons que la brusque notoriété de Kendrick, un parfait individualiste, soit dit en passant, lui soit montée à la tête et qu'il ait décidé de poursuivre son ascension en utilisant tous ses atouts, y compris sa conduite héroïque à Oman. Puis il se rend brusquement compte de la situation et se demande pourquoi il a fait tout cela, lui qui supporte si difficilement le milieu des politiciens... Ce ne serait pas la première fois, tu sais. Nous avons déjà perdu d'innombrables hommes et femmes de qualité qui en sont arrivés à la même conclusion : ils n'avaient rien à faire à Washington. Ce sont pour la plupart des gens farouchement indépendants, qui n'ont confiance qu'en leur propre jugement et dont l'assurance provient d'une réussite personnelle dans leur domaine. À moins de rechercher le pouvoir pour la seule satisfaction de leur ego, et ton instinct, auquel je fais confiance, semble écarter cette éventualité en ce qui concerne Kendrick, ces gens-là refusent les débats interminables et les compromis qui sont les maux nécessaires de notre système. Crois-tu que Kendrick fasse partie de cette race ?

— Je dirais a priori qu'il entre tout à fait dans cette catégorie, mais, encore une fois, ce n'est que mon instinct qui parle.

— Ne pourrait-on imaginer que ton séduisant ami...

— Je t'en prie, oncle Mitch ! s'écria Adrienne. C'est grotesque !

— C'était pour éviter un terme que je refuse d'employer à propos de ma nièce.

— Je te remercie de cette marque de galanterie.

— Respectons les convenances, ma chère. Ne pourrait-on imaginer, disais-je, que ton ami se soit dit : « J'ai commis une grosse faute en voulant me poser en héros et il ne me reste plus qu'à faire oublier tout cela. »

— On pourrait l'imaginer si c'était un menteur, mais je ne crois pas que ce soit le cas.

— Les contradictions de sa conduite ne t'ont pas échappé, j'espère. Il agit d'une certaine manière et ensuite il affirme être tout le contraire de ce qu'il a montré.

— Tu veux me faire dire qu'il proteste trop de sa bonne foi, mais je ne te suivrai pas dans cette voie, car je suis sûr qu'il n'a pas menti, ni à lui-même ni à moi.

— J'envisage toutes les possibilités avant de me consacrer à la recherche du salopard qui, si tu as dit vrai, a été contacté par un autre salopard, blond celui-là... Kendrick t'a-t-il expliqué pourquoi il s'était attaqué en public au Pentagone ainsi qu'à toute l'industrie de la défense, sans parler de ses critiques plus discrètes mais bien réelles de nos services de renseignements ?

— Il était en situation de dire tout cela et il pensait qu'il était de son devoir de le faire.

— C'est tout ? C'est sa seule explication ?

— Oui.

— Mais il lui a quand même fallu atteindre les différentes positions qui lui ont fourni l'occasion de s'exprimer publiquement. La commission Partridge, puis la sous-commission de contrôle des services clandestins ! Ce sont des postes particulièrement convoités. Pour chacun de ces sièges, il y a quatre cents parlementaires qui n'hésiteraient pas à vendre leur femme ! Ils ne tombent pas tout cuits dans le bec du premier venu ! Il faut intriguer, il faut se battre pour les obtenir ! Comment explique-t-il cela ?

— Il n'en sait rien. Ils lui sont tombés tout cuits dans le bec, comme tu dis. Et non seulement il n'a rien fait pour les obtenir, mais il s'est battu pour les refuser.

— Qu'est-ce que tu racontes ? demanda Payton, l'air ahuri.

— Il m'a dit que si je ne le croyais pas, je pouvais m'adresser à son premier assistant qui a dû lui forcer la main pour qu'il accepte de siéger à la commission Partridge. Si cela ne me suffisait pas, je pouvais aller voir le speaker de la Chambre des représentants et demander à ce vieux renard irlandais où il lui a dit qu'il pouvait mettre sa sous-commission... Il n'a brigué aucune de ces deux places, mais on lui a clairement expliqué que, s'il les refusait, il n'aurait plus voix au chapitre dans le choix de son successeur. Or, c'est important aux yeux d'Evan ; c'est pour cela qu'il s'est présenté dans sa circonscription du Colorado. Il a réussi à mettre un pourri sur la touche et il ne veut pas que l'appareil du parti en impose un autre à sa place.

Payton s'enfonça lentement dans son siège et, plissant les yeux, se caressa longuement le menton. Adrienne Rashad avait appris au fil des ans que, dans certaines circonstances, il valait mieux garder le silence et ne pas interrompre les réflexions de son mentor. Elle attendit tranquillement, passant en revue les différentes conclusions auxquelles Payton pouvait arriver, mais elle fut surprise par le fruit de sa cogitation.

— Cela change toutes les données du problème, dit-il enfin. S'il m'en souvient bien, tu as dit à Kendrick que son rôle dans l'affaire des otages avait été rendu public par quelqu'un qui estimait qu'il méritait tous les honneurs pour ce qu'il avait accompli. Je crains que ce ne soit beaucoup plus complexe encore. Evan Kendrick a été programmé.

— Mais pourquoi, Grand Dieu ?

— Je ne sais pas, mais je pense que nous avons intérêt à le découvrir très vite. En avançant sur la pointe des pieds. Nous sommes devant une situation tout à fait extraordinaire.

Varak vit la grosse conduite intérieure bleue. Elle était garée sur le bas-côté de la route sinueuse traversant la forêt, à quelques centaines de mètres à l'ouest de la propriété de Kendrick. Milos avait longé l'imposant domaine du parlementaire, encore assiégé par quelques reporters opiniâtres accompagnés de leurs techniciens, et il s'apprêtait à prendre la direction du nord, à la recherche d'un motel dans les faubourgs de Cortez. Mais il changea d'avis en découvrant la voiture vide. Il continua jusqu'au virage suivant, quitta la route et dissimula son véhicule dans le sous-bois. Il prit son attaché-case posé sur le siège avant, l'ouvrit et en sortit tous les instruments dont il pouvait avoir besoin. Il les glissa dans ses poches, descendit de voiture en refermant silencieusement la portière et se dirigea à pied vers la conduite intérieure bleue. Il s'en approcha par l'arrière, du côté des arbres et inspecta attentivement le véhicule pour y localiser un fil ou autre détecteur déclenchant une alarme si quelqu'un essayait de forcer la serrure ou de faire pression sur les portières, ou bien encore des rayons lumineux courant sur toute la longueur de la voiture.

Ce qu'il découvrit lui fit comprendre que la conduite intérieure bleue renfermait des secrets autrement plus précieux que des vêtements, des bijoux, ou même des documents d'affaires confidentiels. Une rangée de trous minuscules avaient été percés et recouverts de peinture le long du châssis des vitres. Ils permettaient de projeter un gaz destiné à paralyser un intrus pendant de longues minutes. À l'origine, ce dispositif avait été conçu et perfectionné à l'usage des diplomates en poste dans des pays agités de troubles, où il était presque aussi important de pouvoir questionner un agresseur que de protéger les vies humaines. Le dispositif était actionné par le chauffeur en cas d'agression ou déclenché par un détecteur quand le véhicule était vide. Extrêmement coûteux, il était maintenant commercialisé dans le monde entier et le bruit courait que les fournisseurs ne pouvaient satisfaire toutes les commandes.

Varak lança un coup d'œil circulaire et s'avança vers l'arrière du véhicule. Il plongea la main dans sa poche et se laissa tomber par terre, devant le tuyau d'échappement. Il rampa sous la voiture et se mit aussitôt au travail. Il ressortit quatre-vingt-dix secondes plus tard, se releva et courut se mettre à couvert sous les arbres. Il ne lui restait plus qu'à attendre.

Quarante et une minutes plus tard, il vit une haute silhouette s'avancer sur la route. L'homme portait un complet sombre dont la veste déboutonnée laissait voir le gilet. Ses cheveux soigneusement peignés étaient plus roux que bruns. Milos songea que ses supérieurs auraient besoin de quelques leçons de cosmétologie : il était absurde et dangereux d'envoyer sur le terrain un homme aux cheveux si reconnaissables. Le rouquin déverrouilla d'abord la portière avant droite, puis il contourna le capot et fit de même avec celle du conducteur. Mais avant d'ouvrir la portière, il s'accroupit, cherchant à l'évidence une troisième sécurité. Puis il se redressa, s'installa derrière le volant et mit le contact.

Le moteur toussa à plusieurs reprises, puis il se fit un grand bruit sous le châssis et il y eut une émission de fumée, accompagnée d'une déflagration. Le silencieux et le pot d'échappement venaient d'exploser, dégageant une épaisse fumée dans laquelle disparaissait le véhicule. Varak se baissa et attendit que la fumée s'accrochant aux branches des arbres se dissipe entièrement, puis il se redressa lentement.

Le conducteur, un masque de chirurgien sur le visage

et un pistolet à la main, se retournait sur son siège pour essayer de voir d'où viendrait l'attaque. Comme il ne se passait rien, il était manifestement dérouté. Il décrocha le téléphone, mais Milos le vit hésiter et il comprit son dilemme. S'il s'agissait d'un simple incident mécanique et qu'il demandât des instructions à plusieurs centaines, voire plusieurs milliers de kilomètres de là, il se rendrait ridicule et se ferait sévèrement taper sur les doigts. Le rouquin décida de raccrocher et il mit la voiture en prise, mais le bruit était si effrayant qu'il arrêta aussitôt. On n'attirait pas l'attention sur un véhicule dans cet état, on choisissait une autre solution, par exemple téléphoner à un garage et demander un remorquage. Mais le doute subsistait dans son esprit et une nouvelle période d'attente de près de vingt minutes commença ; malgré la couleur agressive de ses cheveux, l'homme était un professionnel. Quand il fut apparemment persuadé qu'il ne risquait plus rien, il sortit précautionneusement de la grosse conduite intérieure pour aller inspecter l'arrière. Son arme dans une main, une torche électrique dans l'autre, il continuait de surveiller les alentours tandis que Varak rampait silencieusement dans le sous-bois. Le rouquin s'accroupit brusquement et dirigea le faisceau de sa lampe sous le châssis. Milos savait qu'il ne disposait que de quelques secondes pour atteindre le bas-côté avant que l'homme découvre la petite charge de plastique glissée dans le tuyau d'échappement ou remarque les traces laissées sur le silencieux par la petite scie à métaux. Quand il fut à moins de trois mètres de l'homme accroupi, Varak écarta doucement le feuillage.

— Bon Dieu ! s'écria le grand rouquin en bondissant en arrière avant de pivoter sur lui-même, l'arme au poing.

Le Tchèque avait sorti de sa poche un troisième instrument, un pistolet à air comprimé projetant des fléchettes anesthésiantes. Il écarta quelques feuilles et tira rapidement. L'aiguille alla se ficher dans le dos du rouquin qui se retourna brusquement et lâcha sa torche en essayant désespérément d'arracher l'aiguille. Plus ses mouvement se précipitaient, plus le sang lui montait rapidement à la tête, accélérant la circulation du sérum. Au bout de huit secondes, il s'affaissa, essayant encore de combattre l'effet du narcotique, puis il s'immobilisa au bord de la route. Varak sortit de sa cachette, tira le corps inerte à l'abri du sous-bois, puis retourna chercher le pistolet et la torche de sa victime. Il commença de fouiller minutieusement le rouquin, pensant trouver sur lui de faux papiers d'identité.

Mais ils n'étaient pas faux. L'homme qui gisait à ses pieds était un agent du F.B.I. Milos découvrit le nom de l'unité à laquelle il avait été affecté deux mois et dix jours auparavant..., le lendemain de la réunion d'Inver Brass à Cynwid Hollow.

Milos retira l'aiguille, traîna l'homme jusqu'à la conduite intérieure bleue et l'installa derrière le volant. Il dissimula le pistolet et la torche électrique sous le siège, referma la portière et repartit vers sa voiture de location. Il lui fallait absolument trouver un téléphone pour appeler quelqu'un à Washington, dans les bureaux du F.B.I.

— Je n'ai aucun renseignement sur cette unité, dit le contact de Varak. Elle a été formée à la demande du gouvernement, une demande émanant de Californie, de San Diego, si je ne me trompe.

— La Maison-Blanche ne se trouve pas en Californie, que je sache, objecta Milos.

— Au cas où cela vous serait sorti de l'esprit, il y a une autre « Maison » là-bas.

— Comment cela ?

— Avant d'aller plus loin, j'ai quelque chose à vous demander. Nous allons avoir besoin de détails sur une opération lancée de Prague qui a des répercussions chez nous. Rien d'important, mais c'est assez ennuyeux. Pouvez-vous nous aider ?

— Bien sûr. J'essaierai de découvrir tout ce que je peux. Mais revenons à cette « Maison » à San Diego, qui a le pouvoir de mettre sur pied une unité spéciale...

— C'est très simple. Il s'agit de la maison du vice-président des États-Unis.

Nous sommes donc tous d'accord. Le représentant Evan Kendrick sera le prochain vice-président des États-Unis d'Amérique. Il deviendra président onze mois après l'élection du titulaire de la charge.

Varak raccrocha sans rien ajouter.

26

Cinq semaines s'étaient écoulées depuis la catastrophique cérémonie de la Salle bleue de la Maison-Blanche, un désastre aggravé par les tentatives incessantes de Herbert Dennison pour diriger l'attention générale non sur le récipiendaire de la médaille de la Liberté, mais sur son hôte. Le chef de la fanfare des Marines avait mal interprété ses instructions. Au lieu d'accompagner pianissimo l'allocution du Président avec un passage mélodieux de *America the Beautiful,* il s'était lancé dans un fortissimo de la marche militaire *Stars and Stripes,* noyant les paroles du chef de l'État. Et quand le représentant Kendrick s'était avancé pour recevoir sa décoration et exprimer ses remerciements, l'orchestre avait attaqué pianissimo les premiers accords de *America the Beautiful,* dans un crescendo contenu rendant plus émouvantes encore les paroles empreintes de modestie du récipiendaire. Au grand dam du maître de cérémonie, Kendrick avait refusé de lire le bref discours préparé par Dennison et, au lieu de vanter le « soutien discret mais précieux » du Président, il avait remercié tous ceux dont il ne pouvait dévoiler le nom, mais dont l'aide lui avait permis de rester en vie et de résoudre la crise de Mascate. C'est à ce moment clé de sa déclaration qu'un *Merde !* étouffé mais parfaitement audible s'était élevé des rangs des assistants de Langford Jennings.

Le coup de grâce avait été porté à Dennison quand, dans le courant de la brève séance de photographie où toute question était interdite pour des raisons de stratégie antiterroriste, le porte-parole de la Maison-Blanche sortit distraitement un flacon de Maalox de sa poche et en but quelques gorgées au goulot. Des caméras furent braquées, des flashes crépitèrent, le président des États-Unis se retourna pour le foudroyer du regard. C'en était trop pour Dennison qui sentit son taux d'acidité monter en flèche et renversa le liquide laiteux sur la veste sombre de son complet.

Quand tout fut terminé, Langford Jennings avait pris

Evan par l'épaule pour l'entraîner dans le couloir tapissé d'une moquette moelleuse.

— Tout s'est merveilleusement passé, dit le Président. Malgré l'abruti qui est censé veiller au bon déroulement de ce genre de choses.

— Je crois qu'il est débordé, dit Kendrick. Il ne faut pas être trop dur avec lui.

— Avec Herb ? poursuivit Jennings d'un ton confidentiel. Et le laisser faire ce qu'il veut ? Pas question !... J'ai cru remarquer qu'il vous a donné quelque chose à lire et que vous avez refusé.

— Vous avez bien vu, monsieur le Président.

— Parfait. Cela aurait eu l'air cousu de fil blanc. Merci, Evan, j'apprécie votre attitude.

— Je vous en prie, dit Evan à ce personnage imposant et charismatique qui, décidément, ne cessait de le surprendre.

Les cinq semaines suivantes avaient été telles que Kendrick les imaginait. Les médias n'avaient cessé de le harceler. Mais il avait tenu la promesse faite à Herbert Dennison, refusant toute interview en affirmant simplement que s'il en accordait une, il se sentirait obligé de toutes les accepter et que, en conséquence, il serait dans l'impossibilité de consacrer ses efforts aux électeurs qui venaient de le réélire triomphalement. L'élection de novembre dans la neuvième circonscription du Colorado avait été pour lui une simple formalité, l'opposition n'ayant même pas présenté de candidat. Mais tous les médias n'avaient pas accepté ses dérobades de gaieté de cœur.

— Vous n'êtes qu'un sale ingrat, lui avait lancé Ernest Foxley du ton acerbe qui lui était coutumier. C'est moi qui vous ai donné votre première chance, c'est grâce à moi si vous avez eu l'occasion de vous exprimer comme vous le vouliez.

— Je crois que vous ne comprenez pas, répliqua Kendrick. Je n'ai jamais demandé une chance ni une occasion de m'exprimer.

— Eh bien, je vous crois, dit le journaliste après un silence. Je me demande bien pourquoi, mais je vous crois.

— C'est parce que je dis la vérité et que vous connaissez votre métier.

— Merci, jeune homme. Je vais faire passer la consigne et essayer de rappeler les chiens. Mais plus de surprises, hein ?

Il n'y avait plus de surprises pour *personne,* songeait amèrement Kendrick en traversant la campagne de Virginie au volant de sa voiture, par une belle journée de décembre. Sa maison de Fairfax avait été pratiquement transformée en base d'opération à l'usage de Khalehla, grâce aux moyens et au matériel de la C.I.A., sous le contrôle de Mitchell Payton. Le directeur des Projets spéciaux avait commencé par faire construire un haut mur de brique courant sur toute la façade de la propriété, à laquelle on ne pouvait plus accéder que par une large grille de fer forgé commandée électroniquement. Tout autour de la propriété avait été montée une clôture aux mailles métalliques si épaisses qu'il aurait fallu des explosifs, un chalumeau ou une scie à métaux pour s'ouvrir un passage et le vacarme n'aurait pas échappé aux gardes. Payton avait ensuite fait installer un téléphone dans le bureau de Kendrick et des postes supplémentaires équipés d'un signal lumineux afin de pouvoir prendre rapidement la communication dans n'importe quelle pièce. Un terminal ordinateur placé à côté du téléphone était connecté à un modem directement relié au bureau personnel du directeur des Projets spéciaux. Quand il avait des renseignements à soumettre à Evan ou Khalehla pour évaluation, il les transmettait instantanément et les sorties imprimantes étaient aussitôt déchirées et brûlées.

En accord avec les déclarations du Président, les Projets spéciaux avaient agi avec une rapidité extrême et assumaient la responsabilité de toutes les mesures de sécurité visant à protéger le héros d'Oman menacé par les représailles de groupes terroristes. Kendrick avait été impressionné par la rapidité de la mise en place de ces dispositifs. Une heure après son arrivée dans une limousine de la présidence qui l'amenait de la maison stérile du Maryland, Mitchell Payton avait pris le contrôle de tous ses mouvements et, dans un sens, de sa vie. Le matériel de communication n'était arrivé que plus tard, sensiblement plus tard, en raison de l'entêtement de Khalehla. Elle avait obstinément refusé de s'installer chez Evan, mais, après dix-huit jours passés à l'hôtel et de nombreux rendez-vous obligeant Kendrick et Payton à d'incommodes déplacements, ce dernier avait tapé sur la table.

— Ma chère Khalehla, il m'est impossible de justifier le coût d'une maison stérile pour une seule personne et je serais bien en peine d'en fournir les raisons si on me le demandait. D'autre part, il m'est tout aussi impossible d'installer le matériel dont nous avons besoin dans une chambre d'hôtel. Je dois également t'informer que j'ai fait officiellement transmettre du Caire à Washington ta démission de l'Agence, car nous ne pouvons te garder dans ce secteur. Je pense que tu n'as vraiment plus le choix.

— C'est ce que j'ai essayé de lui faire entrer dans le crâne, intervint Kendrick dans la salle privée d'un restaurant du Maryland. Si elle tient tellement à sauver les apparences, je peux faire publier dans le *Congressional Record* que ma tante est venue passer quelques jours chez moi. Que diriez-vous d'une petite opération de chirurgie faciale, pour faire une vieille tante présentable ?

— Idiot ! Très bien, je m'incline.

— De quel matériel parliez-vous ? demanda Evan à Payton. De quoi avez-vous besoin ?

— De choses que vous ne pouvez pas vous procurer, répondit le responsable de la C.I.A. Et que nous sommes seuls à pouvoir installer.

Dès le lendemain, un camion de la Compagnie du téléphone s'était arrêté devant la grille de la maison. Les gardes de l'Agence l'avaient laissé entrer et des hommes en uniforme de la Compagnie du téléphone s'étaient mis au travail tandis qu'une vingtaine de maçons achevaient de monter le mur et qu'une dizaine d'autres mettaient la dernière main à la pose de l'infranchissable clôture. Des ouvriers, hissés sur des poteaux télégraphiques, tirèrent des câbles et fixèrent l'un d'eux sur le toit de la maison. D'autres conduisirent un camion jusqu'au garage attenant à la maison, déchargèrent la console d'ordinateur et la transportèrent dans le bureau. Trois heures et vingt minutes plus tard, tout le matériel de Mitchell Payton était en place et fonctionnait.

L'après-midi, Evan était allé prendre Khalehla devant son hôtel, sur Nebraska Avenue.

— Bonjour, ma petite tante !

— J'exige un verrou sur la porte de la chambre d'amis, dit Khalehla en riant avant de monter dans la voiture et de lancer son sac de voyage en nylon sur le siège arrière.

— N'ayez aucune crainte. Je n'ai pas l'habitude d'importuner mes parentes âgées.

— Le passé est le passé, Evan, dit Khalehla en se tournant vers lui. Je parle sérieusement, ajouta-t-elle d'une voix douce mais ferme. Nous ne sommes plus à Bahreïn et nos rapports doivent rester strictement professionnels. D'accord ?

— C'est pour cela que vous avez refusé jusqu'à présent de vous installer chez moi ?

— Évidemment.

— Vous ne me connaissez pas très bien, reprit Evan après quelques instants de silence.

— C'est en effet une raison.

— Ce qui m'amène à vous poser une question que j'ai sur les lèvres depuis longtemps, mais je ne voudrais pas que vous le preniez mal.

— Allez-y.

— Quand vous êtes arrivée le mois dernier dans la maison du Maryland, notre rencontre à Bahreïn fut l'une des premières choses que vous avez mentionnées. Mais, quelques minutes plus tard, vous m'avez appris que la maison était truffée de micros et que tout ce que nous avions dit avait été enregistré. Pourquoi avez-vous donc parlé de Bahreïn dès votre arrivée ?

— Parce que je souhaitais que cette question soit réglée aussi vite que possible et une fois pour toutes.

— Mais cela impliquait que ceux qui avaient accès aux enregistrements comprennent ou soupçonnent ce qui s'était passé.

— Oui, et je voulais que ma position soit très claire et très ferme. Tout ce que j'ai dit par la suite l'a confirmé.

— La question est réglée, dit Evan en engageant la voiture sur le boulevard de ceinture, en direction de Fairfax.

— Merci.

— À propos, j'ai parlé de vous aux Hassan. Je leur ai tout dit — presque tout dit — et ils sont impatients de faire votre connaissance.

— C'est le couple de Dubaï qui travaille pour vous ?

— Ils ne « travaillent » pas seulement pour moi. Ce sont des amis de longue date.

— Cela n'avait rien de péjoratif dans mon esprit. Lui est professeur, n'est-ce pas ?

— Avec un peu de chance, il obtiendra un poste à Georgetown ou à Princeton le semestre prochain. Il y avait un problème de papiers que nous avons enfin réglé. Entre parenthèses, il a la plus grande admiration pour votre père. Il l'a rencontré au Caire — comme le monde est petit ! — et vous pouvez vous attendre à ce qu'il vous témoigne un profond respect.

— Cela ne durera pas, dit Khalehla en riant. Il se rendra très vite compte que je ne lui arrive pas à la cheville.

— Mais vous savez utiliser un ordinateur ?

— Oui, bien sûr. Je suis souvent obligée de le faire pour mon travail.

— Eh bien, moi, je ne sais pas, Kashi, sa femme, non plus, et lui, certainement pas ! C'est peut-être nous qui ne vous arrivons pas à la cheville.

— La flatterie ne vous réussit pas, Evan. Et n'oubliez pas mon verrou !

Ils arrivèrent à la maison où Khalehla fut chaleureusement accueillie par Kashi Hassan et les deux femmes se lièrent immédiatement d'amitié, comme il est de tradition chez les femmes arabes.

— Où est Sabri ? demanda Kendrick. Je veux lui présenter Khalehla.

— Dans votre bureau, mon cher Evan. Il est en train d'expliquer à un monsieur de la Central Intelligence Agency le fonctionnement de l'ordinateur. En cas d'urgence, vous comprenez...

Cela faisait maintenant plus de trois semaines que la liaison Langley-Khalehla était établie et ils n'en savaient pas plus long qu'à l'époque de la maison stérile du Maryland. Plusieurs dizaines de personnes ayant eu la possibilité, même la plus infime, d'avoir accès au dossier d'Oman furent examinées au microscope par les services de Payton. Les différentes étapes de la procédure de classement ultra-confidentiel furent décortiquées pour déceler la moindre erreur humaine. On ne trouva rien. Le dossier avait été rédigé conjointement par Frank Swann, pour le Département d'État, et Lester Crawford, pour la C.I.A. Un seul ordinateur avait été utilisé, la saisie étant effectuée par plusieurs opératrices, à raison de mille mots chacune. Tous les noms propres avaient été laissés en blanc et ajoutés personnellement par la suite par Swann et Crawford.

La décision de classer le dossier ultra-confidentiel avait été prise sur la recommandation du secrétaire d'État, du secrétaire à la Défense, de l'état-major interarmes et de la C.I.A. Tout avait été accompli sans qu'apparaissent l'identité de Kendrick ni le nom et la nationalité des autres personnes et unités militaires concernées. Les informations de base avaient été soumises pour approbation aux commissions de contrôle du Sénat et de la Chambre des représentants dès la fin de la crise et avaient aussitôt reçu leur aval. La révélation du *Washington Post* sur l'inconnu de nationalité américaine qui serait intervenu à Mascate avait d'ailleurs été attribuée à une indiscrétion d'un membre de l'une de ces commissions.

Qui ? Comment ? Pourquoi ? Ils en étaient toujours à leur point de départ. Le dossier d'Oman était théoriquement inaccessible. Or, il avait été dérobé.

— Il y a quelque chose d'illogique dans cette affaire, avait affirmé Payton. Une faille dans le système qui nous a échappé.

— Sans blague ! avait dit Kendrick avec un petit sourire.

Evan avait été stupéfait par la position de Payton au sujet de sa brusque nomination aux deux commissions d'enquête parlementaires. Il préconisait de ne pas s'adresser directement à eux. Evan lui avait demandé pourquoi : s'il était véritablement *programmé,* il était en droit de poser des questions à ceux qui s'étaient rendus complices de la manipulation.

— Non, avait répliqué Payton, car s'ils ont cédé à un chantage, vous pouvez être sûr qu'ils se défileront et qu'ils donneront l'alarme. Notre Européen blond et ses employeurs deviendront encore plus insaisissables. Nous ne pourrons rien faire contre eux tant que nous ne savons pas qui ils sont. Je vous rappelle que c'est le « pourquoi » qui nous importe au premier chef. Pourquoi est-ce Evan Kendrick, un nouveau venu à Washington, plus ou moins apolitique, l'élu d'une obscure circonscription du Colorado, qui est poussé sur le devant de la scène ?

— Les choses semblent se tasser...

— On voit que vous ne regardez pas beaucoup la télévision, avait lancé Khalehla. Deux réseaux câblés ont diffusé une rétrospective dans le courant de la semaine.

— Comment ?

— Je ne vous en ai pas parlé. Cela n'aurait rien changé et vous vous seriez mis en colère.

Kendrick baissa la vitre de la Mercedes et sortit le bras gauche. L'unité mobile qui le suivait venait d'être remplacée et l'embranchement se trouvait au milieu d'un virage serré et bordé d'arbres. Il voulait, non sans une pointe d'ironie sans doute, avertir ses anges gardiens qu'il allait quitter la route... Ses pensées revinrent à la « sale énigme », comme Kahlehla et lui appelaient l'exaspérant mystère qui avait foutu toute sa vie en l'air. Quelques jours plus tôt, Mitch Payton — ils s'appelaient maintenant par leur prénom — était venu de Langley pour passer la soirée avec eux.

— Nous avons commencé à travailler dans une autre direction, avait-il confié à Evan. Dans l'hypothèse où l'inconnu blond a été obligé de s'adresser à un grand nombre de gens pour réunir tous les renseignements qu'il possédait sur vous, nous réunissons de notre côté un maximum d'éléments. Cela va peut-être vous choquer, mais nous nous intéressons, nous aussi, de très près à votre passé.

— Jusqu'à quelle époque ?

— Nous sommes remontés jusqu'à vos dix-huit ans. Il y a très peu de chances que ce que vous avez fait auparavant ait un rapport quelconque avec notre affaire.

— Dix-huit ans ? Mais vous ne respectez donc rien ?

— Si vous le souhaitez, nous arrêtons nos recherches.

— Mais non, bien sûr que non... Cela donne un drôle de coup, quand même. Comment pouvez-vous remonter si loin ?

— Ce n'est pas aussi difficile qu'on peut l'imaginer. Organismes de crédit, fichiers du personnel et dossiers administratifs nous apprennent l'essentiel.

— À quoi bon faire tout cela ?

— Il y a plusieurs possibilités, disons deux pour être réaliste. La première est donc notre Européen trop curieux. Si nous pouvions établir une liste de tous ceux qu'il lui a fallu contacter pour apprendre tout ce qu'il savait sur vous, nous aurions de meilleures chances de retrouver sa trace, et je pense que nous sommes tous d'accord pour dire qu'il est le pivot de toute l'affaire. Quant à la seconde possibilité, nous ne nous sommes pas encore penchés dessus. En essayant de dénicher le mystérieux Européen et ceux qui sont derrière lui, nous avons concentré nos efforts sur les événements d'Oman et sur le dossier lui-même. Nos recherches n'ont porté que sur le personnel gouvernemental et administratif.

— Dans quelle autre direction voulez-vous chercher ?

— Du côté de votre vie privée, je le crains. Il y a peut-être quelqu'un ou quelque chose dans votre passé, un événement, des gens que vous avez connus, un incident quelconque qui a poussé des amis à agir en votre faveur, ou bien au contraire des ennemis à faire de vous une cible. Ne vous y trompez pas, Evan, vous êtes une cible potentielle et il ne faut pas prendre les choses à la légère.

— Mais, oncle Mitch, intervint Khalehla, même si nous découvrons ceux qui lui vouaient une admiration ou une haine assez forte pour avoir mis toute l'affaire en branle, ils ont nécessairement eu des complicités à Washington. Le premier péquenaud venu ne peut pas se présenter dans la salle des archives ultra-secrètes en disant : « À propos, vous avez un dossier dont j'aimerais bien avoir une copie pour faire un faux mémorandum que j'expédierais à la presse. » Non, décidément, je ne comprends pas.

— Moi non plus, ma chère Adrienne... Je peux t'appeler Khalehla, si tu préfères, mais il me faudra un peu de temps pour m'y habituer.

— Il y a aucune raison pour que tu m'appelles Khalehla...

— Ne l'interrompez pas, dit Evan en souriant. Moi, j'aime bien Khalehla.

— Je disais donc que, moi non plus, je n'y comprends rien, poursuivit Payton. Mais il y a une faille dans le système et nous devons chercher dans toutes les directions.

— Pourquoi ne pas nous occuper de Partridge et du speaker de la Chambre, insista Kendrick. J'ai prouvé à Mascate que j'avais les ressources nécessaires pour les faire plier.

— Pas de précipitation, jeune homme. Le moment n'est pas encore venu et le speaker se prépare à abandonner ses fonctions.

— C'est à moi de ne plus rien comprendre, dit Evan.

— M.J. veut dire qu'il s'occupe d'eux, expliqua Khalehla.

Evan négocia le long virage au volant de sa Mercedes, guettant la voiture de son escorte dans le rétroviseur. Puis il tourna à droite pour prendre la petite route donnant sur l'arrière de la maison, où les gardes le laisseraient entrer. Il avait pris ce raccourci, car il était pressé : Khalehla l'avait appelé à son bureau pour lui annoncer que l'imprimante de l'ordinateur avait craché la liste de Mitchell Payton et Evan était impatient de voir son passé inscrit noir sur blanc devant ses yeux.

Milos Varak descendait le sentier recouvert de planches qui menait à l'interminable plage courant sur la façade de l'hôtel del Coronado, à cinq kilomètres du pont de San Diego. Il avait travaillé avec acharnement pendant plusieurs semaines pour découvrir une brèche lui permettant d'atteindre l'entourage du vice-président des États-Unis. Il avait passé la majeure partie de ce temps à Washington et le Service secret, un service du ministère des Finances, chargé de la protection du Président et du vice-président n'était pas facile à infiltrer. Mais Milos avait fini par trouver un homme, un fonctionnaire dévoué, au physique imposant et à l'esprit discipliné, mais dont certaines activités hautement répréhensibles risquaient, si elles étaient dévoilées, de ruiner son crédit, sa carrière et même toute sa vie. Il faisait office de proxénète pour plusieurs membres haut placés du gouvernement et était grassement rétribué pour ses services. Il avait été formé pour ce travail par les anciens de sa « famille », qui avaient décelé ses qualités et l'avaient envoyé dans les meilleures écoles et une grande université, grande sans être coûteuse, car cela eût faussé l'image de leur protégé. Les anciens voulaient un jeune homme bien éduqué, soigné de sa personne, en situation de dispenser certaines faveurs en échange de certains accommodements. Quelles faveurs pouvaient être plus appréciées que celles qui se situaient au-dessous de la ceinture et quelle meilleure manière d'arriver à des accommodements qu'en gardant le silence sur ces faveurs ? Les anciens étaient enchantés, et ce depuis déjà de longues années. L'homme en question avait été placé à son poste par la Mafia et il servait fidèlement la Mafia.

Varak s'avança vers la silhouette solitaire enveloppé dans un imperméable, qui se tenait au pied des rochers d'une jetée, à quelques certaines de mètres de l'imposante clôture de l'aérodrome de la Navy.

— Merci d'avoir accepté de me rencontrer, commença Milos d'un ton affable.

— C'est bien ce qu'il m'avait semblé au téléphone, dit le fonctionnaire basané à l'élocution soignée. Vous avez un accent étranger. Je tiens à vous prévenir que si vous êtes un messager rouge, vous vous êtes trompé d'adresse.

— Moi, communiste ? Tout au contraire, je suis tellement américain que vos *consiglieri* pourraient me présenter au Vatican.

— Ce que vous dites est non seulement insultant, mais totalement inexact. Vous avez déjà fait au téléphone plusieurs remarques déplacées, si stupides que vous avez éveillé ma curiosité et que j'ai accepté de vous rencontrer.

— Quelles que soient vos raisons, je vous en remercie.

— Le fond de votre discours était très clair, poursuivit sèchement l'agent du Service secret. Vous m'avez menacé, monsieur.

— Je serais navré de vous avoir offensé ; je n'ai jamais eu l'intention de vous menacer. Je vous ai simplement affirmé que j'étais au courant de certains services que vous rendiez discrètement...

— Trêve de politesse !

— Il n'y a aucune raison d'être discourtois, poursuivit

Varak sans se départir de son affabilité. Je désirais seulement que vous compreniez la situation.

— Il n'y a rien à comprendre, répliqua le fonctionnaire avec fermeté. Ma réputation est sans tache, si vous voyez ce que je veux dire.

Le Tchèque frotta son pied sur le sable en attendant que s'apaise le rugissement des moteurs d'un jet qui survolait l'aérodrome.

— Si vous voulez dire qu'il n'existe pas de dossiers et que vous refusez d'aborder des sujets concrets, de crainte que notre conversation ne soit enregistrée, vous pouvez me fouiller. Allez-y, ajouta-t-il en déboutonnant sa veste et en l'ouvrant, je vous en prie. Sachez que, personnellement, je ne tiens pas à avoir sur une bande ma voix avec la vôtre. Je vais sortir mon arme et la tenir à la main, mais je ne vous empêcherai pas de me fouiller.

Le mafioso demeura immobile, le visage fermé.

— Vous êtes trop obligeant, dit-il d'une voix hésitante.

— Nous pouvons nous dispenser de cette formalité embarrassante, poursuivit vivement Milos, si vous acceptez de lire ce que j'ai préparé pour vous.

Le Tchèque lâcha sa veste et fouilla dans sa poche intérieure d'où il sortit plusieurs feuilles de papier qu'il déplia et tendit à l'agent du Service secret.

À mesure que l'homme lisait, ses yeux se plissaient et ses lèvres se tordaient en un affreux rictus. En l'espace de quelques secondes, son visage aux traits réguliers devint l'image de la laideur.

— Vous êtes un homme mort, articula-t-il lentement.

— Vous allez peut-être un peu vite en besogne, dit Milos. Si je dois mourir, vous me suivrez aussitôt dans la tombe. Les *capos* se jetteront sur vous comme une meute de chiens enragés pendant que les grands chefs attendront l'annonce de votre mort tragique en dégustant un vin rouge de grand cru, comme si c'était votre sang. Pas de dossiers, dites-vous ? Qu'avez-vous devant les yeux ? Des noms, des dates, des lieux et, en face, les résultats de votre commerce sexuel, les résultats obtenus par un chantage ! C'est un dossier en béton. Et où tout cela nous mène-t-il ? Laissez-moi deviner. À un numéro de téléphone qui ne figure pas dans l'annuaire, accompagné d'un faux nom et d'une fausse adresse, mais se trouvant en réalité dans l'appartement d'un membre du Service secret.

— Les filles ont signé leur arrêt de mort... Les garçons aussi.

— Il ne faut pas leur en vouloir. Ils n'avaient pas plus le choix que vous ne l'avez maintenant. Vous avez intérêt à m'aider plutôt qu'à me combattre. Vos activités annexes ne m'intéressent pas en tant que telles ; si ce n'était vous qui rendiez ces services un peu particuliers, ce serait quelqu'un d'autre et pour un résultat analogue. Tout ce que je vous demande, ce sont quelques renseignements et, en échange, je m'engage à détruire toutes les copies de ces feuilles. Il faut vous contenter de ma parole, mais comme je ferai vraisemblablement de nouveau appel à vos compétences, il serait stupide de ma part de divulguer tout ce que je sais. Et, croyez-moi, je suis loin d'être stupide.

— Je vous crois, murmura le soldat de la Mafia d'une voix à peine audible. Pourquoi jeter son arme quand on peut encore en avoir besoin.

— Je vois que vous comprenez ma position.

— Quel genre de renseignements cherchez-vous ?

— Des choses inoffensives, rien qui puisse vous nuire. Commençons par l'unité du F.B.I. attachée au service du vice-président. Vous n'êtes donc pas capable de faire votre boulot ? Vous avez besoin d'une unité spéciale du Bureau ?

— Cela n'a rien à voir avec nous. Nous sommes chargés de la protection et eux ils enquêtent.

— Il n'y a pas de protection sans enquête.

— Cela se passe à des niveaux différents. Quand nous découvrons quelque chose, nous en informons le Bureau.

— Qu'avez-vous découvert de si intéressant pour que l'on décide d'envoyer cette unité ?

— Rien. Mais, il y a deux mois de cela, Vipère a reçu des menaces, à plusieurs reprises.

— Qui est Vipère ?

— Le vice-président...

— Ce n'est pas un surnom très flatteur.

— Il n'est pas très connu. Nous ne l'utilisons qu'entre nous.

— Je vois. Alors, ces menaces ? Qui les envoyait ?

— C'est pour cette raison que le F.B.I. a détaché cette unité. Ils essaient de le découvrir, car les menaces continuent.

— Sous quelle forme ?

— Appels anonymes, télégrammes, lettres avec des mots découpés dans les journaux. Elles proviennent de différentes régions et les agents fédéraux passent leur temps à courir dans tous les sens pour aller enquêter sur place.

— Sans succès ?

— Pas encore.

— C'est donc une unité spéciale *mobile.* Leurs déplacements sont-ils coordonnés par Washington ?

— Quand Vipère est là-bas, bien sûr. Mais quand il est en Californie, toutes les décisions sont prises ici et, quand il se déplace, ils le suivent. L'unité est sous le contrôle direct de l'équipe du vice-président. Sinon, ils perdraient trop de temps à faire passer les ordres par Washington.

— Vous étiez ici il y a cinq semaines, n'est-ce pas ?

— À peu près, oui. Nous sommes revenus il y a juste dix jours. Vipère revient ici aussi souvent que possible. Il aime à dire que le Président s'occupe de la côte Est et lui de la côte Ouest. Il n'a pas à se plaindre, car cela lui permet de rester loin de Washington.

— Je trouve cette remarque stupide de la part d'un vice-président.

— Vipère est comme cela, mais ça ne veut pas dire qu'il est stupide. Loin de là.

— Pourquoi lui avez-vous donné ce surnom ?

— Puisque vous voulez la vérité, je suppose que c'est parce que nous ne l'aimons pas beaucoup, ni lui ni ses petits copains, surtout ceux d'ici. Ces pourris nous traitent comme des boys portoricains. L'autre jour, l'un d'eux m'a crié : « Hé ! toi, va donc me chercher un autre gin-tonic ! » Je lui ai répondu que j'allais vérifier auprès de mes supérieurs du Service secret si j'étais attaché à son service.

— Vous n'avez pas eu peur que le vice... que Vipère le prenne mal ?

— Il ne s'occupe pas de nous. Comme les gars du F.B.I., nous n'avons affaire qu'à son chef de cabinet.

— Comment s'appelle-t-il ?

— Pas il, *elle.* Nous avons un nom de code pour elle aussi ; pas si bon que Vipère, mais il lui va bien. Nous l'appelons le Dragon.

— Parlez-moi d'elle, dit Varak, qui sentait vibrer ses antennes.

— Elle s'appelle Ardis Vanvlanderen et elle a débarqué il y a à peu près un an, en remplacement d'un type très bien qui faisait du très bon boulot. Si bon qu'il a reçu une proposition faramineuse d'un ami de Vipère. Le Dragon a une quarantaine d'années. C'est une de ces redoutables femmes d'affaires qui semblent toujours prêtes à bondir sur tous les mâles qui ont le malheur d'entrer dans leur bureau, pour leur couper les roubignoles.

— Physiquement repoussante ?

— Non, je ne dirais pas cela. Elle est plutôt jolie et assez bien faite, mais, pour en pincer pour elle, il faut vraiment aimer ce genre. Elle doit baiser mécaniquement.

— Elle est mariée ?

— Il y a un rigolo qui passe de temps en temps et qui affirme être son mari, mais personne ne s'occupe de lui.

— Que fait-il ? Dans quelle branche travaille-t-il ?

— La haute société de Palm Springs. Le genre à jouer à la Bourse entre deux parcours de golf.

— Je suppose qu'il a les reins solides...

— C'est un des plus gros donateurs du parti et il ne rate jamais une réception à la Maison-Blanche. Vous voyez le genre : cheveux blancs ondulés, dents éclatantes et smoking... le type qui se fait toujours photographier sur une piste de danse. S'il était capable de lire un livre en entier, on le nommerait probablement ambassadeur auprès de la cour d'Angleterre. Rectification : avec tout le fric qu'il a, la moitié d'un livre suffirait.

Varak observa l'agent du Service secret. L'homme semblait soulagé de n'avoir à répondre qu'à des questions sans grande portée et ses réponses étaient plus complètes qu'il n'était nécessaire, à la limite de potins échangés en confidence.

— Je me demande, reprit le Tchèque, pourquoi un

homme comme lui envoie sa femme travailler, même si c'est pour le vice-président.

— Je crois qu'il n'a pas son mot à dire. On n'envoie pas travailler une femme de cet acabit, si elle n'en a pas envie. Une des femmes de chambre nous a confié que Vanvlanderen en était à sa troisième ou quatrième épouse ; il a peut-être appris à leur lâcher la bride et à les laisser se débrouiller toutes seules.

— Et elle fait bien son boulot.

— Très efficace, très professionnelle. Vipère ne prend aucune décision sans la consulter.

— Et lui, comment est-il ?

— Vipère ?

Un autre jet décolla de l'aérodrome de la Navy dans le grondement assourdissant de ses réacteurs.

— Vipère, c'est Vipère, répondit le soldat de la Mafia quand le vacarme eut cessé. Bollinger est un vieux routier de la politique, à qui rien n'échappe, et tout ce qui se passe sert les intérêts de ceux qui restent sagement dans la coulisse en Californie et qui sont aux petits soins pour lui.

— Vous êtes très perspicace.

— J'observe, c'est tout.

— Vous faites beaucoup plus qu'observer. Mais je vous conseille d'être un peu plus prudent à l'avenir. Si j'ai réussi à vous démasquer, d'autres peuvent le faire aussi.

— Comment avez-vous fait ? Expliquez-moi, bon Dieu !

— À force de persévérance. J'ai cherché pendant des semaines l'erreur que quelqu'un avait nécessairement commise. Cela aurait pu être un autre membre de votre unité et pour une autre raison — nous sommes tous humains, nous avons tous nos faiblesses — mais il s'est trouvé que c'était vous. Peut-être étiez-vous fatigué, ou bien aviez-vous bu un verre de trop, ou encore vous sentiez-vous trop en sécurité, toujours est-il que vous avez donné un coup de téléphone à Brooklyn, mais pas comme vous auriez dû le faire, pas d'une cabine téléphonique.

— *Frangie !* murmura le *capo supremo.*

— Oui, à votre cousin Joseph Frangiani, capo de la

famille Ricci, les héritiers des Genovese. Il ne m'en fallait pas plus, *amico*.

— Salopard d'étranger de merde !

— Ne gâchez pas votre salive avec des obscénités... Une dernière question, mais essayons de rester courtois.

— Ordure ! s'écria le mafioso avec fureur en lançant machinalement la main derrière son dos.

— Arrêtez ! rugit le Tchèque. Un centimètre de plus et vous êtes mort !

— Où est votre arme ? demanda l'homme d'une voix étranglée par la rage.

— Je n'en ai pas besoin, répondit Varak en dardant sur lui un regard implacable. Et vous le savez très bien.

L'agent du Service secret ramena lentement sa main droite devant lui.

— Une question, c'est tout ! lança-t-il, les traits déformés par la haine. Je vous accorde une seule question !

— Revenons à Ardis Vanvlanderen. Comment vous a-t-on présenté sa nomination auprès du vice-président ? On a dû vous fournir des explications, vous donner des raisons. Après tout, vous êtes chargé de la protection rapprochée de Bollinger et vous aviez de bons rapports avec son prédécesseur.

— Nous assurons seulement sa sécurité, nous n'avons aucune responsabilité dans son équipe. On n'avait pas à nous donner d'explications.

— On ne vous a rien dit ? C'est pourtant une position peu courante pour une femme.

— Si, on nous en a parlé, mais on ne nous a pas fourni d'explications. Bollinger a réuni tout le monde et il a dit qu'il avait le plaisir de nous annoncer la nomination d'une personne de grand talent, acceptant de tout sacrifier pour assumer cette tâche, et qu'il convenait de remercier les autorités constituées pour le patriotisme de cette femme. C'est ainsi que nous avons su qu'il s'agissait d'une femme.

— « Les autorités constituées », voilà une expression intéressante.

— Il s'exprime toujours comme cela.

— Et il ne prend plus une seule décision sans la consulter ?

— Il n'ose pas. Elle mène tout le monde à la baguette et elle fait régner l'ordre.

— Quel ordre ?

— Comment ?

— Rien... Ce sera tout pour aujourd'hui, *amico.* Ayez l'obligeance de partir le premier. Je vous appellerai si j'ai besoin de vous.

Le mafioso sentit le sang de ses ancêtres méditerranéens lui monter à la tête et il enfonça son index dans la poitrine du Tchèque.

— Je vous conseille, dans votre propre intérêt, de ne jamais vous retrouver sur mon chemin, dit-il d'une voix rauque.

— J'espère aussi que nos routes ne se croiseront plus, *signor mezzano.*

— Je vous interdis de me traiter de maquereau !

— Je vous traiterai de tous les noms que je voudrai et, pour ce qui est de mon intérêt, sachez que j'en suis seul juge. Et maintenant, filez ! *Capisce ?*

Milos Varak regarda son informateur s'éloigner sur le sable d'un pas rapide qui trahissait sa fureur rentrée et il le vit gravir un des plans inclinés reliant l'hôtel à la plage. Le Tchèque revint en esprit sur ce qu'il venait d'apprendre... *elle a débarqué il y a à peu près un an ; c'est un des plus gros donateurs du parti ; Vipère ne prend pas une décision sans la consulter.* Cela faisait treize mois qu'Inver Brass avait commencé à se mettre à la recherche d'un nouveau vice-président, le titulaire actuel de la charge n'étant qu'une marionnette aux mains de ceux qui alimentaient les caisses du parti, ces hommes éminemment discrets dont l'ambition était de diriger le pays tout entier.

Il était déjà plus de quatre heures du matin et Khalehla refusait d'arrêter. Le magnétophone tournait sans arrêt et elle ne laissait pas un instant de répit à Evan, le soûlant de noms, lui répétant que dès que quelque chose lui remontait à la mémoire, il devait décrire en détail tout ce dont il se souvenait. Le listing d'imprimante envoyé du bureau de Mitchell Payton comprenait cent vingt-sept noms sélectionnés, avec la profession, les dates de mariage, divorce et décès. Chacun de ces noms correspondait à une personne ayant longuement fréquenté Kendrick ou l'ayant connu à une période importante de sa vie et qui avait pu jouer un rôle dans ses grandes orientations.

— Mais où est-il allé dénicher tous ces gens ? demanda Evan en faisant nerveusement les cent pas dans son bureau. La moitié d'entre eux ne me disent absolument rien et je n'ai gardé qu'un souvenir extrêmement flou des autres, à l'exception de quelques vieux amis que je n'oublierai jamais et ne peuvent avoir le moindre rapport avec ce qui nous intéresse ! Il y a là trois vieux copains d'université, deux autres de l'époque où je préparais un troisième cycle et un dernier avec qui je partageais un appartement à Detroit quand je travaillais là-bas. Plus tard, il y en a eu au moins deux douzaines d'autres, à qui j'ai essayé, mais en vain, d'emprunter de l'argent pour le Moyen-Orient et certains d'entre eux figurent sur cette liste. Je ne sais pas pourquoi, mais ce que je sais, c'est qu'ils vivent tous dans des banlieues chic, entre des pelouses bien tondues, des clubs privés et des gamins à qui il faut payer des études qui coûtent les yeux de la tête. Ils n'ont rien à voir avec notre affaire.

— Alors, revenons sur le groupe Kendrick...

— Il n'y a plus de groupe Kendrick ! s'écria Evan d'un ton furieux. Ils sont tous morts, disparus, ensevelis sous des tonnes de béton ! Il ne reste plus que Manny et moi, vous le savez bien...

— Pardonnez-moi, dit Khalehla d'une voix douce.

Assise sur le canapé, elle buvait une tasse de thé et les feuilles d'imprimante étaient empilées devant elle, sur une table basse.

— Je voulais parler des affaires que vous avez traitées aux États-Unis, à l'époque où le groupe Kendrick existait encore.

— Nous avons déjà vu tout cela. Il n'y a pas eu grand-chose, juste quelques contrats de matériel de haute technologie.

— Reprenons depuis le début.

— Allons-y, mais nous perdons notre temps.

— Sonar Electronics, Palo Alto, Californie, commença Khalehla en suivant du doigt le texte imprimé. La firme était représentée par un certain Carew...

Evan étouffa un petit rire.

— « Carew restera sur le carreau », disait Manny. Nous avions acheté des instruments de sondage qui ne marchaient pas. Nous les leur avons renvoyés, mais ils exigeaient quand même d'être payés...

— Drucker Graphics, Boston, représenté par G.R. Shulman. Cela vous dit quelque chose ?

— Gerry Shulman. Un type bien, une boîte sérieuse. Nous avons travaillé avec eux pendant des années sans qu'il y ait jamais eu le moindre problème.

— Morseland Oil, Tulsa, avec un certain Arnold Stanhope.

— Je vous ai déjà tout dit sur lui et sur sa firme.

— Recommencez.

— Nous avons fait des forages préliminaires pour leur compte dans les Émirats. Ils en voulaient toujours davantage, mais refusaient de payer le supplément de travail. Comme notre entreprise était en pleine expansion, nous les avons laissés tomber.

— Il y a eu des pleurs et des grincements de dents, je suppose.

— Bien sûr. C'est toujours le cas quand des escrocs se rendent compte qu'ils ne peuvent pas faire tranquillement leurs petites affaires. Mais les choses ont fini par se tasser, d'autant plus facilement qu'ils ont trouvé des Grecs qui ont dû leur remettre les résultats d'un sondage effectué sur les fonds du golfe d'Oman.

— Tous des pirates ! dit Khalehla en souriant et en passant à la ligne suivante.

— Off Shore Investments Limited ; siège social Nassau, Bahamas ; contact Ardis Montreaux, New York. Ils ont réuni de gros capitaux pour vous...

— Nous ne les avons jamais utilisés, fit sèchement Evan. C'était une escroquerie. J'espère que c'est écrit sur votre feuille.

— Ce qui est écrit, c'est : « Laissez tomber. »

— Comment ?

— C'est moi-même qui l'ai écrit. Vous m'avez dit : « Laissez tomber. » Que fait cette société ?

— Que faisait, rectifia Evan. C'était une magouille de grande envergure, à l'échelle internationale. Bâtir une compagnie sur des comptes suisses bien approvisionnés et du vent, la vendre, faire virer l'actif sur un autre compte et ne laisser à l'acheteur que ses yeux pour pleurer.

— Vous avez été compromis dans une combine de ce genre ?

— Je ne savais pas qu'il s'agissait d'une combine ! J'étais beaucoup plus jeune et très impressionné de voir qu'ils voulaient nous intégrer à leur structure. Et encore plus impressionné par les sommes qu'ils avaient fait virer pour nous sur un compte, à Zurich. Jusqu'au jour où Manny m'a dit : « Et si nous essayions de nous servir ? » Il savait exactement ce qu'il faisait : nous n'avons pas pu retirer un seul franc suisse. La signature d'Off Shore était exigée pour tous les retraits.

— Vous n'étiez qu'un prête-nom.

— Exactement.

— Comment vous êtes-vous laissé entraîner dans cette combine ?

— Nous étions à Riyad. Ardis Montreaux est venue nous voir et je me suis fait avoir. Je ne savais pas encore que ce genre de miracle n'existait pas.

— Ardis... C'est un curieux prénom pour un homme.

— Ce n'est pas un homme, mais elle est beaucoup plus dure qu'un homme.

— Une femme ?

— Et comment !

— Avec votre scepticisme inné, elle a dû être très persuasive.

— Elle a su trouver les mots qu'il fallait. Mais, quand nous avons repris nos billes, elle a voulu nous couler et a prétendu que nous lui avions coûté des millions de dollars. Weingrass lui a demandé à qui appartenaient ces millions.

— Il conviendrait peut-être de...

— Laissez tomber, déclara Evan avec force. Elle a épousé un banquier anglais et elle vit à Londres. Elle a disparu de la circulation.

— Comment le savez-vous ?

— Elle m'a appelé deux ou trois fois... pour s'excuser, répondit vivement Kendrick avec une pointe de gêne. Laissez tomber.

— Très bien, dit Khalehla en passant à la ligne suivante.

Tandis qu'elle lisait le nom de l'entreprise, elle inscrivit deux mots en face de Off Shore Investments Limited : *À vérifier.*

Ardis Montreaux Frazier-Pyke Vanvlanderen, née Ardisolda Wojak, à Pittsburgh, Pennsylvanie, pénétra dans l'entrée au sol de marbre de la suite de l'hôtel Westlake, à San Diego. Elle lança son étole de zibeline sur le dossier d'un fauteuil de velours et se mit à crier d'une voix distinguée du Nord-Est, mais qui avait conservé les inflexions rauques du slave dans le registre aigu.

— Andy ! C'est moi ! Il nous reste moins d'une heure pour être à La Jolla. Dépêche-toi, mon chou !

Andrew Vanvlanderen, sa chevelure ondulée d'un blanc immaculé tranchant sur le noir du smoking, sortit de la chambre d'un pas pesant, un verre à la main.

— J'ai pris de l'avance, ma chérie.

— Je suis prête dans dix minutes, dit Ardis en se regardant dans un des miroirs de l'entrée et en passant les doigts dans les boucles impeccables de sa chevelure châtain.

Elle approchait de la cinquantaine et était de taille moyenne, mais elle se tenait très droite et donnait l'impression d'être plus jeune et plus grande, avec sa mince silhouette qui mettait en valeur sa poitrine généreuse, et son visage harmonieux rehaussé de grands yeux verts au regard pénétrant.

— Pourquoi n'appelles-tu pas la voiture, mon chou ?

— La voiture peut attendre et La Jolla aussi. Nous avons à parler.

Le chef de cabinet du vice-président se tourna vers son mari.

— Tu as l'air bien sérieux, dit-elle.

— Oui. J'ai reçu un coup de fil de ton ex-amant.

— Lequel, mon chéri ?

— Le seul qui compte.

— Quoi ! Il a téléphoné ici !

— Je lui ai dit de...

— C'est une connerie, Andy, une grosse connerie !

Ardis Vanvlanderen quitta rapidement l'entrée et descendit rageusement les quelques marches menant à la salle de séjour. Elle se laissa tomber dans un fauteuil tendu de soie rouge et croisa les jambes en braquant les yeux sur son mari.

— Tu peux prendre des risques sur le marché au comptant ou le marché à terme, sur tes foutus chevaux ou sur ce que tu veux, mais pas quand cela me touche personnellement ! C'est bien compris, mon chou ?

— Écoute-moi bien, mon beau « Dragon » : avec tout l'argent que j'ai déboursé, si je veux des renseignements de première main, je les aurai ! C'est compris ?

— D'accord, d'accord... Calme-toi, Andy.

— Tu commences à me faire une scène et après, tu me demandes de me calmer !

— Excuse-moi, dit Ardis en rejetant la tête en arrière.

Elle respira bruyamment par sa bouche entrouverte et ferma les yeux pendant quelques secondes.

— Je suis vraiment désolée, reprit-elle. Orson était dans un très mauvais jour.

— Qu'a donc encore fait Vipère ? demanda Vanvlanderen en buvant une gorgée de whisky.

— Fais attention à ces surnoms, dit sa femme avec un petit rire. Nous ne voulons pas que nos gorilles apprennent que leurs conversations sont enregistrées.

— Quel est le problème de Bollinger ?

— Il a une nouvelle crise d'anxiété et il exige un engagement écrit et formel lui garantissant d'être le candidat du parti à la vice-présidence, aux prochaines élections. À défaut, il réclame un versement de dix millions de dollars sur un compte en Suisse.

Vanvlanderen recracha sa gorgée de whisky dans son verre.

— Dix millions ! souffla-t-il. Mais pour qui se prend-il, ce clown ?

— Pour le vice-président des États-Unis, un homme en possession d'un certain nombre de secrets. Je lui ai affirmé qu'il n'était pas question de prendre quelqu'un d'autre, mais cela ne l'a manifestement pas convaincu. Je crois qu'il a l'impression que Jennings ne le considère pas comme un as et qu'il est prêt à le laisser tomber.

— Notre cher sorcier du petit écran n'a pas son mot à dire ! Mais Orson n'a peut-être pas tort. Jennings l'a-t-il pris en grippe ?

— C'est un peu trop fort. Disons qu'il le pousse sur la touche, s'il faut en croire Dennison.

— Celui-là, il faudra s'en débarrasser ! La curiosité de Herb risque de le mener un jour à de dangereuses découvertes...

— Parlons d'autre chose, dit Ardis d'une voix ferme. Oublie un peu Dennison, Bollinger et même tes stupides canassons, et raconte-moi ce que mon ex, ce dragueur impénitent, avait de si important à dire pour appeler ici.

— Du calme... Il m'a téléphoné du bureau de mon avocat, à Washington. Tu sais que nous avons le même cabinet. Mais revenons plutôt à Bollinger : il faut lui donner cette garantie. Juste deux ou trois phrases et je signerai. Il sera content et c'est mieux comme cela.

— Tu es complètement fou ? s'écria Ardis en bondissant de son siège.

— Pas du tout. Pour commencer, soit il se présentera effectivement aux côtés du Président, soit il disparaîtra complètement de la circulation... comme c'est en général le cas des anciens vice-présidents.

— Ça, alors ! s'écria Ardis avec une pointe d'admiration dans la voix. Décidément, tu me plais, Andy ! Ta pensée est un modèle de clarté et de concision.

— C'est le fruit de longues années d'apprentissage.

— Tu ne m'as toujours pas raconté ce que le vieux séducteur avait à dire. Qui veut sa peau, cette fois ?

— Pas la sienne, la nôtre !

— Cela revient au même, tu le sais bien. C'est pour cela que je suis ici, mon chou, pour cela qu'il nous a jetés dans les bras l'un de l'autre.

— Il voulait nous dire que le petit groupe qui s'imagine être doté de superpouvoirs va passer la vitesse supérieure. Dans les trois mois qui viennent, des éditoriaux seront consacrés à leur poulain dans des quotidiens de plus en plus importants. L'idée générale sera un « examen de ses positions » et il sera reçu avec mention. Leur objectif est de donner naissance à une lame de fond en sa faveur. Notre ami est extrêmement inquiet et, pour ne rien te cacher, je ne me sens pas non plus très tranquille. Ces doux cinglés savent ce qu'ils font et nous risquons de perdre le contrôle de la situation. Ce sont des millions de dollars que nous jouons sur les cinq prochaines années ! Oui, moi aussi, j'ai la trouille !

— Tu t'inquiètes pour rien, dit Ardis d'un ton apaisant.

Elle se leva et tourna vers son mari ses grands yeux verts où brillait une lueur amusée.

— Comme tu espères, d'une manière ou d'une autre, garder les dix millions de Bollinger, je te propose une solution plus simple et certainement plus sûre, mais je pense qu'il est raisonnable que tu me verses la même somme. Qu'en dis-tu, mon chou ?

— Je ne vois pas très bien pour quelle raison...

— Ce pourrait être par amour pour moi... ou bien grâce à la plus extraordinaire coïncidence de ma carrière chez les riches et les puissants, les politiciens et les ambitieux de tout poil, tous ceux qui bénéficient des largesses gouvernementales.

— Peux-tu t'expliquer un peu mieux ?

— Je ne vais pas énumérer les raisons qui nous conduisent à faire ce que nous faisons ni même t'expliquer pourquoi j'ai mis mes talents non négligeables de ton côté, mais le moment est venu de te révéler un petit secret que je garde jalousement depuis de longues semaines.

— Je suis tout ouïe, dit Vanvlanderen en posant son verre sur la table de marbre et en observant attentivement sa quatrième épouse. De quoi s'agit-il ?

— Je connais Evan Kendrick.

— Comment ?

— Notre brève association remonte à bien longtemps, trop longtemps à mon goût, mais, pendant quelques semaines, nous avons eu quelque chose en commun.

— En dehors du sexe, ce qui tombe sous le sens, qu'y a-t-il eu entre vous ?

— Le sexe était très satisfaisant, mais sans grande importance. Nous étions tous deux jeunes et pressés, et nous ne cherchions ni l'un ni l'autre une liaison durable.

Est-ce que le nom de Off Shore Investments te dit quelque chose ?

— S'il a trempé dans cette arnaque, nous allons le faire tomber pour escroquerie ! Et ce sera la fin de sa carrière politique ! Alors ?

— Oui, il y a trempé, mais tu ne feras rien. Il a repris ses billes en clamant vertueusement son indignation et c'est à ce moment-là que le château de cartes a commencé de s'écrouler. Et à ta place, mon chou, je ne serais pas trop pressé de faire tomber les principaux responsables de Off Shore Investments, sauf si tu en as déjà assez de moi.

— Toi ?

— C'est moi qui étais chargée du démarchage et du recrutement des nouveaux associés.

— Là, tu m'en bouches un coin ! dit Vanvlanderen en riant et en levant son verre en l'honneur de sa femme. Cette bande d'escrocs a su engager les gens qu'il fallait ! Mais, dis-moi, tu as connu Kendrick assez intimement pour coucher avec lui et tu ne m'en as jamais parlé !

— J'avais mes raisons.

— Elles ont intérêt à être bonnes, tes raisons ! hurla Vanvlanderen. Sinon, je te démolis, ma belle salope ! Imagine qu'il t'ait vue quelque part, qu'il t'ait reconnue et qu'il ait fait le rapprochement ! Je n'aime pas courir de tels risques !

— À mon tour de te demander de te calmer, Andy. Les gens qui forment l'entourage d'un vice-président n'ont pas les honneurs des médias, ils n'intéressent personne. Pourrais-tu me citer un seul nom parmi ceux qui ont fait partie de l'équipe d'un vice-président ? Non, ils forment un groupe anonyme, car c'est ce que demande le Président... D'autre part, je ne pense pas que mon nom soit jamais apparu dans les journaux ailleurs que dans la rubrique des mondanités : « Au nombre des invités à la Maison-Blanche, M. et Mme Vanvlanderen... » Kendrick croit que je m'appelle toujours Frazier-Pyke et que je suis toujours l'épouse fidèle de mon banquier londonien. Si tu te souviens bien, nous étions invités tous les deux à la cérémonie où on lui a remis la médaille de la Liberté et tu y es allé seul. Je me suis fait excuser.

— Ce ne sont pas des raisons ! Pourquoi ne m'as-tu rien dit ?

— Parce que je savais que ta première réaction serait de m'écarter et que j'ai compris que je pouvais être beaucoup plus utile en restant dans le coup.

— Explique-moi comment, nom de Dieu !

— Parce que je le connaissais. Je savais qu'il me fallait enquêter sur lui, mais sans passer par une boîte privée qui aurait pu ensuite se retourner contre nous. Je me suis donc directement adressée au F.B.I.

— Ces fameuses menaces contre Bollinger ?

— Elles cesseront dès demain. À l'exception d'un seul homme qui restera, avec un statut particulier, toute l'unité sera rapatriée à Washington. Ces prétendues menaces n'étaient que les fantasmes paranoïaques d'un cinglé inoffensif qui s'est enfui à l'étranger. J'ai découvert ce que je voulais savoir, mon chou.

— C'est-à-dire ?

— Il y a un vieux juif du nom de Weingrass à qui Kendrick voue une véritable vénération. Ce Weingrass est le père qu'il n'a jamais eu et, à l'époque du groupe Kendrick, il l'avait surnommé son « arme secrète ».

— Il vend des armes ?

— Tu n'y es pas, mon chou, fit Ardis en riant. Non, il est architecte, un brillant architecte qui a fait des réalisations impressionnantes pour le compte des Arabes.

— Qu'a-t-il de particulier ?

— Il est censé vivre à Paris, mais ce n'est pas vrai. Il habite chez Kendrick, dans sa propriété du Colorado, sans visa d'entrée ni statut officiel d'immigration.

— Et alors ?

— Notre héritier présomptif a fait venir le vieux juif aux États-Unis, où une opération lui a sauvé la vie.

— *Et alors ?*

— Emmanuel Weingrass va faire une rechute à laquelle il ne survivra pas. Kendrick refusera de quitter son chevet et, quand tout sera fini, il sera trop tard. Je veux ces dix millions de dollars, mon chou.

27

Varak étudiait les visages des membres d'Inver Brass, sur lesquels se reflétait la lumière des lampes de cuivre de la table ronde. L'attention du Tchèque était poussée à son maximum, car il devait se concentrer sur deux niveaux.

D'une part, les renseignements qu'il fournissait, d'autre part, la réaction immédiate de chacun à certains faits contenus dans ces renseignements. Il cherchait désespérément un regard qui trahirait l'un d'eux, mais en vain. Il ne décelait pas la moindre réaction de surprise ni de crainte sur les visages attentifs tandis qu'il abordait graduellement, logiquement, le sujet du vice-président en exercice et de son entourage, glissant quelques détails « inoffensifs » que lui avait révélés l'espion de la Mafia appartenant au Service secret. Tous les regards fixés sur lui étaient inexpressifs. Milos poursuivait son récit avec conviction, en révélant les trois quarts de la vérité, mais il ne cessait de scruter ces regards tout en repassant dans son esprit les faits saillants de la vie de chacun des membres d'Inver Brass.

Cette fois encore, en laissant courir son regard sur les visages aux traits adoucis par le clair-obscur, il eut le sentiment d'être en présence de géants. Et pourtant l'un d'entre eux ne l'était pas, l'un d'entre eux avait révélé la présence d'Emmanuel Weingrass à Mesa Verde, un secret ignoré de tous les services de renseignements de Washington. L'un de ces visages était celui d'un traître. Mais lequel ?

Samuel Winters ? L'héritier d'une dynastie dont la fortune remontait au XIXe siècle, au temps des premiers chemins de fer et de la découverte du pétrole. Un érudit couvert d'honneurs, satisfait de son existence de privilégié ; un conseiller présidentiel dont l'autorité transcendait le sectarisme des partis. Un grand homme en paix avec lui-même. À moins que...

Jacob Mandel ? Un génie de la finance, qui avait conçu et mis en œuvre des réformes ayant redonné de la vitalité et une honorabilité nouvelle à la Commission des opérations de Bourse de Wall Street. Issu d'une famille pauvre de juifs du Lower East Side, il était devenu un des prêtres de la haute finance et on disait de lui qu'il ne s'était fait un ennemi d'aucun homme de bien. Tout comme Winters, Mandel avait été élevé aux plus hauts honneurs et s'en portait fort bien. Mais aspirait-il secrètement à autre chose ?

Margaret Lowell ? Issue d'une vieille famille fortunée, elle avait suivi une voie très peu en honneur dans son milieu aristocratique. Margaret Lowell était une brillante juriste qui avait choisi de délaisser les profits juteux de l'avocat d'affaires pour la plaidoirie. Elle se consacrait avec ferveur à l'assistance judiciaire en faveur des opprimés et de tous ceux qui étaient privés de leurs droits. À la fois théoricienne et praticienne, son nom était fréquemment avancé comme celui de la prochaine femme devant siéger à la Cour suprême. Mais la plaidoirie n'était-elle qu'une couverture éminemment astucieuse pour défendre sous le manteau des causes beaucoup moins louables ?

Eric Sundstrom ? Prodige de la technologie spatiale et terrestre, détenteur de plus de vingt brevets hautement rémunérateurs, dont la majeure partie du produit était versée à des institutions de recherche industrielle et médicale. Une intelligence éblouissante, qu'il essayait de masquer derrière un visage angélique, une tignasse rousse, un sourire espiègle et un sens de l'humour très vif, comme s'il se sentait embarrassé par l'étendue de ses dons. Mais cette candeur était-elle feinte, tout cela n'était-il que comédie ?

Gideon Logan ? Peut-être le plus complexe des cinq, ce qui, compte tenu de la couleur de sa peau, était compréhensible. Il avait amassé des fortunes considérables dans l'immobilier, sans jamais renier ses origines, et il fournissait du travail et soutenait financièrement des entreprises dirigées par ses frères de couleur. On disait qu'à sa manière discrète, il faisait plus pour le respect des droits civils que n'importe quelle autre société du pays. Le gouvernement en place, tout comme ceux qui l'avaient précédé, lui avait proposé différents portefeuilles, mais il avait toujours refusé, préférant demeurer une force indépendante et respectée dans le secteur privé que d'être assimilé à un parti politique et à ses pratiques douteuses. Travailleur acharné, il semblait ne s'être autorisé qu'une seule faiblesse, une luxueuse propriété aux Bahamas, en bordure de l'Océan, où il se rendait de loin en loin pour passer un week-end de pêche sur son Bertram de quatorze mètres, en compagnie de son épouse. Mais cette légende vivante qu'était Gideon Logan avait des zones d'ombre. Plusieurs années de sa vie tourbillonnante avaient été mystérieusement gommées, comme s'il n'avait pas existé.

— Milos ? demanda Margaret Lowell, les coudes sur la table, le poids de sa tête reposant sur les doigts tendus de sa main droite. Comment l'administration a-t-elle pu tenir secrètes les menaces contre Bollinger, avec une unité du Bureau chargée de sa protection exclusive ?

Éliminer Margaret Lowell ? Elle n'hésitait pas à se pencher sur le nœud de vipères qu'était l'entourage du vice-président.

— Je me vois contraint de supposer que c'est grâce à l'habileté manœuvrière de Mme Vanvlanderen, répondit le Tchèque.

Regarder les yeux... Les muscles du visage, les mâchoires... Rien. Ils ne trahissent rien ! Et pourtant l'un d'entre eux est au courant ! Lequel ?

— C'est la femme d'Andrew Vanvlanderen, dit Gideon Logan, un gros souscripteur du parti. Mais je serais curieux de savoir comment elle a obtenu ce poste.

Éliminer Gideon Logan ? Il n'hésitait pas à secouer le nœud de vipères.

— J'ai peut-être une réponse, dit Jacob Mandel. Avant d'épouser Vanvlanderen, elle était cajolée par tous les chasseurs de têtes. Elle a sauvé, à ma connaissance, au moins deux sociétés de la faillite grâce à des fusions et en a fait des entreprises bénéficiaires. Il paraît qu'elle est d'une agressivité très déplaisante, mais on ne peut nier ses qualités de manager. C'est un poste qui doit lui convenir et elle est tout à fait capable de tenir les flagorneurs et les parasites à distance.

Éliminer Jacob Mandel ? Il ne se gênait pas pour chanter les louanges d'Ardis Vanvlanderen.

— Je l'ai rencontrée une fois, dit Eric Sundstrom, et je ne vais pas mâcher mes mots : c'est une salope. Je venais d'attribuer les droits d'exploitation d'un brevet à la faculté de médecine de l'université Johns Hopkins et elle a essayé de m'imposer un intermédiaire.

— Pour quoi faire ? demanda Margaret Lowell.

— Absolument rien, répondit Sundstrom. Elle a essayé de me convaincre que pour une cession d'une telle importance, il convenait que quelqu'un s'assure que l'argent allait là où il devait aller.

— On ne peut lui donner entièrement tort, dit l'avocate avec un petit hochement de tête.

— Moi, je lui ai donné tort. Je n'ai pas du tout aimé la manière dont elle m'a présenté les choses et le doyen de la faculté est un très bon ami. Elle lui en aurait fait voir de toutes les couleurs et il aurait fini par renoncer au brevet. Cette femme est une salope de la pire espèce !

Éliminer Eric Sundstrom ? Il n'hésitait pas à la traîner dans la boue.

— Moi, je ne l'ai jamais rencontrée, dit Samuel Winters, mais je sais qu'elle a été mariée avec Emory Frazier-Pyke, un banquier londonien très perspicace. Tu te souviens d'Emory, Jacob ?

— Bien sûr. Il jouait au polo et tu m'avais présenté comme un descendant d'une branche cadette des Rothschild. Je pense qu'il t'a cru...

— Quelqu'un m'a raconté, reprit Winters, que ce pauvre Frazier-Pyke avait investi beaucoup d'argent dans une entreprise à laquelle elle participait et qu'il avait perdu une somme considérable, mais gagné une épouse. C'était l'affaire Off Shore Investments.

— Belle perspicacité, ricana Mandell. Un ramassis d'escrocs ! Il aurait dû demander conseil à ses poneys ou même au descendant de la branche cadette des Rothschild !

— Qui sait ce qu'il a fait ? Emory est un homme qui ne s'est jamais écarté du droit chemin et leur mariage n'a pas fait long feu. Peut-être avait-elle une âme d'escroc, elle aussi.

Éliminer Samuel Winters ? Le traître d'Inver Brass n'émettrait pas ce genre de supposition.

— Ainsi, glissa Varak, vous l'avez tous rencontrée ou au moins entendu parler d'elle.

— Moi, je ne savais pas qui elle était, lança Margaret Lowell avec vivacité, mais après vous avoir écoutés, je peux vous dire qui la connaît fort bien. Mon ex-mari, ce vieux coureur !

— Walter ? demanda Sundstrom d'un air malicieux.

— Oui, Walter. Il partait si souvent en voyage d'affaires à Londres que j'ai commencé à me demander s'il ne conseillait pas la couronne d'Angleterre, et il m'avait parlé à plusieurs reprises de son banquier anglais, un certain Frazier-Pyke. Un jour, la bonne m'a téléphoné au bureau pour me dire que Casanova avait reçu un appel urgent de Londres, d'un certain « F.P. », mais qu'elle ne parvenait pas à le joindre. Elle m'a donné le numéro et j'ai rappelé du bureau en disant à une secrétaire que M. Lowell désirait parler à « F.P. ». On a passé la communication sur un autre poste et j'ai entendu une femme qui, sans me laisser le temps de dire un mot, s'est mise à hurler d'une voix exubérante : « *Mon chérii !* Je pars pour New York demain et nous aurons *cinq* jours à passer ensemble ! » Je lui ai dit : « Merveilleux ! » et j'ai raccroché.

— Elle sait choisir les milieux où elle évolue, dit Gideon Logan en étouffant un petit rire. Andy Vanvlanderen lui fera mener un train de vie luxueux jusqu'à ce qu'il se lasse d'elle.

Varak se dit qu'il fallait changer tout de suite de sujet. S'il y avait un traître assis à cette table, et cela ne faisait aucun doute pour lui, tout ce qui se disait sur Ardis Vanvlanderen reviendrait à ses oreilles et il ne pouvait laisser les choses aller plus loin.

— À en juger par vos réactions à tous, commença-t-il d'un ton affable et détaché, il semble évident que l'opportunisme de cette femme n'a pas de limites. *Ne pas les quitter du regard. Scruter tous les visages.* Elle a su se rendre indispensable au vice-président, mais la question n'est pas là... Pour en revenir à notre candidat, tout se déroule selon les prévisions. Les journaux du Middle West, en commençant par ceux de Chicago, seront les premiers à s'interroger sur son potentiel. Ils ont reçu une documentation très complète sur Kendrick ainsi que des bandes de l'audition de la commission Partridge, de l'émission de Foxley et de la conférence de presse improvisée. À partir de ce foyer, la bonne parole se répandra aussi bien vers la côte Est que vers la côte Ouest.

— Comment les avez-vous contactés, Milos ? demanda Samuel Winters. Je parle des journaux et des éditorialistes.

— Par le biais d'un comité *ad hoc* que nous avons officiellement constitué à Denver. La section du parti pour le Colorado a accueilli notre démarche avec d'autant plus d'enthousiasme que les fonds étaient fournis par des donateurs qui tenaient à conserver l'anonymat. Les politiciens locaux sont ravis d'avoir un candidat aussi sérieux et de disposer des ressources nécessaires pour le lancer, ce qui ne peut qu'attirer l'attention sur leur État. Quelle que soit l'issue, ils ont tout à y gagner.

— L'origine de ces « ressources » pourrait poser un problème au regard de la loi, dit Margaret Lowell.

— Nous ne risquons pas grand-chose, madame. Les fonds sont répartis en plusieurs versements dont aucun ne dépasse le plafond fixé par les lois électorales... qui, à mon sens, sont pour le moins assez obscures.

— Quand j'aurai besoin d'un bon avocat, je vous ferai signe, Milos, dit Margaret Lowell en s'enfonçant dans son siège avec un sourire satisfait.

— J'ai préparé pour chacun de vous une liste des noms de ces journaux, de leurs éditorialistes et de leurs principaux chroniqueurs.

— Une liste qui finira dans notre poêle, dit doucement Samuel Winters.

Tout le monde approuva posément. *Lequel d'entre eux mentait ?*

— Dites-moi, Varak, reprit Sundstrom de son air angélique, compte tenu de tout ce que nous avons appris et de tous les éléments que vous nous avez fournis, force est de constater que notre candidat n'a encore rien montré de ce feu intérieur dont nous avons tant parlé. N'est-il pas absolument essentiel qu'il ait la volonté d'arriver au sommet ?

— Il l'aura, monsieur. Nous avons vu qu'il était ce

qu'on pourrait appeler un activiste en chambre, capable de passer rapidement à l'action dès que la situation exige qu'il mette ses qualités au service d'une cause.

— Bon sang, Samuel, tu ne m'avais pas dit que Milos avait aussi l'âme d'un rabbin !

— Mais non, monsieur Mandel, fit le Tchèque en esquissant un sourire. Ce que je voulais dire, d'une manière malhabile sans doute...

— Tant de modestie vous honore, Milos.

— Merci, monsieur, vous êtes trop aimable. Ce que je voulais dire, c'est qu'en deux occasions, dont l'une l'exposait personnellement à de grands dangers, il a choisi la voie la plus difficile, car il avait le sentiment d'être en mesure d'apporter quelque chose à une situation qui ne le satisfait pas. Il y eut d'abord sa décision d'écarter un politicien corrompu, puis, bien évidemment, Oman. Bref, il convient de le persuader une nouvelle fois que sa personne et ses capacités sont indispensables... pour le bien de la patrie.

— C'est peut-être trop demander, dit Gideon Logan. Kendrick est à l'évidence un homme réaliste, capable d'évaluer lucidement ses capacités. Peut-être en arrivera-t-il à la conclusion qu'il n'a pas les qualités voulues. Que faire dans ce cas ?

Varak fit le tour de la table du regard, avec l'expression de quelqu'un qui cherche à bien se faire comprendre.

— Je suggère de nous servir d'un symbole, dit-il.

— Pouvez-vous être plus clair ? demanda Mandel en retirant ses lunettes.

— Prenons l'exemple de l'actuel secrétaire d'État. Ses collègues et l'entourage du Président lui reprochent souvent de n'être qu'un universitaire borné, mais il représente la voix de la raison pour l'ensemble du gouvernement. Je sais, de source confidentielle, que, grâce au respect que lui porte le Président, il a réussi à empêcher que soient prises un certain nombre de mesures hasardeuses préconisées par les conseillers de la Maison-Blanche.

— Et il a bien fait ! s'écria Margaret Lowell.

— Je pense que, sans lui, l'alliance avec l'Europe battrait de l'aile, avança Winters.

— Sans lui, il n'y aurait pas d'alliance ! lança Mandel,

laissant pour la première fois transparaître la colère sur son visage habituellement impassible. Cet homme est un phare de raison dans un océan de ténèbres !

— Si je puis me permettre, monsieur, dit Milos, ce mot de « phare » peut-il être pris comme un symbole ?

— Absolument, dit Gideon Logan. Notre secrétaire d'État est indiscutablement un symbole d'intelligence et de modération. Et c'est la nation tout entière qui le respecte.

— Il compte remettre bientôt sa démission, glissa Varak d'une voix douce.

— Comment ! s'exclama Sundstrom en se penchant vers la table. Jamais sa loyauté envers Jennings ne lui permettra de faire cela !

— Son sens de l'intégrité n'aurait pas dû lui permettre de rester, répliqua Winters d'un ton tranchant.

— Mais, poursuivit Varak, il a accepté, par loyauté, de participer à la conférence de l'O.T.A.N. sur le Moyen-Orient, à la mission de l'O.N.U. à Chypre. Elle aura lieu dans trois semaines. C'est à la fois un geste de solidarité et le moyen de laisser aux hommes du Président le temps de lui trouver un remplaçant acceptable par le Congrès. Après quoi, il se retirera en invoquant de « pressantes raisons personnelles », la plus importante étant son désaccord persistant avec le Conseil national de sécurité qui ne cesse de lui mettre des bâtons dans les roues.

— A-t-il expliqué tout cela au Président ? demanda Margaret Lowell.

— D'après ma source, il n'en a rien fait, répondit Varak. Comme l'a dit si justement M. Mandel, c'est un homme éminemment raisonnable. Il sait qu'il est plus facile et préférable pour le pays de remplacer un seul homme que l'ensemble des conseillers du Président.

— C'est dramatique, dit Winters, mais je suppose que c'est inéluctable. Expliquez-moi maintenant quel est le lien entre le secrétaire d'État et Evan Kendrick. Je ne vois pas le rapport.

— Il est dans le symbole même, dit Sundstrom. Kendrick doit en comprendre l'importance. C'est bien cela, Milos ?

— Oui, monsieur. Si l'on réussit à convaincre Kendrick

qu'il est vital d'avoir un vice-président fort, un homme qui, pour nos alliés aussi bien que pour nos ennemis, incarnera la voix de la raison dans un régime présidentiel autoritaire, et si cela peut permettre au monde de respirer plus librement, il choisira encore une fois, à mon humble avis, la voie étroite et il se mettra au service de la nation.

— D'après ce que nous savons sur lui, c'est probable, dit Logan en acquiesçant de la tête. Mais la question est de savoir qui aura le pouvoir de le convaincre.

— Le seul homme qu'il écoute, dit lentement Milos Varak en se demandant s'il n'était pas en train de signer l'arrêt de mort de celui dont il allait donner le nom : Emmanuel Weingrass.

Ann Mulcahy O'Reilly n'avait pas pour habitude de se faire du mauvais sang. Depuis qu'elle était arrivée de Boston avec Paddy, elle avait travaillé pour des gens brillants et d'autres qui l'étaient beaucoup moins, pour des patrons qui se prétendaient honnêtes et pour des voleurs qui cachaient à peine leur jeu ; plus grand-chose ne pouvait l'étonner. Mais elle n'avait encore jamais travaillé pour quelqu'un comme Evan Kendrick : le plus réticent des politiciens, le moins désireux de vivre dans la capitale, le plus modeste des héros. Il avait une confondante facilité à esquiver les corvées et il était capable de s'évanouir avec l'habileté de l'Homme invisible. Mais, malgré cette propension à disparaître, il gardait toujours le contact avec son bureau ; soit il appelait lui-même à intervalles réguliers, soit il laissait un numéro de téléphone où on pouvait le joindre. Or, depuis deux jours, elle n'avait eu aucune nouvelle de Kendrick et elle ne savait où le joindre. En temps normal, cela n'aurait pas suffi pour alarmer Annie O'Reilly, mais il y avait autre chose : depuis le début de la matinée, neuf heures vingt pour être précis, toute communication téléphonique était impossible avec la maison de Virginie aussi bien qu'avec la propriété du Colorado. On lui répondait depuis le début de la matinée et d'un côté comme de l'autre que la ligne était en dérangement. Cette situation s'était prolongée toute la journée et il était presque sept heures du soir. Annie O'Reilly commençait à être vraiment inquiète. Elle décrocha donc le téléphone de son bureau et appela son mari, au commissariat principal.

— Lieutenant O'Reilly, dit-il de sa voix bourrue. Police judiciaire.

— C'est moi, Paddy.

— Salut, trésor ! Alors, ce miroton, je peux compter dessus ?

— Je suis encore au bureau.

— Cela tombe bien, il faut que je parle à Evan. Manny m'a appelé il y a deux ou trois jours pour une histoire de plaques minéralogiques...

— Justement, le coupa Annie, j'aimerais lui parler, moi aussi. Mais cela semble impossible.

Elle raconta à son mari l'étrange coïncidence qui faisait que les deux lignes de Kendrick en Virginie et au Colorado se trouvaient simultanément en dérangement et lui dit qu'Evan ne l'avait pas appelée depuis deux jours et qu'elle ne savait où le joindre.

— Cela ne lui ressemble pas, Paddy.

— Appelle le service de sécurité de la Chambre, suggéra le détective.

— Jamais de la vie ! Si je leur parle de Kendrick, ils vont faire un remue-ménage de tous les diables et tu sais qu'il déteste ça. S'il y a ne serait-ce qu'un début d'explication, il ne me le pardonnera jamais.

— Qu'est-ce que tu attends de moi, exactement ?

— Peux-tu aller discrètement jeter un coup d'œil à Fairfax, mon chéri ?

— Bien sûr. Je vais appeler Kearns, à Arlington, et lui demander d'envoyer une voiture.

— Non, Paddy, fit vivement Annie. J'entends d'ici les sirènes de la police.

— Qu'est-ce que tu crois que je fais pour gagner ma vie ? Danseur de ballet ?

— Je ne veux pas que la police s'en mêle, qu'il y ait des rapports et tout le saint-frusquin. Il y a des gardes de l'Agence là-bas et je pourrais me faire taper sur les doigts. Non, je pensais que tu pourrais y aller, mon chéri. Tu es un ami de passage, qui se trouve être un flic rendant un petit service à sa tendre épouse, qui elle-même se trouve être la secrétaire de Kendrick...

— Cela en fait des coïncidences, trésor... Et mon miroton ?
— J'y ajouterai des patates, Paddy.
— Et beaucoup d'oignons ?
— Les plus gros que je pourrai trouver...
— C'est comme si j'étais parti !
— Encore une chose, Paddy. Si notre grand timide s'est simplement fait mettre aux abonnés absents, dis-lui que je suis au courant pour sa copine égyptienne et que, s'il ne m'appelle pas, je raconte l'histoire à tout le monde.
— Quelle copine égyptienne...
— Pas un mot à quiconque ! ordonna Ann O'Reilly. C'est Manny qui a vendu la mèche hier, au téléphone. Il avait bu un verre de trop et il voulait savoir si j'avais des nouvelles de son garçon. Dépêche-toi, Paddy, j'attends ton coup de fil ici.
— Et mon miroton ?
— J'en ai au congélateur, mentit Annie.

Trente-huit minutes plus tard, après s'être trompé deux fois de direction dans la campagne ténébreuse de Virginie, le détective de première classe Patrick O'Reilly trouva la route qui menait à la maison de Kendrick. Une route qu'il avait déjà empruntée à quatre reprises, mais jamais de nuit. Il avait fait chacun de ces voyages après la sortie de l'hôpital du vieux Weingrass, pour lui apporter une bouteille de Listerine soigneusement rebouchée, puisque les infirmières intransigeantes gardaient le whisky hors de portée du vieil architecte. Paddy se disait que si Manny, qui approchait de ses quatre-vingts printemps et qui avait failli claquer sur le billard, préférait partir après quelques incursions dans les vignes du Seigneur, de quel droit le lui refuser ? Le Christ avait bien transformé l'eau en vin ; pourquoi un misérable pécheur du nom de O'Reilly refuserait-il de transformer en scotch une petite bouteille de gargarisme ? Après tout, il ne faisait que suivre l'exemple de Jésus.

La petite route de campagne n'était pas éclairée et, sans la lumière des phares de la voiture, Paddy aurait raté le mur de brique et la grille de fer forgé. Il lui fallut quelques instants pour comprendre : pas une seule lumière n'était allumée dans la maison. Elle semblait fermée, déserte, comme si les occupants étaient absents. Mais même si le propriétaire était absent, un couple y vivait à demeure, un couple arabe venu du bout du monde, qui entretenait la maison, de manière qu'elle fût prête à accueillir le propriétaire à n'importe quel moment. Ann O'Reilly, la fidèle secrétaire de Kendrick, aurait assurément été la première avertie de tout changement dans cette situation, ainsi que du retrait des gardes de l'Agence. Paddy gara la voiture sur le bas-côté, prit une torche électrique dans la boîte à gants et ouvrit la portière. Il s'avança vers la grille en portant la main sous sa veste pour palper machinalement la crosse de son revolver, dans l'étui qu'il portait sous l'aisselle. Il s'attendait à tout moment à être ébloui par des projecteurs ou à entendre des hurlements de sirènes déchirer le silence de la nuit. Telles étaient les méthodes de l'Agence, des méthodes assurant une protection totale.

Mais il ne se passait rien.

Il glissa lentement le bras entre les barreaux de la grille de fer forgé... *Rien.* Il posa la main sur le montant central de la grille et poussa. Les deux battants s'ouvrirent. *Toujours rien.*

Il entra, allumant la torche du pouce de la main gauche tandis que la droite plongeait sous sa veste. Ce qu'il découvrit quelques secondes plus tard dans le faisceau lumineux de la torche le fit pivoter instantanément sur lui-même et se plaquer contre le mur, l'arme pointée devant lui.

— Sainte Marie, mère de Dieu, pardonnez-moi mes péchés ! murmura-t-il.

À trois mètres de lui gisait le corps d'un jeune garde en civil de la C.I.A., la gorge tranchée, la tête presque sectionnée, reposant dans une mare de sang. O'Reilly se plaqua contre le mur de brique et éteignit sa torche en s'efforçant de contrôler ses tremblements nerveux. Il avait l'habitude de la mort violente et il savait qu'il y aurait d'autres spectacles aussi horribles à découvrir. Il se redressa lentement et se mit en quête des autres cadavres, sachant au plus profond de lui-même que les assassins avaient déjà disparu.

Il trouva trois autres corps, tous mutilés, tous surpris par la mort, disposés aux trois autres points cardinaux pour assurer la meilleure protection possible de la maison. *Mais comment était-ce possible ?* Il se pencha sur le corps du quatrième homme et ce qu'il découvrit le stupéfia. Une aiguille brisée était plantée dans la gorge du mort. Tous les gardes avaient été paralysés par un narcotique, puis odieusement massacrés sans pouvoir se défendre. Ils n'avaient même pas eu le temps de se rendre compte de ce qui leur arrivait.

Patrick O'Reilly s'avança lentement, précautionneusement vers la porte d'entrée, tout en sachant que la prudence était inutile. La tuerie était accomplie ; il ne restait plus qu'à compter les cadavres.

Il y en avait six en tout. Tous avaient la gorge tranchée, tous étaient couverts de sang, tous avaient le visage déformé par l'angoisse. Mais il recula d'horreur en découvrant le spectacle obscène des corps nus des amis de Kendrick, le couple de Dubaï : le mari était allongé sur sa femme, dans la position du coït et les deux visages ensanglantés étaient plaqués l'un contre l'autre. Sur le mur, une inscription tracée avec du sang humain : *Mort aux traîtres à Dieu ! Mort aux fornicateurs du Grand Satan !*

Mais où était Kendrick ? Bon Dieu, où était-il ? O'Reilly traversa la maison au pas de course, la parcourut de la cave au grenier, entrant dans toutes les pièces et allumant toutes les lumières, jusqu'à ce que la propriété soit illuminée. Pas la moindre trace de Kendrick ! Paddy sortit dans le jardin par la porte du garage, remarquant au passage que la Mercedes d'Evan n'était pas là et que la Cadillac était vide. Il recommença à fouiller tous les bosquets et tous les recoins du parc. Il n'y avait aucune trace de lutte, pas d'arbustes cassés, pas de brèche dans la clôture, pas de marque sur le mur de brique. Les gars du laboratoire médico-légal trouveraient bien des indices... *Non !* Il raisonnait en termes de procédures policières, mais cela dépassait la compétence de la police, et de loin ! O'Reilly repartit en courant vers la grille d'un blanc éblouissant dans la lumière et bondit dans sa voiture. Négligeant la radio, il décrocha précipitamment le téléphone installé sous le tableau de bord et composa un numéro. En frissonnant dans l'air frais de la nuit, il se rendit compte que son visage et sa chemise étaient trempés de sueur.

— Bureau du représentant Kendrick.

— Annie, laisse-moi parler, commença O'Reilly d'une voix rauque. Et ne me pose pas de question...

— Je sais ce que cela signifie quand tu prends ce ton, Paddy, et j'ai une question urgente à te poser. Il va bien ?

— Je n'ai vu aucun signe de sa présence. Sa voiture n'est pas là ; il n'est pas là.

— Mais il y en a d'autres...

— Plus de questions, mon chou. Moi, j'en ai une à te poser et, par tous les saints, tu as intérêt à pouvoir y répondre.

— Je t'écoute.

— Qui est le contact d'Evan à l'Agence ?

— Il est directement en rapport avec l'unité...

— Non ! Il y a quelqu'un ! Plus haut ! Il y a quelqu'un, c'est sûr !

— Une seconde, s'écria Annie. Oui, il y a quelqu'un, mais il n'en parle jamais. C'est un certain Payton... Il y a à peu près un mois, il m'a dit que si Payton appelait, je devais lui transmettre aussitôt la communication et que, s'il n'était pas là, je devais le chercher tout de suite.

— Tu es certaine qu'il travaille pour la C.I.A. ?

— Oui, dit pensivement Annie, j'en suis certaine. Un jour il m'a appelée du Colorado pour me dire qu'il avait besoin du numéro de ce Payton et il m'a expliqué que je le trouverai dans son bureau... dans le tiroir du bas, sous un chéquier. C'était l'indicatif du central de Langley.

— Tu crois qu'il y est encore ?

— Je vais regarder. Ne quitte pas.

L'attente, qui ne dura guère plus de vingt secondes, sembla interminable au policier, rendue encore plus insoutenable par la vue de la grande maison illuminée derrière la grille aux battants ouverts, à la fois une invitation et une cible.

— Paddy ?

— Oui !

— Je l'ai.

— Donne-le-moi, vite ! Reste au bureau jusqu'à ce que

je rappelle ou que je passe te prendre, ordonna-t-il d'un ton sans réplique quand il eut noté le numéro. C'est bien compris ?

— Il y a une raison ?

— Disons que je ne sais pas jusqu'où cette affaire peut nous mener et que je compte bien avoir encore l'occasion de déguster ton miroton.

— Mon Dieu ! murmura Annie.

O'Reilly n'entendit pas l'exclamation de sa femme. Il avait déjà coupé la communication et commencé de composer le numéro qu'Annie lui avait donné. Après huit sonneries angoissantes, une voix de femme lui répondit.

— Central Intelligence Agency. Bureau de M. Payton.

— Vous êtes sa secrétaire ?

— Non, monsieur, c'est le standard. M. Payton est parti, monsieur.

— Écoutez-moi bien, je vous en prie, dit le policier en contrôlant parfaitement sa voix. Il est vital que je puisse joindre immédiatement M. Payton. Quelles que soient les règles, elles peuvent être transgressées. Vous comprenez ? C'est une urgence absolue.

— Veuillez me donner votre identité, monsieur.

— Je n'en ai aucune envie, mais je vais le faire. Je suis le lieutenant Patrick O'Reilly, détective de première classe, police du district de Columbia. Il faut absolument le trouver !

Il faillit sursauter en entendant une voix d'homme s'écrier :

— O'Reilly ! C'est le même nom que celui de la secrétaire d'un certain parlementaire ?

— Le même, monsieur. Pourquoi ne répondez-vous pas à ce putain de téléphone ?... Pardonnez mon langage, monsieur.

— C'est une ligne reliée directement à mon domicile, monsieur O'Reilly. Vous pouvez me passer la communication, mademoiselle.

— Merci, monsieur.

— Alors, monsieur O'Reilly, demanda Payton après avoir attendu le déclic. Nous sommes seuls maintenant.

— Pas moi. Je suis en compagnie de six cadavres qui se trouvent à une trentaine de mètres de ma voiture.

— Qu'est-ce que vous dites ?
— Vous devriez venir, monsieur Payton. Chez Kendrick, à Fairfax. Et si vous ne voulez pas faire les gros titres des journaux, n'envoyez pas une équipe de relève.
— Pas de problème, dit le directeur des Projets spéciaux. La relève doit arriver à minuit. Elle est protégée par l'unité qui garde la maison.
— Ils sont morts, monsieur Payton. Ils sont tous morts.

Mitchell Payton s'accroupit près du corps le plus proche de la grille en clignant des yeux devant le pinceau lumineux de la torche de O'Reilly.
— Bon sang de bon sang ! Il était si jeune ! Ils sont tous si jeunes !
— Ils « étaient », monsieur, rectifia le policier sur un ton neutre. Pas un seul n'a survécu, ni dehors ni à l'intérieur. J'ai eu le temps d'éteindre presque toutes les lumières, mais je vais vous accompagner et tout vous montrer.
— Bien sûr... Il le faut.
— Mais auparavant je veux que vous me disiez où se trouve Kendrick... S'il est ailleurs, ou s'il était censé être ici, ce qui serait beaucoup plus grave. Il va de soi que mon devoir est d'avertir la police de Fairfax et que je peux le faire. Est-ce bien clair, monsieur ?
— Parfaitement clair, lieutenant. Mais, pour l'instant, ce problème, cette catastrophe, si vous préférez, doit rester exclusivement du ressort de l'Agence. Est-ce bien clair ?
— Si vous ne répondez pas à ma question, vous pouvez être sûr que je ferai mon devoir. Où est Kendrick ? Sa voiture n'est pas là et je veux savoir si je dois en être soulagé ou non !
— Si vous pouvez trouver un soulagement quelconque dans cette situation, vous êtes vraiment un drôle de type...
— Je déplore la mort de ces gens, comme j'ai déploré la mort de centaines d'autres dans l'exercice de mes fonctions, mais ils n'étaient que des étrangers pour moi. Evan Kendrick, lui, je le connais ! Si vous avez la réponse à ma question, donnez-la-moi tout de suite, sinon je retourne de ce pas dans ma voiture et je fais un rapport radio à la police de Fairfax !

— Ne vous avisez surtout pas de me menacer, lieutenant. Si vous voulez savoir où est Kendrick, demandez-le à votre femme !

— À ma femme ?

— La secrétaire de Kendrick, pour le cas où cela vous serait sorti de l'esprit.

— Pauvre conard ! hurla Paddy, absolument hors de lui. Qu'est-ce que vous croyez que je fous ici ? Que je suis venu rendre une visite de politesse à mon vieux pote de la haute, le milliardaire du Colorado ? Non, si je suis venu, c'est parce que Annie n'a pas de nouvelles d'Evan depuis deux jours et que, depuis neuf heures du matin, le téléphone ne fonctionne pas, ni à Mesa Verde ni ici ! Drôle de coïncidence, non ?

— Les deux téléphones, dit Payton en relevant vivement la tête pour regarder autour de lui.

— Ne vous fatiguez pas, dit O'Reilly en suivant son regard. Une ligne a été sectionnée et on a fait une belle épissure, mais le câble principal est intact.

— Mon Dieu !

— À mon avis, vous allez avoir besoin de lui, et très vite. Et maintenant, où est passé Kendrick ?

— À Nassau. Aux Bahamas.

— Qu'est-ce qui vous faisait croire que ma femme était au courant ? J'espère pour vous que vous avez une bonne raison, parce que si vous avez inventé un coup tordu pour mêler Annie à une de vos sales histoires de barbouzes, les uniformes vont grouiller dans le coin, dans quelques minutes !

— Ce qui me le faisait croire, c'est qu'il me l'a dit lui-même, lieutenant, déclara Payton d'une voix distante, apparemment perdu dans ses pensées.

— Jamais il n'en a parlé à Annie !

— Cela me semble évident, dit le directeur des Projets spéciaux en tournant la tête vers la maison. Il a pourtant été très explicite avec moi. Il m'a dit avant-hier qu'il ferait un saut au bureau, sur le chemin de l'aéroport, et qu'il préviendrait sa secrétaire. L'unité mobile chargée de sa protection m'a confirmé qu'il était bien passé à son bureau.

— Quelle heure était-il ?

— Environ seize heures trente, si ma mémoire est fidèle.

— Mercredi ?

— Oui.

— Annie n'y était pas. Elle part tous les mercredis à seize heures et Kendrick le sait bien. C'est l'heure de son foutu cours d'aérobic !

Il avait manifestement oublié.

— J'en doute. Venez avec moi.

— Pardon ?

— Accompagnez-moi à la voiture.

— Nous avons encore beaucoup à faire ici, lieutenant, et j'ai plusieurs coups de téléphone à donner. De *ma* voiture et seul !

— Vous ne ferez rien du tout tant que je n'aurai pas parlé à Annie.

Soixante-cinq secondes plus tard, Payton, debout devant la portière ouverte, entendit la voix de la femme de Patrick O'Reilly dans le haut-parleur du téléphone.

— Bureau du...

— C'est moi, Annie. Quand tu as quitté le bureau mercredi après-midi, qui y était ?

— Phil Tobias était tout seul. Comme il ne se passe pas grand-chose en ce moment, les filles étaient déjà parties.

— Qui ?

— Phil Tobias. C'est le premier assistant d'Evan.

— Et il ne t'a rien dit, hier ou aujourd'hui ? Il ne t'a pas dit qu'il avait vu Kendrick ?

— Il n'est pas venu, Paddy. Il n'est venu ni hier ni aujourd'hui. J'ai laissé une demi-douzaine de messages sur son répondeur, mais je n'ai eu aucune nouvelle de lui. Drôle d'attitude pour un ambitieux de son espèce.

— Je te rappellerai plus tard, mon chou. Et surtout ne bouge pas !

O'Reilly raccrocha et leva les yeux vers l'homme de la C.I.A.

— Vous avez tout entendu, monsieur. Je pense que vous avez droit à des excuses de votre serviteur. Acceptez-les.

— Je n'ai ni à vous demander ni à accepter des excuses, lieutenant. Nous avons fait tellement de gâchis à

Langley que si quelqu'un redoute que sa femme ne soit mêlée à une de nos opérations, on ne peut pas lui en vouloir de nous envoyer promener.

— Je crains qu'il n'y ait eu un peu de cela... Qui s'occupe de Tobias ? Vous ou moi ?

— Je ne peux pas vous charger de cette mission, car la loi non seulement ne le prévoit pas, mais elle l'interdit. Ce que je peux faire, en revanche, c'est vous demander votre aide, et j'en ai désespérément besoin. Je vais vous couvrir pour ce soir en invoquant la sécurité nationale. Vous ne risquez rien en vous abstenant de faire un rapport. Mais, pour ce qui est de Tobias, je ne puis que vous demander une faveur.

— Quelle faveur ? demanda O'Reilly en descendant de la voiture avant de refermer doucement de la portière.

— Tenez-moi informé...

— Ce n'est pas une grande faveur...

— ... avant qu'un rapport officiel soit rédigé, acheva le directeur des Projets spéciaux.

— C'est déjà plus difficile, dit Paddy en étudiant le visage de Payton. D'abord, je ne peux rien vous garantir. Si on le repère en Suisse ou si on trouve son corps flottant sur le Potomac, je ne l'apprendrai pas nécessairement.

— Nous pensons manifestement à la même chose. Mais je sais que vous avez le bras long, lieutenant. Pardonnez-moi, mais il m'a fallu faire une enquête sur tout l'entourage d'Evan Kendrick. Je sais que la police du district de Columbia vous a pratiquement soudoyé pour vous faire venir de Boston, il y a douze ans de cela...

— Je touche le salaire correspondant à mon échelon. Il n'y a rien à cacher...

— Un salaire presque équivalent à celui de détective en chef, un poste que vous avez refusé il y a quatre ans, parce que vous ne vouliez pas d'un travail de bureau.

— Bon Dieu !

— Il m'a fallu être extrêmement méticuleux dans mes recherches... Mais comme votre femme travaille pour Kendrick, je suis sûr qu'un homme dans votre situation peut exiger d'être tenu au courant de tout élément nouveau concernant la disparition de Phillip Tobias qui, lui aussi, travaille, ou devrais-je dire travaillait, pour Kendrick.

— Je suppose que c'est possible, afin d'être à même de protéger ma femme. Mais cela me conduit à vous poser une ou deux questions.

— Allez-y. Vos questions m'apporteront peut-être un peu de lumière.

— Pourquoi Evan est-il parti aux Bahamas ?

— C'est moi qui les y ai envoyés.

— Il est parti avec la fille du Caire ?... Manny Weingrass a parlé d'elle à ma femme.

— Elle travaille pour nous. Elle a participé à l'opération d'Oman. Il y a à Nassau un type qui servait d'homme de paille pour une société avec laquelle Kendrick a travaillé. Il n'a pas très bonne réputation et son ancienne société non plus, et nous avons pensé que cela valait la peine d'être étudié de plus près.

— Dans quel but ?

Le directeur des Projets spéciaux tourna la tête par-dessus le toit de la voiture dans la direction de la maison aux fenêtres faiblement éclairées.

— Tout cela viendra en son temps, O'Reilly. Je ne vous cacherai rien, je vous le promets. Mais, d'après tout ce que vous m'avez décrit, j'ai encore pas mal de travail à faire. Il faut que je contacte les linceuls et je ne peux le faire que de ma voiture.

— Les « linceuls » ? Qu'est-ce que c'est que ça ?

— Un groupe d'hommes dont nous n'aimerions ni l'un ni l'autre faire partie. Ils viennent ramasser des cadavres à propos desquels ils ne peuvent témoigner, pratiquent une expertise médico-légale dont ils se sont engagés sous serment à ne pas révéler les résultats. Ils sont indispensables et je les respecte profondément, mais je n'aimerais vraiment pas être des leurs.

Brusquement, de la voiture de police, s'éleva la sonnerie irritante et insistante du téléphone réglé sur *Urgence*, résonnant dans le silence de la nuit froide et se répercutant sur le mur de brique pour se perdre dans les bois. O'Reilly ouvrit la portière et décrocha précipitamment avant de porter le combiné à son oreille.

— Oui ?

— Paddy ! Oh ! mon Dieu ! gémit Ann Mulcahy O'Reilly d'une voix amplifiée par le haut-parleur. Ils l'ont trouvé ! Ils ont trouvé Phil ! Il était dans la cave, sous une chaudière ! Oh ! Paddy ! Ils ont dit qu'il avait la gorge tranchée ! Jésus, Marie, Joseph ! Il est mort !

— Quand tu dis « ils », mon chou, de qui parles-tu exactement ?

— Harry et Sam, de l'équipe de nuit de l'entretien. Ils viennent de m'appeler, mourant de trouille, pour me demander d'avertir la police !

— C'est ce que tu viens de faire, Annie. Dis-leur de ne pas bouger. Ils ne doivent toucher à rien ni en parler à personne avant mon arrivée ! C'est compris ?

— N'en parler à personne ?

— C'est une procédure d'isolement, je t'expliquerai. Appelle tout de suite les services de sécurité et demande que l'on poste cinq hommes armés de fusils devant la porte du bureau. Dis-leur que ton mari est officier de police et que c'est lui qui le demande, parce qu'il a reçu des menaces *personnelles.* Tu as bien compris ?

— Oui, Paddy, répondit Annie d'une voix étouffée par les larmes. Mon Dieu ! Il est mort !

O'Reilly se retourna sur son siège et vit le directeur des Projets spéciaux qui courait vers sa voiture.

28

Il était seize heures dix-sept, heure du Colorado, et Emmanuel Weingrass était à bout de patience. Il avait découvert à onze heures du matin que le téléphone ne fonctionnait pas et avait appris peu après que deux des infirmières le savaient depuis le début de la matinée, quand elles avaient essayé, elles aussi, de l'utiliser. L'une d'elles était partie à Mesa Verde pour téléphoner de l'épicerie et signaler à la compagnie du téléphone que la ligne était en dérangement. Elle en était revenue avec la promesse que le problème serait réglé « dès que possible ».

Il s'était écoulé plus de cinq heures, rien n'avait encore été fait et Manny trouvait cette situation inadmissible. Le député de la circonscription, un héros national de surcroît, méritait plus d'égards. C'était un affront que Weingrass ne pouvait tolérer. Même s'il ne s'en ouvrait pas à ses trois sorcières, il avait de mauvaises pensées et, à mesure que le temps passait, son inquiétude se faisait de plus en plus vive.

— Écoutez, vous, augures du thane de Cawdor ! hurla-t-il à pleins poumons de la véranda à deux des gardes-malades qui jouaient au gin-rummy.

— Qu'est-ce que vous racontez encore, Manny ? demanda la troisième en baissant le journal qu'elle lisait dans un fauteuil du séjour.

— *Macbeth*, femme inculte ! C'est moi qui fais la loi !

— C'est bien tout ce que vous êtes capable de faire, Mathusalem !... *Gin !*

— Vous connaissez bien mal la Bible, mademoiselle l'érudite... Je ne resterai pas plus longtemps coupé du monde. Si l'une de vous ne me conduit pas tout de suite à Mesa Verde pour que j'appelle le directeur de cette compagnie merdique du téléphone, je pisse partout dans la cuisine !

— Ce ne sera pas facile, avec la camisole de force que nous allons vous passer, répliqua l'une des joueuses de cartes.

— Attends un peu, dit l'autre. Il peut toujours appeler Kendrick qui, lui, pourra intervenir utilement. Il faut absolument que je téléphone à Frank ; il prend l'avion demain matin et je n'ai pas pu faire la réservation au motel de Cortez.

— Je suis d'accord, dit la troisième infirmière. Il peut téléphoner de chez Abe Hawkins.

— Nous appellerons du bureau de Gee-Gee, déclara Manny. Je n'ai aucune confiance en quelqu'un qui porte le nom d'Abraham. C'est le genre de type à avoir vendu des armes à l'ayatollah sans même avoir pensé à faire un bénéfice... Bon, je vais chercher un chandail et ma veste.

— Je veux bien prendre la voiture, dit l'infirmière de la salle de séjour en posant son journal au pied du fauteuil. Prenez votre manteau, Manny, il fait froid et le vent de la montagne souffle de plus en plus fort.

Weingrass marmonna une épithète incompréhensible en passant devant la jeune femme et se dirigea vers sa chambre qui se trouvait dans l'aile gauche de la maison. Dès qu'il fut dans le hall de pierre, hors de vue des infirmières, il pressa le pas : il n'avait pas seulement un chandail à prendre. Il pénétra dans la vaste chambre dans laquelle il avait fait percer une grande baie vitrée coulissante, ouvrant sur une terrasse dallée, et il se dirigea d'un pas vif vers la haute armoire, prenant une chaise au passage. Prudemment, en se retenant au meuble, il se hissa sur la chaise, leva la main pour atteindre le dessus de l'imposante armoire et tira vers lui une boîte à chaussures. Il redescendit, emporta la boîte sur le lit et l'ouvrit. Elle contenait un automatique de calibre .38 et trois chargeurs.

Il avait été obligé de trouver une cachette, car Evan avait fait fermer la vitrine contenant son fusil de chasse et enlever toutes les munitions, et il avait interdit les armes à feu dans la maison. Les deux hommes n'en avaient jamais parlé, car la raison qui avait poussé Evan à prendre cette décision était trop pénible à aborder. Il redoutait, et ses craintes n'étaient pas dénuées de tout fondement, que si le cancer de son vieil ami réapparaissait, il ne veuille mettre fin à ses jours. Mais, après la longue et tumultueuse existence qu'il avait menée, l'idée de vivre sans arme était insupportable à Emmanuel Weingrass. Gee-Gee Gonzalez avait rapidement remédié à cette situation et si Manny avait un jour brisé la vitrine renfermant le fusil de chasse, il s'était contenté d'en menacer la horde de journalistes qui assouvissaient leurs besoins naturels sur les pelouses et les plates-bandes.

Il mit un chargeur dans le magasin, glissa les deux autres dans sa poche et replaça la chaise devant le bureau. Puis il ouvrit la penderie et prit sur une étagère un épais et long tricot de laine qui avait l'avantage de dissimuler les bosses faites par son arme. Puis il fit ce qu'il n'avait encore jamais fait depuis que les portes coulissantes avaient été posées, même lorsque la maison était assiégée par les journalistes. Il inspecta les serrures et appuya sur un bouton rouge caché derrière les rideaux pour brancher l'alarme. Puis il sortit de la chambre, referma la porte et rejoignit l'infirmière qui l'attendait dans l'entrée.

— Vous avez un très joli chandail, Manny, dit-elle en lui tendant son manteau.

— Je l'ai acheté en solde à Monte-Carlo, dans un magasin d'articles de ski.

— Pourquoi vous sentez-vous toujours obligé de répondre par une impertinence ?

— Mais c'est la vérité !

— Allez, mettez votre manteau.

— J'ai l'air d'un Hasid avec ce machin.

— L'air de quoi ?

— Heidi au pays des edelweiss.

— Non, je trouve cela très masculin.

— Allons-nous-en, dit Weingrass.

En arrivant devant la porte, il se retourna.

— Hé ! Les filles ! cria-t-il aux deux autres infirmières en train de jouer sous la véranda.

— Oui, Manny.

— Écoutez-moi bien, dit-il, je parle sérieusement. Comme le téléphone est toujours coupé, je me sentirais beaucoup plus rassuré si vous branchiez l'alarme principale. Moquez-vous de moi autant que vous voulez, mes jolies, je sais bien que pour vous je ne suis qu'un vieil imbécile un peu gâteux. Mais je vous demande de faire cela pour moi.

— Comme c'est gentil...

— Bien sûr, Manny. Vous pouvez compter sur nous.

Le coup de l'humilité marche toujours, songea Weingrass en repartant vers la porte.

— Dépêchez-vous un peu, dit-il à l'infirmière qui le suivait en se débattant pour enfiler sa parka. Je veux arriver chez Gee-Gee avant que la compagnie du téléphone ne ferme pour un mois.

Le vent soufflait vraiment très fort et ils furent obligés de se courber en deux pour parcourir la distance de la porte à la Saab turbo de Kendrick, garée à mi-chemin de l'allée circulaire. Manny se protégeait le visage de la main gauche, la tête tournée vers la droite quand, brusquement, la force du vent et la difficulté de la marche passèrent au second plan de ses préoccupations. Il crut tout d'abord que les feuilles tournoyantes et les tourbillons de poussière brouillaient sa vue encore excellente pour son âge, puis il comprit qu'il n'en était rien. Il avait perçu un mouvement, un mouvement *humain,* derrière la haute haie qui courait en bordure de la route. Une silhouette s'était mise à courir avant de se jeter à terre à un endroit où le feuillage était particulièrement épais. Une autre l'avait aussitôt suivie et s'était avancée un peu plus loin.

— Ça va, Manny ? demanda l'infirmière en arrivant devant la voiture.

— C'est de la rigolade, en comparaison des cols des Alpes ! répondit Manny. Dépêchez-vous de vous installer au volant !

— J'adorerais voir les Alpes un jour !

— Moi aussi, marmonna Weingrass d'une voix à peine audible en montant dans la Saab.

Il passa discrètement la main sous son manteau et son chandail et il prit l'automatique qu'il glissa entre le siège et la portière tandis que l'infirmière mettait le contact.

— Quand vous arriverez à la route, tournez à gauche, dit-il.

— Non, Manny, vous vous trompez. Le plus rapide pour Mesa Verde, c'est de prendre à droite.

— Je sais, ma jolie, mais je vous demande quand même de tourner à gauche.

— Manny ! À votre âge ! Je vous préviens que, si vous avez une idée derrière la tête, je vais me fâcher !

— Tournez à gauche, dépassez le premier virage et arrêtez-vous.

— Monsieur Weingrass ! Si vous vous imaginez...

— Je vais descendre, dit calmement le vieil architecte. Je ne tiens pas à vous alarmer et je vous promets de tout vous expliquer plus tard, mais, pour l'instant, faites exactement ce que je vous dis... S'il vous plaît. Roulez.

Ébahie, l'infirmière ne comprit pas ce que lui disait Weingrass d'une voix anormalement douce, mais elle comprit ce qu'elle lut dans son regard. Ce n'était pas une comédie ; il lui donnait un ordre et il n'était pas question de désobéir. Elle suivit l'allée jusqu'à la route et tourna à gauche.

— Merci, reprit-il. Je veux que vous preniez la route de Mancos qui repart vers Mesa Verde.

— Mais cela allonge le trajet d'au moins dix minutes...

— Je sais, mais c'est ce que je veux que vous fassiez. Roulez aussi vite que possible, allez directement chez Gee-Gee et dites-lui d'avertir la police...

— Manny ! s'écria l'infirmière en serrant le volant.

— Je suis sûr que ce n'est rien du tout, dit vivement Weingrass d'un ton rassurant. Sans doute un automobiliste dont la voiture est tombée en panne ou un promeneur égaré. Mais je pense qu'il vaut mieux vérifier, n'est-ce pas ?

— Je ne sais pas ce que je dois penser, mais il n'est pas question que je vous laisse descendre de cette voiture !

— Si, dit Manny en levant l'automatique d'un geste désinvolte, comme s'il étudiait la forme du levier de la détente, mais sans faire de geste menaçant dans la direction de la conductrice.

— Seigneur !

— Je ne risque rien, ma chère enfant, car, chez moi, la prudence frise la lâcheté... Arrêtez-vous ici.

Paniquée, l'infirmière obéit tandis que ses yeux apeurés passaient successivement de l'arme au visage du vieil architecte.

— Merci, dit Weingrass en ouvrant la portière. Je vais sans doute retrouver notre visiteur inoffensif en train de prendre le café avec vos collègues, ajouta-t-il d'une voix plus forte pour couvrir le bruit du vent qui s'engouffrait par la portière.

Il descendit et poussa la portière pour la fermer. Les roues de la Saab patinèrent et la voiture s'éloigna à toute allure. Aucune importance, songea Manny ; les rafales de vent avaient couvert le bruit.

Elles couvraient aussi tous les bruits qu'il faisait en marchant sur les branches tombées à la lisière du bois tandis qu'il rebroussait chemin vers la maison en prenant soin de rester sous le couvert des arbres. Il était content d'avoir pris son manteau sombre et de voir de gros nuages noirs défiler dans le ciel : cela lui permettait de passer plus facilement inaperçu. Cinq minutes plus tard, il s'était enfoncé de quelques dizaines de mètres dans le bois et il se trouvait derrière un gros tronc d'arbre, juste en face de la haute haie bordant la route. Il leva le bras pour se protéger du vent et, plissant les yeux, regarda de l'autre côté de la route.

Ils étaient là ! Et il ne s'agissait pas de voyageurs égarés. Les intrus attendaient... quelque chose ou quelqu'un. Les deux hommes, accroupis devant la haie, portaient une veste de cuir. Ils se parlaient avec vivacité, et celui de droite regardait sa montre avec impatience. Il n'était point besoin d'expliquer à Weingrass ce que cela signifiait : ils attendaient quelqu'un, plusieurs personnes sans doute. Maladroitement, sentant plus physiquement que moralement le poids des ans, Manny se baissa et commença à avancer à quatre pattes. Sans savoir exactement ce qu'il cherchait, il savait qu'il devait absolument le trouver.

C'était une épaisse et lourde branche, longue d'un mètre mais maniable, brisée par le vent et d'où la sève coulait encore à l'endroit où elle s'était rompue. Lentement, péniblement, l'octogénaire se releva et repartit vers son gros arbre, à moins de vingt mètres en diagonale des deux hommes tapis au bord de la route.

C'était une entreprise risquée, mais le temps qu'il lui restait à vivre ne l'était pas moins et ses chances étaient infiniment supérieures à celles que l'on a à la roulette ou au chemin de fer. Et il serait fixé beaucoup plus rapidement. Le joueur qu'il y avait en Emmanuel Weingrass était tout disposé à parier une somme rondelette que l'un des deux hommes resterait où il était quoi qu'il advienne. Le vieil architecte s'enfonça dans le bois, choisissant sa position aussi soigneusement que s'il mettait la dernière main à un plan destiné au client le plus important de toute sa carrière. Ce client, c'était lui-même. *Utiliser au maximum le milieu naturel,* avait toujours été un des grands axiomes de sa vie professionnelle, et il ne dérogea pas à cette règle.

Deux peupliers distants d'environ deux mètres formaient une manière de porte végétale. Manny se dissimula derrière le tronc de celui de droite, saisit la grosse branche et la leva un peu au-dessus de sa tête en l'appuyant contre l'écorce. Le vent sifflait à travers les arbres et, au milieu des bruits de la forêt, il ouvrit la bouche et commença à moduler sur deux tons une plainte mi-humaine, mi-animale. Puis il tendit le cou et regarda.

Entre les troncs et le bas des feuillages, il vit la réaction des deux hommes accroupis de l'autre côté de la route. Ils se retournèrent d'un seul mouvement et celui de droite serra l'épaule de son compagnon en lui murmurant quelque chose. Manny pria pour que ce fût ce qu'il espérait : l'ordre d'aller voir de quoi il s'agissait. Il poussa un soupir de soulagement en voyant l'homme se lever, sortir un pistolet de sa veste et traverser la route de Mesa Verde pour s'engager dans le sous-bois.

Tout était maintenant une question de synchronisation. Et de direction. Les cris brefs et modulés attiraient la proie dans le fatal océan de verdure aussi inéluctablement que le chant des sirènes avait attiré Ulysse sur les écueils. Weingrass lança à deux autres reprises son cri étrange, puis une troisième fois, si fort que l'homme se précipita en avant, écartant les branches sur son passage, l'arme pointée devant lui, les pieds s'enfonçant dans la terre meuble, droit entre les deux peupliers.

Manny tira vers lui de toutes ses forces l'extrémité de la grosse branche, la projetant violemment vers la tête de l'homme qui arrivait en courant. Le visage éclata comme un fruit mûr et le sang jaillit de tous les orifices, le crâne fracassé se transforma en une bouillie d'os brisés et de cartilages. L'homme mourut instantanément. Le souffle court, Weingrass s'écarta du tronc de son peuplier et s'agenouilla près du corps.

L'inconnu était un Arabe.

Le vent soufflant de la montagne poursuivait ses assauts furieux. Manny dégagea le pistolet de la main encore chaude du cadavre et, toujours plus maladroitement et péniblement, repartit vers la route. Le compagnon du mort ne tenait pas en place. Il ne cessait de tourner la tête vers le bois, vers la route de Mesa Verde et vers sa montre. La seule chose qu'il n'avait pas faite était de sortir une arme, ce qui apprit quelque chose à Weingrass. Le terroriste — il avait maintenant la certitude que les deux hommes étaient des terroristes — ne pouvait être qu'un piètre amateur ou un professionnel chevronné, mais rien entre les deux.

Sentant son cœur tambouriner dans sa frêle poitrine, Manny s'accorda quelques instants pour reprendre son souffle. Quelques instants très brefs. L'occasion ne se représenterait peut-être plus. Il avança vers le nord, d'arbre en arbre, jusqu'à ce qu'il arrive à une vingtaine de mètres de l'homme trop nerveux qui tournait sans cesse la tête dans l'autre direction. Tout serait encore une fois affaire de synchronisation. Weingrass traversa la route aussi vite que son état le lui permettait et il s'immobilisa, le regard tourné vers le tueur. L'homme était au bord de l'attaque d'apoplexie. Il commença deux fois à se diriger vers le bois, mais revint deux fois sur ses pas pour s'accroupir au pied de la haie et regarder sa montre. Manny s'avança vers le terroriste, l'automatique serré dans sa main aux veines saillantes, et s'arrêta à trois mètres de lui.

— *Jezzar !* hurla-t-il, traitant l'homme de boucher en arabe. Si tu bouges, tu es mort ! *Fahem ?*

Le terroriste basané roula sur lui-même pour se jeter sous la haie tout en lançant une poignée de terre à la tête de Weingrass. Manny leva le bras pour se protéger et il comprit pourquoi l'Arabe n'avait pas montré son arme : elle était posée par terre, à quelques centimètres de sa main. Manny se laissa tomber au sol, sur le bord du revêtement de la route tandis que le terroriste, le pistolet au poing, s'empêtrant dans l'enchevêtrement de branches épineuses, tirait par deux fois. Le vieil architecte entendit à peine les détonations, deux crachotements étouffés, noyés dans les sifflements du vent : l'arme était munie d'un silencieux. Mais les balles, elles, n'étaient pas silencieuses. L'une siffla aux oreilles de Manny, la seconde ricocha sur l'asphalte, près de sa joue. Il leva son automatique et pressa la détente d'une main ferme, l'expérience l'emportant sur le poids des ans. Le terroriste poussa un hurlement et s'affaissa contre la haie, les yeux écarquillés, un filet de sang coulant de la base de sa gorge.

Dépêche-toi donc, vieux machin décati, s'invectiva Weingrass en se relevant avec peine. *Ils attendaient quelqu'un ! Tu veux être transformé en écumoire, vieux débris ? C'est tout ce que tu mériterais ! Arrête de gémir, même si tes vieux os n'en peuvent plus !* Manny s'avança d'une démarche titubante vers le corps retenu par la haie. Il se pencha pour prendre le cadavre par les pieds, puis, en grimaçant et en faisant appel à toutes les forces qui lui restaient, il tira le corps de l'autre côté de la route et dans le bois.

Il n'avait qu'une envie, s'étendre par terre et se reposer pour laisser à son cœur affolé le temps de se calmer et à sa respiration haletante celui de retrouver un rythme normal, mais il savait qu'il ne pouvait se le permettre. Il devait continuer, il devait être prêt et surtout il devait en prendre un vivant. C'est à Evan, à son fils, qu'ils en voulaient, ces salauds ! Il fallait leur arracher des renseignements... La mort viendrait ensuite.

Il distingua au loin le bruit d'un moteur. Il demeura pétrifié pendant un instant, puis, à petits pas, franchit la lisière du bois pour regarder entre les arbres. Une voiture venait de la direction de Mesa Verde, mais soit le vent était trop fort, soit le moteur tournait au ralenti, soit elle avançait en roue libre. Oui, c'était cela ! Le moteur était coupé, car Manny n'entendait plus maintenant que le glissement des pneus sur l'asphalte tandis que le véhicule s'approchait de la haie limitant le domaine et s'arrêtait juste avant l'embranchement de l'allée circulaire. Il y avait deux hommes à l'intérieur. Le conducteur, un homme râblé d'une quarantaine d'années, descendit le premier et regarda tout autour de lui, attendant à l'évidence un signal quelconque. Il plissa les yeux dans la lumière diffuse de la fin de l'après-midi et, ne voyant personne apparaître, traversa la route et commença de longer le bois. Weingrass glissa l'automatique dans sa ceinture et se pencha pour prendre le pistolet muni du silencieux. L'arme était trop grosse pour loger dans une poche et, comme l'Arabe, il la posa à ses pieds après avoir vérifié qu'il restait quatre balles dans le magasin. Puis il se redressa et recula de deux pas dans les buissons. L'homme continuait d'avancer et il se trouvait maintenant juste devant Manny.

— Yosef !

Le cri lui parvint, porté par le vent, et il vit le compagnon du conducteur se précipiter en claudiquant à la poursuite de son chef. Manny fronça les sourcils, perplexe ; Yosef était un nom hébreu, mais ces tueurs n'étaient pas israéliens.

— Silence, petit ! ordonna en arabe d'une voix bourrue l'aîné des terroristes quand son compagnon arriva à sa hauteur. Si je t'entends encore une fois crier comme cela, je te renvoie dans la Bekaa, mais dans un cercueil !

Weingrass ne perdait ni un mot ni un geste des deux hommes qui se tenaient au bord de la route, à moins de six mètres de lui, et il comprenait pourquoi le premier tueur avait appelé l'autre « petit ». Son jeune compagnon était encore un adolescent, âgé au plus de dix-sept ans.

— Tu ne me renverras nulle part ! répliqua le jeune homme d'une voix furieuse, avec un défaut d'élocution très prononcé, dû sans doute à un bec-de-lièvre. Jamais plus je ne marcherai normalement à cause de ce fumier ! Sans lui, j'aurais pu devenir un grand martyr de notre cause sacrée !

— Ça va, ça va, fit l'Arabe au nom hébreu avec une pointe de compassion. Verse-toi de l'eau froide sur la nuque, sinon ta tête va exploser. Que voulais-tu me dire ?

— La radio américaine ! Je viens d'écouter les nouvelles et je comprends assez bien leur langue pour... comprendre !

— Ils ont parlé de nos frères, à l'autre maison ?

— Non, pas un mot. Mais les juifs ! Ils ont exécuté le vieux Khouri. Ils l'ont pendu !

— Qu'espérais-tu, Aman ? Il y a quarante ans, il travaillait encore avec les derniers nazis d'Afrique du Nord. Il a tué des juifs, il a détruit des kibboutzim et même fait sauter un hôtel à Haïfa.

— Notre devoir est de tuer l'assassin, Begin, et tous les vieillards de l'Irgoun et du groupe Stern ! Khouri était un symbole de grandeur...

— Ça suffit, petit ! Ces vieillards ont beaucoup plus combattu les Anglais que nous et pas plus eux que le vieux Khouri n'ont rien à voir avec ce qui nous a amenés ici. Nous sommes venus donner une leçon à un salopard de politicien américain qui s'est fait passer pour l'un des nôtres, qui s'est habillé comme nous, a parlé dans notre langue et a trahi l'amitié que nous lui offrions. Concentre-toi sur ce que nous avons à faire *maintenant,* petit !

— Où sont les autres ? Ils devaient nous attendre sur le bord de la route !

— Je n'en sais rien. Ils ont peut-être appris ou vu quelque chose qui les a poussés à entrer dans la maison. Regarde à travers les buissons... Des lumières s'allument. Nous allons nous séparer et avancer chacun de notre côté en rampant. Nous traverserons les pelouses jusqu'aux fenêtres et nous découvrirons sans doute nos frères en train de prendre le café avec les occupants de la maison... avant de leur trancher la gorge.

Emmanuel Weingrass leva le pistolet équipé du silencieux, déplaçant la ligne de mire entre les deux terroristes. Il les voulait vivants, tous les deux. Quand ils avaient parlé de « l'autre maison », il avait senti une telle vague de fureur monter en lui qu'il avait failli leur faire éclater aussitôt la tête. C'est son *fils* qu'ils voulaient tuer ! Si c'était déjà fait, ils le paieraient très cher et ils mourraient dans d'atroces souffrances ! Il baissa légèrement son arme et visa alternativement les deux hommes, à la hauteur du bassin.

Manny tira juste au moment où une rafale de vent balayait la route, deux balles sur l'aîné des terroristes, une seule sur le plus jeune. Ils donnèrent tous deux l'impression de ne pas comprendre ce qui leur arrivait. L'adolescent s'effondra en hurlant et se tordit de douleur ; l'autre était d'une autre trempe. Il se redressa lentement, se tourna vers l'endroit d'où étaient venus les coups de feu et s'avança en titubant, massif, indestructible.

— Pas un pas de plus, Yosef ! hurla Manny, au bord de l'épuisement, en se retenant à un arbre. Je n'ai pas l'intention de vous tuer, mais je n'hésiterai pas, s'il le faut, à tuer celui qui porte un nom hébreu et qui assassine des juifs !

— Ma mère ! rugit le colosse. Elle vous a reniés ! C'est vous qui assassinez mon peuple ! Vous nous dépouillez de tout et vous crachez sur nous ! Oui, je suis à moitié juif, mais je hais les juifs qui ont tué mon père et rasé la tête de ma mère, parce qu'elle aimait un Arabe ! Je vais vous expédier en enfer !

Dans son long manteau noir ondulant dans le vent, Weingrass s'agrippa au tronc de l'arbre, enfonçant si fort ses ongles dans l'écorce que ses doigts saignaient. La silhouette massive du terroriste fut soudain devant lui et il sentit se refermer sur sa gorge l'étreinte d'une poigne de fer.

— Non ! cria Manny, comprenant aussitôt qu'il n'avait plus le choix.

Il tira la dernière balle qui pénétra dans le front plissé du tueur. Yosef s'affaissa avec un dernier geste de bravade. Tremblant, cherchant désespérément son souffle, Weingrass s'adossa contre l'arbre et il baissa la tête vers le cadavre. Celui d'un homme qui avait horriblement souffert d'un arrangement territorial contraignant des êtres humains à s'entre-tuer. Et, à cet instant, Emmanuel Weingrass vit clairement la conclusion qui lui échappait depuis qu'il était en âge de penser. Le dogmatisme haineux était la pire de toutes les impostures de la pensée humaine. Il dressait les hommes les uns contre les autres, à la poursuite de l'inconnaissable. Comment pouvait-on s'arroger un tel droit ?

— Yosef... Yosef ! s'écria l'adolescent en roulant dans les buissons qui bordaient la route. Où es-tu ? Je suis blessé !

Manny comprit qu'il ne s'était pas rendu compte de ce qui s'était passé. De l'endroit où il se trouvait, il n'avait rien vu et le bruit du vent avait couvert le crachotement du coup de feu déjà étouffé par le silencieux. Le jeune terroriste fanatique ne savait pas que Yosef était mort et qu'il était le dernier survivant. La première préoccupation de Manny était justement de s'assurer qu'il restait en vie. Pas question de faire de lui un nouveau martyr en le poussant au suicide. Ce n'était ni le lieu ni le moment : il y avait certains faits à découvrir, des faits qui pouvaient sauver la vie d'Evan Kendrick.

Weingrass enfonça ses doigts couverts de sang dans la poche de son manteau et jeta le pistolet par terre. Rassemblant toutes ses forces, il s'éloigna de son arbre et se dirigea aussi rapidement qu'il le pouvait vers le sud, écartant de ses bras maigres les branches qui le gênaient, puis il obliqua vers la route. En débouchant sur le bas-côté, il vit la voiture des tueurs : il était allé assez loin. Il tourna à droite et repartit sur l'asphalte. La surface unie lui permettait de marcher plus vite. *Plus vite ! Plus vite, mes vieilles flûtes ! Il ne faut pas que le gamin se déplace, qu'il rampe, qu'il voie !* Manny sentait le sang lui monter à la tête et son cœur faisait dans sa poitrine un bruit assourdissant. Il était là ! Mais il s'était déplacé... il s'enfonçait dans le bois en rampant. Quelques mètres de plus et il verrait le cadavre de son compagnon. Il ne fallait pas !

— *Aman !* cria Manny de toutes ses forces. *Ayn ent ? Kaif el-ahwal ? Itkallem,* poursuivit-il en demandant au jeune fanatique où il était et comment il allait, et en lui ordonnant de répondre.

— Je suis là ! répondit l'adolescent dans la même langue. Je suis blessé à la hanche ! Je ne sais pas où est passé Yosef !

Le jeune Arabe roula sur le dos en s'attendant à découvrir un de ses frères d'armes et il écarquilla les yeux en voyant Manny s'approcher de lui.

— Qui êtes-vous ? hurla-t-il en glissant la main sous sa veste pour prendre une arme. Je ne vous ai jamais vu !

Weingrass frappa du pied le coude du jeune homme et, quand la main vide réapparut, il posa le pied dessus, l'écrasant sur la poitrine du terroriste.

— Ne recommence jamais, jeune crétin ! lança-t-il avec l'accent et le ton d'un officier saoudien réprimandant une recrue à l'esprit obtus. Nous ne t'avons pas couvert pour que tu nous crées encore plus d'ennuis ! Bien sûr que tu es blessé, mais j'espère que tu te rends compte que tu as la chance de n'être que blessé ! Tu pourrais tout aussi bien être mort !

— Qu'est-ce que vous racontez ?

— À quoi jouais-tu ? hurla Manny. À courir sur la route, à élever la voix et à tourner autour de notre objectif comme un voleur dans la nuit ? Yosef avait raison : tu mérites d'être renvoyé dans la Bekaa !

— Yosef ? Où est-il ?

— Dans la maison, avec les autres. Je vais t'aider à te relever. Allons les rejoindre.

Craignant de tomber, Manny s'accrocha à une branche tandis que le jeune terroriste se remettait péniblement debout en s'agrippant à sa main.

— Mais d'abord, donne-moi ton arme.

— Quoi ?

— Ils pensent que tu es trop bête pour te promener avec une arme.

— Je ne comprends pas...

— Tu n'as pas à comprendre.

Manny gifla sèchement le jeune fanatique tout en plongeant la main droite entre les boutons de sa veste. Quand sa main ressortit, elle tenait un calibre .22.

— Tu peux tirer sur des moucherons avec un joujou comme celui-là, dit-il en prenant l'adolescent par le bras. Viens avec moi. Tu peux sauter à cloche-pied, si c'est plus facile. Nous allons nous occuper de ta blessure.

Le soleil de la fin de la journée avait disparu derrière les nuages noirs d'un orage descendant des montagnes. Le vieil architecte épuisé et l'adolescent blessé se trouvaient au beau milieu de la route quand un grondement de moteur se fit ensemble. Ils furent pris dans le faisceau lumineux des phares d'une automobile qui arrivait à toute allure de la direction de Mesa Verde. Il y eut des crissements de pneus et le puissant véhicule freina en dérapant avant de s'immobiliser à quelques mètres de Weingrass et de son prisonnier qui se précipitaient vers la haie, Manny retenant l'Arabe par sa veste. Un homme bondit de la voiture tandis que Weingrass plongeait la main dans la poche de son manteau pour prendre son automatique. Le vieil architecte vit une silhouette aux contours flous s'élancer vers eux et il leva son arme pour tirer.

— Manny ! cria Gee-Gee Gonzalez.

Weingrass se laissa tomber par terre sans lâcher la veste du jeune terroriste.

— Tenez-le ! ordonna-t-il à Gee-Gee d'une voix si faible qu'elle semblait être son dernier soupir. Tenez-lui les bras et ne le lâchez pas ! Ils ont parfois une capsule de cyanure sur eux !

L'une des infirmières injecta un sédatif au jeune Arabe pour le faire dormir jusqu'au lendemain matin. Sa blessure saignait beaucoup, mais il n'était pas gravement touché, la balle ayant traversé les chairs. Elle fut nettoyée, pansée et l'effusion de sang cessa. Gee-Gee transporta l'adolescent dans une des chambres et lui attacha les pieds et les poignets aux quatre coins du lit, puis les infirmières déplièrent deux couvertures sur son corps nu.

— Il est si jeune, dit l'une d'elles en plaçant un oreiller sous la tête de l'adolescent.

— C'est un tueur, répliqua Weingrass d'un ton glacial en scrutant le visage du terroriste. S'il le pouvait, il vous abattrait sans une seconde d'hésitation, comme il rêve de massacrer les juifs, comme il nous massacrerait tous si nous lui laissons la vie sauve.

— Ce que vous dites est révoltant, monsieur Weingrass ! s'exclama sa collègue. Ce n'est qu'un enfant.

— Allez donc dire cela aux parents de tous les enfants juifs qui n'ont jamais eu la chance de vivre jusqu'à son âge !

Manny quitta brusquement la chambre pour rejoindre Gonzalez qui était allé rentrer au garage sa voiture trop reconnaissable. Le cafetier était déjà revenu et il était en train de se verser une grande rasade de whisky au bar de la véranda.

— Faites comme chez vous, dit l'architecte en pénétrant sous la galerie vitrée et en se dirigeant vers son fauteuil de cuir. Je le mettrai sur votre ardoise, comme vous faites pour moi.

— Vous n'êtes qu'un vieux cinglé ! lança Gee-Gee. Complètement timbré ! *Loco !* Vous auriez pu vous faire tuer ! *Muerto ! Comprende ? Muerto, muerto...* Mort, mort, mort, vieux fou ! Ça, j'aurais peut-être pu le supporter, mais pas la crise cardiaque que vous m'auriez donnée ! On ne vit pas si bien avec une crise cardiaque, quand elle est fatale ! *Comprende ?*

— D'accord, d'accord ! Je vous offre votre verre !

— *Loco !* hurla encore une fois Gee-Gee Gonzalez avant de vider son verre d'une gigantesque lampée.

— J'ai compris, dit Manny d'un ton conciliant. Reprenez donc un whisky. Je ne les mettrai sur votre note qu'à partir du troisième.

— Je ne sais pas si je dois partir ou rester ici ! dit Gee-Gee en se versant un autre verre.

— La police ?

— Vous croyez que j'ai eu le temps d'appeler la police ? Et si j'avais appelé, ils seraient venus au bout d'un mois ! La jeune femme, l'*ama de cria,* l'infirmière... Elle appelle la police. J'espère qu'on lui répondra. Il faut parfois appeler Durango pour avoir quelqu'un.

La sonnerie du téléphone du bar retentit. Un bourdonnement plutôt qu'une sonnerie et, en tout cas, pas la sonnerie d'un téléphone. Weingrass en fut tellement surpris qu'il faillit tomber en bondissant de son fauteuil.

— Vous voulez que je réponde ? demanda Gee-Gee.

— Non ! rugit Manny en se dirigeant vers le bar d'un pas mal assuré.

— Allô ? dit le vieil architecte en s'efforçant de contrôler sa voix.

— Monsieur Weingrass ?

— Peut-être. Qui êtes-vous ?

— Nous avons effectué un branchement laser sur votre ligne téléphonique. Je m'appelle Mitchell Payton et...

— Je sais qui vous êtes ! le coupa Manny. Comment va mon fils ?

— Il va bien. Je viens de lui parler au téléphone. Il est aux Bahamas et un appareil militaire vient de décoller de la base de Homestead pour aller le chercher à Nassau. Il sera à Washington dans quelques heures.

— Gardez-le là-bas ! Qu'il soit entouré de gardes du corps et que personne ne s'approche de lui !

— C'est donc arrivé chez vous aussi ?... Je me sens inutile, incompétent. J'aurais dû poster des gardes... Combien de morts ?

— Trois, répondit Manny.

— Mon Dieu !... Que sait exactement la police ?

— Rien. Elle n'est pas encore arrivée.

— Elle n'est pas arrivée !... Écoutez-moi bien, monsieur Weingrass. Ce que je vais vous dire va vous paraître étrange et même complètement insensé, mais je sais de quoi je parle. Il faut dans l'immédiat que le secret soit gardé sur cette tragédie. Nous aurons de bien meilleures chances de mettre la main sur les coupables en évitant toute panique et en confiant cette tâche à nos experts. Avez-vous bien compris, monsieur Weingrass ?

— Compris et convenu, répondit avec une pointe de condescendance le vieil architecte qui avait travaillé avec le Mossad. J'accueillerai la police devant la maison pour dire qu'il s'agissait d'une fausse alerte, un voisin dont la voiture était tombée en panne et qui n'avait pas pu nous joindre au téléphone...

— J'avais oublié, dit doucement le directeur des Projets spéciaux, que vous connaissez la musique.

— Oui, dit sobrement Manny, je connais la musique.

— Attendez un peu ! s'écria brusquement Payton. Vous m'avez dit qu'il y avait trois victimes, mais alors... Vous, vous n'avez rien...

— Les trois victimes sont de l'autre côté, pas du nôtre, monsieur l'incapable...

— Qu'est-ce que vous dites ?... Bon Dieu !

— Il ne m'a pas beaucoup aidé. Essayez donc Abraham.

— Pouvez-vous être plus clair, monsieur Weingrass ?

— J'ai été obligé de les tuer. Mais le quatrième est encore en vie et sous sédatif. Dépêchez-vous d'envoyer vos experts avant que je le tue, lui aussi.

29

Le chef de station de la C.I.A. aux Bahamas, un homme trapu et hâlé, aux traits un peu lourds, avait rapidement pris toutes les dispositions de son bureau de l'ambassade. Une escorte armée fut envoyée par la police de Nassau à l'hôtel Cable Beach, où quatre officiers en uniforme accompagnèrent un homme à la taille élancée et aux cheveux châtain clair et une belle femme au teint bistre de leur suite au septième étage à un véhicule officiel garé devant l'imposante entrée de marbre de l'hôtel dont les abords avaient été interdits à la circulation. Le gérant de l'établissement, un Écossais alerte du nom de McLeod, avait préparé un itinéraire empruntant les couloirs de service, où étaient postés ses meilleurs agents de la sécurité, pour déboucher devant l'entrée illuminée, flanquée de deux énormes fontaines projetant des jets éclairés dans le ciel nocturne. Les deux assistants de McLeod, un géant au rire tonitruant qui répondait au curieux nom de Vernal et une jeune et ravissante hôtesse, expliquaient courtoisement aux clients que l'attente serait brève, cependant que cinq motocyclistes de la gendarmerie sillonnaient sans relâche les allées du parc plongé dans les ténèbres. Le chef de station de la C.I.A. avait mis tout son poids dans l'opération et ce n'était pas un homme à qui on refusait une faveur. Il connaissait tous les gens importants aux Bahamas et tout le monde le connaissait.

Evan et Khalehla, entourés par leurs gardes du corps, montèrent dans le véhicule officiel où l'homme de la C.I.A. occupait déjà le siège du passager avant. Kendrick était incapable de parler et Khalehla lui étreignait la main, sachant ce qu'il éprouvait : il avait perdu sa clarté d'esprit, il était dévoré par le chagrin et par une colère folle. Evan n'avait pu retenir ses larmes en apprenant la mort de Kashi et Sabri Hassan, et il n'avait point été besoin de lui parler des horribles mutilations qu'il ne pouvait que trop bien imaginer. Mais ces larmes avaient rapidement été remplacées par un poing serré. Tant de barbarie appelait la vengeance et cela se lisait dans ses yeux, au plus profond de ses pupilles brillant d'une fureur rentrée.

— Je ne sais pas exactement ce qui se passe, dit le chef de station de la C.I.A. en se tournant à moitié sur son siège, mais je peux vous dire qu'un avion de la base de Homestead, en Floride, est en route pour vous ramener à Washington et qu'il devrait atterrir cinq à dix minutes après notre arrivée à l'aéroport.

— Nous le savons, dit Khalehla d'un ton affable.

— Il devrait déjà être là, mais les conditions climatiques sont très mauvaises au large de Miami et plusieurs vols commerciaux suivent la même route. Cela signifie sans doute qu'ils voulaient ravitailler l'appareil pour lui donner une autonomie suffisante pour rejoindre votre destination, monsieur... et mademoiselle.

— C'est très gentil, dit l'agent du Caire en serrant la main de Kendrick pour lui faire comprendre qu'il n'avait pas besoin de parler.

— Si vous pensez avoir oublié quelque chose à l'hôtel, nous nous ferons un plaisir de vous l'expédier...

— Il n'y a rien ! lança Kendrick dans un murmure rauque.

— Il veut dire que nous n'avons rien oublié, mais merci quand même, dit Khalehla en attirant la main d'Evan vers sa cuisse et en la serrant de toutes ses forces. La situation est à l'évidence assez grave et M. Kendrick a de gros soucis. Puis-je espérer que nous n'aurons pas à passer à la douane ?

— Nous entrerons directement par la grille de la zone de fret, répondit l'homme de la C.I.A. en lançant un regard scrutateur à Kendrick avant de se retourner, comme s'il avait eu le sentiment de violer son intimité.

Ils firent en silence le reste du trajet jusqu'à la haute grille de fer de la zone de fret et le cortège traversa l'aire d'envol jusqu'à l'extrémité de la première piste.

— Le F-106 de Homestead devrait atterrir dans quelques minutes, dit le chef de station de la C.I.A.

— Je vais prendre l'air, dit Evan en actionnant la poignée de la portière.

Mais il se rendit compte qu'elle était verrouillée.

— Je préférerais que vous ne quittiez pas cette voiture, monsieur.

— Laissez-moi sortir !

— C'est son boulot, Evan, dit Khalehla en prenant doucement mais fermement la main de Kendrick. Il doit respecter les règles.

— Même si je suffoque ?

— Moi, je respire bien.

— Vous n'êtes pas dans ma peau !

— Je sais, chéri. Personne ne peut l'être en ce moment.

Adrienne Rashad tourna la tête et regarda par la lunette arrière, parcourant des yeux les bâtiments du terminal et l'aire d'envol.

— Je pense que nous sommes à couvert, déclara-t-elle en se retournant vers l'homme de la C.I.A. Laissez-le donc se dégourdir les jambes. Je resterai à ses côtés et vos hommes l'encadreront.

— « À couvert ? » Vous êtes de la maison ?

— Oui, mais vous m'avez déjà oubliée... Je vous en prie, laissez-le sortir. Le voyage sera déjà assez pénible.

— Bien sûr. Il n'y a pas de problème. Le type qui a imposé cette règle n'est pas là ; il m'a simplement dit : « Ne le laissez pas sortir de la voiture » d'un ton très péremptoire.

— M.J. peut être assez véhément.

— M.J... ? Allons respirer un peu. Chauffeur, vous pouvez déverrouiller les portières.

— Merci, dit Evan à Khalehla. Et excusez-moi pour...

— Vous n'avez pas à vous excuser. Mais ne me faites pas mentir et n'allez pas vous faire tuer. Cela gâcherait ma journée... À mon tour de m'excuser. Ce n'est pas le moment de faire des plaisanteries d'un goût douteux.

Kendrick commença à pousser la portière, puis il se retourna vers Khalehla et approcha son visage à quelques centimètres de celui de la jeune femme.

— Vous m'avez dit que personne ne pouvait être dans ma peau, commença-t-il d'une voix douce, et c'est la vérité. Mais je suis content que vous soyez celle que vous êtes.

Ils s'éloignèrent de la voiture sous une petite bruine, en devisant à voix basse. L'officier de la C.I.A. les suivait à distance respectueuse tandis que les gardes du corps les encadraient, l'arme au poing. Soudain, une petite voiture de couleur sombre traversa la piste d'envol et se dirigea vers eux en faisant hurler son moteur. Les gardes du corps se précipitèrent sur Evan et Khalehla, et les jetèrent au sol tandis que le chef de station couvrait Kendrick de son corps et attirait la jeune femme contre lui. La panique cessa aussi vite qu'elle avait éclaté. Une sirène à deux tons retentit : la voiture menaçante était un véhicule de l'aéroport. Le chef du peloton de motocyclistes rengaina son arme et s'approcha de l'homme en uniforme qui sortait de la petite voiture de service. Ils échangèrent quelques mots et le policier revint vers les Américains abasourdis, qui se relevaient lentement.

— Il y a un appel urgent pour votre ami, dit-il au chef de station de la C.I.A.

— Passez-le-nous ici.

— Nous ne sommes pas équipés pour cela.

— Il me faut des détails.

— On m'a demandé de répéter les lettres M et J.

— Parfait, dit Khalehla. Je l'accompagne.

— Attendez un peu, dit l'officier de la C.I.A. Il y a d'autres règles et vous les connaissez aussi bien que moi. Il est beaucoup plus facile de protéger une seule personne que deux. C'est moi qui vais l'accompagner, avec quatre hommes. Vous restez ici avec les autres et vous ouvrez l'œil. Nous sommes au point de rendez-vous et vous pouvez avoir affaire à un pilote un peu trop nerveux.

Le téléphone était fixé sur le mur d'un hangar abandonné. La communication fut transmise du standard de l'aéroport et, en entendant les premiers mots de Mitchell Payton, Kendrick sentit son cœur se glacer et tous les muscles de son corps se tétaniser.

— J'ai encore de très mauvaises nouvelles. Une attaque a été lancée contre votre propriété de Mesa Verde...

— Non !...

— Emmanuel Weingrass n'a pas de mal. Il n'a rien, Evan !

— Il est blessé ?

— Pas du tout. En réalité, c'est lui qui a tué. L'un des terroristes est encore en vie...

— Je le veux ! hurla Kendrick.

— Nous aussi. Mes gars sont en route.

— Cette attaque fait pendant à celle de Fairfax, n'est-ce pas ?

— Assurément. Mais ce survivant est pour l'instant notre seul espoir de retrouver les autres. Nous le ferons parler et il nous dira tout ce qu'il sait.

— Gardez-le en vie.

— Votre ami Weingrass a fait tout ce qu'il fallait.

— Vérifiez qu'il n'a pas une capsule de cyanure sur lui.

— C'est fait.

— Il ne faut pas le laisser seul une seconde !

— Nous le savons.

— Bien sûr, dit Evan en fermant les yeux, le visage dégoulinant de sueur et de pluie. Je suis incapable de réfléchir, poursuivit-il. Comment Manny a-t-il réagi ?

— Avec une profonde arrogance, pour ne rien vous cacher.

— Enfin une bonne nouvelle.

— Son arrogance est justifiée, car ce qu'il a fait est exceptionnel pour un homme de son âge.

— Il a toujours été exceptionnel... depuis son premier vagissement. Laissons tomber Washington, je veux aller directement dans le Colorado.

— J'avais pensé que vous me demanderiez cela.

— Je ne le demande pas, Mitch, je l'exige !

— Je comprends. C'est la raison pour laquelle votre avion a du retard. L'armée de l'air l'a fait ravitailler en carburant pour qu'il puisse atteindre Denver et prépare un plan de vol au-dessus des routes commerciales. L'appareil a une vitesse maximale de Mach 2,3. Vous serez chez vous en moins de trois heures. Mais surtout ne parlez à personne de Fairfax. Weingrass a réussi à étouffer l'attaque de Mesa Verde.

— Comment a-t-il fait ?

— Il vous le racontera lui-même.

— Vous croyez vraiment pouvoir garder le secret sur tout cela ?

— Oui, même si je dois m'adresser au Président en personne, et je pense qu'au point où nous en sommes, je n'ai plus guère le choix.

— Comment ferez-vous pour éviter le cerbère de la Maison-Blanche ?

— Je m'en occupe. Je connais un homme avec qui j'ai fait mes études d'histoire, à l'époque lointaine où je me destinais à l'enseignement. Nous sommes restés en relation et il jouit d'une influence considérable. Je crois que vous le connaissez de nom ; il s'appelle Samuel Winters...

— Winters ? C'est lui qui a suggéré à Jennings de me décerner la médaille de la Liberté au cours de cette cérémonie grotesque !

— Je m'en souviens. Je vous souhaite un vol aussi agréable que possible et je vous demande de transmettre toute mon affection à ma nièce.

Kendrick se dirigea vers la porte du hangar où l'attendait son escorte, deux policiers à l'intérieur, deux à l'extérieur, l'arme au poing. Le chef de station de la C.I.A., qui, dans la pénombre, aurait pu passer pour un autochtone, tenait lui aussi un petit revolver.

— Vous ne vous séparez donc jamais de vos joujoux ? dit négligemment Evan.

— Demandez donc à votre amie, dit l'officier des renseignements en s'effaçant pour laisser passer Kendrick.

— Vous voulez rire ? Elle a une arme ?

— Demandez-le-lui.

— Mais comment a-t-elle pu passer devant les détecteurs de métaux avant de monter dans l'avion aux États-Unis ? Et la douane, quand nous avons débarqué à Nassau ?

— C'est un de nos petits secrets, qui n'est d'ailleurs qu'un secret de Polichinelle. Un inspecteur des douanes arrive juste au moment où nous allons passer devant le détecteur et il coupe l'appareil pendant quelques secondes. Même chose pour la douane, où un inspecteur de l'immigration est informé de ce qu'il ne doit pas trouver.

— Cela prouve l'inutilité des mesures de sécurité, dit Kendrick en prenant place dans le véhicule de l'aéroport.

— Pas dans des pays aussi proches que celui-ci, dit l'officier de la C.I.A. en s'asseyant à côté d'Evan à l'arrière de la voiture qui démarra aussitôt. Les inspecteurs travaillent pour nous, mais ils sont surveillés eux aussi, et notre matériel nous attend dans l'avion.

L'énorme jet militaire appelé F-106 Delta Dart venait d'atterrir et ses moteurs tournaient au ralenti avec un ronflement sourd. Khalehla se tenait au pied de la passerelle, en conversation avec un officier de l'armée de l'air. Ce n'est qu'en arrivant à proximité de l'appareil que Kendrick fit une découverte qui n'avait rien de réconfortant. C'était un jet du même type que celui qui l'avait transporté en Sardaigne dix-huit mois auparavant. La première étape de son voyage vers Mascate... Il se tourna vers l'officier des renseignements et lui tendit la main.

— Merci pour tout, dit-il, et désolé de n'avoir pas été de meilleure compagnie.

— Vous auriez pu me cracher à la figure, j'aurais quand même été fier de vous rencontrer.

— J'aimerais pouvoir vous dire que cela me fait plaisir... Quel est votre nom ?

— Appelez-moi Joe.

« Appelez-moi Joe. » Dix-huit mois plus tôt, dans un appareil du même type, un jeune homme lui avait dit la même chose. Oman, Bahreïn... Tout allait-il recommencer ?

— Merci, Joe.

— Nous n'avons pas tout à fait terminé, monsieur Kendrick. Il me reste un papier à faire signer par un officier supérieur de l'armée de l'air.

L'officier en question était général de brigade et il avait la peau noire.

— Ravi de vous retrouver, docteur Axelrod, dit le pilote du F-106 en lui tendant la main. Il semble que je sois devenu votre chauffeur attitré.

— Bonjour, mon général.

— Je tiens à ce que les choses soient claires, monsieur Kendrick. La dernière fois que nous nous sommes vus, j'ai un peu déconné. Vous m'avez remis à ma place et vous avez bien fait, mais je peux vous assurer que si on me nomme dans le Colorado, je voterai pour vous, et plutôt deux fois qu'une.

— Merci, mon général, dit Evan en esquissant un sourire. Mais je n'aurai plus besoin de la voix de personne.

— Permettez-moi de vous dire que ce serait fichtrement dommage ! Je vous ai regardé, je vous ai écouté et je trouve que vous avez de l'envergure.

— Je crois que vous avez un papier à signer, dit Evan.

— Je n'ai rien signé en Sardaigne, répliqua l'officier supérieur en prenant la décharge que lui tendait le chef de station de la C.I.A. Vous êtes sûr, patron, que vous allez accepter que ce document soit signé par un gros Noir en uniforme de général, et qui va sur ses cinquante ans ?

— Vous feriez mieux de la boucler ! Je suis à moitié paiute moi-même. Vous vous sentez mal dans votre peau ?

— Toutes mes excuses, mon gars, dit le pilote en signant.

Il entraîna ses passagers à bord et Evan prit place à côté de Khalehla.

— Que s'est-il passé ? demanda-t-elle. Pourquoi M.J. a-t-il appelé ?

Les mains tremblantes, il lui raconta d'une voix étranglée par une émotion rétrospective le déchaînement de violence qui avait failli coûter la vie à Emmanuel Weingrass. Une douloureuse impuissance perçait aussi bien dans son regard que dans ses explications hachées.

— Il faut que cela cesse, et tout de suite ! Je ne veux pas être responsable de la mort de tous ceux que j'aime !

Khalehla ne put que lui étreindre la main pour lui faire sentir qu'elle était de tout cœur avec lui. Elle ne pouvait rien faire contre la douleur trop intime et trop poignante qui le bouleversait.

Une demi-heure après le décollage, Evan fut pris de convulsions. Il se leva d'un bond et remonta l'allée en courant jusqu'aux toilettes où il vomit, avec de violentes nausées, tout ce qu'il avait avalé depuis douze heures. Khalehla le suivit, laissant ouverte la porte de la petite cabine, et lui tint le front en lui répétant de ne pas se retenir.

— Je vous en prie, dit Evan entre deux haut-le-cœur, sortez d'ici !

— Pourquoi ? Vous vous croyez donc si différent des autres ? Vous souffrez mais vous refoulez vos larmes, vous refoulez tout jusqu'à ce que cela vous étouffe...

— La pitié me fait horreur...

— Personne ne vous prend en pitié. Vous êtes un adulte qui a éprouvé une double et cruelle perte, et qui a aussi failli perdre l'être qui lui est le plus cher au monde. J'espère être votre amie, Evan, et, en tant qu'amie, je suis touchée par votre malheur, mais je n'ai pas de pitié pour vous... Je vous respecte trop pour cela.

Le visage blême, visiblement secoué, Evan se redressa et prit quelques serviettes de papier pour s'essuyer la bouche.

— Vous vous y entendez pour remonter le moral à quelqu'un, dit-il, l'air confus.

— Passez-vous le visage sous l'eau et recoiffez-vous, dit Khalehla. Vous avez une de ces têtes !

Elle ressortit de la cabine exiguë et découvrit deux membres de l'équipage qui la regardaient en écarquillant les yeux.

— Cet idiot a mangé du poisson avarié, dit-elle sans

affronter leur regard. Voulez-vous refermer la porte, s'il vous plaît.

Une heure s'écoula. Un steward leur servit un apéritif, puis un repas complet cuit au four à micro-ondes, que l'agent du Caire mangea avec appétit, mais auquel Kendrick toucha à peine.

— Vous avez besoin de prendre des forces, dit Khalehla. Jamais vous n'aurez un menu de cette qualité sur une ligne commerciale.

— Profitez-en.

— Et vous ? Vous jouez avec votre fourchette, mais vous ne mangez rien.

— Je crois que je vais demander un autre verre.

Ils tournèrent brusquement la tête en entendant les crachotements de l'interphone résonner dans la carlingue. Evan eut un sentiment de déjà vu. Lorsqu'il avait entendu l'interphone dans l'avion qui le conduisait en Sardaigne, on lui avait demandé de se rendre dans l'habitacle. Mais, cette fois, quand le caporal qui avait répondu à la communication s'avança vers eux, c'est à Khalehla qu'il s'adressa.

— Une transmission radio pour vous, mademoiselle.

— Merci, dit-elle.

Elle se retourna vers Evan et vit l'inquiétude briller dans ses yeux.

— S'il y avait quelque chose d'important, ils auraient demandé à vous parler en personne, dit Khalehla. Détendez-vous un peu.

Elle suivit l'allée en se retenant aux sièges pour garder l'équilibre dans l'appareil légèrement secoué par les turbulences et s'installa en croisant les jambes sur le siège placé juste devant la cloison. Le caporal lui tendit l'appareil.

— Crayon Deux, Bahamas, dit-elle. Quel est votre nom de code ?

— Il faudra que l'on songe un jour à supprimer toutes ces conneries, dit Mitchell Payton.

— Mais c'est efficace, oncle Mitch. Si j'avais annoncé « Banane Deux », comment aurais-tu réagi ?

— J'aurais aussitôt téléphoné à ton père pour lui dire que sa fille est une petite vicieuse.

— Nous ne comptons pas, nous nous connaissons trop... Alors, que se passe-t-il ?

— Je ne veux pas parler à Evan. Il est encore trop bouleversé pour avoir l'esprit clair. Je compte sur toi pour le remplacer.

— Je ferai de mon mieux. De quoi s'agit-il ?

— J'ai besoin de ton opinion sur les renseignements que vous avez obtenus de ce type qui travaillait pour Off Shore Investments. Tu es sûre de lui ?

— De ses renseignements, oui, de lui, non. Mais il ne nous a pas menti. C'est une épave qui vit des vestiges d'un esprit qui devait être brillant avant d'être complètement imbibé de gin. Evan lui a montré deux mille dollars en liquide et, pour cette somme, il nous aurait révélé tous les secrets du trafic de la drogue.

— Te souviens-tu exactement de ce qu'il a dit sur Ardis Montreaux ?

— Bien sûr. Il m'a dit qu'il avait suivi la trace de la « garce cupide », comme il l'appelait aimablement, car elle lui devait encore de l'argent et qu'il comptait bien le récupérer un jour.

— Je parlais de sa situation de famille.

— Oui, je m'en souviens, mais j'ai déjà entendu Evan te l'expliquer au téléphone.

— Répète-le-moi. Je n'ai pas le droit de faire le moindre faux pas.

— Très bien. Elle a divorcé d'avec le banquier Frazier-Pyke et a épousé un richissime Californien de San Francisco, du nom de von Lindeman.

— Il a bien précisé qu'il était de San Francisco ?

— Pas vraiment. Je crois qu'il a dit « San Francisco ou Los Angeles ». Mais il était formel pour la Californie. Son nouveau mari est californien et immensément riche.

— Et son nom... Essaie de le retrouver exactement. Tu es certaine qu'il s'agissait de von Lindeman ?

— Oui... je crois. Nous nous sommes rencontrés au bar du Junkanoo et il y avait un orchestre, un « steel band », mais je crois bien que c'était ce nom-là. De toute façon, si ce n'est pas exactement ça, c'est quelque chose d'approchant.

— Quelque chose d'approchant, en effet ! s'écria Payton. L'homme qu'elle a épousé s'appelle Vanvlanderen ! Andrew Vanvlanderen, de Palm Springs.

— Sans doute des difficultés d'élocution dues à l'abus du gin.

— Il ne s'agit pas de gin, ma chère Adrienne. Andrew Vanvlanderen est l'un des plus gros bailleurs de fonds de Langford Jennings. En d'autres termes, une mine d'or pour les caisses de la présidence.

— Voilà qui est intéressant.

— J'irais beaucoup plus loin que cela. Ardisolda Wojak Montreaux Frazier-Pyke Vanvlanderen, dont les qualités d'administratrice sont unanimement reconnues, est l'actuel chef de cabinet du vice-président Orson Bollinger.

— Cela devient passionnant.

— Je pense que la situation exige une visite sans cérémonie, mais tout à fait officielle, de l'un de nos spécialistes du Moyen-Orient. Comme tu te trouveras dans le Colorado, à moins d'une heure de la Californie, c'est toi que j'ai choisie.

— Sous quel prétexte ?

— Bollinger a prétendument reçu des menaces et une unité du F.B.I. a été chargée de sa protection. La décision a été prise dans la plus grande discrétion, un peu trop discrètement à mon goût, et cette unité vient d'être brusquement rappelée à Washington, les menaces ayant, paraît-il, cessé.

— Ce qui coïncide avec la double attaque de Fairfax et Mesa Verde ! lança vivement Khalehla.

— Je sais que cela peut paraître idiot, mais il y a quelque chose de louche. On peut considérer cela comme une palpitation maladive des narines d'un vieux professionnel, mais je flaire une odeur très déplaisante émanant de San Diego.

— Et le F.B.I. serait impliqué ? demanda Khalehla sans dissimuler son étonnement.

— Non, mais on se serait servi d'eux. Je suis en train de préparer une enquête et je compte interroger individuellement tous les membres de cette unité.

— Tu ne m'as toujours pas dit quel prétexte je fournirai pour ma visite à San Diego. Nous n'avons pas le droit d'opérer sur le territoire des États-Unis.

— Le même que celui que je donnerai pour interroger les membres de cette unité. Nous envisageons la possibilité qu'un groupe terroriste ait joué un rôle dans les menaces adressées à Bollinger. Si l'on nous contraint à divulguer les événements d'aujourd'hui, nous aurons amplement de quoi justifier cette théorie. Je ne sais pas où, mais j'ai la conviction qu'il existe quelque part un lien entre ces différentes affaires... et un homme blond à l'accent européen.

Khalehla fit du regard le tour de la carlingue. Les deux stewards parlaient à voix basse sur leur siège et Evan regardait par le hublot.

— Je vais y aller, cela va de soi, mais tu ne me simplifies pas la vie. Il me semble évident qu'Evan a eu une liaison avec cette femme et si, moi, cela ne me tracasse pas, je n'en dirais pas autant de lui.

— Pourquoi tant de moralité ? C'est une vieille histoire, non ?

— Tu es à côté de la plaque, oncle Mitch. Ce n'est pas une question de sexe. Le problème est qu'il s'est fait entuber et qu'elle a failli réussir à faire de lui un escroc international. Il ne parvient pas à l'oublier et peut-être ne se pardonne-t-il pas sa naïveté.

— Je vais apaiser tes inquiétudes : il faut éviter pour l'instant de parler de San Diego à Kendrick. Dans la disposition d'esprit qui est la sienne, Dieu sait ce qu'il pourrait faire s'il lui venait le moindre soupçon d'un lien entre ces affaires, et nous n'avons pas besoin de cela. Invente quelque chose à propos d'un voyage urgent et tâche d'être convaincante. Je veux que tu interroges la très bizarre Ardis Vanvlanderen. Je te prépare un scénario d'ici demain matin.

— Je me débrouillerai.

— Je suppose que tu as apporté tes papiers officiels du Caire ?

— Naturellement.

— Tu en auras peut-être besoin. La situation est extrêmement délicate. À propos, personne de l'Agence ne te connaît et tu ne connais personne. Si, de mon côté, je découvre quelque chose, je le transmettrai à Weingrass, à Mesa Verde. Nous devons être particulièrement prudents.

— Même Evan en a conscience.

— Puis-je te demander comment cela se passe entre vous ? Je te préviens, ce garçon me plaît énormément.

— Je vais tout te raconter. Nous avions une suite ravissante, avec deux chambres, à l'hôtel Cable Beach, et je l'ai entendu faire les cent pas devant ma porte jusqu'au petit matin. J'ai bien failli ouvrir pour le faire entrer.

— Pourquoi ne l'as-tu pas fait ?

— Parce que tout est tellement embrouillé et extrêmement éprouvant pour lui, sans même parler de l'horreur de ce soir. Je ne pense pas que nous soyons, ni l'un ni l'autre, en mesure de surmonter des complications d'ordre personnel.

— Heureusement que nous avons un brouilleur sur la ligne ! lança Payton. Suis donc ton instinct, Adrienne, il ne t'a jamais trahie dans les opérations des Projets spéciaux. Je t'appellerai demain matin avec des instructions plus détaillées. Bonne chasse, ma chère nièce.

Khalehla retourna à son siège et retrouva le regard inquiet d'Evan.

— La vie continue ailleurs, dit-elle en attachant sa ceinture, et elle n'est pas plus belle. C'était le chef de station du Caire. Deux de nos contacts ont disparu dans le quartier de Sidi Barrani... Les Libyens sont dans le coup. Je lui ai expliqué ce qu'il fallait chercher et qui il fallait chercher... Comment vous sentez-vous maintenant ?

— Bien, répondit-il en étudiant attentivement le visage de la jeune femme.

— *Avis à nos distingués passagers et à notre valeureux équipage,* annonça soudain la grosse voix du pilote par l'interphone. *Il semble décidément que l'histoire se répète, docteur Axelrod. Vous n'avez pas oublié l'île méridionale ?*

Le général expliqua qu'afin d'éviter l'agitation et la curiosité inévitable que provoquerait l'atterrissage inopiné d'un appareil militaire sur l'aéroport de Durango ou de Cortez, il avait reçu l'instruction de se poser directement à Mesa Verde. On avait jugé en haut lieu que la piste présentait toutes les garanties nécessaires.

— *Mais l'atterrissage risque d'être un tout petit peu brutal,* poursuivit-il, *et je vous conseille de bien serrer votre ceinture quand je vous le dirai. Nous commençons notre descente. Arrivée estimée dans quarante-cinq minutes. Si je réussis à trouver la piste !... Vous vous rappelez, docteur ?*

Les craintes du général étaient très au-dessous de la réalité. Une série de violentes vibrations secoua l'appareil quand il entra en contact avec le sol et l'inversion de la poussée des réacteurs emplit tout le fuselage d'un hurlement strident. Dès qu'ils eurent posé le pied sur la terre ferme, ils échangèrent des remerciements et des adieux, et le général de brigade remit sa précieuse cargaison à un officier de la C.I.A. Evan et Khalehla furent rapidement conduits dans une voiture blindée expédiée de Denver par la voie aérienne. Leur escorte était composée de six motocyclistes de la police de l'État, ignorant pourquoi ils avaient reçu du bureau du gouverneur l'ordre de se rendre à l'« aérodrome des milliardaires », près du Parc national de Mesa Verde.

— Je vais vous mettre au parfum, monsieur, dit l'agent de la C.I.A. qui, comme son collègue de Nassau, avait pris place sur le siège avant. Nous sommes cinq ici, mais deux d'entre nous repartiront en Virginie avec le prisonnier et les trois corps. Si je vous explique clairement la situation, c'est parce que l'on m'a dit que je pouvais parler devant mademoiselle, qu'elle était là à titre officiel.

— Merci de votre confiance, dit l'agent des Projets spéciaux.

— De rien... Nous avons donc engagé pour cette nuit une demi-douzaine de gardes forestiers du Parc national, des anciens combattants, des hommes sûrs, qui seront chargés de surveiller la propriété et les abords de la maison. Dès demain, une unité viendra de Langley pour prendre la relève.

— Pourvu qu'il n'y ait pas un nouveau Fairfax, murmura Evan.

Khalehla lui donna un coup de coude dans les côtes en toussant bruyamment.

— Pardon ? demanda l'officier de la C.I.A.

— Rien, excusez-moi. Continuez, je vous en prie.

— Je vais vous donner tous les détails, tous les faits, mais je tiens d'abord à vous dire que l'on devrait élever une statue au vieux juif, à moins qu'on ne l'enferme d'abord dans une cellule capitonnée. Weingrass a tout mis au point avant même que nous arrivions... C'est vraiment un phénomène !

— Je ne vous contredirai pas, dit Kendrick. Quels sont les faits ?

— Les infirmières savent très peu de chose. Elles croient que le terroriste était seul et qu'il s'agissait d'un fanatique halluciné. Les trois corps sont restés cachés dans le bois jusqu'au départ de la police, puis Gonzalez, votre ami mexicain, les a transportés dans le garage à l'insu des gardes-malades. Elles étaient de l'autre côté de la maison, avec Manny... Mais comment diable a-t-il fait pour me convaincre de l'appeler Manny ? Après avoir refermé le garage à clé, Gonzalez est reparti chez lui et M. Weingrass m'a assuré qu'il tiendrait sa langue.

— M. Weingrass a raison.

— Je n'aime pas trop cela, mais je suppose que vous vous connaissez tous les trois depuis un bon bout de temps.

— Depuis un bon bout de temps, en effet, dit Evan.

— Si j'ai bien compris, intervint Khalehla, M. Kendrick devrait donc s'abstenir de toute allusion à l'ampleur de l'attaque.

— Exactement. Le mot d'ordre est « discrétion », monsieur Kendrick. C'est ce que l'on m'a fait savoir de Langley. Pour tout le monde, nous sommes de simples employés du gouvernement, sans liens avec l'Agence ou le F.B.I., des anonymes. Comme c'est en général le cas dans ce genre de situation, tout le monde a beaucoup trop peur pour chercher des complications. Un avion se posera à Mesa Verde vers trois heures du matin. Le prisonnier et les trois corps seront transportés en Virginie ; le premier ira directement dans une clinique pour y être interrogé et les cadavres seront expédiés au laboratoire médico-légal. Manny... Pardon, M. Weingrass m'a demandé de tout vous expliquer en détail.

— C'est parfaitement clair.

— Merci, monsieur. Ce diable d'homme est vraiment incroyable ! Savez-vous qu'il m'a balancé un coup de poing dans l'estomac quand je lui ai annoncé que je prenais les choses en main ! Un coup de poing dans le ventre !

— Normal, dit Kendrick en regardant défiler le paysage par la vitre de verre teinté.

Ils n'étaient plus qu'à dix minutes de la maison. Et de Manny.

Ils se jetèrent dans les bras l'un de l'autre sur le pas de la porte et Evan serra très fort le vieil architecte sur sa poitrine. Puis Weingrass lui donna une tape affectueuse sur la joue et recula d'un pas.

— Tes parents t'ont donné une très mauvaise éducation ! dit-il. Je vois derrière toi une jeune femme que je brûle d'envie de connaître.

— Excuse-moi, dit Evan en s'écartant. Manny, je te présente Khalehla... Khalehla Rashad.

Weingrass s'avança vers Khalehla et lui prit la main.

— Nous venons d'une région très troublée, vous et moi. Vous êtes arabe et je suis juif, mais, dans cette maison, il n'y a ni distinction de ce genre ni préjugé, et je dois vous dire que j'éprouve une grande affection pour une femme capable de rendre mon fils si heureux.

— C'est vrai que vous êtes un homme merveilleux, dit Khalehla.

— Absolument, dit Manny en hochant vigoureusement la tête.

— Moi aussi, j'ai déjà beaucoup d'affection pour vous... Vous représentez tellement pour Evan.

Elle passa les bras autour des frêles épaules du vieux juif et appuya sa joue contre la vieille joue ridée.

— J'ai l'impression de vous avoir toujours connu, ajouta-t-elle doucement.

— Je donne parfois cette impression aux gens, reprit Manny, mais d'autres fois, c'est l'inverse, et ils préféreraient ne jamais m'avoir rencontré.

— Pas moi, dit Khalehla en s'écartant, mais sans lâcher les épaules de Manny. J'ai enfin rencontré la légende vivante, ajouta-t-elle avec un sourire chaleureux, et je dois dire que c'est un homme vraiment extraordinaire.

— Ne faites pas courir des bruits erronés, mademoiselle l'agent secret, cela pourrait ternir ma réputation. Mais parlons sérieusement avant de rejoindre les autres.

Weingrass fit quelques pas dans l'entrée pour lancer un coup d'œil derrière l'arche de pierre.

— Parfait, dit-il, les filles sont dans la véranda. Nous avons quelques minutes devant nous.

— Le type de la C.I.A. nous a mis au parfum, dit Evan. Celui qui est venu nous chercher à l'aérodrome.

— Tu parles de Joe ?

— Joe ?

— Ils s'appellent tous Joe, John ou Jim... Payton m'a dit que tu étais au courant pour les Hassan.

— Oui, il est au courant, intervint Khalehla en prenant doucement la main de Kendrick et en la serrant, un geste qui n'échappa pas à Manny. C'est horrible.

— Tout cela est horrible, ma chère enfant. Ce sont des animaux, capables de massacrer leurs propres frères ! Kashi et Sabri parlaient de vous avec beaucoup de tendresse, Adrienne Rashad, et il est inutile de vous dire ce qu'ils pensaient de mon fils. Nous les pleurerons chacun de notre côté, dans l'intimité de notre cœur, mais pas tout de suite... Un peu plus tard.

— Manny, dit Kendrick, il faut que je prenne quelques dispositions.

— C'est fait. Il y aura un office islamique privé et les dépouilles mortelles seront rapatriées à Dubaï, dans des cercueils scellés, pour y être ensevelies.

— Monsieur Weingrass...

— Si vous m'appelez « monsieur », je vous aimerai un peu moins.

— D'accord... Manny. M.J. n'a pas été très clair. M.J., c'est Mitchell Payton...

— Je sais, je sais, l'interrompit Weingrass. Je lui ai dit que s'il faisait réparer ce satané téléphone, nous pourrions avoir des relations plus cordiales. Il a dû se débarrasser de quelqu'un... En tout cas, la ligne est en service et il n'arrête pas de l'utiliser. Nous nous appelons maintenant par notre prénom et... Excusez-moi, vous aviez une question ?

— Quelle est ma couverture ici ? Ma question peut

paraître idiote, mais je n'en sais rien. Mon collègue m'a dit dans la voiture que j'étais là officiellement, mais à quel titre ? Qui suis-je pour les gens d'ici ?

— Mitchell m'a suggéré que vous pourriez être une représentante du Département d'État, chargée d'accompagner Evan.

— Le Département d'État ?

— Peut-être veut-il simplement rejeter la responsabilité sur autrui s'il y a des problèmes. J'ai cru comprendre que c'était un divertissement très prisé à Washington.

— Non, ce n'est pas son genre. Ah ! je vois ! Si j'ai des instructions à donner, je serai en situation de le faire.

— On ne vous demandera pas de montrer un document attestant que vous êtes bien employée par le Département d'État ? demanda Evan.

— Euh ! Si !

— Vous voulez dire que vous avez ce qu'il faut ?

— En quelque sorte...

— Mais c'est illégal !

— Nous avons plusieurs cordes à notre arc, Evan.

— Vous avez aussi une arme. C'est ce que le aiute des Bahamas m'a dit.

— Il n'aurait pas dû.

— Vous ne travailleriez pas aussi pour le Mossad, par hasard ? demanda Weingrass avec un grand sourire.

— Moi non, mais vous si... Vous l'avez fait, plus exactement. Et c'est également le cas de certains de mes meilleurs amis.

— Vous êtes en de bonnes mains, ma douce enfant. Mais restons sérieux ; Mitchell aimerait qu'Evan jette un coup d'œil au colis qui est dans la chambre et au corps des trois autres. Ils sont dans le garage, recouverts d'un drap, et ils seront expédiés par la voie aérienne dans le courant de la nuit.

— Et les infirmières ne savent pas qu'ils sont là ? demanda Kendrick sans dissimuler son incrédulité.

— Ton ami Payton a été absolument péremptoire. Il m'a répété cinquante fois : « Discrétion, discrétion absolue... »

— Comment vont-ils les transporter sans que les gardes forestiers remarquent le remue-ménage ?

— Ils ont loué à Durango une camionnette qu'on laissera à l'aérodrome. Quelqu'un viendra la prendre pour la conduire jusqu'ici et elle entrera dans le garage en marche arrière. Toute l'opération est supervisée par les hommes de Payton et ils semblent connaître leur boulot.

— Faites-leur confiance, glissa doucement Khalehla. A-t-on parlé aux filles pour leur expliquer ce qu'elles doivent dire, ou plutôt ce qu'elles ne doivent pas dire ?

— C'est moi qui l'ai fait et, pour une fois, elles m'ont pris au sérieux. Mais je ne sais pas combien de temps cela durera. Elles sont encore très secouées et elles ne savent pas le quart de ce qui s'est passé.

— Je vais les réunir pendant que vous ferez votre tournée macabre et je confirmerai, très officiellement, ce que vous avez dit. M.J. a raison ; je vais jouer la carte du Département d'État.

— Pourquoi ? demanda Evan. Simple curiosité de ma part.

— Pour ne pas mêler l'Agence à cette histoire. Nous n'avons pas la compétence requise pour agir sur le territoire national. Si l'une d'elles le sait, elle pourrait s'abandonner à son imagination. Il vaut mieux ne pas compliquer les choses.

— Très professionnel, dit Weingrass d'un ton approbateur. Comment voulez-vous que je vous présente ?

— Je suis simplement Mlle Adrienne, du Département d'État. Cela vous gêne de mentir ?

— Laissez-moi réfléchir, dit Manny en plissant le front. Il m'est arrivé une fois de commettre un mensonge... Je crois que c'était en juillet 1937... Allez, en route.

Prenant le bras d'Evan et la main de Khalehla, Manny les entraîna dans la vaste salle de séjour donnant sur la véranda.

— Voici le vrai magicien, mes chères sorcières ! lança-t-il. Rendez hommage à celui qui paie pour la satisfaction de vos désirs sexuels et pour toutes vos caisses de muscat !

— Manny !

— Elles m'adorent, dit tranquillement Weingrass en continuant d'avancer. Elles jouent aux dés pour savoir laquelle viendra dans mon lit.

— Manny ! Tu exagères !

— Laisse-le parler, mon chéri. Il est merveilleux !

— Il s'est cassé une jambe en sautant du camion sur la route du Djebel Sham, dit Kendrick en regardant le jeune homme endormi, attaché sur le lit. Ce n'est encore qu'un enfant.

— Mais vous l'identifiez formellement ? demanda l'officier de la C.I.A. qui se tenait à côté de lui. Vous êtes absolument certain qu'il était avec vous à Oman ?

— Absolument certain. Jamais je ne l'oublierai. Il y a en lui une virulence que l'on ne trouve pas chez nos adolescents..., sauf chez les pires voyous de nos grandes villes.

— Nous allons passer par la porte de derrière pour aller dans le garage.

— C'est Yosef, dit Evan en fermant les yeux. Sa mère était juive et, pendant quelques heures, nous avons été amis. Il m'a protégé...

— Arrête ! s'écria Manny. Il était venu pour te tuer !

— Bien sûr... Et comment lui en vouloir ? Je me suis fait passer pour l'un d'eux, pour l'un des combattants de leur sainte cause. Ils ont rasé la tête de sa mère, tu imagines ?

— C'est ce qu'il a crié quand il s'est jeté sur moi pour me tuer, répliqua simplement Weingrass. Si cela peut te consoler, sache que je n'avais pas l'intention de l'abattre. Je voulais tous les prendre vivants.

— Connaissant Yosef comme je le connais, il n'a pas dû te laisser le choix.

— En effet.

— Et les deux autres ? demanda d'un ton impatient l'officier de la C.I.A. en soulevant le bout des draps. Vous les reconnaissez ?

— Oui. Ils étaient tous deux dans la prison, à Mascate, mais je ne connais pas leur nom. Celui de droite portait un pantalon taché ; l'autre avait les cheveux longs et le regard halluciné d'un psychotique, comme s'il faisait une sorte de complexe messianique. C'est tout ce que je peux vous dire.

— Vous nous avez déjà appris ce que nous voulions savoir. Tous ces hommes étaient avec vous à Oman.

— Oui, je les ai tous connus... Ils voulaient se venger et, si j'avais été à leur place, je ne sais pas si j'aurais agi différemment.

— Vous n'êtes pas un terroriste, monsieur Kendrick.

— Qu'est-ce qui distingue un terroriste d'un guérillero ?

— Pour commencer, monsieur, les terroristes cherchent à tuer des innocents. Des hommes et des femmes qui ont le malheur de se trouver là, des gamins qui reviennent de l'école, des employés, sans distinction d'âge ni de sexe, qui font simplement leur travail. Où voulez-vous en venir ?

Kendrick observa l'officier des renseignements et son cœur se serra quand il songea à Fairfax et aux Hassan.

— Pardonnez-moi cette remarque vraiment stupide, dit-il. J'en suis profondément désolé.

— Ce n'est pas grave, dit l'homme de la C.I.A. dont la colère retomba aussi vite qu'elle était montée. Nous sommes tous à bout et toutes ces étiquettes ne signifient rien.

Ils repartirent vers la véranda où Khalehla était en train de parler aux infirmières. Ils n'entendaient pas ce qu'elle disait, mais les trois femmes étaient suspendues à ses lèvres. Immobiles sur leur siège, elles avaient les yeux rivés sur « la représentante du Département d'État ». Evan et Manny se dirigèrent tranquillement vers le bar tandis que l'officier de la C.I.A. repartait vers la chambre d'ami où l'un de ses collègues gardait le prisonnier.

— Je leur ai tout expliqué, monsieur Kendrick, dit Khalehla d'un ton très officiel, dans les limites de ce que je pouvais divulguer, bien entendu. Ces trois dames ont accepté de collaborer et l'une d'elles qui devait retrouver un ami demain téléphonera pour lui dire qu'elle ne peut pas le recevoir en raison d'une urgence médicale.

— Merci beaucoup, marmonna Weingrass en se versant un verre de whisky sous le regard attentif de Kendrick. Me voilà maintenant promu au rang de cadavre.

— C'est moi qui vous remercie, Manny, répliqua sèchement l'infirmière concernée.

— Je tiens à *tous* vous remercier, dit vivement Evan.

On est persuadé à Washington qu'il s'agit d'un incident isolé, de l'œuvre d'un jeune dément errant en liberté...

— Comme Sirhan-Sirhan, déclara l'infirmière qui était allée chercher Gee-Gee Gonzalez à Mesa Verde. Mais cela n'a rien changé au résultat.

— Je leur ai dit que le prisonnier serait transféré clandestinement pendant la nuit et de ne pas s'inquiéter si elles entendaient du bruit autour de la maison ou dans le garage.

— Très professionnel, dit Weingrass en se tournant vers Khalehla.

— J'ai une question à poser, dit la troisième infirmière. Vous nous avez dit que notre isolement serait provisoire. Ce n'est pas que j'attende une invitation urgente pour le Grand Prix de Monaco, mais qu'entendez-vous exactement par provisoire ?

— Il y a trop de monde pendant le Grand Prix, glissa Manny en prenant une gorgée de whisky. On ne peut pas traverser les rues et on se marche sur les pieds au casino.

— Quelques jours au plus, dit vivement Evan. Ils veulent simplement procéder aux vérifications de routine... Et, si vous recevez cette invitation, Manny se fera un plaisir de vous accompagner personnellement.

— Pourquoi pas Daffy Duck ?

— Pauvre folle !

Un brusque tumulte se fit à l'extérieur ; des cris et un klaxon retentirent.

— Éloignez-vous des fenêtres ! hurla l'agent de la C.I.A. en se précipitant dans la salle de séjour. Tout le monde à plat ventre !

Evan plongea vers Khalehla et découvrit avec stupéfaction qu'elle s'était laissée tomber entre les tapis et qu'elle roulait sur elle-même dans la direction d'une porte coulissante, un automatique à la main.

— Tout va bien ! cria une voix venant de la pelouse de la façade. Tout va bien !

— C'est un des nôtres, dit l'homme de l'Agence, à genoux au milieu de la pièce, l'arme à la main. Mais que se passe-t-il donc ?

Il se releva et partit en courant, Kendrick sur ses talons. La porte d'entrée massive s'ouvrit lentement et un homme vêtu avec élégance et escorté d'un garde forestier entra d'une démarche hésitante. Il tenait à la main une serviette ouverte de médecin qui avait manifestement été fouillée.

— Jamais je ne me serais attendu à un tel accueil, dit le médecin. Je sais que nous ne sommes pas toujours bienvenus, mais il y a des limites. Monsieur le représentant, c'est un honneur pour moi de faire votre connaissance.

Ils se serrèrent la main sous le regard perplexe de l'agent de la C.I.A.

— Je ne pense pas avoir eu le plaisir de vous rencontrer, dit Evan, tout aussi étonné.

— Pas encore, mais nous sommes voisins, si l'on peut encore parler de voisin à propos de quelqu'un qui habite à dix kilomètres dans ces montagnes. Je m'appelle Lyons.

— Pardonnez-moi cet accueil, docteur. La faute en incombe à un souci exagéré de protection de notre président. Que se passe-t-il, docteur ? Pourquoi êtes-vous venu ici ?

— Parce qu'il n'est pas venu là-bas, répondit le praticien avec un petit sourire. Je suis le nouveau médecin de M. Weingrass. Si vous vous donnez la peine de vérifier son emploi du temps, vous verrez que nous avions rendez-vous à Cortez, dans mon cabinet, à seize heures. Comme il n'est pas venu, que le téléphone était en dérangement et que la maison se trouvait sur ma route, j'ai eu l'idée de passer pour voir s'il n'y avait pas de problème.

Le médecin fouilla dans sa poche et en sortit une enveloppe.

— À propos de mesures de protection, voici un certificat de l'hôpital Walter Reed, contresigné par les responsables de l'administration, que je dois montrer à M. Weingrass et à ses gardes-malades. Il n'a pas de problème de santé ?

— Manny ! cria Kendrick d'un ton irrité.

Emmanuel Weingrass apparut dans l'arche de la véranda, un verre à la main.

— Pourquoi cries-tu comme cela ?

— Tu n'avais pas rendez-vous chez le médecin, cet après-midi ?

— Ah ! oui ! Quelqu'un a appelé la semaine dernière...

— C'était ma réceptionniste, monsieur Weingrass, expliqua le docteur Lyons. Elle m'a dit que vous aviez noté l'heure et que vous viendriez sans faute.

— Oui, c'est vrai, je fais cela de temps en temps, mais comme je me sentais très bien, j'ai préféré ne pas vous déranger. Et puis, vous n'êtes pas mon médecin.

— Monsieur Weingrass, votre médecin est décédé depuis plusieurs semaines, d'une crise cardiaque. C'était dans les journaux et je sais que vous avez reçu un avis d'obsèques.

— Oh ! C'est le genre de cérémonie auquel je n'assiste jamais. Les miennes auraient dû avoir lieu depuis bien longtemps.

— Tant que je suis là, pourquoi ne pas vous examiner ?

— Qu'allez-vous me faire ?

— Juste une petite prise de sang pour le labo.

— Mais je me sens très bien.

— Je n'en doute pas, dit le médecin en hochant vigoureusement la tête. C'est juste un examen de routine et nous n'en avons que pour deux ou trois minutes... C'est vraiment un honneur pour moi de vous rencontrer, monsieur Kendrick.

— Vous êtes très aimable... Allez, Manny. Voulez-vous qu'une des infirmières vous assiste, docteur ?

— Ce n'est pas vraiment indispensable...

— Pour qu'elle contemple lascivement ma poitrine dénudée ? protesta Weingrass. Venez, docteur. Vous me tapotez les côtes, vous repartez et vous vous achetez une Cadillac.

— Au moins une Ferrari, dit le docteur Lyons en adressant un sourire à Kendrick.

Emmanuel Weingrass et son nouveau médecin traversèrent le hall et se dirigèrent vers la chambre du vieil architecte.

30

Il était une heure dix du matin et la fatigue s'appesantissait sur la grande maison de Mesa Verde. L'agent de la C.I.A., les yeux cernés et rougis, s'avança sous la galerie vitrée où Evan et Khalehla étaient assis sur le canapé de cuir, en face de Manny qui occupait son fauteuil à dossier réglable. Les trois infirmières s'étaient retirées pour la nuit, chacune dans sa chambre. La présence de gardes armés tout autour de la maison avait mis leurs nerfs à vif et le docteur Lyons leur avait assuré que le patient survivrait sans qu'il soit besoin d'aller le voir toutes les demi-heures.

— L'inquiétude monte à Washington, annonça l'officier des renseignements d'une voix lasse. L'horaire a été modifié et je pars tout de suite à l'aérodrome pour chercher la camionnette. L'avion devrait arriver dans une heure, ce qui ne nous laisse pas beaucoup de temps. Ils tiennent à ce que l'appareil redécolle aussitôt après l'atterrissage.

— La tour de contrôle ne fonctionne de nuit que si c'est arrangé à l'avance, dit Kendrick. Avez-vous pensé à cela ?

— Il y a bien longtemps, à temps pour votre arrivée des Bahamas. L'armée de l'air a fait venir une équipe de contrôleurs de Colorado Springs. La couverture est une manœuvre de nuit à laquelle votre bureau a donné le feu vert. Il n'y a eu ni questions ni objections.

— Comment est-ce possible ?

— Parce que vous êtes devenu quelqu'un, monsieur.

— Pouvons-nous faire quelque chose ici ? demanda vivement Khalehla, sans laisser le temps à Evan d'ajouter quoi que ce fût.

— Oui, je pense, répondit l'agent de la C.I.A. Si c'était possible, j'aimerais que tout le monde soit couché à mon retour. Toute l'opération est parfaitement au point et moins il y aura de témoins, mieux cela vaudra.

— Et comment comptez-vous détourner l'attention des cow-boys du parc ? demanda Weingrass en faisant une grimace sans rapport avec sa question. J'ai entrouvert deux fois la porte pour voir si ces deux-là n'arrivaient pas et ils se sont précipités vers moi comme si j'étais un ours échappé de leur parc.

— On leur a dit qu'une personnalité étrangère venait rendre visite à M. Kendrick... En fait, c'est pour cela qu'ils sont ici. Comme l'entrevue doit demeurer absolument confidentielle, à la demande de ce visiteur de marque, les patrouilles devront demeurer hors de vue. Les gardes resteront sur les côtés de la maison et autour du belvédère.

— Ils ont avalé cette histoire ? demanda Weingrass.

— Ils n'ont aucune raison d'en douter.

— Parce que c'est lui, poursuivit Manny en tournant la tête vers Evan.

— Et parce qu'ils reçoivent chacun trois cents dollars pour une nuit blanche.

— Très professionnel, dit Manny avec un hochement de tête approbateur. Vous êtes meilleur que je ne le pensais.

— Il le faut... Bon, si je ne vous revois pas, monsieur Kendrick, sachez que ce fut un plaisir pour moi de vous rencontrer. J'espère pouvoir raconter tout cela à mes enfants, un de ces jours. Non, je vous en prie, ne vous levez pas !... Je pars tout de suite. Quant à vous, Manny, je ne suis pas près de vous oublier. Et je suis content que nous soyons du même bord.

— Tant mieux. Vous avez besoin de toutes les bonnes volontés... Ciao, jeune homme. Je vous souhaite une bonne traque et, même si vous n'avez qu'une chance sur cinq de réussir, je suis sûr que vous y arriverez.

— Merci, Manny, j'y compte bien.

L'officier des renseignements tourna la tête vers Evan et Khalehla.

— Et ce ne sont pas des paroles en l'air, ajouta-t-il. Je vous ai entendus dans la voiture, quand vous avez fait allusion à Fairfax. Je n'ai rien dit, mais j'ai eu du mal à me contenir. Je suis le seul ici à être au courant de ce qui s'est passé là-bas et c'est pourquoi j'ai insisté pour prendre la direction de cette unité. Mon neveu, le fils de ma sœur aînée... C'est moi qui l'ai fait entrer à l'Agence...

C'était l'un des gardes à Fairfax. Croyez-moi, je ferai en sorte que la traque soit fructueuse !

Pour commencer, monsieur, les terroristes cherchent à tuer des innocents. Des hommes et des femmes qui ont le malheur de se trouver là, des gamins qui reviennent de l'école, des employés, sans distinction d'âge ni de sexe, qui font simplement leur travail.

— Ce doit être affreux pour lui, dit Khalehla. Il doit éprouver un tel sentiment de culpabilité.

— Il n'est pas le seul, lança Kendrick d'une voix mal assurée avant de prendre une longue inspiration.

— Vous n'avez rien à vous reprocher pour ce qui s'est passé, dit Khalehla.

— Pour ce qui se passe ! s'écria Kendrick. Ce n'est pas fini ! Comment ont-ils réussi à entrer aux États-Unis ? *Qui* leur a permis d'entrer ? Et nos fameuses mesures de sécurité ne servent-elles qu'à mettre la main sur des espions russes de cinquième ordre que nous échangeons contre des journalistes piégés à Moscou, parce que cela fait bon effet ? Nous ne sommes pas capables d'intercepter une douzaine de tueurs qui sont venus pour répandre la mort ! Qui en est responsable ?

— C'est ce que nous essayons de découvrir.

— Vous vous y prenez un peu tard, non ?

— Arrête ! ordonna Weingrass en se redressant dans son siège et en agitant devant lui l'index de sa main droite. Elle n'a rien à voir avec tout ce que tu racontes et ton attitude est inadmissible !

— Je le sais bien, dit Kendrick en prenant la main de Khalehla. Et elle sait que je le sais. Mais tout cela est tellement incroyable... Je me sens si désarmé, si vulnérable. Combien d'autres victimes y aura-t-il ? Nous ne pouvons rien faire contre ces malades ! Ce sont des fous en liberté et nous ne les trouverons jamais !...

Evan baissa la voix en posant sur Adrienne Rashad un regard empreint de douleur.

— Pas plus que nous n'avons découvert les salauds qui se sont emparés du dossier « ultra-confidentiel » d'Oman et ont fait placarder mon nom à la une de tous les journaux. Combien de temps cela fait-il, maintenant ? Huit, dix semaines, et nous en sommes toujours au même point.

Non, nous savons au moins quel but ils poursuivaient ! Ce n'était pas pour faire de moi un héros ni pour favoriser ma soi-disant carrière politique... Non, c'était pour faire de moi la cible des tueurs ! Le pire, c'est que nous n'avançons pas !

— Écoutez-moi, dit doucement Khalehla. Je vais vous dire quelque chose que je ne devrais pas révéler, mais il est parfois indispensable de transgresser les règles, car il est primordial d'entretenir l'espoir. Il s'est passé d'autres événements que vous ignorez et, comme vous dites, ce n'est pas fini. Mais chacun de ces événements nous apporte des éléments qui nous permettent de faire un pas de plus vers la vérité que cache toute cette horreur.

— C'est pour le moins sibyllin, glissa Weingrass.

— Essayez de comprendre, Manny. Evan comprend, lui, car nous avons conclu un accord, et il sait qu'en certaines occasions je ne peux pas lui donner d'explications.

— Permettez-vous à un vieux monsieur qui a fait deux ou trois séjours sur votre territoire de vous demander pourquoi ?

— Si vous faites allusion à votre coopération avec le Mossad, vous ne devriez pas poser ce genre de question. Ces informations ne sont connues que de ceux qui ont impérativement besoin de les connaître, car on ne peut révéler ce qu'on ignore.

— Vous pensez à l'Amytal et au Penthotal, les barbituriques qui ont remplacé la Scopolamine ? Soyons sérieux ! Nous ne sommes pas dans les bas quartiers de Marrakech ni dans les montagnes d'Ashot Yaakov ! Qui pourrait nous soumettre ici à une narco-analyse ?

— Je suis sûre que le jeune prisonnier qu'Evan a identifié, celui qui est actuellement en route vers une clinique de Virginie, aurait dit la même chose. Dans moins de vingt-quatre heures, l'intégralité de sa vie sera enregistrée.

— Cela ne peut pas s'appliquer à nous.

— Peut-être, mais il y a autre chose. Depuis environ six heures, nous avons découvert une nouvelle piste qui pourrait — j'insiste sur le conditionnel — nous conduire à des échelons du gouvernement beaucoup plus élevés qu'il n'est souhaitable pour quiconque. Si c'est une fausse piste, le représentant du Colorado ne peut pas être dans le coup ; c'est tout simplement impossible. En conséquence, il en va de même pour vous, Manny.

— C'était donc cela, la transmission radio dans l'avion, dit Evan avec un regard dur en direction de Khalehla. Ce n'était pas le chef de station du Caire, n'est-ce pas ?

Khalehla haussa les épaules, lâcha la main d'Evan et prit son verre sur la table basse.

— Très bien, poursuivit Kendrick, pas de détails. Mais parlons de la vérité... Que cherchez-vous exactement ? Faites-moi un topo... Un mot que l'on entend à tout bout de champ à Washington. Qui fait quoi contre qui ? Ces gens, quels qu'ils soient, ont tué mes amis, nos amis, et j'ai le droit de savoir !

— Oui, dit lentement Khalehla en se redressant sur le canapé, vous avez le droit.

Son regard passa de Kendrick à Weingrass, puis revint se fixer sur Evan.

— Vous l'avez dit vous-même, vous avez posé la question, sur une partie de la vérité tout au moins. Quelqu'un a laissé les tueurs entrer dans ce pays et leur a permis de commettre leurs crimes. On leur a fourni des passeports et, comme je me représente facilement leur apparence puisque que je suis à moitié arabe, je peux vous assurer que ces faux papiers devaient être extrêmement soignés pour échapper à la vigilance des experts antiterroristes que nous et nos alliés, et j'ajoute les Soviétiques, avons mis en place à tous les contrôles d'immigration aussi bien ici qu'à l'étranger. Derrière ces faux documents, il y a toute la logistique, sans laquelle il est impossible aux terroristes d'opérer. Armes, munitions, argent liquide, permis de conduire, location de véhicules ; des endroits sûrs où ils peuvent se cacher et se préparer pour leur mission ; des vêtements à la dernière mode et fabriqués dans ce pays, pour le cas où ils seraient arrêtés et interrogés. Puis il y a les réservations de train et d'avion, les billets qui leur sont remis en arrivant à la gare ou au terminal, quand ce n'est pas sur un quai ou dans la salle d'embarquement, à la dernière minute. Vous voyez, rien n'est laissé au hasard ; tout, jusqu'au moindre détail, est vital pour assurer la réussite d'une mission.

Khalehla s'interrompit et son regard se posa alternativement sur les deux hommes.

— Quelqu'un a mis tout cela à leur disposition, repritelle, et quelle que soit son — ou leur — identité, ils ne devraient pas occuper le poste qu'ils occupent dans le gouvernement ni avoir les facilités dont ils disposent. Il est absolument essentiel de les démasquer.

— Vous avez dit la même chose à propos de ceux qui ont mis la main sur le dossier d'Oman.

— Et vous croyez que ce sont les mêmes ?

— Que voulez-vous dire ? Cela me paraît tout à fait évident.

— Pas à moi.

— La divulgation du secret... C'est l'explication de la vengeance, du *jaremat thaar.*

— Imaginons que ce soient deux choses différentes, insista Khalehla, que l'une ait simplement engendré l'autre. N'oubliez pas que cela fait dix semaines, maintenant. L'impulsion de la vengeance n'est plus aussi forte que dans l'instant de la révélation.

— Vous venez d'énumérer toutes les dispositions qu'il leur a fallu prendre. Il faut du temps pour mettre tout cela sur pied.

— S'ils ont les ressources nécessaires pour le faire en dix semaines, Evan, ils auraient pu y arriver en dix jours.

Emmanuel Weingrass leva impérieusement la main pour réclamer le silence.

— Si je vous comprends bien, ma chère Khalehla, vous êtes en train de nous expliquer que mon fils n'a pas un ennemi, mais deux : les Arabes de la plaine de la Bekaa et quelqu'un d'autre ici, qui agit de concert avec eux *ou* contre eux. C'est bien cela ?

— Il a deux ennemis insaisissables, l'un attaché à sa perte, cela ne fait aucun doute... l'autre, je ne sais pas. C'est quelque chose que je sens et, croyez-moi, je ne cherche pas à me défiler. Quand M.J. ne possède pas les réponses, il attribue cela à ce qu'il appelle des lacunes. Je pense que c'est le cas actuellement ; il y a trop de lacunes pour y voir clair.

Weingrass grimaça et un renvoi silencieux gonfla ses joues hâves.

— J'accepte votre explication, dit-il. Si, un jour, Mitchell vous met à la porte, je vous trouverai une bonne place dans le Mossad, là où vous serez à l'abri de ces pingres de comptables qui vous laisseraient mourir de faim...

Le vieil architecte prit une longue inspiration et s'enfonça dans son siège.

— Qu'est-ce qui se passe, Manny ? demanda vivement Khalehla.

En l'entendant, Evan tourna aussitôt la tête avec un regard inquiet.

— Je suis prêt à faire les Jeux olympiques, répondit Weingrass, mais j'ai tour à tour très froid et très chaud. Cela m'apprendra à courir les bois comme un gamin. Lyons m'a dit que mes systoles étaient un peu trop rapides et que j'avais des ecchymoses mal placées. Je lui ai expliqué que j'avais participé à un rodéo... Bon, poursuivit-il en se levant péniblement, il faut que j'aille faire reposer ma vieille carcasse. Vous savez, Khalehla, je n'ai plus tout à fait vingt ans.

— Non seulement vous êtes très jeune, Manny, mais vous êtes un homme remarquable.

— Extraordinaire serait plus près de la vérité, lança Manny, mais, dans l'immédiat, je ressens les effets de ma virtuosité. Je vais me coucher.

— Et moi, je vais chercher une des infirmières, dit Kendrick en commençant à se lever.

— Pour quoi faire ? Pour qu'elle puisse abuser de moi, m'épuiser complètement ? J'ai seulement besoin de repos !... Laisse-les donc dormir, Evan. Elles ont été très secouées aujourd'hui et elles ne soupçonnent même pas à quoi elles ont échappé. Je vais bien, mais je suis fatigué. Essaie donc de participer aux Jeux olympiques quand tu auras soixante ans !

— Soixante ?

— Tais-toi ! Je suis encore capable d'être un sérieux rival pour toi dans le cœur de cette belle dame...

— Cela pourrait-il être quelque chose que le médecin vous a donné ? demanda Khalehla en acceptant le compliment avec un sourire empreint d'affection.

— Qu'est-ce qu'il m'a donné ? Rien. Il m'a juste pris

un peu de sang pour son foutu laboratoire et il m'a proposé des pilules, mais je lui ai dit que je les jetterais dans la cuvette des toilettes. C'étaient sans doute des échantillons qu'il reçoit gratis et qu'il fait payer au prix fort à ses patients pour pouvoir ajouter une aile à sa somptueuse demeure... Ciao, jeunes gens !

Evan et Khalehla suivirent des yeux le vieil architecte qui passait sous l'arcade de la véranda et traversait la salle de séjour en posant fermement un pied devant l'autre, comme si chaque pas lui coûtait un grand effort.

— Tu crois qu'il va bien ? demanda Evan dès qu'il eut disparu.

— Je pense qu'il est épuisé, répondit la jeune femme. Essaie de faire ce qu'il a fait aujourd'hui... Et je ne parle même pas de son âge.

— J'irai de temps en temps jeter un coup d'œil dans sa chambre pour voir si tout va bien.

— Nous irons à tour de rôle. Comme cela, nous serons rassurés et cela évitera de réveiller les infirmières.

— Ce qui revient à dire qu'elles ne risqueront pas de regarder par la fenêtre.

— C'est vrai, reconnut Adrienne Rashad, mais cela nous tranquillisera aussi.

— Voulez-vous boire un autre verre ?

— Non, merci...

— Moi, je vais reprendre quelque chose, dit Kendrick en se levant.

— Je n'ai pas fini ma phrase.

— Comment ? dit Evan.

Il se retourna et vit Khalehla se lever à son tour et s'avancer vers lui.

— Ce n'est pas un verre que je veux..., c'est vous.

Kendrick la considéra en silence et plongea les yeux au fond des siens.

— C'est de la pitié ? demanda-t-il. Un geste de charité envers un homme désorienté et malheureux ?

— Je vous ai déjà dit que vous n'avez aucune pitié à attendre de moi parce que je vous respecte trop pour cela. Quant au pauvre homme désorienté et malheureux, je me demande qui s'apitoie sur qui.

— Ce n'est pas ce que je voulais dire...

— Je le sais, mais je ne sais pas très bien ce que vous vouliez dire.

— Nous en avons déjà parlé. Ce n'est pas une aventure que je cherche avec vous. Si c'est tout ce que je peux avoir, je m'en contenterai, mais j'aspire à autre chose.

— Vous parlez beaucoup trop, Evan.

— Et vous, vous vous dérobez trop. Cela fait au moins six semaines que j'essaie de me rapprocher de vous, de vous inciter à parler de *nous,* de briser la paroi de verre que vous avez élevée entre nous, mais il n'y a rien à faire !

— C'est parce que j'ai peur, idiot !

— Peur de quoi ?

— De nous deux !

— C'est à votre tour de trop parler.

— Je ne peux pas dire que vous en ayez fait autant la nuit dernière ! Vous croyez que je ne vous ai pas entendu aller et venir comme un fauve en cage devant la porte de ma chambre ?

— Pourquoi ne l'avez-vous pas ouverte ?

— Pourquoi ne l'avez-vous pas enfoncée ?

Ils se mirent tous deux à rire en s'étreignant tendrement.

— Vous ne voulez toujours pas boire un verre ?

— Non. C'est vous que je veux...

Ce n'était pas la frénésie de Bahreïn. Il y avait évidemment l'ardeur d'un désir longtemps contenu, mais c'était le désir de deux amants et non de deux étrangers avides d'un moment de détente dans un univers de folie meurtrière. Leur univers n'était pas un modèle de raison, ils en avaient pleinement conscience, mais ils avaient enfin trouvé une apparence d'ordre, et cette découverte merveilleuse et pleine de promesses comblait un vide rempli d'incertitudes et d'interrogations... sur l'autre.

Ils semblaient tous deux insatiables. Au plaisir succédait une conversation à voix basse, puis l'un ou l'autre allait jeter un coup d'œil dans la chambre d'Emmanuel Weingrass. Les tendres murmures reprenaient et leurs corps se mêlaient de nouveau pour chercher la satisfaction dont ils ne parvenaient pas à se rassasier. Ils s'attiraient, s'enlaçaient, se serraient l'un contre l'autre et roulaient l'un sur l'autre jusqu'à ce qu'enfin le désir s'épuise. Et quand vint le sommeil, c'est dans les bras l'un de l'autre qu'il les surprit.

Quand le premier rayon du soleil darda sa lumière hésitante sur les montagnes du Colorado, Evan, épuisé mais étrangement serein dans le havre où ils avaient enfin trouvé le repos de l'esprit, avança le bras vers Khalehla. Elle n'était pas là... Il ouvrit brusquement les yeux. Elle n'était pas là ! Il se redressa sur l'oreiller en s'appuyant sur les coudes. Il vit ses vêtements sur le dossier d'une chaise et il poussa un soupir de soulagement. Il remarqua que la porte de la salle de bains et celle de la penderie étaient ouvertes et il eut un petit rire silencieux. Le héros d'Oman et l'espionne chevronnée s'étaient envolés pour les Bahamas en emportant chacun un sac de voyage, mais, dans la précipitation du retour, ils les avaient tous deux oubliés soit dans la voiture de la police de Nassau, soit dans le F-106 de l'armée de l'air. Le plus drôle était qu'ils ne l'avaient remarqué qu'après s'être jetés pour la première fois sur le lit.

— J'avais acheté une chemise de nuit affriolante, avait déclaré rêveusement Khalehla. Pour le cas où... C'était pour le séjour aux Bahamas, mais je crois que je vais quand même la mettre.

D'un même mouvement, ils avaient tourné la tête l'un vers l'autre, bouche bée, les yeux écarquillés.

— Mon Dieu ! s'écria-t-elle. Mais où l'avons-nous oublié ? Où *les* avons-nous oubliés ?

— Avais-tu quelque chose de compromettant dans le tien ?

— Rien d'autre que la chemise de nuit... Seigneur ! Quel joli couple de pros nous formons !

— Parle pour toi...

— Et toi, qu'avais-tu ?

— Des chaussettes sales et un manuel d'éducation sexuelle... Pour le cas où !

Ils étaient tombés dans les bras l'un de l'autre, l'humour de la situation leur apprenant encore autre chose sur eux-mêmes.

— Tu n'aurais pas porté ta chemise de nuit plus de cinq secondes avant que je la réduise en lambeaux.

Comme tu aurais mis cela sur ta note de frais, je viens de faire économiser au moins six dollars aux contribuables ! Viens près de moi...

L'un d'eux était allé voir Manny, mais ils ne savaient plus lequel.

Kendrick descendit du lit et se dirigea vers la penderie. Il possédait deux peignoirs, mais il n'en restait plus qu'un. Il se rendit ensuite dans la salle de bains pour se rendre un peu plus présentable. Il prit une douche, se rasa en se collant beaucoup trop d'after-shave sur le visage et songea avec un petit sourire que cela ne lui avait pas trop mal réussi vingt ans plus tôt avec une majorette évaporée. Cela faisait-il si longtemps ? Il passa son peignoir, sortit de la chambre, traversa le hall et franchit le seuil de la salle de séjour. Khalehla était assise à la lourde table de pin recouverte de cuir noir et elle parlait au téléphone. Elle lui adressa un petit sourire en le voyant entrer et reporta toute son attention sur la conversation téléphonique.

— C'est très clair, dit-elle tandis qu'Evan s'avançait vers elle. Je rappellerai. Au revoir.

Khalehla se leva. Le peignoir trop grand dans lequel elle était drapée laissait entrevoir ses formes d'une manière troublante. Elle ramena devant elle les deux pans de tissu éponge, leva les bras et posa les mains sur les épaules d'Evan.

— Embrasse-moi, Kendrick, ordonna-t-elle tendrement.

Ils commencèrent à s'embrasser et Khalehla comprit que, si leur baiser durait quelques instants de plus, ils allaient repartir dans la chambre.

— Ça suffit, King-Kong. J'ai des choses à te dire.

— Pourquoi King-Kong ?

— Tu ne te souviens déjà plus que j'aurais aimé que tu enfonces une porte ? Quelle mémoire !

— Je suis peut-être incompétent, mais j'espère ne pas être inapte.

— Tu as probablement raison pour la première partie, mais tu n'es assurément pas inapte, mon chéri.

— J'adore t'entendre dire cela.

— Quoi ?

— Mon chéri.

— C'est une expression, Evan...

— Je crois que je n'hésiterais pas à tuer si j'apprenais que tu l'emploies avec quelqu'un d'autre.

— Je t'en prie !

— Tu l'as fait ? Tu le fais ?

— Tu es en train de me demander si j'aime m'envoyer en l'air à droite et à gauche, c'est bien cela ? demanda Khalehla en détachant les bras de ses épaules.

— Tu exprimes les choses un peu trop crûment... Non, ce n'est pas ce que je voulais dire.

— Puisque nous en parlons et que j'ai beaucoup réfléchi, réglons tout de suite ce problème. J'ai eu des liaisons, tout comme toi, et il m'est arrivé d'appeler certains hommes « chéri », mais, si tu veux tout savoir, insupportable égoïste, je n'ai jamais appelé personne *mon* chéri. Tu es satisfait, maintenant ?

— Je m'en contenterai, dit Evan avec un grand sourire en tendant les bras vers elle.

— Non, Evan, je t'en prie. Il vaut mieux parler.

— Je croyais que tu m'avais ordonné de t'embrasser. Qu'est-ce qui t'a fait changer d'avis ?

— Il fallait que tu parles et que moi je me remette à réfléchir... Et je ne crois pas être prête pour toi.

— Pourquoi ?

— Parce que je suis une professionnelle du renseignement, que j'ai du travail à faire et que, si je suis coincée avec toi, je ne pourrai pas faire mon métier.

— Mais pourquoi ?

— Parce que, grand idiot, je suis en train de tomber amoureuse de toi.

— C'est tout ce que je te demandais. Parce que, moi, je t'aime.

— Oh ! Ce sont des mots tellement faciles. Mais pas dans mon boulot, pas dans l'univers qui est le mien. Je reçois un ordre : éliminez Untel, ou faites en sorte qu'on l'élimine... Cela peut résoudre une multitude de problèmes. Et que se passera-t-il si Untel c'est toi, mon chéri ? Pourrais-tu le faire à ma place ?

— Tu crois vraiment qu'on pourrait en arriver là ?

— C'est possible : cela s'appelle omission d'une tierce

personne. Tu comprends, tu es un individu, extraordinaire ou méprisable, selon le point de vue où l'on se place, et, en te trahissant, nous pourrions sauver la vie de deux cents, ou quatre cents passagers d'un avion, parce qu'*ils* ne pourraient pas t'atteindre sans que nous ne te trahissions... Tu vois, mon petit univers est rempli de ce genre de négligences, car nous avons toujours à affronter une amoralité malfaisante.

— Pourquoi rester dans cet univers ? Pourquoi ne pas y renoncer ?

Khalehla réfléchit pendant quelques instants en regardant Evan au fond des yeux.

— Parce que nous sauvons des vies humaines, répondit-elle enfin. Et que, de temps en temps, il se produit quelque chose qui allège cette malfaisance, qui en montre les limites et qui nous permet de faire un pas de plus vers la paix. C'est un processus auquel il nous est fréquemment arrivé de contribuer.

— Mais en dehors de cela, tu as bien une autre vie, une vie intime, personnelle ?

— Cela viendra en son temps. Un jour, je ne serai plus utile, plus de la manière que j'aime, en tout cas. Je serai trop connue : on est d'abord soupçonné, puis on est brûlé et on devient inutilisable. C'est à ce moment-là qu'il faut savoir se retirer. Mes supérieurs essaieront de me convaincre que je peux encore me rendre utile à d'autres postes. Ils me feront miroiter une belle pension de retraite et un vaste choix de secteurs, mais je ne pense pas que je mordrai à l'hameçon.

— Que comptes-tu faire, si ce scénario se réalise ?

— Je parle couramment six langues, j'en lis et j'en écris quatre. Si l'on ajoute à cela mon expérience professionnelle, je pense que je suis amplement qualifiée pour occuper un certain nombre de postes.

— Ton raisonnement tient debout, mais il y a un facteur que tu ne prends pas en considération.

— Que veux-tu dire ?

— Moi... Qu'est-ce que je deviens dans tout cela ?

— Oh ! Evan ! Je t'en prie !

— Non, dit Evan en secouant la tête, je ne veux plus entendre tes « je t'en prie ! ». Je ne veux plus de ces dérobades. Je sais ce que j'éprouve pour toi et je crois savoir ce que tu éprouves. Il serait vraiment stupide de ne pas tenir compte de nos sentiments. Ce serait du gâchis.

— Je t'ai dit que je n'étais pas encore prête...

— Moi non plus, la coupa Kendrick d'une voix douce mais ferme, je ne pensais jamais être prêt. Tu sais, j'ai beaucoup réfléchi de mon côté et j'ai essayé de me juger sans indulgence. Jusqu'à présent, j'ai toujours été très égoïste. Je tenais par-dessus tout à ma liberté, à la liberté de faire ce que j'avais envie de faire... Bien ou mal, peu importait, du moment que je le faisais. C'est ce qu'on appelle l'indépendance, je crois. Et puis, un beau jour, tu débarques dans ma vie et tu fais tout voler en éclats. Tu me montres ce qui me manque et, ce faisant, tu me prouves que je vis comme un imbécile. Je n'ai personne avec qui partager les choses, c'est aussi simple que cela. Personne à qui je tienne suffisamment pour avoir envie de me précipiter vers lui et de lui dire : « Voilà, j'ai réussi », ou bien : « Désolé, j'ai échoué. » Bien sûr, il y a Manny, mais il n'est pas toujours là et, quoi qu'il en dise, il n'est pas immortel. Tu m'as avoué cette nuit que tu avais peur... Eh bien, sache que, moi aussi, j'ai peur, plus que je ne l'aurais jamais imaginé. C'est la peur de te perdre. Je n'aime pas supplier ou me traîner aux pieds de quelqu'un, mais je le ferai devant toi et j'accepterai tout ce que tu voudras. Je t'en prie, je t'en prie, ne me quitte pas !

— Mon Dieu, murmura Khalehla en fermant les yeux tandis que deux grosses larmes coulaient lentement sur ses joues. Le salaud !

— C'est un début, dit Kendrick.

— Je t'aime ! s'écria-t-elle en se jetant dans ses bras. Mais il ne faut pas ! Il ne faut pas !

— Tu pourras toujours changer d'avis dans vingt ou trente ans.

— Tu as foutu ma vie en l'air...

— Si tu crois que tu rends la mienne plus facile.

— Très jolie scène ! lança une voix retentissante.

— Manny ! s'exclama Khalehla en repoussant Evan et en regardant par-dessus son épaule.

— Depuis combien de temps es-tu là ? demanda sèchement Kendrick en tournant la tête.

— Je suis arrivé au moment des supplications. Très bien, le coup de l'homme fort qui se jette à genoux devant sa dulcinée. Cela marche à tous les coups.

— Tu es impossible ! hurla Evan.

— Il est adorable.

— Les deux, sans doute. Mais ne parlez pas trop fort, sinon vous allez réveiller les sorcières. Et d'abord, qu'est-ce que vous faites ici à l'heure qu'il est ?

— Il est huit heures du matin à Washington, dit Khalehla. Comment vous sentez-vous, Manny ?

— Couci-couça, répondit le vieil architecte en agitant la main droite tout en avançant dans le séjour. J'ai dormi sans vraiment dormir, si vous voyez ce que je veux dire. Et vous ne m'avez pas facilité les choses en venant ouvrir ma porte toutes les cinq minutes.

— Pas toutes les cinq minutes, dit Khalehla. Vous exagérez.

— Chacun regarde sa propre montre... Alors, qu'a dit mon ami Mitchell ? Si je ne me trompe, huit heures du matin à Washington, c'était lui.

— Vous ne vous trompez pas, dit l'agent des renseignements du Caire. J'étais sur le point d'expliquer à...

— Drôle d'explication ! Cela ressemblait plutôt à des trémolos de violon...

— Manny !

— Tais-toi, gamin ! Laisse-la parler !

— Je dois m'absenter... Une journée, peut-être deux.

— Où vas-tu ? demanda Kendrick.

— Je ne peux pas te le dire... mon chéri.

31

Mesdames et messieurs, bienvenue à l'aéroport Stapleton de Denver. Si vous avez besoin de renseignements sur les correspondances aériennes, notre personnel au sol se fera un plaisir de vous aider dans l'enceinte du terminal. Il est quinze heures cinq à l'heure du Colorado.

Parmi les passagers descendant la passerelle de débarquement se trouvaient cinq prêtres de race blanche, mais au teint plus sombre que celui de la plupart des Occidentaux. Ils avançaient en groupe et parlaient entre eux, à voix basse, dans un anglais guindé, mais parfaitement compréhensible. On pouvait supposer qu'ils venaient de quelque monastère isolé du sud de la Grèce continentale ou des îles de la mer Égée, ou bien encore de Sicile ou d'Égypte. Mais il n'en était rien : les cinq hommes n'étaient pas des prêtres, mais des Palestiniens, des tueurs de la branche la plus radicale du Jihad islamique. Tenant chacun un petit sac de toile noire, ils pénétrèrent dans l'enceinte du terminal et se dirigèrent vers un kiosque à journaux.

— Non ! souffla le plus jeune des Arabes en prenant un quotidien et en parcourant fébrilement la une. *Laish !*

— *Iskut !* murmura un de ses compagnons plus âgé en entraînant le jeune homme et en lui ordonnant de se taire. Si tu dois parler, parle anglais !

— Il n'y a rien ! Les journaux n'en parlent pas ! Il a dû arriver quelque chose.

— Nous le savons bien, pauvre imbécile ! gronda le chef du groupe, un Palestinien connu sous le nom d'Ahbyahd, ce qui signifiait « celui qui a les cheveux blancs », même si ses cheveux ras étaient plus poivre et sel que blancs. C'est bien pour cela que nous sommes ici ! poursuivit-il. Prends mon sac et emmène les autres à la porte 12. Et, si on vous arrête, c'est toi qui répondras. Tu expliqueras que tes frères ne parlent pas anglais, mais n'entre pas dans les détails.

— Je leur donnerai une bénédiction chrétienne en faisant couler sur leur gorge le sang d'Allah !

— Garde ta langue dans ta bouche et ton couteau dans ta poche ! Il n'y aura pas d'autre Washington !

Ahbyahd s'avança dans le terminal en regardant tout autour de lui. Il trouva ce qu'il cherchait et se dirigea vers le bureau d'un point d'accueil derrière lequel trônait une femme entre deux âges. Elle leva les yeux et lui adressa un sourire engageant en voyant sa mine désorientée.

— Puis-je faire quelque chose pour vous, mon père ?

— Je crois que c'est ici que l'on m'a demandé de me

rendre, répondit le terroriste d'une voix humble. Nous ne sommes pas si bien équipés sur notre île de Lyndos.

— Nous essayons de rendre service.

— Peut-être avez-vous quelque chose pour moi... des instructions, en quelque sorte. Au nom de Demopolis.

— Bien sûr, mon père, dit la femme en ouvrant le tiroir du haut de son bureau. Vous devez être bien loin de chez vous.

— Un voyage organisé par l'ordre des Franciscains. C'est une occasion unique de visiter votre merveilleux pays.

— Voilà, dit la femme en sortant une enveloppe blanche du tiroir et en la tendant à l'Arabe. Elle nous a été remise vers midi par un homme charmant qui a fait un don extrêmement généreux à notre association.

— Je pourrais peut-être également vous exprimer ma reconnaissance, dit Ahbyahd en palpant d'une main l'enveloppe à l'intérieur de laquelle il sentit un petit objet dur et plat et en cherchant son portefeuille de l'autre.

— Il n'en est pas question, mon père ! Nous avons été amplement rétribués pour rendre un service aussi minime à un homme d'Église.

— Vous êtes très aimable, madame. Que le Seigneur vous bénisse.

— Merci, mon père.

Ahbyahd s'éloigna et pressa le pas pour se diriger vers une zone plus animée du terminal. Il déchira l'enveloppe et trouva à l'intérieur, scotchée sur une carte blanche, la clé d'un casier de consigne à Cortez. Les armes et les explosifs leur avaient été remis comme prévu, ainsi que l'argent et les vêtements, une voiture de location, des passeports de rechange émis en Israël pour neuf prêtres maronites et des billets d'avion à destination de Riohacha, en Colombie, où des dispositions avaient été prises pour leur faire gagner Cuba par la voie aérienne. Le lieu de rendez-vous pour le voyage de retour — ce ne serait pas un retour au pays, car la Bekaa était tout sauf leur patrie — était un motel situé à proximité de l'aéroport de Cortez, en bordure de l'autoroute. Ils devaient prendre le lendemain matin un avion pour Los Angeles où neuf prêtres s'embarqueraient sur un vol de la compagnie

Avianca, à destination de Riohacha. Tout s'était déroulé comme prévu, selon le plan mis au point quand la proposition ahurissante avait été connue dans la plaine libanaise de la Bekaa. *Trouvez-le. Tuez-le. Vengez l'honneur de votre cause. Nous vous fournirons tout ce dont vous avez besoin, mais jamais nous ne vous dévoilerons notre identité.* Les plans minutieusement établis, les sommes énormes mises en jeu avaient-ils porté leurs fruits ? Ahbyahd l'ignorait ; il ne pouvait pas le savoir et c'est pourquoi il avait appelé un numéro de téléphone à Vancouver pour exiger que de nouvelles armes meurtrières soient ajoutées à la livraison de Cortez. L'assaut contre la maison de Fairfax remontait à près de vingt-quatre heures et l'offensive contre l'autre demeure de l'ennemi à près de dix-huit heures. Leur mission avait été conçue sous la forme d'une opération combinée qui devait plonger l'Occident dans le sang et la consternation, vengeant ainsi tous les frères qui avaient sacrifié leur vie et apportant la preuve que les mesures de sécurité exceptionnelles annoncées par le président des États-Unis au bénéfice d'un seul homme étaient insuffisantes pour s'opposer à l'habileté et à la volonté d'un peuple spolié. L'opération Azra avait pour but d'éliminer un Américain promu au rang de héros par la presse de son pays, un imposteur qui s'était fait passer pour l'un d'eux, qui avait partagé leur pain et leurs peines et qui les avait trahis. Cet homme devait mourir et, avec lui, tous ceux qui l'entouraient et le protégeaient. Il fallait donner une leçon à l'Occident !

L'abominable traître n'ayant pas été éliminé à Fairfax, c'est donc à Yosef et à son unité qu'il était revenu de le dénicher dans sa résidence du Colorado et de l'exécuter. Mais il n'y avait eu aucune nouvelle du commando. Rien ! Les cinq membres de Unité Un déguisés en prêtres avaient attendu en vain à l'hôtel, dans leurs chambres adjacentes, que sonne le téléphone et que retentissent les paroles tant attendues : *Opération Azra réussie. L'infâme porc est mort !* Rien ! Le plus curieux, le plus inquiétant, c'est que les journaux ne leur avaient pas accordé une ligne, qu'aucun visage angoissé n'était apparu à la télévision pour annoncer au public ce nouveau triomphe de leur cause sacrée. Qu'avait-il bien pu se passer ?

Ahbyahd avait passé en revue toutes les étapes de la mission et il n'avait trouvé aucune faille. Tous les problèmes imaginables, sauf un, avaient été envisagés et résolus à l'avance, soit par la corruption de fonctionnaires de la capitale, soit par l'utilisation d'un matériel sophistiqué et la corruption ou un chantage exercé sur des techniciens de la compagnie du téléphone, en Virginie et au Colorado. Le seul problème imprévu et imprévisible avait été posé par un assistant trop soupçonneux du politicien abject, dont il avait fallu se débarrasser précipitamment. Ahbyahd avait envoyé dans le bureau de Kendrick le seul « prêtre » du commando qui ne se trouvait pas à Oman l'année précédente. C'était le mercredi après-midi, juste avant que soit lancé l'assaut contre la maison de Fairfax. Sa mission consistait uniquement à vérifier les derniers renseignements confirmant la présence du traître dans la capitale. La couverture du « prêtre » était irréprochable : ses papiers étaient en ordre, aussi bien son passeport que les documents établissant son appartenance à l'Église, et il apportait les « salutations de vieux amis » qui, tous, faisaient réellement partie du passé de Kendrick.

Mais le faux prêtre avait été surpris en train de lire l'agenda de la secrétaire en attendant que l'assistant sorte du bureau du parlementaire. Le jeune homme était reparti s'enfermer dans le bureau de son patron et, en entrouvrant silencieusement la porte, le faux prêtre l'avait entendu demander au téléphone le service de sécurité de la Chambre. Il devait mourir. Le « prêtre » l'avait fait descendre dans l'immense chaufferie du Capitole sous la menace d'un pistolet et s'était rapidement et efficacement débarrassé de lui. Mais cette mort non plus n'avait pas été rendue publique.

Que s'était-il passé ? Que se passait-il ? Les martyrs de la mission sacrée n'allaient pas, ne pouvaient pas regagner la vallée de la Bekaa sans le trophée symbolisant leur vengeance. C'était inconcevable ! Si le rendez-vous de Cortez n'avait pas lieu, des flots de sang couleraient à Mesa Verde !

Le terroriste glissa la clé dans sa poche, jeta l'enveloppe par terre et se dirigea vers la porte 12.

— Mon chéri ! lança Ardis Vanvlanderen en sortant de la chambre de l'hôtel Westlake de San Diego qu'elle avait aménagée en bureau pour son usage personnel.

— Qu'est-ce qu'il y a, mon chou ? demanda son mari, installé dans un fauteuil de velours devant le récepteur de télévision.

— Tes problèmes sont résolus. Tes millions de dollars ne risquent rien pendant les cinq ans à venir ! Tu peux continuer à construire tes missiles et tes supersoniques jusqu'à ce que le lait des vaches se transforme en uranium. C'est vrai, tu n'as plus de souci à te faire !

— Je le sais bien, mon chou, dit Andrew Vanvlanderen sans se retourner, les yeux rivés sur l'écran de la télévision. Je vais le voir et l'entendre d'une minute à l'autre.

— Qu'est-ce que tu racontes ? demanda Ardis en s'immobilisant et en considérant son mari d'un regard perplexe.

— Ils ne vont pas tarder à l'annoncer. Ils ne peuvent pas étouffer beaucoup plus longtemps une affaire de cette importance... Merde ! Cela fait déjà vingt-quatre heures !

— Je n'ai pas la moindre idée de ce que ton cerveau tortueux a pu concocter, mais je t'annonce qu'Emmanuel Weingrass n'en a plus pour longtemps. Il suffisait de trouver un médecin disposé à louer ses services. Weingrass a reçu une injection de...

— Weingrass nous a déjà quittés. Kendrick aussi.

— Qu'est-ce que tu dis ?

— Je n'ai pas pu t'attendre, mon chou... Nous n'avions pas le temps. Il existait un meilleur moyen, un moyen plus logique, plus ou moins attendu.

— Qu'est-ce que tu as fait ?

— J'ai donné à un peuple affligé l'occasion de se venger d'un homme par qui il s'est fait entuber dans les grandes largeurs. J'ai trouvé les survivants ; je savais où chercher.

— Andy, dit Ardis d'une voix douce en s'asseyant en face de son mari et en braquant ses grands yeux verts sur le visage défait au regard égaré. Je répète : qu'est-ce que tu as fait ?

— J'ai supprimé un obstacle qui aurait réduit la puissance militaire de notre pays dans des proportions intolérables et qui aurait fait du géant du monde libre un nain pitoyable. Cela m'a coûté personnellement environ huit millions de dollars et plusieurs milliards à l'ensemble de notre groupe.

— Oh ! mon Dieu ! Tu n'as pas pu attendre... tu n'as pas pu t'en empêcher. Tu as contacté les Arabes !

— Monsieur le Président, j'ai absolument besoin de quelques jours, dit Mitchell Payton d'un ton implorant.

Il était assis sur une chaise, légèrement penché en avant, dans les appartements privés du premier étage de la Maison-Blanche. Il était presque deux heures du matin. Langford Jennings était installé à un bout du canapé, en pyjama et peignoir, les jambes croisées, une pantoufle se balançant à son pied libre. Son regard scrutateur ne quittait pas le visage du directeur des Projets spéciaux.

— J'ai conscience, en m'adressant directement à vous, d'avoir enfreint une bonne centaine de règles en vigueur, mais je suis plus inquiet que je ne l'ai jamais été dans toute ma vie professionnelle. Il y a plusieurs années, un jeune homme a dit à son commandant en chef qu'un cancer rongeait la présidence. C'est aujourd'hui un homme sensiblement plus âgé qui vient vous annoncer la même chose, avec cette différence que, dans le cas présent, on vous a soigneusement caché l'évolution de la maladie.

— Vous êtes ici, docteur Payton, dit Langford Jennings d'une voix sonore et posée, mais où perçait l'inquiétude, oui, j'ai bien dit docteur Payton — il m'a fallu prendre des renseignements en très peu de temps —, parce que Sam Winters m'a clairement fait comprendre que lorsque vous affirmez être alarmé la plupart des gens seraient paniqués. Après ce que vous venez de me raconter, je comprends mieux et je suis moi-même bouleversé.

— Je suis heureux que Sam Winters ait intercédé en ma faveur auprès de vous. Je savais qu'il se souviendrait de moi, mais je n'étais pas sûr qu'il prendrait mes inquiétudes au sérieux.

— Il les a prises au sérieux. Êtes-vous sûr de m'avoir tout dit ? Sur toute cette gangrène ?

— Tout ce que je sais, monsieur, tous les éléments que nous avons réussi à assembler, en précisant, bien entendu, que je n'ai pas encore découvert de preuve formelle, que je n'ai pas mis la main sur l'arme du crime, si vous préférez.

— Ce n'est pas une expression très appréciée en ce lieu.

— En toute franchise, monsieur le Président, si j'avais pensé que l'expression pouvait s'appliquer à ce lieu, je ne serais pas ici.

— J'apprécie votre franchise.

Jennings baissa la tête, puis la releva brusquement, le front plissé.

— Vous avez raison, dit-il pensivement, mais pourquoi en êtes-vous si sûr ? Mes adversaires m'accusent de toutes sortes de tromperies et je voudrais savoir si vous n'êtes pas contaminé. En vous regardant et, sachant ce que je sais de vous, je doute que vous soyez un de mes partisans les plus fervents.

— Je n'ai pas à être d'accord avec toutes les convictions d'un homme pour avoir une bonne opinion de lui.

— Ce qui signifie que je suis acceptable, mais que vous ne voteriez pas pour moi ?

— Puis-je encore vous parler en toute franchise, monsieur ? Le secret de l'isoloir est quand même une chose sacrée.

— Allez-y, en toute franchise, dit le Président en esquissant un sourire.

— Non, dit Payton en lui rendant son sourire, je ne voterais pas pour vous.

— Question de quotient intellectuel ?

— Grand Dieu ! Non ! L'histoire nous apprend qu'un esprit trop compliqué dans le Bureau ovale peut se perdre dans une infinité de détails. Au-delà d'un certain niveau, une intelligence trop développée est inutile et souvent dangereuse. L'homme dont la tête est bourrée de faits, de théories et de contre-théories a tendance à s'interroger interminablement sans prendre les décisions en temps utile. Non, monsieur le Président, votre quotient intellectuel est tout à fait suffisant.

— Alors, c'est ma philosophie ?

— Je vous réponds toujours franchement ?

— Toujours. Vous comprenez, il faut que je sache tout

de suite si, moi, je vais voter pour vous et il ne s'agit aucunement d'un échange.

— Je comprends, dit Payton en hochant lentement la tête. Eh bien, je dois avouer que votre rhétorique m'agace parfois. J'ai l'impression que vous réduisez des questions très complexes à... à...

— Une simplification sommaire ? suggéra posément Jennings.

— Le monde d'aujourd'hui est aussi compliqué et tumultueux que la création elle-même. Une fausse manœuvre de la part de quelques individus et la planète redeviendra ce qu'elle était au commencement des temps, une boule de feu sans vie errant dans la galaxie. Il n'y a plus de réponses faciles, monsieur le Président... Vous m'avez demandé de parler franchement.

— Je suis servi ! dit Langford Jennings avec un petit rire.

Il décroisa les jambes et s'avança sur le bord du canapé en posant les coudes sur ses genoux.

— Mais permettez-moi de vous dire quelque chose. Si vous essayez d'exposer les problèmes dans toute leur complexité, dans le courant d'une campagne électorale, vous ne serez jamais en mesure d'apporter les solutions. Vous regarderez la fin du match du haut des gradins, mais vous ne serez pas sur le terrain, vous ne serez pas dans l'équipe.

— J'aimerais croire qu'il en va autrement.

— Moi aussi, mais c'est impossible. J'ai vu trop d'hommes brillants et cultivés se casser la gueule parce qu'ils décrivaient le monde tel qu'il est à un électorat qui ne voulait pas entendre la vérité.

— Je dirais qu'ils n'étaient pas faits pour ce métier, monsieur le Président. L'érudition et la séduction politique ne sont pas incompatibles. Nous assisterons un jour à l'apparition d'une nouvelle race de politiciens, qui saura plaire à un électorat différent, capable d'accepter les dures réalités que vous avez mentionnées.

— Bravo ! dit doucement Jennings en se laissant aller en arrière dans le canapé. Vous venez de décrire très précisément pourquoi je suis celui que je suis et pourquoi je fais ce que je fais. Tout gouvernement, et ce depuis qu'à l'âge des cavernes les premiers conseils tribaux ont élaboré les rudiments d'un langage devant un maigre feu, tout gouvernement a un caractère transitoire... Même les marxistes le reconnaissent. L'Utopie n'existe pas, et Thomas More le savait au fond de lui-même, car rien ne demeure figé. Tout évolue d'un siècle à l'autre, d'une année à l'autre, d'une semaine à l'autre. C'est pourquoi il a choisi le nom d'Utopie, celui d'un pays imaginaire où un gouvernement idéal règne sur un peuple heureux. Je suis l'homme qui convient pour mon époque, pour le moment présent dans cette lente évolution, et j'espère de tout cœur qu'elle ira dans le sens que vous imaginez. Si je puis être celui qui créera la passerelle nous permettant d'atteindre à ce changement, je serai le plus heureux des hommes et mes détracteurs peuvent aller se faire voir.

Il y eut un moment de silence pendant lequel l'ancien professeur Mitchell Jarvis Payton considéra l'homme le plus puissant du monde d'un air ahuri.

— Voilà une déclaration digne d'un intellectuel, dit-il enfin.

— Ne répandez pas ce bruit autour de vous, mon mandat ne serait pas renouvelé et j'ai absolument besoin de mes détracteurs... Très bien, M.J., vous êtes reçu. Je vote pour vous.

— Vous avez dit M.J. ?

— Comme je l'ai déjà mentionné, il m'a fallu apprendre beaucoup de choses en peu de temps.

— Pourquoi suis-je « reçu », monsieur le Président ? C'est une question personnelle aussi bien que professionnelle.

— Parce que vous n'avez pas flanché.

— Pardon ?

— Vous ne vous êtes pas adressé à Langford Jennings, un fermier de l'Iowa dont le père avait eu la chance d'acquérir dans les montagnes un domaine de vingt mille hectares sur lequel se sont jetés les promoteurs. Non, c'est au grand manitou du monde occidental que vous avez parlé, à celui qui a le pouvoir de réduire notre planète à un globe de feu. À votre place, j'aurais été effrayé. Effrayé et très circonspect.

— J'essaie de toutes mes forces de n'être ni l'un ni

l'autre. Et je n'étais même pas au courant pour les vingt mille hectares.

— Vous imaginez qu'un homme relativement peu fortuné a la moindre chance d'accéder à la présidence ?

— Probablement pas.

— Certainement pas. Le pouvoir est l'apanage des riches, ou de ceux qui, n'ayant rien à perdre, ont tout à gagner. Quoi qu'il en soit, docteur Payton, vous êtes venu ici à la dérobée pour m'adresser une requête extravagante, à savoir sanctionner les activités clandestines sur le territoire américain d'une agence fédérale à qui la loi interdit expressément ce type d'activité. De plus, vous me demandez l'autorisation de garder le silence sur un massacre commis par des terroristes et visant à assassiner un homme auquel la nation tout entière voue une profonde reconnaissance. En substance, vous me demandez donc d'enfreindre plusieurs règles que je me suis engagé à respecter dans mon serment d'investiture.

— Je vous ai exposé mes raisons, monsieur le Président. Le faisceau de présomptions qui relient Oman à la Californie est si accablant qu'il ne peut s'agir d'une simple coïncidence. En répandant la mort, ces fanatiques atteignent un objectif qui, pour eux, prime toutes les autres motivations. Ils tiennent avant tout à attirer l'attention sur eux, ils sont prêts à se suicider pour faire les gros titres. Notre seul espoir de mettre la main sur eux et sur ceux qui les soutiennent ici est justement de leur refuser les gros titres. En semant la confusion et en engendrant un sentiment de frustration dans leurs rangs, nous pouvons espérer que quelqu'un commettra un faux pas sous l'empire de la colère, qu'il contactera quelqu'un d'autre, qu'il brisera la chaîne du silence. Pour entrer dans notre pays, les tueurs ont bénéficié de puissantes complicités et ils se déplacent librement d'un bout à l'autre du territoire en transportant des armes, ce qui, compte tenu des mesures de sécurité en vigueur, est un véritable exploit... Un de mes agents du Caire va se rendre à San Diego et notre meilleur homme à Beyrouth doit partir pour la vallée de la Bekaa. Ils savent ce qu'il faut chercher.

— Bon sang ! s'écria Jennings en bondissant du canapé pour se mettre à marcher de long en large et en perdant sa pantoufle. Je ne peux pas croire qu'Orson Bollinger soit mêlé à cette affaire. Je n'ai pas d'affinités particulières avec lui, mais il est loin d'être fou, et il n'est pas homme à suivre une conduite aussi suicidaire.

— Peut-être n'y est-il pas directement mêlé, monsieur. Le pouvoir, même celui d'un vice-président, attire tous ceux qui aspirent à la puissance... ou à un surcroît de puissance.

— Bon Dieu de bon Dieu ! hurla le Président en se dirigeant vers son bureau jonché de papiers. Vous affirmez que tous les indices montrent des liens si étroits entre les terroristes d'Oman et San Diego qu'il ne peut s'agir d'une coïncidence, mais vous n'avez rien de concret. Vous n'êtes pas en possession de l'arme du crime, comme vous dites ; tout ce que vous avez, ce sont deux hommes qui se sont connus il y a plusieurs années au Moyen-Orient et une femme qui apparaît brusquement là où personne ne l'attendait.

— La femme en question a un lourd passé de tripotages financiers à une grande échelle. Je la vois mal se laisser allécher par une position politique, aussi haute soit-elle, dont les émoluments sont à des années-lumière des honoraires auxquels elle est habituée. À moins que d'autres considérations ne soient entrées en ligne de compte...

— Andy Vanvlanderen, murmura le Président. Andy le salonnard. J'ignorais tout du passé de son épouse... Je croyais que c'était l'ex-épouse d'un banquier dont il avait fait la connaissance en Angleterre. Mais pourquoi Vanvlanderen aurait-il voulu qu'elle travaille pour Orson ?

— Si vous voulez mon avis, c'est un maillon de ce faisceau de présomptions, de cette chaîne du secret dont les ramifications vont jusqu'à Oman. Il me faut une réponse, monsieur le Président.

— Monsieur le Président, répéta Jennings en secouant la tête. Cela doit vous écorcher les lèvres de me donner ce titre.

— Je vous demande pardon ?

— Vous me comprenez fort bien, docteur. Vous débarquez ici à une heure du matin pour m'exposer un scénario extravagant et pour me demander de commettre des délits qui me rendront passible d'une mise en accusation devant le Congrès. Puis, quand je commence à vous poser des questions, vous me dites successivement que vous ne voteriez pas pour moi, que j'ai tendance à tout simplifier, que je suis au mieux le prédécesseur d'une race de politiciens supérieurs et enfin que je suis incapable de faire la distinction entre une coïncidence et des présomptions accablantes...

— Mais, monsieur le Président, je n'ai jamais dit cela !

— C'est ce que vous avez laissé entendre.

— Vous m'avez demandé de vous parler en toute franchise, monsieur. Si j'avais pu me douter que...

— Oubliez tout cela, dit Jennings en se tournant vers le bureau encombré de papiers. Mais savez-vous qu'il n'y aurait pas une seule personne sur les onze ou douze cents qui composent le personnel de la Maison-Blanche pour me parler ainsi ? J'en exclus ma femme et ma fille, qui n'occupent pas de fonction officielle et qui, entre parenthèses, sont encore plus impitoyables que vous.

— Si je vous ai offensé, je vous fais toutes mes excuses...

— N'en faites rien ! Je vous ai dit que vous étiez reçu et je ne veux pas revenir là-dessus. Sachez également que je ne permettrais jamais à personne d'autre qu'un homme tel que vous de me présenter une requête aussi excessive. C'est tout simple, je n'aurais pas confiance... Je vous donne le feu vert, docteur ; faites ce que vous avez à faire, mais tenez-moi au courant. Je vais vous communiquer un numéro de téléphone confidentiel qui n'est connu que de mes proches.

— Il me faut une autorisation présidentielle de non-divulgation. J'ai préparé ce qu'il faut.

— C'est pour vous couvrir ?

— Absolument pas, monsieur. Je la contresignerai en assumant l'entière responsabilité de cette requête.

— Alors, pourquoi ?

— Pour protéger mes subordonnés qui seront impliqués, mais sans savoir pourquoi.

Payton fouilla dans la poche de sa veste et en sortit une feuille de papier qu'il déplia.

— Voilà qui établit clairement que votre entourage n'a pas été consulté.

— Merci infiniment. Nous nous balancerons donc tous les deux au bout d'une corde.

— Non, monsieur le Président, je serai seul. L'autorisation de garder le silence est prévue par la loi de 1947 créant la C.I.A. Elle permet à l'Agence de prendre des mesures extraordinaires en cas de crise nationale.

— Une telle autorisation ne peut qu'être limitée dans le temps, dit Jennings.

— En effet, monsieur. Elle est valable pendant une période de cinq jours.

— Je vais signer, dit le Président en prenant la feuille de papier et en tendant la main pour en saisir une autre parmi celles qui s'entassaient sur le bureau. Pendant ce temps, poursuivit-il, vous allez lire ceci... Mais vous n'êtes pas obligé de le faire. Comme la plupart des imprimés du service de presse, c'est beaucoup trop long. Je l'ai reçu cet après-midi.

— De quoi s'agit-il ?

— C'est l'analyse d'une campagne visant à imposer le représentant Evan Kendrick sur la liste du parti aux prochaines élections. En tant que candidat à la vice-présidence, ajouta doucement Jennings après un silence.

— Me permettez-vous de jeter un coup d'œil ? demanda Payton en s'avançant, la main tendue.

— Je me suis dit que cela devrait vous intéresser, poursuivit Jennings en tendant la feuille au directeur des Projets spéciaux. Je me suis aussi demandé si vous attacheriez à cette analyse autant d'importance que Sam Winters en a attaché à vos inquiétudes.

— Oui, monsieur, répondit Payton en parcourant avidement le listing aux caractères fatigants pour les yeux.

— Si votre paranoïa repose sur quelque chose, dit le Président en observant attentivement le visiteur nocturne, vous trouverez peut-être de quoi l'étayer là-dedans. Le service de presse m'a fait savoir que cela pouvait aller très vite et très loin. Dès la semaine prochaine, sept quotidiens respectables du Middle West non seulement publieront des articles sur Kendrick, mais appuieront sa candidature. Trois de ces journaux contrôlent des stations de radio et de télévision et, puisque nous parlions de coïncidences, des bandes magnétiques et vidéo des apparitions télévisées du héros d'Oman leur ont été expédiées.

— Par qui ? Je ne le trouve pas là-dedans ?

— Vous ne le trouverez pas. Il n'existe pour l'instant qu'un comité de soutien, créé à Denver pour l'occasion, dont personne n'a jamais entendu parler et qui n'est au courant de rien. Tout est envoyé directement à Chicago.

— C'est incroyable !

— Pas vraiment, dit Jennings. Le représentant Kendrick pourrait se révéler un candidat de qualité. Il est capable, à sa manière, de galvaniser les foules. Il émane de lui une assurance et une force intérieure, et il pourrait faire un malheur. Les fidèles d'Orson Bollinger, qui, je suppose, sont aussi mes fidèles, doivent faire dans leur froc.

— Ce n'est pas de cela que je parlais, monsieur le Président. Lorsqu'on se trouve devant un lien aussi flagrant, on est bien obligé de s'incliner. Mais c'est trop simple, trop évident. Je ne peux pas croire que l'entourage de Bollinger soit aussi stupide. C'est beaucoup trop compromettant, beaucoup trop dangereux.

— Je ne vous suis plus, docteur. Je croyais que vous alliez vous exclamer : « Voilà, mon cher Watson, nous tenons notre preuve », ou quelque chose de ce genre. Mais pas du tout.

— Non, monsieur.

— Si je dois signer ce foutu papier qui risque de me conduire à une mise en accusation, je pense être en droit de savoir pourquoi.

— Parce que c'est vraiment trop évident. Les fidèles de Bollinger, apprenant qu'une campagne nationale va être lancée pour substituer Evan Kendrick à leur cher vice-président, engagent des terroristes palestiniens pour l'éliminer ? Il faudrait être complètement givré pour accoucher d'un tel scénario ! Un seul faux pas parmi les innombrables dispositions à prendre, un seul tueur capturé vivant — nous en tenons un ! — et l'on peut remonter jusqu'à eux. Et l'on remontera jusqu'à eux, si vous signez ce papier.

— Qui découvrirez-vous ? Que découvrirez-vous ?

— Je ne sais pas, monsieur. Il nous faudra peut-être commencer par ce comité de soutien créé à Denver. Depuis plusieurs mois, des manœuvres occultes visent à pousser Kendrick sous les feux de la rampe, ce qu'il n'a jamais cherché et qu'il a même toujours refusé. Et maintenant, à la veille de son véritable lancement, ont lieu simultanément la tuerie de Fairfax et l'assaut de Mesa Verde, déjoué par un octogénaire sur qui l'âge ne semble pas avoir de prise. N'oublions pas qu'il a tué trois terroristes.

— Je tiens absolument à le rencontrer, dit Jennings.

— J'arrangerai cela, monsieur, mais vous risquez de le regretter.

— Où voulez-vous donc en venir ?

— Il y a deux camps, deux factions, qui agissent avec une grande subtilité. Mais, en apparence, l'une d'elles a commis une erreur monumentale, ce qui ne tient pas debout.

— Je ne vous suis encore plus...

— Moi-même, je ne sais plus où j'en suis, monsieur le Président... Voulez-vous signer ce papier ? Acceptez-vous de m'accorder cinq jours ?

— Je vais le faire, docteur Payton, mais je ne puis m'empêcher de penser que je marche vers la guillotine.

— L'image n'est pas adéquate, monsieur. Jamais le peuple n'accepterait qu'on vous tranche la tête.

— Il arrive même au peuple de se tromper gravement, dit le président des États-Unis en se penchant sur le bureau reine Anne pour apposer sa signature sur le document. C'est une des leçons que l'histoire nous enseigne, professeur.

Les lampadaires de la promenade du lac de Chicago lançaient une lumière intermittente au milieu des flocons de neige, projetant des scintillements sur le plafond de la chambre de l'hôtel Drake. Il était un peu plus de deux heures du matin et l'homme blond et trapu dormait. Son souffle était profond et régulier, comme si, même dans le sommeil, il gardait encore la maîtrise de soi. Sa respiration s'arrêta brusquement quand retentit la sonnerie stridente du téléphone. Il se redressa d'un bond sur le lit, repoussa les couvertures pour s'asseoir et décrocha.

— Oui ? dit Milos Varak d'une voix parfaitement claire.

— Nous avons un problème, dit Samuel Winters dans son bureau de Cynwid Hollow.

— Pouvez-vous en parler au téléphone, monsieur ?

— Je ne vois aucune raison de ne pas le faire. En allant vite et en prenant la précaution de parler en abrégé. Ma ligne est sûre et je ne vois pas pourquoi vous seriez sur écoute.

— En abrégé, je vous prie.

— Il y a à peu près sept heures, il s'est passé quelque chose d'épouvantable dans une maison de Virginie...

— Une tempête ? demanda le Tchèque sans le laisser achever sa phrase.

— Si vous voulez. Une tempête terrible qui a fait de nombreuses victimes.

— Icare ? demanda Varak d'une voix haletante.

— Il n'était pas là-bas. Il n'était pas non plus dans la montagne ou une autre tentative a pu être déjouée.

— Emmanuel Weingrass ! souffla le Tchèque. C'était lui la cible ! Je m'en doutais !

— Il ne semble pas qu'il en aille ainsi, fit Winters, mais pourquoi dites-vous cela ?

— Plus tard, monsieur... Je suis arrivé en voiture d'Evanston vers minuit et demi.

— Je savais que vous étiez sorti. J'ai commencé à vous appeler il y a déjà plusieurs heures, mais il est évident que je ne pouvais laisser un message. Tout se passe-t-il comme prévu ?

— Plus vite que prévu, mais ce n'est pas ce qui compte pour l'instant. Ne trouvez-vous pas très étonnant que la radio n'ait pas fait mention des deux événements dont vous venez de parler ?

— Si les choses se passent comme je l'espère, dit Winters, il n'en sera pas fait mention pendant au moins plusieurs jours, et peut-être jamais.

— C'est encore plus étonnant. Mais puis-je vous demander comment vous savez cela ?

— Parce que c'est moi qui ai tout arrangé. Un homme

en qui j'ai toute confiance s'est rendu incognito au palais. Il s'y trouve encore. La seule chance de mettre la main sur les responsables, c'est d'imposer le black-out sur la tuerie.

Avec un profond soulagement, Milos Varak comprit à cet instant que Samuel Winters n'était pas le traître d'Inver Brass, car celui-ci n'aurait jamais fait prolonger les recherches pour dénicher des tueurs commandités par San Diego. Mais, au-delà de cette vérité et de ce soulagement, le Tchèque savait maintenant qu'il avait quelqu'un à qui se confier.

— Écoutez-moi très attentivement, monsieur. Il est impératif, je dis bien impératif, d'organiser une réunion dès demain. Elle doit avoir lieu dans la journée, pas le soir, car chaque heure comptera dans chacun des fuseaux horaires.

— C'est une requête pour le moins inattendue.

— Disons que c'est une urgence, monsieur. Une urgence absolue... Et il faudra que je trouve un moyen pour créer une autre urgence. Il faudra obliger quelqu'un à se découvrir.

— Pouvez-vous, sans entrer dans les détails, me donner une raison ?

— Oui, monsieur. Il s'est produit au sein de notre groupe la seule chose que nous n'aurions jamais imaginée. L'un de nous ne devrait pas être là.

— Mon Dieu !... Vous êtes certain de ce que vous avancez ?

— J'en suis absolument certain. Je ne vous ai écarté de la liste que depuis quelques secondes.

Il était quatre heures vingt-cinq du matin, heure du Pacifique, soit sept heures vingt-cinq heure de l'Est. Andrew Vanvlanderen était toujours vautré dans son fauteuil de velours rembourré, les prunelles vitreuses, la chevelure ébouriffée. Dans une flambée de colère, il balança violemment son verre à whisky sur le téléviseur, mais le lourd récipient rebondit sur le meuble d'acajou et retomba piteusement sur l'épaisse moquette blanche. Le gros homme aux cheveux de neige saisit rageusement un cendrier de marbre et visa l'écran sur lequel défilaient les images de la chaîne d'informations permanentes. L'écran vola en éclats et le récepteur implosa avec une brève et violente déflagration, tandis qu'une fumée noire s'élevait des entrailles éclatées de l'appareil. Vanvlanderen poussa un rugissement inarticulé, ses lèvres tremblantes essayant de former des mots qui refusaient de sortir. Quelques secondes plus tard, sa femme sortit en courant de la chambre.

— Qu'est-ce que tu as fait ? hurla-t-elle.

— Il n'y a... *Ha !*... rien ! s'écria-t-il en articulant avec difficulté. Absolument rien !

Il avait le visage et le cou congestionnés, les veines de la gorge et du front distendues.

— Pas un mot, bordel ! Qu'est-ce qui s'est passé ? Ils ne peuvent pas me faire ça ! Deux milliards ! Ça m'a coûté deux milliards de dollars !

Puis, brusquement, sans que rien laisse soupçonner autre chose que cette rage qui l'étouffait, Vanvlanderen bascula de son fauteuil, les bras et les mains agités de violents tremblements, les yeux exorbités, cherchant désespérément sa respiration. Il tomba sur la moquette blanche, face en avant, en poussant un cri guttural, le dernier son qui franchit ses lèvres.

Ardis Wojak Montreaux Frazier-Pyke Vanvlanderen, sa quatrième épouse, s'approcha lentement. Le visage exsangue, l'expression figée en un masque d'incrédulité, elle baissa les yeux sur le corps inerte de son mari.

— Espèce de salaud ! murmura-t-elle. Tu m'as mise dans de beaux draps ! Je ne sais pas exactement ce que tu as fait, mais je me demande comment je vais m'en sortir !

32

Ahbyahd réunit ses quatre « prêtres » dans la chambre qu'il partageait avec le plus jeune membre du commando, celui qui parlait couramment anglais et qui n'était pas à Oman. Il était cinq heures quarante-trois, heure des Rocheuses, et la longue attente était terminée. Le rendez-vous n'aurait jamais lieu. Unité Deux n'était pas entrée en contact en temps voulu et il n'y avait qu'une seule explication : Yosef et ses hommes étaient morts. Ce combattant aguerri, à moitié juif par sa mère, mais qui vouait une haine farouche à Israël et à tout l'Occident, n'aurait jamais laissé un seul membre de son groupe tomber vivant aux mains de l'ennemi. C'est pour cette raison qu'il avait exigé que le jeune infirme au bec-de-lièvre, assoiffé de vengeance, reste constamment à ses côtés.

— Si j'ai l'impression qu'il existe le moindre danger d'être capturé, petit, je te logerai immédiatement une balle dans la tête. C'est bien compris ?

— Je ne t'attendrai pas, Yosef. Je préfère cent fois une mort glorieuse à une vie misérable.

— Je te crois, jeune écervelé. Mais n'oublie jamais les paroles d'Azra : « Vivant, tu peux continuer à te battre ; mort, tu ne peux plus rien. »

Azra, le martyr, avait raison, songea Ahbyahd. Mais Azra n'avait pas donné la définition du sacrifice suprême auquel aspiraient tous les véritables croyants : mourir tout en combattant. C'est pourquoi la Jihad n'avait que faire des pièges et même de la mort. Or, le silence qui avait suivi l'attaque contre la maison de Virginie et l'absence de Yosef et de ses hommes ne pouvaient être qu'un piège. Nier l'accomplissement, ne rien reconnaître, obliger les chasseurs à se découvrir un peu plus et les conduire dans un piège. Raisonnement stupide ! Si ce piège leur permettait d'éliminer l'ennemi, en l'occurrence un ennemi abhorré, qu'importait la mort ? Le martyre leur apporterait la félicité, un bonheur d'une intensité inconnue de leur vivant, sachant qu'il n'était pas de plus grande gloire pour le croyant que d'arriver au paradis d'Allah les mains couvertes du sang d'un ennemi tué dans une guerre juste.

C'est ce raisonnement qui plongeait Ahbyahd dans la perplexité. Les chrétiens ne parlaient-ils pas sans cesse de rejoindre leur Christ et n'appelaient-ils pas à la guerre sainte en son nom ? Les juifs n'exaltaient-ils pas leur statut de peuple élu, sous la conduite du dieu d'Abraham, à l'exclusion de tous les autres, et leurs luttes de libération dirigées par les Maccabées, morts pour défendre leur foi ? Allah était-il jugé indigne d'une telle compagnie ? Qui en décidait donc ? Les chrétiens et les juifs ? Ahbyahd était loin d'être un savant en la matière, mais ce qu'il savait lui avait été enseigné par les anciens, des hommes imprégnés du Coran. La leçon était évidente : leurs ennemis étaient prompts à lutter pour réparer les injustices dont ils s'estimaient victimes et encore plus prompts à nier les souffrances d'autrui. Les chrétiens et les juifs n'hésitaient pas à faire appel à leur dieu dans tout conflit où ils se sentaient menacés et ils continueraient certainement à nier la justesse de la cause des humbles Palestiniens, mais ils ne pouvaient leur interdire le martyre. Et cela se produirait à Mesa Verde, un village perdu dans les montagnes, à des milliers de kilomètres de La Mecque.

— Mes frères, commença l'Arabe aux cheveux blancs en s'adressant aux quatre hommes de son unité dans la petite chambre miteuse du motel, notre heure est venue et nous l'abordons avec ravissement, sachant qu'un monde infiniment meilleur va s'ouvrir à nous, un paradis où nous ne serons plus ni des esclaves ni des pions. Si la grâce d'Allah nous permet de survivre pour continuer notre lutte, nous annoncerons à nos frères et à nos sœurs que sa juste vengeance est accomplie. Et le monde entier saura que nous avons réussi, que cinq hommes courageux sont parvenus à pénétrer dans les deux places fortes élevées par l'ennemi et à y détruire toute vie. Il nous faut maintenant nous préparer. D'abord par la prière et ensuite en prenant des mesures plus pratiques. Nous frapperons quand ils s'y attendront le moins, non pas à la faveur de la nuit, mais en plein jour. Et, à l'heure du coucher du soleil, soit nous ferons notre prière du soir, soit nous serons dans les bras d'Allah.

Il était un peu plus de midi quand Khalehla descendit de l'avion et pénétra dans le bar de l'aéroport international de San Diego. Elle sentit aussitôt qu'elle était observée, d'autant plus rapidement que celui qui la surveillait ne cherchait pas à se cacher. C'était un homme replet, engoncé dans un costume de gabardine froissé qui picorait du pop-corn dans un petit sac de papier blanc. Il inclina la tête, se retourna et commença de s'éloigner au milieu d'un flot de voyageurs dans le large couloir menant au terminal. C'était un signal. Quelques instants plus tard, Adrienne Rashad arriva à sa hauteur et ralentit le pas pour l'accorder au sien.

— Je suppose que ce n'est pas pour me draguer que vous m'attendiez, dit-elle sans le regarder.

— Si c'était le cas, vous seriez déjà à genoux pour me supplier de vous accompagner chez vous, et je me laisserais certainement fléchir.

— Votre modestie est aussi irrésistible que vous.

— C'est ce que dit ma femme, mais elle ajoute « que ma beauté ».

— Qu'avez-vous à me dire ?

— Appelez Langley d'un téléphone public. J'ai l'impression que les choses se précipitent. Je vous attends un peu plus loin. Si nous devons faire équipe, hochez simplement la tête et suivez-moi... À distance respectueuse, bien entendu.

— J'aimerais avoir un nom ou quelque chose...

— Que diriez-vous de Shapoff ?

— *Gingembre !* s'écria Khalehla en tournant fugitivement la tête pour voir le visage de celui qui était presque devenu une légende dans l'Agence. Berlin-Est ? Prague ? Vienne ?...

— Pour l'instant, dit l'homme au complet de gabardine froissé, je suis un stomatologiste gaucher de Cleveland.

— Je ne vous imaginais pas ainsi.

— C'est bien pour cela qu'on me donne ce surnom ridicule de « Gingembre ». Allez donc téléphoner.

Khalehla se dirigea vers le taxiphone le plus proche. Comme elle éprouvait une inquiétude diffuse et que le maniement de l'appareil ne lui était plus familier, elle appuya sur la touche reliant sa cabine au standard et, imitant l'accent d'une Française égarée, elle demanda en P.C.V. un numéro mémorisé depuis de longues années.

— Allô ? dit Mitchell Payton.

— C'est moi, oncle Mitch. Que s'est-il passé ?

— Andrew Vanvlanderen est mort au petit matin.

— Assassiné ?

— Non, nous avons pu établir qu'il a succombé à une crise cardiaque. Il avait un taux d'alcool élevé dans le sang et il était dans un triste état. Pas rasé, les cheveux en bataille, les yeux injectés de sang et couvert de sueur... C'était une crise cardiaque.

— Merde !... Merde !

— Les circonstances de sa mort ne sont pas dépourvues d'intérêt, poursuivit Payton, même si, encore une fois, il ne s'agit que d'indices. Il avait passé plusieurs heures devant la télévision et avait fracassé l'écran du récepteur avec un cendrier de marbre.

— Une sensibilité d'écorché vif... Qu'en pense son épouse ?

— Entre deux crises de larmes et l'expression de son désir de rester seule avec son chagrin, la veuve éplorée a eu le temps de déclarer qu'il était très déprimé après avoir subi de lourdes pertes à la Bourse et avec d'autres investissements. Elle affirme naturellement en ignorer la nature, ce qui est tout aussi évidemment un mensonge grossier. Leur mariage a dû être consommé avec un accord financier sous le matelas.

— As-tu vérifié ces informations ?

— Bien sûr. Le portefeuille de Vanvlanderen pourrait renflouer les caisses de plusieurs petites nations. Deux de ses chevaux ont remporté le couplé de Santa Anita la semaine dernière et les étalons de son écurie lui ont déjà rapporté plusieurs millions de dollars.

— Elle a donc menti ?

— Elle a menti.

— Mais pas nécessairement à propos de la déprime de son mari.

— Nous pourrions y substituer un autre mot. Disons la fureur... Un mélange de fureur et d'affolement.

— Peut-être attendait-il quelque chose qui ne s'est pas produit, suggéra Khalehla.

— Ou que soit rendu public quelque chose qui s'est peut-être produit... ou bien qui a foiré. Peut-être, et qui sait si cela n'a pas tout déclenché, certains des tueurs ont-ils été capturés vivants.

— Et des prisonniers peuvent raconter tout ce qu'ils savent sans même en avoir conscience.

— Précisément. Il suffit de disposer d'une source pour être renseigné sur un lieu, un moyen de transport, un dépôt de matériel. Cette source, nous l'avons, et l'organisation d'une telle opération est trop complexe pour que tout reste secret. Ceux qui sont derrière tout cela doivent le savoir et le redouter. C'est peut-être ce qui préoccupait si fortement Andrew Vanvlanderen.

— Comment cela se passe-t-il avec le prisonnier ?

— On est en train de l'interroger. C'est un maniaque. Il a essayé de s'asphyxier en retenant sa respiration et d'avaler sa langue. Il a donc fallu lui injecter des tranquillisants avant de lui administrer le sérum de vérité, ce qui nous a fait perdre un peu de temps. Les médecins m'ont affirmé que nous devrions avoir les premiers résultats dans une heure.

— Et moi, que vais-je faire ? demanda Khalehla. Je me vois mal débarquer dès maintenant chez la veuve éplorée.

— Au contraire, ma chérie. C'est exactement ce que tu vas faire. Nous allons mettre à profit cet étonnant concours de circonstances. Quand, comme Mme Vanvlanderen, on occupe une fonction comportant des liens très étroits avec le successeur désigné du président des États-Unis, les considérations personnelles passent au second plan... Tu t'excuseras abondamment, cela va de soi, mais, pour le reste, tu t'en tiendras au scénario que nous avons établi.

— À la réflexion, dit Khalehla, les circonstances jouent en notre faveur. Elle ne s'attend certainement pas à une visite officielle et nous pouvons compter sur l'effet de surprise.

— Parfait, dit Payton. Je vois que nous sommes d'accord. Tu peux lui témoigner de la compassion, mais n'oublie pas que le souci de la sécurité nationale passe avant tout.

— Et Shapoff ? Est-ce que nous faisons équipe ?

— Seulement si tu penses avoir besoin de lui. Nous l'avons prêté au service de renseignements de la Marine, au titre de consultant, et je suis content qu'il soit là, mais je préférerais que tu commences toute seule. Prends tes dispositions pour pouvoir entrer en contact avec lui.

— Je suppose qu'il n'est au courant de rien.

— Non, on lui a simplement demandé de collaborer avec toi, en cas de besoin.

— Compris.

— Adrienne, poursuivit le directeur des Projets spéciaux en articulant lentement le prénom, il y a autre chose qu'il faut que tu saches. Nous avons avancé sur la piste qui conduit à l'Européen blond et, ce qui est tout aussi important, sur l'explication de son rôle.

— Qui est-il ? Qu'avez-vous découvert ?

— Nous ne savons pas qui il est, mais disons qu'il travaille pour des gens qui veulent voir Evan à la Maison-Blanche ou, tout au moins, un peu plus près du sommet.

— Mon Dieu ! Jamais, au grand jamais, il n'acceptera d'envisager cette possibilité. Qui sont les gens en question ?

— Tout donne à penser qu'ils disposent d'énormément d'argent et de ressources, dit Payton avant de l'informer en quelques mots de la campagne nationale visant à porter Kendrick à la vice-présidence. Jennings a avoué que son entourage pense que cela pouvait très bien marcher et, si tu veux mon avis, je crois qu'il n'y verrait personnellement aucune objection.

— Jusqu'à la réaction du Président, dit Khalehla d'une voix songeuse après quelques instants de silence. Chaque pas, chaque étape a été analysé et méthodiquement organisé. Mais il y a un élément dont ils n'ont pas tenu compte.

— Que veux-tu dire ? demanda Payton.

— La réaction d'Evan. Jamais il n'acceptera.

— C'est peut-être le grain de sable qui suffira à enrayer tout le mécanisme.

— Peut-être, dit Khalehla. Il y a donc bien deux groupes. L'un qui pousse notre héros vers une carrière nationale, l'autre qui ne reculera devant rien pour éviter que cela se produise.

— C'est la conclusion à laquelle je suis arrivé et je l'ai dit au Président. Et maintenant, Adrienne Rashad, au travail ! Appelle-moi quand tu seras installée dans ton hôtel. J'aurai peut-être reçu des nouvelles de la clinique.

— Je suppose que je n'ai pas l'autorisation de passer dire bonjour à mes grands-parents... Ils habitent tout près d'ici, tu sais.

— Quel âge as-tu donc ? Douze ans ? C'est absolument hors de question !

— D'accord, d'accord...

Il était quinze heures, heure de l'Est, et les limousines étaient sagement alignées le long de l'allée de la propriété de Cynwid Hollow. Les chauffeurs fumaient une cigarette en devisant tranquillement. Dans la belle demeure, la conférence avait commencé.

— Cette réunion sera de courte durée, dit Milos Varak en s'adressant aux membres d'Inver Brass, assis autour de la table ronde qui occupait le centre du vaste bureau parcimonieusement éclairé. Mais les renseignements que j'ai à vous communiquer sont d'une telle importance que j'ai vivement insisté auprès du docteur Winters. J'ai pensé qu'il était impératif que vous en preniez connaissance.

— Je l'espère vivement, lança Eric Sundstrom d'un ton grincheux. J'ai été obligé de laisser toute l'équipe de mon laboratoire en plan !

— Vous m'avez arrachée à une audience, Milos, dit Margaret Lowell. Mais je suppose que, comme d'habitude, vous avez raison.

— Moi, je suis revenu de Nassau par le premier vol, ajouta Gideon Logan avec un petit rire, mais, jusqu'à ce que j'entende la sonnerie de ce satané téléphone, je n'avais rien fait d'autre que pêcher. Je dois préciser que je n'avais absolument rien pris.

— Quant à moi, dit Jacob Mandel, j'assistais à un match de basket-ball et il y avait un tel vacarme dans les tribunes que j'ai failli ne pas entendre le signal.

— Je crois que nous pouvons commencer, déclara Samuel Winters d'une voix où perçait une impatience mêlée à autre chose qui était peut-être de la colère. Les nouvelles de Milos sont bouleversantes.

— Allons-y, Sam, dit Margaret Lowell en tournant la tête vers l'historien chenu. Nous retenons notre respiration.

— Même si j'ai parlé de pêche, Samuel, mon esprit était ailleurs, dit Gideon Logan.

Le porte-parole d'Inver Brass hocha la tête en ébauchant un sourire crispé.

— Ne m'en veuillez pas si je semble être d'humeur irascible. La vérité est que j'ai très peur... et que vous allez avoir peur aussi.

— Dans ce cas, dit Sundstrom d'un ton conciliant, ce qui se passe dans mon laboratoire n'a aucune importance. Allez-y, Milos, je vous en prie.

Observer chaque visage, ne pas les quitter des yeux. Surveiller les muscles de leurs mâchoires, le front et le tour des paupières. Rester à l'affût d'une déglutition involontaire, d'un gonflement des veines du cou. L'un d'eux connaît la vérité. L'un d'eux est un traître.

— Des terroristes palestiniens ont attaqué les deux résidences du représentant Kendrick, en Virginie et au Colorado. Il y a eu de nombreuses victimes.

Il se fit un véritable tohu-bohu en miniature dans le vaste bureau dont les occupants se renversèrent dans leur siège ou se penchèrent brutalement vers la table ronde. Des cris étouffés s'élevèrent, des yeux s'agrandirent d'horreur ou se plissèrent d'incrédulité, et Varak fut soumis à un tir de barrage de questions haletantes.

— Kendrick a été assassiné ?

— Quand cela s'est-il passé ?

— Pourquoi les médias n'en ont-ils pas parlé ?

— Y a-t-il eu des prisonniers ?

La dernière question fut posée par Gideon Logan sur qui se concentra aussitôt l'attention de Milos Varak et dont le visage crispé exprimait la fureur... à moins que ce ne fût la panique.

— Je répondrai à toutes vos questions dans la mesure du possible, dit le Tchèque, mais je dois vous avouer que mes renseignements sont encore fragmentaires. D'après ce que j'ai appris, Kendrick serait encore en vie et placé sous la protection des services fédéraux. L'attaque a eu lieu hier en fin d'après-midi, ou peut-être en début de soirée.

— Peut-être ! s'écria Margaret Lowell. *Hier !* Comment se fait-il que vous ne le sachiez pas... que le pays tout entier ne le sache pas ?

— Le black-out est fait sur cette affaire, à la demande des services de renseignements et avec l'accord du Président.

— C'est à l'évidence dans le but de retrouver les Arabes, dit posément Mandel. Ils assassinent pour faire parler d'eux et, si le secret est gardé, ils deviennent encore plus enragés qu'ils ne le sont habituellement. C'est alors qu'ils se font remarquer...

— S'ils sont encore en vie, il faudra bien qu'ils quittent notre territoire, ajouta Sundstrom. Peuvent-ils sortir du pays, Varak ?

— Cela dépend de l'ensemble des dispositions qui ont été prises pour eux, monsieur. Et de ceux qui leur ont donné les moyens d'y entrer.

— Y a-t-il eu des prisonniers ? insista Gideon Logan.

— Je ne puis qu'émettre des hypothèses, répondit le Tchèque avec une feinte impassibilité. J'ai eu la chance d'apprendre ce que je sais avant que le black-out total soit imposé. Je n'ai pas pu obtenir de détails sur les victimes.

— Quelles sont donc vos hypothèses ? demanda Sundstrom.

— Les chances que l'un des assaillants ait été capturé vivant sont au mieux de dix à quinze pour cent. Ce pourcentage est fondé sur les statistiques du Moyen-Orient. Les commandos terroristes ont coutume d'emporter une capsule de cyanure cousue dans le revers de leur veste. Des lames de rasoir et des seringues sont fixées par du ruban adhésif sur différentes parties de leur corps afin de leur permettre de se suicider plutôt que de révéler ce qu'ils savent sous la torture ou l'effet des drogues. Il ne faut pas oublier que, pour eux, la mort n'est pas un sacrifice ; c'est un rite de passage pour accéder à un au-delà où ils connaîtront enfin la joie qui leur est si chichement accordée ici-bas.

— Il est donc possible qu'un ou deux d'entre eux aient pu être capturés vivants ? poursuivit Logan avec une insistance suspecte.

— C'est possible, mais cela dépend du nombre des assaillants. Il va sans dire que c'est un point absolument essentiel.

— Pourquoi est-ce donc si important, Gideon ? demanda Samuel Winters.

— Parce que nous savons tous que des mesures de sécurité extraordinaires ont été prises pour protéger Kendrick, répondit le Noir en scrutant le visage de Varak, et je crois qu'il est vital de découvrir comment les fanatiques ont pu déjouer cette surveillance renforcée. Avez-vous une idée, Milos ?

— Oui, monsieur. C'est une idée personnelle, mais je pense que ce n'est qu'une question de jours avant que les autorités fédérales fassent le même rapprochement que moi.

— Expliquez-vous ! s'écria Margaret Lowell d'une voix aiguë.

— Je présume que vous savez tous ce qui est arrivé à Andrew Vanvlanderen...

— Non ! cria l'avocate.

— Qu'a-t-il fait ? demanda Gideon Logan.

— Il est mort, dit Eric Sundstrom en se redressant sur son siège.

— Comment ?

La question fut lancée simultanément par trois voix impatientes.

— Cela s'est produit ce matin en Californie, expliqua Winters, trop tard pour que les quotidiens de la côte Est en fassent mention. Il a été établi que la cause de la mort est une crise cardiaque. C'est ce que j'ai entendu à la radio.

— Moi aussi, déclara Sundstrom.

— Je n'ai pas écouté la radio.

— J'étais sur mon bateau, puis dans l'avion.

— J'assistais à un match de basket.

— Ce n'est pas l'événement du jour, poursuivit Sundstrom en se penchant en avant. Les dernières éditions du *Washington Post* le mentionnent en page quatre ou cinq et Vanvlanderen était assez connu dans la capitale. Mais, en dehors de Washington et de Palm Springs, ce n'était pas une célébrité.

— Quel est le rapport avec les Palestiniens ? demanda Gideon Logan, les yeux rivés sur le visage du Tchèque.

— On peut émettre des doutes sur la cause de la mort, monsieur.

Autour de la table, tous les visages devinrent de marbre, fermés, impassibles. Les membres d'Inver Brass se tournèrent lentement les uns vers les autres, comme s'ils reculaient devant la signification de ce qu'ils venaient d'apprendre.

— C'est une révélation tout à fait extraordinaire, monsieur Varak, dit doucement Winters. Voulez-vous avoir l'obligeance de développer votre pensée.

— Les hommes qui constituent l'entourage du vice-président Bollinger sont parmi les plus gros bailleurs de fonds du parti et ils ont d'énormes intérêts à protéger. Mais ils sont divisés par des querelles intestines et j'ai appris qu'il y avait plusieurs factions. L'une d'elles souhaite remplacer le vice-président par un candidat de son choix, une autre désire que son mandat soit renouvelé et la troisième préfère attendre que l'horizon politique soit un peu plus dégagé.

— Et alors ? lança Jacob Mandel en enlevant ses lunettes cerclées d'argent.

— Le seul candidat inacceptable pour toutes les parties est évidemment Evan Kendrick.

— Où voulez-vous en venir, Milos ? demanda Margaret Lowell.

— Tout ce que nous avons fait n'était pas dépourvu de risques, répondit Varak. Je n'ai jamais cherché à les minimiser, même si j'ai garanti que votre anonymat serait préservé. Pour lancer la campagne nationale en faveur de Kendrick, il nous a fallu créer un comité de soutien dont l'existence était indispensable pour canaliser les fonds considérables dont nous avions besoin, sans que l'on puisse remonter jusqu'à vous. Il m'a fallu plusieurs semaines pour mettre tout cela sur pied et il n'est pas impossible que San Diego en ait eu vent. On peut facilement imaginer la réaction des partisans de Bollinger et plus particulièrement celle de la faction qui tient à le voir rester aux commandes. Kendrick est un véritable héros, un candidat crédible qui, porté par une immense vague de popularité, a des chances d'être élu comme colistier du président. On peut imaginer que ce groupe, frappé de panique, ait envisagé des solutions rapides et radicales, et que les Vanvlanderen en fassent partie. Or, Ardis Vanvlanderen, le chef de cabinet du vice-président, a conservé de nombreux contacts en Europe et au Moyen-Orient.

— Bon Dieu ! s'écria Sundstrom. Vous suggérez donc que le vice-président Bollinger porte la responsabilité de ces attaques, de ces tueries ?

— Pas directement, monsieur. Mais songez à Thomas Becket, assassiné à l'instigation du roi Henri II qui avait simplement demandé : « Personne ne me débarrassera donc de ce prêtre turbulent ? » Le monarque n'avait donné ni ordre ni instruction ; il s'était contenté de poser une question, peut-être sur le ton de la plaisanterie, mais ses chevaliers ont compris à demi-mot. Dans l'affaire qui nous préoccupe, il est évident qu'un groupe puissant a contribué à faciliter l'entrée des tueurs dans notre pays et à leur fournir sur place tout ce dont ils avaient besoin.

— C'est incroyable ! souffla Mandel, la main crispée sur son verre.

— J'ai une question, Milos, dit Gideon Logan, la tête massive légèrement inclinée, les yeux toujours rivés sur le Tchèque. Vous avez laissé entendre que la mort de Vanvlanderen n'était peut-être pas due à une crise cardiaque. Qu'est-ce qui vous fait soupçonner cela et quel rapport y a-t-il avec les Palestiniens ?

— J'ai commencé à avoir des soupçons quand j'ai appris que, moins d'une heure après l'arrivée du corps à la morgue, Mme Vanvlanderen avait exigé de le faire incinérer immédiatement en affirmant qu'ils s'étaient mutuellement engagés à le faire à la disparition du premier d'entre eux.

— Ce qui à l'évidence supprimait toute possibilité d'autopsie, déclara Margaret Lowell en hochant lentement la tête. Mais quel est le rapport avec les Palestiniens, Milos ?

— Il y a d'abord une coïncidence pour le moins étrange : un sportif en parfaite santé, sans antécédents d'hypertension, meurt brusquement, moins de vingt-quatre heures après les attaques contre les deux résidences de Kendrick. Par ailleurs, le bref échange de propos que nous avons eu au sujet de Mme Vanvlanderen lors de notre dernière réunion m'a incité à me renseigner sur les nombreux contacts qu'elle a au Moyen-Orient. Les enquêteurs fédéraux assembleront tous ces éléments et ils seront probablement en mesure d'établir un lien avec les massacres.

— Mais si Vanvlanderen était en rapport avec les terroristes, demanda Sundstrom, l'air ahuri, pourquoi a-t-il été tué ? C'est lui qui tirait les ficelles !

— Permets-moi de répondre, Eric, dit Margaret Lowell. Le meilleur moyen de dissimuler des preuves est encore de les détruire. On se débarrasse de celui qui porte le message, pas de celui qui l'envoie. De cette façon, il est impossible de remonter jusqu'à l'instigateur.

— C'est trop ! s'écria Jacob Mandel. Une telle pourriture est inconcevable à des échelons aussi élevés du gouvernement.

— Nous savons bien que c'est possible, mon vieil ami, dit doucement Samuel Winters. Sinon, nous n'aurions aucune raison d'être réunis ici.

— C'est tragique, poursuivit le financier en secouant douloureusement la tête. Une nation recelant tant de promesses, qui va à la ruine, minée de l'intérieur. Ils vont changer toutes les règles, toutes les lois ! Pour quoi faire ?

— Pour défendre leurs intérêts, répondit posément Gideon Logan.

— À votre avis, Milos, demanda Margaret Lowell, que va-t-il se passer, maintenant ?

— S'il y a un fondement à mes hypothèses et si le black-out se prolonge, je pense qu'ils vont rendre publique une version de l'affaire omettant soigneusement toute référence à d'éventuels liens entre les terroristes et de hauts fonctionnaires du gouvernement. On trouvera des boucs émissaires, morts de préférence. Washington ne peut rien faire d'autre ; ce serait créer une épouvantable pagaille dans la politique étrangère.

— Et Bollinger ? demanda Sundstrom en se tortillant sur son siège.

— Si les boucs émissaires suffisent à apaiser les esprits, il pourrait être officiellement blanchi. Mais certainement pas en ce qui nous concerne.

— Voilà qui est intéressant, monsieur Varak, dit Samuel Winters, pour ne pas dire passionnant. Auriez-vous l'amabilité de préciser votre pensée ?

— Très volontiers, monsieur. Je suis obligé de repartir

à Chicago, mais j'ai pris des dispositions avec certains employés de la compagnie du téléphone de San Diego pour que l'on me transmette un enregistrement de tous les appels reçus à la résidence de Bollinger, à son bureau et à celui de tous les membres de son équipe. Les bandes préciseront le numéro du correspondant, l'heure de l'appel, le lieu et l'emplacement des taxiphones. Nous aurons, si je ne m'abuse, des preuves en nombre suffisant, même s'il ne s'agit que de présomptions, pour convaincre le vice-président de se retirer de son plein gré.

La dernière limousine disparaissait au bout de l'allée quand Samuel Winters raccrocha le récepteur de téléphone dans la salle de séjour décorée de coûteuses tapisseries et rejoignit Milos Varak devant la grande fenêtre donnant sur la façade.

— Lequel est-ce, à votre avis ? demanda le Tchèque sans tourner la tête.

— Je crois que nous le saurons avant que le jour se lève sur la Californie. L'hélicoptère sera ici dans quelques minutes et le jet doit décoller à seize heures trente, à Easton.

— Merci, monsieur. Je pense que nous n'avons pas pris toutes ces dispositions pour rien.

— Vous aviez d'excellents arguments, Milos. Le traître, quel qu'il soit, n'osera pas téléphoner. Il — ou elle — sera obligé de se déplacer en personne. Est-ce que tout est réglé à l'hôtel ?

— Oui, monsieur. Le chauffeur qui m'attendra à San Diego aura les clés de l'entrée de service et de la suite. J'utiliserai l'ascenseur réservé aux livraisons.

— Dites-moi, Milos, poursuivit l'historien aux cheveux de neige, est-il possible que le scénario que vous nous avez exposé se réalise ? Andrew Vanvlanderen a-t-il réellement pu entrer en contact avec les Palestiniens ?

— Non, monsieur, ce n'est pas possible. Jamais sa femme ne l'aurait laissé faire. Elle l'aurait tué de ses propres mains s'il avait essayé. On peut toujours, même si c'est extrêmement difficile, retrouver la trace de toutes les dispositions qu'il a fallu prendre pour une opération de cette envergure. Jamais elle n'aurait accepté de courir un tel risque.

Le bruit des rotors de l'hélicoptère se fit entendre au loin, au-dessus de la baie de Chesapeake, et se rapprocha lentement.

Khalehla laissa tomber son sac à main par terre, lança les deux cartons et les trois sacs en plastique sur le lit et suivit le même chemin en écartant les sacs pour poser la tête sur l'oreiller. Elle avait demandé à Shapoff de l'arrêter devant un grand magasin pour pouvoir s'acheter quelques vêtements de rechange, puisque tous les siens étaient disséminés entre Le Caire, Fairfax, une voiture de la police de Nassau et un jet de l'armée de l'air.

— Tu aimerais ne plus avoir à penser à rien avant demain, dit-elle à voix haute en fixant le plafond, mais tu sais bien que c'est impossible.

Elle se mit sur son séant et décrocha le combiné posé sur la table de nuit, puis elle composa le numéro de Langley.

— Oui ?

— Tu ne rentres donc jamais chez toi, M.J. ?

— Et toi, es-tu chez toi ?

— Je ne sais même plus où j'habite. Mais j'ai un secret à te confier, oncle Mitch.

— Oncle Mitch ? Tu as envie de faire un tour de poney ?

— Mon chez-moi sera peut-être celui de notre ami commun.

— Eh bien, je vois que les choses avancent !

— C'est entièrement sa faute. Il a même parlé de vingt ou trente ans.

— De quoi ?

— Je ne sais pas. Peut-être pensait-il à une vraie maison, des bébés, ce genre de choses...

— Alors, Adrienne, il faut absolument qu'il sorte vivant de cette sale affaire.

Khalehla secoua la tête, non pas en signe de dénégation, mais pour reprendre contact avec la réalité.

— Tu m'as fait craquer, M.J., dit-elle après un silence. Pardonne-moi.

— Nous avons tous le droit de rêver à notre parcelle de bonheur et tu sais à quel point je souhaite que tu sois heureuse.

— Mais, toi, tu n'y as jamais eu droit.

— C'est le choix que j'ai fait, officier Rashad... Maintenant, écoute-moi bien. Nous avons reçu le premier rapport de la clinique. Il semble que nos terroristes soient déguisés en prêtres, des prêtres maronites avec des passeports israéliens. Le gamin ne sait pas grand-chose. C'est un malheureux qui a été intégré dans le commando à cause de Kendrick ; il s'est estropié pendant l'évasion de notre héros.

— Je sais, Evan m'a raconté. Ils étaient dans un camion de la police, sur la route du Djebel Sham, vers ce qu'ils croyaient être le lieu de leur exécution.

— Les éléments dont nous disposons demeurent très flous. Le gamin n'est vraiment pas au courant de grand-chose et je comprends pourquoi : c'est un instable. D'après ce que les médecins ont pu reconstituer, les deux commandos devaient se retrouver près d'un aéroport, où Unité Deux, je suppose qu'il s'agit du groupe de Fairfax, était censée rejoindre Unité Un, c'est-à-dire celui du Colorado.

— Tout cela représente une organisation très complexe, M.J., d'énormes distances à couvrir. Il leur a fallu des agents de voyage particulièrement habiles pour préparer les itinéraires.

— Très habiles et très discrets. Noyés dans l'anonymat de la bureaucratie, peut-être.

— À propos, je me trouve deux étages au-dessus de la veuve éplorée.

— Son secrétariat a été prévenu. Elle attend ta visite.

— Très bien. Je vais me refaire une beauté et me mettre au travail. Au fait, il m'a fallu acheter des vêtements pour l'occasion, mais, je te préviens, il n'est pas question de les payer de ma poche. Ils sont un peu trop austères pour moi.

— J'aurais cru, compte tenu des relations passées de Mme Vanvlanderen, que tu aurais choisi une toilette très chic.

— Elle n'est pas si austère que cela !

— C'est bien ce qu'il me semblait. Appelle-moi dès ton retour.

Khalehla raccrocha, considéra le récepteur pendant quelques instants et se baissa pour ramasser son sac à main. Elle l'ouvrit, en sortit une feuille de papier sur laquelle elle avait noté le numéro de téléphone d'Evan à Mesa Verde et le composa aussitôt.

— Résidence de M. Kendrick, dit une voix de femme que Khalehla reconnut comme celle de l'une des gardes-malades.

— Puis-je parler au représentant, je vous prie ? C'est Adrienne, du Département d'État.

— Bien sûr, mais vous allez devoir patienter quelques secondes. Il est sorti pour raccompagner ce jeune Grec absolument délicieux.

— Qui ?

— Je crois qu'il est grec. Il connaît tout un tas de vieux amis de M. Kendrick dans les pays arabes, ou je ne sais où.

— Qu'est-ce que vous racontez ?

— Je parle du prêtre. C'est un jeune prêtre de...

— Avertissez Evan ! hurla Khalehla en bondissant au pied du lit. Appelez les gardes ! Ils sont là-bas ! Ils veulent le tuer !

33

Tout a été si simple, songea Ahbyahd, tapi dans le bois, de l'autre côté de la route longeant la demeure de l'ennemi abhorré. Un jeune prêtre à la physionomie ouverte, aux papiers parfaitement en règle et qui n'avait bien entendu pas d'arme sur lui s'était présenté à la porte pour transmettre au héros d'Oman un témoignage d'affection de quelques vieux amis. Comment refuser d'accorder quelques minutes d'entretien à un religieux à la mine candide, venu d'un pays si lointain et ignorant des formalités exigées pour être admis auprès du grand homme ? On lui avait d'abord opposé un refus, mais l'ennemi était intervenu en personne pour le prier d'entrer. Le reste ne dépendait plus que de l'inventivité de leur frère et de leur courage à tous. Ils ne failliraient pas à leur devoir !

Leur jeune camarade sortait ! Il serrait la main de l'ennemi exécré, le faux « Amal Bahrudi », sous le regard attentif des gardes en civil, une arme automatique à la main. Les combattants de la foi ne pouvaient qu'estimer la force de l'ennemi. Il y avait douze hommes au minimum et sans doute quelques autres à l'intérieur. Avec la précieuse aide d'Allah, le premier assaut en éliminerait déjà un certain nombre qui seraient soit tués, soit trop grièvement blessés pour poursuivre le combat.

Leur jeune camarade, escorté par plusieurs gardes, suivait maintenant l'allée circulaire menant à la route où, par courtoisie, il avait laissé sa voiture. Et Allah le tout-puissant était avec eux ! Trois autres gardes apparurent, ce qui faisait maintenant un total de sept hommes devant la maison. Accomplis ta tâche, frère ! Dirige cette voiture avec précision !

Le jeune « prêtre » arriva devant l'automobile. Il inclina courtoisement la tête, fit le signe de la croix et serra la main de l'unique garde qui l'avait accompagné jusqu'à la route et qui, caché par la haute haie, était hors de vue de ses collègues. Le Palestinien ouvrit la portière, eut une petite toux et s'appuya sur le siège. Sa main droite plongea brusquement derrière le dossier et, avec la promptitude et l'assurance d'un vrai croyant, il pivota sur lui-même et enfonça un couteau à double tranchant dans la gorge du garde avant que l'agent de la C.I.A. ait eu le temps de se rendre compte de quoi que ce soit. Le sang jaillit de la gorge tranchée et l'homme s'affaissa. Le terroriste retint le corps et le traîna dans le sous-bois qui bordait le bas-côté opposé de la route. Puis il regarda dans la direction d'Ahbyahd, lui fit un signe de la tête et repartit en courant vers la voiture. Ahbyahd fit claquer ses doigts et les trois autres membres du commando sortirent du bois en se faufilant entre les arbres. Vêtus d'un uniforme paramilitaire, comme leur frère aux cheveux blancs, ils étaient armés d'un pistolet-mitrailleur et de grenades fixées à leur veste de treillis.

Le jeune tueur s'installa au volant, mit le moteur en marche et dirigea lentement le véhicule vers l'entrée de l'allée circulaire. Puis il écrasa brutalement la pédale d'accélérateur pour faire rugir le moteur et braqua violemment sur la droite pour engager la voiture sur l'allée tout en se penchant pour appuyer sur un bouton placé sous le tableau de bord. Il orienta les roues du véhicule vers la vaste pelouse de la façade où le groupe de gardes était en train de converser avec le traître, ouvrit la portière et se laissa tomber sur le gravier de l'allée en faisant un roulé-boulé pour amortir le choc. Au moment où il touchait le sol, il entendit des hurlements perçants au milieu des cris discordants des gardes et du rugissement du moteur emballé. L'une des infirmières venait de se précipiter dehors en poussant des cris incohérents. En voyant l'automobile vide fondre sur elle, elle se tourna vers Kendrick qui se trouvait tout près du porche de pierre.

— Écartez-vous ! hurla-t-elle en répétant ce qu'on venait de lui dire quelques instants auparavant, au téléphone. Ils veulent vous tuer !

Evan se précipita vers la porte massive en saisissant l'infirmière par le bras et la poussa violemment devant lui tandis que les gardes ouvraient le feu sur le monstre de métal qui fonçait sur eux, puis changeant de direction, se dirigea droit sur la large baie vitrée de la véranda. Dès qu'il fut à l'intérieur, Evan referma violemment la porte d'un grand coup d'épaule. Ce geste, ainsi que l'épaisseur de la porte renforcée par une plaque d'acier, lui sauva très probablement la vie, ainsi que celle de l'infirmière.

Les explosions assourdissantes se succédèrent, soufflant les vitres, ébranlant les murs et enflammant tentures et rideaux. Devant la maison, les sept gardes de la C.I.A. s'effondrèrent, transpercés par des éclats de verre et de métal projetés en tous sens par l'explosion des quarante kilos de dynamite fixés sous le châssis de la voiture. Quatre d'entre eux étaient morts, la tête et le corps criblés d'éclats ; deux autres ne valaient guère mieux et le sang coulait de leurs yeux et de leur poitrine. Le dernier, la main gauche arrachée, l'avant-bras réduit à l'état de moignon ensanglanté, son arme réglée sur tir automatique, marchait en titubant sur la pelouse, vers le terroriste déguisé en prêtre, en proie à un rire convulsif, le doigt crispé sur la détente de son pistolet-mitrailleur. Les deux hommes s'entre-tuèrent dans la fraîcheur d'une belle journée, sous le soleil éclatant du Colorado.

Kendrick se plaqua contre le mur de l'entrée, sentant la dureté des pierres dans son dos, et se tourna vers l'infirmière.

— Ne bougez pas d'ici ! ordonna-t-il en se déplaçant très lentement vers l'embrasure de la salle de séjour remplie de fumée poussée par le vent à travers les vitres brisées.

Evan entendit des cris à l'extérieur. De leurs positions latérales, les gardes convergeaient vers la façade, se couvrant mutuellement avec l'efficacité de professionnels. Quatre explosions se succédèrent rapidement : des grenades ! Puis des cris s'élevèrent en arabe : *« Mort à nos ennemis ! Mort au grand ennemi ! Le sang sera la réponse au sang ! »* Des rafales d'armes automatiques éclataient dans toutes les directions. Deux autres grenades explosèrent, dont l'une, pénétrant par la fenêtre dans la salle de séjour, cribla d'éclats le mur du fond. Evan recula pour s'abriter derrière le mur de pierre et attendit que les débris retombent.

— Manny ! hurla-t-il. Où es-tu ? Réponds-moi, Manny !

Mais, pour toute réponse, Evan perçut la sonnerie insistante et incongrue du téléphone. Les rafales crachées par les armes automatiques devenaient assourdissantes et les balles sifflaient dans tous les sens, ricochant sur la pierre avec un miaulement aigu ou s'enfonçant dans le bois avec un bruit mat. Il avait laissé Manny sous la véranda, dans la cage de verre de la véranda ! Il fallait à tout prix qu'il aille voir ! Il le fallait ! Evan s'élança dans la fumée et les flammes en se protégeant les yeux et les narines quand un homme s'engouffra par la fenêtre dans un grand fracas de verre brisé. Il roula par terre et se releva d'un bond.

— Ahbyahd ! s'écria Evan, paralysé par la surprise.

— Vous, enfin ! rugit le Palestinien en braquant son

arme sur Evan. La gloire est sur ma vie ! Une gloire immense ! Allah soit loué ! Vous m'apportez un si grand bonheur !

— Ma vie a-t-elle une telle valeur ? Tant de vies humaines, tant d'hommes massacrés ? Le prix n'est-il pas trop élevé ? Votre Allah exige-t-il tant de morts ?

— C'est vous qui osez parler de morts ! hurla le terroriste. Azra est mort ! Yaakov est mort ! Zaya est morte, tuée par une bombe juive tombée du ciel sur la Bekaa ! Et tous les autres, par centaines, par milliers... tous morts ! Et maintenant, *Amal Bahrudi,* traître entre les traîtres, je vais t'expédier en enfer !

— Pas encore !

Le cri sourd s'éleva de l'arche séparant la véranda du séjour. Il fut aussitôt accompagné de deux détonations qui se répercutèrent sur les murs de pierre et couvrirent les crépitements des armes automatiques qui se prolongeaient devant la maison. Ahbyahd se cambra sous l'impact des balles qui lui avaient fait éclater la moitié du crâne. Emmanuel Weingrass, le visage et la chemise inondés de sang, se laissa doucement glisser contre le pied droit.

— Manny ! hurla Kendrick en se précipitant vers le vieil architecte.

Il s'agenouilla et souleva le torse frêle.

— Où es-tu touché ?

— Où ne le suis-je pas ? articula péniblement Manny, d'une voix gutturale. Va voir les deux petites ! Quand... quand tout a commencé, elles se sont ruées vers la baie vitrée. J'ai essayé de les en empêcher... Va voir, vite !

Evan tourna la tête vers les deux corps inertes étendus sur le sol de la véranda. Il ne restait plus des portes coulissantes que les montants métalliques sur lesquels demeuraient fixés quelques fragments effilés de verre épais. La bombe de la voiture piégée avait fait son œuvre : les deux corps étaient déchiquetés.

— Il n'y a plus rien à voir, Manny. Je suis désolé.

— Et vous vous faites appeler Dieu dans votre foutu paradis ! s'écria Weingrass, les yeux embués de larmes. N'en aurez-vous jamais assez, espèce d'imposteur ! ajouta le vieux juif avant de perdre connaissance.

Dehors, le crépitement des pistolets-mitrailleurs avait cessé. Evan se prépara au pire et il arracha le magnum 357 de la main de Manny. Il se demanda qui le lui avait procuré, mais comprit aussitôt que ce ne pouvait être que Gee-Gee Gonzalez. Il allongea doucement le vieux juif par terre et se releva, puis il s'avança précautionneusement dans la pièce encore enfumée. Il sentit de l'humidité et se rendit compte en levant la tête que les extincteurs automatiques d'incendie s'étaient déclenchés et que de l'eau coulait du plafond.

Encore un coup de feu ! Il se laissa tomber à terre et regarda dans toutes les directions, l'arme à la main.

— Et quatre ! cria une voix juste derrière la fenêtre aux vitres brisées. J'en ai compté quatre.

— Il en a un autre qui est entré ! hurla une autre voix. Va voir et tire sur tout ce qui bouge ! Oh là là, je préfère ne pas faire le total de nos morts ! Il ne faut surtout pas qu'une seule de ces ordures en réchappe ! C'est bien compris ?

— Compris.

— Le dernier est mort ! s'écria Evan d'une voix étranglée. Mais il y a un blessé ! C'est un des nôtres et cela a l'air assez sérieux !

— Monsieur Kendrick ? C'est vous, monsieur le représentant ?

— C'est moi, et je ne veux plus jamais entendre ce titre !

La sonnerie du téléphone retentit derechef. Evan se releva et se dirigea d'un pas lourd vers le bureau de pin à moitié calciné, encore aspergé par les extincteurs automatiques. Il vit soudain l'infirmière à qui il devait la vie s'avancer vers lui en hésitant.

— Restez où vous êtes, dit-il. Je ne veux pas que vous alliez là-bas.

— Je vous ai entendu dire qu'il y avait un blessé, monsieur. C'est mon métier de soigner les blessés.

— Lui, je veux bien, mais pas les autres. Je ne veux pas que vous voyiez cela !

— J'en ai vu d'autres, vous savez. J'ai fait le Vietnam.

— Mais c'étaient vos amies !

— J'en ai perdu beaucoup d'autres, dit l'infirmière sur un ton neutre. C'est Manny ?

— Oui.

Le téléphone continuait de sonner.

— Dès que vous aurez fini, dit l'infirmière, appelez donc le Dr Lyons.

— Oui ? dit Kendrick en décrochant brutalement.

— Dieu soit loué, c'est vous ! M.J. à l'appareil ! Adrienne vient de m'apprendre...

— Allez vous faire foutre ! lança Kendrick en coupant rageusement la communication et en appelant aussitôt les renseignements.

Il eut d'abord l'impression que la pièce se mettait à tourner autour de lui, puis un bruit de tonnerre lointain se mit à retentir et des éclairs lui trouèrent le crâne.

— Voulez-vous répéter ce que vous venez de dire, mademoiselle, pour que je sois sûr d'avoir bien entendu...

— Naturellement, monsieur. Il n'y a pas de Dr Lyons à Cortez, ni dans le district de Mesa Verde. En réalité, il n'y a aucun abonné du nom de Lyons — L-y-o-n-s — dans tout notre secteur.

— C'est bien ce nom-là, je suis formel ! Je l'ai vu sur le document du Département d'État !

— Pardon ?

— Non !... Je n'ai rien dit !

Evan raccrocha violemment, mais l'appareil se mit aussitôt à sonner.

— Oui ?

— Mon chéri ! Tout va bien ?

— Tu adresseras mes félicitations à ton foutu M.J. Payton ! Il y a je ne sais combien de morts et Manny est bien amoché ! Il est à moitié mort et nous n'avons même pas de médecin !

— Appelle Lyons.

— Lyons n'existe pas !... Comment as-tu su ce qui se passait ici ?

— C'est l'infirmière qui a répondu au téléphone... Elle m'a dit que vous aviez reçu la visite d'un prêtre et nous venions d'apprendre quelques minutes auparavant qu'ils étaient déguisés en prêtres ! Je t'assure que c'est vrai, mon chéri. J'ai appelé M.J. et il est fou de rage. La moitié des agents fédéraux du Colorado sont sur le pied de guerre et ils sont tenus au secret absolu !

— Je viens de lui dire d'aller se faire voir.

— Ce n'est pas un de tes ennemis, Evan.

— Qui sont mes ennemis ?

— Mais, bon sang, c'est ce que nous essayons de découvrir !

— Il vous en faut, du temps !

— Si tu t'imagines qu'ils perdent le leur ! Que veux-tu que je te dise ?

Kendrick, les cheveux trempés par les jets des extincteurs d'incendie, tourna la tête vers l'infirmière qui prodiguait des soins à Emmanuel Weingrass. Elle avait les larmes aux yeux et se retenait pour ne pas hurler à la vue du corps de ses deux amies.

— Dis-moi que tu vas revenir, souffla Evan. Dis-moi que tout cela va se terminer et que je ne suis pas en train de devenir fou.

— Je peux te dire tout cela, mais il faut que tu sois disposé à le croire. Tu es encore en vie et, pour l'instant, c'est la seule chose qui compte pour moi.

— Et les autres, ceux qui ne sont plus en vie ? Et Manny ? Ils ne comptent donc pas ?

— Manny a dit hier soir quelque chose qui m'a beaucoup touchée. Quand nous parlions de Sabri et de Kashi, il a dit que nous les pleurerions chacun de notre côté, dans l'intimité de notre cœur, mais que cela viendrait plus tard. On pourrait l'accuser de manquer de sensibilité, mais pas moi. Nous avons vécu les mêmes choses, mon chéri, et je sais d'où il vient. Non, nous ne les oublierons pas, mais, pour le moment, nous devons faire ce que nous avons à faire. Est-ce que tu peux comprendre cela..., mon chéri ?

— J'essaie. Quand reviens-tu ?

— Je le saurai dans deux heures. Je t'appellerai.

Evan raccrocha et il entendit à l'extérieur les hurlements des premières sirènes et le vrombissement des hélicoptères qui convergeaient vers un point minuscule sur la carte appelé Mesa Verde.

— Vous avez un appartement ravissant, murmura Khalehla en traversant l'entrée de marbre de la suite des Vanvlanderen pour descendre les quelques marches donnant accès au living-room.

— C'est bien commode, déclara la veuve de fraîche date en suivant l'officier de renseignements du Caire après avoir refermé la porte du couloir. Le vice-président est assez exigeant et j'avais le choix entre cette suite ou m'installer dans une autre maison quand il est en Californie. Asseyez-vous, je vous en prie.

— Tous les appartements sont comme celui-ci ? demanda Khalehla en prenant place dans le fauteuil que lui indiquait la maîtresse de maison, juste en face d'un imposant canapé de brocart.

— Non, répondit-elle. En réalité, mon mari l'a fait remodeler à notre goût. Je suppose que je vais devoir m'habituer à dire « mon défunt mari », ajouta-t-elle en portant un mouchoir à son visage tout en s'asseyant tristement sur le canapé.

— Je suis absolument désolée et je m'excuse encore de venir vous déranger à un moment pareil. C'est tout à fait déplacé et je l'ai dit à mes supérieurs, mais ils ont insisté.

— Ils ont eu raison. Les affaires d'État doivent suivre leur cours, mademoiselle Rashad. Je comprends cela.

— Moi, je ne suis pas sûre de comprendre. À mon avis, cet entretien aurait pu attendre au moins jusqu'à demain matin. Mais on a estimé en haut lieu qu'il n'y avait pas de temps à perdre.

— C'est bien ce qui m'intrigue, dit Ardis en lissant la soie noire de sa robe de chez Balenciaga. Qu'est-ce qui peut bien avoir une importance aussi vitale ?

— Pour commencer, dit Khalehla en croisant les jambes et en ajustant le tailleur gris foncé qu'elle avait acheté dans un grand magasin de San Diego, ce dont nous allons parler devra rester entre nous. Nous ne tenons pas à alarmer inutilement le vice-président Bollinger.

L'agent du Caire sortit un carnet de son sac noir et passa la main dans ses cheveux de jais ramassés derrière la tête en un chignon sévère.

— Vous n'ignorez pas que je suis en poste à l'étranger,

poursuivit-elle, et que je suis revenue spécialement pour cette mission.

— En effet, on m'a dit que vous étiez une spécialiste des affaires du Moyen-Orient.

— Un euphémisme pour « activités antiterroristes ». Je suis à moitié arabe.

— Cela se voit. Vous avez ce type de beauté.

— Elle n'égale pas la vôtre, madame.

— Tout va bien, tant que je n'ai pas à mentionner mon âge.

— Je suis sûre qu'il n'y a pas une grande différence d'âge entre nous.

— Passons, voulez-vous ?... Alors, quel est le problème ? Qu'y a-t-il de si urgent ?

— Nos agents de la vallée de la Bekaa, au Liban, ont eu vent d'une nouvelle aussi stupéfiante qu'alarmante. Savez-vous ce qu'est un commando de la mort, madame Vanvlanderen ?

— Tout le monde le sait, répondit la veuve éplorée.

Elle se pencha pour prendre un paquet de cigarettes sur la table basse, en sortit une et saisit un briquet de marbre blanc.

— C'est un groupe d'hommes, presque toujours des hommes, qu'on envoie assassiner quelqu'un, poursuivit-elle en allumant sa cigarette d'une main qui tremblait imperceptiblement. Assez de définitions. En quoi cela concerne-t-il le vice-président ?

— À cause des menaces qui lui ont été adressées et que vous avez estimées suffisamment sérieuses pour demander au F.B.I. de vous envoyer une unité de protection.

— Tout cela est terminé, dit Ardis en tirant longuement sur sa cigarette. C'était l'œuvre d'un psychotique un peu excentrique, qui n'était peut-être même pas armé. Mais quand nous avons commencé à recevoir les lettres ordurières et les appels téléphoniques obscènes, j'ai pensé qu'il valait mieux ne pas prendre de risques ; tout cela figure dans mon rapport. Nous avons suivi sa piste dans une dizaine de villes, mais il nous a filé entre les doigts et a pris un avion à Toronto, à destination de Cuba, semble-t-il. Tant pis pour lui.

— Ce n'était peut-être pas un excentrique, madame Vanvlanderen.

— Que voulez-vous dire ?

— Vous ne l'avez jamais retrouvé.

— Le F.B.I. a établi un portrait très complet de lui, mademoiselle Rashad. Il souffrait de troubles psychotiques ayant tous les caractères de la schizophrénie, mais il était absolument inoffensif. Le dossier est clos.

— Nous aimerions le rouvrir.

— Pourquoi ?

— Nous avons appris dans la vallée de la Bekaa qu'au moins deux équipes de tueurs avaient été envoyées aux États-Unis et nous n'écartons pas l'éventualité que leur cible soit le vice-président Bollinger. Sciemment ou non, votre excentrique a peut-être joué un rôle là-dedans.

— Un « rôle » ? Mais qu'est-ce que vous racontez ? Je ne comprends pas votre langage, mais tout cela me semble absurde.

— Pas le moins du monde, répliqua posément Khalehla. Les terroristes recherchent avant tout un maximum de publicité. Il leur arrive souvent d'annoncer leur objectif longtemps avant de passer à l'acte. Ils ont de nombreuses variantes pour le faire.

— Mais pourquoi des terroristes voudraient-ils assassiner Orson Bollinger ?

— Pourquoi avez-vous estimé que les menaces qui lui étaient adressées devaient être prises au sérieux ?

— Parce qu'elles étaient réelles ! Je ne pouvais pas agir autrement.

— Et vous avez bien fait, dit l'agent du Caire en regardant la veuve écraser sa cigarette et en prendre une autre qu'elle alluma aussitôt. Mais, pour répondre à votre question, si le vice-président était assassiné, cela ferait non seulement une place à prendre sur une liste assurée de sa réélection, mais cela créerait de grands remous.

— Dans quel but ?

— Pour avoir le maximum de publicité. Ce serait une action spectaculaire, non ? D'autant plus que l'on apprendrait que le F.B.I. avait été alerté et que le génie stratégique des terroristes s'est joué de lui.

— Mais de quelle stratégie parlez-vous ?

— De l'utilisation d'un psychotique qui était en réalité une diversion stratégique. Diriger l'attention sur un excentrique inoffensif puis, au moment où l'affaire est classée, mettre les véritables tueurs en place.

— C'est absurde !

— C'est une stratégie très courante. Dans l'esprit arabe, toute progression est géométrique. Chaque étape conduit à la suivante ; la première n'est pas nécessairement liée à la troisième, mais, en cherchant bien, on trouve toujours un rapport. Une telle manœuvre de diversion est tout à fait plausible.

— Ce n'était pas une diversion ! Ces coups de téléphone anonymes étaient bien réels et ils ont été donnés de différentes villes ! Et les lettres remplies d'obscénités et composées de mots découpés dans les journaux !

— Classique, dit doucement Khalehla en écrivant sur son carnet.

— Qu'est-ce que vous faites ?

— Je rouvre le dossier... et je prends note de vos convictions. Puis-je vous poser une question ?

— Bien sûr, répondit Ardis avec froideur, mais en se dominant.

— Le vice-président Bollinger a de nombreux partisans, on pourrait même dire de nombreux amis en Californie. Voyez-vous parmi eux quelqu'un qui puisse n'être ni l'un ni l'autre ?

— Comment ?

— Il est de notoriété publique que le vice-président fréquente les milieux les plus fortunés. A-t-il eu, à votre connaissance, un différend avec une personne, ou un groupe d'intérêts, sur une orientation politique, des adjudications ou des dépenses budgétaires ?

— Mais qu'allez-vous imaginer ?

— Nous abordons le fond du problème, madame Vanvlanderen, et c'est pour cette raison que je suis ici. Y a-t-il en Californie des gens qui préféreraient voir un autre candidat du parti aux prochaines élections ? Qui préféreraient avoir un nouveau vice-président ?

— Je n'en crois pas mes oreilles ! Comment osez-vous dire de telles horreurs ?

— Ce n'est pas de moi qu'il s'agit, madame Vanvlanderen. Il est toujours possible, quelles que soient les précautions qui ont été prises, de retrouver l'origine de communications internationales. Pas un individu particulier, ou un groupe d'individus, du moins dans un premier temps, mais une région, une ville. Un troisième groupe est mêlé à cette salle affaire et il se trouve ici, en Californie du Sud. Nos agents de la Bekaa ont réussi à mettre la main sur des câblogrammes expédiés de Zurich via Beyrouth. Le lieu d'expédition d'origine est San Diego.

— San Diego ? Zurich ?...

— L'argent ! Il y a une convergence d'intérêts : un groupe cherche à commettre un assassinat spectaculaire auquel sera donné le maximum de publicité, alors que l'autre souhaite que la cible soit éliminée, mais tient à rester dans l'ombre. Ces deux objectifs nécessitent énormément d'argent et l'une des maximes de notre profession est : « Suivez l'argent ». Nous sommes en train de remonter la filière.

— La filière ?

— Ce n'est qu'une question de jours. Les banques suisses se montrent coopératives dès qu'il s'agit de trafic de drogue, ou de terrorisme, et nos agents de la plaine de la Bekaa vont nous faire parvenir le signalement des tueurs. Nous les avons déjà empêchés de frapper et, cette fois encore, nous les en empêcherons. Nous découvrirons le lien avec la Californie. Nous espérions simplement que vous auriez quelques idées.

— Des idées ? s'écria Ardis d'un ton incrédule en écrasant sa cigarette. C'est tellement fort que je n'arrive même pas à réfléchir ! Êtes-vous certaine qu'une monstrueuse erreur n'a pas été commise ?

— Nous ne commettons pas d'erreurs de ce genre.

— Eh bien, moi, je vous trouve méchamment gonflée ! lança Ardis, en retrouvant le parler rude des faubourgs de Pittsburgh. Vous n'êtes tout de même pas infaillibles, mademoiselle Rashad !

— Dans certains cas, nous sommes obligés de l'être. Les conséquences seraient trop graves, si nous nous trompions.

— C'est complètement idiot ! En admettant que ces équipes de tueurs soient réellement en route et que des directives aient vraiment été envoyées de... de la *région* de San Diego, cela peut être l'œuvre de n'importe qui, sous n'importe quel nom ! Et pourquoi n'auraient-ils pas utilisé le mien, tant que nous y sommes ?

— Nous écarterions aussitôt une possibilité de ce genre, répondit Khalehla en refermant son carnet qu'elle glissa dans son sac à main. Ce serait à l'évidence un coup monté, que nous ne pourrions prendre au sérieux.

— C'est bien ce que je voulais dire... Un coup monté ! N'est-il pas concevable que quelqu'un cherche à compromettre l'un des amis d'Orson ?

— Tout en cherchant à assassiner le vice-président ?

— Mais la cible, comme vous dites, est peut-être quelqu'un d'autre.

— Quelqu'un d'autre ? répéta Khalehla en tressaillant légèrement, tandis que la veuve prenait fébrilement une autre cigarette.

— Oui. Et l'on brouille les pistes en expédiant de la région de San Diego des câbles destinés à compromettre un membre innocent de l'entourage de Bollinger ! C'est une possibilité, mademoiselle Rashad !

— Je vais soumettre cette théorie à mes supérieurs, madame Vanvlanderen. C'est effectivement une possibilité fort intéressante. Double omission et fausse insertion.

— Quoi ? coassa la veuve en retrouvant les inflexions canailles des bars de Pittsburgh.

— C'est notre jargon professionnel, dit Khalehla en se levant. Cela signifie simplement déguiser la cible, maquiller la source et fournir une fausse identité.

— Vous avez vraiment une drôle de manière de vous exprimer.

— C'est utile, parfois... Nous allons rester en contact permanent avec vous et nous connaissons déjà l'emploi du temps du vice-président. Nos agents, qui sont tous des spécialistes du contre-terrorisme, assisteront discrètement les forces de sécurité chargées de la protection de M. Bollinger.

— Ouais... Bon.

Ardis Vanvlanderen, une cigarette à la main, laissa son mouchoir sur le canapé de brocart pour raccompagner Khalehla jusqu'à la porte.

— Pour en revenir à votre théorie..., dit l'officier de la C.I.A. Je la trouve intéressante et nous nous en servirons pour demander aux banques suisses de prendre des mesures rapides, mais je ne pense pas qu'elle vaille grand-chose.

— Comment ?

— Tous les comptes numérotés contiennent des codes secrets indiquant leur origine. Ces codes sont souvent labyrinthiques, mais il est possible de remonter jusqu'à la source. Le mafioso le plus cupide, le gros marchand d'armes saoudien savent bien qu'ils ne sont pas immortels et ils ne tiennent pas à abandonner leur fortune aux gnomes de Zurich. Au revoir, madame Vanvlanderen, et permettez-moi de renouveler mes condoléances.

Khalehla fit quelques pas dans le couloir et revint sur la pointe des pieds vers la porte de la suite des Vanvlanderen. Elle perçut un cri de panique étouffé, suivi d'un chapelet d'obscénités. L'unique occupante du luxueux appartement était en train de craquer. M.J. avait vu juste : le scénario avait fonctionné ! Ils avaient réussi à tourner à leur avantage les circonstances défavorables de la mort d'Andrew Vanvlanderen : sa veuve s'effondrait !

Milos Varak était tapi dans le renfoncement de la porte d'une boutique, à trente mètres sur la gauche de l'entrée de l'hôtel Westlake et à dix mètres du carrefour où se trouvait l'entrée de service. Il était 19 h 35, heure de Californie. Milos avait pris de vitesse tous les vols commerciaux au départ de Washington, du Maryland, ou de Virginie et il était prêt pour l'instant de la révélation. Et tout était prêt à l'hôtel, ce qui était aussi important. Le personnel chargé du ménage comptait un nouveau membre qui avait reçu du Tchèque des instructions très précises. Des micros avaient été placés dans chacune des pièces de la suite et toutes les conversations étaient enregistrées par des magnétophones à commande vocale installés dans la suite contiguë.

Des taxis s'arrêtaient devant l'hôtel, à la fréquence moyenne d'un toutes les trois minutes, et Milos observait attentivement tous les clients. Il en avait déjà vu défiler vingt ou trente... Il avait perdu le compte exact, mais pas sa concentration et son attention fut soudain attirée par quelque chose de bizarre. Un taxi venait de s'arrêter sur sa gauche, au premier carrefour, distant d'une trentaine de mètres. Un homme en descendit et Varak recula dans l'ombre du renfoncement de la boutique.

— *Moi aussi, je l'ai entendu à la radio.*

— *C'est une salope !*

— *S'ils sont encore en vie, il faudra bien qu'ils quittent notre territoire. Peuvent-ils sortir du pays ?*

— *Quelles sont donc vos hypothèses, Milos ?*

— *Ce n'est pas l'événement du jour.*

— *Et Bollinger ?*

L'homme vêtu d'un pardessus dont il avait relevé le col pour dissimuler son visage traversa rapidement la rue en se dirigeant vers l'entrée de l'hôtel. Il passa à moins de quatre mètres du coordinateur d'Inver Brass. Le traître s'appelait Eric Sundstrom et il était complètement paniqué.

34

— Toi ! s'écria Ardis Vanvlanderen en étouffant un cri de surprise. Qu'est-ce que tu fais ici ? ajouta-t-elle en entraînant Eric Sundstrom dans l'entrée avant de claquer la porte. As-tu perdu la tête ?

— Je ne sais pas, mais je me demande ce que tu as dans la tienne ! Quelle connerie, quelle énorme connerie ! À quoi avez-vous joué, ton sinistre crétin de mari et toi ?

— Tu parles des Arabes ? Des équipes de tueurs ?

— Bien sûr ! Tête sans cervelle !

— Tout cela est complètement absurde ! s'écria la veuve. C'est un horrible malentendu ! Pourquoi aurions-nous... Pourquoi Andy aurait-il voulu se débarrasser de Bollinger ?

— Qui parle de Bollinger ? C'est de Kendrick qu'il

s'agit, pauvre conne ! Des terroristes palestiniens ont attaqué ses résidences de Virginie et du Colorado. Le secret absolu est gardé sur l'affaire, mais il y a eu de nombreuses victimes. Malheureusement, Superman s'en est sorti.

— Kendrick ! souffla Ardis dont les yeux s'agrandissaient encore sous l'effet de la panique. Mon Dieu !... Et ils s'imaginent que c'est Bollinger que les tueurs sont venus assassiner ! Ils ont compris tout de travers !

— Qui « ils » ? demanda Sundstrom en pâlissant. De quoi parles-tu ?

— Nous ferions mieux d'aller nous asseoir, dit Ardis en se dirigeant vers le séjour où elle s'installa sur le canapé avant de prendre nerveusement une cigarette.

Le scientifique blême commença à la suivre, puis il bifurqua vers le bar où se trouvaient des bouteilles et des carafes, des verres et un seau à glace. Sans même regarder l'étiquette, il prit la première bouteille qui lui tomba sous la main et se versa une grande rasade d'alcool.

— Qui « ils » ? répéta posément Sundstrom en braquant un regard dur sur Ardis Vanvlanderen qui allumait sa cigarette en tremblant.

— Elle est partie il y a une heure et demie...

— « Elle », maintenant ! Mais de qui parles-tu ?

— Une femme du nom de Rashad, un agent du contre-terrorisme. Elle fait partie d'une unité de la C.I.A. qui vient épauler les services de sécurité. Mais elle n'a pas prononcé le nom de Kendrick...

— Bon Dieu ! Ils ont réussi à faire le rapprochement ! C'est bien ce que Varak avait prédit !

— Qui est Varak ?

— Le coordinateur de notre groupe. Il a dit que les autres finiraient par découvrir que tu avais des intérêts au Moyen-Orient.

— Des intérêts ? s'exclama la veuve, le visage convulsé.

— Cette compagnie Off Shore...

— Off Shore Investments, compléta Ardis, encore ahurie. Cela représente huit mois de ma vie, mais c'est tout !

— Et les contacts que tu as conservés dans toute la région...

— Je n'ai aucun contact ! hurla Mme Vanvlanderen. J'en suis partie il y a plus de dix ans et je n'y ai jamais remis les pieds ! Les seuls Arabes que je connaisse sont quelques flambeurs que j'ai rencontrés à Londres et à Divonne.

— Est-ce qu'ils flambaient au lit aussi ?

— Les deux, mon chou, si tu veux tout savoir !... Mais pourquoi imagineraient-ils cela ?

— Parce que tu leur as donné un excellent prétexte pour se mettre à fouiner partout, quand tu as exigé ce matin l'incinération immédiate de ce sinistre crétin !

— Andy ?

— Tu connais quelqu'un d'autre de ton entourage qui a clamecé ce matin ? Empoisonné, peut-être ? Une mort suspecte qu'on a essayé de dissimuler ?

— Qu'est-ce que tu racontes ?

— Je parle du corps de ton quatrième ou cinquième mari ! À peine est-il arrivé à la morgue que tu téléphones pour ordonner qu'on l'incinère immédiatement. Tu crois que cela ne suffit pas pour qu'on commence à se poser des questions, pour que les gens qui sont payés pour cela se posent des questions ? Pas d'autopsie, rien que des cendres répandues au-dessus du Pacifique !

— Jamais je n'ai téléphoné pour demander cela ! s'écria Ardis en bondissant du canapé. Jamais je n'ai donné l'ordre de l'incinérer !

— Si ! rugit Sundstrom. Et tu as affirmé que vous aviez un pacte !

— C'est faux ! Nous n'avions pas de pacte et je n'ai jamais dit ça !

— Varak ne nous fournit jamais de renseignements erronés, déclara le brillant scientifique d'une voix ferme.

— Alors, on lui a menti, dit Ardis. À moins que ce ne soit lui qui ait menti, ajouta-t-elle en baissant la voix.

— Pourquoi aurait-il fait cela ? Ce serait bien la première fois.

— Je n'en sais rien, dit Ardis en se rasseyant et en se penchant pour éteindre sa cigarette. Eric, poursuivit-elle en levant les yeux vers le traître d'Inver Brass, pourquoi t'es-tu déplacé pour venir me raconter cela ? Pourquoi n'as-tu pas téléphoné ? Tu as nos numéros privés.

— C'est encore à cause de Varak. On ne sait pas vraiment comment il se débrouille pour faire tout ce qu'il fait, mais il est extrêmement efficace. Il est en ce moment à Chicago, mais il a pris des dispositions pour qu'on lui communique le numéro de tous ceux qui appellent la résidence et le bureau de Bollinger, ainsi que le bureau et la résidence de tous ceux qui travaillent avec lui. Tu comprends que, dans ces conditions, je préfère ne pas téléphoner.

— Oui, ce serait difficile à expliquer aux cinglés séniles qui composent ce conseil dont tu fais partie. Les seuls appels que j'ai reçus venaient du bureau ou de quelques amis qui voulaient me présenter leurs condoléances. J'oubliais cette femme de la C.I.A., Adrienne Rashad... Il n'y a rien qui puisse intéresser ton Varak ni son ramassis d'idéalistes gâteux.

— Parlons un peu de cette femme. Tu m'as dit qu'elle n'avait fait aucune allusion aux attaques contre les demeures de Kendrick. En supposant que Varak se soit trompé et que les enquêteurs n'aient pas été en mesure de remonter jusqu'à toi et quelques autres personnes en Californie, je me demande pourquoi elle ne t'en a pas parlé. Elle devait être au courant.

Ardis Vanvlanderen prit une cigarette. Son regard trahissait maintenant une impuissance dont elle n'était pas coutumière.

— Il peut y avoir plusieurs raisons, dit-elle d'un ton manquant singulièrement de conviction tout en réglant la flamme de son briquet. Pour commencer, on oublie facilement le vice-président quand il s'agit de délivrer une autorisation de black-out. Ainsi Truman n'avait jamais entendu parler du projet Manhattan. Et puis, si ces attaques se sont bien produites, ce que je ne suis pas disposée à croire aussi facilement, il faut songer à éviter les mouvements de panique. Ton Varak vient d'être pris en flagrant délit de mensonge ; il est capable d'en avoir commis un autre. Quoi qu'il en soit, si le lourd bilan des assauts en Virginie et au Colorado est connu, certains risquent de perdre la tête. Personne n'aime songer qu'il peut être massacré par des terroristes suicidaires. En fin de compte, j'en reviens à ces attaques. Moi, je n'y crois pas...

Sundstrom demeurait immobile, serrant son verre entre ses deux mains, le regard fixé sur son ancienne maîtresse.

— C'est lui, Ardis ? demanda-t-il d'une voix douce. N'est-ce pas que c'est lui ? Ce mégalo n'a pas pu supporter l'idée qu'un groupe d'idéalistes gâteux puisse trouver à son protégé un successeur susceptible de tarir la source de sa fortune, et qui l'aurait probablement fait.

La veuve se renversa dans le canapé et ferma les yeux.

— Huit cents millions de dollars, murmura-t-elle. C'est ce qu'il a dit. Huit cents millions de sa poche et plusieurs milliards en tout... Moi, je n'étais au courant de rien.

— Il ne t'a jamais parlé de ce qu'il faisait, de ce qu'il avait fait ?

— Certainement pas ! Je lui aurais logé une balle entre les deux yeux et j'aurais demandé à l'un de vous de larguer son corps au large des côtes du Mexique.

— Je te crois, dit Sundstrom.

— Mais les autres me croiront-ils ? demanda Ardis en se redressant, le regard implorant.

— Je pense. Ils te connaissent.

— Je te jure, Eric, que je ne savais absolument rien !

— J'ai dit que je te croyais.

— Adrienne Rashad m'a dit qu'ils enquêtaient pour retrouver l'expéditeur de l'argent qu'il a envoyé via Zurich. Crois-tu qu'ils réussiront à remonter jusqu'à lui ?

— Connaissant Andrew comme je le connaissais, il leur faudra plusieurs mois. Il a dû faire effectuer les versements par des sources codées allant de l'Afrique du Sud à la Baltique. Il leur faudra plusieurs mois, peut-être un an.

— Tu crois que les autres en ont conscience ?

— Nous verrons bien ce qu'ils disent.

— Quoi ?... Eric !

— J'ai appelé Grinell de l'aéroport, à Baltimore. Il ne fait pas partie de l'entourage de Bollinger et il a toujours préféré rester dans l'ombre, mais, si nous devions avoir un chef, je crois que tout le monde serait d'accord pour que ce soit lui.

— Où veux-tu en venir, Eric ? demanda Ardis d'une voix blanche.

— Il sera là dans quelques minutes. Nous avons décidé d'avoir une petite conversation. Je tenais à te voir seul à seule auparavant, ajouta Sundstrom en regardant sa montre, mais il ne va pas tarder.

— Tu as encore ton regard vitreux, mon chou, dit Ardis en se levant lentement.

— Oui, dit le savant en hochant la tête. Celui qui te faisait rire quand je... disons quand je n'étais pas à la hauteur.

— Tu avais souvent l'esprit ailleurs. Tu as une intelligence supérieure...

— Je sais. Un jour, tu m'as confié que tu savais toujours quand j'étais en train de résoudre un problème... Je devenais flasque.

— J'aimais ton cerveau. Je l'aime encore !

— Comment serait-ce possible ? Tu ne peux pas savoir cela, puisque tu en es toi-même dépourvue.

— Grinell me fait peur, Eric !

— Pas à moi. Il a un cerveau.

Le carillon de la porte d'entrée retentit dans la suite des Vanvlanderen.

Kendrick était assis sur un petit siège de toile, près du lit de camp installé dans le jet qui les emmenait à Denver. Emmanuel Weingrass, qui, grâce aux soins de l'infirmière de Mesa Verde, ne s'était pas vidé de tout son sang, ne cessait de cligner les yeux dont le noir de l'iris était encore accentué par la pâleur de la peau ridée des paupières.

— J'ai réfléchi, articula Manny avec difficulté.

— Ne parle pas, ordonna Kendrick. Garde tes forces, je t'en prie.

— Arrête ! répliqua le vieil architecte. Qu'est-ce qu'il me reste ? Vingt ans au mieux, et je ne peux même plus baiser !

— Vas-tu te taire ?

— Non, je ne me tairai pas ! Je ne t'avais pas vu depuis cinq ans, nous nous retrouvons et qu'est-ce qu'il se passe ? Tu t'attaches à moi d'une manière abusive. On dirait un pédé qui craque pour les vieux messieurs !... Tu n'as pas à répondre à ça ; Khalehla le fera pour toi. Vous avez dû vous éclater comme des bêtes, la nuit dernière.

— Pourquoi ne parles-tu jamais comme quelqu'un de normal ?

— Parce que la normalité me gonfle, comme tu commences à me gonfler... Tu n'as pas encore compris la raison de tout ce bordel ? C'est un abruti que j'ai élevé ! Non, tu ne vois pas ?

— Non, je ne vois pas. Tu es content ?

— La belle Khalehla a mis le doigt dessus, elle ! Certaines personnes veulent faire de toi un homme très important et, à cette perspective, certaines autres chient dans leur froc ! Tu n'as donc pas compris ça ?

— Si, je commence à comprendre. Et j'espère que ce sont les derniers qui gagneront. Je ne veux pas devenir important.

— Peut-être devrais-tu le devenir ? Peut-être es-tu fait pour cela ?

— Qui a dit cela ? Qui est de cet avis ?

— Ceux qui ne veulent *pas* de toi ! Réfléchis bien. Khalehla nous a dit que les pourris qui sont venus pour te tuer n'ont pas tranquillement sauté dans un avion à Paris et n'ont pas plus débarqué d'un navire de croisière faisant escale dans un de nos ports. Ils ont reçu de l'aide, une aide considérable. Qu'a-t-elle dit, exactement ?... Des passeports, des armes, de l'argent et aussi des permis de conduire, des vêtements, des cachettes. Ce sont des choses, en particulier les faux papiers, qu'on ne trouve pas dans le premier grand magasin venu. Ils ont des contacts avec des personnages haut placés et ceux qui tirent les ficelles d'une opération de cette envergure sont ceux qui veulent ta peau... La question est de savoir pourquoi. Un parlementaire usant de son franc-parler peut-il représenter une si grave menace pour eux ?

— Comment pourrais-je être une menace ? Je vais tout laisser tomber.

— Ils ne le savent pas. Tout ce qu'ils voient, c'est un politicien qui n'a pas froid aux yeux et que tout le monde écoute religieusement à Washington, dès qu'il ouvre la bouche.

— Je ne parle pas tant que cela et ceux qui m'écoutent ne sont vraiment pas nombreux.

— Le problème, c'est que lorsque tu parles, ils se taisent. Tu as une voix qui porte ; moi aussi, d'ailleurs.

Weingrass fut pris d'une brutale quinte de toux et il porta une main tremblante à sa gorge.

— Calme-toi, Manny, dit Evan en se penchant vers lui avec sollicitude.

— La ferme ! répliqua le vieux juif. Tu vas écouter ce que j'ai à dire. Ces salopards voient donc un véritable héros à qui le Président en personne remet une grosse médaille et qui est nommé à d'importantes commissions parlementaires...

— Les commissions sont venues avant la médaille...

— Ne m'interromps pas ! Deux mois plus tard, les choses s'accélèrent... Et ce que tu viens de dire ne fait que renforcer mon raisonnement. Notre héros ridiculise un ponte du Pentagone devant les caméras de la télévision nationale *avant* même d'être devenu un héros. De plus, il porte des accusations contre tous les militaires bornés et contre les énormes complexes industriels qui font tourner la machine. Mais ce n'est pas tout : il leur demande de rendre des comptes ! C'est un concept effrayant et nos salopards n'apprécient pas du tout cette idée. Ils commencent à mouiller. Ils s'imaginent nécessairement que notre héros risque d'acquérir une tout autre dimension, peut-être prendre la présidence d'une de ces commissions, ou bien être élu au Sénat, où il pourrait faire du grabuge.

— Tu exagères.

— Ta petite amie n'exagérait pas ! rétorqua Weingrass d'une voix forte en regardant Kendrick au fond des yeux. Elle nous a dit que la C.I.A. avait remonté jusqu'à un centre d'opérations situé à un niveau très élevé du gouvernement... Est-ce que tes yeux se dessillent enfin et distinguent l'esquisse d'un plan ? Il faut dire qu'en matière de plan, tu n'as jamais été très doué...

— Bien sûr, dit Evan en hochant lentement la tête. Dans aucun pays au monde la corruption n'est absente, à un degré ou à un autre, et je doute qu'il puisse en aller autrement.

— La corruption ? psalmodia Manny en roulant les yeux, comme si le mot faisait partie d'un chant du Talmud. Comme lorsqu'un type dérobe au bureau une poignée de trombones alors qu'un autre empoche un million de dollars de dépassement sur un devis. C'est bien de cela que tu parles ?

— En gros, oui. Mais tu peux dire dix millions, si tu préfères.

— C'est de la petite bière ! s'écria Weingrass. Ces gens-là ne se sont pas mis en rapport avec des terroristes palestiniens vivant à des milliers de kilomètres d'ici dans le seul but de ne pas être impliqués dans un massacre. Par ailleurs, tu n'as certainement pas bien regardé les beaux yeux de ton amie, ou bien tu ne savais pas ce qu'il fallait y chercher. Tu n'as jamais été là-bas.

— Elle a dit qu'elle savait d'où tu venais, parce que toi, tu y étais allé. Moi, je ne sais pas, alors, explique-toi.

— Quand tu es là-bas, commença le vieil architecte, tu marches vers un drap noir et tu sais que tu vas le soulever. Tu es tout excité ; tu meurs de curiosité, mais aussi de trouille. Tu t'efforces d'étouffer tous ces sentiments, tu essaies même de te les dissimuler, parce que tu sais que tu ne peux pas te permettre de perdre la plus infime partie de ta maîtrise de toi. Mais tout est là, en toi. Et tu sais aussi que, dès que le drap noir aura été retiré, tu contempleras quelque chose de tellement dingue que tu te demanderas si quelqu'un peut le croire.

— Tu as vu tout cela dans ses yeux.

— J'en ai vu assez.

— Pourquoi ?

— Elle arrive au bord du précipice.

— Mais pourquoi ?

— Parce qu'il ne s'agit pas d'une simple affaire de corruption, même de corruption à une très grande échelle. Ce qu'il y a derrière le rideau noir, c'est un véritable gouvernement dans le gouvernement, un groupe de serviteurs qui tiennent la maison du maître.

Une toux convulsive secoua brusquement la frêle carcasse du vieil architecte qui ferma les yeux, le corps agité de violents tremblements. Kendrick lui saisit les bras en attendant que les spasmes cessent, puis Manny rouvrit les yeux et respira profondément.

— Écoute-moi bien, mon jeune idiot de fils, souffla-t-il. Il faut l'aider, il faut l'aider de toutes tes forces et aider Payton. Démasque ces ordures et supprime-les !

— Tu sais bien que je le ferai.

— Si tu savais comme je les hais ! Je songe à ce gamin que l'on bourre de narcotiques et à cet Ahbyahd que tu as connu à Mascate... En d'autres temps, nous aurions pu devenir amis. Mais ce ne sera pas possible tant qu'il y aura des fumiers qui nous dressent les uns contre les autres, parce que la haine leur fait gagner des milliards !

— Ce n'est pas si simple, Manny...

— Cela compte beaucoup plus que tu ne l'imagines ! J'ai vu de mes propres yeux comment ça se passe ! Ils savent appâter avec des formules du genre : « Ils possèdent beaucoup plus que vous, mais avec ce que nous allons vous vendre, vous aurez plus qu'eux », ou bien « Si vous ne les tuez pas d'abord, c'est eux qui vous tueront ; voilà des armes, mais il faut payer. » Et l'escalade continue. « Ils ont dépensé vingt millions de dollars pour un missile ; nous allons en dépenser quarante ! » On dirait que nous voulons vraiment faire sauter cette foutue planète ! Pourquoi tout le monde est-il suspendu aux lèvres de cinglés qui écoutent les marchands de haine et les trafiquants de peur ?

— Vu sous cet angle, dit Evan en souriant, cela paraît tellement simple. J'aurais pu dire tout ça moi-même.

— N'hésite pas à le dire et à le répéter, mon garçon. Ne descends pas de la tribune sur laquelle on t'a fait monter. Souviens-toi de Herbert Dennison qui était dans ses petits souliers et n'oublie jamais que tu as une voix qui porte !

— Je vais y réfléchir, Manny.

— À propos, dit Weingrass en plaquant la main sur sa poitrine, tu pourrais aussi réfléchir à ce qui t'a poussé à me mentir. Pas seulement toi, mais le corps médical.

— Qu'est-ce que tu racontes ?

— C'est revenu, Evan. Et c'est encore pire, parce que ce n'est jamais parti.

— Qu'est-ce qui est revenu ?

— La saloperie qui me ronge. Mon cancer.

— Mais non ! Nous t'avons fait passer une dizaine d'examens de contrôle. Ils l'ont eu... Tu en es débarrassé.

— Explique donc cela aux petites bêtes qui m'empêchent de respirer.

— Je ne suis pas médecin, Manny, mais je ne pense pas que ce soit un symptôme. Ces dernières trente-six heures ont été pour toi une véritable guerre. Il est déjà miraculeux que tu puisses encore respirer.

— Admettons... Mais pendant qu'on s'occupera de moi à l'hôpital, je veux que tu me fasses faire un nouvel examen et, cette fois, tu n'as pas intérêt à me mentir. Il y a à Paris certaines personnes dont il faut que je m'occupe, à qui je dois remettre des choses que j'ai gardées pour elles. Tu me diras la vérité, promis ?

— Je te dirai la vérité, dit Kendrick tandis que l'avion amorçait sa descente sur Denver.

Crayton Grinell était un homme mince, de taille moyenne, aux traits anguleux et au teint terreux. Quand il saluait quelqu'un, que ce fût pour la première ou la cinquantième fois, que l'autre fût un serveur ou le directeur d'un conseil d'administration, l'avocat de quarante-huit ans, spécialisé dans le droit international, lui adressait le même sourire timide et chaleureux. Tout se passait bien jusqu'à ce que l'autre regarde les yeux de Grinell, des yeux qui n'exprimaient ni véritable froideur ni sympathie d'aucune sorte, des yeux dépourvus d'expression et de passion, les yeux d'un félin prudent et curieux.

— Ardis, ma chère Ardis ! dit l'avocat en pénétrant dans la suite et en tapotant l'épaule de la veuve, comme on réconforterait une tante tant soit peu acariâtre après la mort d'un oncle d'un commerce beaucoup plus agréable. Je ne sais que te dire. Que dire en de telles circonstances ? C'est une grande perte pour nous tous, mais surtout pour toi, bien entendu.

— Tout s'est passé si vite, Cray. Trop vite.

— Je comprends, mais il y a dans toute épreuve un côté positif. Cela vous aura au moins évité les tourments d'une longue et douloureuse maladie. Comme notre fin est inéluctable, autant qu'elle vienne rapidement, n'est-ce pas ?

— Je suppose que tu as raison et je te remercie de me remettre cela en mémoire.

— Je t'en prie, dit Grinell en s'écartant et en baissant

les yeux vers Sundstrom qui s'était levé à son arrivée et l'attendait dans le séjour.

— Cela me fait plaisir de te voir, Eric, reprit-il gravement en s'avançant dans l'entrée et en descendant les marches pour aller serrer la main du scientifique. Je suis content que nous soyons tous deux auprès d'Ardis en un moment comme celui-ci. À propos, mes hommes attendent dans le couloir.

— La salope ! murmura Sundstrom entre ses dents tandis que Mme Vanvlanderen refermait la porte.

Le claquement de la porte et le bruit des talons de la veuve sur le marbre de l'entrée couvrirent l'exclamation étouffée de son ancien amant.

— Veux-tu boire quelque chose, Cray ?

— Non, je te remercie.

— Moi, je vais prendre un verre, dit Ardis en se dirigeant vers le bar.

— Cela ne peut pas te faire de mal, dit l'avocat. Et maintenant, que puis-je faire pour toi ? Sur le plan juridique, ou bien s'il y a des dispositions à prendre...

— Je suppose que c'est toi qui te chargeras de tous les problèmes juridiques. Andy avait des représentants légaux un peu partout, mais je pense que tu étais son principal avocat.

— En effet. J'ai pris des contacts toute la journée avec New York et Washington, Londres, Paris et Marseille, Oslo, Stockholm, Berne, Zurich, Berlin-Ouest... Je m'occupe de tout personnellement.

Ardis se figea sur place, une carafe à la main, et regarda Grinell en ouvrant de grands yeux.

— Quand j'ai dit « un peu partout », je ne pensais pas que cela allait si loin...

— Andy avait des intérêts très diversifiés.

— Zurich... ? dit Ardis, comme si le nom lui échappait.

— C'est en Suisse ! lança sèchement Sundstrom. Et arrête cette comédie !

— Eric, je t'en prie...

— Laisse tomber, Cray. C'est cette tête de mule d'Andy qui est responsable. Il a contacté les Palestiniens et les a payés par l'intermédiaire de Zurich... Le nom te revient maintenant, ma douce ?...

C'est ce que je t'ai dit à Baltimore, Cray. Tout est de la faute d'Andy !

— Je n'ai pas pu obtenir confirmation des attaques de Fairfax et de Mesa Verde, déclara posément Grinell.

— C'est parce qu'il ne s'est rien passé ! hurla la veuve en se versant à boire d'une main tremblante.

— Je n'ai pas dit cela, Ardis, répliqua l'avocat d'une voix douce. J'ai simplement dit que je n'avais pu en obtenir la confirmation. Mais j'ai reçu un coup de téléphone... Sans doute un ivrogne très bien payé à qui on a tendu l'appareil après avoir composé le numéro, ce qui interdit toute identification. Les mots qu'on lui avait manifestement demandé de répéter ne sont que trop familiers. « Ils suivent l'argent », a-t-il dit avant de raccrocher.

— Mon Dieu ! s'exclama Mme Vanvlanderen.

— Nous avons donc maintenant deux problèmes sur les bras, poursuivit Grinell en se dirigeant vers un téléphone de marbre blanc posé sur une table de marbre blanc veiné de rouge. Notre veule et omniprésent secrétaire d'État est en route pour Chypre, où il doit signer un accord qui risque de faire péricliter toute l'industrie des armements et l'un des nôtres s'est compromis avec des terroristes palestiniens... Dans un sens, j'aimerais bien savoir comment Andy s'y est pris. Nous pourrions être beaucoup plus maladroits.

Il composa un numéro sous le regard attentif de la veuve et du scientifique.

— Le passage du Plan n° 6 au Plan n° 12, la Méditerranée, est confirmé, dit l'avocat dès qu'il eut son correspondant. Et préparez l'unité médicale, je vous prie.

35

Varak se précipita vers l'entrée de service et s'engouffra dans l'ascenseur. Arrivé à son étage, il courut jusqu'à la porte de sa chambre, l'ouvrit et se dirigea vers le matériel d'enregistrement sophistiqué, installé verticalement contre le mur. Il constata avec étonnement qu'une grande longueur de bande avait déjà été utilisée et en attribua la raison aux appels téléphoniques reçus par Ardis Vanvlanderen. Milos appuya sur le bouton de commande de la double transmission, enregistrement et écoute directe, puis il s'assit pour écouter au casque.

— *Elle est partie il y a une heure et demie.*

— *Qui, elle ?*

— *Une femme du nom de Rashad, un agent du contre-terrorisme. Elle fait partie d'une unité de la C.I.A. qui vient épauler...*

Le Tchèque regarda la bobine de la bande enregistrée. Il y avait au moins vingt-cinq minutes d'écoute ! Mais que faisait à San Diego l'ancien officier de la C.I.A. du Caire ? Milos ne comprenait pas. Elle avait démissionné de l'Agence ; il en avait eu la confirmation. On déclarait discrètement, mais d'une manière tout à fait officielle aussi bien au Caire qu'à Washington qu'elle avait « accepté un compromis ». Supposant que c'était la conséquence de l'opération d'Oman, Milos avait cru qu'elle avait disparu pour de bon. Mais il n'en était rien. Le Tchèque reprit l'écoute de la conversation qui se déroulait dans la suite des Vanvlanderen et entendit la voix de Sundstrom.

— *C'est lui, Ardis ? N'est-ce pas que c'est lui ? Ce mégalo n'a pas pu supporter l'idée qu'un groupe d'« idéalistes gâteux » puisse trouver à son protégé un successeur susceptible de tarir la source de sa fortune, et qui l'aurait probablement fait.*

Puis celle d'Ardis Vanvlanderen :

— *Huit cents millions de dollars. C'est ce qu'il a dit. Huit cents millions de sa poche et plusieurs milliards en tout... Moi, je n'étais au courant de rien.*

Varak était abasourdi. Il avait commis *deux* erreurs monumentales ! La première concernait la poursuite des activités clandestines d'Adrienne Rashad, mais, même s'il s'en voulait, il pouvait accepter cette erreur, car il s'agissait d'un officier de renseignements expérimenté. Mais la seconde, il ne pouvait pas l'accepter ! Le scénario truqué qu'il avait exposé aux membres d'Inver Brass correspondait à la réalité ! Jamais il ne lui était venu à l'esprit qu'Andrew Vanvlanderen aurait pu agir à l'insu de sa femme. Il ne pouvait se le permettre, car leur union n'était qu'un mariage de convenance, d'intérêt mutuel, où la tendresse et, à plus forte raison, l'amour n'avaient pas leur place. Mais Andy avait enfreint les règles. Paniqué à l'idée de la perte considérable qu'il allait essuyer, il avait défoncé la barrière de son corral comme un taureau furieux et s'était précipité droit à l'abattoir.

Un autre nom, une autre voix. Celle d'un homme du nom de Crayton Grinell. La bande se déroulait et Varak se concentrait sur les paroles du nouveau venu.

— *Nous avons donc maintenant deux problèmes sur les bras. Notre veule et omniprésent secrétaire d'État est en route pour Chypre, où il doit signer un accord qui risque de faire péricliter toute l'industrie des armements... Le passage du Plan n° 6 au Plan n° 12, la Méditerranée, est confirmé.*

Varak arracha son casque ; le reste de la conversation serait enregistré. Il devait agir très rapidement. Il se leva et se rua vers le téléphone, saisit l'appareil et enfonça les touches du numéro de Cynwid Hollow.

— Oui ?

— C'est Varak, monsieur.

— Que se passe-t-il, Milos ? Qu'avez-vous appris ?

— C'est Sundstrom...

— Comment ?

— Cela peut attendre, monsieur... Il y a autre chose de beaucoup plus urgent. Le secrétaire d'État doit se rendre à Chypre. Pouvez-vous vous renseigner pour savoir quand ?

— Je n'ai pas à me renseigner, je le sais. Il suffit de regarder la télévision, ou d'écouter la radio. C'est une nouvelle importante...

— *Quand,* s'il vous plaît ?

— Il a quitté Londres il y a une heure, après la déclaration habituelle annonçant que ce voyage était un pas de plus vers la paix mondiale...

— Dans la Méditerranée ! le coupa Varak en s'efforçant de contrôler sa voix. Cela se produira dans la Méditerranée !

— Que doit-il se passer ?

— Je ne sais pas. Il s'agit d'un Plan n° 12, c'est tout ce

que j'ai entendu. Il se produira quelque chose à l'atterrissage ou en vol. Ils veulent l'empêcher de signer cet accord.

— Qui ?

— Les bailleurs de fonds... Un certain Grinell, Crayton Grinell. Si j'essaie d'entrer de force pour en savoir plus long, ils pourraient me neutraliser. Il y a des hommes devant la porte de la suite et je ne veux pas mettre en péril l'existence de notre groupe. Vous savez que je ne révélerai jamais rien de mon plein gré, mais certaines substances chimiques...

— Je sais.

— Appelez Frank Swann, au Département d'État. Dites au standard de le dénicher, où qu'il soit, et donnez comme mot de passe : « juguler la crise ».

— Pourquoi Swann ?

— C'est un spécialiste, monsieur. C'est lui qui était responsable de l'opération d'Oman.

— Je le sais bien, mais je serai peut-être obligé de lui en dire plus que je ne le voudrais... Il y a peut-être un meilleur moyen, Milos. Restez en ligne, je vais vous mettre en attente.

Varak avait l'impression que chaque seconde qui passait durait une minute. Puis ce furent de vraies minutes qui s'écoulèrent ! Que faisait donc Winters ? Il n'y avait pas de temps à perdre. Le porte-parole d'Inver Brass revint enfin en ligne.

— Nous allons faire une audio-conférence, Milos. Une troisième personne va se joindre à nous, mais il est entendu que ni lui ni vous n'aurez à donner votre identité. J'ai une confiance absolue en cet homme et il accepte cette condition. Il travaille dans la même branche que Swann, mais il dispose de moyens beaucoup plus importants.

Il y eut un double déclic sur la ligne.

— Vous pouvez y aller, messieurs. Monsieur A, vous êtes en communication avec M. B.

— Je pense que vous avez quelque chose à me dire, monsieur A.

— Oui, répondit Varak. Je ne vous donnerai pas de détails, mais je sais, de source sûre, que le secrétaire d'État est en danger de mort. Certaines personnes ne veulent pas qu'il participe à la conférence de Chypre et elles sont résolues à l'en empêcher. Ils utilisent une tactique dont le nom de code est « Plan nº 12, Méditerranée ». L'homme qui a donné l'ordre d'exécution est un certain Crayton Grinell, de San Diego. Je ne sais rien de lui.

— Je vois... Je ne voudrais pas vous embarrasser, monsieur A, mais je voudrais savoir si vous êtes en mesure de nous dire où se trouve actuellement ce Grinell ?

— Je pense que je n'ai guère le choix. Il est à l'hôtel Westlake, suite 3C, mais j'ignore combien de temps il va y rester. Envoyez une unité d'intervention et faites vite. Il est protégé.

— Auriez-vous l'obligeance de rester en ligne quelques instants, monsieur A ?

— Pour vous laisser le temps de localiser l'origine de mon appel ?

— Il n'est pas question de cela. J'ai donné ma parole.

— On peut lui faire confiance, intervint Samuel Winters.

— Vous me mettez dans une situation difficile, dit le Tchèque.

— Je n'en ai pas pour longtemps.

Il y eut un nouveau déclic et Samuel Winters revint en ligne.

— Vous n'aviez pas le choix, Milos. Le secrétaire d'État est l'homme le plus sensé de tout le gouvernement.

— J'en suis tout à fait conscient, monsieur.

— Notre traître est donc Sundstrom !... Mais pourquoi ?

— Je pense qu'il y a un ensemble de raisons et en particulier ses brevets de technologie spatiale. Même si le matériel est construit par d'autres, le gouvernement est le plus gros acheteur. L'espace est devenu synonyme d'armements.

— Mais il n'a pas besoin de gagner plus d'argent ! Il distribue déjà la plus grande partie de ce qu'il gagne !

— Oui, mais si le marché se rétrécit, la production diminuera et, par voie de conséquence, il en ira de même des recherches expérimentales auxquelles il est passionnément attaché.

Un nouveau déclic.

— Je suis de retour, monsieur A, dit le troisième correspondant. Tout le monde est en état d'alerte sur la Méditerranée et des dispositions ont été prises pour s'assurer aussi discrètement que possible de la personne de Grinell.

— Pourquoi m'avez-vous demandé de rester en ligne ?

— Je vais être franc avec vous, répondit Mitchell Payton. Si je n'avais pas été en mesure de prendre les dispositions nécessaires à San Diego, j'aurais fait appel à votre patriotisme pour vous demander un coup de main. Vous êtes à l'évidence un homme expérimenté...

— Quel genre de coup de main ?

— Rien qui ait pu remettre en question notre accord sur l'anonymat de cette conversation. Simplement de suivre Grinell s'il avait quitté l'hôtel et de rappeler notre intermédiaire pour lui dire où Grinell s'était rendu.

— Qu'est-ce qui vous fait croire que je suis en situation de le faire ?

— Rien, je ne pouvais que l'espérer. Et il y avait plusieurs choses extrêmement urgentes à régler, la Méditerranée en premier lieu.

— Sachez, à titre d'information, que je n'aurais pu vous aider, mentit Varak. Je ne suis pas à proximité de l'hôtel.

— Dans ce cas, j'ai peut-être commis deux erreurs. J'ai fait allusion à votre patriotisme, mais, à vous entendre parler, ce n'est peut-être pas votre patrie.

— C'est ma patrie d'adoption, répondit le Tchèque.

— Eh bien, votre nouvelle patrie vous doit beaucoup.

— Je dois vous laisser, dit Varak.

Il raccrocha et se dirigea d'un pas vif vers son matériel d'enregistrement. Il remit son casque et tourna la tête vers la bobine. Elle ne tournait plus ! Il continua d'écouter, mais le silence régnait dans la suite voisine. Il actionna rageusement toute une série de boutons de commande, mais en pure perte... Il n'y avait plus un bruit à côté. Le magnétophone à commande vocale ne fonctionnait plus, car la suite des Vanvlanderen était vide ! Il devait agir très vite et, avant tout, retrouver Sundstrom.

Pour la sécurité d'Inver Brass, le traître devait être éliminé !

Khalehla suivit le large couloir au bout duquel se trouvait l'ascenseur. Elle avait appelé M.J. et, après avoir évoqué avec lui l'horreur de Mesa Verde, elle lui avait fait écouter l'intégralité de sa conversation avec Ardis Vanvlanderen, enregistrée sur un matériel miniaturisé, dissimulé dans son carnet noir. Ils avaient constaté avec satisfaction que la veuve éplorée avait noyé son chagrin dans un océan d'hystérie et acquis la conviction que Mme Vanvlanderen ignorait tout des contacts pris par son défunt mari avec les terroristes, et qu'elle ne l'avait appris que bien après. La brusque apparition d'un officier de renseignements apportant des informations inquiétantes avait suffi à faire perdre la tête à la manipulatrice. Mitchell Payton avait vu juste.

— Tu as bien mérité un peu de repos, dit-il.

— J'aimerais prendre une douche et manger tranquillement. Je ne me rappelle pas avoir fait un vrai repas depuis les Bahamas.

— Demande qu'on te serve dans ta chambre. Nous réglerons comme d'habitude ton addition astronomique. Tu l'as bien mérité.

— Je déteste manger dans une chambre d'hôtel. Avec tous ces serveurs qui se pavanent devant une femme seule, comme s'ils étaient la réponse à ses fantasmes sexuels ! Si je ne peux pas faire un bon dîner mitonné par ma grand-mère...

— Pas question !

— Tant pis... Je connais quelques bons restaurants.

— Vas-y. À minuit, j'aurai la liste de tous les numéros de téléphone que notre veuve éplorée a appelés. Mange bien, ma chérie. Prends des forces ; tu risques d'avoir du travail toute la nuit.

— J'apprécie ta générosité. Puis-je appeler celui qui est peut-être mon promis ?

— Tu peux appeler Evan, mais tu ne pourras pas le joindre. Il est en ce moment dans un jet qui les emmène, Emmanuel et lui, à l'hôpital de Denver.

— Merci encore.

— De rien, agent Rashad.

— Monsieur est trop bon.

En enfonçant le bouton d'appel de l'ascenseur, Khalehla sentit son estomac gargouiller. Son dernier repas était en effet celui qu'elle avait pris à bord du jet de l'armée de l'air et les effets bénéfiques de la nourriture avaient été quelque peu gâchés par l'inquiétude qu'elle nourrissait au sujet de l'état d'Evan, ses vomissements et tout ce qu'ils traduisaient. Ce cher Evan, ce brillant Evan, cet idiot d'Evan ! Une tête brûlée pourvue de plus de moralité qu'il n'était souhaitable pour sa conception de la vie. Elle se demanda fugitivement s'il aurait la même intégrité s'il avait échoué. Il avait l'esprit de compétition profondément ancré en lui et la satisfaction de ne pas avoir échoué lui donnait un brin d'arrogance. Il n'était pas très difficile de comprendre comment, une douzaine d'années plus tôt, cet homme avait pu succomber au charme d'Ardis Montreaux, la beauté fatale vivant à cent à l'heure. Mais il avait réussi à échapper à la femme-araignée et maintenant c'était *son* Evan.

Elle entendit un tintement et les portes de l'ascenseur s'ouvrirent. Par bonheur, il était vide. Khalehla appuya sur le bouton du rez-de-chaussée, les portes métalliques de la cabine se refermèrent et l'appareil entama sa lente descente, mais ralentit aussitôt. Elle leva la tête vers la rangée de chiffres alignés au-dessus de la porte : l'ascenseur s'était arrêté au troisième étage. Ce ne pouvait être qu'une coïncidence ; M.J. lui avait affirmé qu'Ardis Vanvlanderen, propriétaire de la suite 3C, n'oserait pas sortir de l'hôtel.

Les portes s'ouvrirent et, tandis que son regard demeurait distraitement fixé sur les chiffres, Khalehla vit du coin de l'œil que le client qui entrait dans la cabine était un homme aux cheveux clairs, dont la veste était tendue à craquer sur de larges épaules. Mais elle perçut quelque chose de bizarre. Comme cela peut se produire lorsqu'on se trouve seul à seul avec un autre être humain dans un espace exigu, elle sentit une très vive énergie émanant de l'inconnu. Des ondes de colère et de nervosité semblèrent se propager dans la cabine de l'ascenseur. Puis elle sentit les yeux de l'homme se poser sur elle. Mais ce n'était pas le regard dont les hommes la jaugeaient habituellement, ces coups d'œil furtifs auxquels elle était accoutumée. C'était un regard direct, intense, fixe.

Tandis que les portes se refermaient, Khalehla réprima une petite grimace, avec l'expression d'une femme qui se rend compte qu'elle a dû oublier quelque chose. Puis elle ouvrit son sac avec désinvolture comme pour vérifier si ce qu'elle pensait avoir oublié ne s'y trouvait pas. Elle poussa un soupir audible et son visage se détendit. Ce qu'elle cherchait se trouvait maintenant à portée de sa main : c'était son pistolet. Khalehla leva la tête vers l'inconnu quand l'ascenseur se mit en marche avec une petite secousse.

Elle fut pétrifiée. Les yeux de l'homme brillaient comme deux globes incandescents et ses cheveux courts et soigneusement coiffés étaient d'un blond très clair. Ce ne pouvait être que lui, l'Européen blond ! C'était donc un des leurs ! Khalehla sortit son automatique en lâchant son sac à main et enfonça simultanément le bouton d'arrêt d'urgence. L'alarme retentit tandis que l'ascenseur s'arrêtait brusquement et que l'inconnu faisait un pas vers elle.

Khalehla tira. La détonation fut assourdissante dans la cabine exiguë et la balle siffla au-dessus de la tête de l'inconnu blond.

— Ne bougez plus ! s'écria l'officier de la C.I.A. Si vous me connaissez, vous savez que la prochaine balle vous transpercera le front !

— Vous vous appelez Adrienne Rashad, dit l'Européen d'un air contraint.

— Moi, je ne sais pas qui vous êtes, mais je sais ce que vous avez fait ! Sale ordure ! Evan avait raison... Toutes ces histoires qui courent sur lui depuis plusieurs mois, les commissions parlementaires, la presse du monde entier qui révèle le rôle qu'il a joué à Oman ! Et tout cela pour le faire assassiner par les Palestiniens !

— Non, vous vous trompez, protesta l'Européen tandis que la sonnerie de l'alarme leur déchirait le tympan. Je vous assure que vous vous trompez. Et il ne faut pas me retarder maintenant ! Il va se produire quelque chose d'horrible et je viens d'en parler avec vos supérieurs à Washington.

— Qui ? Qui, à Washington ?

— Je ne peux pas vous donner de nom...

— Arrêtez vos conneries !

— Je vous en prie, mademoiselle Rashad ! Un homme est en train de s'enfuir.

— Ce ne sera pas vous...

Khalehla ne comprit pas d'où les coups venaient ni comment ils pouvaient être portés à une vitesse aussi stupéfiante. Elle eut à peine le temps de discerner un mouvement sur sa gauche, puis une main rapide comme l'éclair s'abattit sur son bras droit et lui tordit presque simultanément le poignet, la forçant à lâcher son arme. Mais au lieu d'avoir le poignet cassé, comme cela eût été logique, elle éprouva simplement une sensation de brûlure, comme si elle s'était ébouillanté le bras. L'Européen se dressa devant elle, l'automatique à la main.

— Je n'avais pas l'intention de vous faire du mal, dit-il.

— Je reconnais que vous êtes très fort, ordure.

— Nous ne sommes pas ennemis, mademoiselle Rashad.

— J'ai beaucoup de peine à vous croire, voyez-vous.

Dans un compartiment situé sous le tableau de commande, le téléphone de l'ascenseur se mit à sonner et la sonnerie de l'appareil se répercuta bruyamment sur les parois métalliques de la cabine.

— Vous n'allez pas vous en tirer comme ça, dit Khalehla.

— Attendez un peu, dit l'inconnu blond d'une voix forte pour couvrir la sonnerie insistante. Vous avez vu Mme Vanvlanderen ?

— C'est ce qu'elle vous a dit ? Et après ?

— Elle n'a pas pu me le dire, poursuivit l'Européen, car je ne l'ai jamais rencontrée. Mais j'ai enregistré toutes ses conversations. Elle a reçu d'autres visiteurs après votre départ et ils ont parlé de vous. Elle était avec deux hommes, dont un certain Grinell.

— Je ne connais personne de ce nom.

— Tous deux sont des traîtres, des ennemis de votre gouvernement... de votre patrie, pour être plus exact.

— Si vous n'avez pas de nom, vous avez la langue bien pendue.

— Vous voulez autre chose que des mots ? s'écria l'homme en plongeant la main sous sa veste pour en ressortir un automatique noir et plat.

Il fit tourner les deux armes dans sa main et les tendit à Khalehla en lui présentant la crosse.

— Allez-y, mademoiselle Rashad, prenez-les ! Mais laissez-moi une chance de le rattraper !

Stupéfaite, Khalehla prit les deux pistolets et regarda les yeux de l'Européen. Il avait un regard implorant qu'elle connaissait bien. Ce n'était pas le regard d'un homme redoutant de mourir pour une cause, mais celui d'un homme enrageant de ne pouvoir poursuivre son objectif.

— Très bien, dit-elle lentement. Je ne sais pas encore ce que je vais faire. Tournez-vous et placez vos mains contre la paroi ! Reculez vos pieds, faites passer tout votre poids sur les mains !

La sonnerie ininterrompue et assourdissante du téléphone résonnait dans la cabine. L'agent du Caire fit courir ses mains expertes sur le corps de l'homme blond, s'attardant sur les aisselles, sur la taille et sur les chevilles. L'inconnu n'avait pas d'autre arme sur lui.

— Ne bougez pas ! ordonna-t-elle en se baissant pour tirer le téléphone de son compartiment.

— Nous ne pouvions pas ouvrir le panneau pour atteindre le téléphone, dit-elle après avoir décroché.

— Notre technicien va arriver, madame. Il était en train de dîner, mais nous venons de le prévenir. Nous sommes absolument désolés pour cet incident, mais nos indicateurs n'ont détecté ni incendie ni...

— Je crois que c'est plutôt à nous de nous excuser, dit Khalehla sans le laisser achever sa phrase. C'est une erreur, une erreur de ma part, en fait. Je me suis trompée de bouton. Si vous voulez bien m'expliquer comment remettre l'ascenseur en marche, je pense que tout ira bien.

— Oui, oui, bien sûr, dit l'homme en essayant de contenir son irritation. Dans le compartiment du téléphone vous trouverez une commande...

Les portes s'ouvrirent et l'Européen s'adressa immédiatement au directeur qui les attendait dans le hall.

— J'avais rendez-vous ici avec une relation d'affaires, dit-il, mais je ne me suis pas réveillé à temps. Je viens de Paris et le voyage a été long et éprouvant... Ce monsieur s'appelle Grinell. Peut-être l'avez-vous vu ?

— M. Grinell et la pauvre Mme Vanvlanderen sont partis il y a quelques minutes avec leurs invités. Je suppose qu'ils se rendaient à un service funèbre à la mémoire de son mari, un monsieur tout à fait comme il faut.

— Oui, c'était un de mes associés. Nous devions assister au service mortuaire, mais nous n'avons pas eu l'adresse. Savez-vous où il a lieu ?

— Oh, non, monsieur !

— Quelqu'un d'autre peut-il le savoir ? Le portier a peut-être entendu les instructions données à un chauffeur de taxi...

— Monsieur Grinell a sa propre limousine, monsieur... Ses limousines, plus exactement.

— Allons-y, dit doucement Khalehla en prenant l'homme blond par le bras. Votre insistance commençait à devenir louche, ajouta-t-elle un peu plus loin, tandis qu'ils se dirigeaient vers l'entrée de l'établissement.

— J'ai peut-être échoué, et c'est beaucoup plus important.

— Comment vous appelez-vous ?

— Milos. Milos tout court.

— Je veux en savoir un peu plus. N'oubliez pas que c'est moi qui ai les armes.

— Si nous parvenons à un compromis acceptable, je vous en dirai plus.

— Vous m'en direz beaucoup plus, monsieur Milos-tout-court, et n'essayez pas de recommencer votre petit jeu. Votre pistolet est dans mon sac à main et le mien est sous mon manteau, braqué sur votre poitrine.

— Que faisons-nous maintenant, mademoiselle l'officier de la C.I.A. soi-disant démissionnaire ?

— Nous allons manger, sale petit fouineur. Je meurs de faim, mais je prendrai chaque bouchée de la main gauche. Au premier geste équivoque de votre part, vous ne pourrez plus jamais avoir d'enfants. Si vous survivez, bien entendu. C'est clair ?

— Vous devez être très bonne dans votre partie.

— Je me défends, monsieur Milos. Et n'oubliez pas que je suis à moitié arabe.

Ils étaient assis face à face dans un grand box circulaire du restaurant italien choisi par Khalehla à proximité de l'hôtel. Varak venait de lui faire le récit de toutes les conversations qu'il avait écoutées au casque.

— J'avoue que j'ai été étonné, dit-il. Jamais je n'aurais imaginé qu'Andrew Vanvlanderen puisse agir sans la consulter.

— S'il l'avait fait, sa femme lui aurait « logé une balle entre les deux yeux » et aurait demandé aux autres de « larguer son corps au large des côtes du Mexique ».

— Vous savez, elle en est tout à fait capable. Il s'est conduit stupidement.

— Je ne suis pas d'accord. Je trouve au contraire que, compte tenu de son objectif, il a agi d'une manière très habile. Tout ce qui a été fait à Evan Kendrick et pour lui devait logiquement se terminer par un *jaremat thaar.* C'est vous, monsieur Milos, qui avez créé les conditions de cette vengeance religieuse dès votre rencontre avec Frank Swann au Département d'État.

— Je vous assure que telle n'a jamais été mon intention. Jamais cette éventualité ne m'a effleuré l'esprit.

— Vous vous êtes trompé.

— Je me suis trompé.

— Revenons à ce premier contact..., ou plutôt revenons sur toute l'affaire !

— Je ne vois pas sur quoi nous pourrions revenir, puisque je ne vous ai rien dit.

— Mais nous en savons beaucoup plus long que vous ne le pensez. Il suffisait de trouver le fil conducteur. Un représentant achevant son premier mandat est nommé à son corps défendant membre de deux commissions parlementaires particulièrement convoitées. À cause de l'absence mystérieuse d'un rapporteur influent, il se fait remarquer lors d'une séance retransmise par un réseau national de télévision. Et pour couronner le tout, le rôle qu'il a joué clandestinement dans le dénouement de l'affaire d'Oman éclate au grand jour et fait la une de tous les journaux, ce qui incite le Président à lui décerner la plus haute décoration à laquelle un civil puisse prétendre. La progression est limpide, n'est-ce pas ?

— Oui, je pense que tout a été assez bien organisé.

— Et vous êtes sur le point de lancer une campagne nationale visant à le placer en bonne position sur la liste du parti au pouvoir, ce qui revient à faire de lui le prochain vice-président des États-Unis.

— Vous êtes au courant ?

— Oui, mais on ne peut pas vraiment dire qu'il s'agisse d'un choix spontané du corps politique.

— Je suis sûr que c'est l'impression que l'opinion en aura.

— De quel pays êtes-vous originaire ? demanda Khalehla en se penchant sur son assiette pour piquer de la main gauche une bouchée de veau avec sa fourchette, son autre main restant dissimulée sous la table.

— Cela m'ennuie de vous voir manger aussi malhabilement, mademoiselle Rashad. Vous n'avez rien à craindre de moi et je n'ai pas l'intention de m'enfuir.

— Comment puis-je en avoir la certitude ?

— Parce que, dans certains domaines, nous avons des intérêts communs et que je suis tout à fait disposé à travailler avec vous dans une certaine limite.

— Seigneur, que d'arrogance ! Votre Éminence me fera-t-elle la grâce de m'éclairer sur la nature de ces domaines et sur les limites de sa généreuse assistance ?

— Très volontiers. Pour commencer, assurer la sécurité du secrétaire d'État et démasquer ceux qui veulent se débarrasser de lui, mais aussi savoir exactement pourquoi, même si les raisons sont assez évidentes. Ensuite, capturer les terroristes qui ont attaqué les résidences de Kendrick et obtenir la confirmation de leurs contacts avec Vanvlanderen...

— Vous êtes au courant pour Fairfax et Mesa Verde ?

Milos acquiesça d'un signe de la tête.

— Le black-out est pourtant total...

— Ce qui nous amène à la limite de ma collaboration. Je dois impérativement rester dans l'ombre et je n'aborderai mes activités qu'en termes extrêmement généraux. Mais, si c'est indispensable, je suis prêt à contacter, en utilisant un nom de code, des personnages haut placés qui attesteront que je suis digne de leur confiance pour ce qui a trait aux problèmes de sécurité, aussi bien ici qu'à l'étranger.

— Vous avez une haute opinion de vous-même, n'est-ce pas ?

— Je n'ai pas d'opinion sur ce sujet, répondit Varak en ébauchant un sourire. Mais je viens d'un pays où le pouvoir a été confisqué au peuple et j'ai décidé, il y a déjà de longues années, de ce que je ferai de ma vie. J'ai confiance dans les méthodes que j'ai mises au point et, si vous considérez cela comme de l'arrogance, tant pis. Je m'en excuse, mais ce n'est pas ainsi que je vois les choses.

Khalehla sortit lentement sa main droite de dessous la table et prit son sac à main de l'autre. Elle y glissa son automatique et secoua le bras pour rétablir la circulation du sang.

— Je pense que nous pouvons nous dispenser de la quincaillerie, dit-elle. Et vous avez raison, il est extrêmement difficile de couper de la viande de la main gauche avec une fourchette pendant que l'autre poignet est paralysé.

— J'ai eu envie de vous suggérer de commander quelque chose de plus simple, peut-être un *antipasto,* ou un plat que vous pourriez manger avec les doigts, mais je me suis dit que je n'avais pas à composer votre menu.

— Le sens de l'humour serait-il présent derrière cette expression sévère ?

— Peut-être une timide tentative, mais je n'ai pas la tête à cela en ce moment. Je préfère attendre que le secrétaire d'État soit arrivé sain et sauf à Chypre.

— Vous avez alerté les autorités compétentes et vous ne pouvez rien faire de plus. Ils se chargeront de sa sécurité.

— Je l'espère.

— Revenons à nos moutons, monsieur Milos-tout-court, dit Khalehla en coupant une bouchée de viande sans quitter Varak des yeux. Pourquoi Kendrick ? Pourquoi avez-vous fait cela ? Et surtout, comment vous y êtes-vous pris ? Vous avez puisé à des sources qui sont censées être inaccessibles ! Vous êtes allé là où personne ne devrait pouvoir aller et vous avez mis la main sur des secrets, vous avez violé un dossier inviolable. Celui qui vous a permis de le faire devrait être expédié illico sur le terrain pour savoir ce que l'on ressent quand on n'a aucune protection, quand on se retrouve seul et sans armes dans les rues obscures d'une ville hostile.

— L'aide que l'on m'a apportée est venue d'une source qui avait confiance en moi et qui savait d'où je venais.

— Mais pourquoi ?

— Je vais vous donner une réponse fragmentaire, mademoiselle Rashad, et m'exprimer en termes généraux.

— Allez-y toujours. Je verrai si cela me convient.

— Il faut impérativement, dans l'intérêt de ce pays, que certains changements soient effectués dans un gouvernement qui, selon toute vraisemblance, sera réélu.

— Qui d'autre que les électeurs a le droit d'en décider ?

— Je refuse de répondre, sinon en termes généraux. Mais je ne devrais même pas en parler... Vous avez vu par vous-même.

Khalehla posa sa fourchette et planta son regard dans celui de l'Européen.

— San Diego ? Vanvlanderen ? Grinell ?

— Oui, San Diego, Vanvlanderen et Grinell, répéta doucement le Tchèque. Soyons un peu plus clairs : de grosses sommes ont été envoyées dans la plaine de la Bekaa, via Zurich et Beyrouth, dans le but d'éliminer un adversaire politique, Evan Kendrick en l'occurrence. Il semble maintenant y avoir une tentative pour se débarrasser du secrétaire d'État qui doit participer à une conférence du désarmement dont l'objectif est de réduire la prolifération, et, par voie de conséquence, la production, d'armes spatiales et nucléaires.

— Et Orson Bollinger ? demanda Khalehla qui ne touchait plus à son assiette.

— C'est une énigme, répondit Varak. Que sait-il ? Qu'ignore-t-il ? Quoi qu'il en soit, il est le point de ralliement, la voie d'accès à un gouvernement imbattable. Il faut le remplacer afin de mettre un terme aux agissements de ceux qui le mènent par le bout du nez.

— Mais pourquoi Kendrick ?

— Parce qu'il est devenu un adversaire quasi imbattable.

— Jamais il n'acceptera ! Il vous enverra sur les roses ! Vous ne le connaissez pas.

— Un homme n'a pas nécessairement envie de faire ce qu'il doit faire, mademoiselle Rashad. Mais il le fera si on lui explique clairement qu'il ne peut en aller autrement.

— Vous croyez que cela suffit ?

— Il est vrai que je ne connais pas personnellement M. Kendrick, mais je ne crois pas avoir étudié aussi minutieusement un autre être humain. C'est un homme remarquable, mais qui, malgré sa réussite, est demeuré très simple et très modeste. Il a mis à profit l'explosion économique du Moyen-Orient pour gagner énormément d'argent, puis il a renoncé à continuer de faire fortune, car il était plongé dans l'affliction et le désarroi. Quand il a décidé d'entrer dans l'arène politique, c'était uniquement pour mettre sur la touche un parlementaire corrompu qui se remplissait tranquillement les poches au Colorado. Et, s'il est parti à Oman, d'où il savait qu'il risquait de ne pas revenir, c'est parce qu'il pensait en son âme et conscience pouvoir contribuer à résoudre une crise internationale. Ce n'est pas un homme à prendre à la légère, même si, lui, ne se prend pas au sérieux.

— Seigneur ! s'écria Khalehla. J'ai l'impression d'entendre l'écho de mes propres arguments.

— En faveur de son ascension politique ?

— Non, pour expliquer pourquoi il n'a pas menti. Mais je dois vous dire qu'il y a une autre raison qui l'a poussé à partir à Oman : le désir de venger un massacre. Il était sûr de savoir qui tirait les ficelles des terroristes de l'ambassade ; il avait la conviction qu'il s'agissait du responsable de la mort des soixante-dix-huit personnes composant le groupe Kendrick, femmes et enfants inclus. Et il avait raison ; le monstre a été exécuté selon la loi arabe.

— C'est plutôt quelque chose à mettre à son crédit, mademoiselle Rashad.

— Certes, mais cela modifie quelque peu les circonstances.

— Je préfère me dire que ce besoin légitime de justice ajoute à son personnage une dimension qui nous conforte dans notre choix.

— Qu'entendez-vous par « notre » choix ?

— Je refuse de répondre.

— Et moi, je vous répète qu'il n'acceptera jamais.

— Il refusera s'il apprend qu'il a été manipulé, mais il acceptera peut-être s'il est persuadé d'être indispensable.

Khalehla s'enfonça dans son siège en observant le visage du Tchèque.

— Si je vous ai bien compris, dit-elle, je trouve vos suggestions profondément blessantes.

— Pas du tout, répliqua Varak en se penchant vers elle. Nul ne peut forcer un homme à accepter une fonction élective, mademoiselle Rashad. Il doit la briguer lui-même. À l'inverse, nul ne peut contraindre les principaux responsables d'un parti politique à accepter un candidat inconnu. Ils doivent se rassembler sur son nom. Il est vrai que nous avons créé des circonstances favorables à l'ascension de l'homme, mais nous n'avons pas créé l'homme. Il était déjà là.

— Vous allez me demander de ne pas lui parler de cette conversation, de ne rien lui dire sur vous... Savez-vous depuis combien de semaines nous essayons de retrouver votre trace ?

— Savez-vous pendant combien de mois nous avons essayé de trouver un homme comme Evan Kendrick ?

— Je m'en contrefous ! Il a été manipulé et il le sait pertinemment ! Maintenant que je vous tiens, je ne vous laisserai pas disparaître ! Ce que vous lui avez fait subir est trop dur ! Des amis très chers ont été assassinés, il risque maintenant de perdre le vieil homme qui est comme un père pour lui depuis quinze ans et tous ses projets sont partis à vau-l'eau ! C'est trop, c'est beaucoup trop !

— Je ne peux pas changer le passé. Tout ce que je peux faire, c'est déplorer mes erreurs de jugement. Mais je vous demande de songer à votre pays qui est maintenant le mien. Si nous avons contribué à donner naissance à une force politique nouvelle, c'est uniquement parce qu'elle existait déjà en devenir. Sans Kendrick, un certain nombre de politiciens respectables seraient tout à fait acceptables par les leaders du parti, parce qu'ils se sentent à l'aise avec eux et qu'ils font pour ainsi dire partie de la famille, mais ces hommes ne constitueraient pas une *force*... Est-ce que je me fais bien comprendre ?

— L'histoire rapporte qu'un vice-président aurait déclaré un jour que sa charge ne valait pas tripette.

— Ce n'est plus le cas de nos jours et ce serait encore moins vrai si elle était occupée par Evan Kendrick. Vous deviez être au Caire quand il est apparu à la télévision...

— Oui, j'étais au Caire, le coupa Khalehla, mais nous recevons une chaîne américaine... Des enregistrements, bien entendu. J'ai eu par la suite de nombreuses autres occasions de le voir ici... grâce à votre programme mûrement élaboré. Je reconnais qu'il est excellent, avec ce mélange d'intelligence et de séduction...

— Il est unique, mademoiselle Rashad. Il est incorruptible, il conserve son franc-parler et il produit une forte impression sur l'électorat.

— C'est à cause de vous.

— Non, de lui. Nous n'avons pas plus inventé ce qu'il a accompli que nous n'avons placé dans sa bouche les paroles qu'il a prononcées. J'ai analysé plus de quatre cents possibilités en utilisant les ordinateurs les plus sophistiqués et c'est le nom d'un seul homme qui est sorti : celui d'Evan Kendrick.

— Et vous n'exigez rien de lui ?

— Vous affirmez le connaître ; si nous exigions quelque chose de lui, comment croyez-vous qu'il réagirait ?

— Il vous dénoncerait à une commission chargée de réprimer la corruption et ferait en sorte que vous passiez quelque temps derrière les barreaux.

— Exactement.

— J'aimerais boire un verre de vin, monsieur Milos, dit Khalehla en fermant fugitivement les yeux. Cela m'aidera à réfléchir.

Varak appela un serveur à qui il commanda deux verres de chablis frappé et s'en remit à lui pour choisir la bouteille.

— Parmi mes nombreuses lacunes, dit le Tchèque, il y a une grave ignorance des vins, autres que ceux de mon pays.

— Je n'en crois pas un mot. Vous devez être un sommelier averti.

— Je vous assure que non. Quand j'entends des amis commander tel ou tel cru de tel ou tel millésime, je suis émerveillé par leurs connaissances.

— Vous avez donc des amis ? Je vous imagine mal autrement que dans votre rôle d'éminence grise.

— *Je comprends,* mais vous vous trompez. Je mène une vie tout à fait normale. Mes amis croient que je suis traducteur et que je travaille chez moi, en free-lance.

— *Bien,* dit l'agent du Caire. C'est également comme cela que j'ai commencé.

— Je n'ai pas de bureau où l'on peut m'appeler, rien qu'un répondeur téléphonique que je peux interroger à distance, quel que soit l'endroit où je me trouve.

— Moi aussi.

On leur apporta le chablis et Khalehla le goûta aussitôt.

— Il ne peut pas retourner là-bas, dit-elle à mi-voix, comme si elle parlait toute seule. Au moins pendant quelques années. Dès que le black-out sera levé, le sang coulera dans la plaine de la Bekaa.

— Je suppose que vous parlez de Kendrick.

— Oui. En fin de compte, les terroristes ont échoué... Une troisième et dernière attaque a eu lieu, il y a quelques heures, à Mesa Verde. Et elle fut aussi sanglante que celle de Fairfax.

— Quelques heures, dites-vous ? Kendrick était là-bas ?

— Oui.

— Et alors ?

— Il est vivant, mais il paraît qu'il s'en est fallu de quelques secondes. Malheureusement, tout comme en Virginie, nous avons de nombreuses pertes à déplorer.

— Je suis désolé... Je suppose que Weingrass est grièvement blessé. C'est de lui que vous parliez tout à l'heure, n'est-ce pas ?

— En effet. Il est en ce moment dans un avion qui le

transporte au centre hospitalier de Denver et Evan l'accompagne.

— Et les terroristes ? demanda Varak en plongeant les yeux dans ceux de Khalehla.

— Ils étaient neuf en tout. Huit sont morts ; un seul a survécu, le plus jeune.

— Et vous pensez que lorsque le black-out sera levé, le sang coulera dans la plaine de la Bekaa. C'est pour cela que Kendrick ne peut pas retourner dans cette région.

— Il ne tiendrait pas quarante-huit heures. Il est absolument impossible de le protéger des fanatiques.

— Mais ici, il sera sous la protection du Service secret. Dans ce domaine, la perfection est inaccessible. On peut simplement faire de son mieux.

— Je sais, dit Khalehla en prenant une autre gorgée de chablis.

— Vous me comprenez, mademoiselle Rashad ?

— Je pense.

— Laissons les événements suivre leur cours naturel. Il existe un comité de soutien légalement constitué dont l'objet est de porter Kendrick aux plus hautes fonctions. Laissons-les travailler en toute liberté et ce sera aux électeurs de se prononcer, dans un sens ou dans l'autre. Si nous ne nous sommes pas trompés sur Vanvlanderen, Grinell et ceux qu'ils représentent, il appartiendra à Evan Kendrick de prendre sa décision. Même si nous les démasquons et les mettons hors d'état de nuire, il y en aura des centaines d'autres pour les remplacer... Nous avons besoin d'une force, nous avons besoin d'une voix !

Khalehla leva lentement les yeux et elle inclina la tête à deux reprises.

36

Kendrick marchait le long de la 17e rue, dans la direction de l'hôtel Brown Palace. Avait-il seulement remarqué que quelques flocons de neige tombaient sur Denver ? Il avait demandé au chauffeur de taxi de le déposer à quelques pâtés de maisons de l'hôtel, car il avait envie de marcher. Il avait besoin de mettre de l'ordre dans ses idées.

Les chirurgiens du centre hospitalier de Denver avaient recousu Manny et expliqué à Evan que ses blessures, malgré leur apparente gravité, étaient essentiellement dues à des éclats de verre et des fragments de métal retenus dans les chairs. L'hémorragie qu'il avait subie était grave pour un homme de son âge, mais il n'y avait rien d'irréparable et son sang serait remplacé. Mais tout s'était gâté quand Evan avait pris un médecin à part pour l'informer des craintes de Manny au sujet d'une éventuelle reprise de son cancer. Vingt minutes plus tard, ils recevaient de Washington le bilan complet des examens du vieil architecte et le chef du service d'oncologie s'entretenait avec le chirurgien qui venait d'opérer Weingrass. Deux heures après l'admission de Manny au centre hospitalier où il devait rester quatre jours, un technicien venu d'un laboratoire quelconque avait discuté à voix basse avec un autre médecin. Il y avait eu quelques instants d'effervescence et on avait prié Evan de quitter la chambre pendant que l'on prélevait différents échantillons du corps de Manny. Une heure plus tard, le chef du service de pathologie, un homme au visage émacié et au regard inquisiteur, était allé rejoindre Kendrick dans la salle d'attente.

— M. Weingrass a-t-il fait récemment un voyage à l'étranger ?

— Non, pas depuis plus d'un an.

— Dans quel pays ?

— France... Asie du Sud-Ouest.

— Je ne suis pas très bon en géographie, dit le professeur en haussant les sourcils. Où se trouve l'Asie du Sud-Ouest ?

— Il est vraiment indispensable de vous répondre ?

— Absolument.

— Oman et Bahreïn.

— Il était avec vous ?... Pardonnez-moi, mais tout le monde a entendu parler de vos exploits.

— Il était avec moi, dit Evan. Il fait partie de ceux que

je n'ai pu remercier nominalement, car c'était trop dangereux.

— Je comprends. Mais nous n'avons pas de service de presse ici.

— Merci. Pourquoi me demandez-vous cela ?

— Sauf erreur, ce qui n'est jamais à exclure, votre ami est atteint par... disons par un virus qui, à ma connaissance, est indigène à l'Afrique centrale.

— C'est impossible !...

— Alors, je me trompe peut-être. Notre matériel est l'un des plus perfectionnés de l'ouest des États-Unis, mais il existe encore mieux. Je vais envoyer un prélèvement de tissu pulmonaire et de sang au centre d'examen des maladies virales d'Atlanta.

— Pourquoi ?

— Simple précaution, monsieur Kendrick.

— Envoyez-les dès ce soir, docteur. Un jet attendra à l'aéroport Stapleton dans une heure. Dites à Atlanta de se mettre au travail dès l'arrivée des échantillons. Je paierai ce qu'il faut, même s'ils doivent y travailler jour et nuit.

— Je ferai ce que je peux...

— Si cela peut être utile, poursuivit Evan, sans très bien savoir s'il bluffait ou non, je demanderai au Président en personne d'appeler.

— Je ne pense pas que ce sera nécessaire, dit le pathologiste.

Quand il quitta le centre hospitalier, après avoir fait ses adieux à Manny qui était encore sous l'effet des sédatifs, Evan se remémora le Dr Lyons de Cortez, ce praticien sans adresse ni numéro de téléphone, mais possédant une autorisation en règle du Département d'État. Qui avait signé cette autorisation ? Pourquoi était-elle nécessaire ? Ou bien s'agissait-il uniquement d'un document destiné à impressionner celui qui le lirait, d'une ruse pour pénétrer subrepticement dans la propriété bien gardée d'un parlementaire en vue ? Il décida de n'en parler à personne. Khalehla saurait ce qu'il convenait de faire en pareil cas.

En approchant de son hôtel, il découvrit soudain les ampoules de couleur des décorations de Noël qui formaient une longue guirlande au-dessus de l'avenue, entre l'hôtel, un vieil édifice de style classique et une haute tour moderne. Puis il entendit des voix enfantines entonner un chant de Noël. Joyeux Noël et meilleur souvenir de Mascate, songea-t-il amèrement.

— Mais où étais-tu passée ? rugit Mitchell Payton d'une voix si forte que Khalehla écarta le combiné de son oreille.

— Je dînais.

— Il est là-bas ! Notre Européen blond est dans ton hôtel !

— Je sais. Je dînais avec lui.

— Quoi ?

— En fait, il est dans ma chambre en ce moment. Nous sommes en train de faire le bilan de ce que nous savons. Il n'est pas du tout ce que nous pensions.

— Arrête de déconner, Adrienne ! Et dis à ce salopard que M. B aimerait parler à M. A !

— Seigneur ! C'était toi ?

— Dépêche-toi, Adrienne ! Passe-le-moi !

— Je ne suis pas sûre qu'il soit d'accord, dit l'agent du Caire en éloignant derechef l'appareil de son oreille. M. B aimerait parler à M. A, ajouta-t-elle en s'adressant à Varak.

— J'aurais dû m'en douter, dit le Tchèque en se levant de son fauteuil.

Il s'avança et prit le téléphone que Khalehla venait de reposer sur la table de nuit.

— C'est encore moi, M. B. Mais sachez que rien n'a changé. Pas de noms, pas d'identités.

— Comment ma nièce vous appelle-t-elle ? Faites bien attention, c'est ma nièce !

— Elle me donne le prénom erroné de Milos.

— C'est un nom slave ?

— Je suis américain, monsieur.

— Excusez-moi, j'avais oublié.

— Des nouvelles du secrétaire d'État ?

— Il est arrivé à Chypre.

— Je me sens soulagé.

— Nous sommes tous soulagés..., mais avons-nous jamais eu de véritables raisons de nous inquiéter ?

— Mes renseignements étaient exacts.

— Nous n'avons malheureusement pas réussi à en avoir confirmation de notre côté. Grinell n'était plus à l'hôtel et il n'est toujours pas rentré chez lui.

— Il est avec Mme Vanvlanderen.

— Nous le savons. D'après un réceptionniste, plusieurs autres personnes les accompagnaient. Avez-vous une idée de leur identité ?

— Les gardes du corps de Grinell, d'après mes renseignements. Je vous ai dit qu'il y avait plusieurs hommes avec lui et que vous deviez être sur vos gardes.

— C'est vrai... Alors, est-ce que nous travaillons ensemble ?

— De loin.

— Qu'avez-vous à nous proposer ?

— Des preuves dont j'ai déjà parlé à Mlle Rashad, répondit Varak en songeant au montage des enregistrements et aux transcriptions qu'il fournirait à l'officier du Caire.

Il voulait pratiquer quelques coupes dans les bandes afin que Sundstrom demeure un conspirateur anonyme ; un homme mort n'avait plus besoin d'une identité.

— Il n'y aura peut-être rien d'autre, dit-il, mais vous y trouverez tout ce dont vous avez besoin.

— Je l'accepterai avec une profonde reconnaissance.

— Mais je vous demanderai quelque chose en échange, M. B.

— Je ne marchande jamais, M. A.

— Bien sûr que si, répliqua le Tchèque. Vous passez votre temps à marchander.

— Que voulez-vous ?

— Comme mes exigences nécessitent une longue explication, je préfère que Mlle Rashad le fasse elle-même. Je la rappellerai demain et elle nous servira d'intermédiaire. Si votre réponse est positive, je vous remettrai les matériaux.

— Et si elle est négative ?

— Ce sera à vous d'en assumer les conséquences, M. B.

— Pouvez-vous me repasser ma nièce ?

— Comme vous voulez.

Varak se tourna vers Khalehla, lui tendit l'appareil et repartit s'asseoir.

— C'est moi, dit Khalehla.

— Réponds-moi simplement par oui ou par non et, si tu ne peux pas répondre, garde le silence pendant deux ou trois secondes. D'accord ?

— Oui.

— Tu es libre de tes mouvements ?

— Oui.

— Ce qu'il a à nous fournir peut-il nous être utile ?

— Oui... Absolument !

— « Oui » suffira, agent Rashad... Il a manifestement une chambre à l'hôtel ; crois-tu qu'il y restera ?

— Non.

— Est-ce qu'il t'a expliqué comment il avait mis la main sur le dossier d'Oman ?

— Non.

— Et pour finir, pouvons-nous accepter ses exigences ?

— Nous allons le faire... Pardonne-moi cette infraction aux règles.

— Je vois, dit le directeur des Projets spéciaux. Tu m'expliqueras la raison de cet acte d'insubordination, n'est-ce pas ?

— Nous en reparlerons tout à l'heure, dit Khalehla en raccrochant. Mon supérieur est très mécontent, ajouta-t-elle à l'adresse du Tchèque.

— De vous ou de moi ? Il n'était pas difficile d'imaginer la substance de ses questions.

— De nous deux.

— Est-ce vraiment votre oncle ?

— Je le connais depuis plus de vingt ans et je n'ai rien d'autre à dire à son sujet. Parlons plutôt de vous. Il n'était pas très difficile non plus d'imaginer quelques-unes des questions qu'il vous a posées.

— Je ne peux vous accorder que quelques instants, dit le Tchèque d'une voix ferme. Il faut vraiment que je parte.

— Vous lui avez dit que Grinell était avec la veuve Vanvlanderen et que les autres hommes étaient les gardes du corps de Grinell.

— En effet.

— Et pourtant, vous m'avez dit qu'il y avait *deux* hommes dans la suite des Vanvlanderen et que les gardes étaient restés dans le couloir.

— C'est vrai.

— Qui était l'autre homme et pourquoi le protégez-vous ?

— Le protéger ?... Je crois également vous avoir dit que les deux hommes étaient des traîtres. Vous entendrez tout cela sur les bandes et vous le lirez dans les transcriptions que je vous remettrai si votre supérieur accepte mes conditions, comme vous les avez acceptées.

— Je saurai le convaincre.

— Alors, vous l'entendrez vous-même.

— Mais vous le connaissez ! Qui est-il ?

Varak se leva en tendant les mains devant lui.

— Encore une question à laquelle je refuse de répondre, mademoiselle Rashad. Mais je peux quand même vous confier que c'est à cause de lui que je dois partir. Cet homme est une ignoble pourriture... Et il est à moi ! Je passerai la nuit entière à le chercher, s'il le faut, mais je le trouverai ! Et, si ce n'est pas cette nuit, ce sera demain, ou après-demain, mais j'en fais mon affaire !

— Un *jaremat thaar,* monsieur Milos ?

— Je ne parle pas arabe, mademoiselle Rashad.

— Mais vous savez ce que signifie l'expression. Je vous l'ai dit.

— Bonne nuit, dit le Tchèque en se dirigeant vers la porte.

— Mon oncle tient absolument à savoir comment vous avez eu accès au dossier d'Oman. Je ne pense pas qu'il vous laisse en paix avant de l'avoir découvert.

— À chacun ses priorités, dit Varak en se retournant, la main sur la poignée de la porte. Les vôtres sont pour l'instant à San Diego, mais les miennes sont ailleurs. Dites-lui qu'il n'a rien à redouter de ma source. Elle préférerait mourir plutôt que de mettre en danger l'un des vôtres.

— Mais c'est déjà fait ! Vous oubliez Evan Kendrick !

La sonnerie du téléphone retentit et ils tournèrent tous deux la tête d'un seul mouvement. Khalehla décrocha.

— Oui ?

— Ils l'ont fait ! s'écria Mitchell Payton d'une voix bouleversée. Ils l'ont fait, les salauds !

— Qu'ont-ils fait ?

— L'hôtel Larnaca, à Chypre ! Une explosion a détruit toute l'aile ouest ! Il ne reste que des décombres ! Le secrétaire d'État est mort, ils sont tous morts !

— L'hôtel, à Chypre, répéta Khalehla d'une voix blanche en se tournant vers le Tchèque. Ils l'ont fait sauter... Le secrétaire d'État est mort, ils sont tous morts...

— Passez-moi le téléphone ! rugit Varak en se ruant vers l'appareil qu'il lui arracha des mains. Personne n'a donc passé les caves et les conduits de la climatisation au peigne fin ?

— Les forces de sécurité chypriotes nous ont assuré qu'elles avaient tout vérifié...

— Les forces de *sécurité* chypriotes ! hurla le Tchèque, absolument hors de lui. Elles sont infestées d'éléments hostiles ! Mais comment peut-on être aussi con ?

— Vous voulez prendre ma place, monsieur A ?

— Pour rien au monde, répondit Varak en s'efforçant de contenir sa colère. Je ne travaille pas avec des amateurs, ajouta-t-il d'un ton méprisant avant de raccrocher et de se diriger à grands pas vers la porte. Ce qu'il vous aurait fallu aujourd'hui, c'est l'intelligence du Kendrick d'Oman, dit-il à Khalehla. Il aurait été le premier à vous dire ce qu'il fallait faire, ce qu'il fallait chercher. Mais vous ne l'auriez sans doute même pas écouté !

Le Tchèque ouvrit rageusement la porte, sortit et la claqua derrière lui. Le téléphone se remit aussitôt à sonner.

— Il est parti, dit Khalehla, sachant instinctivement que c'était Mitchell Payton qui rappelait.

— Je lui ai proposé de prendre ma place, mais il m'a envoyé balader en disant qu'il ne voulait pas travailler avec des amateurs. C'est quand même curieux... Un homme qui est pour nous un parfait inconnu nous alerte et nous gâchons tout. L'an dernier, nous envoyons Kendrick à Oman et il réussit là où plusieurs centaines de professionnels d'au moins six pays étaient réduits à l'impuissance. Il y a de quoi se poser des questions, non ?... Peut-être que je me fais vieux.

— Cela n'a rien à voir, M.J. ! s'écria Khalehla. Ce sont deux hommes particulièrement brillants et ils ont gagné le gros lot, c'est tout. Mais ils ne feront jamais tout ce que tu as fait dans ta carrière !

— J'aimerais le croire, mais j'avoue que cette nuit est particulièrement pénible pour le peu d'amour-propre qui me reste.

— Il devrait pourtant t'en rester beaucoup !... Je vais profiter de ton moment de flottement pour t'expliquer mon acte d'insubordination de tout à l'heure.

— Vas-y, je suis tout ouïe. Je retiens tellement mon souffle que je me demande si je respire encore...

— Quels que soient les employeurs de Milos, ils n'exigent rien de Kendrick. Quand j'ai insisté, il m'a avoué qu'ils savaient fort bien que s'ils s'avisaient de réclamer quelque chose, Evan les enverrait paître. Et il a entièrement raison.

— Cela me semble aussi tout à fait évident. Alors, que veut-il ?

— Se retirer de la circulation et laisser les choses suivre leur cours. Ils veulent que nous laissions la course se dérouler normalement.

— Evan ne s'alignera pas au départ...

— Peut-être décidera-t-il de s'y engager quand il sera au courant de l'existence des hommes de l'ombre qui tirent les ficelles en Californie. Et même si nous les mettons hors d'état de nuire, il y en a des centaines d'autres qui sauteront sur l'occasion pour prendre leur place. Milos a raison : Evan doit faire entendre sa voix.

— Et toi, qu'en penses-tu ?

— Je veux simplement qu'il reste en vie. Il ne peut pas retourner dans le Golfe... Même s'il essaie de se persuader du contraire, il sera abattu dès sa descente d'avion. Avec l'énergie et l'imagination qu'il possède, il ne peut pas non plus végéter à Mesa Verde... Ce serait une autre forme de mort. Il pourrait y avoir pire que lui pour notre pays, M.J.

— Les cons, les cons ! marmonna Varak tout en composant un numéro de téléphone.

Il tenait à la main un plan de la suite des Vanvlanderen

sur lequel une petite croix rouge avait été tracée dans chaque pièce. Quelques secondes plus tard, on décrocha.

— Oui ?

— Sound Man ?

— Prague ?

— J'ai besoin de vous.

— On a toujours besoin d'argent et vous savez être généreux.

— Passez me prendre dans trente minutes, devant l'entrée de service. Je vous expliquerai sur la route du studio ce que j'attends de vous... Il n'y a pas eu de changements par rapport au plan ?

— Non. Vous avez trouvé la clé ?

— Oui. Merci pour tout.

— Vous avez été généreux. Dans trente minutes.

Le Tchèque raccrocha et regarda le matériel d'enregistrement rassemblé devant la porte. Il avait écouté la conversation entre Adrienne Rashad et Ardis Vanvlanderen et, malgré la fureur provoquée en lui par l'annonce de la mort du secrétaire d'État, il n'avait pu s'empêcher de sourire devant la stratégie audacieuse de l'agent du Caire et de son supérieur. Utilisant ce qu'ils avaient appris, ils avaient tout misé sur la présomption de la culpabilité d'Andrew Vanvlanderen et forgé l'irrésistible théorie du commando palestinien envoyé pour éliminer Bollinger. Kendrick n'avait même pas été mentionné ! Quelle stratégie brillante ! Moins de deux heures après les stupéfiantes révélations d'Adrienne Rashad, l'apparition d'Eric Sundstrom, une apparition provoquée pour démasquer le traître d'Inver Brass et sans rapport avec les présomptions pesant sur Andrew Vanvlanderen, avait été le détonateur qui avait fait voler en éclats l'édifice de mensonges de San Diego. Il fallait faire feu de tout bois.

Varak se dirigea vers la porte de sa chambre, l'entrouvrit prudemment et se glissa dans le couloir. Il en gagna l'extrémité où se trouvait la porte de la suite des Vanvlanderen et entra en utilisant la clé fournie par Sound Man. Le plan à la main, se déplaçant d'une démarche de félin, il passa d'une pièce à l'autre pour sortir les micros miniaturisés de leurs cachettes, sous les tables, les sièges et les gros coussins du canapé, derrière un miroir dans les quatre chambres, sous l'armoire à pharmacie des différentes salles de bains et à l'intérieur de deux brûleurs, dans la cuisine. Il garda le bureau de la veuve pour la fin et compta les croix rouges pour s'assurer qu'il avait récupéré tous les micros. Le bureau étant plongé dans l'obscurité, il lui fallut trouver une lampe et l'allumer. Trente secondes plus tard, il était en possession des quatre micros dont l'un avait été dissimulé dans le cabinet de toilette attenant. Milos regarda sa montre : l'ensemble de l'opération lui avait pris neuf minutes. Il lui restait au moins un quart d'heure pour passer au peigne fin le sanctuaire de Mme Vanvlanderen.

Il commença par les tiroirs du bureau qui contenaient des documents sans intérêt, la paperasserie quotidienne du cabinet du vice-président : emploi du temps, courrier de particuliers ou d'institutions qui attendaient une réponse, rapports de la Maison-Blanche, du Département d'État, de la Défense et de diverses agences gouvernementales qu'il fallait étudier avant d'en expliquer la teneur à Bollinger. Rien d'intéressant, rien qui se rapportât aux manœuvres souterraines qui se tramaient en Californie du Sud.

Son regard fit le tour du vaste bureau lambrissé, s'arrêtant sur les étagères, les meubles élégants, les photographies encadrées qui couvraient tout un mur... Tiens, des photographies ! Il y en avait plus d'une vingtaine, disposées en croix sur les panneaux sombres de la boiserie. Varak s'avança et commença à les examiner à la lumière d'une petite lampe. Il y avait la collection habituelle d'agrandissements montrant M. et Mme Vanvlanderen en compagnie des ténors de la politique, membres du gouvernement et parlementaires influents, jusqu'au Président en personne. Un peu plus loin, Milos découvrit d'autres photos, où n'apparaissait pas le défunt mari d'Ardis Vanvlanderen. Selon toute apparence, elles avaient été prises avant sa rencontre avec Andrew. Voitures de luxe, yachts, fourrures et stations de sports d'hiver témoignaient que la veuve avait toujours mené grand train.

Varak s'apprêtait à abandonner la panoplie des vanités quand son regard se posa sur un cliché qui à l'évidence avait été pris à Lausanne. Milos reconnut à l'arrière-plan la marina du lac Léman. Il se pencha pour étudier le visage d'un homme basané, un visage qu'il connaissait, mais sur lequel il n'arrivait pas à mettre un nom. Puis, comme un limier venant de flairer une piste, le Tchèque baissa les yeux jusqu'à la dernière photographie à droite, l'agrandissement d'un autre cliché, également pris à Lausanne, mais cette fois dans les jardins du Beau Rivage, un palace de la ville, sur lequel apparaissait le même homme. Il le retrouva sur une troisième photo, prise à Amsterdam, cette fois, au Rozengracht. Mais qui était donc cet homme ? *Concentre-toi !* Des images fragmentaires remontèrent à sa mémoire, des impressions évanescentes, mais toujours pas de nom. Riyad, Médine, l'Arabie Saoudite... Une famille traumatisée, avide de vengeance... Une exécution annoncée, puis une évasion. Des millions de dollars en jeu... Cela remontait à huit ou dix ans. Comment s'appelait-il ? Varak envisagea de dérober une des photos, mais son instinct l'en dissuada. Quelle que fût l'identité de l'homme, il représentait un autre aspect révélateur de la machine bâtie autour d'Orson Bollinger et la disparition d'une photo risquait de donner l'alerte.

Milos éteignit la lampe et repartit vers le bureau. Il était temps de se retirer pour prendre son matériel avant de descendre à son rendez-vous devant l'entrée de service. Il tendait la main vers la lampe de bureau à l'abat-jour en dôme quand il entendit la porte de l'entrée s'ouvrir. Il éteignit prestement et s'avança jusqu'à la porte du bureau qu'il referma à moitié afin de pouvoir se glisser derrière et de regarder par l'interstice entre le panneau et le chambranle.

Il distingua la haute silhouette d'un homme se déplaçant avec assurance dans un cadre familier. Varak fronça les sourcils en le reconnaissant. C'était un homme qu'il avait presque oublié depuis plusieurs semaines, le rouquin du F.B.I. qui faisait partie de l'unité appelée par Ardis Vanvlanderen afin d'assurer la protection du vice-président, l'homme qui l'avait mis sur la piste de San Diego. L'unité avait été rappelée à Washington, mais un de ses membres était resté... Plus exactement, il avait été acheté avant que Milos ne le surprenne à Mesa Verde.

Le Tchèque regarda le rouquin marcher dans le séjour

comme s'il cherchait quelque chose. Il prit un verre sous l'abat-jour d'une lampe posée sur une table basse, à gauche du canapé, puis il entra dans la cuisine. Quand il en ressortit quelques instants plus tard, il tenait un vaporisateur d'une main et un torchon de l'autre. Il se dirigea vers le bar, où il prit toutes les bouteilles et les vaporisa une à une avant de les essuyer. Puis il vaporisa la bordure de cuivre du comptoir du bar qu'il essuya soigneusement. Du bar, il passa à tous les meubles du séjour et répéta l'opération de nettoyage, comme s'il tenait à purifier l'appartement. Mais pour Varak, ce que faisait l'agent du F.B.I. était évident : il éliminait toute trace de la présence d'Eric Sundstrom en faisant disparaître les empreintes digitales du savant.

Le rouquin posa le vaporisateur et le chiffon sur une table basse, puis il se dirigea lentement... vers le bureau ! Le Tchèque n'eut que le temps de sortir de sa cachette et de s'élancer dans le cabinet de toilette dont il referma la porte presque entièrement, ne laissant qu'une ouverture de deux centimètres entre le panneau et le chambranle. Comme Milos l'avait fait quelques minutes plus tôt, l'agent fédéral alluma la lampe du bureau et s'installa dans le fauteuil. Puis il ouvrit le tiroir du bas, mais il fit quelque chose que Varak n'avait pas fait : il appuya sur un bouton invisible. La moulure verticale du bureau se rabattit brusquement en avant et le rouquin se pencha pour regarder à l'intérieur du compartiment secret.

— Et merde ! s'écria-t-il en se redressant aussitôt.

Il arracha le combiné de son support et composa fébrilement un numéro.

— Il n'est pas là ! lança-t-il au bout de quelques secondes d'attente. Oui, j'en suis certain ! ajouta-t-il après un silence. Il n'y a rien !... Que voulez-vous de plus ? J'ai suivi vos instructions et je vous affirme qu'il n'y a absolument rien !... Comment ? Au bout de votre rue ? D'accord, je me renseigne et je vous rappelle.

L'agent du F.B.I. coupa la communication et composa immédiatement un numéro de onze chiffres : l'inter.

— Base Cinq, dit-il, c'est le Merle. Mission spéciale à San Diego, code 6-6-0. Je demande confirmation... Merci. Avons-nous à La Jolla des véhicules dont j'ignore l'existence ? Nous n'en avons pas... Bon... Non, rien de grave, sans doute des journalistes. Ils ont dû découvrir que le vice-président assistait à cette grande soirée des arts plastiques avec tous les snobinards de la côte Ouest. Je suis sûr qu'il confond Rembrandt et Al Capp, mais il fait comme s'il s'y connaissait. Bon, ne vous inquiétez pas, je vais vérifier tout ça.

Le rouquin raccrocha et composa un nouveau numéro.

— On ne sait rien de notre côté, dit-il presque aussitôt. Non, il n'y a pas de loi qui exige que nous soyons au courant... La C.I.A. ? Nous serions les derniers à l'apprendre... D'accord, j'appelle l'aéroport. Désirez-vous que je parle à votre pilote ? Non ? Comme vous voulez... Et après, je dégage d'ici. La C.I.A. et le F.B.I. ne font pas très bon ménage, vous savez, et ce n'est pas nouveau.

Dès qu'il entendit le déclic de l'appareil, Varak sortit du cabinet de toilette, son automatique extra-plat à la main.

— Vous n'allez pas partir si vite, dit le coordinateur d'Inver Brass.

— Bordel ! s'écria le rouquin en bondissant du fauteuil et en se ruant sur Varak.

Avec la force d'un animal en proie à la panique, il saisit le poignet du Tchèque, le repoussant dans la petite pièce obscure. La tête de Varak heurta violemment la cloison de plâtre recouverte de papier peint. À cheval sur la cuvette des cabinets, Milos réussit à projeter sa jambe gauche autour du torse de l'agent du F.B.I., le serrant comme dans un étau. Dans le même mouvement, il releva violemment sa main droite qui tenait toujours l'automatique, déboîtant à moitié l'épaule gauche du rouquin. C'était fini ; l'homme s'effondra sur le carrelage en étreignant son bras blessé.

— Debout, ordonna Varak sans même se donner la peine de tenir son prisonnier en joue.

Le rouquin grimaça en prenant appui de son bras valide sur le lavabo de marbre.

— Retournez là-bas et asseyez-vous derrière le bureau.

— Qui êtes-vous ? demanda l'agent du F.B.I. d'une voix haletante en se laissant tomber dans le fauteuil et en se tenant le bras.

— Nous nous sommes déjà rencontrés, mais vous ne pouvez pas le savoir. Sur une petite route de campagne, aux environs de Mesa Verde, près de la résidence de l'un de nos plus célèbres parlementaires.

— C'était vous ! rugit le rouquin en se redressant d'un bond.

— Depuis quand travaillez-vous pour eux, sale vendu ? demanda Varak après l'avoir repoussé dans le fauteuil d'une violente bourrade.

L'agent fédéral étudia le visage de Milos à la clarté diffuse de la lampe de bureau.

— Si vous êtes une sorte d'espion naturalisé faisant partie d'une unité fédérale, il y a quelque chose que vous devez savoir. Je suis ici en mission spéciale auprès du vice-président.

— Je vois que vous fréquentez des gens très soupçonneux. Il n'y a pas d'unité fédérale et les voitures qui sont près de chez Grinell ont été envoyées par Washington.

— Ce n'est pas vrai ! Je viens de vérifier !

— Peut-être le F.B.I. n'était-il pas au courant, ou peut-être vous a-t-on menti. Comme tout soldat d'une organisation d'élite, je suis sûr que vous pourrez toujours prétendre que vous n'avez fait que vous conformer aux instructions. Comme vous l'avez fait en effaçant toutes les empreintes digitales de cet appartement et en cherchant des documents cachés dont, à l'évidence, vous ne savez rien.

— C'est faux !

— Une chose est sûre, vous êtes un vendu et c'est tout ce qui compte pour moi. Vous avez accepté de l'argent et des avantages matériels contre certains services rendus dans l'exercice de vos fonctions officielles. Êtes-vous prêt à sacrifier votre vie pour ceux qui vous ont acheté ?

— Quoi ?

— Je vois que vous comprenez bien la situation, dit calmement Varak en levant vivement son automatique et en le collant sur le front de l'agent fédéral. Votre vie n'a pour moi aucune importance, mais il y a un homme que je dois trouver. Cette nuit même.

— Vous ne connaissez pas Grinell...

— Je me fous de Grinell et je le laisse à d'autres. L'homme qui m'intéresse est celui dont vous avez si soigneusement effacé les empreintes digitales. Dites-moi tout de suite où il se trouve en ce moment si vous ne voulez pas que ce bureau soit éclaboussé par votre cervelle... Et je ne prendrai pas la peine de le nettoyer. Ce spectacle apportera une note macabre, en harmonie avec tout ce qui se passe dans cette suite... Où est-il ?

Tremblant de tous ses membres, le grand rouquin répondit d'une voix altérée :

— Je n'en sais rien et je vous assure que je ne mens pas ! J'ai reçu l'ordre de les rejoindre dans une petite rue, tout près de la plage de Coronado. Je vous jure que je ne sais pas où ils allaient.

— Vous venez d'appeler.

— C'est un téléphone sans fil.

— Qui était à Coronado ?

— Il n'y avait que Grinell et cet autre type qui m'a décrit ses déplacements et tout ce qu'il avait touché dans l'appartement de Mme Vanvlanderen.

— Et elle, où était-elle ?

— Je ne sais pas. Elle était peut-être malade, ou peut-être a-t-elle eu un accident. Il y avait une ambulance à côté de la limousine de Grinell.

— Mais vous savez où ils vont, puisque vous vous apprêtiez à appeler l'aéroport. Quelles étaient vos instructions ?

— De dire au service d'entretien que l'avion devait être prêt à décoller dans une heure.

— Où est-il, cet avion ?

— À l'aéroport international de San Diego. Une piste privée, au sud des pistes principales.

— Quelle destination ?

— C'est l'affaire de Grinell et de son pilote. Il ne dit jamais rien à personne.

— Vous lui avez proposé d'appeler le pilote. Quel est son numéro ?

— Mais je n'en sais rien ! Si Grinell avait voulu que je l'appelle, il me l'aurait donné !

— Donnez-moi toujours le numéro de ce téléphone sans fil.

L'agent fédéral s'exécuta et le Tchèque mémorisa le numéro.

— Vous êtes sûr que c'est le bon ?

— Allez-y, essayez !

Varak baissa le bras et replaça l'automatique dans son étui.

— Vous n'êtes qu'un bâton merdeux, dit-il à l'agent du F.B.I. Mais, comme je vous l'ai dit, vous ne m'intéressez pas et je vais vous laisser repartir. Cela vous permettra de commencer à préparer votre défense, celle d'un soldat discipliné trahi par ses supérieurs, à moins que vous ne préfériez prendre le premier avion pour le Mexique ou l'Amérique du Sud. Faites ce que vous voulez, je m'en fous. Mais si jamais vous appelez ce téléphone mobile, vous êtes un homme mort. C'est bien compris ?

— Tout ce que je demande, c'est de foutre le camp d'ici, répondit le rouquin.

Il se leva précipitamment, traversa le séjour et grimpa les marches de marbre donnant accès à l'entrée de la suite.

Moi aussi, il faut que je parte, se dit Milos. Il regarda sa montre et vit qu'il était en retard pour son rendez-vous. Cela n'avait guère d'importance ; Sound Man avait l'esprit vif et il comprendrait en quelques mots le travail qu'il y avait à faire sur les bandes et les transcriptions. Puis Milos lui emprunterait sa voiture et il la laisserait au parking de l'aéroport. Sur une piste privée, il trouverait le traître d'Inver Brass. Il le trouverait et il le tuerait.

La première sonnerie du téléphone tira Kendrick d'un sommeil agité. Désorienté, il tourna les yeux vers la fenêtre de l'hôtel derrière laquelle tourbillonnaient d'épais flocons de neige. À la deuxième sonnerie, il trouva l'origine du bruit, alluma la lampe de chevet en clignant des yeux et décrocha. Il regarda sa montre : il était 5 h 20 ! *Khalehla ?*

— Allô ! Oui ?

— Ils ont travaillé toute la nuit à Atlanta, dit le chef du service de pathologie de l'hôpital de Denver. Ils viennent de m'appeler et j'ai pensé que aimeriez être au courant tout de suite.

— Merci, docteur.

— Ne me remerciez pas trop vite. Je dois malheureusement vous dire que tous les tests sont positifs.

— Son cancer ? demanda Evan d'une voix étranglée.

— Non. Je pourrais vous donner le terme médical, mais cela ne vous avancerait guère. Disons qu'il s'agit d'une variété de salmonella, une bactérie qui attaque les poumons. Le sang se coagule jusqu'à ce que l'oxygène ne puisse plus être absorbé. Je comprends pourquoi M. Weingrass pensait qu'il s'agissait des symptômes d'un cancer. Ce n'est pas un cancer, mais cela ne vaut pas mieux.

— Le traitement ? demanda Evan d'une voix blanche, la main crispée sur le combiné.

— Il n'existe pas de traitement connu à ce jour, répondit doucement le pathologiste après un silence. Le processus est irréversible. Dans la région du Kasaï, au Zaïre, ils tuent le bétail et ils le font brûler ; ils rasent des villages entiers et ils les font brûler aussi...

— Je me fous de ce que les Africains font de leur bétail et de leurs villages !... Excusez-moi, docteur, je n'ai pas à vous engueuler.

— C'est une réaction normale, qui fait partie de mon métier. J'ai regardé sur la carte. M. Weingrass a dû prendre un repas dans un restaurant omanais qui servait de la nourriture d'Afrique centrale, pour les travailleurs immigrés, peut-être. Cette maladie est transmise par de la vaisselle sale, ce genre de chose...

— Vous ne connaissez pas Emmanuel Weingrass, docteur. Jamais il ne fréquente ce genre d'établissement... Non, il n'y a pas eu transmission, mais inoculation.

— Je vous demande pardon ?

— Rien, excusez-moi. Combien de temps lui reste-t-il ?

— D'après le labo, cela peut varier entre un et trois mois, peut-être quatre. Pas plus de six, dans le meilleur des cas.

— Puis-je lui dire qu'il peut espérer en avoir encore pour deux ans ?

— Vous pouvez lui dire ce que vous voulez, mais je ne sais pas s'il vous croira. Sa respiration va devenir de plus en plus difficile et il faudra avoir en permanence de l'oxygène sous la main.

— Il y en aura. Merci, docteur.

— Je suis désolé, monsieur Kendrick.

Evan descendit du lit et se mit à marcher de long en large dans la chambre avec une fureur croissante. Un médecin fantomatique, inconnu à Cortez et à Mesa Verde, mais bien connu de certains responsables du gouvernement, un praticien sympathique qui désirait prélever un peu de sang et qui s'était évanoui dans la nature... Evan poussa un hurlement rauque et de grosses larmes commencèrent à couler sur ses joues.

— Lyons ! Où êtes-vous ? Je vous retrouverai, Lyons !

Donnant libre cours à sa fureur, il fracassa du poing une vitre de la fenêtre la plus proche, et le vent et la neige s'engouffrèrent dans la chambre.

37

Varak s'approcha du hangar le plus éloigné, dans la zone privée de l'aéroport international de San Diego. Des policiers et des douaniers armés, en moto et en voiture électrique, patrouillaient sans relâche dans les allées du gigantesque complexe aéroportuaire, et des voix et des crachotements de parasites s'élevaient des véhicules passant au ralenti. Les riches particuliers et les entreprises florissantes qui formaient la clientèle de la zone privée échappaient aux irritantes complications inhérentes aux voyages aériens, mais pas à la curiosité des agences fédérales et des forces de police locales. Avant le décollage, le pilote de chaque avion devait soumettre son plan de vol et son itinéraire, mais l'appareil lui-même était également soumis à une inspection minutieuse. En outre, chacun des passagers était susceptible d'être fouillé, comme le tout-venant. Certains parmi ceux dont la fortune était d'origine douteuse n'appréciaient guère ces méthodes.

Le Tchèque s'était rendu dans le confortable et luxueux

salon où les passagers privilégiés se prélassaient en attendant l'heure du départ. Il voulait se renseigner sur l'avion de Grinell et la ravissante hôtesse s'était montrée beaucoup plus coopérative qu'il ne l'espérait.

— Vous prenez ce vol, monsieur ? demanda-t-elle en s'apprêtant à saisir son nom sur le clavier de l'ordinateur.

— Non, je suis simplement venu remettre des documents juridiques.

— Dans ce cas, je vous suggère de vous rendre au Hangar 7. M. Grinell passe rarement par ici. Il va directement régler les formalités de douane et de police, puis il monte dans son avion quand on le sort du hangar pour l'inspection.

— Si vous pouviez m'indiquer la direction...

— Je vais vous y faire conduire dans une de nos voitures électriques.

— Je préférerais marcher, si vous n'y voyez pas d'inconvénient. J'ai envie de me dégourdir les jambes.

— Comme vous voulez, mais ne quittez pas les allées. Les membres du service de sécurité sont très nerveux et il y a des alarmes partout.

— Je vais courir d'un réverbère à l'autre, dit Milos en souriant. Ça va, comme ça ?

— Ce n'est pas une mauvaise idée, répondit la jeune femme. La semaine dernière, une célébrité de Beverly Hills s'est soûlée ici et il a voulu partir à pied, lui aussi. Il s'est trompé de direction et il s'est retrouvé en prison.

— Pourquoi ? Parce qu'il était à pied ?

— Non. Il avait de drôles de petites pilules sur lui...

— Je n'ai même pas un cachet d'aspirine.

— En sortant, vous tournez à droite jusqu'à la première allée et, ensuite, encore à droite. C'est le dernier hangar en bordure de la piste. M. Grinell a le meilleur emplacement et je regrette qu'il ne vienne pas un peu plus souvent ici.

— C'est un homme très secret, vous savez.

— L'homme invisible, vous voulez dire.

Varak regardait discrètement autour de lui tout en saluant d'un signe de la tête les conducteurs des voitures électriques et des scooters qui allaient et venaient dans les deux sens, les uns ralentissant en arrivant à sa hauteur, d'autres filant à toute allure. Il découvrit ce qu'il cherchait. Sur sa droite, entre les hangars, il vit des faisceaux lumineux courant entre deux poteaux bas, qui semblaient faire office de lignes de démarcation. Pour séparer quoi ? se demanda le Tchèque. Les pelouses entre les pavillons de banlieue, dans un avenir où les voisins se craindraient mutuellement ? Sur le côté gauche de l'allée, il n'y avait qu'une longue étendue de hautes herbes bordant une piste auxiliaire. C'est par là qu'il sortirait de l'aéroport privé quand sa mission serait accomplie.

Milos songea en s'approchant des immenses portes du dernier hangar que la jeune femme qui l'avait renseigné ne lui avait pas menti : Grinell avait bien le meilleur emplacement. Quand les formalités étaient accomplies, son avion pouvait se présenter sur la piste en passant par la porte de derrière et décoller sans perdre de temps, dès que la tour de contrôle lui en donnait l'autorisation. Certains privilégiés avaient la vie encore plus facile qu'on ne l'imaginait.

Deux gardes en uniforme se tenaient à l'entrée du hangar, à l'endroit où le bitume de l'allée rejoignait le ciment du sol de l'abri. Derrière eux, des hommes s'agitaient sur les ailes argentées d'un Rockwell, le grand oiseau de métal qui s'apprêtait à prendre son essor dans les ténèbres du ciel. Milos observa attentivement l'uniforme des gardes. Les deux hommes ne faisaient partie ni d'une agence fédérale ni de la police municipale ; c'étaient des employés d'une société de surveillance privée. Il remarqua que l'un des deux était large d'épaules et assez corpulent, et cela lui donna une idée. Il n'avait rien à perdre ; il était maintenant en place pour le dernier acte, mais il serait beaucoup plus satisfaisant d'exécuter le traître à bout portant et de s'assurer ainsi qu'il était bien mort.

Varak continua de marcher d'un pas nonchalant sur l'asphalte jusqu'à ce qu'il arrive devant l'entrée imposante du hangar. Les deux gardes s'avancèrent, l'un d'eux écrasant au passage la cigarette qu'il avait jetée devant lui.

— Qu'est-ce que vous venez faire ici ? demanda le garde de droite, le plus costaud des deux.

— Je viens pour affaires, répondit le Tchèque d'une voix affable. Des affaires on ne peut plus confidentielles.

— Qu'est-ce que cela signifie ? demanda l'autre garde.

— Si vous voulez des détails, il vous faudra demander à M. Grinell. Je ne suis qu'un messager et j'ai reçu l'ordre de ne parler qu'à une seule personne qui transmettra ce que je lui aurai dit à M. Grinell, dès qu'il arrivera.

— Encore un petit malin, dit le garde maigre à son collègue. Si vous avez des papiers ou du liquide, il faut les déclarer. S'ils trouvent quelque chose dans l'avion, ils l'empêcheront de décoller et c'est M. Grinell qui paiera les pots cassés. Suis-je assez clair ?

— Je vous reçois cinq sur cinq, mon vieux. Je n'ai que des paroles à faire passer, mais elles devront être répétées très précisément. Suis-je assez clair ?

— Allez-y. On vous écoute.

— À une seule personne, dit Varak. Et c'est lui que je choisis, ajouta-t-il en montrant le costaud.

— Il n'est pas très futé. Vous feriez mieux de me le dire à moi.

— C'est à moi de choisir.

— Et merde !

— Voulez-vous me suivre ? dit le Tchèque en tendant le bras vers la droite, au-delà du faisceau lumineux. Il faut que j'enregistre notre conversation, mais personne ne doit être à portée de voix.

— Mais pourquoi ne parlez-vous pas au patron en personne ? lança le garde de gauche. Il sera là dans quelques minutes.

— Parce que nous ne devons jamais nous voir face à face... En aucun cas. Vous pourrez lui poser la question, si vous voulez.

— Encore des conneries !

Dès qu'ils furent arrivés derrière le hangar, Varak leva la main gauche.

— Voulez-vous parler dans cet appareil ? demanda-t-il avec bonhomie.

— Bien sûr, monsieur.

Ce furent les derniers mots du garde. Le Tchèque abattit le tranchant de sa main droite sur l'omoplate de l'homme, enchaîna avec trois coups en succession sur la gorge et termina en lui enfonçant dans les yeux deux doigts aux phalanges repliées. L'homme s'affaissa comme une masse et Varak entreprit aussitôt de le déshabiller. Une minute et vingt secondes plus tard, il avait revêtu l'uniforme trop grand pour lui. Il replia les revers du pantalon et remonta les manches de la veste. Il était prêt.

Quarante secondes plus tard, une limousine noire s'arrêta devant les portes du hangar. Le Tchèque sortit de l'ombre et s'avança dans la lumière artificielle. Un homme descendit du luxueux véhicule et, bien qu'il ne l'eût jamais vu, Milos sut tout de suite que c'était Crayton Grinell.

— Bonjour, patron ! s'écria le garde resté en faction sur la gauche du hangar à l'homme au visage fermé, vêtu d'un pardessus, qui marchait vers lui d'un pas rapide et rageur. Nous avons reçu votre message. Benny est en train d'enregistrer quelque chose...

— Pourquoi l'avion n'est-il pas encore sur la piste ? aboya Grinell. Tout est en règle, bande d'abrutis !

— C'est Benny qui s'en est occupé, patron ! Ils lui ont dit : cinq à dix minutes. Si c'est moi qui avais téléphoné, ça n'aurait pas traîné ! Je ne me laisse pas marcher sur les pieds, moi ! Et vous auriez dû dire à ce type de me parler... Avec Benny, vous savez...

— La ferme ! Va chercher mon chauffeur et dis-lui de sortir l'appareil. S'ils ne sont pas capables de piloter, il saura le faire, lui !

— D'accord, patron ! Comme vous voulez, patron !... Voilà, ils sont en train de lancer les moteurs !

Tandis que le garde criait quelque chose au chauffeur de la limousine, Milos se dirigea en courant vers la grande conduite intérieure.

— Merci ! cria le chauffeur en le croisant, après avoir lancé un coup d'œil à son uniforme. Le passager embarquera au dernier moment.

Milos fit le tour de la voiture jusqu'au bord de l'allée, ouvrit brutalement la portière arrière et bondit sur un strapontin. Il se redressa et plongea les yeux dans ceux d'Eric Sundstrom qui le regarda d'un air ahuri.

— Bonsoir, professeur, dit-il doucement.

— C'était un piège... Vous m'avez tendu un piège ! s'exclama le savant dont seul le visage joufflu sortait de l'ombre, tandis que le rugissement des réacteurs emplissait l'air nocturne. Mais vous ne savez pas ce que vous faites, Varak ! Nous allons faire des découvertes sensationnelles dans le domaine de l'espace ! Il y a tant de merveilles à découvrir ! Nous nous sommes trompés... Oui, Inver Brass se trompe ! Nous devons aller de l'avant !

— Même si, pour cela, nous devons faire sauter la moitié de la planète ?

— Mais, non, Varak ! lança Sundstrom d'un ton qui se voulait persuasif. Personne ne veut faire sauter quoi que ce soit ! Nous sommes des peuples civilisés, aussi bien eux que nous, et nous avons peur. Plus nous progressons, plus la peur que nous insufflons est forte... Vous ne comprenez donc pas que c'est la meilleure protection possible de la planète ?

— C'est ce que vous appelez être civilisés ?

— C'est ce que j'appelle le progrès ! Le progrès scientifique ! Vous ne pouvez pas comprendre, mais plus nous fabriquons, plus nous apprenons !

— Grâce à des engins de destruction ?

— Les armes ?... Vous êtes d'une effrayante candeur ! Le mot « armes » n'est qu'une étiquette. Comme « poissons », ou « légumes » ! C'est le prétexte que nous utilisons pour donner au progrès scientifique une ampleur qui, autrement, serait prohibitive ! La théorie de la prolifération des armes nucléaires est dépassée ; nous avons tout ce qu'il nous faut. Ce qui compte maintenant, ce sont les systèmes de visée : guidage orbital et relais, rayons laser directionnels qui peuvent être réfractés dans l'espace et permettent de localiser avec précision une plaque d'égout à une altitude de plusieurs milliers de kilomètres !

— Pour lancer une bombe ?

— Seulement si quelqu'un s'oppose à nous ! répliqua le savant d'une voix vibrante, comme si cette seule idée suffisait à provoquer en lui une fureur impossible à contenir.

Les traits de son visage poupin se déformèrent et prirent l'aspect hideux du masque d'une gargouille.

— La recherche, la recherche, la recherche ! commença-t-il à scander d'une voix stridente, comme un cochon qu'on égorge. Et que personne ne se mette en travers de notre route ! Nous entrons dans une ère nouvelle, où la science dominera toute la civilisation ! Vous vous opposez à un groupe de politiciens qui comprennent nos exigences et nous ne pouvons tolérer cela ! Kendrick est trop dangereux ! Vous l'avez vu, vous l'avez entendu... Il fait des déclarations, il pose des questions stupides, il entrave notre action !

— C'est bien ce que je pensais, dit Varak en glissant lentement la main sous l'uniforme du garde pour atteindre sa veste. Vous connaissez la sentence universelle pour punir la trahison, professeur ?

— Qu'est-ce que vous racontez ?

Les mains agitées de spasmes, tremblant de tout son corps grassouillet, le front couvert de grosses gouttes de sueur, Eric Sundstrom essaya de se rapprocher de la portière.

— Je n'ai trahi personne... J'essaie simplement de réparer une injustice, une épouvantable erreur commise par un groupe d'illuminés ! Il faut vous empêcher de nuire, tous autant que vous êtes ! Vous ne pouvez faire obstacle à la plus grande machine scientifique que le monde ait jamais connue !

Dans l'ombre, Varak sortit son automatique, et un reflet de lumière jouant sur le canon attira le regard de Sundstrom.

— Vous avez eu de longs mois pour nous dire tout cela, déclara le Tchèque d'un ton implacable. Mais vous avez préféré vous taire pendant que les autres vous faisaient confiance. Votre trahison a coûté de nombreuses vies humaines... Vous êtes une ordure, professeur.

— Non ! hurla Sundstrom en tâtonnant de ses doigts tremblants pour trouver la poignée et se jetant contre la portière qui s'ouvrit brusquement sous le choc.

Entraîné par son élan, le corps du savant bascula à l'extérieur et Milos tira. La balle atteignit le traître dans les lombes tandis qu'il roulait sur l'asphalte en hurlant.

— Au secours ! Au secours ! Il veut me tuer ! Ha !... Je suis touché ! Tuez-le, tuez-le !

Varak tira une seconde fois, d'une main plus ferme, et la balle fracassa l'arrière du crâne du savant.

Quelques secondes plus tard, au milieu des cris de panique, d'autres coups de feu éclatèrent et le Tchèque fut atteint à l'épaule gauche et à la poitrine. Il ouvrit la portière et roula longuement sur l'asphalte de l'allée en prenant soin de laisser la limousine dans la ligne de mire de ses ennemis. Il se hissa péniblement sur le trottoir opposé et s'enfonça à quatre pattes dans l'obscurité des hautes herbes bordant la piste auxiliaire. Il s'en fallut d'un rien qu'il se fasse repérer. De toutes les directions lui parvenaient des hurlements de sirènes et de moteurs : toutes les forces de sécurité de l'aéroport se dirigeaient vers le hangar 7. De l'autre côté de l'allée, le garde et le chauffeur de Grinell se rapprochaient de la limousine dont ils criblaient les vitres et la carrosserie de balles. Varak fut encore touché par une balle perdue qui l'atteignit à l'estomac après un ricochet. Il devait s'échapper ! Sa mission n'était pas terminée !

Il commença de s'éloigner en courant dans les herbes tout en déboutonnant la veste de l'uniforme et s'arrêta quelques instants pour enlever le pantalon. Sa chemise était imbibée de sang et ses jambes commençaient à se dérober sous lui. Il devait garder ses forces ! Traverser le champ, atteindre une route et trouver un téléphone... Il le fallait !

Des projecteurs ! Installés sur une tour, derrière lui ! Il se crut revenu en Tchécoslovaquie, quand il avait traversé tout le camp en courant jusqu'à la clôture métallique, jusqu'à la liberté... Un faisceau lumineux se rapprocha, comme dans le camp, aux environs de Prague. Il se jeta à terre et demeura parfaitement immobile jusqu'à ce que le pinceau de lumière se soit éloigné, puis il se releva péniblement. Il sentait ses forces l'abandonner, mais il ne pouvait renoncer. Il distingua au loin d'autres lumières... des réverbères. Et une clôture ! Une clôture qui le séparait de la liberté...

Bandant tous ses muscles, il se hissa à la force des poignets jusqu'au sommet de la clôture couronnée de fil de fer barbelé. Il rassembla toute l'énergie qui lui restait et réussit à basculer de l'autre côté en déchirant ses vêtements et en s'écorchant. Il se laissa glisser par terre et resta étendu quelques secondes, cherchant son souffle, les mains plaquées sur son estomac et sur sa poitrine. *Debout ! Tout de suite !*

Milos atteignit la route. C'était une de ces petites routes mal entretenues que l'on trouve souvent autour des aéroports, dans ces zones dont les promoteurs immobiliers se sont désintéressés à cause du bruit. Mais quelques voitures y circulaient, sans doute conduites par des habitants des alentours. D'une démarche mal assurée et flageolante, Milos s'avança jusqu'au bord de la route et leva les bras en voyant une automobile s'approcher. Mais le conducteur donna un coup de volant sur la gauche en arrivant à sa hauteur, sans même faire mine de ralentir. Quelques instants plus tard, un second véhicule apparut, venant de sa droite. Milos se redressa autant qu'il le pouvait et leva la main. La voiture ralentit et quand elle s'arrêta, le Tchèque avança la main vers l'étui de son pistolet.

— Quel est votre problème ? demanda le conducteur, un homme en uniforme d'officier de la marine sur lequel étaient cousues des ailes dorées, l'uniforme d'un pilote de l'aéronavale.

— J'ai eu un accident, répondit Varak. Ma voiture a quitté la route à un kilomètre d'ici et personne ne s'est arrêté pour m'aider.

— Vous vous êtes bien amoché, mon vieux... Montez, je vais vous conduire à l'hosto. Bon Dieu ! Vous êtes dans un triste état ! Venez, je vais vous aider.

— Je me débrouillerai tout seul, dit Milos.

Il fit le tour de la voiture, ouvrit la portière et monta.

— Si je salis votre voiture, dit-il à l'officier de marine, je paierai le nettoyage...

— Ne vous inquiétez pas pour ça.

La voiture démarra et Milos rengaina son automatique.

— Vous êtes très sympa, murmura-t-il en sortant un bout de papier de sa poche.

Puis il prit son stylo et griffonna quelques mots et quelques chiffres.

— Vous êtes salement amoché, mon vieux. Reposez-vous.

— Il faut absolument que je trouve un téléphone... Je vous en conjure !

— Les connards de l'assurance peuvent attendre...

— Non, ce n'est pas l'assurance, balbutia Varak, c'est ma femme. Elle m'attend depuis plusieurs heures... Elle a des problèmes psychologiques.

— Toutes les mêmes, dit le pilote. Voulez-vous que je l'appelle ?

— Non, merci beaucoup, dit le Tchèque en se cambrant sur le siège avec une grimace. Elle s'imaginerait aussitôt qu'il s'est passé quelque chose de grave.

— Il y a un marchand de fruits à quinze cents mètres. Je le connais et il a le téléphone.

— Je ne sais pas comment vous remercier.

— Vous m'inviterez à dîner quand vous serez sorti de l'hôpital.

L'air très intrigué, le marchand de fruits tendit le combiné à Varak sous le regard inquiet de l'officier de marine. Milos composa le numéro de l'hôtel Westlake et demanda la chambre 51.

— Allô ? cria Khalehla, tirée d'un profond sommeil. Qui est à l'appareil ?

— Avez-vous une réponse pour moi ?

— Milos ?

— Oui.

— Qu'est-ce qui ne va pas ?

— Je ne me sens pas très très bien, mademoiselle Rashad. Avez-vous une réponse ?

— Vous êtes blessé !

— Votre réponse !

— Vous avez le feu vert. Payton s'inclinera. Si Evan peut obtenir la nomination, ce sera à lui de jouer. La course est lancée.

— On a plus besoin de lui que vous ne l'imaginez.

— Je ne suis pas sûre qu'il partage ce point de vue.

— Il le faut ! Gardez la ligne libre... Je vous rappelle.

— Vous êtes gravement blessé ?

Le Tchèque coupa la communication et composa aussitôt un autre numéro.

— Oui ?

— Sound Man ?

— Prague ?

— Les choses avancent ?

— Nous en avons encore pour deux heures. La dactylo

écoute au casque et frappe comme une malade... Elle n'apprécie pas beaucoup de faire des heures supplémentaires pendant plus de la moitié de la nuit.

— Peu importe ce que cela coûtera... Vous serez grassement payé...

— Qu'est-ce qui se passe ? Je vous entends très mal.

— Un rhume... Vous trouverez dix mille dollars dans la boîte aux lettres de votre studio.

— Je vous en prie ! Je ne suis pas un voleur.

— Vous savez que je sais être généreux.

— Vous n'avez vraiment pas l'air dans votre assiette, Prague.

— Emportez tout à l'hôtel Westlake dès demain matin. Chambre 51, une femme du nom de Rashad. Remettez-lui le matériel en main propre.

— Rashad, chambre 51. C'est noté.

— Merci.

— Écoutez, Prague, si vous avez des ennuis, vous pouvez m'en parler. Je peux peut-être faire quelque chose...

— Votre voiture est à l'aéroport, dans le parking C, ajouta le Tchèque avant de raccrocher et de composer un dernier numéro.

— Allô !

— Vous aurez tout... demain matin.

— Où êtes-vous ? Je vais vous envoyer de l'aide !

— Demain matin... Faites-le parvenir à M. B !

— Bon Dieu, Milos, où êtes-vous ?

— Ça n'a plus d'importance... Appelez Kendrick. Il saura peut-être...

— Il saura quoi ?

— Des photos... Ardis Vanvlanderen... Lausanne, la marina du Léman. Les jardins du Beau Rivage. Et Amsterdam, le Rosengracht. Dans la suite... dans son bureau. Dites-lui ! L'homme est un Saoudien à qui il est arrivé de drôles d'histoires... Des millions de dollars, des millions !

La respiration de Milos se faisait de plus en plus courte et il était à peine capable d'articuler.

— Dites-lui... Une évasion... Des millions !

— Je ne comprends rien à ce que vous racontez !

— C'est peut-être lui la clé ! Que personne ne touche

à ces photos ! Appelez Kendrick... Il s'en souviendra peut-être...

Le Tchèque perdit le contrôle de ses mouvements. Il essaya de replacer le combiné sur son support, mais le rata. Puis il s'affaissa lentement devant l'étal de fruits, en bordure d'une petite route qui longeait l'aéroport de San Diego.

Milos Varak était mort.

38

Les gros titres des éditions du matin et les articles s'y rapportant éclipsaient toutes les autres nouvelles. Le secrétaire d'État et l'ensemble de la délégation américaine avaient trouvé la mort dans l'explosion d'un hôtel de Chypre. La 6e flotte était sur le pied de guerre et faisait route vers l'île. La nation était en proie à la stupeur, à la colère et à l'angoisse. L'horreur suscitée par quelque incontrôlable force maléfique semblait menacer le pays tout entier, le pousser vers un affrontement global et exiger du gouvernement une réponse tout aussi horrible et brutale. Mais, suivant une intuition géopolitique d'une rare perspicacité, le président Langford Jennings reprit la situation en main. Il appela Moscou et la conversation qui suivit déboucha sur une condamnation sans appel et commune des deux superpuissances. Le monstrueux attentat de Chypre qui avait soulevé d'indignation la planète fut attribué à un acte isolé de terrorisme. Des témoignages d'admiration et de chagrin affluèrent de toutes les capitales du globe, amies comme ennemies.

En pages 2, 7 et 45 du *San Diego Union* et en pages 4, 50 et 51 du *Los Angeles Times* furent publiées le même jour les dépêches d'agences suivantes :

San Diego, le 22 décembre. Mme Ardis Vanvlanderen, chef de cabinet du vice-président Orson Bollinger, dont le mari, Andrew Vanvlanderen, avait succombé la veille à

une hémorragie cérébrale, a mis fin à ses jours en se noyant. Son corps a été rejeté ce matin sur la plage de Coronado. Son avocat et homme d'affaires, M. Crayton Grinell, de La Jolla, était passé au domicile des époux Vanvlanderen pour rendre ses devoirs au défunt. Selon des sources dignes de foi, la veuve était profondément affligée et tenait des propos à peine cohérents. Une limousine l'attendait, mais il semble qu'elle soit sortie par une porte de service et qu'elle ait ensuite pris un taxi pour Coronado...

Mexico, le 22 décembre. M. Eric Sundstrom, l'un des plus brillants scientifiques de notre temps, un spécialiste de la technologie spatiale de pointe, a succombé à une hémorragie cérébrale pendant qu'il se trouvait en vacances à Puerto Vallarta. Nous ne disposons dans l'immédiat que de très peu de détails. Une notice biographique complète de la vie et de l'œuvre de ce grand savant sera publiée dans nos éditions de demain.

San Diego, le 22 décembre. Un homme armé, non identifié, est mort des suites de ses blessures par balles sur une petite route, au sud de l'aéroport international. Le capitaine de corvette John Demartin, un pilote de chasse de l'U.S. Navy, qui avait pris l'inconnu à bord de son véhicule, a déclaré à la police que l'homme lui avait affirmé avoir été victime d'un accident de la route. En raison de la proximité du terrain d'aviation privé contigu à l'aéroport, les autorités ont laissé entendre que cette mort pourrait être liée à un trafic de drogue...

Evan prit le premier vol de Denver à San Diego. Il avait insisté pour voir Manny à 6 heures du matin et il ne voulut pas revenir sur sa décision.

— Tout ira bien, dit-il au vieil architecte en s'efforçant de donner à sa voix un accent de sincérité.

— Tu mens comme un arracheur de dents, répliqua Weingrass. Où vas-tu ?

— Retrouver Khalehla... à San Diego. Elle a besoin de moi...

— Alors, fous le camp d'ici ! Je ne veux plus voir ta

sale tronche ! Va la retrouver, aide-la ! Et débarrasse-nous de ces ordures !

Le trajet en taxi de l'aéroport de San Diego à l'hôtel Westlake lui parut d'autant plus interminable que le chauffeur, qui l'avait reconnu, se lança dans un monologue inepte, entrecoupé d'invectives contre les Arabes et tout ce qui, de près ou de loin, se rapportait à eux.

— Il faudrait abattre tous ces fumiers l'un après l'autre !

— Les femmes et les enfants aussi, évidemment ?

— Et comment ! Tous ces petits moricauds deviendront grands et leurs bonnes femmes n'arrêtent pas d'en pondre !

— C'est une solution, en effet. On peut même dire que c'est une solution finale.

— Il n'y a pas d'autre moyen, pas vrai ?

— Faux ! Quand on réfléchit à la quantité et au prix des munitions nécessaires, cela reviendrait beaucoup trop cher. Les impôts augmenteraient encore.

— Sans déconner ? Ça suffit, je paie assez comme ça ! Il doit y avoir un autre moyen.

— Je suis sûr que vous trouverez quelque chose... Et maintenant, si vous voulez bien m'excuser, j'ai des choses à lire.

Evan reprit sa lecture du *Denver Post* et du récit de l'attentat de Chypre. Vexé ou furieux de s'être fait rembarrer, le taxi mit la radio. Comme le journal, le bulletin d'informations traitait presque exclusivement de l'abominable affaire de Chypre et présentait des reportages des envoyés spéciaux et de nombreuses interviews de personnalités du monde entier, traduites de différentes langues, qui toutes condamnaient la barbarie de cet acte criminel. Et, comme si seule la mort pouvait faire cortège à la mort, Evan entendit avec stupéfaction le présentateur annoncer :

— Une autre tragédie a eu lieu ici même, à San Diego. Le corps de Mme Ardis Vanvlanderen, le chef de cabinet du vice-président Bollinger, a été retrouvé ce matin sur la plage de Coronado. D'après les premières constatations, il s'agirait d'un suicide...

Kendrick se redressa brusquement sur le siège du taxi.

Ardis ? Ardis *Vanvlanderen* ? Ardis *Montreaux* ! L'épave qu'ils avaient interrogée aux Bahamas, l'alcoolique qui avait autrefois été mêlé aux agissements de la société Off Shore Investments leur avait dit qu'Ardis Montreaux avait épousé un riche Californien ! Bon Dieu ! C'est donc pour cela que Khalehla s'était rendue à San Diego ! Mitchell Payton avait retrouvé la trace de la « putain vénale », devenue le chef de cabinet de Bollinger ! Le présentateur avança comme explication à ce geste de désespoir le chagrin de la veuve de fraîche date, mais Evan haussa les épaules.

Il traversa le hall de l'hôtel et prit l'ascenseur jusqu'au cinquième étage où il étudia les flèches numérotées et suivit le couloir vers la chambre de Khalehla. Il était à la fois impatient de la voir et de la serrer dans ses bras, et déprimé par l'état de Manny, par le carnage de Chypre, par une accumulation d'horreurs... mais surtout à cause d'Emmanuel Weingrass, victime d'un assassinat à retardement. Arrivé devant la porte, il frappa quatre petits coups et entendit un bruit de pas précipités à l'intérieur avant même d'avoir éloigné sa main. La porte s'ouvrit et Khalehla se jeta dans ses bras.

— Comme je t'aime ! murmura-t-il en enfouissant la tête dans les cheveux d'un noir d'ébène. Et tout est tellement pourri, tellement dégueulasse !

— Viens vite. Entre.

Khalehla referma la porte et revint vers Evan dont elle prit le visage entre ses mains.

— Et Manny ? demanda-t-elle.

— Il lui reste entre trois et six mois à vivre, répondit Evan d'une voix blanche. Il est en train de mourir d'une maladie qu'on lui a inoculée...

— Le faux docteur Lyons, dit Khalehla sans manifester d'étonnement particulier.

— Même si je dois attendre vingt ans, je le retrouverai !

— Tu auras toute l'aide que Washington pourra te donner.

— Les nouvelles sont démoralisantes. L'attentat de Chypre, le meilleur de nos politiciens...

— Il y a un lien avec San Diego, Evan.

— Qu'est-ce que tu dis ?

Khalehla s'écarta et lui prit la main pour le conduire au fond de la chambre où deux fauteuils étaient disposés devant une petite table ronde.

— Assieds-toi, mon chéri, dit-elle. J'ai beaucoup de choses à te raconter, mais je ne pouvais rien te dire avant. Il y a aussi quelque chose qu'il faut que tu fasses... C'est pour cela que je t'ai demandé de venir.

— Je crois que je connais une de ces choses que tu as à me raconter, dit Kendrick en s'installant dans un fauteuil. Tu veux me parler d'Ardis Montreaux, la veuve Vanvlanderen. J'ai appris la nouvelle à la radio. On pense qu'elle s'est suicidée.

— Elle s'est suicidée le jour où elle a épousé son défunt mari.

— C'est elle que tu es venue voir, n'est-ce pas ?

— Oui, dit Adrienne Rashad en s'asseyant à son tour. Tu vas pouvoir tout écouter et tout lire. Il y a des bandes et une transcription de notre conversation. On me les a apportées il y a une heure.

— Et Chypre ?

— L'ordre a été donné ici même, par un certain Crayton Grinell.

— Jamais entendu parler de lui.

— C'est un homme très discret... Evan, c'est encore pire que ce que nous pouvions imaginer.

— C'est Ardis qui t'a appris cela ? Oui, nous nous appelions par notre prénom...

— Je le sais... Mais ce n'est pas elle qui m'a mise au courant. Elle nous a simplement permis d'avoir une vue d'ensemble de la situation. Notre source était un homme qui s'est fait tuer cette nuit, près de l'aéroport.

— Mais qui, bon Dieu ?

— L'Européen blond, mon chéri.

— Quoi ? lança Kendrick avec un haut-le-corps.

— Il a enregistré non seulement tout notre entretien, mais une autre conversation qui nous a ouvert les yeux. À l'exception de Grinell, nous n'avons pas d'autre nom, mais nous sommes en mesure de reconstituer le tableau, comme un puzzle aux silhouettes estompées. Et c'est absolument terrifiant...

— « Un gouvernement dans le gouvernement », dit doucement Kendrick. Ce sont les paroles de Manny. « Un groupe de serviteurs qui tiennent la maison du maître. »

— Il avait raison, comme toujours.

Kendrick se leva et se dirigea vers une fenêtre. Il s'accouda à l'appui et regarda à l'extérieur.

— Qui était l'homme blond ? demanda-t-il au bout de quelques instants.

— Nous n'avons pas pu le découvrir, mais, quoi qu'il en soit, il est mort en nous livrant ces renseignements.

— Et le dossier d'Oman ? Comment a-t-il pu le consulter ?

— Il n'a accepté de me dire qu'une seule chose : sa source est un homme de bien qui te soutenait dans ton action politique.

— Cela me fait une belle jambe ! s'écria Evan en se retournant. Il a dû te donner des détails !

— Rien du tout.

— Avait-il conscience de ce qu'ils ont fait ? Toutes ces vies humaines, ces massacres !

— Il m'a dit qu'il déplorait ses erreurs de jugement plus que quiconque, mais il ne se doutait pas qu'il ne lui restait que quelques heures à les déplorer.

— Bordel ! hurla Kendrick d'une voix retentissante. Et ce Grinell ? A-t-on mis la main sur lui ?

— Il a disparu. Son jet a quitté San Diego à destination de Tucson. On ne l'a appris que ce matin... L'appareil est resté au sol pendant une heure, puis il a décollé sans fournir de plan de vol. C'est comme cela que nous avons été avertis.

— Cela risque de provoquer une collision...

— Pas s'il a franchi la frontière pour rejoindre les couloirs aériens mexicains. M.J. soupçonne que Grinell a repéré les voitures de l'Agence qui l'attendaient à La Jolla.

Evan revint vers son siège où il se laissa tomber d'un air épuisé et découragé.

— Et maintenant, qu'allons-nous faire ?

— Nous allons descendre dans la suite des Vanvlanderen. Notre Européen voulait que tu regardes quelque chose, des photographies, plus précisément. Je n'ai pas très bien compris pourquoi, mais il m'a dit qu'il y avait un Saoudien dont tu te souviendrais peut-être. Il a parlé de millions de dollars et d'une évasion. L'appartement est gardé et nul n'a le droit d'y entrer. Ardis était le chef de cabinet de Bollinger et elle détenait peut-être des documents confidentiels et relevant de la sécurité nationale.

— Très bien. Allons-y.

Ils prirent l'ascenseur pour descendre au troisième étage et se dirigèrent vers la suite des Vanvlanderen. Les deux officiers de police en faction devant la porte inclinèrent la tête en les voyant et celui de gauche glissa une clé dans la serrure pour ouvrir la porte.

— C'est un honneur de vous rencontrer, monsieur le représentant, dit son collègue en tendant spontanément la main.

— Ravi de vous connaître, dit Kendrick en lui serrant la main avant d'entrer.

— C'est bien d'être une célébrité ? demanda Khalehla en refermant la porte derrière eux.

— Ce n'est ni agréable ni flatteur, répondit Kendrick en se dirigeant vers le séjour. Où sont les photos ?

— Il ne m'a pas donné de détails. Il m'a simplement dit qu'elles étaient dans le bureau et qu'il fallait que tu regardes celles qui avaient été prises à Lausanne et à Amsterdam.

— Par ici, dit Kendrick en voyant une lampe de bureau allumée dans une pièce qui s'ouvrait sur sa gauche. Viens.

Ils traversèrent le séjour moquetté et pénétrèrent dans le bureau. Il fallut quelques instants à Evan pour s'habituer à la pénombre de la pièce, puis il s'avança vers une autre lampe, l'alluma et découvrit les photographies disposées en croix sur les boiseries.

— Seigneur ! s'écria Khalehla. Par où allons-nous commencer ?

— Nous allons procéder lentement et par ordre, dit Kendrick en se concentrant sur les clichés du mur de droite. Voilà, poursuivit-il en laissant courir ses yeux sur les photos, c'est l'Europe. Et ça, c'est Lausanne, ajouta-t-il en se penchant vers un agrandissement montrant deux personnes devant la marina du Léman. Il y a Ardis et... Non, ce n'est pas possible !

— Qu'est-ce qui n'est pas possible ?
— Attends un peu.
Le regard d'Evan s'arrêta sur un autre agrandissement montrant les mêmes personnages, mais dont le visage était cette fois plus distinct.
— Encore Lausanne. Les jardins du Beau Rivage... Est-ce que cela pourrait être lui ?
— Être qui ?... Oui, l'homme blond m'a parlé du Beau Rivage. Et d'Amsterdam aussi, le Rozen...
— Le Rozengracht, dit Evan en montrant un troisième cliché sur lequel les deux visages étaient encore plus distincts. Mon Dieu, c'est bien lui !
— Qui ?
— Abdel Hamendi... Je l'ai connu à Riyad il y a plusieurs années. C'était un ministre de la famille royale, qui s'est fait prendre en train de travailler pour son propre compte et qui avait détourné une fortune en fausses factures et en contrats bidons. Il devait être exécuté en public, mais il a réussi à s'évader et à quitter le pays. Le bruit court qu'il s'est fait construire une forteresse quelque part dans les Alpes, près de Divonne, et qu'il s'est lancé dans le commerce des armes. Il paraît qu'il est devenu le marchand d'armes le plus puissant du monde et le plus discret.
— Ardis a parlé de Divonne sur une des bandes. Juste une allusion, mais maintenant cela s'explique.
— L'instinct de l'Européen blond ne l'a pas trompé, dit Evan en se retournant vers Khalehla. Il ne se souvenait plus des détails, mais il a vu le sang sur les mains de Hamendi aussi clairement que s'il avait coulé sur ce cliché... Un gouvernement dans le gouvernement qui est en cheville avec un gros négociant en armes de contrebande...
Kendrick s'interrompit en plissant le front.
— Bollinger est mêlé à toute cette affaire ? demanda-t-il.
— L'Européen m'a dit qu'il était impossible de le savoir. Une seule chose est sûre, il est le point de ralliement des plus gros bailleurs de fonds du parti.
— Ils vont être difficiles à déloger, les salauds...
— Il y a autre chose qu'il faut que tu saches, Evan.

C'est le mari d'Ardis Vanvlanderen qui est entré en contact avec les terroristes. C'est à son instigation qu'ils ont attaqué tes maisons.

— Comment ? rugit Kendrick. Mais pourquoi ?

— À cause de toi, répondit doucement Khalehla. C'est toi qui étais visé ; c'est toi qu'il voulait éliminer. Il a agi seul... C'est pourquoi sa femme a été assassinée quand les autres l'ont découvert, pour effacer tout lien avec eux. Ils ont tous peur de toi : dès la semaine prochaine, une campagne nationale sera lancée pour faire de toi le colistier du Président, à la place de Bollinger.

— Par les employeurs de l'Européen ?

— Oui, dit Khalehla. Et l'entourage de Bollinger ne peut l'accepter. Ils pensent que tu les mettras sur la touche et que tu réduiras leur influence à néant.

— Je ferai plus que cela, dit Evan. Je ne vais pas les mettre sur la touche, ces ordures, je vais les écrabouiller !... Chypre, Fairfax, Mesa Verde ! Qui sont-ils ? Y a-t-il une liste ?

— Nous pouvons en établir une avec un certain nombre de noms, mais nous ignorons qui est impliqué.

— Découvrons-le.

— Comment ?

— Je vais pénétrer dans le camp de Bollinger. Ils vont découvrir un autre Evan Kendrick, un Kendrick disposé à se laisser acheter pour ne pas se présenter à la vice-présidence.

Mitchell Jarvis Payton regardait par la fenêtre de son bureau de Langley. Il était tellement préoccupé qu'il n'avait même pas le temps de penser à Noël, ce qui était une mince consolation. Il ne regrettait pas la vie qu'il avait choisie, mais la période de Noël était toujours assez pénible. Payton avait deux sœurs mariées qui vivaient dans le Middle West et une ribambelle de nièces et de neveux à qui il avait envoyé les cadeaux d'usage, choisis, comme à l'accoutumée, par sa fidèle secrétaire. Mais il n'avait aucune envie de les rejoindre pour les fêtes ; il vivait depuis trop longtemps dans un univers trop différent du leur pour parvenir à s'intéresser à une conversation portant sur une scierie, ou une compagnie d'assurances, et il ne pouvait à l'évidence leur parler de son propre travail. De plus, les enfants, déjà grands pour la plupart, n'étaient pas d'une intelligence exceptionnelle. Pas un seul ne faisait des études supérieures et ils ambitionnaient déjà avec acharnement une vie stable fondée sur la sécurité matérielle. Il valait mieux rester chacun de son côté. C'est sans doute pourquoi Payton s'était tourné vers sa « nièce », Adrienne Rashad... Je ferais mieux de m'habituer à l'appeler Khalehla, songea-t-il. Elle faisait partie de son univers, même s'il avait essayé de l'en dissuader, et elle était remarquable. Payton eut une nostalgie fugace de l'époque bénie du Caire, quand les Rashad insistaient pour qu'il se joigne à eux le soir de Noël et partage leur intimité devant le sapin illuminé, en écoutant religieusement le *Mormon Tabernacle Choir* interpréter des chants de Noël. C'était le bon vieux temps. Reviendrait-il jamais ? Bien sûr que non... Maintenant, il dînait seul le soir de Noël.

Le téléphone rouge de son bureau sonna et il décrocha aussitôt.

— Oui ?

— Il est fou ! hurla Khalehla. Je t'assure qu'il est complètement cinglé, M.J. !

— Il t'a plaquée ?

— Ne dis pas de bêtises ! Il veut aller voir Bollinger !

— Dans quel but ?

— Pour retourner sa veste ! Non, mais tu imagines ?

— Je pourrais peut-être essayer, si tu étais un peu plus claire...

Il y eut de l'agitation à l'autre bout de la ligne et quelques injures furent échangées.

— Mitch ? C'est Evan.

— C'est bien ce que j'avais cru comprendre.

— Je vais m'introduire chez l'ennemi.

— Chez Bollinger ?

— C'est ce que veut la logique. J'ai fait la même chose à Mascate.

— On ne gagne pas à tous les coups, jeune homme. Qui s'y frotte s'y pique ; ces gens-là ne sont pas des enfants de chœur.

— Moi non plus. Je veux les avoir et je les aurai !

— Nous pouvons vous tenir sous surveillance...

— Non, il faut que j'y aille tout seul. Ils ont du matériel, comme vous dites ; leurs murs ont des oreilles et ils ont des yeux partout. Il faut que j'agisse seul et que je leur donne l'impression qu'ils peuvent me convaincre de me retirer de la vie politique.

— C'est en contradiction flagrante avec ce qu'ils savent de vous et ce qu'ils ont vu. Ça ne marchera pas, Kendrick.

— Si, cela marchera, à condition que je leur dise une partie de la vérité, une partie essentielle.

— Quelle est cette partie essentielle ?

— Que j'ai décidé d'aller à Oman uniquement par intérêt personnel.. Que je suis reparti dans l'espoir de récupérer tout l'argent que j'avais laissé derrière moi. C'est quelque chose qu'ils peuvent comprendre, qu'ils comprendront fort bien !

— Ce n'est pas suffisant. Ils vous poseront des tas de questions et chercheront la confirmation de vos réponses.

— J'ai toutes les réponses ! lança Kendrick. Elles ont toutes un fond de vérité et peuvent être facilement confirmées. J'avais la conviction de savoir qui était derrière les Palestiniens et quel but il poursuivait, car il avait employé la même tactique avec le groupe Kendrick. J'avais des contacts avec les hommes les plus puissants du sultanat et la protection du gouvernement. Ils peuvent vérifier auprès d'Ahmat qui se réjouira de mettre les choses au point, lui qui n'a toujours pas digéré cette histoire... C'est la vérité. Et même quand je me trouvais dans la prison, sous la surveillance de la police, mon but a toujours été d'obtenir les renseignements dont j'avais besoin afin de démasquer le fou sanguinaire qui se faisait appeler le Mahdi. C'est la vérité.

— Je suis sûr qu'un interrogatoire serré risque de vous prendre en défaut, dit Payton en griffonnant quelques mots sur un bout de papier qu'il déchirerait plus tard.

— Je ne vois pas comment, et c'est la seule chose qui compte. J'ai écouté la bande de l'Européen ; ils ont des millions de dollars à rafler pendant les cinq prochaines années et ils ne peuvent se permettre d'affaiblir leur position. Peu importe s'ils se trompent, mais, pour eux, je représente une menace, ce que, en d'autres circonstances, je serais assurément...

— En quelles circonstances, Evan ? demanda le directeur des Projets spéciaux.

— Comment ?... Eh bien, si je restais à Washington, je suppose. Je ferais la guerre à tous les fumiers qui fauchent dans les caisses de l'État et qui trouvent des moyens de tourner les lois pour se faire quelques millions de dollars.

— Vous êtes un nouveau Savonarole.

— Non, M.J., il n'y a aucun fanatisme dans tout cela. Mais j'en ai marre de ces déclarations sur l'équilibre de la terreur, qui n'ont d'autre but que de saigner à blanc les contribuables pendant que quelques individus s'en mettent plein les poches... Où en étais-je ?

— À la menace que vous représentez.

— Bon. Ils veulent que je disparaisse de la circulation et je vais les convaincre que je suis tout disposé à me retirer, que je n'ai que faire de cette campagne visant à assurer ma candidature aux prochaines élections. Mais j'ai un problème.

— Je suis tout ouïe.

— Je suis avant tout un homme d'affaires, un constructeur de formation et de profession, et la charge de vice-président me donnerait une envergure dont je ne bénéficierais jamais sans elle. Je suis encore relativement jeune ; dans cinq ans, je serai encore un quadragénaire dynamique et, en ma qualité d'ancien vice-président des États-Unis, je disposerai dans le monde entier d'une grande influence et de puissants soutiens financiers. C'est une perspective extrêmement alléchante pour un entrepreneur qui envisage de retourner dans le secteur privé. À votre avis, M.J., quelle sera la réaction de Bollinger et de ses conseillers ?

— Comment voulez-vous qu'ils réagissent ? dit le directeur des Projets spéciaux. Ils auront l'impression de s'entendre parler eux-mêmes et vous proposeront d'escamoter ces cinq ans et de mettre à votre disposition toutes les ressources financières dont vous aurez besoin.

— C'est la réponse que j'attendais et je pense que c'est celle qu'ils me feront. Mais, comme tout négociateur de bonne foi qui a déjà gagné pas mal d'argent en son temps, j'ai un autre problème.

— Je brûle de le connaître.

— Il me faut des preuves, et très vite, pour pouvoir rejeter vigoureusement le comité de soutien de Denver qui doit lancer la campagne à Chicago dès la semaine prochaine. Le rejeter avant qu'il ne fasse boule de neige et peut-être avant qu'il ne soit trop tard.

— Cette preuve dont vous avez besoin est une sorte de garantie.

— Je suis un homme d'affaires.

— Eux aussi. Ils ne mettront rien par écrit.

— Tout peut être négocié entre personnes de bonne volonté. J'exige une réunion avec les principaux responsables. J'exposerai mes projets, aussi vagues soient-ils, et ils pourront me faire une proposition. S'ils parviennent à me convaincre qu'ils sont dignes de confiance, j'agirai en conséquence... Et je crois qu'ils sauront se montrer très convaincants, mais cela n'aura plus d'importance.

— Puisque vous connaîtrez déjà le « noyau », dit Payton en souriant. Vous saurez qui ils sont. Je dois avouer, Evan, que cela me paraît faisable et que c'est une idée remarquable.

— C'est l'expérience qui parle, M.J.

— Il y a quand même quelque chose qui me chiffonne, Evan. Ils auront de la peine à croire que vous voulez vraiment repartir là-bas et ils vont vous soupçonner de mentir. Le Moyen-Orient est une région beaucoup trop instable.

— Il ne s'agit pas de partir la semaine prochaine. Je dirai « un jour » et je me garderai bien de parler de la Méditerranée. Mais je mentionnerai les Émirats et Bahreïn, le Koweït et le Qatar, et même le sultanat d'Oman et l'Arabie Saoudite, tous les pays du Golfe où travaillait le groupe Kendrick. La situation y est aussi calme que possible et, comme l'O.P.E.P. a repris les choses en main, les affaires tournent de nouveau. Comme n'importe quelle entreprise de construction occidentale, je veux ma part du gâteau et je tiens à me donner les moyens de me l'attribuer. Je retourne dans le secteur privé !

— Vous savez être persuasif, Evan.

— Sur le plan des affaires, je ne crois pas me tromper, Mitch... Je me sens prêt, je fonce.

— Quand ?

— Je vais appeler Bollinger dans quelques minutes. Je ne pense pas qu'il refuse de m'écouter.

— Certainement pas. Il se ferait engueuler par Langford Jennings.

— Je veux lui laisser quelques heures pour réunir son petit groupe de conseillers, ceux qui comptent. Je vais lui demander un rendez-vous pour la fin de l'après-midi.

— Plutôt en début de soirée, après les heures de bureau, suggéra le directeur des Projets spéciaux. Et soyez explicite. Exigez d'entrer par une porte dérobée, de manière à échapper à la curiosité de ses collaborateurs et de la presse. Je pense qu'ainsi ils comprendront le message.

— Excellente idée, M.J.

— C'est l'expérience qui parle.

Le capitaine de corvette John Demartin, en jean et tee-shirt, était occupé à appliquer du détachant sur le cuir du siège avant de sa voiture, s'efforçant, sans grand succès, d'enlever les taches de sang. Il commençait à se résigner à recourir aux services d'un professionnel. En attendant, il dirait aux enfants qu'il avait renversé du soda à la cerise en revenant de l'aéroport. Mais il espérait que plus les taches seraient estompées, moins la facture serait salée.

Demartin avait lu l'article du *San Diego Union,* dans lequel il était nommément cité et qui faisait état de la théorie des autorités, selon laquelle l'auto-stoppeur blessé aurait été victime d'un règlement de comptes lié à une affaire de drogue. Il ne connaissait personnellement aucun trafiquant de drogue, mais il avait de la peine à croire que de tels individus pousseraient la politesse jusqu'à proposer de rembourser les frais de nettoyage d'un siège taché de sang. Il lui semblait évident que, traqués et blessés, ils céderaient à la panique et ne conserveraient pas le sang-froid et la parfaite courtoisie de son malheureux passager.

Demartin se baissa pour frotter une nouvelle fois l'arrière du siège et ses doigts nus rencontrèrent quelque chose de dur, mais qui se déroba aussitôt. C'était un bout de papier. Il le sortit de sa cachette et entreprit de le déchiffrer, ce qui n'était pas facile, à cause des taches de sang.

URGT. SEC. MAX. CONTACT RELAIS 3016211133S-LIQ.

Les dernières lettres étaient à peine formées, comme si l'inconnu n'avait plus eu la force de tenir son stylo. L'officier de la marine descendit de la voiture et relut longuement le message. Puis il remonta l'allée, pénétra dans la maison et décrocha le téléphone. Il savait à qui s'adresser. Quelques instants plus tard, une secrétaire le mit en communication avec le chef de la sécurité de la base.

— Jim ? C'est John Demartin.

— Salut, John ! J'ai appris qu'il t'était arrivé une drôle d'aventure cette nuit... Il y en a qui sont prêts à tout pour un peu d'herbe !... Dis-moi, tu m'appelles pour aller à la pêche, samedi ?

— Non, je t'appelle à propos de cette nuit.

— Ah, bon ! Raconte !

— Je ne sais pas qui était ce type, Jim, mais je ne pense pas qu'il ait eu quoi que ce soit à voir avec la drogue. Il y a quelques minutes, je viens de trouver un message coincé dans le siège, à l'endroit où il était assis. Il y a des taches de sang, mais j'aimerais te le lire.

— Vas-y. J'ai un stylo.

Le capitaine de corvette lut lentement les mots, et dicta les lettres et les chiffres maladroitement tracés.

— Tu y comprends quelque chose ? demanda-t-il quand il eut fini.

— Peut-être... bien..., répondit l'officier de la sécurité en détachant ses mots, comme si toute son attention était concentrée sur la relecture de ce qu'il avait écrit. Peux-tu me raconter plus précisément ce qui s'est passé cette nuit, John, poursuivit-il après un silence. L'article du journal est pour le moins succinct.

Demartin lui raconta son aventure par le menu, en précisant que l'auto-stoppeur blond parlait un excellent anglais, mais avec un accent étranger, et il acheva son récit par la mort de l'inconnu devant l'étal de fruits.

— C'est tout, dit-il.

— Crois-tu qu'il savait qu'il était grièvement blessé ?

— Si lui ne le savait pas, pour moi cela ne faisait aucun doute. J'ai essayé de ne pas m'arrêter pour le laisser téléphoner, mais il a tellement insisté. Si tu avais vu ce regard implorant, Jim... Je ne suis pas près de l'oublier.

— Mais tu étais sûr qu'il allait revenir dans la voiture ?

— Absolument. Je crois qu'il voulait donner un dernier coup de fil... Au moment où il s'est effondré, il avait encore la main tendue vers l'appareil. Mais il allait revenir, c'est sûr.

— Ne bouge pas, je vais te rappeler.

Le pilote raccrocha et se dirigea vers la fenêtre donnant sur l'arrière de la maison, où une cour intérieure abritait une petite piscine. Ses deux enfants jouaient dans l'eau en poussant de grands cris et sa femme, étendue dans une chaise longue, était plongée dans la lecture du *Wall Street Journal*, une habitude dont il avait lieu de se féliciter et qui leur permettait de vivre avec un peu plus d'aisance qu'avec sa seule solde. Le téléphone sonna et il retraversa la pièce pour aller répondre.

— Jim.

— Oui, John... Écoute, je vais essayer d'être aussi clair que possible, mais ce n'est pas facile. Je suis avec un type que Washington a détaché chez nous et qui a l'habitude de ce genre de chose. Voici ce qu'il veut que tu fasses...

— Vas-y ! Dis-moi !

— Il veut que tu brûles ce bout de papier et que tu oublies ce qu'il y avait dessus...

Le téléphone collé à son oreille gauche, l'officier de la C.I.A. en complet froissé fouilla dans son paquet de bonbons.

— Vous avez tout noté ? demanda Shapoff, plus connu sous le surnom de « Gingembre ».

— Oui, répondit Mitchell Payton d'une voix étouffée, comme s'il avait énormément de peine à croire ce qu'il avait devant les yeux.

— D'après moi, poursuivit Shapoff, ce type a combiné

« urgent » et « sécurité maximale » pour bien faire comprendre à notre officier qu'il devait s'adresser à la sécurité de la base plutôt que de prévenir la police.

— C'est exactement ce qui s'est passé.

— Ainsi, le service de sécurité pouvait contacter le relais et transmettre le message à son destinataire.

— Un message annonçant que quelqu'un répondant au nom de code *S* avait été éliminé.

— Avons-nous une opération en cours avec un code *S* ?

— Non.

— C'est peut-être le F.B.I., ou le Service secret.

— J'en doute, dit Payton.

— Pourquoi ?

— Parce que, en l'occurrence, le numéro du relais est celui du destinaire. Le message ne serait pas allé plus loin.

— Comment pouvez-vous le savoir ?

— Le 301 est l'indicatif du Maryland et il se trouve malheureusement que je connais ce numéro. Il est sur la liste rouge et extrêmement confidentiel.

Payton s'enfonça dans son fauteuil et il comprit ce qu'un alcoolique pouvait éprouver en sachant qu'il lui était impossible d'attendre une heure de plus avant de boire un verre, c'est-à-dire de faire un pas hors de la réalité. C'était absurde, illogique et, en même temps, tellement logique ! L'homme qui, depuis plusieurs décennies, avait l'oreille des présidents, l'homme qui, tous les responsables de l'État en étaient persuadés, avait toujours eu à cœur l'intérêt de la nation, l'homme qui, sans crainte ni préjugés, recherchait avant tout l'objectivité..., cet homme avait fait un pari sur l'avenir. Il avait choisi un obscur parlementaire, mais un homme remarquable dont les exploits ne pouvaient que fasciner l'électorat. Il avait guidé le novice dans le labyrinthe du monde politique jusqu'à ce que le prince désigné débouche en pleine lumière médiatique et que le novice se mue en un prétendant avec lequel il fallait compter. Puis, éclatant avec la soudaineté et la violence de la foudre, le récit de ses exploits avait été rendu public et toute la nation, pour ne pas dire une grande partie de la planète, s'était pâmée d'admiration.

La vague de fond ainsi déclenchée devait porter le prince royal à des hauteurs auxquelles il n'avait jamais aspiré, jusqu'à un palais de pierre blanche dont l'occupant exerçait un pouvoir sans partage, accompagné d'écrasantes responsabilités : la Maison-Blanche. Samuel Winters avait enfreint les règles et, pis encore, il avait provoqué un bain de sang. M.A. n'était pas tombé du ciel pour aider Mitchell Payton et la C.I.A. à résoudre une crise ; depuis le début, l'Européen blond travaillait pour l'auguste Samuel Winters.

Le directeur des Projets spéciaux décrocha son téléphone et composa un numéro en enfonçant délicatement les touches.

— Docteur Winters ? dit-il en réponse au « oui » murmuré à l'autre bout de la ligne. C'est Payton.

— Bien triste journée, n'est-ce pas, docteur ?

— C'est un titre que je n'utilise plus depuis de longues années.

— Dommage. Vous étiez un brillant universitaire.

— Avez-vous eu des nouvelles de M.A. depuis l'autre soir ?

— Non... Même si ses renseignements avaient l'exactitude d'une tragique prophétie, il n'avait aucune raison de me rappeler. Comme je vous l'ai dit, Mitch, c'est l'homme qui l'emploie, une vague relation, qui lui avait suggéré de m'appeler, un peu comme vous l'avez fait. Ma réputation dépasse de loin mon influence présumée.

— C'est grâce à vous que j'ai pu voir le Président, dit Payton qui grimaçait en entendant les mensonges du vieil historien.

— En effet. Les nouvelles que vous aviez étaient aussi accablantes que celles de M.A. Dès qu'il m'a mis au courant, j'ai pensé à vous. Je me suis dit que vous étiez sans doute mieux armé que Langford et son entourage pour faire face à une situation de ce genre...

— Vous avez pu constater que je n'étais pas si bien armé que cela, dit Payton sans le laisser achever.

— Je suis sûr que vous avez fait tout ce qui était en votre pouvoir.

— Revenons à M.A., docteur Winters.

— Oui ?

— Il est mort.

Mitchell Payton perçut le halètement de surprise comme un choc électrique. Winters ne reprit la parole que quelques secondes plus tard et d'une voix profondément altérée.

— Qu'avez-vous dit ?

— Il est mort, répéta le directeur des Projets spéciaux. Et quelqu'un que vous connaissez sous la lettre de code *S* a été éliminé.

— Mon Dieu ! murmura le porte-parole d'Inver Brass. Comment avez-vous eu connaissance de... cette information ?

— Je crains que cela ne doive rester confidentiel, même pour vous.

— Enfin, Payton, je vous ai permis de voir Jennings ! C'est le Président, tout de même !

— Mais vous ne m'avez pas dit dans quel but, docteur. Vous ne m'avez jamais expliqué que votre préoccupation première, votre unique préoccupation, était l'homme que vous aviez choisi : Evan Kendrick.

— Non ! protesta Winters dans un cri qui manquait singulièrement de conviction. Vous n'avez pas à intervenir dans ce domaine ! Cela ne vous regarde pas et il n'y a pas eu d'infraction aux lois !

— J'aimerais croire que vous en êtes persuadé, mais, si c'est le cas, vous vous trompez lourdement. Quand on engage un homme comme votre Européen, on ne peut se désolidariser des méthodes qu'il emploie. D'après ce que nous avons pu reconstituer, il s'est rendu coupable de chantage et d'extorsion de documents, de corruption du processus législatif, de vol de documents classés ultra-confidentiels. Il a causé indirectement la mort et la mutilation de nombreux fonctionnaires des agences gouvernementales, et il a commis un meurtre, celui de ce *S* qui a été éliminé.

— Mon Dieu !

— Parlons-en ! Voilà ce qui arrive quand on se prend pour lui !

— Mais vous ne comprenez pas, Mitchell ! Les choses ne se sont pas passées de cette manière !

— Bien au contraire, c'est exactement ainsi qu'elles se sont passées.

— Mais je ne suis pas au courant de tout cela... Il faut me croire !

— Je le crois. Vous avez employé un professionnel de sa valeur pour obtenir des résultats, et non pour vous fournir des explications.

— « Employé » n'est pas le terme exact. C'était un homme entièrement dévoué, qui s'était fixé une mission à accomplir...

— C'est ce qu'on m'a dit, le coupa sèchement Payton. Il était originaire d'un pays où le pouvoir avait été confisqué au peuple.

— Que croyez-vous qu'il soit en train de se passer chez nous ? demanda le porte-parole d'Inver Brass d'une voix calme, mais d'un ton lourd de sous-entendus.

Mitchell Payton ferma les yeux et garda le silence pendant quelques instants.

— Je sais, dit-il lentement. Nous sommes en train de reconstituer tout cela aussi.

— Ils viennent d'assassiner le secrétaire d'État et toute la délégation américaine ! Ils n'ont ni conscience ni d'autre but dans l'existence que d'accroître leur richesse et leur pouvoir. Moi, je ne demande rien ! Nous ne demandons rien !

— Je comprends. Mais si vous réclamiez quoi que ce soit, vous ne l'obtiendriez pas.

— C'est pour cela qu'il a été choisi, Mitchell. Nous avons déniché l'oiseau rare. Il est trop perspicace pour se laisser abuser et trop honnête pour se laisser acheter. En outre, il a toutes les qualités requises pour retenir l'attention du public.

— Je ne trouve rien à redire à votre choix, docteur.

— Alors, où en sommes-nous ?

— Dans un cruel dilemme, répondit Payton. Mais, pour l'instant, c'est mon affaire, pas la vôtre.

San Diego. 19 h 25. Ils étaient tendrement enlacés. Khalehla se pencha en arrière et leva les yeux vers lui en lui caressant les cheveux.

— Tu te sens capable de réussir, mon chéri ?

— Tu oublies, *ya anisa,* que j'ai passé une bonne partie de ma vie dans des pays où la négociation est un art de vivre.

— Ce n'étaient que des négociations, et encore ! Il ne s'agissait pas de mentir devant des gens soupçonneux à l'excès et qui douteront de tout ce que tu diras.

— Ils auront désespérément envie de me croire, ce qui est déjà un gros avantage. De plus, dès qu'on me les aura présentés et que j'aurai vu leur tête, je me ficherai pas mal de ce qu'ils croient.

— Je ne te conseille pas d'y aller avec cet état d'esprit, Evan, dit Khalehla en laissant retomber sa main et en faisant un pas en arrière. Tant que nous ne les tiendrons pas, et, pour cela, il nous faut des preuves concrètes, ils continueront à agir de la même manière, sournoise et vicieuse. Si l'idée les effleure que tu leur tends un piège, on retrouvera peut-être ton corps rejeté sur une plage, ou bien on ne le retrouvera pas, parce qu'il aura disparu au milieu du Pacifique.

— Cela me rappelle les côtes infestées de requins du Qatar, dit Evan en hochant la tête. Je vois ce que tu veux dire. Je leur ferai donc clairement comprendre que mon secrétariat sait où je me trouve ce soir.

— Ce ne serait pas pour ce soir, mon chéri. Sournois et vicieux ne veut pas nécessairement dire stupide. Il y aura des gens très différents, des assistants de Bollinger, des membres de son cabinet et quelques vieux amis qui font office de conseillers occultes. C'est ceux-là que tu dois démasquer. Montre de l'assurance et sois convaincant. Ne te laisse surtout pas désarçonner par quoi que ce soit.

Le téléphone sonna et Evan alla répondre.

— C'est la limousine, dit-il. Grise, avec des vitres fumées, comme il sied pour la résidence du vice-président, dans les collines.

San Diego. 20 h 7. L'homme à la silhouette élancée traversa d'un pas vif le terminal de l'aéroport de San Diego, une housse à vêtements sur l'épaule et une sacoche noire de médecin à la main. Il déboucha sur le trottoir, devant la station de taxis, et les portes vitrées à commande électronique se refermèrent derrière lui. Il demeura immobile pendant quelques instants, puis se dirigea vers la première voiture de la file de taxis. Quand il ouvrit la portière, le chauffeur baissa le journal qu'il était en train de lire.

— Je suppose que vous êtes libre, dit sèchement le client en s'installant sur le siège arrière après avoir posé la housse au bout de la banquette et la mallette sur le plancher.

— Pas de trajet de plus d'une heure, m'sieur. Je termine à neuf heures.

— Ça ira.

— Où allez-vous ?

— Dans les collines. Je connais le chemin ; je vous indiquerai la route.

— Il me faut une adresse, m'sieur. C'est la loi.

— Que diriez-vous de la résidence du vice-président des États-Unis ? lança le passager sans masquer son irritation.

— C'est une adresse, répondit le chauffeur sans paraître impressionné outre mesure.

Le taxi démarra avec une secousse volontaire et mesquine et l'homme connu dans le sud-ouest du Colorado sous le nom de « docteur Eugene Lyons » fut projeté contre le dossier de la banquette. Mais il s'en rendit à peine compte, tellement la colère brouillait toutes ses perceptions. Il s'était fait blouser et il allait réclamer son dû !

39

Les présentations furent succinctes et Kendrick eut la très nette impression que les noms et les titres n'étaient pas toujours parfaitement exacts. En conséquence, il étudia chaque visage comme s'il désirait le reproduire sur une toile qu'il eût été bien incapable de peindre. Khalehla avait vu juste : les sept hommes qui composaient le conseil n'avaient pas tous un rôle semblable, mais les composantes n'étaient pas aussi difficiles à distinguer qu'elle le redoutait. Un assistant gagnant 30 à 40 000 dollars par an n'avait ni le même tailleur ni la même attitude que celui qui dépensait cette somme en un seul week-end, à Paris..., ou à Divonne. Evan estima que les assistants étaient au nombre de trois et que les quatre autres hommes étaient les conseillers occultes de Bollinger.

Le vice-président était un homme de taille moyenne, de corpulence moyenne, d'âge moyen, affligé d'une voix plutôt aiguë, ni tout à fait insignifiante ni vraiment persuasive. C'était le second idéal, tant que le numéro un demeurait en pleine possession de ses moyens. L'impression d'ensemble était celle d'un habile courtisan, capable, dans le meilleur des cas, de se montrer à la hauteur des circonstances. Ce n'était ni un homme dangereux ni un imbécile. Il avait réussi à survivre dans la jungle de la politique, car il maîtrisait les règles non écrites en vigueur chez ceux qui ne seraient jamais des ténors. Il accueillit chaleureusement Kendrick et le conduisit dans sa vaste bibliothèque, où l'ensemble des conseillers étaient installés dans des fauteuils et des canapés de cuir noir.

— Nous avons renoncé à fêter Noël, dit Bollinger en prenant place dans le plus gros fauteuil et en indiquant à Evan le siège voisin, par respect pour Ardis et Andrew. C'est une véritable tragédie, deux personnes d'une telle valeur et de si grands patriotes. Vous savez, elle était incapable de vivre sans lui. Il fallait les avoir vus ensemble pour comprendre...

Il y eut dans la pièce quelques hochements de tête accompagnés de grognements d'impatience.

— Je comprends, monsieur le vice-président, dit Kendrick d'une voix attristée. Comme vous le savez peut-être, j'ai eu le privilège de faire la connaissance de Mme Vanvlanderen il y a quelques années, en Arabie Saoudite. C'était une femme remarquable et tellement sensible.

— Non, monsieur Kendrick, je ne le savais pas.

— C'est sans importance, mais je ne l'oublierai jamais. Elle était vraiment extraordinaire.

— Comme l'est votre désir de nous rencontrer ce soir, dit l'un des deux assistants assis côte à côte sur le canapé.

Nous sommes au courant de l'action que va entreprendre votre comité de soutien à Chicago pour promouvoir votre image de candidat à la vice-présidence et le bruit court que vous émettez les plus vives réserves. Qu'en est-il exactement, monsieur le représentant ?

— Comme je l'ai expliqué au vice-président cet après-midi, je n'en ai été informé qu'il y a quelques jours et, de fait, je ne m'associe pas à cette démarche. Je mûris d'autres projets qui n'ont aucun rapport avec la politique.

— Dans ce cas, pourquoi ne pas déclarer officiellement que vous renoncez à la candidature ? demanda l'autre assistant.

— Je suppose que les choses ne sont jamais aussi simples qu'on l'aimerait, répondit Evan. Pour être franc, je ne peux m'empêcher d'être flatté par cette proposition. De plus, mon entourage procède depuis cinq jours, aussi bien dans la région de Chicago qu'auprès des principaux responsables du parti, à un sondage approfondi duquel il ressort que ma candidature est tout à fait viable.

— Mais vous venez de dire que vous aviez d'autres projets, objecta un homme massif en pantalon de flanelle grise et blazer bleu marine à boutons dorés, qui, lui, n'était assurément pas un assistant.

— S'il m'en souvient bien, j'ai dit que je *mûrissais* d'autres projets. Rien n'est encore définitif.

— Pourriez-vous être plus explicite, monsieur Kendrick ? demanda le premier assistant.

— Peut-être serait-il préférable que je m'entretienne en tête à tête avec le vice-président.

— Ils ont l'habitude de travailler avec moi, vous savez, dit onctueusement Bollinger avec un sourire débonnaire.

— Je comprends, monsieur, mais, moi, je n'ai personne... pour me guider.

— Vous n'avez pas l'air de quelqu'un qui ait besoin d'être guidé, lança un autre conseiller du fond d'un grand fauteuil de cuir dans lequel il paraissait minuscule. Je vous ai vu à la télévision et vous avez des opinions bien arrêtés.

— Je ne peux pas plus y renoncer qu'un zèbre ne peut se débarrasser de ses rayures, mais il est possible d'envisager que, dans certaines conditions, elles demeurent des convictions intimes qui ne seront pas exprimées en public.

— Vous avez quelque chose à vendre ? demanda un troisième conseiller, un homme grand et maigre, aux traits profondément hâlés et en chemise à col ouvert.

— Rien du tout, riposta vivement Kendrick. J'essaie simplement d'expliquer une situation qui n'a jamais été éclaircie et qui, à mon avis, doit l'être très rapidement !

— Ce n'est pas la peine de vous énerver, dit Bollinger d'un ton apaisant en lançant un regard noir à son conseiller. Ce n'est pas une expression injurieuse, vous savez. Le commerce fait partie intégrante de notre grand système démocratique. Et maintenant, dites-moi quelle situation il convient d'éclaircir.

— La crise d'Oman... Mascate et Bahreïn. La raison fondamentale pour laquelle on m'a choisi pour me porter à de hautes responsabilités politiques.

Tous les membres de l'entourage du vice-président comprirent soudain qu'on allait leur faire des révélations leur permettant d'ouvrir une brèche dans le mythe d'Oman et de priver le rival de leur chef de son meilleur atout. Le silence tomba dans la pièce et tous les yeux demeurèrent rivés sur Evan.

— Je suis allé à Mascate, commença Evan, parce que je savais qui était derrière les terroristes palestiniens. Cet homme avait employé la même tactique avec moi, il avait mis ma société sur la paille et m'avait fait perdre des millions de dollars.

— C'est donc une vengeance que vous êtes allé chercher, avança le conseiller massif au blazer.

— Pas une vengeance, non ! C'est ma société que je voulais remettre sur pied... que je désire plus que jamais remettre sur pied.

— Vous voulez repartir au Moyen-Orient ? demanda, avec un fort accent de Boston, le quatrième bailleur de fonds, un homme au teint rubicond.

— Non, dans les pays du Golfe, ce n'est pas tout à fait la même chose. Les Émirats, Bahreïn, le Qatar, Dubaï... Ce n'est pas le Liban, ni la Syrie, ni la Libye de Kadhafi. Les Européens sont en train de nous prouver que la construction connaît un nouvel essor et je compte bien en profiter.

— Vous avez vendu votre compagnie, objecta laconiquement le grand maigre au visage hâlé.

— C'était une vente forcée ! Elle valait cinq fois plus que ce que l'on m'a versé, mais ce n'est pas un problème insurmontable. Face aux capitaux allemands, français et japonais, j'aurai peut-être des difficultés au début, mais j'ai de très nombreux contacts dans la région. De plus...

Evan débita son histoire avec une conviction contenue, énuméra ses relations avec les familles royales et les ministres d'Oman, de Bahreïn, d'Abu Dhabi et de Dubaï, fit allusion au soutien et à la protection que lui avaient fournis les gouvernements d'Oman et de Bahreïn pendant la crise de Mascate. Puis, aussi brusquement qu'il avait abordé le sujet, il s'interrompit. Il avait brossé un tableau suffisamment complet de la situation pour exciter leur imagination, mais il convenait de ne pas trop en faire.

Les conseillers échangèrent quelques regards et, après un signe de la tête presque imperceptible de Bollinger, l'homme au blazer bleu marine prit la parole.

— Ce qui me frappe, dit-il, c'est que vos projets semblent avoir déjà pris forme. Quel intérêt pourrait avoir pour vous un poste qui rapporte cent cinquante mille dollars par an ? Vous n'êtes pas un vrai politicien, Kendrick.

— Compte tenu de mon âge, dit Evan, le facteur temps joue en ma faveur. Dans cinq ans, je n'aurai pas encore passé le cap de la cinquantaine et, de la manière dont je vois les choses, même si je repartais tout de suite dans le Golfe, il me faudrait deux ou trois ans pour que la machine tourne à plein régime... Je crois que je suis optimiste et que je peux ajouter un an. Si je choisis l'autre solution et que je m'applique à obtenir l'investiture du parti, j'ai de bonnes chances de réussir... Cela n'a rien de désobligeant pour vous, monsieur le vice-président, c'est simplement le résultat du battage des médias.

Plusieurs voix commencèrent à s'élever en même temps et Bollinger leva la main. Plus exactement il la décolla de quelques centimètres du bras de son fauteuil, mais ce fut suffisant pour rétablir le silence.

— Ensuite, monsieur le représentant ?

— La suite me paraît aller de soi. Tout le monde s'accorde à reconnaître que Jennings remportera haut la main la prochaine élection. Si j'ai la chance d'être son colistier, je passerai directement de la Chambre à la vice-présidence, j'accomplirai mon mandat et je me retirerai avec une influence, mais aussi des ressources beaucoup plus importantes que je n'aurais jamais pu l'espérer autrement.

— C'est une utilisation éhontée de fonctions officielles pour un profit personnel ! s'écria le troisième assistant, un jeune homme assis dans un fauteuil à dossier droit, près du canapé de ses collègues.

Les regards réprobateurs des bailleurs de fonds se tournèrent vers lui.

— Si je ne pensais pas que vous vous êtes laissé entraîner par votre impétuosité et que vous n'avez pas pris le temps de réfléchir, dit calmement Evan, je me sentirais extrêmement offensé. Je n'ai fait qu'énoncer une évidence, car je tiens à être tout à fait franc avec le vice-président Bollinger, un homme que je respecte profondément. Ce que j'ai dit n'est que la vérité : l'influence va avec la charge. Mais cela ne saurait amoindrir en rien l'énergie et le dévouement que je consacrerais à l'exercice de cette charge et à la nation. Les profits qui peuvent découler d'une si haute position, qu'il s'agisse de publications, de jetons de présence, ou de tournois de golf, ne seraient pas accordés à celui qui prendrait ses responsabilités à la légère. Tout comme le vice-président Bollinger, je serais incapable d'agir ainsi.

— Bien dit, Evan, fit doucement Bollinger tout en fusillant du regard son assistant trop impulsif. Il me semble que vous devez des excuses.

— Veuillez m'excuser, dit le jeune homme. Vous avez raison, bien entendu. Tous ces avantages sont liés à la charge.

— Ne vous excusez pas trop, dit Kendrick en souriant. La loyauté à son chef n'est pas une chose que l'on doive regretter. S'il est ceinture noire, ajouta-t-il en se tournant vers Bollinger pour faire retomber la tension, je dégage en vitesse !

— Il joue au tennis de table, et très vicieusement, déclara son collègue le plus proche.

— C'est pour tenir le score qu'il est le meilleur, renchérit l'aîné des assistants. Il triche.

— Quoi qu'il en soit, poursuivit Evan après avoir attendu que les sourires, forcés pour la plupart, se fussent effacés des visages des conseillers, je répète que je tiens à être tout à fait franc avec vous, monsieur le vice-président. Vous avez maintenant une idée de la situation à laquelle je dois réfléchir. J'ai perdu quatre années, presque cinq, d'une carrière, d'une affaire au développement de laquelle je m'étais consacré avec acharnement. Je me suis fait court-circuiter par un assassin et me suis vu contraint de vendre, parce qu'on avait peur de travailler pour moi. Cet homme est mort et les choses ont changé ; la situation est redevenue normale, mais la concurrence européenne est redoutable. Puis-je réussir mon retour, ou bien vaut-il mieux que je fasse activement campagne pour l'investiture, ce qui, en cas de réussite, m'apportera certaines garanties ? Par ailleurs, ai-je vraiment envie de consacrer plusieurs années à cette fonction, ainsi que la somme colossale de temps et d'énergie qu'elle exige ? Ce sont des questions auxquelles je suis seul à pouvoir répondre. J'espère que vous me comprenez, monsieur le vice-président.

C'est alors que Kendrick entendit les paroles qu'il avait si vivement espéré entendre.

— Je sais qu'il est tard pour tes assistants, Orson, dit le grand conseiller maigre dont la chemise blanche au col ouvert rehaussait le bronzage, mais j'aimerais poursuivre un peu cette conversation.

— Tu as raison, dit le vice-président en se tournant vers ses assistants. Vous êtes sur pied depuis l'aube et la journée fut particulièrement éprouvante, avec la disparition de notre pauvre Ardis et tout le reste. Rentrez chez vous, les gars, et passez Noël en famille. Vous voyez, Evan, j'ai fait venir leurs femmes et leurs enfants pour qu'ils puissent être réunis ici.

— C'est une délicate attention.

— Il faut se méfier ; ils sont peut-être tous ceinture noire ! Rompez les rangs, messieurs ! Demain, nous sommes le 24 décembre et, si je ne me trompe, Noël est après-demain. À moins que les Russes ne fassent sauter Washington, nous ne nous reverrons que dans trois jours.

— Merci, monsieur.

— C'est très gentil, monsieur le vice-président.

— Nous pouvons rester, si vous voulez, dit l'aîné des assistants tandis que ses collègues se levaient l'un après l'autre.

— Vous voulez vous faire écharper par vos collègues ? demanda Bollinger en souriant devant la mine des deux autres. Il n'en est pas question. Avant de sortir, envoyez-moi le maître d'hôtel. Nous serons aussi bien devant un digestif pour résoudre les problèmes de la planète.

Les trois assistants sans soupçon quittèrent docilement la bibliothèque, tels des robots bien programmés réagissant à une marche militaire familière. L'homme au blazer bleu marine se pencha en avant dans son fauteuil, autant que sa bedaine le lui permettait.

— Vous voulez parler franchement, Kendrick ? Tout à fait franchement ? Très bien, c'est ce que nous allons faire.

— Je ne comprends pas ce que vous voulez dire, monsieur... Pardonnez-moi, je n'ai pas saisi votre nom.

— Arrêtez vos conneries ! lança le Bostonien rougeaud. Même le baratin de nos agents électoraux de Boston Sud est plus crédible !

— Vous réussissez peut-être à bluffer les politiciens de Washington, Kendrick, dit le petit homme dans le fauteuil trop grand pour lui, mais n'oubliez pas que, nous aussi, nous sommes des hommes d'affaires ! Vous avez quelque chose à nous proposer et peut-être, je dis bien peut-être, avons-nous quelque chose à vous proposer en échange !

— Est-ce que vous vous plaisez en Californie du Sud ? demanda le grand maigre au teint hâlé en haussant la voix quand il vit le maître d'hôtel pénétrer dans la pièce.

— Non, merci, dit Bollinger en se tournant vers le majordome. Nous n'avons besoin de rien.

— Pardonnez-moi, monsieur, j'ai un message pour vous, dit le domestique en smoking en tendant une feuille de papier au vice-président.

Bollinger en prit connaissance ; son virage devint d'abord cramoisi, puis il blêmit.

— Dites-lui d'attendre, ordonna-t-il au majordome qui quitta aussitôt la pièce. Où en étions-nous ? poursuivit-il après quelques instants.

— À fixer un prix, répondit le Bostonien. C'est bien de cela que nous parlions, monsieur Kendrick ?

— L'expression est un peu crue, dit Evan, mais disons que c'est dans le domaine des possibilités.

— Vous devez savoir, lança le petit homme au visage de fouine du fond de son fauteuil, que vous êtes passé devant deux puissants détecteurs. Les rayons X vous rendront peut-être malade, mais nous avons la certitude que vous n'avez pas d'appareil d'enregistrement sur vous.

— Je ne vois vraiment pas pourquoi j'en aurais apporté un.

— Parfait, dit le grand maigre en dépliant lentement sa longue carcasse, comme s'il avait voulu impressionner les autres avec sa haute taille et son image de yachtman ou de loup de mer au visage tanné, et faire sentir la force qui émanait de lui. Il se dirigea d'un pas nonchalant vers la cheminée et poursuivit en se tournant vers Kendrick :

— Nous avons saisi votre allusion aux capitaux allemands, français et japonais. Nous n'allons pas continuer indéfiniment à louvoyer : quelle est la hauteur des vagues en pleine mer ?

— Je ne connais rien aux choses de la mer, dit Evan. Pouvez-vous être plus clair ?

— Que vous faut-il ?

— Financièrement ? demanda Evan.

Il prit quelques instants de réflexion, puis secoua la tête.

— Rien d'insurmontable, reprit-il. Je peux réunir sept à dix millions de dollars, si besoin est, et on peut m'ouvrir un crédit considérable... Mais les taux d'intérêt sont très élevés.

— Imaginons qu'un crédit soit ouvert sans toutes ces tracasseries, dit le Bostonien.

— Messieurs, dit vivement Bollinger en se levant, aussitôt imité par tout le monde, j'ai une affaire urgente à régler. Si vous avez besoin de quoi que ce soit, ne vous gênez pas.

— Nous n'en avons pas pour longtemps, monsieur le vice-président, dit Kendrick qui comprenait parfaitement que Bollinger désirât ne pas écouter la suite de la conversation afin de pouvoir nier sa participation aux tractations. Comme je vous l'ai dit, c'est un problème que je suis seul en mesure de résoudre. Je tenais simplement à jouer cartes sur table.

— Je vous en sais infiniment gré, Evan. Passez me voir avant votre départ. Je serai dans mon bureau.

Le vice-président des États-Unis quitta la bibliothèque aux murs couverts de rayonnages et, tels des vautours fondant sur leur proie, les bailleurs de fonds se tournèrent vers le représentant du Colorado.

— Et maintenant, allons-y, mon garçon, dit le yachtman du haut de son mètre quatre-vingt-dix en laissant pendre son bras maigre de la tablette de la cheminée, comme une algue menaçante.

— Nous ne sommes pas apparentés, que je sache, et je n'apprécie pas la familiarité.

— Le grand Tom parle toujours comme ça, dit le Bostonien. Il ne pensait pas à mal.

— Le mal est dans son manque de respect envers un membre de la Chambre des représentants.

— Je vous en prie, monsieur Kendrick ! s'exclama l'obèse en blazer bleu marine.

— Détendons-nous, messieurs, intervint le petit homme au visage de fouine, perdu dans son grand fauteuil. Nous poursuivons un objectif commun et, sans aller jusqu'à nous faire des politesses, nous pouvons essayer d'avancer. Nous voulons vous voir disparaître de la circulation, Kendrick. Faut-il être encore plus clair ?

— Puisque vous êtes si péremptoire, je pense que c'est souhaitable.

— Très bien, poursuivit le petit conseiller dont les jambes touchaient à peine la moquette. Comme l'a dit quelqu'un : soyons honnêtes, cela ne coûte absolument rien... La philosophie politique que nous défendons est tout aussi valable que la vôtre. Mais, comme il s'agit de la nôtre, nous avons naturellement le sentiment qu'elle est plus réaliste pour l'époque dans laquelle nous vivons. Nous croyons en gros et contrairement à vous que la défense et l'armement doivent être des priorités pour la nation...

— Je crois également en une défense forte, l'interrompit Evan, mais pas en un armement excessivement offensif, qui est un gouffre pour le budget et dont quarante pour cent des dépenses ne sont qu'un gaspillage sans résultat.

— Très juste, dit le petit homme dans son fauteuil. Et ces dépenses budgétaires seront corrigées par la loi du marché.

— Mais des milliards auront été gaspillés !

— Naturellement. S'il en allait autrement, nous aurions une autre méthode de gouvernement, imposant le malthusianisme économique. Les forces du marché libre corrigeront ces excès. La concurrence, monsieur Kendrick, la libre concurrence !

— Pas si elle est faussée par le Pentagone, ou par ces conseils d'administration où pullulent les anciens militaires !

— Rien à foutre, des militaires ! s'écria le yachtman. Si leur présence est tellement gênante, qu'ils aillent se faire voir !

— Le grand Tom a raison, dit le Bostonien au visage rubicond. Tous ces officiers supérieurs qui arrondissent leur fin de mois dans les conseils d'administration ne sont là que pour servir d'intermédiaires. Débarrassez-vous d'eux, si vous voulez, mais, de grâce, n'empêchez pas la machine de tourner !

— Vous avez compris ? lança l'homme au blazer bleu. Ne touchez à rien tant que nous ne serons pas assez forts pour que les Russes aient la trouille de nous attaquer !

— Pourquoi croyez-vous encore qu'ils songent à nous attaquer, au risque de faire sauter une grande partie du monde civilisé ?

— Parce que ce sont des fanatiques marxistes ! rugit le yachtman, les poings sur les hanches, en se redressant de toute sa taille.

— Parce qu'ils sont stupides, ajouta posément le petit homme perdu dans son fauteuil. La stupidité est le plus court chemin menant à la tragédie universelle, ce qui signifie que seuls les plus forts et les plus habiles survivront... Nous pouvons nous accommoder de nos censeurs au Sénat et à la Chambre, mais pas à l'intérieur du gouvernement. Cela, nous ne pouvons le tolérer ! Suis-je assez clair, monsieur Kendrick ?

— Vous croyez vraiment que je représente une menace pour vous ?

— Évidemment. Vous profitez de toutes les tribunes qu'on vous offre et les gens vous écoutent ! Or, ce que vous dites, et cela porte, je dois le reconnaître, ne va pas dans le sens de nos intérêts.

— Je croyais que vous aviez un respect total pour la liberté du marché.

— À long terme, oui. Mais à court terme, une surveillance trop poussée et une réglementation excessive risquent de paralyser la défense du pays en nous faisant perdre du temps. Ce n'est pas le moment de jeter l'enfant avec l'eau du bain.

— Ce qui, dans votre esprit, signifie renoncer à des profits.

— Ils sont liés à la fonction, comme vous nous l'avez si justement expliqué à propos de la charge de vice-président... Votre route est tracée, Kendrick. Prenez un nouveau départ dans votre carrière interrompue au Moyen-Orient.

— Avec quoi ? demanda Evan.

— Commençons par un crédit de cinquante millions de dollars disponibles à la Gemeinschaft Bank de Zurich.

— C'est alléchant, mais ce ne sont pour l'instant que des promesses. Qui assure le nantissement ?

— La banque aura toutes les garanties nécessaires, mais vous, vous n'avez pas à vous occuper de cela.

Kendrick n'en demandait pas plus. L'intervention officielle du gouvernement des États-Unis auprès d'un établissement de Zurich dont les liens étaient établis avec des hommes ayant fait appel aux terroristes de la plaine de la Bekaa suffirait à faire sauter les codes secrets des banques suisses.

— Je demanderai confirmation du crédit à Zurich dans

les trente-six heures, dit Evan en se levant. Cela vous laisse-t-il assez de temps ?

— C'est largement suffisant, répondit le petit homme au visage chafouin. Dès que vous en aurez confirmation, ayez l'obligeance d'envoyer au vice-président Bollinger une copie du télégramme dans lequel vous annoncerez à votre comité de soutien votre décision irrévocable de vous retirer de la course à la vice-présidence.

Kendrick acquiesça d'un signe de la tête et se tourna vers les trois autres bailleurs de fonds.

— Bonsoir, messieurs, dit-il sobrement avant de se diriger vers la porte de la bibliothèque.

Quand il déboucha dans le couloir, un costaud aux cheveux bruns et aux traits bien dessinés, portant au revers de sa veste le badge vert du Service secret, se leva de la chaise sur laquelle il était assis, à côté d'une porte massive à deux battants.

— Bonsoir, monsieur Kendrick, dit-il d'une voix affable en s'avançant vers Evan. Ce serait un honneur pour moi de vous serrer la main, monsieur.

— Tout le plaisir est pour moi.

— Il nous est interdit de révéler l'identité des visiteurs, poursuivit le fonctionnaire du ministère du Trésor en étreignant vigoureusement la main d'Evan, mais je vais peut-être faire une exception pour ma mère qui vit à New York. Cela peut paraître complètement idiot, mais elle rêve que vous deveniez le prochain pape !

— La curie romaine ne verrait sans doute pas cela d'un bon œil... Le vice-président m'a demandé de passer le voir avant de partir. Il m'a dit qu'il serait dans son bureau.

— Bien sûr, il est là. Permettez-moi de vous dire que cette interruption va lui faire plaisir. Il est avec un type tellement excité que je n'ai pas fait confiance aux détecteurs et que j'ai préféré le fouiller moi-même. Et je n'ai pas voulu le laisser entrer avec tout son attirail.

Le regard de Kendrick se posa sur la housse à vêtements pliée sur le dossier de la chaise, puis il glissa sur le sol et découvrit un gros sac noir à la forme renflée : c'était une sacoche de médecin. La surprise cloua Evan sur place. Ce sac, il l'avait déjà vu ! Il eut l'impression qu'une explosion se produisait dans son crâne et des images fugitives se mirent à défiler sur l'écran intérieur de son esprit ! Des murs de pierre dans une autre entrée, une autre porte, un homme grand et mince, au sourire facile... trop facile, trop patelin pour un étranger dans une maison étrangère, un médecin affirmant avec désinvolture qu'il voulait simplement tapoter une vieille poitrine et prélever quelques gouttes de sang pour une analyse.

— Est-ce que cela vous ennuie d'ouvrir cette porte ? demanda Kendrick d'une voix à peine audible.

— Il faut que je frappe avant d'ouvrir...

— Faites ce que je vous demande... Je vous en conjure !

— Vipère... Le vice-président n'appréciera pas, monsieur. Nous devons toujours frapper avant d'entrer.

— Ouvrez cette porte ! ordonna Evan dans un murmure rauque en tournant des yeux écarquillés vers l'agent du Service secret. J'en assume l'entière responsabilité.

— Bon... Je suppose que si quelqu'un peut se permettre cela, c'est bien vous.

Le lourd battant de droite s'ouvrit lentement et les paroles lancées d'une voix étranglée par Bollinger leur parvinrent distinctement.

— Ce que vous affirmez est ridicule, parfaitement insensé !... Oui ! Qu'y a-t-il ?

Kendrick franchit le seuil du bureau, le regard fixé sur le visage décomposé du « docteur Eugene Lyons ».

— Vous ! rugit Evan.

Il eut l'impression que le mot se répercutait à tous les échos dans la tempête qui faisait rage sous son crâne et il se précipita en avant, les deux mains aux doigts tendus comme les griffes d'un animal fondant sur la proie qu'il allait tuer.

— Il va mourir ! Il va mourir à cause de vous ! À cause de vous tous !

Il sentit des bras se refermer sur lui, des coups lui frapper la nuque, un genou s'enfoncer dans ses reins et un autre dans son estomac, des doigts experts heurter violemment ses yeux... Malgré la douleur épouvantable, il perçut les cris étouffés qui se succédèrent.

— Je l'ai eu ! Il ne bougera plus !

— Fermez la porte !

— Allez chercher ma sacoche !
— Que personne d'autre n'entre ici !
— Bordel ! Il sait tout maintenant !
— Qu'allons-nous faire ?
— Je connais des gens qui peuvent régler ce problème.
— Mais qui êtes-vous ?
— Je devrais me présenter... Vipère !
— Je connais ce surnom ! C'est une injure ! Allez-vous me dire qui vous êtes ?
— Pour l'instant, je suis celui qui prend les choses en main. C'est tout ce que vous avez besoin de savoir.
— Oh ! Mon Dieu !

Puis un lourd rideau noir tomba devant les yeux d'Evan. Et il plongea dans l'oubli bienfaisant des ténèbres.

40

Il sentit d'abord le vent et les embruns, puis le mouvement de la mer et enfin les bandes de tissu qui lui serraient les poignets et le retenaient au siège de métal boulonné sur le pont du bateau. Il ouvrit les yeux dans l'obscurité mouvante. Il se trouvait à la poupe du navire et le sillage écumeux reculait devant lui. Puis il remarqua la lumière d'une cabine dans son dos. Il se retourna et tordit le cou pour essayer de voir, de comprendre. Et Evan se trouva face à face avec le costaud brun du Service secret dont la vieille mère aurait aimé le voir sur le trône pontifical... et dont il avait reconnu la voix lorsqu'il avait déclaré avec assurance qu'il prenait les choses en main. L'homme était assis sur un autre siège de pêche, un harnais autour de la taille.

— Bien réveillé, monsieur Kendrick ? demanda-t-il poliment.
— Qu'est-ce que vous m'avez fait ? rugit Evan en se débattant pour se dégager de ses liens.
— Désolé de vous avoir attaché, mais nous ne pou-

vions courir le risque de vous voir passer par-dessus bord. La mer est assez forte et il valait mieux vous protéger pendant notre petite promenade en mer.

— Me protéger ! Vous vous foutez de ma gueule ?... Vous m'avez drogué, bande de salauds, et vous m'avez amené ici contre mon gré ! C'est un enlèvement ! Mon secrétariat sait parfaitement où je suis allé ce soir... Vous allez tirer vingt ans pour cela, tous autant que vous êtes ! Quant à ce fumier de Bollinger, il est bon pour la procédure de mise en accusation et...

— Calmez-vous, calmez-vous, dit l'agent du Service secret en levant une main apaisante. Vous faites fausse route, monsieur Kendrick. Personne ne vous a drogué, mais on vous a administré un calmant. Vous avez complètement perdu les pédales et vous vous êtes jeté sur un invité du vice-président. Vous savez que vous auriez pu le tuer ?...

— Oui, je l'aurais fait ! Oui, je le tuerai ! Où est passé ce médecin marron ? Où est-il ?

— Quel médecin ?

— Vous êtes une ordure ! cria Kendrick en tirant sur les harnais de toile. Ma limousine, le chauffeur ! ajouta-t-il brusquement, saisi par une illumination. Il sait que je ne suis pas reparti en voiture !

— Mais si, vous êtes reparti en voiture. Comme vous ne vous sentiez pas très bien, vous n'avez pas desserré les lèvres et vous avez gardé vos lunettes noires pendant tout le trajet. Mais vous lui avez laissé un généreux pourboire.

Un coup de roulis fit baisser la tête à Evan et, plissant les yeux dans la lueur incertaine de la cabine située derrière son dos, il découvrit qu'il portait des vêtements qui n'étaient pas les siens... Un pantalon de velours côtelé et une chemise de grosse toile noire.

— Ordures !

Puis une nouvelle idée germa dans son esprit.

— Mais on m'a vu arriver à l'hôtel !

— Désolé, mais vous n'êtes pas allé à l'hôtel. Les seuls mots que vous ayez dit au chauffeur ont été pour lui demander de vous déposer à Balboa Park, où vous aviez un rendez-vous, et lui dire que vous rentreriez en taxi.

— Vous vous êtes couverts en allant jusqu'à changer mes vêtements, ordures ! Tueurs à gages !

— Je vous assure que vous vous trompez, monsieur Kendrick. C'est uniquement vous que nous avons couvert. Nous ne savions pas si vous aviez sniffé quelque chose, ou si vous vous étiez shooté, mais, comme dirait mon grand-père, nous vous avons vu devenir *pazzo*, complètement fou... vous comprenez ?

— Oui, je comprends !

— Nous ne pouvions évidemment pas vous laisser apparaître en public dans votre état. Vous comprenez ?

— *Va bene*, fumier de mafioso ! Je vous ai entendu dire : « Je prends les choses en main » et « Je connais des gens qui peuvent régler ce problème ».

— Vous savez, monsieur Kendrick, je vous admire énormément, mais je suis facilement choqué par ces généralisations hâtives contre les Italiens.

— Vous raconterez ça au procureur général, à New York, rétorqua Kendrick tandis que le bateau piquait brusquement du nez dans un creux, puis se redressait tout aussi brutalement.

— À propos, je dois également vous informer que plusieurs personnes ont vu à Balboa Park un homme correspondant tout à fait à votre description — je veux dire habillé comme vous quand vous avez quitté l'hôtel et pendant le trajet dans la limousine — qu'elles ont donc vu cet homme entrer au Balthazar.

— Qu'est-ce que c'est que ça ?

— Un café, à Balboa. Vous savez qu'il y a des tas d'étudiants qui fréquentent ce quartier. Ils viennent du monde entier et un grand nombre d'entre eux sont originaires des pays voisins de la Méditerranée. Ils viennent d'Iran, d'Arabie Saoudite, d'Égypte... et je crois même de ce que certains appellent encore la Palestine. Il y a parfois des échauffourées dans ce café, des discussions politiques qui dégénèrent, et la police doit intervenir et confisquer des couteaux ou des armes à feu. Ce sont des gens qui ont le sang chaud.

— C'est donc là qu'on m'a vu entrer... Et il va sans dire que certains de ceux qui étaient à l'intérieur confirmeront ma présence.

— Nul n'a jamais mis votre courage en doute, monsieur Kendrick. Vous êtes un homme capable de fréquenter les endroits les plus dangereux pour chercher des solutions. Oman, Bahreïn... et même la résidence du vice-président des États-Unis.

— Vous pouvez ajouter la subornation de témoins à la liste de vos crimes, pourriture !

— Attendez un peu ! Moi, je n'ai rien à voir avec ce dont vous êtes venu discuter avec Vipère ! Je me contente de rendre un service en dehors de mes fonctions officielles.

— C'est parce que vous connaissez « des gens qui peuvent régler ce problème », qui peuvent par exemple porter mes vêtements, utiliser ma voiture et se rendre à Balboa Park. Et peut-être aussi d'autres qui se sont débrouillés pour me faire sortir de chez Bollinger sans que personne me reconnaisse.

— Un service privé d'ambulances est bien commode et tout à fait discret quand un invité tombe malade ou fait des excès.

— Peut-être encore deux ou trois autres qui se sont trouvés là par hasard pour détourner l'attention d'un journaliste ou d'un domestique trop curieux...

— Mes associés ont l'habitude des urgences, monsieur, et nous sommes heureux de pouvoir donner un coup de main chaque fois que l'occasion se présente.

— Contre une rétribution, bien entendu.

— Bien entendu. Ils paient, monsieur Kendrick... Ils paient de tout un tas de manières et maintenant plus que jamais.

— Y compris pour disposer d'un bateau à moteur et d'un capitaine expérimenté ?

— Oh ! Nous ne réclamons que notre dû ! protesta vertueusement le mafioso qui semblait beaucoup s'amuser. C'est leur matériel et leur skipper. Il y a certaines choses qu'il vaut mieux laisser les gens faire eux-mêmes, surtout quand il s'agit de s'engager dans des parages très surveillés, comme les eaux qui s'étendent entre les États-Unis et le Mexique. On peut avoir le bras long, mais certains l'ont encore plus long, si vous voyez ce que je veux dire.

Kendrick perçut une autre présence, mais quand il se retourna, il ne vit personne sur le pont du navire de plaisance. Puis il leva les yeux vers la rambarde du pont supérieur. Une silhouette recula dans l'ombre, mais pas assez vite, et Evan eut le temps de reconnaître le grand yachtman hâlé qu'il avait vu dans la bibliothèque de Bollinger et d'apercevoir son visage déformé par la haine.

— Tous les invités du vice-président sont à bord ? demanda-t-il au mafioso qui avait suivi son regard.

— Quels invités ?

— Vous êtes rusé, Luigi.

— Il y a le capitaine et un homme d'équipage, mais je ne les avais jamais vus ni l'un ni l'autre.

— Où allons-nous ?

— En croisière.

Le bateau commença à ralentir et un puissant projecteur s'alluma sur le pont. Le soldat de la mafia détacha son harnais, se leva et descendit dans la cabine. Evan l'entendit parler à l'interphone mais, avec le vent et le bruit des vagues, il lui fut impossible de distinguer ce qu'il disait. Quelques instants plus tard, le mafioso revint, tenant à la main un colt .45. Evan s'efforça d'endiguer la panique qui montait en lui, mais il songea aux côtes du Qatar et se demanda si un nouveau Mahdi s'apprêtait à exécuter à l'autre bout du monde la sentence prononcée à Bahreïn. S'il devait en être ainsi, Evan prit la même résolution que celle qu'il avait prise dans le Golfe : il se battrait de toutes ses forces. Mieux valait mourir instantanément d'une balle dans la tête que se noyer ou être déchiqueté par les requins mangeurs d'hommes du Pacifique.

— Nous sommes arrivés, monsieur, dit courtoisement le soldat de la mafia.

— Arrivés où ?

— Comment voulez-vous que je le sache ? On dirait une île.

Kendrick ferma les yeux pour adresser des remerciements à qui voulait bien les recevoir et il retrouva une respiration normale. Le héros d'Oman n'est qu'un imposteur, songea-t-il. Puis il se dit qu'il n'avait aucune envie de mourir et qu'il y avait Khalehla. Il connaissait enfin ce qui l'avait fui toute sa vie, ce qu'on appelait l'amour, et chaque minute de vie supplémentaire était une minute d'espoir.

— À en juger par votre carrure, vous ne devez pas avoir besoin de ça, dit-il en montrant le pistolet automatique d'un mouvement de la tête.

— On n'est jamais assez prudent, répliqua l'agent du Service secret aux ordres de la pègre. Je vais vous détacher, mais si vous faites un geste trop brusque, vous ne poserez pas le pied à terre. *Capisce ?*

— *Molto bene.*

— Ne m'en veuillez pas, j'ai reçu des instructions. Quand on rend un service, on obéit aux ordres, à condition qu'ils soient raisonnables.

Evan entendit le claquement de l'ouverture des harnais de sécurité et il sentit les larges bandes de toile relâcher leur pression autour de ses poignets et de ses jambes.

— Vous est-il venu à l'esprit qu'en exécutant ces ordres, vous risquiez de ne jamais revoir San Diego ? demanda-t-il.

— Naturellement, répondit le mafioso d'un ton désinvolte. Mais nous tenons Vipère dans le creux de notre main... Vous ne trouvez pas que cette image est jolie ?

— Sans doute. Mais, vous savez, moi, je suis un bâtisseur, pas un poète.

— Et moi, j'ai un pistolet à la main, ce qui prouve bien que je ne suis pas non plus un poète.

— Je suppose que Vipère est le surnom du vice-président.

— Oui, et il a dit qu'il l'avait déjà entendu et qu'il prenait cela comme une injure. Vous rendez-vous compte que ces trous-du-cul qui ne reculent devant aucune infamie ont eu le culot de mettre notre unité sur écoute ?

— J'en ai des frissons de dégoût, répondit Kendrick en se levant malhabilement de son siège et en commençant à agiter ses membres pour rétablir la circulation sanguine.

— Tout doux ! s'écria le mafioso en bondissant en arrière, le colt braqué sur la tête de Kendrick.

— Essayez de rester assis dans ce foutu machin aussi longtemps que moi et dans les mêmes conditions de confort, et vous verrez si vous êtes capable de marcher droit !

— Bon, ça va ! Alors, marchez en crabe jusqu'au bord de notre paquebot. C'est là que nous allons descendre.

Le yacht commença à manœuvrer dans ce qui semblait être une crique, puis, avançant avec des à-coups, force crachotements du moteur et mouvements alternés de l'hélice, il s'engagea dans un bassin d'une trentaine de mètres de profondeur, où trois autres bateaux, plus petits, plus rapides et plus puissants dansaient sur l'eau. Des lumières protégées par un treillis métallique éclairaient le mouillage. Deux silhouettes jaillirent de l'ombre et vinrent se poster près des bornes réservées au navire de plaisance. Dès que le yacht appuya doucement son flanc contre les pneus de protection, des amarres furent lancées à l'avant et à l'arrière, celle de la poupe par le mafioso qui tenait toujours son pistolet d'une main et celle de la proue par l'homme d'équipage.

— Descendez, cria-t-il à Kendrick dès que le yacht fut à quai.

— J'aimerais remercier personnellement le capitaine pour cette agréable traversée, accomplie en toute sécurité...

— Très drôle, dit l'agent du Service secret, mais gardez cela pour les caméras de la télé et dépêchez-vous de descendre. Vous n'allez voir personne ici.

— On parie, Luigi ?

— Vous voulez voir vos testicules sur le pont ? Et d'abord, je ne m'appelle pas Luigi.

— Que pensez-vous de Reginald ?

— Descendez !

Suivi par le mafioso, Evan s'avança sur la jetée en direction de la terre ferme et d'un sentier empierré. Il passa entre deux panneaux ; les lettres blanches sur le fond brun du bois avaient été peintes à la main, avec goût, par un professionnel. L'inscription de gauche était en espagnol, celle de droite en anglais.

Passaje à China
Propriedad privada
Alarmas

Passage de Chine
Propriété privée
Alarmes

— Arrêtez-vous ! ordonna soudain l'agent du Service secret. Ne vous retournez pas et regardez droit devant vous !

Kendrick entendit un bruit de pas précipités sur la jetée, puis des paroles échangées à voix basse, en anglais, mais avec un accent espagnol. Des instructions.

— C'est bon, reprit le mafioso. Continuez à monter, puis vous tournerez à droite... Ne vous retournez pas !

Evan obéit, mais, les jambes encore ankylosées après être resté si longtemps dans la même position, il avait de la peine à gravir la pente raide. Il essaya d'étudier les environs dans la pénombre, le sentier empierré étant maintenant bordé de petites lampes diffusant une lumière ambrée. La végétation était luxuriante, dense et humide. Des arbres hauts de sept à huit mètres s'élevaient dans toutes les directions et d'épaisses lianes semblaient les enchaîner les uns aux autres. Les arbustes et les plantes avaient été coupés et taillés symétriquement pour former une haie à hauteur de poitrine de chaque côté du sentier. L'homme avait imposé l'ordre à la nature. Puis, la vision se réduisant à mesure qu'il montait et s'éloignait de la jetée, Evan se rabattit sur son ouïe. Ce qu'il perçut n'était pas sans évoquer le fracas continu et saccadé qui l'accompagnait quand il descendait des rapides, mais ce bruit avait un rythme qui lui était propre, une pulsation rapide et brève dont toute la puissance était contenue. Ce qu'il entendait maintenant, c'était le bruit des vagues. Des vagues qui se fracassaient sur des rochers, pas très loin semblait-il, à moins que le bruit ne fût amplifié en se répercutant sur la pierre avant de se propager dans la végétation touffue.

Les lumières ambrées placées au ras du sol se divisèrent. Deux lignes parallèles continuaient tout droit et deux autres bifurquaient vers la droite. C'est la direction que suivit Kendrick sur un terrain redevenu plat. La visibilité s'accrut brusquement et il distingua des troncs sombres, de grandes feuilles palmées et un enchevêtrement végétal bleu-vert. Juste devant lui se trouvait une cabane dont deux fenêtres éclairées encadraient une porte. Mais, sans très bien savoir pourquoi, Evan eut le sentiment que ce n'était pas une cabane ordinaire. Puis, en s'approchant, il comprit : c'était à cause des fenêtres. Jamais il n'avait vu leurs pareilles et elles avaient une particularité qui expliquait pourquoi la lumière émise était si vive alors que la source lumineuse semblait très faible. Les vitres biseautées, épaisses d'au moins dix centimètres, formaient deux énormes prismes rectangulaires multipliant la luminescence de l'éclairage intérieur. Mais cette ingénieuse réalisation avait un autre avantage : les fenêtres formaient une barrière absolument impénétrable... aussi bien de l'extérieur que de l'intérieur.

— Voici votre suite, monsieur Kendrick, dit l'agent du Service secret. Le mot villa serait plus approprié, non ?

— Cela me gêne énormément d'être logé dans un tel luxe. Vous ne pouvez pas me trouver quelque chose de plus simple ?

— Vous êtes vraiment un comique... Allez-y, ouvrez la porte. Il n'y a pas de clé.

— Pas de clé ?

— Ça vous en bouche un coin, hein ? demanda le mafioso en riant. À moi aussi, jusqu'à ce qu'on m'explique. Tout est électronique ici. On m'a remis un petit gadget, du genre qui commande l'ouverture d'une porte de garage, et, quand j'appuie sur un bouton, deux barres d'acier sortent du chambranle et s'engagent dans l'épaisseur de la porte. Cela fonctionne aussi de l'intérieur.

— J'aurais bien fini par comprendre tout seul.

— Vous n'êtes pas un homme qui perd facilement son sang-froid.

— Croyez-vous ? dit Kendrick en s'approchant de la porte et en l'ouvrant.

Il découvrit avec stupéfaction un intérieur d'un luxe rustique beaucoup plus dans le goût de la Nouvelle-Angleterre que de la Californie ou du Mexique. Les murs étaient formés de gros rondins et chacun d'eux était percé de deux fenêtres aux vitres épaisses. Au centre du mur du fond, une ouverture donnait vraisemblablement accès à une salle de bains. Toutes les commodités étaient réunies : dans l'angle droit, un coin-cuisine entièrement aménagé et équipé d'un bar derrière lequel s'élevait un miroir ; en face, un lit double devant lequel se trouvait un coin-salon, avec un grand téléviseur et plusieurs fauteuils capitonnés. Evan songea que la petite maison avait plutôt été conçue pour les pentes enneigés du Vermont que pour une île située quelque part au sud-ouest de Tijuana. Elle avait pourtant le charme bucolique d'un chalet de montagne et il ne faisait aucun doute qu'elle avait accueilli de nombreux hôtes. Mais elle avait une autre fonction : elle faisait office de prison.

— Ravissant, dit le mafioso en pénétrant dans la vaste pièce, sans cesser de tenir discrètement Evan en joue. Voulez-vous boire quelque chose ? ajouta-t-il en se dirigeant vers le bar. Personnellement, cela ne me ferait pas de mal.

— Pourquoi pas ? répondit Evan en poursuivant son inspection de l'intérieur.

— Que désirez-vous ?

— Un whisky canadien, avec des glaçons, dit Evan en faisant lentement le tour de la pièce, cherchant d'un œil exercé la moindre faille qui pourrait lui permettre de s'en échapper.

Mais il ne vit rien : la construction était étanche, toute évasion impossible. Le châssis des fenêtres était fixé non avec des clous, mais avec des boulons protégés par une couche de plâtre ; la porte avait des gonds encastrés, impossibles à atteindre sans l'aide d'une puissante perceuse. Il termina par la salle de bains et découvrit une pièce sans fenêtre, aérée par deux conduits grillés, larges de dix centimètres.

— Jolie petite planque, non ? dit le mafioso en tendant son verre à Evan dès qu'il sortit de la salle de bains.

— On ne voit pas très bien le paysage, dit Evan en tournant distraitement les yeux vers le coin-cuisine.

Il se dit qu'il y avait quelque chose de curieux, mais rien de précis ne lui vint à l'esprit. Après avoir vérifié que son gardien avait toujours son arme à la main, il longea le bar et s'arrêta devant une table de chêne ovale, sur laquelle devaient être servis les repas. Elle se trouvait à deux mètres d'un long plan de travail dans lequel était encastrée une cuisinière, sous une rangée de placards. L'évier et le réfrigérateur étaient placés contre le mur de droite. Puis il remarqua un petit four à micro-ondes encastré sous le dernier placard de gauche et son regard revint se poser sur le four. Il avait trouvé.

L'électricité. Tout était électrique ; c'est cela qui lui avait semblé insolite. Dans l'énorme majorité de ces constructions rustiques, le four et la cuisinière étaient alimentés par du gaz en bouteille afin de limiter la consommation d'électricité. Ce n'était pas tant pour faire des économies que par commodité, en cas de fonctionnement défectueux de l'alimentation électrique. Evan songea à l'éclairage de la jetée et aux petites lampes ambrées qui bordaient le sentier. L'électricité était distribuée à profusion sur une île distante du continent de trente ou cinquante kilomètres, voire plus encore. Il ne savait pas très bien quelles conclusions en tirer, mais cela valait la peine d'y réfléchir.

Evan repartit vers le coin-salon. Il regarda longuement le récepteur de télévision en se demandant quel genre d'antenne était nécessaire pour capter des signaux aussi loin en mer. Puis il s'assit, oubliant presque la présence de son gardien, l'esprit assailli par toutes ces questions et surtout par la pensée de Khalehla qui l'attendait à l'hôtel depuis de longues heures. Que faisait-elle ? Que pouvait-elle faire ? Evan prit son verre et but deux ou trois gorgées de whisky. L'alcool répandait dans son estomac une agréable sensation de chaleur. Evan tourna la tête vers le sbire de Bollinger qui se tenait devant la table de chêne et qui avait posé son pistolet sur le bois, mais au bord, tout près de sa main droite.

— Santé, dit le mafioso en levant son verre de la main gauche.

— Pourquoi pas ?

Evan leva son verre et le porta à ses lèvres. Il sentit de nouveau la chaleur du whisky... *Non !* C'était trop rapide, trop fort ! Ce n'était pas une douce chaleur, mais une brûlure ! Les objets commencèrent à danser devant ses yeux ! Il essaya de se lever, mais il ne contrôlait plus ni ses jambes ni ses bras ! Les yeux écarquillés, il regarda la bouche du mafioso s'ouvrir en un sourire hideux... Il se mit à crier, mais aucun son ne sortit de sa gorge ! Il entendit le bruit du verre quand il se fracassa sur le plancher et sentit un poids effrayant peser sur lui. Pour la seconde fois dans la même nuit, Evan sentit un voile ténébreux lui obscurcir l'esprit et il sombra dans un gouffre sans fond.

L'agent du Service secret se dirigea vers un interphone fixé dans le mur du bar. Le front plissé par la réflexion, il enfonça les trois touches qu'on lui avait indiquées sur le yacht.

— Oui, le cottage ? dit une voix douce.

— L'enfant s'est rendormi.

— Parfait. Nous allons nous occuper de lui.

— J'ai une question à vous poser, dit le mafioso à l'élocution soignée. Pourquoi l'avons-nous amené ici ?

— Pour des raisons médicales, mais ce ne sont pas vos oignons.

— À votre place, je changerais de ton. N'oubliez pas que vous êtes nos débiteurs.

— Très bien. En l'absence de dossier médical, il y a certaines doses qu'il convient de ne pas dépasser.

— Deux injections raisonnables sont préférables à une seule, mais trop forte.

— En gros, c'est bien cela. Notre médecin a une bonne expérience de ce genre de chose.

— Si c'est le même que celui que j'ai vu, il ferait mieux de ne pas se montrer. Il est sur la liste noire de Kendrick... Et envoyez-moi donc de la main-d'œuvre locale. Je ne suis pas payé pour transporter des corps.

— Naturellement. À propos, ne vous inquiétez pas trop pour ce médecin. Il était sur une autre liste.

— Il n'est pas encore rentré, M.J., et il est 3 h 15 du matin ! s'écria Khalehla au téléphone. As-tu des nouvelles ?

— Rien de très concluant, répondit le directeur des Projets spéciaux d'une voix lasse. Je ne t'ai pas appelée, parce que je pensais que tu te reposais.

— Cesse de me mentir, oncle Mitch ! Cela ne t'a jamais gêné de me demander de travailler toute la nuit ! C'est Evan qui est là-bas !

— Je sais, je sais... T'avait-il dit qu'il devait rencontrer quelqu'un à Balboa Park ?

— Non, et je ne crois même pas qu'il sache ce que c'est ni où cela se trouve.

— Et toi ?

— Bien sûr. N'oublie pas que mes grands-parents habitent ici.

— Connais-tu un établissement qui s'appelle le Balthazar ?

— C'est un café fréquenté par des exaltés, arabes, pour être plus précise, et étudiants pour la plupart. J'y suis allée une fois et je me suis juré de ne plus jamais y remettre les pieds. Pourquoi me demandes-tu cela ?

— Je vais t'expliquer, dit Payton. Après ton dernier coup de fil, qui remonte déjà à plusieurs heures, nous avons appelé la résidence de Bollinger en nous faisant bien entendu passer pour le secrétariat de Kendrick pour dire que nous avions un message urgent pour lui. On nous a répondu qu'il était reparti vers 21 heures, ce qui contredisait ce que nous savions, puisque tu m'as appelé à 23 heures pour me dire qu'il n'était pas rentré. Or, il n'y a pas plus de 35 minutes de trajet entre la résidence du vice-président et votre hôtel. J'ai donc appelé Gingembre qui est excellent dans ce genre de situation. Il a aussitôt entrepris des recherches et il a retrouvé le chauffeur de la limousine qui lui a appris qu'Evan aurait demandé à être déposé à Balboa Park. Shapoff a commencé à « mettre un peu d'animation dans le quartier », pour reprendre ses propres termes. Ce qu'il a appris peut se résumer à deux conclusions aussi énigmatiques l'une que l'autre. Primo, un homme correspondant à la description d'Evan a été vu à Balboa Park. Secundo, plusieurs clients du Balthazar ont affirmé que ce même homme, portant des lunettes noires, est entré dans l'établissement et a passé plusieurs minutes devant les percolateurs de café à la cardamome avant de s'asseoir à une table.

— Mitch ! hurla Khalehla. Ses lunettes noires, je les ai devant les yeux ! Elles sont sur le secrétaire ! Il les met parfois dans la journée pour ne pas être reconnu, mais jamais la nuit. Il dit que la nuit elles attirent l'attention et il a raison. Cet homme n'était pas Evan ! C'est un coup monté, oncle Mitch ! Ils l'ont emmené quelque part !

— S'ils veulent jouer à ce jeu-là, dit calmement Payton, nous allons nous y mettre aussi.

Kendrick ouvrit les yeux comme on le fait quand on ne sait pas très bien où l'on est, ni dans quel état, ni même si on est réveillé ou encore endormi. Il était hébété, l'esprit en pleine confusion et le corps engourdi. Il y avait une lampe allumée quelque part ; la lumière dessinait un cercle sur le plafond orné de poutres. Il remua la main et souleva un bras sur ce lit qu'il ne connaissait pas, dans cette pièce qu'il ne connaissait pas. Il observa son bras et sa main, puis, d'un seul coup, il leva vivement l'autre bras. Que lui était-il arrivé ? Il fit pivoter ses jambes pour les poser par terre et se leva péniblement, en proie à un mélange de terreur et de curiosité. Le pantalon de velours côtelé et la chemise de grosse toile noire avaient disparu... On lui avait remis ses propres vêtements ! Son complet bleu marine, son complet de représentant, comme il l'appelait parfois en manière de plaisanterie, celui qu'il portait quand il s'était rendu chez Bollinger ! Il portait sa chemise de soie blanche et la cravate rayée de son régiment, le tout frais lavé et repassé. Que lui était-il arrivé ? Où était-il ? Où était passé le confortable chalet avec tous les appareils électriques et le bar au miroir ? Il se trouvait maintenant dans une vaste chambre qu'il n'avait jamais vue.

Lentement, prenant le temps de retrouver son équilibre, il commença à se déplacer dans la pièce inconnue en se demandant s'il était en train de faire un rêve ou bien si c'était le chalet qui était un rêve. Il vit une haute porte-fenêtre, se dirigea rapidement vers elle et l'ouvrit. Elle donnait sur un petit balcon juste assez grand pour qu'un couple pût y prendre le petit déjeuner. Une minuscule table ronde et deux chaises de fer forgé y étaient disposées à cet effet. Evan s'arrêta devant la balustrade qui lui arrivait à la taille et laissa courir son regard dans l'obscurité. La lune était presque invisible et il n'y avait guère à voir que les lignes parallèles des lumières ambrées qui rayonnaient dans toutes les directions. Mais, au loin, il distingua autre chose... Un espace clôturé ressemblant à une immense cage métallique, à l'intérieur de laquelle s'élevaient des masses sombres qui semblaient être des machines, certaines d'un noir d'encre, d'autres chromées ou argentées, qui toutes luisaient à la clarté de la lune voilée par les nuages. Evan concentra toute son attention dans cette direction, puis il tendit l'oreille. Il perçut un bourdonnement ininterrompu et il comprit qu'il avait trouvé la réponse à la question qui l'avait perturbé. Il n'avait pas besoin de voir les incriptions annonçant : HAUTE TENSION — DANGER DE MORT. Il savait qu'elles étaient là. Les machines protégées par le grillage étaient les éléments d'un énorme générateur probablement alimenté par de gigantesques citernes souterraines de fuel et un ensemble de cellules photovoltaïques captant dans la journée l'énergie du soleil tropical.

Sous le balcon s'étendait un patio de brique, mais la hauteur était d'au moins sept à huit mètres, ce qui garantissait une entorse de la cheville ou une fracture de la jambe à qui essaierait de sauter. Kendrick étudia les murs extérieurs. Le tuyau d'écoulement des eaux le plus proche se trouvait à l'angle du bâtiment, tout à fait inaccessible, et il n'y avait pas de plantes grimpantes à escalader. Rien que du stuc... Des couvertures ? Des draps ? En utilisant plusieurs draps solidement noués, il ne resterait plus qu'une chute d'une hauteur de trois mètres ! Il fallait faire vite !... Il s'immobilisa brusquement et abandonna l'idée de se précipiter vers le lit quand il vit apparaître une silhouette portant un fusil en bandoulière qui marchait le long d'une allée baignant dans la lumière ambrée. La silhouette leva le bras : c'était un signal. Evan regarda vers la gauche et il vit un autre homme lever le bras à son tour. Kendrick approcha sa montre de ses yeux et essaya de distinguer la position des aiguilles dans la clarté laiteuse de la nuit. S'il pouvait déterminer la fréquence du passage des sentinelles, s'il pouvait tout préparer !... Mais il fut obligé pour la seconde fois de renoncer aux plans que lui soumettait son imagination mue par l'énergie du désespoir. La porte de la chambre s'ouvrit et il comprit que ce n'était pas un rêve, mais l'implacable réalité.

— J'avais bien cru vous entendre bouger, dit l'agent du Service secret issu des rangs de la mafia.

— J'aurais dû me douter qu'il y avait des micros dans la pièce, dit Evan en quittant le balcon.

— Décidément, vous ne comprenez rien, répliqua le mafioso. Vous êtes dans la chambre d'amis de l'habitation principale. Vous croyez que ces gens voudraient surprendre les conversations privées de leurs invités, ou leurs ébats intimes ?

— Je crois qu'ils ne reculeraient devant rien. Sinon, comment auriez-vous pu savoir que je m'étais levé ?

— Très facile, répondit le soldat de la mafia en se dirigeant vers le secrétaire placé dans l'angle droit de la chambre et en prenant un petit objet plat posé sur le meuble. Vous voyez, c'est ce qu'on utilise quand on a un bébé. Ces appareils se vendent par paires et il suffit d'en brancher un dans la chambre où dort le bébé et l'autre dans la pièce où l'on se trouve. Ma sœur qui habite dans le New Jersey ne s'en sépare jamais. Il faut dire que ses enfants pleurent beaucoup et qu'on les entend jusqu'à Manhattan.

— C'est très édifiant. Quand m'a-t-on remis mes vêtements ?

— Je ne sais pas. Ce sont les Mexicains qui s'en sont occupés. Vous avez peut-être été violé et je ne le sais même pas !

— De plus en plus édifiant... Est-ce que vous vous rendez compte de ce que vous avez fait, de l'affaire dans laquelle vous trempez ? Vous avez enlevé et séquestré un élu de la nation qui jouit d'une certaine notoriété, un membre de la Chambre des représentants !

— Bon Dieu ! À vous entendre, on dirait qu'on a enlevé le maître d'hôtel du Palais des pâtes !

— Vous n'êtes pas très amusant...

— Vous, vous l'êtes. Et on vous réclame, monsieur l'élu de la nation, ajouta le mafioso en sortant son automatique de son étui. On vous attend en bas.

— Imaginons que je décline cette invitation...

— Je vous fais un gros trou dans le ventre et je pousse votre cadavre en bas de l'escalier. Cela m'est parfaitement égal. À vous de choisir, monsieur le héros.

La pièce était un cauchemar de naturaliste. Des têtes d'animaux abattus faisaient trophée contre les murs de stuc et, dans leurs yeux factices, se lisait la panique montant à l'approche d'une mort imminente. Des peaux de léopards, de tigres et d'éléphants recouvraient les fauteuils et les canapés. C'était à tout le moins l'affirmation de la domination de l'homme sur l'animal sans méfiance et le spectacle était plus triste qu'impressionnant, aussi triste que le vain sentiment de triomphe du chasseur.

L'agent du Service secret avait ouvert la porte, fait signe à Kendrick d'entrer et refermé la porte pour se poster dans le couloir. Le premier moment de surprise passé, Evan découvrit derrière un grand bureau un homme dont seul le derrière de la tête était visible. L'homme attendit plusieurs secondes après avoir entendu le bruit de la porte pour se retourner dans son fauteuil pivotant, comme s'il avait voulu s'assurer qu'ils étaient bien seuls.

— Nous ne nous sommes jamais rencontrés, monsieur Kendrick, dit Crayton Grinell de sa voix douce et mélodieuse, mais, aussi discourtois que cela puisse paraître, je préfère conserver l'anonymat... Asseyez-vous, je vous en prie. Il n'y a aucune raison de ne pas vous mettre à l'aise. C'est pourquoi nous vous avons rendu vos vêtements.

— Après les avoir utilisés dans le quartier de Balboa Park, je suppose, dit Kendrick en s'avançant vers le bureau et en s'installant dans un fauteuil bas, recouvert d'une peau de léopard.

— Oui, dit Grinell, ils nous ont permis de nous ménager plusieurs possibilités.

Evan reconnut soudain cette voix aux inflexions très douces. Il l'avait déjà entendue : elle était sur l'enregistrement que l'Européen blond avait fourni à Khalehla. L'homme qui se trouvait devant lui était Crayton Grinell, l'avocat d'affaires en fuite, le responsable du carnage de Chypre.

— Je vois, dit-il. Mais comme vous ne voulez pas que je sache qui vous êtes, dois-je en conclure que l'une de ces possibilités pourrait me voir réapparaître à San Diego ?

— Ce n'est pas impossible mais, pour l'instant, cela demeure douteux. Vous voyez, je suis franc avec vous.

— Comme l'ont été vos amis, chez Bollinger.

— Je suis sûr que vous vous êtes expliqués en toute franchise.

— Étiez-vous obligé d'aller jusque-là ?

— Jusqu'où ?

— Jusqu'à tuer un vieillard !

— Nous n'avons rien à voir avec cela ! Par ailleurs, il n'est pas encore mort.

— Il est condamné !

— Ne le sommes-nous pas tous, tôt ou tard ? C'était un acte stupide et gratuit, aussi stupide que les incroyables manipulations de son mari... Vous pouvez penser ce que vous voulez de nous, monsieur Kendrick, mais nous ne sommes pas stupides. Bon, ne perdons pas notre temps. Les époux Vanvlanderen ont disparu et tout ce qu'ils ont fait a disparu avec eux. Quant à l'ex-docteur Lyons, nul ne le reverra plus...

— Je veux cet homme ! s'écria Kendrick.

— Trop tard. Il a subi la peine la plus lourde qu'un tribunal puisse prononcer.

— Comment puis-je en avoir la certitude ?

— Comment pouvez-vous en douter ? Croyez-vous que le vice-président ou nous-mêmes puissions nous exposer à un rapprochement aussi compromettant ? Nous regrettons profondément ce qui est arrivé à M. Weingrass, mais nous n'y sommes absolument pour rien. Je vous répète que les Vanvlanderen et le faux médecin ont disparu à jamais : l'affaire est définitivement classée. Pouvez-vous accepter cela ?

— Était-il indispensable de me droguer et de m'amener ici pour m'en convaincre ?

— Nous pouvions difficilement vous laisser à San Diego avec toutes les déclarations que vous faisiez.

— Alors, de quoi allons-nous parler maintenant ?

— D'un registre, répondit Grinell en se penchant en avant. Nous voulons le récupérer et, en échange, vous retrouverez la liberté. On vous raccompagnera à votre hôtel, vêtu de vos propres habits, et ce sera comme s'il ne s'était rien passé. C'est le matin à Zurich et une somme de cinquante millions de dollars a été versée sur un compte à votre nom.

Evan était abasourdi, mais il essaya de dissimuler sa surprise.

— Un registre, dit-il lentement. Je ne suis pas sûr de savoir de quoi vous parlez.

— C'est Varak qui l'a dérobé.

— Qui ?

— Milos Varak !

— L'Européen ? laissa échapper Kendrick.

— L'homme de main d'Inver Brass, un excellent professionnel, mais il ne nous nuiera plus. Paix à son âme !

— Inver *quoi* ?

— Ceux qui sont derrière votre rapide essor, monsieur Kendrick. Vous ne vous imaginez tout de même pas que vous devez à vos seuls mérites d'être arrivé là où vous êtes ?

— Je savais que quelqu'un me poussait...

— Vous poussait ? Vous catapultait vers le sommet, vous voulez dire ! Mais de quoi se mêle cette bande de cinglés ? Et ils ne s'étaient même pas rendu compte que l'un d'eux était de notre côté !

— Qu'est-ce qui vous fait croire que l'Européen, ce Varak, est mort ? demanda Evan en espérant gagner un peu de temps pour pouvoir assimiler les révélations qui se succédaient en rafales.

— C'était dans le journal... On ne donnait pas son identité, cela va de soi, mais il s'agissait indiscutablement de lui. Mais avant de mourir, Varak a vu quelqu'un... Quelqu'un qui travaillait pour nous, sinon il ne serait jamais venu à l'aéroport. C'est lui qui l'a volé !

— Le dossier ? dit Kendrick d'un ton hésitant.

— C'est un registre industriel codé, qui ne peut présenter d'intérêt que pour quelques rares personnes.

— Et vous croyez donc que je suis en possession de ce registre...

— Je crois que vous savez où il se trouve.

— Pourquoi ?

— Parce que le trop zélé Varak a dû s'imaginer à tort qu'il serait mieux entre vos mains. Il ne pouvait plus faire confiance aux membres d'Inver Brass.

— Parce qu'il avait appris que l'un d'eux était de votre côté ?

— Oui, surtout pour cette raison. Ce ne sont bien sûr que des hypothèses... Une sorte de déformation professionnelle, mais qui m'a rendu de nombreux services.

— Pas cette fois. Je ne suis au courant de rien.

— À votre place, Kendrick, je me garderais bien de mentir. En tout état de cause, ce serait inutile. Il existe de nos jours de nombreux moyens de délier la langue et d'ouvrir l'esprit.

Non, pas les drogues ! Si on lui injectait des narcotiques, il révélerait tout, il signerait l'arrêt de mort de Khalehla et donnerait aux bailleurs de fonds tous les renseignements dont ils avaient besoin pour élever un écran de fumée derrière lequel ils s'abriteraient. Il ne pouvait pas faire cela à Manny, sur son lit de mort ! Il était maintenant retenu sur une île, quelque part dans les eaux territoriales du Mexique, mais c'est à une autre prison qu'il songeait. Il lui fallait absolument être aussi convaincant qu'il l'avait été avec les terroristes de Mascate, car ces hommes, ces assassins mondains, n'étaient rien d'autre que des terroristes !

— Écoutez-moi bien, dit-il d'une voix ferme en croisant les jambes et en plongeant les yeux dans ceux de Grinell. Vous pouvez penser ce que vous voulez, mais la vice-présidence ne m'intéresse pas. Ce que je veux, c'est un crédit de cinquante millions de dollars à Zurich. Suis-je assez clair ?

— Parfaitement clair... Et c'est enregistré, cela va de soi.

— Bien ! parfait ! Je vais tout déballer et vous pourrez faire un enregistrement vidéo...

— Il est en cours, dit l'avocat d'un ton mielleux.

— Excellent ! Nous sommes donc dans la même galère.

— Dans la même galère, monsieur Kendrick. Où est le registre ?

— Je n'en ai pas la moindre idée, mais si ce Varak me l'a envoyé, je sais comment vous pouvez le récupérer... Je vais appeler mon bureau à Washington et demander à Annie O'Reilly, ma secrétaire, de l'expédier par exprès à l'adresse que vous m'indiquerez.

Les deux hommes s'affrontèrent longuement du regard et aucun d'eux ne détourna les yeux.

— Cette solution me semble honnête, dit enfin Grinell.
— Si vous en voyez une meilleure, allez-y.
— Voilà qui est encore plus honnête !
— Nous sommes dans le même bateau ?
— Oui, dit Grinell en souriant, mais votre voyage vous conduit jusqu'à Zurich. Dès que certains détails auront été réglés sur votre agenda... Chicago par exemple.
— Le télégramme partira demain matin. Je demanderai à ma secrétaire de l'envoyer du bureau.
— Il va sans dire qu'une copie sera adressée à notre estimé vice-président.
— Cela va sans dire.

Le porte-parole des bailleurs de fonds poussa un soupir audible.

— La vénalité est la chose au monde la mieux partagée, dit-il d'un ton affable. Prenons votre exemple, monsieur Kendrick ; vous êtes un puits de contradictions. Jamais votre personnage public n'accepterait de tels accommodements.
— Si c'est pour votre enregistrement vidéo, permettez-moi de vous déclarer ceci : je me suis fait brûler et j'ai fait de mon mieux pour éteindre les feux allumés à Oman, car c'est eux qui m'avaient brûlé et qui avaient fait périr un grand nombre de mes amis. Je ne vois pas là la moindre contradiction.
— C'est enregistré, monsieur Kendrick.

Brusquement, sans que rien l'eût laissé soupçonner, la paisible discussion fut interrompue par deux signaux simultanés. Une lumière rouge se mit à clignoter sur la console du radiotéléphone posée sur le bureau et le hurlement assourdi d'une sirène se fit entendre, provenant de l'intérieur de la maison, de l'autre côté des murs de stuc, sans doute de l'un des animaux abattus. La porte s'ouvrit violemment et la haute silhouette hâlée du capitaine du yacht s'encadra dans le chambranle.

— Vire cette ordure d'ici ! hurla-t-il. Je me doutais depuis le début qu'il nous tendait un piège et j'avais raison ! La résidence de Bollinger grouille d'agents fédéraux envoyés par Washington et ils interrogent tout le monde, comme s'ils voulaient identifier des suspects.
— Qu'est-ce que tu dis ?

— Nous avons les choses en main, mais il y a un problème beaucoup plus grave : le registre ! Bollinger a reçu un coup de fil ! C'est l'avocat de l'autre salope qui l'a !

— La ferme ! ordonna Grinell.

— Il veut dix millions, parce qu'elle lui a dit que c'est ce qu'Andy lui avait promis, à elle ! Il les veut !

— Je t'ai demandé de la fermer !... Tu as bien dit que les fédéraux interrogeaient tout le monde ?

— Oui, c'est ce que j'ai dit. Non seulement ils les cuisinent, mais ils ont des mandats de perquisition. Ils ne trouveront rien, mais ce ne sera pas faute d'avoir essayé !

— Chez le vice-président ! C'est absolument inouï !

— Ils agissent avec finesse ! Ils ont affirmé à Bollinger qu'ils étaient là pour le protéger de ses subordonnés, mais, avec moi, ça ne marche pas ! Ce fumier a été envoyé pour nous piéger ! ajouta-t-il en se tournant vers Evan. La parole du héros contre celle de tout le monde !

— Il ne peut pas y avoir de parole de héros s'il n'y a plus de héros, déclara Grinell en fixant Evan du regard. *Adios*, monsieur Kendrick.

Il appuya sur un bouton placé sur le côté de son bureau et la porte de l'immense pièce s'ouvrit une nouvelle fois. Le mafioso entra prudemment, son automatique au poing.

— Emmenez-le, ordonna l'avocat. Les Mexicains vous indiqueront l'endroit. Vous m'avez bien eu, monsieur Kendrick et c'est une leçon que je ne suis pas près d'oublier. Il faut toujours se méfier d'un renégat trop persuasif.

Le bruit des vagues se fracassant sur les rochers s'amplifiait à mesure qu'ils descendaient le sentier éclairé. Un peu plus loin, la double rangée de lumières s'arrêta brusquement devant une barrière blanche qui fermait le passage. À la lueur ambrée des deux dernières lumières, apparaissait une double inscription sur le fond blanc de l'obstacle. Celle de gauche était en espagnol, celle de droite en anglais.

PELIGRO !... DANGER !

Derrière la barrière se trouvait un promontoire dominant la mer. Dans le bouillonnement furieux des eaux et le déferlement assourdissant des vagues, à la clarté diffuse de la lune pudiquement voilée, Evan Kendrick était conduit à son exécution.

41

Des paquets d'embruns projetés avec violence s'élevaient jusqu'au promontoire. Evan s'efforça de contenir la panique qui montait en lui en se répétant le pacte qu'il avait passé avec lui-même. Il ne mourrait pas comme un mouton à l'abattoir, il ne se laisserait pas tuer sans se battre, même si c'était en pure perte. Mais cet ultime effort présupposait qu'il avait une faible chance de survie et il avait passé toute sa vie d'adulte à cultiver son sens de l'observation. Tout autour de lui, s'élevaient des plantes tropicales rendues fortes et vivaces par l'humidité permanente et la lutte contre les assauts continus du vent. De chaque côté du chapelet de lumières ambrées foisonnait une végétation luxuriante qui prenait racine dans un sol boueux. Le Mexicain qui avait guidé le mafioso vers le lieu de l'exécution semblait de plus en plus réticent devant l'issue inéluctable et sa voix allait s'affaiblissant à mesure qu'ils approchaient de la barrière blanche.

— *Al frente, al frente !* s'écria-t-il nerveusement. *Adelante !*

— Passez par-dessus ou contournez-la, monsieur Kendrick, dit l'agent du Service secret du ton froid d'un professionnel faisant simplement son boulot, un homme pour qui la vie et la mort ne signifient rien.

— Je ne peux pas, dit Kendrick. Elle est trop haute pour que je l'enjambe et il y a une sorte de fil de fer barbelé qui part de chaque côté.

— Où ?

— Là, dit Kendrick en indiquant du doigt la masse sombre de l'enchevêtrement végétal.

— Je ne vois rien...

Maintenant ! cria une voix intérieure et Evan pivota sur lui-même en lançant les deux mains vers le gros automatique. Il parvint à le saisir et à l'écarter en tordant le poignet du mafioso. Puis il donna un grand coup d'épaule dans la poitrine de l'homme en lui tirant violemment le bras et, rassemblant toutes ses forces, il parvint à le renverser d'un croc-en-jambe. Le mafioso s'étala au pied des broussailles, dans la terre boueuse. Un coup de feu claqua, mais la détonation se fondit dans le fracas des vagues. Du pied, Kendrick poussa l'arme et l'enfonça dans la terre meuble, puis, libérant sa main droite, il prit une poignée de boue et l'écrasa sur les yeux de l'agent du Service secret.

Le tueur proféra un chapelet d'injures incompréhensibles tout en essayant de se nettoyer les yeux et d'arracher l'automatique à la boue. À cheval sur son adversaire qui se tortillait et se débattait violemment, Evan lui bourrait l'aine de coups de genou, sans cesser de prendre de pleines poignées de boue qu'il lui écrasait sur les yeux et sur la bouche. Soudain, ses phalanges heurtèrent une masse dure, de forme irrégulière... une *pierre* ! Elle était trop grosse pour qu'il puisse la saisir entre ses doigts étirés, mais rien ne pouvait l'arrêter ! Bandant tous les muscles de son bras qui n'avaient pas travaillé depuis si longtemps tout en repoussant les assauts frénétiques du mafioso, il parvint à extraire la lourde pierre aux bords coupants de sa gangue de boue. Il la souleva et l'abattit de toutes ses forces sur le crâne de son bourreau dont le corps, après un dernier soubresaut, retomba pesamment sur le sol boueux.

Evan ramassa l'automatique et tourna la tête vers le Mexicain qui attendait de savoir lequel des deux hommes allait sortir vainqueur de cette lutte pour la vie. À moitié caché dans l'ombre de la végétation exubérante, il écrasa en reculant une des lampes ambrées qui se brisa sous son poids. Dès qu'il vit que le survivant était Kendrick, il pivota sur lui-même et s'élança sur le sentier pour prendre la fuite.

— Arrêtez ! hurla Evan d'une voix haletante en bondissant vers lui. Si vous n'arrêtez pas, je vous tue ! Je suis sûr que vous me comprenez !

Le Mexicain s'immobilisa et se retourna lentement pour faire face à Evan.

— Je n'ai rien à voir avec tout cela, señor, dit-il dans un anglais étonnamment compréhensible.

— Vous voulez dire que vous n'appuyez pas sur la détente, que vous vous contentez de leur montrer l'endroit où ils peuvent le faire !

— Je n'ai rien à voir avec ça, répéta le Mexicain. Je suis pêcheur, mais on ne peut plus gagner correctement sa vie sur les bateaux... Ici, je gagne de l'argent avant de rentrer retrouver ma famille à El Descanso.

— Vous avez vraiment envie de revoir votre famille ?

— Si, señor, beaucoup, répondit le Mexicain qui tremblait de tous ses membres. Si c'est ce qu'ils font ici, je ne reviendrai pas.

— Vous voulez dire que ce genre de chose ne s'est jamais produit ?

— Jamais, señor.

— Alors, comment connaissiez-vous le chemin ? hurla Kendrick pour couvrir le bruit du vent et des vagues.

Il commençait à reprendre son souffle et, en grimaçant de douleur, il vit que ses vêtements étaient maculés de boue.

— Quand nous arrivons ici, señor, on nous donne une carte de l'île et, si nous ne la connaissons pas par cœur au bout de deux jours, on nous renvoie chez nous.

— Pourquoi ? Pour connaître les différents endroits où ont lieu les exécutions ?

— Je vous ai dit qu'il n'y en avait pas, señor. Il y a beaucoup de trafic de drogue, *narcoticos,* dans les parages, et nous sommes là pour défendre l'île, même si les patrouilles mexicaines et américaines arrivent très rapidement.

— Comment cela, très rapidement ?

— Le propriétaire de l'île est un homme très puissant.

— Son nom est bien Grinell ?

— Je ne sais pas, señor. Je ne connais que l'île, pas le nom des gens.

— Vous parlez bien anglais. Pourquoi n'avez-vous pas parlé anglais tout à l'heure... Avec lui, ajouta-t-il en montrant le cadavre du mafioso.

— Je vous ai dit que je ne voulais pas me mêler de ça, señor. On m'a expliqué où je devais vous conduire, mais en approchant de la mer, j'ai commencé à comprendre... Ce ne sont pas mes affaires, señor. Mais ma famille est restée à El Descanso et les hommes qui viennent ici sont puissants.

Evan lui lança un regard empreint d'incertitude. Il serait tellement facile d'éliminer le Mexicain terrorisé afin de ne pas prendre de risques, mais, si l'homme n'avait pas menti, ce pouvait être un atout pour lui. Kendrick savait bien que le pêcheur négociait pour sauver sa peau, mais il y avait une autre vie en jeu, et cela facilitait la négociation.

— Vous comprenez bien, dit-il en se rapprochant du Mexicain et en parlant d'une voix forte pour bien se faire entendre, que si vous retournez là-bas sans lui, ou s'il ne revient pas et que les autres découvrent son corps ici ou bien écrasé sur les rochers, vous n'avez aucune chance de vous en sortir vivant. Vous comprenez bien ?

— *Si,* répondit le pêcheur en hochant la tête à deux reprises.

— Mais si, moi, je ne vous tue pas, poursuivit Evan en levant le colt du mafioso, il vous reste une chance de vous en sortir.

Le Mexicain ferma les yeux et hocha derechef la tête.

— Il est donc dans votre intérêt, pour vous et pour votre famille, de vous joindre à moi.

— *Si !* De me joindre à vous pour quoi faire ? ajouta le pêcheur en rouvrant brusquement les yeux.

— Pour partir d'ici, pour quitter l'île. Il y a un bateau à quai, près d'une citerne d'essence, qui est assez grand pour faire la traversée.

— Ils ont d'autres bateaux, répliqua le guide du mafioso. Des bateaux plus rapides que les vedettes de la police. Et il y a aussi un hélicoptère avec de gros projecteurs.

— Comment ? Où est-il ?

— Près de la plage, de l'autre côté de l'île. Ils ont construit une aire d'atterrissage en ciment... Vous savez le piloter, señor ?

— J'aimerais bien. Comment vous appelez-vous ?

— Emilio.

— Vous m'accompagnez, Emilio ?

— Je n'ai pas le choix. Je veux partir d'ici, retrouver ma famille et aller m'installer dans un village de montagne. Sinon, ils me tuent et ma famille n'aura plus de quoi manger.

— Je vous préviens que si jamais je me rends compte que vous m'avez menti, vous ne reverrez ni El Descanso ni votre famille.

— J'ai bien compris, señor.

— Restez à côté de moi... Il faut d'abord que je fouille mon bourreau.

— Votre quoi, señor ?

— Le sympathique garçon qui devait me tuer. Dépêchons-nous ! Nous avons beaucoup à faire et très peu de temps.

— Nous allons au bateau ?

— Pas encore, répondit pensivement Kendrick dans l'esprit de qui un plan commençait à germer. Nous allons semer la pagaille sur cette saleté d'île. Pas seulement pour vous et moi, mais pour tout le monde. *Tout le monde...* Est-ce qu'il y a une cabane à outils, quelque part ? Un endroit où on range les pelles, les pioches, les sécateurs, vous voyez ?

— Le *mantenimiento,* répondit Emilio. C'est pour les jardiniers, mais on nous demande souvent de leur donner un coup de main.

— J'ai d'abord quelque chose à faire, puis vous m'y conduirez, poursuivit Evan en repartant vers le corps du mafioso d'un pas rapide qui lui arracha une grimace de douleur. Suivez-moi !

— Nous devons être très prudents, señor !

— À cause des sentinelles, je sais... Combien y en a-t-il en tout ?

— Deux sur chacune des quatre plages accessibles et sur le bassin. Dix par équipe. Ils ont tous une radio qui déclenche une *sirena...* une sirène très forte.

— Combien de temps sont-ils de garde ? demanda Kendrick en se penchant sur le cadavre de l'agent du Service secret.

— Douze heures. Il y a vingt *guardas* et quatre *jardineros.* Ceux qui ne sont pas de service restent dans ce qu'ils appellent le « quartier ». C'est un long bâtiment au nord de la grande maison.

— Où sont les outils ?

— Dans un garage métallique, à cinquante mètres au sud du *generador.*

— Le générateur ?

— *Si.*

— Très bien.

Evan prit le portefeuille du mafioso et son porte-cartes, puis il fouilla les poches maculées de boue et trouva plus de dix mille dollars en liquide, une somme qui ne devait pas figurer sur la feuille de paie du fonctionnaire du Service secret. Pour finir, il prit la petite « clé » électronique qui commandait l'ouverture de la porte du chalet-cellule.

— Allons-y, dit-il en se levant avec difficulté.

Ils commencèrent à descendre le sentier éclairé par les lumières ambrées.

— *Uno momento !* murmura soudain Emilio. Les lumières ! Il faut les éteindre, señor. Plus il fera sombre, mieux ce sera pour nous.

— Bonne idée, dit Kendrick.

Ils rebroussèrent chemin jusqu'à la barrière blanche et entreprirent de détruire à coups de pied toutes les lumières qui balisaient le sentier. Puis ils repartirent et atteignirent la voie principale qui descendait sur la gauche vers le bassin et remontait sur la droite en direction de la grande maison bâtie au sommet de la colline. Evan et le Mexicain continuèrent à remonter le chemin en fracassant toutes les lumières jusqu'à ce qu'ils arrivent à l'embranchement menant au chalet.

— Par ici ! cria Kendrick en tournant à droite. Ne vous occupez plus des lumières, nous les éteindrons au retour !

— *¿ La cabaña ?*

— Dépêchez-vous !

La lumière de l'intérieur, réfractée par les épaisses vitres biseautées, baignait la clairière s'étendant devant la petite construction. Evan s'avança devant la porte et enfonça un bouton vert sur le boîtier de la commande électronique. Il entendit le déclic des tiges d'acier rentrant dans le chambranle, tourna la poignée de la porte et entra.

— Venez ici, dit-il à Emilio.

Le Mexicain le suivit à l'intérieur et Kendrick referma la porte en la verrouillant avec le bouton rouge.

Il se précipita vers le coin-cuisine, ouvrit l'un après l'autre tous les tiroirs et les placards en choisissant tout ce qui lui semblait pouvoir être utile : une torche électrique, un grand couteau à découper, plusieurs autres petits couteaux, un hachoir, trois boîtes de Sterno, un combustible solide servant à allumer les feux de bois, une boîte d'allumettes paraffinées qui pouvaient être frottées sur n'importe quelle surface et une pile de torchons de vaisselle. Quand il eut tout posé sur la table de chêne ovale, il se tourna vers Emilio qui ne l'avait pas quitté des yeux. Il prit un des couteaux par la lame et le tendit au Mexicain.

— J'espère que vous n'aurez pas à vous en servir, dit-il, mais si cela doit arriver, ne manquez pas votre coup.

— Il y a certains de mes compatriotes que je ne pourrais pas tuer sans essayer d'abord de leur parler, car ils sont comme moi, ils ont besoin de travailler, mais il y en a d'autres, surtout ceux qui sont là depuis longtemps, pour qui je n'aurais pas de scrupules...

— Vous ne pouvez pas vous permettre d'avoir des scrupules ! Si une seule alarme est déclenchée...

— S'ils savent que c'est moi, Emilio, il n'y aura pas une seule alarme déclenchée par mes amis, señor ! De toute façon, ils dorment presque tous en ce moment. Pour les patrouilles de nuit, ils font travailler les *veteranos,* parce qu'ils ont peur des bateaux.

— J'espère que vous avez raison !

— Je veux revoir ma famille, señor.

— Prenez quelques torchons, une boîte de Sterno et une poignée d'allumettes. Vite !

Kendrick ramassa le reste des objets et les glissa dans ses poches. Il garda le hachoir à la main et se dirigea vers l'interphone mural. Se plaçant sur le côté, il abattit la lourde lame sur l'arrière de l'appareil, l'arrachant de son logement dans le mur.

— Allez chercher ces deux lampes, ordonna-t-il à Emilio et brisez-les. Je m'occupe de celle du fond.

À peine une minute plus tard, les deux fugitifs s'engageaient sur le sentier et la clairière entourant la cabane était plongée dans l'obscurité totale.

— Et maintenant, les outils ! Conduisez-moi à la cabane à outils !

— *Con mucho cuidado !* Nous devons être très prudents quand nous ferons le tour de la grande maison. Il ne faudra détruire les lumières que jusqu'à l'endroit que je vous indiquerai. Du premier étage de la maison, on pourra se rendre compte qu'elles ne sont plus allumées et l'alerte sera donnée. Et si nous voyons une patrouille, laissez-moi d'abord observer les gardes.

— Allons-y. Ils ont des problèmes là-haut, mais ils ne vont pas tarder à se demander où est passé mon bourreau. En route !

Ils continuèrent de détruire les balises ambrées jusqu'à un ressaut, légèrement en contrebas de la grande bâtisse, un vrai manoir rappelant à Kendrick les merveilleuses demeures des Caraïbes. Le Mexicain le tira brusquement par le bras et l'entraîna à l'abri du feuillage bordant le sentier. Puis il appuya sur son épaule en enfonçant ses doigts dans la chair. Le message était on ne peut plus clair : baissez-vous et ne bougez plus. Un garde, le fusil en bandoulière, descendait le sentier.

— Vite, señor, souffla le Mexicain dès que la sentinelle eut disparu. Il n'y aura plus personne jusqu'à la *galeria* de l'arrière, où ils boivent le vin et mangent le poisson grillé.

Sans doute un grand patio avec un barbecue, se dit Evan en suivant Emilio à travers l'enchevêtrement de la végétation, regrettant de ne pas avoir une machette pour se frayer un chemin à travers les lianes et les plantes grimpantes, mais soulagé d'être accompagné dans sa progression par le sifflement du vent et le bruit étouffé des vagues. Ils contournèrent la demeure et perçurent un nouveau bruit, le bruit sourd et continu de l'imposant générateur. L'ingénieur Kendrick essaya de calculer l'énergie qu'il produisait, le combustible qu'il consommait et l'alimentation électrique nécessaire au fonctionnement des cellules photovoltaïques. C'était à donner la migraine ! Entre Bahreïn et les déserts d'Arabie Saoudite, il avait installé plusieurs générateurs, mais il s'agissait toujours d'un équipement provisoire, destiné à être utilisé en attendant l'arrivée des câbles électriques.

Evan sentit de nouveau la main tremblante d'Emilio se poser sur son épaule et exercer une vive pression. Les deux hommes s'accroupirent dans la végétation touffue, derrière la bordure d'arbustes soigneusement taillés et, quand Kendrick leva les yeux, il ne put réprimer un frisson de peur. Un peu plus loin sur leur gauche, derrière la haie bordant le sentier, une sentinelle avait vu ou entendu quelque chose. Ils distinguaient nettement le haut de son corps à la lueur ambrée des balises. L'homme s'avança rapidement dans leur direction en faisant glisser son fusil sur son épaule et en le pointant devant lui. Il marchait droit sur eux. Arrivé à quelques mètres, il dirigea le canon de son arme vers le fouillis végétal.

— *¿ Quien es ?* s'écria-t-il.

Avec une vivacité de félin, Emilio bondit et, saisissant le fusil, il entraîna le garde dans la végétation ombreuse. Il y eut une brusque expulsion d'air qui coupa net l'amorce d'un cri et l'homme s'immobilisa. La base de sa gorge n'était plus qu'une bouillie sanglante d'où Emilio retira son couteau.

— Bon Dieu ! murmura Evan en aidant le Mexicain à tirer complètement le corps sous le couvert des arbres.

— Je n'ai pas eu de problème avec ce *perro,* dit Emilio. Ce chien galeux a défoncé la tête d'un garçon, un jeune jardinier qui refusait de le satisfaire, si vous voyez ce que je veux dire, señor.

— Oui, je vois, et je comprends que vous venez de nous sauver la vie... Mais attendez un peu ! Avec son fusil et sa casquette, nous allons gagner du temps ! Les gardes n'ont pas d'uniforme... Leur seul uniforme, c'est le fusil. Mettez sa casquette et passez le fusil en bandoulière. Vous pourrez marcher sur le sentier et je vous suivrai d'aussi près que possible en restant à couvert. Si j'ai trop de difficultés à avancer, je gagnerai le sentier et vous pourrez vous assurer que la voie est libre !

— *Bueno,* dit le Mexicain en prenant la casquette et le fusil. Si on m'arrête, je dirai que ce *perro* m'a forcé à le remplacer pendant une heure. Ils riront peut-être, mais ils ne mettront pas ma parole en doute. Restez près de moi et, quand je vous le dirai, passez pardessus la haie et marchez à côté de moi. Pas devant moi, pas derrière, à côté. Vous parlez espagnol ?

— Pas assez bien pour tromper quelqu'un.

— Alors, ne parlez pas. Restez à côté de moi !

Le fusil sur l'épaule, Emilio franchit la barrière formée par la haie et s'engagea sur le sentier. Écartant les branches et les lianes dans l'obscurité, Kendrick faisait de son mieux pour ne pas se laisser trop distancer et, de loin en loin, il murmurait au Mexicain de ralentir. À un moment, il fut arrêté par la végétation particulièrement drue. Prenant le hachoir qu'il portait à la ceinture, il s'en servit pour se frayer un passage dans l'enchevêtrement de plantes tropicales.

— *Silencio !* s'écria tout bas le Mexicain.

Quelques instants plus tard, Evan entendit Emilio lui donner un autre ordre.

— Venez, señor ! Vous pouvez marcher à côté de moi ! Vite !

Kendrick rejoignit le Mexicain qui pressa aussitôt le pas sur le chemin en pente.

— Vous êtes sûr que c'est une bonne idée de marcher si vite ? demanda Evan d'une voix haletante. Si quelqu'un nous voit, il pourra se demander pourquoi nous courons en faisant notre ronde de surveillance.

— Nous sommes arrivés à l'arrière de la maison, répondit Emilio. À l'heure qu'il est, il n'y a que deux sentinelles qui patrouillent sur les deux sentiers qui se rejoignent à la *galeria* et qui repartent de l'autre côté de la colline, vers les plages. Il leur faut plusieurs minutes et elles viennent juste de partir. Nous pouvons traverser la *galeria,* suivre le sentier qui part derrière la colline et traverser la forêt pour atteindre le *mantenimiento...* les outils, señor.

Ils débouchèrent au bord d'un patio de brique, celui qu'Evan avait étudié du haut du balcon de la chambre qui le surplombait. Il se souvint des deux gardes qui avaient échangé un signe de la main depuis le point de départ de chacun des sentiers. Le Mexicain, qui semblait avoir pris les choses en main, le tira par le bras en lui faisant signe de se diriger vers la gauche et s'éloigna au pas de course.

Les deux hommes s'élancèrent dans le vaste patio qui s'étendait sur toute la longueur de la maison, coupant devant le grand barbecue de brique autour duquel étaient disposés des sièges de jardin. Puis ils longèrent toute la maison en restant à l'abri des balcons et s'engagèrent au pas de course sur le sentier remontant vers le sud. Ils atteignirent un petit plateau bordé de hautes herbes, qui surplombait l'océan et deux plages séparées par une barrière de rochers. Le chemin n'était plus balisé et ils n'avaient devant eux qu'un étroit sentier descendant vers la grève.

Ce poste d'observation permettait de découvrir à la clarté sporadique de la lune une grande partie de l'arrière de l'île. À trois cents mètres sur leur droite, éclairé par des projecteurs, se dressait le puissant générateur. Derrière la haute clôture, Evan distinguait la silhouette d'une construction longue et basse, sans doute ce qu'Emilio appelait le « quartier ». Beaucoup plus bas, juste au-dessus de la plage de droite, il découvrit l'aire d'atterrissage, une vaste surface de ciment blanc, visible de loin, au centre de laquelle dormait un gros hélicoptère portant une immatriculation mexicaine et peint aux couleurs d'un appareil civil, mais qui était sans l'ombre d'un doute un appareil de l'armée américaine.

— Venez ! souffla Emilio. Et ne dites rien. De ce côté de l'île, les voix portent loin.

Le Mexicain s'engagea sur un sentier sans éclairage, une petite piste coupant à travers la forêt et qui n'était utilisée que de jour. Kendrick avait l'impression qu'il manquait quelque chose et les dernières paroles d'Emilio l'aidèrent à comprendre ce dont il s'agissait. Le bruit du vent et le fracas des vagues étaient devenus presque imperceptibles et, dans le silence de cette partie de l'île, les voix devaient porter. Par ailleurs, l'absence de vent offrait l'avantage de permettre à l'hélicoptère de manœuvrer sans grande difficulté.

L'expression « garage métallique » employée par Emilio était tout à fait appropriée, mais le garage en question était de loin le plus vaste qu'Evan eût jamais vu, à l'exception des gigantesques constructions stérilisées qui abritaient le parc de limousines des familles royales du Golfe.

À l'inverse, l'énorme et hideux abri en aluminium de l'île abritait un ensemble de tracteurs, de tondeuses électriques, de tronçonneuses et de taille-haies électriques qui ne pouvaient être utilisés à cause du bruit. Mais Evan découvrit des objets beaucoup plus intéressants : des bidons d'essence alignés par terre et, suspendus au mur par des crochets et des clous, des cognées et des hachettes, des faux et des pinces coupantes à long manche, des machettes et autres émondoirs à manche télescopique, tous les outils indispensables pour contenir la croissance exubérante de la végétation tropicale.

Le choix fut simple et instinctif. Le hachoir fut écarté au profit d'une hachette et d'une machette pour chacun des deux hommes, et ils y ajoutèrent des pinces coupantes, un bidon d'essence et un émondoir muni d'un manche de trois mètres. Tous les autres objets du chalet restèrent dans leurs poches.

— Et maintenant, l'hélicoptère ! dit Kendrick.

— Il y a un sentier qui rejoint les deux chemins du nord et du sud, en contrebas du générateur. Il faut faire vite ! Les sentinelles sont arrivées à leur plage et elles vont bientôt revenir.

Ils quittèrent précipitamment l'abri des jardiniers et s'engagèrent sur la première piste de terre battue, tenant à la main les outils qu'ils n'avaient pas glissés dans leur ceinture ou coincé sous leurs aisselles. Emilio ouvrant la marche, ils s'engagèrent dans les hautes herbes et atteignirent l'étroite sente qui traversait le plateau.

— *Cigarillo !* murmura le Mexicain en repoussant Kendrick au milieu des hautes herbes.

Il vit passer à deux mètres cinquante l'extrémité rougeoyante d'une cigarette fichée entre les lèvres d'un garde qui remontait la colline d'un pas pesant.

— Venez ! souffla Emilio quand la sentinelle atteignit le plateau.

Courbés en deux, les fugitifs atteignirent la route du nord. Comme la seconde sentinelle n'était pas en vue, ils commencèrent aussitôt de descendre vers l'aire cimentée où attendait l'hélicoptère.

L'énorme appareil militaire ressemblait à quelque monstrueux insecte s'apprêtant à fondre sur un ennemi qu'il était seul à pouvoir distinguer dans les ténèbres. De lourdes chaînes tendues étaient enroulées autour du train d'atterrissage et retenues par des blocs de ciment ; même une tempête d'une violence inouïe détruirait l'hélicoptère avant de briser ses attaches. Kendrick s'avança vers l'énorme appareil tandis qu'Emilio restait caché dans les herbes pour surveiller le passage de la sentinelle et avertir son compagnon. Evan commença à étudier l'hélicoptère avec une seule idée en tête : l'immobiliser, mais en évitant de faire du bruit dans la nuit silencieuse. Il ne pouvait pas non plus se servir de sa torche, car le faisceau lumineux le ferait aussitôt repérer dans l'obscurité. *Trouver des câbles.* En haut, sous les pales du rotor et, à l'arrière, dans la dérive. Evan s'accrocha à la poignée de la portière, puis au châssis de la vitre, et il parvint à se hisser devant l'habitacle. Il escalada le pare-brise du côté du pilote et atteignit le haut du fuselage. Précautionneusement, il avança à quatre pattes jusqu'à la base de la voiture tournante, prit la pince coupante dont le manche dépassait de sa poche et se redressa. Trois minutes plus tard, tous les câbles qu'il avait pu discerner dans l'obscurité étaient cisaillés.

Il entendit un coup de sifflet très bref ! C'était le signal d'Emilio. La sentinelle avait débouché sur le plateau et elle arriverait à la hauteur de l'hélicoptère dans quelques minutes. Mais Kendrick n'était pas pleinement satisfait ; il se demandait s'il avait définitivement paralysé l'appareil, ou s'il était simplement endommagé. Il lui fallait atteindre la dérive. C'était le seul moyen de s'en assurer, car tous les appareils de locomotion aérienne disposaient de mécanismes de secours, pour le cas où un problème mécanique surviendrait en vol. Evan se laissa glisser aussi rapidement que possible sur le fuselage, mais sans prendre le risque de perdre l'équilibre et de s'écraser six mètres plus bas sur l'aire de ciment. Il atteignit la queue de l'appareil, mais il n'y avait rien à voir ; tout était protégé par la carcasse de métal... Non, pas tout ! À califourchon sur l'extrémité effilée du fuselage, se retenant d'une main à la queue, il se pencha et vit deux gros câbles reliés à l'aileron droit. Evan se mit à l'ouvrage avec frénésie. De grosses gouttes de sueur coulaient de son front et roulaient sur le flanc luisant de l'appareil, mais il sentait les fils d'acier du câble supérieur lâcher l'un après l'autre. Brusquement, un claquement retentit... beaucoup trop fort, comme une détonation dans le silence de la nuit et toute une partie de l'aileron bascula en position verticale. Il avait réussi !

Il y eut un bruit de pas précipités et des cris s'élevèrent au pied de l'hélicoptère.

— *¿ Qùe cosa ?¡ Quédese !*

Le fusil braqué sur Evan, la sentinelle se tenait sous la dérive et sa main gauche glissait vers l'émetteur radio attaché à sa ceinture.

42

Non ! Pas ça ! Kendrick leva les bras en se laissant glisser sur le fuselage et il abattit la longue cisaille sur le canon du fusil. Tandis que l'arme volait en l'air, un cri de douleur se forma dans la gorge de la sentinelle, mais avant qu'il prenne toute son intensité, Emilio avait bondi et assommé l'homme en le frappant du dos de la lame de sa hachette.

— Vous pouvez marcher ? demanda le Mexicain à voix basse. Il ne faut pas rester ici ! En route, vite ! L'autre garde va arriver !

Evan, qui se tordait de douleur sur le ciment, hocha la tête en signe d'acquiescement et se releva péniblement en ramassant le fusil et la cisaille.

— Enlevez-le d'ici, dit-il en grimaçant.

Mais il se rendit aussitôt compte que son ordre était superflu, car Emilio avait déjà pris les pieds de la sentinelle et tirait le corps inerte dans les hautes herbes qui bordaient l'aire d'atterrissage. Evan le suivit en claudiquant, la cheville gauche et le genou droit parcourus de violents élancements.

— J'ai fait une erreur, dit le Mexicain en secouant la tête et toujours sans élever la voix. Nous avons une seule chance de réussir. Je vous ai regardé marcher et jamais nous ne pourrons atteindre le bassin et les bateaux sans nous faire repérer et avant que l'autre garde comprenne que son *compañero* n'est plus là. Il faut que je prenne sa place dans l'obscurité, ajouta-t-il en montrant le corps sans connaissance de son compatriote, et que j'arrive assez près de l'autre sans qu'il se doute de rien.

— Mais il va crier de loin, objecta Kendrick, et vous demander ce qui s'est passé. Qu'allez-vous lui dire ?

— Que je me suis avancé dans les herbes pour me soulager et que j'ai heurté une grosse pierre coupante. Je vais boiter comme vous et je lui proposerai de lui montrer où je saigne.

— Vous croyez que cela marchera ?

— Prions la Vierge, señor ! Sinon, nous sommes morts tous les deux !

Le Mexicain se redressa en faisant passer le fusil sur son épaule.

— J'ai une faveur à vous demander, dit-il. Ce *guarda* n'est pas un méchant homme et sa famille vit à El Suazal, un village où il n'y a pas du tout de travail. Attachez-lui les jambes et les bras, et mettez sa chemise dans sa bouche, si vous voulez. Moi, je ne peux pas le tuer.

— Savez-vous qui est l'autre sentinelle ? demanda Evan d'un ton dur.

— Non.

— Imaginez que vous ne puissiez pas le tuer, lui non plus.

— Ce n'est pas un problème. Quand je trouve des bateaux pour travailler, je suis pêcheur, et c'est un métier qui fait des hommes robustes. Je pourrai l'attacher lui aussi... ou bien nous trouver un nouveau *compañero*.

Mais la seconde hypothèse ne fut pas la bonne. Emilio avait à peine atteint en boitillant la piste de terre qui longeait l'aire d'atterrissage de l'hélicoptère que la seconde sentinelle arriva du sud en courant. Il y eut un bref échange de paroles en espagnol, puis un cri étouffé de l'un des deux hommes, mais ce n'était pas le pêcheur d'El Descanso. Le silence retomba aussitôt et, quelques instants plus tard, Emilio réapparut.

— Pas un *compañero,* dit Kendrick, comme s'il énonçait une évidence.

— Ce *rata* puant aurait dit que sa mère est une putain, si on le payait assez cher !

— « Aurait dit » ? Vous employez le conditionnel passé...

— *No comprende.*

— Il est mort ?

— Il est mort, señor, et caché dans l'herbe. Et dans moins d'une demi-heure, le jour se lèvera à l'est.

— Allons-y. Votre ami est attaché.

— À la jetée ? Aux bateaux ?

— Pas encore, *amigo.* Nous avons quelque chose à faire avant d'y aller.

— Je vous ai dit qu'il allait bientôt faire jour !

— Si je réussis ce que je veux faire, il y aura beaucoup de lumière avant le lever du jour ! Prenez l'essence et l'émondoir. Car je ne peux rien porter d'autre que ce que j'ai déjà.

Chaque pas lui arrachant une grimace de souffrance, Evan gravit lentement le sentier de terre battue en suivant le Mexicain et ils arrivèrent enfin devant la clôture protégeant le puissant générateur dont le bruit sourd et continu provoquait de douloureuses vibrations dans les oreilles. Toute l'enceinte était entourée d'écriteaux portant *Danger* dans les deux langues et l'unique grille donnant accès à l'installation était munie de deux énormes serrures, apparemment actionnées par l'insertion simultanée de deux clés. Kendrick fit en boitant le tour de la clôture éclairée par les projecteurs, en prenant soin de rester dans l'ombre. Puis il tendit la cisaille à Emilio.

— Commencez ici, dit-il. Et j'espère que vous êtes aussi fort que vous le prétendez, car c'est du solide. Découpez une ouverture d'un mètre. Cela suffira.

— Et vous, señor ?

— J'ai quelque chose à chercher.

Il trouva ce qu'il cherchait ! Trois plaques de fer circulaires, boulonnées dans le ciment et espacées de dix mètres l'une de l'autre, qui donnaient accès aux trois énormes cuves contenant le carburant qui alimentait le générateur. Mais, pour les ouvrir, il fallait une clé en T hexagonale, aux branches assez longues pour que deux hommes robustes poussent de chaque côté. Il existait heureusement un autre moyen qu'Evan avait appris dans le désert d'Arabie Saoudite, auquel on avait recours quand les convois de carburant avaient oublié l'instrument idoine, ce qui, dans ces contrées, était assez fréquent. Le dessus de ces plaques circulaires avait quatorze stries, plus petites, mais similaires à celles des plaques d'égout. En les martelant lentement dans le sens inverse des aiguilles d'une montre, les plaques finissaient par jouer suffisamment pour qu'une main puisse se glisser sur les côtés et les déboulonner.

Evan partit rejoindre Emilio dans le bruit assourdissant du générateur. Le Mexicain avait déjà découpé deux lignes verticales et il s'attaquait aux mailles métalliques les plus près du sol pour achever l'ouverture.

— Venez avec moi ! cria Evan dans l'oreille du Mexicain. Vous avez votre hachette ?

— *Pues si.*

— Moi aussi.

Il le guida vers la première plaque et lui expliqua comment ils allaient utiliser les torchons de vaisselle du chalet pour étouffer le bruit des coups qu'ils porteraient avec le dos de la lame de leur hachette.

— Lentement, hurla-t-il. Une étincelle risquerait de déclencher une explosion. *Comprende ?*

— *No, señor.*

— C'est aussi bien comme ça. Allez-y, mais doucement ! Juste un petit coup à la fois. Pas si fort !... Elle a bougé !

— Et maintenant, plus fort ?

— Non, surtout pas ! Tout doucement, *amigo.* Comme si vous étiez en train de dégager un diamant de sa gangue.

— Je n'ai pas eu ce plaisir...

— Vous l'aurez si nous réussissons à partir d'ici... *Voilà !* Elle est desserrée ! Déboulonnez-la et laissez-la ici. Passez-moi vos torchons.

— Pour quoi faire, señor ?

— Je vous expliquerai dès que vous aurez fini de découper le passage dans la clôture.

— Cela va encore prendre un certain temps...

— Vous avez deux minutes, *amigo !*

— *Madre de Dios !*

— Où avez-vous mis l'essence ? demanda Kendrick en se rapprochant d'Emilio pour se faire entendre.

— Là-bas ! répondit le Mexicain en tendant la main vers la gauche de l'ouverture qu'il était en train de faire dans la clôture.

Evan s'accroupit dans l'ombre en grimaçant et il entreprit de nouer les torchons en tirant fortement sur chaque nœud, jusqu'à ce qu'il ait une longueur de tissu d'environ trois mètres. Puis il dévissa le bouchon du bidon d'essence et en imbiba les torchons qu'il tordit comme une serpillière. En quelques minutes, il eut une mèche de trois mètres de long. Son genou le faisant atrocement souffrir et sa cheville gonflant rapidement, il rampa jusqu'à la plaque de protection de la cuve en traînant les torchons. Puis il souleva légèrement la plaque de fer, glissa à l'intérieur le tiers de sa mèche et remit la lourde plaque en place, mais un peu de travers, afin que l'air puisse circuler à l'intérieur de la cuve. Evan s'éloigna à reculons en pressant sur le sol chacun des torchons qui composaient la mèche et en répandant sur toute sa longueur une fine couche de terre dans le but de retarder la vitesse de la flamme quand il y mettrait le feu.

Quand l'opération fut achevée, il se releva si difficilement qu'il se demanda combien de temps il pourrait tenir sur ses jambes, et repartit vers Emilio en traînant la patte. Le Mexicain était en train de tirer vers lui la portion de clôture qu'il avait cisaillée et il la repliait vers le haut pour dégager le passage donnant accès à l'imposante machinerie qui transformait l'énergie mécanique en énergie électrique.

— Ça suffit, dit Kendrick en se penchant vers l'oreille du Mexicain. Écoutez-moi bien et, si vous ne comprenez pas, arrêtez-moi. À partir de maintenant, tout va être une question de synchronisme... Quand il se produira quelque chose, nous ferons autre chose. *Comprende ?*

— *Si.* Nous changeons de place.

— En gros, c'est bien ça.

Evan fouilla dans la poche de sa veste de complet couverte de boue et il en sortit la torche.

— Prenez ça, dit-il en indiquant de la tête l'ouverture découpée dans la clôture. Moi, je vais entrer là-dedans et j'espère que je ne vais pas faire de connerie. Ces machines ont changé depuis que je les installais, mais je dois au moins être capable de les arrêter. Il y aura sans doute beaucoup de bruit et d'énormes étincelles...

— *¿ Como ?*

— Comme des éclairs très brefs et puis... et puis du bruit, comme des parasites à la radio, mais beaucoup plus fort. Vous comprenez ?

— C'est tout ?

— Non, ce n'est pas tout. Ne vous approchez pas de la clôture. Ne la touchez surtout pas et, dès la première détonation, tournez la tête et fermez les yeux ! Si tout se passe bien, les lumières s'éteindront. Quand elles seront toutes éteintes, allumez la torche pour me montrer le passage dans la clôture. D'accord ?

— D'accord.

— Dès que je serai repassé par l'ouverture, vous éclairerez là-bas, poursuivit Evan en montrant le bout du dernier torchon sous la mince couche de terre. Vous garderez votre fusil en bandoulière et vous me tendrez l'autre... Avez-vous encore la casquette de la première sentinelle ? Si vous l'avez, donnez-la-moi.

— *Si.* Prenez.

Emilio sortit la casquette de sa poche et la tendit à Kendrick qui s'en coiffa aussitôt.

— Dès que j'aurai repassé la clôture, poursuivit l'Américain, j'irai là-bas, je frotterai une allumette et je mettrai le feu aux torchons. Quand ce sera fait, nous partirons aussi vite que possible pour aller de l'autre côté du sentier. *Comprende ?*

— Je comprends, señor. Nous allons nous cacher dans l'herbe, de l'autre côté du chemin.

— Puis nous remonterons la colline en restant dans les herbes et, quand tout le monde commencera à courir en tous sens, nous nous mêlerons à eux !

— *¿ Como ?*

— Il y a une vingtaine de gardes, dit Kendrick en enlevant sa veste et en arrachant sa cravate. Nous serons deux gardes courant dans l'obscurité au milieu des autres, mais nous nous dirigerons vers le haut de la colline avant de redescendre vers les bateaux. Avec deux fusils et un colt .45.

— Je comprends.

— Allons-y, dit Evan en se penchant pour ramasser maladroitement une machette et l'émondoir au manche télescopique terminé par une poignée en caoutchouc.

Il se glissa à travers l'ouverture découpée par Emilio et se redressa pour observer la machinerie au ronronnement menaçant. Certaines choses n'avaient pas changé et ne changeraient jamais. Sur la gauche, boulonné sur un poteau goudronné haut de cinq mètres, se trouvait le transformateur principal d'où partaient les fils de dérivation distribuant la charge principale vers les différents circuits secondaires. Les câbles étaient protégés par de grosses gaines de caoutchouc, larges d'au moins cinq centimètres, destinées à les isoler de la pluie et de l'humidité qui risquaient de provoquer un court-circuit. Trois mètres plus loin, sur les deux massives dynamos d'un noir luisant, il vit les grilles d'accumulateur montées sur un lourd volant, qui transformaient l'énergie mécanique en énergie électrique. Elles étaient protégées par un épais grillage et ventilées par l'air qui circulait librement. Evan décida de s'en occuper plus tard.

Commençons par le commencement, se dit-il en avançant vers le transformateur et en dépliant entièrement le manche télescopique de l'émondoir. À la lumière des projecteurs, les mâchoires dentées de l'outil se refermèrent sur le câble de dérivation supérieur et, comme il l'avait fait avec la pince coupante sur la dérive de l'hélicoptère, Evan s'employa rageusement à cisailler la gaine de caoutchouc jusqu'à ce que son instinct professionnel lui indique qu'il n'était plus qu'à quelques millimètres des premiers fils de cuivre. Il posa doucement contre la clôture l'outil au long manche de métal et se dirigea vers la première des deux dynamos.

S'il avait simplement cherché à provoquer un court-circuit, il se serait contenté de cisailler la gaine en tenant les poignées isolantes de caoutchouc de son outil et en le mettant en contact avec le métal de la clôture dès qu'il aurait atteint le câble. Il y aurait eu une brève explosion et l'alimentation électrique de l'île aurait été interrompue. Mais il y avait beaucoup plus de choses en jeu. Evan devait envisager l'éventualité que ni Emilio ni lui ne quitteraient l'île vivants, et la réparation d'un câble de transformateur endommagé était l'affaire de quelques minutes. Il ne devait pas seulement endommager l'installation, mais la rendre totalement inutilisable. Ignorant ce qui se passait à San Diego, il lui fallait donner le maximum de temps aux hommes de Payton en sabotant l'installation de telle sorte qu'elle soit irréparable et qu'il faille plusieurs journées pour la remplacer. Le quartier général de ce gouvernement dans le gouvernement devait devenir une île complètement isolée, paralysée, sans moyens de communication ni de transport. Le transformateur n'était en réalité qu'une solution d'appoint, mais il devait également être prêt à y avoir recours. Le temps pressait maintenant !

Evan s'approcha de la dynamo et étudia prudemment l'énorme volant derrière son grillage. Il y avait un espace d'un bon centimètre entre les deux portions du grillage destiné à empêcher un objet quelconque de pénétrer à l'intérieur. C'est ce qu'il espérait trouver et c'est pour cette raison qu'il avait emporté la machette. Certaines parties des générateurs, où une ventilation était absolument nécessaire, étaient munies d'une ouverture de ce type, soit horizontale, soit verticale. Sa chance était là. Et si ce n'était pas sa chance, ce serait sa mort. Un seul faux mouvement et ce serait l'électrocution immédiate. Même s'il échappait à la mort instantanée provoquée par la décharge du courant de haute tension, il pouvait être aveuglé par les éclairs blancs s'il ne tournait pas la tête assez vite en fermant complètement les yeux. Mais s'il réussissait dans son entreprise de sabotage, une grande partie du générateur de l'île devrait être remplacée. Le temps... le temps était peut-être la dernière chose qu'il pouvait offrir.

Il sortit la machette de sa ceinture et avança très lentement la lame vers le petit espace horizontal. La sueur coulait sur son visage malgré le courant d'air produit par le volant. En tremblant, il tira la machette en arrière... Sa main devait rester ferme ! Il ne devait pas toucher les bords de l'étroite ouverture ! Il recommença, engageant deux centimètres, puis cinq, puis huit... Il poussa la lourde lame à l'intérieur, retira vivement les deux mains avant que le contact se fasse et plongea à terre en enfouissant son visage dans son bras replié. Les détonations furent assourdissantes et, malgré ses paupières hermétiquement closes, une lumière blanche et aveuglante troua les ténèbres. Mais le volant ne s'arrêtait pas ! Il avalait la lame de métal de la machette tout en continuant de projeter des décharges électriques d'une violence irréelle qui illuminaient la clôture.

Kendrick se releva, sans cesser de se protéger les yeux, et il retourna vers l'émondoir dont les mâchoires étaient toujours plantées dans la gaine du câble. Il saisit les poignées de caoutchouc et commença à les actionner avec l'énergie du désespoir, jusqu'à ce que la décharge électrique le fasse littéralement décoller du sol. Il venait d'atteindre le câble et les branches métalliques de l'émondoir, projetées en l'air, retombèrent sur la clôture. Le générateur tout entier sembla en proie à une folie furieuse, comme si, doué d'une vie propre, il proclamait son exaspération devant l'ingérence d'un humain dans l'une des plus belles inventions de l'homme. Les lumières s'éteignirent sur toute la surface de l'île, mais une succession d'éclairs aveuglants, sporadiques, continua de déchirer la nuit dans l'enceinte de la clôture. Il fallait sortir de là !

Comme une araignée, Evan se traîna sur le ventre jusqu'au passage découpé dans la clôture, guidé par le faisceau lumineux de la torche que tenait Emilio. Dès qu'il se releva, le Mexicain lui lança un fusil.

— Allumettes ! hurla Evan, incapable de trouver les siennes.

Emilio lui en tendit une poignée tout en dirigeant sa torche vers le dernier torchon. Evan se rua en boitillant vers la mèche et se laissa tomber à terre pour frotter une demi-douzaine d'allumettes sur une pierre. Dès qu'elles s'enflammèrent, il les lança sur l'extrémité du dernier torchon. Une petite flamme s'éleva, à peine visible sous la pellicule de terre, qui commença sa lente et implacable progression.

— Vite ! s'écria Emilio en aidant Evan à se relever et

en le guidant non pas vers le chemin de terre battue, mais vers les hautes herbes. Il y a beaucoup d'hommes qui sont sortis de la maison et qui viennent vers nous en courant ! *Pronto,* señor !

Ils s'éloignèrent à toutes jambes et plongèrent dans l'herbe en voyant un groupe d'hommes paniqués, armés d'un fusil pour la plupart, qui poussaient des cris et se protégeaient les yeux devant le générateur en folie qui continuait de projeter des éclairs en tous sens. Profitant de la confusion, Evan et son compagnon mexicain rampèrent à travers les herbes pour se retrouver en contrebas du groupe de gardes affolés. Ils virent en atteignant le chemin un autre groupe d'hommes tout aussi paniqués qui sortaient du long bâtiment bas faisant office de dortoir. Ils étaient pour la plupart à moitié vêtus, certains en caleçon et quelques-uns visiblement abrutis par l'abus d'alcool.

— Écoutez-moi bien, murmura Evan en se penchant vers l'oreille d'Emilio. Nous allons sortir de l'herbe et remonter le chemin en brandissant nos fusils... Criez en espagnol, comme si nous exécutions des ordres. Allez !

— *Traenos agua !* hurla le Mexicain tandis que les deux hommes jaillissaient des herbes et se joignaient à la foule hurlante. *Agua !... Traenos agua !*

Ils se fondirent dans la meute hurlante et croisèrent aussitôt une partie des gardes venus de la maison qui, complètement paniqués, redescendaient prudemment le chemin pour s'éloigner de l'installation électrique encore fumante et crachotante, mais déjà agonisante. Des cris d'affolement remplissaient la nuit à la clarté intermittente et spectrale de la lune. Kendrick distingua soudain les pinceaux lumineux de plusieurs torches venant de la grande maison de la colline.

— Le chemin ! s'écria-t-il. Il faut rejoindre le chemin qui mène au bassin. Vite, bon Dieu ! La cuve va exploser d'une seconde à l'autre et ce sera la ruée vers les bateaux !

— Il est devant nous, mais nous devons traverser la *galeria.*

— Merde ! Ils vont être aux fenêtres, aux balcons !

— Il n'y a pas d'autre route, pas de moyen plus rapide d'y arriver.

— Allons-y !

Le chemin de terre battue était brusquement remplacé par l'étroit sentier qui, quelques minutes plus tôt, était bordée par les deux rangées de lumières ambrées. Les deux hommes se mirent à courir, Kendrick souffrant le martyre, et ils atteignirent le patio de brique qu'ils commencèrent à traverser en diagonale, dans la direction des marches donnant accès au chemin du bassin.

— Arrêtez ! cria une voix grave tandis que le faisceau d'une puissante torche électrique les prenait dans ses rayons. Où allez-vous... *Bon Dieu, c'est vous !*

Evan leva la tête et, juste au-dessus de lui, sur le petit balcon de la chambre où il avait repris connaissance une heure plus tôt, il découvrit la haute silhouette du yachtman. L'homme tenait un pistolet à la main ; il leva le bras et visa Kendrick. Evan fit feu à l'instant précis où le yachtman pressait la détente. Il sentit l'impact de la balle quand elle pénétra dans son épaule gauche et le jeta à terre. Evan tira deux autres fois tandis que le géant se tenait le ventre en hurlant à pleins poumons :

— C'est lui ! C'est Kendrick !... Arrêtez ce fumier, tuez-le ! Il se dirige vers les bateaux !

Evan visa soigneusement et tira une dernière fois. Le bailleur de fonds porta la main à sa gorge et se cambra, puis il bascula lentement par-dessus la balustrade du balcon et s'écrasa sur les briques du patio. Evan ferma les yeux, devant lesquels un brouillard commençait à danser.

— Non, señor, il faut courir ! Debout !

Evan sentit qu'on lui tirait le bras à lui en démettre l'épaule et qu'on le giflait violemment, à coups répétés.

— Vous venez avec moi, ou vous allez mourir ! Moi, je ne veux pas mourir avec vous ! J'ai ma famille qui m'attend à El Descanso !

— Quoi ? s'écria Evan.

Plus qu'une réponse ou un acquiescement, c'était une simple réaction. Le brouillard qu'il avait devant les yeux commençait de se dissiper et, l'épaule en feu, la chemise imbibée de sang, il parvint à se relever pour se diriger en titubant vers les marches. Mais le souvenir du colt du mafioso remonta du plus profond de son esprit. Il le sortit de sa poche de derrière en déchirant le tissu pour dégager l'arme trop grosse.

— Je vous suis ! cria-t-il à Emilio.

— Je sais, répondit le Mexicain en ralentissant le pas et en se retournant. Qui vous a fait monter les marches, señor ?... Vous êtes blessé et il fait encore sombre. Il faut que je me serve de la *linterna*... la torche.

Soudain le sol fut secoué par une terrible déflagration, comme si un météorite venait de s'écraser sur l'île, soufflant les vitres de la demeure de la colline et projetant des éclairs de feu dans le ciel nocturne : la cuve de carburant du générateur venait d'exploser. Les deux fugitifs commencèrent à dévaler le chemin. Torturé par la douleur de son genou et de sa cheville, trébuchant à chaque pas, Kendrick s'efforçait de ne pas perdre de vue le faisceau mouvant de la torche de son compagnon mexicain.

Ils perçurent des détonations. Des coups de feu ! Des balles sifflèrent autour d'eux et au-dessus de leur tête, s'enfonçant dans la terre du sentier. Emilio éteignit la torche et saisit la main d'Evan.

— Ce n'est plus très loin maintenant. Je connais le chemin et je ne vous abandonnerai pas.

— Si nous réussissons à nous en sortir, vous aurez le plus gros bateau de pêche d'El Descanso !

— No, señor, je conduirai ma famille dans les collines. Ces hommes viendront me rechercher, moi et mes *niños*.

— Que diriez-vous d'un ranch ?

La lune sortit soudain de derrière un nuage bas, éclairant le bassin, à peine distant de deux cents mètres. La fusillade, qui avait cessé, reprit de plus belle, mais soudain le sol de l'île sembla de nouveau s'ouvrir, comme si l'écorce terrestre cédait sous la pression du magma en fusion.

— Ça a marché ! hurla Kendrick tandis qu'ils arrivaient à proximité du bassin.

— Señor ? s'écria le Mexicain, terrifié par la brusque et assourdissante déflagration, paniqué à la vue du champignon de fumée et des projections de feu qui s'élevaient dans le ciel. L'île va s'enfoncer dans la mer ! Que s'est-il passé ?

— La deuxième cuve a explosé ! Je n'en étais pas sûr, je ne pouvais que l'espérer !

Un coup de feu isolé claqua, venant du bassin. Emilio se plia en deux ; il était touché. Il referma les deux mains sur le haut de sa cuisse et une tache de sang s'étendit sur son pantalon. À une quinzaine de mètres d'eux, un homme armé d'un fusil sortit de l'ombre et porta sa radio à ses lèvres. Evan avait l'impression que tout son corps était en feu. Il s'accroupit, leva la main gauche pour soutenir la droite qui tenait le colt et il tira deux fois. Une balle au moins, peut-être les deux, atteignit la cible. Le garde chancela. Il lâcha le fusil et la radio, et s'affaissa sur les planches du quai où il demeura immobile.

— Venez, *amigo !* s'écria Kendrick en posant la main sur l'épaule d'Emilio.

— Je ne peux plus bouger ! Je n'ai plus de jambes !

— Moi non plus, je n'ai pas l'intention de mourir avec vous ! Moi aussi, j'ai quelques êtres chers qui m'attendent ! Si vous ne vous remuez pas le cul, vous rentrerez à El Descanso à la nage !

— *¿ Como ?* s'écria le Mexicain d'un ton furieux en essayant de se relever.

— C'est ça ! Mettez-vous en colère, ça ira mieux ! Nous avons tous les deux de quoi être très en colère !

Le bras passé autour de la taille d'Emilio qu'il soutenait de son épaule blessée et de ses jambes refusant presque de le porter, Evan et le Mexicain s'avancèrent sur le quai obscur.

— Là-bas, à droite, le gros bateau ! s'écria Evan, soulagé de voir que la lune s'était de nouveau cachée. Vous vous y connaissez, en bateaux, *amigo ?*

— Je suis pêcheur de mon métier !

— Un bateau comme celui-ci ? demanda Kendrick en poussant Emilio sur le pont et en posant l'automatique sur le plat-bord.

— Ce n'est pas du poisson qu'on attrape avec un bateau comme ça, mais des *turistas.*

— Il y a une autre définition...

— *Es igual...* J'ai piloté beaucoup de bateaux, je peux essayer... Et les autres bateaux, señor ! S'ils les prennent, ils nous rattrapent, parce qu'ils sont plus rapides que celui-ci, qui est très beau.

— Est-ce qu'ils peuvent atteindre le continent avec les autres bateaux ?

— Jamais ! Ils ne sont pas faits pour une forte houle et ils consomment beaucoup trop de carburant. Après trente, quarante kilomètres, ils sont obligés de rentrer. Il n'y a qu'une seule *barca* pour nous, c'est celle-ci !

— Passez-moi le Sterno ! hurla Evan en entendant des cris venant du chemin principal.

Le Mexicain sortit la petite boîte de sa poche tandis que Kendrick prenait les deux siennes et en soulevait le couvercle à l'aide du couteau à découper.

— Ouvrez la vôtre, si vous pouvez !

— C'est fait. Tenez, señor. Je monte sur la passerelle.

— Vous croyez que vous en êtes capable ?

— Il le faut... El Descanso !

— Merde ! Nous n'avons pas de clé de contact pour mettre le moteur en marche !

— Dans un bassin privé, on laisse en général la clé à bord, en cas de tempête, ou si le vent est trop fort pour rester à quai...

— Et s'ils ne l'ont pas laissée ?

— Tous les pêcheurs ont déjà pris la mer avec un patron qui a trop bu pour pouvoir s'occuper des manœuvres... Il faut ouvrir le tableau de bord et il y a des fils électriques à raccorder. Il faut larguer les amarres, señor !

— Deux ranchs, dit Evan en regardant Emilio clopiner vers l'échelle de la passerelle.

Il se retourna et prit l'automatique sur le plat-bord. Plongeant la main dans la gelée du Sterno, il courut le long du quai en la lançant par poignées sur la toile du poste de pilotage de chacun des gros canots automobiles et en jetant les boîtes sur les bateaux dès qu'elles étaient vides. Quand il eut fini, il fouilla dans sa poche et en sortit des allumettes paraffinées qu'il frotta frénétiquement l'une après l'autre sur les planches avant de les lancer en chandelle sur les petits tas de gelée jusqu'à ce que les flammes commencent à s'élever de la toile. Puis il prit l'automatique et tira dans la coque des canots automobiles, près de la ligne de flottaison, où les balles faisaient de gros trous dans l'alliage léger qui leur permettait d'atteindre une vitesse si élevée.

Emilio avait réussi ! Le ronflement grave du moteur du yacht s'éleva sur l'eau du bassin. Et des cris ! Plusieurs hommes dévalaient le chemin de la colline au sommet de laquelle la demeure des maîtres de l'île se découpait sur le fond rougeoyant du brasier.

— Vite, señor ! Les amarres !

Les cordages attachés aux poteaux ! Evan se précipita vers celui de droite. Il perdit du temps pour défaire le nœud qui finit par céder, entraînant le cordage dans l'eau. Evan se dirigea en flageolant sur ses jambes vers le second poteau. Gagné par la panique, il tira frénétiquement sur l'extrémité libre du cordage avant de venir à bout du nœud.

— *Arrêtez-les ! Tuez-les !*

C'était la voix hystérique de Crayton Grinell, le chef du gouvernement dans le gouvernement. Plusieurs gardes atteignirent l'extrémité du quai et une fusillade nourrie éclata. Evan bondit en rassemblant toutes ses forces sur la poupe du yacht tandis qu'Emilio, faisant hurler les moteurs à plein régime, mettait le cap vers l'entrée de la crique et l'obscurité salvatrice de la haute mer.

Une troisième déflagration colossale ébranla l'île. Un gigantesque nuage jaune se forma dans le ciel, traversé d'éclairs blanc et rouge. La dernière cuve venait d'exploser. L'île était isolée, privée de moyens de communication, totalement coupée du monde. Plus personne ne pouvait la quitter. Ils avaient réussi !

— Señor ! cria Emilio de la passerelle.

— Qu'est-ce qu'il y a ? répondit Kendrick qui roulait sur le pont, incapable de se relever, tout le corps parcouru de douleurs atroces, le sang de sa blessure à l'épaule formant des poches liquides à l'intérieur de sa chemise.

— Il faut monter ici, señor !

— Je ne peux pas !

— Il le faut ! Je suis blessé... La poitrine !

— C'est la jambe !

— Non !... Une balle tirée du quai. Je vais tomber, señor ! Je ne peux plus tenir la barre !

— Accrochez-vous !

Evan sortit sa chemise de son pantalon et une mare de sang se répandit sur le pont. Il rampa vers l'échelle laquée en puisant dans des réserves d'énergie dont il n'aurait jamais soupçonné l'existence et se hissa, barreau après barreau, jusqu'en haut. Il déboucha sur la passerelle et regarda le Mexicain. Emilio s'accrochait encore à la barre du gouvernail, mais son corps s'était affaissé au-dessous des vitres du rouf. Kendrick s'agrippa à la rambarde et il eut toutes les peines du monde à se redresser. Il tituba jusqu'à la barre, terrifié par les ténèbres environnantes et par la force de la houle qui secouait le yacht. Les doigts d'Emilio lâchèrent la roue du gouvernail et il s'effondra sur le plancher.

— Qu'est-ce que je peux faire ? s'écria Evan.

— La... radio, dit le Mexicain d'une voix étouffée. Je tire des filets et je ne suis pas capitaine, mais je les ai entendus quand la mer est mauvaise... Il y a un canal en cas d'*urgencia, numero dieciseis !*

— Quoi ?

— Seize !

— Où est la radio ?

— Sur la droite de la barre. Le bouton de contact est celui de gauche. *Pronto !*

— Qu'est-ce que je fais pour les appeler ?

— Décrochez le *microfono* et appuyez sur le bouton. Dites *primero de mayo !*

— *May Day ?*

— *Si !* C'est un signal de détresse !... *Madre de Dios !*

Emilio tomba de tout son long sur le pont. Sans connaissance... mort, peut-être.

Evan décrocha le micro, mit la radio en marche et étudia l'écran à affichage digital placé sous la console. Incapable de réfléchir, déséquilibré par le roulis, il tapa frénétiquement sur le clavier jusqu'à ce que le nombre 16 apparaisse. Puis il enfonça le bouton de transmission.

— Ici le représentant Evan Kendrick ! hurla-t-il dans le micro. Est-ce que quelqu'un me reçoit ? ajouta-t-il avant de relâcher le bouton.

— Garde-côtes de San Diego, répondit une voix placide.

— Pouvez-vous me brancher sur une ligne de l'hôtel Westlake ? C'est extrêmement urgent !

— Ce n'est pas un service téléphonique, monsieur. Les gens peuvent raconter n'importe quoi.

— Je répète ! Je suis le représentant Evan Kendrick, neuvième circonscription du Colorado, et c'est une urgence absolue ! Je suis perdu en mer quelque part au sud-ouest de Tijuana !

— Ce sont les eaux territoriales mexicaines...

— Appelez la Maison-Blanche, bon Dieu ! Répétez ce que je viens de vous dire... Kendrick, du Colorado !

— C'est vous le type d'Oman ?

— Prenez vos ordres à la Maison-Blanche !

— Restez en liaison. Je vais vous localiser au gonio.

— Je ne sais pas de quoi vous parlez et je n'ai pas de temps à perdre !

— C'est le radiogoniomètre, qui permet...

— Vous allez prendre les ordres et me brancher tout de suite sur l'hôtel Westlake ! C'est vital !

— Bien, monsieur... Commando Kendrick !

— Tous les moyens sont bons, marmonna Evan entre ses dents tandis que le haut-parleur de la radio émettait une suite de sifflements plus ou moins aigus, brusquement remplacés par la sonnerie d'un téléphone.

— Chambre 51 ! hurla Kendrick dès que la standardiste eut décroché. Vite, vite !

— Oui ? lança la voix étranglée de Khalehla.

— C'est moi ! cria Evan en enfonçant le bouton de transmission et en le relâchant aussitôt.

— Dieu soit loué ! Mais où es-tu ?

— Quelque part dans l'océan, mais peu importe ! Il faut rechercher l'avocat d'Ardis qui est en possession d'un registre où tout est expliqué. Trouvez-le !

— Oui, j'appelle tout de suite M.J. Mais parle-moi de toi ! Es-tu...

Une autre voix interrompit Khalehla, une voix aux inflexions graves et au ton impérieux.

— Ici le président des États-Unis. Trouvez ce bateau, trouvez cet homme ! Sinon, je ne donne pas cher de votre carrière !

Le yacht était ballotté par la houle comme un fétu sur

l'immensité des flots déchaînés. Evan n'avait même plus la force de tenir la barre. Le brouillard recommença à danser devant ses yeux aux paupières si lourdes et il s'affaissa sur le corps inerte du pêcheur d'El Descanso.

43

Il était si violemment secoué qu'il avait le sentiment d'être aussi léger qu'une plume, puis il sentit des mains le saisir et un vent violent le gifler. Un grondement assourdissant au-dessus de sa tête lui fit ouvrir les yeux. Il discerna des silhouettes floues qui s'agitaient frénétiquement autour de lui, qui dénouaient des sangles... puis il tressaillit en sentant quelque chose de pointu s'enfoncer dans la chair de son bras. Il essaya de se redresser, mais on le retint et il sentit qu'on le transportait et qu'on le déposait sur une surface plane, à l'intérieur d'une énorme cage de métal parcourue de vibrations.

— Doucement, monsieur Kendrick, dit un homme en uniforme blanc de la marine, dont les traits se précisaient peu à peu. Je suis médecin et vous êtes salement amoché. Ne me compliquez pas la tâche, car, si je ne peux pas faire mon boulot, je passerai en conseil de guerre et le Président y siégera en personne.

Une autre piqûre. Toutes ces douleurs, c'était trop... Il n'en pouvait plus.

— Où suis-je ?

— C'est une question on ne peut plus justifiée, répondit le médecin militaire en finissant d'injecter le contenu de sa seringue dans l'épaule de Kendrick. Vous êtes en ce moment dans un gros hélico, à cent cinquante kilomètres de la côte du Mexique. Vous étiez en route vers la Chine, cher monsieur, et la mer est assez mauvaise dans ces parages.

— Oui, c'est ça ! s'écria Evan, mais d'une voix si faible qu'il s'entendit à peine.

— Quoi « ça » ? demanda le médecin en se penchant vers lui.

Evan vit derrière l'homme en uniforme blanc un infirmier qui tenait une bouteille de plasma.

— Passage de Chine... Une île appelée *Passage de Chine !* Isolez-la ! Faites un blocus !

— Je ne suis qu'un médecin, je...

— Faites ce que vous dis ! Appelez San Diego, faites venir des avions et des bateaux ! Arrêtez tout le monde !

— Hé, mon vieux, je ne suis pas un expert, mais nous sommes dans les eaux territoriales du Mexique...

— Appelez la Maison-Blanche, bordel !... Non ! Appelez la C.I.A., un nommé Payton ! Mitchell Payton, de la C.I.A. ! Répétez-lui tout ce que je viens de vous dire ! Donnez-lui le nom de Grinell !

— Eh bien, vous alors..., dit le jeune médecin en tournant la tête vers un troisième homme qui se tenait au pied de la couche de Kendrick. Vous avez entendu, lieutenant ? Allez voir le pilote ! Une île appelée Passage de Chine, un certain Payton à Langley et un autre type du nom de Grinell ! Allez, plus vite que ça, c'est le protégé du Président !... Dites-moi, c'est un peu comme ce que vous avez fait chez les Arabes ?

— Et Emilio ? demanda Evan en éludant la question. Comment va-t-il ?

— Le Mexicain ?

— C'est un ami... Il m'a sauvé la vie.

— Il est là, juste à côté de vous. On vient de le transporter.

— Mais comment va-t-il ?

— Ses blessures sont plus graves que les vôtres... beaucoup plus graves. Disons qu'il a au mieux quatre chances sur dix de s'en sortir. Nous regagnons l'hôpital de la base aussi vite que possible.

Kendrick se dressa sur un coude et tourna la tête vers Emilio qui, couché sur le ventre, n'avait pas repris connaissance. Son bras reposait sur le plancher de l'hélicoptère et son teint cireux portait le masque de la mort.

— Donnez-moi sa main, ordonna Evan. Donnez-la-moi !

— Oui, monsieur, dit le jeune médecin en soulevant la main du Mexicain pour qu'Evan puisse la saisir.

— El Descanso ! cria Kendrick. El Descanso et votre famille... Votre femme et les *niños !* Vous n'allez pas me claquer dans les bras, espèce de salopard de Mexicain ! Petit pêcheur de rien du tout, vous allez vous remuer le cul !

— *¿ Como ?*

La tête du Mexicain se mit à remuer de droite et de gauche tandis que la main de Kendrick resserrait son étreinte.

— Je préfère ça, *amigo !* N'oubliez pas que nous sommes des hommes en colère. Nous restons en colère ! Vous allez tenir bon, ou je vous tue de mes propres mains ! *Comprende ?*

Tournant légèrement la tête vers Evan, Emilio entrouvrit les yeux et un sourire se forma sur ses lèvres.

— Vous croyez que vous pourrez tuer un robuste pêcheur ?

— Essayez un peu pour voir !... Non, je ne pourrai peut-être pas, mais je peux vous offrir un gros bateau.

— Vous êtes *loco,* señor, souffla le Mexicain... Oui, il y a El Descanso.

— Trois ranchs, eut le temps d'articuler Kendrick avant que sa main retombe sous l'effet de la piqûre hypodermique du médecin militaire.

L'une après l'autre, les limousines glissèrent dans les rues obscures et désertes de Cynwid Hollow, près du rivage de la baie de Chesapeake. Lors de leurs précédents passages, il y en avait quatre, mais cette fois, elles n'étaient plus que trois. Celle qui manquait à l'appel était un véhicule appartenant à une société fondée par Eric Sundstrom, le traître d'Inver Brass.

Les quatre autres membres du groupe occulte étaient assis autour de la table ronde de l'extraordinaire bibliothèque. Toutes les lampes de cuivre étaient allumées, à l'exception de celle qui se trouvait devant le siège vide. Quatre cercles lumineux seulement se dessinaient sur le bois poli de la table. L'absence du cinquième était la marque d'une mort dans le déshonneur, ou peut-être, plus simplement, de la faiblesse inhérente à l'homme. *Humain, trop humain.* Ce soir-là, l'humour et le badinage n'étaient pas au rendez-vous pour leur rappeler qu'ils étaient mortels et que, malgré tout le poids de leur fortune et de leur influence, ils n'échappaient pas à la condition humaine. La chaise vide suffisait.

— Vous connaissez les faits, dit Samuel Winters, ses traits patriciens baignant dans la douce lumière de la lampe. Je vous demande maintenant si vous avez des commentaires.

— Une seule observation, déclara Gideon Logan d'un ton résolu, sa tête massive demeurant dans l'ombre. Nous ne pouvons pas faire machine arrière, ce serait trop accablant. Les coyotes déchaînés vont essayer de prendre le pouvoir..., ce qu'ils ne se sont pas encore approprié !

— Mais nous ne pouvons plus rien arrêter, Gideon, objecta Margaret Lowell. Ce pauvre Milos a tout mis en branle à Chicago.

— Sa tâche n'était pas achevée, Margaret, intervint Jacob Mandel, assis à sa place habituelle, aux côtés du docteur Winters. Et il y a Kendrick lui-même. Il faut qu'il accepte la nomination, qu'il soit convaincu que c'est son devoir. Si j'ai bonne mémoire, c'est Eric qui a soulevé cette question et maintenant, je me demande bien pourquoi. Notre talon d'Achille est peut-être là.

— Sundstrom était, comme d'habitude, dévoré par la curiosité, dit Winters d'une voix triste. Cette curiosité insatiable qui, appliquée à la technologie spatiale, l'a poussé à nous trahir. Mais cela ne répond pas à la question de Jacob. Notre protégé peut encore se défiler.

— Je ne suis pas sûre que Milos considérait cela comme un problème insurmontable, dit pensivement Margaret Lowell en se penchant en avant, un coude sur la table, les doigts sur la tempe droite. Peu importe s'il nous l'a clairement dit, mais j'ai la conviction qu'il considérait Kendrick comme un homme d'une haute moralité, un peu passée de mode peut-être, un homme ayant la corruption en horreur et qui s'est lancé dans la politique pour cette seule raison.

— Un homme qui a accepté d'aller à Oman parce qu'il

pensait pouvoir réussir grâce à sa connaissance de la langue et de la région, mais qui l'a fait avec un parfait détachement de tout intérêt personnel.

— C'est bien ce qui a guidé notre choix, dit Mandel en hochant la tête. Nous avions déniché la perle dans un univers politique où la médiocrité est de règle. Mais est-ce suffisant ? Acceptera-t-il, même s'il est porté par la lame de fond de cette campagne nationale magnifiquement orchestrée par Milos ?

— Notre hypothèse était que, s'il avait le sentiment que le pays avait besoin de lui, il répondrait à l'appel du peuple, poursuivit posément Winters. Ce qu'il importe de savoir, c'est si cette hypothèse est juste.

— Moi, je le crois, dit Margaret Lowell.

— Moi aussi, dit Gideon Logan en avançant la tête dans la lumière de la lampe de bureau. Mais Jacob a raison de poser la question. Si nous nous trompons, Bollinger restera aux affaires et la mainmise des coyotes sur le pouvoir ne fera que s'appesantir.

— Imaginez que l'on fournisse à Kendrick la preuve de l'existence de vos coyotes, de leur vénalité, de ce pouvoir qu'ils ont tiré à eux dans les coulisses de notre édifice politique, dit Winters d'une voix très incisive. Croyez-vous, dans ces conditions, qu'il acceptera de répondre à cet appel ?

Les yeux plissés, Gideon Logan recula sa tête massive dans l'ombre.

— D'après tous les éléments dont nous disposons, répondit-il, je crois que oui.

— Et toi, Margaret ?

— Je suis de l'avis de Gideon. C'est un homme remarquable et je suis sûre qu'il a une conscience politique.

— Jacob ?

— Cela va de soi, Samuel, mais comment allons-nous nous y prendre. Nous ne disposons d'aucun document, d'aucun dossier, nous n'avons rien de concret à lui montrer... Nous brûlons nos propres notes ! Sans compter qu'il n'aurait aucune raison de nous croire, nous ne pouvons dévoiler l'existence de notre groupe et Milos n'est plus là...

— J'ai quelqu'un d'autre pour le remplacer. Un

homme qui, si besoin est, peut faire en sorte que la vérité soit révélée à Kendrick. Toute la vérité, s'il ne la connaît pas encore.

Tous les regards tournés vers le porte-parole d'Inver Brass traduisaient un vif étonnement.

— Qu'est-ce que tu racontes, Sam ? s'écria Margaret Lowell.

— Varak m'avait laissé des instructions dans une enveloppe, pour le cas où il serait tué, et je lui avais promis de ne pas l'ouvrir de son vivant. J'ai tenu parole, parce qu'en toute franchise, je ne tenais pas vraiment à savoir ce qu'il avait à dire. J'ai ouvert l'enveloppe hier soir, après l'appel de Mitchell Payton.

— Que vas-tu faire pour Payton ? demanda Margaret Lowell avec une pointe d'inquiétude dans la voix.

— Nous avons rendez-vous demain. Vous n'avez rien à craindre, il ignore l'identité des membres de notre groupe. J'espère que nous trouverons un terrain d'entente, sinon... J'ai eu une vie longue et bien remplie ; ce ne sera pas un sacrifice.

— Pardonne-moi, Samuel, dit Gideon Logan d'un ton impatient, mais nous sommes tous dans cette situation. Si ce n'était pas le cas, nous ne serions pas autour de cette table. Quelles étaient les instructions de Varak ?

— D'entrer en contact avec le seul homme qui soit en mesure de nous — peut-être devrais-je dire *vous* — informer d'une manière aussi complète et officielle que possible. L'homme qui fut le premier informateur de Milos, celui sans qui il n'aurait jamais pu accomplir tout ce qu'il a accompli. Quand notre ami tchèque a découvert, il y a dix-huit mois, que le registre de sortie du Département d'État ne faisait pas mention du départ de Kendrick, il savait à qui s'adresser. Il a découvert un homme non seulement disposé à l'aider, mais avide de le faire. Milos est irremplaçable, nous le savons, mais nous sommes entrés dans l'ère de la haute technologie et notre nouveau coordinateur est l'un des plus brillants représentants de la nouvelle génération de fonctionnaires. Tous les ministères et toutes les agences de Washington cherchent à s'attacher ses services, et le secteur privé lui a proposé des contrats mirobolants, dignes de ceux qui sont habituellement réservés aux anciens présidents ou secrétaires d'État.

— Ce doit être un avocat exceptionnel, avança Margaret Lowell, ou bien le plus jeune expert en affaires internationales de tous les temps.

— Ni l'un ni l'autre, dit l'historien aux cheveux de neige. Il est considéré comme le meilleur technologue en informatique des États-Unis et peut-être de l'Occident. Heureusement pour nous, il est issu d'une famille très fortunée et il n'écoute pas le chant des sirènes de l'industrie privée. Il est à sa manière aussi dévoué que Milos Varak à la grandeur de notre pays et, dès qu'il a pris conscience de ses dons, il était des nôtres.

Winters se pencha vers la table et appuya sur un bouton d'ivoire.

— Voulez-vous entrer, je vous prie.

La lourde porte de la bibliothèque s'ouvrit et la silhouette d'un homme à peine âgé de trente ans s'encadra dans le chambranle. Son allure le distinguait des jeunes gens de son âge : il semblait sortir tout droit d'une publicité de mode masculine dans une revue de luxe. Ses vêtements, certes de bonne coupe, n'avaient pourtant rien de particulier, mais son visage aux traits réguliers et finement ciselés était d'une beauté frappante.

— Il devrait laisser tomber l'informatique, murmura Jacob Mandel. J'ai des amis à l'agence William Morris ; ils lui trouveront un premier rôle dans une série télévisée.

— Entrez, je vous en prie, dit Winters en posant la main sur l'épaule de son vieil ami. Et présentez-vous, si vous le voulez bien.

Le jeune homme s'avança d'une démarche assurée, mais sans montrer d'arrogance, jusqu'à la hauteur du gros cylindre noir qui servait d'écran quand il était déroulé. Il regarda longuement les quatre cercles de lumière qui se découpaient sur la table.

— C'est pour moi un grand honneur d'être ici ce soir, dit-il aimablement. Je m'appelle Gerald Bryce et je suis actuellement directeur du S.O.I.

— Qu'est-ce que c'est que ça ? demanda Mandel. Un nouvel alphabet ?

— Le service des Opérations informatiques, monsieur.

Le soleil de Californie brillait à travers les fenêtres de la chambre d'hôpital. Khalehla retira lentement les bras qu'elle avait passés autour du cou d'Evan. Les yeux encore brillants des larmes qu'elle avait versées, le teint d'une pâleur inhabituelle, elle se redressa et resta assise sur le lit en lui adressant un pauvre sourire.

— Bienvenue au pays des vivants, dit-elle en lui étreignant la main.

— Je suis content d'être là, tu sais, murmura Kendrick d'une voix faible sans la quitter du regard. Quand j'ai ouvert les yeux, je ne savais pas si c'était bien toi que je voyais, ou si c'était encore un de leurs tours.

— Quels tours ?

— Ils m'ont pris mes vêtements. Je me suis d'abord retrouvé avec un vieux jean et une veste de velours, et puis, quand je me suis réveillé après le somnifère, j'avais mon complet, mon complet bleu...

— Celui que tu appelais ton costume de représentant, dit doucement Khalehla. Tu vas être obligé de t'acheter un nouveau complet, mon chéri. Avec ce qu'il restait de ton pantalon après qu'ils l'eurent découpé, tu aurais eu à peine de quoi te faire un short.

— Je te retrouve... Si tu savais comme c'est bon ! J'ai bien cru ne jamais te revoir et cette idée me rendait fou furieux.

— Je sais à quel point c'est bon ! Si tu voyais la moquette de ma chambre d'hôtel, elle est usée jusqu'à la corde ! Mais repose-toi un peu, nous parlerons plus tard. Tu viens juste de te réveiller et les médecins ont dit...

— Pas question ! Au diable les médecins ! Je veux savoir tout ce qui s'est passé et surtout comment va Emilio.

— Il s'en sortira, mais il a perdu un poumon et il a une hanche en miettes. Il ne marchera plus jamais normalement, mais il vivra.

— Il n'aura pas besoin de marcher, puisqu'il sera sur son siège de patron de pêche.

— Comment ?

— Rien... Et cette île. Elle s'appelle Passage de Chine...

— Nous le savons, dit Khalehla en l'interrompant d'une voix ferme. Puisque tu es têtu comme une mule et que tu ne veux pas dormir, c'est moi qui vais parler... Ce que vous avez fait, Carallo et toi, est absolument incroyable.

— Carallo ? C'est le nom d'Emilio ?

— Oui. J'ai vu les photos... Une vision d'apocalypse ! L'incendie s'est étendu dans toutes les directions et a ravagé toute la partie orientale de l'île. La maison a brûlé, les arbres et même le quai où les bateaux ont explosé... Il ne reste plus rien. Quand les troupes d'assaut héliportées de la marine ont atterri sur l'île, tout le monde s'était réfugié sur les plages de la côte ouest. Ils étaient absolument terrorisés et ils ont accueilli les soldats comme une armée de libération.

— Alors, ils ont eu Grinell ?

Khalehla baissa les yeux vers Evan et, au bout de quelques instants, elle secoua lentement la tête.

— Non, mon chéri. Je suis désolée.

— Comment est-ce possible ?

Kendrick commença à se redresser en grimaçant de douleur, mais Khalehla avança doucement les mains vers lui et l'obligea à reposer la tête sur son oreiller.

— Il n'a pas pu s'échapper ! poursuivit Evan. Ils n'ont pas bien cherché !

— Ils n'ont pas eu besoin de chercher. Les Mexicains leur ont tout raconté.

— Quoi ? Comment ?

— Un hydravion s'est posé et a emmené le *patrón.*

— Je ne comprends pas. Toutes les communications étaient coupées !

— Pas toutes. Ce que tu ne savais pas, ce que tu ne pouvais pas savoir, c'est que Grinell avait des petits générateurs auxiliaires dans la cave de la maison et qu'il a pu entrer en contact avec quelqu'un à l'aérodrome de San Felipe. C'est ce que nous ont appris les autorités mexicaines, sans préciser de qui il s'agissait. Grinell est en fuite. Même s'il disparaît, il ne pourra pas rester éternellement caché.

— Et l'avocat d'Ardis qui détient le registre dont je t'ai parlé ?

— Nous sommes sur ses talons, mais nous ne l'avons pas encore rattrapé. Il est parti quelque part, mais personne ne sait où. Ses différents téléphones sont sur écoute et, tôt ou tard, il faudra bien qu'il donne de ses nouvelles. Dès qu'il se manifestera, nous mettrons la main sur lui.

— Crois-tu qu'il puisse soupçonner que vous êtes à sa recherche ?

— Toute la question est là. Grinell a pu entrer en communication avec le continent et il a pu demander à celui qu'il a appelé à San Felipe de prévenir l'avocat d'Ardis. Pour l'instant, nous n'en savons rien.

— Et Manny ? demanda Evan d'une voix hésitante. Je suppose que tu n'as pas eu le temps...

— Comme tu te trompes, mon chéri. Ce n'est pas le temps qui m'a manqué, le temps de me désespérer... J'ai appelé l'hôpital de Denver hier soir, mais tout ce que l'infirmière de garde a pu me dire, c'est que son état était stationnaire et, si j'ai bien compris, que ce n'était pas un patient très facile.

— Le contraire m'aurait beaucoup étonné, dit Evan en fermant les yeux. Il est en train de mourir, Khalehla, ajouta-t-il en secouant lentement la tête. Il est en train de mourir et personne ne peut rien pour lui.

— Nous sommes tous en train de mourir, Evan. Chaque jour nous rapproche un peu plus de la mort. Ce n'est qu'une mince consolation, mais Manny a plus de quatre-vingts ans et un certain temps peut s'écouler entre la sentence et l'exécution.

— Je sais, dit Kendrick en baissant les yeux vers leurs doigts entrelacés, puis en les relevant vers le visage de Khalehla. Tu es vraiment belle, ajouta-t-il doucement.

— Je n'aime pas parler de ça, répliqua-t-elle, mais je pense qu'on peut dire que je ne suis pas trop mal. Tu n'es pas non plus Quasimodo, tu sais.

— Non, mais je risque de marcher comme lui... C'est peut-être un manque de modestie, mais je pense que nos enfants ont de bonnes chances d'être assez réussis.

— Je suis d'accord sur le premier point, mais, pour le reste, il faut toujours être prudent.

— Tu as conscience que tu viens d'accepter de devenir ma femme ?

— Essaie un peu de te débarrasser de moi et tu verras ce que je sais faire avec un pistolet.

— Charmant !... Madame Jones, permettez-moi de vous présenter mon épouse... Non, elle ne se déplace jamais sans son flingue ! Si jamais quelqu'un s'avise de semer la pagaille dans votre petite soirée, elle lui logera une balle entre les deux yeux.

— Je suis aussi ceinture noire, deuxième dan, pour le cas où une arme à feu serait trop bruyante.

— Chouette ! Plus personne ne viendra me chercher noise ! Dès qu'un type cherchera la bagarre, je lâcherai ma femme contre lui !

— *Grr !* fit Khalehla en retroussant les babines sur ses dents blanches et bien plantées.

Puis elle composa son visage et baissa vers lui ses grands yeux empreints de tendresse.

— C'est vrai que je t'aime, dit-elle doucement. Dieu sait dans quoi nous nous embarquons, mais je pense que nous allons faire un essai.

— Un essai pour la vie, dit Evan en lui prenant la main.

Khalehla se pencha vers lui et ils s'embrassèrent en s'étreignant avec l'ardeur de deux amants qui ont failli se perdre pour toujours. C'est à ce moment que le téléphone sonna.

— Merde ! s'écria Khalehla en se détachant des bras d'Evan.

— C'est tout l'effet que je te fais ?

— Il ne s'agit pas de toi ! On ne devait pas me passer de communications ici ! J'avais donné des instructions très précises, ajouta-t-elle en décrochant rageusement.

— Oui ? lança-t-elle d'une voix dure. Et, qui que vous soyez, j'aimerais avoir une explication ! Comment avez-vous pu appeler cette chambre ?

— L'explication est assez simple, officier Rashad, répondit posément Mitchell Payton dans son bureau de Langley. J'ai annulé les instructions d'un subordonné.

— Tu n'as pas vu dans quel état il est, M.J. !

— Non, ma chère, mais j'ai parlé aux médecins. Evan a besoin de beaucoup de repos. Sa cheville doit être bandée, sa jambe immobilisée pendant un ou deux jours et sa blessure à l'épaule régulièrement désinfectée, mais à part ces désagréments mineurs, il pourrait repartir tout de suite sur le terrain.

— Tu n'es qu'un monstre, oncle Mitch ! Il est à peine capable d'articuler...

— Alors, pourquoi continues-tu à discuter avec lui ?

— Comment sais-tu que ?...

— C'est ce que tu viens de me dire. Si nous en venions aux réalités, ma chérie ?

— Et Evan ? Ce n'est pas une réalité ?

— Passe-moi l'appareil, dit Kendrick en arrachant maladroitement le combiné des mains de Khalehla. C'est moi, Mitch. Que se passe-t-il ?

— Comment allez-vous, Evan... Je suppose que vous trouvez ma question stupide.

— Absolument. Répondez plutôt à la mienne.

— L'avocat d'Ardis Vanvlanderen se trouve en ce moment dans sa maison de campagne, dans les monts San Jacinto. Il a téléphoné à son bureau pour savoir s'il y avait des messages et nous avons pu localiser l'appel. Une unité est en route pour évaluer la situation et devrait y arriver dans quelques minutes.

— Évaluer ? Qu'est-ce qu'il y a à évaluer ? C'est lui qui a le registre ; il suffit de le lui prendre ! Vous y trouverez toute la structure de leur groupe, le nom de toutes les ordures de marchands d'armes avec qui ils étaient en cheville ! Grinell peut aller se réfugier chez l'un d'eux et il sera hors d'atteinte ! Il faut mettre la main sur ce registre !

— Vous oubliez que Grinell est un homme de ressources. Je suppose qu'Adrienne... Khalehla vous a tout raconté.

— Oui, je sais qu'un hydravion est venu le chercher. Et alors ?

— Il tient au moins autant que nous à mettre la main sur ce registre et il est plus que probable qu'il est déjà entré en contact avec l'avocat. Grinell ne courra certainement pas le risque de se déplacer en personne, mais il enverra un homme de confiance pour le récupérer. S'il se rend compte que le filet se referme sur lui — et il lui suffit pour cela de faire surveiller la maison de l'avocat —, quelles instructions donnera-t-il à son messager qui, pour l'instant, doit avoir pour mission de rapporter le registre au Mexique ?

— Au risque de se faire arrêter à la frontière ou dans un aéroport...

— Où nous l'attendrons discrètement. Que croyez-vous donc qu'il demandera à son messager ?

— De brûler le registre, répondit posément Evan.

— Précisément.

— J'espère que vos hommes connaissent leur boulot.

— Ils sont deux et l'un d'eux est sans doute notre meilleur élément. Il s'appelle Gingembre ; demandez à votre amie ce qu'elle pense de lui.

— Gingembre... C'est un nom parfaitement ridicule.

— Revenons à nos moutons, Evan, j'ai quelque chose à vous dire. Je vais prendre un avion pour San Diego cet après-midi pour vous voir. J'espère que vous serez en état de parler, parce que ce que j'ai à vous dire est très urgent.

— Je serai d'aplomb. Mais pourquoi ne pas en parler tout de suite ?

— Parce que je ne saurais pas quoi vous dire... Je ne suis pas sûr de le savoir non plus quand je vous verrai, mais j'en aurai déjà appris un peu plus long. J'ai rendez avec un homme dans une heure, un homme très influent qui s'intéresse de très près à vous depuis un peu plus d'un an...

Kendrick ferma les yeux et se laissa retomber sur l'oreiller, pris d'une soudaine faiblesse.

— Cet homme fait partie d'un groupe... un groupe connu sous le nom d'Inver Brass.

— Vous êtes au courant ?

— Je n'en sais pas plus. J'ignore l'identité de ses membres et ce qu'ils font. Tout ce que je sais, c'est qu'ils me pourrissent l'existence.

La conduite intérieure brune dont le code d'immatriculation administrative était celui de la C.I.A. franchit le majestueux portail de la demeure de la baie de Chesapeake et remonta l'allée circulaire jusqu'au perron de pierre. Un homme de haute taille, dont l'imperméable ouvert montrait un complet aussi froissé que peut l'être une tenue portée depuis près de soixante-douze heures, descendit de l'arrière et gravit pesamment les marches donnant sur l'imposante porte de chêne. Il réprima un frisson dans l'air froid et leva les yeux vers le ciel couvert annonciateur de neige. De la neige pour Noël, songea Mitchell Payton. C'était le 24 décembre, un jour comme un autre pour le directeur des Projets spéciaux, mais un jour qu'il redoutait tout particulièrement. Il aurait donné plusieurs années de sa vie pour ne pas avoir exigé le rendez-vous auquel il se rendait. Tout au long de sa carrière, il avait été contraint d'accomplir de nombreux actes qui lui avaient laissé un sentiment de profonde amertume, mais il ne détestait rien tant que la destruction d'un homme de bien et de haute moralité. C'est pourtant ce qu'il allait faire ce matin-là et il se détestait pour cela, mais il n'avait pas le choix. Car il y avait un bien supérieur, une moralité supérieure, qui résidaient dans la justesse des lois d'une nation. Celui qui refusait de les respecter se plaçait en marge de la nation et, si tout un chacun avait à répondre de ses actes, c'était au regard de la loi.

Une domestique lui fit traverser un immense salon donnant sur la baie de Chesapeake et s'arrêta devant une autre porte, tout aussi imposante que celle de l'entrée. Elle frappa et ouvrit. Payton pénétra dans l'extraordinaire bibliothèque en essayant d'assimiler tout ce qu'il découvrait. L'énorme console audiovisuelle qui occupait tout un mur, avec sa batterie d'écrans, de cadrans et son matériel de projection ; l'écran argenté déroulé contre le mur opposé et, dans l'angle, le gros poêle en fonte dans lequel brûlait du charbon ; le bureau de merisier, les hautes fenêtres donnant sur la pelouse et, au centre de la pièce, la grande table ronde. Samuel Winters se leva à son entrée et s'avança vers lui, la main tendue.

— Cela fait bien longtemps, M.J... Si vous me permettez. Si ma mémoire est bonne, c'est ainsi que tout le monde vous appelait.

— Je vous en prie, docteur Winters.

Les deux hommes se serrèrent la main et le septuagénaire chenu fit d'un grand geste du bras le tour de la pièce.

— Je tenais à ce que vous voyiez tout cela. À ce que vous sachiez que nous tâtons le pouls de la planète. Mais aucunement dans notre intérêt personnel, vous devez bien le comprendre.

— Je sais. Qui sont les autres ?

— Prenez donc un siège, dit Winters en indiquant un fauteuil de cuir fauve en face du sien, de l'autre côté de la table ronde. Vous pouvez enlever votre imperméable. Quand on arrive à mon âge, on a tendance à beaucoup trop chauffer.

— Avec votre permission, je vais le garder. Notre entretien ne sera pas très long.

— En êtes-vous sûr ?

— Tout à fait, répondit Payton en s'asseyant.

— Très bien, dit doucement Winters en se dirigeant vers son fauteuil. C'est le privilège de l'intelligence que de choisir sa position sans considération pour les paramètres de la discussion. Et vous avez cette intelligence, M.J.

— Merci pour le compliment, même s'il est teinté de condescendance.

— Êtes-vous venu avec des intentions hostiles ?

— Pas plus que vous lorsque vous choisissez pour le pays celui qui va se présenter et être élu à l'une des plus hautes charges.

— C'est l'homme de la situation pour tout un tas d'excellentes raisons.

— Je suis entièrement d'accord avec vous. Ce sont les moyens que vous avez employés que je refuse. Quand on libère une force incontrôlable pour atteindre un objectif, on ne peut en évaluer les conséquences.

— D'autres font la même chose. Ils s'y emploient depuis déjà un certain temps !

— Cela ne vous donne pas le droit d'en faire autant. Révélez leurs agissements, si vous êtes en mesure de le faire, et je ne doute pas qu'avec les moyens dont vous disposez ce soit possible. Mais ne les imitez pas !

— C'est un raisonnement de sophiste ! Nous vivons dans un monde sans pitié, un monde dominé par les prédateurs de la politique !

— Ce n'est pas une raison pour utiliser leurs méthodes... Il convient de les dénoncer, non de les imiter.

— Le temps que la vérité soit connue, que les décideurs comprennent ce qui se passe, les hordes implacables sont en marche et nous écrasent. Ils bouleversent les règles, ils dénaturent les lois. Ils sont intouchables.

— Permettez-moi de vous dire respectueusement, docteur Winters, que je ne suis pas de votre avis.

— Regardez le IIIe Reich !

— Regardez comment cela s'est terminé ! Songez à Jean sans Terre et à la Grande Charte, songez aux abus de la cour de France, songez aux brutalités des tsars ! Songez à Philadelphie, en 1787 ! La *constitution,* docteur ! Le peuple sait réagir rapidement à l'oppression et à la malfaisance !

— Regardez donc les Soviétiques !

— Un point pour vous. Mais n'oubliez pas les *refuseniks* et les dissidents de tout poil qui s'efforcent jour après jour de montrer au reste du monde ce que la politique du Kremlin a de moins avouable. Cela change tout, docteur !

— Des abus ! s'écria Winters. Notre pauvre planète est malade des abus et elle finira par en mourir !

— Pas si tous les êtres sensés s'unissent pour les dénoncer au lieu de s'associer à toutes ces folies. Votre cause est peut-être juste, mais vous avez cru que vous étiez au-dessus des lois, écrites aussi bien que tacites, et vous avez directement provoqué la mort de nombreux innocents. À la révélation de ce que vous saviez, vous avez préféré la manipulation.

— Votre décision est irrévocable ?

— Oui. Qui sont les autres membres d'Inver Brass ?

— Vous connaissez ce nom ?

— Vous avez entendu. Qui sont-ils ?

— Ce n'est pas moi qui vous le dirai.

— Nous finirons bien par le savoir. Mais, pour satisfaire ma curiosité personnelle, comment cette organisation a-t-elle vu le jour ? Si vous préférez ne pas me répondre, cela n'a pas d'importance.

— C'est avec plaisir que je vais vous répondre, dit le vieil historien dont les mains tremblaient si fort qu'il fut obligé de les croiser en les posant sur la table. L'origine d'Inver Brass remonte à plusieurs dizaines d'années, au plus fort du chaos de la grande crise de 1929. La nation était au bord du gouffre, l'activité économique était paralysée et la violence éclatait un peu partout. Un estomac vide n'a que faire des slogans et des vaines promesses des politiciens, et ceux qui ont perdu toute dignité sans en être en rien responsables n'ont que la violence pour seul recours. Inver Brass a été formé par un petit groupe d'hommes immensément riches et extrêmement influents qui étaient sortis de la tourmente sans une égratignure. Ces hommes, dotés d'une conscience sociale, employèrent leurs ressources d'une manière pragmatique, endiguant les émeutes et la violence non seulement par des injections de capitaux et un approvisionnement massif des zones les plus durement touchées par la crise, mais en œuvrant en sous-main pour faire voter des lois qui contribuaient à soulager la misère. C'est cette tradition que nous entretenons.

— Vraiment ? demanda Payton en scrutant le visage du vieil historien d'un regard sans chaleur.

— Oui, répondit Winters d'une voix vibrante de conviction.

— Et Inver Brass... Qu'est-ce que cela signifie ?

— C'est le nom d'un étang des Highlands, que vous ne trouverez sur aucune carte. Il a été inventé par le premier porte-parole du groupe, un banquier d'origine écossaise, qui avait compris qu'il fallait agir en secret.

— C'est-à-dire sans avoir de comptes à rendre à quiconque ?

— Je vous répète que nous ne voulons rien pour nous-mêmes !

— Alors, pourquoi agir en secret ?

— Le secret est nécessaire, car, même si nos décisions sont sans parti pris et dans l'intérêt du pays, elles ne sont pas toujours plaisantes et parfois même pas défendables aux yeux du grand public.

— Pas défendables ? répéta Payton, comme s'il n'en croyait pas ses oreilles.

— Je vais vous donner un exemple. Il y a quelques années, nos prédécesseurs immédiats ont eu à affronter un tyran de l'administration gouvernementale qui s'était mis en tête de remodeler les lois de notre pays. Cet homme s'appelait John Edgar Hoover. C'était le directeur du F.B.I., un géant dont la raison, sur le tard, avait basculé et qui exerçait un chantage odieux sur les présidents et les sénateurs grâce à des dossiers débordants de médisances et d'insinuations. Inver Brass l'a éliminé avant qu'il ne mette à genou l'exécutif et le législatif. Puis un jeune écrivain du nom de Peter Chancelor est apparu et est arrivé trop près de la vérité. C'est lui et son manuscrit qui ont causé la perte de l'Inver Brass de nos prédécesseurs, mais rien n'a pu empêcher qu'il renaisse de ses cendres.

— Mon Dieu ! s'écria le directeur des Projets spéciaux. Vous vous arrogez le droit de décider du bien et du mal, vous prononcez des sentences de mort ! Quelle intolérable arrogance !

— Vous êtes injuste ! Il n'y avait pas d'autre solution ! Vous vous trompez, Payton !

— Non, dit M.J. en se levant et en repoussant son fauteuil, je ne me trompe pas. Je n'ai rien à ajouter, docteur. Je vais me retirer.

— Qu'allez-vous faire ?

— Mon devoir. Je vais rédiger un rapport que j'enverrai au Président, au procureur général et aux commissions parlementaires intéressées. C'est la loi, docteur ! Vos activités sont terminées... Ne vous donnez pas la peine de me raccompagner, je connais le chemin.

Payton sortit dans la grisaille du matin. Il prit une longue respiration pour remplir ses poumons d'air frais, mais il en était incapable. Il y avait en lui trop de lassitude, trop de tristesse et d'indignation... Et c'était le jour de Noël. Il descendit le perron et se dirigeait vers sa voiture quand une brusque détonation résonna dans le silence de la propriété... *Un coup de feu.* Le chauffeur plongea hors de la voiture et s'accroupit sur l'allée, les deux mains tendues devant lui serrant son pistolet.

M.J. secoua lentement la tête et poursuivit son chemin. Il se sentait complètement épuisé, à bout de forces. Son départ pour la Californie n'avait heureusement plus le même caractère d'urgence. Inver Brass n'était plus ; son chef venait de mettre fin à ses jours. Privé de la stature et de l'autorité de Samuel Winters, le groupe occulte était en ruine et, en apprenant que l'historien s'était brûlé la cervelle, les autres comprendraient. Et Evan Kendrick ? Il fallait tout lui raconter, lui fournir tous les détails et le laisser prendre sa décision. Mais cela pouvait attendre, au moins une journée de plus. Tandis que le chauffeur tenait sa portière ouverte et qu'il montait dans la voiture, Payton ne pensait qu'à une seule chose : rentrer chez lui, boire quelques verres et tomber sur son lit comme une masse.

— Monsieur Payton, dit le chauffeur. Vous avez eu un appel radio Code 5.

— Quel était le message ?

— Appeler d'urgence San Jacinto.

— Retournez à Langley, s'il vous plaît.

— Bien, monsieur.

— Ah ! Au cas où j'oublierais ! Je vous souhaite un joyeux Noël.

— Merci, monsieur.

44

— Ne vous inquiétez pas, mademoiselle Rashad, nous irons toutes les heures vérifier que tout va bien, dit l'infirmière de la marine, une robuste femme entre deux âges. Savez-vous que le Président en personne a appelé M. Kendrick cet après-midi ?

— Oui, j'étais là. À propos de téléphone, il ne doit recevoir aucun appel dans sa chambre.

— Nous comprenons. Tenez, voici une copie de la note qui a été remise aux standardistes. Tous les appels doivent être renvoyés à votre chambre de l'hôtel Westlake.

— C'est parfait. Je vous remercie pour tout.

— Quel dommage, un soir de Noël, de rester sur un lit d'hôpital pendant que vous serez dans votre chambre d'hôtel, au lieu de faire la fête avec des amis.

— Je vais vous dire quelque chose : le fait de savoir qu'il est vivant et en de bonnes mains suffit pour faire de ce soir le plus beau Noël que j'aie jamais eu.

— Je comprends. Je vous ai vus ensemble...

— Prenez bien soin de lui. Si je ne me repose pas un peu, il ne trouvera certainement pas en me voyant demain à son réveil que je suis un joli cadeau de Noël.

— Nous sommes tous aux petits soins pour M. Kendrick, mademoiselle Rashad. Allez donc vous reposer. Vous avez une mine de déterrée et c'est une opinion autorisée.

— Je sais bien que j'ai une mine épouvantable.

— J'aurais bien aimé, une seule fois dans ma vie, avoir une mine aussi épouvantable, comme vous dites.

— Vous êtes adorable, dit Khalehla en posant la main sur le bras de l'infirmière. Bonne nuit et à demain.

— Joyeux Noël.

— C'est un joyeux Noël. J'espère qu'il en sera de même pour vous.

Adrienne Rashad longea le couloir aux murs blancs jusqu'aux ascenseurs et appuya sur le bouton de descente. Elle n'avait pas menti en disant qu'elle avait besoin de sommeil. Elle n'avait pas fermé l'œil depuis quarante-huit heures, sauf pendant une vingtaine de minutes où elle avait sommeillé aux côtés d'Evan. Une douche bien chaude, un repas léger dans sa chambre et elle se coucherait aussitôt. Le lendemain matin, elle irait dans un des grands magasins qui ouvraient pour les clients distraits, désireux de faire leurs derniers achats, et elle choisirait deux ou trois cadeaux pour son... Pour son quoi ? Seigneur, se dit-elle, pour mon fiancé !

Comme il était étrange de voir que Noël faisait toujours ressortir les meilleurs côtés de la nature humaine, et ce, quelle que soit la race ou la religion. Prenons l'exemple de l'infirmière, se dit Khalehla. Elle était si gentille, mais probablement très seule, avec sa corpulence et son visage mafflu. Et pourtant elle s'était montrée aimable et chaleureuse. Elle lui avait dit qu'elle savait ce qu'elle éprouvait, parce qu'elle les avait vus ensemble. Ce n'était pas vrai. Khalehla se souvenait parfaitement de tout le personnel médical qui était entré dans la chambre et cette infirmière n'en faisait pas partie... C'était cela Noël, la générosité, la chaleur humaine. Et son homme était sain et sauf... Les portes de l'ascenseur s'ouvrirent et elle pénétra dans la cage d'acier. Elle se sentait bien, tranquille et pleine de bienveillance envers le monde entier.

Kendrick ouvrit les yeux dans l'obscurité. Quelque chose l'avait réveillé... Qu'est-ce que cela pouvait bien être ? La porte de sa chambre ? Oui, bien sûr, c'était la porte. Khalehla lui avait dit que le personnel de l'hôpital viendrait s'assurer pendant la nuit que tout allait bien. Que croyait-elle qu'il pouvait faire ? Aller danser ? Il enfouit sa tête dans l'oreiller en respirant profondément, vidé de toutes ses forces... *Non !* Ce n'était pas la porte. C'était une présence. Il y avait quelqu'un dans la chambre !

Evan déplaça insensiblement sa tête sur l'oreiller. Il discerna une grosse tache blanche dans l'obscurité, une masse informe, sans bras, ni jambes, ni tête dans le noir.

— Qui est là ? demanda-t-il d'une voix à peine audible. Qui est là ?

Il n'y eut pas de réponse.

— Qui êtes-vous ? Qu'est-ce que vous voulez ?

D'un seul coup, la masse blanche fondit sur lui et s'abattit sur son visage. Un oreiller ! Il ne pouvait plus respirer ! Il leva vivement le bras droit et sa main rencontra un bras musclé, puis, remontant, elle trouva un visage, un visage à la peau douce et se referma sur des cheveux... De longs cheveux de femme ! Il tira de toutes ses forces en roulant sur la droite de l'étroit lit d'hôpital et en entraînant par terre son assaillant. Il lâcha les cheveux et commença à marteler le visage qui se trouvait sous lui. Son épaule le faisait horriblement souffrir, les points de suture s'étaient rompus et tout le bandage était imbibé de sang. Il voulut hurler, mais ne put émettre qu'un cri étranglé. La femme massive lui griffait le cou de ses doigts aux ongles pointus qui s'enfonçaient dans sa peau... Puis les ongles remontèrent vers ses yeux, lui labourant les paupières et le front. Evan bondit sur ses pieds, échappa à l'étreinte de la femme et heurta violemment le mur. La douleur était intolérable. Il s'avança en titubant vers la porte, mais elle le rattrapa et le projeta contre le bord du lit. La main d'Evan effleura la carafe d'eau posée sur la table de nuit. Il referma les doigts sur le goulot et, pivotant sur lui-même, abattit la carafe sur le visage joufflu déformé par la haine. La tueuse en fut étourdie. Evan en profita pour se jeter sur elle et la déséquilibrer d'un coup d'épaule, l'écrasant contre le mur. Puis il s'élança vers la porte et déboucha dans le couloir blanc et aseptisé, baignant dans une clarté grisâtre. La seule source lumineuse, au milieu du couloir, était celle de la lampe du bureau des infirmières.

— *Au secours !... Il y a quelqu'un ?*

Encore une fois, les mots s'étranglèrent dans sa gorge et il ne put émettre que des sons gutturaux. Il avança dans le couloir en claudiquant sur des jambes qui le portaient difficilement. Il n'y avait donc personne ? Pas de garde de nuit ? Evan vit soudain deux infirmières apparaître au bout du couloir en discutant tranquillement. Il leva la main et l'agita frénétiquement tandis que de sa gorge sortait enfin un cri articulé.

— Au secours !

— Mon Dieu ! s'écria l'une des infirmières tout en s'élançant avec sa collègue vers l'homme à l'épaule couverte de sang.

Kendrick entendit au même moment un autre bruit de pas précipités. Il se retourna et vit la silhouette massive de l'infirmière qui avait tenté de le tuer sortir de sa chambre et s'enfuir pesamment dans le couloir. Elle ouvrit d'un coup d'épaule une porte au-dessus de laquelle se trouvait le mot SORTIE écrit en lettres rouges et disparut.

— Va chercher le médecin de garde ! cria la première infirmière à sa collègue. Dépêche-toi ! Il perd tout son sang !

— Je vais appeler Mlle Rashad, dit la seconde infirmière en se précipitant vers le bureau. Elle a demandé qu'on la prévienne s'il se passait quelque chose d'anormal !

— Non ! s'écria Evan d'une voix encore rauque, mais enfin audible. Laissez-la tranquille !

— Mais enfin, monsieur Kendrick...

— Faites ce que je vous dis. Ne l'appelez pas ! Elle n'a pas fermé l'œil depuis deux ou trois jours... Allez chercher un médecin et aidez-moi à regagner ma chambre. Après, j'aurai un coup de téléphone à donner.

Trois quarts d'heure plus tard, sa blessure à l'épaule était recousue, et son visage et son cou nettoyés et désinfectés. Kendrick s'assit sur le bord du lit, prit le téléphone sur ses genoux et composa le numéro de Washington qu'il avait mémorisé. Malgré les vives objections du médecin et des infirmières, il les avait fermement dissuadés de ne prévenir ni la police militaire ni le service de sécurité de l'hôpital. On avait pu établir qu'aucun membre du personnel de l'étage ne connaissait la robuste infirmière autrement que par le nom, manifestement faux, qui figurait sur la feuille de transfert de l'hôpital militaire de Pensacola, en Floride, présentée l'après-midi même au service du personnel. Une infirmière expérimentée et d'un grade élevé était toujours bien accueillie, et personne ne s'était interrogé sur son arrivée. Jusqu'à ce que la situation soit un peu éclaircie, il n'était pas question d'ouvrir une enquête officielle qui susciterait un regain de curiosité de la part des médias. Le blackout était toujours en vigueur.

— Désolé de vous tirer du lit, Mitch...

— Evan ?

Kendrick raconta par le menu au directeur des Projets spéciaux le cauchemar bien trop réel qu'il avait vécu et acheva son récit en lui faisant part de sa décision d'éviter de faire appel à la police.

— Je me trompe peut-être, mais je me suis dit qu'à partir du moment où elle avait franchi la porte de sortie du couloir. Il n'y avait pratiquement aucune chance de la rattraper.

— Vous avez bien fait, Evan, dit vivement Payton. C'est une tueuse à gages...

— Armée d'un oreiller.

— Une arme aussi sûre qu'un pistolet, si vous ne vous étiez pas réveillé par hasard. Une professionnelle comme elle avait dû se ménager plusieurs issues et préparer des vêtements de rechange. Vous avez fait ce qu'il fallait.

— Qui l'a engagée, Mitch ?

— Grinell, selon toute vraisemblance. Vous savez qu'il

n'est pas resté inactif depuis qu'il a réussi à s'enfuir de l'île.

— Qu'est-ce qu'il a fait ? Khalehla ne m'a rien dit.

— Khalehla, comme vous l'appelez, n'est pas au courant. Elle se faisait déjà suffisamment de souci pour vous. Comment a-t-elle réagi à ce qui vient de se passer ?

— Elle ne le sait pas. J'ai interdit aux infirmières de l'appeler.

— Elle va être furieuse.

— Cela lui permettra au moins de se reposer. Parlez-moi plutôt de Grinell.

— L'avocat d'Ardis Vanvlanderen est mort et le registre a disparu. Les sbires de Grinell sont arrivés les premiers à San Jacinto.

— Merde ! hurla Kendrick d'une voix rauque. Le registre est perdu !

— On le dirait bien, mais il y a quelque chose qui cloche dans cette histoire... Vous souvenez-vous que je vous avais dit qu'il suffisait à Grinell de faire surveiller la maison de l'avocat pour savoir que le filet se refermait sur lui ?

— Bien sûr.

— Gingembre a repéré le guetteur.

— Et alors ?

— S'ils ont mis la main sur le registre, pourquoi poster un guetteur ? Pourquoi courir ce risque ?

— Faites-le parler ! Droguez-le et faites-le parler, comme le Palestinien !

— Gingembre n'est pas partisan de cette solution.

— Pourquoi ?

— Pour deux raisons. Il s'agit peut-être d'un sous-fifre qui ne sait absolument rien et, par ailleurs, Gingembre veut le filer discrètement.

— Vous voulez dire que Gingembre a repéré le guetteur, mais que l'autre ne s'en est pas rendu compte ?

— Je vous avais dit que c'était notre meilleur élément. L'homme de main de Grinell ne sait même pas que nous avons découvert le corps de l'avocat. Il n'a vu qu'une camionnette et deux jardiniers en tenue de travail qui sont venus tondre une pelouse.

— Mais si le guetteur n'est qu'un sous-fifre, que peut

espérer découvrir Gingembre — quel surnom ridicule ! — en le suivant ?

— J'ai dit que c'était une possibilité. L'homme n'a peut-être qu'un numéro de téléphone servant de relais, qu'il doit appeler à intervalles réguliers et qui ne peut rien nous apprendre. Mais ce n'est aucunement une certitude. S'il s'agit d'un homme plus haut placé dans leur organisation, il peut nous conduire aux autres.

— Mais enfin, Mitch, il suffit de le droguer et de le faire parler !

— Vous ne m'avez pas suivi, Evan. Un relais est un numéro de téléphone que l'on appelle à intervalles réguliers et qui sont convenus à l'avance. Si les heures d'appel ne sont pas respectées, Grinell saura qu'il y a un os.

— Vous avez tous l'esprit complètement tordu, soupira Kendrick d'une voix faible et exaspérée.

— Et ce n'est même pas bien payé... Bon, je vais faire poster deux Marines devant la porte de votre chambre. Essayez de vous reposer.

— Et vous, vous ne vous reposez donc jamais ? Je sais que vous avez décidé de ne pas venir ici tout de suite et, maintenant, je comprends mieux pourquoi, mais vous êtes encore dans votre bureau...

— Oui, j'attends des nouvelles de Gingembre. Je travaille plus efficacement ici.

— Vous ne voulez pas parler de votre rendez-vous d'hier avec le chef de ce groupe... Inver Brass ?

— Nous verrons cela demain. Ce n'est plus pressé. Sans lui, Inver Brass n'existe plus.

— Comment cela, sans lui ?

— Il s'est fait sauter la cervelle... Joyeux Noël, Evan.

Khalehla laissa tomber les colis qu'elle tenait dans les bras.

— Que s'est-il passé ? hurla-t-elle en se ruant vers le lit.

— Les soins hospitaliers ne sont plus ce qu'ils étaient, répondit Evan.

— Je ne trouve pas ça drôle !... Il y a deux Marines devant ta porte et quand j'ai dit à la réception que je venais te voir, on a épluché mes pièces d'identité. Je veux savoir ce qui s'est passé ?

Evan lui raconta tout, en passant toutefois sous silence la suture qui avait été refaite et la mare de sang qu'il avait laissée dans le couloir.

— Mitch trouve que j'ai fait ce qu'il fallait, conclut-il.

— Je vais lui arracher les yeux ! s'écria Khalehla. Il aurait du m'appeler !

— Oui, mais tu n'aurais pas eu le teint de rose que tu as ce matin. Tes cernes ont diminué de moitié. Tu as bien dormi ?

— Douze heures, avoua Khalehla en s'asseyant au bord du lit. Cette grosse infirmière si gentille... Je n'arrive pas à le croire !

— J'aurais bien aimé être ceinture noire, moi aussi. Je ne fais pas très souvent le coup de poing et encore moins souvent avec des femmes... sauf avec des prostituées qui veulent faire payer leurs services trop cher.

— Dorénavant, tu n'auras plus à payer... Oh ! Evan ! J'aurais dû insister pour avoir une chambre double et passer la nuit ici, avec toi !

— Quel esprit protecteur tu as ! N'oublie pas que c'est moi l'homme !

— Et toi, n'oublie pas que, si nous nous faisons attaquer, ce sera à moi de nous défendre...

— Mon orgueil masculin en prend un sale coup... Très bien, je me gaverai de champagne et de petits fours pendant que tu rosseras nos agresseurs.

— Seul un homme peut plaisanter comme ça, dit Khalehla en se penchant vers Evan pour l'embrasser. Le problème, c'est que je t'aime tellement !

— Pour moi, ce n'est pas un problème.

Ils commencèrent à échanger un long baiser, évidemment interrompu par la sonnerie du téléphone.

— Ne hurle pas, dit doucement Evan. C'est probablement Mitch.

— Nous sommes sur la bonne voie ! s'écria le directeur des Projets spéciaux. Evan t'a raconté ? À propos de Grinell ?

— Non, rien du tout.

— Passe-le-moi. Il aura des tas de choses à t'expliquer...

— Pourquoi ne m'as-tu pas appelée cette nuit, ou ce matin ?

— Passe-le-moi !

— Bien, monsieur.

— Que se passe-t-il, Mitch ?

— La chance nous a enfin souri... Enfin !

— Gingembre ?

— Pas du tout. Une source totalement différente. On va parfois chercher des choses insensées dans ce métier et il arrive que cela réussisse. Nous avions envoyé à tout hasard un de nos hommes au bureau de l'avocat de Mme Vanvlanderen. Il était muni d'un faux document lui permettant de prendre connaissance des dossiers relatifs à l'ex-chef de cabinet du vice-président. En l'absence de son patron, la secrétaire de l'avocat ne voulait pas laisser quelqu'un fouiner dans ses dossiers. Elle a donc appelé la maison de San Jacinto et notre agent, sachant que personne ne lui répondrait, s'est incrusté pendant deux bonnes heures en jouant au fonctionnaire de Washington mandaté par le Conseil national de sécurité et furieux de perdre son temps. La secrétaire essayait désespérément de joindre son patron et elle ne comprenait pas pourquoi personne ne répondait alors que l'avocat était censé être en réunion à San Jacinto avec d'importants clients. À la longue, soit par dépit, soit pour se défendre, elle a imprudemment mentionné à notre agent que, s'il cherchait le document confidentiel qu'elle avait photocopié, il ne pourrait pas en prendre connaissance, car il se trouvait enfermé dans le coffre d'une banque.

— Bravo, dit posément Evan en réprimant un cri de joie.

— Elle est même allé jusqu'à donner la description du registre... L'avocat rusé était d'accord pour le vendre à Grinell et il voulait ensuite le faire chanter avec la copie du document. Le guetteur de Grinell n'était resté à San Jacinto que par simple curiosité et, dans l'heure qui vient, nous serons en possession de la copie du registre.

— Faites-le décoder tout de suite, Mitch ! Cherchez un homme du nom de Hamendi. Abdel Hamendi.

— Le marchand d'armes, dit Payton. Je suis au courant ; Adrienne m'a raconté. L'homme qui était sur les photos de Lausanne et d'Amsterdam.

— C'est bien lui. Il va sans dire qu'on lui a donné un nom de code, mais vous allez pouvoir remonter la piste de l'argent... Les transferts à Zurich et Genève, la Gemeinschaft Bank, à Zurich.

— Naturellement.

— Mais ce n'est pas tout, Mitch. Il convient maintenant de faire le ménage. Un homme comme Hamendi fournit des armes à tous les groupuscules de fanatiques qui passent leur temps à s'entre-tuer avec ce qu'il leur vend. Mais, comme si cela ne suffisait pas, il cherche d'autres assassins, des assassins en costumes dans des bureaux climatisés, qui ne combattent que pour une seule cause : l'argent. La production d'armes est dix fois, vingt fois plus importante qu'elle ne l'était... Il y a toujours de nouvelles causes, de nouveaux assassinats, de nouveaux fanatiques à approvisionner. Débarrassons-nous de cette gangrène, Mitch. Donnons à notre pauvre planète une chance de mieux respirer, sans être étouffée par les armes de cette ordure.

— Vaste programme, Evan.

— Laissez-moi quelques semaines pour me remettre sur pied, puis renvoyez-moi à Oman.

— Comment ?

— Je vais faire le plus gros achat d'armes dont Hamendi ait jamais rêvé.

Seize jours s'écoulèrent. Noël n'était plus qu'un pénible souvenir et le nouvel an avait été accueilli avec prudence et suspicion. Le quatrième jour de son hospitalisation, Evan avait rendu visite à Emilio Carallo dans sa chambre et lui avait donné la photographie d'un bateau de pêche flambant neuf, ainsi que le titre de propriété, un reçu pour une formation lui permettant d'obtenir son brevet de capitaine et l'assurance que personne n'irait lui créer des ennuis à El Descanso. C'était la vérité ; les membres du gouvernement occulte ayant son siège sur l'île avaient décidé de tout nier en bloc. Ils s'étaient réfugiés derrière leurs batteries d'avocats et plusieurs d'entre eux étaient en fuite. Le sort d'un pêcheur estropié leur était totalement indifférent. La seule chose qui comptait pour eux était d'essayer de sauver leur fortune et leur peau.

Le huitième jour, la vague de fond prit naissance à Chicago et se propagea dans tout le Middle West. Tout commença par l'éditorial de quatre journaux indépendants publiés dans un rayon de cent kilomètres qui suggéraient la candidature d'Evan Kendrick à la nomination pour la vice-présidence. Dans les soixante-douze heures qui suivirent, trois autres quotidiens se rallièrent au même candidat, imités par six chaînes de télévision locales appartenant à cinq de ces journaux. De la suggestion, on passa à un soutien sans réserve, et la voix des journalistes commença à porter de plus en plus loin. De New York à Los Angeles, de Bismarck à Houston, de Boston à Miami, la confrérie des géants médiatiques se pencha sur cette idée et les rédacteurs en chef de *Time* et de *Newsweek* réunirent d'urgence toute leur rédaction. Kendrick fut transféré dans une aile isolée de l'hôpital militaire et son nom disparut de la liste des patients. À Washington, Ann O'Reilly et tout le secrétariat d'Evan répondirent à plusieurs centaines de correspondants que le représentant Kendrick était en voyage à l'étranger et qu'il n'avait aucun commentaire à faire.

Le onzième jour, Evan et Khalehla rentrèrent à Mesa Verde où, à leur profond étonnement, ils trouvèrent Emmanuel Weingrass, un petit cylindre d'oxygène attaché autour de la taille, en cas de problème respiratoire, qui surveillait le travail d'une armée de charpentiers. Manny marchait moins vite et il s'asseyait plus souvent, mais sa maladie ne semblait avoir aucun effet sur son irascibilité coutumière qui semblait devenue permanente. La seule occasion où il baissait un peu la voix était quand il parlait à Khalehla, sa « nouvelle et ravissante fille qui vaut tellement mieux que le propre-à-rien qui ne cesse de tourner autour d'elle ».

Le quinzième jour, avec l'aide d'un jeune informaticien de génie que lui avait prêté Frank Swann, Payton parvint à découvrir le code du registre de Grinell, la Bible selon le gouvernement occulte. Mitchell Payton et Gerald Bryce travaillèrent toute la nuit pour rédiger un rapport complet à Langford Jennings qui leur indiqua précisément combien de copies ils devaient faire. Une copie supplémentaire sortit de l'imprimante avant que la disquette soit détruite, mais M.J. ne s'en rendit pas compte.

L'une après l'autre, les limousines arrivèrent dans la nuit, non pas devant la grille d'une propriété de la baie de Chesapeake, mais devant le portique sud de la Maison-Blanche. Les passagers furent escortés par des Marines jusqu'au Bureau ovale où les attendait Langford Jennings. Les pieds sur un petit tabouret rembourré, le Président salua tout le monde d'un petit signe de la tête, tout le monde sauf Orson Bollinger qui n'eut droit qu'à un regard chargé d'un mépris glacial. Les chaises étaient disposées en demi-cercle devant le bureau derrière lequel trônait l'homme le plus puissant du monde libre. Ce conseil, dont chacun des membres tenait à la main une enveloppe de papier bulle, était composé des leaders des deux partis pour les deux assemblées du Congrès, du secrétaire d'État par intérim et du secrétaire à la Défense, des directeurs de la C.I.A. et de l'Agence nationale de sécurité, des membres de l'état-major interarmes, du procureur général et de Mitchell Payton, le directeur des Projets spéciaux de la C.I.A. Tout le monde prit place devant le bureau et attendit. Mais l'attente ne fut pas longue.

— Messieurs, nous sommes dans la merde, commença le président des États-Unis. Je ne sais pas comment nous en sommes arrivés là, mais si je n'obtiens pas ce soir des réponses que je jugerai satisfaisantes, je connais un certain nombre de gens qui vont passer vingt ans à casser des cailloux. Suis-je bien clair ?

Il y eut quelques hochements de tête d'approbation, mais aussi des visages furieux et des objections formulées avec plus ou moins de vigueur.

— Un instant ! poursuivit Jennings pour apaiser les mouvements de protestation. Je veux que tout le monde sache parfaitement à quoi s'en tenir. Vous avez tous reçu et sans doute pris connaissance du rapport préparé par M. Payton. Vous l'avez tous apporté et, conformément à mes instructions, vous n'en avez, je l'espère, pas fait de copie. Ces affirmations sont-elles exactes ? Veuillez répondre individuellement, en commençant à ma gauche, par monsieur le procureur général.

Chacun des membres de l'assemblée répéta à son tour le geste et les paroles du premier magistrat de la nation. Ils montrèrent l'un après l'autre leur enveloppe de papier bulle en disant :

— Pas de copie, monsieur le Président.

— Parfait, dit Jennings.

Il enleva ses pieds du tabouret et se pencha en avant en appuyant les avant-bras sur son bureau.

— Ces enveloppes sont numérotées, messieurs, et leur nombre a été limité à celui des participants à cette réunion. De plus, à votre départ, elles resteront dans cette pièce. C'est bien compris ?

Il n'y eut que des hochements de tête et des grognements d'acquiescement.

— Bien... Je n'ai pas à vous rappeler que les renseignements contenus dans ces pages sont aussi incroyables qu'accablants. Un réseau de voleurs et d'assassins, des ordures qui engageaient des tueurs et n'hésitaient pas à faire appel à des terroristes. Des scènes de carnage à Fairfax, dans le Colorado et à Chypre, où un homme qui valait au moins cinq de vous a été massacré avec toute notre délégation. Ce n'est qu'une suite d'horreurs : collusion de conseils d'administration, d'ententes illicites, de marges bénéficiaires abusives, de trafic d'influence dans tous les secteurs du gouvernement et de l'administration, transformation de l'industrie de la défense en une source d'énormes revenus personnels... C'est une suite ininterrompue de malversations, de transactions illégales avec des marchands d'armes du monde entier, de faux témoignages devant les commissions de contrôle des armements, d'achats de licences d'exportation, de changements d'itinéraires pour acheminer des cargaisons vers des destinations interdites. C'est un bordel indescriptible ! Et aucun de vous ne peut prétendre avoir les mains toutes blanches ! Des objections, messieurs ?

— Monsieur le Président...

— Monsieur le Président !...

— J'ai passé trente ans de ma vie dans les Marines et personne n'a jamais osé me...

— Eh bien, moi, j'ose ! rugit Jennings. Et de quel droit m'en empêcheriez-vous ? Qui a autre chose à dire ?

— Moi, monsieur le Président, dit le secrétaire à la Défense. Pour parler comme vous, je ne comprends rien à vos foutues allusions et je m'élève contre vos insinuations.

— Des allusions ? Des insinuations ? Allez vous faire foutre, mon vieux, et étudiez les chiffres ! Trois millions de dollars pour un char dont le prix de revient ne dépasse pas la moitié de cette somme ! Trente millions pour un chasseur tellement surchargé de gadgets réclamés par le Pentagone qu'il est incapable de fonctionner correctement et qu'il repart dans les bureaux d'études, ce qui nous coûte la bagatelle de dix autres millions par appareil ! Ne parlons pas des sièges des toilettes et autres bricoles, vous avez des problèmes beaucoup plus graves sur les bras !

— Ce sont des dépenses minimes par rapport à l'ensemble de notre budget, monsieur le Président.

— Comme l'a dit récemment à la télévision un de mes amis, allez donc raconter cela au pauvre bougre qui n'arrive pas à joindre les deux bouts. Vous n'êtes peut-être pas à la bonne place, monsieur le secrétaire. Nous n'arrêtons pas de répéter à nos concitoyens que l'économie soviétique part à vau-l'eau et que leur technologie est à des années-lumière de la nôtre et pourtant, chaque fois que vous présentez le budget de votre ministère, vous affirmez que nous sommes dans la merde, parce que ces mêmes Russes nous dépassent économiquement et technologiquement. Je crois percevoir une légère contradiction, n'est-ce pas ?

— Vous ne comprenez pas la complexité...

— Ce n'est pas mon affaire ! Mais je comprends les contradictions... Et vous, les quatre grognards du Congrès, glorieux membres de mon parti et de notre loyale opposition ? Vous n'avez donc jamais rien soupçonné ?

— Vous êtes un président extrêmement populaire, répondit le leader de l'opposition au Sénat. Il est politiquement très difficile de s'opposer à vos positions.

— Même quand le fruit est pourri ?

— Même quand le fruit est pourri, monsieur.

— Alors, vous devriez débarrasser le plancher, vous aussi... Passons à la fine fleur de notre armée, à vous, messieurs les membres olympiens de l'état-major interarmes ! N'êtes-vous pas chargés de tenir la boutique ? Ou bien vous croyez-vous tellement au-dessus des contingences matérielles que vous avez oublié l'adresse du Pentagone ? Avez-vous remarqué tous ces sémillants colonels, généraux et amiraux qui quittent Arlington en rangs serrés pour se précipiter chez les fournisseurs de l'armée et enfoncer un peu plus les contribuables ?

— Je proteste ! s'écria le porte-parole de l'état-major interarmes en ouvrant démesurément la bouche et en montrant toutes ses couronnes. Il n'entre pas dans nos attributions d'avoir l'œil sur les rapports de tous les officiers avec le secteur privé !

— Peut-être, mais cela ne vous empêche assurément pas de leur donner des recommandations... Et vous, les superespions de la C.I.A. et de l'Agence nationale de sécurité ! Si l'on excepte M. Payton — et si quelqu'un s'avise de le mettre sur la voie de garage, il aura affaire à moi personnellement ! — où étiez-vous donc passés ? Des armes expédiées dans toute la Méditerranée et le golfe Persique, vers des ports interdits par le Congrès et par moi-même ! Vous n'avez rien fait pour démanteler ce trafic ?

— Dans un certain nombre de cas où nous avons été amenés à nous interroger sur certaines activités, dit le directeur de la C.I.A., nous avons supposé qu'elles étaient couvertes par votre autorité, car elles reflétaient vos positions politiques. Pour ce qui concerne la légalité de ces opérations, nous avons pensé que vous aviez demandé conseil au procureur général, selon la procédure habituelle.

— Alors, vous avez fermé les yeux et vous vous êtes dit : « Laissons-le donc se débrouiller tout seul. » C'est tellement plus commode ! Vous auriez au moins pu vous donner la peine de vérifier auprès de moi !

— Quant à nous, dit le directeur de l'Agence nationale de sécurité, nous nous sommes entretenus à plusieurs reprises avec votre porte-parole et votre conseiller à la

Sécurité nationale pour leur faire part d'événements peu orthodoxes dont nous avions eu connaissance. Votre conseiller a affirmé qu'il ignorait tout de ce qu'il a qualifié de « rumeurs pernicieuses » et M. Dennison a prétendu qu'il s'agissait, je le cite fidèlement, d'un « ramassis de conneries répandues par des freluquets ultralibéraux qui s'amusent à tirer dans les pattes du Président ».

— Vous remarquerez, fit froidement observer Jennings, que ni l'un ni l'autre ne se trouvent dans cette pièce. Mon conseiller à la Sécurité nationale m'a remis sa démission et le porte-parole de la Maison-Blanche a pris un congé pour raisons personnelles. Pour en finir avec Herb Dennison, même si le navire qu'il avait à gouverner était dirigé d'une manière un peu trop sèche et autocratique, sa navigation n'était pas toujours très précise. Venons-en maintenant au premier magistrat de la nation, au gardien de notre système juridique. Si l'on fait le compte des lois qui ont été tournées, transgressées et violées, j'ai dans l'idée que vous vous êtes absenté pour déjeuner il y a trois ans et que vous n'êtes jamais revenu. À quoi occupez-vous votre temps au ministère de la Justice ? À jouer au bingo ou au jai alai ? Pourquoi payons-nous grassement plusieurs centaines d'avocats pour enquêter sur toutes les activités criminelles dirigées contre le gouvernement sans qu'un seul des crimes énumérés dans ce rapport ait jamais été étalé au grand jour ?

— Ils n'étaient pas de notre ressort, monsieur le Président. Nous concentrons nos recherches sur...

— Qu'est-ce qui est donc de votre ressort ? Les ententes commerciales illicites ne sont pas de votre ressort ? J'espère que si, je l'espère pour vous, pauvre type !... Il ne reste plus que mon colistier, notre estimé vice-président, que j'ai voulu garder pour la bonne bouche. Il est devenu l'instrument servile d'intérêts personnels et très particuliers ! Ce sont tous vos fidèles, Orson ! Comment avez-vous pu en arriver là ?

— Ce sont vos fidèles à vous aussi, monsieur le Président ! Ils ont rassemblé des fonds pour votre première campagne. Ils ont réuni des millions de dollars de plus que l'opposition, ce qui assurait pratiquement votre élection. Vous avez épousé leur cause, vous avez soutenu leurs revendications quand ils réclamaient une expansion sans limites des affaires et de l'industrie...

— Dans les limites du raisonnable ! rétorqua Jennings, les veines du front gonflées par la colère. Mais je n'ai jamais donné mon aval à la manipulation ! À la corruption et aux trafics avec les marchands d'armes du monde entier ! Pas plus qu'à la collusion, à l'extorsion ni au recrutement de terroristes !

— Je ne savais rien de tout cela ! hurla Bollinger en bondissant de son siège.

— Non, monsieur le vice-président, vous n'en saviez probablement rien, car vous étiez une marionnette beaucoup trop docile pour qu'ils courent le risque de vous voir céder à la panique et de vous perdre. Mais ce que vous ne pouviez ignorer, c'est qu'il n'y a pas de fumée sans feu et que cela sentait le roussi. Mais vous avez préféré vous boucher les narines ! *Asseyez-vous !*

Bollinger se baissa lentement pour se rasseoir.

— Une dernière chose, Orson, et je tiens à ce que ce soit bien clair : vous ne vous représenterez pas avec moi et je ne veux pas vous voir à la convention du parti. Vous êtes sur la touche, votre carrière politique est terminée et si jamais il me revient aux oreilles que vous recommencez vos magouillages ou que vous siégez à un conseil d'administration autre que celui d'une association de bienfaisance, prenez garde !

— Monsieur le Président ! lança en se levant le porte-parole de l'état-major interarmes, un vieil officier supérieur au visage parcheminé. Compte tenu de vos remarques et de vos dispositions on ne peut plus évidentes, veuillez recevoir ma démission, avec effet immédiat.

Cette déclaration fut suivie par une demi-douzaine d'autres, tout aussi spontanées et solennelles.

— Oh ! Non, messieurs ! Vous n'allez pas vous en tirer aussi facilement ! Je ne veux pas voir les rats quitter le navire ! Vous allez tous rester à votre poste et faire en sorte que nous retrouvions le bon cap !... Sachez que je me contrefous de ce que l'on pense de moi, de vous, ou de ce lieu dont je ne suis que le locataire. La seule chose qui compte à mes yeux, c'est la nation. Elle est si importante que ce rapport préliminaire, car il est loin d'être complet, restera la propriété exclusive du président en exercice jusqu'à ce que j'estime que le moment est venu d'en dévoiler la teneur... Car il sera rendu public ! Le faire maintenant nuirait à la présidence la plus forte que nous ayons connue depuis quarante ans et causerait un préjudice irréparable à notre pays. Mais, je le répète encore une fois, il sera rendu public... Je vais vous expliquer quelque chose : quand un homme, et sans doute, un jour, une femme, accède à ce bureau, il ne reste plus qu'une chose, la marque qu'il laisse sur l'histoire. Sachez, messieurs, que je vais me retirer de cette course à l'immortalité, car, dans le courant des cinq années qui viennent, ce rapport *complet,* avec toutes les horreurs qu'il recèle, sera rendu public. Mais pas avant que toutes les fautes aient été réparées et tous les crimes châtiés. Si cela vous oblige à travailler jour et nuit, c'est ce que vous allez faire, vous tous ! À l'exception toutefois de mon vice-président, cet être flatteur et servile, qui va se retirer des affaires publiques et, je l'espère, aura l'élégance de mettre fin à ses tristes jours. Un dernier mot, messieurs. Si l'un d'entre vous était tenté de quitter ce navire gagné par une gangrène dont nous sommes collectivement responsables par nos négligences et nos compromissions, qu'il n'oublie surtout pas que je suis le président des États-Unis et qu'à ce titre je dispose d'immenses pouvoirs qui englobent celui de vie et de mort sur les individus... C'est une simple constatation, mais si vous préférez la prendre comme une menace, à votre gré. Et maintenant, débarrassez le plancher et commencez à faire fonctionner votre matière grise ! Payton, vous restez.

— Alors, Mitch, pensez-vous qu'ils ont compris le message ? demanda Langford Jennings, debout devant le bar aménagé dans une niche, en servant deux verres de whisky.

— Disons, si vous le permettez, que, si je n'ai pas ce whisky dans les secondes qui viennent, je vais recommencer à trembler comme une feuille.

Le Président gratifia le directeur des Projets spéciaux de son fameux sourire en lui apportant son verre devant la fenêtre.

— Pas si mal pour un type qui est censé avoir le Q.I. d'un poteau télégraphique, hein ?

— C'était un numéro extraordinaire, monsieur.

— Oui, c'est à peu près tout ce qu'il me reste à faire dans ce bureau.

— Ce n'est pas ce que je voulais dire, monsieur le Président.

— Mais si, et vous avez bien raison. C'est pourquoi le roi, qu'il soit nu ou vêtu, a besoin d'un premier ministre fort qui, à son tour, engendre sa propre famille royale...

— Pardon, monsieur ?

— Kendrick... Je veux qu'il soit mon colistier.

— Il vous faudra le convaincre, monsieur. Si j'en crois ma nièce — je l'appelle toujours ma nièce, mais elle n'est pas vraiment...

— Je sais, le coupa Jennings, je sais tout sur elle. Alors, quelle est son opinion ?

— Elle dit qu'Evan est parfaitement conscient de ce qui s'est passé, de ce qui se passe en ce moment même, mais qu'il n'a pas encore pris sa décision. Son meilleur ami, Emmanuel Weingrass, est très malade et ses jours sont comptés.

— Je le sais aussi. Vous n'avez pas mentionné son nom, mais tout cela se trouve dans votre rapport.

— Excusez-moi, mais je n'ai pas beaucoup dormi ces derniers temps et j'ai des trous de mémoire... Quoi qu'il en soit, Kendrick insiste pour repartir à Oman et je suis impuissant à l'en dissuader. Abdel Hamendi, le marchand d'armes, est devenu pour lui une véritable obsession. Il est persuadé, à juste raison, que Hamendi vend au moins quatre-vingts pour cent des armes qui inondent le Moyen-Orient et que cet homme contribue à la ruine des pays qu'il aime tant. Il s'est mis dans la peau d'un Lawrence d'Arabie des temps modernes, il essaie de protéger ses amis du mépris de l'Occident et de la destruction.

— Qu'imagine-t-il donc pouvoir accomplir ?

— D'après le peu qu'il m'en a dit, il s'agirait de tendre un piège à Hamendi. Les modalités ne sont pas encore tout à fait claires dans son esprit, mais son but est de démasquer Hamendi et de montrer que cet homme empoche des millions de dollars en vendant la mort à tous ceux qui veulent l'acheter.

— Qu'est-ce qui fait croire à Evan que Hamendi se préoccupe de ce que ses clients pensent de lui ? C'est un marchand d'armes, pas un évangéliste.

— Peut-être s'inquiétera-t-il si la moitié des armes qu'il fournit ne fonctionnent pas, si les explosifs n'explosent pas et si les fusils ne marchent pas.

— Bon Dieu ! souffla le Président en retournant et en repartant lentement vers son bureau.

Il s'assit, posa son verre sur le sous-main et fixa longuement le mur du fond. Puis il fit pivoter son fauteuil et se retourna vers Payton qui n'avait pas quitté la fenêtre.

— Laissez-le faire, Mitch. Jamais il ne nous pardonnerait de lui avoir mis des bâtons dans les roues. Fournissez-lui tout ce dont il a besoin, mais assurez-vous qu'il reviendra... Je veux qu'il revienne. Le pays a besoin de lui.

À l'autre bout de la planète, les traînées de brume venant du golfe Persique s'étiraient dans la rue Tujar, nimbaient les lampadaires d'un halo laiteux et obscurcissaient le ciel de Bahreïn. Il était exactement 4 h 30 quand une limousine noire apparut dans le quartier du port de la ville endormie. Elle s'arrêta devant les portes vitrées du Sahalhuddin, le bâtiment qui avait été le palais du monstre qui se faisait appeler le Mahdi. Deux Arabes en robe descendirent du luxueux véhicule et s'avancèrent dans la lumière des néons baignant l'entrée pendant que la limousine s'éloignait en silence. Le plus grand des deux hommes frappa doucement sur la vitre. Le gardien assis au bureau de la réception regarda sa montre, puis il se leva et se dirigea rapidement vers la porte. Il l'ouvrit et s'inclina devant les deux visiteurs.

— Tout est prêt, dit-il d'une voix à peine audible. Les gardiens de la rue sont partis et la relève ne sera pas là avant 6 heures.

— C'est plus de temps qu'il ne nous en faut, dit l'autre visiteur, plus petit et plus jeune, mais qui était manifestement le chef. Avec tout l'argent que vous avez touché, j'espère que vous n'avez pas oublié de laisser une porte ouverte, là-haut.

— Bien sûr que non, seigneur.

— Et un seul ascenseur est en service ? demanda l'aîné des deux hommes.

— Oui, monsieur.

— Nous le bloquerons là-haut.

Le jeune visiteur commença de se diriger vers la batterie d'ascenseurs et son compagnon le rattrapa aussitôt.

— Si je ne me trompe, dit le jeune homme en parlant d'une voix forte, mais sans se retourner, nous pouvons monter le dernier étage à pied.

— Oui, seigneur. Toutes les alarmes ont été neutralisées et la pièce remise très exactement dans l'état où elle était... avant ce jour de funeste mémoire. Conformément à vos instructions, j'ai fait monter ce que vous m'aviez demandé... Il était dans la cave. Vous savez peut-être que les autorités ont mis la pièce sens dessus dessous et que des scellés ont été apposés sur la porte pendant plusieurs mois. Nous n'avons pas compris, seigneur.

— Vous n'avez rien à comprendre... Prévenez-nous si quelqu'un cherche à entrer dans le bâtiment ou s'approche simplement de la porte.

— J'aurai les yeux du faucon, seigneur !

— Oui, mais utilisez quand même le téléphone.

Les deux visiteurs arrivèrent devant les ascenseurs. Le plus grand enfonça un bouton et une porte s'ouvrit aussitôt. Ils entrèrent dans la cabine et la porte se referma.

— Cet homme est compétent ? demanda le jeune inconnu tandis que la cabine commençait de s'élever sans secousse.

— Il fait ce qu'on lui ordonne de faire et ce qu'on lui a demandé n'était pas très compliqué. Pourquoi les scellés sont-ils restés si longtemps sur la porte du bureau du Mahdi ?

— Parce que les autorités cherchaient des gens comme nous, attendaient des gens comme nous.

— Et ils ont mis la pièce sens dessus dessous ? poursuivit l'aîné des deux hommes d'une voix hésitante.

— Comme pour nous, ils ne savaient pas où chercher.

L'ascenseur ralentit, puis s'arrêta, et la paroi coulissante s'ouvrit. D'un pas vif, les deux visiteurs se dirigèrent vers l'escalier donnant accès au dernier étage, où se trouvait l'ancien « temple » du Mahdi. Ils atteignirent la porte à double battant et le jeune homme s'immobilisa, la main sur la poignée.

— J'ai attendu cet instant pendant près d'un an et demi, dit-il d'une voix étranglée. Maintenant que le moment est venu, je tremble.

Les deux intrus pénétrèrent dans la vaste pièce évoquant une mosquée avec son haut plafond en dôme orné d'une mosaïque de couleurs vives et s'arrêtèrent aussitôt sans rien dire, comme s'ils étaient en présence de quelque puissant esprit. Les rares meubles de bois sombre poli étaient à leur place, telles d'antiques statues de féroces soldats veillant sur le tombeau d'un grand pharaon, et le gigantesque bureau était le symbole du sarcophage d'un souverain révéré. Contre le mur de droite, en contraste frappant avec le reste de la pièce, se trouvait un petit échafaudage métallique. Des barreaux latéraux donnaient accès à la plate-forme supérieure qui s'élevait à deux mètres cinquante.

— Ce lieu pourrait être la dernière demeure d'Allah, dit le plus grand des deux hommes. Que sa volonté soit faite !

— Tu ne connaissais pas le Mahdi, mon candide ami. Songe plutôt à Midas, roi de Phrygie... Mais nous perdons du temps, faisons vite ! Place l'échafaudage où je te l'indiquerai et monte dessus.

L'homme s'avança vers la petite construction métallique et se retourna vers son compagnon.

— À gauche... Jusqu'au bord de la fenêtre.

— Je ne vous comprends pas, dit le plus grand des deux hommes en gravissant les barreaux de l'échafaudage jusqu'à la plate-forme.

— Il y a beaucoup de choses que tu ne comprends pas, et il n'y a aucune raison pour que tu les comprennes... Et maintenant, compte six carreaux vers la gauche, à partir du bord de la fenêtre, et cinq en hauteur.

— Oui, oui... Je suis obligé de me mettre sur la pointe des pieds et pourtant je ne suis pas petit.

— Le Mahdi était beaucoup plus grand, beaucoup plus imposant... Mais il n'était pas dépourvu de défauts.

— Je vous demande pardon ?

— Aucune importance. Appuie sur les quatre angles du carreau, puis pousse au centre de toutes tes forces avec la paume de la main. Vas-y !

Le carreau de mosaïque jaillit brusquement, comme poussé par un ressort, et l'Arabe dut s'y retenir des deux mains pour ne pas tomber.

— Allah est grand ! s'écria-t-il.

— Et maintenant, passe la main à l'intérieur et sors les papiers. Ils devraient être attachés ensemble.

L'homme s'exécuta et retira du compartiment secret une liasse de listings retenus par deux élastiques.

— Lance-les-moi, ordonna le jeune homme, et replace le carreau exactement comme il était, en commençant par appuyer au centre.

L'homme obéit non sans difficulté aux instructions de son jeune chef et il redescendit de la plate-forme. Il s'avança vers son compagnon qui avait déplié plusieurs feuilles imprimées et les étudiait attentivement.

— C'est cela, le trésor dont vous m'avez parlé ? demanda doucement l'aîné des deux hommes.

— Des rivages du golfe Persique au littoral de la Méditerranée, il n'y en a pas de plus précieux, répondit le jeune homme sans cesser de lire avidement. Ils ont exécuté le Mahdi, mais ils n'ont pu détruire ce qu'il avait créé. Le repli et la clandestinité étaient inévitables, mais le démembrement n'est que provisoire. Les innombrables branches de l'organisation n'ont été ni détruites ni même mises en péril. Elles sont simplement tombées et sont retournées à la terre d'où elles donneront naissance à de nouvelles pousses vigoureuses quand le moment sera venu.

— Et ces drôles de feuilles vous disent tout cela ?

Le jeune chef hocha la tête sans détacher ses yeux du listing.

— Qu'y a-t-il sur ces feuilles ? poursuivit son compagnon.

— J'ai ici les listes de tous les hommes et de toutes les femmes, de toutes les entreprises et compagnies, de tous les contacts et de toutes les filières permettant de joindre les terroristes que le Mahdi a utilisés. Il faudra de longs mois, peut-être plusieurs années, pour tout remettre en place, mais cela se fera. Ils attendent, vous comprenez ? Car le Mahdi avait raison : ce monde nous appartient. Et nous ne l'abandonnerons à personne !

— La nouvelle se répandra, mon ami, s'écria le grand Arabe. Elle se répandra, n'est-ce pas ?

— Très discrètement, répondit le jeune chef. Nous vivons dans une ère nouvelle, ajouta-t-il, l'air énigmatique. Le matériel vieux d'un mois est déjà périmé.

— Je n'essaie même plus de vous comprendre.

— Je t'assure que ce n'est pas nécessaire.

— Mais d'où venez-vous ? demanda le grand Arabe ébahi. On nous a dit de vous obéir, parce que vous saviez des choses que des hommes comme moi n'auront jamais le privilège de savoir. Mais comment ? D'où venez-vous ?

— D'une ville située à plusieurs milliers de kilomètres d'ici, où je me suis préparé pendant des années pour ce moment... Maintenant, laisse-moi. Descends tout de suite et dis au gardien de faire transporter l'échafaudage dans la cave. Puis tu feras signe à la voiture qui tourne autour du pâté de maisons et tu demanderas au chauffeur de te raccompagner chez toi. Nous nous reverrons demain. Même lieu, même heure.

— Qu'Allah et le Mahdi soient avec vous ! dit l'Arabe en s'inclinant avant de se précipiter vers la porte et de quitter la pièce.

Le jeune homme regarda son compagnon partir, puis il fouilla sous sa robe et en sortit un petit émetteur radio sur lequel il enfonça un bouton.

— Il arrivera dans la rue dans deux ou trois minutes, dit-il. Emmène-le en voiture jusqu'aux rochers de la côte méridionale. Tue-le, enlève-lui tous ses vêtements et jette le pistolet dans l'eau.

— À vos ordres, répondit le chauffeur de la limousine.

Le jeune homme en costume arabe remit l'émetteur sous sa robe et s'avança d'une démarche solennelle vers l'énorme bureau d'acajou. Il enleva sa ghotra, la jeta par terre et alla s'asseoir sur le fauteuil majestueux. Puis il se pencha sur sa gauche pour ouvrir un grand tiroir d'où il sortit la coiffure sertie de pierres précieuses qui avait appartenu au Mahdi. Il la plaça sur sa tête et leva la tête vers le plafond de mosaïque.

— Je te remercie, mon père, dit l'héritier du Mahdi, titulaire d'un doctorat en informatique décerné par l'université de Chicago. Le fait d'avoir été choisi parmi tous tes fils est à la fois un honneur et un défi à relever. Ma pauvre mère de race blanche ne comprendra pas, mais tu m'as toujours répété qu'elle n'était qu'un réceptacle. Je dois pourtant te dire, père, que les choses ont changé. Ingéniosité et objectifs à long terme sont maintenant la règle. Nous utiliserons tes méthodes quand elles s'imposeront — l'assassinat ne nous pose aucun problème de conscience —, mais nous voulons nous approprier une partie du globe beaucoup plus importante que celle que tu voulais tenir sous ta coupe. Nous aurons des cellules dans l'Europe entière et sur tout le pourtour de la Méditerranée. Nous communiquerons par des moyens que tu n'as jamais imaginés, secrètement, par satellite, ce qui rend toute interception impossible. Tu vois, mon père, le monde n'appartient plus à telle ou telle race. Il appartient à la jeunesse, à la force et à l'intelligence, tout ce que nous avons.

Le nouveau Mahdi cessa de chuchoter et baissa les yeux sur le bureau. Ce dont il avait besoin y serait bientôt. Le fils du grand Mahdi allait reprendre le flambeau.

Nous devons tout contrôler.

Partout.

LIVRE 3

45

Trente-deux jours s'étaient écoulés depuis la fuite mouvementée de l'île. Emmanuel Weingrass, qui marchait toujours lentement, arriva sur la véranda de la propriété de Mesa Verde.

— Où est passé le propre-à-rien ? demanda-t-il d'une voix qui, elle, n'avait rien perdu de sa vigueur.

— Il doit faire son jogging, répondit Khalehla, assise sur le canapé, qui lisait le journal en prenant son petit déjeuner. Il est peut-être déjà dans la montagne à l'heure qu'il est. Qui sait ?

— Il est 14 heures à Jérusalem, dit Manny.

— Et 16 heures à Mascate, ajouta Khalehla. Ils sont très malins, là-bas.

— C'est ma fille, mademoiselle je-sais-tout.

— Assieds-toi donc, papy, dit Khalehla en tapotant le coussin posé à côté d'elle.

Weingrass marmonna quelques mots inintelligibles et s'avança vers le canapé en se débarrassant de son petit cylindre d'oxygène pour s'asseoir.

— Le propre-à-rien a l'air en pleine forme, poursuivit Manny en renversant la tête sur le dossier pour reprendre son souffle.

— Il donne l'impression de s'entraîner pour les Jeux olympiques.

— À propos, aurais-tu une cigarette ?

— Tu n'es pas censé fumer.

— Justement.

— Tu es impossible !

Khalehla fouilla dans la poche de son peignoir et en sortit un paquet froissé. Elle prit une cigarette et tendit la main pour saisir un briquet de céramique sur la table basse.

— Tu es impossible, répéta-t-elle en allumant la cigarette du vieil architecte.

— Et toi, tu es une mère pour moi, dit Weingrass en tirant sur sa cigarette comme un enfant se jetant sur sa troisième portion de dessert.

— As-tu des nouvelles d'Oman ? demanda-t-il.

— Mon vieil ami le sultan est un peu perturbé, mais sa femme se chargera de lui remettre de l'ordre dans les idées... À propos, Ahmat t'envoie ses amitiés.

— J'espère bien. Il me doit son diplôme d'Harvard et il ne m'a toujours pas remboursé pour les filles que je lui avais trouvées à Los Angeles.

— Tu vas toujours au cœur des choses, Manny. Et toi, tu as des nouvelles de Jérusalem ?

— À propos d'amitiés, tu as celles de Ben-Ami.

— Benny ? s'écria Khalehla en se redressant. Seigneur ! Je n'ai pas pensé à lui depuis des années ! Il porte toujours un jean ridicule et son arme sur son dos ?

— Il ne changera certainement plus maintenant et il continuera à présenter la note au Mossad.

— C'est un type bien et l'un des meilleurs agents de surveillance qu'Israël ait jamais eus. Nous avons travaillé ensemble à Damas. Il est petit et assez cynique, mais c'est bon de l'avoir avec soi. En fait, c'est un vrai dur.

— « Tu m'en diras tant », pour reprendre une des expressions préférées de ton propre-à-rien. Quand nous nous apprêtions à donner l'assaut à l'hôtel de Bahreïn, j'étais en contact radio avec lui et il a passé son temps à me faire la morale.

— Il nous rejoindra à Mascate ?

— Oui, il *vous* rejoindra, puisque tu m'as méchamment exclu de votre petit voyage.

— Je t'en prie, Manny...

— Je sais, je sais. Je suis un fardeau pour tout le monde.

— Qu'est-ce que tu en penses ?

— C'est vrai, je suis un fardeau... Mais même un fardeau a le droit d'être tenu au courant.

— Au moins deux fois par jour, c'est promis. Où Ben-Ami doit-il nous retrouver ? Et comment ? Je suppose que le Mossad ne veut pas être mêlé à cette histoire.

— Après l'affaire de l'Iran, ils ne veulent pas faire de vagues. Ben laissera un numéro de téléphone au standard du palais, pour une certaine Adrienne. L'idée est de moi... Mais il ne viendra pas tout seul.

— Avec qui ?

— Un cinglé.

— Je suis bien avancée. Il n'a pas de nom, ton cinglé ?

— Le seul que je lui aie connu était code Bleu.

— Azra !

— Non, ça, c'était l'autre.

— Je sais, mais les Israéliens ont tué le Bleu arabe. Evan m'a dit que cela l'avait absolument écœuré de voir ces deux jeunes gens rongés par la haine.

— C'est toujours comme ça, avec les jeunes. Au lieu d'une batte de base-ball, ils ont un fusil à répétition et des grenades... Payton a-t-il réglé les problèmes de transport ?

— Nous avons tout mis au point ensemble, hier. Un avion de l'armée de l'air nous emmène à Francfort, puis au Caire. De là, nous prenons un petit appareil jusqu'à Koweït et Dubaï et, pour finir, un hélicoptère qui nous déposera de nuit dans le Djebel Sham où une voiture banalisée envoyée par Ahmat nous attendra pour nous conduire au palais.

— C'est ce qu'on appelle voyager dans la clandestinité, dit Weingrass en hochant la tête, visiblement impressionné.

— C'est indispensable. Pendant l'absence d'Evan, des rumeurs circuleront, selon lesquelles on l'aurait vu à Hawaii où il était en partance pour l'île de Maui. Le labo photo est en train de préparer des clichés qui le montrent dans une propriété de l'île et que nous ferons parvenir aux journaux.

— L'imagination de Mitchell n'a plus de limites.

— C'est lui le meilleur, Manny.

— Peut-être devrait-il prendre la direction de l'agence.

— Non, il déteste la paperasserie et il n'a aucun sens politique. Quand il déteste quelqu'un ou quelque chose, il est incapable de le dissimuler. Le poste qu'il occupe lui convient beaucoup mieux.

Ils entendirent la porte d'entrée s'ouvrir et se refermer, et Manny réagit instantanément.

— Aïe ! s'écria-t-il en fourrant sa cigarette entre les lèvres de Khalehla qui ouvrit de grands yeux.

Manny souffla sur la fumée compromettante pour la chasser vers la jeune femme.

— Méchante *shiksa !* murmura-t-il. Fumer en ma présence !

— Incorrigible ! dit Khalehla à voix basse en retirant la cigarette de sa bouche pour l'écraser dans un cendrier tandis que Kendrick, vêtu d'un survêtement bleu, le visage couvert de sueur, débouchait à l'entrée de la véranda.

— Jamais elle ne fumerait en étant si près de toi ! lança Evan d'un ton réprobateur.

— Tu as l'ouïe aussi fine que celle d'un doberman, à présent ?

— Et toi, tu as la cervelle aussi grosse que celle d'un moineau !

— Très drôle.

— Je suis désolée, dit doucement Khalehla. Il peut être terriblement exigeant.

— Tu m'en diras tant.

— Tu vois ? s'écria Weingrass en se tournant vers Khalehla. Qu'est-ce que je disais ? Il répète tout le temps cette expression. C'est le signe d'un complexe de supériorité déplacé et profondément irritant pour une véritable intelligence supérieure... Tu as bien sué, rigolo ?

Avec un sourire, Kendrick se dirigea vers le bar sur lequel était posé un pichet de jus d'orange.

— J'arrive à tenir trente minutes, à une vitesse soutenue.

— Tu m'en diras tant, murmura Khalehla en finissant son café.

— Des coups de fil ? demanda Evan.

— Il est un peu plus de 7 heures du matin, chéri.

— Pas à Zurich. Là-bas, il est 13 heures. J'ai appelé avant de sortir.

— À qui as-tu parlé ?

— Au directeur de la Gemeinschaft Bank. Mitch lui a foutu les jetons en lui déballant tout ce que nous savons et il est tout à fait disposé à coopérer... Au fait, vous avez regardé le télex ?

— Non, répondit Weingrass, mais je l'ai entendu crépiter il y a une vingtaine de minutes.

Kendrick posa son verre, quitta la véranda, traversa le séjour et disparut dans l'entrée. Khalehla et Manny le suivirent des yeux, puis ils se regardèrent et haussèrent les épaules. Quelques instants plus tard, Evan revint en brandissant une feuille de télex, le visage éclairé par l'excitation.

— Ils l'ont fait ! s'écria-t-il.

— Qui a fait quoi ? demanda Weingrass.

— La banque !... Vous vous souvenez du crédit de cinquante millions de dollars que Grinell et son groupe de fripouilles m'avaient proposé pour obtenir mon retrait de la course à la vice-présidence ?

— Seigneur ! s'exclama Khalehla. Ils ne l'ont pas laissé à ton nom !

— Bien sûr que non. Dès que Grinell a quitté l'île, il a annulé l'ordre de virement.

— Et alors ? demanda Manny.

— À cette époque de télécommunications de plus en plus compliquées, il arrive que les ordinateurs commettent des erreurs, et il s'est passé quelque chose d'extraordinaire. L'annulation n'a pas été enregistrée et le crédit a été viré ! Mais il a été transféré à Berne dans une succursale de la banque, avec un nouveau numéro de compte codé !

— Jamais ils n'accepteront de payer ! déclara vigoureusement Weingrass.

— La somme sera prise sur leurs réserves qui représentent dix fois ce montant.

— Ils intenteront une action en justice, Evan, lança Khalehla avec autant de conviction que le vieil architecte.

— Pour dévoiler leurs magouilles devant les tribunaux suisses ? Permettez-moi d'en douter.

L'hélicoptère Cobra sans immatriculation survolait le

désert à cent cinquante mètres d'altitude. Evan et Khalehla, épuisés après vingt-six heures de vol et de contacts clandestins au sol, étaient assis côte à côte. La jeune femme avait la tête posée sur l'épaule de Kendrick et ils dormaient tous les deux. Un homme sanglé dans un treillis kaki sortit du cockpit, s'avança dans le fuselage et secoua l'épaule d'Evan dans la pénombre.

— Nous arriverons dans une demi-heure, monsieur.

— Quoi ?

Kendrick releva brusquement la tête, cligna des yeux et les écarquilla pour chasser le sommeil.

— Merci. Je vais réveiller mon amie. Les femmes ont toujours quelque chose à faire avant d'arriver quelque part...

— Pas toutes les femmes, répliqua Khalehla d'une voix claire sans bouger la tête. Moi, je dors jusqu'à la dernière minute.

— Eh bien, excuse-moi, mais moi je ne peux pas. Un besoin pressant.

— Ah, les hommes ! soupira l'agent du Caire en soulevant la tête de l'épaule d'Evan et en se rencognant contre la cloison. Incapables de se contrôler, ajouta-t-elle sans ouvrir les yeux.

L'officier de l'armée de l'air retourna vers la cabine de pilotage, le sourire aux lèvres.

Seize minutes s'écoulèrent avant que la voix du pilote résonne dans l'interphone.

— Une fusée éclairante droit devant nous, dit-il. Veuillez attacher votre ceinture pour l'atterrissage. Merci.

L'appareil réduisit sa vitesse et se rapprocha du sol où les phares de deux automobiles disposées face à face avaient remplacé la fusée éclairante. L'hélico se posa en douceur.

— Veuillez quitter l'appareil aussi vite que possible, reprit le pilote. Nous devons repartir en vitesse.

À peine avaient-ils descendu l'échelle métallique et posé le pied sur le sable du désert, les rotors du Cobra se mirent à siffler en prenant de la vitesse et l'appareil s'éleva dans la nuit. Il fit demi-tour et s'éloigna vers le nord à la clarté de la lune en faisant tourbillonner le sable. Le jeune sultan d'Oman apparut entre les faisceaux lumineux des phares d'une voiture. Il était vêtu d'un pantalon et une chemise blanche au col ouvert remplaçait le sweat-shirt des *New England Patriots* qu'il portait dix-huit mois plus tôt, à l'occasion de son premier rendez-vous dans le désert avec Evan.

— Laissez-moi parler le premier, dit-il quand Khalehla et Evan arrivèrent à sa hauteur.

— Bien sûr, dit Kendrick.

— Les premières réactions ne sont pas toujours très intelligentes, d'accord ?

— D'accord, dit Evan.

— Mais je suis censé être un garçon intelligent... Toujours d'accord ?

— Toujours.

— On dit que seuls les imbéciles ne changent jamais d'opinion, n'est-ce pas ?

— Dans certaines limites raisonnables.

— Trêve d'arguties !

— Ne jouez pas à l'avocat, Ahmat. En fait de « barre », et vous me pardonnerez ce mauvais jeu de mots, vous ne connaissez que les « bars » de Los Angeles où Manny vous a traîné.

— Quoi ? Ce vieil hypocrite d'Israélien au cerveau fêlé...

— Au moins, vous n'avez pas dit juif !

— Jamais. Je n'aime pas plus entendre ce mot que je n'aime entendre l'expression « sale Arabe »... Par ailleurs, nous avons déployé des trésors d'éloquence dans ces bars de Los Angeles.

— Venez-en au fait, Ahmat.

— Je suis au courant de tout, dit vivement le sultan d'Oman après avoir pris une longue respiration, et j'ai le sentiment de m'être conduit comme un idiot.

— Vous êtes au courant de *tout ?*

— Oui, de tout. Le groupe occulte appelé Inver Brass, le trafic d'armes des fripouilles qui entouraient Bollinger et cette ordure de Hamendi que mes frères de la famille royale de Riyad auraient dû exécuter sur-le-champ... On m'a tout raconté. Et j'aurais dû savoir que vous étiez incapable de faire ce dont je vous ai accusé. « Commando

Kendrick » contre les sales Arabes, cela ne vous ressemble vraiment pas... Acceptez mes excuses, Evan.

Ahmat fit un pas vers Kendrick et l'étreignit longuement.

— Vous allez me faire pleurer, dit Khalehla en considérant les deux hommes qui se donnaient l'accolade.

— Oh, toi, la tigresse du Caire ! s'écria le sultan en lâchant Evan pour prendre Khalehla dans ses bras. Sais-tu que nous avons eu une fille ? À moitié américaine et à moitié omanaise. Cela ne te rappelle rien ?

— Je suis au courant. On ne m'a pas autorisée à vous appeler, mais...

— Nous avons bien compris.

— ...Mais j'ai été très touchée que vous l'appeliez Khalehla.

— Si Khalehla numéro un n'avait pas existé, il n'y aurait jamais eu de Khalehla numéro deux... Viens, maintenant, il faut partir.

Tandis qu'ils se dirigeaient vers la limousine du sultan, Ahmat se tourna vers Evan.

— Vous avez l'air en bonne forme pour quelqu'un qui est passé si près de la mort.

— Oui, dit Evan, je me rétablis vite pour un homme de mon âge. Mais, dites-moi, Ahmat, comment se fait-il que vous soyez au courant de toute cette affaire ? Qui a vendu la mèche ?

— Un certain Mitchell Payton, de la C.I.A. Votre Président m'a téléphoné, il m'a dit que ce Payton allait m'appeler et il m'a demandé de l'accepter, car c'était urgent. Ce Jennings est un grand charmeur... Mais je ne suis pas persuadé qu'il était au courant de tout ce que Payton m'a raconté.

— Qu'est-ce qui vous fait croire cela ?

— Je ne sais pas, une intuition...

Le jeune sultan s'arrêta devant la portière de la limousine et plongea les yeux dans ceux d'Evan.

— Si vous réussissez dans votre entreprise, mon ami, vous ferez plus pour le Moyen-Orient et pour le Golfe que tous les diplomates des Nations unies.

— Nous allons réussir, mais nous avons besoin de votre aide.

— Elle vous est acquise.

Ben-Ami et code Bleu descendaient la ruelle qui se jetait dans le bazar Al Kabir. Ils cherchaient la terrasse du café où ils avaient rendez-vous. D'après leur visa, délivré à Bahreïn, les deux hommes vêtus d'un complet sombre étaient des cadres de la Banque d'Angleterre à Manama. Ils aperçurent le café et, se frayant un chemin au milieu de la foule et des étals du marché en plein vent, ils s'installèrent à une table libre, en bordure de la rue. Trois minutes plus tard, un homme en robe blanche et coiffé d'une ghotra vint les rejoindre.

— Avez-vous commandé un café ? demanda Kendrick.

— Nous n'avons vu personne, répondit Ben-Ami. Les garçons ont fort à faire. Comment allez-vous, monsieur Kendrick ?

— Si nous disions plutôt Evan ou, mieux encore, Amal ? Je suis là et c'est une première réponse à votre question.

— Et Weingrass ?

— Ce n'est malheureusement pas brillant... Bonsoir, Bleu.

— Bonsoir, dit le jeune homme.

— Avec ces vêtements, vous n'avez vraiment pas l'air d'un militaire. Si je n'avais pas appris que vous deviez venir, je ne sais pas si je vous aurais reconnu.

— Je ne suis plus un militaire. Il m'a fallu quitter la Brigade Masada.

— Vous lui manquerez.

— C'est elle qui me manque, mais la guérison de mes blessures n'a pas été satisfaisante. Des tendons, à ce qu'il paraît. Azra était un bon commando, il savait se battre.

— Toujours la même haine ?

— Il n'y a pas de haine dans ma voix. De la colère, certes, pour tout un tas de raisons, mais pas de haine envers celui que je devais tuer.

— Que faites-vous maintenant ?

— Je travaille pour le gouvernement.

— Il travaille pour nous, dit Ben-Ami. Pour le Mossad.

— À propos, Ahmat s'excuse de ne pouvoir vous recevoir au palais...

— Il est fou ? Il ne manquerait plus que cela, recevoir chez lui des membres du Mossad ! Et si quelqu'un l'apprenait, croyez-vous que ce serait bien pour nous ?

— Que vous a dit Manny exactement ?

— Avec sa grande gueule, il n'a pas dû oublier grand-chose. Et il a rappelé après votre départ des États-Unis pour fournir à Bleu une masse de renseignements.

— À Bleu ?... Au fait, avez-vous un autre nom ?

— Sauf le respect que je vous dois, pas pour un Américain. Dans notre intérêt à tous les deux.

— Comme vous voulez. Que vous a donc appris Weingrass et en quoi cela peut-il vous être utile ?

Le jeune Israélien se pencha vers la table et les trois têtes se rapprochèrent.

— Il nous a parlé des cinquante millions de dollars.

— Une opération remarquable ! glissa Ben-Ami. Et je ne crois pas que l'idée soit venue de lui.

— Comment ?... Si, c'est une idée digne de lui. En réalité, la banque n'avait pas le choix. Washington a fait pression. Alors, ces cinquante millions ?

— Le Sud-Yémen, dit calmement Bleu.

— Je ne comprends pas.

— Cinquante millions de dollars, c'est une somme énorme, dit l'ancien chef de la Brigade Masada, mais certains dépensent encore plus : l'Iran, l'Irak, etc. Il nous faut donc rivaliser avec les plus riches, et c'est pourquoi j'ai pensé au Sud-Yémen. C'est un pays pauvre, un pays de terroristes, mais loin de tout, difficilement accessible, coincé entre le golfe d'Eden et la mer Rouge, ce qui lui donne une grande importance stratégique pour d'autres organisations terroristes disposant de ressources beaucoup plus importantes. Elles sont sans arrêt à la recherche de nouveaux territoires pour établir des camps d'entraînement et répandre leur poison. La plaine de la Bekaa est infiltrée en permanence et personne ne veut avoir affaire à Kadhafi. Il est fou, on ne peut pas lui faire confiance et il peut être renversé d'un jour à l'autre.

— Je dois préciser, dit Ben-Ami, que Bleu est devenu l'un de nos meilleurs experts du contre-terrorisme.

— Je commence à comprendre pourquoi. Poursuivez, jeune homme.

— Vous n'êtes pas beaucoup plus âgé que moi.

— Disons d'une petite vingtaine d'années. Allez-y.

— Votre plan, si j'ai bien compris, consiste à faire acheminer par la voie aérienne des munitions expédiées par les fournisseurs de Hamendi dans le monde entier jusqu'à Mascate, où des douaniers soi-disant corrompus fermeront les yeux et laisseront les cargaisons repartir vers le Liban et la plaine de la Bekaa. C'est bien cela ?

— Oui, et à chaque arrivage, des gardes du sultan se faisant passer pour des Palestiniens saboteront les armes sous prétexte de vérifier la cargaison, pendant que l'équipage des avions sera isolé. Chaque avion peut transporter, disons, de soixante à soixante-dix caisses. Les caisses seront ouvertes par des équipes de dix hommes qui y verseront de l'acide. L'opération ne prendra pas plus de quinze à vingt minutes par appareil, ce qui ne devrait pas éveiller de soupçons et nous contrôlerons totalement la situation. La zone de fret sera bouclée par la garnison de Mascate et seuls nos hommes pourront y pénétrer.

— Cela tient debout, dit Bleu, mais je pense que c'est un peu précipité et que les risques sont trop grands. Les pilotes répugnent à abandonner leur appareil dans cette partie du monde et les équipages ne se laisseront pas marcher sur les pieds par nos hommes. Ils ont du flair quand il s'agit de repérer les fonctionnaires, vous pouvez me croire... Ce que je suggère, c'est de convaincre les principaux chefs de la Bekaa de se rendre au Sud-Yémen avec leurs meilleurs hommes. Nous pouvons prétendre que nous représentons un nouveau mouvement clandestin financé par les ennemis d'Israël, et ce n'est pas ce qui manque par ici. Nous dirons qu'il y a une première livraison de cinquante millions de dollars en armes et matériel destinés aux camps d'entraînements et à lancer leurs troupes à l'assaut de la bande de Gaza et du Golan. Pour ces tordus, la proposition sera irrésistible. Plutôt qu'un certain nombre d'avions-cargos, pourquoi ne pas envisager un gros bateau qui quitterait Bahreïn à destination du port yéménite de Nishtun et qui, après avoir doublé le détroit d'Ormuz, longera les côtes du sultanat ?

— Où il se produira quelque chose ? glissa Kendrick.

— Disons quelque part à l'ouest de Ras el Had.

— Et que se produira-t-il exactement ?

— Des pirates, répondit Bleu en esquissant un sourire. Dès qu'ils se seront rendus maîtres du navire, ils auront deux jours en pleine mer pour accomplir leur tâche. Ce sera fait d'une manière beaucoup plus discrète et minutieuse que dans la précipitation et au beau milieu d'une zone de fret où Hamendi aurait peut-être posté des hommes à lui.

Un garçon épuisé vint prendre la commande. Il s'excusa en gémissant et en maudissant la foule du soir. Ben-Ami commanda du café à la cardamome tandis que le regard de Kendrick restait fixé sur le visage de Bleu.

— Imaginons, reprit-il dès que le garçon se fut éloigné, que nos pirates ne se rendent pas maîtres du navire, que quelque chose cloche ou simplement qu'un message radio soit envoyé à Bahreïn pour donner l'alerte. Que se passerait-il dans ce cas ? La cargaison d'armes arriverait intacte à bon port et Hamendi se mettrait quelques millions de plus dans les poches. Cela nous fait courir d'énormes risques.

— Les risques sont beaucoup plus élevés à l'aéroport de Mascate, répliqua Bleu d'une voix basse et vibrante. Vous devez m'écouter, Kendrick. Vous êtes revenu ici il y a un an et demi, mais vous n'êtes resté que quelques jours. Vous aviez quitté la région depuis plusieurs années et vous ne pouvez pas savoir ce que sont devenus les aéroports. La corruption est partout !... Qui fait acheminer quelle cargaison ? Qui a été acheté et comment le faire chanter ? Pourquoi y a-t-il un changement dans la procédure habituelle ? Rien n'échappe au regard des chacals qui cherchent à se faire de l'argent et il y a toujours quelqu'un pour acheter un renseignement. Croyez-moi, en utilisant un navire, les risques sont moins grands et les avantages beaucoup plus importants.

— Votre argumentation est convaincante.

— Il a raison, dit Ben-Ami.

L'agent du Mossad remercia le garçon qui leur apportait le café, le paya et le regarda s'éloigner à toute allure vers une autre table.

— C'est à vous qu'il incombe de prendre la décision, Amal Bahrudi, reprit Ben-Ami.

— Où allons-nous trouver ces pirates ? demanda Evan. Si l'on peut en trouver et s'ils nous satisfont.

— Étant persuadé d'avoir vu juste, répondit Bleu sans quitter des yeux le visage de Kendrick qui plongeait et sortait alternativement de l'ombre créée par les passants, j'ai abordé l'éventualité d'une telle mission avec mes anciens camarades de la Brigade Masada. J'ai eu plus de volontaires qu'il n'en fallait. De même que vous haïssiez le Mahdi, nous haïssons Abdel Hamendi, car c'est lui qui fournit aux Palestiniens les armes qui tuent nos frères et nos sœurs. J'ai donc sélectionné six hommes.

— Seulement six ?

— Ce ne doit pas être une opération purement israélienne. J'en ai contacté six autres que je connaissais... Des Palestiniens de Cisjordanie que Hamendi et les autres marchands de mort révoltent autant que moi. Ces douze hommes formeront une unité, mais il en faut six autres.

— D'où viendront-ils ?

— Du pays arabe qui nous accueille et qui est décidé à briser les reins d'Abdel Hamendi. Votre sultan peut-il les choisir dans sa garde personnelle ?

— Elle est en grande partie composée de membres de sa famille... Des cousins, je pense.

— C'est un avantage.

L'acquisition illégale d'armes sur le marché international est une opération relativement simple, ce qui explique que, de Washington à Beyrouth, des gens relativement simples sont en mesure de la maîtriser. Il y a trois conditions préalables. La première est de pouvoir disposer immédiatement de fonds secrets. La deuxième de connaître le nom d'un intermédiaire, révélé en général devant un bon déjeuner — jamais au téléphone — par un cadre supérieur d'une entreprise fabriquant des armes ou par un membre vénal d'un service de renseignements. Cet intermédiaire doit être en relations avec le revendeur qui rassemblera le matériel et s'occupera de l'établissement des documents nécessaires. Ce qui revient à dire qu'aux États-Unis, la licence d'exportation est délivrée pour des armements à destination de pays amis et qu'il suffit de dérouter l'avion ou le navire pendant le transport. La troisième condition préalable devrait être la plus facile à remplir, mais c'est en général la plus ardue, à cause de la variété et de la complexité extraordinaires de la marchandise. Elle consiste à dresser une liste des armes et des accessoires dont on désire faire l'acquisition. Les marchands semblent absolument incapables de s'entendre sur l'efficacité de leur stock d'armes et, comme ils ont le sang chaud, il n'est pas rare de voir une vive discussion dégénérer en bataille rangée faisant de nombreuses victimes.

C'est pour toutes ces raisons que les talents d'organisateur du jeune homme répondant au nom de Bleu furent particulièrement appréciés. Les agents du Mossad en poste dans la vallée de la Bekaa fournirent une liste du matériel qui avait les faveurs des terroristes. Cette liste comprenait des caisses d'armes à répétition, des grenades à main, des explosifs et engins à retardement, de canots de débarquement en P.V.C., de matériel sous-marin de démolition à distance, de matériel d'entraînement et d'assaut, crochets d'abordage et échelles de corde, jumelles à infrarouge, mortiers électroniques, lance-flammes et lance-roquettes antiaériens. L'impressionnante liste engloutit près de dix-huit des vingt-six millions de matériel que l'on pouvait acheter à un marchand d'armes pour cinquante millions de dollars — les fluctuations du cours des changes étant toujours à l'avantage du vendeur. Pour faire bonne mesure, Bleu ajouta trois petits chars chinois et la liste fut complète.

L'agent de contrôle, un certain Ben-Ami, qui avait retrouvé son jean Ralf Lauren et dont le visage devait être aussitôt oublié et l'identité demeurer absolument secrète, opéra à partir de la maison stérile du Mossad située à proximité du cimetière portugais du Djebel Sa'ali. Il découvrit, à sa grande fureur, que l'intermédiaire d'Abdel Hamendi était un Israélien de Bet Shemesh. Ben-Ami parvint à cacher son mépris et négocia l'achat colossal en sachant qu'on retrouverait bientôt un cadavre à Bet Shemesh, à condition qu'ils survivent, bien entendu.

Les deux unités de six commandos débarquèrent l'une après l'autre, de nuit, dans les sables du Djebel Sham, de deux hélicoptères guidés par des fusées éclairantes. Le sultan d'Oman accueillit en personne les volontaires et les présenta à leurs compagnons, six membres triés sur le volet de sa garde personnelle. Les dix-huit membres du commando — Palestiniens, Israéliens et Omanais — se serrèrent la main en jurant d'accomplir leur mission. Mort au marchand de mort.

L'entraînement commença dès le lendemain matin, sur un îlot de l'océan Indien. Mort au marchand de mort.

Adrienne Rashad entra dans le bureau d'Ahmat en portant la minuscule Khalehla dans ses bras. La mère du bébé, Roberta Yamenni, originaire de New Bedford, dans le Massachusetts, surnommée Bobbie par la haute société d'Oman, marchait sur ses talons.

— Elle est si belle ! s'écria l'agent du Caire.

— Il le fallait, dit le père, assis derrière son bureau. Elle a un nom dont il lui faudra se montrer digne.

— Tu dis des bêtises.

— Tu sais que je pars cette nuit, dit Kendrick, confortablement installé dans un fauteuil.

— Moi aussi, ajouta le sultan d'Oman.

— Ce n'est pas possible ! s'écrièrent les deux femmes d'une même voix.

— Tu crois que je vais te laisser partir comme ça ? hurla l'épouse du sultan.

— Je fais ce que j'ai envie de faire, répliqua posément Ahmat. Nous vivons dans une région où le prince a le privilège de n'avoir personne à consulter pour prendre une décision.

— Ce ne sont que des conneries ! s'écria la jeune mère.

— Je sais, mais cela marche.

Le commando passa sept jours dans le camp d'entraînement et, le huitième jour, vingt-deux passagers montèrent à bord d'un chalutier au large de la côte de Ras el Had et leur équipement fut rassemblé sous les plats-bords. Le neuvième jour, au coucher du soleil, le cargo de Bahreïn fut repéré sur le radar. Dès que la nuit fut tombée, le chalutier mit le cap au sud, dans la direction du point d'interception.

Mort au marchand de mort.

46

La coque du cargo ballotté par la houle montait et descendait sur les flots noirs comme un prédateur cherchant sa pitance dans l'océan. Le chalutier s'arrêta à un demi-mille du navire arrivant par tribord. Deux grands canots de sauvetage en P.V.C. furent mis à la mer. Le premier contenait douze hommes, le second dix hommes et une femme. Khalehla était assise entre Evan Kendrick et le jeune sultan d'Oman.

Ils étaient tous moulés dans une combinaison de plongée et leur visage noirci était à peine visible au milieu du caoutchouc noir. Outre le sac de toile qu'ils portaient sur le dos et les armes protégées par une enveloppe étanche qui étaient attachées à leur ceinture, ils avaient chacun de grosses ventouses fixées aux genoux et aux coudes. Les deux canots roulaient et tanguaient côte à côte dans l'obscurité tandis que le cargo s'approchait. Quand la muraille du navire arriva à leur hauteur, les deux canots se placèrent bord à bord avec le cargo, le bruit feutré de leur moteur noyé dans le fracas des vagues. L'un après l'autre, les « pirates » s'élancèrent à l'abordage du navire en fixant leurs ventouses sur la coque, chacun s'assurant que son compagnon de gauche était à sa place.

Lentement, telle une colonie de fourmis escaladant une poubelle pleine, le commando d'Oman se hissa jusqu'en haut de la coque et fit une halte en arrivant à la hauteur des plats-bords pour se débarrasser des ventouses et les jeter à la mer.

— Tout va bien ? murmura Khalehla à Evan.

— Tu as toujours le mot pour rire, répliqua Kendrick. Je ne sens plus mes bras et j'ai l'impression que mes jambes sont restées quelque part en bas, mais je n'ai pas le courage de regarder !

— Bon, tout va bien.

— C'est ce genre de choses que tu fais pour gagner ta croûte ?

— Pas très souvent, répondit l'agent du Caire. Mais j'ai déjà fait bien pis.

— Vous êtes tous complètement cinglés !

— Moi, je ne me suis pas fait enfermer dans une prison réservée à des terroristes ! Ça, c'est de la folie !

— Chut ! souffla Ahmat Yamenni, qui se trouvait de l'autre côté de Khalehla. Les autres vont attaquer. Ne faites pas de bruit.

Les Palestiniens surprirent les matelots de quart à moitié endormis pendant que les Israéliens escaladaient les échelles pour atteindre le pont supérieur et capturer cinq hommes d'équipage qui buvaient du vin, assis contre une cloison. À dessein, puisqu'ils se trouvaient dans les eaux territoriales d'Oman, les Omanais informèrent officiellement le capitaine qu'ils s'étaient emparés du navire par décret du sultan et qu'il convenait de conserver le même cap. L'équipage fut rassemblé et fouillé, les armes à feu et les couteaux confisqués. Il fut consigné dans les cabines, devant lesquelles trois hommes, un Palestinien, un Israélien et un Omanais, montaient la garde. Le capitaine, mal rasé, dégingandé et fataliste, accepta la situation avec un haussement d'épaules et n'opposa ni résistance ni objection. Il demeura à la barre et demanda seulement que son second prenne le quart en temps voulu. Sa requête fut acceptée et le bref commentaire qu'il fit résumait bien sa philosophie.

— Maintenant, les Arabes et les juifs s'unissent pour écumer les mers. Le monde est encore un peu plus fou que je ne le croyais.

Mais une surprise attendait le commando. Khalehla, Evan et deux membres de la Brigade Masada s'approchèrent prudemment de la cabine de transmission. Au signal de la jeune femme, les hommes défoncèrent la porte et braquèrent leur arme sur l'opérateur radio. L'homme sortit aussitôt un petit drapeau israélien de sa poche et demanda en souriant :

— Comment va Manny Weingrass ?

— Seigneur ! soupira le représentant du Colorado.

— C'était à prévoir, dit Khalehla.

Pendant deux jours, tandis que le navire continuait de faire route vers le Sud-Yémen, les membres du commando travaillèrent vingt-quatre heures sur vingt-quatre en se relayant dans la cale du cargo. Ils travaillèrent avec méticulosité, car chacun d'eux connaissait fort bien le matériel qu'il manipulait et savait ce qu'il fallait faire pour le détruire d'une manière radicale. Les caisses étaient reclouées sans que l'on puisse y remarquer de traces de sabotage. Les armes étaient soigneusement enveloppées dans leur emballage d'origine, comme si elles venaient de sortir des chaînes de montage, avant d'être rassemblées par Abdel Hamendi, le marchand de mort. À l'aube du troisième jour, le cargo entra dans le port yéménite de Nishtun. Les « pirates » de Cisjordanie, d'Oman et d'Israël, ainsi que l'agent de la C.I.A., le parlementaire américain et le sultan d'Oman s'étaient tous changés et portaient maintenant les vêtements apportés dans leur sac à dos. Habillés moitié à l'occidentale, moitié comme des Arabes, ils avaient l'aspect débraillé de matelots passant de navire en navire pour survivre dans un monde où l'injustice était la règle. Cinq Palestiniens, se faisant passer pour des débardeurs, se tenaient près de l'échelle de coupée qui allait être abaissée. Les autres, appuyés sur la rambarde du pont principal, regardaient d'un air impassible la foule rassemblée sur l'énorme jetée qui s'élançait au cœur du complexe portuaire. Il y avait de l'hystérie dans l'air. Ce navire était un symbole de délivrance, car, quelque part, des gens riches et puissants estimaient que les fiers combattants du Sud-Yémen étaient importants. Ils n'eussent sans doute pas pu se mettre d'accord pour décider de la forme que prendrait leur vengeance, mais les bouches béantes sous les yeux exorbités émettaient des appels à la violence. Quand le navire accosta, les clameurs devinrent assourdissantes.

Quelques hommes d'équipage sélectionnés reprirent leur poste de travail sous le regard attentif et la menace des armes des Omanais, et le long déchargement de la cargaison commença. Chaque caisse sortie de la cale par une grue flottante et déposée sur le quai était saluée par des hurlements enragés. Deux heures après le début du déchargement, l'opération s'acheva en apothéose par l'apparition des trois petits chars chinois et, si la vue des caisses avait mis la foule en délire, celle des chars l'envoya au septième ciel. Des soldats en uniforme dépenaillé établirent un cordon pour empêcher leurs compatriotes de grimper sur les véhicules blindés, symboles, eux aussi, de l'importance qu'on leur accordait enfin, de la reconnaissance si longtemps attendue.

— Merde ! s'écria Kendrick en serrant le bras d'Ahmat, le regard tourné vers le pied de la jetée. Regardez !

— Où ?

— Je le vois ! s'exclama Khalehla, en pantalon, les cheveux retenus par un chapeau de pêcheur grec. Seigneur, je n'en crois pas mes yeux ! Mais c'est bien lui !

— Qui ? demanda le jeune sultan d'un ton irrité.

— Hamendi ! répondit Evan en montrant du doigt un homme en complet de soie blanche, entouré d'uniformes et de robes arabes.

Le cortège avançait lentement sur la jetée, protégé par des soldats qui dégageaient le passage.

— Il porte le même costume que sur une des photos de la suite des Vanvlanderen, dit Khalehla.

— Je suis sûr qu'il a des dizaines de costumes de soie blanche. Il doit s'imaginer que le blanc le purifie et lui donne l'air d'un dieu... Cela dit, je dois reconnaître qu'il ne manque pas de cran pour avoir quitté son camp retranché dans les Alpes et être venu ici, à quelques heures d'avion de Riyad.

— Pourquoi ? demanda Ahmat. Il ne risque rien ici ; les Saoudiens n'oseraient pas se mettre à dos tous ces cinglés en franchissant la frontière.

— De plus, ajouta Khalehla, Hamendi flaire beaucoup d'autres millions à gagner après cette première cargaison. Il marque son territoire et cela mérite bien de prendre quelques risques.

— Je sais ce qu'il fait, dit Evan en s'adressant à Khalehla, mais sans détacher les yeux du visage d'Ahmat. « Les Saoudiens n'oseraient pas », poursuivit-il en répétant les paroles du sultan. Les Omanais non plus...

— Pour tout un tas de bonnes raisons, il vaut mieux ne pas s'occuper de ces fanatiques et les laisser patauger dans leur fange, rétorqua le sultan d'Oman, manifestement sur la défensive.

— La question n'est pas là.

— Où est-elle ?

— Nous comptons sur le fait que, lorsque tous ces

gens, et plus particulièrement les chefs de la Bekaa, découvriront que ce qu'ils ont payé si cher est en grande partie inutilisable, ils accuseront Hamendi d'avoir escroqué cinquante millions de dollars. Ils le traiteront en paria et il deviendra celui qui a trahi ses frères pour de l'argent.

— La rumeur filera comme le faucon dans les airs, comme on disait chez moi il y a encore vingt ans, ajouta pensivement Ahmat. Et, si je connais bien la Bekaa, des équipes de tueurs se lanceront à ses trousses, pas seulement à cause de l'argent, mais parce qu'il les aura couverts de ridicule.

— C'est ce que nous pouvons espérer de mieux, dit Kendrick, mais il a des millions de dollars disséminés dans le monde entier et des centaines de cachettes où il pourra se réfugier.

— Où veux-tu en venir, Evan ? demanda Khalehla.

— Nous pouvons peut-être précipiter un peu les choses et nous assurer que ce que nous pouvons espérer de mieux se réalise.

— Tu parles hébreu, maintenant ? demanda l'agent du Caire.

— Tu as vu la pagaille sur le quai ? Les soldats ont toutes les peines du monde à contenir la foule. Il suffit pour mettre le feu aux poudres de quelques meneurs qui commencent à lancer un cri et qui le scandent à l'unisson jusqu'à ce que leurs voix fassent trembler les murs de la ville... *Farjunna ! Farjunna ! Farjunna !*

— « Nous voulons voir ! » traduisit Ahmat.

— Il suffira d'ouvrir une ou deux caisses, de brandir triomphalement quelques fusils, de trouver des munitions et de les tendre à ceux qui tiennent les fusils...

— Qui s'empresseront de tirer en l'air, acheva Khalehla. Mais les armes leur exploseront à la figure.

— On ouvrira d'autre caisses, poursuivit le sultan qui se laissait gagner par l'enthousiasme. On découvrira du matériel inutilisable, des canots de sauvetage tailladés, des lance-flammes refusant tout service. Et Hamendi est justement là !... Comment peut-on descendre ?

— Vous ne pouvez pas, ni l'un ni l'autre, déclara Kendrick d'une voix ferme en faisant signe à un membre de la Brigade Masada de s'approcher.

L'homme arriva en courant et Evan s'adressa aussitôt à lui, sans laisser à Ahmat et Khalehla le temps d'ouvrir la bouche.

— Vous savez qui je suis, n'est-ce pas ? demanda-t-il à l'Israélien.

— Bien sûr, même si je ne suis pas censé le savoir.

— Je suis considéré comme le chef de l'ensemble du commando, n'est-ce pas ?

— Oui, mais heureusement qu'il y en a d'autres pour...

— La question n'est pas là ! Suis-je le chef, oui ou non ?

— Oui, vous êtes le chef.

— Je veux que ces deux personnes soient mises sur-le-champ aux arrêts dans une cabine.

Les protestations du sultan et de Khalehla furent couvertes par les cris de l'Israélien.

— Mais vous êtes complètement cinglé ! Cet homme est le...

— Je m'en fous ! Il pourrait être Mahomet en personne et elle Cléopâtre ! Enfermez-les !

Sur ce, Evan se rua vers l'échelle de coupée et la foule hystérique qui s'agitait sur le quai.

Kendrick trouva le premier des cinq « débardeurs » palestiniens et il l'entraîna à l'écart des soldats et d'un petit groupe surexcité qui trépignait autour de l'un des chars. Il lui murmura rapidement quelques mots à l'oreille et le Palestinien répondit en hochant la tête et en faisant signe à l'un de ses compagnons d'aller chercher les autres.

Les cinq Palestiniens se mirent à courir d'un groupe à l'autre en hurlant à pleins poumons et en répétant inlassablement le message. Comme une immense lame de fond se propageant dans la marée humaine, le cri s'éleva, repris à l'unisson par des centaines de poitrines.

— *Farjunna ! Farjunna ! Farjunna !*

La multitude convergea vers la zone de débarquement et le petit cortège de notables dont Abdel Hamendi était le centre d'attraction fut entraîné par le flot humain, littéralement poussé à l'intérieur d'un entrepôt délabré qui s'élevait près de la pointe de la jetée. Les plus proches du marchand d'armes lui présentèrent des excuses qu'il accepta du bout des lèvres, comme s'il se demandait ce qu'il était venu faire dans cette pagaille. Il semblait impatient de s'éclipser et l'aurait sans doute fait s'il n'y avait eu tant à gagner en restant.

— Par ici ! cria une voix que Kendrick ne connaissait que trop bien.

C'était Khalehla ! À ses côtés se trouvait Ahmat et ils semblaient tous les deux avoir du mal à ne pas se laisser emporter par les mouvements convulsifs et violents de la foule déchaînée.

— Qu'est-ce que vous foutez là ? rugit Evan en les rejoignant dans la cohue.

— Monsieur Kendrick ! déclara le sultan d'Oman d'un ton impérieux, vous êtes peut-être le chef du commando, encore que ce soit très discutable, mais c'est moi qui ai pris le commandement du navire ! Mes hommes se sont rendus maîtres du cargo !

— Savez-vous ce qui se passera si elle perd son chapeau ou déchire sa chemise et que ces cinglés se rendent compte qu'il y a une femme parmi eux ? Et avez-vous la moindre idée de l'accueil qui vous sera réservé si quelqu'un vous reconnaît ?

— Vous allez arrêter, tous les deux ! ordonna Khalehla d'un ton péremptoire. Vous feriez mieux de vous dépêcher ! Les soldats peuvent perdre le contrôle de la situation et nous devons être sûrs que les choses se passent comme nous le voulons !

— Comment ? cria Evan.

— Les caisses ! répondit la jeune femme. Les piles de gauche, avec les marques rouges ! Passe devant moi. Je n'y arriverai jamais toute seule... Je vais m'accrocher à ton bras.

— Enfin une concession ! Allez, viens !

Ils s'enfoncèrent tous les trois dans la cohue mouvante et dense, se frayant un chemin à coups de poing et de coude jusqu'à une double pile de caisses d'au moins trois mètres de haut et retenues par de larges bandes de métal noir. Un cordon de soldats au bord de la panique formait un cercle lâche autour des caisses en se tenant à bout de bras. Ils essayaient de contenir les assauts de plus en plus furieux, de plus en plus menaçant de la foule qui exigeait maintenant à grands cris qu'on lui montre ces marchandises symbolisant sa propre importance. *Farjunna ! Farjunna !*

— Ce sont les fusils et tout le monde le sait ! hurla Kendrick dans l'oreille de Khalehla. Ils deviennent complètement fous !

— Bien sûr qu'ils le savent et bien sûr qu'ils deviennent complètement fous ! Regarde les dessins.

Sur toute la surface des caisses, le même symbole était représenté plusieurs dizaines de fois : trois cercles rouges concentriques.

— C'est le symbole universel de la cible, expliqua Khalehla. Et qui dit cible dit arme. C'est une idée de Bleu ; il s'est dit que les terroristes ne pensent qu'aux fusils et que cela les attirerait comme des mouches.

— Il connaît bien son nouveau métier...

— Où sont les munitions ? demanda Ahmat en sortant deux petits instruments de sa poche.

— Les Cisjordaniens s'en occupent, répondit Khalehla en courbant le dos pour se protéger des bras s'agitant violemment autour d'elle. Les caisses ne sont pas marquées, mais ils savent les reconnaître et ils vont les ouvrir. Ils n'attendent plus que nous !

— Allons-y ! s'écria le jeune sultan en tendant un de ses instruments à Evan.

— Qu'est-ce que c'est ?

— Une pince. Il va falloir couper un maximum de rubans métalliques pour pouvoir ouvrir les caisses.

— Bon. Il faut pousser en avant cette bande de déments pour rompre le cordon de soldats. Reculez, Ahmat, et toi, Khalehla, reste derrière nous. Quand je vous ferai signe, Ahmat, poursuivit Evan en criant pour se faire entendre au milieu des hurlements frénétiques, foncez vers les soldats comme si vous veniez d'être recruté par les *Patriots !*

— Non, *ya Shaikh,* répliqua Ahmat. Comme si je venais d'être engagé par Oman... en première ligne, comme il se doit. Ces gens sont les ennemis de mon peuple !

— Allez ! rugit Kendrick.

Il se rua en avant avec le jeune et robuste sultan, bousculant ceux qui se trouvaient devant eux et les projetant sur le cordon de militaires. Et la ligne sauta ! L'assaut fut aussitôt donné à la double pile de caisses, et Evan et Ahmat, se glissant sous les bras et entre les jambes qui s'agitaient furieusement autour d'eux, commencèrent à sectionner fébrilement les attaches métalliques. Quand elles cédèrent, les caisses s'effondrèrent, le poids d'une centaine d'assaillants précipitant leur chute. Les planches se brisèrent sous le choc ou furent arrachées par des mains avides. Puis, comme une nuée de sauterelles s'abattant sur de jeunes pousses, les terroristes du Sud-Yémen et de la plaine de la Bekaa grimpèrent sur les caisses éventrées et commencèrent à en sortir les fusils qu'ils lancèrent à leurs frères en poussant des acclamations.

En même temps, les Palestiniens arrivaient avec des caisses de munitions qu'ils distribuèrent et lancèrent sur l'amoncellement de bois. Les fusils étaient de différents modèles et calibres. Manny avait toujours des difficultés pour savoir quelles cartouches convenaient à telle ou telle arme, mais il n'en allait pas de même des terroristes, ceux de la Bekaa en particulier, qui indiquaient les munitions à utiliser à leurs frères yéménites moins expérimentés.

Le premier fusil-mitrailleur triomphalement brandi du haut de la pyramide de caisse explosa au visage de celui qui avait pressé la détente. Dans un désordre indescriptible, se mêlèrent des centaines de déclics infructueux et plusieurs dizaines d'explosions qui arrachaient une main, un bras ou une partie de la tête !

L'hystérie s'empara de la foule. Les terroristes se débarrassèrent de leurs armes d'un air horrifié et d'autres, utilisant tout ce qui leur tombait sous la main, ouvraient toutes les autres caisses. Tout se passait comme le jeune sultan d'Oman l'avait prédit. Tout le matériel fut étalé sur la jetée afin que tout le monde puisse voir et les cris de la foule n'étaient plus des hurlements de triomphe, mais des vociférations furieuses. Il y avait des jumelles à infrarouges dont les lentilles étaient brisées, des échelles de corde aux échelons sectionnés, des grappins aux crochets émoussés, des cylindres d'oxygène percés, des lance-flammes à l'ajutage écrasé, qui auraient calciné tout ce qui se trouvait dans un rayon de trente mètres, à commencer par ceux qui les auraient utilisés, des roquettes sans capsule fulminante, des canots éventrés... Au paroxysme de la fureur, la foule hurlante criait à la trahison.

Evan se glissa jusqu'à l'entrepôt au milieu du chaos et des vociférations. Le dos collé au mur, il se rapprocha lentement des hautes portes et s'arrêta à un mètre de l'entrée. Il entendit Hamendi hurler en arabe que l'ensemble de la cargaison serait remplacé, que ses ennemis — leurs ennemis — qui avaient commis ce sabotage dans les entrepôts de Bahreïn seraient exécutés jusqu'au dernier. Mais ses vigoureuses protestations se heurtaient à des visages fermés et à des regards suspicieux.

Puis un homme en costume sombre à petites rayures apparut à l'angle de l'entrepôt et Kendrick demeura pétrifié de surprise. C'était l'avocat Crayton Grinell, le chef de ce gouvernement dans le gouvernement, qui voulait s'approprier le pouvoir aux États-Unis. Dès qu'il fut remis de sa surprise, Evan se demanda pourquoi il avait réagi de la sorte. Où Grinell pouvait-il se réfugier ailleurs qu'auprès des marchands de mort ? C'était son dernier refuge, le seul où il pût être vraiment en sécurité. L'avocat dit quelques mots à Hamendi qui les traduisit aussitôt, expliquant que son associé avait eu le temps de téléphoner à Bahreïn et qu'il avait appris ce qui s'était passé.

— C'est la faute des juifs ! s'écria-t-il.

Il expliqua que des terroristes israéliens avaient attaqué un dépôt, massacré tous les gardiens et saboté les armes.

— Comment est-ce possible ? demanda un homme trapu, le seul à porter un uniforme repassé et une douzaine de médailles épinglées sur la poitrine. Tout le matériel était dans son emballage d'origine et il ne portait aucune trace d'ouverture. Comment serait-ce possible ?

— Les juifs sont très ingénieux ! s'écria Hamendi. Vous le savez aussi bien que moi. Je vais repartir immédiatement, remplacer la totalité de la commande et découvrir la vérité !

— Et nous, demanda le chef des révolutionnaires du Sud-Yémen, que faisons-nous en attendant ? Que vais-je dire à mes frères de la plaine de la Bekaa ? Nous sommes tous déshonorés.

— Vous aurez votre vengeance aussi bien que vos armes, soyez-en assuré.

Grinell adressa encore quelques mots à Hamendi et le marchand d'armes s'empressa de traduire.

— Mon associé vient de m'informer qu'il ne nous reste plus que trois heures pour être à l'abri des radars, ce qui, soit dit en passant, me coûte une fortune, et que nous devons repartir tout de suite.

— Rends-nous notre dignité, frère arabe, sinon nous te traquerons, où que tu sois, et tu perdras la vie.

— Je vous donne ma parole que votre dignité vous sera rendue et le reste ne sera pas nécessaire. Il faut que je parte.

Ils vont encore s'en sortir, songea Kendrick. Ils vont s'en sortir sains et saufs ! Ils vont échapper à cette folie et poursuivre leur honteux commerce de mort ! Il faut les arrêter ! Il n'y a pas une minute à perdre !

Tandis que les deux marchands d'armes quittaient rapidement l'entrepôt et tournaient l'angle du bâtiment, Evan passa devant la porte et se fraya un chemin dans la foule hurlante qui courait en tous sens sur la jetée pour suivre les deux hommes dont la qualité des vêtements tranchait sur les haillons des fanatiques. Il arriva à quelques mètres de Grinell, puis à quelques centimètres. Il sortit le long couteau de la gaine attachée à sa ceinture et bondit sur l'avocat, jetant le bras gauche autour de son cou pour l'obliger à se retourner et à le regarder en face.

— Vous ! hurla Grinell.

— De la part d'un vieil homme qui est en train de mourir et des milliers d'autres dont vous avez causé la mort !

Kendrick plongea le couteau dans l'estomac de l'avocat, puis il remonta la lame jusqu'à la poitrine. Grinell s'effondra sur la jetée au milieu de la cohue des terroristes paranoïaques dont pas un ne soupçonna qu'un terroriste d'une autre race que la leur venait de trouver la mort parmi eux.

Hamendi ! Il était parti en courant, sans s'occuper de son associé, avec une seule idée en tête : rejoindre le véhicule qui le conduirait à son avion et quitter le Sud-Yémen. Il ne fallait pas qu'il y parvienne ! Le marchand de mort ne devait plus jamais s'adonner à son funeste commerce ! Bousculant sans ménagement tous ceux qui se trouvaient sur son passage, Evan se rua vers le pied de la jetée. Un large plan incliné cimenté menait à une route de terre où attendait une Zia, une limousine de marque soviétique. La fumée sortant du pot d'échappement indiquait que le moteur tournait et que le chauffeur n'attendait que ses passagers pour démarrer au plus vite. Sa veste de soie blanche flottant derrière lui, Hamendi n'était plus qu'à quelques mètres de la voiture ! Kendrick fit appel à toutes ses réserves d'énergie et s'élança sur le plan incliné. Ses jambes menaçaient de ne plus le porter et, quelques mètres plus loin, elles cessèrent de le soutenir et il tomba. Il se trouvait à six ou sept mètres de la Zia et il vit Hamendi poser la main sur la poignée de la portière. Étendu sur le ventre, les deux mains serrées sur son arme pour l'empêcher de trembler, Evan appuya sur la détente. Il tira en tout quatre balles.

Abdel Hamendi, le prince de la confrérie internationale des marchands de mort, porta la main à sa gorge et s'effondra dans la poussière.

— Ce n'est pas encore fini ! hurla à Kendrick une voix venue du plus profond de lui-même. Tu as encore quelque chose à faire !

Il redescendit le plan incliné en se traînant à quatre pattes et fouilla dans sa poche pour en sortir un plan que code Bleu avait remis à tous les membres du commando, pour le cas où ils auraient été séparés et où il leur aurait fallu s'enfuir du pays. Il en découpa un morceau, prit un petit crayon dans une autre poche et commença à écrire en arabe.

Hamendi le menteur est mort. Tous les marchands mourront bientôt, car la trahison a commencé partout, comme vous l'avez vu aujourd'hui de vos propres yeux. Partout ils ont été payés par Israël et par le Grand Satan pour nous vendre des armes défectueuses. Partout. Prévenez tous nos frères et racontez-leur ce que je viens de vous dire et ce que vous avez vu aujourd'hui. On ne pourra plus maintenant avoir confiance en aucune arme. Signé : un ami silencieux et bien informé.

Evan se releva péniblement, comme si toutes ses blessures de l'île s'étaient rouvertes, et il regagna aussi vite qu'il le put la protection de la foule avant de se diriger vers l'entrepôt. Feignant d'implorer avec ferveur la clémence d'Allah pour un frère qui venait de les quitter, il se prosterna devant le petit groupe de dirigeants, auxquels s'étaient joints les principaux chefs de la Bekaa. Quand des mains se tendirent vers lui pour le réconforter, il poussa le morceau de papier dans leur direction, se releva brusquement en hurlant et s'enfuit à toutes jambes, se fondant aussitôt dans la foule qui s'abandonnait maintenant à sa douleur, pleurant ses morts et entourant les blessés mutilés par les explosions. Affolé, Evan entendit la sirène du cargo lancer son appel grave : le signal du départ. Il se fraya un chemin jusqu'au bout de la jetée où il vit Khalehla et Ahmat, peut-être encore plus angoissés que lui, debout devant l'échelle de coupée, qui hurlaient quelque chose aux hommes attendant sur le pont.

— Où étais-tu passé ? s'écria Khalehla d'une voix vibrante de colère.

— Ils allaient réussir à s'échapper ! répondit Evan.

Ahmat les poussa sur l'échelle qui commença à se relever à son signal.

— Hamendi et qui ? demanda Khalehla.

— Grinell.

— Grinell ! s'exclama l'agent du Caire en se retenant au garde-corps. Bien sûr... Où aurait-il pu aller...

— Vous n'êtes qu'un crétin, monsieur Kendrick ! lança le sultan d'Oman en continuant de les pousser devant lui, mais cette fois sur le pont du navire qui s'éloignait déjà du quai. Trente secondes de plus et nous étions obligés de vous abandonner ici. La foule pouvait se retourner contre nous à tout instant et je ne voulais pas risquer la vie de tous ces hommes !

— Vous voyez, vous prenez de la bouteille.

— Chaque chose vient en son temps, monsieur Kendrick... Que sont devenus Hamendi et cet autre dont vous venez de parler ?

— Je les ai tués.

— Comme ça, tout simplement ? demanda Ahmat, le souffle coupé, mais en gardant son calme.

— Chaque chose vient en son temps, Votre Altesse.

Gerald Bryce entra dans le bureau de sa maison de Georgetown, se dirigea vers l'ordinateur et mit l'appareil en marche. Dès que l'écran s'alluma, il entra un code et des lettres vertes apparurent aussitôt.

SÉCURITE MAXIMALE
AUCUNE INTERCEPTION POSSIBLE
CONTINUEZ

Le brillant et séduisant jeune homme esquissa un sourire et commença à saisir son texte.

J'ai maintenant pris connaissance de tous les listings ultra-confidentiels parvenant à la C.I.A. et codés pour n'être utilisables que par M.J. Payton. L'ensemble du rapport est incroyable et les résultats de l'opération se font déjà sentir. À ce jour, deux semaines à peine après les événements du Sud-Yémen, sept des principaux marchands d'armes de la planète ont été assassinés et on estime que les arrivages d'armements au Moyen-Orient ont chuté de soixante pour cent. Notre homme est invincible. Compte tenu de l'ensemble des renseignements qui sont en notre possession, la Maison-Blanche sera obligée, je dis bien obligée, de nous écouter, si nous désirons faire entendre notre voix. Il va sans dire que nous exercerons cette prérogative avec la plus grande prudence, mais cette décision ne dépend que de nous. Quelle que soit l'issue, des lois nationales et internationales ont été violées, le gouvernement a été, directement ou indirectement, associé à des assassinats, au terrorisme et à la corruption ; il s'en est fallu d'un rien qu'il ne doive répondre de crimes contre l'humanité. Il doit de ce fait toujours exister un pouvoir bienveillant et altruiste au-dessus de la Maison-Blanche pour lui montrer la voie. Le moyen d'accéder à ce pouvoir sera de pénétrer les secrets les mieux gardés du gouvernement. À cet égard, nous sommes dans une situation à laquelle nos prédécesseurs n'auraient jamais

osé rêver. S'il existe un dieu, puisse-t-il nous accorder, à nous et à nos successeurs, de rester fidèles à nos convictions. Pour conclure, je travaille en ce moment sur différents autres projets dont je vous tiendrai informés.

Dans la cabine de son yacht ancré à quelques encablures du rivage de l'île des Bahamas, un Noir à la forte carrure scrutait l'écran de sa console. Il sourit en lisant le texte qui apparaissait. Inver Brass était en de bonnes mains, des mains jeunes et compétentes. Une intelligence exceptionnelle jointe à l'honnêteté et au désir de perfection. Gideon Logan, qui avait passé la plus grande partie de sa vie d'adulte à œuvrer pour l'amélioration des conditions de vie de ses frères de couleur, n'hésitant pas à disparaître pendant trois ans pour devenir le discret, l'invisible médiateur de la Rhodésie avant qu'elle ne devienne le Zimbabwe, sentit un profond soulagement monter en lui en songeant que la succession était assurée. Il savait que son temps était compté, comme l'était celui de Margaret Lowell et du vieux Jacob Mandel. La loi inéluctable de l'espèce exigeait qu'ils soient remplacés et c'est à ce jeune homme, à ce génie aussi brillant qu'honorable qu'il incomberait de leur choisir des successeurs. La nation et le monde entier avaient tout à y gagner.

Leur temps était compté.

Gerald Bryce sirota tranquillement son verre de madère et revint s'installer devant sa console. Il avait de nombreuses raisons d'exulter, la principale étant sans doute ce qu'il appelait la « fraternité de l'intelligence ». Le plus extraordinaire était que cette fraternité était réglée d'avance, inéluctable, car elle prenait sa source dans la plus banale des circonstances, la réunion d'individus partageant les mêmes intérêts. Les intérêts en question exigeaient une intelligence supérieure et s'accommodaient mal d'une société gouvernée par la médiocrité. Une chose menait toujours à une autre, toujours par des voies détournées, mais inéluctablement.

Quand il en avait le temps, Bryce donnait des conférences et animait des séminaires. Il était un des maîtres reconnus dans le domaine de l'informatique, mais il prenait toujours soin de ne jamais se hasarder en public à explorer les limites de ses connaissances. Cependant, de loin en loin, il se trouvait un être d'élite qui comprenait où il voulait en venir. À Londres, Stockholm, Paris, Los Angeles et Chicago... L'université de Chicago. Ces êtres d'exception étaient analysés avec une minutie dépassant l'imagination et, à ce jour, quatre d'entre eux avaient été reçus à cet examen de passage particulièrement rigoureux. La silhouette d'un nouvel Inver Brass, bien qu'encore très floue, commençait à se dessiner à l'horizon. Le moment était d'ailleurs venu d'entrer en contact avec le plus extraordinaire des quatre.

Bryce saisit son code secret et lut le texte qui apparaissait sur l'écran.

Transmission par satellite. Mod-Sahalhuddin. Bahreïn. Continuez.

47

Emmanuel Weingrass déconcertait les spécialistes, tout particulièrement ceux du Centre de contrôle médical d'Atlanta. Il n'y avait pas d'amélioration de son état, ni de changement prévisible pour l'issue de l'infection virale. Mais son état n'empirait pas de manière sensible et sa santé déclinait beaucoup plus lentement que prévu. Les médecins refusaient d'avancer que la progression du mal était enrayée, mais ils ne comprenaient pas.

— Disons, expliqua le pathologiste de Denver à Evan et Khalehla, que sur une échelle allant de 1 à – 10, – 10 représentant la fin, votre ami se trouve actuellement à – 6, et il refuse d'aller plus bas.

— Mais le virus est toujours là ? demanda Kendrick tandis qu'ils sortaient tous les trois sur la pelouse de la maison de Mesa Verde pour se mettre hors de portée de voix de Manny.

— Oui, mais il ne l'affaiblit pas autant qu'il devrait le faire.

— C'est probablement les cigarettes et le whisky qu'il fume et boit en douce, dit Khalehla.

— Vous parlez sérieusement ? demanda le pathologiste d'un ton incrédule.

Evan et Khalehla lui confirmèrent l'horrible vérité d'un hochement de tête résigné.

— S'il a survécu, poursuivit Khalehla, c'est grâce à son humeur belliqueuse, et il y a plus de sagesse et de roublardise en lui que chez n'importe qui. De plus, votre pronostic sur la durée de la maladie étant si pessimiste, nous n'avons pas passé notre temps à le surveiller.

— Comprenez-moi bien, monsieur Kendrick, je ne veux pas vous donner de faux espoirs. C'est un homme de quatre-vingt-six ans gravement malade...

— Quatre-vingt-six ? s'écria Kendrick.

— Vous ne le saviez pas ?

— Non ! Il prétendait en avoir quatre-vingt-un !

— Je suis sûr qu'il le croit, qu'il s'en est persuadé lui-même. C'est le genre de personne qui, à soixante ans, s'apprête à fêter l'année suivante son cinquante-cinquième anniversaire. Il n'y a rien de mal à cela d'ailleurs, mais comme nous avions besoin d'un dossier médical complet, nous sommes remontés jusqu'à l'époque où il habitait à New York. Saviez-vous qu'il avait déjà épousé trois femmes à l'âge de trente-deux ans ?

— Je suis sûr qu'elles le cherchent encore.

— Oh, elles ne sont plus de ce monde ! Atlanta nous a également demandé leur dossier médical. Ils avaient pensé à des complications d'une maladie sexuelle latente, quelque chose de ce genre...

— Ont-ils cherché à Los Angeles, à Paris et à Rome, à Tel-Aviv, à Riyad et dans tous les Émirats ? demanda sèchement Khalehla.

— Extraordinaire, dit le pathologiste d'une voix douce où perçait peut-être une pointe d'envie. Eh bien, je dois vous quitter. Il faut que je sois à Denver à midi. Et je vous remercie encore, monsieur le représentant, d'avoir mis votre jet privé à ma disposition. Cela m'a fait gagner énormément de temps.

— C'était la moindre des choses, professeur. J'apprécie tout ce que vous faites, tout ce que vous avez fait.

— Je viens de vous appeler « monsieur le représentant », reprit le pathologiste en fixant Evan, mais j'aurais peut-être dû dire « monsieur le vice-président », une fonction qui, à mon avis, et c'est celui d'une grande partie des électeurs, doit vous revenir. Je ne vous cache pas que, si vous ne vous présentez pas, je m'abstiendrai de voter, et je peux vous assurer que je parle au nom de la majorité de mes amis et de mes associés.

— Ce n'est pas une manière de voir les choses, professeur. Aucune décision n'a encore été prise... Venez, je vous raccompagne jusqu'à la voiture. Khalehla, veux-tu aller voir ce que fait notre adolescent attardé et voluptueux ?

— Bien sûr, dit Khalehla en serrant la main du médecin. Et merci pour tout.

— Je saurai que vous êtes sincère si vous réussissez à convaincre ce jeune homme d'être notre prochain vice-président.

— Je vous répète que rien n'est encore décidé, dit Kendrick en entraînant le pathologiste vers l'allée circulaire.

— La décision devrait déjà être prise ! cria Emmanuel Weingrass du fond de sa chaise longue installée sous la véranda.

Evan et Khalehla étaient assis côte à côte sur le canapé, de sorte que le vieil architecte les avait en face de lui et qu'il lançait des regards courroucés dans leur direction.

— Qu'est-ce que tu t'imagines ? Que c'est fini ? Que maintenant que Bollinger et sa bande de voleurs fascistes sont sur la touche, personne ne va prendre leur place ? Ce n'est plus de la naïveté, mais de la bêtise pure et simple !

— Arrête un peu, Manny, dit Evan. Il y a trop de domaines dans lesquels Langford Jennings et moi-même avons des divergences de vues pour que le Président se sente à l'aise avec un type comme moi qui pourrait lui succéder... À cette seule pensée, j'ai des frissons.

— Langford sait tout cela, lança Weingrass.

— Tu l'appelles Langford ?

— De toute façon, dit Manny en haussant les épaules, tu finiras bien par l'apprendre...

— Par apprendre quoi ?

— Eh bien, Jennings s'est plus ou moins invité à venir déjeuner ici... Il y a quelques semaines de cela, quand ma ravissante fille et toi étiez partis à Washington. Qu'aurait-il fallu que je fasse ? Que je dise au président des États-Unis qu'il ne pouvait pas venir casser la croûte ?

— Merde ! s'exclama Kendrick.

— Oh, non, chéri ! lança Khalehla. Moi, cela me fait plaisir. Je trouve ça fascinant.

— Continue, Manny ! rugit Kendrick.

— Eh bien, nous avons discuté d'un tas de choses. Je t'accorde que ce n'est pas un intellectuel, mais il a l'esprit vif et une bonne vue d'ensemble des choses. C'est ça son point fort, tu sais ?

— Non, je ne sais pas ! Et comment oses-tu te mêler de mes affaires ?

— C'est parce que je suis ton père, fils ingrat ! Le seul père que tu aies jamais connu ! Sans moi, tu serais encore en train de courir après les contrats à Riyad en te demandant comment tu vas couvrir tes frais ! Ne me reproche pas d'avoir osé faire quelque chose, tu devrais en être heureux, et pense plutôt à tes obligations envers les autres... Bon, bon, nous n'aurions jamais pu faire tout ce que nous avons fait sans ton énergie et ta volonté, mais j'y étais, moi aussi ! Alors, écoute-moi !

Exaspéré, Kendrick ferma les yeux et renversa la tête contre le dossier du canapé. En portant les yeux sur le vieil architecte, Khalehla découvrit avec stupéfaction qu'il était en train de lui faire discrètement des signes et que ses lèvres formaient des mots qu'elle n'avait aucune peine à lire. *C'est de la comédie. Je sais ce que je fais.*

— D'accord, Manny, dit Evan en rouvrant les yeux et en les levant au plafond. Tu peux arrêter ton cirque. Je t'écoute.

— Je préfère ça, dit Weingrass avec un clin d'œil à l'adresse de Khalehla. Tu peux décider de te retirer, poursuivit-il en tournant la tête vers Evan, et personne n'aura le droit de dire ou de penser du mal de toi, car tu ne dois rien à personne et personne ne te doit rien. Mais je te connais bien et l'homme que je connais a en lui quelque chose qu'il essaie d'étouffer, mais sans y parvenir, car cela fait partie intégrante de lui-même. Pour être plus clair, disons que tu ne supportes pas les pourris, à l'exception de ma vieille carcasse, et c'est une bonne chose pour notre société qu'il y ait des mecs comme toi, car cette sale engeance est partout... Mais il y a un problème, c'est que ceux qui te ressemblent ne peuvent pas faire grand-chose, parce que personne ne les écoute. Pourquoi les écouterait-on ? Que sont-ils d'autre que des fauteurs de troubles, des agitateurs à la petite semaine... Dans tous les cas, il est facile de leur clouer le bec. Ils perdent leur travail, on leur refuse toute promotion et, s'ils deviennent vraiment trop embêtants, on les traîne devant les tribunaux où ils sont couverts de boue par des avocats très distingués qui ont plus d'un tour dans leur manche. En général, ils finissent leur vie seul, sans femme ni enfants, mais cela pourrait être pis encore. On pourrait les retrouver sous un camion ou sur les rails du métro... Toi, tu as la chance que tout le monde t'écoute ! Regarde les sondages ! Si Jennings est le pape, tu es son cardinal camerlingue et il n'y a pas un politicien ni un avocat qui oseraient, ouvertement ou non, entreprendre contre toi une action en justice, et encore moins devant le Congrès. En un mot, tu as la chance de parler du haut de la tribune pour une multitude de gens noyés dans la foule et qui ne peuvent se faire entendre. Langford a beaucoup à dire...

— Encore Langford, le coupa Kendrick d'un ton cassant.

— Ce n'est pas ma faute ! s'écria Weingrass en levant les mains pour se disculper. J'ai commencé par m'adresser très poliment à lui, en l'appelant « monsieur le Président ». Tu peux demander aux infirmières... À propos, dès qu'elles l'ont vu arriver, elles se sont toutes précipitées aux toilettes ! C'est un homme, un vrai... Mais revenons à notre histoire. Nous avons pris un verre, qu'il est d'ailleurs allé me servir lui-même au bar, et il a dit qu'il trouvait ma compagnie rafraîchissante et que je pouvais laisser tomber les politesses et l'appeler Langford.

— Manny, demanda Khalehla, pourquoi le Président a-t-il dit que ta compagnie était rafraîchissante ?

— Eh bien, dans le courant de la conversation, j'avais mentionné qu'un bâtiment en construction sur telle ou telle avenue — je ne m'en souviens plus, mais c'était dans le *New York Times* — que ce bâtiment, disais-je, n'était pas si réussi que cela et qu'il n'aurait pas dû féliciter l'architecte à la télévision. L'impression d'ensemble était une sorte de mélange d'art déco et de néoclassique et, tu peux me croire, la combinaison des deux styles n'est pas une réussite. Et qu'y connaissait-il, lui, le Président, au coût de la construction au mètre carré proposé au tiers de ce qu'il coûte effectivement ? Langford m'a dit qu'il allait se pencher sur la question.

— Et merde ! répéta Kendrick d'une voix résignée.

— Revenons à nos moutons, poursuivit Weingrass, le visage soudain grave.

Il s'interrompit pour reprendre son souffle sans quitter Kendrick du regard.

— Peut-être en as-tu assez fait, reprit Manny, peut-être est-il préférable que tu laisses tout tomber et que tu te contentes de couler des jours heureux avec ma fille arabe et de gagner beaucoup d'argent. Tu as déjà acquis le respect de notre nation et sans doute d'une grande partie du monde. Mais peut-être vaut-il mieux réfléchir. Tu es en situation de faire ce qui n'est pas donné à beaucoup d'autres. Plutôt que de passer son temps à pourchasser les pourris, quand la corruption est déjà bien installée, peut-être est-il possible d'agir avant qu'ils commencent à faire leurs saloperies, et de dissuader certains d'entre eux de s'engager dans cette voie. Mais il faut pour cela être tout à fait au sommet. Tout ce que je te demande, c'est d'écouter Jennings. Écoute ce qu'il a à te dire.

Les deux hommes échangèrent un long regard, celui d'un père et d'un fils se reconnaissant dans ce que leur relation avait de plus profond.

— Je vais l'appeler pour lui demander un entretien. Ça te va comme ça ?

— Ce n'est pas la peine, dit Manny. Tout est arrangé.

— Comment ?

— Il doit venir demain à Los Angeles pour présider un dîner en l'honneur du secrétaire d'État. Il a réussi à se libérer avant le dîner et il t'attend au Century Plazza, à

19 heures. Toi aussi, ma chère, ajouta Manny en se tournant vers Khalehla. Il a insisté pour que tu l'accompagnes.

Les deux agents du Service secret en faction dans le couloir de la suite présidentielle reconnurent Evan et ils saluèrent les visiteurs d'un petit signe de la tête. Celui qui était posté sur la droite de la porte se retourna et appuya sur la sonnette. Quelques secondes plus tard, Langford Jennings ouvrit. Il avait les traits tirés, le visage blême et les yeux cernés. Le président s'efforça courageusement de les gratifier de son fameux sourire, mais il ne put y parvenir. Il se contenta donc de leur tendre aimablement la main.

— Bonsoir, mademoiselle Rashad. C'est un plaisir et un honneur de faire votre connaissance. Donnez-vous la peine d'entrer.

— Merci, monsieur le Président.

— Evan, cela me fait tellement plaisir de vous revoir.

— À moi aussi, monsieur, dit Kendrick en songeant que Jennings paraissait avoir énormément vieilli d'un coup.

— Asseyez-vous, je vous en prie.

Le Président précéda ses invités dans le salon de la suite et s'arrêta devant deux canapés qui se faisaient face et étaient séparés par une grande table ronde et basse.

— Je vous en prie, répéta-t-il en indiquant le canapé de droite tandis qu'il s'avançait vers l'autre. J'aime regarder des gens séduisants, poursuivit Jennings. Je présume que mes détracteurs verraient en cela un autre signe de superficialité de ma part, mais Harry Truman n'a-t-il pas dit un jour : « Je préfère regarder la tête d'un cheval que son cul »... Pardonnez-moi ce langage un peu trop cru, mademoiselle Rashad.

— Je n'ai rien entendu qui mérite des excuses, monsieur.

— Et comment va Manny ?

— Il ne peut pas gagner, répondit Evan, mais il se bat comme un lion. Si j'ai bien compris, vous êtes allé le voir il y a quelques semaines.

— Vous trouvez cela très vilain de ma part ?

— Pas du tout, mais ce que je trouve très vilain, c'est qu'il ne m'en ait pas parlé.

— J'en assume l'entière responsabilité. Je voulais nous donner, à vous comme à moi, le temps de réfléchir. Il me fallait en savoir plus long sur vous, malgré les centaines de pages de jargon administratif de nos dossiers. Je me suis donc adressé à la source qui me semblait être la mieux renseignée et je lui ai demandé de garder le silence sur cette visite jusqu'à ces derniers jours. J'espère que vous ne m'en voulez pas trop.

— Pas du tout, monsieur.

— Weingrass est courageux. Il sait qu'il va mourir... Son diagnostic est erroné, mais il sait qu'il va mourir et il feint de traiter sa mort proche comme un chiffre parmi d'autres sur un devis de construction. Je ne pense pas arriver jusqu'à quatre-vingt-un ans, mais, si c'était le cas, j'espère avoir autant de courage que lui.

— Quatre-vingt-six, rectifia Kendrick d'une voix neutre. Moi aussi, je croyais qu'il n'en avait que quatre-vingt-un, mais nous avons appris hier que c'était quatre-vingt-six.

Langford Jennings lança un regard pénétrant à Kendrick, puis, comme s'il venait de comprendre une blague follement amusante, il renversa la tête en arrière sur le canapé et se mit à rire d'un rire discret, mais de bon cœur.

— Cela me rappelle quelque chose qu'il m'a dit, expliqua le Président, encore secoué par de petits soubresauts. Je ne veux pas vous ennuyer avec les détails, mais, dans le courant de notre conversation, il a mentionné quelque chose et, comme sa remarque était très judicieuse, je lui ai proposé un emploi. Mais il m'a répondu : « Désolé, Langford, mais je ne peux pas accepter. Je ne veux pas vous embêter avec mes pots-de-vin.

— C'est un original, monsieur le Président.

— Des hommes de sa trempe, on n'en fait plus...

Puis l'expression du Président redevint sérieuse et il se tourna vers Khalehla.

— Votre oncle Mitch vous envoie toute son affection.

— Pardon ?

— Mitchell Payton est parti d'ici il y a moins d'une heure. Il devait malheureusement rentrer à Washington.

Je m'étais entretenu avec lui hier et il avait insisté pour venir me voir ici avant que je reçoive Evan Kendrick.

— Pourquoi ? demanda Evan, l'air intrigué.

— Il a fini par me raconter toute l'histoire d'Inver Brass. Pas vraiment tout, car nous ne savons pas tout. Winters et Varak ayant disparu, nous ne saurons sans doute jamais qui a laissé le Tchèque consulter le dossier d'Oman, mais maintenant cela n'a plus d'importance. Inver Brass n'est plus.

— Il ne vous en avait jamais parlé ? demanda Evan d'un air stupéfait.

— Il m'a expliqué pourquoi en me présentant sa démission que j'ai naturellement refusée... Il m'a dit que si j'avais été au courant de toute l'histoire, j'aurais peut-être étouffé dans l'œuf cette tentative pour faire de vous mon colistier. J'avoue que je n'en sais rien, mais c'est possible. Cela m'aurait de toute façon rendu fou furieux. Mais peu importe maintenant ! J'ai appris ce que je voulais savoir et non seulement vous êtes dans la course, Evan, mais vous allez avoir un mandat national.

— Monsieur le Président, protesta Kendrick, tout a été fabriqué...

— Mais que s'imaginait donc Sam Winters ? lança le Président d'une voix coupante. Même si leurs mobiles étaient purs, Winters a oublié une leçon de l'histoire qu'il aurait dû être le dernier à oublier. Chaque fois qu'un groupe d'élitistes bien intentionnés considère qu'ils sont au-dessus de la volonté du peuple et commencent à manipuler clandestinement cette volonté populaire, sans vouloir rendre de comptes à personne, ils mettent en branle un processus extrêmement dangereux. Car il suffit qu'un ou deux de ces êtres supérieurs aient des idées beaucoup moins pures pour les faire partager aux autres, ou pour les remplacer, ou encore pour leur survivre, et c'en est fait de la république. Sam Winters et son Inver Brass au nom ronflant ne valaient pas mieux que Bollinger et sa clique de fripouilles. Tous ces gens-là voulaient que les choses aillent dans un sens. Le leur.

— C'est précisément pour ces raisons..., commença Evan.

La sonnette de la suite présidentielle retentit, quatre

coups brefs, de moins d'une demi-seconde. Jennings leva la main et regarda Khalehla.

— Cela doit vous faire plaisir, mademoiselle Rashad, dit-il. C'est un code que vous venez d'entendre.

— Un code ?

— Il n'est certes pas très perfectionné, mais il marche. Il m'indique qui est à la porte et la personne en question est l'un des plus précieux assistants de la Maison-Blanche... Entrez !

La porte s'ouvrit et Gerald Bryce entra dans la suite.

— Je suis désolé de vous interrompre, monsieur le Président, mais je viens d'avoir des nouvelles de Beijing et j'ai pensé que cela vous intéresserait.

— Cela peut attendre, Gerry. Permettez-moi de vous présenter...

— *Joe...*, laissa échapper Kendrick en reconnaissant le visage du jeune assistant du Département d'État qui l'avait accompagné jusqu'en Sardaigne à bord d'un appareil militaire...

— Mes respects, monsieur Kendrick, dit Bryce en s'avançant vers le canapé pour serrer la main à Evan après avoir incliné la tête devant Khalehla.

— Mademoiselle Rashad...

— Mais oui, c'est vrai, lança Jennings. Gerry m'a raconté qu'il vous avait donné les dernières instructions dans l'avion qui vous emmenait à Oman... Je ne voudrais pas lui tresser des lauriers, mais je peux vous dire que Mitch Payton l'a piqué à Frank Swann et que moi, je l'ai piqué à Mitch. Il est absolument redoutable en matière de communications électroniques et pour leur protection. Je crois que c'est un garçon qui a beaucoup d'avenir, s'il ne succombe pas aux tendres assauts des secrétaires.

— Vous êtes trop aimable, monsieur, dit Bryce. Pour ce qui est de Beijing, leur réponse est affirmative. Dois-je confirmer votre proposition ?

— Encore un autre code, expliqua Jennings avec un grand sourire. J'avais dit que je ferais discrètement pression sur nos principales banques pour qu'elles ne soient pas trop gourmandes et pas trop dures avec les banques chinoises à Hong Kong, en 1997. En échange, bien entendu...

— Monsieur le Président, lança Bryce avec tout le respect dû au chef de l'État, mais d'un ton qui l'incitait à la prudence.

— Désolé, Gerry. Je sais que c'est top-secret et tout, et tout, mais j'espère que très bientôt il n'y aura plus rien à cacher à Evan Kendrick.

— À ce propos, monsieur, poursuivit l'expert en communications de la Maison-Blanche en adressant un coup d'œil accompagné d'un petit sourire à Evan, en l'absence de vos conseillers politiques, j'ai approuvé la déclaration du vice-président Bollinger selon laquelle il renonce à son mandat. Je pense que c'est ce que vous souhaitiez.

— Vous voulez dire qu'il va se suicider devant les caméras de la télévision ?

— Pas exactement, monsieur le Président. Mais il affirme qu'il va consacrer le reste de ses jours à améliorer le sort de ceux qui ont faim.

— Si je surprends ce fumier en train de piquer une tablette de chocolat, c'est à Leavenworth qu'il finira ses jours !

— Et pour Beijing, monsieur ? Je confirme ?

— Allez-y. Vous pouvez même ajouter que je leur suis reconnaissant, à ces voleurs.

Bryce salua Khalehla et Evan d'un petit signe de la tête et sortit en refermant soigneusement la porte derrière lui.

— Où en étions-nous ? demanda Jennings.

— Nous parlions d'Inver Brass. Ils m'ont créé de toutes pièces et m'ont présenté artificiellement au public sous des traits d'un personnage que je ne suis pas. Dans ces conditions, ma nomination ne peut pas être l'émanation de la volonté populaire. C'est une parodie !

— Comment cela ?

— Vous savez bien ce que je veux dire. Je n'ai jamais cherché cela, je ne l'ai jamais désiré. Comme vous l'avez si justement dit, on m'a engagé dans cette course à mon insu et on a forcé le public à parier sur moi. Je ne l'ai pas gagnée, je n'ai pas mérité la victoire par une démarche politique.

Langford Jennings observa longuement Kendrick et le

silence qui s'établit entre eux exprimait à la fois la réflexion et une certaine tension.

— Vous vous trompez, Evan, reprit le Président au bout d'un long moment. Vous avez gagné et vous avez bien mérité ce qui vous arrive. Je ne parle pas d'Oman et de Bahreïn ni du Sud-Yémen. Ce ne sont que des actes de courage personnel et l'affirmation d'un esprit de sacrifice qui, à l'origine, ont été utilisés pour braquer l'attention sur vous. C'est la même chose que pour un héros de la guerre ou un ancien astronaute, un prétexte parfaitement légitime pour vous faire avancer sous les feux de la rampe. Je m'élève autant que vous contre la manière dont cela s'est accompli, car tout fut décidé en secret par des hommes qui ont enfreint les lois et causé la perte de nombreuses vies humaines tout en restant invisibles et en jouant de leur influence. Mais c'est eux qui ont fait tout cela ; vous, vous n'êtes pas en cause... Vous avez mérité ce qui vous arrive car vous avez su dire tout haut ce qu'il fallait dire et le pays vous a entendu. Personne n'a trafiqué les enregistrements télévisés et personne n'a mis les mots dans votre bouche. Vous avez posé des questions auxquelles il n'existait pas de réponse satisfaisante et il y a tout un tas de bureaucrates rancis, habitués à n'en faire qu'à leur tête, qui n'ont pas encore compris ce qui leur est arrivé, mais qui savent qu'ils ont intérêt à faire attention. Pour finir, et là, je parle en mon nom personnel, vous avez sauvé la nation des manœuvres de mes bailleurs de fonds les plus fervents. Je veux dire dont la ferveur confinait au fanatisme. Ils nous auraient entraînés sur une voie à laquelle je n'ose même pas penser.

— Vous les auriez démasqués vous-même. Un jour, tôt ou tard, l'un d'eux serait allé trop loin et vous auriez mis fin à leurs agissements. J'ai vu un jour, dans le Bureau ovale, un homme essayer de faire pression sur vous...

— Ah ! Herb Dennison et la médaille de la Liberté...

Le président retrouva fugitivement son sourire célèbre dans le monde entier.

— Herb était implacable, poursuivit-il, mais il n'était pas méchant et il se chargeait du sale boulot. Il ne reviendra plus jamais dans le Bureau ovale. Il a été contacté par l'une des plus anciennes firmes de Wall Street, l'une de celles où tous les cadres sont membres d'un club extrêmement fermé, un de ces clubs où nul ne peut entrer et où l'on s'ennuie à mourir. Herb est retourné dans la haute finance et il a enfin obtenu les galons de colonel qu'il désirait tant.

— Pardon ?

— Non, rien. Sécurité nationale, secret d'État et tout.

— Laissez-moi exprimer clairement ce que nous savons parfaitement tous les deux, dit Kendrick. Je ne suis pas qualifié.

— Pas qualifié ? Qui peut bien être qualifié pour ma charge ? Personne, absolument personne !

— Je ne parlais pas de votre charge...

— Et pourquoi pas ? lança vivement Jennings.

— Il me reste encore tellement de chemin à parcourir pour y être prêt que je n'y arriverai jamais.

— Vous y êtes déjà.

— Comment ?

— Écoutez-moi, Evan. Je ne me fais aucune illusion sur moi-même. Je sais parfaitement que je n'ai ni l'imagination ni les capacités intellectuelles de Jefferson ou d'Adams, de Madison, Lincoln ou Wilson, de Hoover — oui, j'ai bien dit Hoover, un homme brillant et trop dénigré — ou de Roosevelt, de Truman ou de Nixon, de Kennedy ou de Carter, qui avait trop de matière grise pour qu'on ne lui en veuille pas. Mais nous sommes entrés dans une ère nouvelle, l'âge de la maturité de la télévision, de la communication instantanée, immédiate. Je jouis de la confiance du peuple, parce qu'il voit et entend *l'homme*. Churchill a dit un jour que la démocratie avait sans doute de nombreux défauts, mais qu'elle était le meilleur régime jamais conçu par l'homme. Je crois profondément à cela, comme je crois aux platitudes euphorisantes qui affirment que nous sommes le plus grand, le plus fort et le plus pacifique des pays du globe. On pourra toujours me reprocher de simplifier à l'extrême, je crois à tout cela. C'est ce que le peuple voit et entend, et nous ne nous en portons pas si mal... Nous retrouvons toujours chez autrui un reflet de nous-mêmes. Je vous ai observé et écouté, j'ai lu tout ce qu'on a écrit sur vous, j'ai longuement parlé avec mon ami Emmanuel Weingrass. Croyez-en le jugement d'un sceptique, vous êtes fait pour cette charge... Que vous le vouliez ou non.

— Monsieur le Président, dit doucement Kendrick, j'apprécie tout ce que vous avez fait pour la nation, mais je tiens à être sincère. Il y a entre nous de graves divergences d'opinion et je ne puis cautionner certaines de vos positions politiques.

— Mais je ne vous le demande surtout pas !... Disons que, pour sauvegarder les apparences, j'aimerais que vous ne vous prononciez pas en public avant d'en avoir parlé avec moi. J'ai confiance en vous, Evan, et je ne vous tiendrai pas à l'écart. Sachez me convaincre, me montrer que je suis dans l'erreur... C'est de cela que ma fonction a le plus besoin ! Je suis capable de m'emballer et je sais qu'il faut quelqu'un pour me freiner. Parlez-en donc à ma femme. Après ma dernière conférence de presse, il y a à peu près deux mois, je suis remonté dans notre cuisine, au premier étage de la Maison-Blanche, et j'imagine que je m'attendais à recevoir des félicitations. Au lieu de cela, elle m'a accueilli en me demandant : « Mais pour qui te prends-tu ? Pour Louis XIV, ou un autre monarque absolu ? On aurait dit Bugs Bunny ! » Et ma fille, qui était venue nous rendre visite, a proposé de m'offrir une grammaire pour mon anniversaire. Je connais mes limites, Evan, mais je sais aussi ce que je suis capable de faire quand je suis bien entouré. Vous avez fait le ménage, vous pouvez maintenant vous installer !

— Je vous répète que je ne suis pas à la hauteur.

— Le pays pense le contraire et moi aussi. Il ne tient qu'à vous d'obtenir la nomination. On vous a peut-être forcé la main jusqu'à présent, mais si nous ne vous choisissons pas, ce sera un affront pour des millions d'électeurs ! Le service des relations publiques ne me l'a pas caché.

— C'est donc une simple question de relations publiques ?

— Beaucoup plus que nous ne le voudrions, vous et moi, mais, de nos jours, c'est absolument primordial. Prétendre le contraire serait nier la réalité. Mais il vaut mieux que ce soit pour des gens comme vous et moi, plutôt qu'Hitler ou Gengis Khan, car, malgré nos divergences de vues, nous voulons sauver et non détruire.

Ce fut au tour de Kendrick de scruter longuement le visage du président des États-Unis.

— C'est vrai que vous êtes un charmeur, dit-il enfin.

— C'est un des outils de mon métier, monsieur le vice-président, dit Jennings en souriant. Cela, et quelques convictions profondes.

— Je ne sais pas. Je ne sais vraiment pas...

— Moi, je sais, dit Khalehla en prenant la main d'Evan. Je pense que l'officier Rashad va donner sa démission définitive.

— Autre chose, dit Jennings en fronçant les sourcils. Il faut vous marier. Il serait du plus mauvais effet que mon colistier vive dans le péché. Vous imaginez la réaction de tous ces évangélistes qui déterminent de si nombreux suffrages si l'on apprenait que vous vivez maritalement ? Cela ne colle absolument pas à mon image...

— Monsieur le Président ?

— Oui, monsieur le vice-président ?

— Fermez-la !

— Avec plaisir. Mais j'aimerais encore ajouter un tout petit détail... Surtout pas un mot à ma femme ! Après nos divorces, nous avons vécu ensemble pendant douze ans et nous avons eu deux enfants. Nous nous sommes mariés au Mexique, quinze jours avant la convention du parti, et nous avons antidaté le mariage. Ça, c'est un vrai secret d'État !

— Je ne le révélerai à personne, monsieur le Président.

— Je le sais bien. J'ai confiance en vous et j'ai besoin de vous. Et la nation a besoin de nous deux... surtout de vous, sans doute.

— Eh bien, moi, j'en doute, dit Evan Kendrick.

— N'en doutez pas..., monsieur le Président.

La sonnette de la suite présidentielle retentit derechef. Quatre coups brefs et espacés.

Imprimé en France par

BRODARD & TAUPIN

à La Flèche (Sarthe)
en juin 2013

POCKET – 12, avenue d'Italie – 75627 Paris Cedex 13

N° d'impression : 3001052
Dépôt légal : juillet 2013
S21018/01